W9-BLV-760

COLLECTION
FOLIO CLASSIQUE

Léon Tolstoï

Anna Karénine

Préface de Louis Pauwels
Traduction et notes
d'Henri Mongault
*Dossier d'*Anna Karénine
présenté et traduit
par Sylvie Luneau

Gallimard

© Éditions Gallimard 1952,
pour la traduction et les notes,
1972 pour la préface.

Préface

Anna Karénine *est un grand roman de l'adultère, d'un souffle beaucoup plus large que* Mme Bovary, *et d'une plus grande variété de plans. C'est aussi un moment de l'histoire humaine : tandis qu'il écrit ce chef-d'œuvre, Tolstoï, en pleine puissance artistique, glisse au tombeau. Le voici aux environs de la cinquantaine. La seconde partie de cette longue existence sera l'agonie d'un créateur, rongé par l'ambition de la sainteté, défiguré par la tentation de l'absolu.*

*

Il a toute la santé physique et la solidité interne qui manquent à ses frères Dimitri et Nicolas. Il est bâti comme un ours. Il plonge nu dans les lacs froids. Il remplace le cheval pour tirer la charrette. Il fauche, il chasse, il galope, il renverse dans les bois des tziganes lascives. Les soirs d'été, fenêtres ouvertes sur la terrasse d'Iasnaïa Poliana, il joue du piano pour s'associer aux rossignols. « Je cesse de jouer, ils cessent de chanter ; je recommence, ils recommencent. J'ai passé près de trois heures à cette occupation. La terrasse est ouverte à la nuit tiède, les grenouilles sont à leur affaire, le veilleur de nuit à la sienne. Quelle merveille ! » (Lettre à sa tante *Alexandrine, 1858.)*

Quelle merveille d'être au monde ! De la force dans le corps, un cœur limpide : l'allégresse de vivre l'habite. Il a, de surcroît, l'intelligence drue et libre. La suprême preuve d'intelligence, c'est de se trouver bien dans sa peau ; de considérer le monde et de le trouver très habitable ; de considérer l'humanité, de ne pas la juger et de l'estimer, du haut en bas, digne d'un intérêt extrême. Enfin, il a de l'âme, et donc de la religion. À la manière artiste, c'est-à-dire païenne : « Parfois, j'ai l'impression que la nature, la lune et moi, ne faisons qu'un. » Religion de Maupassant ou d'Hemingway. Le rien d'hystérie, qui parachève tout grand artiste, le porte même parfois à des extases, des danses sacrées :

« Babouchka ! C'est le printemps ! Qu'il fait bon vivre sur la terre pour les braves gens et même pour les gens comme moi ! Je sais fort bien que je ne suis qu'une vieille pomme de terre gelée, servie à une sauce quelconque. Mais le printemps agit sur moi avec une telle vigueur que, parfois, je me surprends à rêver que je suis une plante qui s'est épanouie tout à l'heure parmi d'autres plantes et qui va se mettre à grandir simplement, tranquillement, joyeusement, sur cette terre du bon Dieu. À cette occasion, il se produit en moi une telle fermentation, purification, orchestration, que celui qui n'a pas vécu cette sensation ne saurait l'imaginer. Au diable toutes les vieilleries, les convenances du monde, la paresse, les vices, l'égoïsme, tous les attachements vagues et embrouillés, tous les regrets, tous les remords, au diable tout cela ! Place à la plante merveilleuse qui gonfle ses bourgeons et croît avec le printemps ! » (Lettre à sa tante, même année).

*

Trente ans plus tard, relisant ces lignes, il a des haut-le-cœur. Le jeune Pan est un vieil homme athlétique, mais qui hait en lui-même les puissances de la terre. Le mariage et l'émasculation puritaine. Puis la grande crise mystique, à quoi n'est sans doute pas étranger l'hippogriffe matrimonial. Puis ce qu'il a nommé sa « deuxième naissance » : l'idyllisme enragé, l'angélisme révolutionnaire. Plus question de superbe plante. Et l'idée que le bourgeon se gonfle lui fait horreur. Il est le prophète de vérités chrétiennes devenues folles au séminaire d'Iasnaïa Poliana. « Si tu le voyais et l'entendais ! Depuis qu'il est devenu le chrétien le plus sincère, il a blanchi, sa santé s'est affaiblie et il est plus triste qu'avant. » (Mme Tolstoï à son frère.) Il s'essouffle vers la sainteté en pompant l'air de ses proches. La passion de la vérité

« absolue » place toute sa vie de guingois. L'amour de la justice « absolue » le prive de justesse. Et son ivresse de pureté « absolue » lui fait parfois penser que le salut de l'humanité est dans son extinction. Il y a quelque chose de la folie cathare dans le Tolstoïsme. Il écrit à Tchertkov, le disciple : « Que chacun s'efforce de ne pas se marier. Et, s'il est marié, de vivre avec sa femme comme le frère avec sa sœur. Vous m'objecterez que ce sera la fin de l'espèce humaine ? Le beau malheur ! » Voilà le bois dont se chauffe un Père du genre humain.

La vraie — et la seule — mission de l'artiste est de faire aimer aux hommes la vie sous tous ses aspects. Mais, après Anna Karénine, *Tolstoï cesse d'être un artiste. Ou, tout au moins, s'y efforce. Quand il échoue, on reçoit encore de belles pages. Quand il y parvient, on circule parmi les grimaces des* Confessions, *le charabia naïf de* Critique de la Théologie dogmatique *ou les faussetés manifestes de* Concordance et traduction des Évangiles. *« Léon travaille toujours, comme il dit. Mais, hélas, il rédige des discussions philosophiques quelconques… Je souhaite que cela passe comme une maladie » (Mme Tolstoï à sa sœur). Léon se veut Messie. Finis les rossignols. Il écrit des diatribes contre l'art qui nous maintient dans l'égoïsme et l'impureté. Dans la grosse colère contre l'art, il entre toujours quelque haine sourde de la vie, une névrose suicidaire. À la fin de sa vie, Tolstoï appelle le martyre. Il souhaite disparaître dans la vague de sang qui s'annonce et que son angélisme a contribué à gonfler. La mort ne le saisit pas dans un accomplissement, comme l'assure l'hagiographie, mais dans une fuite pathétique pour échapper à des contradictions de plus en plus patentes et funestes.*

C'est encore une fois le gai Henry Miller qui a raison (sauf pour l'injure) quand, parvenu frétillant au grand âge du prêcheur d'Iasnaïa Poliana, il écrit, songeant à Tolstoï :

« Le type qui a envie de faire sauter le monde est la contrepartie de l'imbécile qui s'imagine qu'il peut sauver le monde. Le monde n'a besoin ni d'un destructeur, ni d'un sauveur. Le monde est, nous sommes. »

*

Anna Karénine *est l'œuvre la plus harmonieuse de Tolstoï, la plus accomplie, parce qu'elle est entièrement soumise au plan humain, à la réalité souple des esprits, des cœurs, des corps, sans cassure théorique, sans intervention démiurgique, sans jugements de valeur. C'est ici que l'auteur est a son maximum d'humilité.*

Quand il conçoit le roman, son fond puritain et son goût pour la pédagogie l'inclinent à faire d'Anna, la pécheresse, une vilaine femelle, de Karénine un brave cœur bafoué, de Vronsky un soldat héroïque et pur crocheté par le diable, de Lévine et de Kitty un couple exemplaire et des petits saints de la propriété terrienne. Mais la vérité l'emporte. Certes, il aime Sonia-Kitty, mais Anna le trouble. Il se prend d'amour pour elle. Il l'embellit, il l'adoucit, il la nimbe d'une magie, il entre dans sa passion, il se déchire quand elle désespère. Karénine devient épais, Vronski se teinte de lâcheté, des inquiétudes ébranlent le couple Lévine-Kitty, nul n'a plus tort ni raison. Le monde est, nous sommes.

Quand il reviendra au roman, à soixante ans (La Sonate à Kreutzer) *et à soixante-dix* (Résurrection) *l'apôtre de la pureté sera un créateur très impur.*

La Sonate à Kreutzer *sent le règlement de comptes domestique. Il rêve d'écrire « quelque chose de définitif contre la sensualité ». C'est le moment où la pauvre Sonia, enceinte pour la treizième fois, prend des bains de pieds glacés et saute à bas de la commode, espérant se délivrer. Elle accouchera dans d'horribles souffrances. Il développe la thèse du mariage prostitution légalisée, et du conjungo comme fange irrémédiable. C'est Sonia qui copie les pages, cadeau pour les noces d'argent. La haïssant de la désirer, mais perclus dans la continence, s'il attire sa femme sous lui, cela le rend aimable le lendemain matin. « Il est de nouveau charmant, joyeux, tendre. C'est, hélas ! toujours pour la même raison. Si ceux qui lisent* La Sonate à Kreutzer *pouvaient glisser un coup d'œil sur sa vie ! »* (Journal *de Mme Tolstoï*).

Avec Résurrection, *il rêve de faire quelque chose de définitif contre la société. C'est le type même du roman de propagande. Génie pas mort, la puissance de l'observation le sauve souvent. Mais le parti pris égalitaire et l'action-démonstration (la conversion de Nekhlioudov) pèsent du poids mortel qu'ont toutes les B. A. en littérature.*

Quand les grands sentiments se changent en bons sentiments utiles à la Cause, et la Cause fût-elle juste, le romancier est faussaire. Hugo écrit Les Misérables, mais il plonge en même temps dans une aventure poétique abyssale. Tolstoï plâtre Résurrection avec des adjectifs démagogues, soutient l'édifice par des phrases d'une accablante lourdeur. Et il répond à un jeune poète qui lui envoie son œuvre : « Je n'aime pas les vers, et j'estime que la poésie est une occupation inutile. »

*

Dans les années 1860, après l'arrivée au pouvoir d'Alexandre II et les désastres de la guerre de Crimée, il n'est plus question que des réformes du servage, des problèmes sociaux, et la littérature se politise. « Les temps sont venus où l'œuvre la plus inspirée passera inaperçue si elle ne touche pas à la réalité immédiate, aux intérêts vivants de la minute qui passe. C'est triste, mais c'est ainsi » (Panaïev). Dans son Journal de 1865, l'auteur de Guerre et Paix, qui n'est pas un inconscient, qui s'est efforcé au bien et à la justice sur ses terres, résiste cependant à la politisation de l'art. L'homme d'avant les angoisses et de leur débouché dans l'idéalisme messianique, note fièrement : « Les buts de l'art sont incommensurables (comme disent les mathématiciens) avec les buts du socialisme. La mission de l'artiste ne doit pas être de résoudre irréfutablement un problème, mais de nous obliger à aimer la vie. Si l'on me disait que je peux écrire un roman dans lequel je démontrerai de façon certaine la justesse de mes opinions sur tous les problèmes sociaux, je ne consacrerais pas deux heures à une pareille besogne. Mais si l'on me disait que ce que j'écrirai sera lu dans vingt ans par ceux qui sont aujourd'hui des enfants et qu'ils pleureront ou riront sur mon texte, et qu'ils en aimeront davantage la vie, alors je vouerais à un tel travail toute mon existence et toutes mes forces » (il a trente-sept ans).

Après Anna Karénine, qu'il déteste d'ailleurs en achevant sa composition (« c'est trop simple, c'est trop insignifiant »), il va se faire le détracteur de l'art, qui excite les sens, valorise l'individualité, prétend doter des paradis ou des enfers personnels d'une signification universelle, détourne de la cause de la Morale et du

Moujik. Il condamne en bloc la peinture, la musique et la littérature modernes occidentales. Tout ce qui ne sert pas à la libération des masses et à la purification morale doit être rejeté. Le Tolstoïsme annonce la « révolution culturelle ».

Et cependant, le vieux prophète, soixante-quatorze ans, faiblit un jour sur le pont d'un bateau. C'est par de telles failles, de telles incohérences, qu'il demeure grand. Il bavarde avec l'écrivain Elpatievsky :

« Quel âge avez-vous ? » me demanda-t-il. Je répondis quarante-huit ans. À ma grande surprise, son visage devint grave, presque rébarbatif. Il me regarda par en dessous d'un air envieux, et, se détournant, grommela tristement : « Quarante-huit ans ! Le meilleur moment ! Je n'ai jamais aussi bien travaillé. » Il garda longtemps le silence. Puis il dit, parlant moins à moi qu'à lui-même : « J'écrivais Anna Karénine. *»*

*

Le sculpteur Troubetskoï a représenté le patriarche mystique et révolutionnaire sur son fidèle cheval. Ce cheval se nommait Délire.

C'est l'époque où Lombroso vient expliquer à Tolstoï sa thèse sur l'homme délinquant, sur les responsabilités de l'hérédité, de la maladie, du milieu. Emporté par son idyllisme enragé, le vieux proteste : « C'est de la folie ! Tout châtiment est criminel ! » Mais le même idyllisme, qui l'a porté au secours de nihilistes illuminés (qui le lui reprocherait ?) le fera l'allié objectif de la révolution sanglante, quand l'Histoire deviendra plus vivante que le Tolstoïsme. On n'écrit pas sans horribles conséquences : « Je ne puis me réjouir de la naissance d'une enfant appartenant à une classe aisée : c'est la prolifération des parasites. » (Journal, *12 juillet 1900.)*

En 1905, après la fusillade du Palais d'Hiver, la révolte du Potemkine, l'échec de la première Douma, la Russie est entrée dans la guerre civile. « Tous ces combats, ces condamnations, ces haines ! Tout cela pue le sang ! » Le cheval Délire l'a conduit au galop vers cette puanteur. Tolstoï lève la tête vers le ciel : « La vraie actualité est ailleurs. » Mais non. La vraie actualité, c'est un vieux théoricien de l'ultra pur, opposé à la tactique du soulève-

ment, opposé au maintien de l'ordre, opposé au réformisme, mesurant à sa solitude son infaillibilité. Il se tourne vers l'Éternel, mais il est le grand otage du mouvement. Et, tandis que la police tsariste protège Iasnaïa Poliana des pillages, il vaticine au dîner servi par des valets en gants blancs.

Sa fille, la fidèle Macha, la seule tolstoïenne de la famille, meurt près de son dieu vivant, à trente-cinq ans. Le dieu vivant n'éprouve rien. « On vient de l'emmener, de l'emporter pour l'ensevelir. Grâce à Dieu, je conserve le moral. »

*

Il y a une remarque de Gorki tout à fait étonnante. En 1900, il rencontre Tolstoï (soixante-douze ans) sur les rivages de Crimée. La passion d'absolu l'épouvante. Les grands événements à venir projettent leur ombre en avant. Il prend une leçon de Tolstomaoïsme. Et ce qu'il note préfigure l'immense conflit présent : « Ce vieil homme ne parle que de transformer l'homme russe, jeune et talentueux, en esclave, et l'aimable Russie en province chinoise. »

Louis Pauwels.

ANNA KARÉNINE

À moi la vengeance et la rétribution[1].

PREMIÈRE PARTIE

I

Les familles heureuses se ressemblent toutes ; les familles malheureuses sont malheureuses chacune à leur façon. Tout était sens dessus dessous dans la maison Oblonski. Prévenue que son mari entretenait une liaison avec l'ancienne institutrice française de leurs enfants, la princesse s'était refusée net à vivre sous le même toit que lui. Le tragique de cette situation, qui se prolongeait depuis tantôt trois jours, apparaissait dans toute son horreur tant aux époux eux-mêmes qu'aux autres habitants du logis. Tous, depuis les membres de la famille jusqu'aux domestiques, comprenaient que leur vie en commun n'avait plus de raison d'être ; tous se sentaient dorénavant plus étrangers l'un à l'autre que les hôtes fortuits d'une auberge.

La femme ne quittait plus ses appartements, le mari ne rentrait pas de la journée, les enfants couraient abandonnés de chambre en chambre ; après une prise de bec avec la femme de charge, la gouvernante anglaise avait écrit à une amie de lui chercher une autre place ; dès la veille à l'heure du dîner le chef s'était octroyé un congé ; le cocher et la fille de cuisine avaient demandé leur compte.

Le surlendemain de la brouille, le prince Stépane Arcadiévitch Oblonski — Stiva pour ses amis — se réveilla à huit heures, comme de coutume, mais dans son cabinet de travail, sur un divan de cuir et non plus dans la chambre à coucher conjugale. Désireux sans doute de prolonger son sommeil, il retourna mollement sur les ressorts du canapé son corps gras, bien soigné et, l'entourant de ses bras, il appuya la joue sur l'oreiller ; mais il se redressa d'un geste brusque et ouvrit définitivement les yeux.

« Voyons, voyons, comment était-ce ? songeait-il, cherchant à se remémorer les détails d'un songe. Oui, comment était-ce ? Ah ! j'y suis ! Alabine donnait un dîner à Darmstadt, mais Darmstadt était en Amérique... Alabine donnait un dîner sur des tables de verre, et les tables chantaient *Il mio tesoro*... non, pas cet air-là, un autre bien plus joli... Et il y avait sur les tables je ne sais quelles petites carafes qui étaient des femmes. »

Un éclat de joie brilla dans les yeux de Stépane Arcadiévitch. « Oui, se dit-il en souriant, c'était charmant, tout à fait charmant, mais une fois éveillé, ces choses-là, on ne sait plus les raconter, on n'en a même plus la notion bien exacte. »

Remarquant un rais de lumière qui s'infiltrait dans la pièce par l'entrebâillement des rideaux, il laissa d'un geste allègre pendre hors du lit ses pieds en quête des pantoufles de maroquin mordoré, cadeau de sa femme pour son dernier anniversaire, tandis que, cédant à une habitude de neuf années, il tendait sa main vers sa robe de chambre, suspendue d'ordinaire au chevet de son lit. Mais, se rappelant soudain l'endroit où il se trouvait et la raison qui l'y avait amené, il cessa de sourire et fronça le sourcil.

« Ah ! ah ! ah ! » gémit-il sous l'assaut des souvenirs. Une fois de plus son imagination lui représentait tous les détails de la scène fatale, tout l'odieux d'une situation sans issue ; une fois de plus il dut — et rien n'était plus pénible — se reconnaître l'auteur de son infortune.

« Non, elle ne pardonnera pas et elle ne peut pas pardonner ! Et le plus terrible, c'est que je suis cause de tout sans être pourtant coupable. Voilà le drame. Ah ! ah ! ah ! » répétait-il dans son désespoir en évoquant les minutes les plus atroces de la scène, la première surtout, alors que rentrant tout guilleret du théâtre, d'où il rapportait une énorme poire à l'intention de sa femme, il n'avait pas trouvé celle-ci dans le salon, ni même à sa grande surprise, dans son cabinet, et qu'il l'avait enfin découverte dans la chambre à coucher, tenant entre les mains le malencontreux billet qui lui avait tout appris.

Elle, cette Dolly qu'il tenait pour une bonne ménagère perpétuellement affairée et quelque peu bornée, était assise immobile, le billet à la main, le regardant avec une expression de terreur, de désespoir et d'indignation.

— Qu'est-ce que cela ? répétait-elle en désignant le billet.

Et, comme il arrive souvent, ce qui laissait à Stépane Arcadiévitch le plus fâcheux souvenir, c'était moins la scène en elle-même que la réponse qu'il avait faite à sa femme.

Il s'était alors trouvé dans la situation d'une personne subitement convaincue d'une action par trop honteuse, et, comme il advient toujours en pareil cas, il n'avait point su se composer un visage de circonstance. Au lieu de s'offenser, de nier, de se justifier, de demander pardon, d'affecter même l'indifférence — tout aurait mieux valu ! — il se prit soudain à sourire, oh ! fort involontairement (action réflexe, pensa Stépane Arcadiévitch, qui aimait la physiologie), et ce sourire stéréotypé et bonasse ne pouvait forcément qu'être niais.

Ce sourire niais, il ne pouvait maintenant se le pardonner, car il avait provoqué chez Dolly un frisson de douleur ; avec son emportement habituel, elle avait accablé son mari d'un flot de paroles amères, et, lui cédant aussitôt la place, s'était depuis lors refusée à le voir.

« C'est ce bête de sourire qui a tout gâté ! songeait Oblonski. Mais que faire, que faire ? » se répétait-il désespérément sans trouver de réponse.

II

SINCÈRE envers lui-même, Stépane Arcadiévitch ne se faisait point illusion : il n'éprouvait aucun remords et s'en rendait fort bien compte. Cet homme de trente-quatre ans, bien fait de sa personne et de complexion amoureuse, ne pouvait vraiment se repentir de négliger sa femme, à peine plus jeune que lui d'une année et mère de sept enfants, dont cinq vivants ; il regrettait seulement de ne pas avoir mieux caché son jeu. Mais il comprenait toute la gravité de la situation et plaignait sa femme, ses enfants et lui-même. Peut-être aurait-il mieux pris ses précautions s'il avait pu prévoir l'effet que la découverte de ses fredaines produirait sur sa femme. Sans jamais avoir bien sérieusement réfléchi à la chose, il s'imaginait vaguement qu'elle s'en doutait depuis longtemps et fermait volontairement les yeux. Il trouvait même que Dolly, fanée, vieillie, fatiguée, excellente mère de famille certes mais sans aucune qualité qui la mît hors de pair, aurait dû en bonne justice faire preuve d'indulgence. L'erreur avait été grande.

« Ah ! c'est affreux, affreux, affreux ! répétait Stépane Arcadiévitch, sans pouvoir trouver d'issue à son malheur. Et tout allait si bien, nous étions si heureux ! Je ne la gênais en rien, je lui laissais élever les enfants, tenir la maison à sa guise... Évidemment il est fâcheux que cette personne ait été institutrice chez nous. Oui, c'est fâcheux. Il y a quelque chose de trivial, de vulgaire à faire la cour à l'institutrice de ses enfants. Mais aussi quelle institutrice ! (Il revit les yeux noirs, le sourire fripon de Mlle Roland.) Et puis enfin, tant qu'elle demeurait chez nous, je ne me suis rien permis... Le pire, c'est qu'elle est déjà... Et tout cela comme un fait exprès. Ah ! mon Dieu, mon Dieu, que faire ? »

De réponse il n'en trouvait point, sinon cette réponse générale que la vie donne à toutes les questions les plus compliquées, les plus insolubles : se plonger dans le tran-tran quotidien, c'est-à-dire oublier. Il ne pouvait plus, du moins jusqu'à la nuit suivante, retrouver l'oubli dans le sommeil, dans la berceuse des petites femmes-carafes ; il lui fallait donc s'étourdir dans le songe de la vie.

« Nous verrons plus tard », conclut en se levant Stépane Arcadiévitch. Il endossa sa robe de chambre grise doublée de soie bleue, en noua la cordelière, aspira l'air à pleins poumons dans sa large cage thoracique, puis, de cette démarche balancée qui enlevait à son corps vigoureux toute apparence de lourdeur, il s'avança vers la fenêtre, en écarta les rideaux et donna un énergique coup de sonnette. Le valet de chambre Mathieu, un vieil ami, entra aussitôt, portant les habits et les bottines de son maître ainsi qu'un télégramme ; derrière lui venait le barbier avec son attirail.

— A-t-on apporté des papiers du bureau ? s'enquit Stépane Arcadiévitch, qui prit la dépêche et s'assit devant le miroir.

— Ils sont sur la table, répondit Mathieu, en jetant à son maître un coup d'œil complice ; au bout d'un moment, il ajouta avec un sourire rusé : On est venu de chez le loueur de voitures.

Pour toute réponse Stépane Arcadiévitch croisa dans le miroir son regard avec celui de Mathieu ; le geste prouvait à quel point ces deux hommes se comprenaient. « Pourquoi cette question ? ne sais-tu pas à quoi t'en tenir ? » avait l'air de demander Stépane Arcadiévitch.

Les mains dans les poches de sa veste, une jambe à l'écart, un sourire imperceptible aux lèvres, Mathieu contemplait son maître en silence. Il laissa enfin tomber cette phrase évidemment préparée d'avance :

« Je leur ai dit de revenir l'autre dimanche, et d'ici là de ne déranger inutilement ni Monsieur ni eux-mêmes. »

Stépane Arcadiévitch comprit que Mathieu avait voulu se signaler par une plaisanterie de sa façon. Il ouvrit le télégramme, le parcourut, rétablissant au petit bonheur les mots défigurés, et son visage s'éclaircit.

« Mathieu, ma sœur Anna Arcadiévna arrive demain », dit-il en arrêtant pour un instant la main grassouillette du barbier en train de tracer à l'aide du peigne une raie rose entre ses longs favoris bouclés, frisés.

« Dieu soit loué ! s'écria Mathieu d'un ton qui prouvait qu'il comprenait lui aussi l'importance de cette nouvelle : Anna Arcadiévna, la sœur bien-aimée de son maître, pourrait contribuer à la réconciliation des époux !

— Seule ou avec son mari ? demanda-t-il.

En guise de réponse, Stépane Arcadiévitch, qui abandonnait au barbier sa lèvre supérieure, leva un doigt. Mathieu fit un signe de tête dans le miroir.

« Seule. Faudra-t-il préparer sa chambre en haut ?

— Là où Darie Alexandrovna l'ordonnera.

— Darie Alexandrovna ? répéta Mathieu d'un air de doute.

— Oui. Porte-lui ce télégramme et fais-moi connaître sa décision.

« Ah ! ah ! vous voulez faire une tentative ! » songea Mathieu, mais il répondit simplement :

— Bien, Monsieur.

Stépane Arcadiévitch, sa toilette achevée et le barbier congédié, allait passer ses vêtements quand Mathieu, le télégramme à la main, fit à pas feutrés sa rentrée dans la pièce.

« Darie Alexandrovna fait dire qu'elle part, et que Monsieur agisse comme bon lui semblera », déclara-t-il, ne souriant que des yeux, les mains plongées dans ses poches, la tête penchée de côté, le regard fixé sur son maître.

Stépane Arcadiévitch se tut quelques instants ; puis un sourire plutôt piteux passa sur son beau visage.

— Qu'en penses-tu, Mathieu ? dit-il en hochant la tête.

— Cela se tassera, Monsieur.

— Cela « se tassera » ?

— Certainement.

— Tu crois ?... Mais qui va là ? demanda Stépane Arcadiévitch en percevant du côté de la porte le frôlement d'une robe.

— C'est moi, Monsieur, répondit une voix féminine ferme, mais agréable ; et la figure grêlée et sévère de Matrone Filimonovna, la bonne des enfants, apparut dans l'encadrement de la porte.

— Qu'y a-t-il, Matrone ? demanda Stépane Arcadiévitch en s'avançant vers elle.

Bien qu'il eût, de son propre aveu, tous les torts envers sa femme, la maison entière était pour lui, y compris Matrone, laquelle était pourtant la grande amie de Darie Alexandrovna.

— Qu'y a-t-il ? répéta-t-il d'un ton abattu.

— Vous devriez, Monsieur, aller trouver Madame et lui demander encore une fois pardon. Peut-être que le bon Dieu vous sera miséricordieux. Madame se désole, c'est pitié de la voir, et tout va de travers dans la maison. Il faut avoir pitié des enfants, Monsieur. Demandez pardon, Monsieur. Que voulez-vous, quand le vin est tiré...

— Mais elle ne me recevra pas...

— Allez-y toujours. Dieu est miséricordieux ; priez-le, Monsieur, priez-le.

— Eh bien, c'est bon, va, dit Stépane Arcadiévitch, devenu soudain cramoisi. Allons, donne-moi vite mes affaires, ordonna-t-il à Mathieu, en rejetant d'un geste sa robe de chambre.

Soufflant sur d'invisibles grains de poussière, Mathieu

tendait déjà comme un collier la chemise empesée qu'il laissa retomber avec un plaisir évident sur le corps délicat de son maître.

III

Une fois habillé, Stépane Arcadiévitch se parfuma à l'aide d'un vaporisateur, arrangea ses manchettes, fourra machinalement dans ses poches ses cigarettes, son portefeuille, ses allumettes, sa montre dont la double chaîne s'ornait de breloques, chiffonna son mouchoir, et se sentit frais, dispos, parfumé et d'une incontestable bonne humeur physique en dépit de son malaise moral. Il se dirigea, d'un pas quelque peu sautillant, vers la salle à manger, où l'attendaient déjà son café et son courrier.

Il parcourut les lettres. L'une d'elles, celle d'un négociant avec lequel il était en pourparlers pour une vente de bois dans la propriété de sa femme, le contraria fort. Cette vente était nécessaire ; mais tant que la réconciliation n'aurait pas eu lieu, il n'y voulait point songer, répugnant à mêler à cette grave affaire une question d'intérêt. La pensée que sa démarche pourrait être influencée par la nécessité de cette vente lui parut particulièrement odieuse.

Après la lecture du courrier, Stépane Arcadiévitch tira vers lui ses dossiers, en parcourut deux à la hâte, y fit quelques annotations avec un gros crayon, et, repoussant ces paperasses, se mit enfin à déjeuner : tout en prenant son café, il déplia son journal, encore humide, et se plongea dans la lecture.

Stépane Arcadiévitch recevait un de ces journaux de couleur libérale, mais point trop prononcée, qui conviennent à la majorité du public. Bien qu'il ne s'intéressât guère ni à la science, ni à l'art, ni à la politique, il partageait pleinement sur toutes ces questions la manière de voir de son journal et de la majorité ; il ne changeait d'opinions que lorsque la majorité en changeait — ou plutôt il n'en changeait point, elles se modifiaient en lui imperceptiblement.

Stépane Arcadiévitch ne choisissait pas plus ses

façons de penser que les formes de ses chapeaux ou de ses redingotes : il les adoptait parce que c'étaient celles de tout le monde. Comme il vivait dans une société où une certaine activité intellectuelle est considérée comme l'apanage de l'âge mur, les opinions lui étaient aussi nécessaires que les chapeaux. Au conservatisme que professaient bien des gens de son bord il préférait, à vrai dire, le libéralisme, non point qu'il trouvât cette tendance plus sensée, mais tout simplement parce qu'elle cadrait mieux avec son genre de vie. Le parti libéral prétendait que tout allait mal en Russie ; et c'était en effet le cas pour Stépane Arcadiévitch qui avait beaucoup de dettes et peu de ressources. Le parti libéral proclamait que le mariage, institution caduque, réclame une réforme urgente ; et pour Stépane Arcadiévitch la vie conjugale présentait effectivement peu d'agréments, elle le contraignait à mentir, à dissimuler, ce qui répugnait à sa nature. Le parti libéral soutenait ou plutôt laissait entendre que la religion était un simple frein aux instincts barbares du populaire ; et Stépane Arcadiévitch, qui ne pouvait supporter l'office le plus court sans souffrir des jambes, ne comprenait pas que l'on pût se livrer à des tirades pathétiques sur l'autre monde alors qu'il faisait si bon vivre dans celui-ci. Joignez à cela que Stépane Arcadiévitch, d'humeur fort plaisante, s'amusait volontiers à scandaliser les gens tranquilles : tant qu'à faire parade de ses aïeux, affirmait-il, pourquoi s'en tenir à Rurik et renier le premier ancêtre, le singe ? Le libéralisme lui devint donc une habitude : il aimait son journal comme son cigare après dîner, pour le plaisir de sentir un léger brouillard flotter autour de son cerveau.

Il parcourut l'article de fond, lequel démontrait que de notre temps on avait grand tort de voir dans le radicalisme une menace à tous les éléments conservateurs, et plus encore d'inciter le gouvernement à prendre des mesures pour écraser l'hydre révolutionnaire. « À notre avis, au contraire, le danger ne vient point de cette hydre prétendue mais de l'entêtement traditionnel qui met obstacle à tout progrès, etc., etc. » Il parcourut également un autre article, dont l'auteur traitait de finances, citait Bentham et Mill et lançait des pointes au ministère. Son esprit prompt et subtil lui permettait de saisir chacune de ces allusions, de deviner d'où elle partait et à qui elle s'adressait, ce qui lui causait un certain plaisir. Mais aujourd'hui ce plaisir était gâté par le souvenir des conseils de Matrone Filimonovna, par le sentiment que tout n'allait pas pour le mieux dans la maison. Il apprit encore qu'on croyait le comte de Beust parti pour Wiesbaden, qu'il n'existait plus de cheveux gris, qu'on vendait un coupé, qu'une jeune personne cherchait une place, mais ces nouvelles ne lui procurèrent pas la douce satisfaction quelque peu ironique qu'elles lui procuraient d'ordinaire.

Quand il eut terminé sa lecture et absorbé une seconde tasse de café avec une brioche beurrée[1], il se leva, secoua les miettes qui s'étaient attachées à son gilet, redressa sa large poitrine et sourit de plaisir. Ce sourire béat, signe d'une excellente digestion plutôt que d'un état particulièrement joyeux, lui remit toutes choses en mémoire et il se prit à réfléchir.

Deux jeunes voix se firent entendre derrière la porte ; Stépane Arcadiévitch reconnut celles de Gricha, son fils cadet, et de Tania, sa fille aînée. Les enfants avaient renversé un objet qu'ils s'amusaient à traîner.

« J'avais bien dit qu'il ne fallait pas mettre de voyageurs sur l'impériale, criait la petite fille en anglais ; ramasse-les maintenant. »

« Tout va de travers, se dit Stépane Arcadiévitch ; les enfants sont abandonnés à eux-mêmes. » Il s'approcha de la porte pour les appeler. Abandonnant la boîte qui leur représentait un train, les petits accoururent.

Tania entra hardiment, et se précipita au cou de son père dont elle était la favorite, s'amusant à respirer le parfum bien connu qu'exhalaient ses favoris. Quand elle eut enfin baisé à son aise ce visage empourpré par la pose inclinée et rayonnant de tendresse, l'enfant détacha ses bras et voulut s'enfuir ; mais le père la retint.

— Que fait maman ? demanda-t-il en caressant le cou blanc et délicat de sa fille… Bonjour, ajouta-t-il à l'adresse du petit garçon qui le saluait à son tour.

Il s'avouait qu'il aimait moins son fils et tâchait de tenir la balance égale ; mais Gricha sentait la différence, aussi ne répondit-t-il point au sourire contraint de son père.

— Maman ? Elle est levée, répondit la petite.

Stépane Arcadiévitch soupira.

« Elle a de nouveau passé une nuit blanche », songea-t-il.

— Est-elle gaie ?

La petite fille savait que son père et sa mère étaient en froid : sa maman ne pouvait donc être gaie, son père ne l'ignorait point et dissimulait en lui faisant cette question d'un ton léger. Elle rougit pour son père. Celui-ci la comprit et rougit à son tour.

— Je ne sais pas, dit-elle. Elle ne veut pas que nous prenions nos leçons ce matin et nous envoie avec miss Hull chez grand-maman.

— Eh bien, vas-y, ma Tania. Un moment, ajouta-t-il en la retenant et en caressant sa petite main potelée.

Il chercha sur la cheminée une boîte de bonbons qu'il y avait placée la veille, et lui donna deux bonbons, en ayant soin de choisir ceux qu'elle préférait, un au chocolat et un autre à la crème.

— Celui-là est pour Gricha ? fit-elle en désignant le bonbon au chocolat.

— Oui, oui.

Après une dernière caresse à ses petites épaules, un baiser sur ses cheveux et son cou, il la laissa partir.

— La voiture est avancée, vint annoncer Mathieu. Et il y a une solliciteuse, ajouta-t-il.

— Depuis longtemps ? s'informa Stépane Arcadiévitch.

— Une petite demi-heure.

— Combien de fois ne t'ai-je pas ordonné de me prévenir immédiatement !

— Il faut pourtant vous donner le temps de déjeuner, rétorqua Mathieu, d'un ton si amicalement bourru qu'il eût été vain de se fâcher.

— Eh bien, fais-la vite entrer, se contenta de dire Oblonski en fronçant le sourcil.

La solliciteuse, épouse d'un certain capitaine Kalinine, demandait une chose impossible et qui n'avait pas le sens commun ; mais, fidèle à ses habitudes aimables, Stépane Arcadiévitch la fit asseoir, l'écouta sans l'interrompre, lui indiqua longuement la marche à suivre et lui écrivit même de sa belle écriture large et bien nette un billet fort alerte pour la personne qui pouvait lui venir en aide. Après avoir congédié l'épouse du capitaine, Stépane Arcadiévitch prit son chapeau et s'arrêta en se demandant s'il n'oubliait pas quelque chose. Il n'avait oublié que ce qu'il souhaitait d'oublier : sa femme.

« Ah ! oui ! » Il baissa la tête, en proie à l'anxiété. « Faut-il ou ne faut-il pas y aller ? » se demandait-il. Une voix intérieure lui disait qu'il valait mieux s'abstenir, qu'il allait se mettre dans une situation fausse, qu'un raccommodement était impossible : pouvait-il la rendre attrayante comme autrefois, pouvait-il se faire vieux et incapable d'aimer ? Non, à l'heure actuelle, il n'y avait à attendre de pareille démarche que fausseté et mensonge ; et la fausseté comme le mensonge répugnait à sa nature.

« Cependant il faudra bien en venir là, les choses ne peuvent rester ainsi », conclut-il en essayant de se donner du courage. Il se redressa, prit une cigarette dans son étui, l'alluma, en tira deux bouffées, la rejeta dans un cendrier de nacre, traversa le salon à grands pas et ouvrit la porte qui donnait dans la chambre de sa femme.

IV

Dans un pêle-mêle d'objets jetés à terre, Darie Alexandrovna, en négligé, vidait les tiroirs d'un chiffonnier ; des tresses hâtives retenaient sur la nuque sa chevelure qui avait été belle mais devenait de plus en plus rare, et la maigreur de son visage dévasté par le chagrin faisait étrangement ressortir ses grands yeux effarouchés. Quand elle entendit le pas de son mari, elle s'arrêta un instant, le regard tourné vers la porte, et s'efforça de prendre un air sévère et méprisant. Elle se rendait compte qu'elle redoutait et son mari et cette entrevue. Pour la dixième fois depuis trois jours elle se reconnaissait impuissante à réunir ses effets et ceux de ses enfants pour se réfugier chez sa mère ; pour la dixième fois cependant elle se disait qu'elle devait entreprendre quelque chose, punir l'infidèle, l'humilier, lui rendre une faible partie du mal qu'il lui avait causé. Mais tout en se répétant qu'elle le quitterait, elle sentait qu'elle n'en ferait rien, car elle ne pouvait se désaccoutumer de l'aimer, de le considérer comme son mari. D'ailleurs elle s'avouait que si dans sa propre maison elle avait grand-peine à venir à bout de ses cinq enfants, ce serait bien pis là où elle comptait les mener. Un bouillon tourné avait rendu le petit malade, et les autres avaient failli ne pas dîner la veille... Elle comprenait donc qu'elle n'aurait jamais le courage de partir, mais elle cherchait à se donner le change en rassemblant ses affaires.

En apercevant son mari, elle se reprit à fouiller ses tiroirs et ne leva la tête que lorsqu'il fut tout près d'elle. Alors, au lieu de l'air sévère et résolu qu'elle comptait lui opposer, elle lui montra un visage ravagé par la souffrance et l'indécision.

— Dolly ! dit-il d'une voix sourde.

La tête rentrée dans les épaules, il affectait des façons pitoyables et soumises, qui ne cadraient guère avec son extérieur brillant de santé. D'un rapide coup d'œil elle l'enveloppa des pieds à la tête et put constater la fraîcheur parfaite, rayonnante, qui émanait de tout son être. « Mais il est heureux et content, songea-t-elle, tandis que moi !... Et cette affreuse bonhomie qui le fait chérir de tout le monde, comme je la déteste ! » Sa bouche se contracta, et sur son visage pâle et nerveux un muscle de la joue droite frissonna.

— Que me voulez-vous ? demanda-t-elle sèchement d'une voix de poitrine qu'elle ne se connaissait pas.

— Dolly ! répéta-t-il avec un tremblement dans la voix, Anna arrive aujourd'hui.

— Que m'importe ! s'écria-t-elle. Je ne puis la recevoir.

— Mais, Dolly, il faudrait pourtant...

— Allez-vous-en, allez-vous-en, allez-vous-en ! cria-t-elle sans le regarder comme si ce cri lui était arraché par une douleur physique.

Loin de sa femme Stépane Arcadiévitch avait pu garder son calme, espérer que tout « se tasserait », selon le mot de Mathieu, lire tranquillement son journal et prendre non moins tranquillement son café ; mais quand il vit ce visage bouleversé, quand il perçut ce son de voix résigné, désespéré, sa respiration s'arrêta, quelque chose lui monta au gosier, des larmes perlèrent à ses yeux.

— Mon Dieu, qu'ai-je fait ! Dolly, au nom du ciel ! Vois-tu, je...

Il ne put continuer : un sanglot le prit à la gorge.

Elle ferma violemment le chiffonnier et se tourna vers lui.

— Dolly, que puis-je te dire? un seul mot: pardonne-moi. Rappelle tes souvenirs: neuf années de ma vie ne peuvent-elles racheter une minute... une minute...

Les yeux baissés, elle l'écoutait avidement et semblait le conjurer de la convaincre.

— Une minute d'entraînement... prononça-t-il enfin, et il voulut continuer. Mais le mot l'avait blessée: de nouveau ses lèvres se contractèrent, de nouveau les muscles de sa joue droite tressaillirent.

— Allez-vous-en, allez-vous-en! cria-t-elle de plus en plus excitée. Ne me parlez point de vos entraînements, de vos vilenies.

Elle voulut sortir, mais faillit choir et dut s'appuyer au dossier d'une chaise. Le visage d'Oblonski se dilata, ses lèvres se gonflèrent, ses yeux se remplirent de larmes.

— Dolly, supplia-t-il déjà sanglotant, au nom du ciel, songe aux enfants, ils ne sont pas coupables! Il n'y a que moi de coupable, punis-moi, dis-moi comment je puis expier. Je suis prêt à tout. Oui, je suis coupable, très coupable. Je ne trouve pas de mots pour exprimer mon repentir. Pardonne-moi, Dolly, je t'en conjure!

Elle s'assit. Il écoutait avec un sentiment de pitié infinie cette respiration courte et oppressée. Plusieurs fois elle essaya de parler, sans y parvenir. Il attendait.

— Tu songes aux enfants quand il te prend envie de jouer avec eux, put-elle enfin proférer; mais moi, j'y songe sans cesse et je sais que les voilà perdus sans retour.

C'était là sans doute une des phrases qu'elle s'était mainte et mainte fois répétées au cours de ces trois jours.

Elle lui avait dit « tu »; il la regarda avec reconnaissance et fit un mouvement pour prendre sa main, mais elle le repoussa d'un geste de dégoût.

— Je songe aux enfants et ferais tout au monde pour les sauver, mais je ne sais encore ce qui vaut mieux pour eux: les emmener loin de leur père ou les laisser auprès d'un débauché... Voyons, après... ce qui s'est passé, dites-moi s'il est possible que nous vivions ensemble? Est-ce possible? Répondez donc, voyons, est-ce possible? répéta-t-elle en haussant la voix. Lorsque mon mari, le père de mes enfants, entretient une liaison avec leur institutrice...

— Mais que faire ? que faire ? demanda-t-il d'une voix dolente, ne sachant trop ce qu'il disait et baissant de plus en plus la tête.

— Vous me répugnez, vous me révoltez, s'écria-t-elle au comble de l'irritation. Vos larmes ne sont que de l'eau ! Vous me dégoûtez, vous me faites horreur, vous ne m'êtes plus qu'un étranger, oui, un ÉTRANGER, répéta-t-elle en appuyant avec un emportement douloureux sur ce mot fatal qu'elle jugeait effroyable.

Il leva les yeux sur elle : sa physionomie courroucée le surprit et l'effraya. La commisération qu'il lui témoignait exaspérait Dolly : qu'avait-elle besoin de pitié quand elle attendait de l'amour. Mais il ne le comprit pas. « Non, se dit-il, elle me hait, elle ne me pardonnera jamais. »

— C'est terrible, terrible ! murmura-t-il.

À ce moment, un des enfants, qui avait sans doute fait une chute, se mit à pleurer dans la chambre voisine ; Darie Alexandrovna tendit l'oreille et son visage s'adoucit. Elle parut revenir à elle, hésita quelques instants, puis, brusquement dressée, se dirigea vers la porte.

« Elle aime pourtant "mon enfant", songea-t-il ; comment alors peut-elle me haïr ? »

— Dolly, encore un mot ! insista-t-il en la suivant.

— Si vous me suivez, j'appelle les domestiques, les enfants. Qu'ils soient tous témoins de votre infamie. Je pars aujourd'hui, je vous laisse la place libre : installez ici votre maîtresse.

Elle sortit en fermant violemment la porte.

Stépane Arcadiévitch soupira, s'essuya la figure et se dirigea à pas lents vers la porte. « Mathieu prétend que cela "se tassera", mais je ne vois vraiment pas comment. Ah ! quelle horreur ! Et quelles façons vulgaires elle a vraiment, se disait-il en se rappelant son cri ainsi que les mots "infamie" et "maîtresse". Pourvu que les petites n'aient rien entendu ! Oui, tout cela est trop trivial. » Il s'arrêta un moment, s'essuya les yeux, soupira, se redressa et sortit.

C'était un vendredi ; dans la salle à manger l'horloger — un Allemand — remontait la pendule. Stépane Arcadiévitch se rappela que, frappé par la régularité de cet homme chauve, il s'était écrié un jour que l'Allemand avait été créé et mis au monde pour « remonter les pendules sa vie durant ». Le souvenir de cette plaisanterie le fit sourire. Une bonne plaisanterie ne le laissait jamais indifférent. « Après tout, peut-être que cela se "tassera". Le mot est joli d'ailleurs, il faudra le placer. »

— Mathieu, cria-t-il, et quand celui-ci eut fait son apparition : Matrone et toi, ordonna-t-il, vous aurez soin de préparer le petit salon pour l'arrivée d'Anna Arcadiévna.

— Bien, Monsieur.

Stépane Arcadiévitch mit sa pelisse et gagna la sortie, suivi de Mathieu.

— Monsieur ne dînera pas à la maison ? s'enquit le fidèle serviteur.

— Cela dépend. Tiens, voici pour la dépense, dit Oblonski en tirant de son portefeuille un billet de dix roubles. Est-ce assez ?

— Assez ou pas assez, faudra bien qu'on s'arrange, répliqua Mathieu en fermant la portière.

Cependant Darie Alexandrovna avait consolé l'enfant ; avertie du départ de son mari par le bruit que fit la voiture en s'éloignant, elle s'empressa de regagner sa chambre, son seul refuge contre les tracas domestiques. Pendant cette courte échappée, l'Anglaise et Matrone Filimonovna ne l'avaient-elles point accablée de questions pressantes et qu'elle seule pouvait résoudre : « Quels vêtements fallait-il mettre aux enfants pour la promenade ? devait-on leur donner du lait ? fallait-il se mettre en quête d'un autre cuisinier ? »

« Ah, laissez-moi tranquille ! » leur avait-elle dit. Et revenue à la place où s'était déroulé l'entretien avec son mari, elle en repassait maintenant les détails dans sa mémoire, serrant l'une contre l'autre ses mains décharnées dont les doigts ne retenaient plus les bagues. « Il est parti ? Mais a-t-il rompu avec "elle" ? Se peut-il qu'il "la" voie encore ? Pourquoi ne le lui ai-je pas demandé ? Non, non, impossible de reprendre la vie commune. Si même nous restons sous le même toit, nous n'en serons pas moins des étrangers, oui, des étrangers pour toujours ! » répéta-t-elle en insistant avec une énergie particulière sur ce mot fatal. « Et pourtant comme je l'aimais, mon Dieu, comme je l'aimais !... Comme je l'aimais ? Mais est-ce qu'à l'heure actuelle je ne l'aime pas encore et peut-être même davantage ?... Ce qu'il y a de plus dur, c'est... »

L'entrée de Matrone Filimonovna interrompit ses réflexions.

— Ordonnez au moins qu'on aille chercher mon frère, dit celle-ci. Il fera le dîner. Sinon, ce sera comme hier et les enfants n'auront pas mangé à six heures.

— C'est bon, je vais venir et donner des ordres. A-t-on fait chercher du lait frais ?...

Darie Alexandrovna se plongea dans la routine quotidienne et s'y noya pour un moment.

V

GRÂCE à d'heureux dons naturels, Stépane Arcadiévitch avait fait de bonnes études, mais paresseux et dissipé, il était sorti du collège dans un mauvais rang. Néanmoins, malgré son genre de vie dissolu, son grade médiocre, son âge peu avancé, il occupait un poste important et bien rémunéré, celui de président de section dans une administration publique de Moscou. Il devait cet emploi à la protection du mari de sa sœur Anna, Alexis Alexandrovitch Karénine, un des pivots du ministère dont dépendait l'administration en question ; mais, à défaut de son beau-frère, une bonne centaine d'autres personnes : frères et sœurs, oncles et tantes, cousins et cousines, auraient procuré à Stiva Oblonski cette place ou quelque autre du même genre, ainsi que les six mille roubles d'appointements dont il avait besoin pour joindre les deux bouts, en dépit de la fortune assez considérable de sa femme.

Stépane Arcadiévitch comptait la moitié de Moscou et de Pétersbourg dans sa parenté ou dans ses relations. Il était né parmi les puissants de ce monde — ceux d'aujourd'hui comme ceux de demain. Un tiers des personnages influents, gens âgés, anciens camarades de son père, l'avait connu en brassière ; le second tiers le tutoyait ; les autres étaient gens de connaissance ; par conséquent les dispensateurs des biens de la terre sous forme d'emplois, de fermes, de concessions, etc. étant tous de ses amis, ils n'auraient eu garde de négliger un des leurs. Il ne se donna donc pas grand'peine pour obtenir une situation avantageuse : on lui demandait seulement de ne se montrer ni cassant, ni jaloux, ni emporté, ni susceptible, défauts d'ailleurs bien incompatibles avec sa bonté naturelle... Il eût trouvé plaisant qu'on lui refusât la place et le traitement dont il avait besoin. Qu'exigeait-il de si extraordinaire ? Un emploi comme en obtenaient autour de lui les gens de son âge et de son monde et qu'il se sentait capable de remplir aussi bien que quiconque.

On n'aimait pas seulement Stépane Arcadiévitch à cause de son aimable caractère et de son incontestable loyauté. Son extérieur séduisant, ses yeux vifs, ses sourcils et ses cheveux noirs, son teint d'un rose laiteux, bref toute sa personne, exhalaient je ne sais quel charme physique qui mettait les cœurs en joie et les emportait vers lui irrésistiblement. « Ah ! bah ! Stiva ! Oblonski ! le voilà donc ! » s'écriait-on presque toujours avec un sourire joyeux quand on le rencontrait ; la rencontre avait beau ne laisser que des souvenirs plutôt vagues, on se réjouissait tout autant de le revoir le lendemain ou le surlendemain.

Depuis tantôt trois ans qu'il occupait à Moscou sa haute fonction, Stépane Arcadiévitch s'était acquis non seulement l'amitié mais encore la considération de ses collègues, et de toutes les personnes qui avaient affaire à lui. Les qualités qui lui valaient cette estime générale étaient, tout d'abord, une extrême indulgence envers ses semblables fondée sur le sentiment de ses propres défauts ; en second lieu, un libéralisme absolu, non pas celui dont ses journaux exposaient les principes, mais un libéralisme inné qui lui faisait traiter tout le monde sur un pied d'égalité, sans aucun égard pour le rang ou la fortune ; enfin — et surtout — une parfaite indifférence pour les affaires dont il s'occupait, ce qui lui permettait de ne point se passionner et par conséquent de ne point commettre d'erreurs.

Dès son arrivée au bureau, Stépane Arcadiévitch, accompagné à distance respectueuse par l'huissier qui s'était emparé de sa serviette, se rendit dans son cabinet pour y revêtir l'uniforme et passa dans la salle du conseil. Les employés se levèrent et le saluèrent avec une affabilité déférente, Stépane Arcadiévitch se hâta, comme toujours, de gagner sa place et s'assit après avoir serré la main aux autres membres du conseil. Il causa et plaisanta avec eux autant que l'exigeaient les convenances, puis il ouvrit la séance. Personne ne savait comme lui tempérer le ton officiel par cette bonhomie, cette simplicité qui rendent si agréable l'expédition des affaires. D'un air dégagé, mais respectueux, commun à tous ceux qui avaient le bonheur de servir sous ses ordres, le secrétaire s'approcha de Stépane Arcadiévitch, lui présenta des papiers et lui adressa la parole sur le ton familier et libéral qu'il avait mis en usage.

— Nous sommes enfin parvenus à obtenir les renseignements demandés au conseil provincial de Penza ; si vous le permettez, les voici...

— Enfin, vous les avez ! proféra Stépane Arcadiévitch en posant un doigt dessus... Eh bien, messieurs...

Et la séance commença.

« S'ils pouvaient se douter, pensait-il, les yeux rieurs, tout en penchant la tête d'un air important pour écouter le rapport, quelle mine de gamin pris en faute avait tout à l'heure leur président ! »

La séance ne devait être interrompue qu'à deux heures pour le déjeuner. Deux heures n'avaient pas encore sonné lorsque la grande porte vitrée de la salle s'ouvrit et quelqu'un entra. Heureux de la diversion, tous les membres du conseil — ceux qui siégeaient sous le portrait de l'empereur comme ceux que cachait à demi le miroir de justice[1] — tournèrent la tête de ce côté, mais l'huissier de service fit aussitôt sortir l'intrus et ferma la porte derrière lui.

Quand la lecture du rapport fut terminée, Stépane Arcadiévitch s'étira, se leva, et sacrifiant au libéralisme de l'époque, osa prendre une cigarette en pleine salle du conseil ; puis il passa dans son cabinet, suivi de deux collègues, un vieux routier, Nikitine, et un jeune gentilhomme de la chambre, Grinévitch.

— Nous aurons le temps de terminer après déjeuner, déclara Stépane Arcadiévitch.

— Certainement ! confirma Nikitine.

— Ce doit être un joli coquin que ce Fomine, dit Grinévitch faisant allusion à l'un des personnages de l'affaire.

Par son silence et une moue significative, Stépane Arcadiévitch fit entendre à Grinévitch l'inconvenance des jugements anticipés.

— Qui donc est entré dans la salle ? demanda-t-il à l'huissier.

— Quelqu'un qui vous demandait, et qui m'a glissé dans les mains pendant que j'avais le dos tourné. Mais je lui ai dit : veuillez attendre que ces messieurs sortent...

— Où est-il ?

— Probablement dans le vestibule, car il était là tout à l'heure. Tenez, le voilà, ajouta l'huissier en désignant un beau gaillard aux larges épaules et à la barbe frisée, qui, sans se donner la peine d'ôter son bonnet de fourrure, prenait d'assaut l'escalier de pierre, dont les collègues de Stépane Arcadiévitch, serviette sous le bras, descendaient en ce moment les marches usées. L'un d'eux, personnage d'une maigreur extrême, s'arrêta, considéra sans la moindre aménité les jambes du grimpeur et se retourna pour interroger du regard Oblonski, debout, au haut de l'escalier, et dont la face rayonnante, rehaussée par le collet brodé de l'uniforme, s'épanouit encore davantage quand il eut reconnu l'arrivant.

— C'est bien lui ! Levine, enfin ! s'écria-t-il en le gratifiant d'un sourire affectueux, bien que narquois. Comment, tu ne fais pas le dégoûté et tu viens me chercher dans ce « mauvais lieu », continua Stépane Arcadiévitch, qui, non content de serrer la main de son ami, lui donna encore l'accolade. Depuis quand es-tu ici ?

— J'arrive et j'avais hâte de te voir, répondit Levine en promenant autour de lui des regards méfiants et effarouchés.

— Eh bien, viens dans mon cabinet, dit Stépane Arcadiévitch, qui connaissait la timidité farouche de son ami ; et le prenant par le bras, il l'entraîna à sa suite, comme pour lui faire franchir un passage difficile.

Stépane Arcadiévitch tutoyait presque toutes ses connaissances : des vieillards de soixante ans, des jeunes gens de vingt, des acteurs, des ministres, des négociants, des aides de camp de l'empereur, et bien des personnes ainsi tutoyées aux deux bouts de l'échelle sociale eussent été fort surprises d'apprendre qu'il y avait, grâce à Oblonski, un point de contact entre elles. Il tutoyait tous ceux avec qui il sablait le champagne, autrement dit tout le monde : mais quand il rencontrait un de ses tutoyés peu flatteurs en présence de ses subordonnés, il avait le tact de soustraire ceux-ci à une impression désagréable. Bien que

Levine n'appartînt certes pas à cette catégorie, il croyait peut-être que son ami ne tenait point à le traiter devant ses inférieurs sur un pied d'intimité: avec son savoir-vivre habituel Oblonski s'en était aussitôt rendu compte; voilà pourquoi il l'avait entraîné dans son cabinet.

Levine et Oblonski avaient à peu près le même âge et leur tutoiement marquait autre chose qu'un compagnonnage de table. Camarades d'adolescence, ils s'aimaient, malgré la différence de leurs caractères et de leurs goûts, comme s'aiment des amis, qui se sont liés dès la prime jeunesse. Néanmoins, ainsi qu'il arrive souvent à des gens qui ont embrassé des professions différentes, chacun d'eux, tout en approuvant par le raisonnement la carrière de son ami, la méprisait au fond de l'âme; chacun d'eux tenait la vie qu'il menait pour la seule vie réelle, et celle que menait son ami pour un pur mirage À la vue de Levine, Oblonski ne pouvait jamais retenir un léger sourire ironique. Combien de fois ne l'avait-il pas vu arriver de la campagne, où il s'adonnait à des travaux dont Stépane Arcadiévitch ignorait au juste la nature et qui d'ailleurs ne l'intéressaient guère! Toujours Levine apparaissait en proie à une hâte fébrile, un peu pataud et gêné de l'être; et presque toujours il apportait des vues nouvelles et imprévues sur la vie et les choses. Ces façons amusaient fort Stépane Arcadiévitch De son côté Levine méprisait le genre de vie, par trop citadin, de son ami, et ne prenait pas au sérieux ses occupations officielles. Chacun riait donc de l'autre; mais comme Oblonski suivait la loi commune, son rire était allègre et bon enfant, celui de Levine hésitant et quelque peu jaune.

— Il y a longtemps que nous t'attendons, dit Stépane Arcadiévitch en pénétrant dans son cabinet et en lâchant le bras de Levine comme pour lui prouver qu'ici tout danger cessait.

— Je suis très heureux de te voir, continua-t-il. Eh bien, comment vas-tu? que fais-tu? quand es-tu arrivé?

Levine considérait en silence les deux collègues d'Oblonski, qui n'étaient point de ses connaissances; les mains de l'élégant Grinévitch, ses doigts blancs et effilés, ses ongles longs, jaunes et recourbés du bout, ses énormes boutons de manchettes, absorbaient notamment son attention et l'empêchaient de rassembler ses idées. Oblonski s'en aperçut et sourit.

— Ah ! oui, c'est vrai. Permettez-moi, messieurs, de vous faire faire connaissance. Mes collègues Philippe Ivanovitch Nikitine, Michel Stanislavitch Grinévitch — et se tournant vers Levine : — un homme nouveau, un homme de la terre, un des piliers du « zemstvo »[1], un athlète qui enlève cent cinquante livres d'une main, un grand éleveur, un grand chasseur, et, qui plus est, mon ami, Constantin Dmitriévitch Levine, le frère de Serge Ivanovitch Koznychev.

— Enchanté, dit le petit vieux.

— J'ai l'honneur de connaître votre frère, dit Grinévitch, en lui tendant une de ses belles mains.

Le visage de Levine se rembrunit ; il serra froidement la main qu'on lui tendait et se tourna vers Oblonski. Bien qu'il respectât fort son demi-frère, écrivain connu de toute la Russie, il n'aimait guère qu'on s'adressât à lui, non comme à Constantin Levine, mais comme au frère du célèbre Koznychev.

— Non, je ne m'occupe plus du tout du zemstvo ; je me suis brouillé avec tous mes collègues et n'assiste plus aux sessions, dit-il en s'adressant à Oblonski.

— Cela s'est fait bien vite ! dit celui-ci en souriant. Mais comment ? pourquoi ?

— C'est une longue histoire. Je te la raconterai un jour, répondit Levine, ce qui ne l'empêcha pas de la raconter aussitôt. Pour être bref, commença-t-il du ton d'un homme offensé, je me suis convaincu que cette institution ne rimait à rien et qu'il n'en pouvait être autrement. D'une part c'est un joujou : on joue au parlement ; or je ne suis ni assez jeune ni assez vieux pour me divertir de la sorte. D'autre part c'est… (il hésita) c'est un moyen pour la *coterie*[2] du district de gagner quelques sous. Autrefois il y avait les tutelles, les tribunaux, maintenant il y a le zemstvo ; autrefois on prenait des pots-de-vin, aujourd'hui on touche des appointements sans les gagner.

Il proféra cette tirade d'un ton véhément, comme s'il redoutait la contradiction.

— Hé, hé ! Te voilà, il me semble, dans une nouvelle phase, tu deviens conservateur ! dit Stépane Arcadiévitch. Mais nous en reparlerons plus tard.

— Oui, c'est cela, plus tard. J'avais grand besoin de te

voir, dit Levine, dont le regard chargé de haine ne pouvait se détacher de la main de Grinévitch.

Stépane Arcadiévitch sourit imperceptiblement.

— Et toi qui ne voulais plus t'habiller à l'européenne ! s'exclama-t-il en examinant le costume neuf de son ami, œuvre évidente d'un tailleur français. Décidément c'est une nouvelle phase.

Levine rougit subitement, non comme un homme mûr qui ne s'en aperçoit pas, mais comme un jeune garçon que sa timidité rend ridicule, qui le sent et n'en rougit que davantage, jusqu'à verser des larmes. Cette pourpre enfantine donnait à son visage intelligent et mâle un air si étrange qu'Oblonski détourna le regard.

— Mais où donc nous verrons-nous ? J'ai grand, grand besoin de te parler, dit enfin Levine.

Oblonski réfléchit un instant.

— Veux-tu que nous déjeunions chez Gourine ? Nous y causerons tranquillement. Je suis libre jusqu'à trois heures.

— Non, répondit Levine après un moment de réflexion, j'ai encore une course à faire.

— Alors, dînons ensemble.

— Dîner ? mais je n'ai rien de spécial à te dire, deux mots seulement, une question à te poser ; nous causerons plus tard à loisir.

— Dans ce cas, dis-les tout de suite tes deux mots, et nous bavarderons pendant le dîner.

— Eh bien, les voici ; ils n'ont d'ailleurs rien de particulier…

Son visage prit soudain une expression méchante, résultat de l'effort qu'il faisait pour vaincre sa timidité.

— Que font les Stcherbatski ? Tout va-t-il comme par le passé ?

Stépane Arcadiévitch savait depuis longtemps que Levine était amoureux de sa belle-sœur Kitty ; il esquissa un sourire et ses yeux brillèrent gaiement.

— Tu as dit : deux mots, mais je ne puis te répondre de même, parce que… Excuse-moi un instant…

Le secrétaire entra à ce moment-là, toujours respectueusement familier, mais convaincu, comme tous les secrétaires, de sa supériorité en affaires sur son chef. Il présenta des papiers à Oblonski et, sous forme d'une question, lui soumit une difficulté quelconque. Sans le laisser achever, Stépane Arcadiévitch lui posa amicalement la main sur le bras.

— Non, faites comme je vous l'ai demandé, dit-il en adoucissant son observation d'un sourire, et après avoir brièvement expliqué comment il comprenait l'affaire, il conclut en repoussant les papiers : C'est entendu, n'est-ce pas, Zacharie Nikitytch ?

Le secrétaire s'éloigna, confus. Pendant cette petite conférence, qu'il écouta avec une attention ironique, les deux mains appuyées au dossier d'une chaise, Levine avait eu le temps de se remettre.

— Je ne comprends pas, non, je ne comprends pas, dit-il.

— Qu'est-ce que tu ne comprends pas ? demanda Oblonski, toujours souriant, en cherchant une cigarette ; il s'attendait à une sortie quelconque de Levine.

— Je ne comprends pas ce que vous faites ici, répondit celui-ci, en haussant les épaules. Comment peux-tu prendre tout cela au sérieux ?

— Pourquoi ?

— Parce que ça ne rime à rien.

— Tu crois ? Nous sommes pourtant surchargés de besogne.

— Belle besogne, des griffonnages ! Mais, c'est vrai, tu as toujours eu un don spécial pour ces choses-là.

— Tu veux dire qu'il me manque quelque chose ?

— Peut-être bien. Cependant je ne puis me défendre d'admirer ta belle prestance, et suis fier d'avoir pour ami un homme aussi important... En attendant, tu n'as pas répondu à ma question, ajouta-t-il en faisant un effort désespéré pour regarder Oblonski en face.

— Allons, allons, tu y viendras aussi, tôt ou tard. Tu as beau posséder trois mille hectares dans le district de Karazine, des muscles de fer et la fraîcheur d'une gamine de douze ans, tu finiras par y venir. Quant à ce que tu me demandes, il n'y a pas de changement, mais tu as eu tort de tarder si longtemps.

— Pourquoi ? demanda Levine effrayé.

— Parce que... répondit Oblonski. Nous en reparlerons. Mais, au fait, quel bon vent t'amène ?

— De cela aussi nous reparlerons plus tard, dit Levine en rougissant de nouveau jusqu'aux oreilles.

— C'est bien, je comprends, dit Stépane Arcadiévitch.

Je t'aurais bien prié de venir dîner à la maison, mais ma femme est souffrante. Si tu veux les voir, tu les trouveras de quatre à cinq au Jardin zoologique : Kitty patine. Vas-y ; je t'y rejoindrai et nous dînerons quelque part ensemble.

— Parfait ; alors au revoir !

— Fais attention, je te connais, tu es bien capable d'oublier ou de repartir subitement pour la campagne ! s'écria en riant Stépane Arcadiévitch.

— Non, non, je viendrai sans faute.

Levine passait déjà la porte du cabinet quand il s'aperçut qu'il avait oublié de prendre congé des collègues d'Oblonski.

— Ce doit être un gaillard énergique, dit Grinévitch, quand Levine fut sorti.

— Oui, mon cher, ce garçon-là est né coiffé, répondit Oblonski en hochant la tête. Trois mille hectares dans le district de Karazine ! Quel avenir, quelle fraîcheur ! Il a plus de chance que nous.

— Vous n'avez guère à vous plaindre pour votre part.

— Si, tout va mal, très mal, rétorqua Stépane Arcadiévitch en poussant un profond soupir.

VI

Quand Oblonski lui avait demandé pourquoi au juste il était venu à Moscou, Levine avait rougi et s'en voulait d'avoir rougi, car vraiment, bien que son voyage n'eût pas d'autre motif, pouvait-il répondre : « Je suis venu demander ta belle-sœur en mariage » ?

Les familles Levine et Stcherbatski, deux vieilles maisons nobles de Moscou, avaient toujours entretenu d'excellents rapports, qui se firent encore plus étroits à l'époque où Levine et le jeune prince Stcherbatski, frère de Dolly et de Kitty, suivirent ensemble les cours préparatoires à l'Université, puis ceux de cette docte institution. Dans ce temps-là Levine, qui fréquentait assidûment la maison Stcherbatski, s'éprit de ladite maison. Oui, si étrange que cela puisse paraître, Constantin Levine était amoureux de la maison[1], de la famille et spécialement de l'élément féminin de la famille Stcherbatski.

Comme il avait perdu sa mère trop tôt pour se la rappeler et que son unique sœur était plus âgée que lui[1], ce fut dans cette maison qu'il s'initia aux mœurs honnêtes et cultivées de notre vieille noblesse et retrouva le milieu dont l'avait privé la mort de ses parents. Il voyait tous les membres de cette famille à travers une gaze poétique et mystérieuse : non seulement il ne leur découvrait aucun défaut, mais il leur supposait encore les sentiments les plus élevés, les perfections les plus idéales. Pourquoi ces trois jeunes personnes devaient-elles parler de deux jours l'un français et anglais ? pourquoi leur fallait-il à heure fixe et à tour de rôle taquiner un piano dont les sons montaient jusqu'à la chambre de leur frère où travaillaient les étudiants ? pourquoi des professeurs de littérature française, de musique, de dessin, de danse, se succédaient-ils auprès d'elles ? pourquoi, à certaines heures de la journée, les trois jeunes filles accompagnées de Mlle Linon, se rendaient-elles en calèche au boulevard de Tver, puis, sous la garde d'un valet de pied, cocarde d'or au chapeau, se promener le long de ce boulevard dans leurs pelisses de satin, dont l'une, celle de Dolly, était longue, l'autre, celle de Natalie, demi-longue, la troisième, celle de Kitty, si courte qu'elle faisait ressortir ses petites jambes bien faites, moulées dans des bas rouges ? Toutes ces choses et beaucoup d'autres lui demeuraient incompréhensibles. Néanmoins, ce qui se passait dans ce monde mystérieux ne pouvait qu'être parfait ; cela, il le « savait », et c'est justement cette atmosphère de mystère qui l'avait captivé.

Pendant ses années d'études, il faillit s'éprendre de Dolly, l'aînée ; quand on l'eut mariée à Oblonski, il rejeta son affection sur la cadette. Il éprouvait l'obligation confuse d'aimer l'une des trois sans savoir au juste laquelle[2]. Mais Natalie eut à peine fait son entrée dans le monde qu'elle épousa un diplomate, nommé Lvov. Kitty n'était qu'une enfant quand Levine quitta l'université. Peu après son admission dans la marine, le jeune Stcherbatski se noya dans la mer Baltique, et les relations de Levine avec sa famille se firent plus rares, en dépit de l'amitié qui le liait à Oblonski. Mais quand, au commencement du présent hiver, il avait revu à Moscou les Stcherbatski après toute une année passée à la campagne, il avait compris laquelle des trois sœurs lui était destinée.

Rien de plus simple en apparence que de demander la main de la jeune princesse Stcherbatski ; un homme de trente-deux ans, de bonne famille, de fortune convenable, avait toute chance d'être accueilli comme un beau parti. Mais Levine était amoureux : il voyait en Kitty un être supraterrestre, souverainement parfait, et lui-même au contraire un individu fort bas et fort terre à terre ; il n'admettait donc pas qu'on pût — elle encore moins que les autres — le juger digne de cette perfection.

Après avoir passé à Moscou deux mois qui lui parurent un rêve, rencontrant tous les jours Kitty dans le monde, qu'il s'était mis à fréquenter pour la voir, il avait soudain jugé ce mariage impossible et repris sur-le-champ le chemin de ses terres.

Levine s'était convaincu qu'aux yeux des parents il n'était pas un parti digne de leur fille et que l'exquise Kitty elle-même ne pourrait jamais l'aimer.

Aux yeux des parents il n'avait aucune occupation bien définie, aucune position dans le monde. Tel de ses camarades était déjà colonel et aide de camp de Sa Majesté ; tel autre, professeur ; celui-ci directeur de banque ou de chemin de fer ; celui-là occupait, comme Oblonski, un poste élevé dans l'administration. Quant à lui, on devait certainement le tenir pour un hobereau féru d'élevage, de bâtisses, de chasse à la bécasse, c'est-à-dire pour un raté s'adonnant aux occupations ordinaires des ratés.

L'exquise, la mystérieuse Kitty n'aimerait jamais un homme aussi laid, aussi simple, aussi peu brillant que celui qu'il croyait être. Ses relations de vieille date avec la jeune fille, qui, en raison de son ancienne camaraderie avec le frère aîné, étaient celles d'un homme mûr avec une enfant, lui semblait un obstacle de plus. On pouvait bien, pensait-il, avoir quelque amitié pour un brave garçon comme lui, en dépit de sa laideur, mais seul un être beau et doué de qualités supérieures était capable de se faire aimer d'un amour semblable à celui qu'il éprouvait pour Kitty. Il avait bien entendu dire que les femmes s'éprennent souvent d'hommes laids et médiocres, mais il n'en croyait rien, car il jugeait les autres d'après lui-même, qui ne s'enflammait que pour de belles, de poétiques, de sublimes créatures.

Cependant, après deux mois passés dans la solitude, il se convainquit que le sentiment qui l'absorbait tout entier ne ressemblait en rien aux engouements de sa prime jeunesse; qu'il ne pourrait vivre sans résoudre cette grave question: serait-elle, oui ou non, sa femme; enfin qu'il s'était fait des idées noires, rien ne prouvant après tout qu'il serait refusé. Il partit donc pour Moscou avec la ferme intention de faire sa demande et de se marier, si elle était agréée. Sinon... il ne pouvait se représenter les conséquences d'un refus.

VII

Arrivé à Moscou par le train du matin, Levine s'était fait conduire chez son demi-frère utérin, dans l'intention de lui exposer tout de go le motif de son voyage et de lui demander conseil comme à son aîné. Sa toilette faite, il pénétra dans le bureau de Koznychev, mais ne le trouva pas seul. Un célèbre professeur de philosophie était venu tout exprès de Kharkov pour éclaircir un malentendu qui s'était élevé entre eux au sujet d'un très grave problème. Le professeur faisait une guerre acharné aux matérialistes; Serge Koznychev, qui suivait avec intérêt sa polémique, lui avait, à propos de son dernier article, adressé quelques objections: il lui reprochait de se montrer trop conciliant. Il s'agissait d'une question à la mode: existe-t-il, dans l'activité humaine, une limite entre les phénomènes psychiques et les phénomènes physiologiques, et où se trouve cette limite?

Serge Ivanovitch accueillit son frère avec le sourire froidement aimable qu'il accordait à tout le monde, et après l'avoir présenté à son interlocuteur, il continua l'entretien. Le philosophe, un petit homme à lunettes, au front étroit, s'arrêta un moment pour répondre au salut de Levine, puis sans plus lui accorder d'attention, reprit le fil de son discours. Levine s'assit, attendant le départ du bonhomme, mais bientôt le sujet de la discussion l'intéressa.

Il avait lu dans les revues les articles dont on parlait; il y avait pris l'intérêt général qu'un ancien étudiant ès sciences naturelles peut prendre au développement de ces sciences, mais jamais il n'avait fait de rapprochements entre les conclusions de la science sur les origines de l'homme, sur les réflexes, la biologie, la sociologie, et les questions qui depuis quelque temps le préoccupaient de plus en plus, à savoir le sens de la vie et celui de la mort.

Il remarqua, en suivant la conversation, que les deux interlocuteurs établissaient un certain lien entre les questions scientifiques et les questions psychiques, maintes fois même il lui sembla qu'ils allaient aborder ce sujet, selon lui capital; mais aussitôt qu'ils en approchaient, ils s'en éloignaient brusquement pour s'enfoncer dans toutes sortes de divisions, subdivisions, restrictions, citations, allusions, renvois aux autorités, et c'est à peine s'il les comprenait.

— Je ne puis, disait Serge Ivanovitch dans son langage clair, précis, élégant, je ne puis en aucun cas admettre avec Keiss que toute ma représentation du monde extérieur provienne de mes impressions. La conception fondamentale de l'être ne m'est pas venue par la sensation, car il n'existe pas d'organe spécial pour la transmission de cette conception.

— Oui, mais Wurst, Knaust et Pripassov vous répondront que la conscience que vous avez de l'être découle de l'ensemble des sensations. Wurst affirme même que sans la sensation la conscience de l'être n'existe pas.

— Je prétends au contraire... voulut répliquer Serge Ivanovitch.

Mais à ce moment Levine, croyant une fois de plus qu'ils allaient s'éloigner du point capital, se décida à poser au professeur la question suivante:

— Dans ce cas, si mes sens n'existent pas, si mon corps est mort, il n'y a pas d'existence possible?

Le professeur, plein de dépit et comme blessé de cette interruption, dévisagea ce questionneur plus semblable à un rustre qu'à un philosophe et reporta sur Serge Ivanovitch un regard qui semblait dire: pareille question vaut-elle une réponse? Mais Serge Ivanovitch n'était pas à beaucoup près aussi exclusif, aussi passionné que le professeur; il avait l'esprit assez large pour pouvoir, tout en discutant avec lui, comprendre le point de vue simple et naturel qui avait suggéré la question; il répondit donc en souriant:

— Nous n'avons pas encore le droit de résoudre ce problème.

— Nous manquons de données, confirma le professeur, qui enfourcha aussitôt son dada. Non, je démontre que si le fondement de la sensation est l'impression, comme le dit nettement Pripassov, nous devons cependant les distinguer rigoureusement.

Levine ne l'écoutait déjà plus et n'attendait que son départ.

VIII

Le professeur enfin parti, Serge Ivanovitch se tourna vers son frère.

— Je suis content de te voir. Vas-tu nous rester longtemps ? Comment vont nos affaires ?

Koznychev s'intéressait fort peu aux travaux des champs et n'avait posé cette question que par condescendance. Levine, qui ne l'ignorait point, se borna donc à quelques indications sur les rentrées et la vente du blé. Il était venu à Moscou dans l'intention formelle de consulter son frère sur ses projets de mariage ; mais, après l'avoir entendu discuter tout d'abord avec le professeur et lui poser ensuite, sur un ton volontairement protecteur, cette banale question d'intérêt (ils possédaient indivis le domaine de leur mère et Levine gérait les deux parts), il ne se sentit plus la force de parler, comprenant vaguement que son frère ne verrait pas les choses comme il aurait souhaité qu'il les vît.

— Et que devient votre zemstvo ? demanda Serge qui prenait grand intérêt à ces assemblées et leur attribuait une énorme importance.

— Je n'en sais, ma foi, rien.

— Comment ? N'es-tu pas membre de la commission exécutive ?

— Non, j'ai donné ma démission, et n'assiste même plus aux sessions.

— C'est dommage ! déclara Serge en fronçant le sourcil.

Pour se disculper, Levine voulut raconter ce qui se passait durant ces assemblées, mais son frère eut tôt fait de l'interrompre.

— Il en va toujours de même avec nous autres, Russes. Peut-être est-ce un bon trait de notre nature que cette faculté de constater nos défauts, mais nous l'exagérons, nous nous complaisons dans l'ironie, qui jamais ne fait défaut à notre langue. Laisse-moi te dire que si l'on accordait nos privilèges, j'entends notre *self-government* local, à quelque autre nation de l'Europe, l'Allemagne ou l'Angleterre par exemple, elle saurait en extraire la liberté; mais nous, nous en faisons un objet de plaisanterie.

— Que veux-tu que j'y fasse? répondit Levine d'un ton contrit. C'était ma dernière expérience. J'y ai mis en vain toute mon âme. Je suis décidément incapable.

— Mais non! rétorqua Serge. Seulement tu n'envisages pas les choses comme il le faudrait.

— C'est possible, concéda Levine accablé.

— À propos, sais-tu que Nicolas est de nouveau ici?

Nicolas Levine, frère aîné de Constantin, et frère utérin de Serge Ivanovitch, était un dévoyé; il avait mangé la plus grande partie de sa fortune et, brouillé avec sa famille, vivait maintenant en fort mauvaise et fort étrange compagnie.

— Que dis-tu là? s'écria Levine effrayé. Comment le sais-tu?

— Procope l'a rencontré dans la rue.

— Ici, à Moscou? Tu sais où il habite?

Et Levine se leva précipitamment, prêt à se mettre sur-le-champ à la recherche de son frère.

— Je regrette de t'avoir dit cela, reprit Serge à qui l'émoi de son cadet fit hocher la tête. Je l'ai fait rechercher et, quand son adresse m'a été connue, je lui ai envoyé sa lettre de change qu'il avait signée à Troubine et dont j'ai bien voulu faire les frais. Voici ce qu'il m'a répondu.

Et Serge tendit à son frère un billet qu'il prit sous un presse-papiers. Levine déchiffra sans peine ce griffonnage qui lui était familier: «Je prie humblement mes chers frères de me laisser en paix. C'est tout ce que je leur demande. Nicolas Levine.»

Planté devant Serge, Levine n'osait ni lever la tête ni lâcher le billet: au désir d'oublier son malheureux frère s'opposait en lui le sentiment de la mauvaise action qu'il commettait.

— Il veut évidemment m'offenser, reprit Serge, mais

il n'y réussira pas. Je voudrais de tout cœur lui venir en aide, mais je sais, hélas, que cela n'est pas possible.

— Oui, oui, dit Levine, je comprends et j'apprécie ta conduite envers lui ; mais il faut pourtant que j'aille le voir.

— Si cela te fait plaisir, vas-y, mais je ne saurais te le conseiller. Je ne crains certes pas qu'il te brouille avec moi ; néanmoins mieux vaudrait pour toi n'y point aller. Il n'y a rien à faire. Au reste, agis comme bon te semble.

— Peut-être n'y a-t-il vraiment rien à faire ; mais, que veux-tu, je sens que je n'aurais pas la conscience tranquille, en ce moment surtout... Mais cela, c'est une autre histoire...

— Je ne te comprends pas, répliqua Serge. Mais à coup sûr il y a là pour nous une leçon d'humilité. Depuis que Nicolas est devenu ce qu'il est, je considère avec d'autres yeux et plus d'indulgence ce qu'on est convenu d'appeler une vilenie. Tu sais ce qu'il a fait ?

— Ah ! c'est affreux, affreux ! répondit Levine.

Après avoir demandé au domestique de Serge l'adresse de leur frère, Levine se mit en route pour aller le voir, mais il changea soudain d'idée et résolut d'ajourner sa visite jusqu'au soir. Il comprit que pour retrouver son calme il lui fallait avant tout terminer l'affaire qui l'avait amené à Moscou. Il se fit donc conduire d'abord au bureau d'Oblonski pour s'informer des Stcherbatski, puis à l'endroit où, selon son ami, il avait quelque chance de rencontrer Kitty.

IX

À QUATRE heures précises, Levine, le cœur battant, descendit de fiacre à la porte du Jardin zoologique et suivit l'allée qui menait à la patinoire[1] ; il était sûr de « la » trouver en ce lieu, car il avait aperçu près de l'entrée la voiture des Stcherbatski.

Il faisait un beau temps de gel. À la porte du jardin s'alignaient des voitures de maître, des traîneaux, des fiacres, des sergents de ville. Un public de choix, dont les chapeaux étincelaient au soleil, encombrait l'entrée et les sentiers frayés entre les pavillons de style russe à ornements découpés. Les vieux bouleaux du jardin, aux branches chargées de neige, semblaient revêtus de chasubles neuves et solennelles.

Tout en suivant le chemin de la patinoire, Levine se disait à lui-même : « Du calme, mon ami, du calme !... Qu'as-tu à t'agiter ainsi ? Tais-toi donc, voyons ! » Ces derniers mots s'adressaient à son cœur. Mais plus il tâchait de se calmer, plus l'émoi le gagnait et lui coupait la respiration. Une personne de connaissance l'appela au passage, il ne la reconnut même pas. Il arriva près des montagnes de glace, d'où les traîneaux se précipitaient avec fracas pour remonter à l'aide de chaînes, dans un cliquetis de ferraille ; des voix joyeuses s'élevaient parmi ce tumulte. Au bout de quelques pas, il se trouva devant la patinoire et, parmi tant d'admirateurs, il « la » reconnut bien vite...

La joie et la terreur qui envahirent son cœur lui révélèrent immédiatement « sa » présence. Elle conversait avec une dame à l'autre bout de la patinoire. Rien, ni dans sa toilette ni dans sa pose, ne la distinguait de son entourage ; pour Levine, cependant, elle ressortait de la foule comme une rose d'un bouquet d'orties, elle était le sourire qui illumine tout autour de soi. « Oserais-je vraiment descendre sur la glace et m'approcher d'elle ? » se dit-il. L'endroit où elle se tenait lui parut un sanctuaire inaccessible ; un moment même, il eut si peur qu'il faillit rebrousser chemin. Faisant un effort sur lui-même, il finit pourtant par se convaincre qu'elle était entourée de gens de toute espèce, et qu'il avait bien le droit de prendre part, lui aussi, au patinage. Il descendit donc sur la glace, évitant de la regarder en face, comme le soleil ; mais, de même que le soleil, il n'avait pas besoin de la regarder pour la voir.

C'était le jour et l'heure où les gens d'un certain monde se donnaient rendez-vous à la patinoire. Il y avait là des virtuoses, qui faisaient parade de leurs talents, et des débutants, qui abritaient derrière des chaises leurs premiers pas gauches et mal assurés ; et aussi de très jeunes gens et de vieux messieurs, s'adonnant par hygiène à cet exercice. Comme ils tournaient autour d'elle, tous parurent à Levine des privilégiés du sort ; ils la poursuivaient, la dépassaient, l'interpellaient même avec une complète indifférence ; il suffisait à leur bonheur que la glace fût bonne et le temps splendide.

Nicolas Stcherbatski, un cousin de Kitty, veston court, culotte collante et patins aux pieds, se reposait sur un banc, quand il aperçut Levine.

— Tiens ! s'écria-t-il, le voilà donc, le premier patineur de la Russie ! Quand êtes-vous arrivé ? La glace est excellente, mettez vite vos patins.

— Mes patins ! mais je ne les ai même pas, répondit Levine, étonné que l'on pût parler avec cette audace et cette liberté d'esprit en présence de Kitty, qu'il ne perdait point de vue tout en se gardant bien de lever les yeux de son côté. Il sentait l'approche du soleil. Du coin où elle se tenait, elle se lança dans sa direction, les pieds mal assurés dans de hautes bottines et ne paraissant pas très à son aise. Un gamin en costume russe, qui s'en donnait à cœur joie, jouant des bras et courbant la taille, cherchait à la dépasser ; sa course manquait d'assurance, ses mains avaient quitté le petit manchon suspendu à son cou par un cordon et se tenaient prêtes à parer une chute possible ; elle souriait et ce sourire était autant un défi à sa peur qu'un salut à Levine qu'elle venait de reconnaître. Quand elle fut hors d'un tournant périlleux, elle se donna de l'élan d'un coup de talon nerveux et glissa tout droit jusqu'à Stcherbatski, au bras duquel elle se retint, tout en adressant à Levine un signe de tête amical. Jamais, dans son imagination, il ne l'avait vue si belle.

Il lui suffisait de songer à elle pour se la représenter tout entière, et plus particulièrement sa jolie tête blonde, à l'expression enfantine de candeur et de bonté, élégamment posée sur des épaules déjà magnifiques. Le contraste entre la grâce juvénile de son visage et la beauté féminine de son buste constituait son charme propre. Levine y était fort sensible ; mais ce qui, par son caractère d'imprévu, le frappait toujours le plus en elle, c'était le sourire exquis qui, joint à la douce sérénité du regard, le transportait dans un monde enchanté, où il éprouvait le même apaisement languide qu'à certains jours trop rares de sa petite enfance.

— Depuis quand êtes-vous ici ? dit-elle en lui tendant la main. Merci, ajouta-t-elle en lui voyant ramasser le mouchoir tombé de son manchon.

— Moi ? Mais depuis peu... hier... c'est-à-dire aujourd'hui, répondit Levine, si ému qu'il n'avait pas tout d'abord compris la question. Je me proposais d'aller vous voir, reprit-il, mais se rappelant dans quelle intention, il rougit et se troubla. Je ne savais pas que vous patiniez, et si bien.

Elle le considéra avec attention, comme pour deviner la cause de son embarras.

— Votre éloge est précieux. Si j'en crois la tradition qui s'est conservée ici, vous n'aviez point de rival dans ce sport, dit-elle en secouant de sa petite main gantée de noir les aiguilles de givre tombées sur son manchon.

— Oui, je m'y suis adonné autrefois avec passion, je voulais atteindre la perfection.

— Il me semble que vous faites tout avec passion, dit-elle en souriant. Je voudrais bien vous voir patiner Mettez donc des patins, nous patinerons ensemble.

« Patiner ensemble ! Est-ce possible ? » pensa-t-il en la regardant.

— Je vais en mettre tout de suite, dit-il, et il s'en fut trouver le loueur de patins.

— Il y a longtemps qu'on ne vous a vu, Monsieur, dit le brave homme en lui tenant le pied pour lui visser le talon. Depuis vous, aucun de ces messieurs ne s'y entend. Est-ce bien comme ça ? demanda-t-il en serrant la courroie.

— Ça va, ça va, mais dépêchons-nous, répondit Levine, impuissant à dissimuler la joie qui, malgré lui, illuminait son visage. « Voilà donc la vie ! voilà donc le bonheur ! Ensemble, a-t-elle dit, nous patinerons "ensemble". Dois-je lui avouer mon amour ? Non, j'ai peur... Je suis trop heureux en ce moment, au moins en espérance, pour risquer... Il le faut pourtant, il le faut ! Arrière la faiblesse ! »

Levine se leva, ôta son pardessus, et, après s'être essayé près du pavillon, il s'élança sur la glace unie et glissa sans effort, dirigeant comme à son gré sa course, tantôt rapide, tantôt ralentie. Il s'approcha, non sans anxiété, de Kitty, mais de nouveau son sourire le rassura.

Elle lui donna la main et ils patinèrent côte à côte, augmentant peu à peu la vitesse de leur course ; et plus celle-ci se faisait rapide, plus elle lui serrait la main.

— Avec vous, j'apprendrais plus vite, lui dit-elle ; je ne sais pourquoi, j'ai confiance en vous.

— J'ai aussi confiance en moi, quand vous vous appuyez sur mon bras, répondit-il ; mais aussitôt il rougit, effrayé de son audace. Effectivement, à peine eut-il prononcé ces paroles qu'un nuage couvrit le soleil : le visage de Kitty se rembrunit, tandis qu'une ride se dessinait sur son front. Levine n'ignorait pas que ce jeu de physionomie marquait chez elle un effort de la pensée.

— Il ne vous arrive rien de désagréable ? s'informa-t-il. Du reste je n'ai pas le droit de vous poser des questions, se hâta-t-il d'ajouter.

— Pourquoi cela ?... Non, il ne m'est rien arrive, répondit-elle d'un ton froid. Vous n'avez pas vu Mlle Linon ? demanda-t-elle sans transition.

— Pas encore.

— Allez donc la saluer. Elle vous aime tant.

« Qu'y a-t-il ? En quoi l'ai-je blessée ? Seigneur, mon Dieu, venez à mon aide ! » se dit Levine, tout en courant vers la vieille Française à boucles grises qui l'attendait sur son banc. Elle l'accueillit avec un sourire amical qui découvrit tout son râtelier.

— Nous grandissons, n'est-ce pas ? dit-elle en désignant Kitty des yeux, et nous prenons de l'âge. *Tiny bear* est devenu grand, continua-t-elle en riant ; et elle le fit se souvenir de sa plaisanterie sur les trois jeunes filles qu'il appelait les trois oursons du conte anglais. Vous rappelez-vous que vous les nommiez ainsi ?

Il l'avait complètement oublié, mais depuis bientôt dix ans la vieille demoiselle ressassait cette plaisanterie, qui lui tenait au cœur.

— Eh bien, allez, je ne vous retiens point. N'est-ce pas que notre Kitty commence à bien patiner ?

Quand Levine eut rejoint Kitty, le visage de la jeune fille avait repris sa sérénité, et ses yeux, leur expression franche et caressante ; mais il crut percevoir dans son ton affable une note de tranquillité voulue, ce qui le rendit triste. Après quelques phrases sur la vieille institutrice et ses bizarreries, elle l'interrogea sur sa vie à lui.

— Est-il possible que vous ne vous ennuyiez point l'hiver à la campagne ?

— Je n'ai pas le temps de m'ennuyer. J'ai trop à faire, répondit-il, sentant que, tout comme au début de l'hiver, elle avait résolu de lui faire adopter un ton calme, en harmonie avec le sien, et dont désormais il ne saurait plus se départir.

— Pensez-vous rester longtemps à Moscou ? reprit-elle.

— Je ne sais pas, répondit-il sans penser à ce qu'il disait. L'idée de retomber dans un ton froidement amical et de retourner chez lui sans avoir rien décidé le poussa à la révolte.

— Comment, vous ne le savez pas ?

— Non, cela dépendra de vous, dit-il, aussitôt effrayé de ses propres paroles.

Les entendit-elle ou ne voulut-elle pas les entendre ? Toujours est-il qu'elle sembla faire un faux pas, tapa deux fois du pied et s'éloigna de lui. Arrivée près de Mlle Linon, elle lui dit quelques mots et gagna la maisonnette où les dames ôtaient leurs patins.

« Mon Dieu, qu'ai-je fait ? Seigneur, inspirez-moi, guidez-moi », priait mentalement Levine, tout en décrivant toutes sortes de huit, car il éprouvait le besoin de se donner beaucoup de mouvement.

À ce moment-là un jeune homme, le plus fort des patineurs de la nouvelle école, sortit du café, ses patins aux pieds et la cigarette aux lèvres, et, prenant son élan, il dégringola avec fracas l'escalier en sautillant de marche en marche, puis continua sa course sur la glace, sans même rectifier la position de ses bras.

— Ah ! c'est un nouveau truc ! dit Levine, qui escalada aussitôt la hauteur pour l'exécuter à son tour.

— N'allez pas vous faire de mal, il faut de l'habitude ! lui cria Nicolas Stcherbatski.

Levine grimpa l'escalier, se donna le plus de champ possible et se laissa aller, en maintenant son équilibre à l'aide de ses mains. À la dernière marche il s'accrocha, mais se rétablit d'un mouvement brusque et gagna le large en riant.

« Quel charmant garçon ! » songeait au même moment Kitty, qui sortait du pavillon en compagnie de Mlle Linon, et le regardait avec le sourire caressant que l'on a pour un frère bien-aimé. « Ai-je vraiment mal agi ? On prétend que c'est de la coquetterie ! Je sais que ce n'est pas lui que j'aime, mais je n'en ai pas moins beaucoup de plaisir en sa compagnie. C'est un si brave cœur... seulement pourquoi m'a-t-il dit cela ? »

Voyant Kitty partir avec sa mère qui était venue la chercher, Levine, tout rouge après l'exercice violent qu'il venait de se donner, s'arrêta et réfléchit. Il ôta ses patins et rejoignit ces dames à la sortie.

— Très heureuse de vous voir, dit la princesse. Nous recevons, comme toujours, le jeudi.

— Aujourd'hui par conséquent ?

— Nous serons enchantés de vous voir, répondit-elle d'un ton sec qui affligea Kitty.

Désireuse d'adoucir l'effet produit par la froideur de sa mère, elle se retourna vers Levine et lui dit en souriant :

— Au revoir !

À ce moment-là Stépane Arcadiévitch, le chapeau planté de guingois, les pommettes luisantes et le regard émoustillé, pénétrait en vainqueur dans le jardin. Mais, à la vue de sa belle-mère, il se donna un air triste et contrit pour répondre aux questions qu'elle lui posa sur la santé de Dolly. Après cet entretien à voix basse et affligée, il se redressa et prit le bras de Levine.

— Eh bien, partons-nous ? Je n'ai fait que songer à toi et je suis très, très content de ta venue, dit-il en le regardant dans les yeux d'un air significatif.

— Partons, partons, répondit l'heureux Levine, qui ne cessait d'entendre le son de cette voix lui disant « au revoir », et de se représenter le sourire qui accompagnait ces mots.

— Où allons-nous ? À l'hôtel d'Angleterre ou à l'Ermitage ?

— Peu m'importe.

— À l'hôtel d'Angleterre alors, dit Stépane Arcadiévitch qui se décida pour ce restaurant parce que, y devant plus d'argent qu'à l'Ermitage, il trouvait indécent de l'éviter. Tu as un fiacre ? Tant mieux, car j'ai renvoyé ma voiture.

Pendant tout le trajet les deux amis gardèrent le silence ; Levine cherchait à interpréter le changement survenu dans la physionomie de Kitty : il flottait entre l'espérance et le découragement, mais se sentait malgré tout un autre homme, bien différent de celui qui avait existé avant le sourire et le fatidique « au revoir ».

Cependant Stépane Arcadiévitch composait le menu.

— Tu aimes le turbot, n'est-ce pas ? demanda-t-il à Levine au moment où ils arrivaient.

— Tu dis... ? Le turbot ? Oui, « j'adore » le turbot.

X

Lorsqu'ils pénétrèrent dans l'hôtel, le rayonnement contenu qui émanait de toute la personne de Stépane Arcadiévitch frappa Levine lui-même en dépit de ses préoccupations. Oblonski quitta son pardessus et, le chapeau de guingois, se dirigea vers la salle de restaurant, tout en donnant des ordres à la bande de Tatars en habit noir qui s'empressait autour de lui, la serviette sous le bras. Saluant à droite et à gauche les personnes de connaissance qui là comme partout l'accueillaient avec empressement, il s'approcha du comptoir, avala un verre d'eau-de-vie accompagné d'un hors-d'œuvre de poisson, et dit à la préposée — une Française fardée, frisée, tout en dentelles et en rubans — quelques paroles aimables qui la firent rire de bon cœur. En revanche, la seule vue de cette personne, qui lui parut un amalgame de faux cheveux, de *poudre de riz* et de *vinaigre de toilette* et dont il se détourna comme d'une flaque de boue, empêcha Levine de prendre un apéritif. Son âme était tout au souvenir de Kitty, ses yeux étincelaient de bonheur.

— Par ici, s'il vous plaît, Excellence ; ici votre Excellence ne sera pas dérangée, disait un vieux Tatar particulièrement tenace, à poil blanchâtre et tournure si vaste que les pans de son habit s'écartaient par derrière. S'il vous plaît, Excellence, dit-il aussi à Levine qu'il jugeait bon de flatter par égard pour Stépane Arcadiévitch dont il était l'invité.

Il étendit en un clin d'œil une serviette immaculée sur un guéridon déjà couvert d'une nappe et dominé par une applique de bronze, puis il approcha deux chaises de velours, et, la serviette d'une main, la carte de l'autre, il se tint aux ordres de Stépane Arcadiévitch.

— Si votre Excellence le désire, un cabinet particulier sera à sa disposition dans quelques instants ; le prince Galitsyne avec une dame va le laisser libre. Nous avons reçu des huîtres fraîches

— Ah ! ah ! des huîtres !

Stépane Arcadiévitch réfléchit.

— Si nous révisions notre plan de campagne, hein, Levine ? demanda-t-il, un doigt posé sur la carte, tandis que son visage exprimait une hésitation sérieuse. Sont-elles bonnes au moins, tes huîtres ! Prends garde.

— Elles viennent tout droit de Flensbourg, Excellence ; il n'y a pas eu d'arrivage d'Ostende.

— Passe pour des Flensbourg, mais sont-elles fraîches ?

— Elles sont arrivées d'hier.

— Eh bien, qu'en dis-tu ? Si nous commencions par des huîtres et si nous faisions subir à notre plan un changement radical.

— Comme tu voudras. Pour moi rien ne vaut la soupe aux choux et la « kacha » ; mais évidemment on ne trouve pas ça ici.

— Une *kacha à la russe* pour son Excellence ? demanda le Tatar, en se penchant vers Levine, comme une bonne vers l'enfant commis à ses soins.

— Sans plaisanterie, tout ce que tu choisiras sera bien. J'ai patiné et je me sens en appétit. Le patinage m'a donné faim. Et crois-moi, ajouta-t-il en voyant une ombre de mécontentement passer sur le visage d'Oblonski, je ferai honneur à ton menu ; un bon dîner ne m'effraie pas.

— Je le pense bien ! On a beau dire, c'est un des plaisirs de l'existence... Alors, mon bon ami, tu vas nous donner deux... non, c'est trop peu... trois douzaines d'huîtres ; ensuite une soupe aux légumes...

— *Printanière*, corrigea le Tatar.

Mais Stépane Arcadiévitch, ne voulant sans doute point lui laisser le plaisir d'énumérer les plats en français, insista :

— Aux légumes, te dis-je ! Puis du turbot avec une sauce un peu épaisse ; un rosbif... bien à point, fais attention ; ensuite... eh bien, ma foi, un chapon ; et pour finir, des conserves...

Le Tatar, se rappelant que Stépane Arcadiévitch avait la manie de donner aux mets des noms russes, n'osa plus l'interrompre ; mais, la commande prise, il se donna le malin plaisir de la répéter d'après la carte : « *soupe printanière, turbot sauce Beaumarchais, poularde à l'estragon, macédoine de fruits* ». Et aussitôt, comme mû par un ressort, il posa sur la table le porte-cartes de cuir pour en saisir un autre qu'il tendit à Stépane Arcadiévitch.

— Qu'allons-nous boire ?

— Ce que tu voudras, mais pas beaucoup, du champagne.

— Comment, dès le commencement ? Au fait, pourquoi pas ? Tu aimes la marque blanche ?

— *Cachet blanc*, corrigea le Tatar.

— Eh bien, donne-nous une bouteille de cette « marque » avec des huîtres ; ensuite nous verrons.

— À vos ordres. Et comme vin de table ?

— Du nuits ; non, plutôt le classique chablis.

— À vos ordres. Servirai-je « votre » fromage ?

— Oui, du parmesan. Mais peut-être en préfères-tu un autre ?

— Non, cela m'est égal, répondit Levine, souriant malgré lui.

Le Tatar opéra une retraite précipitée, les basques de son habit flottant derrière lui ; au bout de cinq minutes il réapparut non moins précipitamment, portant une bouteille entre les doigts et sur la paume de la main un plat d'huîtres écaillées se prélassant dans leur coquille nacrée.

Stépane Arcadiévitch chiffonna sa serviette empesée, en fourra un bout dans son gilet, posa tranquillement ses mains sur la table et s'attaqua aux huîtres.

— Pas mauvaises, ma foi, déclara-t-il en les détachant dans un léger clapotis de leur écaille à l'aide d'une petite fourchette d'argent, pour les gober ensuite les unes après les autres. Pas mauvaises du tout, répéta-t-il en lorgnant tantôt Levine, tantôt le Tatar d'un œil luisant et béat.

Levine goûta aussi les huîtres, mais ses préférences allèrent au fromage. Il ne pouvait d'ailleurs se défendre d'admirer Oblonski. Le Tatar lui-même, après avoir débouché la bouteille et versé le vin mousseux dans de fines coupes de cristal, considérait Stépane Arcadiévitch avec une visible satisfaction, tout en redressant sa cravate blanche.

— Tu ne m'as pas l'air d'aimer beaucoup les huîtres ? constata Stépane Arcadiévitch en vidant sa coupe. À moins que tu ne sois préoccupé ? Hein ?

Il aurait voulu voir son ami de belle humeur. Mais Levine se sentait mal à l'aise dans ce cabaret, au milieu de ce brouhaha, de ce va-et-vient, dans le voisinage de cabinets où l'on soupait en joyeuse compagnie ; tout l'offusquait, les bronzes, les glaces, le gaz, les Tatars ; il craignait de salir les beaux sentiments qui se pressaient dans son âme.

— Oui, je suis préoccupé, et qui pis est, gêné, répondit Levine. Tu ne saurais croire à quel point votre train de vie indispose le campagnard que je suis. C'est comme les ongles de ce monsieur que j'ai aperçu tantôt dans ton cabinet...

— Oui, j'ai remarqué que les ongles de ce pauvre Grinévitch captivaient ton attention, dit en riant Stépane Arcadiévitch.

— Que veux-tu, mon cher, tâche de me comprendre et d'envisager les choses de mon point de vue d'homme des champs. Nous autres, nous tâchons d'avoir des mains avec lesquelles nous puissions travailler ; pour cela nous nous coupons les ongles, parfois même nous retroussons nos manches. Ici, au contraire, pour être bien sûr de ne rien pouvoir faire de ses mains, on se laisse pousser les ongles tant que bon leur semble et on accroche à ses manchettes des soucoupes en guise de boutons.

Stépane Arcadiévitch souriait.

— Cela prouve tout simplement qu'il n'a pas besoin de travailler de ses mains ; la tête suffit à la besogne...

— Peut-être. N'empêche que cela me choque, tout comme de nous voir ici, toi et moi, avaler des huîtres pour nous exciter l'appétit et rester à table le plus longtemps possible, alors qu'à la campagne nous nous dépêchons de nous rassasier pour retourner au plus tôt à nos occupations.

— Évidemment, approuva Stépane Arcadiévitch ; mais n'est-ce pas le but de la civilisation que de tout convertir en jouissance ?

— Si c'est là son but, j'aimerais mieux être un barbare.

— Mais tu en es un, mon cher. Tous les Levine sont des sauvages.

Cette allusion à son frère ulcéra le cœur de Levine. Son front se rembrunit, un soupir lui échappa. Mais Oblonski entama un sujet qui eut tôt fait de le distraire.

— Eh bien, iras-tu ce soir chez les Stcherbatski ? demanda-t-il avec un clignement d'œil complice, tandis qu'il repoussait les rugueuses écailles pour s'en prendre au fromage.

— Certainement, répondit Levine, bien qu'il m'ait paru que la princesse ne m'invitait pas de bonne grâce.

— Quelle idée ! C'est sa manière... Eh bien, mon brave, apporte-nous le potage... Oui, c'est sa manière *grande dame*. Je viendrai aussi, mais après une répétition de chant chez la comtesse Bonine... Voyons, comment ne pas t'accuser de sauvagerie ! Explique-moi, par exemple, ta fuite soudaine de Moscou. Vingt fois les Stcherbatski m'ont accablé de questions sur ton compte, comme si j'étais au courant. À dire vrai, je ne sais qu'une chose, c'est que tu fais toujours ce que personne ne songerait à faire.

— Oui, répondit Levine lentement et avec émotion. Tu as raison, je suis un sauvage ; cependant c'est dans mon retour, et non dans mon départ, que je vois une preuve de cette sauvagerie. Me voici revenu...

— Comme tu es heureux ! fit Stépane Arcadiévitch en le couvant du regard.

— Pourquoi ?

— « On reconnaît à la marque les chevaux impétueux, à leurs beaux yeux les amoureux », déclama Stépane Arcadiévitch. L'avenir est à toi.

— À toi aussi, j'imagine.

— Non, il ne me reste plus que... disons le présent, et un présent où tout n'est pas rose.

— Qu'y a-t-il ?

— Cela va mal. Mais je ne veux pas te parler de moi, d'autant plus que je ne puis entrer dans tous les détails... Voyons, qu'est-ce qui t'amène à Moscou ? répondit Stépane Arcadiévitch. La suite, mon brave, cria-t-il au Tatar.

— Ne le devines-tu pas ! demanda Levine, ses yeux à la prunelle étincelante fixés sur ceux d'Oblonski.

— Je le devine, mais je ne puis aborder ce sujet le premier. Tu peux à ce détail reconnaître si je devine juste ou non, dit Stépane Arcadiévitch en répondant par un sourire au regard de son ami.

— Eh bien, alors, qu'en penses-tu ? dit Levine dont la voix tremblait et qui sentait tressaillir tous les muscles de son visage.

Sans quitter Levine des yeux, Stépane Arcadiévitch dégusta lentement un verre de chablis.

— Ce que j'en pense ? dit-il enfin. Eh bien, je n'ai

pas de plus ardent désir. Ce serait incontestablement la meilleure solution.

— Tu ne te trompes pas au moins? Tu saisis bien de quoi il s'agit? insista Levine en dévorant des yeux son interlocuteur. Tu crois l'affaire possible?

— Je le crois. Pourquoi ne le serait-elle pas?

— Bien sincèrement? Dis-moi tout ce que tu penses Songe donc, si j'allais au-devant d'un refus!... Et j'en suis presque certain...

— Pourquoi donc? s'enquit Stépane Arcadiévitch, que cette émotion fit sourire.

— J'en ai parfois l'impression. Ce serait terrible pour elle comme pour moi.

— Oh! je ne vois là rien de terrible pour elle; une jeune fille est toujours flattée d'être demandée en mariage.

— Oui, mais elle n'est pas comme les autres.

Stépane Arcadiévitch sourit. Il connaissait parfaitement le sentiment de Levine à ce propos: les jeunes filles de l'univers se divisaient en deux catégories: l'une, qui les comprenait toutes sauf « elle », participait à toutes les faiblesses humaines; l'autre, qu'elle composait à elle seule, ignorait toute imperfection et planait au-dessus de l'humanité.

— Une minute, prends donc de la sauce, dit-il en arrêtant la main de Levine qui repoussait la saucière.

Levine obéit, mais n'en laissa pas pour autant Stépane Arcadiévitch manger en paix.

— Comprends-moi bien, c'est pour moi une question de vie ou de mort. Je n'en ai jamais parlé à personne et il n'y a que toi à qui je puisse en parler. Nous avons beau être différents l'un de l'autre, avoir d'autres goûts, d'autres points de vue, je n'en suis pas moins persuadé que tu m'aimes et que tu me comprends; voilà pourquoi je t'aime tant, moi aussi. Mais, au nom du ciel, dis-moi toute la vérité.

— Je ne te dis que ce que je pense, répliqua Stépane Arcadiévitch toujours souriant; je te dirai même davantage: Dolly, une femme étonnante...

Stépane Arcadiévitch se rappela soudain que ses relations avec sa femme laissaient plutôt à désirer; il poussa un soupir mais reprit au bout d'un moment:

— ... Ma femme a le don de seconde vue; non seulement elle lit dans le cœur des gens, mais encore elle prévoit l'avenir, surtout en matière de mariages. C'est ainsi qu'elle a prédit celui de Brenteln avec Mlle Chakhovskoï ; personne ne voulait y croire, et cependant il s'est fait ! Eh bien, ma femme est pour toi.

— Comment l'entends-tu ?

— J'entends que, non contente de t'aimer, elle affirme que Kitty ne peut manquer d'être ta femme...

Levine, soudain rayonnant, se sentit prêt à verser des larmes d'attendrissement.

— Elle a dit cela ! s'écria-t-il. J'ai toujours pensé que ta femme était un ange. Mais assez sur ce sujet, ajouta-t-il en se levant.

— Soit, mais reste donc assis !

Levine ne pouvait demeurer en place ; il lui fallut arpenter deux ou trois fois d'un pas ferme le coin retiré où ils se trouvaient, en clignant des yeux pour dissimuler ses larmes.

— Comprends-moi bien, reprit-il en se rasseyant, c'est plus que de l'amour. J'ai été amoureux, mais ce n'était pas cela. C'est plus qu'un sentiment, c'est une force intérieure qui me possède. Si j'ai pris la fuite, c'est que je ne croyais pas que pareil bonheur fût possible ici-bas. Mais j'ai eu beau lutter contre moi-même, je sens que je ne puis vivre sans cela. L'heure est venue de prendre une décision.

— Mais pourquoi t'es-tu sauvé ?

— Un instant... Si tu savais que de pensées se pressent dans ma tête, que de choses je voudrais te demander ! Écoute. Tu ne peux t'imaginer le service que tu viens de me rendre. Je suis si heureux que j'en deviens mauvais : j'oublie tout. J'ai appris tantôt que mon frère Nicolas... tu sais... est ici, et je l'ai oublié. Il me semble que lui aussi est heureux. C'est une sorte de folie. Mais il y a quelque chose qui me paraît abominable. Quand tu t'es marié, tu as dû connaître ce sentiment... Comment nous autres, qui ne sommes plus de première jeunesse et avons derrière nous un passé, non pas d'amour, mais de péché, comment osons-nous approcher sans crier gare d'un être pur et innocent ? C'est abominable, te dis-je, et n'ai-je pas raison de me trouver indigne ?

— Tu ne dois pas avoir grand-chose sur la conscience ?

— Malgré tout, quand je repasse ma vie avec dégoût, je tremble, je maudis, je me plains amèrement… oui…

— Que veux-tu, le monde est ainsi fait.

— Je ne vois qu'une consolation, celle de cette prière que j'ai toujours aimée : « Pardonnez-nous, Seigneur, non point selon nos mérites, mais bien selon la grandeur de votre miséricorde. » Ce n'est qu'ainsi qu'elle peut me pardonner.

XI

LEVINE vida son verre. Un silence suivit.

— J'ai encore quelque chose à te dire, reprit enfin Stépane Arcadiévitch. Tu connais Vronski ?

— Non ; pourquoi cette question ?

— Encore une bouteille, commanda Stépane Arcadiévitch au Tatar qui remplissait les verres et tournait autour d'eux juste au moment où l'on n'avait que faire de lui. Parce que Vronski est un de tes rivaux.

— Qui est donc ce Vronski ? demanda Levine. Et sa physionomie, dont Oblonski admirait tout à l'heure l'enthousiasme juvénile, n'exprima plus qu'un maussade dépit.

— C'est un des fils du comte Cyrille Ivanovitch Vronski, et l'un des plus beaux échantillons de la jeunesse dorée de Pétersbourg. J'ai fait sa connaissance à Tver, où il venait pour le recrutement, quand j'y occupais un poste… Beau garçon, belle fortune, belles relations, aide de camp de l'empereur et, malgré tout cela, un homme charmant ou même quelque chose de mieux. J'ai pu me convaincre ici qu'il avait de l'instruction et beaucoup d'esprit. Ce garçon-là ira loin.

Levine fronçait le sourcil et ne soufflait plus mot.

— Eh bien, ledit Vronski a fait son apparition ici quelque temps après ton départ ; il me semble amoureux fou de Kitty, et tu comprends que la mère…

— Excuse-moi, mais je n'y comprends goutte, dit Levine de plus en plus renfrogné. Son frère Nicolas lui revint subitement en mémoire et il se reprocha comme une vilenie de l'avoir oublié.

— Attends donc, dit Stépane Arcadiévitch en souriant et en lui tendant le bras. Je t'ai dit ce que je savais, mais, je le répète, s'il est permis de faire des conjectures dans une affaire aussi délicate, il me semble que les chances sont de ton côté.

Levine, tout pâle, s'appuya au dossier de sa chaise.

— Seulement, un bon conseil : termine cette affaire au plus tôt, continuait Oblonski tout en lui remplissant son verre.

— Non, merci, dit Levine en repoussant le verre, je ne peux plus boire, je serais ivre... Et toi, comment vas-tu ? reprit-il pour rompre les chiens.

— Laisse-moi te le répéter : termine l'affaire au plus tôt. Ne te déclare pas encore ce soir, mais demain matin va faire la classique demande, et que le bon Dieu te bénisse !...

— Pourquoi ne viens-tu jamais chasser chez moi ? dit Levine. Tu me l'avais pourtant promis. N'oublie pas de venir au printemps.

Il se repentait vraiment du fond du cœur d'avoir engagé cet entretien avec Stépane Arcadiévitch. Son sentiment « unique » se trouvait froissé de devoir compter avec les prétentions d'un quelconque officier, subir les conseils et les suppositions de Stépane Arcadiévitch. Celui-ci, qui comprit parfaitement ce qui se passait dans l'âme de Levine, se contenta de sourire.

— Je viendrai un jour ou l'autre, dit-il... Vois-tu, mon ami, les femmes sont le ressort qui fait tout mouvoir en ce monde... Tu me demandes où en sont mes affaires ? En fort mauvais point, mon cher... Et tout cela à cause des femmes... Donne-moi franchement ton avis, continua-t-il en tenant un cigare d'une main et son verre de l'autre.

— Sur quoi ?

— Voici, supposons que tu sois marié, que tu aimes ta femme, et que tu te sois laissé entraîner par une autre femme.

— Excuse-moi, mais je ne comprends rien à pareille affaire ; c'est pour moi, comme si tout à l'heure en sortant de dîner j'allais voler une brioche dans une boulangerie.

Les yeux de Stépane Arcadiévitch pétillèrent.

— Pourquoi pas ? Certaines brioches sentent si bon qu'on ne saurait résister à la tentation.

Himmlisch ist's, wenn ich bezwungen
Meine irdische Begier;
Aber doch wenn's nicht gelungen,
Hatt'ich auch recht hübsch Plaisir[1] !

Ce disant, Oblonski sourit malicieusement ; Levine ne put se retenir de l'imiter.

— Trêve de plaisanteries, continua Oblonski. Il s'agit d'une femme charmante, modeste, aimante, sans fortune et qui vous a tout sacrifié : faut-il l'abandonner, maintenant que le mal est fait ? Mettons qu'il soit nécessaire de rompre, pour ne pas troubler la vie de famille, mais ne doit-on pas avoir pitié d'elle, lui adoucir la séparation, assurer son avenir ?

— Pardon, mais tu sais que pour moi les femmes se divisent en deux classes ... ou pour mieux dire, il y a les femmes et les... Je n'ai jamais vu et ne verrai jamais de belles repenties ; mais des créatures comme cette Française du comptoir avec son fard et ses frisons ne m'inspirent que du dégoût, comme d'ailleurs toutes les femmes tombées.

— Même celle de l'Évangile ?

— Ah ! je t'en prie... Le Christ n'aurait jamais prononcé ces paroles, s'il avait su le mauvais usage qu'on en ferait : c'est tout ce qu'on a retenu de l'Évangile. Au reste c'est plutôt chez moi affaire de sentiment que de raisonnement. J'ai une répulsion pour les femmes tombées, comme tu en as une pour les araignées. Nous n'avons pas eu besoin pour cela d'étudier les mœurs ni des unes ni des autres.

— Tu me rappelles ce personnage de Dickens qui rejetait de la main gauche par-dessus l'épaule droite toutes les questions embarrassantes. Mais nier un fait n'est pas répondre. Que faire, voyons, que faire ? Ta femme vieillit tandis que la vie bouillonne encore en toi. Tu te sens tout d'un coup incapable de l'aimer d'amour, quelque respect que tu professes d'ailleurs pour elle. Sur ces entrefaites l'amour surgit à l'improviste et te voilà perdu ! s'exclama pathétiquement Stépane Arcadiévitch.

Levine eut un sourire sarcastique.

— Oui, oui, perdu ! répétait Oblonski. Eh bien, voyons, que faire ?

— Ne pas voler de brioche.

Stépane Arcadiévitch se dérida.

— Ô moraliste !... Mais comprends donc la situation. Deux femmes s'affrontent. L'une se prévaut de ses droits, c'est-à-dire d'un amour que tu ne peux lui donner ; l'autre sacrifie tout et ne te demande rien. Que doit-on faire ? Comment se conduire ? Il y a là un drame effrayant.

— Si tu veux que je te confesse ce que j'en pense, je ne vois pas là de drame. Voici pourquoi. Selon moi l'amour ... les deux amours tels que, tu dois t'en souvenir, Platon les caractérise dans son *Banquet,* servent de pierre de touche aux hommes, qui ne comprennent que l'un ou l'autre. Ceux qui comprennent uniquement l'amour non platonique n'ont aucune raison de parler de drame, car ce genre d'amour n'en comporte point. « Bien obligé pour l'agrément que j'ai eu » : voilà tout le drame. L'amour platonique ne peut en connaître davantage, parce que là tout est clair et pur, parce que...

À ce moment Levine se rappela ses propres péchés et la lutte intérieure qu'il avait subie. Il termina donc sa tirade d'une manière imprévue :

— Au fait, peut-être as-tu raison. C'est bien possible... Mais je ne sais pas, non, je ne sais pas.

— Vois-tu, dit Stépane Arcadiévitch, tu es un homme tout d'une pièce. C'est ta grande qualité et c'est aussi ton défaut. Parce que ton caractère est ainsi fait, tu voudrais que la vie fût constituée de même façon. Ainsi tu méprises le service de l'État, parce que tu voudrais que toute occupation humaine correspondît à un but précis — et cela ne saurait être. Tu voudrais également un but dans chacun de nos actes, tu voudrais que l'amour et la vie conjugale ne fissent qu'un — cela ne saurait être. Le charme, la variété, la beauté de la vie tiennent précisément à des oppositions de lumière et d'ombre.

Levine soupira et ne répondit rien. Repris par ses préoccupations, il n'écoutait plus Oblonski.

Et soudain ils sentirent tous deux que, loin de les rapprocher, ce bon dîner, ces vins généreux, les avaient laissés presque étrangers l'un à l'autre : chacun ne songeait plus qu'à ses affaires et n'avait cure du voisin. Oblonski, à qui cette sensation était familière, savait aussi comment y remédier.

— L'addition ! cria-t-il ; et il passa dans la salle voisine, où il rencontra un aide de camp de sa connaissance. Une conversation qu'il engagea avec lui au sujet d'une actrice et de son protecteur reposa Oblonski de celle qu'il venait d'avoir avec Levine : ce diable d'homme le contraignait toujours à une tension d'esprit par trop fatigante.

Quand le Tatar eut apporté un compte de vingt-six roubles et des kopecks, plus un supplément pour la vodka prise au comptoir, Levine qui d'ordinaire se fût, en bon campagnard, épouvanté d'avoir à payer quatorze roubles pour sa part, n'y fit cette fois aucune attention. Le compte réglé, il rentra chez lui pour changer de costume et se rendre chez les Stcherbatski, où son sort devait se décider.

XII

KITTY STCHERBATSKI avait dix-huit ans. C'était le premier hiver qu'on la menait dans le monde, elle y remportait de plus grands succès que naguère ses aînées, plus grands même que sa mère ne s'y était attendue. Elle avait plus ou moins tourné la tête à toute la jeunesse dansante de Moscou ; en outre il s'était dès ce premier hiver présenté deux partis sérieux : Levine et, aussitôt après son départ, le comte Vronski.

L'apparition de Levine au début de l'hiver, ses visites fréquentes, son amour évident pour Kitty avaient été le sujet des premières conversations sérieuses entre le prince et la princesse sur l'avenir de leur fille : et ces conversations révélèrent entre eux un profond dissentiment. Le prince tenait pour Levine et avouait qu'il ne souhaitait pas de meilleur parti pour Kitty. La princesse, cédant à l'habitude féminine de tourner la question, prétextait que Kitty, encore fort jeune, ne montrait pas grande inclination pour Levine, que d'ailleurs celui-ci ne semblait pas avoir d'intentions bien arrêtées. Elle invoquait encore d'autres raisons, mais non la principale, à savoir qu'elle n'aimait ni ne comprenait Levine et qu'elle espérait pour sa fille un parti plus brillant ; aussi fut-elle ravie de son brusque départ.

« Tu vois que j'avais raison », déclara-t-elle à son mari d'un air de triomphe. Elle fut encore plus enchantée quand Vronski se mit sur les rangs : ses prévisions se réalisaient : Kitty ferait un parti magnifique.

Pour la princesse il n'y avait pas de comparaison possible entre les deux prétendants. Ce qui lui déplaisait en Levine, c'étaient ses jugements tranchés et par trop bizarres, sa gaucherie dans le monde qu'elle attribuait à de l'orgueil, la vie de « sauvage » qu'il menait à la campagne entre ses bestiaux et ses manants. Ce qui lui déplaisait plus encore, c'était que Levine, amoureux de Kitty, eût fréquenté leur maison pendant six semaines sans s'expliquer franchement sur ses intentions : ignorait-il à ce point les convenances ? ou craignait-il peut-être de leur faire un trop grand honneur ? Et soudain ce brusque départ... « C'est fort heureux, se dit la mère, qu'il soit si peu attrayant ; il n'aura certes pas tourné la tête de Kitty ! » Vronski au contraire comblait tous ses vœux : il avait pour lui la fortune, le talent, la naissance, la perspective d'une brillante carrière à l'armée comme à la cour ; c'était de plus un enchanteur. Que pouvait-on rêver de mieux ?

Vronski faisait ouvertement la cour à Kitty : il dansait avec elle dans tous les bals, il était devenu un familier du logis, pouvait-on mettre en doute ses intentions ? Et cependant la pauvre mère avait passé tout cet hiver dans l'inquiétude et l'émoi.

Son mariage à elle avait été, trente ans plus tôt, l'œuvre d'une de ses tantes. Le fiancé, sur lequel on avait pris d'avance tous les renseignements désirables, était venu la voir et se faire voir ; la tante avait de part et d'autre rendu compte de la bonne impression produite ; puis, au jour convenu d'avance, on était venu faire aux parents une demande officielle qui avait été agréée. Tout s'était passé le plus simplement du monde. C'est ainsi du moins que la princesse voyait les choses à distance. Mais quand il s'était agi de marier ses filles, elle avait appris à son dam combien cette affaire, si simple en apparence, était en réalité difficile et compliquée. Que d'anxiétés, que de soucis, que d'argent dépensé, que de luttes avec son mari lorsqu'il avait fallu marier Darie et Natalie. Maintenant que le tour de la cadette était venu, elle connaissait les mêmes inquiétudes, les mêmes perplexités et des querelles plus pénibles encore. Comme tous les pères, le vieux prince était pointilleux à l'excès en ce qui touchait l'honneur de ses filles ; il avait la faiblesse de les jalouser, surtout Kitty qui était sa préférée et qu'il reprochait sans cesse à sa femme de compromettre. Pour habituée qu'elle fût à ces scènes — elle en avait subi de semblables du temps des aînées — la princesse reconnaissait à part soi que la susceptibilité de son mari avait cette fois plus de raison d'être. Elle remarquait depuis quelque temps dans les usages de la société des changements notables, qui venaient encore compliquer la tâche déjà si ingrate dévolue aux mères. Les contemporaines de Kitty organisaient Dieu sait quelles réunions, suivaient Dieu sait quels cours, prenaient des manières dégagées avec les hommes, se promenaient seules en voiture ; beaucoup d'entre elles ne faisaient plus de révérences, et ce qu'il y avait de plus grave, elles étaient toutes bien convaincues que le choix d'un mari leur incombait à elles seules et non point à leurs parents. « On ne marie plus les filles comme autrefois », pensaient et disaient toutes ces jeunes personnes, et même bien des gens âgés. Mais comment les marie-t-on alors ? c'est ce que la princesse ne pouvait apprendre de personne. On réprouvait l'usage français, qui laisse la décision aux parents ; on repoussait comme incompatible avec les mœurs russes l'usage anglais, qui laisse toute liberté à la jeune fille ; on criait haro — et la princesse la toute première — sur l'usage russe du mariage par intermédiaire. Mais tout le monde ignorait la vraie marche à suivre. Tous ceux que la princesse interrogeait lui faisaient la même réponse : « Croyez-moi, il est grand temps de renoncer aux idées d'autrefois. Ce sont les jeunes gens qui se marient et non les parents ; laissons-les donc s'arranger comme ils l'entendent. » Si le raisonnement était commode pour qui n'avait point de filles la princesse comprenait fort bien qu'en donnant trop de liberté à la sienne, elle courait le risque de la voir s'amouracher de quelqu'un qui ne songerait guère à l'épouser ou qui ne ferait point un bon mari. On avait beau lui répéter qu'il fallait désormais laisser les jeunes gens maîtres de leur sort, cela lui paraissait aussi peu sage que de donner à des enfants de cinq ans des pistolets chargés en guise de joujoux. Voilà pourquoi Kitty la préoccupait plus encore que ses sœurs.

Pour le moment elle craignait que Vronski, dont sa

fille était évidemment éprise, ne se bornât point à une simple cour; c'était à coup sûr un galant homme, ce qui la rassurait quelque peu. Mais avec la liberté de relations nouvellement admise dans la société, les séducteurs avaient beau jeu; ces hommes ne considéraient-ils pas la chose comme une peccadille? La semaine précédente, Kitty avait raconté à sa mère un entretien qu'elle avait eu avec Vronski au cours d'une mazurka et qui rassura la princesse, sans toutefois la tranquilliser complètement. Vronski avait dit à Kitty: «En fils soumis, mon frère et moi n'entreprenons jamais rien d'important sans consulter notre mère. En ce moment, j'attends son arrivée comme un bonheur tout particulier.»

Kitty rapporta cette conversation sans y attacher d'importance, mais la mère l'interpréta autrement. Elle savait qu'on attendait la comtesse d'un jour à l'autre et qu'elle approuverait le choix de son fils; pourquoi donc celui-ci différait-il sa demande? Cette déférence exagérée n'était-elle point un prétexte? Néanmoins la princesse désirait tant ce mariage, elle avait tant besoin d'apaiser son inquiétude qu'elle donna aux paroles de Vronski un sens conforme à ses propres intentions. Pour amer que lui fût le malheur de sa fille aînée Dolly, qui songeait à quitter son mari, elle se laissait tout entière absorber par ses préoccupations au sujet du sort de sa fille cadette, qu'elle voyait prêt à se décider. Et voici que l'arrivée de Levine augmentait son émoi. Kitty, croyait-elle, avait naguère éprouvé pour lui un certain sentiment; par excès de délicatesse elle pourrait bien maintenant refuser Vronski. Ce retour lui semblait devoir embrouiller une affaire si proche du dénouement.

— Est-il arrivé depuis longtemps? demanda-t-elle à sa fille lorsqu'elles furent rentrées. Elle songeait à Levine.

— Aujourd'hui, maman.

— Il y a une chose que je veux te dire... commença la princesse, mais à son air soucieux Kitty devina de quoi il s'agissait. Elle rougit et se tournant brusquement vers sa mère:

— Ne me dites rien, maman, je vous en prie, je vous en supplie, je sais, je sais tout.

Leurs désirs étaient les mêmes, mais la fille trouvait blessants les motifs auxquels la mère obéissait.

— Je veux dire seulement qu'ayant encouragé l'un…

— Maman chérie, au nom du ciel, ne dites rien. Parler de ces choses porte malheur…

— Un mot seulement, mon ange, dit la princesse en lui voyant des larmes dans les yeux. Tu m'as promis de ne jamais avoir de secrets pour moi. Il est bien entendu que tu n'en auras pas ?

— Jamais, maman, jamais aucun ! s'écria Kitty, cramoisie, mais en regardant sa mère bien en face. Mais pour le moment je n'ai rien à dire… Non vraiment… Si même je le voulais, je ne saurais que dire… non…

« Avec ces yeux-là elle ne peut pas mentir », se dit la princesse, souriant de cette émotion, de ce bonheur contenu : elle devinait l'énorme importance que la pauvrette accordait à tout ce qui se passait dans son cœur.

XIII

Après le dîner et jusqu'au début de la soirée Kitty éprouva une impression analogue à celle que ressent un jeune homme la veille d'une bataille… Son cœur battait violemment, elle n'arrivait point à rassembler ses idées.

Cette soirée, où « ils » se rencontreraient pour la première fois, déciderait de son sort. Elle le pressentait et ne cessait de se les figurer tantôt ensemble, tantôt séparément. Songeait-elle au passé, c'est avec plaisir, avec tendresse qu'elle évoquait les souvenirs qui se rattachaient à Levine : ses impressions d'enfance, l'amitié du jeune homme pour ce frère qu'elle avait perdu, tout leur donnait un charme poétique. À coup sûr Levine l'aimait, cet amour la flattait, il lui était doux d'y songer. Elle éprouvait au contraire une certaine gêne en pensant à Vronski : c'était un homme du monde accompli, toujours maître de lui et d'une simplicité charmante ; et cependant elle sentait dans leurs rapports quelque chose de faux, qui devait résider en elle-même, alors qu'avec Levine tout était si franc, si aisé, si naturel. Par contre avec Vronski l'avenir lui apparaissait étincelant ; avec Levine, un brouillard l'enveloppait.

Quand elle remonta dans sa chambre pour faire toilette, un coup d'œil à son miroir lui révéla qu'elle était dans un de ses bons jours ; ni la grâce, ni le sang-froid ne lui feraient défaut tout à l'heure ; elle se vit avec joie en possession de tous ses moyens.

Comme elle entrait au salon, vers sept heures et demie, un domestique annonça : Constantin Dmitriévitch Levine. La princesse n'était pas encore descendue, le prince s'était retiré dans son appartement. « Je m'y attendais », se dit Kitty, et tout son sang afflua à son cœur. En se regardant dans une glace, sa pâleur l'effraya.

Elle savait maintenant, à n'en plus douter, qu'il était venu de bonne heure pour la trouver seule et demander sa main. Aussitôt la situation lui apparut sous un jour nouveau. Pour la première fois elle comprit qu'elle n'était pas seule en jeu, et qu'il lui faudrait tout à l'heure blesser un homme qu'elle aimait et le blesser cruellement. Pourquoi ? parce que le brave garçon était amoureux d'elle. Mais elle n'y pouvait rien, il en devait être ainsi.

« Mon Dieu, pensa-t-elle, est-il possible que je doive lui parler moi-même, lui dire que je ne l'aime pas ? Mais cela n'est pas vrai, que lui dire alors ? Que j'en aime un autre ? Impossible. Non, mieux vaut me sauver. »

Elle s'approchait déjà de la porte, lorsqu'elle entendit « son » pas. « Non, ce n'est pas loyal. De quoi ai-je peur ? Je n'ai rien fait de mal. Advienne que pourra, je dirai la vérité. D'ailleurs avec lui rien ne peut me mettre mal à l'aise. Le voilà », se dit-elle en le voyant paraître, timide dans sa puissance, et fixant sur elle un regard ardent.

— J'arrive trop tôt, il me semble, dit-il en voyant le salon vide. Et quand il comprit que son attente n'était pas trompée, que rien ne l'empêcherait de parler, son visage s'assombrit.

— Pas du tout, répondit Kitty en s'asseyant près de la table.

— Mais je désirais précisément vous trouver seule, continua-t-il sans s'asseoir et sans lever les yeux, pour ne pas perdre courage.

— Maman va venir tout de suite. Elle s'est beaucoup fatiguée hier. Hier...

Elle parlait sans savoir au juste ce qu'elle disait. Ses regards chargés d'imploration tendre ne pouvaient se détacher de Levine, et comme il risquait un coup d'œil de son côté, elle rougit et se tut.

— Je vous ai dit tantôt que je ne savais pas si j'étais ici pour longtemps... que cela dépendait de vous...

Elle baissait de plus en plus la tête, ne sachant trop ce qu'elle allait répondre à l'inévitable.

— Que cela dépendait de vous, répéta-t-il. Je voulais vous dire... vous dire que... C'est pour cela que je suis venu... Voulez-vous être ma femme ? laissa-t-il enfin tomber sans se rendre compte de ses paroles. Mais, quand il eut le sentiment que le mot fatal était prononcé, il s'arrêta et la regarda.

Kitty ne relevait pas la tête ; elle respirait avec peine. Une immense allégresse emplissait son cœur. Elle n'aurait jamais cru que l'aveu de cet amour lui causerait une impression aussi vive. Mais au bout d'un moment elle se souvint de Vronski. Elle leva sur Levine ses yeux francs et limpides, et voyant son air désespéré, elle se hâta de répondre :

— C'est impossible... Pardonnez-moi.

Une minute auparavant, il la croyait si proche de lui, si nécessaire à sa vie ! Et voici qu'elle s'éloignait et lui devenait étrangère.

— Il n'en pouvait être autrement, dit-il en baissant les yeux.

Il la salua et voulut se retirer.

XIV

Mais au même instant la princesse fit son entrée. L'effroi glaça ses traits lorsqu'elle les vit seuls, avec des visages bouleversés. Levine s'inclina devant elle, mais ne dit mot. Kitty se taisait, n'osant lever les yeux. « Dieu merci, elle a refusé », pensa la mère, et le sourire avec lequel elle accueillait ses invités du jeudi reparut sur ses lèvres. Elle s'assit et questionna Levine sur sa vie à la campagne ; il prit un siège, lui aussi, attendant pour s'esquiver l'arrivée d'autres personnes.

Cinq minutes plus tard, on annonça une amie de Kitty mariée depuis l'hiver précédent, la comtesse Nordston.

C'était une personne sèche, jaune, nerveuse et maladive, avec des yeux noirs brillants. Elle aimait Kitty, et son affection pour elle, comme celle de toute femme mariée pour une jeune fille, se traduisait par un vif désir de la marier selon son idéal. Vronski était son candidat. Levine qu'elle avait souvent rencontré chez les Stcherbatski au début de l'hiver, lui déplaisait souverainement, et elle ne perdait jamais l'occasion de le narguer. « J'aime le voir me toiser du haut de sa grandeur, interrompre, parce qu'il me croit trop bête, ses beaux discours, à moins qu'il ne condescende à m'adresser la parole. Condescendre ! le mot me plaît. Je suis enchantée qu'il me déteste ! »

Effectivement Levine la détestait et méprisait en elle ce dont elle se faisait un mérite : sa nervosité, son dédain raffiné, son indifférence pour tout ce qu'elle jugeait matériel et grossier. Il s'était donc établi entre eux un genre de relations assez fréquent dans le monde : sous des dehors amicaux ils se méprisaient au point de ne pouvoir ni se prendre au sérieux ni même se froisser mutuellement ; chacun d'eux demeurait indifférent aux méchancetés que l'autre lui décochait.

Se souvenant que Levine avait au début de l'hiver comparé Moscou à Babylone, la comtesse l'entreprit aussitôt sur ce sujet :

— Ah ! Constantin Dmitriévitch, vous voilà donc revenu dans notre abominable Babylone ! dit-elle en lui tendant sa petite main jaunâtre. Est-ce Babylone qui s'est convertie ou vous qui vous êtes corrompu ? ajouta-t-elle en coulant à Kitty un regard complice.

— Je suis très flatté, comtesse, que vous teniez un compte aussi exact de mes paroles, répondit Levine qui, ayant eu le temps de se remettre, entra aussitôt dans le ton aigre-doux dont il usait d'ordinaire avec la comtesse. Il faut croire qu'elles vous impressionnent vivement.

— Comment donc ! J'en prends toujours note… Eh bien, Kitty, tu as encore patiné tantôt…

Et elle engagea la conversation avec Kitty. Levine ne pouvait plus guère s'en aller. Il délibérait pourtant de le faire, aimant mieux commettre une inconvenance que subir, toute la soirée, le supplice de voir Kitty l'observer à la dérobée, tout en évitant son regard. Il allait donc se lever quand la princesse, surprise de son mutisme, jugea bon de lui adresser la parole.

— Comptez-vous rester longtemps à Moscou ? N'êtes-vous pas juge de paix dans votre canton ? Cela ne doit pas vous permettre de longues absences.

— Non, princesse, j'ai résilié mes fonctions ; je suis venu pour quelques jours.

« Il y a quelque chose de particulier aujourd'hui, songea la comtesse Nordston, en scrutant le visage sévère de Levine ; il ne se lance pas dans ses discours habituels. Mais je saurai bien le faire parler : rien ne m'amuse comme de le rendre ridicule devant Kitty. »

— Constantin Dmitriévitch, lui dit-elle, vous qui êtes au courant de tout cela, expliquez-moi, de grâce, comment il se fait que dans notre terre de Kalouga les paysans et leurs femmes boivent tout ce qu'ils possèdent et refusent de nous payer leurs redevances ? Vous qui faites toujours l'éloge des paysans, expliquez-moi ce que cela veut dire.

En ce moment une dame entra dans le salon et Levine se leva.

— Excusez-moi, comtesse, je ne suis pas au courant et ne puis rien vous dire, répondit-il en remarquant un officier qui entrait à la suite de la dame.

« Ce doit être Vronski », songea-t-il et, pour s'en assurer, il se tourna vers Kitty qui précisément reportait son regard sur lui après avoir reconnu Vronski. À la vue de ces yeux brillant d'une joie instinctive Levine comprit, et cela aussi clairement que si elle le lui eût avoué, qu'elle aimait cet homme. Mais qui était-il au juste ? Voilà ce qu'il importait à Levine de savoir et ce qui le décida à rester, bon gré mal gré.

Il y a des gens qui, mis en présence d'un rival heureux, sont disposés à nier ses qualités pour ne voir que ses défauts ; d'autres au contraire ne désirent rien tant que de découvrir les mérites qui lui ont valu le succès, et, le cœur ulcéré, ne voient en lui que des qualités. Levine était de ce nombre. Il n'eut pas la peine de chercher ce que Vronski avait d'attrayant, cela sautait aux yeux. Brun, de taille moyenne et bien proportionnée, un beau visage aux traits étonnamment calmes, tout dans sa personne, depuis ses cheveux noirs coupés très courts et son menton rasé de frais jusqu'à son ample tunique neuve, décelait une élégante simplicité. Après avoir cédé le pas à la dame qui entrait en même temps que lui, Vronski alla saluer la princesse, puis Kitty. En approchant de celle-ci, il sembla à Levine qu'un éclair de tendresse brillait dans ses yeux tandis qu'un imperceptible sourire de bonheur triomphant plissait ses lèvres. Il s'inclina respectueusement devant la jeune fille et lui tendit une main un peu large, quoique petite.

Après avoir salué toutes les personnes présentes et échangé quelques mots avec chacune d'elles, il s'assit sans jeter un regard sur Levine qui ne le quittait pas des yeux.

— Permettez-moi, messieurs, de vous présenter l'un à l'autre, dit la princesse en indiquant du geste Levine : Constantin Dmitriévitch Levine ; le comte Alexis Kirillovitch Vronski.

Vronski se leva, plongea dans les yeux de Levine un regard très franc, et lui tendit la main.

— Je devais, il me semble, dîner avec vous cet hiver, lui dit-il avec un sourire affable ; mais vous êtes parti inopinément pour la campagne.

— Constantin Dmitriévitch déteste les villes et méprise les pauvres citadins que nous sommes, dit la comtesse Nordston.

— Il faut croire que mes paroles vous impressionnent vivement, puisque vous vous en souvenez si bien, rétorqua Levine ; mais, s'apercevant qu'il se répétait, il se tut.

Vronski sourit après avoir jeté un regard à Levine puis à la comtesse.

— Vous habitez toujours la campagne ? demanda-t-il. Ce doit être triste en hiver ?

— Pas quand on a de l'occupation ; d'ailleurs on ne s'ennuie jamais en compagnie de soi-même, rétorqua Levine d'un ton acerbe.

— J'aime la campagne, dit Vronski, qui remarqua le ton de Levine mais n'en laissa rien paraître.

— Sans vouloir pour cela vous y enterrer, j'espère ? demanda la comtesse Nordston.

— Je n'en sais rien, je n'y ai jamais fait de séjour prolongé. Mais j'ai éprouvé un sentiment singulier, ajouta-t-il ; je n'ai jamais tant regretté la campagne, la vraie campagne russe avec ses moujiks et leurs brodequins d'écorce, que durant l'hiver où j'ai accompagné ma mère à Nice. C'est, comme vous le savez, une ville plutôt triste. Au reste, Naples et Sorrente fatiguent aussi bien vite. Nulle part au monde on ne se sent ainsi obsédé par le souvenir de la Russie, de la campagne russe surtout. On dirait que ces villes…

Il s'adressait tantôt à Kitty tantôt à Levine, reportant de l'un à l'autre son regard débonnaire, et disant sans doute ce qui lui passait par la tête. S'apercevant que la comtesse Nordston voulait placer son mot, il s'interrompit pour l'écouter avec attention.

La conversation ne languit pas un instant. La princesse n'eut donc pas à faire avancer les deux grosses pièces qu'elle tenait toujours en réserve en cas de silence prolongé, à savoir le service militaire obligatoire et les mérites respectifs de l'enseignement classique et de l'enseignement moderne. De son côté la comtesse Nordston ne trouva pas l'occasion de taquiner Levine. Quelque désir qu'il en eût, celui-ci ne pouvait se décider à prendre part à l'entretien ; à chaque instant il se disait : « Voilà le moment de partir » ; et cependant il ne bougeait pas, comme s'il eût attendu quelque chose.

Comme on en vint à parler des tables tournantes et des esprits frappeurs, la comtesse, qui croyait au spiritisme, raconta les prodiges dont elle avait été témoin.

— Ah ! comtesse, faites-moi voir cela, je vous en supplie ; j'ai beau chercher partout l'extraordinaire, je ne l'ai jamais encore rencontré, dit en souriant Vronski.

— Soit, ce sera pour samedi prochain, acquiesça la comtesse. Et vous, Constantin Dmitriévitch, y croyez-vous ? demanda-t-elle à Levine.

— Pourquoi cette question ? Vous connaissez ma réponse d'avance.

— J'aimerais pourtant vous entendre exposer votre opinion.

— Mon opinion ? Eh bien, la voici : vos tables tournantes prouvent tout simplement que notre prétendue bonne société ne le cède en rien à nos paysans. Ceux-ci croient au mauvais œil, aux sorts, aux charmes, et nous…

— Alors vous n'y croyez pas ?

— Je ne puis y croire, comtesse.

— Puisque je vous dis que j'ai « vu » de mes propres yeux.

— Nos paysannes vous diront aussi qu'elles ont vu le « domovoï[1] ».

— Alors, d'après vous, je ne dis pas la vérité, se rebiffa la comtesse en riant d'un rire jaune.

— Mais non, Macha, Constantin Dmitriévitch veut simplement dire qu'il ne croit pas au spiritisme, expliqua Kitty, rougissant pour Levine. Celui-ci, qui s'en rendit compte, allait faire une réplique encore plus bourrue quand Vronski, toujours souriant, empêcha l'entretien de s'envenimer.

— Vous n'en admettez pas du tout la possibilité? demanda-t-il. Pourquoi donc? Nous admettons bien l'existence de l'électricité, dont pourtant nous ignorons la nature. Pourquoi n'existerait-il pas une force encore inconnue qui…

— Quand on a découvert l'électricité, objecta Levine avec vivacité, on n'a vu qu'un phénomène sans en connaître ni l'origine ni les résultats, et des siècles se sont écoulés avant qu'on songeât à en faire l'application. Les spirites au contraire ont commencé par faire écrire les tables et par évoquer les esprits, et n'ont affirmé que bien plus tard l'existence d'une force inconnue.

Vronski écoutait avec son attention coutumière et semblait prendre grand intérêt aux propos de Levine.

— Oui, mais les spirites disent: nous ignorons encore ce qu'est cette force, tout en constatant qu'elle existe, qu'elle agit dans telles et telles conditions; aux savants maintenant à découvrir en quoi elle consiste. Et pourquoi vraiment n'existe-t-il pas une force nouvelle, puisque…

— Parce que, objecta de nouveau Levine, toutes les fois que vous frotterez un morceau de résine avec un chiffon de laine, vous obtiendrez un phénomène prévu d'avance; les phénomènes spirites au contraire ne se produisent pas à coup sûr et ne sauraient par conséquent être attribués à une force de la nature.

La conversation prenait un tour trop sérieux pour un salon; Vronski s'en aperçut sans doute, car il ne fit plus d'objection et s'adressant aux dames avec un sourire enchanteur:

— Eh bien, comtesse, dit-il, pourquoi ne ferions-nous pas un essai tout de suite?

Mais Levine tenait à expliquer sa pensée.

— Selon moi, reprit-il, les spirites ont grand tort de vouloir expliquer leurs prestiges par je ne sais quelle force inconnue. Comment, parlant d'une force spirituelle, prétendent-ils la soumettre à une épreuve matérielle ?

Tout le monde attendait qu'il eût fini de parler ; il le comprit.

— Et moi, je crois que vous feriez un excellent médium, dit la comtesse Nordston ; il y a en vous tant d'enthousiasme !

Levine ouvrit la bouche pour répondre, mais rougit soudain et ne souffla mot.

— Eh bien, voyons, mettons les tables à l'épreuve, dit Vronski. Vous permettez, princesse.

Sur quoi il se leva, cherchant des yeux une table. Kitty se leva, elle aussi. Comme elle passait devant Levine, leurs regards se rencontrèrent. Elle le plaignait d'autant plus qu'elle se sentait la cause de sa douleur. « Pardonnez-moi, si vous le pouvez, disait son regard ; je suis si heureuse ! » « Je hais le monde entier, et moi tout comme vous », répondit celui de Levine.

Il avait déjà pris son chapeau, comptant bien s'esquiver tandis qu'on s'installerait autour de la table, mais encore une fois le sort en décida autrement. Le vieux prince fit son apparition et, après avoir rendu ses devoirs aux dames, fonça droit sur lui.

— Comment, s'écria-t-il joyeusement, tu es ici ? Mais je n'en savais rien. Très heureux de vous voir.

Le prince disait à Levine tantôt « toi » tantôt « vous ». Il lui donna l'accolade et continua l'entretien sans prêter aucune attention à Vronski ; celui-ci attendait tranquillement que le prince voulût bien lui adresser la parole.

Kitty devinait combien, après ce qui s'était passé, les amabilités de son père devaient peser à Levine. Elle remarqua aussi avec quelle froideur celui-ci finit par répondre au salut de Vronski, qui en demeura interdit, ne comprenant pas qu'on pût être mal disposé en sa faveur. Elle se sentit rougir.

— Prince, rendez-nous Constantin Dmitriévitch, dit la comtesse Nordston. Nous voulons faire une expérience.

— Quelle expérience ? Faire tourner les tables ? Eh bien, vous m'excuserez, mesdames et messieurs, mais selon moi le furet est plus intéressant, dit le prince en regardant Vronski qu'il devina être l'inspirateur de cet amusement. Du moins dans le furet y a-t-il une pointe de bon sens.

Vronski leva vers le prince un regard interdit, puis aussitôt, esquissant un sourire, il entretint la comtesse Nordston d'un grand bal qui se donnait la semaine suivante.

— J'espère que vous y serez, dit-il en s'adressant à Kitty.

Dès que le prince l'eut quitté, Levine s'esquiva et la dernière impression qu'il emporta de cette soirée fut le visage heureux et souriant de Kitty répondant à Vronski au sujet du bal.

XV

Les visiteurs partis, Kitty raconta à sa mère ce qui s'était passé entre elle et Levine. Malgré la pitié qu'il lui inspirait, elle se sentait flattée de cette demande en mariage et ne doutait pas un instant d'avoir sagement agi. Mais une fois couchée, elle fut longtemps sans trouver le sommeil. Elle n'arrivait pas à chasser une vision obsédante, celle de Levine écoutant, le sourcil froncé, les propos du prince, tandis que ses bons yeux laissaient tomber sur elle et sur Vronski des regards sombres, désolés. En songeant au chagrin qu'elle lui avait causé elle se sentait triste à pleurer. Mais le souvenir de celui à qui étaient allées ses préférences prit bientôt le dessus. Elle se représenta le visage mâle et ferme, le calme plein de distinction, la bonté rayonnante de Vronski. Et la certitude que son amour était partagé lui rendit pour un temps la paix de l'âme. Elle laissa retomber la tête sur l'oreiller en souriant de joie. « C'est triste, évidemment, mais qu'y puis-je ? ce n'est pas ma faute », se dit-elle en manière de conclusion. Mais elle avait beau répéter cette phrase, une voix intérieure l'assurait du contraire, sans d'ailleurs préciser si elle avait eu tort d'attirer Levine ou raison de l'éconduire. Quoi qu'il en fût, un remords empoisonnait son bonheur. « Seigneur, ayez pitié de moi ! Seigneur, ayez pitié de moi ! » murmura-t-elle jusqu'à ce qu'elle s'endormît.

Pendant ce temps, il se passait en bas dans le cabinet

du prince une de ces scènes qui se renouvelaient fréquemment entre les époux au sujet de leur fille préférée.

— Ce qu'il y a ! Vous me le demandez ? s'exclamait le prince, qui ne put se défendre de lever les bras en l'air mais les laissa retomber aussitôt pour rappeler à l'ordre sa robe de chambre de petit-gris. Vous me le demandez ? Eh bien, voici. Vous n'avez ni fierté ni dignité. Vous compromettez, vous perdez votre fille avec cette façon basse et stupide de la jeter à la tête des gens.

— Mais au nom du ciel, qu'ai-je donc fait ? disait la princesse, prête à pleurer.

Enchantée de la confidence de sa fille, elle était venue, comme de coutume, souhaiter le bonsoir à son mari. Tout en se gardant de lui révéler la demande de Levine et le refus de Kitty, elle s'était permis une allusion à Vronski qui, lui semblait-il, n'attendait que l'arrivée de sa mère pour se déclarer. Et juste à ce moment le prince, soudain furieux, l'avait accablée de reproches ignominieux.

— Ce que vous avez fait ? D'abord vous avez attiré un épouseur, ce dont tout Moscou se gaussera, et à juste titre. Si vous voulez donner des soirées, invitez tout le monde et non pas des prétendants de votre choix. Invitez tous ces « chiots » (c'est ainsi que le prince appelait les jeunes gens de Moscou), faites venir un tapeur, et qu'ils s'en donnent à cœur joie. Mais, pour Dieu, n'arrangez pas des entrevues comme celle de ce soir, cela me fait mal au cœur ! Vous en êtes venue à vos fins, vous avez tourné la tête à la gamine. Levine vaut mille fois mieux que ce petit fat de Pétersbourg ; on les fait là-bas à la machine, ils sont tous sur le même patron, et ce sont tous des pas grand-chose. Et quand ce serait un prince du sang, ma fille n'a besoin d'aller chercher personne.

— Mais en quoi suis-je coupable ?

— En quoi !… s'emporta le prince.

— Je sais bien qu'à t'écouter, interrompit la princesse, nous ne marierons jamais notre fille. Dans ce cas, autant nous fixer à la campagne.

— Cela vaudrait mieux en effet.

— Mais enfin je t'assure que je n'ai fait aucune avance. Ce jeune homme, fort bien, ma foi, ne t'en déplaise, est tombé amoureux de Kitty, qui, de son côté, je crois...

— Vous croyez!... Et s'il arrive qu'elle s'éprenne de lui pour de bon et que lui songe à se marier autant que moi! Je voudrais n'avoir pas d'yeux pour voir tout cela!... « Ah! le spiritisme! ah! Nice! ah! le bal!... » Ici, le prince, s'imaginant imiter sa femme, accompagnait chaque mot d'une révérence. Nous serons fiers quand nous aurons fait le malheur de Katia, si vraiment elle s'est fourré dans la tête...

— Mais pourquoi penses-tu cela?

— Je ne pense pas, je sais; c'est nous, les pères, qui avons des yeux pour cela, tandis que les femmes!... Je vois d'une part un homme qui a des intentions sérieuses, c'est Levine; de l'autre un mirliflore qui veut seulement s'amuser.

— Voilà bien de tes idées!

— Tu te les rappelleras, mais trop tard, comme avec Dacha.

— Allons, c'est bon, n'en parlons plus, concéda la princesse, en songeant aux malheurs de Dolly.

— Tant mieux, et bonsoir!

Après avoir échangé le baiser et le signe de croix coutumiers, les deux époux se séparèrent, bien convaincus l'un et l'autre que chacun d'eux gardait son opinion. Cependant la princesse, tout à l'heure fermement persuadée que cette soirée avait résolu le sort de Kitty, sentit son assurance ébranlée par les paroles de son mari. Rentrée dans sa chambre, l'avenir lui parut bien incertain, et, tout comme Kitty, elle répéta plus d'une fois avec angoisse: « Seigneur, ayez pitié de nous! Seigneur, ayez pitié de nous! »

XVI

VRONSKI avait toujours ignoré la vie de famille. Sa mère, femme du monde, très brillante dans sa jeunesse, avait eu pendant son mariage, et surtout après, beaucoup d'aventures, et qui firent jaser. Il avait à peine connu son père et son éducation s'était faite au Corps des pages; sorti fort jeune de cette école, il mena bientôt le train de vie habituel aux riches officiers pétersbourgeois. Il allait bien de temps en temps dans le monde, mais ses intérêts de cœur ne l'y appelaient pas.

C'est à Moscou que pour la première fois, rompant avec ce luxe cynique, il goûta le charme d'une liaison familière avec une jeune fille bien élevée, exquise en sa candeur et qui bientôt s'éprit de lui. L'idée ne lui vint même pas que leurs relations pussent prêter à redire. Au bal, il l'invitait de préférence ; il allait chez ses parents ; quand il causait avec elle, il ne lui disait guère, suivant l'usage du monde, que des bagatelles, mais des bagatelles auxquelles il donnait d'instinct un sens qu'elle seule pouvait saisir. Tout ce qu'il lui disait aurait pu être entendu de chacun, et cependant il sentait qu'elle subissait de plus en plus son influence, ce qui renforçait d'autant le sentiment qu'il éprouvait pour elle. Il ignorait qu'en agissant de la sorte il commettait une des mauvaises actions coutumières à la jeunesse dorée, bien et dûment cataloguée sous le nom de tentative de séduction, sans intention de mariage. Il s'imaginait avoir découvert un nouveau plaisir et jouissait de cette découverte.

Quel eût été l'étonnement de Vronski, s'il avait pu considérer les choses sous l'angle familial, assister à l'entretien des parents de Kitty, apprendre qu'il la rendrait malheureuse en ne l'épousant pas ! Comment admettre que ces rapports, qui leur causaient à tous deux — à elle encore plus qu'à lui — un plaisir si délicat, fussent le moins du monde répréhensibles, et surtout qu'ils l'obligeassent à l'épouser ! Jamais encore il n'avait envisagé la possibilité du mariage. Non seulement il n'aimait pas la vie de famille, mais comme tous les célibataires, il trouvait aux mots « famille » et « mari » — à ce dernier particulièrement — un air hostile et, qui pis est, ridicule. Et cependant, bien qu'il n'eût aucun soupçon de la conversation qui le mettait sur la sellette, il acquit ce soir-là la conviction d'avoir rendu le lien mystérieux qui l'unissait à Kitty plus intime encore, si intime qu'une décision s'imposait ; mais laquelle ?

À la sensation de fraîcheur et de pureté qu'il emportait toujours de chez les Stcherbatski — et qui tenait sans doute en partie à ce qu'il s'abstenait d'y fumer — se mêlait un sentiment nouveau d'attendrissement devant l'amour qu'elle lui témoignait. « Ce qu'il y a de charmant, se disait-il, c'est que sans prononcer un mot ni l'un ni l'autre, nous nous comprenons si bien dans ce langage muet des regards et des intonations, qu'aujourd'hui plus clairement que jamais elle m'a dit qu'elle m'aimait. Quelle gentillesse, quelle simplicité et surtout quelle confiance ! J'en deviens moi-même meilleur ; je sens qu'il y a en moi un cœur et quelque chose de bon. Ces jolis yeux amoureux !... Et après ? Rien ; cela me fait plaisir, et à elle aussi. »

Là-dessus il réfléchit à la manière dont il pourrait achever sa soirée. « Où pourrais-je bien aller ? Au club, faire un bésigue et prendre du champagne avec Ignatov ? Non. Au *Château des fleurs*, pour y trouver Oblonski, des chansonnettes et le *cancan* ? Non, cela m'ennuie. Ce qui me plaît précisément chez les Stcherbatski, c'est que j'en sors meilleur. Rentrons. »

De retour à l'hôtel Dussaux, il monta tout droit dans son appartement, s'y fit servir à souper, se déshabilla et eut à peine la tête sur l'oreiller qu'il s'endormit d'un profond sommeil.

XVII

Le lendemain à onze heures du matin, Vronski se fit conduire à la gare de Pétersbourg pour y chercher sa mère. La première personne qu'il rencontra sur le grand escalier fut Oblonski, dont la sœur arrivait par le même train.

— Salut à son Altesse ! lui cria sur un ton badin Stépane Arcadiévitch. Qui viens-tu chercher ?

— Ma mère, qui doit arriver aujourd'hui, répondit Vronski avec le sourire habituel à tous ceux qui rencontraient Oblonski. Les deux hommes se serrèrent la main et montèrent ensemble l'escalier.

— Sais-tu que je t'ai attendu jusqu'à deux heures du matin ! Qu'as-tu donc fait après ta visite aux Stcherbatski ?

— Je suis rentré chez moi, répondit Vronski. À parler franc, j'ai passé là-bas de si bons moments que je n'avais plus envie d'aller nulle part.

Je reconnais à la marque les chevaux impétueux.
À leurs beaux yeux, les amoureux.

déclama Stépane Arcadiévitch, appliquant à Vronski le même dicton qu'il avait appliqué la veille à Levine.

Vronski sourit et ne se défendit pas, mais il changea aussitôt de conversation.

— Et toi, demanda-t-il, au-devant de qui viens-tu ?

— Moi ? Au-devant d'une jolie femme.

— Ah ! bah !

— *Honni soit qui mal y pense !* Cette jolie femme est ma sœur Anna.

— Ah ! Mme Karénine !

— Tu la connais sans doute ?

— Il me semble que oui... Ou plutôt non, je ne crois pas, répondit d'un air distrait Vronski, en qui le nom de Karénine évoqua le souvenir confus d'une personne ennuyeuse et affectée.

— Mais tu connais au moins mon célèbre beau-frère, Alexis Alexandrovitch ? Il est connu comme le loup blanc.

— C'est-à-dire que je le connais de réputation et de vue. On le tient pour un puits de science et de sagesse. Un homme supérieur, quoi. Seulement, tu sais, ce n'est pas précisément mon genre, *not in my line.*

— Oui, c'est un homme supérieur, un peu conservateur peut-être, mais de tout premier ordre.

— Allons, tant mieux pour lui ! dit en souriant Vronski. Ah ! te voilà ! s'écria-t-il en reconnaissant, près de la porte d'entrée, le vieux domestique de confiance de sa mère. Eh bien, suis-nous.

Comme tout le monde Vronski subissait le charme d'Oblonski, mais depuis quelque temps il trouvait dans sa société un agrément tout particulier : n'était-ce pas se rapprocher de Kitty ?

— Alors, c'est entendu, dit-il gaiement en lui prenant le bras, nous donnons dimanche un souper à la *diva ?*

— Certainement, je vais ouvrir une souscription. À propos, as-tu fait hier soir la connaissance de mon ami Levine ?

— Mais oui, seulement il est parti bien vite.

— Un brave garçon, n'est-ce pas ?

— Je ne sais pourquoi, dit Vronski, tous les Moscovites, excepté naturellement ceux à qui je parle, ajouta-t-il plaisamment, ont quelque chose de tranchant ; ils sont tous sur leurs ergots et on les sent toujours prêts à vous faire la leçon.

— Il y a du vrai dans ton observation, approuva en riant Stépane Arcadiévitch.

— Le train arrive-t-il ? demanda Vronski à un employé.

— Il est signalé, répondit celui-ci.

Le mouvement croissant dans la gare, les allées et venues des porteurs, l'apparition des gendarmes et des employés, l'arrivée des personnes venues à la rencontre des voyageurs, tout indiquait l'approche du train. Il faisait froid et l'on devinait à travers la brume des ouvriers en pelisses courtes et bottes de feutre qui traversaient les voies de réserve. Un sifflet de locomotive retentit au loin et l'on perçut bientôt le bruit d'une masse lourde en mouvement.

— Cependant, reprit Stépane Arcadiévitch qui tenait à prévenir Vronski des intentions de son rival, tu fais erreur en ce qui concerne Levine. C'est un garçon nerveux qui est parfois désagréable, mais qui peut aussi se montrer charmant quand il veut. C'est un cœur d'or, une nature droite et honnête... Mais il avait hier des raisons particulières d'être au comble du bonheur... ou de l'infortune, ajouta-t-il avec un sourire significatif, oubliant complètement, parce que Vronski lui inspirait en ce moment une sympathie très sincère, le sentiment du même ordre qu'il avait éprouvé la veille pour Levine.

Vronski s'arrêta et demanda sans détour :

— Veux-tu dire qu'il a demandé ta belle-sœur en mariage ?

— Ce serait fort possible, répondit Stépane Arcadiévitch. J'ai eu cette impression-là hier soir, et s'il est parti de bonne heure et de mauvaise humeur, il n'y a pas à en douter. Il est amoureux depuis si longtemps qu'il me fait pitié.

— Ah ! vraiment !... Je crois d'ailleurs qu'elle peut prétendre à un meilleur parti, dit Vronski en se redressant et en reprenant sa marche. Au reste, je ne le connais pas... Ce doit être en effet une situation pénible. C'est pourquoi la plupart d'entre nous préfèrent s'en tenir aux demoiselles. Avec elles au moins, si l'on échoue, on n'accuse que sa bourse, la dignité n'est pas en jeu... Mais voici le train.

Effectivement un sifflet se fit entendre. Au bout de quelques instants le quai d'arrivée parut s'ébranler, et la locomotive, éructant des flots de vapeur que le froid rabattait sur le sol, passa bruyamment devant le public, à qui le mécanicien emmitouflé et couvert de givre adressait des saluts, tandis que la bielle de la grande roue se pliait et se dépliait avec un rythme lent. Soudain le quai parut secoué plus violemment, et derrière le tender apparut, ralentissant peu à peu sa marche, le fourgon d'où montaient des aboiements. Enfin défilèrent les wagons, qu'une légère secousse ébranlait avant l'arrêt définitif

Un conducteur à la mine dégourdie sauta lestement d'un wagon en donnant son coup de sifflet et à sa suite descendirent un à un les voyageurs les plus impatients : un officier de la garde, raide comme un pieu et le regard sévère, un petit négociant déluré et souriant, la sacoche en bandoulière, un paysan enfin, besace sur l'épaule.

Debout près de son ami, Vronski considérait wagons et voyageurs, sans plus se soucier de sa mère. Ce qu'il venait d'apprendre au sujet de Kitty avait provoqué en lui une excitation joyeuse : il se redressait involontairement, ses yeux brillaient, il éprouvait le sentiment d'une victoire.

Le conducteur s'approcha de lui.

— La comtesse Vronski est dans cette voiture, dit-il.

Ces mots le réveillèrent et l'obligèrent à penser à sa mère et à leur prochaine entrevue. Sans qu'il s'en rendît bien compte, il n'avait pour elle ni respect, ni affection véritables ; mais son éducation et son usage du monde ne lui permettaient pas d'admettre qu'il pût lui témoigner d'autres sentiments que ceux d'un fils respectueux et soumis.

XVIII

VRONSKI suivit le conducteur ; à l'entrée du wagon réservé il s'arrêta pour laisser sortir une dame, que son tact d'homme du monde lui permit de classer d'un coup d'œil parmi les femmes de la meilleure société. Après un mot d'excuse, il allait continuer son chemin quand soudain il se retourna, ne pouvant résister au désir de la regarder encore ; il se sentait attiré, non point par la beauté pourtant très grande de cette dame ni par l'élégance discrète qui émanait de sa personne, mais bien par l'expression toute de douceur de son charmant visage. Et précisément elle aussi se détourna. Un court instant ses yeux gris et brillants, que des cils épais faisaient paraître foncés, s'arrêtèrent sur lui avec bienveillance, comme s'ils le reconnaissaient ; puis aussitôt elle sembla chercher quelqu'un parmi la foule. Cette rapide vision suffit à Vronski pour remarquer la vivacité contenue qui voltigeait sur cette physionomie, animant le regard, courbant les lèvres en un sourire à peine perceptible. Regard et sourire décelaient une abondance de force refoulée ; l'éclair des yeux avait beau se voiler, le demi-sourire des lèvres n'en trahissait pas moins le feu intérieur.

Vronski pénétra dans le wagon. Sa mère, une petite vieille sèche, des boucles sur le front, leva sur lui des yeux noirs clignotants et l'accueillit avec un léger sourire de ses lèvres minces. Puis elle se leva, remit à sa femme de chambre le sac qu'elle tenait, tendit à son fils sa petite main sèche qu'il baisa, et enfin l'embrassa.

— Tu as reçu ma dépêche ? Tu vas bien, n'est-ce pas ?

— Avez-vous fait bon voyage ? dit le fils en prenant place auprès d'elle. Cependant il prêtait involontairement l'oreille à une voix de femme qui s'élevait dans le couloir, et qu'il savait être celle de la dame de tout à l'heure.

— Je ne saurais partager votre opinion, disait la voix.

— Point de vue pétersbourgeois, madame.

— Point de vue féminin tout simplement.

— Eh bien, madame, permettez-moi de vous baiser la main.

— Au revoir, Ivan Petrovitch. Si vous rencontrez mon frère, ayez donc l'obligeance de me l'envoyer.

La voix se rapprochait ; au bout d'un moment la dame rentrait dans le compartiment.

— Avez-vous trouvé votre frère ? lui demanda la comtesse.

Vronski comprit alors que c'était Mme Karénine.

— Votre frère est ici, madame, dit-il en se levant. Excusez-moi de ne pas vous avoir reconnue, ajouta-t-il en s'inclinant ; au reste j'ai si rarement eu l'honneur de vous rencontrer que vous ne vous souvenez sans doute plus de moi.

— Je vous aurais quand même reconnu, car, à ce qu'il me semble, madame votre mère et moi n'avons guère parlé que de vous durant tout le trajet, répondit-elle en se permettant enfin un sourire. Mais mon frère ne vient toujours pas.

— Appelle-le donc, Alexis, dit la comtesse.

Vronski descendit sur le quai et cria :

— Oblonski, par ici !

Mme Karénine n'eut pas la patience d'attendre : apercevant de loin son frère, elle sortit du wagon et marcha au-devant de lui d'une démarche légère et décidée. Dès qu'elle l'eut rejoint, elle lui passa, d'un geste dont la grâce et l'énergie frappèrent Vronski, le bras gauche autour du cou, l'attira à elle et l'embrassa de tout son cœur. Vronski ne la quittait pas des yeux et souriait sans savoir pourquoi. Il se souvint enfin que sa mère l'attendait et remonta dans le wagon.

— N'est-ce pas qu'elle est charmante ? lui dit la comtesse en désignant Mme Karénine. Son mari l'a placée auprès de moi, et j'en ai été ravie. Nous avons bavardé tout le temps... Eh bien, et toi ? On dit que ... *vous filez le parfait amour. Tant mieux, mon cher, tant mieux.*

— Je ne sais à quoi vous faites allusion, maman, répondit le fils d'un ton froid. Sortons-nous ?

Mais à ce moment Mme Karénine réapparut pour prendre congé de la vieille dame.

— Eh bien, comtesse, nous voici au port : vous avez trouvé votre fils et moi j'ai enfin mis la main sur mon frère, dit-elle gaiement. D'ailleurs j'avais épuisé toutes mes histoires, je n'aurais plus rien eu à vous raconter.

— Qu'importe ! dit la comtesse en lui prenant la main. Avec vous je ferais le tour du monde sans m'ennuyer un seul instant. Vous êtes une de ces aimables femmes en compagnie desquelles on goûte autant de plaisir à se taire qu'à parler. Quant à votre fils, ne songez pas trop à lui, n'est-ce pas ; il faut bien se séparer de temps à autre.

Immobile et dressée de toute sa taille, Mme Karénine souriait des yeux.

— Anna Arcadiévna a un petit garçon d'une huitaine d'années, expliqua la comtesse à son fils ; elle ne l'a jamais quitté et se tourmente beaucoup à son sujet.

— Oui, votre mère et moi, nous avons tout le temps parlé de nos fils, dit Mme Karénine dont le visage s'illumina d'un nouveau sourire, un sourire de coquetterie qui, cette fois, s'adressait à Vronski.

— Cela a dû vous ennuyer, insinua celui-ci en lui renvoyant aussitôt la balle.

Mais sans relever le propos, elle se tourna vers la comtesse :

— Merci mille fois, la journée d'hier a passé sans que je m'en aperçoive. Au revoir, comtesse.

— Adieu, ma chère, répondit la comtesse. Laissez-moi embrasser votre joli minois et vous dire tout franc, avec le privilège de l'âge, que vous avez fait ma conquête.

C'étaient là propos mondains. Cependant Mme Karénine en parut touchée : elle rougit, s'inclina légèrement et offrit son front au baiser de la comtesse. Aussitôt redressée, elle tendit la main à Vronski, en lui souriant de ce sourire qui semblait flotter entre ses yeux et ses lèvres. Il serra cette petite main, heureux, comme d'une chose extraordinaire, d'en sentir la pression ferme et énergique. Elle sortit de ce pas rapide qui contrastait avec l'ampleur assez marquée de ses formes.

— Charmante, dit la comtesse.

Son fils était du même avis. Il suivit tout souriant la jeune femme des yeux. Il la vit par la fenêtre s'approcher de son frère, le prendre par le bras et lui parler avec animation de choses qui n'avaient évidemment aucun rapport avec lui, Vronski ; il en fut presque contrarié.

— Eh bien, maman, vous allez tout à fait bien ? demanda-t-il à sa mère en se tournant vers elle.

— Tout à fait bien. Alexandre a été charmant, Marie a beaucoup embelli.

Elle aborda aussitôt les sujets qui lui tenaient le plus au cœur : le baptême de son petit-fils, but de son voyage à Pétersbourg, et la bienveillance particulière que l'empereur témoignait à son fils aîné.

— Voilà Laurent, dit Vronski qui regardait par la fenêtre ; nous pouvons descendre si vous le voulez bien.

Le vieux majordome, qui avait accompagné la comtesse à Pétersbourg, vint annoncer que « tout était prêt ».

— Allons, dit Vronski, il n'y a plus beaucoup de monde.

La comtesse se mit en devoir de descendre, son fils lui offrit le bras, et, tandis que la femme de chambre se chargeait du caniche et du petit sac, le majordome et un porteur emportèrent les valises. Mais comme ils quittaient le wagon, ils virent courir, le visage défait, plusieurs hommes, parmi lesquels on reconnaissait le chef de gare à sa casquette d'une couleur fantaisiste. Il avait dû se passer quelque chose d'extraordinaire. Les voyageurs refluaient vers la queue du train.

— Qu'y a-t-il ?... Qu'y a-t-il ?... Où cela ?... Il s'est jeté sous le train !... Écrasé, disaient des voix.

Stépane Arcadiévitch et sa sœur, qui lui donnait le bras, rebroussaient chemin également ; pour éviter la foule, ils s'arrêtèrent, tout émus, près de la portière. Les dames remontèrent dans la voiture, tandis qu'Oblonski et Vronski allaient s'enquérir de ce qui s'était passé.

Le train avait, en reculant, écrasé un homme d'équipe ivre ou trop emmitouflé pour entendre la manœuvre. Ces dames apprirent l'accident par le majordome dès avant le retour des deux amis ; ceux-ci avaient vu le cadavre défiguré ; Oblonski, bouleversé, retenait ses larmes avec peine.

— Quelle chose affreuse ! Si tu l'avais vu, Anna ! Ah ! quelle horreur !

Vronski se taisait ; son beau visage était sérieux, mais absolument calme.

— Ah ! si vous l'aviez vu, comtesse ! continuait Stépane Arcadiévitch. Et sa malheureuse femme qui est là... Elle fait peine à voir. Elle s'est jetée sur le corps de son mari. On dit qu'il était seul à nourrir une nombreuse famille. Quelle horreur !

— Ne pourrait-on faire quelque chose pour elle ? murmura Mme Karénine très émue.

Vronski lui jeta un regard et sortit.

— Je reviens tout de suite, maman, dit-il en se retournant dans le couloir.

Quand il revint au bout de quelques minutes, Stépane Arcadiévitch parlait déjà à la comtesse de la nouvelle cantatrice, et celle-ci regardait avec impatience du côté de la porte.

— Nous pouvons partir, dit Vronski.

Ils sortirent tous ensemble. Vronski prit les devants avec sa mère ; Mme Karénine et son frère suivaient. Près de la sortie ils furent rejoints par le chef de gare qui courait après Vronski.

— Vous avez remis, monsieur, deux cents roubles à mon sous-chef. Voudriez-vous me dire à qui vous les destinez ?

— À la veuve, bien entendu, répondit Vronski en haussant les épaules. À quoi bon cette question ?

— Tu as donné tant que cela ? s'écria derrière lui Oblonski ; et serrant le bras de sa sœur, il ajouta : Très bien, très bien ! N'est-ce pas que c'est un charmant garçon ? Mes hommages, comtesse.

Il dut s'arrêter pour aider Mme Karénine à chercher sa femme de chambre. Quand ils sortirent de la gare, la voiture des Vronski était déjà partie. On ne parlait autour d'eux que de l'accident.

— Quelle mort affreuse ! disait un monsieur. On prétend qu'il a été coupé en deux.

— Mais non, objectait un autre, il n'a pas dû souffrir, la mort a été instantanée.

— Pourquoi ne prend-on pas plus de précautions ? insinuait un troisième.

Mme Karénine monta en voiture ; et son frère remarqua avec surprise que ses lèvres tremblaient et qu'elle avait peine à retenir ses larmes.

— Qu'as-tu donc, Anna ? lui demanda-t-il, quand ils se furent un peu éloignés.

— C'est un présage funeste, répondit-elle.

— Quel enfantillage ! s'exclama Stépane Arcadiévitch. Te voilà arrivée, c'est l'essentiel, car j'ai mis tout mon espoir en toi.

— Il y a longtemps que tu connais Vronski ? demanda-t-elle.

— Oh ! oui... Il pourrait bien épouser Kitty, sais-tu ?

— Vraiment ?... Eh bien, maintenant, parlons de toi, reprit-elle en secouant la tête, comme si elle voulait chasser une pensée importune. J'ai reçu ta lettre et me voici.

— Oui, tout mon espoir est en toi, répéta Oblonski.

— Eh bien, raconte-moi tout.

Stépane Arcadiévitch commença son récit.

En arrivant à la maison, il aida sa sœur à descendre de voiture, lui serra la main, poussa un soupir et se fit conduire à son bureau.

XIX

Quand Anna pénétra dans le petit salon, Dolly donnait une leçon de français à un gros garçon à tête blonde, déjà tout le portrait de son père. L'enfant lisait, tout en cherchant à arracher à son veston un bouton qui tenait à peine ; la maman avait beau rabattre la petite main potelée, celle-ci revenait toujours au malheureux bouton. Dolly l'arracha et le mit dans sa poche.

— Laisse donc tes mains tranquilles, Gricha, dit-elle en reprenant sa couverture au tricot, travail depuis longtemps sur le métier et qu'elle retrouvait toujours aux moments difficiles. Elle travaillait avec nervosité, pliant et dépliant les doigts, comptant et recomptant ses mailles. Bien qu'elle eût dit la veille à son mari que l'arrivée de sa belle-sœur lui importait peu, elle n'en avait pas moins tout préparé pour la recevoir et l'attendait maintenant avec quelque émotion.

Si absorbée, si écrasée qu'elle fût par son chagrin, Dolly s'était pourtant rappelé que sa belle-sœur était une *grande dame* et son mari un des personnages les plus en vue de Pétersbourg. Elle n'aurait donc eu garde de lui faire un affront. « Et d'ailleurs, s'était-elle dit, en quoi Anna est-elle coupable ? Je ne sais rien d'elle qui ne soit en sa faveur, et elle a toujours fait preuve envers moi d'une cordialité charmante. » L'intérieur des Karénine n'avait pourtant pas laissé à Dolly une impression réconfortante ; elle avait cru démêler quelque chose de faux dans leur genre de vie. « Pourquoi donc ne la recevrais-je pas ? Pourvu toutefois qu'elle ne se mêle pas de me consoler ? Je les connais, ces exhortations, ces admonitions, ces appels au pardon chrétien ! J'ai assez ruminé toutes ces belles choses pour savoir ce qu'elles valent ! »

Dolly avait passé ces fatales journées seule avec ses enfants : elle ne voulait confier son chagrin à personne et se sentait impuissante à parler d'autre chose. Elle comprenait qu'avec Anna il lui faudrait rompre le silence et tantôt la perspective de cette confidence lui souriait, tantôt au contraire la nécessité de révéler son humiliation à sa belle-sœur et de subir ses banales consolations lui paraissait intolérable.

Les yeux sur la pendule elle comptait les minutes et s'attendait à chaque instant à voir paraître sa belle-sœur, mais comme il arrive souvent en pareil cas, elle s'absorba si bien qu'elle n'entendit pas le coup de sonnette. Lorsque des pas légers et le frôlement d'une robe près de la porte lui firent lever la tête, son visage ravagé exprima à son insu la surprise et non la joie. Elle se leva et embrassa sa belle-sœur.

— Comment, c'est déjà toi ? lui dit-elle.

— Dolly, que je suis heureuse de te revoir !

— Moi aussi, j'en suis heureuse, répondit Dolly avec un faible sourire, tout en étudiant le visage d'Anna, où elle crut lire de la compassion. « Elle doit être au courant », pensa-t-elle. Viens que je te conduise à ta chambre, continua-t-elle, désireuse de différer le plus possible l'inévitable explication. Mais Anna de s'écrier :

— Est-ce là Gricha ? Mon Dieu, qu'il a grandi ! Et seulement quand elle l'eut embrassé, elle répondit rougissante, et les yeux dans les yeux de Dolly :

Non, restons plutôt ici, si tu le veux bien.

Elle ôta son fichu et, comme son chapeau s'accrochait à une boucle de ses cheveux noirs frisottants, elle s'en débarrassa en secouant la tête d'un geste mutin.

— Mais tu rayonnes de bonheur et de santé ! s'exclama Dolly avec une pointe d'envie dans la voix.

— Moi ?... Oui, acquiesça Anna. Mon Dieu ! Tania ! s'écria-t-elle en voyant accourir la petite fille, qu'elle prit dans ses bras et couvrit de baisers. Quelle charmante enfant ! Elle a l'âge de mon petit Serge. Montre-les-moi tous, veux-tu ?

Elle se rappelait non seulement le nom et l'âge exact des enfants, mais encore leur caractère et jusqu'aux maladies qu'ils avaient eues ; cette attention alla droit au cœur de Dolly.

— Eh bien, viens les voir, dit celle-ci; mais Vassia dort, c'est dommage.

Après avoir vu les enfants, elles se retrouvèrent seules au salon, où le café était servi. Anna étendit la main vers le plateau, mais le repoussant soudain :

— Dolly, fit-elle, il m'a tout dit.

Dolly la regarda froidement : elle s'attendait à des phrases de fausse sympathie; il n'en fut rien.

— Dolly, ma chérie, dit simplement Anna, je ne veux pas te parler en sa faveur ni te consoler; c'est impossible. Laisse-moi seulement te dire que je te plains de tout mon cœur.

Ses yeux brillaient, des larmes mouillèrent ses beaux cils. Elle se rapprocha et de sa petite main nerveuse saisit la main de Dolly qui, le visage toujours muré, se laissa pourtant faire.

— Personne ne peut me consoler; après ce qui s'est passé tout est perdu pour moi.

Mais, dès qu'elle eut prononcé ces paroles, l'expression de son visage s'adoucit subitement. Anna porta à ses lèvres la pauvre main émaciée de sa belle-sœur et la baisa.

— Mais enfin, Dolly, que comptes-tu faire ? Cette fausse situation ne saurait se prolonger; veux-tu que nous envisagions quelque moyen d'en sortir ?

— Non, tout est fini, bien fini. Le plus terrible, vois-tu, c'est que je ne puis pas le quitter : je suis liée par les enfants. Et cependant vivre avec lui est au-dessus de mes forces; le voir m'est une torture.

— Dolly, ma chérie, il m'a parlé; j'aimerais bien maintenant entendre ce que tu as à dire. Voyons, raconte-moi tout.

Dolly scruta du regard le visage d'Anna; et comme elle n'y lut que la sympathie et l'affection sincère :

— Soit ! dit-elle brusquement. Mais je dois prendre les choses de loin. Tu sais comment je me suis mariée. L'éducation de maman m'avait laissée bien innocente, ou, pour mieux dire, fort sotte... je ne savais rien. On dit que les maris racontent leur passé à leur femme, mais Stiva. (elle se reprit), Stépane Arcadiévitch ne m'a jamais rien dit. Tu ne le croiras sans doute pas, mais jusqu'à présent je me figurais qu'il n'avait jamais connu d'autre femme que moi. J'ai vécu huit ans de la sorte. Non seulement je ne le soupçonnais pas d'infidélité, mais je croyais une chose pareille impossible. Avec des idées semblables, tu peux t'imaginer ce que j'ai éprouvé en apprenant tout à coup cette horreur... cette abomination!... Comprends-moi bien, continua-t-elle prête à sangloter: croire à son bonheur sans arrière-pensée et tout à coup recevoir une lettre... une lettre de lui à sa maîtresse, l'institutrice de mes enfants! Non, c'est par trop affreux!...

Elle se cacha le visage dans son mouchoir.

— J'aurais pu encore admettre un moment d'entraînement, reprit-elle au bout d'une minute; mais cette félonie, cette vilaine intrigue avec une... Et quand je pense qu'il a continué d'être mon mari tout en... C'est affreux, affreux! Tu ne peux te rendre compte.

— Mais si, je m'en rends très bien compte, ma chère Dolly, dit Anna en lui serrant la main.

— Si encore il comprenait toute l'horreur de ma position! Mais non, il est heureux et content.

— Non pas! interrompit Anna. Il fait peine à voir: le remords le ronge...

— Est-il capable de remords? interrompit à son tour Dolly, en scrutant avidement le visage de sa belle-sœur.

— Oui, je le connais. Je t'assure qu'il m'a fait pitié. Nous le connaissons toutes deux. Il est bon, mais fier, cette humiliation lui sera salutaire. Ce qui m'a le plus touchée... (Anna devina d'instinct la corde sensible de sa belle-sœur), c'est qu'il souffre à cause des enfants, et qu'il regrette amèrement de t'avoir blessée, toi qu'il aime... oui, oui, qu'il aime plus que tout au monde, insista-t-elle en voyant Dolly prête à protester. « Non, non, jamais elle ne me pardonnera », répète-t-il sans cesse.

Dolly avait détourné son regard; elle réfléchissait.

— Oui, dit-elle enfin, je comprends qu'il souffre. Le coupable doit plus souffrir que l'innocent, quand il se sent la cause de tout le mal. Mais comment puis-je pardonner, comment puis-je être sa femme après « elle »? La vie commune me sera désormais un supplice, précisément parce que j'aime encore l'amour que j'ai si longtemps eu pour lui...

Des sanglots lui coupèrent la parole. Mais, comme un fait exprès, à peine attendrie, elle revenait toujours au sujet qui l'irritait le plus.

— Car enfin, reprit-elle, elle est jeune, elle est jolie. Comprends-moi bien, Anna ; par qui ma beauté, ma jeunesse ont-elles été prises ? Par lui et par ses enfants. J'ai tout sacrifié à son service, et maintenant que j'ai fait mon temps, il me préfère une vulgaire créature et cela, bien entendu, parce qu'elle est plus fraîche. Ils se sont certainement gaussés de moi ensemble, pis que cela, ils ont oublié mon existence.

Une lueur de haine passa de nouveau dans son regard.

— Que viendra-t-il me dire après cela ?... Pourrai-je d'ailleurs le croire ? jamais. Non, tout est fini pour moi, tout ce qui constituait ma consolation, la récompense de mes peines et de mes souffrances. Le croiras-tu ? je faisais tout à l'heure travailler Gricha ; eh bien, cette leçon qui naguère était pour moi une joie, m'est devenue un tourment... À quoi bon me donner tant de soucis ? Pourquoi ai-je des enfants ? Ce qu'il y a d'affreux, vois-tu, c'est le revirement soudain qui s'est fait en moi : mon amour, ma tendresse se sont mués en haine, oui en haine. Je pourrais le tuer et...

— Dolly, ma chérie, je conçois tout cela, mais, je t'en supplie, ne te torture pas ainsi. Ton chagrin, ton courroux t'empêchent de voir beaucoup de choses sous leur vrai jour...

Dolly se calma et pendant quelques instants, toutes deux gardèrent le silence.

— Que faire, Anna ? Réfléchis, conseille-moi. J'ai tout examiné et je ne trouve rien.

Anna non plus ne trouvait rien, mais chaque parole, chaque regard de sa belle-sœur éveillait en son cœur un écho.

— Je ne puis te dire qu'une seule chose, je suis sa sœur, je connais son caractère, cette faculté de tout oublier (elle fit le geste de se toucher le front), propice aux entraînements sans merci comme aux plus profonds repentirs. Actuellement il ne croit pas, il ne comprend pas qu'il ait pu faire ce qu'il a fait.

— Non, interrompit Dolly, il le comprend et l'a toujours bien compris. D'ailleurs tu m'oublies, moi, car, quand cela serait, je n'en souffrirais pas moins pour cela.

— Attends. Quand il m'a parlé, ce n'est pas, je te l'avoue, l'horreur de ta position qui m'a le plus frappée.

Je ne voyais que lui, qui me faisait pitié, et le désarroi de votre ménage. Après notre entretien, je vois, comme femme, autre chose encore : je vois tes souffrances et j'éprouve pour toi une pitié indicible. Mais, Dolly, ma chérie, si je conçois bien ta douleur, il est par contre un côté de la question que j'ignore. Je ne sais pas... Je ne sais pas jusqu'à quel point tu l'aimes encore au fond du cœur. Toi seule peux savoir si tu l'aimes assez pour pardonner. Si tu le peux, pardonne !

« Non », voulut dire Dolly, mais Anna l'arrêta en lui baisant encore une fois la main.

— Je connais le monde plus que toi, dit-elle. Je sais comment se conduisent en pareil cas les hommes comme Stiva. Tu t'imagines qu'ils ont parlé de toi ensemble. Sois persuadée qu'il n'en est rien. Ces hommes-là peuvent commettre des infidélités, leur femme et leur foyer ne leur en sont pas moins sacrés. Au fond ils méprisent ces créatures et établissent entre leur famille et elles une ligne de démarcation qui n'est jamais franchie. Je ne conçois pas bien comment cela peut se faire, mais cela est.

— Cela ne l'empêchait pas de l'embrasser...

— Attends, Dolly, ma chérie. J'ai vu Stiva quand il est tombé amoureux de toi, je me souviens du temps où il venait me parler de toi en pleurant, je sais à quelle hauteur poétique il te plaçait, je sais que plus il a vécu avec toi, plus tu as grandi dans son admiration. C'était devenu pour nous un sujet de plaisanteries que son habitude de répéter à tout propos : « Dolly est une femme étonnante. » Tu as toujours été et tu resteras toujours pour lui une divinité, tandis que dans le caprice actuel son cœur n'est pas en jeu.

— Mais si ce caprice se renouvelle ?

— Cela me semble impossible...

— Et toi, pardonnerais-tu ?

— Je n'en sais rien, je ne puis pas juger... Si, reprit-elle après avoir réfléchi et pesé la situation dans son for intérieur, je le puis, je le puis certainement. Oui, je pardonnerais. Je ne serais plus la même, mais je pardonnerais... je pardonnerais sans retour, de telle sorte que le passé fût aboli...

— Cela va sans dire, sinon ce ne serait plus le pardon, interrompit brusquement Dolly qui parut formuler un arrêt depuis longtemps rendu dans son cœur. Le pardon ne connaît pas de retour… Viens maintenant que je te conduise à ta chambre, dit-elle en se levant.

Chemin faisant Dolly enlaça sa belle-sœur dans ses bras.

— Ma chérie, comme tu as bien fait de venir ! Je souffre beaucoup moins, beaucoup moins.

XX

Anna ne sortit pas de la journée et ne reçut aucune des personnes qui, prévenues de son arrivée, vinrent lui faire visite. Elle se consacra tout entière à Dolly et aux enfants, mais elle eut soin d'envoyer à son frère un billet l'engageant à dîner ce soir-là chez lui. « Viens, lui disait-elle ; la miséricorde de Dieu est infinie. »

Oblonski dîna donc chez lui ; la conversation fut générale, et sa femme le tutoya, ce qu'elle n'avait pas fait depuis l'événement. Leurs rapports restaient distants, mais il n'était plus question de séparation, et Stépane Arcadiévitch entrevoyait la possibilité d'une explication et d'un raccommodement.

Kitty arriva à la fin du dîner. Elle connaissait à peine Anna Arcadiévna et ne savait trop quel visage lui ferait cette grande dame pétersbourgeoise que chacun portait aux nues. Mais elle fut vite rassurée, comprenant que sa jeunesse et sa beauté trouvaient grâce devant Anna, dont elle subit à son tour le charme au point de s'éprendre d'elle comme les jeunes filles s'éprennent bien souvent de femmes mariées plus âgées qu'elles. Rien dans Anna ne rappelait ni la grande dame ni la mère de famille ; à voir la souplesse de ses mouvements, la fraîcheur de son visage, l'animation du regard et du sourire, on eût dit une jeune fille de vingt ans, n'était l'expression sérieuse, voire mélancolique de ses beaux yeux. Ce fut justement cette particularité qui séduisit Kitty : par-delà la franchise et la simplicité d'Anna, elle devinait tout un monde poétique, mystérieux, complexe, dont l'élévation lui paraissait inaccessible.

Après le dîner, profitant d'un moment où Dolly était

passée dans sa chambre, Anna se leva vivement du canapé où elle avait pris place entourée des enfants et s'approcha de son frère qui allumait un cigare.

— Stiva, lui dit-elle, en faisant sur lui le signe de la croix et en lui indiquant la porte d'un coup d'œil encourageant, va et que Dieu te vienne en aide !

Il comprit, jeta son cigare et disparut, cependant qu'elle revenait aux enfants. Par suite de l'affection qu'ils voyaient leur mère lui témoigner ou simplement parce qu'elle avait fait d'emblée leur conquête, les deux aînés, puis les autres par imitation, s'étaient bien avant le dîner accrochés à cette nouvelle tante et ne voulaient plus la lâcher. Ils jouaient à qui se rapprocherait le plus d'elle, à qui tiendrait sa main, l'embrasserait, toucherait ses bagues ou tout au moins la frange de sa robe.

— Voyons, reprenons nos places, dit Anna en se rasseyant. Et de nouveau Gricha, rayonnant de fierté joyeuse, coula sa tête sous la main de sa tante et appuya sa joue sur la robe soyeuse.

— À quand le prochain bal ? demanda Anna à Kitty.

— La semaine prochaine ; ce sera un bal superbe, un de ceux où l'on s'amuse toujours.

— Il y en a donc ? demanda Anna sur un ton de douce ironie.

— Mais oui, si bizarre que cela paraisse. Chez les Bobristchev par exemple ou chez les Nikitine, on s'amuse toujours, tandis que chez les Mejkov on s'ennuie invariablement. Vous n'avez jamais remarqué cela ?

— Non, ma chère enfant, il n'y a plus pour moi de bal amusant — et Kitty entrevit dans les yeux d'Anna ce monde inconnu qui lui était fermé — il n'y en a que de plus ou moins ennuyeux.

— Comment pouvez-vous vous ennuyer au bal ?

— Pourquoi donc ne puis-je m'y ennuyer, « moi » ? Kitty remarqua qu'Anna savait d'avance la réponse qu'elle allait lui faire :

— Parce que vous y êtes toujours la plus belle.

Anna rougissait facilement et cette réponse la fit rougir.

— D'abord, protesta-t-elle, cela n'est pas ; et quand cela serait, peu m'importerait.

— Vous irez à ce bal ? demanda Kitty.

— Je ne pourrai sans doute m'en dispenser... Prends

celle-ci, dit-elle à Tania qui s'amusait à retirer les bagues de ses doigts blancs et effilés.

— J'en serai très heureuse ; j'aimerais tant vous voir au bal.

— Eh bien, si je dois y aller, je m'en consolerai en songeant que je vous fais plaisir… Assez, Gricha, je suis déjà toute décoiffée, dit-elle en rajustant une mèche avec laquelle l'enfant jouait.

— Je vous vois au bal en toilette mauve.

— Pourquoi précisément en mauve ? demanda Anna en souriant. Allez, mes enfants, vous entendez que Miss Hull vous appelle pour le thé, dit-elle en renvoyant les enfants, et quand ils furent dans la salle à manger : Je sais, reprit-elle, pourquoi vous voulez me voir à ce bal ; vous en attendez un heureux résultat, et vous voudriez que tout le monde assistât à votre triomphe.

— Mon Dieu, oui, c'est vrai, mais comment le savez-vous ?

— Oh ! le bel âge que le vôtre ! Je me rappelle encore ce brouillard bleuâtre, comme il en traîne sur les montagnes de la Suisse, qui recouvre toutes choses à cet âge heureux où finit l'enfance ; mais bientôt, à la vaste esplanade où nous prenions nos ébats succède un chemin étroit qui va se resserrant de plus en plus et dans lequel nous nous engageons avec une joie mêlée d'angoisse, quelque lumineux qu'il nous paraisse… Qui n'a point passé par là ?

Kitty écoutait en souriant. « Comment diantre a-t-elle "passé par là" ? Que je voudrais connaître son roman ! » se disait-elle en songeant à l'extérieur fort peu poétique d'Alexis Alexandrovitch, le mari d'Anna.

— Je suis au courant, continuait celle-ci. Stiva m'a parlé. Tous mes compliments. J'ai rencontré Vronski ce matin à la gare, il me plaît beaucoup.

— Ah ! il était là ? demanda Kitty en rougissant. Qu'est-ce que Stiva vous a dit ?

— Il m'a tout raconté. Et je serais pour ma part très contente… J'ai voyagé hier avec la mère de Vronski et elle n'a cessé de me parler de lui ; c'est son fils préféré. Je sais combien les mères sont partiales, cependant…

— Et que vous a-t-elle dit ?

— Bien des choses. Il a beau être son favori, on sent qu'il doit avoir des sentiments chevaleresques… Elle m'a raconté par exemple qu'il avait voulu abandonner toute sa fortune à son frère, que dans son enfance il avait sauvé une femme qui se noyait. Bref, c'est un héros, ajouta Anna en souriant et en se souvenant des deux cents roubles donnés à la gare.

Et cependant elle passa ce dernier trait sous silence. Elle se le rappelait avec un certain malaise, car elle y sentait une intention qui la touchait de trop près.

— Elle a beaucoup insisté pour que je lui fasse visite, et de mon côté je serai heureuse de la revoir. J'irai demain… Il me semble que Stiva reste bien longtemps avec Dolly, reprit-elle en détournant la conversation et en se levant d'un air quelque peu contrarié, à ce qu'il parut à Kitty.

— Moi d'abord ! Non, moi, moi ! criaient les enfants qui, leur thé à peine fini, accouraient vers leur tante Anna.

— Tous ensemble ! dit-elle en s'empressant à leur rencontre. Elle les prit dans ses bras et les jeta, transportés de joie, sur le canapé.

XXI

Après le thé des petits, on servit celui des grandes personnes. Dolly sortit seule de la chambre à coucher, que Stépane Arcadiévitch avait dû quitter par une porte dérobée.

— Je crains que tu n'aies froid en haut, dit Dolly à sa belle-sœur ; je vais t'installer ici, nous serons plus près l'une de l'autre.

— Ne t'inquiète pas de moi, je t'en prie, répondit Anna en cherchant à deviner sur le visage de Dolly si la réconciliation avait eu lieu.

— Il fera plus clair ici.

— Je t'assure que je dors partout comme une marmotte.

— De quoi s'agit-il ? demanda Stépane Arcadiévitch en sortant de son cabinet.

Il s'adressait à sa femme et rien qu'au son de sa voix Kitty et Anna comprirent que le raccommodement était chose faite.

— Je voudrais installer Anna ici, mais il faudrait changer les rideaux. Personne ne saura le faire, il faut que ce soit moi, répondit Dolly.

« Dieu sait s'ils se sont remis pour de bon », se dit Anna en remarquant le ton réservé de sa belle-sœur.

— Ne te tourmente donc pas, Dolly, dit Stépane Arcadiévitch. Laisse-moi faire, j'arrangerai cela.

« Il me semble que oui », se dit Anna.

— Je sais comment tu arrangeras cela ! répondit Dolly, dont les lèvres se plissèrent en une moue ironique qui lui était habituelle. Tu donneras à Mathieu un ordre impossible à exécuter, puis tu t'en iras et il embrouillera tout.

« Réconciliation complète. Dieu merci ! » conclut Anna. Et toute joyeuse d'en avoir été l'instrument, elle s'approcha de Dolly et l'embrassa.

— Jamais de la vie ! répondit Stépane Arcadiévitch en esquissant un sourire. Tu nous tiens vraiment, Mathieu et moi, en bien piètre estime.

Toute la soirée Dolly se montra, comme par le passé, légèrement ironique envers son mari, tandis que celui-ci refrénait sa bonne humeur, comme pour souligner que le pardon ne lui faisait point oublier ses torts.

Une intimité charmante s'était donc établie autour de la table de thé familiale quand, vers neuf heures et demie, survint un incident futile en apparence, mais qui parut bizarre à tout le monde. Ces dames étant venues à parler d'une de leurs amies de Pétersbourg, Anna se leva vivement :

— J'ai son portrait dans mon album, je vais le chercher, dit-elle. Par la même occasion, je vous montrerai mon petit Serge, ajouta-t-elle avec un sourire de fierté maternelle.

C'était ordinairement vers dix heures qu'elle disait au revoir à son fils ; bien souvent même, avant d'aller au bal, elle le mettait au lit de ses propres mains ; aussi, plus cette heure approchait, plus elle se sentait triste d'être si loin de lui. Quelque sujet que l'on abordât, sa pensée revenait toujours à son petit Serge aux cheveux bouclés, et un désir la prit d'amener la conversation sur son compte et de le contempler en effigie. Elle mit donc en avant le premier prétexte venu et sortit de son pas léger et décidé. Le petit escalier qui menait à sa chambre partait de l'antichambre chauffée où prenait fin le grand escalier.

Comme elle quittait le salon, un coup de sonnette retentit dans l'antichambre.

— Qui cela peut-il être ? demanda Dolly.

— C'est trop tôt pour qu'on vienne me chercher, fit observer Kitty, et trop tard pour une visite.

— Ce sont probablement des papiers qu'on m'apporte, décida Stépane Arcadiévitch.

Au moment où Anna passait devant le grand escalier, un domestique le montait rapidement pour annoncer un visiteur qui attendait en bas, arrêté sous la lampe du vestibule, et cherchant quelque chose dans sa poche. Anna reconnut aussitôt Vronski et soudain sentit naître en son cœur une étrange sensation de joie et de frayeur. Au même instant le jeune homme leva les yeux, l'aperçut et son visage prit une expression inquiète et confuse. Elle le salua en passant d'un léger signe de tête et entendit Stépane Arcadiévitch appeler bruyamment Vronski tandis que celui-ci, d'une voix douce et posée, se défendait résolument d'entrer.

Quand elle descendit avec son album, Vronski n'était déjà plus là, et Stépane Arcadiévitch racontait qu'il était venu tout bonnement s'entendre avec lui au sujet d'un dîner qu'ils donnaient le lendemain à une célébrité de passage.

— Figurez-vous qu'il n'a jamais voulu entrer ! Quel original !

Kitty rougit. Elle croyait être seule à comprendre la raison de sa venue et de son brusque départ... « Il aura été chez nous, se disait-elle, et ne m'ayant pas trouvée, il aura supposé que j'étais ici ; mais, après réflexion, il n'a pas voulu se montrer à cause d'Anna et de l'heure un peu indue. »

On se regarda sans parler et l'on se mit à examiner l'album d'Anna.

Il n'y avait rien d'extraordinaire à venir vers neuf heures et demie du soir demander un renseignement à un ami, sans vouloir entrer au salon. Cependant cette démarche surprit tout le monde, et personne plus qu'Anna n'en sentit l'impertinence.

XXII

Le bal commençait à peine lorsque Kitty et sa mère montèrent le grand escalier paré de fleurs et brillamment illuminé, sur lequel se tenaient des valets en livrées rouges et perruques poudrées. Du palier décoré d'arbustes, où devant un miroir elles arrangeaient leurs robes et leurs coiffures, on percevait un bruissement continu semblable à celui d'une ruche et le son des violons de l'orchestre attaquant avec circonspection la première valse. Un petit vieillard qui rajustait de rares mèches blanches devant un autre miroir et répandait autour de lui les parfums les plus pénétrants, leur céda le pas pour franchir les dernières marches et demeura en admiration devant la beauté de Kitty. Un jeune homme imberbe, au gilet largement échancré, un de ceux que le vieux prince Stcherbatski appelait des « chiots », les salua au passage tout en rectifiant dans sa course sa cravate blanche ; mais il revint sur ses pas pour prier Kitty de lui accorder une contredanse. La première était promise à Vronski, il fallut promettre la seconde au petit jeune homme. Un militaire, qui boutonnait ses gants près de la porte du grand salon, s'écarta devant Kitty, et, caressant sa moustache, parut fasciné par cette apparition tout de rose vêtue.

La toilette, la coiffure, tous les préparatifs nécessaires à ce bal avaient certes causé bien des préoccupations à Kitty, mais qui s'en serait douté en lui voyant porter sa robe de tulle rose avec une aisance aussi souveraine ? On eût dit que ces ruches, ces dentelles, ces falbalas, n'avaient coûté ni à elle ni à personne une seule minute d'attention et qu'elle était née dans cette robe de bal, avec cette rose et ses deux feuilles posées tout au sommet de sa haute coiffure[1].

Avant d'entrer dans le salon, la princesse voulut rajuster la ceinture de sa fille dont un ruban lui semblait entortillé ; mais Kitty se refusa à toute retouche, devinant d'instinct que sa toilette lui allait à merveille.

De fait elle était dans un de ses bons jours : sa robe ne la gênait nulle part, sa berthe de dentelles restait bien en place, aucune ruche ne s'était ni froissée ni décousue, ses souliers roses à hauts talons cambrés semblaient donner de l'allégresse à ses jambes, les bandeaux postiches entremêlés à ses cheveux blonds n'alourdissaient pas trop sa tête gracile, ses longs gants lui moulaient l'avant-bras sans un pli et leurs trois boutons s'étaient laissé boutonner sans anicroche. Le ruban de velours noir qui retenait son médaillon lui ceignait le cou avec une grâce particulière. Vraiment le ruban était exquis; Kitty, qui devant le miroir de sa chambre l'avait déjà trouvé parlant, lui sourit encore en le revoyant dans une des glaces de la salle de bal. Elle pouvait nourrir quelque anxiété sur le reste de la parure, mais sur ce velours, non, décidément, il n'y avait rien à redire. Elle sentait sur ses épaules et ses bras nus cette fraîcheur marmoréenne qu'elle aimait tant. Ses yeux brillaient, et la certitude qu'elle avait d'être charmante mettait à ses lèvres roses un sourire involontaire.

Un essaim de jeunes femmes, masse de tulle, de rubans, de dentelles, de fleurs attendait les danseurs; mais, pas plus ce soir-là que les autres, Kitty n'eut besoin de s'y joindre: à peine entrée dans la salle elle se vit invitée à valser, et par le meilleur cavalier, le roi des bals, le beau, l'élégant Georges Korsounski. Il venait de quitter la comtesse Banine avec laquelle il avait ouvert le bal, lorsque jetant sur son domaine, c'est-à-dire sur quelques couples de valseurs, le coup d'œil du maître, il aperçut Kitty qui faisait son entrée; aussitôt il se dirigea vers elle de ce pas d'amble spécial aux princes de la danse, et sans même lui en demander l'autorisation, il entoura de son bras la taille souple de la jeune fille. Kitty chercha des yeux à qui confier son éventail: la maîtresse de la maison le lui prit en souriant.

— Vous avez bien fait de venir de bonne heure, dit Korsounski au moment où il l'enlaçait; je ne comprends pas le genre de venir tard.

Elle posa son bras gauche sur l'épaule de son danseur, et, légers et rapides, ses petits pieds chaussés de rose glissèrent en mesure sur le parquet.

— On se repose en dansant avec vous, lui dit-il pendant les premiers pas encore peu rapides de la valse. Quelle légèreté, quelle *précision*!

Il tenait le même langage à presque toutes ses danseuses. Mais Kitty sourit de l'éloge et continua à examiner la salle par-dessus l'épaule de son cavalier. Elle n'était ni une débutante, qui confond tous les assistants, dans l'ivresse des premières impressions, ni une jeune blasée, à qui tous ces visages trop connus n'inspirent que de l'ennui. Il est un milieu entre ces deux extrêmes : pour excitée qu'elle fût, Kitty n'en conservait pas moins la maîtrise de soi-même et sa faculté d'observation. Elle remarqua donc que l'élite de la société s'était groupée dans l'angle gauche de la salle. C'était là que se tenaient la maîtresse de maison et la femme de Korsounski, la belle Lydie, outrageusement décolletée ; c'était là que Krivine, qui frayait toujours avec le beau monde, étalait sa calvitie ; c'était ce coin privilégié que reluquaient de loin les jeunes gens. Et ce fut aussi là qu'elle aperçut Stiva, puis la charmante tête d'Anna et sa taille élégante moulée dans une robe de velours noir. « Lui » aussi était là. Kitty ne l'avait pas revu depuis le soir où elle avait refusé Levine ; ses yeux perçants le reconnurent de loin ; elle remarqua même qu'il la regardait.

— Faisons-nous encore un tour ? Vous n'êtes pas fatiguée ? lui demanda Korsounski légèrement essoufflé.

— Non, merci.

— Où voulez-vous que je vous conduise ?

— Mme Karénine est là, je crois ... menez-moi de son côté.

— Entièrement à vos ordres.

Et Korsounski, ralentissant le pas, mais valsant toujours, la dirigea vers le groupe de gauche. Il répétait sans cesse : « *Pardon, Mesdames ; pardon, pardon, Mesdames* » et louvoya si bien parmi ce flot de dentelles, de tulle et de rubans qu'il n'accrocha pas la moindre plume. Arrivé au but, il fit brusquement pirouetter sa danseuse, dont la traîne, se déployant en éventail, recouvrit les genoux de Krivine tout en laissant voir des jambes bien prises dans des bas à jour. Korsounski salua, se redressa d'un air dégagé et offrit le bras à sa danseuse pour la mener auprès d'Anna Arcadiévna. Kitty, rougissante et quelque peu étourdie, débarrassa Krivine de sa traîne et se mit en quête d'Anna. Celle-ci n'était point en mauve, comme l'aurait voulu Kitty. Une robe de velours noir très décolletée découvrait ses épaules sculpturales aux teintes de vieil ivoire et ses beaux bras ronds terminés par des mains d'une finesse exquise.

Une guipure de Venise garnissait sa robe; une légère guirlande de pensées était posée sur ses cheveux noirs sans postiches; une autre, toute pareille, fixait un nœud de dentelles blanches au ruban noir de la ceinture. De sa coiffure, fort simple, on ne remarquait guère que les courtes boucles frisées qui s'échappaient capricieusement sur la nuque et les tempes. Un rang de perles fines courait autour de son cou ferme comme de l'ivoire.

Kitty, engouée d'Anna, la voyait tous les jours et ne se l'imaginait pas autrement qu'en mauve. Mais quand elle l'aperçut en noir, le charme de son amie lui apparut brusquement sous son vrai jour — et ce fut une révélation. Le grand attrait d'Anna consistait dans l'effacement complet de sa toilette; une robe mauve l'eût parée, celle-ci au contraire, en dépit des dentelles somptueuses, n'était qu'un cadre discret qui faisait ressortir son élégance innée, son enjouement, son parfait naturel.

Elle se tenait, comme toujours, extrêmement droite et causait avec le maître de la maison, la tête tournée vers lui. Kitty l'entendit lui répondre avec un léger haussement d'épaules:

— Non, je ne lui jetterai pas la pierre, bien qu'à vrai dire je ne conçoive guère…

Elle n'acheva pas et accueillit sa jeune amie avec un sourire affectueux et protecteur. D'un rapide coup d'œil féminin elle jugea sa toilette et lui adressa un petit signe de tête approbateur dont le sens n'échappa point à Kitty.

— Vous faites même votre entrée en dansant, lui dit-elle.

— Mademoiselle est pour moi une précieuse auxiliaire, elle m'aide toujours à donner de la gaieté à nos bals, répondit Korsounski. Un tour de valse, Anna Arcadiévna? ajouta-t-il en s'inclinant.

— Ah! vous vous connaissez? dit le maître de la maison.

— Qui ne nous connaît pas, ma femme et moi? Nous sommes comme le loup blanc. Un tour de valse, Anna Arcadiévna?

— Je ne danse pas quand je puis m'en dispenser.

— Vous ne le pouvez pas aujourd'hui.

À ce moment Vronski s'approcha.

— Dans ce cas-là, dansons, répondit-elle en posant précipitamment sa main sur l'épaule de Korsounski, sans prêter la moindre attention au salut de Vronski.

« Pourquoi lui en veut-elle ? » songea Kitty qui ne fut point dupe de cette inadvertance voulue.

Vronski s'approcha de la jeune fille, lui rappela qu'elle lui avait promis la première contredanse, et exprima le regret de ne l'avoir point vue de quelque temps. Tout en suivant d'un œil admiratif Anna qui valsait, Kitty prêtait l'oreille aux propos de Vronski, s'attendant à être invitée par lui ; et, comme il n'en faisait rien, elle le regarda d'un air surpris. Il rougit et l'invita avec une certaine hâte, mais à peine l'eut-il enlacée que la musique cessa. Kitty scruta ce visage si proche du sien, et pendant bien des années elle ne put se rappeler sans avoir le cœur déchiré de honte, le regard passionné qu'elle lui accorda et qui ne fut point payé de retour.

— *Pardon, pardon ! Valse, valse !* criait Korsounski à l'autre bout de la salle, et, s'emparant de la première jeune fille venue, il se remit à tourbillonner.

XXIII

Kitty fit quelques pas de valse avec Vronski puis retourna près de sa mère. À peine eut-elle échangé quelques mots avec la comtesse Nordston que Vronski vint la chercher pour la contredanse, pendant laquelle il ne lui tint guère que des propos insignifiants. Un spectacle d'amateurs en voie d'organisation, Korsounski et sa femme, qu'il traita plaisamment de bambins de quarante ans, firent les frais de cette conversation à bâtons rompus. À un moment donné pourtant, il la piqua au vif en lui demandant si l'on verrait au bal Levine qui, à l'en croire, lui avait beaucoup plu. Au reste Kitty ne comptait pas sur la contredanse. Ce qu'elle attendait avec un battement de cœur, c'était la mazurka, pendant laquelle, lui semblait-il, tout se déciderait. Bien que Vronski ne l'eût pas invitée, elle était si sûre de la danser avec lui, comme à tous les bals précédents, qu'elle refusa cinq invitations, se disant engagée. Tout ce bal, jusqu'à la dernière contredanse, fut pour elle comme un rêve enchanteur, peuplé de fleurs, de sons et de mouvements harmonieux ; elle ne cessait de danser que lorsque les forces lui manquaient. Mais pendant le dernier quadrille, qu'elle fut obligée d'accorder à un des jeunes gens importuns, elle se trouva faire *vis-à-vis* à Vronski et à Anna. Et pour la seconde fois au cours de cette soirée où elle ne l'avait presque point quittée, Kitty découvrit soudain en son amie une femme nouvelle. À n'en point douter, Anna cédait à l'enivrement du succès ; et Kitty, qui n'ignorait pas cette griserie, en reconnut tous les symptômes, le regard enflammé, le sourire de triomphe, les lèvres entrouvertes, la grâce, l'harmonie suprême des mouvements.

« Qui en est cause, se demanda-t-elle, tous ou un seul ? » Elle laissa son malheureux danseur s'épuiser en vains efforts pour renouer une conversation dont il avait perdu le fil, et tout en se soumettant en apparence aux ordres bruyants et joyeux de Korsounski décrétant le *grand rond* puis la *chaîne,* elle observait et son cœur se serrait de plus en plus. « Non, ce n'est pas l'admiration de la foule qui l'enivre ainsi, mais l'enthousiasme d'un seul : serait-ce "lui" ? » Chaque fois que Vronski lui adressait la parole, un éclair passait dans les yeux d'Anna, un sourire entrouvrait ses lèvres : et si désireuse qu'elle parût de la refouler, son allégresse éclatait en signes manifestes. « Et lui ? » pensa Kitty. Elle le regarda et fut épouvantée, car le visage de Vronski reflétait comme un miroir l'exaltation qu'elle venait de lire sur celui d'Anna. Qu'étaient devenus ce maintien résolu et cette physionomie toujours en repos ? Il ne s'adressait à elle qu'en baissant la tête, comme prêt à se prosterner, et l'on ne pouvait lire dans son regard que l'angoisse et la soumission. « Je ne veux point vous offenser, semblait dire ce regard, je ne veux que me sauver, mais comment m'y prendre ? » Jamais Kitty ne l'avait vu ainsi.

Ils avaient beau n'échanger que des phrases banales sur des amis communs, il semblait à Kitty que chacune de leurs paroles décidait de leur sort et du sien. Et, chose étrange, ces menus propos sur le mauvais français d'Ivan Ivanovitch ou le fâcheux mariage de Mlle Iéletski prenaient en effet une valeur particulière dont ils sentaient la portée tout autant que Kitty. Dans l'âme de la pauvre enfant le bal, l'assistance, tout se confondit dans une sorte de brume. Seule la force de l'éducation lui permit de faire son devoir, c'est-à-dire de danser, converser et même sourire. Cependant, comme on plaçait les chaises pour la mazurka et que plus d'un couple quittait les petits salons pour y prendre part, un grand accès de désespoir l'envahit. Ayant refusé cinq danseurs, elle n'avait plus aucune chance d'être invitée : on connaissait trop ses succès dans le monde pour supposer un instant qu'elle n'eût point de cavalier. Il lui aurait fallu prétexter un malaise et demander à sa mère de partir. Elle n'en eut pas la force, elle se sentait anéantie.

Réfugiée au fond d'un boudoir, elle se laissa tomber dans un fauteuil. Les flots vaporeux de sa robe enveloppaient comme d'un nuage sa taille frêle. Un de ses bras nus, maigre et délicat, retombait sans force, noyé dans les plis de sa robe, l'autre bras agitait à petits coups un éventail devant son visage brûlant. Mais, bien qu'elle ressemblât ainsi à un beau papillon au repos sur quelque brin d'herbe et prêt à déployer ses ailes irisées, une horrible angoisse l'étreignait.

« Je me trompe peut-être, je m'imagine ce qui n'est point », songea-t-elle. Mais il lui fallut bien se rappeler ce qu'elle avait vu.

— Kitty, que se passe-t-il, je n'y comprends rien, dit la comtesse Nordston qui s'était approchée d'elle à pas feutrés.

Les lèvres de Kitty tressaillirent, elle se leva précipitamment.

— Kitty, tu ne danses pas la mazurka ?

— Non, non, répondit-elle d'une voix mouillée de larmes.

— Il l'a invitée devant moi, dit la comtesse, sachant bien que Kitty comprenait de qui il s'agissait. Elle lui a objecté : « Vous ne dansez donc pas avec Mlle Stcherbatski ? »

— Peu m'importe ! répondit Kitty.

Elle seule pouvait comprendre l'horreur de sa situation : n'avait-elle pas, la veille, parce qu'elle se croyait aimée d'un ingrat, refusé la main d'un homme que peut-être elle aimait !

La comtesse Nordston alla trouver Korsounski avec lequel elle devait danser la mazurka et l'engagea à inviter Kitty à sa place : celle-ci ouvrit donc la mazurka sans avoir heureusement besoin de parler : son cavalier passait son temps à organiser des figures, Vronski et Anna ayant pris place presque vis-à-vis d'elle, elle les observait de ses yeux perçants ; elle les surveillait de plus près encore quand revenait leur tour de danse, et plus elle les regardait, plus elle jugeait son malheur à jamais consommé. Elle devina qu'ils se sentaient absolument seuls parmi cette foule, et sur les traits d'ordinaire impassibles de Vronski elle revit passer cette expression soumise et craintive, cette expression de chien battu qui l'avait déjà tant frappée.

Qu'Anna sourît, il répondait à son sourire ; semblait-elle réfléchir, il devenait soucieux. Une force presque surnaturelle attirait les regards de Kitty sur Anna. Et vraiment il émanait de cette femme un charme irrésistible : séduisante était sa robe en sa simplicité ; séduisants, ses beaux bras chargés de bracelets ; séduisant, son cou ferme entouré de perles ; séduisantes, les boucles mutines de sa chevelure quelque peu en désordre ; séduisants, les gestes de ses mains fines, les mouvements de ses jambes nerveuses ; séduisant, son beau visage animé ; mais il y avait dans cette séduction quelque chose de terrible et de cruel.

Kitty l'admirait plus encore qu'auparavant, tout en sentant croître sa souffrance. Elle était écrasée et son visage le disait : en passant près d'elle dans une figure, Vronski ne la reconnut pas tout d'abord, tant ses traits étaient altérés.

— Quel beau bal ! lui dit-il par acquit de conscience.

— Oui, répondit-elle.

Vers le milieu de la mazurka, au cours d'une figure récemment inventée par Korsounski, Anna dut se placer au centre du cercle et appeler à elle deux cavaliers puis deux dames ; l'une de celles-ci fut Kitty, qui s'approcha toute troublée. Anna, fermant à demi les yeux, lui serra la main en souriant, mais remarquant aussitôt l'expression de surprise désolée avec laquelle Kitty répondit à ce sourire, elle se tourna vers l'autre danseuse et engagea avec elle un colloque animé.

« Oui, se dit Kitty, il y a en elle une séduction étrange, démoniaque ! »

Comme Anna se disposait à partir avant le souper, l'amphitryon voulut la retenir.

— Restez donc, Anna Arcadiévna, dit Korsounski en lui prenant familièrement le bras. Vous verrez quelle idée j'ai eue pour le cotillon : *un bijou !*

Et il cherchait à l'entraîner, encouragé par le sourire de l'amphitryon.

— Non, je ne puis pas rester, répondit Anna en souriant également ; mais à son ton déterminé les deux hommes comprirent qu'elle ne resterait pas. Non, reprit-elle en glissant un coup d'œil à Vronski qui se tenait auprès d'elle, car j'ai plus dansé en une fois ce soir que dans tout mon hiver à Pétersbourg et j'ai besoin de prendre quelque repos avant le voyage.

— Vous partez décidément demain ? demanda Vronski.

— Oui, je crois, répondit Anna que la hardiesse de cette question parut surprendre ; cependant elle n'imposait de contrainte ni à son regard ni à son sourire, et la flamme qui les animait brûlait le cœur de Vronski.

Anna Arcadiévna n'assista point au souper.

XXIV

« DÉCIDÉMENT, il doit y avoir en moi quelque chose de rebutant, pensait Levine en rentrant à pied chez son frère, après avoir quitté les Stcherbatski. De l'orgueil, à ce qu'on prétend. Mais non, je n'ai même pas d'orgueil. Si j'en avais, me serais-je mis dans une situation aussi ridicule ? » Et il se figurait Vronski, l'heureux, l'affable, le sagace, le pondéré Vronski : en voilà un qui n'aurait jamais commis pareil pas de clerc ! « Elle devait le choisir, c'est naturel et je n'ai à me plaindre de rien ni de personne. Il n'y a de coupable que moi. Comment ai-je pu supposer qu'elle consentirait à unir sa vie à la mienne ? Qui suis-je ? Et que suis-je ? Un homme de rien, un être inutile à lui-même et aux autres. » Et le souvenir de son frère Nicolas lui revenant à l'esprit, il s'y attarda avec complaisance. « N'a-t-il pas raison de dire que tout est mauvais et détestable en ce monde ? Il me semble que nous avons toujours mal jugé Nicolas. Évidemment, aux yeux de Procope, qui l'a rencontré ivre et en pelisse déchirée, c'est un être méprisable. Mais moi qui le connais sous un autre jour, moi qui ai pénétré son âme, je sais que nous nous ressemblons. Pourquoi faut-il qu'au lieu de me mettre à sa recherche j'aie préféré assister à ce dîner et à cette soirée ! »

Levine tira de son portefeuille l'adresse de Nicolas, la déchiffra à la lueur d'un réverbère et héla un fiacre. Pendant le trajet, qui fut long, il repassa dans sa mémoire ce qu'il savait de la vie de son frère. Durant ses études à l'université et plus d'un an encore après les avoir terminées, Nicolas, en dépit des sarcasmes de ses camarades, avait mené une existence de moine, rigoureusement fidèle aux prescriptions de la religion, assistant à tous les offices, observant tous les jeûnes, fuyant tous les plaisirs et surtout les femmes. Puis tout d'un coup lâchant la bonde à ses mauvais instincts, il s'était lié avec des gens de la pire espèce, adonné à la plus basse débauche. Levine se rappela certaines de ses fâcheuses aventures : le petit garçon qu'il avait fait venir à la campagne pour l'élever et battu de telle sorte dans un accès de colère qu'il faillit être condamné pour coups et blessures ; le Grec auquel il avait donné en paiement d'une dette de jeu une lettre de change (dont Serge venait justement de faire les frais) et qu'il avait traîné ensuite en justice sous l'inculpation d'escroquerie ; la nuit qu'il avait passée au poste pour tapage nocturne ; l'odieux procès intenté à leur frère Serge qu'il accusait de ne lui avoir point payé sa part de la succession de leur mère ; enfin sa dernière histoire en Pologne où, envoyé comme fonctionnaire, il avait été traduit en jugement pour sévices graves envers un magistrat. Certes tout cela était odieux, moins odieux cependant aux yeux de Levine qu'à ceux des personnes qui ne connaissaient ni toute la vie ni tout le cœur de Nicolas.

Levine se souvint qu'au temps où celui-ci cherchait dans la religion et ses pratiques les plus austères un frein, une digue à sa nature passionnée, personne ne l'avait soutenu ; chacun au contraire, et lui le premier, l'avait tourné en ridicule, traité d'ermite et de cagot ; mais, la digue une fois rompue, tous, au lieu de le relever, s'étaient détournés de lui avec horreur et dégoût.

Levine sentait qu'en dépit de sa vie scandaleuse, Nicolas n'était pas à tout prendre plus coupable que ceux qui le méprisaient. Devait-on lui imputer à crime son caractère indomptable, son intelligence bornée ? N'avait-il pas toujours voulu se dompter ? « Je lui parlerai à cœur ouvert, je l'obligerai à en faire autant, je lui prouverai que je l'aime, partant que je le comprends », décida à part soi Levine en arrivant vers onze heures devant l'hôtel indiqué sur l'adresse.

— En haut, nos 12 et 13, répondit le portier questionné par Levine.

— Est-il chez lui ?

— Probablement.

La porte du numéro 12 était entrouverte, et il sortait de la chambre une épaisse fumée de gros tabac. Levine perçut d'abord le son d'une voix inconnue, puis le toussotement habituel de son frère.

Quand il entra dans une sorte d'antichambre, la voix inconnue disait :

— Reste à savoir si l'affaire sera menée avec la conscience et la compréhension voulues…

Constantin Levine jeta un coup d'œil dans l'entrebâillement de la porte et vit que celui qui parlait était un jeune homme à caftan court et tignasse hirsute ; sur le divan était assise une femme jeune, légèrement grêlée, en simple robe de laine sans collerette et sans poignets. Le cœur de Constantin se serra à l'idée du milieu étrange dans lequel vivait son frère. Il n'aperçut point celui-ci, et, tout en ôtant ses caoutchoucs, il prêta l'oreille aux propos du personnage au caftan ; il s'agissait d'une entreprise à l'étude.

— Eh ! que le diable les emporte, les classes privilégiées ! chevrota la voix toussotante de Nicolas. Macha, tâche de nous avoir à souper, et donne-nous du vin, s'il en reste ; sinon fais-en chercher.

La femme se leva et, en sortant, aperçut Constantin.

— Il y a un monsieur qui vous demande, Nicolas Dmitritch.

— Que vous faut-il ? grogna la voix de Nicolas.

— C'est moi, répondit Constantin en se montrant.

— Qui « moi » ? répéta la voix de Nicolas, de plus en plus hargneuse.

Levine l'entendit se lever vivement en s'accrochant à quelque chose et vit se dresser devant lui la haute silhouette décharnée et quelque peu voûtée de son frère. pour familière qu'elle lui fût, cette apparition maladive et hagarde ne laissa pas de l'effrayer.

Nicolas avait encore maigri depuis leur dernière rencontre, trois ans auparavant. Il portait une redingote courte. Ses larges mains osseuses paraissaient encore plus énormes ; ses cheveux étaient devenus plus rares, mais de grosses moustaches pendantes masquaient toujours ses lèvres, et la même naïveté surprenante se lisait dans le regard qu'il fixa sur son visiteur.

— Ah ! Kostia ! s'écria-t-il en reconnaissant son frère, tandis qu'une lueur de joie passait dans ses yeux. Mais, toisant aussitôt le jeune homme, il fit de la tête et du cou un mouvement nerveux, bien connu de Levine, comme si sa cravate l'eût étranglé, et une expression toute différente, où la souffrance se mêlait curieusement à la cruauté, se peignit sur son visage émacié.

— Je vous ai écrit, à Serge Ivanovitch et à vous, que je ne vous connaissais plus et ne voulais pas vous connaître. Que veux-tu... que voulez-vous de moi ?

Ce n'était point là l'homme que Constantin s'était figuré rencontrer. En songeant tout à l'heure à Nicolas, il avait perdu de vue ce caractère âpre et fielleux qui rendait tout rapport avec lui particulièrement difficile. Il ne s'en souvint qu'en revoyant les traits de son frère et surtout ce mouvement de tête convulsif.

— Mais je ne veux rien de toi, répondit-il avec une certaine timidité. Je suis simplement venu te voir.

L'air craintif de son frère adoucit Nicolas.

— Ah ! c'est pour ça que tu viens, dit-il en faisant la moue. Eh bien, entre, assieds-toi. Veux-tu souper ? Macha, apporte trois portions. Non, attends... Sais-tu qui c'est ? demanda-t-il à son frère, en désignant l'individu au caftan. C'est M. Kritski, mon ami, un homme très remarquable que j'ai connu à Kiev. Et comme ce n'est pas une canaille, il va de soi que la police le persécute.

Sur ce, cédant à un tic qui lui était familier, il embrassa les assistants du regard, et apercevant la femme prête à sortir :

— Ne t'ai-je pas dit d'attendre ! lui cria-t-il.

Puis, après un nouveau regard circulaire, il se mit à raconter, avec la difficulté de parole que connaissait trop bien Constantin, toute l'histoire de Kritski : comment il avait été exclu de l'université pour avoir fondé une société de secours mutuels et des écoles du dimanche ; comment il s'était fait instituteur primaire pour perdre aussitôt sa place ; comment il avait été mis en jugement sans trop savoir pourquoi.

— Vous appartenez à l'université de Kiev ? demanda Constantin à Kritski pour rompre un silence gênant.

— J'en ai fait partie, grommela celui-ci en se renfrognant.

— Et cette femme, interrompit Nicolas en la montrant du doigt, c'est Marie Nicolaievna, la compagne de ma vie. Je l'ai prise dans une maison, déclara-t-il dans un spasme du cou, mais je l'aime et je l'estime, et quiconque désire me connaître doit aussi l'aimer et l'honorer, ajouta-t-il en haussant la voix et en fronçant le sourcil. Je la considère comme ma femme, tout à fait comme ma femme. Ainsi tu sais à qui tu as affaire, et maintenant si tu crois t'abaisser, tu es libre de sortir.

Et de nouveau, Nicolas promena son regard scrutateur tout autour de la pièce.

— Je ne comprends pas en quoi je m'abaisserais.

— Dans ce cas-là, Macha, fais-nous monter trois portions, de l'eau-de-vie et du vin... Non, attends... Si, ça va bien... File !

XXV

« Vois-tu, continua Nicolas Levine en grimaçant et en plissant le front avec effort, car il ne savait trop que dire ni que faire — vois-tu...

Il montra dans un coin de la chambre quelques barres de fer attachées avec des cordes.

— Vois-tu cela ? put-il enfin proférer. Ce sont les prémices d'une œuvre nouvelle à laquelle nous allons nous consacrer. Il s'agit d'une association professionnelle.

Constantin n'écoutait guère. Il observait ce visage maladif de phtisique et sa pitié croissante ne lui permettait pas de prêter grande attention aux discours de son frère. Il voyait bien d'ailleurs que cette œuvre n'était pour Nicolas qu'une ancre de salut : elle l'empêchait de se mépriser complètement. Il le laissa donc pérorer.

— Tu sais que le capital écrase l'ouvrier. Chez nous l'ouvrier, le moujik, porte tout le poids du travail et, quoi qu'il fasse, il ne peut sortir de son état et demeure toute sa vie une bête de somme. Tout le bénéfice, tout ce qui permettrait aux travailleurs d'améliorer leur sort, de se donner du loisir et de l'instruction, tout cela leur est dérobé par les capitalistes. Et la société est ainsi faite que plus les pauvres bougres se donneront de mal, plus les proprios et les mercantis s'engraisseront à leurs dépens. Voilà ce qu'il faut changer radicalement, conclut-il, scrutant son frère du regard.

— Oui, bien sûr, dit Constantin en voyant deux taches rouges se former sur les pommettes saillantes de Nicolas.

— Nous organiserons donc une association de serruriers, où tout sera en commun : travail, bénéfices et jusqu'aux principaux instruments de travail.

— Où l'établirez-vous ?

— Au village de Vozdrémo, dans la province de Kazan.

— Pourquoi dans un village ? Il me semble qu'à la campagne l'ouvrage ne manque pas ?

— Parce que le paysan reste serf tout comme par le passé, et qu'il vous est désagréable, à Serge et à toi, qu'on cherche à le tirer de cet esclavage, rétorqua Nicolas, contrarié de cette observation.

Cependant Constantin examinait la chambre, malpropre et lugubre ; il lui échappa un soupir, et ce soupir porta au comble l'irritation de Nicolas.

— Je connais vos préjugés aristocratiques, à Serge Ivanovitch et à toi. Je sais qu'il déploie la vigueur de son intelligence pour justifier l'existence du mal.

— Mais non. Et d'ailleurs que vient faire ici Serge ? demanda Constantin en souriant.

— Serge Ivanovitch ? Je vais te le dire ! s'écria Nicolas exaspéré. Ou plutôt non, inutile ! Dis-moi seulement pourquoi tu es venu ? Tu fais fi de notre entreprise, n'est-ce pas ? soit, mais alors va-t'en, va-t'en, va-t'en ! hurla-t-il en se levant.

— Je n'en fais nullement fi, je ne discute même pas, objecta doucement Constantin.

Marie Nicolaievna rentra à ce moment. Nicolas Levine la foudroya du regard, mais elle s'approcha vivement de lui et lui dit quelques mots à l'oreille.

— Je suis malade, je deviens irritable, reprit Nicolas, plus calme et respirant avec peine, et tu viens me parler de Serge et de son article ! Quel amas de bourdes, de sottises, d'insanités ! Comment un homme qui ignore tout de la justice peut-il en parler! Vous avez lu son article? demanda-t-il à Kritski.

Et, se rasseyant près de la table, il repoussa, pour faire de la place, un tas de cigarettes à moitié faites.

— Non je ne l'ai pas lu, répondit d'un ton sombre Kritski, se refusant à prendre part à la conversation.

— Pourquoi? s'enquit Nicolas, de nouveau vexé.

— Je n'ai pas de temps à perdre.

— Permettez: comment savez-vous que ce serait du temps perdu? Pour bien des gens cet article est évidemment inabordable; pour moi, c'est différent: je vois le fond de sa pensée, j'en connais les points faibles.

Un silence suivit. Kritski se leva lentement et prit sa toque.

— Vous ne voulez pas souper? Dans ce cas, bonsoir. Revenez demain avec le serrurier.

À peine Kritski fut-il parti que Nicolas cligna de l'œil en souriant.

— Pas fort non plus celui-là, dit-il. Je vois bien...

Mais à ce moment Kritski l'appela du seuil.

— Qu'y a-t-il encore? demanda Nicolas en allant le rejoindre dans le corridor.

Resté seul avec Marie Nicolaievna, Levine se tourna vers elle.

— Êtes-vous depuis longtemps avec mon frère? lui demanda-t-il.

— Ça fait plus d'un an. Sa santé est devenue bien mauvaise. Il boit beaucoup.

— Comment l'entendez-vous?

— Il boit de l'eau-de-vie et ça lui fait mal.

— En boit-il avec excès? demanda Levine à voix basse.

— Oui, dit-elle en regardant avec crainte du côté de la porte, où se montra Nicolas Levine.

— De quoi parliez-vous? demanda-t-il, le sourcil froncé, en promenant de l'un à l'autre son regard apeuré.

— De rien, répondit Constantin, confus.

— Vous ne voulez pas me le dire? soit! Seulement tu n'as que faire de causer avec elle: c'est une fille, et tu es un gentilhomme, déclara-t-il avec un nouveau soubresaut du cou... Je vois bien que tu as tout compris et jugé et que tu considères mes erreurs avec condescendance, ajouta-t-il au bout d'un moment en haussant la voix.

— Nicolas Dmitritch, Nicolas Dmitritch, murmura de nouveau Marie Nicolaievna en s'approchant de lui.

— C'est bon, c'est bon!... Eh bien, et ce souper? Ah! le voilà! s'exclama-t-il en voyant entrer un garçon porteur d'un plateau. Ici, ici! continua-t-il d'un ton irrité, et, sans plus attendre, il se versa un verre d'eau-de-vie, l'avala d'un trait, et aussitôt émoustillé: En veux-tu? demanda-t-il à son frère. Allons, ne parlons plus de Serge Ivanovitch. Je suis tout de même content de te revoir. On a beau dire, nous ne sommes pas des étrangers l'un pour l'autre. Bois donc, voyons... Et raconte-moi ce que tu deviens, reprit-il en mâchant avidement un morceau de pain et en se versant un second verre. Quel genre de vie mènes-tu?

— Toujours le même: j'habite la campagne, je fais valoir nos terres, répondit Constantin qu'épouvantait la gloutonnerie de son frère mais qui tâchait de n'en rien faire voir.

— Pourquoi ne te maries-tu pas?

— Cela ne s'est pas trouvé, répondit Constantin en rougissant.

— Pourquoi cela? Quant à moi, c'est fini. J'ai gâché mon existence. J'ai dit et je dirai toujours que si l'on m'avait donné ma part de succession quand j'en avais besoin, ma vie aurait pris un autre cours.

Constantin se hâta de détourner l'entretien.

— Sais-tu que j'ai pris ton Vania à Pokrovskoié[1] comme employé de bureau?

Une fois de plus le cou de Nicolas fut secoué d'un soubresaut; il parut réfléchir.

— C'est cela, parle-moi de Pokrovskoié. La maison est-elle toujours debout, et nos bouleaux, et notre salle d'étude? Et Philippe, le jardinier, se peut-il qu'il vive encore? Je vois d'ici le pavillon et son divan!... Surtout ne change rien à la maison, marie-toi vite, fais renaître la bonne vie d'autrefois. Je viendrai te voir alors, si ta femme est une brave fille.

— Pourquoi ne pas venir maintenant? Nous nous arrangerons si bien ensemble.

— Je viendrais bien si j'étais sûr de ne pas rencontrer Serge Ivanovitch.

— Tu ne le rencontreras pas. Je suis absolument indépendant de lui.

— Oui, mais tu as beau dire, il te faut choisir entre lui et moi, dit Nicolas en levant sur son frère un regard craintif.

Cette timidité toucha Constantin.

— Si tu veux connaître le fond de ma pensée au sujet de votre querelle, je te dirai que je ne prends parti ni pour l'un ni pour l'autre. Vous avez selon moi tort tous les deux; seulement chez toi le tort est plus extérieur, et chez Serge, plus intérieur.

— Ha! ha! tu as compris, tu as compris! s'écria Nicolas dans une explosion de joie.

— Et, si tu veux aussi le savoir, c'est à ton amitié que je tiens le plus, parce que...

— Pourquoi, pourquoi?

Nicolas était malheureux, il avait donc plus besoin d'affection; voilà ce que pensait Constantin, sans oser le dire; mais Nicolas le devina et se remit à boire d'un air sombre.

— Assez, Nicolas Dmitritch, dit Marie Nicolaievna en tendant sa main grassouillette vers le carafon d'eau-de-vie.

— Ne m'embête pas, sinon gare! cria-t-il.

Marie Nicolaievna eut un bon sourire soumis qui désarma Nicolas, et elle retira l'eau-de-vie.

— Tu crois peut-être qu'elle ne comprend rien de rien? fit Nicolas. Tu te trompes. Elle comprend tout mieux qu'aucun de nous. N'est-ce pas qu'elle a l'air d'une brave fille?

— Vous n'étiez jamais venue à Moscou? demanda Constantin pour dire quelque chose.

— Ne lui dis donc pas «vous». Ça lui fait peur. Sauf le juge de paix qui l'a jugée quand elle a voulu sortir de la maison de débauche, personne ne lui a jamais dit «vous»... Mon Dieu, ce qu'on voit de niaiseries en ce monde! s'emporta-t-il soudain. À quoi bon toutes ces nouvelles institutions, ces juges de paix, ces zemstvos?

Et il entreprit de raconter ses démêlés avec les nouvelles institutions.

Constantin l'écoutait en silence; cette critique impitoyable de tout l'ordre social, à laquelle il était lui-même fort enclin, lui semblait déplacée dans la bouche de son frère.

— Nous comprendrons tout cela dans l'autre monde, dit-il enfin par manière de plaisanterie.

— Dans l'autre monde? Oh, je ne l'aime pas cet autre monde!... Non, je ne l'aime pas, répéta Nicolas en fixant sur son frère des yeux hagards. Il semblerait bon de sortir de cette fange, de dire adieu à nos vilenies et à celles du prochain; mais non, j'ai peur de la mort, j'en ai terriblement peur. (Il frissonna.) Mais bois donc quelque chose. Veux-tu du champagne? Préfères-tu que nous sortions? Allons voir les Bohémiennes, tiens. Sais-tu que je raffole maintenant des Bohémiennes et des chansons russes?

Sa langue s'embrouillait, il sautait d'un sujet à l'autre. Constantin, avec l'aide de Macha, le persuada de ne pas sortir et ils le couchèrent complètement ivre.

Macha promit à Constantin de lui écrire en cas de besoin et d'engager Nicolas à aller vivre chez son frère.

XXVI

Le lendemain matin, Constantin Levine quitta Moscou pour arriver chez lui vers le soir. En cours de route il lia conversation avec ses voisins, causa politique, chemins de fer, et, tout comme à Moscou, se sentit bientôt noyé dans le chaos des opinions, mécontent de lui-même et honteux sans trop savoir de quoi. Mais quand, à la lueur indécise qui tombait des fenêtres de la gare, il reconnut Ignace, son cocher borgne, le col du caftan relevé par-dessus les oreilles, puis son traîneau bien capitonné, ses chevaux, la queue bien ficelée, les harnais agrémentés d'anneaux et de floches; quand, dès l'abord et tout en installant les bagages dans le traîneau, Ignace lui raconta les nouvelles de la maison, à savoir que l'entrepreneur était arrivé et que la Paonne avait vêlé — il lui sembla sortir peu à peu du chaos, il sentit faiblir sa honte et son mécontentement. Ce n'était encore qu'une première impression réconfortante. Cependant il s'enveloppa dans la peau de mouton que le cocher avait pris soin de lui apporter, s'installa dans le traîneau et donna le signal du départ. Alors, tout en songeant aux ordres à donner dès son retour et en examinant le cheval de volée, son ancien cheval de selle — une belle bête du Don usée mais encore rapide — il envisagea son aventure sous un tout autre jour. Il cessa de vouloir être un autre que lui-même et souhaita seulement devenir meilleur qu'il n'avait été jusque-là. Et d'abord, au lieu de chercher dans le mariage un bonheur chimérique, il se contenterait de la réalité présente. Puis il ne céderait plus à ces vulgaires entraînements dont le souvenir l'obsédait la veille, avant de faire sa demande. Enfin il ne perdrait point de vue son frère Nicolas et lui viendrait en aide, dès que le malheureux se sentirait plus mal, ce qui certainement ne saurait tarder. Leur entretien sur le communisme lui revenant en mémoire, il se prit à réfléchir sur ce sujet auquel il n'avait alors prêté qu'une attention distraite. S'il considérait comme absurde un changement radical des conditions économiques, le contraste injuste entre la misère du peuple et le superflu dont il jouissait l'avait depuis longtemps frappé. Aussi, bien qu'il eût toujours beaucoup travaillé et vécu très simplement, se promit-il de travailler encore davantage et de mener une vie encore plus simple. Ces bonnes résolutions, auxquelles il se complut tout le long du chemin, lui parurent faciles à tenir, et lorsque vers les neuf heures du soir il arriva chez lui, de grands espoirs l'animaient: une vie nouvelle, une vie plus belle allait commencer.

Un rais de lumière tombait des fenêtres d'Agathe[1] Mikhaïlovna, la vieille bonne de Levine promue économe. Elle ne dormait pas encore et réveilla en sursaut Kouzma, le galopin, qui accourut au perron pieds nus et à moitié endormi. Il faillit être renversé par Mignonne, la chienne couchante qui se précipitait avec de joyeux aboiements à la rencontre du maître: dressée sur les pattes de derrière, elle se frottait aux genoux de Levine et se retenait avec peine de lui planter celles de devant sur la poitrine.

— Vous voilà revenu bien vite, notre Monsieur, dit Agathe Mikhaïlovna.

— Le mal du pays, Agathe Mikhaïlovna! On est bien chez les autres, mais on est encore mieux chez soi, répondit-il en passant dans son cabinet.

La flamme d'une bougie apportée en hâte éclaira lentement la pièce, et Levine vit peu à peu sortir de l'ombre les objets familiers: les bois de cerfs, les rayons chargés de livres, le miroir, le poêle dont la bouche de chaleur attendait depuis si longtemps une réparation, le vieux divan de son père, le grand bureau où reposaient un livre ouvert, un cendrier cassé, un cahier couvert de son écriture. En se retrouvant là, le changement d'existence dont il avait rêvé chemin faisant lui apparut moins facile à réaliser. Il se sentait comme enveloppé par tous ces vestiges de sa vie passée. « Non, semblaient-ils lui dire, tu ne nous quitteras pas, tu ne deviendras pas un autre, tu resteras ce que tu as toujours été, avec tes doutes, ton perpétuel mécontentement de toi-même, tes vaines tentatives de réforme, tes rechutes, ton éternelle attente d'un bonheur qui se dérobe et n'est point fait pour toi. »

À cet appel des choses une voix intérieure répliquait qu'il ne fallait pas être esclave de son passé, qu'on faisait de soi ce qu'on voulait. Obéissant à cette voix, Levine s'approcha d'un coin de la pièce où se trouvaient deux poids de trente livres ; il les souleva dans l'intention de se redonner de la vigueur par un peu de gymnastique ; mais comme des pas se faisaient entendre près de la porte, il les déposa précipitamment.

C'était le régisseur. Il déclara que, Dieu merci, tout allait bien, sauf que le sarrasin avait échauffé dans le nouveau séchoir. La nouvelle irrita Levine. Ce séchoir, construit et en partie inventé par lui, n'avait jamais été approuvé par le régisseur, qui annonçait maintenant l'accident sur un petit ton de triomphe. Convaincu qu'il avait négligé certaines précautions cent fois recommandées, Levine semonça vertement le personnage, mais sa mauvaise humeur tomba à l'annonce d'un heureux événement : la Paonne, la meilleure des vaches, achetée au concours agricole, avait vêlé.

— Kouzma, vite ma peau de mouton ! Et vous, dit-il au régisseur, faites allumer une lanterne ; je vais aller la voir.

L'étable des vaches de prix se trouvait tout près de la maison. Levine longea le tas de neige accumulée sous les buissons de lilas, s'approcha de l'étable et en ouvrit la porte à moitié gelée sur ses gonds. Une chaude odeur de fumier s'en exhalait ; les vaches surprises par la lumière de la lanterne se retournèrent sur leur litière de paille fraîche. La large croupe noire tachetée de blanc de la Hollandaise brilla dans la pénombre ; l'Aigle — le taureau — qui reposait, un anneau passé dans les narines, fit mine de se lever, puis changea d'idée et se contenta de souffler bruyamment chaque fois qu'on passait près de lui. La Paonne, une belle vache rousse, immense comme un hippopotame, était couchée devant sa génisse qu'elle flairait tout en la dérobant aux regards des arrivants.

Levine entra dans sa stalle, l'examina et souleva la génisse tachetée de blanc et de rouge sur ses longues pattes chancelantes. La vache beugla d'émotion, mais se rassura quand Levine lui rendit son petit, qu'elle se mit à lécher de sa langue rêche après avoir exhalé un profond soupir. Le nouveau-né frétillait de la queue et fouillait du mufle sous les flancs de sa mère en quête de tétines.

— Éclaire donc par ici, Fiodor, passe-moi la lanterne, dit Levine en examinant la génisse. Elle tient de sa mère, bien que la robe soit du père. Une belle bête, ma foi, longue et bien membrée. N'est-ce pas qu'elle est belle, Vassili Fiodorovitch ? dit-il d'un ton très aimable au régisseur, oubliant dans sa joie l'ennui du sarrasin échauffé.

— Elle a de qui tenir, comment serait-elle laide ?... À propos, Simon, l'entrepreneur, est arrivé le lendemain de votre départ, Constantin Dmitrievitch. Il faudra, je crois, s'entendre avec lui, au sujet de la machine. Je vous en ai déjà parlé, si vous vous souvenez.

Cette seule phrase fit rentrer Levine dans tous les détails de son exploitation, qui était grande et compliquée. De l'étable il alla donc tout droit au bureau du régisseur, où il eut une conférence avec l'entrepreneur. Il rentra enfin chez lui et monta au salon.

XXVII

C'ÉTAIT une grande maison à l'ancienne mode et, bien qu'il l'habitât seul, Levine l'occupait et la chauffait en entier. Pareil genre de vie pouvait passer pour absurde et cadrait mal avec ses nouveaux projets ; Levine le sentait bien, mais cette maison était pour lui tout un monde où avaient vécu et trépassé son père et sa mère. Ils y avaient mené une existence qui lui semblait l'idéal de la perfection et qu'il rêvait de recommencer avec une famille à lui.

Bien qu'il se la rappelât à peine, Levine avait pour la mémoire de sa mère un véritable culte ; il lui semblait impossible d'épouser une femme qui ne fût point la réincarnation de cet idéal adoré. Il ne concevait point l'amour en dehors du mariage ; bien plus, c'est à la famille qu'il pensait tout d'abord et ensuite à la femme qui la lui donnerait. Différant sur ce point d'opinion avec presque tous ses amis, qui ne voyaient dans le mariage qu'un des nombreux actes de la vie sociale, il le considérait comme l'acte principal de l'existence, celui dont dépendait tout notre bonheur. Et voici qu'il fallait y renoncer !...

Il entra dans le petit salon où l'on avait coutume de servir le thé, prit un livre et s'installa dans son fauteuil ; et, tandis qu'Agathe Mikhaïlovna lui apportait sa tasse et se retirait près de la fenêtre en déclarant comme d'habitude : « Je m'assieds, notre Monsieur », il sentit à sa grande surprise qu'il n'avait point renoncé à ses rêveries et qu'il ne pouvait vivre sans elle. « Elle ou une autre, peu importe, se dit-il, mais cela sera. » Il avait beau se contraindre à lire ou prêter l'oreille aux bavardages d'Agathe Mikhaïlovna, diverses scènes de sa future vie de famille se présentaient en désordre à son imagination. Il comprit qu'une idée fixe s'était installée pour toujours au tréfonds de son être.

Agathe Mikhaïlovna racontait que, succombant à la tentation, Prochor, à qui Levine avait donné une certaine somme pour s'acheter un cheval, s'était mis à boire et à rouer de coups sa femme qui avait bien failli rester sur place. Tout en l'écoutant, Levine lisait son livre et retrouvait peu à peu le fil des idées que cet ouvrage avait naguère éveillées en lui. C'était le traité de Tyndall sur la chaleur. Il se souvenait d'avoir été offusqué par la suffisance de l'auteur, trop enclin à prôner ses expériences, et par son manque de vues philosophiques. Tout à coup une pensée joyeuse lui traversa l'esprit : « Dans deux ans, j'aurai deux hollandaises, la Paonne sera peut-être encore de ce monde, ces trois-là mêlées dans le troupeau aux douze filles de l'Aigle, ça fera un beau coup d'œil. » Et il se reprit à lire. « Soit, mettons que l'électricité et la chaleur ne soient qu'un seul et même phénomène ; mais dans l'équation qui sert à résoudre le problème, peut-on employer les mêmes unités ? Non. Eh bien, alors ? Le lien qui existe entre toutes les forces de la nature se sent du reste, instinctivement... Quel beau troupeau ce sera quand la fille de la Paonne sera devenue une belle vache rouge et blanche et qu'on y aura mêlé les trois hollandaises !... Ma femme et moi nous emmènerons nos invités le voir rentrer. Ma femme dira : « Kostia et moi, nous avons élevé cette génisse comme notre enfant. — Comment pouvez-vous vous intéresser à pareilles choses ? demandera quelqu'un. — Tout ce qui intéresse mon mari m'intéresse. — Mais qui sera-t-elle ? » Et il se rappela ce qui s'était passé à Moscou. « Qu'y faire ? Je n'y puis rien. C'est une sottise de se laisser dominer par le passé, par la vie ambiante. Il faut lutter pour vivre mieux, beaucoup mieux. » Il abandonna son bouquin et se perdit dans ses pensées. Cependant la vieille chienne, qui n'avait pas encore bien digéré sa joie et s'en était allée la crier à tous les échos, rapporta dans la pièce l'air frais du dehors, s'approcha en frétillant de la queue, fourra sa tête sous la main de son maître et réclama ses caresses par de petits cris plaintifs.

— Il ne lui manque que la parole, dit Agathe Mikhaïlovna. Ce n'est pourtant qu'un chien, mais il comprend que son maître est de retour et qu'il a du chagrin.

— Du chagrin ?

— Croyez-vous donc que je ne le vois pas ? Depuis mon jeune âge que je vis avec les maîtres, il est grand temps que je les connaisse. Ne vous tourmentez donc pas, notre Monsieur : pourvu que la santé soit bonne et la conscience pure, qu'importe le reste !

Fort surpris de la voir deviner ses pensées, Levine la considérait attentivement.

— Encore un peu de thé, n'est-ce pas ?

Elle sortit en emportant la tasse.

Mignonne continuait à fourrer sa tête sous la main de son maître ; il la caressa et aussitôt elle se coucha en rond à ses pieds, avança les pattes et posa la tête dessus. Et pour prouver que tout allait maintenant selon son gré, elle entrouvrit la gueule, fit entendre un claquement de lèvres, ramena autour de ses vieilles dents ses babines visqueuses et se figea dans une béate immobilité.

« Faisons de même, se dit Levine qui avait observé son manège. Inutile de se tourmenter. Tout s'arrangera. »

XXVIII

Le lendemain du bal, Anna Arcadiévna envoya de bon matin une dépêche à son mari pour lui annoncer qu'elle quittait Moscou le jour même. Il lui fallut motiver sa décision aux yeux de sa belle-sœur.

— J'ai absolument besoin de partir, lui déclara-t-elle d'un ton péremptoire, comme si elle se rappelait à temps les nombreuses affaires qui l'attendaient ; mieux vaut donc que ce soit aujourd'hui.

Stépane Arcadiévitch dînait en ville, mais il promit de rentrer à sept heures pour reconduire sa sœur. Kitty ne vint pas non plus et s'excusa par un petit mot : elle avait la migraine. Dolly et Anna dînèrent donc seules avec l'Anglaise et les enfants. Cédant peut-être à l'inconstance de leur âge, ou devinant d'instinct qu'Anna n'était plus la même que le jour où ils l'avaient prise en affection, qu'elle se souciait fort peu d'eux, les enfants perdirent soudain toute amitié pour leur tante, tout désir de jouer avec elle, tout regret de la voir partir. Anna employa toute la journée à préparer son départ : elle écrivit quelques billets d'adieu, termina ses comptes et fit ses malles. Elle parut à sa belle-sœur en proie à cette agitation inquiète qui masque le plus souvent — Dolly ne le savait que trop bien — un grand mécontentement de soi. Après le dîner, comme elle montait s'habiller, Dolly l'accompagna.

— Tu es toute drôle aujourd'hui, lui dit-elle.

— Moi ! Tu trouves ? Je ne suis pas drôle, je suis mauvaise. Cela m'arrive. J'ai tout le temps envie de pleurer. C'est absurde, cela passera, répondit vivement Anna en cachant son visage empourpré contre le sachet où elle serrait ses mouchoirs et sa coiffure de nuit ; ses yeux brillaient de larmes qu'elle avait peine à contenir.

— Je n'ai quitté Pétersbourg qu'à contrecœur et maintenant il me coûte de m'en aller d'ici.

— Tu as été bien inspirée de venir, tu as fait une bonne action, dit Dolly en l'observant attentivement.

Anna la regarda, les yeux mouillés de larmes.

— Ne dis pas cela, Dolly. Je n'ai rien fait et ne pouvais

rien faire. Je me demande souvent pourquoi on semble ainsi s'entendre pour me gâter. Qu'ai-je fait et que pouvais-je faire ? Tu as trouvé dans ton cœur assez d'amour pour pardonner...

— Dieu sait ce qui serait arrivé sans toi ! Que tu es heureuse, Anna : tout est clair et pur dans ton âme !

— Chacun a dans l'âme des *skeletons*, comme disent les Anglais.

— Quels *skeletons* peux-tu bien avoir ? En toi tout est clair.

— J'en ai pourtant ! dit Anna, tandis qu'un sourire, bien inattendu après ses larmes, un sourire de ruse et de raillerie, plissait ses lèvres.

— Ils m'ont l'air plus amusants que lugubres, insinua Dolly souriant à son tour.

— Tu te trompes. Sais-tu pourquoi je pars aujourd'hui au lieu de demain ? L'aveu me coûte, mais je veux te le faire, dit Anna en s'installant d'un air décidé dans un fauteuil et en regardant Dolly bien en face.

À sa grande surprise, Dolly vit qu'Anna avait rougi jusqu'au blanc des yeux, jusqu'aux petits frisons noirs de sa nuque.

— Sais-tu, continuait Anna, pourquoi Kitty n'est pas venue dîner ? Elle est jalouse de moi. J'ai abîmé sa joie. J'ai été cause que ce bal, dont elle se promettait tant, a été pour elle un supplice. Mais vraiment, vraiment, je ne suis pas coupable ou du moins je ne le suis qu'un tout, tout petit peu.

Elle avait prononcé ces derniers mots d'une voix de fausset.

— Oh ! tu viens d'avoir tout à fait le ton de Stiva ! dit Dolly en riant.

Anna s'offusqua.

— Oh ! non, non, je ne suis pas Stiva ! dit-elle, soudain renfrognée... Je te raconte cela parce que je ne me permets pas un instant de douter de moi-même.

Mais, au moment où elle proférait ces paroles, elle en sentit toute la fragilité : non seulement elle doutait d'elle-même, mais le souvenir de Vronski lui causait tant d'émoi qu'elle partait plus tôt qu'elle n'en avait eu l'intention, uniquement pour ne plus le rencontrer.

— Oui, Stiva m'a dit que tu avais dansé la mazurka avec lui, et qu'il...

— Tu ne saurais croire quelle sotte tournure ont pris les choses. Je pensais aider au mariage et voilà que... Peut-être contre mon gré ai-je...

Elle rougit et se tut.

— Oh ! les hommes sentent cela tout de suite ! dit Dolly.

— Je serais navrée qu'il eût pris la chose au sérieux, interrompit Anna ; mais je suis convaincue que tout sera vite oublié et que Kitty cessera de m'en vouloir.

— À parler franc, Anna, ce mariage ne me sourit guère. Et si vraiment Vronski a pu s'amouracher de toi en un jour, mieux vaudrait en rester là.

— Eh ! bon Dieu, ce serait absurde ! s'écria Anna.

Mais en entendant exprimer tout haut la pensée qui l'occupait, une vive rougeur de satisfaction lui couvrit de nouveau le visage.

— Et voilà que je pars après m'être fait une ennemie de cette Kitty qui me plaisait tant ! Elle est si charmante. Mais tu arrangeras cela, n'est-ce pas, Dolly ?

Dolly retint avec peine un sourire. Elle aimait Anna, mais n'était pas fâchée de lui trouver aussi des faiblesses.

— Une ennemie. C'est impossible.

— J'aurais tant voulu être aimée de vous tous comme je vous aime ; et maintenant je vous aime encore bien plus que par le passé, dit Anna, les larmes aux yeux. Ah ! comme je suis bête aujourd'hui !

Elle passa son mouchoir sur ses yeux et commença sa toilette.

Juste au moment de partir arriva Stépane Arcadiévitch, haut en couleur, sentant le vin et le cigare.

L'attendrissement d'Anna avait gagné Dolly et quand, pour la dernière fois, elle embrassa sa belle-sœur, elle murmura :

— Songe, Anna, que je n'oublierai jamais ce que tu as fait pour moi. Songe aussi que je t'aime et t'aimerai toujours comme ma meilleure amie.

— Je ne comprends pas pourquoi, répondit Anna qui retenait ses larmes.

— Tu m'as comprise et me comprends encore. Adieu, ma chérie.

XXIX

« ENFIN, tout est fini, Dieu merci ! » Telle fut la première pensée d'Anna après avoir dit adieu à son frère qui jusqu'au troisième coup de cloche avait encombré de sa personne l'entrée du wagon. Elle s'assit sur la couchette, à côté d'Annouchka, sa femme de chambre. « Dieu merci, je reverrai demain mon petit Serge et Alexis Alexandrovitch ; ma bonne vie habituelle va reprendre comme par le passé. »

Toujours en proie à l'agitation qui la possédait depuis le matin, Anna s'adonna à de minutieux préparatifs : de ses petites mains adroites elle tira de son sac rouge un coussin qu'elle posa sur ses genoux, s'enveloppa bien les jambes et s'installa commodément. Une dame malade s'était déjà étendue. Deux autres dames adressèrent la parole à Anna, tandis qu'une grosse vieille, entourant ses jambes d'une couverture, faisait des réflexions acerbes sur le chauffage. Anna répondit aux dames, mais ne prévoyant aucun intérêt à leur conversation, elle demanda à Annouchka sa petite lanterne de voyage, l'accrocha au dossier de son fauteuil et sortit de son sac un coupe-papier et un roman anglais[1]. Tout d'abord il lui fut difficile de lire : les allées et venues autour d'elle, le bruit du train en marche, la neige qui battait la fenêtre à sa gauche et se collait à la vitre, le conducteur qui passait emmitouflé et couvert de flocons, les remarques de ses compagnes de voyage sur l'affreuse tempête qu'il faisait, tout lui donnait des distractions. Mais la monotonie s'en mêlant — toujours les mêmes secousses, toujours la même neige à la fenêtre, toujours les mêmes voix, les mêmes visages entrevus dans la pénombre — elle parvint enfin à lire et à comprendre ce qu'elle lisait. Annouchka sommeillait déjà, tenant de ses grosses mains gantées — un des gants était déchiré — le petit sac rouge sur ses genoux. Anna Arcadiévna lisait et comprenait ce qu'elle lisait, mais elle avait trop besoin de vivre par elle-même pour prendre plaisir au reflet de la vie d'autrui. L'héroïne de son roman soignait un malade : elle aurait voulu marcher à pas légers dans la chambre de ce malade : un membre du Parlement prononçait un discours : elle aurait voulu le prononcer à sa place ; Lady Mary galopait derrière sa meute, taquinait sa belle-fille, stupéfiait les gens par son audace : elle aurait voulu en faire autant. Vain désir ! il lui fallait se replonger dans sa lecture en tourmentant de ses mains menues le couteau à papier.

Le héros de son roman touchait à l'apogée de son bonheur anglais — un titre de baronnet et une terre, où elle aurait bien voulu l'accompagner — quand soudain il lui sembla que ledit héros devait éprouver une certaine honte et que cette honte rejaillissait sur elle. Mais de quoi avait-il à rougir ? « Et moi, de quoi serais-je honteuse ? » se demanda-t-elle avec une surprise indignée. Elle abandonna son livre et se renversa sur son fauteuil en serrant le coupe-papier dans ses mains nerveuses. Qu'avait-elle fait ? Elle passa en revue ses souvenirs de Moscou : ils étaient tous excellents. Elle se rappela le bal, Vronski, son beau visage d'amoureux transi, l'attitude qu'elle avait observée envers le jeune homme : rien de tout cela ne pouvait provoquer sa confusion. Néanmoins le sentiment de honte augmentait précisément à cette réminiscence, tandis qu'une voix intérieure semblait lui dire : « Tu brûles, tu brûles ! » « Ah ! çà, qu'est-ce que cela signifie ? se demanda-t-elle résolument en changeant de place sur son fauteuil. Aurais-je peur de regarder ce souvenir en face ? Qu'y a-t-il au bout du compte ? Existe-t-il, peut-il rien exister de commun entre ce petit officier et moi, à part les habituelles relations mondaines ? » Elle sourit de dédain et reprit son livre, mais décidément elle n'y comprenait plus rien. Elle frotta son coupe-papier sur la vitre gelée, en passa sur sa joue la surface froide et lisse, et cédant à un accès subit de joie, elle se prit à rire presque bruyamment. Elle sentait ses nerfs se tendre de plus en plus, ses yeux s'ouvrir démesurément ; ses mains, ses pieds se crispaient ; quelque chose l'étouffait ; et dans cette pénombre vacillante, les sons et les images s'imposaient à elle avec une étrange intensité. Elle se demandait à chaque instant si le train avançait, reculait ou demeurait sur place. Était-ce bien Annouchka, ou une étrangère, cette femme, là, près d'elle ? « Qu'est-ce qui est suspendu à cette patère, une pelisse ou un animal ? Et suis-je bien moi-même assise à cette place ? Est-ce bien moi ou une autre femme ? » Attirée par cet état d'inconscience, elle avait peur de s'y abandonner. Se sentant encore capable de résistance, elle se leva, rejeta son plaid, sa pèlerine, et crut un moment s'être reprise : un homme maigre, vêtu d'un long paletot de nankin auquel il manquait un bouton, venait d'entrer ; elle devina que c'était le préposé au chauffage, elle le vit consulter le thermomètre, remarqua que le vent et la neige s'introduisaient à sa suite dans le wagon... Puis tout se confondit de nouveau : l'individu à grande taille se mit à grignoter quelque chose sur la paroi ; la vieille dame étendit ses jambes et en remplit tout le wagon comme d'un nuage noir ; elle perçut un grincement, un martèlement affreux, à croire que l'on suppliciait quelqu'un ; un feu rouge l'aveugla, puis l'ombre envahit tout. Anna crut tomber dans un précipice. Ces sensations étaient d'ailleurs plutôt amusantes. La voix d'un homme emmitouflé et couvert de neige lui cria quelque chose à l'oreille. Elle reprit ses sens, comprit qu'on approchait d'une station et que cet homme était le conducteur. Aussitôt elle demanda à la femme de chambre son châle et sa pèlerine, les mit et se dirigea vers la porte.

— Madame veut sortir ? demanda Annouchka.

— Oui, j'ai besoin de respirer ; on étouffe ici.

La bourrasque fit mine de lui barrer le passage. Il lui parut drôle de lutter pour ouvrir la porte. Le vent semblait l'attendre sur la plate-forme du wagon pour l'emporter dans un hurlement de joie ; mais s'accrochant d'une main à la rampe du marchepied et relevant sa robe de l'autre, elle descendit sur le quai. Quelque peu abritée par le wagon, elle respira avec une réelle jouissance l'air glacial de cette nuit de tempête. Debout près de la voiture elle considérait le quai et les feux de la gare.

XXX

Le chasse-neige accourait d'un coin de la gare, s'engouffrait en sifflant entre les roues du convoi, s'attaquait à toutes choses, wagons, poteaux et gens, qu'il menaçait d'ensevelir. Après une seconde accalmie, il reprit avec une rage qui semblait irrésistible. Et pourtant la grande porte de la gare s'ouvrait et se refermait sans cesse, livrant passage à des gens qui couraient çà et là ou s'entretenaient gaiement le long du quai dont les planches grinçaient sous leurs pieds. Une ombre d'homme courbé parut sortir de dessous terre auprès d'Anna ; elle perçut le bruit d'un marteau frappant le fer, puis, du côté opposé, le son d'une voix courroucée montant dans les ténèbres hurlantes. « Envoyez une dépêche ! » disait cette voix, et d'autres aussitôt lui firent écho. « Par ici, s'il vous plaît ! N° 28 ! » Anna vit passer en courant devant elle des silhouettes enneigées, suivies de deux messieurs qui fumaient tranquillement. Elle respira encore une fois à pleins poumons et, la main déjà hors du manchon, elle s'apprêtait à remonter en wagon quand un personnage en uniforme surgit à deux pas d'elle, interceptant la lueur vacillante du réverbère. Elle l'examina et reconnut Vronski. Il porta la main à la visière de sa casquette, s'inclina et lui offrit ses services. Elle le dévisagea quelques instants sans mot dire ; bien qu'il se tînt dans l'ombre, elle crut remarquer dans ses yeux et sur ses traits l'expression d'enthousiasme déférent qui l'avait tant émue la veille. Elle venait encore de se dire, après se l'être mainte et mainte fois répété durant tous ces jours, que Vronski était tout bonnement pour elle un de ces jeunes gens comme elle en rencontrait par centaines dans le monde, et auquel elle ne se permettrait jamais de penser ; et voici que, dès la première rencontre, une fierté joyeuse s'emparait d'elle ? Anna jugea inutile de lui demander ce qu'il faisait là : il n'y était évidemment que pour se trouver auprès d'elle : cela, elle le savait avec autant de certitude que s'il le lui eût dit.

— Je ne savais pas que vous comptiez aller à Pétersbourg ; qu'y venez-vous faire ? demanda-t-elle en laissant retomber sa main qui avait déjà saisi la rampe du marche-pied.

Son visage brillait d'une indicible allégresse.

— Ce que j'y viens faire ? répéta-t-il en plongeant son regard dans le sien. Vous savez bien que j'y vais pour être là où vous êtes ; je ne puis faire autrement.

À ce moment le vent, comme s'il eût vaincu tous les obstacles, rabattit la neige du toit des wagons, agita triomphalement une feuille de tôle qu'il avait arrachée ; le sifflet de la locomotive exhala un hurlement lugubre. Anna goûta davantage encore la tragique beauté de la tempête : elle venait d'entendre les mots que redoutait sa raison, mais que souhaitait son cœur. Elle garda le silence, mais Vronski lut sur son visage la lutte qui se livrait en elle.

— Pardonnez-moi si ce que je viens de dire vous déplaît, reprit-il d'un ton soumis, mais avec une insistance si marquée qu'elle fut longtemps sans pouvoir lui répondre.

— Ce que vous dites est mal, proféra-t-elle enfin, et, si vous êtes un galant homme, vous l'oublierez comme je l'oublie moi-même.

— Je n'oublierai et ne puis oublier aucun de vos gestes, aucune de vos paroles.

— Assez, assez ! s'écria-t-elle, en cherchant vainement à donner à son visage, qu'il dévorait des yeux, une expression de sévérité. Et s'appuyant d'une main à la rampe glaciale, elle grimpa lentement les marches.

Éprouvant le besoin de se recueillir, elle s'arrêta quelques instants à l'entrée du wagon. Sans pouvoir retrouver les paroles exactes qu'ils avaient échangées, elle sentit avec une épouvante mêlée de joie que cet instant d'entretien les avait rapprochés l'un de l'autre. Au bout de quelques secondes elle regagna sa place. Sa nervosité augmentait sans cesse : elle en arriva à croire qu'une corde trop tendue allait se rompre en elle. Elle ne dormit point de la nuit. Au reste cette tension d'esprit, ce travail de l'imagination n'avaient rien de bien pénible : elle ressentait simplement un trouble, une ardeur, un émoi joyeux.

À l'aube cependant, elle s'assoupit dans son fauteuil ; il faisait grand jour quand elle se réveilla ; on approchait de Pétersbourg. Elle songea aussitôt à son mari, à son fils, à ses devoirs de maîtresse de maison ; et ces préoccupations l'absorbèrent tout entière.

À peine descendue de wagon, le premier visage qu'elle aperçut fut celui de son mari. « Bon Dieu, pourquoi ses oreilles sont-elles devenues si longues ? » se dit-elle à la vue de cet être de belle mais froide prestance, dont le chapeau rond semblait reposer sur les cartilages saillants des oreilles. Les lèvres plissées en un sourire ironique qui lui était familier, il s'avançait à sa rencontre et la regardait fixement de ses grands yeux fatigués. Sous ce regard à brûle-pourpoint Anna sentit son cœur se serrer.

S'était-elle donc attendue à trouver son mari autre qu'il n'était ? Et pourquoi sa conscience lui reprochait-elle soudain l'hypocrisie de leurs rapports ? À vrai dire ce sentiment sommeillait depuis longtemps au plus profond de son être, mais c'était la première fois qu'il se faisait jour avec cette acuité douloureuse.

— Comme tu le vois, un tendre mari, tendre comme la première année de son mariage, brûlait du désir de te revoir, proféra-t-il de sa voix grêle et lente, sur ce ton de persiflage qu'il prenait d'ordinaire avec elle, et comme s'il eût voulu tourner en ridicule cette façon de parler.

— Comment va Serge ? demanda-t-elle.

— Voilà comme tu récompenses ma flamme ! Il va très bien, très bien.

XXXI

Vronski n'avait pas même essayé de dormir. Il passa toute cette nuit dans son fauteuil, les yeux grands ouverts. Son regard, le plus souvent fixe, s'abaissait parfois sur les allants et venants, sans trop faire de différence entre les choses et eux. Jamais encore son calme n'avait paru plus déconcertant, sa fierté plus inabordable. Cette attitude lui valut l'inimitié de son voisin, un jeune magistrat nerveux. Celui-ci tenta l'impossible pour lui faire entendre qu'il appartenait au monde des vivants ; mais il eut beau lui demander du feu, lui adresser la parole, le pousser même du coude, Vronski ne lui accorda pas plus d'intérêt qu'à la lanterne du wagon, et le malheureux, outré d'un pareil flegme, se tenait à quatre pour ne pas éclater.

Si Vronski faisait preuve d'une aussi royale indifférence, ce n'est point qu'il crût avoir déjà touché le cœur d'Anna. Non, cela il n'osait encore le croire ; mais le violent sentiment qu'il éprouvait pour elle le pénétrait de bonheur et d'orgueil. Qu'adviendrait-il de tout cela ? il n'en savait rien et n'y songeait même pas ; mais il sentait que toutes ses forces, relâchées et dispersées jusqu'alors, formaient faisceau et tendaient avec une dernière énergie vers un but unique et splendide. La voir, l'entendre, vivre auprès d'elle, la vie n'avait plus pour lui d'autre sens. Cette pensée le dominait si bien que l'aveu lui en échappa dès l'abord quand il aperçut Anna dans la gare de Bologoié, où il était descendu pour prendre un verre de soda. Il fut heureux d'avoir parlé : Anna savait maintenant qu'il l'aimait, elle ne pourrait se défendre d'y songer. Rentré dans son wagon, il reprit un à un les moindres souvenirs de leurs rencontres ; il revit tous les gestes, toutes les paroles, toutes les attitudes d'Anna ; et son cœur se pâmait aux visions d'avenir qui prenaient corps dans son imagination.

Arrivé à Pétersbourg, il descendit du train aussi frais et dispos, malgré cette nuit d'insomnie, que s'il sortait d'un bain froid. Il s'arrêta près de son wagon pour la regarder passer. « Je verrai encore une fois son visage, sa démarche, se disait-il avec un sourire involontaire ; elle aura peut-être pour moi un regard, un mot, un sourire, un geste. » Mais ce fut le mari qu'il aperçut tout d'abord, escorté avec déférence par le chef de gare. « Ah ! oui, le mari ! » Et quand il le vit surgir devant lui avec sa tête, ses épaules, et ses jambes rigides dans le pantalon noir, quand il le vit surtout prendre le bras d'Anna en homme sûr de son droit, Vronski dut se convaincre que ce personnage, dont l'existence lui avait jusqu'alors paru problématique, existait en chair et en os et que des liens étroits l'unissaient à la femme que lui, Vronski, aimait.

Ce froid visage pétersbourgeois, cet air sévère et sûr de lui-même, ce chapeau rond, ce dos légèrement voûté, Vronski fut bien forcé d'admettre leur existence, mais avec la sensation d'un homme mourant de soif qui découvre une source d'eau pure et la trouve souillée par la présence d'un chien, d'un mouton ou d'un porc. La démarche d'Alexis Alexandrovitch, jambes raides et bassin frétillant, l'offusqua particulièrement. Il ne reconnaissait à personne qu'à lui-même le droit d'aimer Anna. Par bonheur celle-ci était toujours la même et sa vue le ranima. Son domestique — un Allemand qui avait fait le voyage en seconde classe — étant venu prendre ses ordres, il lui confia les bagages et marcha résolument vers elle. Il assista donc à la rencontre des époux et sa perspicacité d'amoureux lui permit de saisir la nuance de contrainte avec laquelle Anna accueillit son mari. « Non, elle ne l'aime pas et ne peut pas l'aimer », décrétat-il à part soi. Bien qu'elle lui tournât le dos il remarqua avec joie qu'Anna devinait son approche ; elle se retourna à demi, le reconnut et continua l'entretien commencé.

— Avez-vous bien passé la nuit, madame ? lui demanda-t-il en saluant à la fois le mari et la femme pour permettre à Alexis Alexandrovitch de prendre sa part de salut et de le reconnaître, si bon lui semblait.

— Merci, très bien, répondit-elle.

Son visage fatigué n'avait point son animation ordinaire ; cependant un rapide éclair passa dans son regard à la vue de Vronski, et cet instant suffit à le rendre heureux. Elle leva les yeux sur son mari pour voir s'il connaissait le comte : Alexis Alexandrovitch le considérait d'un air mécontent et semblait vaguement le remettre. Ce fut au tour de Vronski d'être interloqué : l'assurance juvénile se heurtait à la morgue glaciale.

— Le comte Vronski, dit Anna.

— Ah ! il me semble que nous nous connaissons, laissa tomber de haut Alexis Alexandrovitch en tendant la main au jeune homme. Comme je vois, tu as voyagé avec la mère à l'aller, avec le fils au retour, ajouta-t-il en faisant un sort à tous ses mots. Vous rentrez de permission sans doute ? Et sans attendre de réponse, il se tourna vers sa femme et lui demanda, toujours avec ironie : Eh bien, a-t-on beaucoup versé de larmes à Moscou en se quittant ?

Il entendait signifier ainsi son congé au jeune homme ; il compléta la leçon en touchant son chapeau. Mais Vronski, s'adressant à Anna Arcadiévna, dit encore :

— J'espère avoir l'honneur de me présenter chez vous.

— Très heureux ; nous recevons le lundi, répondit d'un ton froid Alexis Alexandrovitch en lui accordant un de ses regards lassés. Et sans plus se soucier de sa présence, il reprit sur le même ton badin : Quelle chance d'avoir pu trouver une demi-heure de liberté pour venir te chercher et te prouver ainsi ma tendresse !

— Tu soulignes ta tendresse pour me la faire apprécier davantage, répondit-elle du tac au tac, prêtant involontairement l'oreille aux pas de Vronski qui les suivait. « Eh ! que m'importe, voyons ! » songea-t-elle. Et elle interrogea aussitôt son mari sur la manière dont son petit Serge avait passé le temps en son absence.

— Mais fort bien ! *Mariette* assure qu'il a été très

gentil, et je suis fâché de te dire qu'il ne t'a pas regrettée ; ce n'est pas comme ton mari. Merci encore, ma bonne amie, d'être revenue un jour plus tôt. Notre cher « samovar » va être dans la joie. (Il donnait ce surnom à la célèbre comtesse Lydie Ivanovna, à cause de son état perpétuel d'émotion et d'agitation.) Elle a demandé sans cesse de tes nouvelles, et si j'osais te donner un conseil, ce serait d'aller la voir dès aujourd'hui. Tu sais que son cœur souffre toujours à propos de tout ; actuellement, outre ses soucis habituels, la réconciliation des Oblonski la préoccupe fort.

La comtesse Lydie était l'amie de Karénine et le centre d'une certaine société qu'à cause de son mari Anna se devait de fréquenter avant toute autre.

— Mais je lui ai écrit.

— Elle tient à avoir des détails. Vas-y, ma bonne amie, si tu ne te sens pas trop fatiguée. Allons, je te laisse ; nous avons séance ; Quadrat va t'avancer la voiture. Enfin, je ne dînerai plus seul, ajouta-t-il, sans plaisanter cette fois... Tu ne saurais croire combien je suis habitué...

Sur ce, il lui serra longuement la main, lui fit son plus beau sourire et la mit en voiture.

XXXII

Le premier visage qu'aperçut Anna en rentrant chez elle fut celui de son fils ; sourd aux appels de la gouvernante, il dégringola l'escalier à sa rencontre, criant dans un transport de joie : « Maman, maman ! » et se jeta aussitôt à son cou.

— Je vous disais bien que c'était maman ! cria-t-il à la gouvernante. J'en étais sûr.

Mais tout comme le père, le fils causa tout d'abord à Anna une sorte de désillusion. Elle se l'était représenté trop en beau ; pour goûter pleinement sa présence, il lui fallut donc consentir à le voir tel qu'il était, c'est-à-dire un charmant enfant à boucles blondes, beaux yeux bleus, jambes bien faites dans des bas bien tirés. Alors elle éprouva une jouissance presque physique à le sentir près d'elle, à recevoir ses caresses, et un apaisement moral à écouter ses questions naïves, à scruter ses yeux d'une expression si tendre, si confiante, si candide. Elle déballa les cadeaux envoyés par Dolly et lui raconta qu'il y avait à Moscou une petite fille, nommée Tania, qui savait déjà lire et qui même apprenait à lire aux autres enfants.

— Alors, je suis moins gentil qu'elle ? demanda Serge.

— Pour moi, mon amour, nul n'est plus gentil que toi.

— Je le savais bien, dit Serge en souriant.

À peine Anna eut-elle pris son café qu'on lui annonça la comtesse Lydie Ivanovna. C'était une grande et forte femme au teint jaune et maladif, aux yeux noirs et rêveurs. Anna, qui l'aimait bien, parut pour la première fois s'apercevoir qu'elle n'était point sans défauts.

— Eh bien, mon amie, avez-vous porté le rameau d'olivier ? demanda la comtesse à peine entrée.

— Oui, tout est arrangé, répondit Anna. Ce n'était pas aussi grave que nous le pensions. En général, ma *belle-sœur* prend des décisions un peu trop hâtives.

Mais la comtesse Lydie, tout en s'intéressant à ce qui ne la regardait pas, avait coutume de ne prêter aucune attention à ce qui, soi-disant, l'intéressait. Elle interrompit Anna.

— Oui, il y a bien des maux et des tristesses sur cette terre, et je me sens à bout de forces.

— Qu'y a-t-il ? s'enquit Anna, en retenant avec peine un sourire.

— Je commence à me lasser de rompre en vain des lances pour la vérité, et je me détraque complètement. L'œuvre de nos petites sœurs (il s'agissait d'une institution philanthropique, religieuse et patriotique) prenait bonne tournure, mais il n'y a décidément rien à faire avec ces messieurs, déclara la comtesse sur un ton de résignation ironique. Ils se sont emparés de cette idée pour la défigurer, et la jugent maintenant d'une façon basse et misérable. Deux ou trois personnes, parmi lesquelles votre mari, comprennent seules l'importance de cette œuvre ; les autres ne font que la discréditer. J'ai reçu hier une lettre de Pravdine...

Pravdine, célèbre panslaviste, habitait l'étranger. La comtesse fit part à Anna du contenu de sa lettre. Elle lui raconta ensuite les nombreux pièges tendus à l'œuvre de l'union des Églises et partit en toute hâte, car elle devait encore assister ce jour-là à deux réunions, dont une séance du Comité slave.

« Tout cela n'est pas nouveau, se dit Anna ; pourquoi donc ne l'ai-je pas remarqué plus tôt ? Était-elle aujourd'hui plus nerveuse que d'habitude ? Au fond, tout cela est drôle : cette femme, qui se dit chrétienne et n'a que la charité en vue, se fâche et lutte contre d'autres personnes qui poursuivent exactement le même but qu'elle. »

Après la comtesse Lydie vint une amie, femme d'un haut fonctionnaire, qui lui raconta toutes les nouvelles du jour, et partit à trois heures en promettant de revenir dîner. Alexis Alexandrovitch était à son ministère. Demeurée seule, Anna assista d'abord au dîner de son fils — l'enfant mangeait à part — puis elle mit de l'ordre dans ses affaires et dans sa correspondance arriérée.

Du trouble, de la honte inexplicable dont elle avait tant souffert pendant le voyage, il ne restait plus trace. Rentrée dans le cadre habituel de son existence, elle se sentait de nouveau sans peur et sans reproche et ne comprenait plus rien à son état d'esprit de la veille. « Que s'est-il donc passé de si grave ? songea-t-elle. Rien. Vronski a dit une folie et je lui ai répondu comme il convenait. Inutile d'en parler à Alexis, ce serait paraître y attacher de l'importance. » Elle se souvint qu'un jeune subordonné de son mari lui ayant fait une quasi-déclaration, elle avait cru bon d'en prévenir Alexis Alexandrovitch ; celui-ci lui dit alors que toute femme du monde devait s'attendre à des incidents de ce genre, qu'il se fiait à son tact et ne s'abaisserait jamais à une jalousie humiliante pour tous les deux. « Mieux vaut donc se taire, conclut-elle. Et d'ailleurs je n'ai, Dieu merci, rien à dire. »

XXXIII

Alexis Alexandrovitch rentra du ministère à quatre heures, mais le temps lui manqua, comme cela lui arrivait souvent, pour entrer chez sa femme. Il passa tout droit dans son cabinet pour donner audience aux solliciteurs qui l'attendaient et signer quelques papiers apportés par son chef de cabinet. Vers l'heure du dîner (auquel étaient toujours priées trois ou quatre personnes) arrivèrent les convives du jour : une vieille cousine d'Alexis Alexandrovitch, un directeur de son ministère et sa femme, un jeune homme qui lui avait été recommandé. Anna descendit au salon pour les recevoir. La grande pendule de bronze du temps de Pierre Ier sonnait à peine le dernier coup de cinq heures qu'Alexis Alexandrovitch, en habit et cravate blanche, deux plaques sur la poitrine, faisait son apparition : il était obligé d'aller dans le monde aussitôt après le dîner. Chaque instant de sa vie était compté, et, pour faire tenir dans sa journée toutes ses préoccupations, il devait observer une ponctualité rigoureuse. « Sans hâte et sans repos », telle était sa devise. Aussitôt entré, il se mit à table après un salut à la ronde et un sourire à sa femme.

— Enfin ma solitude a pris fin ! Tu ne saurais croire combien il est gênant (il appuya sur le mot) de dîner seul.

Pendant le dîner il interrogea sa femme sur Moscou et, avec un sourire moqueur, sur Stépane Arcadiévitch ; mais la conversation resta le plus souvent générale et roula principalement sur des questions de service et de politique. Le dîner fini, il passa une demi-heure avec ses invités, puis, après un nouveau sourire et une nouvelle poignée de main à sa femme, il sortit pour assister à un nouveau conseil. Anna ne voulut aller ni au théâtre, où elle avait sa loge ce jour-là, ni chez la princesse Betsy Tverskoï, qui, informée de son retour, lui avait fait dire qu'elle l'attendait. Si elle resta chez elle, ce fut surtout parce que la couturière lui avait manqué de parole. Avant son départ pour Moscou, elle avait donné trois robes à transformer, car elle savait à merveille s'habiller à bon compte. Or quand, après le départ des convives, elle s'occupa de sa toilette, elle fut contrariée d'apprendre que sur ces trois robes, qui devaient être livrées trois jours avant son retour, deux manquaient à l'appel et la troisième n'avait point été refaite suivant ses prescriptions. La couturière, mandée en hâte, prétendit avoir raison ; Anna s'emporta si fort qu'elle en fut ensuite toute honteuse. Pour se calmer, elle passa dans la chambre de son fils, le coucha elle-même, le borda bien soigneusement et ne le quitta qu'après l'avoir béni d'un signe de croix. Elle fut alors bien contente de n'être point sortie, un grand apaisement s'étant fait dans son cœur. Il lui apparut très nettement que la scène de la gare, à laquelle elle avait accordé tant d'importance, n'était en réalité qu'un banal épisode de la vie mondaine dont elle n'avait point à rougir. Elle s'installa au coin de la cheminée et attendit tranquillement son mari en lisant son roman anglais. À neuf heures et demie précises retentit le coup de sonnette autoritaire d'Alexis Alexandrovitch et celui-ci fit bientôt son entrée.

— Enfin, te voici ! dit-elle en lui tendant une main, qu'il baisa avant de s'asseoir auprès d'elle.

— En somme, tout s'est bien passé, lui dit-il.

— Oui, très bien.

Et elle lui raconta tous les détails de son voyage : le trajet avec la comtesse Vronski, l'arrivée, l'accident, la pitié que lui avaient inspirée son frère d'abord, Dolly ensuite.

— Cet homme a beau être ton frère, je n'admets pas qu'on puisse l'excuser, déclara d'un ton péremptoire Alexis Alexandrovitch.

Anna sourit. Il tenait à souligner que les relations de parenté n'avaient aucune influence sur l'équité de ses jugements ; et c'était un trait de caractère qu'elle appréciait en lui.

— Je suis bien aise, reprit-il, que tout se soit heureusement terminé et que tu aies pu revenir. Et que dit-on là-bas du nouveau projet de loi que j'ai fait adopter par le conseil ?

Comme personne n'en avait touché mot à Anna, elle se montra un peu confuse d'avoir oublié une chose à laquelle son mari attachait tant d'importance.

— Ici au contraire cela a fait grand bruit, affirma-t-il avec un sourire satisfait.

Elle comprit qu'Alexis Alexandrovitch avait à raconter des détails flatteurs pour son amour-propre. Elle l'amena donc par des questions habiles à lui avouer — toujours avec le même sourire — que l'adoption de cette mesure lui avait valu une véritable ovation.

— J'en ai été très, très content Cela prouve qu'on commence à envisager la question sous un jour raisonnable.

Après avoir pris deux verres de thé à la crème, Alexis Alexandrovitch se mit en devoir de regagner son cabinet de travail.

— Tu n'as pas voulu sortir ce soir ? dit-il. Tu as dû bien t'ennuyer ?

— Oh ! pas du tout, répondit-elle en se levant. Que lis-tu, maintenant ?

— La *Poésie des enfers* du duc de Lille, un livre très remarquable.

Anna sourit comme on sourit aux faiblesses de ceux qu'on aime et, passant sous son bras celui de son mari, elle l'accompagna jusqu'à la porte de son cabinet. Elle savait que son habitude de lire le soir était devenue un besoin. Elle savait que, malgré les devoirs officiels qui absorbaient presque entièrement son temps, il avait à cœur de se tenir au courant des choses de l'esprit. Elle n'ignorait pas non plus que, fort compétent en matière de politique, de philosophie et de religion, Alexis Alexandrovitch n'entendait rien aux lettres ni aux arts, ce qui ne l'empêchait point de s'intéresser particulièrement aux ouvrages de ce genre. Et si, en politique, en philosophie, en religion, il lui arrivait d'avoir des doutes et de chercher à les éclaircir, il émettait toujours dans les questions d'art, de poésie, de musique surtout à laquelle il ne comprenait goutte, des opinions définitives et sans appel. Il aimait à discourir sur Shakespeare, Raphaël ou Beethoven, à déterminer la portée des nouvelles écoles de musique et de poésie, à les classer dans un ordre aussi logique que rigoureux.

— Eh bien, à tout à l'heure ; je te quitte pour écrire à Moscou, dit Anna à la porte du cabinet où étaient déjà préparées, près du fauteuil de son mari, une carafe d'eau et une bougie avec son abat-jour.

Une fois de plus il lui serra la main et la lui baisa.

« C'est pourtant un homme bon, honnête, loyal et remarquable en son genre », se disait Anna en rentrant dans sa chambre. Pour qu'elle le défendît de la sorte, une voix secrète lui soufflait-elle donc qu'on ne pouvait aimer cet homme ? « Mais pourquoi ses oreilles ressortent-elles tant ? Il se sera fait couper les cheveux trop courts. »

À minuit juste, Anna écrivait encore à Dolly devant son petit bureau, lorsque des pas feutrés approchèrent, et Alexis Alexandrovitch apparut, livre à la main, pantoufles aux pieds et toilette faite.

— Il est grand temps de dormir, lui dit-il avec un

sourire malicieux avant de passer dans la chambre à coucher.

« De quel droit l'a-t-il regardé ainsi ? » songea tout à coup Anna en se rappelant le coup d'œil que Vronski avait jeté à Alexis Alexandrovitch.

Elle rejoignit bientôt son mari ; mais où était cette flamme qui, à Moscou, animait son visage, scintillait dans ses yeux, illuminait son sourire ? Elle était éteinte ou tout au moins bien cachée.

XXXIV

En quittant Pétersbourg, Vronski avait cédé à son meilleur camarade, Pétritski, son grand appartement de la rue Morskaïa.

Pétritski, jeune lieutenant d'origine plutôt modeste, n'avait que des dettes pour toute fortune ; il s'enivrait tous les soirs ; des aventures, tantôt drôles et tantôt scandaleuses, lui valaient de fréquents arrêts ; tout cela ne l'empêchait point d'être aimé de ses chefs et de ses camarades.

En arrivant chez lui un peu après onze heures, Vronski aperçut, arrêtée devant la maison, une voiture de louage qui ne lui était pas inconnue. En sonnant à la porte de son logis, il entendit du palier le rire de plusieurs hommes, un gazouillis féminin et la voix de Pétritski s'exclamant : « Si c'est un de ces vautours, ferme-lui la porte au nez ! » Sans se faire annoncer, Vronski passa sans bruit dans la première pièce. Fort pimpante dans sa robe de satin lilas, l'amie de Pétritski, la baronne Chiltone, linotte au plumage blond, au minois rose et au babil parisien, faisait le café sur un guéridon. Pétritski, en pardessus, et le capitaine Kamérovski, en uniforme, étaient assis près d'elle.

— Ah ! bah ! Vronski ! bravo ! s'écria Pétritski en sautant bruyamment de sa chaise. Le maître du logis nous revient à l'improviste. Baronne, servez-lui du café de la cafetière neuve. Quelle bonne surprise ! Que dis-tu de cette nouvelle parure de ton cabinet ; elle est à ton goût, j'espère ? demanda-t-il en désignant la baronne. Vous vous connaissez, je crois ?

— Comment, si nous nous connaissons ? répondit Vronski en souriant et en serrant la main de la baronne. Mais nous sommes de vieux amis !

— Vous rentrez de voyage, alors je me sauve, dit la baronne. Je m'en vais tout de suite, si je gêne.

— Vous êtes chez vous partout où vous êtes, baronne, répondit Vronski. Bonjour, Kamérovski, reprit-il en serrant avec une certaine froideur la main du capitaine.

— Voilà une gentillesse comme vous n'en sauriez jamais trouver, dit la baronne à l'adresse de Pétritski.

— Que si ! Après dîner, s'entend.

— Après dîner il n'y a plus de mérite. Eh bien, je vais vous préparer du café pendant que vous ferez votre toilette, dit la baronne en se rasseyant et en tournant avec précaution le robinet de la nouvelle cafetière. Pierre, passez-moi le café, que j'en rajoute, dit-elle à Pétritski — qu'elle nommait Pierre à cause de son nom de famille — sans dissimuler leur liaison.

— Vous le gâterez !

— Non, je ne le gâterai pas... Et votre femme ? demanda tout à coup la baronne en interrompant la conversation de Vronski avec ses camarades. Nous vous avons marié pendant votre absence. Avez-vous amené votre femme ?

— Non, baronne ; je suis né et je mourrai dans la bohème.

— Tant mieux, tant mieux ! Donnez-moi la main.

Et, sans le laisser partir, la baronne se mit à lui développer, avec force plaisanteries, ses derniers plans d'existence et à lui demander conseil.

— Il ne veut toujours pas consentir au divorce, que dois-je faire ? (« Il », c'était le mari.) Je compte lui intenter un procès ; qu'en pensez-vous ?... Kamérovski, surveillez donc le café, il déborde ; vous voyez bien que je parle affaires !... J'ai besoin de ma fortune, n'est-ce pas ? Comprenez-vous cette canaillerie, ajouta-t-elle sur un ton de parfait mépris : sous prétexte que je lui suis infidèle, ce monsieur fait main basse sur mon bien !

Vronski s'amusait du bavardage de la jolie caillette ; il l'approuvait, lui donnait des conseils mi-sérieux, mi-badins, reprenait le ton qui lui était habituel avec ce genre de femmes. Les gens de son monde divisent l'humanité en deux catégories opposées. La première, tourbe insipide, sotte et surtout ridicule, s'imagine que les maris doivent être fidèles à leur femme, les jeunes filles pures, les femmes chastes, les hommes courageux, fermes et tempérants, qu'il faut élever ses enfants, gagner sa vie. payer ses dettes, et autres fariboles : c'est le vieux jeu. La seconde au contraire — le « gratin » à laquelle ils se vantent tous d'appartenir, prise l'élégance, la générosité, l'audace, la bonne humeur, s'abandonne sans vergogne à toutes ses passions et se moque du reste.

Encore sous l'impression des mœurs moscovites — combien différentes ! — Vronski fut un moment étourdi en retrouvant ce monde joyeux et léger, mais il rentra bien vite dans son ancienne vie, comme on rentre dans ses vieilles pantoufles.

Le fameux café ne fut jamais prêt : il déborda de la cafetière sur le tapis, salit la robe de la baronne, éclaboussa tout le monde, mais atteignit son véritable but qui était de provoquer les rires et les plaisanteries.

— Eh bien, maintenant, adieu. Si je restais encore, vous ne feriez jamais votre toilette, et j'aurais sur la conscience le pire des crimes que puisse commettre un galant homme, celui de ne pas se laver. Alors vous me conseillez de le prendre à la gorge ?

— Certainement, mais de telle façon que votre menotte approche de ses lèvres : il la baisera et tout se terminera à la satisfaction générale, répondit Vronski.

— Alors, à ce soir, au Théâtre-Français !

Kamérovski se leva également et Vronski, sans attendre son départ, lui tendit la main et passa dans le cabinet de toilette. Pendant qu'il procédait à ses ablutions, Pétritski lui dépeignit à grands traits l'état de sa situation. Pas d'argent ; un père qui déclarait n'en plus vouloir donner et ne plus payer aucune dette ; un tailleur déterminé à recourir à la contrainte par corps et un autre tout aussi déterminé à y recourir ; un colonel résolu, si ce scandale continuait, à lui faire quitter le régiment ; la baronne, assommante comme la pluie, surtout à cause de ses offres d'argent continuelles ; par contre une nouvelle beauté à l'horizon, de style oriental soutenu, « genre Rébecca, mon cher, et qu'il faudra que je te montre » ; une affaire avec Berkochev, lequel voulait envoyer des témoins mais n'en ferait certainement rien ; au demeurant tout allait bien et le plus gaiement du monde. Là-dessus sans laisser à son ami le temps de rien approfondir Pétritski entama le récit des nouvelles du jour. En l'écoutant lui tenir, dans le cadre familier de ce logis, qu'il occupait depuis trois ans, des propos non moins familiers, Vronski se sentait avec plaisir repris par l'insouciance de la vie pétersbourgeoise.

— Pas possible ! s'écria-t-il en lâchant la pédale de son lavabo qui arrosait d'un jet d'eau son cou large et vermeil. Pas possible ! répéta-t-il, se refusant à croire que Laure avait quitté Fertiugov pour Miléiev. Et il est toujours aussi bête et aussi content de lui ?... À propos, et Bouzoulkov ?

— Bouzoulkov ? Il lui en est arrivé une bien bonne ! Tu connais sa passion pour les bals ? Il n'en manque pas un à la cour. Dernièrement il y va avec un des nouveaux casques... Les as-tu vus ? ils sont très bien, très légers... Il était donc là en grande tenue... Écoute-moi bien, hein ?

— J'écoute, j'écoute, affirma Vronski en se frottant avec une serviette éponge.

— Une grande-duchesse vient à passer au bras d'un diplomate étranger et, pour son malheur, la conversation tombe sur les nouveaux casques. La grande-duchesse veut en montrer un... Elle aperçoit le gaillard debout, casque en tête (ce disant Pétritski mimait l'attitude de Bouzoulkov) et le prie de bien vouloir montrer son casque. Il ne bouge pas. Qu'est-ce que cela signifie ? On a beau lui faire des signes, des mines, des clins d'œil, il ne bouge pas plus qu'un mort ! Tu vois d'ici le tableau. Alors machin... j'oublie toujours son nom... veut lui prendre son casque ; il se débat ; l'autre le lui arrache et le tend à la grande-duchesse. « Voilà le nouveau modèle », dit-elle en retournant le casque. Et qu'est-ce qui en sort ? Tu ne devineras jamais... Une poire, mon cher, une poire, puis des bonbons, deux livres de bonbons !... Il avait fait des provisions, l'animal !

Vronski se tenait les côtes. Et longtemps après, en parlant de tout autre chose, il lui arrivait de se rappeler l'histoire du casque et d'éclater de rire, d'un rire franc et jeune qui découvrait ses belles dents régulières.

Une fois instruit des nouvelles du jour, Vronski endossa son uniforme avec l'aide de son valet de chambre et partit se présenter à la Place ; il voulait ensuite passer chez son frère, chez Betsy, et commencer une tournée de visites afin de se faire introduire dans le monde où il avait des chances de rencontrer Mme Karénine. Comme il est de règle à Pétersbourg, il quitta son logis avec l'intention de n'y rentrer que fort avant dans la nuit.

DEUXIÈME PARTIE

1

Vers la fin de l'hiver, les Stcherbatski eurent une consultation de médecins au sujet de Kitty : la jeune fille se sentait très faible et l'approche du printemps ne faisait qu'empirer le mal. Le médecin attitré lui avait prescrit de l'huile de foie de morue, puis du fer et enfin du nitrate d'argent ; mais aucun de ses remèdes n'ayant été efficace, il avait conseillé un voyage à l'étranger. C'est alors qu'on résolut de consulter une célébrité médicale. Cette célébrité, un homme jeune encore et fort bien de sa personne, exigea un examen approfondi de la malade. Il insista avec une certaine complaisance sur ce fait que la pudeur des jeunes filles n'était qu'un reste de barbarie ; rien n'était plus naturel que de voir un homme encore jeune ausculter une jeune fille à demi vêtue. Comme il le faisait tous les jours sans éprouver — croyait-il — le moindre émoi, il devait évidemment considérer la pudeur des jeunes filles comme un reste de barbarie et même comme une injure personnelle.

Il fallut bien se résigner. Tous les médecins ont beau avoir suivi les mêmes cours et ne pratiquer qu'une seule et même science, on avait pour une raison quelconque décidé autour de la princesse que seul ce fameux médecin — que d'autres traitaient d'ailleurs de mazette — possédait les connaissances capables de sauver Kitty. Après une auscultation sérieuse de la pauvre enfant confuse, éperdue, le célèbre médecin se lava soigneusement les mains et retourna au salon auprès du prince[1]. Celui-ci l'écouta en toussotant et d'un air sombre. Homme âgé, bien portant et point sot, le prince ne croyait guère à la médecine et s'irritait d'autant plus de cette comédie qu'il était peut-être le seul à bien comprendre la cause du mal de Kitty. « Ce beau phraseur m'a tout l'air de revenir bredouille », se disait-il, exprimant par ce terme de chasseur son opinion sur le diagnostic du célèbre praticien. De son côté l'homme de l'art dissimulait mal son dédain pour ce vieux gentillâtre ; à peine lui semblait-il nécessaire d'adresser la parole à ce pauvre homme, la tête de la maison étant de toute évidence la princesse. C'est devant elle qu'il se préparait à répandre les perles de son éloquence. Elle revint bientôt avec le médecin de la famille et le prince s'éloigna pour ne pas trop faire voir ce qu'il pensait de cette farce. La princesse, décontenancée, ne savait plus que faire : elle se sentait fort coupable à l'égard de Kitty.

— Eh bien, docteur, décidez de notre sort : dites-moi tout. Elle voulait ajouter : « Y a-t-il de l'espoir ?... » mais ses lèvres tremblèrent, et elle se contenta de répéter : Eh bien, docteur ?

— Permettez-moi, princesse, de conférer d'abord avec mon confrère ; j'aurai alors l'honneur de vous donner mon avis.

— Faut-il vous laisser seuls ?

— Comme bon vous semblera.

La princesse soupira et sortit.

Resté seul avec son confrère, le médecin de la famille émit timidement son opinion : il devait s'agir d'un commencement d'affection tuberculeuse ; cependant... etc., etc.

Au beau milieu de la tirade le célèbre médecin jeta un coup d'œil sur sa grosse montre en or.

— Oui, dit-il ; mais...

Son confrère s'arrêta respectueusement.

— Nous ne pouvons pas, comme vous le savez, préciser le début du processus tuberculeux ; avant l'apparition des spélonques il n'y a rien de positif. Dans le cas actuel cependant, certains symptômes, tels que hypo-alimentation, nervosité et autres, nous permettent de redouter cette affection. La question se pose donc ainsi : qu'y a-t-il à faire, étant donné qu'on a des raisons de craindre une évolution tuberculeuse, pour entretenir une bonne alimentation ?

— Ne perdons pas non plus de vue les causes morales, se permit d'insinuer, avec un fin sourire, le médecin de la famille.

— Cela va de soi, répondit le fameux médecin après un nouveau regard à sa montre... Mille excuses : savez-vous si le pont de la Iaouza est rétabli, ou s'il faut encore faire le détour?... Ah! il est rétabli; alors vingt minutes me suffiront... Nous disions donc que la question se pose ainsi: régulariser l'alimentation et fortifier les nerfs. L'un ne va pas sans l'autre et il faut agir sur les deux moitiés du cercle.

— Mais le voyage à l'étranger?

— Je n'aime guère ces déplacements. D'ailleurs s'il y a menace de tuberculose, en quoi ce voyage sera-t-il utile? L'essentiel est de trouver un moyen d'entretenir une bonne alimentation sans nuire à l'organisme...

Et le célèbre médecin développa son plan d'une cure d'eau de Soden, dont le mérite principal consistait dans son innocuité. Son confrère l'écoutait avec une attention respectueuse.

— Mais en faveur d'un voyage à l'étranger je ferai valoir le changement d'habitudes, l'éloignement d'une atmosphère propre à rappeler de fâcheux souvenirs. Enfin, la mère le désire.

— Ah!... Eh bien, qu'elles partent!... Pourvu que ces charlatans d'Allemands n'aillent pas aggraver le mal!... Il faut qu'elles suivent strictement vos prescriptions... Après tout, oui, qu'elles partent!

Il regarda encore sa montre.

— Oh! Il est temps que je vous quitte, déclara-t-il et il se dirigea vers la porte.

L'illustre médecin déclara à la princesse — probablement par un sentiment de convenance — qu'il désirait voir la malade encore une fois.

— Comment, s'écria la princesse terrifiée, vous voulez recommencer l'examen!

— Non, non, princesse, rien que quelques détails.

— Eh bien, soit!

Et la princesse introduisit le médecin dans le petit salon où se tenait Kitty, debout au milieu de la pièce, très amaigrie, les joues cramoisies et les yeux brillants après la confusion que lui avait causée la visite du médecin. Quand elle les vit entrer, ses yeux se remplirent de larmes et elle rougit encore davantage. Les traitements qu'on lui imposait lui paraissaient absurdes: n'était-ce pas vouloir ramasser les fragments d'un vase brisé pour chercher à les rejoindre? Son cœur pouvait-il se guérir avec des pilules et des poudres? Mais elle osait d'autant moins contrarier sa mère que celle-ci se sentait coupable.

— Veuillez vous asseoir, mademoiselle, dit le grand médecin en souriant.

Il s'assit en face d'elle, lui prit le pouls et recommença une série d'ennuyeuses questions. Elle lui répondit d'abord, puis enfin, impatientée, se leva.

— Excusez-moi, docteur, en vérité tout cela ne mène à rien. Voilà trois fois que vous me posez la même question.

Le grand médecin ne s'offensa point.

— Irritabilité maladive, fit-il remarquer à la princesse lorsque Kitty fut sortie. Au reste, j'avais fini.

Et sur ce, l'esculape, s'adressant à la princesse comme à une personne d'une intelligence exceptionnelle, lui expliqua en termes scientifiques l'état de sa fille et lui donna, pour conclure, force recommandations sur la manière de prendre ces eaux dont le principal mérite consistait dans leur inutilité. Sur la question : « fallait-il partir pour l'étranger ? » le docteur réfléchit profondément et le résultat de ces réflexions fut qu'on pouvait partir, à condition de ne point se fier aux charlatans et de suivre uniquement ses prescriptions.

Le départ du médecin fut le signal d'une détente : la mère revint auprès de sa fille toute rassérénée et Kitty feignit de l'être, car depuis quelque temps il lui arrivait bien souvent d'avoir recours à la feinte.

II

Dolly arriva sur les traces du médecin. Elle relevait à peine de couches (une petite fille lui était née à la fin de l'hiver), elle avait ses soucis, ses chagrins, et cependant, comme elle savait qu'une consultation devait avoir lieu ce jour-là, elle avait quitté son nourrisson et une de ses filles malade pour connaître le sort de Kitty.

— Eh bien ? dit-elle en entrant dans le salon sans ôter son chapeau. Vous êtes gaies ? C'est donc que tout va bien.

On essaya de lui raconter ce qu'avait dit le médecin, mais bien qu'il eût fort bien et fort longuement parlé, personne ne sut au juste résumer ses discours. D'ailleurs il avait autorisé le voyage, n'était-ce pas l'essentiel ?

Un soupir échappa à Dolly : sa sœur, sa meilleure amie allait partir ! Et la vie était pour elle si peu gaie. Après la réconciliation, ses rapports avec son mari étaient devenus franchement humiliants : la soudure opérée par Anna avait subi de nouveaux accrocs. Comme Stépane Arcadiévitch ne restait guère chez lui et n'y laissait que peu d'argent, le soupçon de ses infidélités tourmentait sans cesse Dolly, mais elle le repoussait délibérément, car elle ne savait rien de positif et se rappelait avec horreur les tortures passées. Si même la découverte d'une trahison ne pouvait désormais provoquer en elle pareil accès de jalousie, elle n'en redoutait pas moins une rupture de ses habitudes. Elle préférait donc se laisser tromper, tout en méprisant son mari et en se méprisant elle-même à cause de cette faiblesse. Sa nombreuse famille lui causait d'ailleurs bien d'autres soucis : tantôt l'allaitement allait tout seul ou la bonne donnait ses huit jours, tantôt — et c'était justement le cas aujourd'hui — un des petits tombait malade.

— Comment vont les enfants ? demanda la princesse.

— Ah ! maman, nous avons bien des misères. Lili est au lit et je crains qu'elle n'ait la scarlatine. Je suis sortie aujourd'hui pour savoir où vous en étiez, car j'ai peur de ne plus pouvoir bouger de longtemps.

Quand il sut le médecin parti, le vieux prince sortit de son cabinet, tendit sa joue aux baisers de Dolly, échangea quelques mots avec elle, puis s'adressant à sa femme :

— Eh bien, dit-il, qu'avez-vous décidé ? Vous partez ? Et que ferez-vous de moi ?

— Je crois, Alexandre, que tu feras mieux de rester.

— Pourquoi papa ne viendrait-il pas avec nous, maman ? dit Kitty. Ce serait plus gai et pour lui et pour nous.

Le prince se leva et caressa les cheveux de Kitty Elle leva la tête et le regarda en s'efforçant de sourire Il lui semblait toujours que de toute la famille nul ne la comprenait mieux que son père. Elle était la plus jeune et par conséquent sa préférée : son affection, croyait-elle, devait le rendre clairvoyant. Quand le regard de Kitty croisa celui du prince, qui la considérait de ses bons yeux bleus, elle eut l'impression qu'il lisait dans son âme et y voyait tout ce qui s'y passait de mauvais. Elle rougit et se pencha vers lui, attendant un baiser; mais il se contenta de lui tapoter les cheveux et de dire :

— Ces bêtes de chignons ! On n'arrive pas jusqu'à sa fille, ce sont les cheveux de quelque bonne femme défunte que l'on caresse... Eh bien, Dolly, que fait ton « as » ?

— Il va bien, papa, dit Dolly, comprenant qu'il s'agissait de son mari. Il est toujours absent, je le vois à peine, ne put-elle se défendre d'ajouter avec un sourire ironique.

— Il n'est pas encore allé à la campagne vendre son bois ?

— Non, il se prépare toujours à y aller.

— Vraiment !... Et alors, il faut que je fasse moi aussi mes préparatifs ? Soit, dit le prince à sa femme en s'asseyant. Et toi, Kitty, reprit-il en se tournant vers sa cadette, sais-tu ce qu'il faut que tu fasses ? Il faut qu'un beau matin en te réveillant tu te dises : « Mais je suis tout à fait gaie et bien portante, il fait un beau froid sec, pourquoi ne reprendrais-je pas mes promenades matinales avec papa ? »

À ces mots pourtant bien simples, Kitty se troubla comme si on l'eût convaincue d'un crime... « Oui, il sait tout, il comprend tout et ces mots signifient que je dois, coûte que coûte, surmonter mon humiliation. » Elle voulut faire quelque réponse, mais des larmes lui coupèrent la parole, et elle se sauva.

— Voilà bien de tes tours ! dit la princesse en s'emportant contre son mari. Tu as toujours... Et elle entama une réprimande en règle.

Le prince l'écouta un assez long temps en silence, mais son visage se rembrunissait de plus en plus.

— Elle fait tant de peine, la pauvre petite ; tu ne comprends donc pas qu'elle souffre de la moindre allusion à la cause de son chagrin ? Ah ! comme on peut se tromper en jugeant le monde ! (Au changement d'inflexion de sa voix, Dolly et le prince comprirent qu'elle parlait de Vronski.) Je ne comprends pas qu'il n'y ait point de lois pour punir d'aussi vils individus.

— Tu ferais mieux de te taire ! proféra d'un ton

sombre le prince en se levant et en faisant mine de se retirer. Mais il s'arrêta sur le seuil et s'écria : Des lois, il y en a, ma bonne amie, et puisque tu me forces à te le dire, je te ferai remarquer que dans toute cette affaire la véritable coupable, c'est toi et toi seule. Il y a toujours eu des lois contre ces garnements et il y en a encore. Et tout vieux que je suis, je lui aurais moi-même demandé des comptes, au mirliflore, si... s'il ne s'était passé de certaines choses qui n'auraient point dû avoir lieu. Et maintenant soignez-la, convoquez tous vos charlatans !

Le prince en aurait dit long si la princesse, comme elle faisait toujours dans les questions graves, ne s'était aussitôt soumise et repentie.

— Alexandre, Alexandre, murmura-t-elle en marchant vers lui, tout en larmes.

Dès qu'il la vit pleurer, le prince se calma et fit quelques pas à sa rencontre.

— Allons, allons, ne pleure pas, je sais que pour toi aussi, c'est dur. Mais que pouvons-nous faire ? D'ailleurs le mal n'est pas grand et la miséricorde de Dieu est infinie... Merci... ajouta-t-il ne sachant plus trop ce qu'il disait, et répondant au baiser que la princesse lui posait sur la main. Il prit enfin le parti de se retirer.

Guidée par son instinct maternel, Dolly avait deviné, en voyant Kitty se sauver tout en larmes, que seule une femme pourrait agir sur elle avec quelque chance de succès. Elle ôta donc son chapeau et, rassemblant toute son énergie, se prépara à intervenir. Pendant le réquisitoire de la princesse, elle avait essayé de la retenir, autant que le lui permettait le respect filial ; mais à la réplique de son père elle n'opposa que le silence, tant elle éprouvait de honte pour sa mère, puis d'affection pour ce père si prompt à s'attendrir. Le prince parti, elle se disposa à remplir sa mission.

— J'oublie toujours de vous demander, maman, si vous savez que Levine avait l'intention de demander la main de Kitty lorsqu'il est venu ici la dernière fois ? Il l'a dit à Stiva.

— Eh bien ? je ne comprends pas.

— Peut-être Kitty l'a-t-elle refusé ?... Elle ne vous a rien dit ?

— Non, elle ne m'a parlé ni de l'un ni de l'autre : elle est trop fière. Mais je sais que tout cela vient de ce...

— Mais, songez donc, si elle avait refusé Levine !... Et elle ne l'aurait jamais refusé sans l'autre, je le sais. Et cet autre l'a odieusement trompée.

Effrayée en songeant à ses torts, la princesse prit le parti de se fâcher.

— Ah ! je n'y comprends plus rien ! Chacun veut maintenant en faire à sa tête, on ne dit plus rien à sa mère, et ensuite...

— Maman, je vais la trouver.

— Vas-y, je ne t'en empêche pas, que je sache !

III

En pénétrant dans le petit boudoir tendu de rose et garni de figurines de *vieux saxe*, charmante pièce aussi fraîche, aussi rose, aussi gaie que l'était Kitty deux mois auparavant, Dolly se rappela le plaisir qu'elles avaient pris à le décorer l'année précédente. Elle eut froid au cœur en apercevant sa sœur immobile sur une petite chaise basse près de la porte, les yeux fixés sur un coin du tapis. Il y avait sur son visage une expression froide et sévère, dont elle ne se départit point à la vue de Dolly ; elle se contenta de lui jeter un vague regard.

— Je crains fort de ne plus bouger de chez moi d'ici longtemps, et tu ne pourrais pas non plus venir me voir, dit Dolly en s'asseyant auprès d'elle ; c'est pourquoi j'ai voulu causer un peu avec toi.

— De quoi ? demanda vivement Kitty en dressant la tête.

— De quoi, si ce n'est de ton chagrin ?

— Je n'ai pas de chagrin.

— Laisse donc, Kitty. Crois-tu vraiment que je ne sache rien ? Je sais tout. Et si tu veux m'en croire, tout cela est peu de chose. Qui de nous n'a point passé par là ?...

Kitty se taisait, les traits toujours tendus.

— Il ne vaut pas le chagrin qu'il te cause, reprit Dolly en allant droit au but.

— En effet, puisqu'il m'a dédaignée, murmura Kitty d'une voix tremblante. Je t'en supplie, laissons ce sujet !

— Qui t'a dit cela ? Personne ne l'a jamais cru. Je suis au contraire persuadée qu'il était amoureux de toi, qu'il l'est encore, mais...

— Rien ne m'exaspère comme ces condoléances ! s'écria Kitty, s'emportant tout à coup. Elle se détourna en rougissant et, de ses doigts nerveux, se mit à tourmenter, tantôt d'une main tantôt de l'autre, la boucle de sa ceinture. Dolly connaissait ce geste habituel à sa sœur quand elle perdait le contrôle d'elle-même ; elle la savait capable de proférer alors des paroles dépourvues d'aménité ; elle voulut donc la calmer, mais il était déjà trop tard.

— Que veux-tu me faire sentir, continua Kitty très agitée : que je me suis éprise d'un homme qui ne veut pas de moi, et que je meurs d'amour pour lui ? Et c'est ma sœur qui me dit cela, une sœur qui croit me... me... me témoigner sa sympathie !... Je n'ai que faire de cette pitié hypocrite !

— Kitty, tu es injuste.

— Pourquoi me tourmentes-tu ?

— Je n'y songe guère... Je vois que tu as du chagrin et...

Kitty, dans son emportement, n'entendait rien.

— Je n'ai ni à m'affliger ni à me consoler. Je suis trop fière pour aimer un homme qui ne m'aime pas.

— Mais je ne prétends pas... Écoute, dis-moi la vérité, prononça fermement Dolly en lui prenant la main : Levine t'a-t-il parlé ?

Le nom de Levine fit perdre à Kitty tout empire sur elle-même ; elle sauta de sa chaise, jeta par terre la boucle de sa ceinture, et s'écria avec des gestes précipités :

— Que vient faire ici Levine ? Tu te plais décidément à me torturer ! Je l'ai déjà dit et je le répète, je suis fière et incapable de faire jamais, jamais ce que tu as fait : revenir à un homme qui m'aurait trahie. Cela me dépasse. Tu t'y résignes, mais moi, je ne le pourrais pas...

Sur ce, elle se dirigea vers la porte, mais en voyant que Dolly baissait tristement la tête sans répondre, elle se laissa tomber sur une chaise et cacha son visage dans son mouchoir.

Le silence se prolongea durant une ou deux minutes. Dolly pensait à ses propres tourments : son humiliation, qu'elle ne sentait que trop, lui paraissait plus douloureuse, rappelée ainsi par sa sœur. Kitty l'avait blessée ; elle ne l'aurait jamais crue capable d'une telle cruauté. Mais tout à coup elle perçut le frôlement d'une robe ainsi qu'un sanglot contenu, tandis que deux bras levés lui entouraient le cou : Kitty était à genoux devant elle.

— Ma chérie, je suis si malheureuse ! murmurait-elle d'un ton contrit, en cachant dans les jupes de Dolly son joli visage mouillé de larmes.

Il fallait peut-être ces larmes pour lubrifier les rouages de la bonne entente entre les deux sœurs : après avoir bien pleuré, elles ne revinrent point aux sujets qui les préoccupaient ; mais, tout en parlant d'autre chose, elles se comprenaient parfaitement. Kitty savait que ses paroles de blâme et d'amertume avaient blessé profondément sa sœur ; elle savait aussi que Dolly ne lui en gardait pas rancune. De son côté Dolly sentait qu'elle avait deviné juste : Kitty avait bien refusé Levine pour se voir tromper par Vronski ; c'était là le point douloureux ; mais elle était tout près d'aimer Levine et de haïr Vronski. Bien entendu Kitty ne souffla mot de tout cela ; mais, une fois calmée, elle laissa entrevoir son état d'âme.

— Je n'ai pas de chagrin, mais tu ne peux t'imaginer combien tout m'est devenu odieux et répugnant, à commencer par moi-même. Tu ne saurais croire quelles mauvaises pensées me viennent à l'esprit.

— Quelles mauvaises pensées peux-tu bien avoir ? demanda Dolly en souriant.

— Les plus mauvaises, les plus laides, je ne puis te les décrire. Ce n'est ni de l'ennui, ni du désespoir, c'est bien pis. Tout ce qu'il y avait de bon en moi me semble parfois avoir cédé la place au mal… Comment expliquer cela ? continua-t-elle en lisant une certaine surprise dans les yeux de sa sœur. Par exemple, tu as entendu ce que papa m'a dit : eh bien, j'ai cru comprendre qu'il me souhaitait un mari au plus tôt. Maman me mène dans le monde : il me semble qu'elle veut se débarrasser de moi. Je sais que ce n'est pas vrai, mais je ne puis chasser ces idées. Les jeunes gens à marier me sont intolérables : j'ai toujours l'impression qu'ils prennent ma mesure. Autrefois c'était un plaisir pour moi d'aller au bal, j'aimais la toilette ; maintenant j'ai honte, je me sens mal à l'aise. Que veux-tu que j'y fasse ? Le docteur... Eh bien...

Kitty s'arrêta, confuse ; elle voulait dire que depuis cette néfaste transformation elle détestait Stépane Arcadiévitch et ne pouvait plus le voir sans que les images les plus basses se présentassent à son esprit.

— Eh bien, oui, tout prend à mes yeux l'aspect le plus repoussant. Voilà en quoi consiste ma maladie. Peut-être cela passera-t-il.

— Tâche de n'y point penser...

— Impossible. Je ne me sens à l'aise que chez toi, avec les enfants.

— Quel dommage que tu ne puisses y venir maintenant !

— J'irai tout de même : j'ai eu la scarlatine et je déciderai maman.

Kitty tint parole : la scarlatine s'étant effectivement déclarée, elle s'installa chez sa sœur et l'aida à soigner les six enfants, qui se tirèrent heureusement d'affaire. Mais sa santé à elle ne s'en améliora pas pour autant. Les Stcherbatski quittèrent donc Moscou pendant le carême et se rendirent à l'étranger.

IV

À PÉTERSBOURG, les gens du grand monde se connaissent tous et ne frayent guère qu'entre eux. Cependant, pour fermée qu'elle soit, cette société a ses clans. Mme Karénine avait ses entrées dans trois d'entre eux. Le premier, cercle officiel, comprenait les collègues et les subordonnés de son mari, unis ou divisés entre eux par les relations sociales les plus diverses et les plus capricieuses. Dans les commencements, Anna avait éprouvé pour ces personnages un respect quasi religieux dont il ne lui restait plus guère que le souvenir. C'est qu'elle les connaissait tous maintenant, comme on se connaît dans une petite ville, avec leurs manies et leurs faiblesses, leurs sympathies et leurs antipathies. Elle savait où le bât les blessait, à qui et pour quelle raison chacun d'eux devait sa situation, quels rapports ils entretenaient entre eux ainsi qu'avec le centre commun.

Mais en dépit des conseils de la comtesse Lydie, cette coterie officielle, à qui la liaient les intérêts de son mari, ne l'intéressa jamais, et elle l'évitait le plus possible.

Le second cercle, auquel Alexis Alexandrovitch devait le succès de sa carrière, avait pour centre la comtesse Lydie; il se composait de femmes âgées, laides, vertueuses et dévotes, et d'hommes intelligents, instruits et ambitieux. Un de ceux-ci avait surnommé cette coterie « la conscience de la société pétersbourgeoise »; Alexis Alexandrovitch en faisait grand cas, et le caractère liant d'Anna lui avait permis tout d'abord de s'y faire des amis. Mais à son retour de Moscou ce milieu lui devint insupportable: il lui sembla que tout le monde, à commencer par elle-même, manquait de naturel, et comme elle s'ennuyait et se sentait mal à l'aise chez la comtesse Lydie, elle la fréquenta de moins en moins.

Le troisième clan était le monde proprement dit, ce monde des bals, des dîners, des toilettes brillantes, qui se retient d'une main à la cour pour ne pas tomber dans le demi-monde, qu'il s'imagine mépriser tout en partageant ses goûts. Le lien qui rattachait Mme Karénine à cette société était la princesse Betsy Tverskoï, femme d'un de ses cousins, et riche de cent vingt mille roubles de revenu: dès l'arrivée d'Anna à Pétersbourg, la princesse Betsy s'était entichée d'elle; elle l'attirait dans son monde et plaisantait fort celui de la comtesse Lydie.

— Quand je serai vieille et laide, je ferai comme elle, disait Betsy; mais jeune et jolie comme vous l'êtes, qu'allez-vous faire en cet hospice?

Cependant Anna s'était longtemps tenue à l'écart de cette société, dont le train de vie n'était point en rapport avec ses moyens, et qui lui plaisait d'ailleurs moins que l'autre. Mais tout changea à son retour de Moscou: elle négligea pour le grand monde ses amis vertueux. Elle y rencontrait Vronski et chacune de ces rencontres provoquait en elle un émoi délicieux. Ils se voyaient le plus souvent chez Betsy, née Vronski et cousine germaine d'Alexis; mais celui-ci ne perdait aucune occasion de l'entrevoir et de lui parler de son amour. Elle ne lui faisait aucune avance mais, à sa vue, elle sentait sourdre en son cœur l'animation joyeuse qui l'avait saisie dès leur première rencontre, en wagon. Cette allégresse se trahissait dans le pli de ses lèvres et l'éclair de son regard;

elle s'en doutait bien mais n'avait point la force de la dissimuler.

Tout d'abord Anna se crut sincèrement mécontente des poursuites de Vronski ; mais un soir qu'il ne parut point dans une maison où elle pensait le rencontrer, elle comprit clairement, à la douleur qui la poignit, combien ses illusions étaient vaines et que, loin de lui déplaire, cette assiduité formait l'intérêt dominant de sa vie.

Une cantatrice célèbre chantait pour la seconde fois ; tout le grand monde était à l'Opéra, et Vronski au premier rang. Mais en apercevant sa cousine dans une loge, il n'attendit point l'entracte pour aller la rejoindre.

— Pourquoi n'êtes-vous pas venu dîner ? lui dit-elle ; puis elle ajouta à mi-voix de façon à n'être entendue que de lui : J'admire la seconde vue des amoureux : « elle » n'était pas là ; mais venez après le spectacle.

Vronski l'interrogea du regard ; elle lui répondit d'un signe de tête ; il la remercia d'un sourire et s'assit auprès d'elle.

— Et vos plaisanteries d'autrefois, que sont-elles devenues ? continua la princesse qui suivait avec un plaisir particulier les progrès de cette passion. Vous êtes pris, mon cher.

— Mais je ne demande qu'à l'être, répondit Vronski avec son bon sourire coutumier. À parler franc, si je me plains, c'est de ne l'être pas assez. Je commence à perdre tout espoir.

— Quel espoir pensez-vous bien avoir ? dit Betsy, défendant la vertu de son amie. *Entendons-nous*...

Mais ses yeux excités disaient assez qu'elle comprenait tout aussi bien que lui en quoi consistait cet espoir.

— Aucun, répondit Vronski en découvrant dans un sourire ses dents blanches et bien rangées. Pardon, continua-t-il en prenant la lorgnette des mains de Betsy pour examiner par-dessus son épaule dénudée le rang de loges opposé. Je crains de devenir ridicule.

Il savait fort bien qu'aux yeux de Betsy, comme à ceux des gens de son monde, il ne courait aucun risque de ce genre. Il savait fort bien que si un homme pouvait leur paraître ridicule en aimant sans espoir une jeune fille ou une femme entièrement libre, il ne l'était jamais en courtisant une femme mariée, en risquant tout pour la séduire. Ce rôle était beau, grandiose, et c'est pourquoi Vronski, en quittant sa lorgnette, regarda sa cousine avec un sourire de fierté joyeuse qui se jouait sous sa moustache.

— Mais pourquoi n'êtes-vous pas venu dîner? lui demanda-t-elle sans pouvoir se défendre de l'admirer.

— C'est toute une histoire. J'étais occupé. À quoi? Je vous le donne en cent, je vous le donne en mille... À réconcilier un mari avec l'offenseur de sa femme.

— Et vous avez réussi?

— À peu près.

— Il faudra me raconter ça au prochain entracte, dit-elle en se levant.

— Impossible; je vais aux Bouffes.

— Vous quittez Nilsson pour ça? dit Betsy indignée, et bien qu'elle n'eût point su distinguer Nilsson de la dernière choriste.

— Je n'y peux rien; j'ai pris rendez-vous pour mon affaire de réconciliation.

— Bienheureux les pacificateurs, ils seront sauvés, dit Betsy, qui se rappelait avoir entendu quelque chose de semblable. Eh bien, alors, dites-moi vite de quoi il s'agit.

Et elle se rassit.

V

« C'est un peu leste, mais si drôle que je meurs d'envie de vous le raconter, dit Vronski en la regardant de ses yeux rieurs. Je ne nommerai personne, s'entend.

— Je devinerai; tant mieux.

— Écoutez donc: deux jeunes gens fort gais...

— Vos camarades de régiment, bien entendu?

— Je n'ai pas dit: deux officiers, mais simplement deux jeunes gens qui avaient bien déjeuné...

— Traduisez: émoustillés.

— C'est possible. Deux jeunes gens de fort belle humeur s'en vont dîner chez un camarade. Un fiacre les dépasse; la jolie femme qui l'occupe se retourne et, à ce qui leur semble, leur fait en riant un signe de tête.

Bien entendu ils la poursuivent au galop. À leur grande surprise, la belle inconnue s'arrête précisément devant la maison où ils se rendaient eux-mêmes. Elle monte à l'étage supérieur, ils ont juste le temps d'apercevoir deux jolis petits pieds et l'éclat des lèvres sous la voilette.

— À en juger par votre ton, vous deviez être de la partie.

— Vous oubliez vos propos de tout à l'heure… Mes jeunes gens entrent chez leur camarade, qui donnait un dîner d'adieux. Il est possible qu'au cours de ce dîner ils levèrent le coude un peu plus haut qu'il n'eût fallu. C'est monnaie courante en pareil cas. Ils veulent à tout prix savoir qui habite l'étage au-dessus : personne ne peut satisfaire leur curiosité. « Y a-t-il des "mamzelles" dans la maison ? » demandent-ils au domestique de leur ami. « Oh ! pour ça, beaucoup », répond le gaillard. Après le dîner, ils passent dans le bureau de leur ami pour écrire une missive à leur inconnue. Ils pondent une déclaration enflammée et décident de la remettre en mains propres afin d'en expliquer au besoin les points obscurs.

— Pourquoi me racontez-vous des horreurs pareilles ? Et après ?

— Ils sonnent. Une bonne vient leur ouvrir. Ils lui remettent la lettre, se disent fous d'amour et prêts à mourir devant cette porte. La bonne, stupéfaite, parlemente. Soudain paraît un monsieur rouge comme une écrevisse, avec des favoris en pattes de lapin, qui les flanque à la porte non sans leur avoir déclaré qu'il n'y avait pas dans la maison d'autre femme que la sienne.

— Comment savez-vous qu'il a les favoris en pattes de lapin ?

— Parce que j'ai tenté aujourd'hui une réconciliation.

— Et alors ?

— C'est le plus intéressant de l'affaire. Il se trouve que ce couple heureux est celui d'un conseiller et d'une conseillère titulaires. M. le Conseiller a porté plainte et me voilà passé médiateur ! Et quel médiateur ! Comparé à moi, Talleyrand n'était qu'une mazette, je vous l'affirme.

— À quelle difficulté vous êtes-vous donc heurté ?

— Vous allez voir… Nous avons commencé par nous

excuser de notre mieux : « Déplorable malentendu.. Sommes au désespoir… Veuillez nous excuser. » M. le Conseiller est aux anges, mais n'en désire pas moins exprimer ses sentiments. Ce faisant il s'emporte, lâche des gros mots, et me contraint à faire un nouvel appel à mes talents diplomatiques. « Je conviens que leur conduite a été déplorable, mais veuillez prendre en considération qu'il s'agit d'une méprise : ils sont jeunes et venaient de bien dîner. Ils se repentent du fond du cœur et vous prient de leur pardonner. » M. le Conseiller se radoucit. « J'en conviens, comte, et suis prêt à pardonner, mais concevez-vous que ma femme, une honnête femme, Monsieur, a été exposée aux poursuites, aux insolences, aux grossièretés de mauvais garnements, de misé… » Cela en présence desdits mauvais garnements avec qui je dois le réconcilier ! Il me faut refaire de la diplomatie, mais chaque fois que je crois avoir gain de cause, patatras, mon conseiller reprend sa colère et sa figure rouge : ses pattes de lapin se remettent en mouvement et je dois avoir recours à de nouvelles finesses.

— Ah ! ma chère, il faut vous raconter ça, dit Betsy à une dame qui entrait dans sa loge. Il m'a bien amusée… Eh bien, *bonne chance,* ajouta-t-elle en tendant à Vronski le seul doigt que son éventail laissât libre.

Avant de regagner le devant de sa loge sous la lumière crue du gaz, elle empêcha d'un geste des épaules son corsage de remonter afin de se présenter à toute la salle dans l'éclat de sa nudité.

Cependant Vronski s'en allait aux Bouffes, où son colonel, qui n'y manquait pas une représentation, lui avait effectivement donné rendez-vous. Il devait lui faire son rapport sur la marche de la négociation qui depuis trois jours l'occupait en l'amusant. Les héros de l'aventure étaient deux officiers de son escadron, Pétritski, qu'il aimait fort, et un jeune prince Kédrov, nouvellement entré au régiment, gentil garçon et charmant camarade. Qui plus est, l'honneur du corps était en jeu. En effet Wenden, le conseiller titulaire, avait porté plainte au colonel contre les insulteurs de sa femme. À l'en croire, celle-ci, mariée depuis six mois et dans une situation intéressante, s'était rendue à l'église en compagnie de sa mère ; une indisposition subite lui avait fait prendre, pour rentrer au plus vite chez elle, le premier fiacre venu. Poursuivie par les officiers, elle avait, sous l'empire de la peur, grimpé son escalier en courant, d'où aggravation de son mal. En ce qui le concernait personnellement, il avait, en rentrant de son bureau, entendu un coup de sonnette et des voix inconnues : mis en présence des deux officiers ivres, il les avait flanqués à la porte et demandait maintenant qu'ils fussent sévèrement punis. Le colonel manda aussitôt Vronski.

— Vous avez beau dire, lui déclara-t-il, Pétritski devient impossible. Il ne se passe pas de semaine sans quelque équipée. Soyez sûr que ce fonctionnaire n'en restera pas là.

En effet l'affaire était plutôt épineuse ; on ne pouvait songer à un duel ; il fallait à tout prix apaiser le plaignant. Vronski l'avait aussitôt compris et le colonel comptait beaucoup sur sa délicatesse, son entregent, son esprit de corps. Tous deux décidèrent que Pétritski et Kédrov feraient des excuses et que Vronski les accompagnerait : son nom et ses aiguillettes d'aide de camp en imposeraient sans doute à l'offensé. Ils le croyaient du moins, mais ces grands moyens ne réussirent qu'à moitié et, comme on l'a vu, la réconciliation restait encore douteuse.

Vronski emmena le colonel au foyer et lui raconta le succès ou plutôt l'insuccès de sa mission. Réflexion faite, le colonel résolut de ne donner aucune suite à l'affaire, ce qui ne l'empêcha point de poser force questions à Vronski et de rire franchement en apprenant les sautes d'humeur de M. le Conseiller et la manière habile dont Vronski, profitant d'une minute de détente, avait opéré sa retraite en poussant devant lui Pétritski.

— Vilaine histoire, conclut-il, mais bien drôle. Kédrov ne peut tout de même pas se battre avec ce monsieur ! Il s'est tant emporté que ça ? demanda-t-il une fois de plus en riant... Et comment trouvez-vous Claire ce soir ? Merveilleuse, n'est-ce pas ? (Il s'agissait d'une nouvelle actrice française.) On a beau la voir souvent, elle n'est jamais la même. Il n'y a que les Français pour ça, mon cher.

VI

La princesse Betsy n'attendit point, pour quitter le théâtre, la fin du dernier acte. À peine eut-elle mis un nuage de poudre sur son long visage pâle, arrangé quelque peu sa toilette et commandé le thé au grand salon, que les premières voitures s'arrêtèrent devant sa vaste demeure de la Grande Morskaïa. Les arrivants descendirent sous un large porche ; un suisse monumental leur ouvrait sans bruit l'immense porte vitrée derrière laquelle il lisait tous les matins ses journaux pour l'édification des passants.

Le grand salon vit entrer presque en même temps les invités par une porte, et par l'autre la maîtresse de maison, teint et coiffure rafraîchis. Les murs étaient tendus d'étoffes sombres, le parquet couvert d'épais tapis ; sur une grande table la lumière de nombreuses bougies avivait l'éclat de la nappe, d'un samovar d'argent et d'un service à thé en porcelaine transparente.

La princesse prit place devant le samovar et ôta ses gants. Des laquais habiles à transporter des chaises sans qu'on s'en aperçût aidèrent tout le monde à se caser. Deux groupes se formèrent : l'un auprès de la maîtresse de maison, l'autre dans le coin opposé du salon autour d'une belle ambassadrice aux sourcils noirs bien arqués, vêtue de velours noir. Ici et là, comme il arrive toujours au début d'une soirée, la conversation, interrompue par les nouvelles entrées, les offres de thé et les échanges de politesses, demeurait encore hésitante.

— Elle est parfaite en tant qu'actrice ; on voit qu'elle a étudié Kaulbach, affirmait un diplomate dans le groupe de l'ambassadrice ; avez-vous remarqué comme elle est tombée ?...

— De grâce, ne parlons pas de Nilsson, tout a été dit sur son compte, s'écria une grosse dame blonde fort rouge, sans sourcils et sans chignon, vêtue d'une robe de soie fanée. C'était la princesse Miagki, surnommée *l'enfant terrible* à cause de son sans-gêne. Assise entre les deux groupes, elle tendait les deux oreilles et prenait part aux deux entretiens. Trois personnes m'ont dit aujourd'hui cette même phrase sur Kaulbach. Il faut croire qu'on s'est donné le mot ; et pourquoi cette phrase a-t-elle du succès ?

Cette observation coupa court à la conversation ; il fallut chercher un nouveau thème.

— Racontez-nous quelque chose d'amusant, mais qui ne soit pas méchant, demanda au diplomate interdit l'ambassadrice, fort versée dans l'art de la causerie élégante, le *small talk*, comme disent les Anglais.

— On prétend que c'est fort difficile, la méchanceté seule passe pour amusante, répondit le diplomate en souriant. Néanmoins je veux bien essayer. Donnez-moi un thème, tout est là. Quand on tient un thème, rien n'est plus facile que de broder dessus. Il me semble bien souvent que les brillants causeurs du siècle dernier seraient fort embarrassés de nos jours, où l'esprit est devenu ennuyeux...

— Cela n'est pas nouveau, interrompit en riant l'ambassadrice.

La causerie reprenait sur un ton charmant, mais trop anodin pour qu'il pût se maintenir. Restait le seul moyen infaillible : la médisance ; il fallut bien y recourir.

— Vous ne trouvez pas que Touchkévitch a des façons *Louis XV* ? reprit le diplomate en désignant des yeux un beau jeune homme blond qui se tenait près de la table.

— Oh ! oui, il est dans le style du salon ; c'est pourquoi il y vient souvent.

Cette fois la conversation se soutint : il était fort amusant de traiter par allusions un sujet interdit en ce lieu, à savoir la liaison de Touchkévitch avec la maîtresse de maison.

Autour de celle-ci également, la causerie hésita quelque temps entre les trois thèmes inévitables : la nouvelle du jour, le théâtre et le jugement du prochain ; là aussi la médisance prévalut[1].

— Avez-vous entendu dire que la Maltistchev, la mère et non la fille, se fait un costume de *diable rose* ?

— Pas possible ? C'est tout bonnement délicieux.

— Je m'étonne qu'avec son esprit — car elle en a — elle ne sente pas ce ridicule.

Chacun eut un mot pour critiquer, tourner en dérision l'infortunée Maltistchev, et les phrases s'entrechoquèrent en pétillant comme un fagot qui flambe.

Informé, au moment de partir pour son cercle, que la princesse recevait, son mari, un bon gros homme collectionneur passionné de gravures, fit à ce moment une courte apparition. D'un pas feutré, qu'assourdissait encore le tapis, il alla tout droit à la comtesse Miagki.

— Eh bien, lui demanda-t-il, la Nilsson vous a-t-elle plu ?

— Peut-on effrayer ainsi les gens ! s'écria-t-elle. Quelle idée de tomber du ciel sans crier gare !... Ne me parlez pas de l'Opéra, vous n'entendez rien à la musique. Je préfère m'abaisser jusqu'à vous et vous entendre discourir de vos gravures et de vos majoliques. Allons, qu'avez-vous encore découvert au marché aux puces ?

— Voulez-vous voir ma dernière trouvaille ? Mais vous n'y comprenez goutte.

— Montrez toujours. J'ai fait mon éducation chez les... j'ai oublié leur nom. Vous savez, les banquiers... Ma foi, ils ont des gravures superbes, qu'ils nous ont montrées.

— Comment, vous êtes allée chez les Schutzbourg ? demanda de sa place, près du samovar, la maîtresse de maison.

— Oui, *ma chère*, répondit la princesse Miagki en haussant la voix, car elle se sentait écoutée de tous. Ils nous ont invités à dîner, mon mari et moi, et l'on nous a servi une sauce qui avait, paraît-il, coûté mille roubles. Une bien mauvaise sauce, d'ailleurs, je ne sais quoi de verdâtre. Comme j'ai dû les recevoir à mon tour, je leur en ai servi une de quatre-vingt-cinq kopecks, dont tout le monde a été très content ; je n'ai pas les moyens de faire des sauces de mille roubles, moi !

— Elle est unique ! dit Betsy.

— Renversante ! approuva quelqu'un.

Si la princesse Miagki ne manquait jamais son effet, c'est qu'elle disait avec bon sens, mais pas toujours avec à-propos, des choses fort ordinaires. Dans le monde où elle vivait, ce gros bon sens tenait lieu d'esprit. Son succès l'étonnait elle-même, ce qui ne l'empêchait pas d'en jouir.

Profitant du silence qui s'était fait, la maîtresse de maison voulut opérer une soudure entre les deux groupes et, s'adressant à l'ambassadrice :

— Décidément, lui dit-elle, vous ne voulez pas de thé ? Venez donc par ici.

— Non, merci, nous sommes très bien comme ça, répondit l'autre en souriant. Et elle revint à l'entretien interrompu. Le sujet en valait la peine : on passait au crible les Karénine, mari et femme.

— Anna a beaucoup changé depuis son voyage à Moscou, disait une de ses amies. Elle a quelque chose d'étrange.

— Le changement tient à ce qu'elle a amené à sa suite l'ombre d'Alexis Vronski, dit l'ambassadrice.

— Eh ! qu'importe ! Il y a bien un conte de Grimm, où un homme, en punition de je ne sais quel méfait, se trouve privé de son ombre ; mais je n'arrive pas à comprendre ce genre de punition. Sans doute est-il très pénible à une femme d'être privée d'ombre.

— Oui, dit l'amie d'Anna ; mais les femmes qui ont des ombres finissent mal d'ordinaire.

Ces médisances parvinrent aux oreilles de la princesse Miagki.

— Puissiez-vous vous mordre la langue ! s'écria-t-elle soudain. Mme Karénine est une femme charmante. Son mari, soit, je ne l'aime pas, mais elle, c'est autre chose.

— Et pourquoi ne l'aimez-vous pas ? demanda l'ambassadrice. C'est un homme fort remarquable. Mon mari prétend qu'il y a en Europe peu d'hommes d'État de sa valeur.

— Le mien prétend la même chose, mais je ne le crois pas. Si nos maris s'étaient tus, nous aurions toujours vu Alexandre Alexandrovitch tel qu'il est. Et selon moi, c'est un sot. Entre nous soit dit, bien entendu ; mais cela met à l'aise. Autrefois, quand je me croyais tenue de lui trouver de l'esprit, je me traitais de bête parce que je ne savais où découvrir cet esprit ; mais aussitôt que j'ai dit, à voix basse s'entend : « C'est un sot », tout s'est expliqué.

— Comme vous êtes méchante aujourd'hui !

— Pas le moins du monde. Mais, que voulez-vous, l'un de nous deux doit être une bête ; et c'est là, vous le savez, un défaut qu'on n'aime guère avouer.

— Nul n'est content de sa fortune, ni mécontent de son esprit, insinua le diplomate, citant un aphorisme français[1].

— Précisément, s'empressa de confirmer la princesse

Miagki... Quant à Anna, je ne vous l'abandonne point. Elle est charmante, vous dis-je. Est-ce sa faute si tous les hommes sont amoureux d'elle et la suivent comme son ombre ?

— Mais je ne prétends pas la blâmer, dit l'amie d'Anna pour se disculper.

— Parce que personne ne nous suit comme nos ombres, cela ne prouve pas que nous ayons le droit de juger.

Après avoir dit son fait à l'amie d'Anna, la princesse se leva et, suivie de l'ambassadrice, se rapprocha de la grande table, où le roi de Prusse défrayait la conversation.

— De qui médisiez-vous dans votre coin ? demanda Betsy.

— Des Karénine : la princesse nous a dépeint Alexis Alexandrovitch, répondit en souriant l'ambassadrice. Et elle prit place à la table.

— Quel dommage que nous n'ayons pu l'entendre ! dit Betsy, le regard tourné vers la porte. Ah ! vous voilà enfin, ajouta-t-elle avec un sourire à l'adresse de Vronski qui venait d'entrer.

Vronski connaissait toutes les personnes réunies en ce lieu ; il les voyait même tous les jours ; il fit donc son entrée avec l'aisance tranquille d'un homme qui retrouve des gens qu'il vient à peine de quitter.

— D'où je viens ? répondit-il à une question de l'ambassadrice. Il faut que je le confesse : des Bouffes, et toujours avec un nouveau plaisir, quoi que ce soit bien pour la centième fois. Je l'avoue à ma honte : je m'endors à l'Opéra, tandis qu'aux Bouffes je m'amuse jusqu'à la dernière minute. Ce soir...

Il nomma une actrice française, et voulut raconter sur son compte une histoire plaisante ; mais l'ambassadrice l'arrêta avec une expression de terreur feinte.

— Ne nous parlez pas de cette horreur !

— Je me tais, d'autant plus que vous les connaissez toutes, ces horreurs.

— Et vous iriez toutes les voir, si c'était admis comme l'Opéra, ajouta la princesse Miagki.

VII

Des pas se firent entendre près de la porte d'entrée et la princesse Betsy, persuadée qu'elle allait voir paraître Mme Karénine, glissa une œillade du côté de Vronski. Le jeune homme avait changé de visage : les yeux braqués sur la porte, il se leva lentement de son siège et parut flotter entre la crainte et la joie. Anna fit son entrée, regard fixe et buste cambré, à son habitude. Du pas rapide et décidé qui la distinguait des autres femmes de son monde, elle traversa la courte distance qui la séparait de Betsy, lui serra la main en souriant, puis, avec le même sourire, se tourna vers Vronski. Celui-ci s'inclina profondément et lui avança une chaise. Elle parut contrariée, rougit et répondit à peine à cette politesse ; mais, se reprenant aussitôt, elle salua quelques personnes, serra quelques mains et dit à Betsy :

— J'aurais voulu venir plus tôt, mais j'étais chez la comtesse Lydie, et je me suis laissé retenir. Il y avait là Sir John, il est très intéressant.

— Le missionnaire ?

— Oui, il nous a raconté sur les Indes bien des choses curieuses.

La conversation que l'entrée d'Anna avait interrompue reprenait de nouveau comme un feu qu'on vient d'attiser.

— Sir John ! Oui, Sir John. Je l'ai vu. Il parle bien. La Vlassiev est positivement toquée de lui.

— Est-il vrai que la plus jeune des Vlassiev épouse Topov ?

— On prétend que c'est chose décidée.

— Je m'étonne que les parents y consentent. C'est un mariage d'amour à ce qu'on dit.

— D'amour ! s'exclama l'ambassadrice. Où prenez-vous des idées aussi antédiluviennes ? Qui parle de passion de nos jours ?

— Que voulez-vous, Madame, dit Vronski, cette vieille mode si ridicule ne veut toujours point céder la place.

— Tant pis pour ceux qui la maintiennent ! Je ne connais, en fait de mariages heureux, que les mariages de raison.

— Soit ! mais n'arrive-t-il pas bien souvent que ces mariages tombent en poussière à l'apparition de cette passion que l'on traitait en intruse ?

— Permettez, par mariage de raison j'entends celui que l'on fait lorsque des deux parts on a jeté sa gourme. L'amour, c'est comme la scarlatine, il faut avoir passé par là.

— On devrait bien alors trouver un moyen de l'inoculer, comme la petite vérole.

— J'ai été dans ma jeunesse amoureuse d'un sacriste, déclara la princesse Miagki ; je voudrais bien savoir si le remède a opéré.

— Plaisanterie à part, dit Betsy, je crois que pour connaître l'amour il faut d'abord se tromper, puis réparer son erreur.

— Même après le mariage ? demanda en riant l'ambassadrice.

— On ne se repent jamais trop tard, dit le diplomate, citant un proverbe anglais.

— Précisément, approuva Betsy. Commettre une erreur, puis la réparer, voilà le vrai. Qu'en pensez-vous, ma chère ? demanda-t-elle à Anna qui écoutait la conversation sans mot dire, un demi-sourire aux lèvres.

— Je crois, répondit Anna, jouant avec son gant, que s'il y a autant d'opinions que de têtes, il y a aussi autant de façons d'aimer qu'il y a de cœurs.

Vronski, qui, les yeux rivés sur Anna, avait attendu sa réponse avec un battement de cœur, respira comme au sortir d'un danger. Elle se tourna brusquement vers lui.

— J'ai reçu des nouvelles de Moscou, lui dit-elle, Kitty Stcherbatski est très malade.

— Vraiment ? fit-il d'un air sombre.

Anna lui jeta un regard sévère.

— Cela ne vous touche guère, il me semble ?

— Au contraire, cela me touche beaucoup. Puis-je savoir au juste ce que l'on vous écrit ?

Anna se leva et s'approcha de Betsy.

— Voudriez-vous me donner une tasse de thé ? lui dit-elle en s'arrêtant derrière sa chaise.

Pendant que Betsy versait le thé, Vronski rejoignit Anna.

— Que vous écrit-on ?

— Il me semble bien souvent, dit-elle en guise de réponse, que les hommes ne mettent guère en pratique les beaux sentiments dont ils font si volontiers parade. Il y a longtemps que je voulais vous le dire, ajouta-t-elle en allant s'asseoir près d'un guéridon chargé d'albums.

— Je ne comprends pas très bien ce que signifient vos paroles, dit-il en lui offrant sa tasse.

Et, comme elle lui désignait le canapé du regard, il prit place auprès d'elle.

— Oui, je voulais vous le dire, continua-t-elle sans lever les yeux sur lui, vous avez mal agi, très mal.

— Croyez-vous que je ne le sache pas ? Mais à qui la faute ?

— Pourquoi me dites-vous cela ? demanda-t-elle en le dévisageant.

— Vous le savez bien, répliqua-t-il avec exaltation. Il soutint hardiment le regard d'Anna, et ce fut elle qui se troubla.

— Cela prouve simplement que vous n'avez pas de cœur, dit-elle. Mais ses yeux laissaient entendre qu'elle ne savait que trop bien qu'il en avait.

— Ce à quoi vous faites allusion était une erreur et non de l'amour.

— Souvenez-vous que je vous ai défendu de prononcer ce mot, ce vilain mot, dit-elle en tressaillant. Mais aussitôt elle comprit que par ce seul mot : « défendu » elle se reconnaissait certains droits sur lui et semblait l'encourager à lui parler d'amour. Il y a longtemps que je désirais avoir avec vous un entretien sérieux, reprit-elle en le regardant bien en face, les joues brûlantes de rougeur, et je suis venue tout exprès aujourd'hui, sachant que je vous rencontrerais. Il faut que tout cela finisse. Je n'ai jamais eu à rougir devant personne, et vous me causez le chagrin pénible de me sentir coupable.

Tandis qu'elle parlait, sa beauté prenait une expression nouvelle, toute spirituelle, dont Vronski fut frappé.

— Que voulez-vous que je fasse ? demanda-t-il d'un ton simple et sérieux.

— Que vous alliez à Moscou pour y implorer le pardon de Kitty.

— Vous ne voulez pas cela ?

Il sentait qu'elle s'efforçait de dire une chose, mais qu'elle en souhaitait une autre.

— Si vous m'aimez comme vous le dites, murmura-t-elle, rendez-moi ma tranquillité.

Le visage de Vronski s'éclaircit.

— Ne savez-vous pas que vous êtes toute ma vie? Mais j'ignore la tranquillité et ne saurais vous la donner. Me donner tout entier, donner mon amour... oui... Je ne puis vous séparer de moi par la pensée. À mes yeux, vous et moi ne faisons qu'un. Et je ne vois dans l'avenir aucune tranquillité ni pour vous ni pour moi. Je ne vois en perspective que le malheur et le désespoir.. ou le bonheur, et quel bonheur!... Est-il donc vraiment impossible? ajouta-t-il du bout des lèvres; mais elle l'entendit.

Elle bandait tous les ressorts de sa volonté pour donner à Vronski la réplique que lui dictait son devoir; mais elle ne put que poser sur lui un regard chargé d'amour.

« Mon Dieu, pensa-t-il dans un transport, au moment où je perdais tout espoir, l'amour l'emporte! Elle m'aime, elle me l'avoue. »

— Faites cela pour moi: ne me parlez plus jamais ainsi et restons bons amis, finit-elle par dire; mais ses yeux tenaient un autre langage.

— Nous ne serons jamais amis, vous le savez bien. Serons-nous les plus heureux ou les plus infortunés des êtres? c'est à vous d'en décider.

Elle voulut parler, mais il l'interrompit.

— Songez-y bien: tout ce que je vous demande, c'est le droit d'espérer et de souffrir comme en ce moment. Si cette pauvre chose est impossible, ordonnez-moi de disparaître et je disparaîtrai. Vous ne me verrez plus, si ma présence vous est pénible.

— Je ne vous chasse pas.

— Alors ne changez rien, laissez les choses telles qu'elles sont, dit-il d'une voix tremblante... Mais voici votre mari.

Effectivement Alexis Alexandrovitch entrait à ce moment dans le salon, de sa démarche posée et disgracieuse. Il jeta en passant un regard à sa femme et à Vronski, présenta ses devoirs à la maîtresse de maison, s'assit à la table de thé et déclara de sa voix lente et bien timbrée, sur le ton de moquerie qu'il affectionnait:

— Votre « Rambouillet » est, je crois, au complet: les Grâces et les Muses.

Mais la princesse Betsy ne pouvait souffrir ce ton persifleur, *sneering*, comme elle disait. En maîtresse de maison consommée, elle amena la conversation sur un sujet sérieux, le service militaire obligatoire. Alexis Alexandrovitch s'enflamma sur-le-champ et se mit à défendre la nouvelle loi contre les attaques de Betsy.

Vronski et Anna restaient toujours près du guéridon.

— Cela devient inconvenant, murmura une dame en désignant du regard Karénine, Anna et Vronski.

— Que vous disais-je? répondit l'amie d'Anna.

Ces dames ne furent pas seules à faire cette observation. Presque toutes les autres, même la princesse Miagki, même Betsy, jetèrent plus d'une fois aux deux isolés un regard réprobateur; seul Alexis Alexandrovitch, tout à ses propos passionnants, paraissait ne rien voir. Betsy se fit habilement relayer par un auditeur bénévole et, pour pallier le mauvais effet produit, alla rejoindre Anna.

— J'admire toujours la netteté d'expression de votre mari, dit-elle: les questions les plus transcendantes me deviennent accessibles quand il parle.

— Oh! oui! répondit Anna, rayonnante de bonheur et sans comprendre un traître mot de ce que disait Betsy. Elle se leva, s'approcha de la grande table et prit part à la conversation générale. Au bout d'une demi-heure, Alexis Alexandrovitch proposa à sa femme de rentrer avec lui; mais elle répondit, sans le regarder, qu'elle resterait à souper. Alexis Alexandrovitch prit congé et partit...

La voiture de Mme Karénine était avancée; le vieux cocher, un gros Tatar en manteau ciré, retenait avec peine le cheval gris de volée que le froid impatientait. Un valet venait d'ouvrir la portière du coupé, tandis que le suisse surveillait la porte d'entrée. Vronski accompagnait Anna Arcadiévna; la tête penchée, elle l'écoutait avec délices, tout en tirant d'une main nerveuse la dentelle de sa manche qui s'était prise dans l'agrafe de sa pelisse.

— Vous ne m'avez rien promis, disait-il, et je ne vous demande rien; mais, vous le savez, je n'ai que faire d'amitié; le bonheur de ma vie dépend de ce seul mot qui vous déplaît si fort: l'amour.

— L'amour... répéta-t-elle lentement, comme si elle

se parlait à elle-même. Et, sa dentelle enfin libérée, elle dit tout à coup en le regardant bien en face : Si ce mot me déplaît, c'est qu'il a pour moi un sens beaucoup plus profond que vous ne pouvez l'imaginer. Au revoir.

Elle lui tendit la main et, de son pas souple et rapide, passa devant le suisse et disparut dans sa voiture.

Ce regard, ce serrement de main enflammèrent Vronski. Il porta à ses lèvres la main qu'avaient touchée les doigts d'Anna et rentra chez lui bien convaincu que cette soirée avait plus avancé ses affaires que les deux mois précédents.

VIII

Alexis Alexandrovitch n'avait rien trouvé d'anormal au tête-à-tête animé de sa femme et de Vronski ; mais quand il s'aperçut que d'autres personnes se formalisaient de cet aparté, il le jugea à son tour inconvenant et résolut d'en faire l'observation à sa femme.

Comme d'ordinaire en rentrant chez lui, Alexis Alexandrovitch gagna son cabinet, s'installa dans un fauteuil, ouvrit un ouvrage sur le papisme à la page marquée par son coupe-papier et s'absorba dans sa lecture jusqu'à une heure du matin ; cependant il lui arrivait de temps à autre de passer la main sur son front et de secouer la tête comme pour en chasser une pensée importune. À l'heure habituelle, il se leva et fit sa toilette de nuit. Anna n'était pas encore rentrée. Son livre sous le bras, il monta dans sa chambre ; mais son esprit, d'ordinaire préoccupé de questions relatives à sa carrière, revenait sans cesse au fâcheux incident de la soirée. Contre son habitude, il ne se coucha point, mais se prit à marcher de long en large, les mains derrière le dos : il jugeait nécessaire de réfléchir mûrement à l'affaire.

Il lui avait tout d'abord semblé bien facile et très simple d'adresser une observation à sa femme ; mais à la réflexion le cas lui parut épineux. Alexis Alexandrovitch n'était point jaloux. Il avait toujours professé qu'un mari doit avoir pleine confiance en sa femme et ne pas l'offenser en lui témoignant de la jalousie. Quelles raisons justifiaient cette belle assurance? Peu lui importait: il se montrait confiant parce qu'il estimait que tel était son devoir. Et voici que soudain, sans rien renier de ses convictions, il se sentait en face d'une situation illogique, absurde, et ne savait qu'entreprendre. Cette situation n'était pas autre chose que la vie réelle, et s'il la jugeait illogique et stupide, c'est qu'il ne l'avait jamais connue qu'à travers l'écran déformateur de ses obligations professionnelles. L'impression qu'il éprouvait maintenant était celle d'un homme qui passe tranquillement sur un pont au-dessus d'un précipice et s'aperçoit tout à coup que le pont est démonté et l'abîme béant. Ce gouffre était pour lui la vie réelle et le pont l'existence artificielle qu'il avait seule connue jusqu'alors. Pour la première fois, l'idée que sa femme pût aimer un autre homme lui venait à l'esprit et cette idée le terrifiait.

Sans songer à se dévêtir il marchait d'un pas régulier sur le parquet sonore de la salle à manger éclairée d'une seule lampe, sur l'épais tapis du salon obscur où son grand portrait récemment terminé et suspendu au-dessus du divan reflétait un faible rai de lumière; il traversait ensuite le boudoir de sa femme où deux bougies allumées sur le petit bureau lui découvraient, entre des portraits de parents et d'amies, quelques charmants bibelots qui lui étaient depuis longtemps familiers; arrivé à la porte de la chambre, il rebroussait chemin. Il fit ainsi de nombreux tours, au cours desquels il s'arrêtait infailliblement — presque toujours dans la salle à manger — pour se dire: « Oui, il faut couper court à tout cela, prendre un parti, lui signifier ma décision. » Et il revenait sur ses pas. « Oui, mais laquelle? » se demandait-il dans le salon, sans trouver de réponse. « Et après tout, que s'est-il passé? Rien. Elle a longtemps causé avec lui; mais avec qui une femme ne causerait-elle pas dans le monde? » songeait-il en arrivant au boudoir. Et, la porte une fois franchie, il concluait: « D'ailleurs me montrer jaloux serait humiliant pour nous deux. » Mais ce raisonnement, naguère si probant, n'opérait plus. Il reprenait depuis la chambre à coucher sa promenade en sens inverse; à peine mettait-il le pied dans le salon obscur qu'une voix intérieure lui murmurait: « Non; si d'autres ont paru surpris, c'est qu'il y a là quelque chose. » Et, parvenu dans la salle à manger, il proclamait de nouveau qu'il fallait couper court à tout cela, prendre un parti. « Mais lequel ? » se demandait-il dans le salon. Et ainsi de suite. Ses pensées, comme son corps, décrivaient un cercle parfait sans découvrir le moyen d'en sortir. Il s'en aperçut, passa la main sur son front et s'assit dans le boudoir.

Là, tandis qu'il regardait le bureau d'Anna avec son sous-main en malachite et un billet inachevé, ses idées prirent un autre cours : il songea à elle, se demanda quelles pensées elle pouvait avoir, quels sentiments elle pouvait éprouver. Pour la première fois, son imagination lui présenta la vie de sa femme, les besoins de son esprit et de son cœur : et l'idée qu'elle devait avoir une existence personnelle le frappa si vivement qu'il s'empressa de la chasser. C'était le gouffre qu'il n'osait sonder du regard. Pénétrer par la pensée et le sentiment dans l'âme d'autrui lui semblait une fantaisie dangereuse.

« Et ce qu'il y a de plus terrible, songeait-il, c'est que cette inquiétude insensée me prend au moment de mettre la dernière main à mon œuvre (un projet qu'il voulait faire adopter), lorsque j'ai le plus besoin de tout mon calme, de toutes les forces de mon esprit. Voyons, que faire ? Je ne suis pourtant pas de ceux qui connaissent l'inquiétude et l'angoisse sans avoir le courage de regarder leur mal en face. »

— Il faut réfléchir, prendre un parti et me délivrer de ce souci, proféra-t-il à voix haute.

« Je ne me reconnais pas le droit de scruter ses sentiments ; de sonder ce qui a pu ou pourra se passer dans son âme ; c'est l'affaire de sa conscience et le domaine de la religion, décida-t-il *in petto*, tout soulagé d'avoir enfin trouvé une norme qui pût s'appliquer aux circonstances qui venaient de surgir. Ainsi donc, répéta-t-il, les questions relatives à ses sentiments, etc., sont des questions de conscience auxquelles je n'ai pas à toucher. Par contre, mon devoir se dessine clairement. Obligé, en tant que chef de famille, de diriger sa conduite, j'encours une responsabilité morale : je dois donc la prévenir du danger que j'entrevois, faire au besoin acte d'autorité. Je ne puis me taire. »

Sur ce, tout en regrettant d'employer son temps et ses ressources intellectuelles à des affaires de ménage, Alexis Alexandrovitch dressa dans sa tête un plan de discours qui prit bientôt la forme nette, précise et logique d'un rapport. « Je dois lui faire sentir ce qui suit : 1° la signification et l'importance de l'opinion publique ; 2° le sens religieux du mariage ; et, si besoin est : 3° les malheurs qui peuvent rejaillir sur son fils ; 4° ceux qui peuvent l'atteindre elle-même. » Et, joignant les mains, Alexis Alexandrovitch fit craquer les jointures de ses doigts. Ce geste, une mauvaise habitude, le calmait toujours et l'aidait à reprendre l'équilibre moral dont il avait tant besoin en ce moment.

Une voiture arriva devant la maison, et Alexis Alexandrovitch s'arrêta au milieu de la salle à manger. Des pas de femme montaient l'escalier. Son homélie toute prête, il restait là debout, serrant ses doigts pour les faire craquer encore : effectivement une jointure craqua. Bien que fort satisfait de son homélie, il se prit à redouter, en la sentant venir, l'explication qu'il lui fallait avoir avec sa femme.

IX

Anna entra, jouant avec les glands de sa mante. Elle tenait la tête baissée et son visage rayonnait, mais pas de joie ; c'était plutôt le rayonnement terrible d'un incendie par une nuit obscure. En apercevant son mari elle leva la tête et sourit comme si elle se fût éveillée.

— Comment, tu n'es pas au lit ! Par quel miracle ? dit-elle en enlevant sa capeline, et sans s'arrêter elle se dirigea vers le cabinet de toilette.

— Il est tard, Alexis Alexandrovitch, ajouta-t-elle en franchissant la porte.

— Anna, j'ai besoin de causer avec toi.

— Avec moi ? Elle revint sur ses pas et le dévisagea avec surprise. À quel propos ? De quoi s'agit-il ? demanda-t-elle en s'asseyant. Eh bien, causons, puisque c'est si nécessaire, mais il vaudrait mieux dormir.

Anna disait ce qui lui venait à l'esprit, s'étonnant elle-même de pouvoir mentir si facilement. Quel naturel dans ses paroles ! Comme ce besoin de dormir semblait réel ! Elle se sentait poussée, soutenue par une force invisible, revêtue d'une impénétrable armure de mensonge.

— Anna, commença-t-il, je dois te mettre sur tes gardes.

— Sur mes gardes ? Pourquoi ?

Son regard était d'une franchise, d'une gaieté parfaites, et quelqu'un qui ne l'eût pas connue comme son mari n'aurait rien remarqué d'anormal ni dans le ton de sa voix ni dans le sens de ses paroles. Mais pour lui, qui ne pouvait retarder son coucher de cinq minutes sans qu'elle lui en demandât la raison, pour lui qui était toujours le premier confident de ses joies comme de ses chagrins, le fait qu'elle ne voulait maintenant ni remarquer son trouble ni parler d'elle-même était très significatif. Il comprenait que cette âme lui était désormais fermée. Bien plus, il sentait que loin d'en éprouver de la confusion, elle semblait dire ouvertement : « Oui, c'est ainsi que cela doit être et que cela sera dorénavant. » Il se fit l'effet d'un homme qui, rentrant chez lui, trouverait porte close. « Mais peut-être, se dit-il, la clef se retrouvera-t-elle encore. »

— Je dois te mettre en garde, reprit-il d'une voix calme, contre l'interprétation qu'on peut donner dans le monde à ton imprudence et à ton étourderie. Ton entretien trop animé de ce soir avec le comte Vronski (il détacha avec fermeté les syllabes du mot) n'est point passé inaperçu.

Tout en parlant il regardait les yeux rieurs et impénétrables d'Anna et comprenait l'inutilité absolue de ses discours.

— Tu es toujours le même, répondit-elle comme si elle ne comprenait rien à ses propos et n'attachait d'importance qu'à la fin de la phrase. Tantôt il t'est désagréable que je m'ennuie et tantôt que je m'amuse. Je ne me suis pas ennuyée ce soir : cela te blesse ?

Alexis Alexandrovitch tressaillit et serra encore ses mains pour les faire craquer.

— Ah ! de grâce, laisse tes mains tranquilles, je déteste ça, dit-elle.

— Anna, est-ce bien toi ? dit doucement Alexis Alexandrovitch en faisant un effort sur lui-même.

— Mais enfin qu'y a-t-il ? s'écria-t-elle avec un étonnement sincère et comique. Que veux-tu de moi ?

Alexis Alexandrovitch se tut et passa la main sur son visage. Il comprenait qu'au lieu de l'avertir simplement d'une imprudence mondaine, il s'inquiétait malgré lui de ce qui se passait dans la conscience de sa femme et se heurtait à un obstacle peut-être imaginaire.

— Voici ce que je voulais te dire, poursuivit-il d'un ton froid et posé, et je te prie de m'écouter jusqu'au bout. Je considère, tu le sais, la jalousie comme un sentiment humiliant, et ne me laisserai jamais guider par elle. Mais il existe certaines convenances sociales que l'on ne viole pas impunément. Or tantôt — à en juger du moins par l'impression que tu as produite sur tout le monde, car, en ce qui me concerne, j'avoue n'avoir rien remarqué — ta conduite et ta tenue ont quelque peu prêté à la critique.

— Décidément je n'y suis plus, dit Anna en haussant les épaules. « Au fond peu lui importe, songea-t-elle, mais il redoute le qu'en-dira-t-on. » Tu es malade, Alexis Alexandrovitch, ajouta-t-elle en se levant, prête à partir ; mais il fit un pas vers elle comme pour l'arrêter.

Jamais Anna ne lui avait vu une physionomie si sombre et si déplaisante ; elle demeura sur place, baissant la tête pour retirer d'une main agile les épingles de sa coiffure.

— Eh bien, j'écoute, proféra-t-elle sur un ton de tranquille persiflage ; j'écoute même avec grand intérêt, car je voudrais comprendre de quoi il retourne.

Elle s'étonnait elle-même de pouvoir s'exprimer avec un tel naturel, une si parfaite assurance, un si grand discernement dans le choix des mots.

— Je n'ai pas le droit et je tiens même pour dangereux d'approfondir tes sentiments, reprit Alexis Alexandrovitch. En creusant dans nos âmes, nous risquons de faire apparaître à la surface ce qui peut-être serait demeuré enseveli dans les profondeurs. Tes sentiments regardent ta conscience, mais je suis obligé vis-à-vis de toi, de moi, de Dieu, de te rappeler tes devoirs. Ce ne sont pas les hommes, c'est Dieu qui a uni nos deux vies. Un crime seul peut rompre ce lien et ce crime entraîne après lui sa punition.

— Mon Dieu, je n'y comprends goutte, et pour mon malheur je tombe de sommeil, dit Anna en retirant ses dernières épingles.

— Anna, au nom du ciel ne prends pas ce ton, supplia-t-il. Je me trompe peut-être, mais crois bien que je parle autant dans ton intérêt que dans le mien. Je suis ton mari et je t'aime.

Elle baissa pour un instant le front et l'éclair de ses yeux s'éteignit ; mais le mot « aimer » l'irrita de nouveau. « Aimer, pensa-t-elle, sait-il seulement ce que c'est ? S'il n'avait pas entendu parler d'amour, voilà un mot qu'il aurait toujours ignoré. »

— Alexis Alexandrovitch, je ne te comprends vraiment pas, dit-elle ; explique-moi ce que tu trouves...

— Laisse-moi finir. Je t'aime, mais je ne parle pas pour moi. En l'occurrence les principaux intéressés sont ton fils et toi-même. Il est fort possible, je le répète, que mes paroles te semblent inutiles et déplacées. Peut-être sont-elles l'effet d'une erreur de ma part ; dans ce cas je te prie de m'excuser. Mais si tu reconnais le moindre fondement à mes observations, je te conjure d'y réfléchir et, si le cœur t'en dit, de t'ouvrir à moi...

Sans qu'il le remarquât, Alexis Alexandrovitch tenait des propos tout différents de ceux qu'il avait médités.

— Je n'ai rien à te dire... Et vraiment, ajouta-t-elle soudain en réprimant avec peine un sourire, il est temps de dormir.

Alexis Alexandrovitch soupira, ne répliqua rien et passa dans la chambre à coucher.

Quand elle y entra à son tour, il était déjà au lit ; un pli sévère contractait ses lèvres, et ses yeux ne la regardaient point. Anna se coucha, persuadée qu'il allait reprendre son antienne, ce qu'elle redoutait et désirait tout à la fois. Mais il garda le silence. Elle attendit longtemps sans bouger et finit par l'oublier. Elle songeait à l'autre, elle le voyait, un émoi joyeux, criminel, gonflait son cœur. Tout à coup elle perçut un ronflement régulier et calme. Alexis Alexandrovitch sembla d'abord s'en effrayer lui-même et s'arrêta ; mais bientôt le ronflement retentit de nouveau, calme et régulier.

— Trop tard ! murmura-t-elle en souriant.

Elle resta longtemps ainsi, immobile, les yeux ouverts, et croyant les sentir briller dans l'obscurité.

X

À PARTIR de ce jour-là, une vie nouvelle commença pour les Karénine. Rien de particulier en apparence : Anna continuait à aller dans le monde, surtout chez la princesse Betsy, et à rencontrer partout Vronski ; Alexis Alexandrovitch s'en apercevait mais sans pouvoir l'empêcher. À toutes ses tentatives d'explication elle opposait un étonnement rieur, absolument impénétrable. Les apparences étaient sauves, mais les sentiments avaient bien varié. Alexis Alexandrovitch, si fort quand il s'agissait des intérêts publics, se sentait ici impuissant. Comme un bœuf à l'abattoir, il baissait la tête et attendait avec résignation le coup fatal. Lorsque ses pensées l'obsédaient, il se disait que la bonté, la tendresse, le raisonnement pouvaient encore peut-être sauver Anna ; chaque jour il se proposait de lui parler ; mais dès qu'il tentait de le faire, le même esprit de mal et de mensonge qui la possédait s'emparait également de lui, et il ne lui disait point ce qu'il aurait voulu lui dire. Il reprenait involontairement son ton de persiflage et ce n'est pas sur ce ton-là que les choses qu'il aurait voulu lui faire sentir pouvaient être exprimées.

. . . .

. . . .

XI

CE qui, pendant près d'un an, avait été pour Vronski le but unique de la vie, pour Anna un rêve terrifiant mais enchanteur, s'était enfin réalisé. Pâle, le menton tremblant, il se tenait penché sur elle et la conjurait de se calmer.

— Anna, Anna, disait-il d'une voix saccadée, Anna, je t'en supplie !...

Mais plus il élevait la voix, plus elle baissait la tête. Cette tête naguère si fière, si joyeuse et maintenant si humiliée, elle l'aurait abaissée jusqu'à terre, du divan où elle était assise, et serait elle-même tombée sur le tapis s'il ne l'avait soutenue.

— Mon Dieu !... Pardonne-moi ! sanglotait-elle en lui serrant la main contre sa poitrine.

Elle se trouvait si coupable, si criminelle qu'il ne lui restait qu'à demander grâce ; et n'ayant plus que lui au monde, c'était de lui qu'elle implorait son pardon. En le regardant, son abaissement lui paraissait si palpable qu'elle ne pouvait prononcer d'autre parole. Quant à lui, il se sentait pareil à un assassin devant le corps inanimé de sa victime : ce corps immolé par lui, c'était leur amour, la première phase de leur amour. Il se mêlait je ne sais quoi d'odieux au souvenir de ce qu'ils avaient payé du prix effroyable de leur honte. Le sentiment de sa nudité morale écrasait Anna et se communiquait à Vronski. Mais quelle que soit l'horreur du meurtrier devant sa victime, il ne lui faut pas moins cacher le cadavre, le couper en morceaux, profiter du crime commis. Alors, avec une rage frénétique, il se jette sur ce cadavre et l'entraîne pour le mettre en pièces. C'est ainsi que Vronski couvrait de baisers le visage et les épaules d'Anna. Elle lui tenait la main et ne bougeait point. Oui, ces baisers, elle les avait achetés au prix de son honneur ; oui, cette main qui lui appartenait pour toujours était celle de son complice. Elle souleva cette main et la baisa. Il tomba à ses genoux, cherchant à voir ces traits qu'elle lui dérobait sans dire un mot. Enfin elle parut faire un effort sur elle-même, se leva et le repoussa. Son visage était d'autant plus pitoyable qu'il n'avait rien perdu de sa beauté.

— Tout est fini, dit-elle. Il ne me reste plus que toi, ne l'oublie pas.

— Comment oublierais-je ce qui fait ma vie ! Pour un instant de ce bonheur...

— Quel bonheur ? s'écria-t-elle avec un sentiment de dégoût et de terreur si profond qu'il le partagea aussitôt. Je t'en supplie, pas un mot, pas un mot de plus...

Elle se leva vivement et s'écarta de lui.

— Pas un mot de plus !... répéta-t-elle, et elle s'éloigna avec une morne expression de désespoir qui le frappa étrangement[1].

Anna se voyait impuissante à exprimer la honte, la frayeur, la joie qui s'emparaient d'elle à l'aube de cette vie nouvelle ; à des paroles imprécises ou banales elle préférait le silence. Mais, ni le lendemain ni le surlendemain, les mots propres à définir la complexité de ses sentiments ne lui vinrent davantage ; ses pensées mêmes ne traduisaient pas les impressions de son âme. « Non, se disait-elle, je ne puis réfléchir à tout cela maintenant ; plus tard, quand je serai moins agitée. » Mais le calme de l'esprit ne lui revenait point ; chaque fois qu'elle songeait à ce qui avait eu lieu et à ce qui adviendrait d'elle, l'angoisse la prenait et elle repoussait ces pensées. « Plus tard, plus tard, répétait-elle, quand j'aurai retrouvé mon calme. »

En revanche, lorsque pendant son sommeil elle perdait tout empire sur ses réflexions, sa situation lui apparaissait dans son atroce réalité. Presque toutes les nuits elle faisait le même rêve. Elle rêvait que tous deux étaient ses maris et lui dispensaient leurs caresses. Alexis Alexandrovitch pleurait en lui baisant les mains et disait : « Que nous sommes heureux maintenant ! » Alexis Vronski assistait à la scène et il était aussi son mari. Elle s'étonnait d'avoir cru que ce fût impossible ; elle leur expliquait en riant que tout était maintenant bien simple, qu'ils devaient se trouver heureux et contents. Mais ce rêve l'oppressait comme un cauchemar et elle se réveillait dans l'épouvante.

XII

Dans les premiers temps qui suivirent son retour de Moscou, toutes les fois qu'il arrivait à Levine de rougir et de tressaillir en se rappelant l'humiliation du refus essuyé, il se disait : « Je rougissais et tressaillais tout autant, je me croyais un homme perdu quand une mauvaise note de physique m'a fait redoubler ma seconde année, puis quand j'ai compromis l'affaire de ma sœur qui m'avait été confiée. Et maintenant que les années ont passé, je me rappelle ces désespoirs avec étonnement. Il en sera de même du chagrin d'aujourd'hui : le temps passera et j'y deviendrai indifférent. »

Mais trois mois s'écoulèrent sans apporter le moindre apaisement. Ce qui empêchait la blessure de se cicatriser, c'est qu'après avoir tant rêvé de la vie de famille et s'être cru si mûr pour elle, non seulement il ne s'était pas marié mais il se trouvait plus éloigné que jamais du mariage. Comme toutes les personnes de son entourage, il sentait avec douleur qu'à son âge il n'est point bon pour l'homme de vivre seul. Il se rappelait un mot de son vacher Nicolas, un paysan naïf avec lequel il causait volontiers. « Sais-tu, Nicolas, que j'ai envie de me marier ? » lui avait-il dit avant son départ pour Moscou. Sur quoi Nicolas de répondre sans la moindre hésitation : « Y a longtemps que ça devrait être fait, Constantin Dmitritch. » Et jamais le mariage ne lui avait paru si lointain ! La place était prise, et si parfois son imagination lui suggérait de donner à Kitty une remplaçante parmi les jeunes filles de sa connaissance, son cœur lui révélait bien vite l'absurdité de ce dessein. En outre, le souvenir du rôle humiliant qu'il croyait avoir joué le tourmentait sans cesse. Il avait beau se dire qu'après tout il n'avait commis aucun crime, il rougissait de ce souvenir et d'autres du même genre, tout aussi futiles et qui pourtant pesaient beaucoup plus sur sa conscience que les quelques mauvaises actions dont il s'était, comme tout le monde, rendu coupable.

Le temps et le travail firent néanmoins leur œuvre. Les événements, si importants en leur modestie, de la vie champêtre, effacèrent peu à peu les impressions pénibles. Chaque semaine emporta quelque chose du souvenir de Kitty ; Levine en vint même à attendre avec impatience l'annonce de son mariage, espérant que cette nouvelle le guérirait à la façon d'une dent qu'on arrache.

Cependant le printemps survint, un de ces beaux et rares printemps sans accrocs ni traîtrises dont se réjouissent les plantes et les animaux aussi bien que les hommes. Cette saison splendide donna à Levine une nouvelle ardeur, et affermit sa résolution de renoncer au passé pour organiser sa vie solitaire dans des conditions de fixité et d'indépendance. Si plusieurs des plans formés par lui à son retour étaient restés à l'état de projet, le point essentiel, la chasteté de sa vie, n'avait reçu aucune atteinte : la honte qui d'ordinaire suivait chez lui la chute ne le tenaillait plus, il osait regarder les gens en face. D'autre part, Marie Nicolaïevna l'ayant prévenu dès le mois de février que l'état de son frère empirait sans qu'il consentît pour autant à se faire soigner, Levine, aussitôt reparti pour Moscou, avait su convaincre Nicolas de consulter un médecin et même d'accepter un prêt pour un séjour aux eaux ; il pouvait donc sous ce rapport être content de lui-même. Comme toujours au début du printemps, les travaux des champs requirent toute son attention ; par ailleurs, en plus de ses lectures, il avait entrepris au cours de l'hiver une étude sur l'économie rurale : partant de cette donnée que le tempérament de l'ouvrier agricole est un fait aussi absolu que le climat ou la nature du sol, il demandait que la science agronomique tînt compte au même degré de ces trois éléments. Ainsi donc, en dépit ou peut-être par suite de sa solitude, sa vie fut extrêmement remplie ; c'est à peine si de temps à autre il regrettait de ne pouvoir communiquer qu'à sa vieille bonne les idées qui lui passaient par la tête, car il lui arrivait souvent de raisonner avec elle sur la physique, l'agronomie et surtout la philosophie, sujet favori d'Agathe Mikhaïlovna.

La belle saison fut lente à venir. Un temps clair et glacial marqua les dernières semaines de carême. Si le soleil amenait pendant la journée un certain dégel, un froid de sept degrés sévissait pendant la nuit, et la gelée formait sur la neige une croûte si dure qu'il n'y avait plus de routes tracées. Le jour de Pâques se passa sous la neige. Mais, le lendemain, un vent chaud se leva brusquement, les nuages s'amoncelèrent, et pendant trois jours et trois nuits une pluie tiède et orageuse ne cessa de tomber. Le jeudi, le vent se calma tandis qu'un épais brouillard gris s'étendait sur la terre comme pour dissimuler les mystères qui s'accomplissaient dans la nature : la chute de la pluie, la fonte des neiges, le craquement des glaçons, la débâcle des torrents écumeux et jaunâtres. Enfin, le lundi de Quasimodo, vers le soir, le brouillard se dissipa, les nuages se diluèrent en moutons blancs, et le beau temps apparut pour de vrai. Le lendemain matin, un soleil brillant acheva de fondre la légère couche de glace qui s'était reformée pendant la nuit et l'air tiède s'imprégna des vapeurs qui montaient de la terre. L'herbe ancienne prit aussitôt des teintes vertes, la nouvelle pointa dans le sol, les bourgeons des viornes, des groseilliers, des bouleaux, se gonflèrent de sève et, sur les branches des osiers inondées d'une lumière d'or, les abeilles, libérées de leurs quartiers d'hiver, bourdonnèrent allégrement. D'invisibles alouettes firent éclater leur chant au-dessus du velours des prés et des chaumes engivrés, les vanneaux gémirent dans les creux et les marais submergés par les eaux torrentielles ; les grues et les oies sauvages jetèrent, haut dans le ciel, leur appel printanier. Les vaches, dont le poil ne repoussait qu'irrégulièrement et montrait çà et là des places nues, meuglèrent dans les pacages ; autour des brebis bêlantes qui commençaient à perdre leur toison, les agneaux gambadèrent gauchement ; les gamins couraient le long des sentiers humides, où s'imprimait la trace de leurs pieds nus ; le caquetage des femmes occupées à blanchir leur toile s'éleva autour de l'étang, tandis que de toutes parts retentissait la hache des paysans réparant herses et araires. Le printemps était vraiment venu.

XIII

Pour la première fois Levine ne mit pas sa pelisse, mais vêtu d'un caftan de drap et chaussé de grandes bottes, il partit pour une tournée d'inspection, enjambant les ruisseaux que le soleil rendait éblouissants, et posant le pied tantôt sur un débris de glace, tantôt dans une boue épaisse.

Le printemps, c'est l'époque des projets et des plans. Levine, en sortant, ne savait pas plus ce qu'il allait entreprendre que l'arbre ne devine comment et dans quel sens s'étendront les jeunes pousses et les jeunes rameaux enveloppés dans ses bourgeons ; mais il sentait que les plus beaux projets et les plans les plus sages débordaient en lui. Il alla d'abord voir son bétail. On avait fait sortir les vaches : bien réchauffées et leur nouveau poil luisant, elles meuglaient, impatientes d'aller aux champs. Levine, qui les connaissait toutes dans les moindres détails, prit plaisir à les voir et donna l'ordre de les mener au pâturage et de mettre à l'air les veaux. Le berger tout guilleret fit ses préparatifs de départ, tandis que les vachères, retroussant leurs jupes sur leurs jambes nues encore vierges de hâle, barbotaient dans la boue à la poursuite des veaux que le printemps faisait beugler de joie et qu'elles empêchaient à coups de gaule de quitter la cour.

Levine admira les nouveau-nés de l'année qui étaient vraiment d'une beauté peu commune : les plus âgés avaient déjà la taille d'une vache ordinaire, et la fille de la Paonne atteignait, à trois mois, la grandeur des génisses d'un an. Il ordonna d'apporter les auges et les râteliers portatifs. Mais ces ustensiles, dont on ne s'était pas servi depuis l'automne, se trouvèrent en mauvais état. Levine fit quérir le charpentier qui devait être occupé à mettre au point la machine à battre ; on ne le retrouva point : il réparait les herses qui auraient dû l'être depuis le carnaval. Levine ne cacha point son dépit : toujours cet éternel laisser-aller, contre lequel il luttait en vain depuis si longtemps ! Les râteliers, ainsi qu'il l'apprit, avaient été remisés pendant l'hiver dans l'écurie des domestiques, où, étant de construction légère, ils s'étaient vite brisés. Quant aux instruments aratoires, que trois charpentiers engagés expressément auraient dû remettre en état au cours de l'hiver, rien n'avait été fait : on réparait les herses au moment même où l'on allait en avoir besoin. Levine manda le régisseur, puis, impatienté, se mit lui-même à sa recherche. Il le rencontra qui s'en venait de la grange, vêtu d'un caftan court garni d'astrakan, brisant une paille entre ses doigts et rayonnant comme l'univers entier ce jour-là.

— Pourquoi le charpentier n'est-il pas à la machine ?

— Je voulais justement vous prévenir hier : il faut réparer les herses, voilà bientôt le moment de labourer.

— Qu'avez-vous donc fait pendant l'hiver ?

— Mais quel besoin avez-vous du charpentier ?

— Où sont les râteliers portatifs ?

— J'ai donné l'ordre de les sortir. Que voulez-vous qu'on fasse avec ce monde-là ! répondit le régisseur en faisant un geste de désespoir.

— Ce n'est pas avec ce monde-là, mais avec le régisseur qu'il n'y a rien à faire ; je me demande à quoi vous m'êtes utile ! répliqua Levine en s'échauffant ; mais, se souvenant à temps que les cris n'y feraient rien, il s'arrêta et se contenta de soupirer. Eh bien, reprit-il après un moment de silence, peut-on commencer les semailles ?

— Demain ou après-demain on pourra s'y mettre derrière Tourkino.

— Et le trèfle ?

— J'ai envoyé Vassili et Michka le semer, mais je ne sais pas s'ils y parviendront ; le sol est encore bien détrempé.

— Sur combien d'hectares ?

— Six.

— Pourquoi pas sur les vingt ? s'écria Levine dont cette nouvelle accrut le dépit. En effet sa propre expérience avait confirmé la justesse de la théorie suivant laquelle le trèfle, pour être beau, doit se semer aussitôt que possible, presque sur la neige. Et il ne pouvait jamais se faire obéir !

— Nous manquons de bras. Que voulez-vous qu'on fasse avec ce monde-là ? Il y en a trois qui ne sont pas venus. Et puis Simon...

— Vous auriez dû prendre ceux qui déchargent la paille.

— C'est ce que j'ai fait.

— Où sont-ils donc tous ?

— Il y en a cinq qui font de la « compote » (le régisseur voulait dire du *compost*). Quatre autres qui remuent l'avoine : pourvu qu'elle n'échauffe pas, Constantin Dmitritch !

Levine comprit aussitôt ce que signifiait ce « pourvu que... » : l'avoine anglaise, réservée pour les semences, avait déjà échauffé ! On avait une fois de plus enfreint ses ordres.

— Ne vous avais-je pas dit pendant le carême qu'il fallait l'aérer au moyen de cheminées ? s'écria-t-il.

— Ne vous inquiétez pas, tout se fera en temps voulu.

Levine ne répondit que par un geste de courroux et alla tout droit à la grange examiner l'avoine : par bonheur elle n'était point encore gâtée, mais les ouvriers la remuaient à la pelle au lieu de la descendre simplement d'un étage à l'autre. Quand il eut donné des ordres en conséquence et envoyé deux ouvriers au trèfle, Levine se sentit plus calme : il faisait vraiment trop beau pour se mettre en colère. Il se dirigea vers l'écurie.

— Ignace, cria-t-il à son cocher qui, les manches retroussées, lavait la calèche près du puits, selle-moi un cheval.

— Lequel ?

— Va pour Spatule !

— À vos ordres.

Tandis qu'on sellait son cheval, Levine, voyant le régisseur tourner et virer aux alentours, lui rendit ses bonnes grâces et s'entretint avec lui des prochains travaux : il fallait charrier le fumier le plus tôt possible, de façon à terminer ce travail avant le premier fauchage ; labourer à la charrue la partie la plus éloignée du domaine et la laisser momentanément en jachère ; puis faire les foins à son compte et non point de moitié avec les paysans.

Le régisseur écoutait attentivement ; il faisait effort pour approuver les projets du maître, mais il avait cette physionomie découragée et abattue que Levine ne lui connaissait que trop. « Tout cela est bel et bien, semblait-il dire, mais l'homme propose et Dieu dispose. » Rien ne contrariait tant Levine que cet air navré, commun, hélas ! à tous les régisseurs qu'il avait eus à son service. Il avait pris le parti de ne plus se fâcher mais n'en luttait pas moins avec une ardeur toujours nouvelle contre cette force élémentaire qui lui barrait sans cesse le chemin et à laquelle il avait donné le nom de « Dieu dispose ».

— Encore faut-il qu'on ait le temps, Constantin Dmitritch, proféra enfin le régisseur.

— Pourquoi ne l'auriez-vous pas ?

— Il nous faut louer quinze ouvriers de plus, et on n'en trouve pas. Il en est bien venu aujourd'hui, mais ils demandent soixante-dix roubles pour l'été.

Levine se tut. Toujours cette même force ennemie ! Il savait qu'en dépit de tous les efforts, on ne pouvait jamais engager au prix normal plus de trente-sept à trente-huit ouvriers ; on arrivait parfois jusqu'à quarante, mais jamais au-delà. Il se résolut pourtant à lutter encore.

— Envoyez à Soury, à Tchéfirovka ; s'il ne vient pas d'ouvriers, il faut en faire chercher.

— Pour ce qui est d'envoyer, ça peut toujours se faire, dit Vassili Fiodorovitch d'un ton accablé. À propos, je dois vous dire que les chevaux sont bien faibles.

— Nous en rachèterons ; mais je sais, ajouta-t-il en

riant, que vous ferez toujours aussi peu et aussi mal que possible! Je vous préviens que cette année je ne vous laisserai pas agir à votre guise, je surveillerai tout moi-même...

— Ne dirait-on pas que vous dormez trop? Tant mieux d'ailleurs: on travaille plus gaiement sous l'œil du maître...

— Alors, vous dites qu'on sème le trèfle de l'autre côté du Val aux bouleaux? Je vais aller voir, reprit Levine en enfourchant le petit cheval isabelle que lui amenait le cocher.

— Vous ne passerez pas les ruisseaux, Constantin Dmitritch, cria le cocher.

— Eh bien, je prendrai par le bois.

D'un pas fringant le bon petit cheval, qui dans sa joie de quitter l'écurie tirait sur la bride et reniflait toutes les flaques d'eau, emporta son maître hors de la cour boueuse. L'impression joyeuse que Levine avait éprouvée à la basse-cour ne fit qu'augmenter lorsque, bercé par l'amble de la brave bête, il se trouva en pleine campagne. En traversant son bois, il aspirait à longs traits l'air d'une tiédeur humide, car la neige s'y attardait en écharpes poreuses, et se réjouissait de voir la mousse renaître sur chaque tronc d'arbre et sur chaque branche les bourgeons prêts à s'épanouir. Au sortir du bois, l'étendue des champs s'allongea devant lui semblable à un immense tapis de velours vert, sur lequel tranchait, de-ci de-là, la tache blanche d'un lambeau de neige.

Sans s'offusquer de voir un cheval de paysan et son poulain piétiner les jeunes pousses, il les fit chasser par un villageois qui passait. Il prit avec la même douceur la réponse à la fois niaise et narquoise du paysan auquel il demandait: « Eh bien, Hypate, sèmerons-nous bientôt? » « S'agirait d'abord de labourer, Constantin Dmitritch. » Plus il avançait, plus il sentait croître sa bonne humeur, plus il formait de projets qui lui semblaient se surpasser les uns les autres en sagesse: séparer les champs par des haies d'osier tournées du côté du midi pour que la neige ne s'y amoncelât point; diviser les terres labourables en neuf parcelles dont six seraient fumées et trois gardées en réserve pour la culture potagère; construire une étable dans la partie la plus éloignée du domaine, y creuser une mare et utiliser l'engrais au moyen de parcs portatifs;

arriver ainsi à cultiver trois cents hectares de froment, cent de pommes de terre et cent cinquante de fourrage sans épuiser la terre.

Tout en rêvant de la sorte Levine dirigeait son cheval le long des bordures pour ne pas piétiner ses blés. Il arriva enfin à l'endroit où l'on semait le trèfle. La charrette était arrêtée dans un champ de froment, où les roues avaient creusé des ornières et que le cheval foulait aux pieds. Elle contenait un mélange de terre et de semences que le froid ou le long séjour en magasin avait réduit à l'état de mottes, sans qu'on eût pris soin de le cribler. Assis au bord d'une sente les deux journaliers allumaient une pipe commune ; à la vue du maître, l'un d'eux, Vassili, se dirigea vers la charrette, tandis que l'autre, Michka, se mettait en devoir de semer. Tout cela n'était pas dans l'ordre, mais Levine, qui se fâchait rarement contre les ouvriers, ordonna simplement à Vassili de ramener la charrette sur la dérayure.

— Ça ne fait rien, allez, not'maître, objecta Vassili ; ça repoussera, croyez-moi.

— Fais-moi le plaisir, rétorqua Levine, d'obéir sans raisonner.

— Bien, not'maître, répondit Vassili en prenant le cheval par la bride. Pour de la semence c'est de la semence, reprit-il pour rentrer en grâce. Y a vraiment pas plus beau. Seulement on n'avance guère vite, on traîne comme qui dirait un boulet à chaque patte.

— Mais, dis-moi, pourquoi ne l'a-t-on pas criblée ?

— Ça ne fait rien, allez, not'maître, on fait ça nous-mêmes, répondit Vassili en triturant une motte de semences dans le creux de sa main.

Le coupable n'était pas Vassili ; Levine ne pouvait donc pas s'en prendre à lui. Pour calmer son dépit, il recourut à un moyen maintes fois expérimenté. Après avoir considéré un moment Michka qui soulevait à chaque pas d'énormes paquets de glaise, il prit le semoir de Vassili dans le dessein de semer lui-même.

— Où t'es-tu arrêté ?

Vassili indiqua l'endroit du pied et Levine commença à semer du mieux qu'il put ; mais il avançait difficilement, comme dans un marais ; aussi, quand il eut terminé une planche, il s'arrêta tout en nage et rendit le semoir à l'ouvrier.

— Surtout, not'maître, dit Vassili, faudra voir à pas m'attraper pour c'te planche-là.

— Tu crois? dit gaiement Levine, sentant que son moyen avait déjà opéré.

— Vous verrez c't été, ça poussera en première, c'est moi qui vous le dis. Regardez-moi plutôt ce champ que j'ai semé l'aut'printemps. Faut que je vous dise, Constantin Dmitritch, j'travaille pour vous comme si c'était pour mon vieux. J'aime pas la mauvaise ouvrage et j'ai l'œil à ce que les autres en fassent pas. Quand l'maître est content, n'est-ce pas, on l'est aussi. Rien qu'à reluquer ce champ-là, voyez-vous, ça fait du bien au cœur.

— Quel beau printemps, hein, Vassili?

— Oui, y a pas à dire, nos vieux n'ont point souvenance d'avoir vu son pareil. J'reviens d'chez le mien; figurez-vous qu'il avait semé aussi douze boisseaux et v'là qu'y soutient maintenant qu'on peut pas le distinguer du seigle.

— Il y a longtemps qu'on sème du froment chez vous?

— D'puis l'année dernière, et sur votre conseil encore; même que vous nous avez fait cadeau de vingt boisseaux: on en a vendu huit et on a semé le reste.

— Allons, ça va, fais bien attention, dit Levine en retournant à son cheval, triture sérieusement les mottes et surveille de près Michka. Et si la semence lève bien, il y aura pour toi cinquante kopecks par hectare.

— Vous êtes ben honnête, not'maître; on serait content à moins.

Levine remonta à cheval pour inspecter le trèfle semé l'année précédente et le champ labouré pour le blé de printemps.

Le trèfle avait fort bien levé: il étalait déjà à travers les chaumes une verdure engageante. Dans cette terre à demi dégelée le cheval enfonçait jusqu'au jarret; il lui fut même impossible d'avancer dans les sillons libres de neige. Néanmoins Levine put constater que le labour était excellent: dans deux ou trois jours on pourrait herser et semer. Levine revint par les ruisseaux, espérant que l'eau aurait baissé: effectivement il put les traverser et effraya au passage deux canards sauvages.

«Il doit y avoir des bécasses», se dit-il, et un garde forestier qu'il rencontra en approchant de la maison lui confirma cette supposition. Il mit aussitôt son cheval au trot, afin d'avoir le temps de dîner et de préparer son fusil pour le soir.

XIV

Au moment où Levine rentrait chez lui fort content, il entendit un bruit de grelots du côté du grand portail.

« Tiens, quelqu'un arrive de la gare, pensa-t-il ; c'est l'heure du train de Moscou... Qui cela peut-il bien être ? Nicolas ? Ne m'a-t-il pas dit qu'au lieu d'aller prendre les eaux il viendrait peut-être chez moi ? » Il fut un moment contrarié, craignant que la présence de son frère ne gâtât sa bonne humeur printanière ; mais, refoulant aussitôt ce sentiment égoïste, il se prit, avec une joie attendrie, à désirer de toute son âme que le visiteur annoncé par la clochette fût bien Nicolas. Il pressa son cheval et, au tournant d'un buisson d'acacias, il aperçut dans un traîneau de louage un monsieur en pelisse, qu'il ne reconnut pas tout d'abord. « Pourvu que ce soit quelqu'un avec qui l'on puisse causer ! »

— Eh ! mais c'est le plus aimable des hôtes, s'écria-t-il au bout d'un instant en levant les bras au ciel, car il venait de reconnaître Stépane Arcadiévitch. Que je suis content de te voir !

Il ajouta à part soi : « J'apprendrai certainement de lui si elle est mariée. » Et il s'aperçut aussitôt que par cette belle journée de printemps le souvenir même de Kitty ne lui faisait aucun mal.

— Avoue que tu ne m'attendais pas, dit Stépane Arcadiévitch en sortant de son traîneau, le visage rayonnant de santé et de joie, en dépit de trois taches de boue qui s'étalaient sur son nez, ses joues, ses sourcils. Je suis venu : 1° pour te voir ; 2° pour tirer un coup de fusil ; 3° pour vendre mon bois de Iergouchovo.

— Parfait. Et que dis-tu de ce printemps ? Comment as-tu pu arriver jusqu'ici en traîneau ?

— En télègue ce serait encore plus dur, Constantin Dmitritch, rétorqua le voiturier, une vieille connaissance de Levine.

— Eh bien, je suis très, très heureux de te voir, reprit celui-ci en souriant d'un bon sourire enfantin.

Il mena son hôte dans la chambre d'amis, où furent incontinent apportés les bagages, à savoir un sac de voyage, un fusil dans sa gaine et un étui à cigares. Laissant alors Stépane Arcadiévitch à sa toilette, il voulut descendre au bureau pour faire part au régisseur de ses remarques sur les trèfles et les labours. Mais Agathe Mikhaïlovna, qui avait à cœur le bon renom du logis, l'arrêta dans l'antichambre et lui demanda ses instructions au sujet du dîner.

— Faites comme vous voudrez, mais dépêchez-vous, répondit-il en gagnant le bureau.

Quand il en revint, Oblonski, lavé, peigné, radieux, sortait de sa chambre. Ils montèrent ensemble au premier.

— Que je suis donc content d'être parvenu jusqu'à toi ! Je vais enfin être initié aux mystères de ton existence. Plaisanterie à part, je t'envie. Quelle charmante demeure, comme tout y est clair et gai ! déclara Stépane Arcadiévitch, oubliant que le printemps ne dure pas toujours et que l'année compte aussi des jours sombres. Et ta vieille bonne vaut le voyage. Je préférerais peut-être une jolie soubrette, mais la bonne vieille cadre bien avec ton style sévère et monastique.

Entre autres nouvelles intéressantes, Stépane Arcadiévitch prévint Levine que Serge Ivanovitch avait l'intention de venir le voir au cours de l'été ; il ne souffla mot ni de Kitty ni des Stcherbatski et se contenta de transmettre les amitiés de sa femme. Levine apprécia cette délicatesse. Au reste la visite de Stépane Arcadiévitch lui agréait fort : comme toujours pendant ses périodes de solitude, il avait amassé durant sa retraite une foule d'idées et d'impressions qu'il ne pouvait communiquer à son entourage ; il déversa donc dans le sein de son ami l'exaltation que lui inspirait le renouveau, ses plans et ses déboires agricoles, les pensées qui lui étaient venues à l'esprit, ses remarques sur les livres qu'il avait lus, et surtout l'idée fondamentale de l'ouvrage qu'il méditait, idée qui constituait, sans qu'il s'en doutât, la critique de tous les traités d'économie rurale. Stépane Arcadiévitch, toujours aimable et prompt à tout saisir, se montra cette fois plus séduisant que jamais ; Levine crut même remarquer dans son attitude envers lui une nuance nouvelle de cordialité déférente, dont il ne laissa pas d'être flatté.

Les efforts combinés d'Agathe Mikhaïlovna et du cuisinier pour améliorer l'ordinaire eurent ce résultat inattendu que les deux amis mourant de faim se jetèrent sur les hors-d'œuvre, avalèrent pain, beurre, champignons marinés et une demi-volaille fumée, et que Levine fit servir le potage sans attendre les petits pâtés sur lesquels le maître queux comptait pour éblouir leur invité. D'ailleurs Stépane Arcadiévitch, habitué pourtant à d'autres festins, ne cessa de trouver tout excellent : le ratafia, le pain, le beurre, la volaille fumée, les champignons, la soupe aux orties, le poulet au blanc, le petit vin blanc de Crimée, tout le ravit, tout l'enchanta.

— Parfait, parfait, répétait-il en allumant, après le rôti, une grosse cigarette. Je crois vraiment avoir abordé un paisible rivage après le tapage et les secousses d'une traversée mouvementée. Ainsi donc tu prétends que l'élément représenté par l'ouvrier doit entrer en ligne de compte dans le choix du mode de culture. Je suis un profane dans ces questions, mais il me semble que cette théorie et son application auront aussi une influence sur l'ouvrier.

— Oui, mais attends ; je ne parle pas d'économie politique, je parle de l'économie rurale considérée en tant que science. Tout comme pour les sciences naturelles, il faut en étudier les données, les phénomènes, et l'ouvrier du point de vue économique, ethnographique...

Cependant Agathe Mikhaïlovna apportait les confitures...

— Mes compliments, Agathe Fiodorovna, lui dit Stépane Arcadiévitch en se baisant le bout des doigts, quel confit, quel ratafia ! Eh bien, Kostia, ajouta-t-il, n'est-il pas temps de partir ?

Levine jeta un regard par la fenêtre sur le soleil qui déclinait derrière la cime encore dénudée des arbres.

— Oui, ma foi. Kouzma, qu'on attelle le char à bancs !

Et il descendit l'escalier en courant. Stépane Arcadiévitch le suivit et alla lui-même précautionneusement déballer son fusil contenu dans un étui de bois laqué recouvert d'une housse de toile : c'était une arme d'un modèle nouveau et coûteux. Prévoyant un bon pourboire, Kouzma s'était attaché à ses pas, et Stépane Arcadiévitch ne l'empêcha point de lui passer et ses bas et ses bottes.

— À propos, Kostia, il doit venir tantôt un certain Riabinine, un homme de négoce. Veux-tu dire qu'on le reçoive et qu'on le fasse attendre.

— Serait-ce à Riabinine que tu vends ton bois ?

— Mais oui. Est-ce que tu le connais ?

— Certes. J'ai eu affaire à lui « positivement et définitivement. »

Stépane Arcadiévitch se prit à rire. « Positivement et définitivement » étaient les mots favoris du personnage.

— Oui, il a des façons de parler bien amusantes. Ah ! ah ! tu devines où va ton maître, ajouta-t-il en flattant de la main Mignonne, qui tournait en jappant autour de Levine et lui léchait tantôt la main, tantôt la botte ou le fusil.

Ils sortirent. Le char à bancs les attendait à la porte.

— J'ai fait atteler, bien que ce soit tout près d'ici, mais si tu préfères, nous irons à pied.

— J'aime autant la voiture, dit Stépane Arcadiévitch en prenant place ; il s'enveloppa les jambes d'un plaid tigré et alluma un cigare. Comment peux-tu te passer de fumer ? reprit-il. Le cigare, c'est la volupté suprême... Ah ! la bonne vie que tu mènes ! Comme je t'envie !

— Qui t'empêche d'en faire autant ?

— Eh non, tu es un homme heureux, tu possèdes tout ce qui te fait plaisir : tu aimes les chevaux, les chiens, la chasse, la culture, et tu as tout cela sous la main. Tu es heureux !

— C'est peut-être parce que j'apprécie ce que je possède et ne désire pas trop vivement ce que je n'ai point, répondit Levine en songeant à Kitty.

Stépane Arcadiévitch saisit l'allusion, mais se contenta de le regarder sans mot dire. Si reconnaissant qu'il fût à Oblonski d'avoir deviné avec son tact ordinaire combien ce sujet lui était douloureux, Levine aurait pourtant voulu savoir à quoi s'en tenir, mais il n'osait point aborder la question.

— Voyons, dis-moi où en sont tes affaires, reprit-il en se reprochant de ne penser qu'à ses propres soucis.

Les yeux de Stépane Arcadiévitch s'allumèrent.

— Tu n'admets pas qu'on puisse désirer quelque supplément à sa portion congrue; selon toi, c'est un crime, et moi je n'admets pas qu'on puisse vivre sans amour, répondit-il, ayant compris à sa façon la question de Levine. Je n'y puis rien, je suis ainsi fait. Et vraiment, quand on y songe, on fait si peu de tort à autrui et tant de plaisir à soi-même!

— Y aurait-il du nouveau? s'informa Levine.

— Il y en a, mon cher. Tu connais le type des femmes ossianesques... ces femmes que l'on ne voit qu'en rêve? Eh bien, elles existent parfois en chair et en os... et elles sont alors terribles. La femme, vois-tu, c'est un thème inépuisable: on a beau l'étudier, on rencontre toujours du nouveau...

— Mieux vaut ne pas l'étudier, alors.

— Oh! si! Je ne sais plus quel mathématicien a dit que le plaisir consistait à chercher la vérité et non point à la trouver.

Levine écoutait sans mot dire, mais il avait beau faire, il n'arrivait pas à pénétrer l'âme de son ami, à comprendre le plaisir qu'il prenait à des études de ce genre.

XV

Les deux amis arrivèrent bientôt à l'orée d'un jeune bois de trembles qui dominait la rivière. Ils descendirent de voiture; après avoir posté Oblonski au coin d'une clairière marécageuse, où la mousse apparaissait sous la neige, Levine se plaça du côté opposé près d'un bouleau fourchu, appuya son fusil à une branche basse, ôta son caftan, remonta sa ceinture, vérifia la souplesse de ses mouvements.

Mignonne le suivait à la botte; elle s'assit avec précaution en face de lui, les oreilles à l'écoute. Le soleil qui disparaissait derrière les grands bois donnait un relief intense aux branches pendantes, déjà bourgeonnantes, des bouleaux disséminés parmi les trembles.

Dans le fourré, où la neige n'avait pas encore complètement fondu, on entendait l'eau s'écouler à petit bruit en ruisselets sinueux. Les oiseaux gazouillaient et voletaient parfois d'un arbre à l'autre. Il y avait aussi des moments de silence absolu, où l'on percevait le bruissement des feuilles sèches remuées par le dégel ou par l'herbe qui perçait.

« En vérité l'on voit et l'on entend croître l'herbe », se dit Levine en remarquant une feuille de tremble humide et couleur d'ardoise qui soulevait la pointe d'un jeune brin. Immobile et tendant l'oreille il promenait ses regards de sa chienne aux aguets à la terre couverte de mousse, il les abaissait sur les cimes dépouillées dont la houle ondulait au-dessous de lui pour les reporter sur le ciel strié de nuées blanches qui s'obscurcissait peu à peu. Un vautour passa d'un vol lent, très haut dans le lointain ; un autre le suivit et disparut à son tour. Dans le fourré la mélodie des oiseaux se fit plus vive, plus animée. Un hibou ulula, tout proche ; Mignonne dressa l'oreille, fit quelques pas avec prudence et pencha la tête pour mieux écouter. Par-delà la rivière un coucou lança deux fois son appel cadencé, mais s'égosilla et n'émit plus que des sons discordants.

— Entends-tu ? déjà le coucou, dit Stépane Arcadiévitch en quittant sa place.

— Oui, j'entends, répondit Levine, rompant à contrecœur le silence des bois. Mais attention, voilà le moment.

Stépane Arcadiévitch retourna derrière son buisson et Levine ne vit plus que l'éclair d'une allumette aussitôt suivi de la lueur rouge et de la fumée bleuâtre d'une cigarette. « Tchik, tchik », perçut-il bientôt : Oblonski armait son fusil.

— Qu'est-ce encore que ce cri ? s'exclama celui-ci en attirant l'attention de Levine sur un bruit sourd et prolongé assez semblable au hennissement folâtre d'un poulain.

— Comment, tu ne sais pas ? C'est le cri du bouquin. Mais silence, voilà la croule ! s'écria presque Levine en armant, lui aussi, son fusil.

Un léger sifflement se fit entendre assez loin puis, à la cadence régulière de deux secondes, un second, puis un troisième, celui-ci suivi d'un croassement.

Levine leva les yeux à droite, à gauche ; soudain tout en face de lui dans le ciel d'un bleu trouble, au-dessus de la cime indéterminée des trembles conjuguant leurs jeunes pousses, apparut un oiseau. Un son aigu, assez semblable à celui d'une étoffe que l'on déchire, lui résonna à l'oreille ; il distinguait déjà le col et le long bec de la bécasse ; mais à peine l'eut-il visée qu'un éclair rouge s'éleva du buisson où se tenait Oblonski : l'oiseau descendit comme une flèche pour faire aussitôt un crochet en hauteur. Un second éclair brilla, un coup retentit ; et la bête, cherchant à se rattraper, battit en vain de l'aile, s'immobilisa un instant et chut lourdement à terre.

— Manquée ? cria Stépane Arcadiévitch que la fumée aveuglait.

— La voilà ! répondit Levine en montrant Mignonne qui, une oreille dressée, agitant gaiement le bout de sa queue duveteuse, esquissant une sorte de sourire, rapportait lentement, comme pour faire durer le plaisir, le gibier à son maître. Tous mes compliments ! reprit-il, refoulant un certain sentiment d'envie.

— J'ai eu un mauvais raté du coup droit, bougonna Stépane Arcadiévitch en rechargeant son arme. Chut ! en voilà une autre !

En effet des sifflements se succédaient, rapides, perçants, mais que ne suivit cette fois aucun croassement. Deux bécasses, folâtrant et se poursuivant l'une l'autre, partirent juste au-dessus des chasseurs. Quatre coups retentirent, mais les oiseaux, faisant à la façon des hirondelles un brusque crochet, se perdirent dans les airs.

. . . .

La chasse fut excellente. Stépane Arcadiévitch tua encore deux oiseaux, et Levine deux autres, dont l'un ne se retrouva pas. La nuit venait. Très bas du côté du couchant, Vénus au doux éclat d'argent montait entre les bouleaux, tandis que miroitait, haut vers le levant, le feu rouge du sombre Arcturus. Certaines étoiles de la Grande Ourse brillaient par intervalles au-dessus de Levine. La croule semblait terminée, mais il résolut d'attendre que Vénus ait dépassé la branche d'un bouleau au-dessous de laquelle il l'apercevait et que la Grande Ourse fût complètement visible. Mais l'étoile avait dépassé la branche et le char de la Grande Ourse se montrait tout entier, qu'il attendait encore.

— N'est-il pas temps de rentrer ? demanda Stépane Arcadiévitch.

Tout était silencieux dans la forêt, aucun oiseau n'y bougeait.

— Attendons encore, répondit Levine.

— Comme tu voudras.

Ils étaient à ce moment à quinze pas l'un de l'autre.

— Stiva, s'écria soudain Levine, tu ne m'as pas dit si ta belle-sœur est mariée ou si le mariage va se faire.

Il se sentait si ferme, si calme qu'aucune réponse, croyait-il, ne pouvait l'émouvoir. Mais il ne s'attendait pas à celle qu'allait lui faire Stépane Arcadiévitch.

— Elle n'est pas mariée et n'a jamais songé au mariage. Elle est très malade et les médecins l'ont envoyée à l'étranger. On craint même pour sa vie.

— Que dis-tu là ! s'exclama Levine. Malade... mais qu'a-t-elle ? Et comment...

Cependant, Mignonne, l'oreille à l'écoute, scrutait le ciel et leur jetait des regards de reproche. « Ils ont bien choisi leur temps pour jaser ! songeait-elle. En voilà une qui vient... Oui, la voilà. Ils vont la rater. »

Au même instant un sifflement aigu fouetta les oreilles de nos chasseurs ; tous deux saisirent en même temps leur fusil, les deux éclairs, les deux coups se confondirent. La bécasse, qui volait très haut, battit de l'aile et tomba dans la cépée, en brisant les jeunes pousses.

— Nous l'avons de moitié, s'écria Levine courant avec Mignonne à la recherche du gibier. « Qu'est-ce donc qui m'a fait tant de peine tout à l'heure ? se demanda-t-il. Ah ! oui, Kitty est malade. C'est dommage, mais qu'y puis-je ? » Ah ! ah ! ma belle, tu l'as ! reprit-il à haute voix en enlevant de la gueule de Mignonne l'oiseau tout chaud, pour le mettre dans son carnier presque plein. Je l'ai trouvé, Stiva, cria-t-il joyeusement.

XVI

En rentrant, Levine posa force questions sur la maladie de Kitty et les projets des Stcherbatski. Sans qu'il osât se l'avouer, les détails que lui donna son ami lui firent un secret plaisir ; il lui restait encore un espoir et surtout il n'était point fâché que celle qui l'avait tant fait souffrir souffrît à son tour. Mais quand Oblonski remonta aux causes de la maladie de Kitty et prononça le nom de Vronski, Levine l'interrompit.

— Je n'ai pas le droit d'être initié à des secrets de famille qui, pour parler franc, ne m'intéressent nullement.

Stépane Arcadiévitch esquissa un sourire : il venait de surprendre sur les traits de Levine ce brusque passage de la gaieté à la tristesse qu'il ne lui connaissait que trop.

— As-tu conclu avec Riabinine pour ton bois ? demanda Levine.

— Oui, il m'offre un très bon prix : trente-huit mille roubles, dont huit d'avance et les trente autres échelonnés sur six ans. Cette affaire m'a causé beaucoup de soucis, personne ne m'a offert davantage.

— Tu lui donnes ton bois pour rien, proféra Levine d'un air sombre.

— Comment cela, pour rien ! répliqua Stépane Arcadiévitch avec un sourire amusé, car il savait que Levine serait maintenant mécontent de tout.

— Ton bois vaut pour le moins cinq cents roubles l'hectare, trancha Levine.

— Ah ! ces agriculteurs ! plaisanta Stépane Arcadiévitch. Vous accablez toujours de votre mépris les pauvres citadins que nous sommes, mais quand il s'agit de conclure une affaire, nous nous en tirons mieux que vous. Crois-moi, j'ai tout calculé ; le bois est vendu dans d'excellentes conditions, et je ne crains qu'une chose, c'est que l'acheteur ne se dédise. Il n'y a guère de bois d'œuvre, reprit-il en soulignant le mot, croyant réduire à néant par ce terme technique tous les doutes de Levine ; c'est presque tout bois de chauffage, et il y en aura à peine trois cents stères par hectare. Or il me donne deux cents roubles l'hectare.

Levine eut un sourire de dédain. « Voilà bien, songea-t-il, le genre de ces messieurs de la ville[1], qui pour une ou deux fois en dix ans qu'ils viennent à la campagne, et pour deux ou trois mots de terroir qu'ils ont pu attraper et qu'ils emploient à tort et à travers, s'imaginent pouvoir nous en remontrer. Le pauvre garçon parle de choses dont il ignore le premier mot. »

— Je ne me permets pas de te faire la leçon quand il s'agit des paperasses de ton administration, rétorqua-t-il ; et, le cas échéant, je te demanderais conseil. Mais toi, tu t'imagines connaître à fond ces affaires de bois. Elles sont pourtant bien compliquées, je t'assure. As-tu compté tes arbres ?

— Comment cela, compter mes arbres ! objecta en riant Stépane Arcadiévitch, qui voulait à tout prix faire renaître la bonne humeur de son ami. Compter les sables de la mer, les rayons des planètes, qu'un génie y parvienne, s'il le peut !

— Je te réponds que le génie de Riabinine y parvient. Il n'y a pas de négociant qui achète sans compter, à moins qu'on ne lui donne le bois pour rien, comme tu le fais. Je le connais, ton bois, j'y chasse tous les ans : il vaut cinq cents roubles l'hectare, argent comptant, tandis qu'il t'en offre deux cents à tempérament. Tu lui fais cadeau de quelque trente mille roubles.

— Ne t'emballe pas, voyons, dit Oblonski d'un ton plaintif ; pourquoi personne ne m'a-t-il offert ce prix-là ?

— Parce qu'il est de connivence avec les autres marchands et qu'il leur a promis une ristourne. Je connais tous ces gens-là, j'ai eu affaire à eux, ils s'entendent comme larrons en foire. Sois tranquille, le Riabinine dédaigne les petits profits de dix à quinze pour cent, il attend son heure et achète vingt kopecks ce qui vaut un rouble.

— Tu vois les choses en noir.

— Pas le moins du monde ! conclut Levine d'un ton sombre au moment où ils approchaient de la maison.

Devant la porte stationnait une télègue, solidement bardée de fer et de cuir, solidement attelée d'un cheval bien nourri, où se prélassait le commis de Riabinine, un gars à la mine bien rouge et au caftan bien sanglé, qui, à l'occasion, lui servait de cocher. Le patron en personne attendait les deux amis dans le vestibule. C'était un homme d'âge moyen, grand, sec, moustachu, le menton rasé et proéminent, les yeux ternes et à fleur de tête. Vêtu d'une redingote dont les longs pans s'ornaient de boutons très bas par-derrière, il portait des bottes dont les tiges, droites à la hauteur des mollets, lui tombaient en accordéon sur les talons, et par-dessus ses bottes, de lourds caoutchoucs. Il s'essuya la figure avec son mouchoir, croisa sans qu'il en fût besoin les pans de sa redingote, et s'avança vers les arrivants avec un sourire, tendant à Oblonski une main qui semblait vouloir attraper quelque chose.

— Ah ! vous voilà, dit Stépane Arcadiévitch en lui tendant la main. C'est parfait.

— Les chemins ont beau être mauvais, je n'aurais pas osé enfreindre les ordres de Votre Excellence. Positivement j'ai fait la route à pied, mais me voici au jour fixé... Mes hommages, Constantin Dmitritch, continua-t-il en se tournant vers Levine, avec l'intention d'attraper aussi sa main ; mais celui-ci, qui retirait les bécasses du carnier, fit semblant de ne pas remarquer le geste. Vous vous êtes donné le plaisir de la chasse ? ajouta Riabinine avec un regard de mépris pour les bécasses. Quel oiseau ça peut-il bien être ? Est-ce possible que ça ait bon goût ? Et il branla le chef d'un air désapprobateur : était-ce vraiment là manger en chrétien ?

— Veux-tu passer dans mon bureau ? demanda Levine en français et sur un ton décidément lugubre. Entrez dans mon bureau, vous y discuterez votre affaire, reprit-il en russe.

— Où bon vous semblera, dit le marchand d'un air de supériorité dédaigneuse, voulant faire entendre que si d'autres ignoraient les finesses du savoir-vivre, lui, Riabinine, se trouvait toujours et partout à sa place.

En pénétrant dans le bureau, Riabinine, machinalement, chercha des yeux l'image sainte ; mais quand il l'eut trouvée, il ne se signa point. Il eut pour les bibliothèques et pour les rayons chargés de livres le même regard de dédain, le même hochement de tête qu'il avait accordé aux bécasses : ici non plus, le jeu n'en valait pas la chandelle.

— Eh bien, avez-vous apporté l'argent ? demanda Oblonski. Mais asseyez-vous.

— L'argent ne fera point défaut. Pour le moment on est venu faire un bout de causette.

— À quel propos ? Mais asseyez-vous donc.

— Pour ce qui est de s'asseoir, on peut s'asseoir, dit Riabinine en se laissant tomber dans un fauteuil et en s'appuyant au dossier de la manière la plus incommode... Il faut céder quelque chose, mon prince ; ce serait péché que de ne pas le faire... Quant à l'argent, il est tout prêt, définitivement et jusqu'au dernier kopeck. De ce côté-là, il n'y aura pas de retard.

Ce discours cloua sur place Levine qui, son fusil rangé dans une armoire, voulait se retirer.

— Comment, s'écria-t-il, vous demandez encore un rabais ! Mais vous offrez déjà un prix dérisoire. Si mon ami était venu me trouver plus tôt, je lui aurais fait une proposition.

Riabinine se leva et toisa Levine en souriant.

— Constantin Dmitritch est par trop dur à la détente, dit-il en s'adressant à Oblonski. On n'achète définitivement rien avec lui. J'ai marchandé son blé, je lui offrais un bon prix et...

— Pourquoi vous ferais-je cadeau de mon bien ? Je ne l'ai, que je sache, ni trouvé ni volé.

— Faites excuse, au jour d'aujourd'hui il est positivement impossible de voler. Au jour d'aujourd'hui, voyez-vous, la procédure est définitivement devenue publique. Tout se passe honnêtement et ouvertement. Comment pourrait-on voler dans ces conditions ? Nous avons traité en honnêtes gens. Le bois est trop cher, je ne joindrais pas les deux bouts. Il faut me faire une petite concession.

— Mais votre affaire est-elle, oui ou non, conclue ? Si oui, il n'y a plus à marchander ; si non, c'est moi qui achète le bois.

Le sourire disparut du visage de Riabinine, cédant la place à une expression d'oiseau de proie, rapace et cruelle. De ses doigts osseux et agiles il déboutonna sa redingote, offrant aux regards sa blouse russe, son gilet aux boutons de cuivre, sa chaîne de montre, et il tira de son sein un gros portefeuille usé.

— Le bois est à moi, s'il vous plaît, proféra-t-il, en tendant la main après un rapide signe de croix. Prends mon argent, je prends ton bois. Voilà comment Riabinine entend les affaires, il ne coupe pas les liards en quatre, ajouta-t-il d'un ton bourru, en brandissant son portefeuille.

— À ta place, je ne me presserais pas, conseilla Levine.

— Que dis-tu ? objecta non sans surprise Oblonski. Je lui ai donné ma parole !

Levine sortit en faisant claquer la porte. Riabinine hocha la tête en souriant.

— Tout ça, voyez-vous, c'est de l'enfantillage, positivement et définitivement. Parole d'honneur, j'achète quasiment pour la gloire, parce que je veux qu'on dise : « C'est Riabinine et non un autre qui a acheté le bois d'Oblonski. » Et Dieu sait si je m'en tirerai ! Parole d'honneur... Eh bien, il s'agit maintenant de rédiger un petit contrat...

Une heure plus tard, l'homme de négoce, la redingote bien agrafée, la houppelande bien croisée sur sa poitrine, remontait dans sa bonne télègue bien solide, emportant chez lui un contrat en bonne et due forme.

— Oh ! ces beaux messieurs, dit-il à son commis ; toujours la même histoire !

— Ça, c'est s'ment ben sûr, répondit le commis en lui cédant les rênes pour accrocher le tablier de cuir de la voiture. Et par rapport à l'achat, Mikhaïl Ignatitch ?

— Hé, hé !...

XVII

Stépane Arcadiévitch monta au premier, la poche bourrée de billets à trois mois que Riabinine avait su lui faire accepter en acompte. La vente était conclue, il tenait l'argent en portefeuille, la chasse avait été bonne : il se sentait donc de fort belle humeur et désirait mettre par un joyeux souper une fin agréable à une journée si bien commencée. Pour cela il fallait à tout prix distraire Levine ; mais, quelque désir qu'eût celui-ci de se montrer aimable et prévenant, il n'arrivait point à chasser ses idées noires. La nouvelle que Kitty n'était pas mariée l'avait comme enivré, mais au fond de la griserie il avait trouvé l'amertume. Pas mariée et malade ; malade d'amour pour celui qui l'avait dédaignée ! C'était presque une injure personnelle. Vronski l'avait repoussée mais elle l'avait repoussé, lui, Levine. Vronski n'avait-il pas acquis le droit de le mépriser ?

Ce n'était là d'ailleurs qu'une impression assez vague, et plutôt qu'à la vraie cause de sa contrariété Levine s'en prenait à des bagatelles. Cette absurde vente de forêts, la tromperie dont Oblonski avait été victime sous son toit, l'irritèrent tout particulièrement.

— Alors, c'est fini ? demanda-t-il en voyant revenir Oblonski. Veux-tu souper ?

— Ce n'est pas de refus. La campagne me donne un appétit de loup. Mais pourquoi n'as-tu pas invité Riabinine ?

— Eh ! qu'il aille à tous les diables !

— Bigre, comme tu le traites ! Tu ne lui donnes même pas la main ; pourquoi ?

— Parce que je ne la donne pas à mon domestique, lequel vaut cent fois mieux que lui.

— Quelles idées arriérées ! Et la fusion des classes, qu'en fais-tu ?

— Je l'abandonne aux personnes à qui elle est agréable ; quant à moi, elle me dégoûte.

— Décidément, tu n'es qu'un rétrograde.

— À vrai dire, je ne me suis jamais demandé qui j'étais. Je suis tout bonnement Constantin Levine.

— Un Constantin Levine bien maussade, dit en souriant Oblonski.

— C'est vrai, et sais-tu pourquoi ? À cause de cette vente stupide, excuse le mot.

Stépane Arcadiévitch prit un air d'innocence outragée.

— Voyons, fit-il, quand quelqu'un a-t-il vendu quoi que ce fût sans qu'on lui ait dit aussitôt : « Mais cela vaut bien davantage » ? Par malheur personne n'offre ce beau prix avant la vente. Non, je vois que tu as une dent contre ce malheureux Riabinine.

— Peut-être et je vais te dire pourquoi. Tu auras beau me traiter encore de rétrograde ou de quelque autre nom aussi cocasse, je ne saurais trop déplorer l'appauvrissement général de cette noblesse à laquelle, en dépit de la fusion des classes, je suis fort heureux d'appartenir. Si encore c'était là une conséquence de nos prodigalités, passe encore : mener la vie à grandes guides, c'est affaire aux nobles, et eux seuls s'y entendent. Je ne suis point froissé de voir les paysans acheter nos terres. Le propriétaire ne fait rien, le paysan travaille et prend la place de l'oisif. C'est dans l'ordre et j'en suis heureux pour lui. Mais ce qui me vexe, c'est de constater que notre noblesse se laisse dépouiller par… comment dirai-je… oui, c'est cela, par innocence ! Ici c'est un fermier polonais qui achète à moitié prix, d'une dame qui habite Nice, un superbe domaine. Là c'est un négociant qui prend à ferme pour un rouble l'hectare ce qui en vaut dix. Aujourd'hui c'est toi qui, sans rime ni raison, fais cadeau à ce coquin d'une trentaine de mille roubles.

— Alors, d'après toi, j'aurais dû compter mes arbres un à un ?

— Parfaitement. Si tu ne les as pas comptés, sois sûr que Riabinine l'a fait pour toi. Ses enfants auront de quoi vivre et s'instruire, et Dieu sait si les tiens...

— Excuse-moi, je trouve ce calcul mesquin. Nous avons nos occupations, ils ont les leurs, et il faut bien qu'ils fassent leurs bénéfices. Au demeurant l'affaire est terminée et il n'y a plus à y revenir... Mais voici venir des œufs sur le plat qui me paraissent fort appétissants. Sans compter qu'Agathe Mikhaïlovna va nous sortir cette excellente eau-de-vie...

Oblonski se mit à table et plaisanta avec Agathe Mikhaïlovna, l'assurant qu'il n'avait de longtemps si bien dîné ni si bien soupé.

— Au moins, dit celle-ci, vous avez, vous, une bonne parole à donner, tandis que Constantin Dmitritch, ne lui servît-on qu'une croûte de pain, il l'avalerait sans rien dire et s'en irait.

Quelque effort qu'il tentât pour se dominer, Levine restait sombre et silencieux. Il avait sur les lèvres une question qu'il ne se décidait pas à poser, ne sachant trop ni de quelle manière ni à quel propos la formuler. Stépane Arcadiévitch avait eu le temps de redescendre dans sa chambre, d'y faire sa toilette, de revêtir une chemise de nuit tuyautée et enfin de se coucher, que Levine tournait encore autour de lui, abordant mille bagatelles, sans avoir le courage de demander ce qui lui tenait à cœur.

— Comme c'est bien présenté ! dit-il en développant une savonnette parfumée, attention d'Agathe Mikhaïlovna dont Oblonski ne profitait point. Regarde donc, c'est vraiment une œuvre d'art.

— Oui, tout se perfectionne de nos jours, approuva Stépane Arcadiévitch avec un bâillement de béatitude. Les théâtres, par exemple, et autres lieux de plaisir... (Ici nouveau bâillement.) Il y a partout maintenant la lumière électrique...

— Oui, la lumière électrique.. répéta Levine. À propos, et Vronski, que devient-il ? se risqua-t-il enfin à demander en abandonnant sa savonnette.

— Vronski ? dit Stépane Arcadiévitch, cessant soudain de bâiller. Il est à Pétersbourg. Il est parti peu de temps après toi et n'est plus revenu à Moscou. Sais-tu, Kostia, continua-t-il en s'accoudant à la table de nuit et en appuyant sur sa main son beau visage qu'éclairaient comme deux étoiles de bons yeux quelque peu somnolents, en toute franchise, ne t'en prends qu'à toi-même. Tu as eu peur d'un rival, et je te répète ce que je te disais alors, je ne sais lequel de vous deux avait le plus de chances. Pourquoi n'avoir pas été de l'avant ? Ne t'avais-je pas prévenu que…

Et il bâilla des mâchoires, tâchant de ne pas ouvrir la bouche.

« Sait-il ou ne sait-il pas que j'ai fait ma demande ? se demandait Levine en le dévisageant. Oui, il y a de la ruse, de la diplomatie dans ses traits. » Et, se sentant rougir, il plongea sans mot dire son regard dans celui d'Oblonski.

— En admettant, continuait Stépane Arcadiévitch, qu'elle ait éprouvé pour lui un sentiment quelconque, il ne peut s'agir que d'un entraînement superficiel. C'est la mère qui s'est laissée séduire par l'aristocratie de ses manières et la brillante position qu'il occupera un jour dans le monde…

Levine fronça le sourcil. L'injure du refus lui poignit de nouveau le cœur comme une blessure toute fraîche. Par bonheur il était chez lui ; et chez soi on se sent plus fort.

— Un instant, s'écria-t-il en interrompant Oblonski. Tu parles d'aristocratie. Veux-tu me dire en quoi consiste celle de Vronski ou de n'importe quel autre et en quoi elle autorise le mépris que l'on a eu pour moi. Tu le considères comme un aristocrate. Je ne suis pas de cet avis. Un homme dont le père s'est poussé par de sales intrigues et dont la mère a eu je ne sais combien d'aventures… Non, merci. J'appelle aristocrates les gens qui, comme moi, peuvent se revendiquer de trois ou quatre générations d'honnêtes gens, instruits, cultivés (je ne parle pas des dons de l'esprit, c'est une autre affaire), qui, n'ayant jamais eu besoin de personne, ne se sont jamais abaissés devant qui que ce soit. Tels furent mon père et mon grand-père. Et je connais beaucoup de familles semblables. Tu fais cadeau de trente mille roubles à un Riabinine et tu trouves mesquin que je compte les arbres de mes bois ; mais tu te verras un jour confier quelque ferme du gouvernement et je ne sais quoi encore, ce que je n'obtiendrai jamais. Voilà pourquoi je ménage le bien que m'a laissé mon père et celui que je me suis acquis par mon travail... C'est nous qui sommes les aristocrates et non pas ceux qui vivent aux crochets des puissants de ce monde et qui se laissent acheter pour pas grand-chose.

— À qui en as-tu ? je suis de ton avis, répondit sincèrement Stépane Arcadiévitch, fort amusé par cette sortie mais soupçonnant que Levine le rangeait, lui aussi, parmi ces gens qui se laissent acheter pour pas grand-chose. Tu n'es pas juste pour Vronski, mais il ne s'agit pas de cela. Je te le dis tout franc ; tu devrais partir avec moi pour Moscou et...

— Non. Je ne sais si tu as eu connaissance de ce qui s'est passé ; d'ailleurs peu m'importe. Puisqu'il faut te le dire, je me suis déclaré à Catherine Alexandrovna et j'ai essuyé un refus qui me rend son souvenir pénible et humiliant.

— Pourquoi cela ? Quelle folie !

— N'en parlons plus. Et si je me suis emporté, je te fais toutes mes excuses.

Maintenant qu'il s'était expliqué, sa bonne humeur lui était revenue.

— Allons, reprit-il en souriant et en prenant la main d'Oblonski, sans rancune, n'est-ce pas, Stiva ?

— Mais je ne songe pas à me fâcher. Je suis bien aise que nous nous soyons ouverts l'un à l'autre. Mais dis-moi, la croule est parfois bonne le matin ; je me passerais bien de dormir et j'irais ensuite tout droit à la gare.

— Entendu.

XVIII

Si la vie intérieure de Vronski appartenait toute à sa passion, sa vie extérieure suivait son cours immuable, oscillant entre les devoirs mondains et les obligations de service. Le régiment jouait un grand rôle dans son existence, tout d'abord parce qu'il l'aimait, et plus encore parce qu'il y était aimé. Non seulement on l'y aimait, mais on le respectait, on était fier de voir un homme si riche, si instruit, si bien doué, placer les intérêts de son régiment et de ses camarades au-dessus des succès d'amour-propre et de vanité auxquels il pouvait prétendre. Vronski se rendait compte des sentiments qu'il inspirait et se croyait tenu de les entretenir ; d'ailleurs le métier militaire lui plaisait.

Il va sans dire qu'il ne parlait à personne de son amour ; aucun mot imprudent ne lui échappait au cours des beuveries les plus prolongées (d'ailleurs il ne s'enivrait jamais au point de perdre le contrôle de lui-même) ; et il savait clore le bec aux indiscrets qui se permettaient la moindre allusion à ses affaires de cœur. Elles étaient pourtant la fable de la ville, tout le monde soupçonnait plus ou moins son roman avec Mme Karénine. La plupart des jeunes gens enviaient précisément ce qui lui pesait le plus dans cette liaison, la haute position du mari, qui en faisait un événement mondain. La plupart des jeunes femmes, jalouses d'Anna qu'elles étaient lasses d'entendre toujours traiter de « juste », voyaient sans déplaisir leurs prédictions vérifiées et n'attendaient que la sanction de l'opinion publique pour l'accabler de leur mépris ; elles tenaient déjà en réserve la boue qu'elles lui jetteraient quand le moment serait venu. Les personnes d'âge mûr et celles d'un rang élevé redoutaient un scandale et se montraient mécontentes.

La comtesse Vronski avait d'abord appris avec une joie malicieuse les amours de son fils : rien, à l'entendre, ne formait mieux un jeune homme qu'une liaison dans le grand monde ; elle n'était pas fâchée que cette Mme Karénine, qui lui avait tant plu et ne parlait que de son enfant, ait fini par sauter le pas, ainsi qu'il sied à toutes les jolies femmes de son rang. Mais cette indulgence cessa dès qu'elle sut qu'Alexis, pour ne pas s'éloigner de sa maîtresse, avait refusé un avancement important, ce dont on lui gardait rancune en haut lieu. Elle s'était aussi laissé dire que, loin d'être le brillant caprice qu'elle aurait approuvé, cette passion tournait au tragique, à la Werther, et risquait de faire commettre à son fils force sottises. Comme elle n'avait pas revu celui-ci depuis son brusque départ de Moscou, elle le prévint par son frère aîné qu'elle désirait sa visite. Ce frère ne cachait pas non plus son mécontentement, non qu'il s'inquiétât de savoir si l'amour de son cadet était profond ou éphémère, calme ou passionné, innocent ou coupable (lui-même, bien que père de famille, entretenait une danseuse et n'avait pas le droit de se montrer sévère) ; mais sachant que cet amour déplaisait à qui de droit, il ne pouvait que blâmer Alexis.

Entre son service et ses relations mondaines, Vronski consacrait une partie de son temps à une seconde passion, celle des chevaux. Les officiers organisaient cette année-là des courses d'obstacles ; il s'était fait inscrire et avait acheté une jument anglaise pur sang. Malgré son amour, et bien qu'il y mît de la réserve, ces courses avaient pour lui un très grand attrait.

Les deux passions ne se nuisaient d'ailleurs point. Il fallait à Vronski, en dehors d'Anna, un entraînement quelconque pour le reposer, le distraire des émotions violentes qui l'agitaient[1].

XIX

Le jour des courses de Krasnoïé Sélo, Vronski vint, plus tôt que d'habitude, manger un bifteck au mess des officiers. Il n'était pas trop rigoureusement tenu à restreindre sa nourriture, son poids répondant aux soixante-douze kilos de rigueur ; mais il ne devait pas non plus engraisser et s'abstenait en conséquence de sucre et de farineux. Les coudes sur la table, la tunique déboutonnée laissant voir son gilet blanc, il semblait plongé dans la lecture d'un roman français ouvert sur son assiette, mais il ne prenait cette attitude que pour se dérober aux conversations des allants et venants ; sa pensée était ailleurs.

Il songeait au rendez-vous que lui avait donné Anna après les courses. Ne l'ayant point vue depuis trois jours, il se demandait si elle pourrait tenir sa promesse, car son mari venait de rentrer d'un voyage à l'étranger. Comment s'en assurer ? Ils s'étaient vus pour la dernière fois à la villa de Betsy, sa cousine, car il ne fréquentait guère celle des Karénine. C'était pourtant là qu'il projetait maintenant de se rendre et il cherchait pour s'y présenter un prétexte plausible.

« Je dirai que Betsy m'a chargé de lui demander si elle compte venir aux courses ; oui, certainement, j'irai », décida-t-il. Et son imagination lui peignit avec tant de vivacité le bonheur de cette entrevue que son visage, soudain redressé, rayonna de joie.

— Fais dire chez moi qu'on attelle au plus tôt la calèche, dit-il au garçon qui lui apportait son bifteck sur un plat d'argent.

Il attira le plat à lui et se mit à manger. De la salle de billard voisine on entendait monter, parmi le choc des billes, un bruit de voix mêlé à des éclats de rire. Deux officiers se montrèrent à la porte : l'un, tout jeune, au visage poupin, récemment sorti du Corps des pages, l'autre, gras et vieux, avec de petits yeux lourds de graisse et un bracelet au bras.

Vronski coula vers eux un clin d'œil ennuyé et, reportant ses regards sur son livre, fit semblant de ne les point remarquer.

— Ah ! bah ! tu prends des forces ? dit le gros officier en s'asseyant près de lui.

— Comme tu vois, répondit Vronski d'un ton maussade et sans lever les yeux.

— Tu ne crains pas d'engraisser ? continua le bonhomme en avançant une chaise à son jeune camarade.

— Tu dis ? demanda Vronski de plus en plus bourru et sans dissimuler une grimace d'aversion.

— Tu ne crains pas d'engraisser ?

— Garçon, du xérès ! cria Vronski sans lui répondre, et après avoir transporté son livre de l'autre côté de l'assiette, il se replongea dans sa lecture.

Le gros officier prit la carte des vins, la tendit au plus jeune et dit en le regardant :

— Vois donc ce que nous pourrions boire.

— Du vin du Rhin, si tu veux, répondit l'autre qui tout en lissant son imperceptible moustache, posait sur Vronski un regard pas très assuré. Voyant que celui-ci ne bougeait pas, il se leva : Retournons dans la salle de billard, proposa-t-il.

Le gros officier le suivit docilement. Ils allaient sortir quand apparut un superbe gaillard, le capitaine Iachvine. Il ne leur accorda qu'un salut condescendant et s'en fut tout droit à Vronski.

— Ah ! le voilà ! s'écria-t-il en laissant tomber vigoureusement sa grosse main sur l'épaule du jeune homme.

Celui-ci se retourna d'un air mécontent, mais son

visage reprit aussitôt l'expression de sérénité qui lui était habituelle.

— Bravo, Alexis, barytonna le capitaine, mange un morceau et avale un petit verre.

— C'est que je n'ai guère faim.

— Reluque-moi les inséparables, reprit Iachvine, avec un regard ironique vers les deux officiers qui s'éloignaient. Et il s'assit près de Vronski en pliant fortement ses grandes jambes moulées dans sa culotte de cheval et trop longues pour la hauteur des chaises. Pourquoi n'es-tu pas venu hier au théâtre de Krasnoïé ? La Numérov ne joue vraiment pas mal. Où étais-tu donc ?

— Je me suis attardé chez les Tverskoï.

— Ah oui !...

Ivrogne, débauché, dénué de principes ou plutôt pourvu de principes uniquement immoraux, Iachvine était au régiment le meilleur camarade de Vronski. Celui-ci admirait sa force physique exceptionnelle, dont il faisait surtout preuve en buvant comme une outre et en se passant au besoin de sommeil ; il n'admirait pas moins la force morale qui lui valait la considération quelque peu inquiète de ses chefs et de ses camarades, et lui permettait de risquer au jeu, même après les plus fortes ribotes, des dizaines de milliers de roubles avec un calme et une présence d'esprit si imperturbables qu'on le tenait au Club anglais pour le premier des joueurs. En outre, Vronski se sentait aimé de Iachvine pour lui-même et non point pour son nom ni pour sa richesse ; voilà pourquoi il lui portait une affection sincère, voilà pourquoi il eût voulu l'entretenir — et lui seul — de son amour, convaincu qu'en dépit du mépris qu'il affectait pour tout sentiment, Iachvine seul pouvait comprendre la profondeur de cette passion, Iachvine seul n'en ferait point un sujet de médisances. Sans lui en avoir jamais soufflé mot, il lisait dans ses yeux que Iachvine savait tout et prenait la chose avec le sérieux voulu.

— Ah ! oui ! dit le capitaine. Un éclair brilla dans ses yeux noirs tandis qu'obéissant à un tic familier il ramenait d'une main nerveuse le bout gauche de sa moustache entre ses lèvres.

— Et toi, qu'as-tu fait de ta soirée ? As-tu gagné ?

— Huit mille roubles, dont trois qui ne rentreront peut-être pas.

— Alors je puis te faire perdre sans remords, dit en riant Vronski, sachant que Iachvine avait parié sur lui une forte somme.

— Je n'entends pas perdre. Seul Makhotine est à craindre.

Et l'entretien s'engagea sur les courses, le seul sujet qui pût en ce moment intéresser Vronski.

— Eh bien, j'ai fini, dit enfin celui-ci, nous pouvons partir.

Il se dirigea vers la porte. Iachvine se leva en étirant son long dos et ses longues jambes.

— Je ne puis dîner de si bonne heure, mais je vais boire quelque chose. Je te suis. Holà, du vin ! cria-t-il de sa voix tonnante qui faisait trembler les vitres et n'avait pas sa pareille pour lancer les commandements. Non, inutile ! cria-t-il aussitôt après. Puisque tu rentres chez toi, je t'accompagne.

Ils sortirent de compagnie.

XX

Vronski occupait au camp une chaumière finnoise vaste et propre, divisée en deux par une cloison. Tout comme à Pétersbourg, il avait pour commensal Pétritski ; celui-ci dormait quand Vronski et Iachvine entrèrent.

— Assez dormi comme cela, lève-toi, dit Iachvine en allant secouer le dormeur par l'épaule derrière la cloison où il était couché, la chevelure en désordre et le nez dans l'oreiller.

Pétritski sauta sur ses genoux et promena autour de lui des regards mal éveillés.

— Ton frère est venu, dit-il à Vronski. Il m'a réveillé, l'animal, pour me dire qu'il reviendrait.

Là-dessus, il se rejeta sur l'oreiller en ramenant sur lui la couverture.

— Laisse-moi tranquille, voyons, cria-t-il avec colère à Iachvine qui faisait mine de lui retirer sa couverture. Puis, se tournant vers lui en ouvrant définitivement les yeux : tu ferais mieux de me dire ce que je devrais boire pour m'ôter de la bouche cette atroce amertume.

— De l'eau-de-vie, c'est ce qu'il y a de meilleur, claironna Iachvine. Téréstchenko, vite de l'eau-de-vie et des concombres à ton maître ! commanda-t-il en prenant un plaisir évident aux roulades de sa voix tonitruante.

— De l'eau-de-vie ? Tu crois ? demanda Pétritski en se frottant les yeux. Si tu en prends, je suis ton homme. Et toi, Vronski, nous tiendras-tu compagnie ?

Et quittant son lit, il s'avança, enveloppé d'une couverture tigrée, les bras en l'air, fredonnant en français : « Il était un roi de Thu... u... lé. »

— Eh bien, Vronski, répéta-t-il, nous tiendras-tu compagnie, oui ou non ?

— Va te faire fiche ! répondit Vronski à qui son domestique tendait sa redingote.

— Où comptes-tu aller ? demanda Iachvine en voyant approcher de la maison une calèche attelée de trois chevaux.

— À l'écurie et de là chez Brianski avec qui j'ai une affaire à régler.

Il avait en effet promis à Brianski, qui demeurait à dix verstes de Péterhof, de venir lui régler un achat de chevaux et espérait avoir le temps de passer chez lui. Mais ses camarades comprirent aussitôt qu'il allait encore ailleurs. Tout en chantonnant, Pétritski cligna de l'œil et fit une moue qui signifiait : « Nous savons ce que Brianski veut dire. »

— Ne t'attarde pas, se contenta de dire Iachvine, et, pour rompre les chiens : À propos, et mon rouan, fait-il ton affaire ? demanda-t-il en examinant par la fenêtre le limonier qu'il avait cédé à Vronski.

Au moment où celui-ci allait sortir, Pétritski l'arrêta en criant :

— Attends donc, ton frère m'a laissé une lettre et un billet pour toi. Où diantre les ai-je fourrés ?

— Eh bien, voyons, où sont-ils ?

— Où ils sont ? c'est justement la question, déclama Pétritski en posant le doigt sur son front.

— Finis, voyons, c'est agaçant ! dit Vronski en souriant.

— Je n'ai pas fait de feu dans la cheminée. Ils doivent être là quelque part.

— Trêve de plaisanteries. Où est la lettre ?

— Ma parole, je n'en sais plus rien. Aurais-je rêvé par hasard ? Attends, attends, ne te fâche pas ; si tu avais vidé quatre bouteilles comme je l'ai fait hier au soir, tu perdrais, toi aussi, la notion des choses... Attends, je vais tâcher de me rappeler.

Pétritski retourna derrière sa cloison et se laissa tomber sur son lit.

— Voyons, c'est ainsi que j'étais couché et lui se tenait là... Oui, oui, oui, m'y voilà.

Et il tira la lettre de dessous son matelas.

Vronski prit la lettre qu'accompagnait un billet de son frère. C'était bien ce qu'il supposait : sa mère lui reprochait de n'être pas venu la voir et son frère désirait l'entretenir d'urgence. « De quoi se mêlent-ils ! » murmura-t-il, et, froissant les deux papiers, il les glissa entre les boutons de sa tunique dans l'intention de les relire en route plus à loisir. Il se heurta dans l'entrée à deux officiers, dont l'un appartenait à un autre régiment, car on prenait volontiers son logis pour lieu de réunion.

— Où vas-tu ? dit l'un d'eux.

— À Péterhof pour affaire.

— Ton cheval est-il arrivé de Tsarskoïé ?

— Oui, mais je ne l'ai pas encore vu.

— On prétend que Gladiator, le cheval de Makhotine, boite.

— Des blagues ! dit l'autre officier. Mais comment ferez-vous pour courir par une boue pareille ?

— Ah ! ah ! vous venez me sauver la vie ! s'écria, en voyant entrer les nouveaux venus, Pétritski à qui son ordonnance offrait sur un plateau des concombres et de l'eau-de-vie. Comme vous voyez, Iachvine me fait boire pour me rafraîchir les idées.

— Savez-vous que vous nous avez fait passer une nuit blanche ? dit l'un des officiers.

— Eh oui, ma foi, tout s'est terminé en musique. Volkov a grimpé sur le toit et nous a annoncé de là qu'il avait du vague à l'âme. Si nous faisions un peu de musique, ai-je proposé : une marche funèbre ? Et au son de la marche funèbre il s'est endormi sur son toit.

— Prends donc ton eau-de-vie, et par là-dessus de l'eau de Seltz avec beaucoup de citron, dit Iachvine, encourageant Pétritski comme une maman qui veut faire avaler une médecine à son enfant. Après cela tu pourras te permettre une bouteille de champagne.

— J'aime mieux ça. Attends un peu, Vronski, tu vas boire avec nous.

— Non, Messieurs, adieu. Je ne bois pas aujourd'hui.

— Tu crains de t'alourdir. Eh bien, nous nous passerons de toi. Vite de l'eau de Seltz et du citron !

— Vronski ! cria quelqu'un comme celui-ci sortait.

— Qu'y a-t-il ?

— Tu devrais te faire couper les cheveux, ils te donnent trop de poids.

Une calvitie précoce affligeait Vronski. Il sourit de la plaisanterie et, avançant sa casquette sur son front pour cacher l'endroit fatal, il sortit et monta en calèche.

— À l'écurie ! commanda-t-il.

Il allait prendre ses lettres pour les relire, mais à la réflexion il préféra ne pas se laisser distraire et remit sa lecture après la visite à l'écurie.

XXI

On avait dû amener dès la veille le cheval de Vronski dans l'écurie provisoire, baraque en planches édifiée en hâte à proximité du champ de courses. Comme depuis quelques jours il laissait à l'entraîneur le soin de la promener, Vronski ne savait trop dans quel état il allait trouver sa monture ! Dès qu'il vit la calèche approcher, le lad appela l'entraîneur. Celui-ci, un Anglais efflanqué, une touffe de poils au menton, en jaquette courte et bottes à l'écuyère, vint au-devant de son maître de cette démarche niaise et dandinante, les coudes écartés, habituelle aux jockeys.

— Comment va Froufrou ? demanda Vronski en anglais.

— *All right, sir*, répondit l'Anglais du fond de la gorge. Mieux vaut ne pas entrer, ajouta-t-il en soulevant son chapeau. Je lui ai mis une muselière, cela l'agite. Si on l'approche, elle s'énervera.

— J'irai tout de même ; je veux la voir.

— Allons alors, consentit à contrecœur l'Anglais, toujours sans ouvrir la bouche. Et de son pas dégingandé, les bras toujours ballants, il prit les devants, en jouant des coudes.

Ils entrèrent dans la petite cour ménagée devant la baraque. Le lad de service, un garçon bien mis et de bonne mine, les introduisit, balai en main. Cinq chevaux occupaient l'écurie, chacun dans sa stalle ; celui de Makhotine, le concurrent le plus sérieux de Vronski, Gladiator, un robuste alezan, devait être là. Vronski, qui ne le connaissait pas, était plus curieux de le voir que de voir son propre cheval, mais les règles des courses lui interdisaient de se le faire montrer et même de poser la moindre question à son sujet. Tandis qu'il suivait le couloir, le lad ouvrit la porte de la seconde stalle de gauche et Vronski entrevit un vigoureux alezan à balzanes blanches. Il devina que c'était Gladiator, mais se retourna aussitôt du côté de Froufrou, comme il se fût détourné d'une lettre ouverte qui ne lui aurait pas été adressée.

— C'est le cheval de Ma... Mak... je n'arrive pas à prononcer ce nom-là, jeta l'Anglais par-dessus l'épaule en désignant, de son pouce à l'ongle crasseux, la stalle de Gladiator.

— De Makhotine ? oui, c'est mon seul adversaire sérieux.

— Si vous le montiez, dit l'Anglais, je parierais pour vous.

— Froufrou est plus nerveuse, celui-ci plus résistant, répondit Vronski en souriant de l'éloge.

— Dans les courses d'obstacles, reprit l'Anglais, tout est dans l'art de monter, dans le *pluck*.

Le *pluck*, c'est-à-dire l'énergie et l'audace, Vronski n'en manquait certes pas, il le savait, et ce qui valait encore mieux, il était fermement convaincu que personne ne pouvait en avoir plus que lui.

— Et vous êtes sûr qu'une forte transpiration n'était pas nécessaire ?

— Très sûr, répondit l'Anglais. Ne parlez pas haut, je vous en prie, la bête s'énerve, ajouta-t-il avec un signe de tête du côté de la stalle fermée où l'on entendait piétiner le cheval sur la litière.

Il ouvrit la porte et Vronski pénétra dans le box qu'éclairait faiblement une petite lucarne. Un cheval bai, avec une muselière, y foulait nerveusement la paille fraîche. Quand ses yeux furent habitués à la pénombre du box, Vronski scruta une fois de plus d'un regard machinal toutes les formes de son cheval favori. Froufrou était une bête de taille moyenne et d'une conformation un peu défectueuse. Elle avait les membres grêles ; la poitrine étroite en dépit du poitrail saillant ; la croupe légèrement ravalée ; les jambes, surtout celles de derrière, un peu cagneuses et pas très musclées. Bien que l'entraînement lui eût fait perdre son ventre, elle n'en avait pas moins la poitrine très profonde. Vus de face, ses canons semblaient de vrais fuseaux ; vus de côté au contraire, ils paraissaient très larges. Malgré ses flancs creux, elle était un peu longue de corsage. Mais une grande qualité palliait tous ces défauts : elle avait du « sang », ce sang qui « se révèle », comme disent les Anglais. Ses muscles, très développés sous un réseau de veines qui courait le long d'une peau fine, souple et lisse comme du satin, paraissaient aussi durs que de l'os. Sa tête sèche, aux yeux saillants, brillants et gais, s'élargissait en naseaux ouverts et roses à l'intérieur. C'était une de ces bêtes auxquelles la parole ne semble manquer que par suite d'un mécanisme incomplet de leur bouche. Tout au moins Vronski eut le sentiment d'être compris par elle tandis qu'il la contemplait. Dès qu'il fut entré, elle renâcla, cligna si fort un œil que le blanc s'injecta de sang et jeta de l'autre un regard en arrière vers les arrivants, en cherchant à secouer sa muselière et en se balançant d'un pied sur l'autre.

— Vous voyez comme elle est nerveuse ! dit l'Anglais.

— Ho ! ma belle, ho ! fit Vronski en s'approchant pour la calmer.

Plus il avançait, plus elle s'énervait. Mais quand il fut à la hauteur de sa tête, elle se calma soudain et ses muscles tressaillirent sous son pied délicat. Vronski caressa son cou puissant, remit à sa place une mèche de crinière qu'elle avait rejetée de l'autre côté de l'encolure et approcha son visage des naseaux dilatés et ténus comme une aile de chauve-souris. Elle respira bruyamment, vibra, coucha l'oreille et étendit vers lui son puissant museau noir, comme pour le saisir par la manche ; mais, empêchée par la muselière, elle la secoua, tandis que, de ses jambes faites au moule, elle reprenait de plus belle son piétinement.

— Calme-toi, ma belle, calme-toi, lui dit Vronski en la flattant sur la croupe.

Il quitta le box dans la conviction rassurante que son cheval était en parfait état.

L'agitation de la jument s'était communiquée à son maître. Le sang affluait au cœur de Vronski ; il éprouvait, lui aussi, le besoin de remuer et de mordre, sensation troublante et amusante à la fois.

— Eh bien, je compte sur vous, dit-il à l'Anglais ; à six heures et demie sur la piste.

— *All right.* Mais où allez-vous, *my Lord*? demanda l'Anglais en se servant du titre de *Lord* qu'il n'employait presque jamais.

La hardiesse de cette question surprit Vronski ; il leva la tête et regarda l'Anglais comme il savait le faire, non dans les yeux mais en plein front. Il comprit aussitôt que l'entraîneur ne lui avait pas parlé comme à son maître mais comme à un jockey.

— J'ai besoin de voir Brianski, répondit-il ; je serai de retour dans une heure.

« Combien de fois m'aura-t-on posé cette question aujourd'hui ! », songea Vronski. Et, ce qui lui arrivait rarement, il rougit sous le regard scrutateur de l'Anglais. Comme s'il savait où allait son maître, celui-ci reprit :

— L'essentiel est de garder son calme. Ne vous faites pas de mauvais sang. Évitez les contrariétés.

— *All right*, répondit Vronski en souriant.

Et sautant dans sa calèche, il se fit conduire à Péterhof.

Cependant le ciel qui menaçait depuis le matin s'assombrit tout à fait ; une violente averse se mit à tomber.

« C'est fâcheux, se dit Vronski en levant la capote de la calèche : le terrain était déjà lourd, ce sera maintenant un marais. »

Il profita de ce moment de solitude pour relire les fameuses lettres. C'était toujours la même chose. Sa mère comme son frère trouvaient bon de s'immiscer dans ses affaires de cœur. Cette façon d'agir provoquait en lui une irritation insolite. « Que leur importe ? À quoi tend cette agaçante sollicitude ? Ils sentent probablement qu'il y a là quelque chose qu'ils ne peuvent comprendre. Si c'était une vulgaire liaison mondaine, ils me laisseraient tranquille ; mais ils devinent que la bagatelle n'a rien à voir ici, que cette femme m'est plus chère que la vie. Voilà ce qui les dépasse et qui par conséquent les irrite. Quel que soit notre sort, c'est nous qui l'avons fait et nous ne le regrettons pas, songeait-il en s'unissant à Anna dans le mot "nous". Ils veulent à tout prix nous apprendre à vivre, eux qui n'ont aucune idée de ce qu'est le bonheur. Ils ne savent pas que sans cet amour il n'y aurait pour nous ni joie ni douleur en ce monde, la vie n'existerait plus. »

Au fond, ce qui l'irritait le plus contre les siens, c'est que sa conscience lui disait qu'ils avaient raison. Son amour pour Anna n'était pas un entraînement passager destiné, comme tant de liaisons, à disparaître en ne laissant d'autres traces que des souvenirs agréables ou pénibles. Il sentait vivement la fausseté de leur situation, maudissait les obligations mondaines qui les contraignaient, pour sauver les apparences, à mener une vie de ruse et de dissimulation, à se préoccuper sans cesse du qu'en-dira-t-on, alors que toutes les choses étrangères à leur passion leur étaient devenues parfaitement indifférentes.

Ces fréquentes nécessités de feindre lui revinrent vivement à la mémoire ; rien n'était plus contraire à sa nature et il se rappela le sentiment de honte qu'il avait plus d'une fois surpris dans Anna lorsqu'elle se trouvait, elle aussi, contrainte au mensonge. L'étrange dégoût qui depuis quelque temps s'emparait parfois de lui l'assaillit aussitôt. Pour qui éprouvait-il cette répulsion ? Pour Alexis Alexandrovitch, pour lui-même, pour le monde entier ? Il n'en savait trop rien et n'avait garde de s'y attarder. Il chassa donc une fois de plus cette impression et laissa ses pensées suivre leur cours.

« Oui, jadis elle était malheureuse, mais fière et tranquille. Et maintenant, quelque peine qu'elle se donne pour ne pas le faire voir, elle a perdu et son calme et sa dignité. Il faut en finir. »

Et pour la première fois l'idée de couper court à cette vie de mensonge lui apparut nette et précise. « Assez tergiversé, décida-t-il. Il faut que nous quittions tout, elle et moi, et que, seuls avec notre amour, nous allions nous cacher quelque part. »

XXII

L'AVERSE fut de courte durée et lorsque Vronski arriva au grand trot de son limonier qui tirait après lui les chevaux de volée galopant à toutes brides dans la boue, le soleil, déjà reparu, faisait scintiller des deux côtés de la grande rue les toits des villas, tout ruisselants d'eau, et le feuillage mouillé des vieux tilleuls d'où tombaient des gouttes joyeuses. Vronski bénissait la pluie : qu'importait maintenant le mauvais état du champ de courses puisque, grâce à cette ondée, il allait trouver Anna chez elle et très probablement seule, son mari, revenu depuis quelques jours d'une saison aux eaux, ne s'étant pas encore installé à la campagne.

Afin d'attirer le moins possible l'attention, Vronski, comme de coutume, descendit de voiture un peu avant le pont et gagna à pied la villa des Karénine. Il n'eut garde de sonner à la grande porte et fit un détour par les communs.

— Monsieur est-il arrivé ? demanda-t-il au jardinier.

— Pas encore, mais Madame est là. Prenez la peine de sonner à la grande porte, on vous ouvrira.

— Non, je préfère passer par le jardin.

La sachant seule, il voulait la surprendre : comme il n'avait point promis de venir, elle ne pouvait l'attendre un jour de courses. Il releva donc son sabre pour ne pas faire de bruit et s'engagea avec précaution dans le sentier sablé et bordé de fleurs qui menait à la terrasse sur laquelle s'ouvrait de ce côté la villa. Chassant les préoccupations qui l'avaient assiégé en route, il ne pensait plus qu'au bonheur de « la » voir bientôt en chair et en os et non plus seulement en imagination. Déjà il gravissait le plus doucement possible la pente douce de la terrasse lorsqu'il se rappela ce qu'il oubliait toujours et ce qui constituait le point le plus douloureux de ses rapports avec Anna, la présence de son fils, de cet enfant au regard inquisiteur et, croyait-il, hostile.

L'enfant était le principal obstacle à leurs entrevues. Jamais en sa présence ils ne se permettaient un mot qui ne pût être entendu de tout le monde, jamais même la moindre allusion de nature à l'intriguer. Il s'était établi entre eux à ce sujet une sorte d'entente muette : duper le petit garçon leur eût paru se faire injure à eux-mêmes. Ils causaient donc devant lui comme de simples connaissances. Malgré ces précautions, Vronski rencontrait souvent le regard perplexe et scrutateur de l'enfant fixé sur lui ; caressant à certaines heures, froid et ombrageux à d'autres, Serge semblait deviner d'instinct qu'il existait entre cet homme et sa mère un lien sérieux et dont la signification lui échappait.

Effectivement le pauvre petit ne savait trop comment se comporter avec ce monsieur ; grâce à la finesse d'intuition propre à l'enfance, il avait deviné que tout en ne parlant jamais de lui son père, sa gouvernante, sa bonne éprouvaient pour Vronski une répulsion mêlée d'effroi, tandis que sa mère le traitait comme un ami très cher. « Qu'est-ce que cela signifie ? Qui est-ce ? Dois-je l'aimer ? Si je n'y comprends rien, c'est sans doute que je suis méchant ou borné », songeait l'enfant. De là sa timidité, son regard interrogateur et quelque peu méfiant, cette mobilité d'humeur qui gênaient tant Vronski. La présence de ce petit être provoquait invariablement en lui, sans cause apparente, cette étrange nausée qui le poursuivait depuis un certain temps. Elle les rendait tous deux — Anna aussi bien que Vronski — semblables à des navigateurs auxquels la boussole prouverait qu'ils vont à la dérive sans qu'ils puissent arrêter leur course, car reconnaître cette erreur de direction équivaudrait à reconnaître leur perte. Comme la boussole au nautonier, cet enfant au regard naïf rendait évident à leurs yeux leur éloignement de cette norme qu'ils ne connaissaient que trop bien sans vouloir s'y soumettre.

Mais ce jour-là, Anna était absolument seule. Elle attendait sur la terrasse le retour de son fils surpris par la pluie au cours d'une promenade. Elle avait envoyé à sa recherche un domestique et une femme de chambre. Vêtue d'une robe blanche garnie de larges broderies, elle était assise dans un coin, cachée par des plantes, et n'entendit point venir son amant. La tête penchée, elle appuyait son front sur le métal froid d'un arrosoir oublié sur la balustrade et qu'elle retenait de ses deux mains chargées de bagues si familières à Vronski. La beauté de cette tête aux cheveux noirs frisés, de ce cou, de ces bras, de tout l'ensemble de la personne causait toujours au jeune homme une nouvelle surprise. Il s'arrêta et la contempla avec transport. Elle sentit d'instinct son approche, et il avait à peine fait un pas qu'elle repoussa l'arrosoir et tourna vers lui son visage brûlant.

— Qu'avez-vous ? Vous êtes malade ? lui demanda-t-il en français, tout en s'approchant d'elle. Il aurait voulu courir, mais, dans la crainte d'être aperçu, il jeta vers la porte de la terrasse un regard qui le fit rougir comme tout ce qui lui rappelait que la contrainte et la dissimulation s'imposaient.

— Non, je me porte bien, répondit-elle en se levant et en serrant fermement la main qu'il lui tendait. Je ne... t'attendais pas.

— Mon Dieu, quelles mains froides !

— Tu m'as fait peur ; je suis seule et j'attends Serge qui est allé se promener ; c'est par ici qu'ils reviendront.

Elle affectait le calme, mais ses lèvres tremblaient.

— Excusez-moi d'être venu, je ne pouvais passer la journée sans vous voir, reprit-il en français, ce qui lui permettait, pour éviter un tutoiement dangereux, d'avoir recours au « vous », trop cérémonieux en russe.

— T'excuser quand ta visite me rend si heureuse !

— Mais vous êtes malade ou vous avez du chagrin, poursuivit-il en se penchant vers elle sans lâcher sa main. À quoi songiez-vous ?

— Toujours à la même chose, répondit-elle en souriant.

Elle disait vrai. À quelque heure du jour qu'on l'eût interrogée, elle aurait fait à bon droit la même réponse, car elle ne songeait qu'à son bonheur et à son infortune. Au moment où il l'avait surprise, elle se demandait pourquoi d'aucuns, Betsy par exemple dont elle connaissait la liaison si bien dissimulée avec Touchkévitch, prenaient si légèrement ce qui la faisait tant souffrir. Pour de certaines raisons cette pensée l'avait particulièrement tourmentée ce jour-là. Elle parla des courses ; voulant la distraire du trouble dans lequel il la voyait, il lui raconta de son ton le plus naturel les préparatifs qui se faisaient.

« Faut-il lui dire ? songeait-elle en regardant ses yeux limpides et caressants. Il a l'air si heureux, il s'amuse tant de cette course qu'il ne comprendra peut-être pas l'importance de ce qui nous arrive. »

Mais brusquement il s'interrompit.

— Vous ne m'avez toujours pas dit à quoi vous songiez quand je suis arrivé ? Dites-le-moi, je vous en supplie.

Elle ne répondait toujours point. La tête penchée, elle levait à demi les yeux vers lui ; à travers les longs cils son regard brillait, plein d'interrogations ; sa main jouait nerveusement avec une feuille arrachée à quelque plante. Le visage de Vronski prit aussitôt l'expression de dévouement absolu à quoi elle ne savait point résister.

— Je vois qu'il est arrivé quelque chose. Puis-je être tranquille un instant quand je vous sais un chagrin que je ne partage pas ? Parlez, au nom du ciel, supplia-t-il.

« Non, s'il ne sent pas toute l'importance de ce que j'ai à lui dire, je ne lui pardonnerai pas ; mieux vaut se taire que de le mettre à l'épreuve », songeait-elle, le regard toujours fixé sur lui, et la main de plus en plus tremblante.

— Au nom du ciel, répéta-t-il.

— Faut-il le dire ?

— Oui, oui.

— Je suis enceinte, murmura-t-elle lentement.

La feuille qu'elle tenait entre ses doigts tressaillit encore davantage, mais elle ne le quitta point des yeux, cherchant à lire sur son visage comment il prendrait cet aveu. Il pâlit, voulut parler, mais s'arrêta, baissa la tête et laissa tomber la main qu'il tenait entre les siennes. « Oui, se dit-elle, il sent toute la portée de cet événement. » Elle l'en remercia d'un serrement de main.

Mais elle se trompait en croyant qu'il donnait à la chose l'importance qu'elle y attachait en tant que femme. Cette nouvelle avait d'abord fait naître en lui un accès de dégoût plus violent que jamais ; mais il comprit aussitôt que la crise qu'il souhaitait était arrivée : on ne pouvait plus rien cacher au mari et il fallait sortir au plus tôt, à n'importe quel prix, de cette situation odieuse. Au reste le trouble d'Anna se communiquait à lui : il la regarda de ses yeux tendrement soumis, lui baisa la main, se leva et se mit à marcher de long en large sur la terrasse sans proférer une parole. Au bout de quelque temps, il revint à elle et lui dit d'un ton résolu :

— Ni vous ni moi n'avons considéré notre liaison comme une bagatelle sans importance. Voici notre sort fixé. Il faut à tout prix mettre fin au... (il jeta autour de lui un regard circonspect) au mensonge dans lequel nous vivons.

— Mais comment y mettre fin, Alexis ? dit-elle doucement.

Elle était calme maintenant et lui souriait avec tendresse.

— Il faut quitter votre mari et unir nos existences.

— Elles le sont déjà, murmura-t-elle.

— Pas tout à fait.

— Mais comment faire, Alexis ? enseigne-le-moi, dit-elle en songeant avec amertume à ce que sa situation avait d'inextricable. Y a-t-il donc quelque issue ? Ne suis je pas la femme de mon mari ?

— Il y a une issue à toutes les situations ; il s'agit seulement de prendre un parti. Tout est préférable à la vie que tu mènes. Crois-tu donc que je ne voie pas combien tout est tourment pour toi : le monde, ton fils, ton mari...

— Pas mon mari, dit-elle avec un franc sourire. Je ne pense pas à lui, j'ignore son existence.

— Tu n'es pas sincère. Je te connais, tu te tourmentes aussi à cause de lui.

— Mais il ne sait rien, dit-elle ; et soudain son visage se couvrit d'une vive rougeur : les joues, le front, le cou, tout rougit, et des larmes de honte lui vinrent aux yeux. Ne parlons plus de lui !

XXIII

PLUSIEURS fois, Vronski avait déjà essayé, bien que plus mollement, de lui faire comprendre sa position, et toujours il s'était heurté à des arguments aussi futiles. Il devait y avoir dans ce sujet des points qu'elle ne voulait ou ne pouvait approfondir, car dès qu'il l'abordait, la véritable Anna disparaissait pour faire place à une femme étrangère qui tenait tête à Vronski et que lui redoutait et haïssait presque. Cette fois il résolut de s'expliquer à fond.

— Qu'il sache ou non, peu nous importe, dit-il de son ton ferme et calme. Nous ne pouvons... vous ne pouvez rester dans cette situation, surtout à présent.

— Que devrais-je faire selon vous ? demanda-t-elle toujours avec le même accent légèrement agressif. Elle, qui tantôt craignait de lui voir accueillir avec légèreté l'annonce de sa grossesse, regrettait maintenant qu'il en déduisît la nécessité d'une résolution énergique.

— Tout avouer et le quitter.

— Fort bien, mais supposons que je le fasse, savez-vous ce qui en résultera ? je vais vous le dire.

Un éclair méchant jaillit de ses yeux, tout à l'heure si tendres.

— « Ah, vous en aimez un autre, vous avez avec lui une liaison criminelle, reprit-elle en singeant Alexis Alexandrovitch et en appuyant comme lui sur les mots "criminelle". Je vous avais prévenue des suites que cette conduite comporte au point de vue de la religion, de la société, de la famille. Vous ne m'avez pas écouté. Je ne puis maintenant livrer à la honte mon nom et... » — elle allait dire : « mon fils », mais elle s'arrêta, car cet enfant ne pouvait être pour elle matière à raillerie — ... et quelque chose de ce genre, ajouta-t-elle. Bref il me notifiera de son ton officiel, net et précis, qu'il ne peut me rendre la liberté, mais qu'il prendra des mesures pour arrêter le scandale. Et ces mesures, il les prendra pour de bon et le plus tranquillement du monde, croyez-moi... Ce n'est pas un homme mais une machine et, quand il se fâche, une très méchante machine, ajouta-t-elle en se rappelant les moindres tics, les moindres tares physiques d'Alexis Alexandrovitch, pour y trouver une compensation à l'horrible faute dont elle s'était rendue coupable envers lui.

— Cependant, Anna, dit Vronski avec douceur, dans l'espoir de la convaincre et de la calmer, il faut tout lui dire ; et nous agirons ensuite selon ce qu'il fera.

— Alors je devrai m'enfuir ?

— Pourquoi pas ? Cette vie ne peut continuer. Je ne songe pas à moi, mais à vous qui souffrez.

— M'enfuir et devenir ostensiblement votre maîtresse, n'est-ce pas ? lui jeta-t-elle avec dépit.

— Anna! s'écria-t-il froissé.

— Oui votre maîtresse, et perdre… tout.

Elle voulait une fois de plus dire: « mon fils », mais ne put prononcer ce mot.

Vronski se refusait à admettre que cette forte et loyale nature acceptât, sans chercher à en sortir, la situation fausse où elle se trouvait; il ne devinait point que l'obstacle était précisément ce mot « fils » qu'elle ne pouvait se résoudre à articuler. Quand Anna songeait à cet enfant, aux sentiments qu'il nourrirait à son égard si elle abandonnait son mari, l'horreur de sa faute lui apparaissait si manifeste qu'elle n'était plus en état de raisonner; en véritable femme, elle tâchait par des arguments spécieux de se convaincre que tout pourrait encore demeurer comme par le passé; il lui fallait à tout prix s'étourdir, oublier cette angoissante question: « Que deviendra l'enfant? »

— Je t'en supplie, reprit-elle soudain sur un ton tout différent, d'une voix pénétrée de tendresse et de sincérité, je t'en supplie, ne me parle plus jamais de cela.

Elle lui prit tendrement la main.

— Mais, Anna…

— Jamais, jamais. Laisse-moi rester juge de la situation. J'en comprends la bassesse et l'horreur, mais il n'est pas aussi facile que tu le crois d'y rien changer, de prendre une décision. Laisse-moi libre d'agir à mon heure et ne me parle plus jamais de cela, tu me le promets?

— Je promets tout ce que tu voudras. Comment veux-tu cependant que je sois tranquille, surtout après ce que tu viens de me dire? Puis-je rester calme quand tu l'es si peu?

— Moi? Il est vrai que je me tourmente parfois, mais cela passera si tu ne me parles plus de rien. C'est seulement quand tu m'en parles que tout cela m'inquiète.

— Je ne comprends pas… voulut-il dire.

— Je sais, l'interrompit-elle, combien ta nature loyale répugne au mensonge. Bien souvent je te prends en pitié, je me dis que tu as sacrifié ta vie pour moi.

— Et moi je me demandais tout à l'heure comment tu avais pu t'immoler pour moi! Je ne me pardonne pas d'avoir fait ton malheur.

— Mon malheur, dit-elle en se rapprochant de lui

et en le regardant avec un sourire d'adoration. Mais je suis semblable à un pauvre affamé auquel on aurait permis d'apaiser sa fringale. Il a peut-être froid et honte de ses guenilles, mais il n'est pas malheureux. Moi malheureuse! Non, voilà mon bonheur...

La voix de l'enfant qui rentrait se fit entendre. Elle se leva vivement et jeta autour d'elle un de ces regards enflammés que connaissait si bien Vronski; puis d'un geste impétueux elle le prit par la tête, le regarda longuement, approcha son visage du sien, posa sur les lèvres et les yeux du jeune homme un rapide baiser. Elle voulut alors le repousser et le quitter, mais il l'arrêta.

— Quand? murmura-t-il en la regardant avec transport.

— Ce soir, vers une heure, répondit-elle dans un soupir. Et s'échappant elle courut de son pas léger au-devant de son fils. La pluie avait surpris Serge et sa bonne dans le grand parc et ils s'étaient réfugiés dans un pavillon.

— Eh bien, au revoir, dit-elle à Vronski. Il est bientôt temps de partir pour les courses. Betsy a promis de venir me chercher.

Vronski consulta sa montre et partit en toute hâte.

XXIV

DANS son émoi Vronski n'avait guère vu que le cadran de sa montre sans se rendre compte de l'heure marquée par les aiguilles. Il sortit du parc et, marchant avec précaution le long du chemin boueux, regagna sa calèche. L'esprit tout occupé d'Anna, il avait perdu la notion du temps et ne se demandait pas s'il pouvait encore passer chez Brianski. Cas assez fréquent, sa mémoire lui rappelait ce qu'il avait résolu de faire, sans que la réflexion intervînt. Quand il eut rejoint sa voiture, il s'amusa un instant aux ébats des moucherons qui voltigeaient en colonnes chatoyantes au-dessus des chevaux en sueur, réveilla le cocher sommeillant sur son siège dans l'ombre, déjà oblique, d'un gros tilleul, et se fit conduire chez Brianski. La présence d'esprit ne lui revint qu'au bout de six à sept verstes ; il regarda de nouveau sa montre et comprit cette fois qu'elle marquait cinq heures et demie et qu'il était en retard.

Il devait y avoir plusieurs courses ce jour-là : la première était réservée aux officiers de l'escorte de Sa Majesté ; venait ensuite une course de deux mille mètres pour officiers, une autre de quatre mille, et enfin celle où il devait courir. Il pouvait encore y prendre part ; mais, s'il ne sacrifiait pas Brianski, il risquait de n'arriver qu'après la Cour : ce n'était guère convenable. Néanmoins, comme Brianski avait sa parole, il continua sa route en recommandant au cocher de ne pas ménager les chevaux. Il ne resta que cinq minutes chez Brianski et repartit au galop. Cette rapide allure le calma. Il oublia peu à peu, pour s'abandonner à un joyeux émoi sportif, le côté douloureux de ses relations avec Anna, le résultat imprécis de la démarche qu'il venait de tenter auprès d'elle. De temps en temps son imagination lui dépeignait sous de vives couleurs les délices du rendez-vous nocturne ; mais plus il avançait, dépassant de nombreuses voitures qui arrivaient de Pétersbourg ou des environs, plus il se laissait gagner par l'atmosphère des courses.

Il ne trouva plus chez lui que son ordonnance, qui le guettait à la porte : tout en l'aidant à changer de costume, le brave garçon l'avertit que la seconde course était commencée ; plusieurs personnes s'étaient informées de lui, le lad était venu par deux fois aux nouvelles.

Vronski s'habilla tranquillement sans se départir de son calme habituel et se fit conduire aux écuries. On voyait de là l'océan de voitures, de piétons, de soldats, qui déferlait autour de l'hippodrome, et toutes les tribunes chargées de spectateurs. La seconde course devait en effet se courir, car en approchant de l'écurie il entendit un coup de cloche. Il rencontra à la porte Gladiator, l'alezan à balzanes blanches de Makhotine, qu'on menait couvert d'une housse orange dont le camail, bordé de bleu, paraissait énorme.

— Où est Cord ? demanda-t-il à un palefrenier.

— À l'écurie ; il selle.

Froufrou était déjà sellée dans sa stalle ouverte ; on allait la faire sortir.

— Je ne suis pas en retard ?

— *All right, all right*, dit l'Anglais ; ne vous énervez pas.

Vronski caressa du regard les belles formes de sa chère jument, qui tremblait de tous ses membres, et s'arracha avec peine à ce charmant spectacle. Le moment était propice pour s'approcher des tribunes sans être remarqué ; la course de deux mille mètres s'achevait et tous les yeux étaient fixés sur un chevalier-garde talonné par un hussard : tous deux cravachaient désespérément leurs chevaux à l'approche du but. On affluait de toutes parts vers le poteau ; un groupe de chevaliers-gardes saluaient avec des cris de joie le triomphe escompté de leur camarade. Vronski se mêla à la foule presque au moment où la cloche annonçait la fin de la course, tandis que le vainqueur, un grand gaillard souillé de boue, s'affaissait sur sa selle et lâchait la main à son étalon à bout de souffle et dont la sueur brunissait la robe grise. La bête arrêta avec difficulté son rapide galop.

L'officier, comme au sortir d'un mauvais rêve, promena autour de lui des regards hébétés et esquissa un vague sourire. Une foule d'amis et de curieux l'entourait.

C'est à dessein que Vronski évitait le public de choix qui circulait devant les tribunes en devisant gravement. Il avait reconnu de loin sa belle-sœur, Anna, Betsy et, craignant de se laisser distraire, il préférait se tenir à l'écart. Mais à chaque pas, des figures de connaissance l'arrêtaient au passage pour lui raconter les détails des premières courses ou lui demander la cause de son retard.

Pendant qu'on distribuait les prix dans la tribune d'honneur et que chacun se dirigeait de ce côté, Vronski vit approcher son frère aîné Alexandre, un colonel à aiguillettes, petit et trapu comme lui, mais plus beau, en dépit de son nez rouge et de son teint coloré de buveur.

— As-tu reçu mon mot ? demanda le colonel. On ne te trouve jamais chez toi.

Ivrogne et débauché, Alexandre Vronski n'en était pas moins le type parfait de l'homme de cour. Aussi, tout en s'entretenant avec son frère d'un sujet plutôt épineux, il gardait, à cause des yeux qu'il sentait braqués sur eux, une physionomie souriante et dégagée. De loin, on pouvait croire qu'ils plaisantaient.

— Je l'ai reçu, dit Alexis, mais je ne sais vraiment de quoi tu t'inquiètes.

— De ceci : on vient de me faire remarquer ton absence et l'on t'a vu lundi à Péterhof.

— Il y a des choses qui ne peuvent être jugées que par ceux qu'elles intéressent directement, et l'affaire dont tu te préoccupes est justement de celles-là.

— Oui, mais alors on ne reste pas au service, on ne...

— Ne te mêle pas de ça, c'est tout ce que je te demande.

Le visage renfrogné d'Alexis Vronski pâlit soudain et son menton se mit à trembler. C'était chez lui, comme chez toutes les natures foncièrement bonnes, le signe d'une colère d'autant plus redoutable que les accès en étaient fort rares. Alexandre Vronski, qui ne l'ignorait point, crut prudent de sourire.

— J'ai seulement voulu te remettre la lettre de notre mère. Réponds-lui et ne te fais pas de mauvais sang avant la course. *Bonne chance.*

Il s'éloigna toujours souriant, mais aussitôt quelqu'un s'écria derrière lui :

— Tu ne reconnais donc plus tes amis ? Bonjour, *mon cher.*

C'était Stépane Arcadiévitch, la mine fleurie, les favoris lustrés, aussi à son aise qu'à Moscou parmi le grand monde pétersbourgeois.

— Je suis arrivé d'hier et tu me vois ravi d'assister à ton triomphe. Quand se verra-t-on ?

— Demain, au mess, et toutes mes excuses, dit Vronski en lui effleurant, en guise de poignée de main, la manche du pardessus. Et il gagna en hâte le paddock où l'on amenait déjà les chevaux qui devaient participer à la course d'obstacles.

Les palefreniers emmenaient les chevaux épuisés par la dernière course, tandis que ceux de la course suivante, pour la plupart des pur-sang anglais que leur camail et leur caparaçon rendaient semblables à de grands oiseaux étranges, apparaissaient les uns après les autres. On amenait sur la droite Froufrou, belle dans sa maigreur, qui avançait comme sur des ressorts sur ses paturons élastiques et plutôt longs. Non loin de là on ôtait le caparaçon de Gladiator ; les formes superbes, robustes et parfaitement régulières de l'étalon, sa croupe splendide, ses paturons court jointés retinrent un instant l'attention de Vronski. Il allait s'approcher de Froufrou, mais dut encore échanger quelques mots avec un ami qui l'arrêta au passage.

— Tiens, voici Karénine, dit soudain celui-ci. Il cherche sa femme, qui trône pourtant au beau milieu de la tribune. Vous l'avez vue ?

— Mon Dieu, non, répondit Vronski sans même tourner la tête du côté où on lui indiquait la présence de Mme Karénine.

Il s'apprêtait à vérifier la selle quand on appela les concurrents pour le tirage au sort des numéros. Dix-sept officiers, sérieux, solennels, certains même fort pâles, s'approchèrent de la tribune. Vronski tira le n° 7.

— En selle ! cria-t-on.

Vronski retourna à son cheval ; il se sentait, ainsi que ses camarades, le point de mire de tous les regards et, comme toujours en pareil cas, la solennité du moment rendait ses mouvements plus lents et plus pondérés. En l'honneur des courses, Cord avait mis son costume de cérémonie ; une redingote noire soigneusement boutonnée, faux col empesé étayant les joues, chapeau rond et bottes à l'écuyère. Calme et important selon son habitude, il tenait en personne le cheval par la bride. Froufrou tremblait toujours, comme prise d'un accès de fièvre, et clignait vers son maître un œil plein de feu. Vronski glissa le doigt sous la sangle ; la jument cligna de plus belle, montra les dents, coucha l'oreille, tandis que par une moue ironique l'Anglais témoignait sa stupeur : on doutait de la façon dont il sellait un cheval !

— Montez, dit-il, vous serez moins agité.

Vronski embrassa ses concurrents d'un dernier regard ; il savait que pendant la course il ne les verrait plus. Deux d'entre eux se dirigeaient déjà vers la ligne de départ. Galtsine, un ami et un des meilleurs coureurs, tournait autour de son étalon bai sans arriver à se mettre en selle. Un petit hussard de la garde en culotte collante faisait un temps de galop, arqué sur la selle, à l'instar des Anglais, comme le chat qui fait le gros dos. Blanc comme un linge, le prince Kouzovlev montait une jument pur sang qui provenait du haras de Grabovo et qu'un Anglais menait par la bride. Comme tous ses camarades Vronski savait pertinemment qu'à un amour-propre monstrueux Kouzovlev joignait une surprenante « faiblesse » de nerfs : cet homme avait peur de tout, peur même de monter un simple cheval de rang ; mais, précisément à cause de cette peur, parce qu'il risquait de se rompre le cou et qu'il y avait auprès de chaque obstacle un major, une infirmière et une voiture d'ambulance, il avait résolu de courir. Cependant, comme leurs regards se rencontrèrent, Vronski l'encouragea d'une œillade amicale. Il chercha en vain son rival le plus redoutable, Makhotine et son Gladiator.

— Ne vous pressez pas, lui disait Cord, et surtout rappelez-vous que devant l'obstacle il ne faut ni retenir ni lancer son cheval, mais simplement le laisser faire.

— C'est bien, c'est bien, répondit Vronski en prenant les rênes.

— Autant que possible menez la course ; sinon ne perdez pas courage, quand bien même vous seriez le dernier.

Sans laisser à sa monture le temps de se reconnaître, Vronski mit le pied à l'étrier dentelé et, d'un mouvement souple et ferme, posa son robuste corps sur la selle dont la peau cria. Passant son pied droit dans l'étrier, il égalisa d'un geste familier les doubles rênes entre ses doigts, et Cord lâcha le cheval. Froufrou allongea le cou en tirant sur la bride ; elle semblait se demander de quel pied partir. Enfin elle s'élança d'un pas élastique, balançant son cavalier sur son dos flexible. Cord suivait à grandes enjambées. La jument énervée cherchait à tromper son cavalier et tirait tantôt à droite, tantôt à gauche ; Vronski s'efforçait en vain de la rassurer de la voix et du geste.

On approchait de la rivière, non loin de la ligne de départ. Vronski, précédé des uns, suivi des autres, entendit résonner derrière lui sur la boue du chemin le galop d'un cheval. C'était Gladiator, l'alezan aux balzanes blanches et aux oreilles pendantes. Makhotine, qui le montait, sourit de toutes ses dents en dépassant Vronski, mais celui-ci ne répondit que par un regard irrité. En général il n'aimait pas Makhotine ; qui plus est, il voyait maintenant en lui son plus rude adversaire et se courrouça de le voir échauffer sa jument en galopant auprès d'elle. Froufrou partit du pied gauche au galop, fit deux bonds et, fâchée de se sentir retenue par les brides, changea d'allure et prit un trot qui secoua fortement son cavalier. Cord, mécontent, trottait l'amble derrière Vronski.

XXV

DIX-SEPT officiers participaient à l'épreuve. Le champ de courses formait une piste elliptique de quatre mille mètres. On y avait aménagé neuf obstacles : la rivière ; une grande barrière, haute d'un mètre cinquante, placée à la tête des tribunes ; un fossé sec ; un autre rempli d'eau ; un talus ; une banquette irlandaise, c'est-à-dire un remblai couvert de fascines dissimulant un fossé, obstacle double et fort dangereux, car les chevaux devaient le franchir d'un bond sous peine de se tuer ; deux fossés pleins d'eau et un dernier fossé sec. L'arrivée avait lieu devant les tribunes, mais le départ se donnait à quelque deux cents mètres de là, et c'est sur ce premier parcours que se trouvait la rivière, large d'environ deux mètres, qu'on pouvait à volonté sauter ou passer à gué.

Trois fois les concurrents, groupe bariolé vers lequel étaient dirigés tous les yeux, toutes les lorgnettes, s'alignèrent pour le signal, et trois fois il y eut faux départ, au grand mécontentement du colonel Sestrine, starter expérimenté. Enfin le quatrième starting réussit. Aussitôt mille voix rompirent le silence de l'attente : « Enfin, ça y est, les voilà partis ! » Et tous les spectateurs se précipitèrent de-ci de-là pour mieux voir les péripéties de la course. De loin les cavaliers semblaient avancer en peloton compact. En réalité, ils s'étaient déjà détachés et s'approchèrent de la rivière en groupes de deux ou trois ou même isolés. Et les fractions de longueur qui les séparaient avaient pour eux une grave importance.

Froufrou, agitée et trop nerveuse, perdit d'abord du terrain, mais dès avant la rivière, Vronski retenant de toutes ses forces la bête qui gagnait à la main, prit facilement le devant sur trois chevaux et ne fut plus dépassé que par l'alezan de Makhotine, Gladiator, jouant de la croupe régulièrement et légèrement juste devant lui, et la belle Diane en tête de tous, portant le malheureux Kouzovlev, plus mort que vif. Pendant ces premières minutes Vronski ne fut pas plus maître de lui-même que de sa monture.

Gladiator et Diane franchirent la rivière presque d'un même bond. Froufrou s'élança derrière eux comme portée par des ailes ; au moment où Vronski se sentait dans les airs, il aperçut, presque sous les pieds de son cheval, Kouzovlev se débattant avec Diane de l'autre côté de la rivière. Après avoir sauté, le maladroit avait lâché les rênes et culbuté avec son cheval ; mais Vronski n'apprit ces détails que plus tard ; pour le moment il ne vit qu'une chose, c'est que Froufrou allait reprendre pied sur le corps de Diane. Mais, pareille à une chatte qui tombe, Froufrou fit en sautant un effort du dos et des jambes et retomba à terre par-dessus le cheval abattu.

« Oh ! la brave bête ! » se dit Vronski.

Après la rivière, il reprit pleine possession de son cheval et le retint même un peu, dans le dessein de sauter la grande barrière derrière Makhotine ; alors, sur les quatre cents mètres libres d'obstacles, il verrait à le distancer.

Cette barrière — « le diable », comme on l'appelait — s'élevait juste en face du pavillon impérial. L'empereur, toute la Cour, une foule immense les regardait venir, à une longueur l'un de l'autre. Vronski sentait tous ces yeux braqués sur lui, mais il ne voyait que les oreilles et le cou de son cheval, la terre qui fuyait derrière la croupe de Gladiator et ses pieds blancs battant le sol en cadence toujours à la même distance de Froufrou. Gladiator s'élança à la barrière, agita sa queue écourtée et disparut aux yeux de Vronski sans avoir heurté l'obstacle.

— Bravo ! cria une voix.

Au même moment passèrent comme un éclair sous les yeux de Vronski les planches de la barrière que son cheval franchit sans changer d'allure ; mais un craquement retentit derrière lui. Échauffée par la vue de Gladiator, Froufrou avait sauté trop tôt et frappé l'obstacle de son sabot de derrière. Cependant son allure ne varia point et Vronski, ayant reçu au visage un paquet de boue, comprit que la distance qui le séparait de Gladiator n'avait pas augmenté en apercevant la croupe de l'alezan, sa courte queue coupée et ses rapides pieds blancs.

Vronski jugea le moment venu de dépasser Makhotine; Froufrou sembla se faire la même réflexion, car, sans y être excitée, elle augmenta sensiblement de vitesse et se rapprocha de Gladiator du côté le plus avantageux, celui de la corde. Makhotine la conservait cependant, mais on pouvait le dépasser de l'extérieur; à peine Vronski s'en fut-il avisé que Froufrou, changeant de pied, prit elle-même cette direction: son épaule, brunie par la sueur, joignit bientôt la croupe de Gladiator. Ils coururent un moment côte à côte; mais Vronski, désireux de se rapprocher de la corde avant l'obstacle, excita sa monture et dépassa sur le talus même Makhotine dont il entrevit le visage souillé de boue et souriant, à ce qu'il lui sembla. Bien que dépassé, Gladiator était toujours là sur les talons de Froufrou et Vronski entendait toujours le même galop régulier et la respiration précipitée, encore fraîche, de l'alezan.

Les deux obstacles suivants, un fossé et une barrière, furent aisément franchis, mais le souffle et le galop de Gladiator se rapprochaient. Vronski força le train de Froufrou et sentit avec joie qu'elle augmentait aisément sa vitesse: la distance fut vite rétablie.

C'était lui maintenant qui menait la course suivant son désir et la recommandation de Cord; il était sûr du succès. Son émotion, sa joie, sa tendresse pour Froufrou allaient toujours croissant. Quelque désir qu'il en eût, il n'osait pas se retourner et cherchait à se calmer, à ménager sa monture, à lui garder la même réserve de forces qu'il devinait en Gladiator. Il n'avait plus devant lui qu'un seul obstacle sérieux, la banquette irlandaise; s'il le franchissait avant les autres, son triomphe ne faisait plus de doute. Froufrou et lui aperçurent la banquette de loin, et tous deux, le cheval et le cavalier, éprouvèrent un moment d'hésitation. Vronski remarqua cette indécision aux oreilles de la jument; déjà il levait la cravache, mais il s'aperçut à temps qu'elle avait compris ce qu'elle devait faire. Elle prit sa battue et, comme il le prévoyait, s'abandonna à la vitesse acquise qui la transporta bien au-delà du fossé; aussitôt elle reprit sa course à la même cadence, tout naturellement et sans changement de pied.

— Bravo ! Vronski, crièrent des voix, celles de ses camarades de régiment qui s'étaient postés près de la banquette. Si Vronski n'aperçut point Iachvine, force lui fut de reconnaître sa voix.

« Oh ! la brave bête ! » pensait-il de Froufrou, tout en prêtant l'oreille à ce qui se passait derrière lui. « Il a passé ! » se dit-il en percevant le galop tout proche de Gladiator. Il restait encore un fossé rempli d'eau, large d'un mètre cinquante, mais Vronski ne s'en préoccupait guère ; désireux d'arriver au poteau bien avant les autres, il se mit à « rouler » Froufrou qu'il devinait épuisée, car son cou et ses épaules étaient trempés, la sueur perlait sur son garrot, sa tête et ses oreilles, sa respiration devenait courte et haletante. Il savait cependant qu'elle serait de force à fournir — et au-delà — les quatre cents mètres qui la séparaient du but. Seules la douceur parfaite de l'allure et la proximité plus grande du sol révélaient à Vronski l'accélération de la vitesse. Froufrou franchit, ou plutôt survola le fossé sans y prendre garde ; mais au même moment Vronski sentit avec horreur qu'au lieu de suivre l'allure du cheval, le poids de son corps avait, par suite d'un mouvement aussi incompréhensible qu'impardonnable, porté à faux en retombant en selle. Il comprit que sa position avait changé et qu'une chose terrible lui arrivait : quoi au juste ? il ne s'en rendait pas encore bien compte quand il vit passer devant lui comme un éclair l'alezan de Makhotine.

Vronski touchait la terre d'une jambe, sur laquelle la jument s'était affaissée ; il eut à peine le temps de se dégager qu'elle tomba tout à fait, soufflant péniblement, et faisant de son cou délicat et couvert de sueur, d'inutiles efforts pour se relever. Elle se débattait comme un oiseau blessé : le faux mouvement de Vronski lui avait brisé les reins. Du reste celui-ci ne comprit sa faute que beaucoup plus tard ; pour le moment il ne voyait qu'une chose : Gladiator s'éloignait rapidement tandis que lui demeurait là, chancelant sur la terre détrempée, devant Froufrou haletante qui tendait vers lui la tête et le regardait de ses beaux yeux. Toujours sans comprendre, il tira sur la bride. Elle sursauta comme un poisson et parvint à dégager ses jambes de devant ; mais impuissante à relever celles de derrière, elle retomba tremblante sur le côté. Pâle, le menton tremblant, le visage défiguré par la colère, Vronski lui donna un coup de talon dans le ventre et tira de nouveau sur la bride ; cette fois-ci elle ne bougea même pas et se contenta de jeter à son maître un de ses regards parlants en enfonçant son museau dans le sol.

« Ah ! mon Dieu, qu'ai-je fait ? gémit Vronski en se prenant la tête à deux mains. Voilà la course perdue, et par ma faute… Une faute humiliante, impardonnable… Et ce pauvre cher animal que j'ai tué… Ah ! mon Dieu, qu'ai-je fait ? »

On accourait vers lui : ses camarades, le major, l'infirmier, tout le monde. À son grand chagrin il se sentait sain et sauf. La jument s'était rompu l'épine dorsale ; on décida de l'abattre. Incapable de répondre aux questions, de proférer une seule parole, Vronski, sans même lever sa casquette, quitta le champ de courses, marchant au hasard sans trop savoir où il allait. Pour la première fois de sa vie, il se sentait malheureux, malheureux sans espoir et malheureux par sa faute. Il fut bientôt rejoint par Iachvine qui lui remit sa casquette et le ramena à son logis ; au bout d'une demi-heure, il reprit possession de lui-même ; mais cette course resta longtemps un des souvenirs les plus pénibles, les plus douloureux de son existence.

XXVI

Rien ne paraissait changé extérieurement aux rapports des deux époux, sauf qu'Alexis Alexandrovitch menait une vie de plus en plus laborieuse. Comme d'habitude, il s'en alla dès le printemps à l'étranger pour s'y remettre par une cure d'eaux des fatigues de l'hiver. Comme d'habitude, il revint en juillet et reprit ses fonctions avec une nouvelle énergie. Et toujours comme d'habitude, il laissa sa femme s'installer à la campagne tandis qu'il demeurait à Pétersbourg.

Depuis l'avertissement qui avait suivi la soirée chez la princesse Tverskoï, Alexis Alexandrovitch n'avait plus fait la moindre allusion à sa jalousie. Le ton de persiflage qu'il avait toujours affectionné lui offrait maintenant des commodités particulières. Il se montrait légèrement plus froid envers Anna, bien qu'il ne parût conserver du fameux entretien nocturne qu'une certaine contrariété ; encore n'était-ce qu'une nuance, rien de plus. « Tu n'as pas voulu t'expliquer avec moi, semblait-il lui dire en pensée ! Soit. Un jour viendra où tu t'adresseras à moi et où je refuserai à mon tour de m'expliquer. Tant pis pour toi ! » C'est ainsi qu'un homme furieux de n'avoir pu éteindre un incendie qui consume sa maison pourrait dire : « Eh bien, tant pis, brûle tant qu'il te plaira ! »

Comment cet homme, si fin et si sensé quand il s'agissait de son service, ne comprenait-il pas ce que sa conduite avait d'absurde ? C'est que la situation lui semblait trop pénible pour qu'il osât la mesurer... Il préférait donc enfouir ses sentiments familiaux au plus profond de lui-même et sous triple serrure. Et depuis la fin de l'hiver ce père si attentif prit envers son fils une attitude singulièrement froide, ne l'interpellant plus que du nom de « jeune homme » sur ce ton ironique qu'il affectait avec Anna.

Alexis Alexandrovitch prétendait n'avoir jamais été tant accablé d'affaires que cette année-là ; mais il n'avouait pas qu'il les créait à plaisir, pour n'avoir point à ouvrir le coffre secret qui contenait des pensées et des sentiments d'autant plus troublants qu'ils demeuraient plus longtemps enfermés. Si quelqu'un s'était arrogé le droit de l'interpeller sur la conduite de sa femme, le doux, le pacifique Alexis Alexandrovitch se fût mis en colère. Aussi sa physionomie prenait-elle un air digne et sévère toutes les fois qu'on s'informait d'Anna auprès de lui. À force de vouloir ne rien penser de la conduite et des sentiments de sa femme, il était enfin parvenu à n'y point penser.

Les Karénine passaient toujours l'été dans leur villa de Péterhof et d'ordinaire la comtesse Lydie s'établissait non loin d'eux et entretenait de fréquentes relations avec Anna. Cette année la comtesse ne se fixa point à Péterhof et ne fit pas la moindre visite à Mme Karénine ; en revanche, causant un jour avec Alexis Alexandrovitch, elle se permit quelques allusions aux inconvénients que présentait l'intimité d'Anna avec Betsy et Vronski. Alexis Alexandrovitch l'arrêta net, déclara d'un ton péremptoire que sa femme était au-dessus de tout soupçon, et depuis lors évita la comtesse Lydie. Résolu à ne rien voir, il ne s'apercevait pas que bien des personnes battaient déjà froid à sa femme ; résolu à ne rien approfondir, il ne se demandait pas pourquoi celle-ci avait voulu s'installer à Tsarskoïé où demeurait Betsy et non loin du camp de Vronski. Cependant il avait beau, par un effort de volonté, écarter de lui ces pensées, il n'en était pas moins convaincu de son infortune : il ne possédait aucune preuve à l'appui, il n'osait pas se l'avouer, mais il ne la mettait pas un instant en doute et il en souffrait profondément.

Que de fois, pendant ses huit années de bonheur conjugal, s'était-il demandé à la vue de maris trompés et de femmes infidèles : « Comment en arrive-t-on là ? Comment ne sort-on pas à tout prix de cette odieuse situation ? » Et maintenant que cette situation était la sienne, loin de songer à en sortir, il se refusait à l'admettre et cela précisément parce qu'elle lui semblait par trop odieuse, par trop contre nature.

Depuis son retour des eaux, Alexis Alexandrovitch avait fait deux apparitions à la campagne, une pour y dîner, une autre pour y recevoir des invités, mais il n'avait eu garde d'y coucher comme il le faisait les années précédentes. Il se trouva que les courses eurent lieu un jour où il avait fort à faire ; néanmoins, en établissant dès le matin le programme de sa journée, il décida de se rendre à Péterhof après avoir dîné de bonne heure, et de là aux courses, où il jugeait sa présence nécessaire, toute la Cour devant s'y trouver. Par convenance il voulait qu'on le vît chez sa femme au moins une fois par semaine ; d'ailleurs on approchait du quinze et il tenait à lui remettre, comme il était de règle à cette date, l'argent nécessaire à la dépense de la maison. Ces décisions avaient été prises avec sa force de volonté habituelle et sans qu'il permît à sa pensée d'aller au-delà.

Il eut une matinée fort chargée. La comtesse Lydie lui avait envoyé la veille une brochure d'un voyageur célèbre par ses voyages en Chine, en le priant de recevoir ce personnage qui lui paraissait intéressant à plus d'un titre ; comme il n'avait pu terminer le soir la lecture de cette brochure, force lui fut de l'achever le matin. Puis vinrent les rapports, les réceptions, les nominations, les révocations, les répartitions de pensions, appointements, gratifications, la correspondance, bref tout ce « tintouin quotidien » comme disait Alexis Alexandrovitch, qui lui prenait du temps. Il s'occupa ensuite de ses affaires personnelles, reçut son médecin et son régisseur. Celui-ci ne le retint pas longtemps : il ne fit que lui remettre de l'argent et un rapport succinct sur l'état de ses affaires qui, cette année, n'étaient pas très brillantes : les dépenses excédaient les recettes. En revanche le médecin, une célébrité pétersbourgeoise qui entretenait avec lui des rapports d'amitié, lui prit un temps considérable. Alexis Alexandrovitch, qui ne l'avait point mandé, fut surpris de sa visite et encore plus de l'attention scrupuleuse avec laquelle il l'interrogea, l'ausculta, lui palpa le foie. Il ignorait que, frappée de son état peu normal, la comtesse Lydie avait prié le médecin de le voir et de le bien examiner.

— Faites-le pour moi, avait dit la comtesse.

— Je le ferai pour la Russie, comtesse, répliqua le docteur.

— Vous êtes un homme inestimable, avait conclu la comtesse.

Le médecin resta très mécontent de son examen : le foie était hypertrophié, la nutrition défectueuse, le résultat de la cure nul. Il ordonna plus d'exercice, moins de tension d'esprit, et surtout aucune contrariété, ce qui pour Alexis Alexandrovitch était aussi facile que de ne point respirer. Il laissa Karénine sous l'impression désagréable qu'il y avait en lui un principe de maladie auquel on ne pouvait porter remède.

En quittant son malade, le médecin rencontra sur le perron le chef de cabinet d'Alexis Alexandrovitch, nommé Sludine ; ils se connaissaient depuis l'université et s'ils se voyaient rarement, ils n'en restaient pas moins bons amis ; aussi le docteur n'aurait-il pas parlé à d'autres avec la même franchise qu'à Sludine.

— Je suis bien aise que vous l'ayez vu, dit celui-ci. Il n'est pas bien et je crois même… Mais qu'en dites-vous ?

— Ce que j'en dis ? répondit le médecin, en appelant du geste son cocher par-dessus la tête de Sludine. Voici ce que j'en dis. Si vous essayez de rompre une corde qui ne soit pas tendue, vous réussirez difficilement, expliqua-t-il en étirant de ses mains blanches un doigt de son gant glacé ; mais si vous la tendez à l'extrême, vous la romprez en y appuyant le doigt. C'est ce qui lui arrive avec sa vie trop sédentaire et son travail trop consciencieux ; et il y a une pression du dehors, une pression violente même, conclut-il en levant les sourcils d'un air significatif. Serez-vous aux courses ? ajouta-t-il en descendant les marches du perron et en gagnant sa voiture... Oui, oui, évidemment, cela prend trop de temps, répondit-il à quelques mots de Sludine qui n'arrivèrent pas jusqu'à lui.

Le médecin fut suivi du célèbre voyageur. Alexis Alexandrovitch, aidé de la brochure qu'il venait de parcourir et de quelques notions antérieures sur la question, étonna son visiteur par l'étendue de ses connaissances et la largeur de ses vues.

Il lui fallut ensuite recevoir un maréchal de la noblesse de passage à Pétersbourg, terminer la besogne quotidienne avec le chef de cabinet, faire une visite importante à un grand personnage. Alexis Alexandrovitch n'eut que le temps de rentrer pour cinq heures, heure habituelle de son dîner ; il le prit en compagnie de son chef de cabinet, qu'il invita à l'accompagner aux courses. Sans qu'il s'en rendît compte, il cherchait toujours maintenant à mettre un tiers dans ses entretiens avec Anna.

XXVII

Anna était dans sa chambre, debout devant son miroir, et attachait avec l'aide d'Annouchka un dernier nœud à sa robe, lorsqu'un bruit de roues se fit entendre sur le gravier devant le perron.

« C'est trop tôt pour Betsy », songea-t-elle. Un regard à la fenêtre lui permit d'apercevoir une voiture et d'y reconnaître le chapeau noir et les fameuses oreilles d'Alexis Alexandrovitch. « Quel contretemps ! se dit-elle. Se peut-il qu'il vienne pour la nuit ? » Les conséquences possibles de cette visite l'épouvantèrent ; sans se donner une minute de réflexion et sous l'empire de cet esprit de mensonge et de ruse qui lui devenait familier, elle descendit, le visage rayonnant, pour recevoir son mari et se mit à parler sans trop savoir ce qu'elle disait.

— Quelle charmante attention ! dit-elle en tendant la

main à son mari, tandis qu'elle souriait à Sludine, familier de la maison. — J'espère que tu restes ici cette nuit ? continua-t-elle sous la dictée de l'esprit de mensonge. Nous irons aux courses ensemble, n'est-ce pas ? Quel dommage que je me sois engagée avec Betsy ! elle doit venir me prendre.

À ce nom Alexis Alexandrovitch fit une légère grimace.

— Oh ! je ne séparerai pas les inséparables, dit-il de son ton railleur. Mikhaïl Vassiliévitch m'accompagnera. Le médecin m'a prescrit de l'exercice ; je ferai une partie de la route à pied et me croirai encore aux eaux.

— Mais rien ne presse, dit Anna. Voulez-vous du thé ?

Elle sonna.

— Servez le thé et prévenez Serge qu'Alexis Alexandrovitch est arrivé... Eh bien, comment vas-tu ?... Mikhaïl Vassiliévitch, vous n'êtes pas encore venu me voir ; regardez donc comme j'ai bien arrangé ma terrasse.

Elle s'adressait tantôt à l'un, tantôt à l'autre, sur un ton simple et naturel ; mais elle parlait trop et trop vite, ce dont elle se rendit compte en croyant surprendre une nuance de curiosité dans le regard que leva sur elle Mikhaïl Vassiliévitch. Celui-ci gagna aussitôt la terrasse, et elle s'assit auprès de son mari.

— Tu n'as pas très bonne mine, dit-elle.

— En effet. J'ai reçu tantôt la visite du médecin, qui m'a fait perdre une bonne heure. Je suis convaincu qu'il était envoyé par un de mes amis : ma santé est si précieuse !...

— Mais que t'a-t-il dit ?

Elle le questionna sur sa santé et ses travaux, lui conseilla le repos, l'engagea à venir s'installer à la campagne. Ce disant, ses yeux brillaient d'un éclat étrange, son ton était vif et animé. Alexis Alexandrovitch n'attacha aucune importance à ce ton ; il n'entendait que les paroles, les prenait dans leur sens littéral, y faisait des réponses simples, bien que légèrement ironiques. L'entretien n'avait rien de particulier ; et pourtant Anna ne put jamais par la suite se le rappeler sans une véritable souffrance.

Le petit Serge entra, précédé de son institutrice. Si

Alexis Alexandrovitch s'était permis d'observer, il eût remarqué l'air craintif, décontenancé, dont l'enfant regarda son père, puis sa mère ; mais il ne voulait rien voir et ne vit rien.

— Ah ! ah ! voilà le jeune homme… Eh mais, nous avons grandi, nous devenons tout à fait grand garçon… Allons, bonjour, jeune homme.

Et il tendit la main à l'enfant effarouché. Serge avait toujours été timide avec son père ; mais depuis que celui-ci l'appelait « jeune homme » et qu'il se creusait la tête pour savoir si Vronski était un ami ou un ennemi, il le redoutait de plus en plus. Il se tourna vers sa mère comme pour chercher protection ; il ne se sentait à l'aise qu'auprès d'elle. Cependant Alexis Alexandrovitch, prenant son fils par l'épaule, engagea la conversation avec l'institutrice. Le petit se sentait si gêné qu'Anna vit le moment où il allait fondre en larmes. Elle avait rougi en le voyant entrer et, remarquant bientôt son embarras, elle se leva, écarta la main d'Alexis Alexandrovitch, embrassa l'enfant et l'emmena sur la terrasse. Puis aussitôt revenue :

— Il se fait tard, dit-elle en consultant sa montre ; pourquoi Betsy ne vient-elle pas ?

— Oui, dit en se levant Alexis Alexandrovitch. À propos, reprit-il en faisant craquer les jointures de ses doigts, je suis venu aussi t'apporter de l'argent ; tu dois en avoir besoin, car on ne nourrit pas de chansons les rossignols.

— Non… c'est-à-dire si, j'en ai besoin, répondit-elle sans le regarder, en rougissant jusqu'à la racine des cheveux. Mais tu reviendras sans doute après les courses ?

— Certainement, dit Karénine. Mais voici la gloire de Péterhof, la princesse Tverskoï, ajouta-t-il en apercevant par la fenêtre un équipage à l'anglaise avec une caisse minuscule et très haute. Quel chic, quelle élégance ! Eh bien, partons aussi.

La princesse Tverskoï ne quitta pas sa calèche ; son valet de pied en guêtres, raglan et chapeau ciré, sauta du siège devant le perron.

— Je m'en vais, adieu, dit Anna en tendant la main à son mari après avoir embrassé son fils. Tu es très aimable d'être venu.

Alexis Alexandrovitch lui baisa la main.

— Au revoir, tu reviendras prendre le thé, c'est parfait ! dit-elle en s'éloignant, l'air radieux.

Mais à peine fut-elle hors de la vue de son mari qu'elle tressaillit en sentant sur sa main la trace du baiser qu'il y avait posé.

XXVIII

Quand Alexis Alexandrovitch fit son apparition aux courses, Anna était déjà installée près de Betsy dans la tribune d'honneur, où la haute société se trouvait réunie. Deux hommes, son mari et son amant, constituaient les deux pôles de son existence, et elle devinait leur approche sans le secours de ses sens. Cet instinct lui révéla donc l'arrivée d'Alexis Alexandrovitch et elle le suivit involontairement des yeux parmi les remous de la foule. Elle le vit s'avancer vers la tribune, répondant de haut aux saluts obséquieux, échangeant des politesses distraites avec ses égaux, mais sollicitant les regards des puissants de ce monde en leur tirant son grand chapeau rond, ce fameux chapeau qui lui froissait le bout des oreilles. Elle connaissait ces façons de saluer, qui toutes lui étaient également antipathiques. « L'âme de cet homme n'est qu'arrivisme et ambition, pensait-elle ; quant aux belles phrases sur les lumières et la religion, ce ne sont que moyens d'atteindre son but, rien de plus. »

Aux regards qu'il promenait sur la tribune, Anna comprit qu'il la cherchait mais n'arrivait pas à la découvrir dans ce flot de mousselines, de rubans, de plumes, de fleurs et d'ombrelles ; mais elle n'eut pas l'air de s'en apercevoir.

— Alexis Alexandrovitch, lui cria la princesse Betsy, vous ne voyez donc pas votre femme ? la voici.

Il sourit de son sourire glacial.

— Tout est ici si brillant que les yeux en sont éblouis, répondit-il en pénétrant dans la tribune.

Il sourit à Anna comme doit le faire un mari qui vient à peine de quitter sa femme, salua la princesse et ses autres connaissances, en accordant à chacun son dû, c'est-à-dire des galanteries aux dames et des politesses aux maris. Un général aide de camp réputé pour son esprit et son savoir se tenait au pied de la tribune; Alexis Alexandrovitch, qui l'estimait beaucoup, l'aborda et, comme on était entre deux courses, ces messieurs purent converser à loisir. Le général attaquait ce genre de divertissement, Alexis Alexandrovitch le défendait de sa voix grêle et mesurée. Anna ne perdait pas une seule des paroles de son mari: toutes lui paraissaient rendre un son faux.

Lorsque la course d'obstacles commença, elle se pencha en avant, ne quittant pas des yeux Vronski, qui montait à cheval. Elle redoutait pour lui quelque accident; mais cette crainte la faisait moins souffrir que le son de la voix odieuse dont elle connaissait toutes les intonations et qui semblait ne point vouloir se taire.

«Je suis une méchante femme, une femme perdue, pensait-elle, mais je hais le mensonge, tandis que "lui" en fait sa nourriture. Il sait tout, il voit tout; et cependant il pérore avec le plus grand calme; qu'a-t-il donc dans le cœur après cela? J'aurais quelque respect pour lui s'il me tuait, s'il tuait Vronski. Mais non, ce qu'il préfère à tout, c'est le mensonge, ce sont les convenances». Au fond Anna ne savait guère quel homme elle aurait voulu trouver en son mari. Elle ne comprenait pas non plus que l'agaçante volubilité d'Alexis Alexandrovitch n'était que l'expression de son agitation intérieure. Il faut à un enfant qui vient de se cogner un mouvement physique pour étourdir son mal; il fallait à Karénine un mouvement intellectuel quelconque pour étouffer les idées qui l'oppressaient en présence de sa femme et de Vronski dont le nom était sur toutes les lèvres. De même donc qu'en pareil cas l'enfant saute instinctivement, de même Alexis Alexandrovitch se laissait tout naturellement aller à son besoin de discourir.

— Dans les courses d'officiers, disait-il, le danger est un élément indispensable. Si l'Angleterre peut s'enorgueillir des plus beaux faits d'armes de cavalerie, elle le doit uniquement au développement historique de la force dans ses hommes et ses chevaux. Le sport a selon moi un sens profond, mais comme toujours nous n'en voyons que le côté superficiel.

— Superficiel, pas tant que ça, objecta la princesse

Tverskoï ; on dit qu'un des officiers s'est enfoncé deux côtes.

Alexis Alexandrovitch sourit de son sourire sans expression qui ne laissait voir que ses gencives.

— J'admets, princesse, que ce cas-là est interne et non superficiel ; mais il ne s'agit pas de cela. Et se retournant vers le général, il renfourcha son dada : N'oubliez pas que ceux qui courent sont des militaires, que cette carrière est de leur choix, que toute vocation a son revers de médaille : cela rentre dans les devoirs du soldat. Si les sports brutaux, comme la boxe ou les combats de taureaux, sont des signes certains de barbarie, le sport spécialisé me semble au contraire un indice de civilisation.

— Non, décidément, je n'y reviendrai plus, dit la princesse Betsy, cela m'émeut trop ; n'est-ce pas, Anna ?

— Cela émeut, mais cela fascine, dit une autre dame ; si j'avais été romaine, j'aurais fréquenté assidûment le cirque.

Sans mot dire Anna tenait toujours ses jumelles braquées du même côté.

À ce moment un général de haute taille traversa la tribune ; cessant aussitôt de discourir, Alexis Alexandrovitch se leva avec une promptitude qui n'excluait point la dignité et s'inclina profondément.

— Vous ne courez pas ? lui demanda en plaisantant le général.

— Ma course est d'un genre plus difficile, répondit Karénine d'un ton respectueux. Et bien que cette réponse ne présentât aucun sens, le militaire eut l'air de recueillir le mot profond d'un homme d'esprit et de comprendre *la pointe de la sauce*. Cependant Alexis Alexandrovitch revenait à ses moutons.

— La question est évidemment complexe, on ne saurait assimiler les exécutants aux spectateurs, l'amour de ces spectacles dénote, j'en conviens, un niveau plutôt bas ; cependant…

— Princesse, un pari ! cria une voix, celle de Stépane Arcadiévitch interpellant Betsy. Pour qui tenez-vous ?

— Anna et moi parions pour le prince Kouzovlev, répondit Betsy.

— Et moi pour Vronski. Une paire de gants.

— Entendu.

— Quel beau spectacle, n'est-ce pas ?

— Cependant les jeux virils... voulut reprendre Alexis Alexandrovitch qui avait gardé le silence pendant qu'on parlait autour de lui ; mais, comme le départ venait d'être donné, tout le monde se tut et force lui fut de faire de même. Les courses ne l'intéressaient pas ; au lieu de suivre les cavaliers, il parcourut donc l'assemblée d'un œil distrait ; son regard s'arrêta sur sa femme.

Rien n'existait évidemment pour elle en dehors de ce qu'elle suivait des yeux. Elle avait le visage pâle et grave ; sa main serrait convulsivement un éventail ; elle ne respirait pas. Karénine se détourna pour examiner d'autres visages de femmes.

« Voilà une autre dame très émue, et encore une autre qui l'est tout autant ; c'est fort naturel » se dit-il ; et il s'efforça de regarder ailleurs. Malgré lui cependant, ses yeux se reportaient toujours vers ce visage où il lisait trop clairement et avec horreur ce qu'il ne voulait point savoir.

La première chute, celle de Kouzovlev, émut tout le monde ; mais à l'expression triomphante d'Anna, Alexis Alexandrovitch vit bien que celui qu'elle regardait n'était pas tombé. Lorsqu'un autre officier, qui franchissait la seconde barrière sur les talons de Makhotine et de Vronski, tomba sur la tête et qu'on le crut tué, un murmure d'effroi passa dans l'assistance ; mais Karénine remarqua qu'Anna ne s'était aperçue de rien et qu'elle avait peine à comprendre l'émotion générale.

Cependant, comme il la dévisageait avec une insistance croissante, Anna, si absorbée qu'elle fût, sentit bientôt le regard froid de son mari peser sur elle ; elle se retourna vers lui d'un air interrogateur. « Tout m'est égal », sembla-t-elle lui dire avec un léger froncement de sourcils.

Et elle ne quitta plus ses jumelles.

La course fut malheureuse : sur dix-sept cavaliers, plus de la moitié tombèrent. Vers la fin l'empereur ayant témoigné son mécontentement, l'émotion devint intense.

XXIX

Tout le monde alors désapprouva ce genre de divertissement. On se répétait la phrase d'un des spectateurs : « Après cela il ne reste plus que les arènes avec des lions. » L'épouvante était si générale que le cri d'horreur poussé par Anna à la chute de Vronski ne surprit personne. Par malheur son visage défait révéla aussitôt des sentiments que les convenances lui commandaient de celer. Éperdue, bouleversée, elle se débattait comme un oiseau pris au piège.

— Partons, partons, répétait-elle tournée vers Betsy.

Mais celle-ci ne l'écoutait point. Penchée vers le général, elle lui parlait avec animation. Alexis Alexandrovitch s'approcha de sa femme et lui offrit poliment le bras.

— Partons, si vous le désirez, lui dit-il en français.

Anna ne l'aperçut même pas : elle était toute à ce que disait le général.

— On prétend, affirmait celui-ci, qu'il s'est aussi cassé la jambe ; cela n'a pas le sens commun.

Sans répondre à son mari, elle reprit ses jumelles et les braqua vers l'endroit où était tombé Vronski ; mais c'était si loin et il s'y pressait tant de monde qu'on ne distinguait rien. Elle baissa donc ses jumelles et se disposait à partir, quand un officier au galop vint faire un rapport à l'empereur ; elle se pencha en avant pour écouter.

— Stiva, Stiva, cria-t-elle à son frère, mais celui-ci ne l'entendit pas. Elle voulut encore quitter la tribune.

— Je vous offre une fois de plus mon bras, si vous désirez partir, répéta Alexis Alexandrovitch en lui touchant la main.

— Non, non, laissez-moi, je resterai, répondit-elle sans le regarder, en s'écartant de lui avec répulsion.

Elle venait d'apercevoir un officier qui, du lieu de l'accident, accourait à toutes brides en coupant le champ de courses. Betsy lui fit signe de son mouchoir : il annonça que le cavalier était indemne, mais que le cheval avait les reins brisés. À cette nouvelle, Anna se laissa choir sur sa chaise : impuissante à retenir ses larmes, à réprimer les sanglots qui soulevaient sa poitrine, elle cacha son visage derrière son éventail; pour lui laisser le temps de se remettre, Alexis Alexandrovitch se plaça devant elle.

— Pour la troisième fois, je vous offre mon bras, lui dit-il au bout de quelques instants.

Anna le regardait, ne sachant trop que répondre; Betsy lui vint en aide.

— Non, dit-elle; j'ai amené Anna et j'ai promis de la reconduire.

— Excusez, princesse, répliqua Alexis Alexandrovitch avec un sourire poli mais un regard impérieux; je vois qu'Anna est souffrante et je désire la ramener moi-même.

Anna, l'œil égaré, se leva avec soumission et prit le bras de son mari.

— J'enverrai prendre de ses nouvelles et vous tiendrai au courant, lui dit Betsy à voix basse.

Au sortir de la tribune, Alexis Alexandrovitch s'entretint comme toujours du ton le plus naturel avec plusieurs personnes; et comme toujours Anna fut obligée d'écouter et de répondre; mais elle ne s'appartenait pas et croyait marcher en rêve au bras de son mari.

« Est-ce bien vrai? N'est-il pas blessé? Viendra-t-il? Le verrai-je ce soir? » songeait-elle.

Elle monta sans mot dire en voiture et bientôt ils furent hors du champ de courses. Malgré tout ce qu'il avait vu, Alexis Alexandrovitch ne se rendait pas encore à l'évidence. Néanmoins, comme il n'accordait guère d'importance qu'aux signes extérieurs, il jugeait nécessaire de démontrer à sa femme l'inconvenance de sa conduite; mais il ne savait comment présenter cette observation sans aller trop loin. Il ouvrit la bouche pour parler, mais involontairement il dit tout autre chose que ce qu'il voulait dire.

— Comme nous sommes tous attirés par ces spectacles cruels! Je remarque...

— Vous dites? Je ne comprends pas...

Ce ton méprisant le blessa et aussitôt il engagea le fer.

— Je dois vous dire, commença-t-il en français...

« Voici venir l'explication », songea, non sans terreur, Anna.

— Je dois vous dire que vous avez eu aujourd'hui une tenue fort inconvenante.

— En quoi, s'il vous plaît ? demanda-t-elle à haute voix, en se tournant vivement vers lui et en le regardant bien en face, non plus avec la fausse gaieté de naguère mais avec une assurance sous laquelle elle dissimulait mal son angoisse

— Faites attention, dit-il en montrant la glace de la voiture baissée derrière le cocher.

Et il se pencha pour la relever.

— Qu'avez-vous trouvé d'inconvenant ? répéta-t-elle.

— Le désespoir que vous n'avez pas su mieux celer lorsqu'un des cavaliers a fait une chute.

Il attendait une objection ; mais elle se taisait, le regard fixe.

— Je vous ai déjà priée de vous comporter dans le monde de manière à ne point donner prise à la médisance. Il fut un temps où je parlais des sentiments intimes ; je ne considère plus maintenant que les rapports extérieurs. Vous avez eu tout à l'heure une tenue inconvenante, et je désire que cela ne se renouvelle plus.

Ces paroles n'arrivaient qu'à moitié aux oreilles d'Anna ; son mari avait beau lui faire peur, elle ne songeait qu'à Vronski. « Est-il vrai, se demandait-elle, qu'il ne soit point blessé ? La nouvelle qu'avait apportée l'officier se rapportait-elle bien à lui ? » Quand Alexis Alexandrovitch eut fini, elle ne lui répondit que par un sourire d'une feinte ironie. À la vue de ce sourire, Karénine, qui avait, lui aussi, pris peur en sentant toute la portée de ses paroles, se méprit étrangement.

« Elle sourit de mes soupçons. Elle va me dire comme alors qu'ils sont ridicules et dénués de fondement. »

Plutôt que de voir ses craintes confirmées, il était prêt à croire tout ce qu'elle voudrait. Mais l'expression de cette figure sombre et terrifiée ne promettait même plus le mensonge.

— Peut-être me trompé-je, reprit-il ; dans ce cas, pardonnez-moi.

— Non, vous ne vous êtes point trompé, proféra-t-elle lentement en jetant un regard farouche sur la face glaciale de son mari. Vous ne vous êtes point trompé. J'ai été et je suis encore au désespoir. J'ai beau vous écouter, c'est à lui que je pense. Je l'aime, je suis sa maîtresse ; je ne puis vous souffrir, je vous crains, je vous hais... Faites de moi ce que vous voudrez.

Et se rejetant au fond de la voiture, elle couvrit son visage de ses mains et éclata en sanglots. Alexis Alexandrovitch ne bougea pas, son regard demeura fixe, mais sa physionomie prit et garda durant tout le trajet une rigidité cadavérique. En approchant de la maison, il se tourna vers elle.

— Bien, dit-il d'une voix qui tremblait légèrement. Mais j'exige que vous observiez les convenances jusqu'au moment où j'aurai pris les mesures qu'exige la sauvegarde de mon honneur. Elles vous seront communiquées.

Il sortit de la voiture et, pour sauver les apparences devant les domestiques, il aida sa femme à descendre et lui serra la main. Puis il reprit sa place et fit route vers Pétersbourg.

À peine était-il parti qu'un domestique de Betsy apporta un billet ainsi conçu : « J'ai fait prendre des nouvelles d'Alexis ; il m'écrit qu'il va bien mais qu'il est au désespoir. »

« Alors, il va venir, se dit-elle, j'ai bien fait de tout avouer. »

Elle regarda la pendule ; il s'en fallait encore de trois heures ; elle songea à leur dernier rendez-vous et certains souvenirs la troublèrent.

« Mon Dieu, qu'il fait encore clair ! C'est effrayant, mais j'aime à voir son visage et j'affectionne cette lumière fantastique... Mon mari ? Ah oui ! Eh bien, tant mieux, tout est fini entre nous. »

XXX

PARTOUT où des hommes se réunissent, une espèce de cristallisation sociale met une fois pour toutes chacun à sa place. La petite ville d'eaux allemande où séjournaient les Stcherbatski n'échappait point à cette règle : de même qu'une goutte d'eau exposée au froid prend invariablement une certaine forme cristalline, de même chaque nouveau baigneur se trouvait d'emblée catalogué dans une certaine catégorie sociale. Grâce à leur nom, à l'appartement qu'ils occupèrent, aux amis qu'ils retrouvèrent, *Fürst Stcherbatski sammt Gemahlin und Tochter* se cristallisèrent aussitôt à la place qui leur revenait de droit.

Ce travail de stratification s'opérait d'autant plus sérieusement cette année-là qu'une véritable *Fürstin* allemande honorait les eaux de sa présence. La princesse se crut obligée de lui présenter sa fille et cette cérémonie eut lieu dès le lendemain de leur arrivée. Kitty, fort gracieuse dans sa toilette d'été « très simple », c'est-à-dire très élégante et venue de Paris, fit une profonde révérence à la grande dame. « J'espère, lui dit celle-ci, que les roses renaîtront bien vite sur ce joli minois. » Cette visite classa définitivement les Stcherbatski. Ils firent la connaissance d'une lady anglaise et de sa famille, d'une comtesse allemande et de son fils blessé pendant la dernière guerre, d'un savant suédois, d'un M. Canut ainsi que de sa sœur. Cependant ce fut, comme de juste, avec des baigneurs russes qu'ils entretinrent des relations suivies. Il y avait là notamment deux dames de Moscou, Marie Evguénievna Rtistchev et sa fille, ainsi qu'un colonel, également moscovite et vieil ami des Stcherbatski. Kitty n'aimait guère Mlle Rtistchev, qui souffrait comme elle d'un amour contrarié ; quant au colonel, qu'elle avait toujours vu en uniforme, il lui semblait maintenant fort ridicule avec ses petits yeux, son cou découvert, ses cravates de couleur, ses assiduités importunes. Ce programme de séjour dûment établi et le vieux prince étant parti pour Carlsbad, Kitty, restée seule avec sa mère, commença à trouver le temps long. Négligeant ses anciennes connaissances qui ne lui promettaient aucune sensation nouvelle, elle jugea plus attrayant d'observer des inconnus et de se perdre en suppositions sur leur compte : ce fut bientôt une vraie passion. Sa nature la portant à voir tout le monde en beau, les remarques qu'elle faisait sur les baigneurs, leurs caractères, leurs relations mutuelles étaient donc empreintes d'une bienveillance exagérée.

Nul ne lui inspira plus d'intérêt qu'une jeune fille venue aux eaux avec une dame russe de la haute société à qui tout le monde donnait le nom de Mme Stahl. Cette personne, fort malade, avait perdu l'usage de ses jambes ; elle n'apparaissait que rarement, les jours de fort beau temps et traînée dans une petite voiture ; elle ne fréquentait pas ses compatriotes, plutôt par orgueil que par maladie, affirmait la princesse. La jeune fille, qu'elle appelait Varinka et les autres personnes Mlle Varinka, la soignait avec dévouement ; mais Kitty remarqua qu'elle ne la traitait ni en parente ni en garde-malade rétribuée. D'ailleurs cette demoiselle devenait très rapidement l'amie des malades gravement atteints et leur témoignait tout naturellement le même dévouement qu'à Mme Stahl. Quel genre de rapports pouvaient bien exister entre les deux dames ? Kitty se le demandait avec une curiosité d'autant plus vive qu'elle se sentait irrésistiblement attirée vers Mlle Varinka et croyait d'ailleurs ne pas lui déplaire, à en juger par certains regards que la jeune fille avait portés sur elle.

Cette demoiselle Varinka était une de ces personnes sans âge auxquelles on peut indifféremment donner aussi bien trente que dix-neuf ans. Malgré sa pâleur maladive, il était permis en analysant ses traits de la trouver jolie, et elle eût passé pour bien faite, n'étaient sa tête trop forte et son buste trop peu développé. Cependant elle ne devait guère plaire aux hommes : elle faisait penser à une belle fleur qui, tout en conservant ses pétales, serait déjà flétrie et sans parfum ; elle manquait un peu de cette ardeur contenue qui dévorait Kitty, elle n'avait point comme elle conscience de son charme.

Elle semblait toujours absorbée par quelque devoir d'une nécessité inéluctable et dont rien, par conséquent, n'aurait su la distraire. C'était précisément ce contraste avec sa propre existence qui séduisait Kitty ; l'exemple de Varinka lui révélerait sans doute ce qu'elle cherchait avec tant d'anxiété : comment mettre quelque intérêt, quelque dignité dans sa vie ; comment échapper aux abominables relations mondaines qui, lui semblait-il maintenant, font de la jeune fille une sorte de marchandise exposée aux convoitises des chalands. Et plus Kitty observait son amie inconnue, plus elle désirait la connaître, plus elle voyait en elle le modèle de toutes les perfections.

Les jeunes filles se rencontraient plusieurs fois par jour et à chaque rencontre les yeux de Kitty semblaient dire : « Qui êtes-vous ? Je ne me trompe point, n'est-ce pas, en vous croyant un être charmant ? Mais rassurez-vous, ajoutait le regard, je n'aurai pas l'indiscrétion de solliciter votre amitié ; je me contente de vous admirer et de vous aimer. — Moi aussi, je vous aime et je vous trouve charmante, répondait le regard de l'inconnue, et je vous aimerais davantage encore, si j'en avais le temps. » Et réellement elle était toujours occupée, Kitty le voyait bien : tantôt elle ramenait de l'établissement les enfants d'une famille russe, tantôt il lui fallait porter une couverture à un malade, des biscuits à un autre, ou s'évertuer à en distraire un troisième.

Un matin, peu après l'arrivée des Stcherbatski, on vit apparaître un couple qui devint l'objet d'une attention peu bienveillante. L'homme, de haute taille mais voûté, avait des mains énormes et des yeux noirs, naïfs et effrayants à la fois ; il portait un vieux pardessus trop court. Bien que marquée de petite vérole, la femme avait la physionomie avenante, mais elle était fort mal mise. Kitty reconnut en eux des Russes et déjà son imagination ébauchait un roman touchant dont ils étaient les héros, lorsque la princesse apprit par la liste des baigneurs que ces nouveaux venus n'étaient autres que Nicolas Levine et Marie Nicolaïevna. Elle coupa les ailes aux chimères de sa fille en lui expliquant que ce Levine était un fort triste sire. Au reste, plus que les paroles de la princesse, le fait que cet individu était le frère de Constantin Levine le rendit, ainsi que sa compagne, particulièrement antipathique à Kitty. Et bientôt cet homme aux mouvements de tête bizarres lui inspira une véritable répulsion : elle croyait lire dans ses grands yeux qui la suivaient avec obstination des sentiments ironiques et malveillants. Elle évita autant que possible de le rencontrer.

XXXI

Comme il pleuvait depuis le matin, les baigneurs, munis de parapluies, avaient envahi la galerie de l'établissement. Kitty et sa mère s'y trouvaient en compagnie du colonel, lequel paradait dans un complet à l'européenne acheté tout fait à Francfort. Ils se confinaient dans un coin du promenoir afin d'éviter Nicolas Levine qui faisait les cent pas à l'autre extrémité. Varinka, vêtue, comme toujours, d'une robe foncée et coiffée d'un chapeau noir à bords rabattus, promenait d'un bout à l'autre de la galerie une dame française aveugle ; chaque fois que Kitty et elle se croisaient, elles échangeaient un regard amical.

— Maman, puis-je lui parler ? demanda Kitty en voyant son amie inconnue approcher de la source et jugeant l'endroit propice à un premier entretien.

— Si tu y tiens tant que ça, répondit la princesse, laisse-moi prendre des informations et je l'aborderai la première. Mais que trouves-tu de si remarquable en elle ? C'est quelque dame de compagnie. Si tu veux, j'irai voir Mme Stahl. J'ai connu sa belle-sœur, ajouta-t-elle en relevant non sans fierté la tête.

La princesse était froissée de l'attitude de Mme Stahl, qui ne paraissait guère désireuse de faire sa connaissance. Kitty, qui le savait, n'insista pas.

— Elle est tout bonnement adorable ! dit-elle en regardant Varinka tendre un verre à la dame française. Voyez comme tout ce qu'elle fait est aimable et simple.

— Tu m'amuses avec tes *engouements*, répondit la princesse ; mais pour le moment éloignons-nous, ajouta-t-elle en voyant approcher Levine, sa compagne et un médecin allemand auquel il parlait d'un ton âpre.

Comme elles revenaient sur leurs pas, un éclat de voix les fit se retourner : Levine, arrêté devant le médecin qui s'emportait à son tour, poussait de véritables cris ; on faisait cercle autour d'eux. La princesse entraîna vivement Kitty, tandis que le colonel se mêlait de connaître l'objet de la discussion.

— Qu'y avait-il ? demanda la princesse quand, au bout de quelques minutes, le colonel les eut rejointes.

— Une abomination ! répondit celui-ci. Je ne redoute rien tant que de rencontrer des Russes à l'étranger. Ce grand monsieur s'est pris de querelle avec le médecin, qui ne le soigne pas à son gré, et il a fini par lever sa canne. Une abomination, vous dis-je !

— Oui, c'est bien désagréable, dit la princesse. Et comment tout cela s'est-il terminé ?

— Grâce à l'intervention de cette demoiselle en chapeau en forme de champignon, une Russe, je crois...

— Mlle Varinka? demanda Kitty toute joyeuse.

— Oui, c'est cela. Elle a eu la première la présence d'esprit de prendre ce monsieur sous le bras et de l'emmener.

— Vous voyez, maman, dit Kitty à sa mère. Étonnez-vous après cela de mon enthousiasme!

Le lendemain Kitty remarqua que Varinka avait englobé Levine et sa compagne parmi ses *protégés*: elle s'entretenait avec eux et servait d'interprète à la femme qui ne parlait aucune langue étrangère.

De plus en plus engouée de son inconnue, Kitty supplia encore une fois sa mère de lui permettre de faire sa connaissance. Malgré qu'elle en eût — car elle ne voulait point avoir l'air de faire des avances à cette orgueilleuse Mme Stahl — la princesse alla aux renseignements; une fois convaincue de la parfaite honorabilité de cette jeune fille par ailleurs si peu brillante, elle fit elle-même les premiers pas et, choisissant un moment où Kitty était à la source, elle aborda Varinka devant la boulangerie.

— Permettez-moi de me présenter moi-même, lui dit-elle avec son sourire de grande dame. Ma fille est tout bonnement éprise de vous. Mais peut-être ne me connaissez-vous pas... Je...

— C'est plus que réciproque, princesse, s'empressa de répondre Varinka.

— Vous avez fait hier une bien bonne action par rapport à notre triste compatriote, reprit la princesse.

— Je ne me rappelle pas, dit en rougissant Varinka; il me semble que je n'ai rien fait...

— Mais si: vous avez épargné bien des ennuis à ce Levine qui s'était engagé dans une mauvaise affaire.

— Ah! oui, *sa compagne* m'a appelée et j'ai tâché de le calmer; il est très gravement atteint et très mécontent de son médecin. J'ai l'habitude de ce genre de malades.

— Oui, je sais que vous habitez Menton avec Mme Stahl, qui est, je crois, votre tante. J'ai connu sa belle-sœur.

— Non, ce n'est pas ma tante, je l'appelle *maman,* mais je ne lui suis pas apparentée, j'ai été élevée par elle.

Tout cela fut dit si simplement, l'expression de ce charmant visage était si ouverte, si sincère, que la princesse comprit pourquoi sa Kitty s'était engouée de cette Varinka.

— Et que devient ce Levine ? demanda-t-elle.

— Il part, répondit Varinka.

Cependant Kitty revenait de la source ; à la vue de sa mère en conversation avec l'amie inconnue elle rayonna de joie.

— Eh bien, Kitty, ton ardent désir de connaître Mlle...

— Varinka, dit la jeune fille en souriant ; c'est ainsi que tout le monde m'appelle.

Kitty rougit de plaisir et serra longtemps la main de sa nouvelle amie, qui la lui abandonnait sans répondre à cette pression. En revanche son visage s'illumina d'un sourire quelque peu mélancolique qui découvrit des dents grandes mais belles.

— Et moi aussi, dit-elle, je désirais depuis longtemps vous connaître.

— Mais vous êtes si occupée...

— Moi ? au contraire je n'ai rien à faire... prétendit Varinka, mais au même instant elle dut abandonner ses nouvelles connaissances pour répondre à l'appel de deux petites Russes, filles d'un malade.

— Varinka, criaient-elles, maman vous appelle.

Et Varinka les suivit.

XXXII

Voici ce que la princesse avait appris sur Varinka, sur ses relations avec Mme Stahl et sur cette dame elle-même.

Mme Stahl avait toujours été maladive et exaltée ; certains prétendaient qu'elle avait fait le malheur de son mari, d'autres au contraire que celui-ci l'avait indignement trompée. Toujours est-il qu'elle dut se séparer de lui ; quelque temps après elle mit au monde, à Pétersbourg, un enfant mort-né. Connaissant sa sensibilité et craignant que cette nouvelle ne la tuât, sa famille avait substitué à l'enfant mort la fille d'un cuisinier de la Cour née la même nuit et dans la même maison : c'était Varinka. Par la suite Mme Stahl apprit que la petite n'était pas sa fille ; elle continua pourtant à s'en occuper, d'autant plus que les vrais parents de l'enfant vinrent bientôt à mourir.

Depuis plus de dix ans Mme Stahl vivait à l'étranger, dans le Midi, sans presque quitter son lit. Les uns disaient qu'elle s'était fait dans le monde un piédestal de sa piété, de son amour du prochain, les autres se portaient garants de sa sincérité. Personne ne savait au juste si elle était catholique, protestante ou orthodoxe ; mais ce qui était certain, c'est qu'elle entretenait des relations amicales avec les sommités de toutes les églises, de toutes les confessions.

Sa fille adoptive ne l'avait jamais quittée et tous ceux qui connaissaient Mme Stahl connaissaient et aimaient « Mlle Varinka » ; c'était sous ce nom que tout le monde la désignait.

Au courant de tous ces détails, la princesse vit d'un assez bon œil la liaison des deux jeunes filles : Varinka avait d'excellentes manières, elle parlait à la perfection le français et l'anglais ; et puis, ce qui valait mieux encore, ne lui avait-elle point dès l'abord transmis les excuses de Mme Stahl empêchée par la maladie de faire sa connaissance.

Kitty s'attachait de plus en plus à son amie, en qui elle découvrait tous les jours de nouvelles perfections. La princesse, ayant appris que Varinka chantait, la pria de venir les voir un soir.

— Kitty joue du piano, et bien que l'instrument ne vaille pas grand-chose, nous aurons plaisir à vous entendre, lui dit-elle avec son sourire de commande.

Ce sourire choqua d'autant plus Kitty qu'elle avait cru s'apercevoir que son amie ne tenait guère à chanter. Varinka vint pourtant dès le même soir et apporta de la musique. La princesse avait invité Marie Evguénievna, sa fille et le colonel. Varinka parut indifférente à la présence de ces personnes qu'elle ne connaissait point et s'approcha du piano sans se faire prier ; comme elle ne savait pas s'accompagner, Kitty, qui jouait fort bien, lui rendit ce service.

— Vous avez un talent remarquable, lui dit la princesse, après le premier morceau qu'elle chanta avec beaucoup de brio.

Marie Evguénievna et sa fille joignirent leurs compliments à ceux de la princesse.

— Voyez donc le public que vous avez attiré, dit le colonel qui regardait par la fenêtre, sous laquelle s'était effectivement rassemblé un assez grand nombre de personnes.

— Je suis charmée de vous avoir fait plaisir, répondit simplement Varinka.

Kitty regardait son amie avec orgueil. Elle admirait son talent, sa voix, toute sa personne, mais plus encore sa tenue : il était clair que Varinka ne se faisait aucun mérite de son chant ; indifférente aux compliments, elle avait l'air simplement de demander : « Faut-il encore chanter, ou non ? »

« Si j'étais à sa place, songeait Kitty en observant ce visage impassible, combien je serais fière de voir cette foule sous la fenêtre ! Et cela lui est absolument égal ! Elle ne paraît sensible qu'au plaisir d'être agréable à maman. Qu'y a-t-il donc en elle ? Où prend-elle donc cette force d'indifférence, cette magnifique sérénité ? Je voudrais bien qu'elle m'apprenne comment on les acquiert. »

La princesse demanda un second morceau ; aussitôt Varinka, toute droite près du piano et battant la mesure de sa petite main brune, le chanta avec la même perfection que le premier.

Le morceau suivant dans le cahier était un air italien. Kitty joua le prélude et se tourna vers son amie.

— Passons celui-ci, dit Varinka en rougissant.

Kitty l'interrogea d'un regard ému.

— Alors, un autre ! se hâta-t-elle de dire en tournant les pages ; elle avait compris que cet air devait rappeler à la chanteuse quelque souvenir pénible.

— Non, répondit Varinka en posant la main sur le cahier. Chantons celui-ci, ajouta-t-elle en souriant.

Et elle le chanta avec le même calme, la même froideur, la même perfection que les précédents.

Quand elle eut fini, tout le monde la remercia encore une fois. Tandis qu'on prenait le thé, les jeunes filles gagnèrent le petit jardin qui attenait à la maison.

— Vous attachez un souvenir à ce morceau, n'est-ce pas ? dit Kitty. Non, non, ajouta-t-elle vivement, ne me racontez rien, dites-moi seulement que c'est vrai !

— Pourquoi vous le cacherais-je ? dit Varinka de son ton le plus tranquille. Oui, c'est un souvenir, et il a été douloureux. J'ai aimé quelqu'un à qui je chantais cet air.

Kitty, les yeux grands ouverts, enveloppait son amie d'un regard attendri. Elle n'osait souffler mot.

— Je l'aimais et il m'aimait, reprit Varinka, mais sa mère s'est opposée à notre mariage, et il en a épousé une autre. Il n'habite pas loin de chez nous et je le vois quelquefois. Vous ne pensiez pas que j'avais eu, moi aussi, un roman ? demanda-t-elle tandis que sur son beau visage passait un éclair de ce feu qui avait dû jadis l'illuminer tout entière.

Kitty sentit cela.

— Que dites-vous ! s'écria-t-elle. Mais si j'étais homme, je n'aurais pu aimer personne après vous avoir rencontrée. Ce que je ne conçois pas, c'est que pour obéir à sa mère il ait pu vous oublier, vous rendre malheureuse : il ne doit pas avoir de cœur.

— Mais si, c'est un excellent homme et je ne suis point malheureuse, bien au contraire… Eh bien, ne chanterons-nous plus aujourd'hui ? ajouta-t-elle en se dirigeant vers la maison.

— Que vous êtes bonne, que vous êtes bonne ! s'écria Kitty en l'arrêtant pour l'embrasser, que ne puis-je vous ressembler, ne fût-ce qu'un peu !

— Pourquoi voulez-vous ressembler à une autre qu'à vous-même ? vous êtes charmante comme cela, dit Varinka en souriant de son sourire doux et las.

— Oh ! non, je ne vaux rien du tout… Voyons, dites-moi. Attendez, asseyons-nous un peu, dit Kitty en la faisant rasseoir sur un banc près d'elle. Dites-moi, n'est-il pas humiliant de voir un homme repousser, mépriser votre amour ?

— Il n'a rien méprisé du tout, je suis sûre qu'il m'aimait ; mais c'était un fils soumis.

— Et s'il avait agi de son plein gré ?… demanda Kitty, sentant qu'elle dévoilait son secret et que son visage, brûlant de rougeur, la trahissait.

— Oh ! alors, il aurait commis une mauvaise action, et je me soucierais peu de lui, répondit Varinka comprenant qu'il n'était plus question d'elle mais de Kitty.

— Mais l'affront, peut-on l'oublier ? Non, c'est impossible, affirma-t-elle en se rappelant le regard dont « il » l'avait foudroyée au bal lorsque la musique s'était arrêtée.

— De quel affront parlez-vous ? Vous n'avez rien fait de mal, j'imagine ?

— Pis que cela, je me suis humiliée.

Varinka hocha la tête et posa sa main sur celle de Kitty.

— En quoi vous êtes-vous humiliée ? Vous n'avez pu avouer votre amour à un homme qui vous témoignait de l'indifférence ?

— Bien sûr que non, je n'ai jamais rien dit, mais il le savait. Il y a des regards, des manières d'être… Non, non, je vivrais cent ans que je n'oublierais pas cet affront.

— Mais voyons, je ne comprends pas ; l'aimez-vous encore, oui ou non ? demanda Varinka en mettant les points sur les i.

— Je le déteste, je ne puis me pardonner.

— Eh bien ?

— Mais la honte, l'affront…

— Ah ! mon Dieu, si tout le monde était sensible comme vous ! Il n'y a pas de jeune fille qui n'ait passé par là. Et tout cela a si peu d'importance.

— Qu'y a-t-il donc d'important alors ? demanda Kitty en la regardant avec une curiosité étonnée.

— Bien des choses, insinua Varinka en souriant.

— Mais encore ?

— Il y a beaucoup de choses plus importantes, répondit Varinka, ne sachant trop que dire.

À ce moment la princesse cria par la fenêtre :

— Kitty, il fait frais ; mets un châle ou rentre.

— Il est temps que je parte, dit Varinka en se levant. J'ai promis à Mme Berthe de passer chez elle.

Kitty la tenait par la main et l'interrogeait d'un regard suppliant : « Qu'y a-t-il de plus important ? Qu'est-ce qui apaise, tranquillise ? Vous le savez, dites-le-moi. » Mais Varinka ne saisissait pas le sens de ce regard. Elle ne songeait plus qu'à la visite qu'il lui fallait encore faire avant de prendre le thé avec *maman,* vers minuit. Elle rentra au salon, rassembla sa musique, prit congé de tout le monde et se disposa à partir.

— Si vous le permettez, dit le colonel, je vais vous accompagner.

— En effet, dit la princesse, vous ne pouvez rentrer seule à cette heure-ci ; je vais vous donner ma femme de chambre.

Kitty s'aperçut que Varinka retenait avec peine un sourire.

— Merci, dit la jeune fille en prenant son chapeau, je rentre toujours seule et il ne m'arrive jamais rien.

Après avoir encore une fois embrassé Kitty sans lui dire ce qui était important, elle s'éloigna d'un pas ferme, sa musique sous le bras, et disparut dans la demi-obscurité de la nuit d'été, emportant avec elle le secret de ce calme, de cette dignité que lui enviait tant son amie.

XXXIII

Kitty fit aussi la connaissance de Mme Stahl, et, tout comme son amitié pour Varinka, les relations qu'elle eut avec cette dame contribuèrent à calmer son chagrin. Un monde nouveau bien différent du sien, un monde tout de beauté et de noblesse, se découvrit à elle ; de cette hauteur elle put juger son passé avec sang-froid. Elle apprit qu'en dehors de la vie instinctive qui jusqu'alors avait été la sienne, il existait une vie spirituelle dans laquelle on pénétrait par la religion. Cette religion ne ressemblait en rien à celle qu'elle avait pratiquée depuis l'enfance et qui consistait à assister à la messe et aux vêpres à la Maison des veuves, où l'on rencontrait des connaissances, et à apprendre par cœur des textes slavons avec l'aide d'un homme d'église. C'était une religion noble, mystérieuse, qui provoquait les pensées les plus élevées et les sentiments les plus purs, et à laquelle on croyait non par devoir mais par amour.

Kitty apprit tout cela autrement qu'en paroles. Mme Stahl la traitait en aimable enfant qui vous attire à l'égal d'un souvenir de jeunesse ; une fois seulement elle lui rappela que la foi et la charité étaient l'unique apaisement à toutes les douleurs humaines, dont le Christ en sa compassion ne connaît point d'insignifiantes ; puis aussitôt elle changea de conversation. Mais dans chaque geste, chaque parole de cette dame, dans ses regards « célestes », comme elle les qualifiait, dans l'histoire de sa vie surtout, qu'elle connaissait par

Varinka, Kitty découvrait « ce qui était important » et ce qu'elle avait ignoré jusqu'alors.

Cependant malgré l'élévation de sa nature et l'onction de ses propos, Mme Stahl n'en laissait pas moins échapper certains traits de caractère qui déconcertaient fort Kitty. Un jour par exemple qu'elle l'interrogeait sur ses parents, cette dame ne put retenir un sourire de condescendance, ce qui était contraire à la charité chrétienne. Une autre fois, recevant un prêtre catholique, elle se tint constamment dans l'ombre d'un abat-jour tout en souriant d'une façon singulière. Si peu importantes que fussent ces observations, elles affligèrent pourtant Kitty et la firent douter de Mme Stahl ; en revanche Varinka seule, sans famille, sans amis, n'espérant ni ne regrettant rien après sa triste déception, lui semblait de plus en plus le comble de la perfection. L'exemple de la jeune fille lui montrait que, pour devenir heureuse, tranquille et bonne, comme elle souhaitait de l'être, il suffisait de s'oublier soi-même et d'aimer son prochain. Une fois qu'elle eut compris ce qui était « le plus important », elle ne se contenta plus de l'admirer, mais se donna de tout son cœur à la vie nouvelle qu'elle découvrait. D'après les récits que lui fit Varinka sur Mme Stahl et d'autres personnes qu'elle lui nomma, Kitty se forma un plan d'existence. Elle décida qu'à l'exemple d'Aline, la nièce de Mme Stahl dont Varinka l'entretenait souvent, elle rechercherait les pauvres partout où elle se trouverait, qu'elle les aiderait de son mieux, qu'elle distribuerait des évangiles et ferait des lectures du livre saint aux malades, aux mourants, aux criminels. Cette dernière bonne œuvre la séduisait particulièrement. Mais elle faisait ces rêves en secret, sans les communiquer ni à sa mère ni à son amie.

Au reste, en attendant de pouvoir exécuter ses plans sur une vaste échelle, il ne lui fut pas difficile de mettre, à l'imitation de Varinka, ses nouveaux principes en pratique : aux eaux les malades et les malheureux ne manquent pas.

La princesse remarqua bien vite combien Kitty cédait à son *engouement* pour Mme Stahl et surtout pour Varinka, qu'elle imitait dans ses bonnes œuvres, qu'elle contrefaisait même sans le vouloir dans sa façon de marcher, de parler, de cligner des yeux. Plus tard elle dut reconnaître qu'indépendamment du prestige subi, la jeune fille passait par une sérieuse crise intérieure. Contre son habitude Kitty lisait le soir l'Évangile, dont Mme Stahl lui avait offert un exemplaire en français; elle évitait toute relation mondaine, s'intéressait en revanche aux malades protégés par Varinka, notamment à la famille d'un pauvre peintre nommé Petrov, près de qui elle semblait fière de jouer un rôle d'infirmière. La princesse s'y opposait d'autant moins que la femme de Petrov était une personne très convenable, et qu'un jour la *Fürstin*, remarquant la bonté de Kitty, avait fait son éloge, l'appelant un ange consolateur. Tout aurait été pour le mieux si la princesse n'avait craint de voir sa fille tomber dans l'exagération.

— *Il ne faut jamais rien outrer*, lui répétait-elle.

Kitty ne répondait rien; mais dans le fond de son cœur elle était convaincue qu'on ne saurait dépasser la mesure en pratiquant une religion qui enseigne à tendre la joue gauche quand on vous frappe sur la joue droite, à donner sa chemise quand on vous dépouille de votre manteau. Du reste, plus encore que de cette outrance, la princesse était froissée des réticences de Kitty: elle devinait que celle-ci ne lui ouvrait point entièrement son cœur. En réalité la jeune fille éprouvait tout simplement une certaine gêne à confier ses nouveaux sentiments à sa mère; ni le respect ni l'affection n'entraient ici en ligne de compte.

— Il y a quelque temps que nous n'avons vu Anna Pavlovna, dit un jour la princesse en parlant de Mme Petrov. Je l'ai pourtant invitée, mais elle m'a paru soucieuse.

— Je n'ai pas remarqué cela, maman, répondit Kitty en rougissant.

— Tu ne leur as pas fait visite ces jours-ci?

— Nous projetons pour demain une excursion dans la montagne.

— Je n'y vois point d'inconvénient, répondit la princesse, surprise du trouble dans lequel elle voyait sa fille et cherchant à en deviner la cause.

Varinka, qui vint pour dîner ce jour-là, avertit Kitty qu'Anna Pavlovna renonçait à la promenade projetée pour le lendemain; la princesse s'aperçut que sa fille rougissait encore.

— Kitty, ne s'est-il rien passé de désagréable entre les Petrov et toi ? lui demanda-t-elle quand elles se retrouvèrent seules. Pourquoi Anna Pavlovna a-t-elle cessé d'envoyer ses enfants et de venir elle-même ?

Kitty répondit qu'il ne s'était rien passé et qu'elle ne comprenait pas pourquoi cette dame semblait lui en vouloir. Elle disait vrai ; cependant si elle ignorait la cause du refroidissement de Mme Petrov à son égard, elle la devinait ; mais cette cause était de telle nature qu'elle n'osait pas l'avouer à elle-même, encore moins à sa mère, tant il eût été humiliant de se tromper.

Elle évoqua une fois de plus tous les souvenirs de ses relations avec cette famille. Elle se rappela la joie naïve qui se peignait, à leurs premières rencontres, sur le bon visage tout rond d'Anna Pavlovna ; leurs conciliabules secrets pour arriver à distraire le malade, à l'arracher à des travaux que le médecin interdisait, à l'emmener au grand air ; l'attachement du plus jeune des enfants qui l'appelait « ma Kitty » et ne voulait pas se coucher sans qu'elle l'accompagnât. Comme tout allait bien alors ! Puis elle revit la chétive personne de Petrov, son long cou sortant d'une redingote cannelle, ses cheveux rares et frisés, ses yeux bleus dont le regard scrutateur l'avait d'abord effrayée, ses efforts maladifs pour paraître animé et énergique en présence de la jeune fille. Qu'il avait été difficile à Kitty de surmonter la répugnance que lui inspirait ce poitrinaire, quel mal elle s'était donné pour trouver un sujet de conversation ! De quel œil humblement attendri la considérait-il, cependant qu'elle sentait naître en son cœur un bizarre sentiment de compassion, de gêne et de satisfaction intime ! Que tout cela était bon ! Et pourquoi fallait-il que depuis quelques jours un brusque changement fût intervenu dans leurs rapports ? Anna Pavlovna ne recevait plus Kitty qu'avec une amabilité feinte, et ne cessait de la surveiller ainsi que son mari. Devait-elle attribuer ce refroidissement à la joie naïve que le malade éprouvait à son approche ?

« Oui, songea-t-elle, il y avait quelque chose de peu naturel et qui ne ressemblait en rien à sa bonté ordinaire dans le ton contrarié qu'elle a pris avant-hier pour me dire : “Le voilà maintenant qui ne veut plus prendre son café sans vous ; bien que très affaibli, il a tenu à vous attendre." Peut-être m'a-t-elle vue d'un mauvais œil arranger la couverture de son mari ; c'était pourtant bien simple, mais Petrov a pris ce petit service d'une si drôle de façon, il m'a tant remerciée que j'en étais mal à l'aise. Et puis ce portrait de moi qui lui a si bien réussi. Et surtout ce regard tendre et confus ! Oui, oui, c'est bien cela, dut s'avouer Kitty avec effort. Mais non, non, ajouta-t-elle aussitôt intérieurement, cela ne peut, cela ne doit pas être ! Il est si digne de pitié ! »

Ces craintes empoisonnaient le charme de sa nouvelle vie.

XXXIV

La cure de Kitty n'était pas encore terminée quand le prince Stcherbatski, qui avait fait un tour aux eaux de Carlsbad, de Bade et de Kissingen pour y respirer « un peu d'air russe », vint retrouver sa famille.

Le prince nourrissait pour les pays étrangers des sentiments diamétralement opposés à ceux de la princesse. Celle-ci trouvait tout parfait et, malgré sa situation bien établie dans la société russe, elle jouait à la dame européenne, ce qui ne lui était pas toujours facile. Son mari au contraire trouvait tout détestable, ne renonçait à aucune de ses habitudes russes et cherchait à paraître moins européen qu'il ne l'était en réalité.

Le prince revint amaigri, avec des poches sous les yeux, mais plein d'entrain. Cette heureuse disposition ne fit qu'augmenter quand il trouva Kitty complètement rétablie. À vrai dire, les détails que lui donna la princesse sur la transformation morale qui s'opérait en leur fille grâce à son intimité avec Mme Stahl et Varinka, ces détails contrarièrent d'abord le prince et réveillèrent en lui le sentiment habituel de jalousie qu'il éprouvait pour tout ce qui pouvait soustraire Kitty à son influence en l'entraînant dans des régions inaccessibles pour lui. Mais ces fâcheuses nouvelles se noyèrent dans l'océan de bonhomie joyeuse qui était le fond de sa nature et qu'avaient encore grossi les eaux de Carlsbad.

Le lendemain de son retour, le prince, vêtu de son long pardessus, ses joues ridées et quelque peu bouffies encadrées dans un faux col empesé, accompagna de la meilleure humeur du monde sa fille à l'établissement thermal.

La matinée était splendide ; la vue de ces maisons gaies et proprettes entourées de petits jardins, de ces robustes servantes gaillardes nourries de bière, aux bras rouges et aux joues vermeilles, le soleil resplendissant, tout réjouissait le cœur ; mais, plus on approchait de la source, plus on rencontrait de malades, dont l'aspect lamentable contrastait péniblement avec le bien-être et la bonne organisation de la vie allemande. Pour Kitty ce beau soleil, cette verdure éclatante, cette musique joyeuse formaient un cadre naturel à ces visages bien connus dont elle surveillait les sautes de santé ; pour le prince au contraire la lumineuse matinée de juin, l'orchestre jouant gaiement la valse à la mode, les robustes servantes surtout s'opposaient avec une indécence presque monstrueuse à ces moribonds venus des quatre coins de l'Europe, qui traînaient là leurs pas languissants.

Malgré l'orgueil et le quasi-retour de jeunesse qu'éprouvait le prince à tenir sa fille chérie sous le bras, il se sentait, avec sa démarche ferme et ses membres vigoureux, à peu près aussi mal à l'aise en face de ces misères qu'il l'eût été en négligé au milieu d'une société élégante.

— Présente-moi à tes nouveaux amis, dit-il à sa fille en lui serrant le bras au coude. Je me suis mis à aimer jusqu'à ton affreux Soden pour le bien qu'il t'a fait ; mais vraiment on voit ici des choses bien tristes... Qui est-ce ?

Kitty lui nommait les personnes qu'ils rencontraient. À l'entrée même du parc ils croisèrent Mme Berthe et sa conductrice ; le prince prit plaisir à voir l'expression attendrie qui se peignit sur le visage de la vieille aveugle au son de la voix de Kitty. Avec une exubérance bien française, cette dame se répandit en politesses et félicita le prince d'avoir une fille si charmante, dont elle éleva le mérite aux nues, la déclarant un trésor, une perle, un ange consolateur.

— Dans ce cas, dit le prince en souriant, c'est l'ange n° 2, car elle réserve le n° 1 à Mlle Varinka.

— Certainement, concéda Mme Berthe, Mlle Varinka est aussi un ange, allez.

Dans la galerie, Varinka en personne vint à eux d'un pas rapide, un élégant sac rouge à la main.

— Voilà papa arrivé ! lui dit Kitty.

Varinka esquissa le plus naturellement du monde un mouvement qui tenait du salut et de la révérence et entama sans fausse timidité la conversation avec le prince.

— Il va sans dire que je vous connais, et beaucoup, lui dit le prince avec un sourire qui, à la grande joie de Kitty, lui prouva que son amie plaisait à son père. Où allez-vous si vite ?

— *Maman* est ici, répondit Varinka en se tournant vers Kitty. Elle n'a pas dormi de la nuit et le médecin lui a conseillé de prendre l'air. Je lui porte son ouvrage.

— Voilà donc l'ange nº 1, dit le prince quand la jeune fille se fut éloignée.

Kitty comprit aussitôt que Varinka avait fait la conquête de son père : en effet, quelque envie qu'il en eût, le prince se gardait de l'entreprendre sur le compte de son amie.

— Nous allons donc voir tous tes amis les uns après les autres, y compris Mme Stahl, si elle daigne me reconnaître.

— Tu la connais donc, papa ? demanda Kitty non sans crainte, car elle avait remarqué un éclair d'ironie dans les yeux de son père.

— J'ai connu son mari et je l'ai un peu connue elle-même avant qu'elle se fût enrôlée chez les piétistes.

— Qu'est-ce que ces piétistes, papa ? s'informa Kitty, inquiète de voir donner un nom à ce qui lui semblait d'une si haute valeur en Mme Stahl.

— Je n'en sais trop rien. Ce que je sais, c'est qu'elle remercie Dieu de tous les malheurs qui lui arrivent, y compris celui d'avoir perdu son mari, et cela tourne au comique quand on se rappelle qu'ils vivaient fort mal ensemble... Mais qui est ce pauvre diable ? demanda-t-il en apercevant sur un banc un malade de taille moyenne, vêtu d'un paletot et d'un pantalon blanc qui formait d'étranges plis sur ses jambes décharnées. Ce monsieur avait soulevé son chapeau de paille et découvert un front élevé surmonté de rares cheveux frisottants et que la pression du chapeau avait rougi.

— C'est Petrov, un peintre, répondit Kitty en rougissant. Et voilà sa femme, ajouta-t-elle en désignant Anna Pavlovna qui, par un fait exprès, s'était levée à leur approche pour courir après un de ses enfants.

— Il me fait pitié, dit le prince, d'autant plus qu'il a des traits charmants. Mais pourquoi ne t'approches-tu pas de lui ? Il semblait vouloir te parler.

— Alors, retournons vers lui, dit Kitty en marchant résolument vers Petrov... Comment allez-vous aujourd'hui ? lui demanda-t-elle.

Petrov se leva en s'appuyant sur sa canne et regarda le prince avec une certaine timidité.

— C'est ma fille, dit celui-ci ; très heureux de faire votre connaissance.

Le peintre salua et sourit, découvrant ainsi des dents d'une blancheur étrange.

— Nous vous avons attendue hier, Mademoiselle, dit-il à Kitty.

Il faillit choir en parlant, mais pour qu'on ne soupçonnât point sa faiblesse, il fit à dessein un nouveau faux pas.

— Je comptais venir, mais Varinka m'a prévenue qu'Anna Pavlovna avait envoyé dire que vous renonciez à sortir.

— Comment cela ? dit Petrov qui, soudain cramoisi, se mit à toussoter en cherchant sa femme du regard. Annette, Annette ! appela-t-il à haute voix, tandis que de grosses veines noueuses faisaient saillie sur son cou blanc émacié.

Anna Pavlovna s'approcha.

— Comment se fait-il que tu aies envoyé dire que nous ne sortirions pas ? lui demanda-t-il d'une voix rauque et colère.

— Bonjour, Mademoiselle, dit Anna Pavlovna avec un sourire contraint qui ne ressemblait en rien à son accueil d'autrefois. Enchantée de faire votre connaissance, ajouta-t-elle en se tournant vers le prince ; on vous attendait depuis longtemps, mon prince.

— Comment as-tu pu faire dire que nous ne sortirions pas ? répéta Petrov, fort irrité que la perte de sa voix ne lui permît point de donner à sa question le ton qu'il aurait voulu.

— Eh ! mon Dieu, j'ai cru que nous ne sortirions pas, répondit sa femme avec brusquerie.

— Mais voyons, pourquoi cela ?...

Une quinte de toux l'empêcha d'achever ; il eut un geste désolé. Le prince souleva son chapeau et s'éloigna avec sa fille.

— Oh ! les pauvres gens ! dit-il en poussant un profond soupir.

— C'est vrai, papa, répondit Kitty, et ils ont trois enfants, pas de domestique et presque aucune ressource pécuniaire. Il reçoit bien quelque chose de l'Académie, continua-t-elle avec animation pour dissimuler l'émoi que lui causait le changement d'Anna Pavlovna à son égard. Mais voici Mme Stahl, dit-elle en montrant une petite voiture dans laquelle était étendue une forme humaine enveloppée de gris et de bleu, soutenue par des oreillers et abritée par une ombrelle. Derrière la malade était son conducteur, un Allemand lourd et lugubre. À côté d'elle marchait un comte suédois à chevelure blonde, que Kitty connaissait de vue. Quelques baigneurs musaient auprès de la voiture, considérant cette dame comme une chose curieuse.

Le prince s'approcha et Kitty remarqua aussitôt dans son regard cette pointe d'ironie qui l'effrayait. Il se découvrit et adressa la parole à Mme Stahl d'un ton fort aimable et dans ce français excellent que si peu de personnes parlent de nos jours.

— Sans doute, Madame, m'avez-vous oublié, mais j'ai le devoir de me rappeler à votre souvenir pour vous remercier des bontés que vous avez bien voulu témoigner à ma fille, dit-il en gardant son chapeau à la main.

— Le prince Alexandre Stcherbatski, n'est-ce pas ? fit Mme Stahl en levant sur lui ses yeux « célestes », dans lesquels Kitty vit passer une ombre de mécontentement. Ravie de la rencontre. J'aime tant votre fille.

— Votre santé n'est toujours pas bonne ?

— Oh ! j'y suis faite maintenant, dit Mme Stahl, et elle présenta le comte suédois.

— Vous êtes bien peu changée depuis les dix ou onze ans que je n'ai eu l'honneur de vous voir.

— Oui, Dieu qui donne la croix donne aussi la force

de la porter. Je me demande souvent ce que nous faisons si longtemps en ce monde... De l'autre côté, voyons, dit-elle à Varinka qui lui enveloppait les jambes dans une couverture sans parvenir à la satisfaire.

— Mais... le bien, probablement, répondit le prince dont les yeux riaient.

— Il ne nous appartient pas de juger, répliqua Mme Stahl à qui cette nuance d'ironie n'échappa point. Envoyez-moi donc ce livre, mon cher comte, je vous en remercie infiniment d'avance, dit-elle en se tournant vers le jeune Suédois.

— Tiens! s'écria le prince qui venait d'apercevoir le colonel moscovite arrêté non loin de leur groupe. Et prenant congé de Mme Stahl il alla le rejoindre, toujours accompagné de Kitty.

— Voilà notre aristocratie, mon prince, dit le colonel avec une intention railleuse, car il était piqué contre Mme Stahl: il aurait bien voulu lui être présenté mais elle n'en avait pas exprimé le désir.

— Toujours la même, répondit le prince.

— L'avez-vous connue avant sa maladie, ou son infirmité plutôt?

— Oui, je l'ai justement connue au moment où elle en a été atteinte.

— On prétend qu'il y a dix ans qu'elle ne marche plus.

— Elle ne marche pas parce qu'elle a une jambe plus courte que l'autre; elle est contrefaite...

— Mais papa, c'est impossible! s'écria Kitty.

— Les mauvaises langues l'affirment, ma chérie. Et, crois-moi, ton amie Varinka doit en voir de toutes les couleurs. Oh! ces grandes dames malades!

— Mais non, papa, protesta énergiquement Kitty, je t'assure que Varinka l'adore. Et elle fait tant de bien! Demande à qui tu voudras: tout le monde la connaît ainsi que sa nièce Aline.

— C'est possible, répondit son père en lui serrant doucement le bras; mais quand on fait le bien, il est préférable que personne ne le sache.

Kitty se tut, non qu'elle demeurât sans réponse, mais parce que ses pensées secrètes ne pouvaient même pas être révélées à son père. Chose étrange cependant: si résolue qu'elle fût à ne pas se soumettre aux jugements de son père, à ne pas le laisser pénétrer dans son sanctuaire intime, elle comprit que l'image de sainteté idéale qu'elle portait depuis un mois dans son âme avait disparu sans retour, comme ces formes que l'imagination aperçoit dans des vêtements jetés au hasard et qui disparaissent d'elles-mêmes dès qu'on se rend compte de la façon dont ils sont étalés. Elle n'eut plus que la vision d'une femme boiteuse qui gardait le lit pour cacher sa difformité et qui tourmentait la pauvre Varinka pour une couverture mal arrangée. Aucun effort d'imagination ne lui permit plus désormais de retrouver l'ancienne Mme Stahl.

XXXV

Le prince communiquait sa bonne humeur à tout son entourage, logeur compris. En rentrant de sa promenade avec Kitty, au cours de laquelle il avait invité à prendre le café le colonel, Varinka et Marie Evguénievna, il fit dresser la table dans le jardin sous un marronnier. Excités par cette gaieté entraînante, logeur et domestiques se distinguèrent d'autant plus que la générosité du prince leur était bien connue. Aussi, une demi-heure plus tard, le locataire du premier, un médecin de Hambourg assez mal en point, pouvait-il contempler de sa fenêtre avec une certaine envie ce groupe folâtre de gens bien portants réunis sous l'ombre dansante du grand arbre. La princesse, un bonnet à rubans lilas posé sur le sommet de sa tête, présidait la table couverte d'une nappe très blanche sur laquelle on avait placé la cafetière, du pain, du beurre, du fromage et du gibier froid ; elle distribuait les tasses et les tartines, tandis qu'à l'autre bout de la table le prince mangeait de fort bon appétit et devisait non moins allégrement. Il avait étalé autour de lui toutes ses emplettes de voyage : coffrets sculptés, jonchets, couteaux à papier, et prenait plaisir à les distribuer à chacun sans oublier ni la servante Lieschen ni le logeur, auquel il tenait dans son mauvais allemand les propos les plus comiques, l'assurant que ce n'étaient point les eaux qui avaient guéri Kitty, mais bien son excellente cuisine, notamment ses potages aux pruneaux.

La princesse plaisantait son mari sur ses manies russes, mais jamais depuis qu'elle était aux eaux elle ne s'était montrée si gaie et si animée. Le colonel souriait, comme toujours, aux plaisanteries du prince, tout en partageant l'avis de la princesse au sujet de l'Europe qu'il s'imaginait connaître à fond. La brave Marie Evguénievna riait à gorge déployée, et il n'était pas jusqu'à Varinka qui, à la grande surprise de Kitty, ne se laissât aller à un petit rire modeste mais communicatif.

Ce spectacle ne faisait point oublier à Kitty ses préoccupations : en portant un jugement frivole sur ses amis et sur la nouvelle vie qui lui semblait si belle, son père lui avait involontairement donné à résoudre un problème fort ardu, et que compliquait encore le changement d'attitude de Mme Petrov, changement qui venait de se manifester avec une évidence fort désagréable. Tout le monde riait, mais cette gaieté lointaine offusquait Kitty : elle se croyait revenue aux temps de son enfance, alors qu'enfermée dans sa chambre en punition de quelque méfait, elle entendait les rires de ses sœurs sans pouvoir y prendre part.

— Quel besoin avais-tu d'acheter toutes ces horreurs ? demanda la princesse en offrant avec un sourire une tasse de café à son mari.

— Que veux-tu, on va se promener, on s'approche d'une boutique, on est aussitôt relancé : *Erlaucht, Exzellenz, Durchlaucht !* Et quand on vient à *Durchlaucht*, je ne sais plus résister, mes dix thalers y passent.

— C'est plutôt pour distraire ton ennui, dit la princesse.

— Le fait est, ma chère, qu'on s'ennuie ici à périr.

— Comment cela, mon prince ! s'exclama Marie Evguénievna. Il y a maintenant tant de choses à voir en Allemagne.

— Mais je les ai toutes vues. Je connais le potage aux pruneaux et le saucisson aux pois. Cela me suffit.

— Vous avez beau dire, mon prince, objecta le colonel, leurs institutions sont intéressantes.

— En quoi, je vous prie ? Ils sont contents comme des sous neufs, ils ont vaincu le monde entier. Qu'est-ce que vous voulez que ça me fasse ? Je n'ai vaincu personne, moi. En revanche il me faut ôter mes bottes moi-même et, qui pis est, les poser moi-même à ma porte dans le couloir. Le matin, à peine levé, il faut m'habiller et aller prendre dans la salle à manger un thé exécrable; tandis que chez moi je m'éveille quand bon me semble, je grogne si le cœur m'en dit, je reprends tout doucement mes esprits et mets non moins doucement de l'ordre dans mes petites affaires.

— Mais le temps c'est de l'argent, n'oubliez pas cela, mon prince, répliqua le colonel.

— Cela dépend : il y a des mois entiers qu'on donnerait pour dix sous, et des quarts d'heure qu'on ne céderait pour aucun trésor. N'est-ce pas, Kitty? Mais qu'as-tu? Tu parais soucieuse.

— Je n'ai rien, papa.

— Où allez-vous? dit le prince en voyant Varinka se lever. Restez donc encore un peu.

— Il faut que je rentre, répondit Varinka, prise d'un nouvel accès de gaieté.

Quand elle se fut calmée, elle dit adieu à tout le monde et se dirigea vers la maison pour y prendre son chapeau. Kitty la suivit. Son amie elle-même lui paraissait autre qu'elle ne l'avait imaginée.

— Il y a longtemps que je n'ai autant ri, dit Varinka en cherchant son ombrelle et son sac; votre papa est délicieux.

Kitty ne répondit rien.

— Quand nous reverrons-nous? demanda Varinka.

— Maman voulait passer chez les Petrov. Y serez-vous? demanda Kitty pour scruter la pensée de son amie.

— J'y serai, répondit celle-ci; ils font leurs préparatifs de départ et j'ai promis de les aider.

— Eh bien, j'irai aussi.

— Mais non, à quoi bon?

— Pourquoi? pourquoi? pourquoi? demanda Kitty en ouvrant de grands yeux et en arrêtant Varinka par son ombrelle. Non, ne vous en allez pas, dites-moi pourquoi.

— D'abord parce que vous avez votre papa et ensuite parce qu'ils se gênent avec vous.

— Non, ce n'est pas ça; dites-moi pourquoi vous ne voulez pas que j'aille souvent chez les Petrov, car je vois bien que vous ne le voulez pas.

— Je n'ai pas dit cela, dit tranquillement Varinka.

— Je vous en prie, répondez-moi !

— Faut-il tout vous dire ?

— Tout, tout ! s'écria Kitty.

— Au fond, il n'y a rien de grave ; seulement Mikhaïl Alexéiévitch, qui naguère encore parlait de partir, s'obstine maintenant à rester, répondit en souriant Varinka.

— Et alors ? demanda fébrilement Kitty en posant sur son amie un mauvais regard.

— Alors, Anna Pavlovna a prétendu que s'il refusait de partir c'était à cause de vous. Cette maladresse a provoqué une querelle de ménage, dont vous avez été la cause indirecte, et vous savez combien les malades sont facilement irritables.

De plus en plus sombre, Kitty gardait le silence et Varinka parlait seule, cherchait à la calmer, à prévenir un éclat de larmes ou de reproches.

— C'est pourquoi mieux vaut n'y pas aller... Je suis sûre que vous me comprenez et que vous ne vous formalisez pas.

— Je n'ai que ce que je mérite ! lança soudain Kitty sans oser regarder Varinka mais en s'emparant de son ombrelle.

En voyant cette colère enfantine, Varinka retint un sourire pour ne pas froisser Kitty.

— Comment, fit-elle, vous n'avez que ce que vous méritez ? Je ne comprends pas.

— Parce que tout cela n'était qu'hypocrisie et que rien ne venait du cœur. Qu'avais-je besoin de m'occuper d'un étranger ! Et voilà que j'ai été la cause d'une querelle, que je me suis mêlée de ce qui ne me regardait pas !... Tout cela n'était qu'hypocrisie, hypocrisie, hypocrisie !

— De l'hypocrisie ? Mais dans quel dessein ? dit doucement Varinka.

— Ah ! que tout cela est absurde, odieux ! Qu'avais-je besoin... Tout cela, c'est de l'hypocrisie, répétait-elle en ouvrant et refermant l'ombrelle d'un geste machinal.

— Mais dans quel dessein, voyons ?

— Je voulais paraître meilleure aux autres, à moi-même, à Dieu ; je voulais tromper tout le monde. Non, on ne m'y reprendra plus. Je préfère être mauvaise, et ne pas mentir, ne pas tromper.

— Mais qui donc trompe ici ? dit Varinka d'un ton de reproche ; vous parlez comme si...

Kitty était dans un de ses accès de colère. Elle ne la laissa pas achever.

— Ce n'est pas de vous qu'il s'agit. Vous êtes une perfection. Oui, oui, je sais, vous êtes toutes des perfections ; mais je suis mauvaise, moi, je n'y peux rien. Et tout cela ne serait pas arrivé, si je n'avais pas été mauvaise. Tant pis, je resterai ce que je suis, je ne dissimulerai pas. Je me moque bien d'Anna Pavlovna ! Ils n'ont qu'à vivre comme ils l'entendent et je ferai de même. Je ne puis me changer... Et puis, non, décidément, ce n'est pas ce que je croyais !...

— Que voulez-vous dire ? demanda Varinka interdite.

— Non, ce n'est pas ce que je croyais. J'obéis toujours aux impulsions de mon cœur, tandis que vous ne connaissez que vos principes. Je vous ai aimée tout simplement, et vous n'avez sans doute eu en vue que mon salut, mon édification.

— Vous êtes injuste, dit Varinka.

— Mais non, je ne parle que de moi, je laisse les autres en paix...

— Kitty ! cria à ce moment la princesse, montre donc tes coraux à papa.

Sans se réconcilier avec son amie, Kitty prit d'un air fort digne sa boîte de coraux sur la table et sortit dans le jardin.

— Qu'as-tu ? Pourquoi es-tu si rouge ? s'écrièrent d'une seule voix son père et sa mère.

— Rien ; je vais revenir, dit-elle en rebroussant chemin.

« Elle est encore là ; que vais-je lui dire ? Mon Dieu, qu'ai-je fait, qu'ai-je dit ? Pourquoi l'ai-je offensée ? Quelle conduite tenir maintenant ? » se dit-elle en s'arrêtant à la porte.

Varinka, son chapeau sur la tête, était assise près de la table, examinant le ressort de son ombrelle que Kitty avait cassé. Elle leva la tête.

— Varinka, pardonnez-moi, murmura Kitty en s'approchant d'elle. Je ne sais plus ce que je vous ai dit. Je...

— Vraiment, je n'avais pas l'intention de vous faire du chagrin, dit Varinka en souriant.

La paix était faite, mais l'arrivée de son père avait bouleversé aux yeux de Kitty le monde dans lequel elle vivait depuis quelque temps. Sans renoncer à tout ce qu'elle y avait appris, elle s'avoua qu'elle se faisait illusion en croyant pouvoir devenir telle qu'elle aurait voulu être. Ce fut comme un réveil : elle comprit qu'elle ne saurait sans hypocrisie ni fanfaronnade se maintenir à une aussi grande hauteur ; elle sentit en outre plus vivement l'horreur des chagrins, des infirmités, des agonies qui l'entouraient et trouva fort pénible de prolonger les efforts qu'elle faisait pour s'intéresser à ce monde de douleurs. Elle éprouva le besoin de respirer un air plus pur, de retourner en Russie, à Iergouchovo, où Dolly et les enfants l'avaient précédée, ainsi que le lui apprenait une lettre qu'elle venait de recevoir.

Mais son affection pour Varinka n'avait pas faibli. Au moment du départ, elle la supplia de venir les voir en Russie.

— Je viendrai quand vous serez mariée, dit la jeune fille.

— Je ne me marierai jamais.

— Alors je n'irai jamais.

— Dans ce cas, je ne me marierai que pour cela ; n'oubliez pas votre promesse !

Les prévisions du médecin s'étaient réalisées. Kitty rentra en Russie, sinon aussi insouciante qu'autrefois, du moins calmée et guérie[1]. Les mauvaises heures de Moscou n'étaient plus qu'un souvenir.

TROISIÈME PARTIE

I

Le printemps venu, Serge Ivanovitch Koznychev se sentit le cerveau fatigué, mais au lieu d'entreprendre comme d'habitude un voyage à l'étranger, il prit tout bonnement, vers la fin de mai, le chemin de Pokrovskoïé. Rien ne valait selon lui la vie des champs et il venait en jouir auprès de son frère. Constantin l'accueillit avec d'autant plus de plaisir qu'une visite de Nicolas lui semblait désormais problématique. Cependant, malgré son respect et son affection pour Serge, la façon dont celui-ci envisageait son séjour aux champs lui causait quelque malaise. Pour Constantin, la campagne était le théâtre même de sa vie, de ses joies, de ses peines, de ses labeurs; pour Serge, ce n'était qu'un agréable lieu de repos, un utile antidote aux corruptions de la ville. Tandis qu'elle conviait l'un à des travaux d'une incontestable utilité, elle conférait à l'autre le droit de ne rien faire. En outre les deux frères portaient sur les gens du peuple des jugements tout aussi opposés. Serge prétendait connaître et aimer les paysans, il causait volontiers avec eux, ce qu'il savait d'ailleurs faire sans affectation ni simagrées, et tirait de ces entretiens des conclusions tout à leur honneur, qu'il apportait comme preuves de sa prétendue connaissance des mœurs populaires. Cette attitude froissait Constantin, pour qui l'homme du peuple représentait surtout l'associé principal d'un travail commun. Il affirmait bien avoir sucé dans le lait de sa nourrice une tendresse fraternelle pour les paysans; il admirait leur vigueur, leur mansuétude, leur esprit de justice; mais souvent, quand l'intérêt commun exigeait d'autres qualités, il s'emportait contre eux et ne voyait plus que leur incurie, leur malpropreté, leur ivrognerie, leur amour du mensonge. On l'eût fort embarrassé en lui demandant s'il aimait ou non le peuple. En homme de cœur il était plutôt enclin à aimer son prochain, paysans y compris ; mais qu'il dût nourrir pour eux des sentiments particuliers, cela lui semblait impossible ; il vivait de leur vie, ses intérêts coïncidaient avec les leurs, conséquemment il faisait partie intégrante du peuple. D'autre part il avait beau, en tant que propriétaire, « arbitre de paix » et surtout donneur de conseils (on venait lui en demander de dix lieues à la ronde), entretenir depuis de longues années des relations étroites avec les gens de la campagne, il ne s'était formé sur leur compte aucune opinion bien définie. On l'eût donc également fort surpris en lui demandant s'il les connaissait : « Ni plus ni moins que je ne connais les autres hommes », eût-il sans doute répondu. Il observait sans cesse bon nombre d'individus, paysans y compris, qu'il jugeait dignes d'intérêt ; mais au fur et à mesure qu'il remarquait en eux des traits nouveaux, ses jugements variaient d'autant. Serge au contraire considérait toutes ces choses dans un esprit d'opposition : il préférait la vie des champs à tel autre genre d'existence, le peuple à telle autre classe sociale, et il n'étudiait celui-ci que pour l'opposer aux hommes en général. Son esprit méthodique s'était formé une fois pour toutes une conception de la vie populaire fondée en partie sur l'expérience mais plus encore sur des comparaisons théoriques ; et jamais, au grand jamais, cette conception sympathique ne variait d'un iota. C'est pourquoi la victoire lui restait toujours dans les discussions qui s'élevaient entre son frère et lui sur le caractère, les goûts, les particularités du peuple : à ses appréciations inébranlables, Constantin opposait des opinions constamment modifiées ; Serge n'avait donc nulle peine à le prendre en flagrant délit de contradiction avec lui-même.

Serge Ivanovitch tenait son cadet pour un brave garçon, qui avait le cœur bien en place, mais dont l'esprit trop impressionnable quoique assez ouvert était rempli d'inconséquences. Avec la condescendance d'un frère aîné, il daignait parfois lui expliquer le vrai sens des choses, mais il discutait sans plaisir avec un adversaire si facile à battre.

De son côté Constantin admirait la belle intelligence, la vaste culture, la noblesse d'âme de son frère et le don qui lui était imparti de se dévouer au bien général. Mais plus il avançait et apprenait à le mieux connaître, plus il se demandait si cette faculté d'expansion dont lui-même se sentait si dépourvu ne constituait pas plutôt un défaut qu'une qualité. Ne dénotait-elle point, sinon l'absence d'aspirations nobles et généreuses, du moins un certain manque de cette force vitale que l'on nomme le cœur, une certaine impuissance à se frayer une route personnelle parmi toutes celles que la vie ouvre aux hommes? Au reste ce n'est point le cœur mais la tête qui incite la plupart des gens à se dévouer aux intérêts généraux; ils ne s'engagent qu'à bon escient. Levine sut se convaincre de cette vérité en voyant que son frère n'accordait pas plus d'importance au bien public ou à l'immortalité de l'âme qu'à une partie d'échecs ou à l'agencement ingénieux d'une machine.

Constantin éprouvait encore un autre genre de contrainte à l'égard de son frère quand celui-ci séjournait auprès de lui. Alors que les journées lui paraissaient trop courtes, surtout pendant l'été, pour tout ce qu'il avait à faire, Serge ne songeait qu'au repos. Cette année-là donc il abandonna son grand ouvrage, mais l'activité de son esprit était trop incessante pour qu'il n'eût pas besoin d'exprimer à quelqu'un, sous une forme concise et élégante, les idées qui lui venaient: et tout naturellement il prenait son frère pour auditeur. C'est pourquoi, malgré l'amicale simplicité de leurs rapports, celui-ci n'osait trop le laisser seul. Serge prenait plaisir à se coucher dans l'herbe et à deviser tranquillement, tout en se chauffant au soleil.

— Tu ne saurais croire, disait-il à son frère, le plaisir que me cause ce «dolce farniente». Je n'ai pas une idée dans la tête: elle est vide.

Mais Constantin se lassait d'autant plus vite de son inaction qu'il savait fort bien ce qui se passerait en son absence: on répandrait le fumier à tort et à travers sur des champs non amendés; on visserait mal les socs des charrues anglaises pour pouvoir dire ensuite qu'elles ne vaudraient jamais le bon vieux hoyau d'autrefois.

— N'es-tu donc pas fatigué de courir par cette chaleur? lui demandait Serge.

— Je ne te quitte que pour un instant, le temps de

jeter un coup d'œil au bureau, répondait Constantin; et il se sauvait dans les champs.

II

Dans les premiers jours de juin, Agathe Mikhaïlovna, la vieille bonne qui remplissait les fonctions de femme de charge, descendant à la cave avec un bocal de champignons qu'elle venait de mariner, glissa dans l'escalier et se foula le poignet. On fit venir le médecin du « zemstvo », jeune homme bavard frais émoulu de l'université. Il examina la blessée, affirma qu'elle ne s'était point donnée d'entorse et prit un plaisir évident à converser avec le célèbre Serge Ivanovitch Koznychev auquel, pour faire parade de son libéralisme, il débita tous les ragots du district, en insistant sur la situation déplorable dans laquelle se trouvaient, à l'en croire, les institutions provinciales. Serge Ivanovitch l'écoutait avec attention, posant de temps à autre quelque question; puis, animé par la présence d'un nouvel auditeur, il prit à son tour la parole, présenta certaines observations justes et fines respectueusement appréciées par le jeune médecin, et se trouva bientôt dans cette disposition d'esprit un peu surexcitée que provoquait d'ordinaire chez lui toute conversation vive et brillante. Après le départ du praticien, il se mit en devoir d'aller pêcher, car il avait un faible pour la pêche à la ligne, passe-temps futile dont il semblait fier de savoir tirer quelque jouissance. Constantin, qui voulait examiner l'état des labours et des prairies, offrit à son frère de le mener en cabriolet jusqu'à la rivière.

On était à ce tournant de l'été où la récolte se dessine, où la fenaison approche, où déjà l'on se préoccupe des semailles. Les épis déjà formés, mais encore légers et d'un gris verdâtre, se balancent au souffle du vent; les avoines mêlées aux herbes folles sortent irrégulièrement de terre dans les champs semés tardivement; les premières pousses du sarrasin couvrent déjà le sol; les jachères, avec leurs mottes quasi pétrifiées par le piétinement du bétail et leurs sentiers où ne mord point l'araire, ne sont encore qu'à demi labourées; les monticules de fumier mêlent, à l'aurore, leur odeur au parfum de la reine-des-prés ; cependant que dans les fonds s'éploie, impatiente de la faux, la houle verte des herbages, où les tiges déjà dépouillées de l'oseille sauvage font de-ci de-là de grandes taches noires. C'est dans le calendrier champêtre une époque d'accalmie avant la moisson, ce gros effort imposé chaque année au paysan. Cet été-là, la récolte s'annonçait magnifique ; les journées étaient longues et chaudes, les nuits courtes et tout humides de rosée.

Pour atteindre les prairies, il fallait passer par le bois dont la végétation luxuriante émerveilla Serge. Il signalait à l'admiration de son frère tantôt l'émeraude des jeunes branches, tantôt un vieux tilleul diapré de stipules jaunes prêtes à s'ouvrir. Mais Constantin qui ne parlait pas volontiers des beautés de la nature n'aimait guère non plus qu'on les lui signalât : les mots lui gâtaient le spectacle. Aussi, tout en faisant laconiquement écho à l'enthousiasme de son frère, se laissait-il aller à des préoccupations d'un autre genre. Au sortir du bois, son attention se concentra sur un tertre en jachère où des plaques d'herbe jaunâtre alternaient avec des carrés déjà défoncés, d'autres déjà recouverts de fumier, d'autres même complètement labourés. Une file de chariots y apparut ; Levine les compta et trouva leur nombre suffisant.

À la vue des prairies, la question du fauchage et de la rentrée des foins, opération qui lui tenait particulièrement au cœur, s'imposa à ses méditations. Il arrêta son cheval. Comme l'herbe haute et drue était encore humide dans le pied, Serge, qui craignait de mouiller ses chaussures, pria son frère de le conduire en cabriolet jusqu'au buisson de saule près duquel on pêchait les perches. Constantin acquiesça à ce désir, tout en regrettant de fouler cette herbe moelleuse qui s'enroulait autour des pieds du cheval et des roues de la voiture, déposant ses semences sur les rais et les moyeux.

Tandis que Serge s'installait sous le buisson et préparait ses lignes, Constantin attacha son cheval quelques pas plus loin et s'enfonça dans l'immense mer verdâtre que n'agitait pour lors aucun souffle : aux endroits qu'avait fertilisés le débordement de la rivière, l'herbe soyeuse et lourde de pollen lui montait presque jusqu'à la ceinture. Comme il arrivait sur la route, il rencontra un vieux à l'œil tuméfié qui portait précautionneusement une de ces corbeilles de tille qui servent à récolter les essaims.

— Aurais-tu recueilli un essaim, Fomitch ?

— Eh ! Constantin Dmitritch, j'ai déjà assez de mal à garder les miens. En voilà un qui s'échappe pour la seconde fois... Heureusement que les gars l'ont rattrapé. Ils étaient en train de labourer chez vous. Ils ont vite dételé et ils ont couru après...

— Et, dis-moi, Fomitch, n'est-ce pas le moment de faire les foins ?

— Ma foi, vous savez, chez nous on attend jusqu'à la Saint-Pierre, mais vous fauchez toujours plus tôt. Eh bien, bonne chance, l'herbe est belle et le bétail aura où se remuer.

— Mais le temps, Fomitch, qu'en penses-tu ?

— Ah ! pour ce qui est du temps, c'est l'affaire du bon Dieu. Peut-être bien après tout qu'y fera beau !

Levine revint trouver son frère. Bien que bredouille, celui-ci paraissait d'excellente humeur. Mis en verve par son entretien avec le médecin, il ne demandait qu'à bavarder. Cela ne faisait pas le compte de Levine : la question des foins lui trottait par la tête et il avait hâte de rentrer pour prendre une décision et faire louer des faucheurs.

— Eh bien, nous rentrons, dit-il à Serge.

— Qui nous presse ? répondit celui-ci. Repose-toi donc, te voilà tout mouillé. J'ai beau ne rien prendre, je me sens à mon aise. Vois-tu, les distractions de ce genre ont ceci de bon qu'elles nous mettent en contact avec la nature... Regarde-moi cette belle coulée d'eau, on dirait de l'acier. Et ces prairies au bord de la rivière me font toujours songer à la fameuse devinette, tu sais, celle où l'herbe dit à l'eau : « Plions, plions ! »

— J'ignore complètement cette devinette, grognonna Levine[1].

III

À PROPOS, reprit Serge, je pensais justement à toi : sais-tu qu'à en croire ce médecin, un garçon qui n'a pas l'air bête, il se passe dans notre district des choses inouïes ? Et cela me fait revenir à ce que je t'ai déjà dit : tu as tort de ne pas assister aux assemblées et de te tenir à l'écart du « zemstvo ». Si les honnêtes gens s'abstiennent, ce sera un désordre de tous les diables. Où passe donc notre argent ? Les gros bonnets doivent s'octroyer de beaux appointements, puisque nous n'avons ni écoles, ni pharmacies, ni infirmeries, ni sages-femmes, rien.

— Que veux-tu que j'y fasse ? répondit à contrecœur Constantin. J'ai bien essayé de m'intéresser à tout cela, mais c'est au-dessus de mes forces.

— C'est précisément ce que je ne saurais admettre. Voyons, quels sont les mobiles de ton abstention ? Indifférence ? je ne puis le croire. Incapacité ? encore moins. Apathie peut-être ?

— Pas du tout, rétorqua Constantin. Je me suis tout bonnement convaincu que je n'arriverais à rien.

Il ne prêtait à son frère qu'une oreille distraite. Un point noir, qui s'agitait là-bas dans les labours de l'autre côté de l'eau, captivait son attention : n'était-ce pas le régisseur à cheval ?

— Mais pourquoi, pourquoi ? insistait Serge. Tu te résignes trop facilement. N'as-tu donc aucun amour-propre ?

— Que vient faire l'amour-propre en pareille matière ! répliqua Constantin, piqué au vif. Si à l'Université on m'avait cru incapable de comprendre le calcul intégral comme mes camarades, j'y aurais mis de l'amour-propre. Mais en l'occurrence il faudrait d'abord croire que cette sorte d'activité exige des capacités particulières, il faudrait surtout être convaincu de l'utilité des innovations à l'ordre du jour.

— Les juges-tu donc inutiles ! s'exclama Serge, froissé d'entendre son frère traiter à la légère des choses qu'il estimait, lui, de première importance, et vexé plus encore de voir qu'il n'accordait à ses propos qu'une fort médiocre attention.

— Ma foi, oui, que veux-tu, tout cela me laisse indifférent, répondit Constantin, qui venait de se convaincre que le point noir dans le lointain était bien le régisseur, en train probablement de congédier les laboureurs, car ceux-ci retournaient les charrues. « Auraient-ils déjà fini ? » songea-t-il.

— Ah ! çà, mon cher, dit le frère aîné dont le beau et

fin visage s'était rembruni, il y a limite à tout. C'est très beau de détester la pose et le mensonge, et je veux bien que l'originalité soit une vertu ; mais ce que tu viens de dire n'a pas le sens commun. Comment peux-tu trouver indifférent que le peuple que tu prétends aimer...

« Je n'ai jamais rien prétendu de semblable », se dit *in petto* Constantin.

— ... que ce peuple meure sans secours. Des sages-femmes improvisées font périr les nouveau-nés, nos paysans croupissent dans l'ignorance et sont la proie des gratte-papier. Et quand un moyen se présente de leur venir en aide, tu te détournes en disant : tout cela n'a pas d'importance.

Et Serge posa à son frère le dilemme suivant :

— De deux choses l'une : ou la notion du devoir t'échappe ou tu ne veux rien sacrifier de ton repos, de ta vanité peut-être...

Constantin comprit que s'il ne voulait point passer pour égoïste il n'avait qu'à se soumettre ; il se sentit mortifié.

— Ni l'un ni l'autre, déclara-t-il d'un ton péremptoire ; mais je ne crois pas possible...

— Comment, tu ne crois pas qu'un meilleur emploi des contributions permettrait, par exemple, d'organiser une assistance médicale sérieuse ?

— Non, je ne le crois pas. Tu oublies en effet que notre district s'étend sur quatre mille kilomètres carrés, que bien souvent les chasse-neige ou les fondrières interdisent les communications, que les périodes de travaux intenses chassent tous nos paysans hors de chez eux... Et puis, à parler franc, je ne crois pas à l'efficacité de la médecine.

— Tu exagères, je pourrais te citer mille exemples... Mais voyons, et les écoles ?

— Pour quoi faire des écoles ?

— Comment, pour quoi faire ? Peut-on douter des avantages de l'instruction ! Si tu la trouves utile pour toi, tu ne saurais la refuser aux autres.

Constantin se sentit mis au pied du mur et, dans son irritation, avoua involontairement la véritable cause de son indifférence.

— Tout cela peut être vrai, dit-il ; mais pourquoi irais-je me tracasser au sujet de ces postes médicaux dont je ne me servirai jamais, de ces écoles où je n'enverrai jamais mes enfants, où les paysans se refusent à envoyer les leurs et où je ne suis pas sûr du tout qu'il soit bon de les envoyer ?

Cette sortie faillit déconcerter Serge, mais il forma bien vite un nouveau plan d'attaque. Il changea tranquillement de place une de ses lignes et se tournant vers son frère :

— Tu fais erreur, lui dit-il en souriant. Primo, le poste médical te sert à quelque chose, puisque tu as eu recours au médecin du « zemstvo » pour soigner Agathe Mikhaïlovna...

— Dont le bras n'en restera pas moins estropié.

— C'est à savoir... Secundo, un paysan, un ouvrier qui sait lire et écrire est apte à te rendre plus de services...

— Oh ! quant à cela, non, répondit carrément Levine. Questionne qui tu voudras, tout le monde te dira qu'un paysan qui sait lire travaille moins bien que les autres : impossible de lui faire réparer un chemin et si on construit un pont, sois sûr qu'il en volera les planches.

— Au reste, là n'est pas la question, dit Serge en fronçant le sourcil ; car il détestait la contradiction et surtout cette façon de sauter d'un sujet à l'autre, et de toujours produire des arguments nouveaux et sans lien entre eux, si bien qu'on ne savait auquel répondre. Voyons, conviens-tu que l'instruction soit un bien pour le peuple ?

— J'en conviens, laissa échapper Constantin, qui dut aussitôt s'avouer qu'il pensait précisément le contraire, et se douta bien que son frère allait sans plus tarder le convaincre d'inconséquence. Mais comment s'opérerait cette démonstration ? Ce fut beaucoup plus simple qu'il n'aurait cru.

— Du moment que tu en conviens, déclara Serge, tu ne saurais, en honnête homme, refuser à cette œuvre ni ta sympathie ni ta collaboration.

— Mais si je ne reconnais pas encore cette œuvre comme bonne ! objecta Constantin en rougissant.

— Comment cela ! tu viens de dire...

— Non, je ne la crois ni bonne, ni possible.

— Qu'en sais-tu, puisque tu n'as tenté aucun effort pour t'en convaincre ?

— Eh bien, admettons que l'instruction du peuple

soit un bien, concéda Constantin sans la moindre conviction ; ce n'est pas encore une raison pour que je m'en soucie.

— Vraiment ?

— Mais oui, et puisque nous en sommes là, je te défie de m'établir philosophiquement que j'ai le devoir de m'y intéresser.

— La philosophie n'a rien à voir ici, que je sache, rétorqua Serge sur un ton qui vexa fort Constantin ; il crut comprendre que son frère lui déniait tout droit de parler de philosophie.

— Tu crois ? répliqua-t-il en s'échauffant. Il me semble pourtant que notre intérêt personnel demeure toujours le mobile de nos actions. Or, en tant que gentilhomme, je ne vois rien dans les nouvelles institutions qui contribue à mon bien-être. Les routes ne sont pas meilleures et ne peuvent pas le devenir ; d'ailleurs mes chevaux me conduisent tout aussi bien par de mauvais chemins. Je n'ai besoin ni de médecin, ni de poste médical. Je me soucie tout aussi peu du juge de paix, à qui je n'ai jamais eu et n'aurai jamais recours. Quant aux écoles, loin de m'être utiles, elles me portent préjudice, je viens de te l'expliquer. Le « zemstvo » ne représente donc pour moi qu'un impôt supplémentaire de dix-huit kopecks par hectare et de fastidieux voyages au chef-lieu où je dois livrer bataille aux punaises et prêter l'oreille à toutes sortes d'inepties et d'incongruités. Dans tout cela mon intérêt personnel ne joue pas.

— Eh ! mon Dieu, interrompit Serge en souriant, il ne jouait pas non plus quand nous avons travaillé à l'émancipation des paysans.

— Ah ! pardon, s'écria Constantin qui s'emportait de plus en plus, nous avons voulu, nous autres honnêtes gens, secouer un joug qui nous pesait. Mais qu'ai-je besoin d'être conseiller municipal, et de discuter sur le nombre de vidangeurs et de conduits nécessaires à une ville que je n'habite point ? Quel intérêt me porte à présider le jury dans une affaire de vol de jambon, à écouter pendant six heures d'horloge les élucubrations du procureur et de l'avocat, à demander à l'accusé, quelque vieil innocent de ma connaissance : « Reconnaissez-vous, monsieur l'accusé, avoir dérobé un jambon ? »

Et Constantin, entraîné par son sujet, mima la scène

entre le président et l'accusé, la croyant sans doute utile à son argumentation. Mais Serge leva les épaules.

— Où veux-tu en venir, voyons ?

— À ceci : lorsqu'il s'agira de droits qui me toucheront, c'est-à-dire qui toucheront mon intérêt personnel, je saurai les défendre de toutes mes forces ; lorsque, étant étudiant, on perquisitionnait chez nous et que les gendarmes lisaient nos lettres, j'étais prêt à défendre mes droits à l'instruction, à la liberté. Je veux bien discuter le service obligatoire, parce que la question touche au sort de mes enfants, de mes frères, au mien par conséquent ; mais chicaner sur l'emploi des quarante mille roubles d'impôt foncier, ou faire le procès d'un pauvre diable, non franchement, je ne m'en sens pas capable.

La digue était rompue : Constantin ne s'arrêtait plus. Serge sourit.

— Et si demain tu as un procès, tu préférerais être jugé par les tribunaux d'autrefois ?

— Je n'aurai pas de procès, je n'ai l'intention de tuer personne. Tout cela, je te le répète, ne me sert à rien... Vois-tu, reprit-il en sautant de nouveau sur une idée complètement étrangère à la discussion, ces créations du « zemstvo » me font songer à des branches de bouleau que nous aurions enfoncées en terre — comme on le fait à la Pentecôte — pour figurer une forêt qui en Europe a atteint toute sa croissance. Et moi je me refuse à arroser ces branches et à croire qu'elles vont prendre racine et donner de beaux arbres.

Bien qu'il eût tout de suite compris ce que son frère voulait dire, Serge n'en exprima pas moins par un haussement d'épaules sa surprise de voir des bouleaux intervenir dans leur controverse.

— Ce n'est pas un raisonnement, voyons, commença-t-il.

Mais Constantin, qui se sentait coupable de tiédeur pour les affaires publiques, tenait à justifier son attitude.

— Je crois, reprit-il, qu'il n'y a pas d'activité durable si elle n'est pas fondée sur l'intérêt personnel. C'est une vérité générale, philosophique, oui, phi-lo-so-phi-que, répéta-t-il comme pour prouver qu'il avait aussi bien qu'un autre le droit de parler philosophie.

Serge sourit encore. « Lui aussi, songea-t-il, se forge

une philosophie pour la mettre au service de ses penchants ! »

— Laisse donc la philosophie tranquille, put-il enfin dire. Son but a précisément été, dans tous les temps, de saisir ce lien indispensable qui existe entre l'intérêt personnel et l'intérêt général. Mais ceci n'a rien à voir avec la question qui nous occupe. Je tiens par contre à apporter un correctif à ta comparaison. Nous n'avons pas fiché en terre des branches de bouleau, nous avons planté de jeunes arbres qu'il importe de traiter avec ménagement. Les seules nations qui aient de l'avenir, les seules qu'on puisse nommer historiques, sont celles qui comprennent la valeur de leurs institutions et qui par conséquent y attachent du prix.

La question ainsi transportée sur un terrain — celui de la philosophie de l'histoire — où Constantin ne pouvait pas le suivre, Serge lui démontra péremptoirement la fausseté de son point de vue.

— Quant à ta répugnance pour les affaires, conclut-il, tu m'excuseras si je la mets sur le compte de notre indolence russe, de nos antiques façons de gentillâtres. Laisse-moi espérer que tu reviendras de cette erreur passagère.

Constantin se taisait. Tout en se voyant battu à plate couture, il sentait que son frère ne l'avait pas compris. S'était-il mal expliqué ? Serge y mettait-il de la mauvaise volonté ? Sans approfondir cette question, il ne fit aucune objection nouvelle et ne songea plus qu'à une affaire qui lui tenait particulièrement à cœur. Cependant Serge pliait sa dernière ligne et détachait le cheval. Ils prirent le chemin du retour.

IV

VOICI quelle avait été, durant tout cet entretien, la grande préoccupation de Levine. L'année précédente, tandis qu'on coupait les foins, s'étant emporté contre son régisseur, il avait eu recours pour se calmer à son moyen ordinaire, c'est-à-dire qu'il avait pris la faux d'un journalier et s'était mis à faucher lui-même. Ce travail lui plut tellement qu'il recommença plusieurs fois et faucha de sa propre main la prairie qui s'étendait devant la maison. Et, dès le printemps, il s'était promis de faucher, le moment venu, des journées entières avec les paysans. L'arrivée de Serge dérangea ce projet: il se faisait scrupule d'abandonner son frère du matin au soir, et redoutait aussi quelque peu ses sarcasmes. Mais, la traversée de la prairie ayant ravivé les impressions d'antan, il se sentit prêt à céder à la tentation; et la querelle du bord de l'eau le confirma dans ce dessein. « J'ai besoin d'un exercice violent, sinon mon caractère deviendra intraitable », conclut-il, bien décidé à braver les railleries possibles de son frère et des paysans.

Le soir même, Levine ordonna au régisseur de convoquer pour le lendemain les faucheurs loués dans les villages voisins et d'attaquer le Pré aux viornes, le plus beau et le plus vaste de tous.

— N'oubliez pas non plus, ajouta-t-il en dissimulant de son mieux son embarras, n'oubliez pas d'envoyer ma faux à Tite pour qu'il la repasse et qu'il l'apporte demain avec la sienne; je faucherai peut-être moi-même.

— Entendu, répondit le régisseur en souriant.

À l'heure du thé, Levine fit également part de son intention à son frère.

— Décidément, lui dit-il, le temps s'est mis au beau; je commence à faucher demain.

— Voilà un travail qui me plaît fort, dit Serge.

— À moi de même. Il m'est arrivé de faucher avec les paysans et je compte m'y remettre demain toute la journée.

Serge scruta son frère du regard.

— Comment l'entends-tu? Travailler toute la journée comme un paysan?

— Oui, c'est une occupation très agréable.

— C'est surtout un excellent exercice physique, mais je doute que tu puisses supporter pareille fatigue, répliqua Serge sans la moindre intention ironique.

— Affaire d'entraînement. Au commencement c'est dur, puis on s'y fait. Je crois que j'irai jusqu'au bout.

— Vraiment? Et de quel œil les paysans voient-ils cela? Ne tournent-ils pas en ridicule les « lubies » du maître?

— Je ne pense pas; d'ailleurs la besogne est trop captivante pour qu'on puisse songer à autre chose.

— Mais comment feras-tu pour dîner? On ne peut

guère t'envoyer là-bas du château-lafite et de la dinde rôtie.

— Je rentrerai à la maison pendant que les paysans feront la pause.

Le lendemain, Levine se leva plus tôt que de coutume; mais, retenu par des ordres à donner, il ne rejoignit les faucheurs qu'au moment où ils entamaient la seconde ligne.

Du haut de la côte, Levine aperçut la partie de la prairie où le soleil ne donnait point; c'était justement celle que les faucheurs avaient attaquée et les vêtements dont ils s'étaient défaits avant de se mettre à l'ouvrage formaient de petits tas noirs qui tranchaient sur la grisaille des andains. Il distingua bientôt les faucheurs: vêtus, qui de caftan, qui d'une simple blouse, et menant chacun sa faux d'un geste différent, ils avançaient en échelon dans le bas de la prairie, où une ancienne levée rendait le terrain très inégal. Plus Levine approchait, plus nombreux ils se découvraient à lui; il en compta quarante-deux, parmi lesquels il reconnut quelques-uns de ses hommes: le vieil Ermil, en longue blouse blanche, qui se baissait pour donner ses coups de faux; le jeune Vaska, un gaillard que Levine avait employé comme cocher, qui donnait les siens à tour de bras; Tite enfin, l'instructeur de Levine, un petit homme sec, qui marchait bien droit et faisait comme en se jouant de larges fauches.

Levine sauta à bas de son cheval, attacha la bête au bord du chemin et s'en fut droit à Tite, qui alla aussitôt prendre une faux cachée derrière un buisson et la tendit en souriant[1].

— Je vous l'ai bien affilée, not'maître; on dirait quasiment un rasoir; elle fauche d'elle-même, lui dit Tite en le saluant du bonnet.

Levine prit la faux et regarda si elle était bien à sa main. Alertes et dispos, encore que ruisselants de sueur, les faucheurs regagnaient la route pour attaquer une nouvelle ligne et saluaient gaiement le maître, sans toutefois lui adresser la parole. Enfin un grand vieillard, au visage glabre et ridé, vêtu d'une courte pelisse de mouton, apparut à son tour.

— Prenez garde à ne pas flancher, not'monsieur; quand le vin est tiré, il faut le boire, dit-il à Levine.

Un rire étouffé courut parmi les hommes.

— J'espère bien ne pas rester en arrière, répondit Levine.

Et dans l'attente du signal, il se plaça derrière Tite.

— Prenez garde, répéta le vieux.

Tite s'étant mis en marche, Levine lui emboîta le pas et ne fit tout d'abord rien de bon ; à vrai dire, il menait la faux vigoureusement, mais il manquait d'habitude et les regards fixés sur lui le gênaient ; d'ailleurs l'herbe courte et rude qui bordait la route ne se coupait pas facilement.

— On lui a mal emmanché sa faux, la poignée est trop haute, regarde comme il se courbe, fit une voix derrière lui.

— Appuie davantage du talon, conseilla une autre voix.

— Mais non, mais non, il s'y fera, dit le vieux... Eh, le voilà qui s'emballe... Pas si fort, not'monsieur, tu vas t'esquinter... Bien sûr, quand c'est pour soi qu'on trime, on ne rechigne pas à la besogne... Tu ne coupes pas assez ras. De mon temps, de l'ouvrage pareil, ça nous valait des coups sur le museau.

Sans répondre à ces observations, Levine en tenait compte et marchait toujours sur les talons de Tite. Au reste l'herbe devenait plus douce. Tite avançait sans manifester la moindre fatigue, mais après une centaine de pas, Levine, presque à bout de forces, se sentit prêt à abandonner la partie. Il allait prier Tite de s'interrompre lorsque celui-ci fit halte de lui-même, et, après avoir essuyé sa faux à l'aide d'une poignée d'herbe, se mit en devoir de l'affiler. Levine se redressa, poussa un soupir de soulagement et jeta un coup d'œil autour de lui. Son camarade de file devait aussi en avoir assez, car il s'était arrêté sans le rejoindre et aiguisait déjà sa faux. Quand il eut redonné du tranchant à sa faux et à celle de son maître, Tite reprit sa marche.

À la reprise, tout alla de même : Tite, infatigable, avançait de son pas mécanique, tandis que Levine sentait ses forces décliner peu à peu ; et, juste à l'instant où il allait crier grâce, Tite s'arrêta.

Ils arrivèrent ainsi au bout de la première ligne, qui parut à Levine d'une longueur infinie. Enfin, lorsque Tite mit sa faux sur l'épaule, Levine l'imita et tous deux refirent à pas lents le chemin parcouru en se guidant sur les traces que leurs talons avaient laissées dans l'herbe. Bien que trempé des pieds à la tête, Levine se sentait à l'aise, car il était sûr désormais de ne point « flancher ». Toutefois, en comparant son andain irrégulier et éparpillé à celui de Tite, qui semblait avoir été coupé au cordeau, sa joie fut quelque peu empoisonnée. « Allons, se dit-il, il me faut plutôt travailler du corps que du bras. »

Il s'était aperçu que, désireux sans doute de l'éprouver, Tite avait marché à grandes enjambées. Au reste, comme par un fait exprès, le parcours avait été très long : les lignes suivantes furent plus faciles, et cependant, pour ne point rester en arrière, Levine dut faire appel à toute son énergie. Il n'avait d'autre pensée, d'autre désir que de faucher aussi vite et aussi bien que les paysans. Il n'entendait que le bruit des faux, ne voyait que la taille droite de Tite s'éloignant, la chute lente, onduleuse des herbes et des fleurs sous le tranchant de la faux, et là-bas au loin le bout de la prairie, promesse de repos.

Soudain, il éprouva sur ses épaules en nage une agréable sensation de fraîcheur qu'il ne s'expliqua pas bien tout d'abord ; mais pendant la pause, il s'aperçut qu'un gros nuage noir qui courait bas sur le ciel venait de crever : quelques-uns des paysans coururent mettre leurs caftans, tandis que d'autres courbaient le dos sous l'averse avec un contentement égal à celui de Levine.

Courtes ou longues, faciles ou dures, les lignes succédaient aux lignes. Levine avait complètement perdu la notion du temps. Il s'apercevait avec un plaisir immense qu'un changement était intervenu dans sa façon de mener la faux ; si, par moments, sa volonté trop tendue n'obtenait que de médiocres résultats, il connaissait aussi des minutes d'oubli où ses fauchées étaient aussi régulières que celles de Tite.

Au moment où, parvenu au bout d'une ligne, il se disposait à rebrousser chemin, il vit non sans surprise Tite s'approcher du vieux et lui dire doucement quelques mots ; tous deux consultèrent le soleil. « Que signifie cet arrêt ? » songea Levine sans se rendre compte que les hommes travaillaient depuis au moins quatre heures.

— C'est le moment de casser la croûte, not'maître, dit le vieux.

— Vraiment ? Déjà si tard !

Il confia sa faux à Tite et regagna la route à travers la vaste étendue d'herbe fauchée que la pluie venait d'arroser légèrement ; quelques journaliers marchaient à ses côtés pour prendre le pain en réserve dans leurs caftans. Alors seulement il s'aperçut qu'il s'était trompé dans ses prévisions : l'eau allait mouiller son foin.

— Le foin va être gâté, dit-il.

— Y a pas de mal, not'maître, rétorqua le vieux ; comme on dit chez nous : fauche à la pluie, fane au soleil.

Levine détacha son cheval et rentra chez lui à l'heure du café. Serge venait de se lever ; mais, avant qu'il eût paru dans la salle à manger, Constantin n'était déjà plus là.

V

À LA RELEVÉE, sur l'invitation du vieux farceur, Levine prit place entre lui et un jeune gars, marié de l'automne, qui fauchait pour la première fois.

Le vieux avançait à grandes foulées régulières, menant sa faux d'un geste souple et rythmé qui semblait ne lui coûter aucun effort : à voir ses fauches larges et précises, on eût dit que la faux tranchait d'elle-même dans l'herbe grasse et que l'homme la suivait, les bras ballants. Le jeune au contraire trouvait la tâche rude ; son jeune et charmant visage, couronné d'un bandeau d'herbes entortillées, se contractait sous l'effort ; dès qu'on le regardait, il esquissait pourtant un sourire et eût évidemment préféré la mort à l'aveu de sa détresse.

Pendant la grosse chaleur le travail parut moins pénible à Levine : il trouvait un rafraîchissement dans la sueur qui l'inondait, un stimulant dans les pointes de feu que le soleil dardait sur son dos, sa tête et ses bras nus jusqu'aux coudes. Les minutes d'oubli, les minutes heureuses où la faux travaillait d'elle-même se faisaient plus nombreuses ; plus heureuses encore, celles où, la ligne achevée, le vieux essuyait sa faux avec de l'herbe humide, en lavait le tranchant dans la rivière et puisait pour l'offrir à Levine un plein coffin d'eau fraîche.

— Pas mauvais, mon kvass, hein ? disait-il avec une œillade malicieuse.

Levine croyait n'avoir jamais bu meilleure boisson que cette eau tiède où nageaient des herbes et qui prenait dans le coffin un goût de rouille. Puis venait la promenade lente et pleine de béatitude où, le doigt sur la faux, on pouvait s'essuyer le front ruisselant, respirer à pleins poumons, embrasser d'un coup d'œil la longue file des faucheurs, les champs, les bois, tous les alentours.

Plus la journée avançait, plus fréquents revenaient pour Levine les moments d'oubli où la faux semblait entraîner à sa suite un corps qui n'avait pourtant point perdu conscience de lui-même, et accomplir comme par enchantement le labeur le plus régulier. Rien décidément ne valait ces instants. En revanche, lorsque le heurt de la faux contre une motte ou une touffe d'oseille sauvage venait interrompre cette activité devenue mécanique, le retour aux mouvements réfléchis était pénible. Pour le vieux, ce changement de cadence n'était qu'un jeu. Rencontrait-il par exemple une motte trop dure, il la tapotait du pied et du talon de sa faux et la réduisait aussitôt en miettes. Ce faisant, rien n'échappait à ses regards perçants : c'était ici une tige d'oseille en graine qu'il savourait ou offrait au maître ; là, une branche qu'il repoussait de la pointe de sa faux, un nid de cailles d'où s'envolait la femelle ; plus loin, une couleuvre qu'il soulevait comme avec une fourche et rejetait au loin après l'avoir montrée à Levine. Celui-ci au contraire et son jeune compagnon ne voyaient rien de tout cela ; entraînés dans un mouvement rythmé, ils éprouvaient beaucoup de peine à le modifier.

Levine avait encore une fois perdu la notion du temps et croyait faucher depuis une demi-heure. Cependant l'heure du dîner approchait. Comme les hommes commençaient une nouvelle ligne, le vieux attira l'attention du maître sur un essaim d'enfants à moitié cachés par les herbages : ils s'en venaient, qui le long de la route, qui à travers champs, apportant aux faucheurs — fardeau lourd à leurs petits bras — des pains et des cruches de kvass bouchées avec des torchons.

— V'là les moucherons qui s'amènent, dit le vieux.

Et s'abritant les yeux de la main, il consulta le soleil. Au bout de deux lignes, il s'arrêta et, d'un ton décidé :

— Il est l'heure de dîner, not'maître, déclara-t-il.

Alors, pour la seconde fois, les faucheurs remontèrent des bords de la rivière vers l'endroit où reposaient leurs vêtements ; c'est là que les attendaient les enfants ; ceux qui venaient de loin se glissèrent sous leurs chariots, les autres s'installèrent sous un bouquet d'osiers qu'ils couvrirent, pour avoir plus frais, avec des paquets d'herbe.

Levine, qui n'avait nulle hâte de rentrer, s'assit auprès d'eux ; depuis longtemps la présence du maître n'inspirait plus aucune gêne.

Tandis que les uns faisaient toilette au bord de l'eau et que les jeunes gens se baignaient, les autres préparaient une place pour la sieste, tiraient le pain des bissacs, débouchaient les cruches de kvass. Le vieux émietta du pain dans une écuelle, l'écrasa avec le manche de sa cuillère, y versa l'eau de son coffin, tailla encore des tranches de pain, sala le tout. Alors il se tourna vers l'orient pour faire une prière, puis s'agenouillant devant son écuelle :

— Eh bien, not'maître, dit-il, goûtez-moi cette miettée.

Levine la trouva si bonne qu'il se résolut à rester. Tout en faisant honneur à ce frugal repas, il laissa le vieux lui conter ses petites affaires auxquelles il prit un vif intérêt, et lui confia à son tour ceux de ses projets qu'il crut susceptibles de piquer la curiosité du brave paysan. Il se sentait plus à l'aise avec cet homme fruste qu'avec son frère, et la sympathie qu'il éprouvait pour lui amenait à ses lèvres un sourire involontaire. Son repas achevé, le vieillard se leva, fit une nouvelle prière et s'allongea à l'ombre du buisson après s'être arrangé un oreiller d'herbe. Levine l'imita, et malgré les mouches et les insectes qui chatouillaient son visage et son corps couverts de sueur, il s'endormit sur-le-champ pour ne se réveiller que lorsque le soleil, tournant le buisson, vint briller au-dessus de sa tête. Le vieux, depuis longtemps réveillé, aiguisait les faux des jeunes gars.

Levine promena les yeux autour de lui et eut peine à s'y reconnaître. La prairie fauchée s'étendait immense devant lui avec ses rangées de foin déjà odorant ; les rayons obliques du soleil déclinant y projetaient une lumière qui n'était plus celle du midi. Les bouquets de saules qui se détachaient maintenant sur le bord de l'eau, la rivière, naguère invisible, qui déroulait à perte de vue son ruban moiré et sinueux, les gens qui allaient et venaient, la muraille à pic de l'herbe encore debout, les éperviers qui survolaient cette vaste étendue dénudée, tout cela offrait à Levine un spectacle imprévu. Quand il s'y fut habitué, il calcula ce qui avait été fait et ce qui restait encore à faire. Les quarante-deux faucheurs avaient abattu un travail considérable ; au temps du servage, trente hommes arrivaient à peine en deux jours à faucher cette prairie dont il ne restait plus que quelques coins intacts. Mais ce résultat ne satisfaisait pas encore complètement Levine ; le soleil descendait trop vite à son gré ; il ne sentait aucune fatigue et brûlait de reprendre sa faux.

— Dis-moi, demanda-t-il au vieux, aurons-nous encore le temps de faucher la Ravine à Marie ? Qu'en penses-tu ?

— Ça dépend du bon Dieu ! Le soleil n'est plus bien haut. Peut-être qu'en payant la goutte aux gars...

Pendant la collation, tandis que les fumeurs allumaient leurs cigarettes, le vieux déclara aux gars que si la Ravine à Marie était fauchée, on aurait la goutte.

— Pourquoi qu'on la faucherait pas ! Vas-y, Tite, vas-y, mon gars ! On va enlever ça en un tour de main. On aura le temps de croûter ce soir. En avant ! crièrent quelques voix. Et, tout en achevant leur pain, les faucheurs se mirent en marche.

— Allons, les gars, faut en mettre un coup ! dit Tite en ouvrant la marche au pas de course.

— Va toujours, reprit le vieux qui eut tôt fait de le rejoindre. Plus vite, plus vite, ou je te fauche !

Jeunes et vieux fauchèrent à l'envi, mais quelque hâte qu'ils fissent, les andains se couchaient aussi nets, aussi réguliers qu'auparavant. Les coins encore intacts furent abattus en cinq minutes. Les derniers faucheurs terminaient à peine leur ligne que déjà les premiers, caftan sur l'épaule et coffins brimbalants, se dirigeaient vers la Ravine à Marie. Le soleil descendait au-dessus des arbres lorsqu'ils l'atteignirent. L'herbe tendre, molle, grasse, parsemée de queues-de-renard sur les pentes boisées, leur venait dans les fonds jusqu'à la ceinture.

Après un court conciliabule pour savoir si l'on prendrait en long ou en large, Prochor Iermiline, un grand gars à barbe noire, renommé lui aussi pour son coup de faux, prit les devants. Tous alors s'alignèrent tant bien que mal derrière lui, dévalèrent en fauchant une pente du ravin, traversèrent le fond et remontèrent l'autre pente jusqu'à la lisière de la forêt. Sur cette hauteur, le soleil, qui se couchait derrière les arbres, les éclairait encore ; mais, dans le fond du ravin, la buée s'élevait déjà, et sur l'autre versant ils marchaient dans une ombre fraîche imprégnée d'humidité.

L'ouvrage avançait rapidement. L'herbe rendait sous la faux un son gras et s'abattait en hauts andains d'où s'exhalait une odeur forte. Les faucheurs, un peu à l'étroit, se talonnaient à qui mieux mieux, les coffins tintinnabulaient, les faux crissaient sous la morsure des pierres à aiguiser, d'autres s'entrechoquaient, de joyeux cris montaient de partout.

Levine marchait toujours entre ses deux compagnons. Le vieux avait mis sa veste de peau de mouton, mais ses mouvements conservaient toute leur aisance et sa belle humeur ne tarissait point. Dans le bois les faux tranchaient à chaque instant de gros bolets enfouis sous l'herbe ; dès qu'il en apercevait un, le bonhomme se baissait, le ramassait, le cachait dans sa veste en disant : « Encore un petit cadeau pour ma vieille ! »

L'herbe humide et tendre se fauchait facilement, mais il n'en était pas moins dur de gravir puis de dévaler les pentes escarpées de la Ravine. Le vieux n'en avait cure : menant sa faux avec une inlassable souplesse, il s'élevait à petits pas énergiques ; bien qu'il tremblât de tout le corps et que sa culotte menaçât de tomber sur ses hauts brodequins de tille, il n'en négligeait pour autant ni un lazzi, ni un bolet, ni une brindille. Levine, derrière lui, se disait à tout instant que jamais il n'escaladerait, une faux à la main, ces hauteurs difficiles à gravir même les mains libres. Et cependant il allait toujours et faisait du bon ouvrage. Une fièvre intérieure semblait le soutenir.

VI

La Ravine à Marie une fois fauchée, les derniers coins rasés, les paysans endossèrent leurs caftans et prirent gaiement le chemin du logis. Levine remonta à cheval et se sépara à regret de ses compagnons. Parvenu au haut de la côte, il se retourna : les vapeurs du soir les dissimulaient à ses regards, mais il perçut encore des chocs de faux, de rudes éclats de voix, de longues fusées de rires.

Serge avait dîné depuis longtemps ; retiré dans sa chambre, il prenait une limonade glacée en parcourant les journaux et les revues que le facteur venait d'apporter, quand Levine entra brusquement, la blouse noircie, trempée, les cheveux en désordre et collés aux tempes.

— Nous avons enlevé toute la prairie, tu ne t'imagines pas le bien que ça fait ! Et toi, que deviens-tu ? s'écria-t-il, ne songeant plus du tout au pénible entretien de la veille.

— Bon Dieu, de quoi as-tu l'air ! dit Serge en n'accordant tout d'abord à son frère qu'une attention bougonne. Mais ferme donc la porte, tu en auras laissé entrer une bonne douzaine !

Serge avait horreur des mouches : il n'ouvrait ses fenêtres que la nuit et tenait les portes toujours fermées.

— Si j'en ai laissé entrer une seule, répliqua Levine en riant, je suis tout prêt à lui donner la chasse... Ah ! la bonne journée !... Comment l'as-tu passée, toi ?

— Très bien. Mais, dis-moi, as-tu vraiment fauché du matin au soir ? Tu dois avoir une faim de loup ! Kouzma a tout apprêté pour ton dîner.

— Non, j'ai déjà mangé, je n'ai besoin de rien ; je vais seulement faire un brin de toilette.

— Va, va, je te rejoins, dit Serge avec un hochement de tête. Dépêche-toi, ajouta-t-il en rangeant ses livres. Il ne voulait plus quitter son frère, dont la bonne humeur était communicative. Et où étais-tu pendant la pluie ?

— Quelle pluie ? il n'est guère tombé que quelques gouttes... Je reviens à l'instant... Alors, tu es content de ta journée ? Eh bien, tant mieux !

Et Levine alla s'habiller.

Cinq minutes plus tard, les deux frères se retrouvèrent dans la salle à manger. Constantin croyait n'avoir pas faim et ne se mit à table que par égard pour Kouzma. Mais une fois en train il fit honneur au dîner. Serge le regardait en souriant.

— À propos, dit-il, j'oubliais qu'il y a en bas une

lettre pour toi ; va la chercher, Kouzma, mais ferme bien la porte.

La lettre était d'Oblonski et datée de Pétersbourg. Levine lut la lettre à haute voix : « Dolly m'écrit de Iergouchovo que tout y va de travers. Toi qui sais tout, tu serais bien aimable d'aller la voir et de l'aider de tes conseils. Elle sera ravie de ta visite. Elle est toute seule. Ma belle-sœur est encore à l'étranger avec tout son monde. »

— Très bien, dit Levine, j'irai la voir sans faute. Tu devrais venir avec moi, c'est une si brave femme.

— Est-ce loin d'ici ?

— À une trentaine de verstes, quarante au plus. La route est très bonne, nous ferons cela rapidement.

— Entendu, avec plaisir, dit Serge toujours souriant, car la vue de son frère le disposait à la gaieté. Quel appétit ! ajouta-t-il en considérant cette tête et cette nuque hâlées penchées sur l'assiette.

— Eh oui, mon cher, rien ne vaut pareil régime pour nettoyer le cerveau. J'entends enrichir la médecine d'un nouveau terme : *Arbeitskur.*

— Voilà une cure dont tu n'as guère besoin, il me semble.

— Non, mais je la crois excellente pour combattre les maladies nerveuses.

— C'est une expérience à faire. J'ai voulu te voir travailler, mais il faisait si chaud que je me suis vite réfugié sous les arbres. De là j'ai gagné à travers bois le village où, rencontrant ta nourrice, j'ai tâché d'apprendre par elle de quel œil on y envisageait ta nouvelle marotte. Si je l'ai bien comprise, on ne t'approuve guère. « Ce n'est pas l'affaire des maîtres », m'a-t-elle dit. Je crois que le peuple a des idées très arrêtées sur ce qu'il convient aux maîtres de faire ; et il n'aime pas les voir sortir de leurs attributions.

— C'est possible, mais je n'ai jamais éprouvé de plus vif plaisir. Et je ne fais de mal à personne, n'est-ce pas ? Tant pis si ça leur déplaît !

— Je vois que ta journée te satisfait complètement.

— Oui, je suis enchanté ; nous avons fauché toute la prairie, et je me suis lié avec un bonhomme délicieux.

— Allons, tant mieux. Moi aussi j'ai bien employé mon temps. D'abord, j'ai résolu deux problèmes d'échecs dont l'un très curieux : on attaque avec un pion ; je te le ferai voir. Ensuite j'ai réfléchi à notre conversation d'hier.

— Quoi ? quelle conversation ? dit Constantin bien incapable de se rappeler la discussion de la veille, car, les yeux mi-clos et la bouche entrouverte, il se laissait aller à une douce béatitude.

— Je trouve que tu as en partie raison. La différence de nos opinions tient à ce que tu prends l'intérêt personnel pour mobile de nos actions, tandis que selon moi tout homme parvenu à un certain degré de culture doit avoir pour mobile l'intérêt général. Tu as peut-être raison de préférer une activité dirigée vers un but utilitaire. Ta nature est par trop *primesautière,* comme disent les Français : il te faut une activité passionnée ou rien du tout.

Levine écoutait sans comprendre et sans même chercher à comprendre. Il craignait seulement que son frère ne lui posât une question à laquelle il ne saurait que répondre, dévoilant ainsi son inattention.

— N'ai-je pas raison, mon cher ? dit Serge en lui touchant l'épaule.

— Mais certainement. Et puis, je ne prétends pas être dans le vrai, répondit-il avec un sourire d'enfant coupable. « Quelle discussion avons-nous donc eue ? pensait-il. Nous avons évidemment raison tous les deux. Et c'est pour le mieux... Il s'agit maintenant de donner mes ordres pour demain. »

Il se leva et s'étira en souriant ; Serge sourit également, et comme il ne voulait point se séparer de son frère, dont la robuste fraîcheur le réconfortait :

— Eh bien, proposa-t-il, allons faire un tour ; nous passerons par le bureau, si cela est nécessaire.

— Ah ! mon Dieu ! s'écria tout à coup Constantin.

— Qu'y a-t-il ? fit Serge effrayé.

— Et le bras d'Agathe Mikhaïlovna ? dit Constantin en se frappant le front. Je l'avais oubliée.

— Elle va beaucoup mieux.

— C'est égal, je vais lui faire une petite visite. Tu n'auras pas mis ton chapeau que je serai de retour.

Et il descendit l'escalier au galop ; ses talons faisaient sur les marches le bruit d'une crécelle.

VII

TANDIS que Stépane Arcadiévitch remplissait à Pétersbourg ce devoir de tout fonctionnaire — devoir sacré, devoir indiscutable, bien qu'incompréhensible au commun des mortels — qui consiste à se rappeler au souvenir du ministre ; tandis que, nanti de presque tout l'argent du ménage, il passait agréablement le temps aux courses et dans d'autres lieux de plaisir, Dolly emmenait ses enfants à la campagne pour y vivre à meilleur compte. Elle s'établit à Iergouchovo, domaine qui faisait partie de sa dot et dont son mari venait de vendre la forêt. Le Pokrovskoié de Levine en était distant de cinquante verstes.

La vieille maison seigneuriale de Iergouchovo avait depuis longtemps disparu ; le prince s'était contenté d'agrandir et de réparer une des ailes. Vingt ans plus tôt, durant l'enfance de Dolly, cette aile, bien que tournée vers le midi et bâtie de guingois par rapport à la grande avenue, offrait une habitation spacieuse et commode. Maintenant au contraire elle tombait en ruines. Quand, au printemps, Stépane Arcadiévitch était venu vendre sa forêt, Dolly l'avait prié de jeter un coup d'œil à la maison et de la rendre habitable. Soucieux, comme tous les maris coupables, de procurer à sa femme une vie matérielle aussi commode que possible, Stépane Arcadiévitch, après inspection des lieux, fit exécuter certains travaux qui lui parurent de première nécessité : on avait recouvert les meubles de cretonne, posé des rideaux, nettoyé le jardin, planté des fleurs, établi un pont sur l'étang. Mais il négligea certains détails plus urgents et soumit ainsi Dolly à de rudes épreuves.

Stépane Arcadiévitch avait beau se croire un mari prévenant et un père modèle, il oubliait toujours qu'il avait une femme et des enfants, et ses goûts restaient ceux d'un célibataire. Rentré à Moscou, il annonça triomphalement à Dolly que tout était en ordre : il avait fait de la maison des champs une bonbonnière et il lui conseillait fort de s'y transporter. Ce départ lui convenait sous bien des rapports : les enfants se porteraient mieux, les dépenses diminueraient, et surtout il serait plus libre.

Dolly jugeait, elle aussi, ce séjour indispensable : la santé des enfants l'exigeait, surtout celle de la plus jeune de ses filles qui se remettait mal de la scarlatine ; elle n'aurait point à y redouter de pénibles discussions avec certains fournisseurs, tels que le cordonnier, le marchand de bois et le marchand de poisson, dont les notes impayées l'effrayaient ; enfin elle espérait bien y attirer sa sœur Kitty, qui devait rentrer en Russie vers le milieu de l'été et à qui les médecins avaient recommandé des bains froids. En effet Kitty l'avisa que rien ne pouvait lui sourire davantage que de terminer l'été à Iergouchovo, où elles retrouveraient toutes deux tant de souvenirs d'enfance.

Cependant plus d'un mécompte attendait Dolly. La campagne, revue par elle au travers de ses impressions de jeunesse, lui semblait à l'avance un refuge contre tous les ennuis de la ville ; elle s'attendait à y mener une vie, sinon élégante (peu lui importait) du moins commode et peu coûteuse ; n'avait-on pas tout sous la main ? Et puis les enfants y seraient comme en paradis. Il lui fallut beaucoup déchanter quand elle revint à Iergouchovo en maîtresse de maison…

Le lendemain de leur arrivée, une pluie battante transperça le toit, l'eau tomba dans le corridor et la chambre des enfants, il fallut transporter les petits lits au salon. On ne put trouver de cuisinière pour les gens ; au dire de la vachère, les neuf vaches que contenait l'étable étaient ou pleines, ou à leur premier veau, ou trop vieilles ; d'aucunes avaient le pis ratatiné : il n'y avait donc à espérer ni beurre ni lait pour les enfants. Poules, poulets, œufs, tout manquait ; il fallait se contenter pour la cuisine de vieux coqs violacés et filandreux. Impossible d'obtenir des femmes pour laver les planchers : toutes sarclaient les pommes de terre. Impossible de se promener en voiture, l'un des chevaux, trop rétif, ne se laissant pas atteler. Impossible de se baigner, les bestiaux ayant raviné le bord de la rivière, lequel était d'ailleurs trop à découvert. Impossible même de mettre le nez dehors : les clôtures mal entretenues du jardin n'empêchaient plus le bétail d'y pénétrer, et il y avait dans le troupeau un taureau terrible qui mugissait et que pour cette raison on soupçonnait fort de donner des coups de cornes. Pas une seule penderie dans la maison : le peu d'armoires qui s'y trouvaient ne fermaient pas ou s'ouvraient d'elles-mêmes quand on passait devant. Ni pots, ni marmites à la cuisine; pas de chaudière dans la buanderie, pas même de planche à repasser dans la lingerie!

Au lieu donc de trouver à la campagne le repos et la tranquillité, Dolly passa tout d'abord par une crise de désespoir. Ces petits ennuis prenaient à ses yeux les proportions d'une catastrophe; impuissante, malgré tout le mal qu'elle se donnait, à y porter remède, elle jugeait la situation sans issue et tout le long du jour retenait avec peine ses larmes. Le domaine était géré par un ancien maréchal des logis qui avait d'abord consacré les loisirs de sa retraite aux fonctions plus modestes de suisse; séduit par sa belle prestance et ses manières déférentes, Stépane Arcadiévitch le promut régisseur. Les soucis de Darie Alexandrovna laissaient le bonhomme indifférent. « Que voulez-vous, Madame, disait-il de son ton le plus respectueux, avec d'aussi vilain monde y a moyen de rien faire. » Et il ne faisait rien!

La situation eût vraiment été sans issue si, chez les Oblonski comme dans la plupart des familles, il ne se fût trouvé un de ces personnages dont l'effacement ne laisse point soupçonner l'importance pourtant considérable — dans l'espèce, Matrone Filimonovna. La brave femme calmait sa maîtresse, lui assurait que tout « se tasserait » (car cette expression lui appartenait en propre et Mathieu la lui avait bel et bien empruntée), et agissait sans hâte ni bruit. Elle fit dès le premier jour la connaissance de la femme du régisseur qui l'invita à prendre le thé sous les acacias en compagnie de son mari. Un club, auquel se joignirent le staroste et le teneur de livres, se forma sous les arbres; peu à peu, grâce à lui, les difficultés de la vie s'aplanirent, si bien qu'au bout de huit jours tout « se tassa » pour de bon. Le toit fut réparé; une commère de la femme du staroste consentit à faire la cuisine; on acheta des poules; les vaches donnèrent tout à coup du lait; on répara les clôtures; on mit des crochets aux armoires, qui cessèrent de s'ouvrir intempestivement; le charpentier fabriqua un rouleau à calandrer; la planche à repasser, recouverte d'un morceau de drap de soldat, s'étendit de la commode au dossier d'un fauteuil, et bientôt l'odeur des fers se répandit dans la pièce.

— Vous voyez, dit Matrone Filimonovna en montrant la planche à sa maîtresse, il n'y avait pas de quoi vous désespérer.

On trouva même moyen d'édifier une cabine de bains avec des bassonniers et Lili put commencer à se baigner. Les désirs de Darie Alexandrovna devinrent enfin — en partie, du moins — une réalité : elle mena une vie agréable, sinon tranquille. Avec six enfants elle ne pouvait guère connaître que de rares périodes de repos : l'un tombait malade, l'autre risquait de l'être, celui-ci réclamait telle ou telle chose, celui-là faisait déjà preuve de mauvais caractère, etc., etc. Mais les inquiétudes et les tracas constituaient l'unique chance de bonheur qu'eût Dolly : privée de soucis, elle aurait succombé au chagrin que lui causait ce mari qui ne l'aimait plus. Au reste ces mêmes enfants, dont la santé ou les mauvais penchants la préoccupaient si fort, la dédommageaient déjà de ses peines par une foule de petites joies. Joies imperceptibles sans doute, comme des paillettes d'or dans du sable ; joies réelles cependant, et si aux heures de tristesse Dolly ne voyait que le sable, à d'autres moments l'or se laissait apercevoir. La solitude des champs rendit ces joies plus fréquentes ; parfois, tout en s'accusant de partialité maternelle, elle se disait qu'il était rare de rencontrer six enfants aussi charmants, chacun dans son genre. Elle se sentait alors heureuse et fière.

VIII

À LA FIN de mai, quand tout était déjà plus ou moins organisé, Dolly reçut, en réponse à ses plaintes, une lettre de son mari s'excusant de n'avoir point su tout prévoir et promettant de venir la rejoindre « à la première occasion ». Cette occasion ne s'étant point présentée, elle demeura seule à la campagne jusqu'aux derniers jours de juin.

Un dimanche, pendant le jeûne qui précède la Saint-Pierre, elle décida de faire communier tous ses enfants. Dolly surprenait parfois sa mère, sa sœur, ses amis par des propos qui frisaient la libre pensée ; elle avait une religion à elle, qui lui tenait fort au cœur et qui relevait plutôt de la métempsycose que du dogme chrétien. Néanmoins elle observait et faisait strictement observer dans sa famille les prescriptions de l'Église, et cela bien moins pour prêcher d'exemple que pour obéir à un besoin de son âme. Fort inquiète à l'idée que ses enfants n'avaient pas depuis un an approché la sainte table[1], elle se résolut donc, au grand contentement de Marie Filimonovna, à leur faire remplir ce devoir pendant leur séjour à la campagne.

La réfection des toilettes demanda plusieurs jours : il fallut tailler, transformer, nettoyer, allonger des robes, rajouter des volants, coudre des boutons et des nœuds de rubans. L'Anglaise se chargea de la robe de Tania et causa bien du tourment à Darie Alexandrovna : les entournures se trouvèrent trop étroites, les pinces du corsage, trop hautes ; la pauvre enfant faisait peine à voir, tant cette robe lui rendait les épaules étroites. Matrone Filimonovna eut l'heureuse idée d'ajouter de petites pièces au corsage et de les dissimuler sous une pèlerine. Le mal fut réparé ; mais on en était venu aux paroles amères avec l'Anglaise. Le matin du dimanche tout était prêt, et un peu avant neuf heures — pour trouver le curé du village aussitôt après sa messe — les enfants parés et rayonnants de joie attendaient leur mère devant la calèche arrêtée au bas du perron. Grâce à la protection de Marie Filimonovna le cheval noir rétif avait cédé sa place au brun de l'intendant. Enfin Darie Alexandrovna, qu'avaient retardée les soins de sa toilette, parut en robe de mousseline blanche. Le goût de la parure, auquel elle avait jadis sacrifié en tant que femme, par coquetterie, par désir de plaire — pour y renoncer avec l'approche de l'âge et le déclin de sa beauté — elle y cédait de nouveau, avec une joie mêlée d'émotion, en tant que mère de jolis enfants et pour ne point faire ombre au tableau. Un dernier coup d'œil au miroir l'avait aujourd'hui convaincue qu'elle était encore belle, belle du moins de la beauté qu'elle voulait avoir, sinon de celle dont elle rayonnait jadis dans les bals.

Personne à l'église sauf quelques gens du village et les domestiques. Cependant Darie Alexandrovna remarqua — ou crut remarquer — que ses enfants et elle-même provoquaient leur admiration. Et vraiment la gravité de ces petits personnages en habits de fête faisait plaisir à voir. Le petit Alexis eut bien quelques distractions causées par les pans de sa veste, dont il aurait voulu admirer l'effet par derrière, mais il était si gentil ! Tania se tenait comme une petite femme et surveillait les plus jeunes. Quant à Lili, la dernière, ses étonnements naïfs étaient tout simplement adorables, et il fut impossible de ne pas sourire quand, après avoir reçu la communion, elle dit au prêtre : *Please, some more.*

Pendant le retour, les enfants, encore impressionnés par l'acte solennel qu'ils venaient d'accomplir, se montrèrent fort sages. Il en alla de même à la maison jusqu'au déjeuner, mais à ce moment Gricha se permit de siffler et, qui pis est, refusa d'obéir à l'Anglaise ; celle-ci le priva de dessert. Quand elle apprit le méfait de l'enfant, Darie Alexandrovna, qui, présente, n'eût point laissé les choses aller si loin, dut soutenir l'institutrice et confirmer la punition. Cet épisode gâta quelque peu la joie générale.

Gricha se mit à pleurer, disant que Nicolas avait sifflé aussi mais que lui seul était puni, et que s'il pleurait, ce n'était point à cause de la tarte, dont il se moquait fort, mais à cause de l'injustice qu'on lui faisait. L'affaire prenait une tournure trop triste et Darie Alexandrovna se résolut à demander à l'Anglaise le pardon de Gricha. Elle se dirigeait vers la chambre de celle-ci quand, en traversant la grande salle, elle aperçut une scène qui la fit pleurer de joie et pardonner d'elle-même au coupable. Tania, une assiette à la main, se tenait debout devant son frère assis sur l'appui d'une fenêtre d'angle. Sous le prétexte d'une dînette pour ses poupées, la petite fille avait obtenu de l'Anglaise la permission d'emporter son morceau de tarte dans la chambre des enfants, mais c'était à son frère qu'elle le destinait. Tout en pleurant sur l'injustice dont il se croyait victime, Gricha dévorait le gâteau et disait à sa sœur à travers ses sanglots : « Mange aussi... mangeons ensemble... ensemble... » Attendrie tout d'abord par la pitié que lui inspirait son frère puis par le sentiment de sa bonne action, Tania avait, elle aussi, les larmes aux yeux, ce qui ne l'empêchait d'ailleurs point de manger sa part.

Les enfants prirent peur en apercevant leur mère, mais rassurés par l'expression de son visage, ils éclatèrent de rire ; la bouche pleine de gâteau, ils essuyaient de la main leurs lèvres souriantes et barbouillaient de confitures leurs visages où la joie rayonnait à travers les pleurs.

— Grand Dieu, Tania, ta robe blanche! Gricha, voyons! disait la mère, en tâchant de préserver les habits neufs. Mais elle aussi pleurait et souriait de bonheur.

Les belles toilettes ôtées, on mit de simples blouses aux filles et de vieilles vestes aux garçons. Darie Alexandrovna fit alors atteler la tapissière (au grand chagrin de l'intendant, le cheval brun servit de nouveau de limonier) et annonça qu'après la cueillette des champignons on se livrerait au plaisir de la baignade. Une clameur de joie accueillit cette nouvelle et se prolongea jusqu'au départ.

On recueillit une pleine corbeille de champignons. Lili elle-même en trouva un. Naguère encore il fallait que miss Hull les lui cherchât; mais ce jour-là elle découvrit toute seule un gros bolet, et ce fut un enthousiasme général: «Lili a trouvé un champignon.»

Puis on gagna la rivière. Les chevaux furent attachés aux arbres, et le cocher Térence, les laissant chasser les mouches de leurs queues, s'étendit à l'ombre des bouleaux et fuma tranquillement sa pipe en prêtant l'oreille aux exclamations de joie qui partaient de la cabine.

C'était certes chose ardue de surveiller les ébats des petits polissons, de se reconnaître dans cette collection de bas, souliers, pantalons, de dénouer, dégrafer, déboutonner puis de renouer, ragrafer, reboutonner tous ces boutons, lacets, agrafes et rubans. Néanmoins Darie Alexandrovna, qui avait toujours aimé les bains froids et les jugeait très salutaires à l'enfance, se complaisait à ces baignades en famille. Plonger dans l'eau ces chérubins, les voir s'ébrouer, s'éclabousser, admirer leurs grands yeux rieurs ou effarouchés, entendre leurs cris d'effroi puis de joie, caresser en les rhabillant ces petits membres potelés, c'était pour elle une vraie jouissance.

La toilette des enfants était à moitié faite quand des paysannes endimanchées, qui revenaient de cueillir de l'euphorbe et de l'herbe pour les goutteux, passèrent devant la cabine de bains et s'arrêtèrent, non sans quelque timidité. Matrone Filimonovna héla l'une d'elles pour lui donner à faire sécher un drap et une chemise tombés à la rivière, et Darie Alexandrovna leur adressa la parole. Les paysannes étouffèrent tout d'abord des rires sans trop bien comprendre les questions qu'elle leur posait;

mais peu à peu elles s'enhardirent et gagnèrent le cœur de la mère en témoignant une sincère admiration pour ses enfants.

— Ah ! la jolie mignonne !... Elle est blanche comme du sucre, dit l'une d'elles en extase devant Tania... Mais bien maigre, ajouta-t-elle en hochant la tête.

— C'est parce qu'elle a été malade.

— Et celui-ci, on l'a aussi baigné ? demanda une autre en désignant le dernier-né.

— Oh ! non, il n'a que trois mois, répondit avec fierté Darie Alexandrovna.

— Vrai ?

— Et toi, as-tu des enfants ?

— J'en ai eu quatre : il m'en reste deux, un garçon et une fille. J'ai sevré la fille.

— Quel âge a-t-elle ?

— Elle marche sur deux ans.

— Pourquoi l'as-tu nourrie si longtemps ?

— C'est l'habitude chez nous : on laisse passer trois jeûnes.

Darie Alexandrovna, prenant goût à l'entretien, posa encore quelques questions : la jeune femme avait-elle eu des couches difficiles, quelles maladies avaient faites ses enfants, où son mari habitait-il, venait-il souvent la voir ?

C'étaient là des propos tout à fait selon son cœur ; elle se sentait avec ces paysannes en une communauté d'idées si parfaite qu'elle n'avait nulle envie de les quitter. Mais ce qui la flattait le plus, c'était leur admiration évidente pour le nombre et la beauté de ses enfants. Une des plus jeunes observait de tous ses yeux l'Anglaise, qui se rhabillait la dernière et entassait jupon sur jupon. Quand elle fut au troisième : « Eh, ne put se retenir de dire la villageoise, regardez donc ce qu'elle en met, on n'en verra jamais la fin ! » Cette observation provoqua un rire général auquel ne put résister Darie Alexandrovna ; mais l'Anglaise, qui se sentait visée sans rien y comprendre, ne cacha point son mécontentement.

IX

Entourée de tous ces petits baigneurs, Darie Alexandrovna, un fichu sur la tête, approchait de la maison, quand le cocher s'écria :

— Voilà quelqu'un qui vient au-devant de nous ; ça m'a tout l'air d'être le monsieur de Pokrovskoié.

Effectivement Dolly reconnut bientôt la silhouette familière de Levine en paletot gris et chapeau de même couleur. Elle le voyait toujours avec plaisir, mais ce jour-là elle éprouva une satisfaction particulière à se montrer à lui dans toute sa gloire, que nul mieux que lui n'était capable d'apprécier.

En l'apercevant, Levine crut voir réalisé un de ses rêves de bonheur conjugal.

— Vous ressemblez à une couveuse, Darie Alexandrovna.

— Que je suis contente de vous voir, dit-elle en lui tendant la main.

— Contente ! Et vous ne m'avez rien fait dire ? Mon frère passe l'été chez moi. C'est par Stiva que j'ai su que vous étiez ici.

— Par Stiva ? demanda Dolly toute surprise.

— Oui, il m'a écrit que vous habitiez la campagne et que je pourrais peut-être vous rendre quelques services…

Soudain Levine se troubla, s'interrompit et marcha en silence auprès de la tapissière, arrachant au passage des pousses de tilleul qu'il mordillait nerveusement. L'idée lui était venue que sans doute Darie Alexandrovna trouverait pénible de voir un étranger lui offrir l'aide qu'elle aurait dû trouver en son mari. En effet Dolly ne goûtait guère la façon cavalière dont Stépane Arcadiévitch se déchargeait sur des tiers de ses embarras domestiques. Elle comprit aussitôt que Levine le sentait. C'était ce tact, cette délicatesse qu'elle prisait surtout en lui.

— J'ai deviné, reprit Levine, que c'était une façon aimable de me prévenir que ma visite vous agréerait. Vous m'en voyez ravi. J'imagine d'ailleurs qu'une maîtresse de maison habituée au confort des grandes villes doit se trouver ici légèrement dépaysée ; si je puis vous être bon à quelque chose, disposez de moi, je vous en prie.

— Oh ! non ! répliqua Dolly. À vrai dire, le début n'a pas été sans ennuis, mais maintenant tout marche à merveille… grâce à ma vieille bonne, ajouta-t-elle en désignant Matrone Filimonovna, qui, comprenant que l'on parlait d'elle, adressa à Levine un sourire de contentement. Elle le connaissait, savait qu'il ferait un bon parti pour « leur demoiselle », et désirait fort que l'affaire prît bonne tournure.

— Prenez donc place à côté de nous, dit-elle ; nous nous serrerons un peu.

— Merci, je préfère vous suivre à pied… Enfants, qui veut tenter avec moi de dépasser les chevaux à la course ?

Tout ce petit monde n'avait de Levine qu'une assez vague souvenance ; cependant il ne lui témoigna point cette répugnance dont les enfants font bien souvent preuve envers les grandes personnes qui feignent de se mettre à leur portée, sentiment étrange qui leur vaut de si pénibles reproches et châtiments. La feinte la mieux ourdie pourra duper le plus pénétrant des hommes, mais le plus borné des enfants ne s'y laissera jamais prendre. Or, quelque défaut que l'on pût reprocher à Levine, il n'y avait pas en lui l'ombre de duplicité ; aussi les bambins éprouvèrent-ils d'emblée à son égard les sentiments qu'ils voyaient empreints sur le visage de leur mère. Répondant à son invitation, les deux aînés sautèrent de voiture et coururent à ses côtés comme ils l'eussent fait avec leur bonne, miss Hull, ou leur mère. Lili voulut aussi aller à lui ; Darie Alexandrovna la lui passa, il l'installa sur son épaule et se mit à courir.

— Ne craignez rien, dit-il en souriant joyeusement à la mère, je ne la laisserai pas tomber.

En voyant combien il était adroit, prudent, pondéré dans ses mouvements, Dolly, aussitôt tranquillisée, lui répondit par un sourire confiant.

La familiarité de la campagne, la présence des enfants, la compagnie de cette femme pour qui il ressentait une véritable sympathie et qui d'ailleurs aimait à le voir dans cette disposition d'esprit, dont il était assez coutumier, tout concourait à faire naître en Levine une allégresse quasi enfantine. Tout en courant avec les petits, il trouva moyen de leur enseigner certains principes de gymnastique, de raconter à leur mère ses occupations champêtres, et de faire rire la gouvernante en écorchant quelques mots d'anglais.

Après le dîner, comme ils se trouvaient seuls sur le balcon, Darie Alexandrovna crut le moment opportun de parler de Kitty.

— Vous savez, dit-elle, Kitty va venir passer l'été avec moi.

— Vraiment? fit Levine en rougissant; et, détournant aussitôt l'entretien: Ainsi, je vous envoie deux vaches, décida-t-il; et si vous tenez absolument à payer et que cela ne vous fasse pas rougir de honte, vous me donnerez cinq roubles par mois.

— Mais non, merci. Je vous assure que je m'arrange.

— Dans ce cas j'irai voir vos vaches et, avec votre permission, je donnerai des ordres au sujet de leur nourriture. La nourriture, tout est là.

Et il se lança dans une théorie sur l'industrie laitière, suivant laquelle les vaches n'étaient que de simples machines destinées à transformer le fourrage en lait, etc. Cela pour ne point entendre parler de Kitty dont il brûlait d'avoir des nouvelles! C'est qu'il avait peur de détruire un repos si chèrement reconquis.

— Vous avez peut-être raison, répondit Darie Alexandrovna, mais tout cela exige de la surveillance et qui s'en chargera?

Maintenant que, grâce à Matrone Filimonovna, l'ordre s'était rétabli dans son ménage, elle n'avait nul désir d'y rien changer. D'ailleurs Levine n'était pas à ses yeux une autorité en la matière, ses théories sur les vaches-machines lui semblaient suspectes et peut-être nuisibles. Elle préférait de beaucoup le système préconisé par Marie Filimonovna, à savoir: mieux nourrir la Blanche et la Mouchetée et empêcher le cuisinier de porter les eaux grasses de la cuisine à la vache de la blanchisseuse. Que pesaient, auprès d'un procédé si clair, des considérations nébuleuses sur l'alimentation farineuse et l'alimentation fourragère? Et puis, elle tenait avant tout à parler de Kitty.

X

« Kitty m'écrit qu'elle n'aspire qu'à la solitude et au repos, reprit Dolly, après un moment de silence.

— Sa santé est-elle meilleure ? demanda non sans émotion Levine.

— Dieu merci, elle est complètement rétablie. Je ne l'ai d'ailleurs jamais crue atteinte de la poitrine.

— J'en suis bien heureux, dit Levine, et Dolly crut lire sur son visage la touchante expression d'un chagrin sans espoir.

— Voyons, Constantin Dmitritch, demanda-t-elle en lui décochant un de ses sourires coutumiers où la bonté luttait avec la malice, pourquoi en voulez-vous à Kitty ?

— Moi ? Mais je ne lui en veux pas du tout.

— Oh ! si ! Pourquoi n'êtes-vous venu chez aucun de nous lors de votre dernier voyage à Moscou ?

— Darie Alexandrovna, dit-il en rougissant jusqu'à la racine des cheveux, comment se fait-il que, bonne comme vous l'êtes, vous me posiez une question pareille ? N'avez-vous donc pas pitié de moi, sachant...

— Sachant quoi ?

— Sachant que ma demande a été repoussée, laissa tomber Levine, et toute la tendresse qu'un moment auparavant il avait ressentie pour Kitty s'évanouit au souvenir de l'injure reçue.

— Pourquoi supposez-vous que je le sache ?

— Parce que tout le monde le sait.

— C'est ce qui vous trompe ; je m'en doutais, mais je ne savais rien de positif.

— Eh bien, vous voilà fixée.

— Je savais qu'il s'était passé quelque chose dont le souvenir la tourmentait, car elle m'avait suppliée de ne lui poser aucune question à ce propos. Si elle ne m'a rien confié à moi, soyez sûr qu'elle n'en a parlé à personne. Voyons, qu'y a-t-il eu entre vous ?

— Je viens de vous le dire.

— Quand avez-vous fait votre demande ?

— Pendant ma dernière visite à vos parents.

— Savez-vous que Kitty me fait une peine extrême ? Vous souffrez surtout dans votre amour-propre...

— C'est possible, concéda Levine ; cependant...

Elle l'interrompit.

— Mais la pauvre petite est vraiment à plaindre. Je comprends tout maintenant.

— Excusez-moi si je vous quitte, Darie Alexandrovna, dit Levine en se levant. Au revoir.

— Non, attendez, s'écria-t-elle en le retenant par la manche. Restez encore un moment.

— Je vous en supplie, ne parlons plus de cela, dit Levine tout en se rasseyant, et en sentant se rallumer en son cœur une lueur de cet espoir qu'il pensait à jamais évanoui.

— Si je ne vous aimais pas, dit Dolly les yeux pleins de larmes, si je ne vous connaissais pas comme je vous connais...

Le sentiment qu'il croyait mort envahit de nouveau l'âme de Levine.

— Oui, je comprends tout maintenant, continuait Darie Alexandrovna. Vous autres hommes, qui êtes libres dans votre choix, vous savez toujours clairement qui vous aimez ; une jeune fille au contraire doit attendre avec la réserve imposée à son sexe, elle ne vous voit que de loin et prend tout pour argent comptant ; dans ces conditions, croyez-moi, elle peut souvent ne savoir que répondre.

— Oui, si son cœur ne parle pas...

— Même si son cœur a parlé. Songez-y : vous qui avez des vues sur une jeune fille, vous pouvez venir chez ses parents, vous l'observez, vous l'étudiez, et vous ne la demandez en mariage qu'à bon escient.

— Ça n'est pas tout à fait exact.

— Peu importe. Vous n'en faites pas moins votre déclaration que lorsque votre amour est mûr ou lorsque, de deux personnes, l'une l'emporte dans vos préférences. Quant à la jeune fille, on ne lui demande point son avis. Comment ose-t-on prétendre qu'elle choisisse alors qu'en réalité elle ne peut répondre que oui ou non ?

« Ah ! oui, le choix entre Vronski et moi », pensa Levine, et le mort qui ressuscitait dans son âme lui sembla mourir pour la seconde fois.

— Darie Alexandrovna, dit-il, on choisit ainsi une robe ou quelque autre emplette de peu d'importance, mais non pas l'amour… Le choix a été fait, tant mieux ! Ces choses-là ne se recommencent pas.

— Ah ! l'amour-propre, toujours l'amour-propre ! s'écria Darie Alexandrovna, aux yeux de qui le sentiment qu'il exprimait parut peser bien peu comparé à cet autre que connaissent seules les femmes. Quand vous vous êtes déclaré à Kitty, elle se trouvait précisément dans une de ces situations où l'on ne sait que répondre. Elle hésitait entre Vronski et vous. Mais elle le voyait tous les jours, tandis que vous n'aviez pas paru depuis longtemps. Évidemment si elle avait été plus âgée… Moi, par exemple, je n'aurais pas hésité ; le personnage m'a toujours été profondément antipathique.

Levine se rappela la réponse de Kitty : « C'est impossible… Pardonnez-moi. »

— Darie Alexandrovna, fit-il sèchement, je suis très touché de votre confiance, mais je crois que vous vous trompez. Au reste, à tort ou à raison, cet amour-propre que vous méprisez tant ne me permet plus, vous entendez, ne me permet plus de songer à Catherine Alexandrovna.

— Encore un mot : vous sentez bien que je vous parle d'une sœur qui m'est chère comme mes propres enfants. Je ne prétends pas qu'elle vous aime ; j'ai simplement voulu vous dire qu'au moment où elle vous l'a opposé, son refus ne signifiait rien du tout.

— Vous croyez ! dit Levine en sautant de sa chaise. Ah, si vous saviez le mal que vous me faites ! C'est comme si vous aviez perdu un enfant et qu'on vînt vous dire : « Voici comment il eût été, il aurait pu vivre, il eût fait votre joie. » Mais il est mort, mort, mort…

— Que vous êtes bizarre ! dit Darie Alexandrovna en considérant avec un sourire attristé l'agitation de Levine. Ah ! je comprends de plus en plus, continua-t-elle d'un air pensif… Alors vous ne viendrez pas quand Kitty sera ici ?

— Non. Bien entendu je ne fuirai pas Catherine Alexandrovna, mais, autant que possible, je lui épargnerai le désagrément de ma présence.

— Décidément vous êtes un original, conclut Dolly en l'examinant d'un regard affectueux. Eh bien, mettons que nous n'ayons rien dit… Que veux-tu, Tania ? demanda-t-elle en français à sa fille qui venait d'entrer.

— Où est ma pelle, maman?

— Je te parle en français, réponds-moi de même.

Comme l'enfant ne trouvait pas le mot français, sa mère le lui souffla et lui dit ensuite, toujours dans cette langue, où elle devait chercher sa pelle. Cet incident aggrava la mauvaise humeur de Levine. Darie Alexandrovna et ses enfants avaient perdu à ses yeux beaucoup de leur charme.

« Pourquoi diantre leur parle-t-elle en français? se disait-il. Cela sonne faux. Les enfants le sentent bien: on leur enseigne le français et on leur fait oublier la sincérité! »

Il ne songeait point que Darie Alexandrovna s'était fait vingt fois ce raisonnement et avait néanmoins passé outre, ne connaissant pas de meilleure méthode pour apprendre les langues à ses enfants.

— Mais, reprit celle-ci, pourquoi vous dépêcher? Restez encore un peu.

Levine resta jusqu'au thé, mais sa bonne humeur avait disparu; il se sentait mal à l'aise.

Après le thé, il sortit dans l'antichambre pour donner l'ordre d'atteler et quand il rentra au salon, il trouva Darie Alexandrovna, le visage bouleversé et les yeux pleins de larmes. Pendant la courte absence de Levine, un fâcheux événement avait réduit à néant le bonheur que cette journée avait causé à Dolly et l'orgueil que lui inspiraient ses enfants. Gricha et Tania s'étaient battus pour une balle. Attirée par leurs cris, la mère les avait trouvés dans un état affreux: Tania tirait son frère par les cheveux, et celui-ci, les traits décomposés par la colère, lui donnait force coups de poing. À cet aspect, Dolly sentit quelque chose se rompre dans son cœur. Un nuage noir parut fondre sur elle: loin de différer des autres, ces enfants dont elle se montrait si fière étaient mauvais, mal élevés, vicieux, enclins aux plus grossiers penchants. Cette pensée la troubla à tel point qu'il lui fut difficile de confier son chagrin à Levine. Celui-ci, la voyant malheureuse, la calma de son mieux, lui affirma qu'il n'y avait rien là d'inquiétant, car tous les enfants se battaient, mais au fond du cœur il se dit: « Non, je ne jouerai pas la comédie, je ne parlerai pas en français à mes enfants. D'ailleurs, ils ne seront pas comme ceux-ci. Il suffit, pour que les enfants soient charmants, de ne point dénaturer leur caractère. Non, non, les miens différeront complètement de ceux-ci.»

Il prit congé de Dolly et partit sans qu'elle songeât à le retenir.

XI

Vers la mi-juillet le staroste du domaine que sa sœur possédait à plus de vingt verstes de Pokrovskoié vint faire à Levine son rapport sur la marche des affaires et particulièrement sur la fenaison. Cette terre tirait son principal revenu de prés en fonds de rivière que les paysans affermaient autrefois moyennant vingt roubles l'hectare. Quand Levine se chargea de la gérance, il trouva après examen des prairies, que c'était là un prix trop modique et mit l'hectare à vingt-cinq roubles. Les paysans refusèrent de les louer à ces conditions, et comme le soupçonna Levine, firent en sorte de décourager d'autres preneurs. Il fallut se rendre sur place, engager des journaliers et faucher à son compte, au grand mécontentement des paysans qui mirent tout en œuvre pour faire échouer cette innovation. Malgré cela, dès le premier été, les prairies rapportèrent près du double. La résistance des paysans se prolongea pendant deux années encore, mais cet été ils avaient offert leurs services contre un tiers de la récolte. Le staroste venait annoncer que tout était terminé : par crainte de la pluie, il avait, en présence du commis de bureau, procédé au partage : onze meules constituaient la part de la propriétaire. Cette hâte parut suspecte à Levine ; il demanda des précisions sur le rendement de la grande prairie, mais n'obtint du bonhomme que des réponses évasives ; il comprit qu'il y avait quelque anguille sous roche et décida de tirer l'affaire au clair.

Arrivé au village à l'heure du dîner, il laissa son cheval chez le mari de la nourrice de son frère, avec lequel il était en bons termes et qu'il alla aussitôt quérir à son rucher, espérant obtenir de lui certains éclaircissements sur le partage du foin. Parménitch, un beau vieillard à la langue bien pendue, l'accueillit avec joie, lui montra son petit domaine en détail, lui raconta l'histoire de toutes ses ruches et du dernier essaimage, mais ne répondit à ses questions que vaguement et comme à contrecœur. Cette attitude embarrassée confirma Levine dans ses soupçons, et quand il eut gagné la prairie, un simple examen des meules le convainquit qu'elles ne pouvaient contenir cinquante charretées, comme l'affirmaient les paysans ; pour convaincre ceux-ci de mensonge, il fit venir les charrettes qui avaient servi de mesure et donna l'ordre de transporter dans un hangar tout le foin d'une des meules : elle ne donna que trente-deux charretées. Le staroste eut beau jurer ses grands dieux que tout s'était passé en conscience et que le foin avait dû se tasser, Levine répliqua que le partage s'étant fait sans son ordre, il refusait d'accepter les meules comme valant cinquante charretées. Après de longues palabres, on décida de procéder à un nouveau partage, les onze meules litigieuses devant revenir aux paysans. Cette discussion se prolongea jusqu'à l'heure de la collation. Le partage fait, Levine, s'en rapportant pour le reste au commis de bureau, alla s'asseoir sur une des meules marquées d'une branche de saule, et prit plaisir au spectacle que lui offrait la prairie avec son monde de travailleurs.

Devant lui, dans un coude de la rivière, une troupe bigarrée de femmes aux voix sonores remuait le foin et l'étendait en traînées ondoyantes dont le gris contrastait avec le vert clair du regain, et que des hommes armés de fourches avaient tôt fait de transformer en meulons. Sur la gauche arrivaient à grand bruit les chariots où, soulevées par les longues fourches, les brassées odorantes s'amoncelaient les unes après les autres et débordaient jusque sur les croupes des chevaux.

— Un vrai temps pour rentrer le foin, regardez-moi comme il sera beau ! dit le vieux en s'asseyant auprès de Levine. Il sent si bon qu'on dirait du thé. Les gars n'ont pas plus de peine à le soulever qu'à jeter du grain aux canetons. Depuis le dîner, ils en ont bien emmené la moitié. C'est-y la dernière ? cria-t-il à un jeune gars qui, debout sur le devant d'une charrette, passait devant eux en agitant ses brides de chanvre.

— Ma foi oui, not'père, cria le gars en retenant un instant son cheval ; puis, après avoir échangé un sourire avec une accorte jeunesse assise dans la charrette, il rendit les rênes à son cheval.

— Qui est-ce ? demanda Levine. Un de tes fils ?

— Mon dernier, répondit le vieux avec un sourire caressant.

— Ça m'a l'air d'un gaillard.

— Oui, c'est un brave petit gars.

— Et déjà marié ?

— Oui, il y a eu deux ans à l'Avent.

— A-t-il des enfants ?

— Ah ! ben oui ! Il a fait l'innocent pendant plus d'un an, faut encore qu'on lui fasse honte... Pour du foin, c'est du foin, reprit le bonhomme pour rompre les chiens.

Levine accorda toute son attention à Ivan Parménov et à sa femme qui chargeaient non loin de là leur charrette. Debout dans la voiture, Ivan recevait, rangeait, tassait d'énormes brassées de foin que sa jeune et belle ménagère lui tendait d'abord à pleins bras puis à l'aide d'une fourche. Comme le foin échauffé ne se laissait pas prendre facilement, elle l'écartait tout d'abord, puis elle y glissait sa fourche, appuyait dessus d'un mouvement brusque et élastique de tout le corps ; puis aussitôt, courbant ses reins et cambrant sa forte poitrine sous sa blouse blanche retenue par une ceinture, elle levait la fourche à deux mains et jetait sa charge dans la charrette. Ivan, évidemment désireux de lui épargner ne fût-ce qu'une minute de travail, saisissait, les bras légèrement écartés, le foin qu'elle lui tendait et le répartissait dans la charrette. Après avoir raclé le menu foin à l'aide d'un râteau, la jeune femme secoua les brindilles qui lui étaient entrées dans le cou, rajusta le fichu rouge qui retombait sur son front blanc point encore touché par le hâle et se coula sous la charrette pour y attacher la charge. Ivan lui indiquait la manière de fixer les cordes à la lieuse, et, sur une observation de sa compagne, il partit d'un éclat de rire bruyant. Un amour jeune, fort, nouvellement éveillé, se peignait sur ces deux visages.

XII

La charge bien cordée, Ivan sauta à terre et, prenant par la bride son cheval, une bête solide, gagna la route où il se mêla à la file des voitures. La jeune femme jeta son râteau sur la charrette et s'en fut, le pas ferme et les bras ballants, rejoindre ses compagnes qui, le râteau sur l'épaule, formaient derrière les voitures un groupe éclatant de couleur et vibrant d'allégresse. Une voix rude entonna une chanson que cinquante autres, graves ou aiguës, reprirent bientôt en chœur.

À l'approche des chanteuses, Levine, couché sur sa meule, crut voir fondre sur lui un nuage gros d'une joie tonitruante. Les meules, les charrettes, la prairie, les champs lointains, tout lui parut emporté dans le rythme de cette folle chanson, accompagnée de sifflets et de cris perçants. Cette saine gaieté, cette belle joie de vivre lui firent envie, car il ne pouvait qu'en être l'impuissant spectateur. Quand la troupe bruyante eut disparu à ses yeux et qu'il ne perçut même plus l'écho des chansons, il se sentit affreusement seul, se reprocha sa paresse corporelle et l'animosité qu'il croyait éprouver envers ces braves gens.

Les mêmes hommes qui, dans l'affaire du foin, s'étaient montrés de si âpres chicaneurs, et auxquels, si leur intention n'était pas de le tromper, il avait fait injure, ces mêmes hommes le saluaient maintenant gaiement au passage, sans rancune comme sans remords. Le joyeux travail en commun avait effacé tout mauvais souvenir. Dieu leur avait donné et la lumière du jour et la force de leurs bras ; l'une et l'autre avaient été consacrées au labeur et ce labeur trouvait en lui-même sa récompense. Nul ne songeait à se demander les raisons de ce travail et qui jouirait de ses fruits : c'étaient là des questions secondaires, insignifiantes.

Bien souvent cette vie avait tenté Levine ; mais aujourd'hui, et en particulier sous l'impression que lui avait causée la joie d'Ivan Parménov et de sa femme, il eut pour la première fois la vue très nette qu'il était entièrement libre d'échanger l'existence oisive, artificielle, égoïste qui lui pesait tant contre cette belle vie de travail si pure, si noble, si dévouée au bien commun.

Le vieux l'avait quitté depuis longtemps ; les villageois avaient regagné leurs demeures, tandis que les ouvriers venus de loin s'installaient pour la nuit dans la prairie et préparaient le souper. Sans être vu, Levine, toujours couché sur sa meule, regardait, écoutait, songeait. Les paysans passèrent presque tout entière sans sommeil cette courte nuit d'été, leur longue journée de travail n'avait laissé d'autre trace que la gaieté. Levine perçut d'abord de joyeux devis entrecoupés d'éclats de rire, puis longtemps encore après le souper, des chansons et toujours des rires. Un peu avant l'aurore il se fit un grand silence. On n'entendait plus que le coassement incessant des grenouilles dans le marais et le bruit des chevaux s'ébrouant dans la brume matinale. Levine, qui s'était enfin assoupi, s'aperçut en regardant les étoiles que la nuit était passée. Il quitta sa meule.

« Eh bien, à quoi vais-je me résoudre ? se dit-il, cherchant à donner une forme aux rêveries qui l'avaient occupé durant cette courte veillée et qui toutes pouvaient se ramener à trois ordres d'idées. D'abord le renoncement à sa vie passée, à son inutile culture intellectuelle[1], à cette instruction qui ne lui servait à rien : rien ne lui semblait plus simple, plus facile, plus agréable. Puis l'organisation de sa future existence, toute de pureté, de simplicité ; il n'en mettait pas un instant en doute la légitimité, il était sûr qu'elle lui rendrait la dignité, le repos d'esprit, le contentement de soi-même qui lui faisaient si douloureusement défaut. Restait la question principale : comment opérer la transition de sa vie actuelle à l'autre ? Rien à ce sujet ne lui paraissait bien clair. « Il me faudra prendre femme et de toute nécessité m'adonner à un travail quelconque. Devrai-je abandonner Pokrovskoïé ? acheter de la terre ? devenir membre d'une commune rurale, épouser une paysanne ? À quoi vais-je me résoudre ? » se demandait-il une fois de plus sans trouver de réponse. « Au surplus, n'ayant pas dormi, je ne saurais avoir des idées bien nettes. Ce qu'il y a de sûr, c'est que cette nuit a décidé de mon sort. Mes anciens rêves de bonheur conjugal ne sont que niaiseries. Ce que je veux maintenant sera bien plus simple et bien meilleur… Que c'est beau ! » pensa-t-il en considérant un bizarre assemblage de nuages floconneux qui formaient au-dessus de sa tête comme une coquille aux tons de nacre. « Que tout, dans cette charmante nuit, est charmant ! Mais quand donc cette coquille s'est-elle formée ? Il y a quelques instants on ne voyait au ciel que deux bandes blanches ! Ainsi se sont modifiées, sans que j'y prisse garde, les idées que j'avais sur la vie. »

Il atteignit la grande route et s'achemina vers le village. Un vent frais s'élevant, tout prenait des teintes grises et tristes, comme il est de règle à cette pâle minute qui précède le triomphe de la lumière sur les ténèbres.

Courbant les épaules sous le froid, Levine marchait à grands pas, les yeux fixés au sol. Un bruit de grelots lui fit dresser la tête. Qui pouvait bien faire route à pareille heure ? À quarante pas de lui, une lourde voiture de voyage attelée de quatre chevaux venait à sa rencontre sur la grande route herbeuse. Par peur des ornières, les limoniers se pressaient contre le timon, mais l'adroit postillon, perché de guingois sur son siège, s'entendait fort bien à cartayer.

Tout à ce détail qui le frappa, Levine n'accorda qu'un regard distrait à la voiture et à ses occupants. Une vieille dame sommeillait dans un coin tandis qu'à la portière une jeune fille, qui venait sans doute de se réveiller, considérait les lueurs de l'aurore en retenant à deux mains les rubans de sa coiffure de nuit. Calme et pensive, Levine la devina animée d'une vie intérieure exquise, intense, bien éloignée de ses propres préoccupations. Au moment où la vision allait disparaître, deux yeux limpides s'arrêtèrent sur lui. Elle le reconnut et une joie étonnée illumina ce visage serein.

Il ne pouvait s'y tromper : ces yeux étaient uniques au monde, et une seule créature personnifiait pour lui la joie de vivre, justifiait l'existence de l'univers. C'était elle. C'était Kitty. Il comprit qu'elle se rendait de la station de chemin de fer à Iergouchovo. Aussitôt les résolutions qu'il venait de prendre, les agitations de sa nuit d'insomnie, tout s'évanouit. L'idée d'épouser une paysanne lui fit horreur. Là, dans cette voiture qui s'éloignait rapidement, était la réponse à la question qui depuis quelque temps se posait à lui avec tant d'âpreté : à quelle fin avait-il été créé et mis au monde ?

Elle ne se montra plus. Le bruit des ressorts cessa de se faire entendre ; à peine le son des grelots venait-il jusqu'à lui. Aux aboiements des chiens il reconnut que la voiture traversait le village. Et il demeura seul au milieu des champs déserts, étranger à tout, arpentant à grands pas la route abandonnée.

Il leva les yeux, espérant retrouver la charmante coquille qui lui avait paru symboliser ses rêves de la nuit. Il n'en retrouva plus trace. Elle s'était mystérieusement transformée en un vaste tapis de nuages moutonnants qui se déroulait sur une bonne moitié du firmament. À son regard interrogateur le ciel, qui se faisait d'un bleu tendre, opposait toujours un mutisme hautain.

« Non, se dit Levine, si belle que soit cette vie simple et laborieuse, je ne saurais m'y adonner. C'est "elle" que j'aime. »

XIII

PERSONNE, hormis les familiers d'Alexis Alexandrovitch, ne soupçonnait que cet homme froid et raisonnable montrait parfois une faiblesse qui ne cadrait guère avec les traits dominants de son caractère : il ne pouvait voir pleurer un enfant ou une femme sans perdre son sang-froid et jusqu'à l'usage de ses facultés. Son chef de cabinet et son secrétaire le savaient si bien qu'ils prévenaient les solliciteuses d'avoir à retenir leurs larmes. « Autrement, disaient-ils, vous compromettrez votre cause ; il se fâchera et ne vous écoutera plus. » Effectivement le trouble que les pleurs causaient à Alexis Alexandrovitch se traduisait par un sursaut de colère. « Je ne peux rien pour vous, veuillez sortir ! » criait-il d'ordinaire en pareil cas.

Lorsque, en revenant des courses, Anna lui eut avoué sa liaison avec Vronski et que, se couvrant aussitôt le visage de ses mains, elle eut éclaté en sanglots, Alexis Alexandrovitch, en dépit du courroux provoqué par cette révélation, se sentit prêt à céder au fâcheux émoi qu'il ne connaissait que trop. Redoutant de manifester ses sentiments sous une forme incompatible avec la situation, il tâcha de s'interdire jusqu'à l'apparence de la vie. Immobile, le regard fixe, son visage prit cette expression de rigidité cadavérique qui avait tant frappé Anna.

Il lui fallut faire un grand effort sur lui-même pour aider sa femme à descendre de voiture, pour lui dire les quelques mots qui ne l'engageaient à rien, pour la quitter enfin avec les dehors de politesse habituels.

L'aveu brutal d'Anna avait, en confirmant ses pires soupçons, blessé au cœur Alexis Alexandrovitch et la pitié toute physique provoquée en lui par les larmes de la malheureuse avait encore aggravé ce malaise. Cependant, quand il se retrouva seul dans la voiture, il se sentit avec une satisfaction mêlée de surprise débarrassé et de ses doutes et de sa jalousie et de sa pitié. Il éprouvait la même sensation qu'un homme auquel on vient d'arracher une dent qui le faisait depuis longtemps souffrir: le choc est terrible, le patient s'imagine qu'on lui enlève de la mâchoire un corps énorme, plus gros que la tête, mais il constate aussitôt, sans trop croire encore à son bonheur, la disparition de cette abominable chose qui a si longtemps empoisonné son existence: il peut de nouveau vivre, penser, s'intéresser à autre chose qu'à son mal. Alexis Alexandrovitch en était là: après un coup effrayant, inattendu, il n'éprouvait plus aucune douleur, il se sentait dorénavant capable de vivre, d'avoir d'autres pensées que celle de sa femme.

« C'est une femme perdue, sans cœur, sans honneur, sans religion! Je l'ai toujours senti et c'est par pitié pour elle que je cherchais à me faire illusion », se disait-il, croyant sincèrement avoir été perspicace. Il se remémorait divers détails du passé, qu'il avait crus innocents et qui maintenant lui paraissaient des preuves certaines de la corruption d'Anna. « J'ai commis une erreur en liant ma vie à la sienne, mais mon erreur n'a rien eu de coupable, par conséquent je ne dois pas être malheureux. La coupable, c'est elle, mais ce qui la touche ne me concerne point, elle n'existe plus pour moi... »

Peu lui importait dorénavant ce qu'il adviendrait d'elle ainsi que de son fils pour lequel ses sentiments subissaient le même changement. Il ne songeait plus qu'à secouer de la façon la plus correcte, la plus convenable et par conséquent la plus juste, la boue dont la chute de cette femme l'éclaboussait, et cela sans que sa vie, toute d'honneur et de désintéressement, en fût le moins du monde entravée.

« Parce qu'une femme méprisable a commis une faute, est-ce une raison suffisante pour me rendre malheureux? Non, mais il me faut trouver la meilleure issue possible à la pénible situation dans laquelle je me trouve de son fait. Et cette issue, je la trouverai. Je ne suis ni le premier, ni le dernier », se disait-il en se renfrognant de plus en plus. Et sans parler des exemples historiques, dont la *Belle Hélène* venait de rafraîchir le plus ancien en date dans toutes les mémoires, Alexis Alexandrovitch se remémora certaines infidélités conjugales dont avaient été victimes des hommes de son monde: «Darialov, Poltavski, le prince Karibanov, le comte Paskoudine, Dram... oui, l'honnête et excellent Dram... Sémionov, Tchaguine, Sigonine... Mettons qu'on jette sur eux un *ridicule* injuste; pour ma part je n'ai jamais vu que leur malheur et je les ai toujours plaints.»

Rien n'était plus faux: jamais Alexis Alexandrovitch n'avait songé à s'apitoyer sur pareilles infortunes et le nombre des maris trompés l'avait toujours grandi dans sa propre estime.

«Eh bien, ce qui a frappé tant d'autres me frappe à mon tour. L'essentiel est de savoir tenir tête à la situation.»

Et il se rappela les diverses façons dont tous ces hommes s'étaient comportés.

«Darialov s'est battu en duel...»

La pensée du duel avait souvent dans sa jeunesse préoccupé Alexis Alexandrovitch. Il se savait d'un tempérament craintif: l'idée d'un pistolet braqué sur lui le bouleversait et jamais il ne s'était servi d'aucune arme. Cette horreur instinctive lui avait inspiré bien des réflexions: que ferait-il le jour où l'obligation de risquer sa vie s'imposerait à lui? Plus tard, quand sa position fut solidement assise, il n'avait plus guère songé à ces choses. Mais ce jour-là son tempérament craintif reprit le dessus: tout en sachant fort bien qu'il n'irait point sur le terrain, la force de l'habitude le contraignit à examiner sous toutes ses faces l'éventualité d'un duel.

«Que ne sommes-nous en Angleterre! Avec des mœurs aussi barbares que les nôtres, un duel aurait sans aucun doute l'approbation de bien des gens. (Et parmi ces gens figuraient la plupart de ceux dont l'opinion lui importait.) Mais à quoi cela mènerait-il? Admettons que je le provoque. (Ici se représenta vivement la nuit qu'il passerait après la provocation et le pistolet dirigé sur lui; au frisson qui le saisit, il comprit que jamais il ne se résoudrait à pareil acte.) Admettons que je le provoque, que j'apprenne à tirer, que je sois là devant lui, que je presse la détente (il ferma les yeux), que je le tue (il secoua la tête pour chasser ces idées absurdes). Qu'ai-je besoin de tuer un homme pour savoir quelle conduite tenir envers une femme coupable et son fils?

Ce serait absurde, voyons ! Et si, éventualité beaucoup plus vraisemblable, le blessé ou le tué, c'est moi ? moi qui n'ai rien à me reprocher et qui deviendrais la victime ? Ne serait-ce pas encore plus stupide ? D'ailleurs en le provoquant agirais-je vraiment en galant homme ? Ne suis-je pas sûr d'avance que mes amis interviendront, ne laisseront jamais exposer la vie d'un homme utile à la Russie ? J'aurais tout bonnement l'air de jouer les matamores, de vouloir acquérir une vaine gloire à bon compte. Non, ce serait tromper les autres et moi-même. Renonçons à ce duel absurde, que personne d'ailleurs n'attend de moi. Mon seul but doit être de garder ma réputation intacte, de ne souffrir aucune entrave à ma carrière. »

Plus que jamais la carrière prenait aux yeux d'Alexis Alexandrovitch une importance considérable. Le duel écarté, restait le divorce, solution qu'adoptaient le plus souvent les gens de son monde en semblable occurrence. Mais il eut beau repasser dans sa mémoire les nombreux cas qui lui étaient connus, aucun d'eux ne lui parut répondre au but qu'il se proposait. Toujours en effet le mari avait cédé ou vendu sa femme ; et bien qu'elle n'eût aucun droit à un second mariage, la coupable n'en contractait pas moins avec un pseudo-mari une pseudo-union arbitrairement légalisée. Quant au divorce légal, celui qui aurait eu pour sanction le châtiment de l'infidèle, Alexis Alexandrovitch sentait qu'il ne pouvait y recourir. Les conditions complexes de son existence ne permettaient guère de fournir les preuves brutales exigées par la loi ; la tradition de la bonne compagnie lui interdisait d'ailleurs d'en faire usage sous peine de tomber plus bas que la coupable dans l'opinion publique. Un procès scandaleux réjouirait trop ses ennemis ; ils en profiteraient pour le calomnier, pour ébranler sa haute situation officielle. Bref, tout comme la première, cette solution l'empêchait d'atteindre son but, qui était de sortir de la crise avec le moins de trouble possible. Du reste une instance en divorce jetterait définitivement sa femme dans les bras de Vronski. Or, malgré la hautaine indifférence qu'Alexis Alexandrovitch croyait éprouver pour Anna, un sentiment très vif lui restait au fond de l'âme : l'horreur de tout ce qui tendrait à la rapprocher de son amant, rendre sa faute profitable. Cette pensée faillit lui arracher un cri de douleur ; il se leva dans sa voiture, changea de place, et le visage de plus en plus sombre, enveloppa longuement de son plaid ses maigres jambes frileuses. Une fois calmé, il reprit le cours de ses méditations.

« Je pourrais peut-être suivre l'exemple de Karibanov, de Paskoudine, de ce bon Dram, et me contenter d'une simple séparation. » Mais il vit aussitôt que cette mesure présentait les mêmes inconvénients qu'un divorce formel et jetait tout aussi bien sa femme dans les bras de Vronski. « Non, c'est impossible », décida-t-il à voix haute, et il se remit à tirailler son plaid. « L'important est que je ne souffre pas et que ni lui ni elle ne soient heureux. »

Tout en le délivrant des affres de la jalousie, l'aveu d'Anna avait fait naître au fond de son cœur un sentiment qu'il n'osait s'avouer, à savoir le désir de la voir expier par la souffrance l'atteinte qu'elle avait portée à son repos et à son honneur.

Une fois encore Alexis Alexandrovitch pesa le pour et le contre des trois solutions qu'il venait d'envisager. Après les avoir rejetées définitivement, il se convainquit que le seul moyen de sortir de cette impasse était, tout en cachant son malheur au monde, de garder sa femme et d'employer tous les moyens imaginables pour que la liaison fût rompue et — ce qu'il ne s'avouait pas — pour que la coupable expiât sa faute. « Je dois lui déclarer qu'après avoir étudié toutes les solutions possibles à la pénible situation dans laquelle nous nous trouvons de son fait, j'estime le *statu quo* apparent préférable pour nous deux et que je consens à la conserver à la condition expresse qu'elle cessera toute relation avec son amant. »

Cette résolution prise, Alexis Alexandrovitch s'avisa d'un argument qui la sanctionnait dans son esprit. « De cette façon et seulement de cette façon j'agis conformément aux préceptes de notre religion : je ne repousse pas la femme adultère, je lui donne le moyen de s'amender, et même, si pénible que ce soit pour moi, je consacre une partie de mon temps, de mes forces, à sa réhabilitation. »

Alexis Alexandrovitch savait fort bien qu'il ne pourrait avoir sur sa femme aucune influence, que toute tentative en ce sens serait purement illusoire ; pas un instant, au cours de ces minutes douloureuses, il n'avait songé à chercher un point d'appui dans la religion ; mais sitôt qu'il crut celle-ci d'accord avec la détermination qu'il venait de prendre, cette sanction lui devint un apaisement. Il se sentit soulagé en songeant que personne ne pourrait lui reprocher d'avoir dans une crise aussi grave de sa vie, agi contrairement à la doctrine de cette religion dont il avait toujours porté si haut le drapeau au milieu de l'indifférence générale. En y réfléchissant, il finit même par se dire qu'en définitive ses rapports avec Anna resteraient, à peu de chose près, ce qu'ils avaient été dans les derniers mois. Sans doute il ne pouvait plus estimer cette femme vicieuse, adultère ; mais souffrir à cause d'elle, bouleverser sa vie, allons donc !

« Laissons faire le temps, conclut-il ; le temps arrange tout ; un jour viendra peut-être où ces rapports se rétabliront comme par le passé, où ma vie reprendra son cours normal. Il faut qu'elle soit malheureuse ; mais moi qui ne suis pas coupable, je ne dois pas souffrir. »

XIV

QUAND la voiture approcha de Saint-Pétersbourg, la décision d'Alexis Alexandrovitch était si bien prise qu'il avait déjà composé mentalement la lettre par laquelle il la communiquerait à sa femme. Il jeta en rentrant un coup d'œil sur les papiers du ministère déposés chez le suisse et les fit porter dans son cabinet.

— Qu'on dételle et qu'on ne reçoive per-son-ne, répondit-il à une question du suisse, en appuyant sur le dernier mot avec une sorte de satisfaction, signe évident d'une meilleure disposition d'esprit.

Une fois dans son cabinet, il arpenta deux fois la pièce de long en large pour s'arrêter enfin devant son grand bureau, sur lequel le valet de chambre venait d'allumer six bougies. Il fit craquer ses doigts, s'assit, prit une plume et du papier puis, la tête penchée, un coude sur la table, il se mit à écrire après une minute de réflexion. Il ne mit aucun en-tête à sa lettre et l'écrivit en français, employant le pronom « vous », qui n'a pas dans cette langue un caractère de froideur aussi marqué que dans la nôtre.

« Je vous ai exprimé en vous quittant l'intention de vous communiquer ma résolution relativement au sujet de notre entretien. Après y avoir mûrement réfléchi, je viens remplir cette promesse. Voici ma décision : quelle que soit votre conduite, je ne me reconnais pas le droit de rompre des liens qu'une puissance suprême a consacrés. La famille ne saurait être à la merci d'un caprice, d'un acte arbitraire, voire du crime d'un des époux. Notre vie doit donc suivre son cours, cela aussi bien dans votre intérêt que dans le mien et dans celui de votre fils. Je suis fermement convaincu que vous vous repentez d'avoir commis l'acte qui m'oblige à vous écrire, que vous m'aiderez à détruire dans sa racine la cause de notre dissentiment et à oublier le passé. Dans le cas contraire, vous imaginez sans peine ce qui vous attend, vous et votre fils. J'espère vous exposer tout cela en détail lors de notre prochaine rencontre. Comme la saison d'été touche à sa fin, vous m'obligeriez en rentrant en ville le plus tôt possible, mardi au plus tard. Toutes les mesures seront prises pour le déménagement. Veuillez noter que j'attache une importance particulière à ce que vous fassiez droit à ma demande.

A. Karénine.

« *P. S.* — Je joins à cette lettre l'argent dont vous pourriez avoir besoin en ce moment. »

Il relut sa lettre et s'en montra satisfait ; l'idée d'envoyer de l'argent lui parut particulièrement heureuse ; pas un mot dur, pas un reproche, mais aussi pas de faiblesse. L'essentiel était atteint ; il lui faisait un pont d'or pour revenir sur ses pas. Il plia la lettre, passa dessus un grand couteau à papier en ivoire massif, la mit sous enveloppe avec l'argent et sonna en s'abandonnant à la sensation de bien-être qu'il éprouvait toujours après avoir fait usage d'une garniture de bureau si parfaitement ordonnée.

— Qu'on remette cette lettre au courrier et qu'il la porte demain à Anna Arcadiévna.

— Aux ordres de Votre Excellence. Faudra-t-il apporter le thé ici ?

— Oui.

Alexis Alexandrovitch, tout en jouant avec son coupe-papier, s'approcha du fauteuil près duquel un guéridon portait la lampe et un ouvrage français sur les Tables eugubines, sa lecture du moment. Le portrait d'Anna, œuvre remarquable d'un peintre célèbre, était suspendu dans un cadre ovale au-dessus de ce fauteuil. Alexis Alexandrovitch lui jeta un regard : deux yeux impénétrables le lui rendirent avec cette ironique insolence qui l'avait tant blessé le soir de la fameuse explication. Tout dans ce beau portrait lui parut une odieuse provocation, depuis la dentelle qui encadrait la tête et les cheveux noirs jusqu'à l'admirable main blanche à l'annulaire chargé de bagues. Quand il l'eut considéré quelques instants, il frissonna de tout le corps et ses lèvres laissèrent échapper un « brr » de dégoût. Il se détourna, se laissa tomber dans le fauteuil et ouvrit son livre ; il essaya de lire, mais ne put retrouver l'intérêt très vif que lui avaient jusqu'alors inspiré les Tables eugubines. Ses yeux regardaient les pages, ses pensées étaient ailleurs. Ce n'était plus sa femme qui l'occupait, mais une grave complication récemment survenue dans une affaire importante qui constituait pour le moment le principal intérêt de sa carrière. Il se sentait plus que jamais maître de la question et venait même d'avoir à ce sujet une idée de génie — pourquoi se le dissimuler ? — qui lui permettrait d'en résoudre toutes les difficultés, d'abaisser ses ennemis, de gravir un nouvel échelon de sa carrière, de rendre un service signalé au pays.

Dès que le domestique qui apporta le thé eut quitté la pièce, Alexis Alexandrovitch se leva et s'installa de nouveau à son bureau. Il attira à lui le portefeuille qui contenait les affaires courantes, saisit un crayon et avec un imperceptible sourire de satisfaction, s'absorba dans la lecture des documents relatifs à la difficulté qui le préoccupait. Voici comment elle se présentait. Comme tout fonctionnaire de mérite, Alexis Alexandrovitch possédait un trait caractéristique ; ce trait, qui avait contribué à son élévation au moins autant que son ambition constante, sa probité, son aplomb et sa maîtrise de soi-même, consistait en un mépris absolu de la paperasserie officielle : il prenait, pour ainsi dire, les affaires corps à corps et les expédiait rapidement, économiquement, en supprimant les écritures inutiles. Or il arriva que le fameux Comité du 2 juin eut à s'occuper d'une affaire qui dépendait des bureaux d'Alexis Alexandrovitch et offrait un exemple frappant des médiocres résultats obtenus par les dépenses et les correspondances officielles. Cette affaire — l'irrigation des terres arables de la province de Zaraïsk — avait eu pour promoteur le prédécesseur du prédécesseur d'Alexis Alexandrovitch. Beaucoup d'argent y avait été investi en pure perte. Karénine s'en rendit compte dès son entrée au ministère et voulut arrêter les frais, mais il s'aperçut qu'il allait froisser beaucoup d'intérêts et craignit d'agir sans discernement, car il n'avait pas encore toutes ses coudées franches ; plus tard, au milieu de tant d'affaires, il oublia celle-là, qui continua d'aller son train, par la simple force d'inertie. (Beaucoup de personnes continuaient à en vivre, entre autres une famille fort honorable et bien douée pour la musique ; toutes les filles jouaient d'un instrument à cordes ; Alexis Alexandrovitch avait même été témoin au mariage de l'une d'elles.) Cependant une administration rivale ayant soulevé ce lièvre, Karénine s'en montra fort indigné : des affaires de ce genre traînaient dans tous les ministères, sans que jamais personne songeât à y aller voir ; entre collègues pareil procédé manquait de délicatesse. Puisqu'on lui avait jeté le gant, il l'avait hardiment relevé en demandant la nomination d'une commission extraordinaire qui réviserait les travaux de la commission d'irrigation de la province de Zaraïsk. Et il rendit aussitôt à ces messieurs la monnaie de leur pièce en appuyant avec la dernière énergie auprès dudit Comité une motion tendant à contrôler l'activité de la commission des allogènes : à l'en croire, ces braves gens se trouvaient dans une situation lamentable, et il réclama la nomination immédiate d'une commission non moins extraordinaire. Il s'ensuivit une altercation au sein du Comité. Le représentant du ministère hostile à Alexis Alexandrovitch objecta que la situation des allogènes était florissante : la mesure projetée ne pourrait que leur nuire, et si quelque chose clochait, il fallait s'en prendre à la négligence avec laquelle le ministère d'Alexis Alexandrovitch faisait observer les lois.

Les choses en étaient restées là. Mais Karénine comptait maintenant :

1° exiger l'envoi sur place d'une commission d'étude ;

2° au cas où la situation des allogènes serait telle que la dépeignaient les documents officiels dont disposait le Comité, charger une commission savante de rechercher les causes de ce triste état de choses au point de vue : *a*) politique ; *b*) administratif ; *c*) économique ; *d*) ethnographique ; *e*) matériel ; *f*) religieux ;

3° sommer le ministère hostile de fournir *a*) des renseignements exacts sur les mesures qu'il avait prises au cours des dix dernières années pour conjurer les maux dont se plaignaient maintenant les allogènes ; *b*) des éclaircissements sur le fait d'avoir agi en contradiction absolue avec l'article 18 et la note à l'article 36 du tome 123 des lois fondamentales de l'Empire, ainsi que le prouvaient, parmi les pièces soumises au Comité, deux documents portant les nos 17015 et 18398 et datés respectivement du 5 décembre 1863 et du 7 juin 1864.

Tandis qu'Alexis Alexandrovitch couchait ses idées par écrit, son visage se colorait d'une vive rougeur. Quand il eut couvert toute une page de son écriture, il se leva, sonna et fit porter un mot à son chef de cabinet pour lui demander quelques renseignements supplémentaires. En passant devant le portrait il ne put se retenir d'y jeter un nouveau coup d'œil, non sans une moue de mépris. Il se replongea enfin dans sa lecture et étudia cette fois les Tables eugubines avec le même intérêt qu'il y avait pris jusqu'alors. À onze heures précises, il passa dans sa chambre à coucher et lorsque, avant de s'endormir, il se rappela la fâcheuse conduite de sa femme, il ne vit plus les choses sous un aspect aussi lugubre qu'auparavant.

XV

Anna avait obstinément refusé de se rendre aux raisons de Vronski ; cependant, au fond du cœur, elle sentait tout comme lui la fausseté de sa situation et ne désirait rien tant que d'en sortir. Aussi, quand sous l'empire de l'émotion l'aveu fatal lui eut échappé, elle éprouva malgré tout un certain soulagement. Demeurée seule, elle allait se répétant que, Dieu merci, toute équivoque prenait fin : plus besoin désormais de tromper, de mentir. Et elle voyait là une compensation au mal que son aveu avait fait à son mari et à elle-même. Pourtant, à l'heure du rendez-vous, elle n'eut garde de prévenir Vronski, comme elle aurait dû le faire pour que la situation fût vraiment nette.

Le lendemain matin, dès son réveil, les paroles qu'elle avait dites à son mari lui étant revenues à la mémoire, la brutalité lui en parut si monstrueuse qu'elle ne put concevoir comment elle avait eu le courage de les prononcer. Impossible maintenant de les reprendre. Qu'allait-il en résulter ? Alexis Alexandrovitch était parti sans faire connaître sa décision.

« J'ai revu Vronski et me suis tue. Au moment où il s'en allait, j'ai voulu tout lui dire, mais j'y ai renoncé parce qu'il eût sans doute trouvé étrange que je ne me sois point expliquée dès l'abord. Pourquoi, voulant parler, ai-je néanmoins gardé le silence ? »

En réponse à cette question, une rougeur brûlante lui couvrit le visage. Elle comprit que ce qui l'avait retenue, c'était la honte. Et cette situation, que la veille au soir elle croyait éclaircie, lui parut plus inextricable que jamais. Elle eut pour la première fois l'appréhension du déshonneur, et s'affola en réfléchissant aux différents partis que pourrait prendre son mari : le régisseur allait venir pour la chasser de la maison ; sa faute serait proclamée à l'univers entier ; où trouverait-elle refuge ? elle n'en savait trop rien.

Songeait-elle à Vronski, elle s'imaginait qu'il ne l'aimait point, qu'il commençait à se lasser ; comment irait-elle s'imposer à lui ? Et un sentiment d'amertume s'élevait dans son âme contre lui. Les aveux qu'elle avait faits à son mari la poursuivaient ; elle croyait les avoir prononcés devant tout le monde et avoir été entendue de tous. Oserait-elle maintenant regarder en face ceux avec lesquels elle vivait ? Elle ne pouvait se résoudre à sonner sa femme de chambre, encore moins à descendre déjeuner avec son fils et la gouvernante.

La femme de chambre, qui était venue plus d'une fois

écouter à la porte, se décida à entrer. Anna prit peur, rougit, l'interrogea du regard. La camériste s'excusa : elle avait cru entendre la sonnette. Elle apportait une robe et un billet. Ce billet était de Betsy. « N'oubliez pas, écrivait celle-ci, que Lise Merkalov et la baronne Stolz se réunissent tantôt chez moi avec leurs soupirants : Kaloujski et le vieux Strémov, pour faire une partie de croquet. Croyez-moi, venez ; l'étude de mœurs en vaut la peine. »

Anna parcourut le billet et poussa un profond soupir.

— Je n'ai besoin de rien, dit-elle à Annouchka qui rangeait les flacons de la table de toilette. Tu peux te retirer. Je vais m'habiller et je descendrai bientôt. Je n'ai besoin de rien, de rien...

Annouchka sortit, mais Anna ne s'habilla pas. La tête baissée et les bras pendants, elle frissonnait, esquissait un geste, voulait parler mais retombait dans le même engourdissement. « Mon Dieu, mon Dieu ! » répétait-elle machinalement sans attacher le moindre sens à cette exclamation. Elle croyait certes fermement à la vérité de la religion dans laquelle on l'avait élevée, mais ne songeait pas plus à en implorer les secours qu'à chercher refuge auprès d'Alexis Alexandrovitch. Ne savait-elle pas d'avance que cette religion lui faisait d'abord un devoir de renoncer à ce qui constituait son unique raison de vivre ? Sa torture morale s'aggravait d'un sentiment nouveau, qu'elle voyait avec épouvante s'emparer de sa conscience : elle sentait double, comme parfois des yeux fatigués voient double, et ne savait plus par instants ni ce qu'elle craignait ni ce qu'elle désirait : était-ce le passé ou l'avenir ? et que désirait-elle au juste ?

« Ah ! çà, mais que fais-je donc ? » s'exclama-t-elle en éprouvant soudain une vive douleur aux tempes ; elle s'aperçut alors qu'elle tenait ses cheveux à deux mains et les tirait des deux côtés de la tête. Elle sauta du lit et se mit à marcher.

— Le café est servi et Mademoiselle attend avec Serge, dit Annouchka en rentrant dans la chambre.

— Serge ? Que fait Serge ? s'enquit Anna, s'animant à la pensée de son fils dont, pour la première fois ce matin-là, elle se rappelait soudain l'existence.

— Des bêtises, je crois, répondit Annouchka en souriant.

— Des bêtises ?

— Oui, il a pris une des pêches qui se trouvaient dans le petit salon et il l'a mangée en cachette, à ce qu'il paraît.

Le souvenir de son enfant fit sortir Anna de l'impasse morale où elle se débattait. Le rôle, mi-sincère, mi-factice, qu'elle avait assumé depuis quelques années, celui d'une mère entièrement consacrée à son fils, lui revint à la mémoire, et elle sentit avec bonheur qu'après tout il lui restait un point d'appui en dehors de son mari et de Vronski. Quelque situation qui lui fût imposée, elle n'abandonnerait point le petit Serge. Son mari pouvait la chasser, la couvrir de honte, Vronski s'éloigner d'elle et reprendre sa vie indépendante (ce à quoi elle ne songea point sans un nouvel accès d'amertume), mais elle ne saurait sacrifier son enfant. Elle avait donc un but dans la vie. Il fallait agir, agir à tout prix, sauvegarder sa position par rapport à son fils, l'emmener avant qu'on ne le lui enlevât... Oui, oui, il fallait partir avec lui, partir au plus tôt, et pour cela se calmer, se délivrer de cette angoisse qui la torturait... Et la pensée d'une action ayant son fils pour but, d'un départ avec lui n'importe où, l'apaisait déjà.

Elle s'habilla en hâte, descendit et pénétra d'un pas ferme dans le salon où comme d'habitude l'attendaient pour déjeuner Serge et sa gouvernante. Debout près d'un trumeau, Serge, tout de blanc vêtu, le dos voûté et la tête baissée, triait des fleurs avec une attention concentrée ; dans ces moments-là, assez fréquents chez lui, il ressemblait à son père. Dès qu'il aperçut Anna, il poussa un de ces cris perçants dont il était coutumier : « Ah ! maman ! » Puis il s'arrêta indécis, ne sachant trop s'il jetterait les fleurs pour courir à sa mère ou s'il achèverait son bouquet pour les lui offrir.

La gouvernante avait un air sévère. Après un échange de politesses, elle entama le récit, long et circonstancié, du méfait de Serge. Anna ne l'écoutait point ; elle se demandait s'il faudrait aussi emmener cette femme. « Non, je la laisserai, décida-t-elle ; je partirai seule avec mon fils. »

— Oui, c'est très mal, dit-elle enfin, et prenant Serge par l'épaule elle posa sur lui un regard anxieux, qui troubla le petit tout en le rassurant. Laissez-le-moi, dit-elle à la gouvernante étonnée, et sans quitter le bras de l'enfant, elle s'assit à la table où le café était servi.

— Maman, je... je... ne... balbutiait Serge, en cherchant à lire sur le visage de sa mère ce que lui vaudrait l'histoire de la pêche.

— Serge, dit Anna aussitôt que la gouvernante se fut retirée, c'est mal, mais tu ne le feras plus, n'est-ce pas ?... Tu m'aimes ?

Un attendrissement la gagnait. « Puis-je ne pas l'aimer, pensait-elle, en scrutant le regard heureux et ému de l'enfant. Se peut-il qu'il se joigne à son père pour me punir ? Se peut-il qu'il n'ait pas pitié de moi ? » Des larmes coulaient le long de ses joues ; pour les cacher elle se leva brusquement et se réfugia presque en courant sur la terrasse.

Aux pluies orageuses des derniers jours avait succédé un temps clair, mais froid en dépit du soleil dont les rayons filtraient à travers le feuillage délavé. L'air frais aggrava le malaise d'Anna ; elle frissonna.

— Va retrouver Mariette, dit-elle à Serge qui l'avait suivie, et elle se mit à marcher sur les nattes qui recouvraient le sol de la terrasse. « Se peut-il vraiment, songeait-elle, qu'on ne me pardonne pas, qu'on se refuse à comprendre qu'il n'en pouvait être autrement ? »

Elle s'arrêta, contempla un moment les cimes des trembles, dont les feuilles encore humides luisaient au soleil et comprit soudain qu'on ne lui pardonnerait point, que le monde entier serait sans pitié pour elle comme ce ciel et cette verdure. De nouveau elle se sentit en proie aux hésitations, au dédoublement intérieur. « Allons, se dit-elle, il ne faut pas penser... Il faut fuir... Mais où ? quand ? avec qui ?... À Moscou, par le train du soir... J'emmènerai Serge et Annouchka et ne prendrai que le strict nécessaire... Mais il me faut d'abord leur écrire à tous les deux... »

Et rentrant vivement dans son boudoir, elle s'assit à son bureau pour écrire à son mari.

« Après ce qui s'est passé, je ne puis vivre chez vous. Je pars et j'emmène mon fils. Ne connaissant pas la loi, j'ignore avec qui il doit rester, mais je l'emmène parce que je ne puis vivre sans lui. Soyez généreux, laissez-le-moi. »

Jusque-là elle avait écrit d'une plume rapide et d'un

ton naturel, mais cet appel à une générosité qu'elle ne reconnaissait pas à Alexis Alexandrovitch et la nécessité de terminer par quelques paroles touchantes l'arrêtèrent.

« Je ne puis parler de ma faute et de mon repentir, parce que... »

Elle s'arrêta encore car elle ne trouvait pas de mots pour exprimer sa pensée. « Non, se dit-elle, il ne faut rien de tout cela. » Et, déchirant sa lettre, elle en écrivit une autre d'où elle exclut tout appel à la générosité de son mari.

La seconde lettre devait être pour Vronski. « J'ai tout avoué à mon mari », commença-t-elle, mais elle demeura longtemps sans pouvoir continuer : c'était si brutal, si peu féminin !

« D'ailleurs, que puis-je lui écrire ? » Une fois de plus elle rougit encore de honte, et se rappelant avec une certaine aigreur la placidité du jeune homme, elle déchira son billet en mille morceaux. « Mieux vaut se taire », décida-t-elle en fermant son buvard. Elle monta annoncer à la gouvernante et aux domestiques qu'elle partait le soir même pour Moscou et commença sans plus tarder ses préparatifs de voyage.

XVI

Les domestiques, le concierge et jusqu'aux jardiniers avaient envahi toutes les pièces ; les commodes et les armoires étaient grandes ouvertes ; des journaux jonchaient le plancher ; on avait couru par deux fois acheter des cordes. Deux malles, des valises, un paquet de plaids encombraient l'antichambre. La voiture et deux fiacres attendaient devant le perron. Debout devant la table de son boudoir, Anna, un peu calmée par la fièvre des préparatifs, rangeait elle-même son sac de voyage quand Annouchka attira son attention sur un bruit de voiture tout proche. Elle regarda par la fenêtre et aperçut le courrier d'Alexis Alexandrovitch qui sonnait à la porte d'entrée.

— Va voir ce que c'est, dit-elle et, croisant ses bras sur ses genoux, elle s'assit résignée dans un fauteuil.

Un domestique apporta un grand paquet dont l'adresse était de la main d'Alexis Alexandrovitch.

— Le courrier a l'ordre d'attendre une réponse, dit-il.

— C'est bien, répondit-elle et, dès que le valet se fut éloigné, elle déchira d'une main tremblante l'enveloppe, d'où s'échappa une liasse de billets de banque. Elle trouva enfin la lettre et alla tout droit à la fin. « Toutes les mesures seront prises pour le déménagement. Veuillez noter que j'attache une importance particulière à ce que vous fassiez droit à ma demande. » Elle parcourut ensuite la lettre, la lut enfin tout entière d'un bout à l'autre. Elle se prit alors à frissonner, se sentit écrasée par un malheur terrible, imprévu.

Le matin même, elle regrettait son aveu et aurait voulu reprendre ses paroles ; voici qu'une lettre les considérait comme non avenues, lui donnait ce qu'elle avait désiré, et ces quelques lignes lui paraissaient dépasser ses plus noires prévisions.

« Il a raison ! murmura-t-elle. Comment n'aurait-il pas toujours raison, n'est-il pas chrétien et magnanime ? Oh ! que cet homme est vil et méprisable ! Et dire que personne ne le comprend et ne le comprendra que moi, qui suis impuissante à m'exprimer. Ils vantent sa piété, sa probité, son intelligence, mais ils ne voient pas ce que j'ai vu ; ils ignorent que pendant huit ans il a étouffé tout ce qui palpitait en moi, sans jamais s'apercevoir que j'étais une créature vivante et que j'avais besoin d'amour ; ils ignorent qu'il me blessait à chaque pas, et n'en restait que plus satisfait de lui-même. N'ai-je pas cherché de toutes mes forces à donner un but à mon existence ? N'ai-je pas fait mon possible pour l'aimer, et quand je n'ai pu y réussir, n'ai-je pas reporté mon amour sur mon fils ? Mais un temps est venu où j'ai compris que je ne pouvais plus me faire d'illusions, que j'étais un être de chair et d'os. Est-ce ma faute si Dieu m'a faite ainsi, si j'ai besoin d'aimer et de vivre ?... Et maintenant ? s'il me tuait, s'il tuait l'autre, je pourrais comprendre, pardonner ; mais non, il... Comment n'ai-je pas deviné ce qu'il ferait ? Une nature basse comme la sienne ne pouvait agir autrement. Il devait défendre ses droits, et moi, malheureuse, me perdre plus encore. « Vous imaginez sans peine ce qui vous attend, vous et votre fils. » C'est évidemment une menace de m'enlever mon fils, leurs absurdes lois l'y autorisent sans doute. Mais ne vois-je pas pourquoi il me dit cela ? Il ne croit pas à mon amour pour mon fils, il méprise ce sentiment dont il s'est toujours raillé ; mais il sait que je ne l'abandonnerai pas, parce que sans mon fils la vie ne me serait pas supportable même avec celui que j'aime, et que si je l'abandonnais, je tomberais au rang des femmes les plus viles ; il sait tout cela, il sait que jamais je n'aurai la force d'agir ainsi... « Notre vie doit rester la même », affirme-t-il. Mais cette vie a toujours été un tourment et dans les derniers temps, c'était pis. Que serait-ce donc maintenant ? Il le sait bien, il sait que je ne puis me repentir de respirer, d'aimer ; il sait que de tout ce qu'il exige il ne peut résulter que fausseté et mensonge, mais il lui faut à tout prix prolonger ma torture. Je le connais, je sais qu'il nage dans le mensonge comme un poisson dans l'eau... Eh bien, non, je ne lui donnerai pas cette joie ; je romprai ce tissu d'hypocrisie dans lequel il prétend m'envelopper. Advienne que pourra, tout vaut mieux que tromper et mentir !... Mais comment m'y prendre ? Mon Dieu, mon Dieu, y a-t-il jamais eu une femme aussi malheureuse que moi ?...

— Eh bien, oui, je vais le rompre, s'écria-t-elle en s'approchant de son bureau pour écrire une autre lettre à son mari ; mais, au fond de l'âme, elle sentait bien qu'elle ne romprait rien du tout : si fausse que fût sa situation, elle n'aurait point le courage d'en sortir.

Assise devant son bureau, elle appuya, au lieu d'écrire, sa tête sur ses bras et se prit à pleurer comme pleurent les enfants, avec des sanglots qui lui soulevaient la poitrine. Elle comprenait maintenant combien elle s'était leurrée en croyant la situation prête à s'éclaircir ; elle savait que tout resterait comme par le passé, que tout irait même beaucoup plus mal. Elle sentait aussi que cette position dans le monde, dont elle faisait si bon marché il y a quelques heures, lui était chère, qu'elle ne trouverait pas la force de l'échanger contre celle d'une femme qui aurait quitté mari et enfant pour suivre son amant. Non, quelque effort qu'elle fît, elle ne pourrait jamais dominer sa faiblesse. Jamais elle ne connaîtrait l'amour dans sa liberté, elle resterait toujours la femme criminelle, constamment menacée d'être surprise, trompant son mari avec un homme dont elle ne pourrait jamais partager la vie. Cette destinée lui paraissait si effroyable qu'elle n'osait ni l'envisager, ni lui prévoir un dénouement. Et elle pleurait, pleurait sans retenue comme un enfant puni.

Les pas du domestique la firent tressaillir ; détournant son visage, elle fit semblant d'écrire.

— Le courrier demande une réponse, dit le domestique.

— Une réponse ? Oui, qu'il attende ; je sonnerai. « Que puis-je écrire ? songea-t-elle. Que décider toute seule ? Que puis-je vouloir ? » Et s'accrochant au premier prétexte venu pour échapper au dédoublement qu'à sa grande épouvante elle sentait renaître en elle : « Il faut que je voie Alexis, décida-t-elle, lui seul peut me dire ce que je dois faire. J'irai chez Betsy, peut-être l'y rencontrerai-je. » Elle oubliait complètement que la veille au soir, ayant dit à Vronski qu'elle n'irait pas chez la princesse Tverskoï, celui-ci avait déclaré ne pas vouloir y aller non plus. Elle écrivit aussitôt à son mari ces mots laconiques :

« J'ai reçu votre lettre. A. »

Elle sonna et remit le billet au valet de chambre.

— Nous ne partons plus, dit-elle à Annouchka qui entrait.

— Plus du tout ?

— Ne déballez pas avant demain et que la voiture attende ; je vais chez la princesse.

— Quelle robe Madame mettra-t-elle ?

XVII

La société qui se réunissait chez la princesse Tverskoï pour la partie de croquet à laquelle Anna était invitée comprenait deux dames et leurs adorateurs. Ces dames étaient les personnalités les plus marquantes d'une nouvelle coterie pétersbourgeoise qui, par imitation de quelque autre imitation, se faisait appeler *les sept merveilles du monde*. Toutes deux appartenaient au grand monde, mais à une fraction hostile à celle que fréquentait Anna. En outre, le cavalier servant de Lise Merkalov, le vieux Strémov, un des hommes les plus influents de Pétersbourg, était l'ennemi déclaré d'Alexis Alexandrovitch. Pour toutes ces raisons, Anna avait cru devoir décliner une première invitation de Betsy, refus auquel celle-ci faisait allusion dans son billet. Mais l'espoir de rencontrer Vronski l'ayant fait changer d'avis, elle arriva la première chez la princesse.

Au moment où elle pénétrait dans l'antichambre, un personnage qu'on eût pris avec ses favoris bien peignés pour un gentilhomme de la chambre lui céda le pas en se découvrant. Elle reconnut le domestique de Vronski et se souvint alors que celui-ci l'avait prévenue qu'il ne viendrait pas ; sans doute envoyait-il un billet pour s'excuser. Tandis qu'elle se débarrassait de son manteau, elle entendit cet homme proclamer, en prononçant les *r* comme un gentilhomme de la chambre : « De la part de M. le Comte pour Mme la Princesse », et faillit lui demander où se trouvait son maître. Elle avait grande envie de rentrer pour écrire à Vronski de venir la rejoindre, ou d'aller elle-même le trouver. Mais il était trop tard : une sonnerie avait déjà annoncé sa visite, et, figé dans une attitude respectueuse près de la porte qu'il venait d'ouvrir toute grande, un des valets de la princesse attendait qu'elle daignât pénétrer dans l'appartement. Quand elle fut dans la première pièce, un second valet vint annoncer que la princesse était au jardin.

— On va la prévenir, ajouta-t-il, à moins que Madame ne veuille la rejoindre.

La situation devenait de plus en plus confuse : sans avoir vu Vronski, sans avoir pu prendre aucune décision, Anna devait demeurer avec des étrangers dont les préoccupations différaient fort des siennes. Néanmoins elle se sentit bientôt plus à l'aise : cette atmosphère d'oisiveté solennelle lui était familière, elle n'ignorait pas que sa robe lui allait à ravir et, n'étant plus seule, elle ne pouvait se creuser la tête sur le meilleur parti à prendre. Aussi, quand elle vit venir Betsy dans une toilette blanche d'une extrême élégance, elle l'accueillit avec son sourire habituel. Betsy était accompagnée de Touchkévitch et d'une jeune parente de province qui, à la grande joie de sa famille, passait l'été chez la célèbre princesse.

Anna avait probablement un air étrange, car Betsy lui en fit aussitôt l'observation.

— J'ai mal dormi, répondit Anna, dont les regards

suivaient à la dérobée un domestique qui s'approchait de leur groupe et devait, songeait-elle, apporter le billet de Vronski.

— Je suis bien contente que vous soyez venue, dit Betsy. Je n'en puis plus et je voulais justement prendre une tasse de thé avant leur arrivée... Et vous, dit-elle en se tournant vers Touchkévitch, vous feriez bien d'aller avec Macha essayer le *croquet-ground*, vous savez, là où l'on a tondu le gazon... Nous ferons la causette en prenant le thé, *we'll have a cosy chat*, n'est-ce pas, reprit-elle en souriant à Anna en lui serrant la main.

— D'autant plus volontiers que je ne puis rester longtemps, il faut absolument que j'aille chez la vieille Wrede, voilà cent ans que je lui promets une visite, dit Anna à qui le mensonge, pourtant contraire à sa nature, devenait, quand elle se trouvait dans le monde, une chose fort simple, fort naturelle, voire fort amusante. Pourquoi disait-elle une chose à laquelle elle ne songeait même pas une minute plus tôt ? C'est que, sans trop s'en rendre compte, elle cherchait à se ménager une porte de sortie pour tenter, au cas où Vronski ne viendrait point, de le rencontrer quelque part. Mais pourquoi le nom de cette vieille demoiselle d'honneur lui vint-il à l'esprit plutôt qu'un autre ? elle n'aurait certes pu le dire, et cependant l'événement prouva que de toutes les finesses dont elle pouvait user celle-ci était la meilleure.

— Oh ! non, je ne vous laisse pas partir, rétorqua Betsy en dévisageant Anna. En vérité, si je ne vous aimais pas tant, j'aurais lieu de me fâcher. Craignez-vous donc que ma société vous compromette ?... Le thé au petit salon, s'il vous plaît, ordonna-t-elle avec un clignement d'yeux qui lui était habituel quand elle adressait la parole à ses domestiques. Et prenant le billet, elle le parcourut.

— Alexis nous fait faux bond, dit-elle en français. Il s'excuse de ne pouvoir venir, ajouta-t-elle du ton le plus naturel, comme si elle n'eût jamais supposé un seul instant que son amie pût voir en Vronski autre chose qu'un partenaire au jeu de croquet. Betsy savait parfaitement à quoi s'en tenir ; Anna n'en doutait point et pourtant chaque fois qu'elle l'entendait lui parler de Vronski, la conviction lui venait que la princesse ignorait tout.

— Ah ! fit Anna jouant l'indifférence. Comment votre société pourrait-elle compromettre quelqu'un ? reprit-elle en souriant.

Pour Anna, comme pour toutes les femmes, cette façon de cacher un secret en jouant avec les mots avait un très grand charme. Elle obéissait moins au besoin qu'au plaisir de dissimuler.

— Je ne saurais, continua-t-elle, me montrer plus catholique que le pape. Strémov et Lise Merkalov... mais c'est le dessus du panier de la société. D'ailleurs ne sont-ils pas reçus partout ? Quant à moi (elle appuya sur ce mot), je n'ai jamais été ni sévère, ni intolérante. Croyez-moi, je suis tout bonnement très pressée.

— Mais peut-être ne tenez-vous pas à rencontrer Strémov ? Qu'il rompe des lances avec Alexis Alexandrovitch dans leurs commissions, peu nous importe. Il n'y a pas d'homme plus aimable dans le monde ni de joueur plus passionné au croquet, vous verrez cela. Vous verrez aussi avec quel esprit ce vieil amoureux de Lise se tire d'une situation plutôt comique. Un charmant homme, je vous assure... Et Sapho Stolz, vous ne la connaissez pas ? Elle est tout à fait dernier cri.

Tout en bavardant, Betsy regardait Anna d'un air qui laissait entendre qu'elle devinait l'embarras de son amie et cherchait un moyen de l'en faire sortir.

— En attendant, il faut répondre à Alexis, reprit-elle. Et s'asseyant à son bureau, elle écrivit un mot qu'elle mit sous enveloppe. Je lui demande de venir dîner, il me manque un cavalier pour une de mes dames. Voyez donc si mon éloquence est assez persuasive... Excusez-moi de vous quitter un instant, j'ai un ordre à donner. Cachetez et envoyez, je vous en prie, lui dit-elle sur le pas de la porte.

Sans hésiter un instant, Anna prit la place de Betsy au bureau et, sans lire le billet, y ajouta ces lignes : « J'ai absolument besoin de vous voir. Trouvez-vous vers six heures dans le jardin de Mlle Wrede ; j'y serai. » Elle ferma la lettre que Betsy expédia en rentrant.

Les deux amies eurent effectivement un *cosy chat* en prenant le thé qu'on leur servit sur un guéridon dans le boudoir, pièce fraîche et intime. La conversation roula sur les personnes qu'elles attendaient, plus particulièrement sur Lise Merkalov.

— Elle est charmante et m'a toujours été sympathique, dit Anna.

— Vous lui devez bien cela, elle vous adore. Hier soir après les courses, elle a été désolée de ne plus vous trouver auprès de moi. Elle voit en vous une véritable héroïne de roman, et prétend que, si elle était homme, elle ferait mille folies pour vous. Strémov lui a dit qu'elle en faisait déjà suffisamment comme ça.

— Mais expliquez-moi donc une chose que je n'ai jamais comprise, dit Anna après un moment de silence, et sur un ton qui prouvait clairement qu'elle attachait à sa question plus d'importance qu'il n'eût fallu. Quels rapports y a-t-il entre elle et le prince Kaloujski, Michka comme on l'appelle ? Je les connais très peu. Qu'y a-t-il entre eux ?

Betsy sourit des yeux et regarda attentivement Anna.

— C'est le nouveau genre, répondit-elle. Toutes ces dames ont jeté leur bonnet par-dessus les moulins, mais il y a la manière.

— Oui, mais quels rapports y a-t-il entre elle et le prince Kaloujski ?

Betsy, peu rieuse de sa nature, céda pourtant à un irrésistible accès de fou rire.

— Mais vous marchez sur les traces de la princesse Miagki, dit-elle sans pouvoir retenir ce rire contagieux propre aux personnes qui ne se dérident que rarement. Il faut le leur demander, voyons.

— Riez tant qu'il vous plaira, dit Anna gagnée par cette bonne humeur, mais je n'y ai réellement jamais rien compris. Quel est le rôle du mari ?

— Le mari ? Mais celui de Louise porte son plaid et se tient à son service. Quant au fond de la question, personne ne tient à le connaître. Il y a, vous le savez, des articles de toilette dont on ne parle jamais dans la bonne société. Il en va de même de ces questions-là.

— Irez-vous à la fête des Rolandaki ? s'enquit Anna pour changer de conversation.

— Je ne pense pas, répondit Betsy, et, sans regarder son amie, elle remplit avec précaution d'un thé parfumé deux minuscules tasses de porcelaine transparente et en tendit une à Anna. Puis, glissant un *pajitos* dans un fume-cigarette d'argent, elle l'alluma.

— Voyez-vous, dit-elle, sa tasse à la main et d'un ton

devenu sérieux, je suis dans une situation privilégiée. Mais je vous comprends, « vous », et je comprends Lise. Lise est une de ces natures naïves, enfantines, qui ignorent le bien et le mal. Du moins était-elle ainsi dans sa jeunesse, et depuis qu'elle a compris que cette naïveté lui seyait, elle fait semblant de ne pas comprendre. Cela lui va tout de même. Que voulez-vous, on peut considérer les mêmes choses sous des jours très différents : les uns les prennent au tragique et s'en font un tourment, les autres les envisagent plus simplement ou même avec gaieté. Peut-être avez-vous des façons de voir trop tragiques ?

— Que je voudrais connaître les autres autant que je me connais moi-même, dit Anna d'un air pensif. Suis-je meilleure ou pire que les autres ? Il me semble que je dois être pire.

— Vous êtes une enfant tout simplement, dit Betsy. Mais les voilà.

XVIII

Des pas se firent entendre, puis une voix d'homme, ensuite une voix de femme et finalement un éclat de rire ; après quoi les visiteurs attendus apparurent. C'étaient Sapho Stolz et un jeune homme qui répondait au nom de Vaska et dont le visage rayonnait d'une santé quelque peu exubérante : les truffes, les viandes saignantes et le vin de Bourgogne lui avaient trop bien réussi. Vaska salua les deux dames en entrant, mais le regard dont il les gratifia ne dura guère qu'une seconde ; il traversa le salon derrière Sapho comme s'il eût été mené en laisse, la dévorant de ses yeux avides. Sapho Stolz, une blonde aux yeux noirs, hissée sur des souliers à talons énormes, alla d'un pas menu mais délibéré donner aux dames une poignée de main vigoureuse et toute masculine.

Anna, qui n'avait encore jamais rencontré cette nouvelle étoile, fut frappée de sa beauté, de sa souveraine élégance, de sa désinvolture. Un échafaudage de cheveux vrais et faux d'une délicate nuance dorée donnait à la tête de la baronne à peu près la même hauteur qu'à son buste, lequel était très bombé et très apparent; l'impétuosité de sa démarche accusait à chaque mouvement les formes de ses genoux et de ses jambes, et le balancement de son énorme pouf incitait à se demander où pouvait bien prendre fin ce charmant petit corps si découvert du haut et si dissimulé du bas.

Betsy se hâta de la présenter à Anna.

— Imaginez-vous que nous avons failli écraser deux militaires, commença-t-elle aussitôt, souriante et clignotante, tout en rappelant à l'ordre la queue de sa robe qui s'égarait trop d'un côté. J'étais avec Vaska... Ah! j'oubliais, vous ne le connaissez pas...

Et elle présenta sous son vrai nom le jeune homme à Anna en rougissant et en riant très fort de l'avoir appelé Vaska devant une inconnue. Le personnage salua une seconde fois Mme Karénine, mais ne lui dit pas un traître mot. Ce fut à Sapho qu'il adressa la parole.

— Vous avez perdu votre pari, fit-il en souriant; nous sommes arrivés bons premiers; il ne vous reste qu'à payer.

Sapho rit encore plus fort.

— Pas maintenant en tout cas.

— Peu importe, vous payerez plus tard.

— C'est bon, c'est bon... Ah! mon Dieu! s'écria-t-elle tout à coup en se tournant vers la maîtresse de maison, j'oubliais de vous dire, étourdie que je suis! Je vous amène un hôte... Tenez, le voici.

Le personnage oublié par Sapho se trouva être d'une telle importance que, malgré sa jeunesse, les dames se levèrent pour le recevoir. C'était le nouveau soupirant de Sapho, qui, à l'exemple de Vaska, suivait tous ses pas.

Bientôt arrivèrent le prince Kaloujski et Lise Merkalov accompagnée de Strémov. Lise était une brune plutôt maigre, avait le type oriental, l'air indolent et de beaux yeux que tout le monde disait énigmatiques. Sa toilette sombre, qu'Anna remarqua et apprécia aussitôt, convenait admirablement à son genre de beauté. À la brusquerie de Sapho, Lise opposait un laisser-aller plein d'abandon.

C'est à cette dernière qu'allèrent les préférences d'Anna. Dès qu'elle la vit, elle trouva que Betsy avait eu tort de critiquer ses airs d'enfant innocent. Pour gâtée que fût Lise, sa naïve inconscience désarmait.

Ses manières n'étaient pas meilleures que celles de Sapho : elle aussi menait à sa suite, cousus à sa peau, deux adorateurs qui la dévoraient des yeux, l'un jeune, l'autre vieux ; mais il y avait en elle quelque chose de supérieur à son entourage ; on eût dit un diamant parmi des verroteries. L'éclat de la pierre précieuse brillait dans ses beaux yeux vraiment énigmatiques, cernés d'un halo bistre et dont le regard, las bien que lourd de passion, frappait par sa sincérité. Quiconque rencontrait ce regard croyait lire dans l'âme de Lise, et la connaître c'était l'aimer. À la vue d'Anna, son visage s'illumina d'un sourire de joie.

— Ah ! que je suis contente de vous voir ! dit-elle en s'approchant ; hier soir aux courses, je voulais arriver jusqu'à vous, mais vous veniez justement de partir. C'était horrible, n'est-ce pas ? dit-elle en lui accordant un de ces regards qui semblaient vous ouvrir son cœur.

— Oui, je n'aurais jamais cru que cela pût émouvoir à ce point, répondit Anna en rougissant.

Les joueurs de croquet se levèrent pour aller au jardin.

— Je n'irai pas, dit Lise en s'asseyant plus près d'Anna. Vous non plus, n'est-ce pas ? Quel plaisir peut-on trouver à un jeu pareil ?

— Mais j'aime assez cela, dit Anna.

— Comment faites-vous pour ne pas vous ennuyer ? On se sent heureuse rien qu'en vous regardant. Vous vivez, vous ; moi je m'ennuie !

— Vous vous ennuyez ! Mais votre société passe pour la plus gaie de tout Pétersbourg.

— Peut-être ceux à qui nous paraissons si gais s'ennuient-ils encore plus que nous ; mais moi du moins je ne m'amuse certainement pas, je m'ennuie affreusement.

Sapho, après avoir allumé une cigarette, entraîna les jeunes gens au jardin. Betsy et Strémov restèrent près de la table à thé.

— Que dites-vous là ! s'exclama Betsy. Sapho prétend qu'on a fort bien passé le temps chez vous hier soir.

— Ne m'en parlez pas, c'était à périr d'ennui. Tout le monde est venu nous retrouver après les courses. Toujours la même chose, toujours les mêmes visages. Nous avons passé toute la soirée vautrés sur des divans.

Que trouvez-vous là de si gai?... Voyons, reprit-elle en revenant à Anna, comment faites-vous pour ne pas connaître l'ennui? Rien qu'à vous voir on devine qu'heureuse ou malheureuse vous ne vous ennuyez jamais. Que faites-vous pour cela?

— Mais rien du tout, répondit Anna en rougissant de cette insistance.

— C'est ce qu'on peut faire de mieux, dit Strémov en se mêlant à la conversation.

C'était un homme d'une cinquantaine d'années, grisonnant mais bien conservé, laid mais d'une laideur originale; il consacrait tous ses loisirs à Lise Merkalov, sa nièce par alliance. Rencontrant Mme Karénine dans un salon, il chercha, en homme du monde et en homme d'esprit, à se montrer particulièrement aimable pour elle, en raison même de ses mauvais rapports avec Alexis Alexandrovitch.

— Le meilleur des moyens est de ne rien faire, continua-t-il avec un sourire narquois. Je vous le répète depuis longtemps: il suffit pour ne pas s'ennuyer de ne pas croire qu'on s'ennuiera. De même que si l'on souffre d'insomnie, il ne faut pas se dire que jamais on ne s'endormira. C'est exactement ce qu'a voulu vous faire entendre Anna Arcadiévna.

— Je serais ravie d'avoir dit effectivement cela, reprit Anna en souriant, car c'est mieux que spirituel, c'est vrai.

— Mais pourquoi, dites-moi, est-il aussi difficile de s'endormir que de ne pas s'ennuyer?

— Parce que pour l'un comme pour l'autre il faut avoir travaillé.

— Pourquoi prendrais-je, en travaillant, une peine parfaitement inutile? Et quant à jouer la comédie, je ne le sais ni ne le veux.

— Vous êtes incorrigible, conclut Strémov sans la regarder.

Et il ne s'occupa plus que de Mme Karénine. Comme il la rencontrait rarement, il ne put guère lui dire que des banalités sur son retour à Pétersbourg ou sur l'amitié qu'avait pour elle la comtesse Lydie; mais il sut les tourner de manière à lui faire entendre qu'il était tout à ses ordres, qu'il éprouvait pour elle un respect infini et même quelque chose de plus.

Touchkévitch vint relancer les joueurs. Anna voulut prendre congé, Lise s'efforça de la retenir et Strémov se joignit à elle.

— Vous trouverez, dit-il, un contraste trop grand entre la société d'ici et celle de la vieille Wrede ; et puis vous ne lui serez qu'un sujet de médisances tandis que vous éveillez ici des sentiments d'un tout autre genre.

Anna resta pensive un moment. Les discours flatteurs de cet homme d'esprit, la sympathie enfantine que lui témoignait Lise, ce milieu mondain où elle croyait respirer plus librement lui causèrent une minute d'hésitation : ne pouvait-elle remettre à plus tard le moment terrible de l'explication ? Mais elle se rappela ce qui l'attendait chez elle si elle ne prenait point un parti, elle se revit avec terreur prête, dans sa détresse, à s'arracher les cheveux. Alors elle se décida, fit ses adieux et partit.

XIX

Malgré sa vie mondaine et son apparente légèreté, Vronski avait le désordre en horreur. Encore élève du Corps des pages il s'était un jour trouvé à court d'argent et essuya un refus lorsqu'il voulut en emprunter. Depuis lors il s'était juré de ne jamais s'exposer à cette humiliation. Pour cela il dressait avec soin son bilan cinq ou six fois par an : c'est ce qu'il appelait *faire sa lessive.*

Le lendemain des courses, s'étant réveillé tard, Vronski, avant son bain et sans se raser, endossa sa vareuse et, jetant sur son bureau lettres, argent et comptes divers, se mit en devoir de classer tout cela. Pétritski, connaissant l'humeur de son camarade dans ces cas-là, se leva, s'habilla et s'esquiva sans bruit.

Tout homme dont l'existence est compliquée voit aisément dans cet imbroglio une fatalité réservée à lui seul. Vronski pensait ainsi et s'enorgueillissait non sans raison d'avoir évité des écueils où d'autres seraient allés donner. Cependant il estimait le moment venu de tirer une bonne fois sa situation au clair.

Et d'abord la question financière. Sur une feuille de papier à lettres il établit de son écriture fine un état de ses dettes. Le total s'élevait à dix-sept mille roubles, sans compter les centaines qu'il biffait pour plus de clarté. Par ailleurs, son avoir tant en poche qu'en banque, n'atteignait que dix-huit cents roubles, sans aucune rentrée à escompter avant le nouvel an. Il fit alors une classification de ses dettes, les divisant en trois catégories. En premier lieu des dettes urgentes, qui se montaient à quatre mille roubles, dont quinze cents pour son cheval et deux mille cinq cents pour payer un Grec qui les avait fait perdre au jeune Vénevski, un de ses camarades. S'étant porté caution pour lui sans prendre part au jeu, Vronski, alors en fonds, avait voulu régler sur-le-champ cette dette d'honneur, mais Iachvine et Vénevski prétendirent qu'il appartenait à eux seuls de l'acquitter et qu'ils s'en chargeraient. Quoi qu'il en fût, Vronski tenait à pouvoir, en cas de réclamation, jeter cette somme à la tête du fripon qui l'avait escroquée. Venaient ensuite les dettes de son écurie de courses, environ huit mille roubles, à son fournisseur de foin et d'avoine, à l'entraîneur, au bourrelier, etc.; deux mille roubles d'acomptes suffiraient pour le moment. Quant à la troisième catégorie de créanciers, restaurateurs, tailleurs et boutiquiers, ces gens-là pouvaient attendre. En somme il lui fallait six mille roubles immédiatement et il n'en avait que dix-huit cents.

C'étaient là de faibles dettes, à supposer que Vronski jouît vraiment des cent mille roubles de revenu qu'on lui attribuait. En réalité l'énorme fortune paternelle étant restée indivise, Vronski avait cédé presque toute sa part à son frère aîné, lors du mariage de celui-ci avec une jeune fille sans fortune, la princesse Barbe Tchirkov, fille d'un insurgé de décembre 25. Il ne s'était réservé qu'un revenu de vingt-cinq mille roubles, qui à l'entendre lui suffirait jusqu'à ce qu'il se mariât, éventualité fort peu probable. Son frère, très endetté et commandant un régiment qui exigeait de grandes dépenses, ne put refuser ce cadeau. Sur sa fortune personnelle la mère faisait à son cadet une pension de vingt mille roubles; mais depuis quelque temps, mécontente de son brusque départ de Moscou et de sa liaison avec Mme Karénine, elle avait cessé de la lui servir. Du coup, Vronski habitué à mener la vie large avait vu son revenu réduit de moitié, ce qui le tracassait fort.

Il ne voulait à aucun prix s'abaisser devant sa mère. La veille encore il avait reçu d'elle une lettre bourrée d'allusions irritantes : la bonne dame entendait lui venir en aide pour l'avancement de sa carrière et non pour lui voir mener une vie qui scandalisait toute la bonne société. Cette espèce de marché sous-entendu l'avait blessé jusqu'au fond du cœur ; il se sentait plus que jamais refroidi à l'égard de sa mère. D'autre part, il ne pouvait songer à reprendre la parole généreuse qu'il avait donnée à son frère — un peu à l'étourdie, il le voyait bien, maintenant que sa liaison avec Anna pouvait lui rendre son revenu aussi nécessaire que s'il était marié. Le souvenir de sa belle-sœur, de cette bonne et charmante Barbe, qui à chaque occasion lui faisait comprendre qu'elle appréciait, comme il convient, l'élégance de son geste, eût suffi à l'empêcher de se dédire : c'était aussi impossible que de battre une femme, de voler ou de mentir. La seule solution pratique, et Vronski s'y arrêta sans hésitation, était d'emprunter dix mille roubles à un usurier, ce qui n'offrait aucune difficulté, de réduire ses dépenses et de vendre son écurie. Cette décision prise, il écrivit aussitôt à Rolandaki, qui lui avait souvent proposé d'acheter ses chevaux, envoya quérir l'entraîneur et l'usurier et partagea entre divers comptes l'argent qui lui restait. Il fit ensuite sur un ton cassant un mot de réponse à sa mère et relut une dernière fois avant de les brûler les trois dernières lettres d'Anna : au souvenir de leur entretien de la veille il tomba dans une profonde méditation.

XX

POUR son bonheur, la vie de Vronski se réglait sur un code de lois qui en déterminait strictement tous les actes. À vrai dire ce code s'appliquait à un cercle de devoirs peu étendu, mais comme il n'avait guère eu à en sortir, Vronski ne s'était jamais trouvé pris au dépourvu. Ce code lui prescrivait par exemple de payer une dette de jeu à un Grec mais permettait de laisser en souffrance la note de son tailleur ; il défendait le mensonge envers les hommes mais l'autorisait envers les femmes ; il défendait de tromper qui que ce fût...

les maris exceptés; il admettait l'offense, mais non le pardon des injures, etc. Ces principes, si extravagants qu'ils pussent être, n'en avaient pas moins un caractère de certitude absolue, et du moment qu'il les observait, Vronski s'estimait en droit de porter la tête haute. Toutefois, depuis quelque temps, en raison de sa liaison avec Anna, il apercevait des lacunes à son code et n'y trouvait aucune solution à certains points épineux qui le tracassaient, à certaines complications qu'il sentait prêtes à surgir.

Jusqu'ici ses rapports avec Anna, son mari et la société étaient entrés dans le cadre des principes admis et reconnus. Anna s'étant donnée à lui par amour avait droit à tout son respect autant et plus que si elle eût été son épouse légitime; l'estime la plus haute à laquelle une femme pût prétendre, il la professait pour elle et se serait fait couper la main plutôt que d'y attenter par un mot, voire par une simple allusion. Chacun pouvait soupçonner sa liaison, nul ne devait se permettre d'en parler: autrement il eût contraint les indiscrets à se taire, à respecter l'honneur de la femme qu'il avait déshonorée. Quant à la conduite à tenir envers le mari, rien n'était plus clair: du jour où Anna l'avait aimé, lui Vronski, ses droits sur elle lui semblaient imprescriptibles. Le mari n'était plus qu'un personnage inutile et gênant, position peu enviable sans doute mais à laquelle nul ne pouvait rien. Le seul droit qui lui restât était de réclamer une satisfaction par les armes, que Vronski était tout prêt à lui accorder.

Mais voici qu'un incident nouveau faisait naître en son esprit des doutes qu'à son grand effroi il se sentait incapable de dissiper. La veille Anna lui avait annoncé qu'elle était enceinte; elle attendait de lui une résolution quelconque; or les principes qui dirigeaient sa vie ne déterminaient pas ce que devait être cette résolution. Au premier moment son cœur l'avait poussé à exiger qu'elle quittât son mari; à la réflexion et sans qu'il osât trop se l'avouer, cette rupture ne lui semblait plus désirable.

« Lui faire quitter son mari, c'est unir sa vie à la mienne: y suis-je préparé? Non, car je manque d'argent, malheur auquel on peut remédier, et, chose plus grave, je suis lié par mes obligations de service... Au point où nous en sommes, je dois me tenir prêt à toute éventualité, et pour cela trouver de l'argent et donner ma démission. »

L'idée de quitter l'armée l'amena à envisager un côté de sa vie morale qui, pour secret qu'il fût, n'en avait pas moins une importance capitale.

Malgré qu'il en eût, l'ambition, unique passion de son enfance et de sa jeunesse, luttait encore en lui avec son amour pour Anna. Ses premiers pas dans la carrière militaire avaient été aussi heureux que ses débuts dans le monde, mais depuis deux ans il subissait les conséquences d'une insigne maladresse. Pour faire sentir à la fois son indépendance et son prix, il avait refusé un poste qu'on lui proposait ; mais le geste parut trop hautain et depuis lors on l'oublia. Les premiers temps, il prit la chose en homme d'esprit qui fait bonne mine à mauvais jeu et souhaite seulement qu'on le laisse s'amuser en paix. Mais à l'époque de son voyage à Moscou, sa bonne humeur l'abandonna : il s'était aperçu que sa réputation d'original qui dédaigne de faire sa carrière commençait à pâlir et que bien des gens ne voyaient plus en lui qu'un brave garçon sans le moindre avenir. En le remettant sur le pinacle, sa liaison avec Anna avait un moment calmé le ver rongeur de l'ambition déçue ; mais, depuis une huitaine, celui-ci le torturait plus violemment que jamais.

Un de ses camarades de promotion, Serpoukhovskoï, qui, appartenant au même monde que Vronski, avait partagé ses jeux et ses études, ses rêves de gloire et ses folies de jeunesse, revenait d'Asie centrale avec le grade de général (il avait d'un coup sauté deux échelons) et une décoration bien rarement accordée à un homme de cet âge. Tout le monde saluait le lever de ce nouvel astre, tout le monde attendait sa nomination à un poste de premier plan. Auprès de cet ami d'enfance, Vronski, pour libre et brillant qu'il fût et amant d'une femme adorable, n'en faisait pas moins triste figure, lui, pauvre petit capitaine auquel on permettait d'être indépendant tout à son aise.

« Certes, se disait-il, je ne porte pas envie à Serpoukhovskoï, mais son avancement prouve qu'il suffit à un homme comme moi d'attendre son heure pour faire une carrière rapide. Il y a de cela trois ans, il en était au même point que moi. Si je quittais le service, je brûlerais mes vaisseaux ; en y restant je ne perds rien. Ne m'a-t-elle pas dit elle-même qu'elle ne désirait aucun changement à sa situation ? Et possédant son amour, puis-je vraiment envier Serpoukhovskoï ? »

Il se leva et se mit à marcher de long en large en tortillant sa moustache. Ses yeux brillaient d'un vif éclat ; il éprouvait le calme d'esprit, le parfait contentement qui succédaient toujours chez lui au règlement de ses affaires. Cette fois encore tout était remis en bon ordre. Il se rasa, prit un bain froid, s'habilla et en sortant se heurta à Pétritski.

XXI

« Je venais te chercher, dit Pétritski. Ta lessive a duré longtemps aujourd'hui. As-tu fini au moins ?

— Oui, répondit Vronski en souriant des yeux et en lissant avec d'infinies précautions le bout de sa moustache, comme s'il craignait qu'un mouvement trop brusque ne détruisît la belle ordonnance qu'il venait d'imposer à ses affaires.

— Dans des moments pareils, on dirait toujours que tu sors du bain... Je viens de chez Gritsko (c'était le surnom du colonel ; on t'attend.

Vronski regardait son camarade sans lui répondre ; sa pensée était ailleurs.

— Ah ! c'est chez lui qu'on joue, dit-il en prêtant l'oreille à un pot-pourri de polkas et de valses que lançaient jusqu'à eux les cuivres de la musique du régiment ; quelle fête y a-t-il donc ?

— Serpoukhovskoï est arrivé.

— Tiens, et moi qui n'en savais rien, s'exclama Vronski, de plus en plus souriant. Je suis charmé de le revoir.

Son contentement était sincère. Comme il avait pris le parti de préférer l'amour à l'ambition — ou tout au moins de faire semblant — il ne pouvait guère ni porter envie à Serpoukhovskoï ni lui en vouloir de n'être point venu tout d'abord frapper à sa porte.

Le colonel, qui de son vrai nom s'appelait Démine,

occupait une grande maison de maître. Toute la société était réunie sur la terrasse. Vronski aperçut tout d'abord les chanteurs du régiment vêtus de leurs blouses d'été et réunis dans la cour auprès d'un tonnelet d'eau-de-vie ; puis, sur la première marche de l'escalier, la bonne figure réjouie du colonel encadré de quelques officiers. Avec force gestes et d'une voix dont les éclats couvraient ceux de la musique en train d'exécuter une polka d'Offenbach, Démine donnait des ordres à un groupe de sous-officiers et de soldats qui se tenaient un peu à l'écart et s'approchèrent de la terrasse en même temps que Vronski. Le colonel, qui était retourné à table, reparut, une flûte de champagne à la main, et porta le toast suivant :

— À la santé de votre ancien camarade, le général prince Serpoukhovskoï ! Hourra !

À la suite du colonel se montra Serpoukhovskoï, souriant et tenant, lui aussi, une flûte à la main.

— Tu rajeunis toujours, Bondarenko, dit-il au premier sous-officier qui s'offrit à sa vue, un maréchal des logis rengagé, beau gaillard au teint fleuri.

Serpoukhovskoï, que Vronski n'avait pas vu depuis trois ans, portait maintenant des favoris, ce qui lui donnait un air plus viril ; c'était un garçon bien bâti aux traits plus fins que beaux ; une noblesse innée émanait de toute sa personne, et sur son visage Vronski remarqua — seul changement notable — ce paisible rayonnement propre à ceux qui réussissent et qui sentent leur succès. Il le connaissait par expérience.

Comme Serpoukhovskoï descendait l'escalier, il aperçut Vronski et un sourire joyeux illumina son visage ; il lui fit de la tête un salut amical tout en levant sa flûte pour lui indiquer qu'il devait d'abord trinquer avec le maréchal des logis raide comme un piquet et tout prêt à recevoir l'accolade.

— Te voilà donc ! cria le colonel. Iachvine prétendait que tu étais dans tes humeurs noires.

Serpoukhovskoï baisa par trois fois les lèvres moites du brave margis, s'essuya la bouche de son mouchoir et s'approcha de Vronski.

— Que je suis content de te revoir ! dit-il en lui serrant la main et en l'emmenant à l'écart.

— Occupez-vous de lui, dit le colonel à Iachvine

en lui désignant Vronski, tandis qu'il descendait vers le groupe des soldats.

— Pourquoi n'es-tu pas venu hier aux courses ? Je pensais t'y voir, demanda Vronski en examinant Serpoukhovskoï.

— J'y suis venu, mais trop tard... Un instant, veux-tu ? Tenez, dit-il à son aide de camp, distribuez cela de ma part.

Et il tira, non sans rougir, trois billets de cent roubles de son portefeuille.

— Que préfères-tu, Vronski ? demanda Iachvine : du solide ou du liquide ? Hé, qu'on serve à déjeuner au comte ! Et en attendant avale-moi ça !

La fête se prolongea longtemps. On but beaucoup. On porta en triomphe et Serpoukhovskoï et le colonel. Ensuite le colonel dansa la russe devant les chanteurs en compagnie de Pétritski ; après quoi, un peu éprouvé, il s'assit sur un banc dans la cour et se mit en devoir de démontrer à Iachvine la supériorité de la Russie sur la Prusse, notamment en ce qui concernait les charges de cavalerie. Profitant de cette accalmie, Serpoukhovskoï passa, pour se laver les mains, dans le cabinet de toilette ; il y trouva Vronski qui, sa vareuse ôtée, laissait couler l'eau du robinet sur sa tête congestionnée et sa nuque couverte de cheveux. Quand celui-ci eut fait ses ablutions, les deux amis prirent place sur un sofa et purent enfin causer à leur aise.

— Ma femme, commença Serpoukhovskoï, m'a toujours tenu au courant de tes faits et gestes ; je suis content que tu la voies souvent.

— Elle est très liée avec Barbe et ce sont les seules femmes de Pétersbourg que j'aie plaisir à fréquenter, répondit en souriant Vronski. Il prévoyait la tournure qu'allait prendre la conversation et ne la trouvait pas désagréable.

— Les seules ? demanda Serpoukhovskoï en souriant à son tour.

Vronski se renfrogna et, coupant court à toute allusion :

— Moi aussi, reprit-il, j'ai été tenu au courant de tes faits et gestes, mais pas seulement par ta femme. Tu me vois très heureux, et nullement surpris de tes succès. J'attendais plus encore.

Serpoukhovskoï sourit de nouveau : cette opinion le flattait et il ne voyait pas de raison de le dissimuler.

— Quant à moi, dit-il, je n'espérais pas tant. Je suis vraiment très satisfait. L'ambition est ma faiblesse, je l'avoue sans fard.

— Tu ne l'avouerais sans doute pas si tu réussissais moins bien.

— Je ne pense pas, fit Serpoukhovskoï toujours souriant ; sans l'ambition, vois-tu, la vie vaudrait peut-être encore la peine d'être vécue, mais elle serait bien monotone. Je ne crois pas me tromper, il est possible que je possède les qualités nécessaires au genre d'activité que j'ai choisi, et qu'entre mes mains le pouvoir, si jamais il m'est donné de jouir d'un pouvoir quelconque, soit mieux placé qu'entre celles de bien des gens de ma connaissance. Voilà pourquoi plus j'approcherai du but, plus je serai content, ajouta-t-il avec un air de suffisance béate.

— C'est peut-être vrai pour toi, mais pas pour tout le monde. Moi aussi j'ai autrefois pensé comme toi, mais aujourd'hui je ne trouve plus que l'ambition soit le seul but de l'existence.

— Nous y voilà ! dit en souriant Serpoukhovskoï. Je t'ai prévenu dès l'abord qu'on m'avait tenu au courant de tes faits et gestes. J'ai donc su l'affaire de ton refus et je t'ai naturellement approuvé. Mais il y a la manière. À parler franc, tout en ayant raison dans le fond, tu n'as pas observé les formes voulues.

— Ce qui est fait est fait ; tu sais que je ne renie jamais mes actes. D'ailleurs je me sens très bien comme ça.

— Très bien pour le moment, mais cela ne durera pas toujours. Ton frère, je ne dis pas, c'est un aimable enfant, comme notre hôte. L'entends-tu ? demanda-t-il en prêtant l'oreille à une explosion de hourras. Lui aussi s'estime heureux. Mais pareil genre de vie ne saurait te satisfaire.

— Je ne prétends pas cela.

— Et puis, des hommes comme toi sont nécessaires.

— À qui ?

— À la société, au pays. La Russie a besoin d'hommes, elle a besoin d'un parti. Autrement tout ira à vau-l'eau.

— Qu'entends-tu par là ? Le parti de Berténiev contre les communistes russes ?

— Non, dit Serpoukhovskoï, se rebiffant à l'idée qu'on pût le soupçonner d'une semblable sottise. *Tout ça, c'est de la blague.* Il n'y a pas de communistes. Mais les gens d'intrigue ont toujours besoin d'inventer un parti dangereux quelconque. C'est vieux comme le monde. Non, ce qu'il faut au pays, c'est un parti capable de porter au pouvoir des hommes indépendants comme toi et moi.

— Pourquoi cela ? Est-ce que un tel et un tel (Vronski nomma quelques dirigeants de la politique) ne sont pas indépendants ?

— Non, et cela parce qu'ils n'ont ni naissance ni fortune personnelle, parce qu'ils n'ont pas, comme nous, vu le jour près du soleil. L'argent, la flatterie peuvent les acheter. Pour se maintenir il leur faut défendre une idée quelconque, idée qui peut être mauvaise, à laquelle eux-mêmes ne croient guère, mais qui leur assure un logis gratuit et de beaux émoluments. Quand on regarde dans leur jeu, *ce n'est pas plus malin que ça.* En admettant que je sois pire ou plus bête qu'eux, ce que d'ailleurs je ne pense pas, j'ai, tout comme toi, l'avantage important d'être plus difficile à acheter. Et des hommes de cette trempe sont plus que jamais nécessaires.

Vronski l'écoutait attentivement, captivé moins par les paroles de Serpoukhovskoï que par l'élévation de ses vues. Tandis que lui-même s'enlisait dans les petits intérêts de son escadron, son ami méditait déjà de lutter contre les maîtres de l'heure et s'était créé des sympathies dans les hautes sphères ; quelle force n'acquerrait-il pas grâce à son intelligence, à sa puissance d'assimilation, grâce surtout à sa facilité de parole, si rare dans son milieu ? Quelque honte qu'il en éprouvât, Vronski se surprit un mouvement d'envie.

— Tout cela est bel et bien, répondit-il, mais il me manque pour parvenir une qualité essentielle : l'amour du pouvoir. Je l'ai eue, et je l'ai perdue.

— Tu m'excuseras, mais je n'en crois rien, objecta en souriant Serpoukhovskoï.

— C'est pourtant vrai, surtout « maintenant », pour être tout à fait sincère.

— « Maintenant » peut-être, mais ça ne durera pas toujours.

— Cela se peut.

— Tu dis « cela se peut », et moi je dis « certainement non », continua Serpoukhovskoï, comme s'il eût deviné sa pensée. C'est pourquoi je tenais à causer avec toi. J'approuve ton attitude, mais tu aurais tort de t'y obstiner. Je te demande seulement *carte blanche*. Je ne joue pas au protecteur avec toi... Après tout, pourquoi ne le ferais-je pas : n'as-tu pas été souvent le mien ? Notre amitié est au-dessus de cela, j'espère, affirma-t-il avec une tendresse quasi féminine. Allons, donne-moi *carte blanche*, quitte le régiment, et je t'entraînerai sans qu'il y paraisse.

— Comprends donc, insista Vronski, que je ne demande rien, si ce n'est que le présent subsiste.

Serpoukhovskoï se leva et se plaçant devant lui :

— Je sais ce que tu veux dire, mais écoute-moi. Nous sommes du même âge ; peut-être as-tu connu plus de femmes que moi (son sourire et son geste rassurèrent Vronski sur la délicatesse qu'il mettrait à toucher l'endroit sensible) ; mais je suis marié, et comme l'a dit je ne sais plus qui, celui qui n'a connu que sa femme et l'a aimée en sait plus long sur la femme que celui qui en a connu mille.

— Tout de suite ! cria Vronski à un officier qui venait les relancer de la part du colonel. Il était curieux de voir où Serpoukhovskoï voulait en venir.

— Vois-tu, reprit celui-ci, dans la carrière d'un homme, la femme est toujours la grande pierre d'achoppement. Il est difficile d'aimer une femme et de rien faire de bon. Le mariage seul permet de ne pas être réduit à l'inaction par l'amour. Comment t'expliquer cela ? continua Serpoukhovskoï en cherchant une de ces comparaisons dont il était amateur... Ah ! voilà ! Suppose que tu portes un *fardeau* : tant qu'on ne te l'aura pas lié sur le dos, tes mains demeureront embarrassées. C'est ce que j'ai éprouvé en me mariant : mes mains sont tout à coup devenues libres. Mais traîner ce *fardeau* sans le mariage, c'est se vouer fatalement à l'inactivité. Regarde Mazankov, Kroupov... Ce sont les femmes qui ont à jamais compromis leur carrière.

— Oui, mais quelles femmes ! objecta Vronski,

en songeant à la comédienne et à la Française de mœurs légères auxquelles ces deux hommes avaient enchaîné leur destin.

— Plus la position sociale de la femme est élevée, plus la difficulté augmente : ce n'est plus alors se charger d'un fardeau, c'est l'arracher à quelqu'un.

— Tu n'as jamais aimé, murmura Vronski, le regard fixé devant lui en songeant à Anna.

— Peut-être, mais pense à ce que je t'ai dit et retiens encore ceci. Les femmes sont toutes plus matérielles que les hommes : en amour, nous planons, mais elles rasent toujours la terre... Tout de suite, tout de suite, dit-il à un domestique qui entrait dans la chambre, croyant qu'il venait les chercher.

L'homme apportait simplement un billet à Vronski.

— De la part de la princesse Tverskoï, annonça-t-il.

Vronski décacheta la lettre et devint tout rouge.

— J'ai mal à la tête et je rentre chez moi, dit-il à Serpoukhovskoï.

— Alors, au revoir. Tu me donnes *carte blanche* ?

— Nous en reparlerons. Je te retrouverai à Pétersbourg.

XXII

Il était cinq heures passées. Pour arriver à temps au rendez-vous et surtout pour ne pas s'y rendre avec ses chevaux, que tout le monde connaissait, Vronski sauta dans la voiture de remise de Iachvine et ordonna au cocher de marcher bon train. C'était une vieille guimbarde à quatre places ; il s'installa dans un coin, étendit ses jambes sur la banquette et se prit à songer.

Ainsi donc l'ordre régnait dans ses affaires, Serpoukhovskoï le traitait toujours en ami, voyait en lui un homme nécessaire, lui en donnait l'assurance flatteuse ; le sentiment, à vrai dire un peu confus, qu'il avait de tout cela et plus encore l'attente délicieuse du rendez-vous lui faisaient voir la vie sous un si beau jour qu'un sourire lui vint aux lèvres. Il croisa les jambes, tâta son mollet encore endolori de la chute de la veille, se rejeta au fond de la voiture et respira à pleins poumons.

« Qu'il fait bon vivre ! » se dit-il. Jamais encore il ne

s'était épris à ce point de lui-même, jamais il ne s'était complu à ce point en sa propre beauté : la légère souffrance qu'il éprouvait à la jambe lui causait autant de plaisir que le libre jeu de ses pectoraux. Cette claire et fraîche journée d'août, qui avait eu sur Anna une action si néfaste, stimulait au contraire Vronski au plus haut degré : le grand air rafraîchissait son visage échauffé par les ablutions, et la brillantine de ses moustaches exhalait un parfum particulièrement agréable. L'air léger et la lumière douce du soir donnaient aux choses qu'il entrevoyait par la portière un aspect joyeux, frais et puissant, qui s'apparentait à son état d'âme. Les toits des édifices dorés par les rayons du couchant, les arêtes vives des murs et des pignons, les silhouettes rapides des voitures et des piétons, la verdure immobile des arbres et des buissons, les champs avec leurs plants réguliers de pommes de terre, tout, jusqu'aux ombres obliques qui tombaient des maisons, des arbres, des bosquets et même des plants, tout semblait composer un joli paysage fraîchement verni.

— Plus vite, plus vite, dit-il au cocher en se penchant à la portière pour lui passer un billet de trois roubles.

La main de l'homme tâtonna près de la lanterne, le fouet claqua et la voiture roula plus rapide sur la chaussée unie.

« Il ne me faut rien, rien que ce bonheur », pensait-il, les yeux fixés sur le bouton de la sonnette, tandis que son imagination lui représentait Anna telle qu'il l'avait vue la dernière fois. « Plus je vais, plus je l'aime !... Mais voilà le jardin de la villa Wrede. Où peut-elle bien être ? Qu'est-ce que cela signifie ? Pourquoi m'a-t-elle donné rendez-vous ici, et cela dans la lettre de Betsy ? » C'était la première fois qu'il se posait cette question, mais il n'avait déjà plus le temps d'y réfléchir. Il arrêta le cocher avant d'atteindre l'avenue, ouvrit la portière, descendit tandis que la voiture marchait encore, et s'engagea dans l'allée qui menait à la maison. Il n'y vit personne, mais en regardant à droite dans le parc il aperçut Anna ; bien qu'un voile épais dérobât son visage, il la reconnut à sa démarche, à la chute de ses épaules, à l'attache de sa tête. Aussitôt il sentit courir en lui comme un courant électrique ; sa démarche se fit plus souple, sa respiration plus large, ses lèvres tressaillirent de joie

Dès qu'il l'eut rejointe, elle lui serra la main d'un geste nerveux.

— Tu ne m'en veux pas de t'avoir fait venir ? J'ai absolument besoin de te voir, dit-elle, et le pli sévère de sa lèvre sous son voile fit subitement tomber la bonne humeur de Vronski.

— Moi, t'en vouloir ! Mais comment te trouves-tu ici ? Où vas-tu ?

— Peu importe, dit-elle en le prenant par le bras ; viens, il faut que je te parle.

Il comprit qu'il était arrivé quelque chose, que leur entrevue n'aurait rien de gai : et comme sa volonté abdiquait en présence d'Anna, il se sentit gagné par l'agitation de sa maîtresse sans qu'il en connût encore la cause.

— Qu'y a-t-il, voyons, qu'y a-t-il ? demandait-il en lui serrant le bras et en tâchant de lire sur son visage.

Elle fit quelques pas en silence pour se donner du cœur, et s'arrêtant soudain :

— Je ne t'ai pas dit hier, commença-t-elle en respirant avec effort, qu'en rentrant des courses avec Alexis Alexandrovitch, je lui ai tout avoué… je lui ai dit que je ne pouvais plus être sa femme… enfin tout.

Il l'écoutait, penché sur elle de tout le buste comme s'il eût voulu ainsi lui rendre la confidence moins pénible. Mais dès qu'elle eut parlé, il se redressa et son visage prit une expression fière et hautaine.

— Oui, oui, dit-il, cela vaut mieux mille fois. Je comprends ce que tu as dû souffrir.

Sans trop prendre garde à ses paroles, elle cherchait à lire sur son visage l'impression que lui avait causée cet aveu. Un duel devenait inévitable : telle avait été la première pensée de Vronski. Mais Anna, à qui la possibilité d'une rencontre n'était jamais venue à l'esprit, attribua à une tout autre cause ce brusque changement de physionomie.

Depuis la lettre de son mari, elle sentait au fond de son âme que tout resterait comme par le passé, qu'elle n'aurait pas la force de sacrifier à son amant ni son fils ni sa situation dans le monde. Sa visite à la princesse Tverskoï l'avait confirmée dans cette conviction. Néanmoins elle attachait une importance capitale à son entrevue avec Vronski : elle n'en attendait rien de moins que le salut. Si dès le premier moment il lui avait dit sans hésitation : « Quitte tout et viens avec moi », elle l'aurait suivi, abandonnant jusqu'à son fils. Mais il n'eut aucun mouvement de ce genre ; la nouvelle parut même le blesser.

— Je n'ai pas du tout souffert, cela s'est fait de soi-même, dit-elle avec une certaine irritation. Et voilà... Elle retira de son gant la lettre de son mari.

— Je comprends, je comprends, interrompit Vronski en prenant la lettre sans la lire et en s'efforçant de calmer Anna. Je t'ai toujours suppliée d'en finir une bonne fois ; j'ai hâte de consacrer ma vie à ton bonheur.

— Pourquoi me dis-tu cela ? Puis-je en douter ? Si j'en doutais...

— Qui vient là ? interrompit Vronski en désignant deux dames qui venaient à leur rencontre. Peut-être nous connaissent-elles ! Et il entraîna Anna dans un sentier.

— Eh, que m'importe ! fit-elle les lèvres tremblantes, et il parut à Vronski qu'elle lui lançait sous son voile un regard de haine... Encore une fois, je ne doute pas de toi. Mais lis ce qu'il m'écrit. Et elle s'arrêta de nouveau.

Pendant la lecture de la lettre, Vronski s'abandonna involontairement, comme il l'avait fait en apprenant la rupture, à l'impression bien naturelle qu'éveillait en lui la pensée de ses rapports avec ce mari offensé. Il se représentait la provocation qu'il allait recevoir d'une heure à l'autre, les détails de la rencontre ; il se voyait calme et froid comme en ce moment, attendant, après avoir déchargé son arme en l'air que son adversaire tirât sur lui... Soudain les paroles de Serpoukhovskoï, qui tantôt lui avaient paru si justes, lui traversèrent l'esprit : « Mieux vaut ne pas s'enchaîner ». Il n'était guère possible de faire comprendre cela à Anna.

Après avoir lu la lettre, il leva sur sa maîtresse un regard qui manquait de décision. Elle comprit qu'il avait dès longtemps réfléchi à ces choses et qu'il ne lui dirait point le fond de sa pensée. L'entrevue ne prenait pas la tournure escomptée ; son dernier espoir s'évanouissait.

— Tu vois quel homme cela fait, dit-elle d'une voix tremblante, il...

— Pardonne-moi, interrompit Vronski, mais je ne

suis pas fâché de sa décision... Pour Dieu, laisse-moi achever, ajouta-t-il en la suppliant du regard de lui donner le temps de s'expliquer. Je n'en suis pas fâché parce que, contrairement à ce qu'il croit, les choses ne peuvent en rester là.

— Pourquoi cela ? demanda-t-elle en retenant ses larmes et sans trop se soucier de ce qu'il allait répondre, car elle sentait son sort décidé.

Vronski voulait dire qu'après le duel, qu'il jugeait inévitable, la situation changerait forcément, mais il dit tout autre chose.

— Cela ne peut durer ainsi. J'espère bien que tu vas le quitter et me permettre — ici il rougit et se troubla — de songer à l'organisation de notre vie commune. Demain...

Elle ne le laissa pas achever.

— Et mon fils ? s'écria-t-elle. Tu vois ce qu'il écrit ? Il faudrait le quitter. Je ne le puis ni ne le veux.

— Préfères-tu continuer cette existence humiliante ?

— Pour qui est-elle humiliante ?

— Pour tous, mais pour toi surtout.

— Humiliante ! ne dis pas cela, ce mot n'a pas de sens pour moi, murmura-t-elle d'une voix tremblante. Elle ne voulait pas qu'il lui mentît ; il ne lui restait plus que son amour et elle avait soif d'aimer. Comprends donc que du jour où je t'ai aimé, tout dans la vie s'est transformé pour moi. Rien n'existe à mes yeux que ton amour. S'il m'appartient toujours, je me sens à une hauteur où rien ne peut m'atteindre. Je suis fière de ma situation parce que... parce que...

Des larmes de honte et de désespoir étouffaient sa voix. Elle s'arrêta, sanglotante. Lui aussi sentit quelque chose le prendre au gosier, et pour la première fois de son existence il se vit prêt à pleurer, sans savoir au juste ce qui l'attendrissait le plus : sa pitié pour elle, son impuissance à lui venir en aide, ou le sentiment d'avoir, en causant le malheur de cette femme, commis une mauvaise action.

— Un divorce est-il donc impossible ? murmura-t-il. Elle secoua la tête sans répondre.

— Ne pourrais-tu le quitter en emmenant ton fils ?

— Si, mais tout dépend de lui. Et maintenant il faut que j'aille le rejoindre, dit-elle sèchement.

Son pressentiment s'était vérifié : tout restait comme par le passé.

— Je serai mardi à Pétersbourg et nous prendrons une décision.

— Soit, mais ne parlons plus de tout cela.

La voiture d'Anna, qu'elle avait renvoyée avec l'ordre de venir la reprendre à la grille du jardin Wrede, approchait. Anna dit adieu à Vronski et partit.

XXIII

Le Comité du 2 juin siégeait généralement le lundi. Alexis Alexandrovitch entra dans la salle des séances, salua, comme d'ordinaire, le président et ses collègues et s'assit à sa place, posant la main sur les papiers préparés devant lui. Il y avait là, outre différentes pièces à l'appui, le brouillon du discours qu'il comptait prononcer. Précaution superflue du reste, car il en possédait tous les points et jugeait même inutile de le repasser dans sa mémoire. Le moment venu, quand il se trouverait en face de son adversaire — lequel chercherait en vain à se donner une physionomie indifférente — la parole lui viendrait d'elle-même, chaque mot porterait, sa harangue aurait une importance historique. Sûr de son fait, il écoutait de l'air le plus innocent la lecture du procès-verbal. En voyant cet homme à la tête penchée, à l'aspect fatigué, palpant doucement de ses mains blanches aux veines gonflées, aux doigts effilés, les bords du papier blanc posé devant lui, personne n'aurait cru que ce même homme allait tout à l'heure soulever une véritable tempête, dresser les uns contre les autres les membres du Comité, contraindre le président à les rappeler à l'ordre. La lecture terminée, Alexis Alexandrovitch déclara de sa voix faible et posée qu'il avait quelques observations à présenter au sujet du statut des allogènes. L'attention générale se porta sur lui. Après s'être éclairci la voix, Alexis Alexandrovitch, fidèle à son habitude de ne point regarder son adversaire quand il débitait son discours, s'adressa à la première personne assise en face de lui, laquelle se trouva être un petit vieillard timoré qui n'ouvrait jamais la bouche. Il exposa d'abord ses vues dans le silence, mais quand il en vint aux lois organiques, son adversaire sauta de son siège et prit la mouche. Strémov, qui faisait aussi partie du Comité et se sentait également piqué au vif, se défendit à son tour. Bref, la séance fut des plus orageuses ; mais Alexis Alexandrovitch triompha et sa proposition fut acceptée : on nomma trois nouvelles commissions, et le lendemain dans certaines sphères pétersbourgeoises il ne fut question que de cette séance. Le succès d'Alexis Alexandrovitch dépassa même son attente.

Le mardi matin, en s'éveillant, il se rappela avec plaisir son triomphe de la veille et ne put, malgré son désir de paraître indifférent, réprimer un sourire quand, pour se faire bien voir, son chef de cabinet lui communiqua les bruits qui couraient la ville à ce sujet.

Absorbé par le travail, Alexis Alexandrovitch oublia complètement que ce mardi était le jour fixé pour le retour de sa femme : aussi fut-il péniblement surpris quand un domestique vint le prévenir qu'elle était arrivée.

Anna était rentrée à Pétersbourg le matin de bonne heure ; son mari aurait pu le savoir, puisqu'elle avait demandé une voiture par dépêche ; mais il ne vint pas la recevoir et elle fut prévenue qu'il était en conférence avec son chef de cabinet. Après l'avoir fait avertir de son retour, Anna passa dans son appartement pour y faire déballer ses effets, en s'attendant à le voir bientôt paraître, mais une heure passa et il ne se montra point. Sous prétexte d'ordres à donner, elle entra dans la salle à manger, parla au domestique à voix haute, mais sans succès. Elle entendit son mari reconduire jusqu'à l'antichambre son chef de cabinet ; elle savait qu'il allait bientôt se rendre à son ministère et tenait à le voir auparavant pour régler leurs rapports futurs. Elle se décida à aller le trouver et, traversant le salon d'un pas ferme, pénétra dans le cabinet de travail. Accoudé à une petite table, Alexis Alexandrovitch en uniforme et prêt à sortir regardait tristement devant lui. Anna le vit avant qu'il ne l'aperçût et comprit qu'il pensait à elle. Il voulut se lever, hésita, rougit, ce qui ne lui arrivait jamais, puis se levant brusquement il fit quelques pas à sa rencontre, en fixant les yeux sur son front et sa coiffure pour éviter son regard. Arrivé près d'elle, il lui prit la main et l'invita à s'asseoir.

— Je suis très content de vous savoir rentrée, commença-t-il avec le désir évident de parler, mais il ne put continuer. Plusieurs fois encore il essaya en vain d'ouvrir la bouche. Bien qu'en se préparant à cette entrevue elle se fût exercée à l'accuser et à le mépriser, Anna ne trouvait rien à dire et le prenait en pitié. Leur silence se prolongea assez longtemps.

— Serge va bien ? prononça-t-il enfin ; et sans attendre de réponse, il ajouta : je ne dînerai pas à la maison et je dois sortir sans délai.

— Je voulais partir pour Moscou, dit Anna.

— Non, vous avez très, très bien fait de rentrer, répondit-il sans pouvoir aller plus loin.

Le voyant incapable d'aborder la question, Anna prit la parole elle-même.

— Alexis Alexandrovitch, dit-elle en le dévisageant sans baisser les yeux sous ce regard fixé sur sa coiffure, je suis une femme mauvaise et coupable, mais je reste ce que j'étais, ce que je vous ai avoué être, et je suis venue vous dire que je ne pouvais changer.

— Je ne vous demande pas cela, répondit-il d'un ton décidé cette fois et en regardant Anna dans les yeux avec une expression de haine ; la colère lui rendait évidemment toutes ses facultés. Je le supposais, mais, ainsi que je vous l'ai dit et écrit, continua-t-il d'une voix aiguë, ainsi que je vous le répète encore, je ne suis pas tenu de le savoir. Je désire l'ignorer. Toutes les femmes n'ont pas comme vous l'attention de communiquer à leur mari cette « agréable » nouvelle. (Il appuya sur le mot : agréable.) J'ignore tout tant que le monde n'en sera pas averti, ni mon nom déshonoré. C'est pourquoi je vous préviens que nos relations doivent rester ce qu'elles ont toujours été ; je ne chercherai à mettre mon honneur à l'abri que dans le cas où vous vous compromettriez.

— Mais nos relations ne peuvent rester ce qu'elles étaient, dit-elle en le regardant avec effroi.

En le retrouvant avec ses gestes calmes, sa voix railleuse, grêle, un peu enfantine, la pitié qu'elle avait d'abord éprouvée céda la place à la répulsion et à la crainte ; elle n'en voulut pas moins éclaircir à tout prix la situation.

— Je ne puis être votre femme, quand... voulut-elle dire, mais il l'arrêta d'un rire froid et mauvais.

— Le genre de vie qu'il vous a plu de choisir se reflète jusque dans votre manière de comprendre. Mais je respecte trop le passé et méprise trop le présent pour que mes paroles prêtent à l'interprétation que vous leur donnez.

Anna soupira et baissa la tête.

— Au reste, continua-t-il en s'échauffant, j'ai peine à comprendre qu'une femme qui juge bon de prévenir son mari de son infidélité et ne trouve, il me semble, rien de blâmable à sa conduite, que cette femme puisse encore avoir des scrupules sur l'accomplissement de ses devoirs d'épouse.

— Alexis Alexandrovitch, qu'exigez-vous de moi ?

— Je désire ne jamais rencontrer ici cet homme. J'exige que vous vous comportiez de telle sorte que ni le monde ni nos gens ne puissent vous accuser. Bref, j'exige que vous ne le voyiez plus. Ce n'est pas beaucoup demander, je crois. En échange, vous jouirez, sans en remplir les devoirs, des droits d'une honnête femme. Je n'ai rien de plus à vous dire. Je dois sortir et ne dînerai pas à la maison.

Il se leva et se dirigea vers la porte... Elle fit de même. Il la salua sans parler et lui céda le pas.

XXIV

La nuit qu'il avait passée sur la meule fut décisive pour Levine : il se sentit désormais incapable de prendre intérêt à son exploitation. Jamais encore, malgré l'abondance de la récolte, il n'avait éprouvé — ou cru éprouver — autant de déboires, autant d'ennuis avec les paysans ; jamais non plus il n'avait si bien saisi la cause primordiale de toutes ces déceptions. Le fauchage en compagnie des gens de la campagne lui avait laissé des souvenirs exquis ; au contact de ces simples[1] il s'était pris à envier la vie qu'ils menaient, à vouloir y participer. Ce désir d'abord vague s'était mué, au cours de la fameuse nuit, en un dessein si ferme qu'il envisagea diverses manières de le mettre à exécution. Sous l'empire de ces réflexions ses idées sur les choses de la terre changèrent du tout au tout et bientôt il comprit que le vice radical de son entreprise consistait en un perpétuel malentendu avec les paysans. Un troupeau de vaches sélectionnées dans le genre de la Paonne, une terre fertilisée à l'engrais, labourée à la charrue, divisée en neuf champs de même étendue séparés par des haies d'osiers, quatre-vingt-dix hectares fertilisés au fumier, des semeuses perfectionnées, tout cela eût été parfait s'il avait exploité son domaine tout seul ou aidé de camarades complètement d'accord avec lui. Mais il voyait clairement (l'étude qu'il préparait sur l'économie rurale et dans laquelle il faisait de l'ouvrier le facteur principal de toute entreprise agricole contribua fort à lui ouvrir les yeux) que sa manière de faire valoir n'était qu'une lutte acharnée, incessante entre ses ouvriers, attachés à l'ordre naturel des choses, et lui-même, partisan d'améliorations qu'il croyait rationnelles. Lutte sourde à vrai dire, ses adversaires ne lui opposant qu'une force d'inertie tout à fait innocente, mais dans laquelle il devait déployer toute son énergie — en pure perte d'ailleurs, car tout allait de travers, les instruments les plus perfectionnés se gâtaient, le plus beau bétail dépérissait, la meilleure terre ne donnait qu'un médiocre rendement. Le pire c'est que le jeu n'en valait pas la chandelle, il n'en doutait plus maintenant. Quel caractère revêtait donc cette lutte ? Tandis qu'il défendait âprement son bien, ne fût-ce que pour pouvoir payer ses ouvriers, et qu'en conséquence il exigeait de ceux-ci un travail suivi, réfléchi, ainsi que le respect des machines — herses, semeuses, batteuses, etc. — à eux confiées, les gaillards ne songeaient qu'à besogner à leur aise, à la va-comme-je-te-pousse, et suivant les vieux us. Combien de fois n'eut-il pas à s'en plaindre cet été-là ! Envoyait-il faucher pour la nourriture des bestiaux des lots de trèfle envahis par les mauvaises herbes, on lui fauchait par paresse les meilleurs champs, qui demandaient moins de mal. « Mais, not' maître, répondait-on à ses reproches, on a l'ordre du régisseur ; et puis, voyez-vous, ça fera un fourrage superbe. » Employait-on une nouvelle faneuse, on la brisait dès les premières lignes, parce que l'homme qui la conduisait trouvait agaçant de sentir une paire d'ailes battre au-dessus de sa tête. « Ne vous faites pas de mauvais sang, lui disait-on, nos femmes vont vite vous retourner tout ça.» Les charrues perfectionnées étaient mises au rancart, parce que leur conducteur ne songeait pas à abaisser le coutre, et que soulevant l'instrument à la force du poignet il fatiguait les chevaux et abîmait la terre. Puis c'étaient les chevaux qu'on laissait pénétrer dans les blés, parce que personne ne voulant veiller la nuit, les ouvriers organisaient, malgré la défense, un roulement, et que le pauvre Vania à bout de forces s'endormait et ne pouvait qu'avouer sa faiblesse. Trois des meilleures génisses laissées sans eau sur le regain de trèfle moururent gonflées, et jamais on ne voulut croire que le trèfle en était cause; on consola le maître en lui contant que le voisin avait perdu cent douze bêtes en trois jours. Personne d'ailleurs n'avait la moindre intention de nuire à Levine; cela il le savait fort bien. Tous ces gens l'aimaient, le trouvaient «pas fier», ce qui dans leur bouche valait le plus beau des compliments; mais tous aussi voulaient n'agir qu'à leur guise, tous se souciaient fort peu des intérêts du maître, auxquels ils ne comprenaient goutte et qui forcément s'opposaient aux leurs. Depuis longtemps Levine sentait sa barque sombrer sans qu'il s'expliquât comment l'eau y pénétrait. Il avait longtemps cherché à se faire illusion, car cet intérêt ôté de sa vie, comment en eût-il rempli le vide? Maintenant, hélas, il lui fallait se rendre à l'évidence et il se sentait envahi par le découragement.

La présence de Kitty Stcherbatski à trente verstes de chez lui aggravait ce malaise moral. Il aurait voulu la voir, mais ne pouvait se résoudre à retourner chez Darie Alexandrovna, celle-ci lui ayant fait entendre qu'une nouvelle demande de sa part aurait toute chance d'être acceptée. Bien qu'en la revoyant sur la grande route il eût senti qu'il l'aimait toujours, le refus de la jeune fille mettait entre eux une barrière infranchissable. «Je ne saurais vraiment lui demander de me prendre comme un pis-aller», se disait-il, et cette pensée la lui rendait presque odieuse. «Il me sera impossible de lui parler sans aigreur, de la regarder sans irritation, portant ainsi à son comble l'aversion qu'elle ressent pour moi. Je ne pourrai pas non plus celer mon entretien avec sa sœur, et j'aurai l'air de jouer l'amant magnanime, de condescendre à l'honorer de mon pardon!... Ah! si

Darie Alexandrovna ne m'avait point parlé, j'aurais pu la rencontrer par hasard, et tout se serait peut-être arrangé, mais désormais c'est impossible… impossible ! »

Darie Alexandrovna lui écrivit un jour pour lui demander une selle de dame pour Kitty. « On me dit, lui mandait-elle, que vous en avez une. J'espère bien que vous l'apporterez vous-même. »

Ce fut le coup de grâce. Comment une femme aussi fine, aussi intelligente, pouvait-elle à ce point abaisser sa sœur ! Il déchira successivement dix réponses : il ne pouvait ni venir, ni se retrancher derrière des empêchements invraisemblables, ni, qui pis est, prétexter un départ. Il envoya donc la selle sans un mot de réponse et le lendemain, sentant qu'il avait commis une grossièreté, il se déchargea sur son régisseur du souci d'affaires auxquelles il ne prenait plus goût et partit faire une visite lointaine. Un de ses amis, Sviajski, lui avait récemment rappelé sa promesse de venir chasser la bécassine. Les marais giboyeux du district de Sourov tentaient depuis longtemps Levine, mais son ardeur au travail ne lui avait pas encore permis ce petit voyage. Il ne fut pas fâché de planter là une bonne fois ses occupations, de s'éloigner des Stcherbatski, et d'aller une fois de plus demander à la chasse un remède à sa mauvaise humeur.

XXV

Comme le district de Sourov ne possédait encore ni chemins de fer, ni routes postales, Levine dut faire atteler ses chevaux à un tarantass. À mi-chemin il s'arrêta pour nourrir ses bêtes chez un riche paysan ; celui-ci, un vieillard chauve, dont la large barbe rousse grisonnait le long des joues, ouvrit la porte cochère et, se serrant contre un des battants, laissa passer l'attelage. Après avoir indiqué au cocher, dans la grande cour bien tenue, une place sous un appentis où reposaient quelques araires à moitié brûlés, il pria Levine d'entrer dans la maison. Une femme proprement vêtue, des caoutchoucs à ses pieds nus, lavait le plancher dans le vestibule. Elle s'effraya et poussa un cri à la vue du chien de

Levine, mais elle se rassura quand on lui dit qu'il ne mordait pas. De son bras à la manche retroussée, elle indiqua à Levine la porte de la belle chambre et lui déroba de nouveau son joli minois en se remettant à laver, courbée en deux.

— Vous faut-il le samovar? demanda-t-elle.

— Ce n'est pas de refus.

La pièce était vaste, munie d'un poêle hollandais et séparée en deux par une cloison; à la place d'honneur, sous les images saintes, trônait une table bariolée d'arabesques; un banc et deux chaises la flanquaient; près de la porte une petite armoire contenait la vaisselle. Les volets soigneusement clos ne laissaient guère pénétrer de mouches; tout était si propre que Levine fit coucher Mignonne dans un coin près de la porte, de peur qu'elle ne salît le plancher après les nombreux bains qu'elle avait pris dans toutes les mares de la route. Après un rapide examen de la pièce, Levine s'en alla visiter la cour et les dépendances. L'accorte jeune femme aux caoutchoucs le dépassa en courant vers le puits: elle portait sur l'épaule une planche où se balançaient deux seaux vides.

— Plus vite que ça! lui cria par manière de plaisanterie le bonhomme en la voyant courir vers le puits. Et se tournant vers Levine: Eh bien, Monsieur, lui dit-il en s'accoudant à la balustrade du perron avec le désir manifeste de bavarder, vous voilà parti chez Nicolas Ivanovitch Sviajski, n'est-ce pas? Il s'arrête aussi chez nous.

Le vieux se lança dans une histoire sur les bons rapports qu'il entretenait avec M. Sviajski; mais au beau milieu de son récit, la porte cria une seconde fois sur ses gonds, livrant passage à des ouvriers qui ramenaient des champs herses et araires. Les chevaux attelés aux instruments de labour étaient vigoureux et bien nourris. Les hommes paraissaient de la famille: deux d'entre eux, encore jeunes, arboraient casquettes et blouses d'indienne; deux autres, un vieux et un blanc-bec, vêtus de blouses de grosse toile, devaient être des ouvriers de louage.

Le bonhomme quitta le perron pour aider à dételer.

— Qu'a-t-on labouré? s'enquit Levine.

— Des champs de pommes de terre. On a aussi son

petit lopin. Mets le hongre au râtelier, Fédote ; on en attellera un autre.

— Dis-moi, le père, j'avais dit de prendre des socs, les a-t-on apportés ? demanda un grand gars solide, probablement le fils du vieux.

— Ils sont dans le traîneau, répondit celui-ci qui enroulait les guides et les jetait par terre. Arrange ça avant le dîner.

L'accorte jeune femme, pliant les épaules sous le faix de ses deux seaux pleins d'eau, gagna le vestibule. Et soudain arrivèrent, Dieu sait d'où, toute une troupe de femmes, jeunes et vieilles, belles et laides, seules ou suivies de bambins.

Le samovar se mit à chanter ; famille et domestiques s'en furent dîner. Levine tira ses provisions de la voiture et invita le maître à prendre le thé.

— C'est que je l'ai déjà pris tantôt ; enfin, pour vous faire plaisir, répondit le bonhomme visiblement flatté.

Tout en se restaurant, Levine le fit jaser. Dix ans plus tôt le gaillard avait pris en ferme, d'une dame, cent vingt hectares dont il venait l'an passé de se rendre acquéreur ; il affermait encore à un autre propriétaire du voisinage trois cents hectares, dont il sous-louait les moins bons et cultivait une quarantaine avec l'aide de sa famille et de deux domestiques. Il crut convenable de se plaindre, mais Levine vit bien que ses affaires prospéraient. Si tout était allé aussi mal qu'il le prétendait, il n'eût point acheté de la terre à cent cinq roubles l'hectare, ni marié trois fils et un neveu, rebâti deux fois sa maison après incendie, chaque fois de plus en plus grandement. En dépit de ses lamentations, on le devinait fier, et à juste titre, de son bien-être, de ses fils, de son neveu, de ses brus, de ses chevaux, de ses vaches, de toute la maisonnée. Dans le courant de la conversation, il prouva qu'il ne repoussait pas les innovations. Il cultivait les pommes de terre en grand et Levine avait pu voir en arrivant qu'elles se nouaient déjà tandis que les siennes fleurissaient à peine. Il labourait les champs à pommes de terre avec une charrue empruntée à un propriétaire. Il cultivait jusqu'à du froment. Un détail frappa surtout Levine : le vieux faisait éclaircir son seigle et se procurait ainsi un excellent fourrage pour ses chevaux, chose que Levine ne pouvait obtenir.

— Ça occupe les femmes, disait le bonhomme qui paraissait ravi de son invention. Elles n'ont qu'à faire des tas au bord de la route, et la charrette emmène tout ça.

— Eh bien, nous autres propriétaires, nous n'arrivons pas à faire entendre raison aux ouvriers, dit Levine en lui tendant un second verre de thé.

— Vous êtes bien aimable, fit le vieux en acceptant le verre, mais en refusant du sucre, son morceau aux trois quarts grignoté devant lui suffire. Avec des ouvriers, Monsieur, croyez-moi, on court à sa ruine. Prenez, par exemple, M. Sviajski. Sa terre, n'est-ce pas, c'est du nanan, et regardez-moi un peu ses récoltes ! Le manque de surveillance, voyez-vous.

— Mais toi, tu en as des ouvriers et tu te tires d'affaire. Comment diantre t'y prends-tu ?

— C'est que nous autres paysans on a l'œil à tout. Quand l'ouvrier ne vaut rien, on l'envoie promener. On a bien assez de bras sans lui.

— Père, Théogène demande du goudron, dit en pénétrant dans la pièce la femme aux caoutchoucs.

— C'est comme ça, Monsieur, croyez-moi, conclut le vieux en se levant. Il se signa mainte et mainte fois, remercia Levine et se retira.

Quand Levine entra dans la chambre commune pour appeler son cocher, il y trouva tous les hommes attablés cependant que les femmes les servaient. Un des fils, jeune gars costaud, racontait, la bouche pleine, une histoire qui faisait rire tout le monde, et plus particulièrement la femme aux caoutchoucs, occupée à remplir l'écuelle commune de soupe aux choux.

Cet intérieur de paysans produisit sur Levine une impression très forte, à laquelle la femme au joli minois ne fut sans doute pas étrangère, et jusqu'à son arrivée chez Sviajski il lui fut impossible de songer à autre chose, comme si ce modeste ménage méritait une attention toute spéciale.

XXVI

Sviajski assumait dans son district les fonctions de maréchal de la noblesse. De cinq ans plus âgé que Levine, il était depuis longtemps marié. Sa belle-sœur, une jeune fille charmante, vivait chez lui, et Levine savait — comme les jeunes gens à marier savent ces choses-là, d'instinct et sans jamais en parler à personne — qu'on désirait dans la maison la lui voir épouser. Bien qu'il songeât au mariage et ne doutât point que cette aimable personne ferait une excellente femme, il aurait trouvé tout aussi vraisemblable de l'épouser — en admettant même qu'il ne fût point amoureux de Kitty — que de voler dans les airs. La crainte d'être pris pour un prétendant lui gâtait un peu le plaisir qu'il se proposait de sa visite et l'avait fait réfléchir en recevant l'invitation pressante de Sviajski. Il l'avait néanmoins acceptée et cela pour plusieurs raisons : il ne voulait point prêter à son ami des intentions peut-être gratuites ; il tenait à faire une bonne fois l'épreuve des sentiments qu'il pouvait au fond du cœur ressentir pour cette jeune fille ; enfin l'intérieur des Sviajski était des plus agréables et Sviajski lui-même un des plus curieux spécimens des nouveaux administrateurs provinciaux.

Il appartenait à une catégorie d'individus que Levine n'arrivait pas à comprendre ; tout en professant des opinions tranchées bien que peu personnelles, ces gens-là n'en mènent pas moins un genre de vie tout aussi tranché mais qui contraste singulièrement avec leur manière de voir. Sviajski se disait ultra-libéral ; il méprisait les nobles, les accusant de demeurer pour la plupart au fond de leur cœur partisans honteux du servage ; il voyait dans la Russie un pays fini, une seconde Turquie, et ne s'abaissait point à critiquer les actes de son détestable gouvernement. Tout cela ne l'avait pas empêché de briguer les fonctions de maréchal de la noblesse et de les remplir fort consciencieusement : jamais il ne voyageait sans arborer la casquette officielle, bordée de rouge et ornée d'une cocarde. À l'en croire, un honnête homme ne pouvait vraiment vivre qu'à l'étranger ; il y faisait en effet d'assez fréquents séjours, mais n'en possédait pas moins en Russie un vaste domaine, qu'il mettait en valeur d'après les procédés les plus perfectionnés, et se tenait avec une ardeur fiévreuse au courant des moindres événements russes. Il voyait dans le paysan russe un intermédiaire entre l'homme et le singe, mais à l'époque des élections au conseil de district c'était aux paysans qu'il serrait le plus volontiers la main, c'était à leur opinion qu'il prêtait le plus volontiers l'oreille. Il ne croyait ni à Dieu ni à diable, mais se préoccupait beaucoup d'améliorer le sort du clergé et de réduire le nombre des paroisses, la sienne exceptée bien entendu. Il proclamait bien haut les droits de la femme à la liberté et au travail, mais, tout en vivant en fort bons termes avec la sienne, il ne lui laissait aucune initiative, lui permettant tout juste de délibérer avec lui sur la meilleure façon de passer leur temps.

Si Levine n'avait pas toujours voulu s'expliquer les gens par leur bon côté, il se fût dit tout bonnement, sans chercher à approfondir le caractère de Sviajski : « C'est ou un sot ou un coquin. » Et chacune de ces épithètes eût constitué un jugement téméraire. Cet homme intelligent et cultivé ne faisait nulle parade de son instruction, pourtant fort étendue. Bon et honnête, incapable de la moindre mauvaise action, il se consacrait de tout cœur à une œuvre que tout le monde autour de lui appréciait hautement. C'était une énigme vivante. S'autorisant de l'amitié qu'il lui portait, Levine avait maintes fois tenté de percer ce mystère ; mais chaque fois, Sviajski, quelque peu troublé, voilait son regard comme s'il appréhendait de se voir compris, et repoussait par quelque cordiale plaisanterie cette tentative d'ingérence dans les replis de son être intime.

Après ses récentes désillusions, Levine attendait beaucoup de sa visite à Sviajski. La vue de ces délicieux tourtereaux et de leur nid douillet chasserait pour un temps ses idées noires, et il comptait bien arracher cette fois à son ami le secret de cette vie si sereine, si bien assise, si sûre de son but. En outre il s'attendait à rencontrer chez lui certains propriétaires du voisinage et à s'entretenir avec eux des choses de la terre, telles que récolte, louage d'ouvriers et autres sujets non moins bas au jugement du monde mais qui prenaient maintenant à ses yeux une importance capitale. « Peut-être, songeait-il, tout cela n'avait-il en effet aucune importance au temps du servage, et cela n'en a-t-il encore aucune en Angleterre, en raison de conditions exactement déterminées. Mais à un moment comme le nôtre où tout chez nous est encore sens dessus dessous, la réorganisation du travail sous des formes nouvelles est la seule question qui vaille vraiment la peine de retenir notre attention. »

La partie de chasse déçut Levine : les marais étaient à sec et les bécassines plutôt rares. Il marcha toute la journée pour n'en rapporter que trois ; il rapporta par contre un excellent appétit, une humeur parfaite et l'excitation intellectuelle que provoquait toujours chez lui la pratique d'un violent exercice physique. Et souvent encore au cours de cette partie, alors que Levine laissait sa pensée flotter, le vieux paysan et sa famille s'imposaient à son souvenir, comme s'il devait trouver là la solution d'un problème qui l'intéressait directement.

Le soir à l'heure du thé s'engagea en effet, grâce à la présence de deux propriétaires venus régler une question de tutelle, l'intéressante conversation qu'escomptait Levine. La maîtresse du logis, une blonde de taille moyenne, dont le visage rond n'était que sourires et fossettes, l'avait placé à côté d'elle et en face de sa sœur. Il essaya tout d'abord de déchiffrer à travers la femme l'énigme du mari, mais il dut bientôt y renoncer, car la présence de la jeune fille, dont la robe ouverte en trapèze semblait avoir été revêtue à son intention, lui enlevait l'usage de ses facultés. Cette échancrure découvrait à vrai dire une poitrine fort belle, mais c'était justement ce qui causait son trouble. Soupçonnant, peut-être à tort, que cette gorge blanche avait été décolletée en son honneur, il ne se croyait pas le droit d'y jeter les yeux et détournait la tête en rougissant. Mais par le fait même que cette échancrure existait, il s'estimait coupable, s'imaginait tromper quelqu'un, aurait voulu — chose bien impossible — s'expliquer loyalement. Bref il se sentait sur des charbons ardents. Sa gêne se communiquait à la charmante fille, mais la maîtresse de maison semblait ne rien voir et entraînait comme à dessein sa sœur dans la conversation.

— Vous prétendez, disait-elle, que les choses russes laissent mon mari indifférent. Au contraire il n'est jamais de si bonne humeur à l'étranger que chez nous. Ici il se sent vraiment dans sa sphère. Il a tant à faire et il a le don de s'intéresser à tout. Vous ne connaissez pas notre école ?

— Je l'ai vue... Une maisonnette couverte de lierre, n'est-ce pas ?

— Oui, c'est l'œuvre de Nastia, dit-elle en désignant sa sœur.

— Vous y donnez vous-même des leçons ? demanda Levine en tâchant — effort inutile — de ne point voir l'échancrure.

— J'en ai donné et j'en donne encore, mais nous avons une maîtresse d'école excellente. Nous enseignons aussi la gymnastique.

— Non, merci, je ne prendrai plus de thé ; j'entends là-bas une conversation qui m'attire, dit Levine à bout de forces. Et rougissant de son impolitesse, il alla s'asseoir à l'autre bout de la table, où le maître de maison causait avec les deux hobereaux. Accoudé à la table près de laquelle il était assis de biais, Sviajski tourmentait d'une main sa tasse tandis que de l'autre il empoignait sans cesse sa barbe pour se la fourrer sous le nez, la laissant retomber et s'en emparant une fois de plus, comme avide de la sentir. Ses yeux noirs et brillants fixaient un bonhomme à moustaches grises qui se répandait en plaintes contre les paysans. Levine vit aussitôt que Sviajski pouvait d'un mot réduire en poudre les arguments du personnage, mais que, sa position officielle l'obligeant à certains ménagements, il préférait se délecter en silence de cette jérémiade.

Le hobereau à moustaches grises était de toute évidence un campagnard encroûté, entiché de culture et partisan convaincu du servage. Levine le devina à la façon dont il portait une vieille redingote à l'ancienne mode qu'il ne devait pas endosser souvent, à ses yeux fins renfrognés par de gros sourcils, à son langage coulant, à son ton autoritaire, fruit évident d'une longue expérience, aux gestes impérieux de ses grandes belles mains hâlées que parait seule une vieille alliance.

XXVII

Si ça ne me faisait pas mal au cœur de tout abandonner, car je vous assure que je me suis donné du mal, je bazarderais tout et je m'en irais, comme Nicolas Ivanovitch, entendre la *Belle Hélène*, dit le vieux propriétaire dont la figure intelligente s'éclaira d'un sourire.

— Si vous restez, c'est que vous y trouvez votre compte, rétorqua Sviajski.

— J'y trouve tout juste le compte de coucher sous mon toit. Et puis, n'est-ce pas, on espère toujours ramener les gens à la raison... Que voulez-vous faire avec des ivrognes, des fêtards pareils ? De partage en partage, il ne leur est plus resté ni un cheval ni une vache. Mais proposez-leur donc de les prendre comme ouvriers, ils vous bousilleront leur ouvrage et trouveront encore moyen de vous assigner devant le juge de paix.

— Devant qui vous pouvez, vous aussi, les assigner si bon vous semble.

— Moi, me plaindre au juge ? Jamais de la vie ! Il m'en cuirait trop. Vous connaissez l'histoire de la fabrique. Après avoir touché des arrhes, les ouvriers ont tout planté là. Qu'a fait votre juge ? Il les a acquittés, Monsieur ! Non, voyez-vous, je m'en tiens au bon vieux tribunal communal ; là au moins on vous rosse votre homme comme au temps passé. C'est encore une chance qu'il nous reste ça ; autrement ce serait à fuir au bout du monde !

Le bonhomme voulait évidemment mettre Sviajski hors de ses gonds, mais celui-ci ne faisait qu'en rire.

— Pourtant ni Levine, ni moi, ni Monsieur n'en venons là, dit-il en désignant le second propriétaire.

— Oui, mais demandez à Michel Pétrovitch comment il s'y prend pour faire marcher ses affaires ; est-ce là, je vous le demande, une administration ra-tion-nel-le ? rétorqua le hobereau qui parut tout glorieux de ce mot savant.

— Dieu merci, fit l'autre, je n'ai pas à me creuser la tête. Toute la question est d'avoir assez d'argent en automne à l'époque des impôts. Les paysans viennent me trouver : « Notre père, qu'ils disent, tirez-nous d'affaire. » Et comme ce sont des voisins, je les prends en pitié ; j'avance le premier tiers de l'impôt, mais j'ai soin de les prévenir : « Attention, les enfants, à charge de retour : pour les semences, le fauchage, la moisson, c'est entendu, je compte sur vous. » Et sans plus tarder on s'entend à la bonne franquette sur le nombre de bras à fournir par chaque feu. À parler franc, il se rencontre aussi parmi eux des gens sans conscience...

Levine, qui savait à quoi s'en tenir sur ces mœurs patriarcales, échangea un regard avec Sviajski et interrompant Michel Pétrovitch, s'adressa à l'homme aux moustaches grises :

— Voyons, selon vous, que devons-nous faire ?

— Imiter Michel Pétrovitch, ou bien affermer la terre aux paysans ou la cultiver en compte à demi avec eux. Tout cela est faisable, mais il n'en est pas moins vrai qu'avec ces moyens-là la richesse du pays s'en va. Une terre qui, au temps du servage, rendait neuf fois la semence ne la rendra plus que trois fois en compte à demi. L'émancipation a ruiné la Russie !

Sviajski sourit des yeux à Levine et esquissa même un geste de moquerie ; mais celui-ci trouvait fort sensés les propos du vieillard et son caractère plus ouvert que celui de Sviajski. Les raisons que le brave homme apporta à l'appui de ses dires lui parurent justes, neuves, irréfutables. Chose fort rare, ce hobereau exprimait des idées bien à lui, idées qui n'étaient point un vain jeu d'esprit mais que l'on sentait mûries par de longues réflexions solitaires, par une profonde expérience de la vie champêtre.

— Je m'explique, disait-il, évidemment heureux de montrer qu'il possédait lui aussi quelque instruction. Tout progrès se fait par la force et rien que par la force. Prenez les réformes de Pierre, de Catherine, d'Alexandre, prenez l'histoire de l'Europe. L'agriculture n'échappe pas à la règle, bien au contraire. La pomme de terre elle-même n'a pu être introduite chez nous que par la force. Et croyez-vous qu'on ait toujours labouré avec l'araire ? Non ; ce modeste instrument date peut-être des temps féodaux, mais soyez sûrs qu'on a usé d'autorité pour le faire adopter. Et si de nos jours les propriétaires ont pu améliorer leurs modes de culture, introduire des séchoirs, des batteuses, des engrais et tout le fourniment, c'est parce que, grâce au servage, ils le faisaient d'autorité et que les paysans, d'abord réfractaires, obéissaient et finissaient par les imiter. Maintenant qu'on nous a enlevé nos droits, notre agriculture, qui par endroits avait fait des progrès indéniables, doit finalement retomber dans la barbarie primitive. Telle est du moins mon opinion.

— Pourquoi cela ? objecta Sviajski. Puisque vous trouvez ra-tion-nel-les vos méthodes de culture, appliquez-les donc à l'aide d'ouvriers salariés.

— Impossible, puisque je manque d'autorité.

« Eh, eh, nous y voilà ! songeait à part soi Levine : l'ouvrier est le principal facteur de toute entreprise agricole. »

— Nos ouvriers, continuait le hobereau, ne veulent ni fournir de la bonne besogne, ni employer de bons instruments. Ils ne savent que se saouler comme des porcs et gâter tout ce qu'ils touchent. Confiez-leur un cheval, ils l'abreuveront à contretemps ; une charrette, ils en abîmeront les harnais et trouveront moyen de boire au cabaret jusqu'au cercle de fer de ses roues ; une machine à battre, ils y introduiront une cheville pour la mettre hors d'usage. Tout ce qui dépasse leur routine leur fait mal au cœur. Aussi notre agriculture est-elle en baisse sur toute la ligne ; la terre est négligée et reste en friche, à moins qu'on ne la cède aux paysans ; un domaine qui rendait disons deux millions d'hectolitres n'en rend plus que quelques centaines de milliers. Si l'on voulait à tout prix émanciper, il fallait au moins agir avec circonspection…

Et il se mit à développer son plan personnel, qui avait à l'en croire l'avantage d'écarter tous ces inconvénients. Sans prendre grand intérêt à l'histoire, Levine le laissa achever et, se tournant vers Sviajski dans l'espoir de l'amener à s'expliquer, il revint à son point de départ.

— Il est indéniable, dit-il, que le niveau de notre agriculture est en baisse, et que nos rapports actuels avec les ouvriers ne permettent point une exploitation rationnelle.

— Je ne suis pas de cet avis, rétorqua Sviajski devenu sérieux. La vérité, c'est que nous sommes de piètres agriculteurs et que même au temps du servage nous n'obtenions de nos terres qu'un médiocre rendement. Nous n'avons jamais eu ni machines, ni bétail convenables, ni bonne administration ; nous ne savons même pas compter. Interrogez un propriétaire, il ignore aussi bien ce qui lui coûte que ce qui lui rapporte.

— Ah ! oui, la comptabilité en partie double ! ironisa le hobereau. Vous aurez beau compter et recompter, du moment qu'on vous a tout abîmé, vous ne trouverez pas de bénéfice.

— Que parlez-vous toujours d'abîmer ? Votre vieux fouloir à la russe, passe, mais je vous garantis qu'on ne me brisera pas ma batteuse à vapeur. Vos mauvaises rosses bien russes, qu'il faut tirer par la queue pour les faire avancer, possible qu'on les éreintera, mais achetez des percherons ou même des Orlov, et vous verrez si ça marchera ! Et le reste à l'avenant. Ce qu'il nous faut, c'est améliorer notre technique.

— Encore faudrait-il en avoir le moyen, Nicolas Ivanovitch. Vous en parlez à votre aise ; mais quand on a comme moi un fils à l'université et d'autres au collège, on n'a pas de quoi acheter des percherons.

— Adressez-vous aux banques.

— Pour voir ma terre vendue aux enchères ? Non, merci.

— Je ne pense pas, dit Levine, que notre technique puisse et doive être améliorée. J'ai le moyen de risquer de l'argent en améliorations, mais jusqu'ici toutes celles que j'ai tentées, machines, bétail, etc., ne m'ont causé que des pertes. Quant aux banques, je voudrais bien savoir à quoi elles sont utiles.

— Parfaitement exact ! confirma le gentillâtre avec un rire satisfait.

— Et je ne suis pas le seul, continua Levine, j'en appelle à tous ceux d'entre nous qui font valoir leurs terres suivant les bonnes méthodes : à de rares exceptions près, ils sont tous en perte. Voyons, vous le premier, vous tirez-vous d'affaire ? demanda-t-il à Sviajski, pour lire aussitôt dans son regard l'embarras que lui causait toute tentative de sonder le fond de sa pensée.

Cette question n'était d'ailleurs pas de bonne guerre. Pendant le thé Mme Sviajski avait avoué à Levine qu'un comptable allemand mandé tout exprès de Moscou s'était chargé pour cinq cents roubles d'établir les comptes de leur exploitation et qu'il avait constaté une perte de trois mille roubles. Cela en chiffres ronds, car si elle ne se rappelait plus la somme exacte, l'Allemand, lui, l'avait calculée à un liard près.

La question de Levine fit sourire le hobereau qui savait évidemment à quoi s'en tenir sur le rendement des terres de son voisin et maréchal.

— Peut-être bien que non, répondit Sviajski. Mais cela prouve tout au plus que je suis un médiocre agronome, ou que je dépense mon capital afin d'augmenter la rente.

— La rente ! s'écria Levine avec effroi. Elle existe peut-être en Europe où plus on la cultive, plus la terre s'améliore, mais chez nous c'est tout juste le contraire. Par conséquent il n'y a pas de rente.

— C'est que précisément nous sommes hors la loi : pour nous ce mot de rente n'éclaircit rien, au contraire il embrouille tout. Dites-moi un peu comment la théorie de la rente peut…

— Ne prendriez-vous pas du lait caillé ? Macha, envoie-nous donc du lait caillé ou des framboises, dit Sviajski en se tournant vers sa femme. C'est surprenant comme les framboises durent longtemps cette année.

Et il se leva de la meilleure humeur du monde, croyant de bonne foi la discussion terminée alors que Levine la jugeait à peine ébauchée.

Privé de son interlocuteur, Levine se tourna vers le gentillâtre et chercha à lui faire entendre que tout le mal venait de ce qu'on ne tenait aucun compte du tempérament et des habitudes de l'ouvrier ; mais comme tous les gens accoutumés à réfléchir au coin de leur feu, le bonhomme n'entrait pas volontiers dans la pensée des autres et tenait passionnément à ses propres opinions. Il en revenait toujours à cette idée que le paysan russe étant bel et bien un porc, on ne pourrait le tirer de sa porcherie qu'à l'aide d'un pouvoir fort et du séculaire martin-bâton ; par malheur on s'était mis au bout de mille ans à jouer au libéralisme, à remplacer ces moyens éprouvés par Dieu sait quels avocats, quels arrêtés reconnaissant à cette canaille malodorante le droit à tant d'assiettes de bonne soupe, à tant de pieds cubiques de bon air.

— Mais voyons, dit Levine en tâchant de le ramener à la question, ne peut-il vraiment s'instituer entre les ouvriers et nous des rapports qui permettent au travail d'être réellement productif ?

— Non, avec nos Russes il n'y faut pas songer. Il n'y a plus d'autorité, répondit le gentillâtre.

— D'ailleurs quelles nouvelles conditions de travail pourrait-on bien découvrir ? dit Sviajski, qui, après avoir avalé une assiette de lait caillé et allumé une cigarette, revenait prendre part à la conversation. Tous les rapports possibles avec l'ouvrier ont été il y a beau jeu étudiés et définis une fois pour toutes. Ce legs des temps barbares, la commune agraire avec la caution solidaire, tombe peu à peu de lui-même ; le servage est aboli ; il ne reste donc que le travail libre, dont toutes les formes sont depuis longtemps connues.

— Mais l'Europe elle-même est mécontente de ces formes.

— Oui, elle en cherche d'autres, qu'elle trouvera probablement.

— Alors pourquoi ne chercherions-nous pas de notre côté ?

— Parce que c'est comme si nous prétendions inventer de nouveaux procédés pour construire des chemins de fer. Ces procédés existent déjà.

— Mais s'ils ne nous conviennent pas, s'ils sont absurdes ?

Sviajski reprit son air effrayé.

— Oui, n'est-ce pas, l'Europe cherche ce que nous avons déjà trouvé ! Je connais cette vieille chanson. Dites-moi, avez-vous lu tous les travaux qu'on a faits en Europe sur la question ouvrière ?

— Non, je connais mal cette question.

— Elle préoccupe pourtant les meilleurs esprits européens. Vous avez d'une part l'école de Schulze-Delitzsch, d'autre part celle de Lassalle, la plus avancée de toutes et qui a produit une littérature considérable... Vous connaissez l'association de Mulhouse, voilà déjà un fait acquis.

— Je n'en ai qu'une idée très vague.

— C'est une manière de dire, vous en savez certainement aussi long que moi. Sans être sociologue, j'ai pris goût à ces questions, et puisqu'elles vous intéressent aussi, vous devriez vous en occuper.

— À quelle conclusion ont-ils tous abouti ?

— Un instant, si vous le permettez...

Les hobereaux s'étaient levés et Sviajski se mit en devoir de les reconduire. Une fois de plus il avait dressé une barrière devant la curiosité intempestive de Levine.

XXVIII

LEVINE passa en compagnie des dames une soirée fort pénible. Convaincu désormais que la crise de découragement dont il avait souffert les atteintes était une conséquence de l'état général des choses, il ne cessait de ruminer en sa tête la question qui lui tenait à cœur. « Oui, se disait-il, il nous faut coûte que coûte trouver un *modus vivendi* qui permette aux ouvriers de travailler chez nous d'aussi bon cœur que chez le vieux paysan de tantôt. Ce n'est pas une utopie, c'est un simple problème que nous avons le droit et le devoir de résoudre. »

En prenant congé des dames, il promit de leur consacrer la journée du lendemain : un curieux éboulement s'étant produit dans la forêt domaniale voisine, on le prendrait pour but d'une promenade à cheval. Avant de se coucher il entra dans le cabinet de travail de son hôte pour y prendre les ouvrages dont celui-ci lui avait conseillé la lecture. Ce cabinet était une énorme pièce ; plusieurs corps de bibliothèque en faisaient le tour ; un bureau massif trônait au beau milieu, flanqué d'un casier dont les cartons s'ornaient de lettres dorées ; et sur le guéridon qui supportait la lampe s'étalaient en étoile les derniers numéros de nombreux journaux et revues en toutes langues.

Sviajski mit de côté les volumes puis s'installa dans un fauteuil à bascule.

— Que regardez-vous là ? demanda-t-il à Levine qui feuilletait une revue. Ah ! oui, il y a dans le numéro que vous tenez un article très bien fait. Il paraît, ajouta-t-il en s'animant, que l'instigateur du partage de la Pologne ne fut pas du tout Frédéric II.

Et il résuma, avec la clarté qui lui était propre, la teneur des pièces importantes qu'on venait de découvrir. Bien que la pensée de Levine fût ailleurs, il ne pouvait se défendre de l'écouter, tout en se demandant : « Que peut-il bien y avoir au fond de cet homme ? En quoi le partage de la Pologne l'intéresse-t-il ? »

Quand Sviajski eut fini de parler, Levine demanda involontairement :

— Et après ?

Il n'y avait rien du tout « après » ! La publication était tout bonnement curieuse, et Sviajski jugea inutile d'expliquer en quoi elle l'intéressait particulièrement.

— Savez-vous, reprit Levine après un soupir, que j'ai pris plaisir à entendre votre vieux grondeur. Il n'est pas bête et il y a beaucoup de vrai dans ses dires.

— Allons donc ! C'est un esclavagiste honteux, comme ils le sont tous d'ailleurs.

— Ce qui ne vous empêche pas d'être à leur tête.

— Oui, mais pour les diriger en sens inverse, dit en riant Sviajski.

— En tout cas, insista Levine, une de ses affirmations me paraît indéniable : quiconque d'entre nous veut faire valoir son bien suivant des méthodes rationnelles est voué à un échec certain ; seuls réussissent ceux qui font l'usure, comme le chafouin de tantôt, ou qui s'en tiennent à un système d'exploitation primitif... Je voudrais bien savoir à qui la faute ?

— À nous-mêmes évidemment. Du reste certains font de bonnes affaires, Vassiltchikov par exemple.

— Il a une usine...

— Soit. Mais votre surprise a lieu de m'étonner. Notre peuple est si peu développé, moralement et matériellement, qu'il doit s'opposer à toute innovation. Si les méthodes rationnelles ont cours en Europe, c'est que l'instruction est répandue parmi le peuple. À nous de la répandre aussi parmi nos paysans.

— De quelle façon ?

— En fondant des écoles, des écoles et encore des écoles.

— Mais vous convenez vous-même que notre peuple manque de tout bien-être ; en quoi des écoles obvieront-elles à ce triste état de choses ?

— Votre réponse me rappelle celles que faisait un malade à un donneur de conseils : « Prenez donc une purgation. — Je l'ai fait, cela va plus mal. — Mettez des sangsues. — Je l'ai fait, cela va plus mal. — Priez le bon Dieu. — Je l'ai fait, cela va plus mal. » — Vous repoussez du même ton tous les remèdes que je vous propose : économie politique, socialisme, instruction.

— C'est que je ne vois pas du tout le bien que peuvent faire les écoles.

— Elles créeront de nouveaux besoins.

— Tant pis, s'emporta Levine, puisque le peuple ne sera pas à même de les satisfaire. Et en quoi sa situation matérielle s'améliorera-t-elle parce qu'il saura l'addition, la soustraction et le catéchisme ? Pas plus tard qu'avant-hier soir je rencontre une paysanne qui portait son enfant à la mamelle. « Où vas-tu comme ça ? — Je viens de chez la sage-femme ; l'enfant n'arrête pas de crier, je le lui ai mené pour le guérir. — Et comment s'y est-elle prise ? — Elle a posé le petit sur le perchoir aux poules et elle a marmotté des paroles. »

— Vous voyez bien, dit en souriant Sviajski ; pour qu'on n'ait plus recours au perchoir, il faut...

— Eh non ! interrompit Levine avec humeur, ce sont vos écoles comme remède pour le peuple que je compare à celui de la sage-femme. Que le peuple soit pauvre et arriéré, nous le voyons certes aussi clairement que la bonne femme entend les cris du marmot, mais prétendre lutter contre cette misère par la création d'écoles c'est, selon moi, aussi absurde que de prétendre guérir l'enfant à l'aide du perchoir. Il faut d'abord s'attaquer aux racines du mal.

— Vous arrivez aux mêmes conclusions que Spencer, un auteur que vous n'aimez guère pourtant ; il prétend que la civilisation peut résulter d'une augmentation de bien-être, d'ablutions plus fréquentes, comme il dit, mais que l'alphabet ni l'arithmétique n'y peuvent rien.

— Tant mieux, ou plutôt tant pis pour moi si je suis d'accord avec Spencer. Ma conviction est d'ailleurs faite depuis longtemps : il n'y a qu'un seul remède efficace, à savoir une situation économique qui permette au peuple de s'enrichir et lui donne par là même plus de loisirs. Alors, mais alors seulement, vous pourrez créer des écoles.

— Cependant l'instruction devient obligatoire dans toute l'Europe.

— Mais comment vous entendez-vous sur ce point avec Spencer ?

Le regard de Sviajski se troubla un instant et il dit en souriant :

— L'histoire de votre paysanne est excellente. Vous l'avez entendue pour de vrai ?

Levine comprit qu'il ne trouverait jamais de liens entre la vie et la pensée de cet homme. Ce qui l'intéressait, c'était la discussion pour elle-même et non point les conclusions auxquelles elle pouvait mener ; et comme il n'aimait pas qu'on l'entraînât dans une impasse, il avait soin de faire dévier à temps la conversation.

Levine se sentait profondément troublé sous un afflux d'impressions nouvelles. Le vieux paysan et sa famille, cause première de toutes ses réflexions de la journée ; ce charmant Sviajski, qui, comme bien d'autres dont le nom est légion, guidait l'opinion publique au moyen d'idées empruntées, tout en ayant des arrière-pensées impénétrables ; ce hobereau aigri, dont les raisonnements, fruits d'une rude expérience, eussent été fort justes s'ils n'avaient méconnu la meilleure classe de la population ; ses propres déboires, auxquels il espérait vaguement pouvoir bientôt remédier ; toutes ces impressions se fondaient dans son âme en une sorte d'agitation, d'attente inquiète.

Couché sur un sommier dont les ressorts faisaient à chacun de ses mouvements tressauter ses bras ou ses jambes, Levine fut longtemps poursuivi moins par les propos, pourtant dignes d'intérêt, de Sviajski que par les affirmations tranchantes du hobereau. Son imagination lui suggérait maintenant les objections qu'il n'avait pas su faire.

« Oui, se disait-il, voici ce que j'aurais dû lui répondre. Vous prétendez que notre agriculture marche mal parce que le paysan déteste les innovations, et qu'il faut lui faire adopter celles-ci par la force. En réalité, ceux-là seuls qui respectent les habitudes des ouvriers, comme mon bonhomme de ce matin, obtiennent de bons résultats. Nos déceptions à nous tous prouvent que nous ne savons pas nous y prendre. Nous voulons imposer nos méthodes européennes sans nous inquiéter de la nature même de la main-d'œuvre. Essayons une bonne fois de ne plus considérer cette main-d'œuvre comme une entité théorique, voyons en elle le paysan russe et ses instincts, et arrangeons-nous en conséquence. Supposons, par exemple, qu'à l'instar de mon cultivateur de tantôt, vous ayez trouvé le moyen d'intéresser vos ouvriers à votre entreprise, de leur faire admettre un strict minimum de perfectionnements ; et que, sans épuiser votre terre, vous lui fassiez rendre deux ou trois fois plus qu'auparavant. Eh bien, divisez-la en deux parts, faites cadeau de l'une à vos paysans, vous et eux y trouverez votre compte. Mais pour obtenir ce résultat, il importe d'abaisser le niveau de notre culture et d'intéresser les ouvriers à l'entreprise. Comment y arriver? La question doit être examinée en détail, mais je ne doute pas qu'elle puisse être résolue. »

Levine passa une bonne moitié de la nuit à examiner ce problème et se résolut à partir dès le lendemain matin. Le souvenir de la belle-sœur au corsage décolleté faisait naître en lui un sentiment de honte et de remords. Mais avant tout il tenait à soumettre à ses ouvriers avant les semailles d'automne le plan d'une réforme complète de son système d'exploitation[1].

XXIX

L'EXÉCUTION de ce plan présentait de nombreuses difficultés, mais Levine se démena tant et si bien que sans obtenir le résultat escompté il put à bon droit se dire qu'il n'avait perdu ni son temps ni sa peine. Un des principaux obstacles auxquels il se heurta fut l'impossibilité de faire table rase: la machine devait être transformée en pleine marche.

En rentrant chez lui le soir, Levine communiqua ses projets à son régisseur, qui en approuva avec une satisfaction non dissimulée la partie destructive: tout ce qu'on avait fait jusque-là était absurde, il s'épuisait depuis longtemps à le dire sans qu'on voulût l'entendre! Mais quand Levine lui proposa de l'associer ainsi que les paysans à son entreprise, il prit un air abattu et, sans faire de réponse directe, représenta la nécessité de rentrer dès le lendemain les dernières gerbes et de commencer un second labour. L'heure n'était décidément pas propice à une réforme aussi radicale; Levine le vit d'autant mieux que les quelques paysans auxquels il s'en ouvrit étaient trop occupés pour pouvoir la comprendre. Le bouvier Ivan par exemple, un garçon naïf qu'il voulut associer avec sa famille aux bénéfices de la basse-cour, parut d'abord entrer complètement dans les intentions du maître ; mais, quand celui-ci prétendit lui expliquer les avantages qu'il retirerait de la combinaison, le visage d'Ivan exprima l'inquiétude, le regret de n'être point de loisir ; et le gaillard de s'inventer aussitôt une besogne pressante : crèches à vider, seaux à remplir, fumier à remuer.

La méfiance invétérée des paysans constituait un obstacle non moins sérieux : ils ne pouvaient admettre que le maître ne cherchât pas à les exploiter ; et de leur côté, tout en parlant beaucoup, ils se gardaient bien d'exprimer le fond de leur pensée. En outre, comme pour justifier les assertions du bilieux gentillâtre, ils posaient pour condition première de tout arrangement qu'ils ne seraient jamais astreints à l'emploi d'instruments perfectionnés ou de nouvelles méthodes de culture. Ils convenaient que la charrue et l'extirpateur avaient du bon, mais trouvaient cent raisons pour ne pas s'en servir. Il fallait donc abaisser le niveau de la culture ; si persuadé qu'il fût de cette nécessité, Levine ne renonça pas de gaieté de cœur à certaines innovations dont l'avantage était par trop évident.

Malgré ces contretemps, Levine arriva à ses fins et dès l'automne l'affaire prit ou sembla prendre tournure. Il dut cependant renoncer à étendre l'association à tout son domaine et diviser celui-ci en cinq branches — basse-cour, jardin, potagers, prairies, labours — dont chacune comprenait à son tour plusieurs lots. Le naïf bouvier Ivan, qui avait paru saisir mieux qu'aucun autre de quoi il retournait, forma une coterie avec quelques parents et amis et se chargea de la basse-cour. Une terre éloignée, depuis huit ans en friche et envahie par les taillis, fut confiée à Fiodor Rézounov, un charpentier pas bête qui s'adjoignit six familles de cultivateurs. Le potager échut à un autre paysan, du nom de Chouraiev. Tout le reste demeura comme par le passé, mais ces trois lots, base de la future réforme générale, donnèrent à Levine pas mal de tintouin.

À vrai dire la vacherie ne prospéra guère : Ivan ne voulut pas entendre parler d'une étable chaude, sous le prétexte que les vaches tenues au froid consommaient moins de fourrage et que la crème déjà épaisse donnait un beurre plus avantageux que la crème liquide. Par ailleurs il prétendit être payé comme de coutume et se soucia peu d'apprendre que les sommes qu'il touchait représentaient non plus des gages mais des acomptes sur sa part dans les bénéfices.

De son côté la coterie de Fiodor Rézounov, arguant que la saison était trop avancée, ne donna qu'un labour à sa pièce de terre au lieu des deux convenus. Elle s'obstinait du reste à croire qu'elle travaillait en compte à demi et plus d'une fois ses participants, Rézounov y compris, proposèrent à Levine de lui payer un bail. « Comme cela, disaient-ils, vous serez plus tranquille et nous, on sera plus tôt quittes. » Elle fit en outre sous divers prétextes traîner en longueur la construction de la grange et de l'étable qu'elle s'était engagée à bâtir avant l'hiver.

Quant à Chouraiev, il avait évidemment ou mal compris ou feint de mal comprendre les conditions auxquelles on lui avait confié le potager : ne chercha-t-il pas à le louer par lots à d'autres paysans !

Levine voulait-il expliquer à ces gens les avantages qu'ils retireraient de l'entreprise, ils ne lui prêtaient qu'une oreille distraite, s'étant juré une fois pour toutes de ne pas se laisser prendre aux belles paroles du maître. Et dans nul regard cette décision méprisante ne se lisait mieux que dans celui du plus malin, du plus déluré d'entre eux, le charpentier Rézounov.

Cela n'empêchait point Levine de croire qu'avec de la persévérance et une tenue serrée des comptes il leur prouverait finalement la justesse de ses dires ; tout alors marcherait comme sur des roulettes.

La mise en marche de cette affaire, la gérance à l'ancienne mode des autres parties du domaine, la composition de son livre occupèrent tellement Levine qu'il ne chassa presque point de l'été. Vers la fin d'août il apprit par le messager qui lui rapporta la selle que les Oblonski étaient retournés à Moscou. Il sentait d'ailleurs qu'en laissant sans réponse le billet de Darie Alexandrovna — grossièreté qu'il ne se rappelait jamais sans rougir — il avait brûlé ses vaisseaux et qu'il ne retournerait jamais dans cette maison. Pas plus du reste que chez les Sviajski, auxquels il n'avait même pas dit adieu lors de son brusque départ. Que lui importait après tout ! Il était bien trop absorbé par ses occupations pour s'appesantir sur ses remords. Jamais encore il n'avait tant travaillé. Il dévora tous les livres que lui avait prêtés Sviajski, d'autres encore qu'il fit venir, mais, comme il s'y attendait, n'y trouva rien d'utile à son propos. Les classiques de l'économie politique, Mill par exemple sur lequel il se jeta tout d'abord dans l'espoir d'y découvrir la solution des problèmes qui le préoccupaient, lui fournirent des lois qui découlaient de la situation économique de l'Europe; mais il ne voyait pas pourquoi ces lois, inapplicables en Russie, devaient avoir un caractère général. Les ouvrages socialistes étaient ou de belles utopies, qui l'avaient séduit sur les bancs de l'université, ou des corrections apportées à l'économie européenne, laquelle n'avait absolument rien de commun avec l'économie agraire russe. La doctrine orthodoxe considérait comme irréfutables et universelles les lois suivant lesquelles s'était constituée et se constituait encore la richesse de l'Europe. La doctrine socialiste soutenait que l'application de ces lois menait le monde à sa perte. Mais ni l'une ni l'autre n'offraient à Levine la moindre indication sur les efforts à tenter par les propriétaires et les paysans russes pour faire contribuer dans la plus large mesure possible leurs millions de bras et d'hectares à la prospérité générale.

À force de lire il en vint à projeter pour l'automne un voyage à l'étranger afin d'étudier sur place la question qui le passionnait. Il ne voulait plus s'exposer à ce qu'on le renvoyât sans cesse aux autorités en la matière. « Mais Kaufmann, mais Jones, mais Dubois, mais Miceli ? Vous ne les avez pas lus. Lisez-les donc ; ils ont traité à fond cette question. »

Il voyait bien que les Kaufmann et les Miceli n'avaient rien à lui dire. Il savait maintenant ce qu'il voulait savoir. « La Russie, pensait-il, possède d'excellentes terres et d'excellents ouvriers ; cependant il arrive bien rarement que terres et ouvriers rendent vraiment beaucoup, comme, par exemple, chez mon bonhomme de l'autre jour ; la plupart du temps, lorsque le capital est employé à l'européenne, le rendement est médiocre parce que les ouvriers ne veulent travailler et ne travaillent vraiment bien qu'à leur manière. C'est un phénomène constant et qui a ses assises dans l'esprit même de notre peuple. Ce peuple, dont la vocation fut de coloniser des espaces immenses, s'en est toujours tenu, en connaissance de cause, à ses procédés propres, qui ne sont point du tout si mauvais qu'on le croit d'ordinaire. » Voilà ce qu'il avait à cœur de prouver, théoriquement dans son livre, et pratiquement dans son domaine.

XXX

À LA fin de septembre, la coterie de Rézounov amena enfin sur son terrain le bois destiné à la construction de l'étable ; d'autre part on vendit la réserve de beurre et on partagea le bénéfice. La pratique donnait donc de bons résultats, du moins Levine les jugea tels. Quant à la théorie, il ne lui restait plus qu'à requérir de l'étranger des preuves irréfutables, pour mettre au point un ouvrage appelé, croyait-il, à établir les bases d'une science nouvelle sur les ruines de la vieille économie politique. Il n'attendait plus pour partir que la vente de son blé, quand des pluies torrentielles vinrent l'enfermer chez lui. Une partie de la moisson et toute la récolte de pommes de terre ne purent être rentrées, tous les travaux, même la livraison du blé, furent arrêtés ; les grandes eaux emportèrent deux moulins ; les routes devinrent impraticables ; et le temps empirait toujours.

Le 30 septembre au matin, le soleil se montra et cette éclaircie engagea Levine à hâter ses préparatifs de départ : il fit ensacher le blé, envoya son régisseur toucher l'argent de la vente et entreprit une dernière tournée d'inspection. Il ne rentra que très tard, trempé jusqu'aux os malgré ses vêtements de cuir, car l'eau s'infiltrait par le collet de sa veste et les tiges de ses bottes, et néanmoins de très belle humeur. Vers le soir l'averse avait repris, fouettant si dru le cheval tout tremblant de la tête et des oreilles que la pauvre bête ne pouvait marcher droit ; mais à l'abri de son capuchon Levine se trouvait fort à l'aise et promenait des regards amusés sur tout ce qui venait frapper sa vue : ruisseaux boueux dévalant les ornières, gouttes de pluie suspendues aux branches dénudées, tache blanchâtre du grésil sur les planches d'un pont, jonchée des feuilles encore charnues à l'entour d'un orme dépouillé par la rafale. Malgré la désolation de la nature, il se sentait plein d'entrain : un entretien avec les paysans du village éloigné l'avait convaincu qu'ils s'accommodaient de leur nouvelle vie; d'autre part un vieux garde, chez qui il était entré pour se sécher, approuvait évidemment ses plans, car il lui avait demandé de le prendre comme associé pour l'achat du bétail.

« Il ne s'agit que de persévérer, songeait Levine, et j'arriverai à mes fins. Il n'y a pas lieu de plaindre ma peine, car je travaille pour la prospérité générale. L'assise économique du pays sera bouleversée de fond en comble. À la misère succédera le bien-être; à l'hostilité la concorde, la solidarité des intérêts. Bref il s'opérera, sans la moindre effusion de sang, une révolution qui, partie de notre district, gagnera notre province, toute la Russie, le monde entier, car une pensée juste ne saurait être stérile, un but aussi grandiose mérite qu'on le poursuive avec acharnement. Et que l'auteur de cette révolution soit ce nigaud de Constantin Levine qui va au bal en cravate noire et s'est fait refuser par Mlle Stcherbatski, cela n'a absolument aucune importance. Je suis sûr que Franklin, quand il s'examinait sur toutes les coutures, manquait aussi de confiance en lui-même et ne se jugeait pas mieux que je ne me juge. Et sans doute avait-il comme moi une Agathe Mikhaïlovna à qui il confiait ses secrets. »

Ces réflexions poursuivaient encore Levine quand il rentra chez lui, la nuit déjà venue. Le régisseur avait rapporté un acompte sur la vente de la récolte; nulle part les blés n'étaient rentrés et l'on pouvait s'estimer heureux de n'avoir dehors que cent soixante meules.

Après dîner Levine s'installa, comme de coutume, dans son fauteuil, un livre à la main; mais tout en lisant, il poursuivait ses méditations sur le but de son voyage. Il se sentait l'esprit lucide et ses idées se traduisaient en phrases qui rendaient fort bien l'essence de sa pensée. « Il faut noter cela, se dit-il. Voilà toute trouvée la courte introduction qui jusqu'à présent me semblait inutile. » Il se leva pour la coucher par écrit, cependant que Mignonne, qui paressait à ses pieds, se dressait à son tour et l'interrogeait des yeux sur la route à prendre. Mais les conducteurs des travaux l'attendaient dans l'antichambre et il dut tout d'abord leur passer ses instructions pour le lendemain. Alors seulement il put prendre place à son bureau, sous lequel la chienne se coucha, tandis qu'Agathe Mikhaïlovna, un bas à la main, s'installait à sa place habituelle.

Après avoir écrit pendant un certain temps, Levine se leva et se mit à arpenter la chambre : le souvenir de Kitty, de son refus, de leur dernière entrevue venait de lui traverser l'esprit avec une vivacité cruelle.

— Vous avez tort de vous manger les sangs, lui dit Agathe Mikhaïlovna. Que faites-vous ici ? Partez donc prendre vos eaux chaudes, puisque vous y êtes décidé.

— Aussi ai-je l'intention de partir après-demain. Il me faut mener à bien mon affaire.

— La belle affaire, parlons-en ! Vous croyez n'en avoir pas assez fait, peut-être ? Savez-vous ce que les paysans pensent : « Notre Monsieur va, pour sûr, recevoir une récompense du tsar. » Quel besoin avez-vous de tant vous préoccuper d'eux ?

— Ce n'est pas d'eux que je me préoccupe, mais de moi-même.

Agathe Mikhaïlovna connaissait en détail tous les projets de Levine, car il les lui avait expliqués par le menu et s'était même souvent disputé avec elle à ce propos. Mais cette fois-ci elle interpréta ses paroles dans un sens tout différent de celui qu'il leur donnait.

— Bien sûr, dit-elle en soupirant, on doit avant tout penser à son âme. Parthène Denissitch par exemple (c'était le nom d'un domestique récemment décédé) avait beau ne savoir ni *a* ni *b*, Dieu veuille nous faire à tous la grâce de mourir comme lui ! Il a reçu le bon Dieu, les saintes huiles, enfin tout ce qu'il faut.

— Ce n'est pas ainsi que je l'entends, répliqua Levine. J'agis dans mon intérêt. Quand les paysans travaillent mieux, j'y trouve mon avantage.

— Vous aurez beau faire, le paresseux se tournera toujours les pouces, et celui qui a de la conscience travaillera. Vous n'y changerez rien.

— Cependant ne dites-vous pas vous-même qu'Ivan soigne mieux les vaches qu'auparavant ?

— Ce que je dis, répondit Agathe Mikhaïlovna, suivant évidemment une idée qui lui était chère, c'est qu'il est grand temps de vous marier, na !

La coïncidence de cette remarque avec les souvenirs qui l'assaillaient froissa Levine ; il fronça le sourcil et sans répondre revint à sa besogne, qui lui parut une fois de plus d'une importance capitale. De temps à autre cependant le tic-tac des aiguilles à tricoter de la vieille bonne éveillait en lui des pensées importunes, et il se reprenait à faire la grimace.

Vers neuf heures un tintement de grelots et le bruit sourd d'une voiture cahotant dans la boue montèrent de la cour.

— Voilà une visite qui nous arrive, vous n'allez plus vous ennuyer, dit Agathe Mikhaïlovna en se dirigeant vers la porte. Mais Levine la prévint : sentant que son travail ne marchait plus, il était content de voir arriver quelqu'un.

XXXI

PARVENU sur le premier palier, Levine perçut dans le vestibule le son d'une voix qui ne lui sembla que trop connue ; mais le bruit de ses pas l'empêchant d'entendre distinctement, il espéra un moment s'être trompé. Bientôt cependant il distingua une longue silhouette émaciée, et bien que le doute ne fût plus guère possible, il voulait croire encore que ce grand monsieur qui enlevait sa pelisse en toussotant n'était point son frère Nicolas. En effet, quelque affection qu'il éprouvât pour lui, la compagnie de ce malheureux était pour Levine un véritable supplice ; et voici que Nicolas arrivait juste au moment où, bouleversé par l'afflux des souvenirs et l'insidieuse remarque de la vieille bonne, Constantin ne parvenait pas à retrouver son équilibre moral ! Au lieu du gai bavardage escompté avec un visiteur bien portant, étranger à ses préoccupations et capable de l'en distraire, il prévoyait maintenant un pénible tête-à-tête avec un frère qui, le connaissant à fond, allait le contraindre à confesser ses rêves les plus intimes, ce qu'il redoutait par-dessus tout.

Tout en se reprochant ses mauvaises pensées, Levine dégringolait l'escalier ; dès qu'il reconnut son frère, son désappointement céda la place à une profonde pitié. Plus livide, plus décharné que jamais, Nicolas faisait peur à voir : on eût dit un squelette ambulant. Il tendait, pour se débarrasser de son foulard, un long cou dégingandé et souriait d'un sourire humble, résigné, minable, à la vue duquel Constantin sentit sa gorge se serrer.

— Eh bien, me voilà enfin chez toi, dit Nicolas d'une voix sourde, en ne quittant pas son frère des yeux. Il y a longtemps que je voulais venir, mais ma santé ne me le permettait pas... Maintenant cela va beaucoup mieux, ajouta-t-il en essuyant sa barbe de ses grandes mains osseuses.

— Oui, oui, répondit Levine. Et son épouvante s'accrut quand, en embrassant Nicolas, il toucha des lèvres ce visage desséché, il aperçut de près l'éclat étrange de ces grands yeux dilatés.

Quelques semaines auparavant, Constantin avait écrit à son frère qu'ayant réalisé la petite portion qui restait de leur fortune mobilière commune, il avait quelque deux mille roubles à lui remettre. Nicolas déclara que, tout en venant toucher cet argent, il avait surtout à cœur de revoir le nid d'autrefois, de poser le pied sur la terre natale pour y puiser des forces, comme les héros de l'ancien temps. Malgré sa taille de plus en plus voûtée et son effroyable maigreur, il avait encore des mouvements vifs et brusques. Levine le mena dans son bureau.

Nicolas changea de vêtements avec beaucoup de soin, ce qui ne lui arrivait pas autrefois, peigna ses cheveux rares et rudes, puis monta, tout souriant, au premier. Il était dans une humeur douce et gaie, que Levine lui avait bien souvent connue du temps de leur enfance ; il parla même sans amertume de Serge Ivanovitch. Il plaisanta avec Agathe Mikhaïlovna et s'informa des anciens serviteurs. La mort de Parthène Denissitch parut vivement l'impressionner ; son visage prit une expression d'émoi, mais il se remit aussitôt.

— Il était très vieux, n'est-ce pas ? demanda-t-il, et changeant aussitôt de conversation : Eh bien, fit-il, je vais rester un mois ou deux chez toi, puis je retourne à Moscou, où Miagkow m'a promis une place, et j'entrerai en fonctions. Je compte vivre tout autrement... Tu sais, j'ai éloigné cette personne.

— Marie Nicolaievna ? Pourquoi cela ?

— C'était une vilaine femme qui m'a causé tous les ennuis imaginables.

Il se garda de dire qu'il l'avait chassée parce qu'elle lui servait un thé trop clair et surtout parce qu'elle le traitait en malade.

— Je veux, du reste, changer du tout au tout mon genre de vie. J'ai fait des bêtises comme tout le monde; mais la fortune, je m'en moque, ce qui m'importe, c'est la santé; et, Dieu merci, je me sens beaucoup mieux.

Tout en l'écoutant Levine cherchait en vain une réponse. Nicolas, qui parut s'en douter, se mit à le questionner sur la marche de ses affaires et Constantin, heureux de pouvoir parler sans dissimulation, lui raconta ses projets et ses essais de réforme. Nicolas lui prêtait une oreille distraite.

Ces deux hommes se tenaient de si près qu'ils se devinaient au moindre geste, à la moindre inflexion de voix. Or une seule et même pensée les occupait en ce moment: la maladie et la mort prochaine de Nicolas. Mais comme ni l'un ni l'autre n'osaient y faire allusion, leurs paroles ne pouvaient être que mensonges. Jamais Levine ne vit approcher avec autant de soulagement l'heure de la retraite. Jamais avec aucun étranger, dans aucune visite officielle, il n'avait tant manqué de naturel; il en avait conscience et le remords qu'il en éprouvait le rendait encore plus emprunté et plus mal à l'aise. Tandis que son cœur se brisait à la vue de son frère mourant, il lui fallait entretenir une conversation sur la vie que ce frère se proposait de mener.

La maison n'ayant encore qu'une chambre chauffée, Levine, pour épargner à son frère toute humidité, lui offrit de partager la sienne. Nicolas se coucha, dormit comme un malade, se retournant sans cesse dans son lit, toussant, bougonnant. Parfois il poussait un profond soupir, murmurait: « Ah! mon Dieu! » Parfois, quand une quinte l'oppressait, il s'écriait: « Au diable! » Longtemps Constantin l'écouta sans pouvoir dormir, assailli qu'il était par diverses pensées qui toutes le ramenaient à l'idée de la mort.

Pour la première fois la mort, terme inévitable de toutes choses, se présentait à lui dans toute sa tragique puissance. Elle était là dans ce frère au sommeil agité qui invoquait indifféremment Dieu ou le diable. Elle était en lui aussi, prête à surgir aujourd'hui, demain, dans trente ans, qu'importait! Et qu'était au juste cette mort inexorable? il ne le savait pas, il n'y avait jamais songé, il n'avait jamais eu le courage de se le demander.

« Je travaille, je poursuis un but, et j'ai oublié que tout finissait… qu'il fallait mourir. »

Accroupi dans son lit dans l'obscurité, entourant ses genoux de ses bras, la tension de son esprit lui faisait retenir sa respiration. Mais plus il réfléchissait, plus il voyait clairement que dans sa conception de la vie il n'avait omis que ce léger détail, la mort, qui viendrait un jour couper court à tout. À quoi bon alors entreprendre quoi que ce fût ! Et il n'y avait à cela aucun remède. C'était horrible, mais inévitable.

« Mais je vis encore, voyons. Que faut-il donc que je fasse maintenant ? » se demandait-il désespérément. Il alluma une bougie, se leva sans bruit, s'approcha du miroir pour y examiner son visage et ses cheveux : quelques mèches grises se montraient déjà aux tempes. Il ouvrit la bouche : ses molaires commençaient à se gâter. Il découvrit ses bras musculeux et les trouva pleins de force. Mais ce pauvre Nicolas, qui respirait si péniblement avec le peu de poumon qui lui restait, avait eu aussi un corps vigoureux. Et tout à coup il se rappela qu'étant enfants, le soir quand on les avait couchés, leur bonheur était d'attendre que Fiodor Bogdanytch eût quitté la chambre pour se battre à coups d'oreiller et rire, rire de si bon cœur que la crainte même de Fiodor Bogdanytch ne pouvait arrêter cette exubérante joie de vivre. « Et maintenant le voilà couché avec sa pauvre poitrine creuse et voûtée… et moi je me demande en vain pourquoi je vis et ce que je deviendrai ! »

— Kha ! Kha ! Kha ! Que diable fais-tu là et pourquoi ne dors-tu pas ?

— Je n'en sais rien… Une insomnie.

— Moi j'ai bien dormi… Je ne transpire plus. Touche ma chemise : elle n'est pas mouillée, n'est-ce pas ?

Levine obéit, regagna son alcôve, souffla la bougie mais ne trouva toujours pas le sommeil. Ainsi donc il n'avait apporté quelque clarté dans le grave problème de l'organisation de la vie que pour en voir surgir un autre, insoluble celui-là, le problème de la mort !

« Oui, il se meurt, il mourra au printemps. Que puis-je faire pour l'aider ? Que puis-je lui dire ? Que sais-je de tout cela ? J'avais oublié qu'il fallait mourir. »

XXXII

Tout excès d'humilité entraîne chez la plupart des gens une réaction violente : alors leurs exigences, leurs tracasseries ne connaissent plus de bornes. Levine, qui savait cela par expérience, se doutait bien que la douceur de son frère ne serait pas de longue durée. Dès le lendemain en effet, Nicolas s'irrita des moindres choses et s'attacha à froisser Constantin dans ses points les plus sensibles.

Levine s'accusait d'hypocrisie, mais hélas, il n'en pouvait mais. Il voyait bien que si tous deux avaient été sincères, ils se seraient regardés en face et n'auraient pu échanger d'autres propos que ceux-ci : « Tu vas mourir, tu vas mourir ! — Je le sais, et j'ai peur, horriblement peur ! » Mais comme cette sincérité n'était pas possible, Constantin tentait de parler de sujets indifférents. Cette tactique, où il avait vu tant d'autres exceller, ne lui réussissait jamais. Sa gêne n'était donc que trop visible, et son frère, qui le devinait, relevait chacune de ses paroles.

Le surlendemain, Nicolas remit sur le tapis la question des réformes de son frère, réformes que non seulement il critiqua mais fit mine de confondre avec le communisme.

— Tu as pris les idées d'autrui pour les défigurer et les appliquer là où elles sont inapplicables.

— Mais non, te dis-je, je poursuis un tout autre but. Ces gens-là nient la légitimité de la propriété, du capital, de l'héritage, tandis que je prétends uniquement régulariser le travail sans méconnaître le moins du monde la valeur de ces « stimulants ». (Depuis qu'il s'était pris d'une belle passion pour les sciences sociales, Levine faisait, à son corps défendant, de plus en plus appel pour exprimer sa pensée à d'affreux vocables barbares.)

— Bref, tu prends une idée étrangère, tu lui ôtes ce qui en fait la force et tu prétends la faire passer pour neuve, dit Nicolas en tiraillant sa cravate.

— Mais je t'assure qu'il n'y a aucun rapport…

— Ces doctrines, continua Nicolas avec un sourire ironique et un regard étincelant de colère, ont du moins l'attrait, que j'appellerai géométrique, d'être claires et logiques. Ce sont sans doute des utopies. Mais si l'on arrive à faire table rase du passé, s'il n'y a plus ni famille ni propriété, il peut évidemment se produire une forme nouvelle de travail. Mais tu ne donnes à tes projets aucune assise sérieuse...

— Pourquoi veux-tu toujours confondre ? Je n'ai jamais été communiste.

— Je l'ai été, moi, et je trouve que si le communisme est prématuré, il a pour lui la logique et l'avenir, comme le christianisme des premiers siècles.

— Je prétends seulement que le travail est une force élémentaire qu'il importe d'étudier scientifiquement afin d'en reconnaître les propriétés et...

— C'est parfaitement inutile. Cette force agit d'elle-même et trouve toujours les formes qui lui conviennent. Partout il y a eu d'abord des esclaves, puis des *métayers*. Nous aussi nous connaissons et le fermage et le métayage et le faire-valoir direct. Que cherches-tu de plus ?

Levine prit feu à ces derniers mots, d'autant plus qu'il craignait que son frère n'eût raison : peut-être en effet cherchait-il un moyen terme — fort difficile à découvrir — entre le communisme et les formes du travail existantes.

— Je cherche une forme de travail qui profite à tous, à moi comme à mes ouvriers, répondit-il en haussant le ton.

— Pas du tout, tu poses à l'original comme tu l'as fait toute ta vie ; au lieu d'exploiter franchement tes ouvriers, tu y mets des principes.

— Soit ; puisque tu l'entends ainsi, quittons ce sujet, rétorqua Levine qui sentait les muscles de sa joue droite tressaillir involontairement.

— Tu n'as jamais eu de convictions, tu ne cherches qu'à flatter ton amour-propre.

— Bon, mais alors fiche-moi la paix !

— J'aurais dû le faire depuis longtemps. Que le diable t'emporte ! Je regrette fort d'être venu.

Levine eut beau vouloir le calmer, Nicolas fit la sourde oreille et persista à dire qu'il valait mieux se séparer. Constantin devina que la vie était devenue intolérable à son frère, et s'empressa, à l'heure du départ, de lui faire des excuses à vrai dire un peu contraintes.

— Ah ! ah ! de la magnanimité maintenant, dit Nicolas en souriant. Si le besoin d'avoir raison te tourmente, mettons que tu sois dans le vrai ; mais je pars tout de même.

Au dernier moment, Nicolas embrassa pourtant son frère et lui dit d'une voix tremblante et avec un regard d'une gravité étrange :

— Allons, Kostia, ne me garde pas rancune.

Ce furent les seules paroles sincères échangées entre les deux frères. Constantin comprit que ces mots signifiaient : « Tu le vois, tu le sais, je m'en vais, nous ne nous reverrons peut-être plus. » Et les larmes jaillirent de ses yeux. Il embrassa encore Nicolas mais ne trouva rien à lui répondre.

Le surlendemain Levine partit à son tour. Il rencontra à la gare le jeune Stcherbatski, cousin de Kitty, qui s'étonna de le voir si triste.

— Qu'as-tu donc ? demanda le jeune homme.

— Rien, sinon que la vie n'est pas gaie.

— Pas gaie ? Viens donc à Paris avec moi au lieu de t'enterrer dans un trou comme Mulhouse ; tu verras les choses plus en rose.

— Non, tout est fini pour moi, je n'ai plus qu'à mourir.

— Vraiment ! dit en riant Stcherbatski. Et moi qui m'apprête seulement à vivre !

— Je pensais de même il y a peu de temps ; mais je sais maintenant que je mourrai bientôt.

Levine parlait en toute franchise : il ne voyait plus devant lui que la mort, sans abandonner pour autant ses projets de réforme ; ne fallait-il pas occuper sa vie jusqu'au bout ! Dans les ténèbres qui l'environnaient sa grande idée lui servait de fil conducteur et il s'y rattachait de toutes ses forces.

QUATRIÈME PARTIE

I

Les Karénine continuaient à vivre sous le même toit, mais demeuraient complètement étrangers l'un à l'autre. Pour ne point donner prise aux commentaires des domestiques, Alexis Alexandrovitch jugeait nécessaire de se montrer tous les jours en compagnie de sa femme, mais il dînait rarement chez lui. Vronski ne paraissait jamais; Anna le rencontrait au-dehors et son mari le savait.

Tous les trois souffraient d'une situation qui eût été intolérable si chacun d'eux ne l'avait jugée transitoire. Alexis Alexandrovitch s'attendait à voir cette belle passion prendre fin, comme toute chose en ce monde, avant que son honneur fût ostensiblement entaché. Anna, la cause de tout le mal et sur qui les conséquences en pesaient le plus cruellement, n'acceptait sa position que dans la certitude d'un dénouement prochain; elle ignorait d'ailleurs ce qu'il serait au juste. Influencé par elle à son insu, Vronski partageait également cette conviction: quelque événement indépendant de sa volonté allait survenir, qui lèverait tous les obstacles.

Au milieu de l'hiver Vronski eut une semaine ennuyeuse à traverser. On le chargea de montrer Pétersbourg à un prince étranger, et cet honneur, que lui valurent sa belle prestance, son tact parfait et sa science du grand monde, lui parut fastidieux. Le prince voulait être à même de répondre à toutes les questions qui lui seraient posées à son retour, et profiter largement des plaisirs russes. Il fallut donc lui montrer les curiosités pendant le jour, les lieux de débauche pendant la nuit. Or ce prince jouissait d'une santé exceptionnelle, même pour un prince; des soins hygiéniques minutieux joints à une gymnastique appropriée le maintenaient en si bel état qu'en dépit des excès auxquels il se livrait, il gardait la fraîcheur d'un concombre de Hollande, long, vert et luisant. Il avait beaucoup voyagé, les facilités de communication modernes lui offrant l'avantage, qu'il prisait entre tous, de pouvoir goûter sur place les amusements à la mode dans tel et tel pays. En Espagne, il avait donné des sérénades et courtisé une joueuse de mandoline ; en Suisse, il avait tué un chamois ; en Angleterre, sauté des haies en habit rouge et parié d'abattre deux cents faisans ; en Turquie, il avait pénétré dans un harem ; aux Indes, il s'était promené sur un éléphant ; il tenait maintenant à savourer les plaisirs spécifiquement russes.

En sa qualité de maître des cérémonies, Vronski organisa — non sans peine, vu le grand nombre des invitations — le programme des divertissements : courses de trotteurs, chasses à l'ours, partie de troïkas, chansons de Bohême, bombances avec bris de vaisselle. Le prince s'assimilait l'esprit national russe avec une facilité surprenante ; mais quand il avait cassé des piles d'assiettes ou tenu une Bohémienne sur les genoux, on le sentait enclin à s'enquérir si c'était là vraiment le fin du fin de cet esprit. Au fond, ce qui l'amusa le plus, ce furent les actrices françaises, une demoiselle du corps de ballet et le vin de Champagne carte blanche.

Vronski avait l'habitude des princes ; mais, soit qu'il eût changé dans les derniers temps, soit qu'il eût vu celui-ci de trop près, la semaine qu'il dut passer en sa compagnie lui sembla cruellement longue. Il éprouva sans cesse l'impression d'un homme préposé à la garde d'un fou dangereux, qui redouterait son malade et craindrait pour sa propre raison. Pour ne pas s'exposer à un affront il lui fallut d'un bout à l'autre se retrancher dans une réserve officielle et déférente. Le prince traitait de haut jusqu'aux personnes qui, à la grande surprise de son guide, se mettaient en quatre pour lui procurer des « plaisirs nationaux », et les propos qu'il tint sur les femmes russes qu'il daigna étudier contraignirent plus d'une fois le jeune homme à rougir d'indignation. Cependant ce qui irritait le plus Vronski, c'était de trouver dans ce personnage comme un reflet de lui-même, et ce miroir n'avait rien de flatteur. L'image qu'il y voyait était celle d'un homme bien portant, très soigné, fort sot et fort entiché de sa personne. Un gentleman évidemment, d'humeur égale avec ses supérieurs, simple et bon enfant avec ses pairs, d'une bienveillance hautaine avec ses inférieurs. Vronski se comportait exactement de même et s'en faisait un mérite ; mais, s'adressant à lui, les airs protecteurs l'offusquaient. « Quel animal ! Est-ce possible que je lui ressemble ? » pensait-il. Aussi, au bout de la semaine, fut-il heureux de quitter ce miroir incommode sur le quai de la gare, où le prince en partant pour Moscou lui adressa ses remerciements. Ils venaient d'une chasse à l'ours où la crânerie russe avait pu durant toute la nuit se donner libre carrière[1].

II

VRONSKI trouva en rentrant chez lui un billet d'Anna : « Je suis malade et malheureuse, écrivait-elle. Je ne puis sortir et ne puis me passer plus longtemps de vous voir. Venez ce soir. Alexis Alexandrovitch sera au Conseil de sept heures à dix heures. » Quelque peu surpris de voir Anna enfreindre la défense formelle de son mari, il résolut pourtant de déférer à son désir.

Promu colonel au cours de l'hiver, Vronski avait quitté le régiment et vivait seul. Après le déjeuner, il s'étendit sur un divan, et bientôt le souvenir des hideuses scènes des derniers jours se lia dans son esprit à celui d'Anna et d'un traqueur qui avait joué un grand rôle dans la chasse à l'ours. Il finit par s'endormir, et ne se réveilla, tremblant d'effroi, qu'à la nuit tombée. Il se hâta d'allumer une bougie. « Que m'est-il arrivé ? Qu'ai-je vu de si terrible en rêve ?... Ah ! oui, le traqueur, un petit bonhomme malpropre à barbe ébouriffée, faisait je ne sais quoi, courbé en deux, et tout à coup, il s'est mis à prononcer en français des mots étranges. Je n'ai rien rêvé d'autre, voyons. Pourquoi cette épouvante ? » Mais en se rappelant le bonhomme et ses mots français incompréhensibles, il se sentit frissonner de la tête aux pieds. « Quelle folie ! » murmura-t-il en jetant un regard à la pendule ; elle marquait déjà huit heures et demie. Il sonna son domestique, s'habilla rapidement, sortit, et oubliant son rêve, ne s'inquiéta plus que de son retard. En approchant de la maison des Karénine, il consulta sa montre et vit qu'il était neuf heures moins dix. Un coupé attelé de deux chevaux gris était arrêté devant la porte; il reconnut la voiture d'Anna. « Elle voulait venir chez moi, se dit-il, et c'eût été préférable, car je n'aime guère franchir le seuil de cette maison. Après tout tant pis, je ne veux pas avoir l'air de me cacher. » Et avec le sang-froid d'un homme habitué dès l'enfance à ne jamais rougir, il quitta son traîneau et se dirigea vers la porte. Au même moment celle-ci s'ouvrit, et le suisse, une couverture sous le bras, fit avancer la voiture. Si peu observateur que fût Vronski, la surprise qui se peignit à sa vue sur les traits du suisse ne put lui échapper; il avança cependant et vint presque se heurter à Alexis Alexandrovitch, dont un bec de gaz éclaira en plein le visage livide et affaissé, le chapeau noir et la cravate blanche tranchant sur le col de castor. Les yeux mornes de Karénine se fixèrent sur Vronski; celui-ci salua et Alexis Alexandrovitch, serrant les lèvres, mit la main à son chapeau et passa outre. Vronski le vit monter en voiture sans se retourner, prendre par la portière la couverture et les jumelles que lui tendait le suisse et finalement disparaître. Il pénétra de son côté dans le vestibule, la physionomie renfrognée; une lueur sinistre d'orgueil offensé courait dans son regard.

« Quelle situation! se disait-il. Si encore il voulait défendre son honneur, je pourrais agir, traduire mes sentiments d'une façon quelconque; mais cette faiblesse ou cette lâcheté!... Grâce à lui j'ai l'air d'un fourbe et rien ne saurait m'être plus pénible... »

Depuis l'explication qu'il avait eue avec Anna dans le jardin de Mlle Wrede, les idées de Vronski avaient beaucoup changé. Comme Anna s'était donnée tout entière, elle n'attendait rien de l'avenir qui ne lui vînt de son amant; et celui-ci, dominé par elle, ne croyait plus à la possibilité d'une rupture. Renonçant de nouveau à ses rêves ambitieux, il cédait à la violence de la passion qui l'emportait de plus en plus vers cette femme.

Il perçut dès l'antichambre des pas qui s'éloignaient et comprit qu'elle rentrait au salon après avoir guetté son arrivée.

— Non, s'écria-t-elle à la vue de Vronski, tandis qu'au son de sa propre voix ses yeux se remplissaient de larmes, il n'y a plus moyen de vivre ainsi. Ou alors cela arrivera beaucoup, beaucoup plus tôt...

— Qu'y a-t-il, mon amie ?

— Il y a que j'attends, que je suis à la torture depuis deux heures. Mais non, je ne veux pas te chercher querelle. Si tu n'es pas venu, c'est que tu as eu quelque empêchement sérieux ! Non, je ne te gronderai pas...

Elle lui posa les deux mains sur les épaules, et l'enveloppa d'un regard extasié bien que scrutateur. Elle le contemplait pour tout le temps où elle ne l'avait point vu, impatiente comme toujours de vérifier l'image qu'elle s'était formée de lui pendant l'absence. Et comme toujours l'imagination l'emportait sur la réalité.

III

« Tu l'as rencontré ? demanda-t-elle quand ils furent assis près du guéridon qui supportait la lampe. Te voilà puni d'être venu si tard.

— Oui, mais comment cela s'est-il fait ? Je le croyais au Conseil.

— Il en est revenu pour repartir je ne sais où. Mais peu importe, ne parlons plus de cela. Dis-moi plutôt où tu étais : toujours avec le prince ?

Elle connaissait les moindres détails de sa vie. Il voulut répondre que, n'ayant pas dormi de la nuit, il s'était laissé surprendre par le sommeil, mais la vue de ce visage heureux et ému lui rendit cet aveu pénible. Il prétendit donc avoir été contraint de présenter son rapport après le départ du prince.

— Mais c'est fini maintenant ; le voilà parti ?

— Oui, Dieu merci. J'en avais assez, je t'assure.

— Pourquoi donc ? N'avez-vous pas mené la vie qui vous est habituelle à vous autres jeunes gens ? dit-elle soudain renfrognée, en prenant sans regarder Vronski un ouvrage au crochet qui se trouvait sur la table.

— Il y a longtemps que j'ai renoncé, répondit-il, cherchant à deviner la cause de ce changement subit de physionomie. Et je dois avouer, ajouta-t-il tandis qu'un sourire découvrait ses dents blanches, je dois avouer qu'il m'a été fort déplaisant de revoir cette existence comme dans un miroir.

Sans se mettre au travail, elle couvait Vronski d'un regard enflammé, bizarre, hostile.

— Lise est venue me voir tantôt... elles viennent encore chez moi malgré la comtesse Lydie... et m'a raconté votre soirée athénienne. Quelle horreur !

— Je voulais précisément te dire...

Elle l'interrompit...

— Cette Thérèse, était-ce ton ancienne liaison ?

— Je voulais dire...

— Que vous êtes odieux, vous autres hommes ! Comment pouvez-vous supposer qu'une femme oublie ces choses-là ? dit-elle en s'animant de plus en plus, dévoilant ainsi la cause de son irritation... Et surtout une femme qui, comme moi, ne peut connaître de ta vie que ce que tu veux bien lui dire. Et puis-je savoir si c'est la vérité ?...

— Anna, tu me blesses. Ne me crois-tu donc plus ? Ne t'ai-je pas donné ma parole que je ne t'avais caché la moindre de mes pensées ?

— Tu as raison, mais si tu savais comme je souffre ! dit-elle en s'efforçant de dompter sa jalousie. Je te crois, je te crois... Voyons, que me disais-tu ?

Il ne put se le rappeler. Les accès de jalousie d'Anna se faisaient de plus en plus fréquents ; à coup sûr c'étaient des preuves d'amour ; ils ne l'en effrayaient pas moins et, bien qu'il n'en laissât rien voir, le refroidissaient à l'égard de sa maîtresse. Combien de fois ne s'était-il pas répété que le bonheur n'existait pour lui que dans cet amour ; et maintenant qu'elle l'aimait comme seule peut aimer une femme qui a tout sacrifié à sa passion, il se sentait plus loin du bonheur qu'à l'époque où il avait quitté Moscou pour la suivre. C'est qu'alors une promesse de félicité luisait dans son infortune, tandis que maintenant les jours lumineux appartenaient au passé. Un grand changement, au moral comme au physique, s'était fait dans Anna : elle avait pris de l'embonpoint et parfois, comme tout à l'heure en parlant de la comédienne, une expression de haine altérait ses traits. Elle n'était plus guère aux yeux de Vronski qu'une fleur fanée dans laquelle il ne retrouvait plus ces marques de beauté qui l'avaient incité à la cueillir. Néanmoins, alors qu'auparavant il aurait pu par un effort de volonté arracher son amour de son cœur, il se sentait maintenant, tout en croyant ne plus la chérir, enchaîné pour toujours à cette femme.

— Eh bien, que voulais-tu me dire du prince ? reprit Anna. Sois tranquille, j'ai chassé le démon (c'est ainsi qu'ils appelaient ses accès de jalousie)... En quoi t'a-t-il déplu ?

— Il est insupportable, répondit Vronski cherchant à retrouver le fil de sa pensée. Il ne gagne pas à être vu de près. Je ne saurais mieux le comparer qu'à un de ces animaux bien engraissés que l'on prime dans les comices, ajouta-t-il sur un ton de dépit qui parut intéresser Anna.

— Que dis-tu là ? rétorqua-t-elle. C'est pourtant un homme instruit, qui a beaucoup voyagé.

— L'instruction de ces gens-là n'est pas la nôtre. On dirait qu'il n'a acquis de l'instruction que pour avoir le droit de la mépriser, comme il méprise tout d'ailleurs, sauf les plaisirs bestiaux.

— Mais ne les aimez-vous pas tous, ces plaisirs bestiaux ? dit Anna en détournant de lui un regard dont Vronski remarqua pourtant la désolation.

— Pourquoi donc le défends-tu ? demanda-t-il en souriant.

— Je ne le défends pas, il m'est trop indifférent pour cela. Mais si cette existence te déplaisait autant que tu le dis, tu aurais pu, il me semble, te faire excuser. Mais non, monsieur prend plaisir à voir cette Thérèse en costume d'Ève...

— Voilà le diable qui revient ! dit Vronski en attirant à lui pour la baiser la main qu'Anna avait posée sur la table.

— Oui, c'est plus fort que moi ! Tu ne t'imagines pas ce que j'ai souffert en t'attendant ! Je ne suis pas jalouse au fond : quand tu es là près de moi, je te crois ; mais quand tu mènes, Dieu sait où, Dieu sait quelle vie...

Elle se détourna et s'emparant enfin de son crochet se mit à filer, en s'aidant de l'index, des mailles de laine blanche qui brillaient sous la lampe. Sa main fine tournoyait nerveusement sous le poignet brodé.

— Dis-moi où tu as rencontré Alexis Alexandrovitch, demanda-t-elle soudain d'une voix contrainte.

— Nous nous sommes presque heurtés à la porte.

— Et il t'a salué comme ça?

Elle allongea son visage, ferma à demi les yeux, croisa les bras, et changea si bien l'expression de sa physionomie que Vronski reconnut aussitôt Alexis Alexandrovitch. Il sourit et Anna se mit à rire, de ce rire frais et sonore qui faisait un de ses grands charmes.

— Je n'arrive pas à le percer à jour, dit Vronski. J'aurais compris qu'après votre explication à la campagne il eût rompu avec toi et m'eût provoqué en duel; mais comment peut-il supporter la situation actuelle? On voit qu'il souffre...

— Lui? dit-elle avec un sourire ironique. Mais non, il est très heureux.

— Pourquoi souffrons-nous tous quand les choses pourraient si bien s'arranger?

— Sois sûr que lui ne souffre pas... Oh! que je la connais, cette nature pétrie de mensonge! Qui donc pourrait, à moins d'être insensible, vivre sous le même toit qu'une femme coupable, lui parler comme il me parle, la tutoyer comme il me tutoie...

Et de nouveau elle l'imita: «Toi, ma chérie; toi, Anna...»

— Non, non, reprit-elle, il ne sent ni ne comprend rien. Ce n'est pas un homme, c'est un automate. Si j'étais à sa place, il y a longtemps que j'aurais mis en pièces une femme comme moi, au lieu de lui dire: «Toi, ma chère Anna!...» Mais encore une fois ce n'est pas un homme, c'est une machine ministérielle. Il ne comprend pas que je t'appartiens, qu'il ne m'est plus rien, qu'il est de trop. Non, non, laissons cela.

— Tu es injuste, mon amie, dit Vronski en cherchant à la calmer. Mais peu importe, ne parlons plus de lui. Parlons de toi, de ta santé: qu'a dit le médecin?

Elle le regardait avec une gaieté railleuse. Certains travers de son mari lui revenaient évidemment à la mémoire, dont elle se fût volontiers gaussée.

— Sans doute, continua-t-il, le malaise dont tu as souffert était une conséquence de ton état. Quand attends-tu ta délivrance?

La flamme mauvaise s'éteignit dans les yeux d'Anna et le rictus moqueur céda la place à un sourire d'une douce mélancolie.

— Bientôt, bientôt... Tu dis que notre position est

affreuse et qu'il faut en sortir. Si tu savais combien elle m'est odieuse et ce que je donnerais pour pouvoir t'aimer librement! Je ne souffrirais plus et je ne te fatiguerais plus de ma jalousie... Mais bientôt tout changera, et pas comme nous le pensons...

Elle s'attendrissait sur elle-même; les larmes l'empêchèrent de continuer; elle posa sur le bras de Vronski sa belle main blanche dont les bagues brillaient à la lumière de la lampe.

— Non, reprit-elle, cela n'arrivera pas comme nous le pensons. Je ne voulais pas te le dire, mais tu m'y contrains. Bientôt tout s'arrangera et nous ne souffrirons plus.

— Je ne te comprends pas, dit Vronski, bien qu'il la comprît fort bien.

— Tu veux savoir quand «ce» sera? Bientôt. Et je n'en relèverai pas. Ne m'interromps pas, dit-elle en précipitant ses mots. Je le sais, je le sais avec certitude. Je mourrai et j'en suis très contente. Pour moi, comme pour vous deux, ma mort sera une délivrance.

Les larmes lui coulaient des yeux; Vronski se pencha sur elle et lui couvrit la main de baisers, dissimulant sa propre émotion, qu'il n'arrivait pas à surmonter tout en la sachant dénuée de fondement.

— Oui, c'est cela, aime-moi bien, murmurait-elle en lui serrant vigoureusement la main. C'est tout, tout ce qui nous reste...

— Quelle folie! put enfin prononcer Vronski en relevant la tête. Tu ne sais plus ce que tu dis.

— Je dis ce qui est vrai.

— Qu'est-ce qui est vrai?

— Que je mourrai. Je l'ai vu en rêve.

— En rêve?... répéta Vronski, qui se rappela aussitôt le petit homme de son cauchemar.

— Oui, en rêve, il y a déjà longtemps de ça. Je rêvais que j'entrais en courant dans ma chambre pour y prendre ou y demander je ne sais quoi... Tu sais comme cela se passe dans les rêves[1], fit-elle, les yeux dilatés par l'effroi... Et dans un coin de ma chambre j'apercevais quelque chose.

— Quelle extravagance! Comment peux-tu croire?...

Mais elle ne se laissa pas interrompre: ce qu'elle racontait lui semblait trop important.

— Et ce quelque chose se retourne et j'aperçois un petit homme à la barbe ébouriffée, malpropre, horrible à voir. Je veux me sauver, mais il se penche vers un sac dans lequel il remue je ne sais quoi...

Elle fit le geste de quelqu'un qui fouille dans un sac. La terreur était peinte sur son visage; et Vronski, se rappelant son propre rêve, sentit cette même terreur l'envahir.

— Et tout en fourgonnant il parlait vite, vite, vite, en français et d'une voix grasseyante: *Il faut battre le fer, le broyer, le pétrir*... Saisie d'effroi, je cherchais à m'éveiller, mais ne me réveillai qu'en rêve, en me demandant ce que cela signifiait. J'entendis alors Kornéi me dire: « C'est en couches, ma chère dame, c'est en couches que vous mourrez... » Et sur ce je revins à moi.

— Quel amas d'absurdités! s'obstinait à prétendre Vronski, sans la moindre conviction d'ailleurs.

— N'en parlons plus. Sonne, je vais faire servir le thé. Non, attends, il me semble que...

Soudain elle s'arrêta; ses traits se détendirent; une sérénité grave, attentive, se répandit sur tout son visage. Mais Vronski ne comprit pas qu'elle venait de sentir une vie nouvelle s'agiter dans son sein.

IV

Après sa rencontre avec Vronski, Alexis Alexandrovitch s'était rendu aux Italiens, ainsi qu'il en avait l'intention. Il entendit deux actes d'opéra, vit toutes les personnes qu'il voulait voir et rentra chez lui. Après avoir dûment constaté l'absence de tout manteau d'uniforme dans le vestibule, il alla droit à sa chambre. Contre son habitude, au lieu de se coucher, il marcha de long en large jusqu'à trois heures du matin. Il ne pouvait pardonner à sa femme d'avoir enfreint la seule condition qu'il eût imposée, celle de ne pas recevoir son amant chez elle. Puisqu'elle n'avait pas tenu compte de cet ordre, il devait la punir, exécuter sa menace, demander le divorce et lui retirer son fils. Cette menace n'était pas d'une exécution aisée, mais pour rien au monde il n'aurait voulu manquer à la parole qu'il s'était donnée ; du reste, la comtesse Lydie tenait le divorce comme la meilleure issue à une situation aussi délicate, et depuis quelque temps on avait dans la pratique tellement simplifié la procédure qu'il espérait bien éluder les difficultés de forme. Par ailleurs, un malheur ne venant jamais seul, le statut des allogènes et la mise en valeur de la province de Zaraïsk lui avaient attiré tant d'ennuis qu'il se sentait dans un état d'irritation perpétuelle. Il ne dormit donc point de la nuit, sa colère grandissant toujours ; et ce fut avec une véritable exaspération que, le matin venu, il s'habilla à la hâte et se rendit chez sa femme aussitôt qu'il la sut levée. Il craignait que son énergie ne tombât avec son courroux, et portait en quelque sorte à deux mains la coupe de ses griefs, afin qu'elle ne débordât pas en route.

Anna, qui croyait connaître à fond son mari, fut saisie en le voyant entrer le front sombre, les yeux mornes, les lèvres méprisantes. Jamais elle n'avait vu autant de décision dans son maintien. Il entra sans lui souhaiter le bonjour et alla droit au secrétaire, dont il ouvrit le tiroir.

— Que vous faut-il ? s'écria-t-elle.

— Les lettres de votre amant.

— Elles ne sont pas là, dit-elle en se précipitant sur le tiroir. Mais ce geste lui fit comprendre qu'il avait deviné juste, et repoussant brutalement sa main, il s'empara du portefeuille dans lequel Anna gardait ses papiers importants. Elle tenta en vain de le lui reprendre : il le mit sous son bras et le serra si fortement du coude que son épaule en fut soulevée.

— Asseyez-vous, dit-il, j'ai besoin de vous parler.

Elle lui jeta un regard surpris et craintif.

— Ne vous avais-je pas défendu de recevoir votre amant chez moi ?

— J'avais besoin de le voir pour...

Elle s'arrêta, ne sachant qu'inventer.

— Peu m'importent les raisons pour lesquelles une femme a besoin de voir son amant.

— Je voulais seulement... reprit-elle en rougissant. Mais la grossièreté de son mari lui rendant son audace : Est-il possible, s'écria-t-elle, que vous ne sentiez pas combien il vous est facile de me blesser ?

— On ne blesse qu'un honnête homme ou une honnête femme, mais dire à un voleur qu'il est un voleur, c'est tout simplement *la constatation d'un fait*.

— Voilà un trait de cruauté dont je ne vous aurais pas cru capable.

— Vous trouvez cruel un mari qui laisse à sa femme liberté entière à la seule condition de respecter les convenances ? Selon vous, c'est de la cruauté ?

— C'est pis que cela, c'est de la bassesse, si vous tenez à le savoir ! s'exclama-t-elle dans un accès d'indignation, et elle se leva pour se retirer.

— Non ! glapit-il de sa voix criarde qu'il haussa encore d'un ton. Et lui saisissant le bras, il la contraignit à se rasseoir ; ses grands doigts osseux la serraient si durement que le bracelet d'Anna s'imprima en rouge sur sa peau. Que parlez-vous de bassesse ? Ce mot ne convient-il pas mieux à qui abandonne mari et fils pour un amant et n'en mange pas moins le pain de ce mari ?

Anna baissa la tête : la justesse de ces paroles l'écrasait. Elle n'osa plus, même à part soi, accuser son mari d'être de trop, comme elle l'avait dit la veille à son amant, et répondit d'un ton résigné :

— Vous ne pouvez juger ma position plus sévèrement que je ne la juge moi-même ; mais pourquoi me dites-vous cela ?

— Pourquoi je vous le dis ? continua-t-il avec colère. Afin que vous sachiez que votre refus d'observer les convenances me contraint à prendre des mesures pour mettre fin à cette situation.

— Elle prendra fin d'elle-même, et bientôt, bientôt, répéta-t-elle, les yeux remplis de larmes à l'idée de cette mort qu'elle sentait prochaine, mais qui maintenant lui paraissait désirable.

— Plus tôt même que votre amant et vous ne l'aviez imaginé ! Ah ! vous cherchez la satisfaction des passions charnelles...

— Alexis Alexandrovitch, toute générosité mise à part, trouvez-vous convenable de frapper quelqu'un à terre ?

— Oh ! vous ne pensez jamais qu'à vous ; les souffrances de celui qui a été votre mari vous intéressent peu. Peu vous importe qu'il souffre, que sa vie soit bou... boule... versée.

Dans son émotion, Alexis Alexandrovitch parlait si vite qu'il bredouillait. Ce bredouillement parut comique à Anna, qui se reprocha aussitôt de pouvoir être sensible au ridicule dans un pareil moment. Pour la première fois et l'espace d'un instant, elle devina la souffrance de son mari et le prit en pitié.

Mais que pouvait-elle dire et faire sinon se taire et baisser la tête ? Lui aussi se tut, pour reprendre bientôt d'une voix plus calme mais glaciale, en soulignant des mots qui n'avaient aucune importance particulière :

— Je suis venu vous dire…

Elle leva les yeux sur lui, et se rappelant l'expression qu'elle avait cru lire sur son visage en l'entendant prononcer le mot « bouleversée » : « Non, songea-t-elle, j'ai dû me tromper ; cet homme aux yeux mornes, si plein de lui-même, ne peut rien sentir. »

— Je ne saurais rien changer, murmura-t-elle.

— Je suis venu vous dire que je partais pour Moscou et que je ne rentrerai plus dans cette maison. L'avocat qui se chargera des préliminaires du divorce vous fera connaître les résolutions auxquelles je me serai arrêté… Mon fils ira chez ma sœur, ajouta-t-il, faisant effort pour se rappeler ce qu'il voulait dire au sujet de l'enfant.

— Vous prenez Serge pour me faire souffrir, balbutia-t-elle, en osant à peine le regarder. Vous ne l'aimez pas, laissez-le-moi.

— C'est vrai, l'horreur que vous m'inspirez a rejailli sur mon fils ; néanmoins je le garderai. Adieu.

Il voulut sortir, mais cette fois ce fut elle qui le retint.

— Alexis Alexandrovitch, laissez-moi Serge, supplia-t-elle. Je ne vous demande que cela. Laissez-le-moi jusqu'à… Je serai bientôt mère, laissez-le-moi.

Alexis Alexandrovitch rougit, repoussa le bras qui le retenait et partit sans un mot de réponse.

V

Le salon d'attente du célèbre avocat chez lequel se rendit Alexis Alexandrovitch était déjà bondé lorsque celui-ci y pénétra. Il y avait là une dame âgée, une jeune dame, une femme de la classe marchande, un banquier allemand portant au doigt une grosse bague, un homme de négoce à longue barbe, un fonctionnaire revêche, revêtu de son uniforme avec une décoration au cou. Tous semblaient attendre depuis longtemps. Deux secrétaires travaillaient à des bureaux dont les garnitures magnifiques retinrent aussitôt l'attention d'Alexis Alexandrovitch, grand amateur de ces sortes d'objets. L'un des gratte-papier cligna des yeux vers le nouvel arrivant et, sans se lever, lui demanda d'un ton bourru :

— Vous désirez ?

— Parler à M. l'Avocat.

— Il est occupé, laissa tomber le secrétaire en désignant de son porte-plume les personnes qui attendaient et il se remit à écrire.

— Ne trouvera-t-il pas un moment pour me recevoir ?

— Il n'a jamais un instant de libre ; veuillez attendre.

— Vous voudrez bien cependant lui faire passer ma carte, proféra non sans hauteur Alexis Alexandrovitch, voyant que l'incognito était impossible à garder.

Le secrétaire prit la carte, dont la teneur parut lui déplaire, et sortit.

Tout en approuvant le principe de la réforme judiciaire, Alexis Alexandrovitch critiquait certains détails de son application, autant du moins qu'il était capable de critiquer une institution sanctionnée par le pouvoir suprême. Sa longue pratique administrative le rendait indulgent envers l'erreur : il la tenait pour un mal inévitable auquel on pouvait toujours porter remède. Néanmoins il avait toujours critiqué les prérogatives que cette réforme accordait aux avocats, et l'accueil qu'on lui faisait renforçait encore ses précautions.

— M. l'Avocat va venir, dit en rentrant le secrétaire.

Effectivement, au bout de deux minutes, la porte se rouvrit, livrant passage à un vieux et long jurisconsulte qu'escortait M. l'Avocat en personne.

C'était un petit homme chauve, avec une barbe noire tirant sur le roux, un front bombé et de longs sourcils clairs. Depuis la cravate et la chaîne de montre double jusqu'aux bottines vernies, sa toilette de jeune premier décelait la prétention et le mauvais goût. Il avait les traits intelligents mais vulgaires.

— Donnez-vous la peine d'entrer, dit-il d'une voix

lugubre en se tournant vers Alexis Alexandrovitch. Et, le faisant passer devant lui, il ferma la porte.

— S'il vous plaît, fit-il en désignant un fauteuil près de son bureau chargé de papiers. Lui-même s'installa à la place présidentielle, frotta l'une contre l'autre ses petites mains dont les doigts courts s'ornaient de poils blancs, et pencha la tête pour écouter. Mais à peine figé dans cette pose, il se redressa soudain avec une vivacité inattendue pour attraper une mite qui volait au-dessus de la table ; puis il reprit bien vite sa première attitude.

— Avant de vous expliquer l'affaire qui m'amène ici, dit Alexis Alexandrovitch en suivant d'un œil étonné les gestes de l'avocat, je dois vous demander le secret le plus absolu.

Un sourire imperceptible souleva les grosses moustaches roussâtres de l'homme de loi.

— Si je n'étais pas capable de garder les secrets que l'on me confie, je ne serais point avocat, dit-il. Cependant, si vous désirez une assurance particulière…

Alexis Alexandrovitch jeta un regard sur lui et crut remarquer que ses yeux gris et malicieux avaient tout deviné.

— Mon nom ne vous est sans doute pas inconnu ? reprit-il.

— Comme tous les Russes je sais combien vous avez rendu de services à notre pays, répondit l'avocat qui s'inclina après avoir attrapé une seconde mite.

Alexis Alexandrovitch soupira : il hésitait encore à parler, mais brusquement il se décida, et une fois en train, il continua sans hésitation, de sa voix claire et perçante, en insistant sur certains mots.

— J'ai le malheur, dit-il, d'être un mari trompé. Je voudrais rompre légalement les liens qui m'unissent à ma femme, en d'autres termes divorcer, mais de manière que mon fils soit séparé de sa mère.

Les yeux gris de l'avocat faisaient leur possible pour rester sérieux ; mais Alexis Alexandrovitch ne put se dissimuler qu'ils brillaient d'une joie que n'expliquait point suffisamment la perspective d'une bonne affaire ; c'était l'éclat de l'enthousiasme, du triomphe, ce feu sinistre qu'il avait déjà remarqué dans les yeux de sa femme.

— Vous désirez mon aide pour obtenir le divorce ?

— Précisément, mais je dois vous prévenir qu'il s'agit aujourd'hui d'une simple consultation. Je tiens à rester dans certaines bornes et renoncerais au divorce s'il ne pouvait se concilier avec les formes que je désire observer.

— Il en va toujours ainsi, et vous resterez parfaitement libre d'agir comme bon vous semblera.

Craignant d'offenser son client par une gaieté que son visage cachait mal, l'homme de loi fixa son regard sur les pieds d'Alexis Alexandrovitch ; et bien que juste à ce moment une mite vînt à la portée de sa main, il s'abstint de l'attraper par respect pour la situation.

— Je connais dans ses traits généraux la législation en pareille matière, mais j'ignore les diverses formes usitées dans la pratique.

— Bref, vous désirez que je vous expose les diverses manières de réaliser votre désir, dit l'avocat entrant avec un certain plaisir dans le ton de son client ; et sur un signe affirmatif de celui-ci, il continua en jetant de temps en temps un regard furtif sur le visage d'Alexis Alexandrovitch que l'émotion tachetait de plaques rouges. Selon nos lois (il eut une nuance de dédain pour : nos lois) le divorce n'est possible que dans les trois cas suivants… Qu'on attende ! s'écria-t-il à la vue de son secrétaire qui ouvrait la porte. Il se leva cependant, alla lui dire quelques mots et reprit sa place. Je disais donc, dans les trois cas suivants : vices physiques de l'un des époux, disparition de l'un d'eux pendant cinq ans (il pliait en faisant cette énumération ses gros doigts velus l'un après l'autre), enfin l'adultère (il prononça ce mot avec une satisfaction évidente). Ces trois cas comprennent des subdivisions (il continuait à plier ses doigts, bien que les subdivisions eussent dû faire partie d'un autre classement que les cas principaux), vices physiques du mari ou de la femme, adultère du mari, adultère de la femme (tous ses doigts étant pliés, il lui fallut les relever)…

Voilà le côté théorique ; mais je pense qu'en me faisant l'honneur de me consulter, c'est le côté pratique que vous désirez connaître. En conséquence, me guidant sur les antécédents, je dois vous dire que les cas de divorce se ramènent tous aux suivants… Je crois comprendre que ni les défauts physiques ni l'absence d'un des conjoints n'entrent ici en ligne de compte ?

Alexis Alexandrovitch inclina affirmativement la tête.

— Eh bien donc, il ne reste que l'adultère de l'un des conjoints et le flagrant délit consenti ou involontaire. Je dois vous dire que ce dernier cas se rencontre rarement dans la pratique.

L'avocat se tut et regarda son client de l'air d'un armurier qui, après avoir expliqué à un acheteur l'usage de deux pistolets de modèles différents, attendrait patiemment son choix. Mais, comme Alexis Alexandrovitch gardait le silence, il poursuivit :

— Selon moi, le moyen le plus simple, le plus raisonnable, et aussi le plus usité est l'adultère par consentement mutuel. Je n'oserais parler ainsi à tout le monde, mais je suppose que nous nous comprenons.

Alexis Alexandrovitch était si troublé qu'il ne comprit pas du premier coup l'avantage de cette combinaison. Comme son visage exprimait la surprise, l'homme de loi vint à son aide.

— Je suppose que deux époux ne puissent plus vivre ensemble. Si tous deux consentent au divorce, les détails et les formalités deviennent sans importance. Croyez-moi, c'est le moyen le plus simple et le plus sûr.

Cette fois Alexis Alexandrovitch comprit, mais ses sentiments religieux s'opposaient à pareille mesure.

— Ce moyen est hors de question, déclara-t-il. Il ne peut s'agir que de faire constater l'adultère au moyen de lettres qui sont en ma possession.

À ce mot de « lettres », l'avocat laissa échapper un son qui tenait de la compassion et du dédain.

— N'oubliez pas, rétorqua-t-il, que les affaires de ce genre sont du ressort de notre haut clergé. Et ces dignes personnages sont friands de certains détails, ajouta-t-il avec un sourire de sympathie pour le goût des dignitaires ecclésiastiques. Évidemment les lettres peuvent être de quelque utilité, mais la preuve doit être faite à l'aide de témoins. Si donc vous me faites l'honneur de m'accorder votre confiance, il faut me laisser le choix des mesures à prendre. Qui veut la fin veut les moyens.

— Puisqu'il en est ainsi, fit Alexis Alexandrovitch, soudain très pâle…

Mais l'avocat se leva et courut vers la porte répondre à une seconde interruption de son secrétaire.

— Dites à cette dame qu'on ne marchande pas ici comme dans une boutique ! cria-t-il avant de revenir à sa place. Chemin faisant, il attrapa d'un geste discret une nouvelle mite. « Jamais mon reps ne tiendra jusqu'à l'été ! » songea-t-il en se renfrognant.

— Vous me faisiez l'honneur de me dire ? demanda-t-il à Alexis Alexandrovitch.

— Je vous communiquerai ma décision, déclara celui-ci en se levant et en s'appuyant à la table. Après quelques instants de silence, il reprit : Vos paroles m'autorisent donc à considérer le divorce comme possible. Je vous serais obligé de me faire connaître vos conditions.

— Tout est possible, si vous voulez bien me laisser une entière liberté d'action, dit l'avocat, éludant la dernière question. Quand puis-je compter sur un avis de votre part ? demanda-t-il en se dirigeant vers la porte.

— Dans huit jours. Vous aurez alors la bonté de me faire savoir si vous vous chargez de l'affaire et à quelles conditions.

— Entièrement à vos ordres.

L'avocat s'inclina respectueusement, mais une fois seul il donna libre cours à son hilarité. Son contentement était si grand que, contrairement à ses principes, il accorda un rabais à la dame qui le quémandait. Il oublia même les mites et se résolut à remplacer l'hiver suivant son reps par du velours, à l'instar de son confrère Sigonine.

VI

La brillante victoire remportée par Alexis Alexandrovitch au sein du Comité du 17 août avait eu pour lui des suites fâcheuses. Grâce à sa fermeté, la nouvelle commission pour l'étude approfondie des mœurs des allogènes fut constituée et envoyée sur place avec une rapidité extraordinaire. Au bout de trois mois elle présentait déjà son rapport. L'état de ces populations s'y trouvait envisagé de six points de vue différents : politique, administratif, économique, ethnographique, matériel et religieux. Chaque question était suivie d'une réponse admirablement rédigée et qui ne laissait subsister aucun doute, car ces réponses n'étaient point l'œuvre de l'esprit humain, toujours sujet à l'erreur, mais d'une infaillible bureaucratie. Ces réponses s'appuyaient sur des données officielles fournies par les gouverneurs et les évêques d'après les relations des autorités cantonales et des curés doyens, lesquels avaient à leur tour fait état des enquêtes opérées par les autorités communales et les curés de village : comment après cela douter de leur exactitude ? Des questions comme celles-ci : « Pourquoi y a-t-il de mauvaises récoltes ? Pourquoi les habitants de certaines localités s'obstinent-ils à pratiquer leur religion ? », questions que sans le concours de la machine officielle de longs siècles n'arriveraient pas à résoudre, reçurent une solution claire, définitive et en tous points conforme aux opinions d'Alexis Alexandrovitch. Mais alors Strémov, qui se sentait piqué au vif, imagina une tactique à laquelle son adversaire ne s'attendait pas : entraînant à sa suite plusieurs membres du Comité, il passa tout à coup dans le camp de Karénine, et non content d'appuyer avec chaleur les mesures proposées par celui-ci, il en fit adopter d'autres qui dépassaient de beaucoup les intentions d'Alexis Alexandrovitch. Poussées à l'extrême, ces mesures se révélèrent si absurdes que les hommes politiques, l'opinion publique, les dames influentes, les journaux s'indignèrent à qui mieux mieux et contre ces décisions et contre leur père putatif, Karénine. Ravi du succès de sa ruse, Strémov prit un air innocent, s'étonna des résultats obtenus et se retrancha derrière la foi aveugle que lui avait inspirée le plan de son collègue. En dépit de sa santé chancelante et de ses malheurs domestiques, Alexis Alexandrovitch marqua le coup, mais ne se rendit pas. Une scission se produisit au sein du Comité : les uns, avec Strémov, expliquèrent leur erreur par excès de confiance dans les travaux de la commission d'enquête, dont ils traitaient maintenant les rapports d'absurdes et de non avenus ; les autres, avec Karénine, comprirent les dangers que recelait une attitude aussi révolutionnaire à l'égard de la paperasserie et soutinrent énergiquement les conclusions desdits rapports. La question, qui passionnait aussi bien le gouvernement que la société, s'embrouilla comme à plaisir et personne n'aurait su dire au juste si les allogènes connaissaient ou non la prospérité. Du coup, la situation d'Alexis Alexandrovitch, déjà ébranlée par le mépris que lui attirait son infortune conjugale, parut fort compromise. Mais une fois de plus il dérouta ses adversaires en prenant une résolution hardie : il demanda en haut lieu l'autorisation d'aller en personne étudier le problème sur place et partit sur-le-champ pour une province éloignée.

Ce départ fit d'autant plus de bruit qu'avant de se mettre en route il refusa officiellement les frais de déplacement qui lui avaient été alloués à raison de douze chevaux de poste.

— Je trouve le geste très élégant, dit à ce propos Betsy à la princesse Miagki. Pourquoi accorder des frais de poste quand tout le monde sait que les chemins de fer vont maintenant partout ?

Cette manière de voir ne fut point du goût de la princesse.

— Eh, riposta-t-elle, cela vous plaît à dire ! On voit bien que vous êtes riche à millions. Quant à moi, je suis toujours contente de voir mon mari partir en tournée d'inspection. Ses frais de déplacement payent ma voiture et mon cocher.

Alexis Alexandrovitch passa par Moscou et s'y arrêta trois jours. Le lendemain de son arrivée, comme il allait faire visite au gouverneur et atteignait le carrefour de la rue des Gazettes, toujours encombré de fiacres et de voitures de maître, il s'entendit héler par une voix si gaie, si claironnante, qu'il lui fut impossible de ne pas se retourner. Au coin du trottoir, Stépane Arcadiévitch, vêtu d'un paletot court à la dernière mode, coiffé de guingois d'un chapeau non moins court et non moins à la mode, souriant de ses dents blanches et de ses lèvres rouges, Stépane Arcadiévitch toujours jeune, toujours gai, toujours éblouissant, lui intimait d'un ton péremptoire l'ordre de s'arrêter. Tout en faisant d'une main force gestes à son beau-frère, il s'appuyait de l'autre à la portière d'une voiture où se montrait entre deux têtes de bambins une dame en chapeau de velours, qui prodiguait elle aussi gestes et sourires : c'était Dolly et ses enfants.

Alexis Alexandrovitch ne comptait pas voir de monde à Moscou et son beau-frère moins que personne. Il se contenta donc de soulever son chapeau et voulait continuer son chemin quand Stépane Arcadiévitch, faisant signe au cocher d'arrêter, accourut à lui dans la neige.

— Comment, c'est toi, et tu as le front de ne pas nous prévenir ? J'ai vu hier soir chez Dussaux le nom de Karénine sur le tableau des arrivées et l'idée ne m'est pas venue que ce fût toi, dit-il en passant sa tête à la portière et en frappant ses pieds l'un contre l'autre pour en secouer la neige. Voyons, répéta-t-il, comment ne nous as-tu pas avertis ?

— Le temps m'a manqué, je n'ai pas une minute à moi, répondit sèchement Alexis Alexandrovitch.

— Viens voir ma femme, elle le désire beaucoup.

Karénine ôta la couverture qui recouvrait ses jambes frileuses et, quittant sa voiture, se fraya un chemin dans la neige jusqu'à celle de Dolly.

— Que se passe-t-il donc, Alexis Alexandrovitch, pour que vous nous évitiez ainsi ? demanda-t-elle en souriant.

— J'ai été très occupé. Charmé de vous voir, répondit-il d'un ton qui prouvait clairement le contraire. Comment allez-vous ?

— Que devient ma chère Anna ?

Alexis Alexandrovitch émit quelques sons vagues, et voulut se retirer, mais Stépane Arcadiévitch le retint.

— Sais-tu ce que nous allons faire ? Dolly, invite-le à dîner pour demain avec Koznychev et Pestsov ; faisons-lui connaître nos fortes têtes moscovites.

— C'est cela, venez, je vous en prie, à cinq heures ou à six, si vous préférez. Mais voyons, dites-moi ce que fait ma chère Anna. Il y a si longtemps…

— Elle va bien, marmonna Alexis Alexandrovitch en fronçant le sourcil. Très heureux de vous avoir rencontrée.

Et il regagna sa voiture.

— Vous viendrez ? lui cria encore Dolly.

Alexis Alexandrovitch répondit quelques mots qui se perdirent dans le bruit des équipages.

— Je passerai te voir demain, lui cria Stépane Arcadiévitch.

Alexis Alexandrovitch s'enfonça dans sa voiture comme s'il eût voulu disparaître.

— Quel original! conclut Stépane Arcadiévitch. Et après un regard à sa montre, il eut pour sa femme et ses enfants un geste caressant et s'éloigna d'un pas alerte.

— Stiva, Stiva! lui cria Dolly en rougissant.

Il se retourna.

— Et l'argent pour les paletots de Gricha et de Tania?

— Tu diras que je réglerai.

Il salua d'un signe de tête un de ses amis qui passait en voiture et se perdit dans la foule.

VII

Le lendemain, qui était un dimanche, Stépane Arcadiévitch passa au Grand Théâtre pour assister à la répétition d'un ballet et offrit à Marie Tchibissov, une jolie danseuse qui débutait sous sa protection, le collier de corail qu'il lui avait promis la veille. Profitant de la demi-obscurité des coulisses, il put embrasser à loisir la frimousse radieuse de la jeune personne et convenir avec elle que, ne pouvant arriver au début du ballet, il ferait son apparition pour le dernier acte et l'emmènerait souper. Du théâtre, Stépane Arcadiévitch se rendit aux Halles pour y choisir lui-même le poisson et les asperges du dîner; et à midi précis il entrait chez Dussaux, dans l'intention de rendre visite à trois voyageurs qui, heureusement pour lui, s'étaient logés dans le même hôtel, à savoir: son ami Levine, de retour de l'étranger; son nouveau directeur, fraîchement débarqué à Moscou pour une inspection; son beau-frère Karénine, qu'il tenait à compter parmi ses convives.

Stépane Arcadiévitch aimait la bonne chère; il aimait surtout offrir des dîners aussi brillants par l'ordonnance des mets que par le choix des convives. Le programme qu'il avait combiné pour ce jour-là le comblait d'aise. Le menu comprenait des perches tout frais sorties de l'eau, des asperges et comme *pièce de résistance* un simple mais superbe rosbif, le tout avec accompagnement de vins appropriés. Quant aux convives, il comptait réunir Kitty et Levine et, pour dissimuler cette rencontre, une cousine et le jeune Stcherbatski. Koznychev, le philosophe moscovite, et Karénine, l'homme pratique pétersbourgeois, constitueraient ici la *pièce de résistance,* pièce que garnirait et relèverait cet original de Pestsov, enfant gâté de cinquante ans, historien, musicien, bavard, enthousiaste et libéral, lequel servirait de boutefeu.

La pensée de ce festin souriait d'autant plus à Stépane Arcadiévitch qu'il venait de toucher le second acompte sur la vente de son bois et que depuis quelque temps Dolly faisait preuve envers lui d'une indulgence exquise. Toutefois, sans altérer précisément sa bonne humeur, deux points noirs ne laissaient pas de le chiffonner. En premier lieu la conduite de son beau-frère, qui, dédaignant de venir les voir, lui avait fait dans la rue un accueil plutôt revêche; en rapprochant la froideur d'Alexis Alexandrovitch de certains bruits qui étaient parvenus jusqu'à lui sur sa sœur et Vronski, il devinait un incident grave entre le mari et la femme. En second lieu, la réputation inquiétante du nouveau directeur, qui passait, comme tous les nouveaux chefs, pour un bourreau de travail et un monstre de sévérité: levé tous les matins à six heures, il abattait une besogne de cheval et non content d'exiger de ses subordonnés une ardeur analogue, il les traitait encore de Turc à More; on lui attribuait en outre les idées politiques diamétralement opposées à celles que préconisaient et son prédécesseur et Stépane Arcadiévitch. Or, la veille, comme Oblonski se présentait à lui dans les bureaux et en uniforme, le prétendu grincheux lui avait témoigné une prévenance si marquée qu'il jugeait de son devoir de lui faire maintenant une visite non officielle. Quelle réception l'attendait? Il s'en préoccupait quelque peu, mais sentait d'instinct que tout « se tasserait ». « Bah! se disait-il en pénétrant dans l'hôtel, ne sommes-nous pas tous pécheurs? pourquoi nous chercherait-il noise? »

— Salut, Vassili, cria-t-il au garçon d'étage, en traversant le corridor, le chapeau en bataille. Tiens, tu as laissé pousser tes favoris? Dis-moi, M. Levine, c'est bien au nº 7? Montre-moi le chemin, s'il te plaît. Et puis fais donc demander au comte Anitchkine (c'était le nom du nouveau directeur) s'il peut me recevoir.

— À vos ordres, répondit Vassili tout souriant. Il y a longtemps que nous ne vous avions vu.

— Je suis venu hier, mais par l'autre entrée. C'est ça, le nº 7?

Debout au milieu de sa chambre, Levine prenait avec un paysan de Tver la mesure d'une peau d'ours.

— Ah! ah! vous en avez tué un! s'écria dès la porte Stépane Arcadiévitch. La belle pièce! Eh! mais, c'est une femelle. Bonjour, Archippe.

— Mets-toi donc à l'aise, dit Levine en lui enlevant son chapeau.

— Non, je ne suis entré que pour un moment, répondit Oblonski, ce qui ne l'empêcha pas de déboutonner son pardessus, puis de l'ôter et finalement de bavarder une heure entière avec Levine sur la chasse et d'autres sujets plus intimes.

— Dis-moi ce que tu as fait à l'étranger: où as-tu été? s'enquit Stépane Arcadiévitch dès que le paysan se fut retiré.

— Je suis allé en Allemagne, en France, en Angleterre, mais seulement dans les centres manufacturiers et pas dans les capitales[1]. J'ai vu beaucoup de choses nouvelles et intéressantes. Je suis très content de mon voyage.

— Ah! oui, toujours la question ouvrière.

— Mais non, il n'y a pas pour nous de question ouvrière. La seule question importante pour la Russie est celle des rapports du travailleur avec la terre. Elle existe bien aussi là-bas, mais on n'y peut faire que des raccommodages, tandis qu'ici...

Oblonski écoutait avec attention.

— Oui, oui, tu as peut-être raison. Mais l'essentiel, c'est que tu sois revenu en meilleure disposition: tu chasses l'ours, tu travailles, tu t'emballes pour des idées. Et Stcherbatski qui prétend t'avoir rencontré sombre et mélancolique, ne parlant que de mort!

— Mais c'est vrai, j'y pense toujours. Tout est vanité, il faut mourir. À parler franc, j'estime fort et ma pensée et mon travail, mais quand je songe que cet univers n'est qu'une plaque de moisi à la surface de la plus petite des planètes! quand je songe que nos idées, nos œuvres, ce que nous croyons faire de grand, équivalent tout au plus à quelques grains de poussière!...

— Tout cela est vieux comme le monde, mon cher !

— Oui, mais quand nous le comprenons clairement, combien la vie nous paraît misérable ! Quand on sait que la mort viendra, qu'il ne restera rien de nous, quel abominable crève-cœur ! J'attache une grande importance à telle ou telle de mes pensées, et tout à coup j'ai la certitude que, même mise en pratique, elle en aura aussi peu que le fait d'avoir traqué cette ourse. C'est pour fuir l'idée de la mort qu'on chasse, qu'on travaille, qu'on cherche à se distraire...

Oblonski l'écoutait en souriant d'un sourire fin et caressant.

— Évidemment, fit-il. Et les reproches que tu m'adressais naguère portaient à faux. Avais-je tort de chercher des jouissances dans la vie ? Ne sois pas si sévère à l'avenir, ô moraliste !

— Ce qu'il y a de bon dans la vie... voulut répliquer Levine. Mais, comme il s'embrouillait : Au fond, insista-t-il, je ne sais qu'une chose : c'est que nous mourrons bientôt.

— Pourquoi bientôt ?

— Et, sais-tu, quand on est bien pénétré de cette vérité, on jouit peut-être moins de la vie, mais on se sent plus calme.

— Il faut jouir de son reste au contraire. Mais je me sauve, s'écria Stépane Arcadiévitch en se levant pour la dixième fois.

— Reste encore un peu, dit Levine en le retenant. Quand nous reverrons-nous maintenant ? Je pars demain.

— Ah ! çà, mais où ai-je la tête ? J'allais oublier le sujet qui m'amène ! Je tiens absolument à ce que tu viennes dîner chez nous aujourd'hui. Ton frère sera des nôtres, ainsi que mon beau-frère Karénine.

— Comment, il est ici ? demanda Levine, mourant d'envie de s'informer de Kitty. Il savait qu'elle avait passé le commencement de l'hiver chez son autre sœur, mariée à un diplomate. Mais, après réflexion : « Tant pis, se dit-il, qu'elle soit revenue ou non, j'irai ! »

— Alors, entendu ?

— Entendu.

— À cinq heures et en redingote.

Stépane Arcadiévitch se leva et descendit chez son

nouveau chef. Son instinct ne l'avait pas trompé : cet épouvantail se trouva être un homme charmant avec lequel il déjeuna et s'attarda à bavarder, si bien qu'il n'entra chez Alexis Alexandrovitch que longtemps après trois heures.

VIII

Après avoir assisté à la messe, Alexis Alexandrovitch ne bougea pas de chez lui ce jour-là, car il fallait régler deux affaires importantes : recevoir une députation d'allogènes en route pour Pétersbourg, puis passer à son avocat les instructions qu'il lui avait promises.

Bien que constituée à son instigation, la députation d'allogènes pouvait présenter certains inconvénients, voire certains dangers ; et Karénine fut très content de la trouver encore à Moscou. Ces braves gens naïfs ne concevaient guère le rôle qu'on leur avait assigné : ils croyaient devoir exposer tout crûment leurs besoins et se refusaient à comprendre que certaines de leurs doléances pouvaient faire le jeu du parti adverse et gâter toute l'affaire. Alexis Alexandrovitch dut les chapitrer longuement et leur tracer par écrit un programme, dont ils ne devaient à aucun prix se départir. Après les avoir congédiés, il envoya à leur sujet plusieurs messages à Pétersbourg, notamment à la comtesse Lydie, qui avait la spécialité des députations et s'entendait mieux que personne à en tirer le parti voulu.

Alors, et sans la moindre hésitation, il écrivit à son avocat une lettre qui lui donnait pleins pouvoirs ; il eut soin d'y joindre trois billets de Vronski à Anna trouvés dans le portefeuille. Depuis qu'il avait quitté son logis, confié ses intentions à un homme de loi, incorporé pour ainsi dire cette affaire intime à ses paperasseries, il tenait de plus en plus sa décision pour bonne et avait hâte de la voir mise en pratique.

Au moment de cacheter sa lettre, il perçut des éclats de voix dans l'antichambre : Stépane Arcadiévitch insistait pour être annoncé.

« Après tout, songea Karénine, il a bien fait de venir ;

je vais lui dire ce qu'il en eſt et il comprendra que je ne puis dîner chez lui.»

— Fais entrer, cria-t-il en rassemblant ses papiers et en les serrant dans un buvard.

— Tu vois bien que tu mens, cria de son côté Stépane Arcadiévitch au valet de chambre. Et, ôtant son pardessus tout en marchant, il s'avança vers son beau-frère. Ravi de te trouver, commença-t-il gaiement; j'espère bien...

— Non, je ne pourrai pas venir, répondit sèchement Alexis Alexandrovitch, en le recevant debout et sans l'engager à s'asseoir. Il croyait bon d'adopter d'emblée le ton froid qui lui semblait désormais convenable avec le frère d'une femme dont il prétendait divorcer. C'était méconnaître l'irrésiſtible bonhomie de Stépane Arcadiévitch.

— Pourquoi cela? Que veux-tu dire? demanda celui-ci en français, en ouvrant tout grands ses beaux yeux clairs. C'eſt promis, voyons, nous comptons sur toi.

— C'eſt impossible, parce que nos rapports de famille doivent être rompus.

— Rompus? Qu'eſt-ce à dire? fit Oblonski avec un sourire.

— Parce que je songe à divorcer d'avec ma femme, votre sœur. J'aurais dû...

Il n'eut point le temps d'achever le speech qu'il avait médité: contre toute attente, Stépane Arcadiévitch s'était laissé choir dans un fauteuil en poussant un profond soupir.

— Alexis Alexandrovitch, ce n'eſt pas possible! s'écria-t-il avec douleur.

— C'eſt pourtant vrai.

— Excuse-moi, je ne peux pas le croire...

Karénine s'assit: il sentait que ses paroles n'avaient pas produit l'effet voulu, qu'il allait devoir s'expliquer et qu'une explication, même catégorique, ne changerait rien à ses rapports avec Oblonski.

— Oui, reprit-il, je me vois dans la triſte nécessité de demander le divorce.

— Laisse-moi te dire une chose, Alexis Alexandrovitch. Connaissant d'une part ta haute conscience et d'autre part les excellentes qualités d'Anna (excuse-moi de ne pouvoir changer d'opinion sur son compte), je ne puis croire à tout cela: il y a là quelque malentendu.

— Oh! si ce n'était qu'un malentendu!...

— Permets... je comprends, mais, je t'en supplie, ne brusque pas les choses!

— Je ne les ai pas brusquées le moins du monde, dit froidement Alexis Alexandrovitch, mais dans une question semblable on ne peut prendre conseil de personne. Ma décision est irrévocable.

— C'est épouvantable! soupira Stépane Arcadiévitch. Je t'en conjure: si, comme je le comprends, l'affaire n'est pas encore entamée, ne fais rien avant d'avoir causé avec ma femme. Elle aime Anna comme une sœur, elle t'aime, c'est une femme de grand sens. Par amitié pour moi, cause avec elle.

Alexis Alexandrovitch se prit à réfléchir; Stépane Arcadiévitch le considérait avec compassion.

— Alors, c'est entendu, reprit-il après avoir respecté quelques instants son silence, tu viendras la voir?

— Je ne sais vraiment... Il me semble que nos relations doivent changer.

— Pourquoi cela? Je n'en vois pas la raison. Laisse-moi croire qu'en plus des liens de famille tu me rends une partie de l'amitié et de l'estime sincère que je t'ai toujours témoignées, dit Oblonski en lui serrant la main. Si même tes soupçons devaient se confirmer, je ne me permettrais jamais de juger entre vous deux. Nos relations n'auront point à souffrir de votre différend. C'est pourquoi je te supplie de parler à ma femme.

— Nous différons d'avis sur ce point, répliqua sèchement Alexis Alexandrovitch. Aussi bien, laissons cela.

— Mais non, voyons. Qui t'empêche de venir? Ne serait-ce qu'aujourd'hui, puisque aussi bien elle t'attend pour dîner. Parle-lui, je t'en conjure. Encore une fois, c'est une femme admirable.

— Si vous y tenez tant que cela, j'irai, dit en soupirant Alexis Alexandrovitch.

Et pour changer de conversation il aborda un sujet qui les intéressait fort tous les deux, à savoir la nomination inattendue du comte Anitchkine à un poste aussi élevé. Karénine, qui ne l'avait jamais aimé, ne pouvait se défendre d'un sentiment d'envie, bien naturel chez un fonctionnaire sous le coup d'un insuccès.

— Eh bien, tu l'as vu ? demanda-t-il avec un sourire fielleux.

— Comment donc, il est passé hier dans les bureaux. Il m'a l'air actif et fort au courant des affaires.

— Actif, c'est possible, mais à quoi emploie-t-il son activité ? à créer du nouveau ou à modifier les créations des autres. Le fléau de notre pays, c'est cette bureaucratie paperassière, dont il se montre le digne représentant.

— J'ignore ses idées, mais il m'a paru très bon enfant. Je sors de chez lui, nous avons déjeuné ensemble, et je lui ai appris à faire de l'orangeade au vin. Figure-toi qu'il ne connaissait pas encore cette boisson : elle lui a beaucoup plu. Non, je t'assure, c'est un charmant garçon.

Stépane Arcadiévitch jeta un coup d'œil à la pendule.

— Sapristi, il est plus de quatre heures, et il faut encore que je passe chez Dolgouchine !... C'est convenu, tu viens dîner, n'est-ce pas ? Tu nous ferais, à ma femme et à moi, un vrai chagrin en refusant.

Alexis Alexandrovitch reconduisit son beau-frère tout autrement qu'il ne l'avait accueilli.

— Puisque j'ai promis, j'irai, répondit-il sans le moindre enthousiasme.

— J'apprécie comme il convient ton bon vouloir et j'espère que tu n'auras pas à t'en repentir, conclut Oblonski qui avait repris sa belle humeur.

Comme il se retirait en enfilant son pardessus, une des manches alla donner dans la tête du valet de chambre. Il partit d'un éclat de rire, et revenant vers la porte :

— À cinq heures, n'est-ce pas, insista-t-il encore une fois. Et sans façon, en redingote.

IX

Cinq heures avaient déjà sonné et plusieurs invités attendaient déjà au salon lorsque le maître de maison fit son entrée en compagnie de Koznychev et de Pestsov. Grâce à leur ferme caractère et à leur belle intelligence, ces deux fortes têtes moscovites, comme les appelait Stépane Arcadiévitch, jouissaient de l'estime générale. Ils s'estimaient aussi l'un l'autre, ce qui ne les empêchait point de faire preuve presque en toutes choses d'une irrémédiable divergence de vues. Comme ils appartenaient au même parti, leurs adversaires ne faisaient guère entre eux de différence ; cependant chacun d'eux représentait dans ce parti une nuance particulière, et comme rien ne prête plus au désaccord que les demi-abstractions, ils n'arrivaient jamais à s'entendre et avaient dès longtemps accoutumé de flétrir, sans trop y mettre de malice, leurs incorrigibles égarements mutuels.

Ils s'étaient rencontrés à la porte et devisaient de la pluie et du beau temps quand ils furent rejoints par Oblonski. Tous trois pénétrèrent dans le salon où étaient déjà réunis le prince Alexandre Dmitriévitch Stcherbatski, Karénine, Tourovtsine, le jeune Stcherbatski et Kitty. Stépane Arcadiévitch vit tout de suite que la conversation languissait. Préoccupée du retard de son mari et du sort de ses enfants, qui devaient dîner seuls dans leur chambre, Darie Alexandrovna, engoncée dans une robe de soie grise, n'avait pas su mettre son monde à l'aise. Chacun avait l'air de se demander ce qu'il faisait là et ne rompait guère le silence que par monosyllabes. L'excellent Tourovtsine ne dissimulait point sa gêne et le sourire piteux dont il accueillit Oblonski signifiait clairement : « Ah ! çà, mon cher, dans quel guêpier m'as-tu fourré ? En fait de beau monde, je préfère la dive bouteille et le *Château des fleurs.* » Sans souffler mot, le vieux prince lançait à Karénine des coups d'œil furtifs et moqueurs ; son gendre devina qu'il ciselait quelque épigramme à l'adresse de cet homme d'État qui constituait ici, comme ailleurs une chartreuse de sterlet, le plat de résistance. Kitty avait les yeux fixés sur la porte et se donnait du courage pour ne point rougir lors de l'entrée de Levine. Le jeune Stcherbatski, que l'on avait omis de présenter à Karénine, affectait des airs indifférents. Karénine lui-même, fidèle aux usages pétersbourgeois, arborait habit et cravate blanche ; ses manières distantes donnaient à entendre qu'il n'était venu en ce lieu que pour tenir parole et remplir un pénible devoir ; sa présence glaçait tout le monde.

Stépane Arcadiévitch commença par s'excuser de son retard, dont il rejeta la faute sur le fameux prince qui lui servait de bouc émissaire en pareil cas. Il ne lui fallut qu'une minute pour changer l'aspect lugubre du salon. Il aboucha Karénine avec Koznychev et les lança dans un entretien sur la russification de la Pologne, dans lequel Pestsov s'immisça sans plus tarder. Il tapa sur l'épaule de Tourovtsine, lui souffla quelque bonne blague à l'oreille et le confia aux soins de sa femme et de son beau-père. Il complimenta Kitty sur sa beauté et trouva moyen de présenter le jeune Stcherbatski à Karénine. Cependant Levine manquait toujours à l'appel. Oblonski bénit d'ailleurs ce retard car, en inspectant la salle à manger, il constata avec terreur que l'on avait pris chez Depret les vins de Xérès et de Porto : il passa aussitôt à l'office et donna ordre d'envoyer dare-dare le cocher chez Levé[1]. En retraversant la salle à manger, il se heurta à Levine.

— Suis-je en retard ? demanda celui-ci.

— Peux-tu ne pas l'être ! répondit Oblonski en le prenant par le bras.

— Tu as beaucoup de monde ? Qui ? demanda Levine, qui rougit involontairement et se prit à secouer avec son gant les flocons de neige égarés sur sa toque.

— Rien que la famille. Kitty est ici. Viens que je te présente à Karénine.

En dépit de ses opinions libérales, Oblonski n'ignorait point que la plupart des gens tenaient à honneur de faire connaissance avec son beau-frère ; il réservait donc à ses meilleurs amis un plaisir que Levine était ce soir-là bien incapable de goûter pleinement. Le jeune homme en effet ne songeait qu'à Kitty, qu'il n'avait point revue depuis la soirée fatale, sauf la courte apparition sur la grande route. Tout au fond de son être, il s'attendait bien à la rencontrer chez Oblonski ; mais, pour sauvegarder son indépendance d'esprit, il se donnait l'air de ne pas le savoir. Quand il lui fallut se rendre à l'évidence, une terreur mêlée de joie lui ravit le souffle et la parole.

« Comment vais-je la trouver ? songeait-il. Sera-ce la jeune fille d'autrefois ou celle qui m'est apparue ce matin d'été dans la voiture ? Si Darie Alexandrovna avait dit vrai ? Et pourquoi m'aurait-elle menti ? »

— C'est cela, put-il enfin balbutier, présente-moi à Karénine.

Il se précipita dans le salon avec le courage du désespoir. Leurs regards se croisèrent. Et il comprit aussitôt que la jeune fille qui s'offrait à sa vue n'était ni celle d'autrefois ni celle de la voiture : l'effroi, la honte, la timidité lui donnaient un charme nouveau. Tandis que Levine, tout en lui décochant un nouveau regard, allait saluer la maîtresse de maison, la pauvre enfant crut fondre en larmes. Ce trouble n'échappa ni à Levine ni à Dolly qui observait sa sœur à la dérobée. Rougissant, pâlissant pour rougir encore, elle finit par imposer à sa physionomie un calme factice : seules ses lèvres tremblaient légèrement. Il s'approcha d'elle en silence. Le sourire dont elle l'accueillit eût passé pour calme si ses yeux humides et brillants n'avaient trahi son émotion.

— Il y a bien longtemps que nous ne nous sommes vus, dit-elle en serrant de ses doigts glacés la main qu'il lui tendait.

— Vous ne m'avez pas vu, mais moi je vous ai aperçue en voiture, sur la route de Iergouchovo, répondit Levine, rayonnant de bonheur.

— Quand cela ? fit-elle, toute surprise.

— Un matin de cet été, où vous alliez de la station du chemin de fer à Iergouchovo.

Il sentait la joie l'étouffer. « Comment, se disait-il, ai-je pu croire à un sentiment qui ne fût pas innocent dans cette touchante créature ! Et décidément il me semble que Darie Alexandrovna avait vu juste. »

Stépane Arcadiévitch vint le prendre par le bras pour le présenter à Karénine.

— Enchanté de vous retrouver ici, dit froidement celui-ci en serrant la main de Levine.

— Comment, vous vous connaissez ? demanda Oblonski, très surpris.

— Nous avons passé trois heures ensemble en wagon et nous nous sommes quittés aussi intrigués qu'au bal masqué, moi du moins.

— Vraiment ?... S'il vous plaît, messieurs, dit Stépane Arcadiévitch en se dirigeant vers la salle à manger.

Les hommes le suivirent et s'approchèrent de la crédence où les attendait un en-cas de hors-d'œuvre :

six sortes d'eaux-de-vie flanquaient autant d'espèces de fromages, plusieurs variétés de caviar, des harengs, une profusion de conserves, des monticules de tartines... Tandis que ces messieurs, debout près de la crédence, faisaient honneur à cette préface au dîner, la russification de la Pologne marqua un temps d'arrêt. Koznychev, qui s'entendait mieux que personne à donner une conclusion plaisante aux entretiens les plus abstraits, avait offert une nouvelle preuve de son atticisme.

Karénine démontrait que seuls les principes élevés qui guideraient l'administration russe obtiendraient le résultat désiré. Pestsov soutenait qu'une nation ne peut en assimiler une autre que si elle l'emporte en densité de population. Koznychev, qui partageait avec des restrictions les deux points de vue, dit en souriant, comme ils quittaient le salon :

— La meilleure méthode, voyez-vous, serait d'avoir le plus d'enfants possible. C'est là où mon frère et moi sommes en défaut, tandis que vous, messieurs, et surtout Stépane Arcadiévitch, agissez en bons patriotes. Combien en avez-vous ? demanda-t-il à celui-ci en lui tendant un petit verre.

Chacun rit, Oblonski plus que personne.

— C'est en effet la meilleure méthode, approuva-t-il en mâchonnant une languette de fromage et en versant à Koznychev une eau-de-vie d'une saveur toute spéciale. Ce fromage n'est vraiment pas mauvais ; goûtez-le donc... Ah ! çà, est-ce que tu fais toujours de la gymnastique ? continua-t-il en prenant Levine par le bras. Et comme il sentait les muscles d'acier de son ami se tendre sous le drap de la redingote : Quels biceps ! conclut-il. Tu es un vrai Samson.

— Pour chasser l'ours, il faut, je suppose, être doué d'une force considérable ? s'enquit Alexis Alexandrovitch, qui s'évertuait à étendre un morceau de fromage sur une tartine fragile comme une toile d'araignée.

Il n'avait sur la chasse que des notions fort vagues. Levine ne put se défendre de sourire.

— Nullement, dit-il ; un enfant peut tuer un ours[1]. Et il fit place aux dames qui s'approchaient à leur tour de la crédence.

— On m'a dit que vous veniez de tuer un ours ? dit Kitty, aux prises avec un champignon récalcitrant·

sa fourchette glissait, elle s'impatientait, rejetait en arrière les dentelles de sa manche, découvrait un peu de son joli bras. Y a-t-il vraiment des ours chez nous ? ajouta-t-elle en tournant à demi vers lui son visage souriant.

Combien ces paroles, insignifiantes en elles-mêmes, ce son de voix, ces mouvements des yeux et des lèvres avaient de charme pour lui ! Il y voyait une demande de pardon, un acte de confiance, une promesse, une espérance, une indéniable preuve d'amour qui l'étouffait de bonheur.

— Oh ! non, répondit-il en riant, nous avons été chasser dans la province de Tver, et c'est au retour de cette excursion que j'ai rencontré votre beau-frère, c'est-à-dire le beau-frère de votre beau-frère. La rencontre a été comique.

Et il se dépeignit fort plaisamment faisant irruption, harassé et mis comme un paysan, dans le compartiment d'Alexis Alexandrovitch.

— Contrairement au dicton[1], le conducteur me jugeait sur ma mise et voulait m'éconduire ; j'ai dû avoir recours à des paroles bien senties. Et vous aussi, dit-il en se tournant vers Karénine et sans l'appeler par ses prénoms qu'il avait d'ailleurs oubliés, vous aussi redoutiez d'abord ma peau de mouton ; mais ensuite vous avez pris ma défense, et vous m'en voyez très reconnaissant.

— Les droits des voyageurs au choix des places sont vraiment trop peu déterminés, répondit Karénine en s'essuyant le bout des doigts.

— Oh ! j'ai bien remarqué votre hésitation, dit Levine avec un sourire de bonhomie. C'est pourquoi j'ai entamé un sujet de conversation sérieux, pour vous faire oublier ma peau de mouton.

Koznychev, qui, tout en causant avec la maîtresse de maison, prêtait l'oreille aux propos de son frère, lui lança un coup d'œil ébahi. « Qu'a-t-il donc aujourd'hui ? songea-t-il. D'où lui viennent ces airs conquérants ? » Il ne se doutait guère que Levine se sentait pousser des ailes : « elle » l'écoutait, « elle » prenait plaisir à l'entendre parler, tout autre intérêt disparaissait devant celui-là. Il était seul avec elle, non seulement dans cette chambre, mais dans l'univers entier et planait à des hauteurs vertigineuses, tandis qu'en bas rampaient ces excellents Karénine, Oblonski et le reste de l'humanité.

Quand on se mit à table, Stépane Arcadiévitch fit mine de ne pas voir Levine et Kitty ; puis, se rappelant tout à coup leur existence, il les plaça l'un auprès de l'autre aux deux seules places qui restaient libres.

Le dîner ne le céda point au couvert, objet spécial des préoccupations d'Oblonski. Le potage Marie-Louise, accompagné de petits pâtés qui fondaient dans la bouche, fut un vrai régal. Mathieu, avec deux domestiques en cravate blanche, fit le service adroitement et sans bruit. Le succès spirituel correspondit au succès matériel : tantôt générale, tantôt particulière, la conversation ne tarit point, si bien qu'au lever de table Karénine lui-même était dégelé.

X

PESTSOV, qui aimait traiter une question à fond, avait d'autant moins goûté la conclusion de Koznychev que lui-même commençait à voir le peu de justesse de son point de vue.

— En parlant de la densité de la population, reprit-il dès le potage en s'adressant spécialement à Alexis Alexandrovitch, je voulais dire qu'il fallait tenir compte des forces latentes et non pas seulement des principes.

— Il me semble que cela revient au même, laissa lentement tomber Alexis Alexandrovitch. À mon sens, un peuple ne peut avoir d'influence sur un autre peuple qu'à la condition de lui être supérieur en civilisation, de…

— Voilà précisément la question, interrompit Pestsov, qui avait toujours hâte de parler et semblait mettre toute son âme à défendre ses opinions. Comment doit-on entendre cette civilisation supérieure ? Qui donc parmi les diverses nations de l'Europe prime les autres ? Est-ce l'Anglais, le Français ou l'Allemand qui nationalisera ses voisins ? Nous avons vu franciser les provinces rhénanes ; est-ce une preuve d'infériorité du côté des Allemands ? Non, il y a là une autre loi, cria-t-il de sa voix de basse.

— Je crois que la balance penchera toujours du côté de la véritable culture, dit Karénine en fronçant quelque peu le sourcil.

— Mais quels sont les indices de la véritable culture ?

— Je crois que tout le monde les connaît.

— Les connaît-on vraiment ? demanda Koznychev avec un sourire malicieux. On admet généralement qu'elle repose sur l'instruction classique ; mais nous assistons sur ce point à de furieux débats, et le parti opposé avance des preuves qui ne manquent pas de valeur.

— Vous êtes pour les classiques, Serge Ivanovitch, dit Oblonski. Vous offrirai-je du bordeaux ?

— Il ne s'agit pas de mes opinions personnelles, répondit Koznychev avec la condescendance qu'il aurait éprouvée pour un enfant, ce qui ne l'empêcha d'ailleurs point d'avancer son verre. Je prétends seulement qu'on allègue de bonnes raisons de part et d'autre, continua-t-il en se retournant vers Karénine. Tout en étant classique par mon éducation, j'avoue que les études classiques n'offrent pas de preuves irrécusables de leur supériorité sur les autres.

— Les sciences naturelles prêtent tout autant à un développement pédagogique de l'esprit humain, approuva Pestsov. Voyez l'astronomie, la botanique, la zoologie avec l'unité de ses lois.

— C'est une opinion que je ne saurais pleinement partager, objecta Alexis Alexandrovitch. L'étude des langues anciennes contribue beaucoup au développement de l'intelligence. D'autre part les écrivains de l'Antiquité exercent une influence éminemment morale, tandis que pour notre malheur on joint à l'étude des sciences naturelles des doctrines funestes et fausses qui sont le fléau de notre époque.

Serge Ivanovitch allait répondre, mais Pestsov l'interrompit de sa grosse voix pour démontrer chaleureusement l'injustice de ce jugement. Koznychev, qui paraissait avoir trouvé un argument décisif, le laissa parler sans trop d'impatience. Quand il put enfin placer un mot :

— Avouez, dit-il à Karénine avec son sourire narquois, que le pour et le contre des deux systèmes seraient difficiles à établir si l'influence morale — *disons le mot,* antinihiliste — de l'éducation classique ne militait pas en sa faveur.

— Sans aucun doute.

— Nous laisserions le champ plus libre aux deux systèmes si nous ne considérions pas l'éducation classique comme une pilule préservatrice que nous offrons à nos malades contre le nihilisme. Mais sommes-nous bien sûrs des vertus curatives de ces pilules ? conclut-il par un de ces tours attiques qu'il affectionnait.

Le mot fit rire tout le monde, et plus particulièrement Tourovtsine, qui attendait depuis longtemps quelque saillie de ce genre.

Stépane Arcadiévitch avait eu raison de compter sur Pestsov pour attiser la conversation ; en effet, à peine les débats semblaient-ils clos par la boutade de Koznychev, que cet enragé discoureur les fit rebondir.

— On ne saurait même accuser le gouvernement de se proposer une cure. Il obéit sans doute à des considérations d'ordre général et ne se préoccupe guère des conséquences que peuvent entraîner les mesures qu'il prend. Je citerai comme exemple l'instruction supérieure des femmes : alors qu'il devrait la considérer comme funeste, il ouvre cours sur cours à leur intention.

Alexis Alexandrovitch objecta que l'on confondait d'ordinaire l'instruction avec l'émancipation, d'où les préjugés contre celle-là.

— Je crois au contraire, rétorqua Pestsov, que ces deux questions sont intimement liées l'une à l'autre. La femme est privée de droits parce qu'elle est privée d'instruction, et le manque d'instruction provient de l'absence de droits. N'oublions pas que l'esclavage de la femme est si ancien que bien souvent nous sommes incapables de comprendre l'abîme légal qui la sépare de nous.

— Vous parlez de droits, dit Serge Ivanovitch quand il put ouvrir la bouche ; est-ce le droit de remplir les fonctions de juré, de conseiller municipal, de fonctionnaire public, de membre du parlement ?...

— Sans doute.

— Mais si les femmes peuvent exceptionnellement remplir ces fonctions, ne serait-il pas plus juste de donner à ces droits le nom de devoirs ? Un juré, un conseiller municipal, un employé de télégraphe remplit un devoir, personne n'en doute. Disons donc que les femmes cherchent — et fort légitimement — des devoirs ; on ne peut donc que sympathiser avec leur désir de prendre part aux travaux des hommes.

— C'est juste, appuya Karénine ; le tout est de savoir si elles sont capables de remplir ces devoirs.

— Elles le seront certainement, dès qu'elles recevront une instruction plus développée, dit Stépane Arcadiévitch. Ne voyons-nous pas...

— Et le proverbe ? dit le vieux prince qui avait écouté cette conversation en riant de ses petits yeux moqueurs. Je puis le citer devant mes filles : la femme a les cheveux longs...

— C'est ainsi qu'on jugeait les nègres avant leur émancipation, s'écria Pestsov mécontent.

— Ce qui m'étonne, reprit Serge Ivanovitch, c'est de voir les femmes ambitionner des devoirs que bien souvent les hommes cherchent à éluder.

— Ces devoirs, dit Pestsov, sont accompagnés de droits : les honneurs, le pouvoir, l'argent, voilà ce que cherchent les femmes.

— C'est absolument comme si je briguais le droit d'être nourrice et trouvais mauvais qu'on me le refusât, alors que les femmes sont payées pour cela, dit le vieux prince.

Tourovtsine éclata de rire, et Serge Ivanovitch regretta de n'être pas l'auteur de cette plaisanterie ; Karénine lui-même se dérida.

— Oui, mais un homme ne peut allaiter, dit Pestsov, tandis qu'une femme...

— Pardon, un Anglais à bord d'un navire est parvenu à allaiter son enfant, dit le vieux prince, qui se permettait devant ses filles quelques libertés de langage.

— Soit, qu'il y ait autant de femmes fonctionnaires que d'Anglais nourrices, dit Serge Ivanovitch, heureux d'avoir lui aussi trouvé un mot.

— Mais les filles sans famille ? demanda Stépane Arcadiévitch qui, en soutenant Pestsov, avait toujours eu en vue la Tchibissov, sa petite danseuse.

— Si vous scrutez la vie de ces jeunes filles, dit fort inopinément Darie Alexandrovna — et non sans aigreur, car elle avait deviné à qui son mari faisait allusion — vous trouverez certainement qu'elles ont abandonné une famille dans laquelle des devoirs de femmes étaient à leur portée.

— Peut-être, mais nous défendons un principe, un idéal, riposta Pestsov de sa voix tonnante. La femme réclame le droit à l'indépendance, et elle souffre de son impuissance à l'obtenir[1].

— Et moi, je souffre de n'être pas admis comme nourrice à la maison des enfants trouvés, répéta le vieux prince, à la grande joie de Tourovtsine, qui en laissa choir par le gros bout une asperge dans sa sauce.

XI

Seuls Kitty et Levine n'avaient pris aucune part à la conversation générale. Au commencement du dîner, quand on parla de l'influence d'une nation sur une autre, Levine se remémora involontairement les idées qu'il s'était faites à ce sujet ; mais il se sentit incapable d'y mettre de l'ordre, et trouva bizarre qu'on pût s'embarrasser d'un problème qui naguère encore le passionnait et qui maintenant lui paraissait parfaitement oiseux. De son côté Kitty aurait dû s'intéresser à la discussion sur les droits des femmes, question dont elle s'était souvent occupée, tant à cause de son amie Varinka dont la dépendance était si rude, que pour son propre compte dans le cas où elle ne se marierait pas : souvent sa sœur et elle s'étaient disputées à ce sujet. Combien cela l'intéressait peu maintenant ! Entre Levine et elle s'établissait une sorte d'affinité sérieuse qui les rapprochait de plus en plus et leur causait un sentiment de joyeuse terreur, au seuil de cet inconnu dans lequel ils s'engageaient.

Kitty lui ayant demandé où il l'avait aperçue en été, Levine lui raconta qu'il revenait des prairies par la grande route, après le fauchage.

— C'était de très grand matin, par un temps superbe. Vous veniez sans doute de vous réveiller, votre maman dormait encore dans son coin. Je marchais en me demandant : « Une voiture à quatre chevaux ? Qui cela peut-il être ? » Et tandis que les chevaux — de belles bêtes, ma foi — passent en agitant leurs grelots, vous m'apparaissez tout à coup comme un éclair. Vous étiez assise, comme cela, près de la portière, tenant à deux mains les rubans de votre coiffure de voyage et vous sembliez plongée dans de profondes réflexions. Comme je voudrais savoir à quoi vous pensiez, ajouta-t-il en souriant. Était-ce à quelque chose de bien important ?

« Pourvu que je n'aie pas été décoiffée ! » se dit Kitty. Mais en voyant le sourire enthousiaste que ce souvenir faisait naître sur les traits de Levine, elle se rassura sur l'impression qu'elle avait produite.

— Je n'en sais vraiment plus rien, répondit-elle rieuse et rougissante.

— Comme Tourovtsine rit de bon cœur ! dit Levine admirant la gaieté de ce brave garçon dont les yeux étaient humides et le corps soulevé par le rire.

— Le connaissez-vous depuis longtemps ? demanda Kitty.

— Qui ne le connaît !

— Vous ne paraissez pas avoir une très bonne opinion de lui ?

— Il m'a tout l'air d'un pas-grand-chose.

— Vous vous trompez et vous allez me faire le plaisir de rétracter bien vite votre opinion. Moi aussi, je l'ai autrefois mal jugé ; mais c'est, je vous assure, un très bon garçon, un cœur d'or.

— Comment avez-vous fait pour apprécier son cœur ?

— Nous sommes de très bons amis, je le connais à fond. L'hiver dernier, peu de temps après... après votre visite, dit-elle avec un sourire contraint mais confiant, les enfants de Dolly ont eu la scarlatine, et un jour qu'il était venu lui faire visite... Le croiriez-vous, continua-t-elle en baissant la voix, il l'a prise en si grande pitié qu'il l'a aidée pendant trois semaines à soigner les petits malades... Je raconte à Constantin Dmitritch la conduite de Tourovtsine pendant la scarlatine, dit-elle en se penchant vers sa sœur.

— Oui, il a été admirable ! répondit Dolly en regardant avec un bon sourire le brave Tourovtsine, qui se doutait bien qu'on parlait de lui. Levine le regarda à son tour et s'étonna de ne pas l'avoir compris jusque-là...

— Pardon, pardon, jamais je ne jugerai légèrement personne ! s'écria-t-il d'une voix joyeuse. Cette fois-ci il exprimait bien sincèrement ce qu'il ressentait.

XII

La discussion sur l'émancipation des femmes offrait un côté épineux à traiter devant des dames, celui de l'inégalité des droits entre époux. À plusieurs reprises pendant le dîner Pestsov effleura la question, mais chaque fois Koznychev et Oblonski firent adroitement dévier l'entretien. Au lever de table, Pestsov, se refusant à suivre les dames au salon, retint Alexis Alexandrovitch pour lui démontrer que la raison principale de cette inégalité tenait, à l'en croire, à la différence qu'établissent la loi et l'opinion publique entre l'infidélité de la femme et celle de son mari.

Stépane Arcadiévitch offrit précipitamment un cigare à son beau-frère.

— Non, je ne fume pas, répondit celui-ci du ton le plus tranquille et, comme pour prouver qu'il ne redoutait pas ce sujet, il dit à Pestsov avec un sourire glacial: Cette différence découle, il me semble, de la nature même des choses.

Il se dirigeait vers le salon quand Tourovtsine, émoustillé par le champagne et d'ailleurs impatient de rompre un silence qui lui pesait depuis longtemps, s'écria, son bon gros sourire habituel flottant sur ses lèvres rouges et humides:

— Vous a-t-on raconté l'histoire de Priatchnikov? On m'a dit tantôt qu'il s'était battu à Tver avec Kvytski et qu'il l'avait tué.

Il s'adressait plus particulièrement à Karénine, comme au principal convive. Chacun semblait avoir à cœur de toucher le point sensible de cet homme et cependant, rebelle aux efforts d'Oblonski pour l'entraîner:

— Pourquoi Priatchnikov s'est-il battu? demanda-t-il soudain intéressé.

— À cause de sa femme. Il s'est bien conduit: il a provoqué son rival et il l'a tué.

— Ah? fit d'une voix neutre Alexis Alexandrovitch.

Et le sourcil froncé il passa dans le petit salon. Dolly, qui l'y attendait, lui dit avec un sourire craintif:

— Comme je suis heureuse que vous soyez venu! J'ai besoin de vous parler. Asseyons-nous ici.

Alexis Alexandrovitch, conservant l'air d'indifférence que lui donnaient ses sourcils froncés, s'assit auprès d'elle.

— D'autant plus volontiers, dit-il avec un sourire figé, que je vais bientôt me retirer; je pars demain matin.

Fermement convaincue de l'innocence d'Anna, Dolly se sentait pâlir et trembler de colère devant cet être insensible qui se disposait froidement à perdre sa chère belle-sœur et amie.

— Alexis Alexandrovitch, dit-elle en rassemblant toute sa fermeté pour le regarder bien en face, je vous ai demandé des nouvelles d'Anna et vous ne m'avez pas répondu; que devient-elle?

— Je suppose qu'elle se porte bien, Darie Alexandrovna, répondit-il en évitant son regard.

— Pardonnez-moi si j'insiste sans en avoir le droit, mais j'aime Anna comme une sœur. Dites-moi, je vous en conjure, ce qui se passe entre vous et elle... De quoi l'accusez-vous, voyons?

Alexis Alexandrovitch se renfrogna, et, les yeux à demi clos, baissa la tête.

— Votre mari vous aura sans doute indiqué les raisons qui m'obligent à rompre avec Anna Arcadiévna, dit-il en jetant un coup d'œil mécontent sur le jeune Stcherbatski qui traversait la pièce.

— Je ne crois pas et ne croirai jamais tout cela!... murmura Dolly en serrant d'un geste énergique ses mains amaigries. Elle se leva brusquement et, touchant de sa main la manche d'Alexis Alexandrovitch: Nous ne serons pas tranquilles ici, dit-elle. Venez par là, je vous en prie.

L'émotion de Dolly se communiquait à Karénine; il obéit, se leva et la suivit dans la salle d'étude des enfants, où ils s'assirent devant une table que couvrait une toile cirée entaillée de coups de canif.

— Je ne crois à rien de tout cela, répéta Dolly, cherchant à saisir ce regard qui fuyait le sien.

— Peut-on nier des « faits », Darie Alexandrovna? dit-il en appuyant sur le dernier mot.

— Mais quelle faute a-t-elle commise, voyons?

— Elle a manqué à ses devoirs et trahi son mari; voilà ce qu'elle a fait.

— Non, non, c'est impossible ! Non, dites-moi que vous vous trompez, s'écria Dolly en fermant les yeux et en se prenant les tempes.

Alexis Alexandrovitch sourit froidement du bout des lèvres : il voulait ainsi prouver à Dolly et se prouver à lui-même que sa conviction était inébranlable. Mais cette chaleureuse intervention rouvrit sa blessure et ce fut avec une certaine animosité qu'il répondit à Dolly :

— L'erreur est difficile quand la femme vient elle-même déclarer au mari que huit années de mariage et un fils ne comptent pour rien et qu'elle veut recommencer sa vie.

— Anna et le vice, comment associer ces deux idées, comment croire ?...

— Darie Alexandrovna, dit-il sentant sa langue se délier et regardant enfin sans détour le visage ému de Dolly, je donnerais beaucoup pour pouvoir encore douter. Le doute était cruel, mais le présent est plus cruel encore. Quand je doutais, j'espérais malgré tout. Maintenant je n'ai plus d'espoir et cependant j'ai d'autres doutes : j'ai pris mon fils en aversion, je me demande parfois s'il est le mien. Je suis très malheureux.

Ces derniers mots étaient superflus. Dès qu'elle eut rencontré son regard, Dolly comprit qu'il disait vrai ; elle eut pitié de lui et sa foi dans l'innocence de son amie en fut ébranlée.

— Mais c'est affreux, affreux !... Et vous êtes vraiment décidé au divorce ?

— J'ai pris ce dernier parti parce que je n'en vois pas d'autre à prendre.

— Pas d'autre, pas d'autre... murmura-t-elle les larmes aux yeux. Si, si, il doit y en avoir.

— Le plus affreux dans un malheur de ce genre, reprit-il comme s'il devinait sa pensée, c'est qu'on ne peut pas porter sa croix comme dans toute autre infortune, une perte, une mort... Il faut agir, car on ne peut rester dans la position humiliante qui vous est faite, on ne peut vivre à trois.

— Oui, je comprends, je comprends, répondit Dolly en baissant la tête. Elle se tut, ses propres chagrins domestiques lui revinrent à la mémoire ; et tout à coup, levant son regard vers Karénine en joignant les mains d'un geste suppliant : Attendez donc, dit-elle ; vous êtes chrétien, songez à ce qu'elle deviendra si vous l'abandonnez !

— J'y ai pensé, beaucoup pensé, Darie Alexandrovna, répondit-il en offrant à sa pitié, qu'elle lui accordait maintenant tout entière, un visage aux yeux troubles et aux joues couvertes de plaques rouges. Lorsqu'elle m'a annoncé mon déshonneur elle-même, je lui ai donné la possibilité de se réhabiliter, j'ai cherché à la sauver. Qu'a-t-elle fait alors ? Elle n'a même pas observé la modeste condition que je posais, le respect des convenances ! On peut, ajouta-t-il en s'échauffant, sauver un être qui ne veut pas périr ; mais avec une nature corrompue au point de voir le bonheur dans sa perte même, que voulez-vous qu'on fasse ?

— Tout sauf le divorce !

— Qu'appelez-vous tout ?

— Songez donc qu'elle ne serait plus la femme de personne. Elle serait perdue ! C'est affreux !

— Que voulez-vous que j'y fasse ? répliqua-t-il en haussant les épaules et les sourcils. Le souvenir de la dernière faute de sa femme le ramena soudain au même degré de froideur qu'au début de l'entretien. La sympathie que vous me témoignez me touche beaucoup, ajouta-t-il en se levant, mais il est temps que je me retire.

— Non, attendez. Ne faites pas son malheur… Moi aussi j'ai été trompée ; dans ma jalousie, mon indignation, j'ai voulu tout quitter… Mais j'ai réfléchi… et qui m'a sauvée ? Anna… Maintenant mes enfants grandissent, mon mari revient à sa famille, comprend ses torts, devient meilleur, et je reprends goût à la vie… J'ai pardonné ; pardonnez, vous aussi.

Alexis Alexandrovitch écoutait, mais les paroles de Dolly restaient sans effet sur lui, car dans son âme grondait la colère qui l'avait décidé au divorce. Il se rebiffa et déclara d'une voix haute et perçante, où tremblaient des larmes de colère :

— Je ne puis ni ne veux pardonner, ce serait injuste. Pour cette femme j'ai fait l'impossible et elle a tout traîné dans la boue qui paraît lui convenir. Je ne suis pas un méchant homme et n'ai jamais haï personne ; mais elle, je la hais de toutes les forces de mon âme, et la haine que je lui ai vouée pour tout le mal qu'elle m'a fait m'empêche de lui pardonner.

— Aimez ceux qui vous haïssent... murmura Dolly.

Karénine eut un sourire de mépris : ces mots, qu'il ne connaissait que trop bien, ne pouvaient s'appliquer à sa situation.

— On peut aimer ceux qui vous haïssent, mais non point ceux que vous haïssez. Pardonnez-moi de vous avoir troublée, à chacun suffit sa peine.

Et, retrouvant son empire sur lui-même, Alexis Alexandrovitch prit congé et se retira.

XIII

QUAND on quitta la table, Levine, craignant de déplaire à Kitty par une assiduité trop marquée, résista à la tentation de la suivre au salon. Il resta avec les hommes et prit part à la conversation générale ; mais, sans voir la jeune fille, il devinait chacun de ses gestes, de ses regards et jusqu'à la place qu'elle occupait. La promesse qu'il avait faite d'aimer son prochain et de n'en penser que du bien lui parut facile à tenir. La conversation tomba sur la commune rurale, que Pestsov considérait comme un principe typique auquel il donnait le nom bizarre de « principe choral ». Levine partageait aussi peu son avis que celui de son frère qui reconnaissait et niait tout à la fois la valeur de cette institution. Il chercha cependant à rapprocher leurs points de vue sans s'intéresser le moins du monde ni à leurs arguments ni à ses propres paroles : son unique désir était de voir chacun heureux et content. Une seule personne comptait pour lui dans le monde. Cette personne, après avoir séjourné au salon, s'était approchée de la porte ; il sentit un regard et un sourire fixés sur lui et fut contraint de se retourner. Elle était là en compagnie du jeune Stcherbatski et elle le regardait.

— Je pensais que vous alliez vous mettre au piano, dit-il en allant à elle. Voilà ce qui me manque à la campagne : la musique[1].

— Non, nous venions tout simplement vous chercher et je vous remercie d'avoir compris, répondit-elle en le récompensant d'un sourire. Quel plaisir y a-t-il à discuter ? On ne convainc jamais personne.

— C'est vrai, il arrive parfois que l'on discute uniquement parce que l'on n'arrive pas à comprendre ce que prétend démontrer votre interlocuteur.

Il arrive fréquemment, même à des gens de valeur, de s'apercevoir que tel ou tel débat qui s'est élevé entre eux et leur a coûté de grands efforts de logique et une énorme dépense de paroles n'est au fond qu'une question de préférence, chacun d'eux craignant de dévoiler la sienne par crainte de la voir mettre en doute. Si l'un des adversaires parvient par d'heureux tours de phrases à faire saisir et partager sa prédilection à l'autre, la discussion tombe d'elle-même. Voilà ce que voulait dire Levine, qui plus d'une fois avait fait pareille constatation.

Le front plissé, Kitty s'efforçait de comprendre, et déjà Levine voulait lui venir en aide quand soudain :

— Ah ! j'ai saisi, s'écria-t-elle, il faut d'abord comprendre les raisons qui poussent votre adversaire à discuter, deviner ses goûts ; alors…

Levine sourit de bonheur : elle exprimait en termes très clairs l'idée qu'il avait assez gauchement exposée. Quelle différence entre cette manière sobre, laconique d'échanger les pensées les plus complexes et la prolixité chère à Pestsov et à son frère !

Stcherbatski les ayant quittés, elle s'assit à une table de jeu et se mit à tracer à la craie des cercles sur le drap vert. Levine remit sur le tapis la fameuse question des occupations féminines. Il partageait sur ce point l'opinion de Dolly et crut l'étayer d'un argument nouveau en soutenant que toute famille, riche ou pauvre, a toujours eu et aura toujours besoin d'auxiliaires, bonnes, gouvernantes, etc., prises soit dans son sein, soit en dehors d'elle.

— Non, affirma Kitty en rougissant, ce qui ne l'empêcha pas de lever sur lui un regard limpide et hardi ; non, il y a des cas où une jeune fille ne peut entrer dans une famille sans s'exposer à une humiliation, où elle-même…

Il comprit l'allusion.

— Oui, oui, s'écria-t-il, vous avez mille fois raison.

Ces craintes virginales lui firent enfin apprécier la valeur des arguments de Pestsov ; et par amour pour Kitty il renonça à ses propres théories.

Un silence tomba. Elle maniait toujours son bâton

de craie ; ses yeux brillaient d'un doux éclat. Une rafale de bonheur emportait Levine.

— Ah ! mon Dieu, j'ai couvert toute la table de mes griffonnages, dit-elle en déposant la craie et en faisant mine de se lever.

« Comment ferai-je pour rester sans elle ? » pensa Levine avec terreur.

— Attendez, dit-il en s'asseyant à son tour. Il y a longtemps que je voulais vous demander une certaine chose.

Il posa sur elle un regard tendre quelque peu craintif.

— Demandez.

— Voici, dit-il en traçant à la craie les lettres, *q, v, m, a, r, c, e, i, e, i, a, o, t ?* qui étaient les premières des mots : « quand vous m'avez répondu : c'est impossible, était-ce impossible alors ou toujours ? » Il était peu vraisemblable que Kitty pût comprendre cette question compliquée ; néanmoins il la regarda de l'air d'un homme dont la vie dépendait de l'explication de cette phrase.

Elle appuya le front sur sa main et se mit à déchiffrer avec beaucoup d'attention, interrogeant parfois Levine des yeux.

— J'ai compris, dit-elle enfin en rougissant.

— Que veut dire cette lettre ? lui demanda-t-il en indiquant le *t*.

— « Toujours » ; mais cela n'est pas vrai.

Il effaça brusquement ce qu'il avait écrit et lui tendit la craie. Elle écrivit : *a, j, n, p, r, d.*

Quand elle aperçut sa sœur la craie à la main, un sourire timide et heureux aux lèvres, levant les yeux vers Levine qui promenait de la table à la jeune fille un regard enflammé, Dolly se sentit consolée de son entretien avec Karénine. Soudain Levine rayonna de joie ; il avait compris la réplique : « Alors je ne pouvais répondre différemment. »

Il l'interrogea d'une œillade craintive :

— Seulement alors ?

— Oui, répondit le sourire de la jeune fille.

— Et… maintenant ? demanda-t-il.

— Lisez. Je vais vous dire ce que je souhaite de toute mon âme.

Elle traça les premières lettres des mots : « que vous puissiez oublier et pardonner. »

De ses doigts tremblants il saisit le bâton de craie, le brisa dans son trouble et répondit de la même façon: «Je n'ai rien à oublier ni à pardonner, car je n'ai jamais cessé de vous aimer».

Kitty le regarda et son sourire se figea.

— J'ai compris, murmura-t-elle.

Il s'assit et écrivit une longue phrase. Elle la comprit sans hésitation et lui répondit par une autre, dont il fut longtemps à saisir le sens, le bonheur lui enlevant l'usage de ses facultés. Mais dans les yeux ivres de joie de Kitty il lut ce qu'il désirait savoir. Il écrivit encore trois lettres, mais la jeune fille, lui arrachant la craie, termina elle-même la phrase et y répondit par un «oui» en toutes lettres[1].

— Vous jouez au «secrétaire»? dit le vieux prince en s'approchant. Très bien; mais si tu veux venir au théâtre, il est temps de partir.

Levine se leva et reconduisit Kitty jusqu'à la porte. Ils avaient eu le temps de tout se dire: elle l'aimait, elle préviendrait ses parents, il viendrait faire sa demande le lendemain.

XIV

Kitty partie, Levine sentit l'inquiétude le gagner; il eut peur, comme de la mort, des quatorze heures qui le séparaient du moment où il la reverrait, où leurs deux vies s'uniraient pour toujours. Pour tromper le temps, il éprouvait le besoin impérieux de ne pas rester seul, de parler à quelqu'un. Par malheur, Stépane Arcadiévitch dont la compagnie lui eût, plus qu'aucune autre, convenu, le quitta pour aller dans le monde, c'est-à-dire au ballet. Levine ne put que lui dire qu'il était heureux et n'oublierait jamais, jamais ce qu'il lui devait. D'un regard et d'un sourire, Oblonski fit entendre à son ami qu'il appréciait ce sentiment à sa juste valeur.

— Tu ne parles plus de mourir, j'espère? lui demanda-t-il avec une poignée de main bien sentie.

— Non! répondit énergiquement Levine.

Et il s'en fut prendre congé de Darie Alexandrovna.

— Que je suis heureuse, lui dit celle-ci, de vous savoir

de nouveau en bons termes avec Kitty ! Il ne faut pas négliger ses vieux amis.

Ces paroles, dans lesquelles Levine flaira un compliment, eurent le don de lui déplaire : son bonheur était beaucoup trop sublime pour que le commun des mortels se permît d'y faire allusion !

Finalement, pour ne point rester seul, il s'accrocha à son frère.

— Où vas-tu ?

— À une réunion.

— Puis-je t'accompagner ?

— Pourquoi pas ? dit en souriant Serge. Que t'arrive-t-il aujourd'hui ?

— Ce qui m'arrive ? le bonheur ! répondit Levine en baissant la glace de la voiture. Tu permets ? J'étouffe. Pourquoi ne t'es-tu jamais marié ?

— Allons, tous mes compliments, dit Serge toujours souriant. C'est, je crois, une charmante per...

— Tais-toi, tais-toi ! s'écria Levine, qui, le prenant par le collet, lui couvrit le visage de sa fourrure. « Une charmante personne... » Quelles paroles vulgaires, indignes de ses beaux sentiments !

Serge Ivanovitch éclata de rire, ce qui ne lui arrivait pas souvent.

— Puis-je au moins dire que je suis enchanté ?

— Demain, mais pas un mot de plus !... Silence !... ordonna Levine en lui fermant encore une fois la bouche. Je t'aime beaucoup, ajouta-t-il. Puis-je assister à votre réunion ?

— Mais bien sûr !

— De quoi sera-t-il question aujourd'hui, demanda Levine entre deux sourires.

Ils étaient arrivés. Levine écouta le secrétaire ânonner un procès-verbal auquel le malheureux semblait n'entendre goutte ; mais à la confusion qu'il laissait paraître tout en bredouillant, Levine devina en lui un bon et charmant garçon. Il s'éleva ensuite un débat relatif à l'assignation de certaines sommes et à l'installation de certains conduits. Serge Ivanovitch s'en prit à deux membres du Comité qu'il foudroya dans un discours fort long ; sur quoi un autre personnage, après avoir pris force notes et dompté un accès de timidité, lui répondit d'une façon aussi charmante que fielleuse ; enfin Sviajski, qui se trouvait là également, mit fin à la discussion par quelques belles phrases proférées d'un ton fort noble. Levine écoutait toujours et sentait bien que ce prétendu désaccord n'était qu'un prétexte pour réunir d'aimables gens qui au fond s'entendaient à merveille. Grâce à de légers indices, auxquels il n'aurait jadis prêté aucune attention, Levine pénétrait les pensées des assistants, lisait dans leurs âmes, appréciait surtout la parfaite bonté de leur nature; tous en effet, même ceux qui ne le connaissaient pas, lui adressaient aujourd'hui des paroles et des regards d'une parfaite aménité.

— Eh bien, es-tu content? lui demanda son frère.

— Très content; je n'aurais jamais cru que ce fût aussi intéressant.

Et, comme Sviajski l'invitait à terminer la soirée chez lui, il accepta avec empressement et s'informa aussitôt de sa femme et de sa belle-sœur. Rien ne subsistait de ses préventions d'autrefois, pas même le souvenir: ce monsieur, que naguère il n'arrivait pas à déchiffrer, lui parut le meilleur, le plus fin des hommes; et comme par une étrange filiation la belle-sœur de cet être exquis s'associait toujours dans son esprit à l'idée du mariage, il lui sembla que personne n'écouterait plus volontiers que ces dames le récit de son bonheur.

Sviajski l'interrogea sur l'état de ses affaires, se refusant toujours à admettre que l'on pût innover quoi que ce fût en matière d'économie rurale, l'Europe en ayant depuis longtemps déterminé toutes les formes possibles. Cette fois-ci, Levine, loin de se sentir froissé par cette thèse, la trouva fort plausible et admira la douceur, la délicatesse avec lesquelles Sviajski la soutenait. Les dames se montrèrent particulièrement aimables. Levine crut comprendre qu'elles savaient tout, qu'elles prenaient part à sa joie, mais que par discrétion elles évitaient d'en parler. Il passa en leur compagnie une heure, puis deux, puis trois, abordant divers sujets qui ressortaient tous à ses préoccupations du moment, sans remarquer qu'il ennuyait mortellement ses hôtes et qu'ils tombaient de sommeil. Enfin Sviajski, ne sachant que penser des façons bizarres de son ami, le reconduisit en bâillant jusqu'à l'antichambre. Il était plus d'une heure.

Rentré à l'hôtel, Levine s'épouvanta en songeant aux dix heures qu'il lui restait encore à passer dans la solitude et l'impatience. Le garçon de service voulut se retirer après avoir allumé les bougies, mais Levine l'arrêta : ce personnage, qu'il connaissait à peine de nom, lui apparut soudain comme un fort brave homme pas bête du tout et, ce qui valait mieux, plein de cœur.

— Dis-moi, Iégor, lui demanda-t-il, cela doit être dur de veiller ?

— Que voulez-vous, Monsieur, c'est notre métier. Bien sûr, on a la vie plus douce dans une maison de maître, mais ici on a plus de profits.

Il se trouva que Iégor avait quatre enfants, trois garçons et une fille, laquelle était couturière et promise à un commis bourrelier. À ce propos Levine lui fit remarquer que le mariage devait reposer sur l'amour : quand on aime, on est toujours heureux, car notre bonheur est en nous-mêmes. Iégor, qui écoutait attentivement, parut convaincu de cette vérité, mais il la confirma par une réflexion inattendue, à savoir que lorsqu'il avait servi de bons maîtres, il avait toujours été content d'eux, et que son maître actuel, pour Français qu'il fût, lui convenait parfaitement.

« Quelle bonne pâte d'homme ! » songea Levine.

— Et toi, Iégor, aimais-tu ta femme quand tu l'as épousée ?

— Mais bien sûr, vous ne voudriez tout de même pas...

Levine remarqua que son exaltation avait gagné Iégor et que le brave garçon s'apprêtait à lui dévoiler ses sentiments les plus intimes.

— Voyez-vous, Monsieur, commença-t-il, les yeux brillants, gagné par l'enthousiasme de Levine comme on l'est par la contagion du bâillement, j'ai eu, comme qui dirait, des aventures ; dès mon plus jeune âge...

Mais à ce moment la sonnette retentit ; Iégor sortit et Levine se trouva seul. Bien qu'il eût à peine touché au dîner et refusé de souper chez Sviajski, il n'avait nullement faim ; après une nuit d'insomnie, il ne songeait pas à dormir ; et malgré la température plutôt fraîche, il étouffait dans sa chambre. Il ouvrit tout grands les deux vasistas et s'assit sur une table en face des fenêtres. Au-dessus des toits chargés de neige s'élevait la croix ajourée d'une église et plus haut le triangle du Cocher dominé par l'éclat jaunâtre de la Chèvre. Tout en aspirant l'air glacial il laissait errer ses regards de la croix à l'étoile et donnait libre cours aux fantaisies du souvenir et de l'imagination. Un peu après trois heures, des pas retentirent dans le corridor ; il entrouvrit sa porte et reconnut un certain Miaskine qui rentrait de son cercle, la mine sombre et le dos voûté. « Le malheureux ! » se dit Levine en l'entendant tousser, et des larmes de pitié lui mouillèrent les paupières. Il voulut le réconforter, mais se rappela à temps qu'il était en chemise. Il retourna se plonger dans l'air glacial et considérer cette croix de forme étrange, dont le silence était pour lui gros de signification, et la belle étoile brillante qui montait à l'horizon. Vers six heures, les frotteurs commencèrent à faire du bruit, les cloches sonnèrent un office matinal, et Levine sentit enfin les atteintes du froid. Il ferma les vasistas, fit sa toilette et sortit.

XV

Les rues étaient encore désertes quand Levine arriva devant la maison des Stcherbatski : il trouva le portail fermé et tout le monde endormi. Il retourna à l'hôtel et demanda du café. Le garçon qui le lui apporta n'était plus Iégor ; néanmoins Levine engagea avec cet homme une conversation qu'un coup de sonnette vint brusquement interrompre. Il essaya de prendre son café, mais sans pouvoir avaler le morceau de brioche qu'il mit dans sa bouche. Il le cracha d'impatience, endossa de nouveau son pardessus et se retrouva peu après neuf heures devant le fameux portail. On venait seulement de se lever ; le chef partait aux provisions. Il fallait se résoudre à attendre au moins deux bonnes heures.

Depuis la veille, Levine vivait dans un complet état d'inconscience, et comme en dehors des conditions matérielles de l'existence. Il n'avait ni mangé ni dormi, s'était exposé au froid pendant plusieurs heures presque sans vêtements et néanmoins il se sentait frais, dispos, affranchi de toute servitude corporelle, capable des actes les plus extraordinaires comme de s'envoler dans les airs ou de faire reculer les murailles d'une maison. Pour calmer les affres de l'attente, il rôda dans les rues, consultant sa montre à chaque instant et laissant errer ses regards autour de lui. Ce qu'il vit ce jour-là, il ne devait jamais le revoir. Les enfants qui se rendaient à l'école, les pigeons au plumage changeant qui voletaient des toits aux trottoirs, les gâteaux saupoudrés de farine que mit en montre une main invisible, tout cela tenait du prodige. Un écolier courut vers les pigeons; l'un d'eux secoua les ailes et prit son vol, brillant au soleil à travers une fine poussière de neige, et un parfum de pain chaud s'exhala de la vitrine où apparurent les gâteaux. Tout cela réuni formait une scène si touchante que Levine se prit à rire et à pleurer à la fois. Après avoir fait un grand tour, il regagna une seconde fois son hôtel, s'assit, posa sa montre devant lui et attendit qu'elle marquât midi. Ses voisins de chambre discutaient une affaire de machines en toussotant d'une toux matinale: les malheureux ne se doutaient pas que l'aiguille approchait de midi! Quand enfin elle atteignit le chiffre fatal, Levine se précipita dans la rue; aussitôt des cochers de fiacre, qui évidemment savaient tout, l'entourèrent avec des visages joyeux, se disputant l'honneur de le conduire. Il en choisit un et, pour ne pas froisser les autres, leur promit de les prendre une autre fois. Le gaillard lui parut délicieux, avec sa blouse blanche qui ressortait du caftan et faisait tache sur le cou rouge et vigoureux. Il avait un traîneau commode, plus élevé que les traîneaux ordinaires (jamais Levine ne retrouva son pareil), attelé d'un bon petit cheval qui faisait de son mieux pour courir, mais qui n'avançait pas. Le cocher connaissait fort bien la maison des Stcherbatski et, pour marquer à son client une considération toute particulière, il arrêta son cheval devant le portail suivant toutes les règles de l'art en criant: ho! et en arrondissant les bras. Le concierge devait, lui aussi, être au courant, cela se voyait à son regard souriant, à la façon dont il dit:

— Il y a longtemps qu'on ne vous avait vu, Constantin Dmitriévitch.

Et non seulement il savait tout, mais il débordait d'allégresse et s'efforçait de cacher sa joie. En rencontrant le bon regard du vieillard, Levine sentit une nuance nouvelle à son bonheur.

— Est-on levé?

— Certainement. Donnez-vous la peine d'entrer...

Laissez-nous cela ici, ajouta le bonhomme en souriant, lorsque Levine voulut revenir sur ses pas pour prendre sa toque. Ce mot lui parut gros de sens.

— À qui annoncerai-je Monsieur ? demanda le valet de chambre.

Bien qu'il appartînt de toute évidence aux nouvelles couches et affichât des prétentions à l'élégance, ce valet n'en était pas moins un excellent garçon qui devait avoir aussi tout compris.

— Mais à la princesse… au prince… à mademoiselle, répondit Levine.

La première personne qu'il aperçut fut Mlle Linon : elle traversait le grand salon et ses boucles rayonnaient comme son visage. À peine lui eut-elle adressé quelques paroles qu'un frôlement de robe se fit entendre près de la porte. Mlle Linon disparut à ses regards, cependant qu'un effroi joyeux l'envahissait. La vieille institutrice se hâta de sortir, de petits pieds légers coururent sur le parquet et son bonheur, sa vie, la meilleure partie de lui-même s'approcha. Elle ne marchait point ; une force invisible la portait vers lui.

Il ne vit que deux yeux limpides, brillants de cette même joie qui lui remplissait le cœur. Ces yeux, rayonnant de plus en plus près, l'aveuglaient presque de leur éclat. Elle lui posa ses deux mains sur les épaules. Elle se donnait tout entière, tremblante et heureuse. Il la serra dans ses bras et leurs lèvres s'unirent.

Elle aussi, après une nuit sans sommeil, l'avait attendu toute la matinée. Ses parents étaient contents et complètement d'accord. Elle avait guetté l'arrivée de son fiancé, voulant être la première à lui annoncer leur bonheur. Honteuse et confuse, elle ne savait trop comment mettre son projet à exécution. Aussi, en entendant les pas et la voix de Levine, s'était-elle cachée derrière la porte pour attendre que Mlle Linon sortît. Alors, sans s'interroger davantage, elle était venue à lui.

— Allons maintenant trouver maman, dit-elle en lui prenant la main.

Il fut longtemps sans pouvoir proférer un mot, non qu'il craignît d'amoindrir en parlant l'intensité de son bonheur, mais parce que, chaque fois qu'il voulait ouvrir la bouche, il sentait les larmes l'étouffer. Il lui prit la main et la baisa.

— Est-ce vrai ? dit-il enfin d'une voix étranglée. Je ne puis croire que tu m'aimes.

Elle sourit de ce « tu » et de la crainte avec laquelle il la regarda.

— Oui, répondit-elle en appuyant sur le mot. Je suis si heureuse !

Sans quitter sa main, elle l'entraîna au petit salon. En les apercevant, la princesse se prit, toute suffoquée, à pleurer et aussitôt après à rire. Puis, courant à Levine avec une énergie dont il ne l'eût pas crue capable, elle le prit par la tête et l'embrassa en l'arrosant de ses larmes.

— Ainsi tout est arrangé ! Je suis contente. Aime-la bien. Je suis contente... Kitty !...

— Vous êtes vite tombés d'accord, dit le prince, cherchant à paraître calme, malgré ses yeux embués de larmes. Allons, continua-t-il en attirant Levine vers lui, c'est une chose que je désirais depuis longtemps... depuis toujours. Et même, quand cette écervelée s'est mis en tête...

— Papa ! s'écria Kitty en lui fermant la bouche de ses mains.

— C'est bon, c'est bon, je ne dirai rien, fit-il. Je suis très... très... très... heu... Dieu que je suis bête !

Il prit Kitty dans ses bras, baisant son visage, ses mains, et encore son visage, et finalement la bénit d'un signe de croix.

Levine éprouva un sentiment d'amour nouveau pour le vieux prince quand il vit avec quelle tendresse Kitty baisait longuement sa grosse main musculeuse.

XVI

La princesse trônait dans son fauteuil, silencieuse et souriante ; le prince s'assit auprès d'elle ; Kitty, debout près de son père, lui tenait toujours la main. Tout le monde se taisait.

La princesse ramena la première leurs sentiments et leurs pensées aux questions de la vie réelle. Chacun d'eux en éprouva, au premier moment, une impression étrange et pénible.

— Eh bien, il s'agit maintenant de fiancer ces enfants en bonne et due forme et d'annoncer le mariage. À quand la noce ? Qu'en penses-tu, Alexandre ?

— C'est à lui de décider, dit le prince en désignant Levine.

— Si vous me demandez mon avis, répondit celui-ci en rougissant, le plus tôt sera le mieux : aujourd'hui les fiançailles et demain la noce.

— Voyons, *mon cher,* ne dis pas de bêtises.

— Eh bien, dans huit jours.

— Il devient fou, ma parole !

— Mais pourquoi pas ?

— Et le trousseau ? dit la mère que cette impatience fit sourire.

« Est-il possible qu'un trousseau et tout le reste soient indispensables ? pensa Levine avec effroi. Après tout, ni le trousseau ni les fiançailles ni le reste ne pourront gâter mon bonheur. » Un coup d'œil à Kitty lui prouva que l'idée du trousseau ne la froissait aucunement. « Il faut croire que c'est nécessaire », se dit-il.

— Je n'y entends rien, j'ai simplement exprimé mon désir, murmura-t-il en s'excusant.

— Nous y réfléchirons. Annonçons toujours le mariage.

La princesse se leva, embrassa son mari et voulut s'éloigner, mais il la retint pour l'embrasser en souriant à plusieurs reprises, comme un jeune amoureux. Les deux vieux époux semblaient troublés et prêts à croire qu'il s'agissait d'eux et non point de leur fille. Quand ils furent partis, Levine tendit la main à sa fiancée. Il avait repris possession de lui-même et recouvré l'usage de la parole ; et pourtant toutes ces choses qu'il avait sur le cœur, il se sentit impuissant à les exprimer.

— Je savais que cela serait ainsi, affirma-t-il. Sans avoir jamais osé l'espérer, j'en étais convaincu au fond de l'âme. Mon destin le voulait.

— Et moi, répondit Kitty, alors même… Elle s'arrêta un instant, puis continua en le regardant résolument de ses yeux sincères : alors même que je repoussais mon bonheur, je n'ai jamais aimé que vous. J'ai cédé à un entraînement. Je crois de mon devoir de vous le dire. Pourrez-vous l'oublier ?

— Peut-être vaut-il mieux qu'il en ait été ainsi. Vous

aurez aussi à me pardonner certaines choses, car je dois vous avouer que…

Il s'était résolu — c'était ce qu'il avait sur le cœur — à lui confesser dès les premiers jours, d'abord qu'il n'était pas aussi pur qu'elle, puis qu'il n'était pas croyant. Pour douloureux qu'ils fussent, il pensait de son devoir de lui faire ces aveux.

— Non, pas maintenant, plus tard… décida-t-il.

— Soit, mais dites-moi tout, je ne crains rien, je veux tout savoir. Il est bien entendu…

— Que vous me prenez tel que je suis, n'est-ce pas ? Vous ne vous dédirez plus !

— Non, non.

Leur conversation fut interrompue par Mlle Linon, qui vint avec un sourire doucereux complimenter son élève préférée. Elle n'avait pas encore quitté le salon que les domestiques voulurent à leur tour offrir leurs félicitations. Ce fut ensuite un défilé de parents. Ainsi débuta cette période bienheureuse et absurde dont Levine ne fut quitte que le lendemain de son mariage. Bien qu'il se sentît de plus en plus mal à l'aise, son bonheur n'en allait pas moins croissant. On exigeait de lui des choses qui ne lui seraient jamais venues à l'esprit, et il prenait plaisir à s'exécuter. Il s'était figuré que, si ses fiançailles ne sortaient pas absolument des traditions ordinaires, sa félicité en serait atteinte ; mais, bien qu'il fît exactement ce que chacun faisait en pareil cas, cette félicité prenait des proportions extraordinaires.

« Maintenant, insinuait Mlle Linon, nous aurons quantité de bonbons. » Et Levine courait acheter des bonbons.

« Tous mes compliments, lui dit Sviajski. Je vous conseille de prendre vos bouquets chez Fomine. » Ah ! vraiment, c'est nécessaire ? » Et il courait chez Fomine…

Son frère fut d'avis qu'il devait emprunter de l'argent pour les cadeaux et les dépenses du moment. « Comment, il faut des cadeaux ? » Et il courait chez Foulda.

Chez le confiseur, chez Fomine, chez Foulda, chacun semblait l'attendre, chacun semblait heureux et triomphant comme lui. C'était là d'ailleurs le sentiment général, et, chose remarquable, son enthousiasme était partagé de ceux mêmes qui autrefois lui avaient paru froids et indifférents : on l'approuvait en tout, on traitait son amour avec une délicatesse infinie, on le croyait sur parole, quand il se prétendait l'être le plus heureux de la terre parce que sa fiancée était la perfection même.

Kitty éprouvait des impressions analogues. La comtesse Nordston s'étant permis une allusion aux espérances plus brillantes qu'elle avait conçues pour son amie, Kitty se mit en colère et défendit si âprement la supériorité de Levine que la comtesse dut convenir qu'elle avait raison. Et depuis lors elle ne rencontra jamais Levine en présence de son amie sans lui adresser un sourire d'admiration.

Un des incidents les plus pénibles de cette époque de leur vie fut celui des explications promises. Sur l'avis du prince, Levine remit à Kitty un journal écrit jadis à l'intention de celle qu'il épouserait. Des deux points délicats qui le préoccupaient, son incrédulité fut celui qui passa presque inaperçu. Croyante elle-même et incapable de mettre en doute les vérités de sa religion, le prétendu manque de foi de son fiancé laissa Kitty indifférente : ce cœur, que l'amour lui avait fait connaître, renfermait ce qu'elle avait besoin d'y trouver ; peu lui importait qu'il qualifiât d'incrédulité l'état de son âme. Mais le second aveu lui fit verser des larmes amères.

Levine ne s'était résolu à cette confession qu'après un grand combat intérieur et parce qu'il ne voulait pas de secrets entre eux ; mais il ne s'était pas suffisamment rendu compte de l'impression que cette lecture laisserait à une jeune fille. L'abîme qui séparait de cette pureté de colombe son abominable passé lui apparut lorsque, entrant un soir dans la chambre de Kitty avant d'aller au spectacle, il vit son charmant visage baigné de larmes ; il comprit alors le mal irréparable dont il était cause et en fut épouvanté[1].

— Reprenez ces horribles cahiers, dit-elle en repoussant les feuilles posées sur sa table. Pourquoi me les avez-vous donnés ?... Après tout, cela vaut mieux, ajouta-t-elle prise de pitié à la vue du désespoir de Levine. Mais c'est affreux, affreux !

Il baissa la tête, incapable d'un mot de réponse.

— Vous ne me pardonnerez pas ? murmura-t-il.

— Si, j'ai pardonné, mais c'est affreux.

Cet incident n'eut cependant pas d'autre effet que

d'ajouter une nuance de plus à son immense bonheur. Il en comprit encore mieux le prix après ce pardon, dont il se sentait indigne.

XVII

En regagnant son appartement solitaire, Alexis Alexandrovitch se remémora involontairement les conversations de la soirée. Les supplications de Darie Alexandrovna n'avaient réussi qu'à lui donner du dépit : appliquer, sans connaissance suffisante de cause, les préceptes de l'Évangile à une situation comme la sienne lui semblait entreprise hasardeuse ; d'ailleurs cette question, il l'avait jugée par la négative. Une phrase s'était en revanche profondément gravée dans son souvenir et c'était celle de l'honnête imbécile de Tourovtsine : « Il s'est bien conduit : il a provoqué son rival et il l'a tué. » Évidemment tout le monde avait approuvé cette conduite, et si on ne l'avait pas proclamé, ouvertement, c'était par pure politesse. « Après tout, se dit-il, à quoi bon songer à ces choses ? La question n'est-elle pas résolue ? »

Comme il rentrait chez lui, il s'enquit de son domestique auprès du portier, qui l'accompagnait respectueusement. Apprenant que le drôle était sorti, il se fit servir du thé et se plongea dans l'étude de l'indicateur : ses devoirs professionnels l'absorbaient de nouveau tout entier. Le domestique ne tarda pas à rentrer.

— Votre Excellence voudra bien m'excuser, dit le valet, j'étais sorti pour un moment. On vient d'apporter deux dépêches.

Alexis Alexandrovitch en ouvrit une : elle lui annonçait la nomination de Strémov à la place que lui-même convoitait. Karénine rougit, jeta le télégramme et se prit à marcher dans la pièce. « *Quos vult perdere Jupiter dementat* », se dit-il, entendant par *quos* tous ceux qui avaient contribué à cette nomination. Il était moins contrarié d'avoir subi un passe-droit que de voir à cette place un bavard, un phraseur comme Strémov. Ne comprenaient-ils pas que pareil choix compromettait leur *prestige* ?

« Sans doute quelque nouvelle du même genre ! » pensa-t-il avec amertume en ouvrant la seconde dépêche. Elle était de sa femme : la signature « Anna » au crayon bleu lui sauta aux yeux. « Je meurs, je vous supplie d'arriver, je mourrai plus tranquille, si j'ai votre pardon. » Il lut ces mots avec un sourire de mépris et repoussa le papier. « Quelque nouvelle ruse ! » Telle fut sa première impression. « Il n'est pas de supercherie dont elle ne soit capable. Elle doit être sur le point d'accoucher. Mais quel peut être leur but ? Rendre légale la naissance de l'enfant ? Me compromettre ? empêcher le divorce ?... Mais que signifie ce : je meurs ?... » Il relut la dépêche et cette fois-ci le sens réel de son contenu le frappa. « Si c'était vrai pourtant ? Si la souffrance, l'approche de la mort l'amenaient à un repentir sincère ? En ne répondant pas à son appel, je serais non seulement cruel mais maladroit, et je me ferais sévèrement juger... »

— Pierre, une voiture ! Je pars pour Pétersbourg, cria-t-il à son domestique.

Alexis Alexandrovitch s'était résolu à revoir sa femme quitte à repartir aussitôt si la maladie était feinte ; dans le cas contraire il pardonnerait, et s'il arrivait trop tard, au moins pourrait-il lui rendre les derniers devoirs.

Cette décision prise, il n'y pensa plus pendant le voyage. Et quand au petit jour, fatigué de sa nuit en chemin de fer, il suivait la Perspective[1] encore déserte, ses yeux tentaient de percer le brouillard matinal sans que son esprit voulût réfléchir à ce qui l'attendait chez lui. Y songeait-il involontairement qu'aussitôt il cédait à l'idée persistante que cette mort couperait court à toutes les difficultés. Des boulangers, des fiacres attardés, des concierges balayant les trottoirs, des boutiques fermées passaient comme un éclair devant ses yeux : il remarquait tout et cherchait à étouffer l'espérance qu'il se reprochait de concevoir. Arrivé devant sa maison, il aperçut un fiacre et une voiture de maître avec un cocher endormi arrêtés à sa porte. Dans le vestibule Alexis Alexandrovitch fit encore un effort sur lui-même et arracha du coin le plus reculé de son cerveau une décision qui pouvait se formuler ainsi : « Si elle me trompe, j'observerai un calme méprisant et je repartirai ; si elle a dit vrai, je respecterai les convenances. »

Avant même qu'il eût sonné, le suisse Petrov, alias

Kapitonytch, ouvrit la porte : sans cravate, vêtu d'une vieille redingote et chaussé de pantoufles, le bonhomme avait un air étrange.

— Comment va Madame ?

— Madame est heureusement accouchée hier.

Alexis Alexandrovitch s'arrêta tout pâle : il comprenait combien il avait vivement souhaité cette mort.

— Mais sa santé ?

Kornéï, en tenue du matin, descendait précipitamment l'escalier.

— Madame va très mal, répondit-il ; une consultation a eu lieu hier soir, et le docteur est ici en ce moment.

— Occupe-toi de mes bagages, dit Karénine, un peu soulagé en apprenant que tout espoir de mort n'était pas perdu.

Il gagna l'antichambre et remarquant au portemanteau un manteau d'uniforme :

— Qui est ici ? demanda-t-il.

— Le docteur, la sage-femme et le comte Vronski.

Il n'y avait personne au salon ; le bruit de ses pas fit sortir du boudoir une personne dont le bonnet s'ornait de rubans mauves : c'était la sage-femme. Elle vint à lui et le prenant par la main avec la familiarité que donne le voisinage de la mort, elle l'entraîna vers la chambre à coucher.

— Dieu merci, vous voilà ! dit cette femme. Elle ne parle que de vous, toujours de vous.

— De la glace ! vite, de la glace ! demandait dans la chambre à coucher la voix impérative du médecin.

Dans le boudoir, assis près du bureau sur une petite chaise basse, Vronski pleurait, le visage dans ses mains ; il tressaillit à la voix du médecin, découvrit sa figure et se trouva devant Karénine ; cette vue le troubla tellement qu'il se laissa retomber en renfonçant sa tête dans ses épaules, comme s'il eût espéré disparaître. Cependant un grand effort de volonté le remit sur pied.

— Elle se meurt, dit-il. Les médecins assurent que tout espoir est perdu. Je suis à vos ordres, mais accordez-moi la permission de rester ici. Je me conformerai d'ailleurs à votre volonté...

Devant les larmes de Vronski, Alexis Alexandrovitch ne put résister au trouble que lui causait toujours la vue des souffrances d'autrui. Il détourna la tête sans répondre et se dirigea vers la chambre à coucher. La voix d'Anna s'y faisait entendre, vive, gaie, avec des intonations très nettes. Karénine entra et s'approcha du lit. Elle avait le visage tourné vers lui, les joues animées, les yeux brillants ; ses petites mains blanches, sortant des manches de sa camisole, jouaient avec le coin de la couverture. Elle semblait non seulement fraîche et bien portante, mais dans la disposition d'esprit la plus heureuse : elle parlait vite et haut, en accentuant les mots avec beaucoup de précision.

— Car Alexis, je parle d'Alexis Alexandrovitch (n'est-il pas étrange et cruel que tous deux se nomment Alexis ?), Alexis ne m'aurait pas refusé. J'aurais oublié, il aurait pardonné... Pourquoi n'arrive-t-il pas ? Il est bon, il ignore lui-même combien il est bon... Ah ! mon Dieu, mon Dieu, quelle angoisse ! Donnez-moi vite de l'eau ! Mais ce ne sera pas bon pour ma petite... Alors donnez-lui une nourrice ; j'y consens, cela vaut même mieux : quand il viendra, elle lui ferait mal à voir. Éloignez-la.

— Anna Arcadiévna, il est arrivé, le voilà, dit la sage-femme en essayant d'attirer son attention sur Alexis Alexandrovitch.

— Quelle folie ! continua Anna sans voir son mari. Donnez-moi la petite, donnez-la ! Il n'est pas encore arrivé. Si vous prétendez qu'il se montrera inflexible, c'est que vous ne le connaissez pas. Personne ne le connaissait, sauf moi. Encore, vers la fin, m'était-ce devenu douloureux... ses yeux, il faut les connaître ; ceux de Serge sont tout pareils, c'est pourquoi je ne puis plus les voir... A-t-on fait dîner Serge ? Je suis sûre que personne ne songe à ce petit. Lui ne l'aurait pas oublié. Qu'on transporte Serge dans la chambre du coin et que Mariette couche auprès de lui.

Soudain elle se ramassa sur elle-même, prit un air effrayé, et porta les bras à la hauteur de son visage, comme pour parer un coup : elle avait reconnu son mari.

— Non, non, reprit-elle, ce n'est pas lui que je crains, c'est la mort. Alexis, approche-toi. Je me dépêche parce que le temps manque, je n'ai plus que quelques minutes à vivre, la fièvre va reprendre et je ne comprendrai plus rien. Maintenant je comprends, je comprends tout et je vois tout.

Le visage ridé d'Alexis Alexandrovitch exprima une vive souffrance ; il lui prit la main et voulut parler, mais sa lèvre inférieure tremblait si fort qu'il ne put articuler un mot ; son émotion lui permettait tout au plus de jeter de temps à autre un regard sur la gisante, et chaque fois il voyait ses yeux fixés sur lui avec une douceur, une tendresse exaltée qu'il ne leur connaissait point.

— Attends, tu ne sais pas... attendez, attendez... Elle s'arrêta, cherchant à rassembler ses idées. Oui, oui, oui, voilà ce que je voulais dire. Ne t'étonne pas, je suis toujours la même... Mais il y en a une autre en moi, dont j'ai peur. C'est elle qui l'a aimé, « lui », et je voulais te haïr, mais je ne pouvais oublier celle que j'étais autrefois... Maintenant je suis moi tout entière, vraiment moi, pas l'autre. Je meurs, je sais que je meurs, demande-le-lui. Je m'en rends compte moi-même : les voilà, ces poids terribles aux mains, aux pieds, aux doigts. Mes doigts, ils sont énormes !... Mais tout cela finira vite... Une seule chose m'est indispensable : pardonne-moi tout à fait. Je suis criminelle, mais il y a une sainte martyre... comment donc s'appelait-elle ? la bonne de Serge m'a parlé d'elle... qui était pire que moi. J'irai à Rome, il y a là un désert, je n'y gênerai personne, je ne prendrai que Serge et ma petite... Non, tu ne peux pas me pardonner, je sais que c'est impossible... Va-t'en, va-t'en, tu es trop parfait...

Elle le tenait d'une de ses mains brûlantes et l'éloignait de l'autre. Le trouble d'Alexis Alexandrovitch devenait si fort qu'il ne se défendit plus, il sentit même cette émotion se transformer en une sorte d'apaisement moral qui lui parut une béatitude insoupçonnée. Il n'avait pas cru que cette religion chrétienne, qu'il avait prise pour règle de sa vie, lui prescrivait le pardon des offenses et l'amour de ses ennemis ; et voici qu'un exquis sentiment d'amour et de pardon emplissait son âme. Agenouillé près du lit, le front appuyé à ce bras dont la fièvre le brûlait au travers de la camisole, il sanglotait comme un enfant. Elle se pencha vers lui, entoura de son bras la tête chauve de son mari, et leva les yeux avec un air de défi.

— Le voilà, je le savais bien ! Adieu maintenant, adieu à tous... Les voilà revenus, pourquoi ne s'en vont-ils pas ? Ôtez-moi donc toutes ces fourrures.

Le médecin la recoucha doucement sur ses oreillers en ayant soin de lui couvrir les bras et les épaules. Anna se laissa faire sans résistance, le regard fixé devant elle.

— Rappelle-toi que je n'ai demandé que ton pardon, je ne demande rien de plus… Mais pourquoi donc « lui » ne vient-il pas ? dit-elle vivement en regardant du côté de la porte… Viens, viens, donne-lui la main.

Vronski s'approcha du pied du lit et en revoyant Anna, il se cacha de nouveau le visage dans ses mains.

— Découvre ton visage, dit-elle. Regarde-le : c'est un saint. Mais découvre donc ton visage, répéta-t-elle d'un ton irrité. Alexis Alexandrovitch, découvrez-lui le visage, je veux le voir.

Alexis Alexandrovitch prit les mains de Vronski et découvrit son visage défiguré par la souffrance et l'humiliation.

— Donne-lui la main. Pardonne-lui.

Alexis Alexandrovitch tendit la main sans chercher à retenir ses larmes.

— Dieu merci, me voilà prête. Il ne me reste qu'à étendre un peu les jambes, comme cela ; c'est très bien… Que ces fleurs sont donc laides, elles ne ressemblent pas à des violettes, dit-elle en désignant les tentures de sa chambre… Mon Dieu, mon Dieu, quand cela finira-t-il ! Donnez-moi de la morphine, docteur, de la morphine. Oh ! mon Dieu, mon Dieu !…

Et elle s'agita sur son lit.

Les médecins conservaient peu d'espoir, la fièvre puerpérale ne pardonnant presque jamais. La journée se passa dans le délire et l'inconscience. Vers minuit la malade n'avait presque plus de pouls : on attendait la fin d'une minute à l'autre.

Vronski rentra chez lui, mais il retourna le lendemain prendre des nouvelles. Alexis Alexandrovitch vint à sa rencontre dans l'antichambre et lui dit : « Restez, peut-être vous demandera-t-elle. » Puis il le mena lui-même dans le boudoir de sa femme. Dans la matinée, l'agitation, la vivacité des pensées et des paroles reparurent pour se terminer encore par un état d'inconscience. Le troisième jour offrit le même caractère et les médecins reprirent espoir. Ce jour-là Karénine entra dans le boudoir où se tenait Vronski, ferma la porte et s'assit en face de lui.

— Alexis Alexandrovitch, dit Vronski qui sentait

venir une explication, je suis pour le moment incapable de parler et de comprendre. Ayez pitié de moi ! Quelle que soit votre souffrance, croyez bien que la mienne est encore plus terrible.

Il fit mine de se lever, mais Alexis Alexandrovitch le retint et lui dit :

— Veuillez m'écouter, c'est indispensable. Je me vois contraint de vous expliquer la nature des sentiments qui me guident et me guideront encore, afin de vous épargner toute erreur par rapport à moi. Vous savez que j'étais résolu au divorce et que j'avais fait les premières démarches pour l'obtenir, il faut l'avouer, après de longues hésitations ; mais le désir de me venger d'elle et de vous avait fini par lever mes scrupules. La fatale dépêche ne changea rien à mes dispositions. Bien plus, en venant ici, je souhaitais sa mort, mais... Il se tut un instant, balançant de lui dévoiler le sentiment qui le faisait agir. — Mais, reprit-il, je l'ai revue et je lui ai pardonné. Le bonheur de pouvoir pardonner m'a clairement montré mon devoir. J'ai pardonné sans restriction. Je tends l'autre joue au soufflet, je donne mon dernier vêtement à celui qui me dépouille. Je ne demande qu'une chose à Dieu, de me conserver la joie du pardon.

Les larmes remplissaient ses yeux ; son regard lumineux et calme frappa Vronski.

— Voilà mon attitude. Vous pouvez me traîner dans la boue et me rendre la risée du monde, mais je n'abandonnerai pas pour autant Anna et vous n'entendrez pas un mot de reproches de moi. Mon devoir est nettement tracé : je dois rester avec elle, je resterai. Si elle désire vous voir, je vous ferai prévenir, mais je crois que pour le moment il vaut mieux vous éloigner...

Des sanglots étouffaient sa voix ; il se leva. Vronski fit de même, courbé en deux et le regardant en dessous. Incapable de comprendre les mobiles qui dirigeaient Karénine, il s'avouait cependant que c'étaient là des sentiments d'un ordre supérieur et qui ne cadraient guère avec le code de convenances auquel il obéissait d'ordinaire.

XVIII

Quand, après cet entretien, Vronski sortit de l'hôtel des Karénine, il s'arrêta sur le seuil, se demandant où il était et ce qu'il avait à faire. Humilié et confus, il se sentait privé de tout moyen de laver sa honte, jeté hors de la voie où il avait jusque-là marché avec tant d'aisance et d'orgueil. Toutes les règles qui avaient servi de base à sa vie et qu'il croyait inattaquables se révélaient fausses et mensongères. Le mari trompé, ce triste personnage qu'il avait considéré comme un obstacle accidentel et parfois comique à son bonheur, venait d'être élevé par « elle » à une hauteur qui inspirait le respect, et, au lieu de paraître ridicule, s'était montré simple, grand et généreux. Les rôles étaient intervertis ; Vronski ne pouvait se le dissimuler ; il sentait la grandeur, la droiture de Karénine et sa propre bassesse ; ce mari trompé apparaissait magnanime dans sa douleur, tandis que lui-même se jugeait petit et misérable. Toutefois, ce sentiment d'infériorité à l'égard d'un homme qu'il avait si injustement méprisé n'entrait que pour une faible part dans son accablement. Ce qui causait son désespoir, c'était la pensée de perdre Anna pour toujours. Sa passion, qu'il avait crue un moment refroidie, s'était réveillée plus violente que jamais. La maladie de sa maîtresse lui avait appris à la mieux connaître, et il s'imaginait ne l'avoir encore jamais aimée. Et maintenant qu'il la connaissait et l'aimait réellement, il allait la perdre en laissant de lui à cette femme adorée le souvenir le plus abject, le plus humiliant. Il se rappelait avec horreur le moment ridicule et odieux où Alexis Alexandrovitch lui avait découvert le visage, tandis qu'il le cachait de ses mains. Immobile sur le seuil de l'hôtel, il semblait n'avoir plus conscience de ses actes.

— Appellerai-je un fiacre ? demanda le suisse.

— C'est cela, oui, un fiacre…

Rentré chez lui, Vronski, épuisé par trois nuits d'insomnie, s'étendit sans se déshabiller sur un divan. Sa tête, lourde de fatigue, reposait sur ses bras croisés. Les réminiscences, les pensées, les impressions les plus étranges se succédaient dans son esprit avec une rapidité, une lucidité extraordinaires. Tantôt il se voyait donnant une potion à la malade et faisant déborder la cuiller; tantôt il apercevait les mains blanches de la sage-femme ou encore la singulière attitude d'Alexis Alexandrovitch agenouillé par terre près du lit.

« Dormir! oublier! » se disait-il avec la calme résolution de l'homme bien portant, sûr de pouvoir, en cas de fatigue, s'endormir à volonté. Et, de fait, ses idées s'embrouillèrent, il se sentit tomber dans l'abîme de l'oubli. Il allait sombrer dans l'inconscient quand soudain il tressaillit de tout le corps, comme sous l'action d'une violente secousse électrique, et se trouva projeté sur les genoux, les yeux aussi ouverts que s'il n'eût pas songé à dormir. Toute lassitude avait disparu.

« Vous pouvez me traîner dans la boue. » Ces mots d'Alexis Alexandrovitch résonnaient à son oreille. Il le voyait devant lui; il voyait aussi le visage enfiévré d'Anna et ses regards enflammés se posant avec tendresse non plus sur lui, mais sur son mari; il voyait la grimace stupide qui avait contracté son visage lorsque Karénine l'avait découvert. Et devant l'horreur de cette vision, il ferma les yeux et se rejeta en arrière.

« Dormir! oublier! » se répéta-t-il. Alors, malgré ses yeux fermés, le visage d'Anna, tel qu'il s'était montré à lui le soir mémorable des courses, surgit dans les ténèbres avec une surprenante précision.

« C'est impossible, cela ne sera pas, elle désire m'effacer de son souvenir. Et pourtant je ne puis vivre sans cela. Comment nous réconcilier, comment nous réconcilier? » Il prononça ces mots tout haut et se prit à les répéter inconsciemment; pendant quelques secondes cette répétition machinale empêcha le renouvellement des images qui assiégeaient son cerveau. Mais bientôt les doux moments du passé et les humiliations récentes reprirent tout leur empire. « Découvre ton visage », disait la voix d'Anna. Il écartait les mains et sentait à quel point il avait dû paraître humilié et ridicule.

Il demeura longtemps étendu de la sorte, cherchant le sommeil sans espoir de le trouver, et murmurant quelque bribe de phrase pour écarter de nouvelles hallucinations. Il écoutait sa propre voix répéter dans un murmure de démence: « Tu n'as pas su l'apprécier, tu n'as pas su profiter ; tu n'as pas su l'apprécier, tu n'as pas su profiter. »

« Que m'arrive-t-il ? Deviendrais-je fou ? » se demanda-t-il. « Peut-être. Pourquoi devient-on fou et pourquoi se donne-t-on la mort ? » Et tout en se répondant à lui-même, il ouvrit les yeux et aperçut avec surprise à côté de lui un coussin brodé par sa belle-sœur Varia. Il chercha, en jouant avec le gland du coussin, à fixer dans sa pensée le souvenir de cette charmante femme, à se remémorer la dernière visite qu'il lui avait faite ; mais une idée étrangère à celle qui le torturait était un martyre de plus. « Non, il faut dormir ! » Et approchant le coussin de sa tête, il s'y appuya et il fit effort pour tenir ses yeux fermés. Soudain il se rassit en tressaillant encore. « Tout est fini pour moi. Que me reste-t-il à faire ? » Et son imagination lui représenta vivement la vie sans Anna. « L'ambition ? Serpoukhovskoï ? le monde ? la cour ? » Tout cela pouvait avoir un sens autrefois, mais n'en avait plus maintenant.

Il se leva, enleva sa tunique, dénoua sa ceinture pour permettre à sa large poitrine de respirer plus librement et se prit à arpenter la pièce. « C'est ainsi qu'on devient fou, c'est ainsi qu'on se donne la mort... » se répétait-il. « Pour s'épargner la honte », ajouta-t-il lentement.

Il alla vers la porte, qu'il ferma ; puis, le regard fixe et les dents serrées, il s'approcha de son bureau, prit un revolver, l'examina, l'arma et réfléchit. Il resta deux minutes immobile, la tête baissée et le revolver à la main, en proie à une profonde méditation. « Certainement », proféra-t-il enfin, et cette décision semblait le résultat logique d'une suite d'idées nettes et précises ; mais au fond il tournait toujours dans le même cercle d'impressions et de souvenirs — bonheur perdu, avenir impossible, honte écrasante — que depuis une heure il parcourait pour la centième fois. « Certainement », répéta-t-il en voyant revenir une fois de plus l'éternel défilé ; alors, appuyant le revolver du côté gauche de sa poitrine, il contracta nerveusement sa main et pressa la détente. Il ne perçut aucune détonation, mais le coup violent qu'il reçut dans la poitrine le fit tomber. Il chercha vainement à se retenir à l'angle du bureau, vacilla, lâcha le revolver et s'affaissa, jetant autour de lui des regards effarés ; les pieds contournés du bureau, la corbeille à papier, la peau de tigre sur le sol, il ne reconnaissait rien. Les pas de son domestique qui traversait le salon l'obligèrent à se maîtriser; il finit par comprendre qu'il était par terre, et en voyant du sang sur sa main et sur la peau de tigre, il eut conscience de ce qu'il avait fait.

« Quelle sottise! Je me suis manqué! » murmura-t-il en cherchant de la main le revolver qu'il ne vit pas tout près de lui. Il s'épuisa en vains efforts, perdit l'équilibre et retomba, baigné dans son sang[1].

Le valet de chambre, un personnage élégant qui portait favoris et se plaignait volontiers à ses amis de la délicatesse de ses nerfs, fut si terrifié à la vue de son maître qu'il le laissa gisant et courut chercher du secours. Au bout d'une heure, Varia, la belle-sœur de Vronski, arriva et, avec l'aide de trois médecins qu'elle avait fait quérir aux trois bouts de la ville et qui arrivèrent tous en même temps, elle réussit à coucher le blessé dont elle se constitua la garde-malade.

XIX

Alexis Alexandrovitch n'avait pas prévu que sa femme ferait preuve d'un repentir sincère, qu'elle obtiendrait son pardon et... se rétablirait. Deux mois après son retour de Moscou, cette erreur lui apparut dans toute sa gravité. Elle provenait d'ailleurs moins d'un manque de calcul que d'une méconnaissance de son propre cœur. Près du lit de sa femme mourante, il s'était pour la première fois de sa vie abandonné à ce sentiment de commisération pour les douleurs d'autrui contre lequel il avait toujours lutté comme on lutte contre une dangereuse faiblesse. Le remords d'avoir souhaité la fin d'Anna, la pitié qu'elle lui inspirait, et par-dessus tout le bonheur même du pardon, avaient transformé ses angoisses morales en une paix profonde et changé une source de souffrance en une source de joie: tout ce que dans sa haine et sa colère il avait jugé inextricable devenait clair et simple, maintenant qu'il aimait et pardonnait.

Il avait pardonné à sa femme et il la plaignait à cause de ses souffrances et de son repentir. Il avait pardonné à Vronski et il le plaignait également depuis qu'il avait eu vent de son acte de désespoir. Il plaignait son fils, et plus qu'auparavant, car il se reprochait de l'avoir négligé. Quant à la nouveau-née, il éprouvait pour elle plus que de la pitié, une véritable tendresse. En voyant cette fillette débile, négligée pendant la maladie de sa mère, il l'avait grâce à ses soins arrachée à la mort et s'était attachée à elle sans y prendre garde. La bonne et la nourrice le voyaient entrer plusieurs fois par jour dans la chambre des enfants et, intimidées d'abord, s'étaient habituées à sa présence. Il restait parfois une demi-heure à contempler le visage ratatiné, duveteux, safrané de l'enfant qui n'était pas le sien, à suivre les mouvements de son front plissé, à le voir se frotter le nez et les yeux du revers de ses petites mains potelées aux doigts repliés. Dans ces moments-là, Alexis Alexandrovitch se sentait tranquille, en paix avec lui-même et ne voyait rien d'anormal à sa situation.

Et cependant plus il allait, plus il se rendait compte que cette situation, pour naturelle qu'elle lui parût, on ne lui permettait pas de s'en contenter. En dehors de la sublime force morale qui le guidait intérieurement, il sentait l'existence d'une autre force brutale, tout aussi puissante sinon davantage, qui dirigeait sa vie malgré lui et ne lui accorderait pas la paix tant désirée. Tout le monde semblait interroger son attitude, se refuser à la comprendre et attendre de lui quelque chose de différent. Quant à ses rapports avec sa femme, ils manquaient de naturel et de stabilité. Lorsque l'attendrissement causé par l'approche de la mort eut cessé, Alexis Alexandrovitch remarqua bientôt qu'Anna le craignait, qu'elle redoutait sa présence et n'osait ni le regarder en face ni lui parler à cœur ouvert; pressentant sans doute la courte durée des relations actuelles, elle paraissait, elle aussi, attendre quelque chose de son mari.

Vers la fin de février, la petite fille, à qui on avait donné le nom de sa mère, tomba malade. Alexis Alexandrovitch l'avait vue un matin avant de se rendre au ministère et avait fait quérir le médecin. En rentrant un peu après trois heures, il aperçut dans l'antichambre un flandrin de laquais dont la livrée s'ornait d'une peau d'ours et qui tenait sur le bras une rotonde de chien-loup.

— Qui est là? demanda-t-il.

— La princesse Élisabeth Fiodorovna Tverskoï, répondit l'homme, et Alexis Alexandrovitch crut s'apercevoir qu'il souriait.

Durant cette pénible période, Karénine avait noté de la part de leurs relations mondaines, surtout féminines, un intérêt très particulier pour sa femme et pour lui. Il remarquait chez tous cette joie mal dissimulée qu'il avait lue dans les yeux de l'avocat et qu'il retrouvait dans ceux du faquin : s'informait-on de sa santé, ses interlocuteurs lui semblaient tous ravis, comme s'ils allaient marier quelqu'un.

La présence de la princesse ne pouvait être agréable à Alexis Alexandrovitch : il ne l'avait jamais aimée et elle lui rappelait de fâcheux souvenirs. Aussi gagna-t-il tout droit l'appartement des enfants. Dans la première pièce, Serge couché sur la table et les pieds sur une chaise, dessinait en bavardant gaiement. Assise près de lui, la gouvernante anglaise, qui remplaçait la Française retenue près d'Anna, travaillait à un ouvrage au crochet ; dès qu'elle vit entrer Karénine, elle se leva, fit une révérence et remit Serge sur ses pieds. Alexis Alexandrovitch caressa la tête de son fils, répondit aux questions de la gouvernante sur la santé de Madame, et demanda l'opinion du médecin sur l'état de *baby*.

— Le docteur n'a rien trouvé de fâcheux, Monsieur ; il a ordonné des bains.

— Elle souffre cependant, dit Alexis Alexandrovitch, écoutant crier l'enfant dans la chambre voisine.

— Je crois, Monsieur, que la nourrice n'est pas bonne, répondit l'Anglaise d'un ton convaincu.

— Qu'est-ce qui vous le fait croire ?

— J'ai vu cela chez la comtesse Pohl, Monsieur. On soignait l'enfant avec des médicaments, tandis qu'il souffrait simplement de la faim : la nourrice manquait de lait.

Alexis Alexandrovitch réfléchit et, au bout de quelques instants, entra dans la seconde pièce. La fillette criait, couchée sur les bras de sa nourrice, la tête renversée et refusant le sein ; ni la bonne ni la nourrice ne parvenaient à la calmer.

— Cela ne va pas mieux ? demanda Alexis Alexandrovitch.

— Elle est très agitée, répondit la bonne à mi-voix.

— Miss Edward prétend que la nourrice manque de lait.

— Je le crois aussi, Alexis Alexandrovitch.

— Pourquoi ne l'avoir pas dit ?

— À qui le dire ? Anna Arcadiévna est toujours malade, répondit d'un ton bourru la brave femme qui était depuis longtemps dans la maison. Et cette phrase toute simple parut à Karénine une nouvelle allusion à sa position.

L'enfant criait de plus en plus fort, perdant haleine et s'enrouant. La bonne eut un geste d'impatience et reprenant la petite à la nourrice, elle se mit à la bercer en marchant.

— Il faudra dire au médecin qu'il veuille bien examiner la nourrice.

Craignant de perdre sa place, la nourrice, une femme de robuste apparence et vêtue de beaux atours, se recouvrit la poitrine en marmonnant quelques mots incompréhensibles. L'idée qu'on pût la soupçonner de manquer de lait lui arracha un sourire de dédain, que Karénine prit de nouveau à son compte.

— Pauvre petite ! dit la bonne, qui s'efforçait de calmer la fillette.

Alexis Alexandrovitch s'assit et suivit quelque temps d'un air accablé la promenade de la bonne. Quand enfin celle-ci se fut éloignée après avoir remis l'enfant dans le berceau et arrangé le petit oreiller, il se leva, s'approcha sur la pointe des pieds, considéra quelques instants la petite fille, sans souffler mot et du même air accablé ; soudain un sourire déplissa son front et il sortit tout doucement.

Quand il fut dans la salle à manger, il sonna et envoya de nouveau chercher le médecin. Mécontent de voir sa femme s'occuper si peu de cette charmante fillette, il ne voulait pas entrer chez elle d'autant plus qu'il ne tenait guère à rencontrer la princesse. Cependant, comme Anna pouvait s'étonner qu'il dérogeât à l'habitude prise, il fit violence à ses sentiments et se dirigea vers la chambre à coucher. Tandis qu'il approchait, un épais tapis étouffant le bruit de ses pas, la conversation suivante frappa malgré lui son oreille.

— S'il ne partait pas, je comprendrais votre refus

et le sien; mais votre mari doit être au-dessus de cela, disait Betsy.

— Il ne s'agit pas de mon mari, mais de moi, ne m'en parlez plus, disait la voix émue d'Anna.

— Est-il possible que vous ne désiriez pas revoir celui qui a failli mourir pour vous?

— C'est précisément pour cela que je ne veux pas le revoir.

Alexis Alexandrovitch s'arrêta tout effrayé et songea même à opérer sa retraite; mais réfléchissant que cette fuite manquait de dignité, il continua son chemin en toussant. Les voix se turent et il pénétra dans la chambre.

Anna, vêtue d'un peignoir gris, ses cheveux noirs coupés ras repoussant en brosse, était assise sur une chaise longue. Toute son animation disparut, comme d'ordinaire, à la vue de son mari; elle baissa la tête et jeta un coup d'œil inquiet sur Betsy. Celle-ci, vêtue à la dernière mode, portait un chapeau minuscule juché sur le haut de sa tête comme un abat-jour sur une lampe, et une robe gorge-de-pigeon que des rayures diagonales ornaient, par-devant au corsage et par-derrière à la jupe. Installée auprès d'Anna, elle tenait sa longue taille plate aussi droite que possible. Elle accueillit Alexis Alexandrovitch d'un salut accompagné d'un sourire ironique.

— Ah! fit-elle, l'air étonné. Je suis ravie de vous rencontrer chez vous. Vous ne vous montrez nulle part et je ne vous ai pas vu depuis la maladie d'Anna. Je sais pourtant le soin que vous avez pris d'elle. Vous êtes un mari étonnant!

Elle gratifia d'un regard tendre la grandeur d'âme de Karénine. Mais celui-ci se contenta de la saluer froidement et, baisant la main de sa femme, il s'enquit de sa santé.

— Il me semble que je vais mieux, répondit-elle en évitant son regard.

— Vous avez pourtant le teint fiévreux, dit-il en insistant sur le dernier mot.

— Nous avons trop causé, dit Betsy. Je sens que c'est de l'égoïsme de ma part et je me sauve.

Elle se leva, mais Anna, devenue toute rouge, la retint vivement par le bras.

— Non, restez, je vous en prie. Je dois vous dire...

non, à vous plutôt, continua-t-elle en se tournant vers son mari, cependant que la rougeur gagnait et le front et le cou. Je ne puis ni ne veux rien vous cacher.

Alexis Alexandrovitch baissa la tête et fit craquer ses doigts.

— Betsy m'a dit que le comte Vronski désirait venir prendre congé avant son départ pour Tachkent. Elle parlait vite, sans regarder son mari, pressée d'en finir. J'ai répondu que je ne pouvais pas le recevoir.

— Pardon, ma chère, corrigea Betsy, vous avez répondu que cela dépendait d'Alexis Alexandrovitch.

— Mais non, je ne puis le recevoir, et cela ne mènerait... Elle s'arrêta tout à coup, interrogeant son mari du regard; il avait détourné la tête. Bref, je ne veux pas...

Alexis Alexandrovitch se rapprocha et fit le geste de lui prendre la main. Le premier mouvement d'Anna fut de repousser cette main humide, aux grosses veines apparentes, qui cherchait la sienne, mais elle se domina et la serra.

— Je vous remercie de votre confiance, mais...

Il s'arrêta et jeta un regard de dépit à la princesse. Ce que, livré à sa propre conscience, il pouvait juger facilement, lui devenait impossible à examiner en présence de cette femme en qui s'incarnait la force brutale qui dirigeait sa vie aux yeux du monde et l'empêchait de se donner tout entier à l'amour et au pardon.

— Eh bien, adieu, ma charmante, dit Betsy en se levant.

Elle embrassa Anna et sortit. Karénine la reconduisit.

— Alexis Alexandrovitch, dit-elle en s'arrêtant au milieu du boudoir pour lui serrer la main d'une manière significative, je vous tiens pour un homme sincèrement généreux, je vous estime et vous aime tant que vous me permettrez, toute désintéressée que je sois dans la question, de vous donner un conseil. Recevez-le: Alexis Vronski est l'honneur même et il part pour Tachkent.

— Je vous suis très reconnaissant, princesse, de votre sympathie et de votre conseil. Mais il appartient à ma femme seule de décider si elle peut ou non recevoir quelqu'un.

Il prononça ces mots en soulevant, comme d'habitude, ses sourcils d'un air de dignité, mais il sentit aussitôt qu'en dépit de ses paroles la dignité cadrait mal avec la situation qui lui était faite. Le sourire contenu, ironique et méchant avec lequel Betsy accueillit sa phrase, le lui prouva surabondamment.

XX

Alexis Alexandrovitch accompagna Betsy jusqu'au grand salon, prit congé d'elle et rentra chez sa femme. Celle-ci était étendue sur sa chaise longue, mais en entendant revenir son mari, elle se redressa précipitamment et le regarda d'un air effrayé. Il s'aperçut qu'elle avait pleuré.

— Je te remercie de ta confiance, dit-il doucement, répétant en russe la réponse qu'il avait faite en français devant Betsy. (Cette manie de la tutoyer quand il parlait russe avait le don d'irriter Anna.) Oui, poursuivit-il en prenant place auprès d'elle, je te suis reconnaissant de ta décision. Je trouve comme toi que, du moment que le comte Vronski part, il n'y a aucune nécessité de le recevoir ici. Au reste...

— Mais puisque je l'ai dit, à quoi bon revenir là-dessus ? interrompit Anna avec une irritation qu'elle ne sut pas maîtriser. « Aucune nécessité, songea-t-elle, pour un homme qui a voulu se tuer, de dire adieu à la femme qu'il aime et qui de son côté ne peut vivre sans lui ! »

Elle serra les lèvres et abaissa son regard sur les grosses mains de son mari que celui-ci frottait lentement l'une contre l'autre.

— Ne parlons plus de cela, ajouta-t-elle d'un ton plus calme.

— Je t'ai laissé trancher cette question en toute liberté, et je suis heureux de voir...

— Que mes désirs sont conformes aux vôtres, acheva Anna, agacée de l'entendre parler si lentement quand elle savait à l'avance tout ce qu'il avait à dire.

— Oui, confirma-t-il ; et la princesse Tverskoï se mêle fort mal à propos d'affaires de famille pénibles, elle surtout qui...

— Je ne crois rien de ce que l'on raconte, et je sais qu'elle m'aime sincèrement.

Alexis Alexandrovitch soupira et se tut. Anna jouait nerveusement avec la cordelière de sa robe de chambre et le regardait de temps à autre avec ce sentiment de répulsion physique qu'elle se reprochait sans pouvoir le vaincre. La présence de cet homme lui était odieuse et elle souhaitait uniquement d'en être débarrassée au plus tôt.

— Je viens de faire chercher le médecin, dit enfin Alexis Alexandrovitch.

— Pourquoi donc ? je me porte bien.

— C'est pour la petite qui crie beaucoup ; on croit que la nourrice a peu de lait.

— Pourquoi ne m'as-tu pas permis de nourrir, quand j'ai supplié qu'on me laissât essayer ? Malgré tout (Karénine comprit ce qu'elle entendait par « malgré tout »), c'est une enfant, et on la fera mourir. Elle sonna et se fit apporter la petite. J'ai voulu mourir, on ne me l'a pas permis et on me le reproche maintenant...

— Je ne te reproche rien...

— Si, vous me le reprochez ! Mon Dieu, pourquoi ne suis-je pas morte ! Elle éclata en sanglots. Pardonne-moi, je suis nerveuse, injuste, reprit-elle, tâchant de se dominer. Mais laisse-moi.

« Non, cela ne saurait durer ainsi », décida à part soi Alexis Alexandrovitch en se retirant.

Jamais encore l'impossibilité de prolonger aux yeux du monde une pareille situation ne l'avait si vivement frappé. Jamais encore Anna n'avait laissé si clairement transpirer la répulsion qu'il lui inspirait. Jamais non plus la puissance de cette mystérieuse force brutale qui, contrairement aux aspirations de son âme, dirigeait impérieusement sa vie et exigeait un changement d'attitude à l'égard de sa femme ne lui était apparue avec cette évidence. Le monde et sa femme exigeaient de lui une chose qu'il ne comprenait pas bien, mais cette chose émouvait en son cœur une révolte qui détruisait le mérite de sa victoire sur lui-même. Tout en estimant qu'Anna devait rompre avec Vronski, il était prêt, si tout le monde jugeait cette rupture impossible, à tolérer leur liaison, pourvu que les enfants demeurassent avec lui à l'abri des éclaboussures et qu'aucun bouleversement n'intervînt dans sa propre existence.

Cette solution, pour vilaine qu'elle fût, valait pourtant mieux qu'une rupture, qui, tout en vouant Anna à une position honteuse et sans issue, l'eût privé, lui, de tout ce qu'il aimait. Mais il sentait son impuissance dans cette lutte, il savait d'avance qu'on l'empêcherait d'agir sagement pour l'obliger à faire le mal que tout le monde jugeait nécessaire.

XXI

À LA PORTE du grand salon, Betsy se heurta à Stépane Arcadiévitch, qui arrivait de chez Élisséiev où l'on avait reçu des huîtres fraîches.

— Princesse! vous ici! Quelle bonne rencontre! Je viens de chez vous.

— La rencontre ne sera pas longue; je pars, répondit en souriant Betsy, qui boutonnait un de ses gants.

— Un moment, princesse, permettez-moi de baiser votre charmante menotte avant que vous ne vous gantiez. En fait de retour aux anciennes modes, rien ne me plaît autant que le baisemain.

Il baisa la main de Betsy.

— Quand nous reverrons-nous?

— Vous n'en êtes pas digne, répondit Betsy toujours souriante.

— Oh! que si! car je deviens le plus sérieux des hommes: non seulement j'arrange mes propres affaires, mais encore celles des autres, dit-il avec importance.

— Vraiment? j'en suis enchantée, répondit Betsy comprenant qu'il s'agissait d'Anna.

Et rentrant dans le salon, elle entraîna Oblonski dans un coin.

— Vous verrez qu'il la fera mourir, murmura-t-elle d'un ton convaincu; impossible d'y tenir.

— Je suis bien aise que vous pensiez ainsi, répondit Stépane Arcadiévitch, hochant la tête avec une commisération sympathique. C'est la raison de mon voyage à Pétersbourg.

— On ne parle que de cela, dit-elle. Cette situation

est intolérable. La malheureuse se dessèche à vue d'œil. Il ne comprend pas que c'est une de ces femmes qui ne plaisantent point avec leurs sentiments. De deux choses l'une : ou bien il doit l'emmener et agir énergiquement, ou bien il doit divorcer. Mais l'état actuel la tue.

— Oui... oui... c'est certain, dit Oblonski en soupirant. Je suis venu pour cela... ou plutôt non, pas tout à fait. Je viens d'être nommé chambellan, il faut remercier qui de droit. Mais l'essentiel est d'arranger cette affaire.

— Que Dieu vous vienne en aide ! dit Betsy.

Stépane Arcadiévitch reconduisit la princesse jusqu'au vestibule, lui baisa la main au-dessus du gant cette fois, et après lui avoir débité force inconvenances dont elle aima mieux rire que se froisser, il la quitta pour aller voir sa sœur. Anna était en larmes. Oblonski passa tout naturellement de la gaieté la plus exubérante au ton d'attendrissement qui cadrait avec l'état d'esprit de sa sœur. Il lui demanda comment elle se portait et comment elle avait passé la journée.

— Très mal, très mal, répondit-elle. Et les jours à venir ne seront pas meilleurs que les jours écoulés.

— Tu vois les choses en noir. Il faut reprendre courage, regarder la vie en face. C'est difficile, je le sais.

— On prétend, déclara-t-elle soudain, que certaines femmes aiment jusqu'aux vices des hommes. Eh bien, moi, je hais en lui sa vertu ! Je ne puis plus vivre avec lui : sa seule vue me met hors de moi. Non, je ne puis plus, je ne puis plus vivre avec lui. Que faut-il que je fasse ? J'ai été malheureuse et j'ai cru qu'on ne pouvait l'être davantage, mais ceci dépasse tout ce que j'avais pu imaginer. Conçois-tu que le sachant bon, parfait, et sentant toute mon infériorité, je le haïsse néanmoins ? Oui, sa générosité me l'a fait prendre en haine. Il ne me reste qu'à...

Elle voulait ajouter : mourir, mais son frère ne la laissa pas achever.

— Tu es malade et nerveuse et tu exagères fortement les choses. Il n'y a rien là de si terrible.

Et devant ce désespoir, Stépane Arcadiévitch se permit un geste qui chez tout autre que lui eût passé pour une inconvenance : il sourit. Son sourire était si bon, si tendre que, loin de froisser, il calmait et attendrissait.

Et, jointes à ce sourire, ses paroles calmaient comme une lotion d'huile d'amandes. Anna l'éprouva bientôt.

— Non, Stiva, dit-elle, je suis perdue, perdue. Je suis plus que perdue, car je ne puis dire que tout soit fini ; je sens, hélas, le contraire. Je me fais l'effet d'une corde trop tendue qui doit rompre nécessairement. Mais la fin n'est pas encore venue... et elle sera terrible !

— Mais non, mais non, la corde peut être détendue tout doucement. Il n'existe pas de situation sans une issue quelconque.

— J'y ai pensé et repensé, je n'en vois qu'une...

À son regard épouvanté, il comprit que cette issue était la mort et de nouveau il l'interrompit.

— Non, tu ne peux juger de ta position comme moi. Laisse-moi te dire franchement mon avis. Il esquissa encore un sourire onctueux. Je prends les choses du commencement : tu as épousé un homme de vingt ans plus âgé que toi, et tu t'es mariée sans amour, ou du moins sans connaître l'amour. Ce fut, j'en conviens, une erreur.

— Une erreur terrible !

— Mais je le répète, c'est un fait accompli. Tu as eu ensuite le malheur d'aimer un autre que ton mari. Second malheur, mais second fait accompli. Ton mari l'a su et t'a pardonné. Il s'arrêtait après chaque phrase comme pour lui donner le temps de la réplique, mais elle gardait le silence. Maintenant la question se pose ainsi : peux-tu continuer à vivre avec ton mari ? le désires-tu ? le désire-t-il ?

— Je n'en sais rien...

— Tu viens de dire toi-même que tu ne pouvais plus le supporter.

— Non, je n'ai pas dit cela. Je me rétracte. Je ne sais plus rien, je ne comprends plus rien.

— Mais permets...

— Tu ne saurais comprendre. Je sens que je me suis précipitée la tête la première dans un abîme, et que je ne « dois » pas me sauver. Et je ne le « puis » pas non plus.

— Tu verras que nous t'empêcherons de tomber. Je te devine : tu ne peux prendre sur toi d'exprimer tes sentiments, tes désirs.

— Je ne désire rien, sinon que tout cela finisse.

— Crois-tu qu'il ne s'en aperçoive pas ? Crois-tu qu'il ne souffre pas aussi ? Et que peut-il résulter de toutes ces tortures ? Le divorce au contraire résoudrait tout.

Son idée principale énoncée, et non sans peine, Stépane Arcadiévitch en observa l'effet sur les traits de sa sœur.

Elle secoua la tête négativement sans dire mot, mais un éclair de sa beauté d'autrefois illumina son visage. Oblonski en conclut que, si elle ne souhaitait pas le divorce, c'est qu'elle le tenait pour un bonheur impossible.

— Vous me faites une peine extrême ! Combien je serais heureux d'arranger cela ! reprit-il en souriant avec plus de confiance. Non, non, ne dis rien, laisse-moi agir. Fasse Dieu que je puisse exprimer tout ce que j'éprouve ! Je vais le trouver.

Pour toute réponse Anna le regarda de ses yeux brillants et pensifs.

XXII

Stépane Arcadiévitch pénétra dans le cabinet de son beau-frère avec le visage solennel qu'il se donnait en présidant les séances de son conseil. Alexis Alexandrovitch, les bras derrière le dos, marchait de long en large dans la pièce, agitant dans son esprit la même question que venaient de discuter sa femme et son beau-frère.

— Je ne te gêne pas ? demanda Stépane Arcadiévitch subitement troublé à la vue de Karénine. Et pour dissimuler cette faiblesse dont il n'était guère coutumier, il sortit de sa poche un étui à cigarettes d'un nouveau modèle dont il venait de faire l'emplette, le flaira et en tira une cigarette.

— Non. As-tu besoin de quelque chose ? demanda sans empressement Alexis Alexandrovitch.

— Oui… je désirais… je voulais… oui, je voulais te parler, répondit Stépane Arcadiévitch, surpris de se sentir de plus en plus intimidé.

Ce sentiment lui sembla si étrange qu'il n'y reconnut

pas la voix de la conscience lui déconseillant une mauvaise action. Il le domina donc de son mieux et reprit en rougissant :

— J'espère que tu ne doutes ni de mon affection pour ma sœur ni de la profonde estime que je te porte.

Alexis Alexandrovitch s'arrêta, et son air de victime résignée bouleversa Stépane Arcadiévitch.

— Eh bien, reprit celui-ci sans pouvoir retrouver son calme, j'avais l'intention de te parler de ma sœur et de votre situation à tous deux.

Alexis Alexandrovitch regarda son beau-frère avec un sourire triste et, sans lui répondre, prit sur son bureau une lettre inachevée qu'il lui tendit.

— Je ne cesse d'y songer, fit-il enfin. Voici ce que j'ai essayé de lui dire, pensant que je m'exprimerais mieux par écrit, car ma présence l'irrite.

Stépane Arcadiévitch considéra avec étonnement les yeux ternes de son beau-frère fixés sur lui, prit le papier et lut :

« Je vois que ma présence vous est à charge ; pour pénible qu'il me soit de le reconnaître, je le constate et je sens qu'il ne saurait en être autrement. Je ne vous fais aucun reproche. Dieu m'est témoin que pendant votre maladie j'ai fermement résolu d'oublier le passé et de commencer une nouvelle vie. Je ne me repens pas, je ne me repentirai jamais de ce que j'ai fait alors. Mais c'était votre salut, le salut de votre âme que je souhaitais ; et je vois que je n'ai pas réussi. Dites-moi vous-même ce qui vous rendra le repos et le bonheur. Je me soumets à l'avance au sentiment de justice qui guidera votre choix. »

Stépane Arcadiévitch rendit la lettre à son beau-frère et continua à le considérer avec perplexité, sans trouver un mot à dire. Ce silence leur était pénible à tous deux ; les lèvres d'Oblonski en tremblaient.

— Voilà ce que je voulais lui faire entendre, prononça enfin Karénine en se détournant.

— Oui, oui... balbutia Stépane Arcadiévitch qui se sentait prêt à sangloter. Oui, put-il enfin articuler, je te comprends.

— Que veut-elle ? voilà ce que je souhaiterais savoir.

— Je crains qu'elle ne s'en rende pas compte. Elle n'est pas juge dans la question, dit Oblonski, cherchant à se remettre. Elle est écrasée, littéralement écrasée par ta grandeur d'âme. Si elle lit ta lettre, elle sera incapable d'y répondre et ne pourra que courber encore plus la tête.

— Mais alors que faire ? Comment s'expliquer ? Comment connaître ses désirs ?

— Si tu me permets d'exprimer mon avis, c'est à toi qu'il appartient d'indiquer nettement les mesures que tu crois susceptibles de couper court à cette situation.

— Par conséquent tu trouves qu'il faut y couper court ? interrompit Karénine. Mais comment ? ajouta-t-il en passant la main devant ses yeux d'un geste qui ne lui était pas habituel. Je ne vois pas d'issue possible.

— Toute situation en a une, dit Oblonski en se levant et en s'animant peu à peu. Tu songeais naguère au divorce... Si tu t'es convaincu qu'il n'y a plus de bonheur possible entre vous...

— On peut concevoir le bonheur de façons différentes... Admettons que je consente à tout ; comment sortirons-nous de là ?

— Veux-tu mon avis ? dit Stépane Arcadiévitch avec le même sourire onctueux qu'il avait eu pour sa sœur — et ce sourire était si persuasif que Karénine, cédant à la faiblesse qui l'envahissait, fut tout disposé à croire son beau-frère — jamais elle ne dira ce qu'elle désire. Mais elle ne peut guère souhaiter qu'une chose, c'est de rompre des liens qui lui rappellent de cruels souvenirs. Selon moi, il est indispensable de rendre vos rapports plus clairs, ce qui ne peut se faire qu'en reprenant mutuellement votre liberté.

— Le divorce ! interrompit avec dégoût Alexis Alexandrovitch.

— Oui, je crois que le divorce... oui, c'est cela, le divorce, répéta Stépane Arcadiévitch en rougissant. À tous les points de vue c'est le parti le plus sensé, lorsque deux époux se trouvent dans la situation où vous êtes. Que faire, lorsque la vie commune devient intolérable ? Et cela peut souvent arriver.

Alexis Alexandrovitch poussa un profond soupir et se couvrit les yeux.

— Il n'y a qu'une seule chose à prendre en considération : l'un des deux époux veut-il se remarier ? Si ce n'est pas le cas, le divorce ne souffre aucune difficulté, continua Stépane Arcadiévitch de plus en plus libéré de sa contrainte.

Alexis Alexandrovitch, les traits bouleversés par l'émotion, murmura quelques paroles inintelligibles. Ce qui semblait si simple à Oblonski, il l'avait tourné et retourné mille fois dans sa pensée et, au lieu de le trouver simple, il le jugeait inadmissible. Sa dignité personnelle autant que le respect de la religion lui défendaient de se plier à un adultère fictif, et encore plus de vouer à la honte d'un flagrant délit une femme à qui il avait accordé son pardon. Et d'ailleurs que deviendrait leur fils ? Le laisser à la mère était impossible : cette mère divorcée aurait une nouvelle famille où la position de l'enfant serait intolérable et son éducation compromise. Le garder ? Cet acte de vengeance lui répugnait. Mais, avant tout, il redoutait, en consentant au divorce, de pousser Anna à sa perte. Darie Alexandrovna ne lui avait-elle pas dit à Moscou qu'en voulant divorcer il ne pensait qu'à lui ? Maintenant qu'il avait pardonné et qu'il s'était attaché aux enfants, ces paroles, qui lui restaient gravées dans l'âme, prenaient une importance particulière. « Rendre à Anna sa liberté, se disait-il, c'est lui enlever le dernier appui dans la voie du bien, tout en me privant de ma seule raison de vivre : les enfants. Une fois divorcée, elle s'unira à Vronski par un lien coupable et illégal, car selon l'Église le mariage ne se rompt que par la mort. Et qui sait si au bout d'un an ou deux il ne l'abandonnera pas, ou si elle ne se jettera pas dans une nouvelle liaison ? Et c'est moi qui serais coupable de sa chute ! »

Il n'admettait donc pas un traître mot de ce que disait son beau-frère, il avait cent arguments pour réfuter chacune de ses assertions, et cependant il l'écoutait, sentant en lui le porte-parole de cette force brutale qui dominait sa vie et à laquelle il finirait bien par se soumettre.

— Reste à savoir dans quelles conditions tu consentiras au divorce, car elle n'osera rien te demander et s'en remettra complètement à ta générosité.

« De quoi me punissez-vous, mon Dieu ? » murmura Alexis Alexandrovitch en songeant aux détails d'un adultère fictif ; et de honte il se couvrit le visage des deux mains, comme l'avait fait Vronski.

— Tu es ému, je le comprends ; mais si tu y réfléchis... « Si quelqu'un te frappe sur la joue droite, présente-lui encore l'autre, et si on te vole ta tunique, abandonne encore ton manteau[1] », songeait Alexis Alexandrovitch.

— Oui, oui, cria-t-il d'une voix perçante, je prends la honte sur moi, je renonce même à mon fils... Mais ne vaudrait-il pas mieux... Au reste, fais ce que tu veux.

Et se détournant de son beau-frère pour n'être pas vu de lui, il s'assit près de la fenêtre. Il souffrait, il avait honte, tout en s'attendrissant devant la grandeur de son sacrifice.

Stépane Arcadiévitch, touché, garda quelques instants le silence.

— Alexis Alexandrovitch, dit-il enfin, crois bien qu'elle appréciera ta générosité. Telle était sans doute la volonté de Dieu, ajouta-t-il. Puis sentant aussitôt qu'il disait là une sottise, il retint avec peine un sourire.

Alexis Alexandrovitch voulut répondre ; des larmes l'en empêchèrent.

Quand Stépane Arcadiévitch quitta le cabinet de son beau-frère, il était sincèrement ému et cependant enchanté d'avoir mené à bien cette affaire. À cette satisfaction se joignait l'idée d'un calembour dont il comptait faire goûter le sel à sa femme et à ses intimes : « Quelle différence y a-t-il entre moi et un général qui va à la revue ? — Aucune, car s'il *se pare*, moi je *sépare* !... Ou plutôt non... Je tâcherai de trouver mieux », conclut-il en souriant.

XXIII

Bien qu'elle n'eût pas atteint le cœur, la blessure de Vronski était dangereuse. Il fut pendant plusieurs jours entre la vie et la mort. Quand pour la première fois il se trouva en état de parler, il n'y avait dans sa chambre que sa belle-sœur Varia.

— Varia, lui enjoignit-il d'un regard et d'un ton sévères, dis à tout le monde que je me suis blessé accidentellement. Et ne me parle jamais de cette histoire, c'est trop ridicule.

Varia se pencha sur lui sans répondre, scrutant son

visage avec un sourire de bonheur: les yeux du blessé n'étaient plus fiévreux, mais leur expression était sévère.

— Dieu merci, tu peux parler, dit-elle. Tu ne souffres pas?

— Un peu de ce côté, ici, répondit-il en indiquant sa poitrine.

— Permets-moi alors de changer ton pansement.

Il la regarda faire, contractant ses larges pommettes. Quand elle eut fini, il insista:

— Ne crois pas que j'aie le délire; fais en sorte, je t'en supplie, qu'on ne dise pas que j'ai voulu me tuer.

— Personne ne le dit. J'espère cependant que tu renonceras à tirer sur toi accidentellement? répondit-elle avec un sourire interrogateur.

— Probablement, mais mieux aurait valu…

Et il sourit d'un air sombre.

Réponse et sourire ne rassurèrent point Varia. Et cependant, dès qu'il fut hors de danger, Vronski éprouva un sentiment de délivrance. Il s'était en quelque sorte lavé de sa honte et de son humiliation: désormais il pouvait penser avec calme à Alexis Alexandrovitch, reconnaître sa grandeur d'âme sans en être écrasé. Il pouvait en outre regarder les gens en face, et reprendre son existence habituelle, conformément aux principes qui la dirigeaient. Ce qu'il ne parvenait point, malgré tous ses efforts, à s'arracher du cœur, c'était le regret, voisin du désespoir, d'avoir perdu Anna pour toujours. Maintenant qu'il avait racheté sa faute envers Karénine, il était certes fermement résolu à ne pas se placer entre l'épouse repentante et son mari; mais pouvait-il échapper au souvenir d'instants de bonheur trop peu appréciés autrefois et dont le charme le poursuivait sans cesse?

Serpoukhovskoï lui offrit une mission à Tachkent, et Vronski l'accepta sans la moindre hésitation. Mais plus le moment du départ approchait, plus lui semblait cruel le sacrifice qu'il faisait à ce qu'il croyait être son devoir.

Sa blessure complètement cicatrisée, il fit ses préparatifs de départ.

« La revoir encore une fois, puis s'enterrer, mourir! » songeait-il; et en faisant sa visite d'adieu à Betsy, il lui exprima ce vœu. Celle-ci partit aussitôt en ambassadrice auprès d'Anna, mais rapporta un refus.

« Tant mieux, se dit Vronski en recevant cette réponse, cette faiblesse m'aurait coûté mes dernières forces ! »

Le lendemain matin, Betsy en personne vint lui annoncer qu'Alexis Alexandrovitch, dûment chapitré par Oblonski, consentait au divorce et que, par conséquent, rien n'empêchait plus Vronski de voir Anna.

Sans plus songer à ses résolutions, sans demander à quel moment il pourrait la voir ni où se trouvait le mari, oubliant même de reconduire Betsy, Vronski courut chez les Karénine. Il grimpa l'escalier sans rien voir, traversa l'appartement presque en courant, se précipita dans la chambre d'Anna et, sans se préoccuper de la présence possible d'un tiers, il la prit dans ses bras et couvrit de baisers ses mains, son visage, son cou.

Anna s'était préparée à le revoir et avait pensé à ce qu'elle lui dirait ; mais elle n'eut pas le temps de parler, la passion de Vronski l'emporta. Elle aurait voulu le calmer, se calmer elle-même, mais ce n'était pas possible ; ses lèvres tremblaient, et longtemps elle ne put rien dire.

— Oui, tu m'as conquise, je suis à toi, parvint-elle enfin à dire en serrant la main de Vronski contre sa poitrine.

— Cela devait être, et tant que nous vivrons, cela sera. Je le sais maintenant.

— C'est vrai, répondit-elle, pâlissant de plus en plus, tout en entourant de ses bras la tête de Vronski. Néanmoins, n'est-ce pas effrayant après tout ce qui s'est passé ?

— Tout cela s'oubliera, nous allons être si heureux ! Si notre amour avait besoin de grandir, il grandirait parce qu'il a quelque chose de terrible, dit-il en relevant la tête et en montrant ses dents blanches dans un sourire.

Plus qu'aux paroles de son amant, ce fut à ses regards enamourés qu'elle répondit par un sourire. Puis, lui prenant la main, elle en caressa ses joues froides et ses pauvres cheveux coupés.

— Je ne te reconnais plus avec tes cheveux ras, dit-il. Tu as rajeuni : on dirait un jeune garçon. Mais comme tu es pâle !

— Oui, je suis encore très faible, répondit-elle, et ses lèvres se remirent à trembler.

— Nous irons en Italie, tu te rétabliras.

— Est-il possible que nous puissions être comme mari et femme, seuls tous les deux ? demanda-t-elle en plongeant ses yeux dans les siens.

— Je ne suis surpris que d'une chose, c'est que cela n'ait pas toujours été.

— Stiva assure qu'« il » consent à tout, mais je n'accepte pas sa générosité, dit-elle, laissant son regard errer par-dessus la tête de Vronski. Je ne veux pas du divorce, je n'y tiens plus. Je me demande seulement ce qu'il décidera par rapport à Serge.

Eh quoi, dans ce premier moment de leur rapprochement, elle pouvait penser à son fils et au divorce ! Vronski n'y comprenait rien.

— Ne parle pas de cela, n'y songe pas, dit-il, tournant et retournant la main d'Anna dans la sienne pour ramener son attention vers lui ; elle ne le regardait toujours point.

— Ah ! pourquoi ne suis-je pas morte, cela aurait beaucoup mieux valu ! murmura-t-elle.

Des larmes coulaient le long de ses joues. Et cependant elle essaya de sourire pour ne point l'affliger.

Autrefois Vronski aurait cru impossible de se soustraire à la flatteuse et périlleuse mission de Tachkent ; maintenant au contraire il la refusa sans la moindre hésitation ; puis, s'apercevant que ce refus était mal interprété en haut lieu, il donna sa démission.

Un mois plus tard, Alexis Alexandrovitch restait seul avec son fils, tandis qu'Anna partait pour l'étranger en compagnie de Vronski, après avoir résolument renoncé au divorce.

CINQUIÈME PARTIE

I

La princesse Stcherbatski croyait impossible de célébrer le mariage avant le carême, à cause du trousseau dont la moitié à peine pouvait être terminée jusque-là, c'est-à-dire en cinq semaines. Elle convenait d'ailleurs avec Levine qu'en remettant la cérémonie après Pâques, on risquait de la voir encore reculée par un deuil, une vieille tante du prince étant fort malade. Elle prit donc un moyen terme en décidant que la noce se ferait avant le carême, mais que seul le « petit » trousseau serait livré à cette date, le « grand » devant suivre plus tard. Et comme Levine, mis en demeure de donner son assentiment à cette proposition, répondait par des plaisanteries, la princesse s'indigna d'autant plus que les jeunes gens comptaient passer leur lune de miel à la campagne, où certaines pièces du grand trousseau pouvaient leur faire défaut.

Toujours à moitié fou, il continuait à croire que son bonheur et sa personne constituaient le centre, l'unique but de la création ; abandonnant aux autres les soucis matériels, il leur laissait même tracer pour lui des plans d'avenir, convaincu qu'ils arrangeraient tout pour le mieux. Son frère Serge, Stépane Arcadiévitch et la princesse le dirigeaient complètement. Son frère emprunta l'argent dont il avait besoin ; la princesse lui conseilla de quitter Moscou après la noce, Oblonski de faire un voyage à l'étranger : il consentit à tout. « Ordonnez ce qu'il vous plaira et faites ce que bon vous semble, puisque cela vous amuse ; je suis heureux et, quoi que vous décidiez, mon bonheur n'en sera ni plus ni moins grand. » Quand il soumit à Kitty le conseil de Stépane Arcadiévitch, il fut tout surpris de voir que, loin de l'approuver, elle avait ses vues particulières et bien tranchées sur leur vie future. Elle savait que Levine se passionnait pour une entreprise qu'elle jugeait très importante, sans d'ailleurs faire effort pour la comprendre ; et, comme cette entreprise exigerait leur présence à la campagne, elle tenait à s'établir sans plus tarder dans leur véritable résidence. Cette décision très arrêtée étonna Levine, mais, indifférent à tout, il s'y rangea aussitôt et pria Stépane Arcadiévitch de veiller avec le goût qui le caractérisait aux embellissements de sa maison des champs. Cette corvée lui parut rentrer de plein droit dans les attributions de son futur beau-frère.

— À propos, lui demanda celui-ci quand il eut tout organisé à la campagne, as-tu un billet de confession ?

— Non, pourquoi ?

— On ne se marie pas sans cela.

— Aïe, aïe, aïe ! s'écria Levine. Voilà, je crois, neuf ans que je ne me suis confessé ! Et je n'y ai seulement pas songé !

— C'est joli, dit en riant Oblonski, et tu me traites de nihiliste ! Mais cela ne peut se passer ainsi : il faut que tu fasses tes dévotions.

— Quand ? Nous n'avons plus que quatre jours !

Stépane Arcadiévitch arrangea cette affaire comme les autres et Levine commença ses dévotions. Respectueux des convictions d'autrui, mais incrédule pour son propre compte, il trouvait dur d'assister et de participer sans y croire à des cérémonies religieuses. Dans sa disposition d'esprit attendrie et sentimentale, l'obligation de dissimuler lui semblait particulièrement odieuse. Mentir, railler des choses saintes quand son cœur s'épanouissait, quand il se sentait en pleine gloire ! Était-ce possible ? Mais il eut beau supplier Stépane Arcadiévitch de lui obtenir un billet sans qu'il fût contraint de se confesser, celui-ci demeura inflexible.

— Crois-moi, deux jours sont vite passés, et tu auras affaire à un petit vieux pas bête qui t'arrachera cette dent sans que tu t'en aperçoives.

Pendant la première messe à laquelle il assista, Levine voulut faire revivre les impressions religieuses de sa jeunesse qui, entre seize et dix-sept ans, avaient été fort vives : il n'y réussit pas. Il entreprit alors de considérer cette cérémonie comme un usage ancien, aussi vide de sens que la coutume de faire des visites : il n'y parvint pas davantage ; semblable à la plupart de ses contemporains, il se sentait en effet aussi incapable de croire que de nier. Cette confusion de sentiments lui causa, pendant tout le temps qu'il dut consacrer à ses dévotions, une gêne et une honte extrêmes : la voix de la conscience lui criait qu'agir sans comprendre c'était commettre une mauvaise action.

Pendant les offices, il tâchait d'abord d'attribuer aux prières un sens qui ne heurtât point trop ses convictions, mais s'apercevant bientôt qu'il critiquait au lieu de comprendre, il s'abandonnait au tourbillon de ses souvenirs et de ses pensées intimes. Il entendit de la sorte et la messe et les vêpres et les instructions du soir pour la communion. Le lendemain il se leva plus tôt que de coutume et vint à jeun vers huit heures pour les instructions du matin et la confession. L'église était déserte : il n'y vit qu'un soldat qui mendiait, deux vieilles femmes et les ministres du culte. Un jeune diacre, dont le dos long et maigre se dessinait en deux parties bien nettes sous sa mince soutane, vint à la rencontre de Levine ; s'approchant aussitôt d'une petite table disposée près du mur, il commença la lecture des instructions. En l'écoutant bredouiller comme un refrain les mots : « Seigneur, ayez pitié de nous », Levine debout derrière lui aima mieux laisser ses pensées suivre leur cours que les contraindre à une attention dont il n'eût sans doute point été capable. « Quelle expression elle a dans les mains », songea-t-il, se rappelant la soirée de la veille qu'il avait passée avec Kitty dans un coin du salon : tandis que leur entretien roulait, comme presque toujours d'ailleurs, sur des choses insignifiantes, elle s'amusait, tout en riant de cet enfantillage, à ouvrir et à refermer sa main appuyée sur un guéridon ; il se souvint d'avoir baisé cette menotte rose et d'en avoir examiné les lignes. « Encore : ayez pitié de nous ! » se dit-il ; et il lui fallut se signer, s'incliner tout en considérant le dos souple du diacre qui s'inclinait lui aussi. « Ensuite elle a pris ma main et l'a examinée à son tour. — Tu as une fameuse main, m'a-t-elle dit. » Il regarda sa main, puis celle du diacre, aux doigts courts. « Allons, je crois que la fin approche... Non, il recommence... Si fait, il se prosterne, c'est bien la fin. »

Sa longue manche au revers de peluche permit au diacre de faire disparaître le plus discrètement du monde le billet de trois roubles que lui glissait Levine; après lui avoir promis de l'inscrire pour la confession, il s'éloigna en faisant résonner ses bottes neuves sur les dalles de l'église déserte. Il se perdit derrière l'iconostase, mais revint bientôt faire signe à Levine, dont la pensée parut vouloir se réveiller. « Non, se dit-il, mieux vaut n'y pas songer; tout s'arrangera. » Il se dirigea vers l'ambon, monta quelques marches, tourna à droite et aperçut le prêtre, un petit vieillard à la barbe grise clairsemée, aux bons yeux fatigués, qui debout près du lutrin, feuilletait son rituel. Après un léger salut à Levine, il lut d'une voix monotone les prières préparatoires, se prosterna vers son pénitent et lui dit en désignant le crucifix :

— Le Christ assiste, invisible, à votre confession... Croyez-vous à tout ce qu'enseigne la sainte Église apostolique ? continua-t-il en détournant son regard et en croisant les mains sous son étole.

— J'ai douté, je doute encore de tout, dit Levine d'une voix qui résonna désagréablement à son oreille. Puis il se tut.

Le prêtre attendit quelques secondes; puis, fermant les yeux, il proféra avec le débit rapide des gens de Vladimir :

— Douter est le propre de la faiblesse humaine, mais nous devons prier le Seigneur tout-puissant de nous venir en aide. Quels sont vos principaux péchés ? ajouta-t-il sans la moindre interruption, comme s'il craignait de perdre du temps.

— Mon péché principal est le doute. Je doute de tout et presque toujours.

— Douter est le propre de la faiblesse humaine, répéta le prêtre. De quoi doutez-vous principalement ?

— De tout. Je doute parfois même de l'existence de Dieu, dit Levine presque malgré lui.

L'inconvenance de ces paroles l'effraya; mais elles ne semblèrent pas produire sur le prêtre l'impression qu'il redoutait.

— Quels doutes pouvez-vous donc avoir sur l'existence de Dieu ? demanda-t-il avec un sourire presque imperceptible.

Levine se tut.

— Quels doutes pouvez-vous avoir sur le Créateur, quand vous contemplez ses œuvres ? Qui a décoré la voûte céleste de toutes ses étoiles, orné la terre de toutes ses beautés ? Comment ces choses existeraient-elles sans le Créateur ?

Il interrogea Levine du regard. Mais celui-ci, sentant l'impossibilité d'une discussion philosophique avec un prêtre, répondit simplement :

— Je ne sais pas.

— Vous ne savez pas ? Mais alors pourquoi doutez-vous que Dieu ait tout créé ?

— Je n'y comprends rien, répliqua Levine en rougissant. Il sentait l'absurdité de réponses qui, dans le cas présent, ne pouvaient être qu'absurdes.

— Priez Dieu, implorez-le. Les Pères de l'Église eux-mêmes ont douté et demandé à Dieu de les affermir dans leur foi. Le démon est puissant, mais nous ne devons pas lui céder. Priez Dieu, implorez-le. Priez Dieu, répéta-t-il très vite.

Puis il garda un instant le silence et parut réfléchir.

— Vous avez, m'a-t-on dit, l'intention de contracter mariage avec la fille de mon paroissien et fils spirituel le prince Stcherbatski ? reprit-il en souriant. C'est une charmante personne.

— Oui, répondit Levine, rougissant pour le prêtre. « Quel besoin a-t-il de faire de semblables questions en confession ? » se demanda-t-il.

Alors, comme s'il répondait à cette pensée, le prêtre déclara :

— Vous songez au mariage et peut-être Dieu vous accordera-t-il une postérité. Quelle éducation donnerez-vous à vos enfants si vous ne parvenez pas à vaincre les tentations du démon qui vous suggère le doute ? Si vous aimez vos enfants, vous leur souhaiterez non seulement la richesse et les honneurs, mais encore, en bon père, le salut de leur âme et les lumières de la vérité, n'est-il pas vrai ? Que répondrez-vous donc à cet innocent qui vous demandera : « Père, qui donc a créé tout ce qui m'enchante sur la terre, l'eau, le soleil, les fleurs, les plantes ? » Lui répondrez-vous : « Je n'en sais rien » ? Pouvez-vous ignorer ce que Dieu, dans sa bonté infinie, vous dévoile ? Et si l'enfant vous demande : « Qu'est-ce qui m'attend au-delà de la tombe ? », que lui direz-vous si vous ne savez rien ? L'abandonnerez-vous aux sortilèges du démon et du monde ? Ce n'est pas bien ! conclut-il en penchant la tête pour regarder Levine de ses bons yeux doux et modestes.

Levine ne répondit rien, non qu'il craignît cette fois une discussion malséante, mais parce que personne ne lui avait encore posé de pareilles questions ; si jamais ses enfants les lui posaient un jour, il verrait quelle réponse leur faire.

— Vous abordez, reprit le prêtre, une phase de la vie où il faut choisir sa route et s'y tenir. Priez Dieu qu'il vous vienne en aide et vous absolve en sa miséricorde.

Et, après avoir prononcé la formule d'absolution, le prêtre le bénit et le congédia.

Levine rentra chez lui très content. Tout d'abord il se sentait délivré d'une position fausse, sans avoir été contraint de mentir. Par ailleurs, l'exhortation du bon vieillard ne lui semblait plus du tout si niaise qu'il l'avait cru tout d'abord ; il avait l'impression vague d'avoir entendu des choses qui valaient la peine d'être un jour ou l'autre approfondies. Il sentit plus vivement que jamais qu'il avait dans l'âme des régions troubles et obscures ; en ce qui concernait notamment la religion, il se trouvait exactement dans le même cas que Sviajski et quelques autres, dont il blâmait les incohérences d'opinions.

Levine passa la soirée chez Dolly en compagnie de sa fiancée ; et, comme sa joyeuse surexcitation surprenait Stépane Arcadiévitch, il se compara à un chien qu'on dresserait à sauter au travers d'un cerceau et qui, tout joyeux d'avoir enfin compris sa leçon, sauterait sur les tables et les fenêtres en agitant la queue.

II

La princesse et Dolly observaient strictement les vieux us ; aussi ne permirent-elles pas à Levine de voir sa fiancée le jour du mariage ; il dîna à l'hôtel avec trois célibataires que le hasard avait réunis chez lui.

C'étaient d'abord son frère ; puis Katavassov, un camarade d'université devenu professeur de sciences naturelles, qu'il avait rencontré et emmené presque de force ; enfin son garçon d'honneur Tchirikov, un compagnon de chasse à l'ours qui exerçait à Moscou les fonctions de juge de paix. Le dîner fut très animé. Serge Ivanovitch, de fort belle humeur, goûta l'originalité de Katavassov ; celui-ci, se voyant apprécié, fit des frais ; quant à l'excellent Tchirikov, il était toujours prêt à soutenir n'importe quelle conversation.

— Quel garçon bien doué était jadis notre ami Constantin Dmitritch, disait Katavassov avec la diction lente de l'homme habitué à pérorer du haut d'une chaire. Je parle de lui au passé, car il n'existe plus. Il aimait la science autrefois, au sortir de l'université, il avait des passions dignes d'un homme ; tandis que maintenant il emploie une moitié de ses facultés à se faire illusion, et l'autre moitié à donner à ses chimères une apparence de raison.

— Je n'ai jamais rencontré d'ennemi du mariage plus convaincu que vous, dit Serge Ivanovitch.

— Non pas, je suis simplement partisan de la division du travail. Aux propres à rien incombe le devoir de propager l'espèce ; aux autres, celui de contribuer au développement intellectuel, au bonheur de leurs semblables. Telle est mon opinion. Il y a, je ne l'ignore point, une foule de gens disposés à confondre ces deux branches de travail, mais je ne suis pas du nombre.

— Je ne me tiendrai pas de joie le jour où j'apprendrai que vous êtes amoureux ! s'écria Levine. Je vous en prie, invitez-moi à votre noce.

— Mais je suis déjà amoureux.

— Oui, d'une seiche. Tu sais, dit Levine en se tournant vers son frère, Michel Sémionovitch écrit un ouvrage sur la nutrition et…

— N'embrouillez pas les choses, s'il vous plaît ! Peu importe ce que j'écris, mais il est de fait que j'aime les seiches.

— Cela ne vous empêcherait pas d'aimer une femme.

— Non, c'est ma femme qui s'opposerait à mon amour pour les seiches.

— Pourquoi cela ?

— Vous le verrez bien. Vous aimez en ce moment la

chasse, l'agronomie ; eh bien, attendez un peu, vous m'en direz des nouvelles.

— À propos, dit Tchirikov, Archippe est venu me voir tantôt ; il prétend qu'il y a à Proudnoié deux ours et quantité d'élans.

— Vous les chasserez sans moi.

— Tu vois, dit Serge Ivanovitch. Dis adieu à la chasse à l'ours, ta femme ne te la permettra plus.

Levine sourit. L'idée que sa femme lui défendrait la chasse lui parut si charmante qu'il aurait volontiers renoncé pour toujours au plaisir de rencontrer un ours.

— Vous aurez tout de même le cœur gros, reprit Tchirikov, quand vous apprendrez que nous avons tué ces deux ours sans vous. Rappelez-vous la belle chasse de l'autre jour à Khapilovo.

Levine préféra se taire : cet homme s'imaginait qu'on pouvait prendre quelque plaisir en dehors de la présence de Kitty ; à quoi bon lui enlever ses illusions ?

— C'est à bon droit, déclara Serge Ivanovitch, que s'est établi l'usage de dire adieu à la vie de garçon. Si heureux qu'on se sente, on regrette toujours sa liberté.

— Avouez que, semblable au fiancé de Gogol, on éprouve l'envie de sauter par la fenêtre[1] !

— Il doit ressentir quelque chose comme ça, mais soyez sûr qu'il ne l'avouera pas, dit Katavassov avec un gros rire.

— Le vasistas est ouvert ; partons pour Tver, insista Tchirikov en souriant. On peut trouver l'ourse dans sa tanière. Nous avons encore le temps de prendre le train de cinq heures.

— Non franchement, la main sur la conscience, répondit Levine, souriant aussi, la perte de la liberté me laisse froid. Je n'arrive pas à découvrir en moi la moindre trace de regret.

— C'est qu'il y a en vous un tel chaos que vous n'y reconnaissez rien pour le quart d'heure, dit Katavassov. Attendez qu'il y fasse plus clair, vous verrez alors !

— Non, il me semble qu'outre mon… sentiment (il se gênait d'employer le mot : amour) et mon bonheur, je devrais ressentir l'aiguillon du regret. Mais non, je vous l'affirme, la perte de ma liberté ne me cause que de la joie.

— Le cas est désespéré ! s'exclama Katavassov.

Buvons pourtant à sa guérison ou souhaitons-lui de voir se réaliser ne fût-ce qu'un de ses rêves sur cent : il connaîtra même alors un bonheur inouï.

Presque aussitôt après le dîner, les convives se retirèrent pour passer leur habit.

Resté seul, Levine se demanda encore s'il regrettait réellement la liberté que prisaient tant ces célibataires endurcis. Cette idée le fit sourire. « La liberté ! pourquoi la liberté ? Le bonheur pour moi consiste à aimer, à vivre de ses pensées, de ses désirs à elle, sans aucune liberté. Voilà le bonheur... Mais, lui souffla tout à coup une voix intérieure, puis-je vraiment connaître ses pensées, ses désirs, ses sentiments ? » Le sourire disparut de ses lèvres ; il tomba dans une profonde rêverie et se sentit bientôt en proie à la crainte et au doute. « Et si elle ne m'aimait pas ? si elle ne m'épousait, même sans en avoir conscience, que pour se marier ? Peut-être reconnaîtra-t-elle son erreur et comprendra-t-elle, après m'avoir épousé, qu'elle ne m'aime pas et ne peut pas m'aimer. » Et les pensées les plus blessantes pour Kitty lui vinrent à l'esprit : il se remit, comme un an auparavant, à éprouver une violente jalousie contre Vronski ; il se reporta, comme à un souvenir de la veille, à cette soirée où il les avait vus ensemble et la soupçonna de ne pas lui avoir tout avoué.

« Non, décida-t-il dans un sursaut de désespoir, je ne puis laisser les choses en cet état ; je vais aller la trouver, lui dire pour la dernière fois : nous sommes libres, ne vaut-il pas mieux en rester là ? tout est préférable au malheur de la vie entière, à la honte, à l'infidélité ! » Et, hors de lui, plein de haine contre l'humanité, contre lui-même, contre Kitty, il courut chez elle.

Il la trouva dans la garde-robe, assise sur un grand coffre, occupée à trier avec sa femme de chambre des robes de toutes les couleurs étalées par terre et sur le dossier des chaises.

— Comment ! s'écria-t-elle, rayonnante de joie à sa vue. C'est toi, c'est vous ? (Jusqu'à ce dernier jour elle lui disait tantôt « toi », tantôt « vous ».) Je ne m'y attendais pas. Je suis en train de faire le partage de mes robes de jeune fille.

— Ah ! c'est très bien ! répondit-il d'un ton lugubre avec un regard peu amène pour la femme de chambre.

— Tu peux te retirer, Douniacha, je te ferai signe. Et passant résolument au « tu », dès que la camériste fut sortie :

— Qu'as-tu ? demanda-t-elle à Levine dont les traits bouleversés lui inspirèrent une terreur subite.

— Kitty, je souffre et ne puis supporter seul cette torture, lui dit-il avec l'accent du désespoir en l'implorant d'un regard scrutateur. Il eut tôt fait de lire, sur ce visage loyal et aimant, la vanité de ses craintes ; mais il tenait à ce qu'elle les dissipât elle-même. Je suis venu te dire qu'il n'est pas encore trop tard, que tout peut encore être réparé.

— Quoi ? Je ne comprends pas. Qu'as-tu ?

— J'ai… ce que j'ai cent fois dit et pensé… Je ne suis pas digne de toi. Tu n'as pu consentir à m'épouser. Penses-y. Tu te trompes peut-être. Penses-y bien. Tu ne peux pas m'aimer… Mieux vaut l'avouer, continua-t-il sans la regarder. Je serai malheureux, n'importe ; qu'on dise ce que l'on voudra, tout vaut mieux que le malheur ! N'attendons pas qu'il soit trop tard.

— Je ne comprends pas, répondit-elle tout anxieuse. Que veux-tu ? Te dédire, rompre ?

— Oui, si tu ne m'aimes pas.

— Tu deviens fou ! s'écria-t-elle, rouge de dépit. Mais la vue du visage désolé de Levine arrêta sa colère et, débarrassant un fauteuil des robes qui le recouvraient, elle s'assit près de lui. À quoi penses-tu ? lui demanda-t-elle. Voyons, dis-moi tout.

— Je pense que tu ne saurais m'aimer. Pourquoi m'aimerais-tu ?

— Mon Dieu, qu'y puis-je ?… dit-elle ; et elle fondit en larmes.

— Qu'ai-je fait ! s'écria-t-il aussitôt, et se jetant à ses genoux il lui couvrit les mains de baisers.

Quand la princesse, au bout de cinq minutes, entra dans la chambre, la réconciliation était complète, Kitty avait convaincu son fiancé de son amour. Elle lui avait expliqué qu'elle l'aimait parce qu'elle le comprenait à fond, parce qu'elle savait ce qu'il devait aimer et que tout ce qu'il aimait était bon et bien ; et cette explication parut fort claire à Levine. La princesse les trouva assis côte à côte sur le grand coffre en train d'examiner les robes : Kitty voulait donner à Douniacha la robe brune qu'elle portait le jour où Levine l'avait demandée en mariage, et celui-ci insistait pour qu'elle ne fût donnée à personne et que Douniacha reçût la bleue.

— Mais comprends donc qu'étant brune, le bleu ne lui sied pas... J'ai pensé à tout cela...

En apprenant pourquoi Levine était venu, la princesse se fâcha tout en riant et le renvoya s'habiller, car M. Charles allait venir coiffer Kitty.

— Elle est assez agitée comme cela, dit-elle ; elle ne mange rien ces jours-ci, aussi enlaidit-elle à vue d'œil. Et tu viens encore la troubler de tes folies ! Allons, sauve-toi, mon garçon.

Confus mais rassuré, Levine rentra à l'hôtel, où son frère, Darie Alexandrovna et Stépane Arcadiévitch, tous en grande toilette, l'attendaient déjà pour le bénir avec l'image sainte. Il n'y avait pas de temps à perdre. Darie Alexandrovna devait rentrer chez elle, y prendre son fils qui, pommadé et frisé pour la circonstance, porterait l'icône devant la mariée. Ensuite il fallait envoyer une voiture au garçon d'honneur, tandis que l'autre, après avoir conduit Serge Ivanovitch à l'église, retournerait à l'hôtel.

La cérémonie de la bénédiction manqua de sérieux. Stépane Arcadiévitch prit une pose solennelle et comique à côté de sa femme, souleva l'icône et, obligeant Levine à se prosterner, le bénit avec un sourire affectueux et malin ; puis il l'embrassa trois fois. Darie Alexandrovna fit exactement la même chose ; elle avait hâte de partir et s'embrouillait dans ses arrangements de voiture.

— Voilà ce que nous allons faire, dit Oblonski : tu iras prendre le garçon d'honneur avec notre voiture, tandis que Serge Ivanovitch aura la bonté de se rendre tout de suite à l'église et de renvoyer la sienne.

— Entendu, avec plaisir.

— Alors moi, j'accompagnerai Kostia. Les bagages sont-ils expédiés ?

— Oui, répondit Levine et il appela Kouzma pour s'habiller.

III

Une foule où dominait l'élément féminin encombrait l'église brillamment illuminée. Les personnes qui n'avaient pu pénétrer à l'intérieur se bousculaient aux fenêtres pour occuper les meilleures places.

Plus de vingt voitures se rangèrent à la file dans la rue, sous la surveillance des gendarmes. Indifférent au froid, un officier de police en grande tenue se tenait sous le péristyle où, les uns après les autres, des équipages déposaient tantôt des femmes, un bouquet au corsage et relevant la traîne de leur robe, tantôt des hommes qui enlevaient képi ou haut-de-forme pour pénétrer dans l'église. Les deux lustres et les cierges allumés devant les icônes inondaient de lumière les dorures sur fond rouge de l'iconostase, les ciselures des images, les grands chandeliers d'argent, les carreaux du plancher, les tapis, les bannières, les degrés de l'ambon, les vieux rituels noircis et les vêtements sacerdotaux. À droite de l'église se groupaient les habits noirs et les cravates blanches, les uniformes et les étoffes précieuses, le velours et le satin, les cheveux frisés et les fleurs rares, les épaules nues et les gants glacés ; il montait de cette foule un murmure contenu mais animé qui résonnait étrangement sous la haute coupole de l'église. Chaque fois que la porte s'ouvrait avec un bruit plaintif, le murmure s'arrêtait, et l'on se retournait dans l'espoir de voir paraître les mariés. Mais la porte s'était déjà ouverte plus de dix fois pour livrer passage soit à un invité retardataire qui allait se joindre au groupe de droite, soit à une spectatrice qui, ayant su tromper ou attendrir l'officier de police, augmentait le groupe de gauche, uniquement composé de curieux. Parents et amis avaient passé par toutes les phases de l'attente : on n'avait d'abord attaché aucune importance au retard des fiancés ; puis on s'était retourné de plus en plus souvent, se demandant ce qui pouvait être survenu ; enfin, comme pour dissiper le malaise qui les gagnait, les invités prirent l'air indifférent de gens absorbés par leurs conversations.

Afin de prouver sans doute qu'il perdait un temps précieux, l'archidiacre faisait de temps en temps trembler les vitres en toussant avec impatience ; les chantres ennuyés essayaient leurs voix ou se mouchaient bruyamment ; le prêtre envoyait en reconnaissance tantôt le diacre, tantôt le sacristain, et montrait de plus en plus fréquemment sa soutane violette et sa ceinture brodée à une des portes latérales du chœur. Enfin une dame, ayant consulté sa montre, dit à haute voix : « Cela devient étrange ! » Et aussitôt tous les invités exprimèrent leur surprise et leur mécontentement. Un des garçons d'honneur partit aux nouvelles.

Pendant ce temps Kitty en robe blanche, long voile et couronne de fleurs d'oranger, attendait vainement au salon, en compagnie de sa sœur Lvov, que son garçon d'honneur vînt l'avertir de l'arrivée de son fiancé à l'église.

De son côté Levine, en pantalon noir, mais sans gilet ni habit, se promenait de long en large dans sa chambre d'hôtel, ouvrant la porte à chaque instant pour regarder dans le corridor, et, ne voyant rien venir, s'adressait avec des gestes désespérés à Stépane Arcadiévitch qui fumait tranquillement.

— A-t-on jamais vu homme dans une situation plus absurde ?

— C'est vrai, confirmait Stépane Arcadiévitch avec un sourire apaisant. Mais sois tranquille, on l'apportera tout de suite.

— Comptes-y ! disait Levine contenant sa rage à grand-peine. Et dire qu'il n'y a rien à faire avec ces absurdes gilets ouverts. Impossible ! ajoutait-il en regardant le plastron de sa chemise tout froissé. Et si mes malles sont déjà au chemin de fer ? criait-il hors de lui.

— Tu mettras la mienne.

— J'aurais dû commencer par là.

— Ne te rends pas ridicule… Patiente, tout « se tassera ».

Quand Levine s'était mis en devoir de s'habiller, Kouzma, son vieux domestique, lui apporta son habit et son gilet.

— Mais la chemise ? demanda Levine.

— La chemise ? vous l'avez sur vous, répondit le bonhomme avec un sourire flegmatique.

Lorsque, sur l'ordre de Levine, il avait emballé et fait porter chez les Stcherbatski, d'où les jeunes mariés devaient partir le soir même, tous les effets de son maître, Kouzma n'avait pas songé à mettre de côté une chemise qui allât avec l'habit. Celle que Levine portait depuis le matin n'était pas mettable ; envoyer chez les Stcherbatski parut trop long ; pas de magasins ouverts, c'était dimanche ; on fit prendre une chemise chez Stépane Arcadiévitch, elle se trouva ridiculement large et courte. En désespoir de cause, il fallut envoyer ouvrir les malles chez les Stcherbatski. Ainsi, tandis qu'on l'attendait à l'église, le malheureux fiancé se débattait dans sa chambre comme un fauve en cage : que pouvait bien s'imaginer Kitty après les sornettes qu'il lui avait débitées quelques heures auparavant ?

Enfin le coupable Kouzma se précipita hors d'haleine dans la chambre, une chemise à la main.

— Je suis arrivé juste à temps, déclara-t-il ; on emportait les malles.

Trois minutes plus tard, Levine courait à toutes jambes dans le corridor, en se gardant bien de regarder l'heure pour ne pas augmenter son tourment.

— Tu n'y changeras rien, lui cria Stépane Arcadiévitch, qui le suivait bien tranquillement. Quand je te dis que tout « se tassera ».

IV

« Ce sont eux. — Le voilà. — Lequel ? — Est-ce le plus jeune ? — Et elle, vois donc, elle a l'air plus morte que vive ! » Ces exclamations montèrent de la foule quand Levine, après avoir accueilli sa fiancée sur le parvis, pénétra avec elle à l'intérieur de l'église.

Stépane Arcadiévitch raconta à sa femme la cause du retard, ce qui provoqua sourires et chuchotements parmi les invités. Mais Levine ne remarquait rien ni personne : il n'avait d'yeux que pour sa fiancée. Sous sa couronne de mariée Kitty était beaucoup moins jolie que d'habitude et on la trouva généralement enlaidie. Tel n'était pas l'avis de Levine. Il regardait sa coiffure élevée, son long voile blanc, ses fleurs blanches, sa taille fine, la haute ruche plissée qui encadrait virginalement son long cou mince et le découvrait un peu par-devant — et elle lui parut plus belle que jamais. Au reste, bien loin de trouver que cette parure venue de Paris ajoutât quelque chose à la beauté de Kitty, il admirait qu'en dépit d'elle le visage de la jeune fille conservât son exquise expression d'innocence et de loyauté.

— Je me demandais si tu n'avais pas pris la fuite, dit-elle en souriant.

— Ce qui m'est arrivé est si absurde que j'ai honte d'en parler, répondit-il tout confus. Et, pour ne pas perdre contenance, il se tourna vers son frère qui s'approchait d'eux.

— Eh bien, elle est jolie ton histoire de chemise ! dit celui-ci avec un hochement de tête.

— Oui, oui, répondit Levine, sans comprendre un mot de ce qu'on lui disait.

— Kostia, voici le moment de prendre une décision suprême, vint lui dire Stépane Arcadiévitch feignant un grand embarras ; la question est grave et tu me parais en état d'en apprécier toute l'importance. On me demande si les cierges doivent être neufs ou entamés ? La différence est de dix roubles, ajouta-t-il, se préparant à sourire. J'ai pris une décision, mais je ne sais si tu l'approuveras.

Levine comprit qu'Oblonski plaisantait, mais ne se dérida pas pour autant.

— Eh bien, que décides-tu ? neufs ou entamés ? voilà la question.

— Neufs, neufs !

— La question est tranchée, dit Stépane Arcadiévitch toujours souriant. Il faut avouer que cette cérémonie rend les gens bien niais, murmura-t-il à Tchirikov, tandis que Levine, après lui avoir jeté un regard éperdu, retournait à sa fiancée.

— Attention, Kitty, pose la première le pied sur le tapis, dit en s'approchant la comtesse Nordston... Vous en faites de belles, ajouta-t-elle à l'adresse de Levine.

— Tu n'as pas peur ? demanda Marie Dmitrievna, une vieille tante.

— N'as-tu pas un peu froid ? Tu es pâle... Baisse-toi un moment, dit Mme Lvov, levant ses beaux bras pour rajuster la couronne de sa sœur.

Dolly s'approcha à son tour et voulut parler; mais l'émotion lui coupa la parole et elle partit d'un rire nerveux.

Cependant le prêtre et le diacre, qui avaient revêtu leurs habits sacerdotaux, prirent place près du lutrin disposé dans le parvis. Le prêtre adressa à Levine quelques mots que celui-ci n'entendit point.

— Prenez votre fiancée par la main et conduisez-la au lutrin, lui souffla son garçon d'honneur.

Incapable de saisir ce qu'on réclamait de lui, Levine faisait le contraire de ce qu'on lui disait. Enfin, au moment où, découragés, les uns et les autres voulaient l'abandonner à sa propre inspiration, il comprit que de sa main droite il devait prendre sans changer de position la main droite de sa fiancée. Ils firent alors, précédés par le prêtre, quelques pas en avant et s'arrêtèrent devant le lutrin. Parents et invités suivirent le jeune couple dans un murmure de voix et un froufrou de robes. Quelqu'un se baissa pour arranger la traîne de la mariée, puis un silence si profond régna dans l'église qu'on entendait les gouttes de cire tomber des cierges.

Le vieux prêtre, en barrette, ses cheveux argentés retenus derrière les oreilles, retira ses petites mains noueuses de dessous sa lourde chasuble à croix dorée et chercha quelque chose sur le lutrin. Stépane Arcadiévitch vint doucement lui parler à l'oreille, fit un signe à Levine et se retira.

Le prêtre — c'était ce même vieillard qui avait confessé Levine — alluma deux cierges ornés de fleurs et, les tenant inclinés de la main gauche sans s'inquiéter de la cire qui en dégouttait, se tourna vers les fiancés. Après les avoir enveloppés en soupirant d'un regard triste et las, il bénit de la main droite Levine puis Kitty, cette dernière avec une nuance particulière de douceur en posant ses doigts joints sur la tête inclinée de la jeune fille. Puis il leur remit les cierges, prit l'encensoir et s'éloigna lentement.

« Tout cela est-il bien réel? » se demanda Levine en coulant de biais un regard à sa fiancée. Au mouvement des lèvres et des cils de Kitty il remarqua qu'elle sentait ce regard. Elle ne leva pas la tête, mais il comprit, à l'agitation de la ruche remontant jusqu'à sa petite oreille rose, qu'elle étouffait un soupir et vit sa main, emprisonnée dans un long gant, trembler en tenant le cierge.

Tout s'effaça aussitôt de son souvenir, son retard, le mécontentement de ses amis, sa sotte histoire de chemise, et il ne sentit plus qu'une émotion faite de terreur et de joie.

L'archidiacre, un bel homme aux cheveux frisés, en dalmatique de drap d'argent, s'avança d'un pas ferme vers le prêtre et, soulevant à deux doigts son étole d'un geste familier, entonna un solennel « Mon Père, veuillez me bénir », qui retentit longuement sous la voûte.

« Que béni soit le Seigneur notre Dieu, et maintenant et toujours et dans les siècles des siècles », répondit d'une voix harmonieuse et résignée le vieux prêtre qui continuait à mettre de l'ordre sur son lutrin.

Et le répons, chanté par le cœur invisible, emplit l'église d'un son large et plein qui grandit pour s'arrêter une seconde et mourir doucement. On pria comme toujours pour la paix suprême et le salut des âmes, pour le synode et l'empereur, mais aussi pour le serviteur de Dieu Constantin et la servante de Dieu Catherine.

« Pour qu'Il leur accorde l'amour parfait, sa paix et son assistance, prions le Seigneur », chanta le diacre, et toute l'église sembla lancer vers le ciel cette imploration, dont les paroles frappèrent Levine. « Comment ont-ils deviné que c'était d'assistance que j'avais précisément besoin ? Que sais-je, que puis-je sans assistance ? » songea-t-il en se rappelant ses doutes et ses récentes terreurs.

Quand le diacre eut terminé sa litanie, le prêtre, rituel en main, se tourna vers les fiancés, et lut de sa voix douce :

« Dieu éternel, qui réunissez par le lien indissoluble de l'amour ceux qui étaient séparés, qui avez béni Isaac et Rebecca, les instituant les héritiers de votre promesse, bénissez aussi votre serviteur Constantin et votre servante Catherine, et maintenez-les dans la voie du bien. Car vous êtes le Dieu de miséricorde, à qui convient la gloire, l'honneur et l'adoration, au Père, au Fils et au Saint-Esprit, maintenant et toujours et dans les siècles des siècles. »

— « Amen ! » chanta de nouveau le chœur invisible.

« Qui réunissez par le lien indissoluble de l'amour ceux qui étaient séparés. — Combien ces paroles profondes répondent à ce que l'on éprouve en ce moment ! Le comprend-elle comme moi ? » se dit Levine.

À l'expression du regard de Kitty, qui à cet instant rencontra le sien, il crut saisir qu'elle comprenait comme lui, mais il se trompait : absorbée par le sentiment qui envahissait de plus en plus son cœur, elle avait à peine prêté attention à la cérémonie. Elle éprouvait la joie profonde de voir enfin s'accomplir ce qui, pendant six semaines, l'avait tour à tour rendue heureuse et inquiète. Depuis le moment où, vêtue de sa petite robe brune, elle s'était approchée de Levine pour se donner silencieusement tout entière, le passé avait été arraché de son âme, cédant la place à une existence nouvelle, inconnue, sans que sa vie extérieure en fût pour autant modifiée. Ces six semaines avaient été une époque de délices et de tourments. Espérances et désirs, tout se concentrait sur cet homme qu'elle ne comprenait pas bien, vers qui la poussait un sentiment qu'elle comprenait moins encore et qui, l'attirant et l'éloignant tour à tour, lui inspirait pour son passé à elle une indifférence absolue. Ses habitudes d'autrefois, les gens et les choses qu'elle avait aimés, sa mère que son insensibilité affligeait, son père que naguère encore elle adorait, rien ne lui était plus ; et, tout en s'effrayant de ce détachement, elle se réjouissait du sentiment qui en était cause. Elle n'aspirait plus qu'à inaugurer en compagnie de cet homme une vie nouvelle dont elle ne se faisait d'ailleurs aucune idée précise : elle attendait tout bonnement l'inconnu. Et voici que cette attente, douce et terrible à la fois, voici que le remords de ne rien regretter du passé, allaient avoir une fin. Elle avait peur, cela se conçoit ; mais la minute présente n'était que la consécration de l'heure décisive, qui avait sonné six semaines plus tôt.

Se retournant vers le lutrin, le prêtre saisit non sans difficulté le petit anneau de Kitty, pour le passer à la première jointure de l'annulaire de Levine.

— Je t'unis, Constantin, serviteur de Dieu, à Catherine, servante de Dieu.

Il répéta la même formule en passant au petit doigt délicat de Kitty le grand anneau de Levine, et murmura quelques mots. Les fiancés crurent comprendre ce qu'il attendait d'eux, mais ils se trompèrent et le prêtre dut les corriger à voix basse. Ce manège se renouvela plus d'une fois avant qu'il fût enfin à même de les bénir avec les anneaux. Il rendit alors le grand anneau à Kitty et le petit à Levine ; mais ils s'embrouillèrent de nouveau et se repassèrent deux fois les anneaux sans parvenir à deviner ce qu'ils devaient faire. Dolly, Tchirikov et Oblonski voulurent leur venir en aide ; il s'ensuivit une certaine confusion, des rires, des chuchotements ; mais loin de se déconcerter, les mariés conservèrent une attitude si grave, si solennelle, qu'en leur expliquant que chacun d'eux devait maintenant se passer au doigt son propre anneau, Oblonski retint comme malséant le sourire prêt à flotter sur ses lèvres.

« Seigneur notre Dieu, reprit le prêtre après l'échange des anneaux, vous qui avez créé l'homme dès le commencement du monde et lui avez donné la femme pour lui venir en aide et perpétuer le genre humain, vous qui avez révélé la vérité à vos serviteurs, nos pères, élus par vous de génération en génération, daignez regarder d'un œil favorable votre serviteur Constantin et votre servante Catherine et confirmer leur union dans la foi et la concorde, dans la vérité et l'amour... »

Levine voyait maintenant que toutes ses idées sur le mariage, que tous ses projets d'avenir n'étaient que de l'enfantillage. Ce qui s'accomplissait avait une portée qui lui avait échappé jusqu'alors et qu'il comprenait moins que jamais. Sa poitrine se gonflait de plus en plus fort et il ne parvenait pas à refouler ses larmes.

V

TOUT Moscou assistait au mariage. Pendant l'office, cette foule de femmes parées et d'hommes en habit noir ou en grande tenue ne cessa de chuchoter discrètement, les hommes surtout, car les femmes préféraient observer, avec l'intérêt qu'elles prennent d'ordinaire à ces sortes de choses, les mille détails de la cérémonie.

Dans le groupe d'intimes qui entourait la mariée se

trouvaient ses deux sœurs Dolly et Mme Lvov, beauté calme qui arrivait tout droit de l'étranger.

— Pourquoi donc Marie porte-t-elle du mauve à un mariage ? c'est presque du deuil, fit observer Mme Korsounski.

— Que voulez-vous, c'est la seule couleur qui convienne à son teint, répondit Mme Troubetskoï. Mais pourquoi ont-ils choisi le soir pour la cérémonie ? cela sent son bourgeois.

— Mais non, c'est plus beau. Moi aussi, je me suis mariée le soir, répliqua Mme Korsounski, qui poussa un soupir en se rappelant qu'elle était bien belle ce jour-là et que son mari poussait l'adoration jusqu'au ridicule. Comme les choses avaient changé depuis lors !

— Qui a été garçon d'honneur dix fois dans sa vie ne se marie point, à ce qu'on prétend ; j'ai voulu m'assurer de cette façon contre le mariage, mais la place était prise, dit le comte Siniavine à la charmante Mlle Tcharski, qui avait des vues sur lui.

Celle-ci ne répondit que par un sourire. Elle regardait Kitty et pensait que, le jour où elle serait avec Siniavine dans cette situation, elle le ferait souvenir de cette méchante plaisanterie.

Le jeune Stcherbatski confiait à Mlle Nicolaïev, une vieille demoiselle d'honneur de l'impératrice, son intention de poser la couronne sur le chignon de Kitty pour lui porter bonheur.

— Pourquoi ce chignon ? Je n'aime pas ce faste, répliqua la vieille fille, bien résolue à se marier très simplement, si un certain veuf, qui ne lui déplaisait point, se décidait à lui offrir sa main.

Serge Ivanovitch plaisantait avec sa voisine : à l'en croire la coutume des voyages de noce tenait à ce que les mariés semblaient généralement honteux de leur choix.

— Votre frère peut être fier, lui. Elle est ravissante. Vous devez lui porter envie.

— J'ai passé ce temps-là, Darie Dmitrievna, répondit-il, s'abandonnant à une tristesse subite.

Stépane Arcadiévitch racontait à sa belle-sœur son calembour sur le divorce.

— Il faudrait lui arranger sa couronne, répondit celle-ci sans l'écouter.

— Quel dommage qu'elle ait enlaidi, disait à Mme Lvov la comtesse Nordston. Malgré tout, il ne vaut pas son petit doigt, n'est-ce pas ?

— Je ne suis pas de votre avis ; il me plaît beaucoup et pas seulement en qualité de beau-frère. Comme il a bonne tenue ! C'est si difficile d'éviter le ridicule en pareil cas. Lui n'a ni ridicule ni raideur ; on sent qu'il est touché.

— Vous vous attendiez à ce mariage, je crois ?

— Presque. Elle l'a toujours aimé.

— Eh bien, nous allons voir qui des deux mettra le premier le pied sur le tapis. J'ai chapitré Kitty à ce sujet.

— Peine inutile ; dans notre famille nous sommes toutes soumises à nos maris.

— Et moi j'ai fait exprès de prendre le pas sur le mien. Et vous, Dolly ?

Dolly les entendait sans répondre : elle était très émue, des larmes remplissaient ses yeux et elle n'aurait pu prononcer une parole sans pleurer. Heureuse pour Kitty et pour Levine, elle faisait des retours sur son propre mariage, et jetant des regards sur l'éblouissant Stépane Arcadiévitch, elle oubliait la réalité et ne se souvenait plus que de son premier et innocent amour. Elle songeait aussi à d'autres femmes ses amies ; elle les revoyait à cette heure unique et solennelle de leur vie, où elles avaient renoncé au passé pour aborder, l'espoir et la crainte dans le cœur, un mystérieux avenir. Au nombre de ces mariées figurait sa chère Anna, dont elle venait d'apprendre les projets de divorce ; elle l'avait vue aussi, couverte d'un voile blanc, pure comme Kitty sous sa couronne de fleurs d'oranger. Et maintenant... « Que c'est étrange ! » murmura-t-elle.

Les sœurs et les amies n'étaient pas seules à suivre avec intérêt les moindres incidents de la cérémonie ; les spectatrices étrangères retenaient leur souffle dans la crainte de perdre un seul mouvement des mariés ; elles répondaient avec ennui aux plaisanteries et aux propos oiseux des hommes et souvent même ne les entendaient pas.

— Pourquoi pleure-t-elle ? Est-ce qu'on la marie contre son gré ?

— Contre son gré ? Un si bel homme ! Est-il prince ?

— La dame en satin blanc, c'est sa sœur ? Écoute le

diacre hurler : « Qu'elle craigne et respecte son mari. »

— Les chantres viennent sans doute du Couvent des Miracles ?

— Non, du Synode.

— J'ai interrogé un domestique. Il paraît que le mari l'emmène tout de suite dans ses terres. Il est riche à millions. C'est pour cela qu'on l'a mariée.

— Mais non, vous voyez bien que ça fait un couple assorti.

— Et vous qui prétendiez, Marie Vassilievna, qu'on ne portait plus de « carnalines ». Regardez-moi donc celle-là en robe puce, une ambassadrice, qu'on dit, regardez-moi ce qu'elle en a par-derrière.

— Quel petit agneau sans tache que la mariée ! On dira ce qu'on voudra, une mariée, ça fait toujours pitié.

Ainsi parlaient les spectatrices qui avaient eu l'adresse de se faufiler dans l'église.

VI

Après l'échange des anneaux, le sacristain vint étendre devant le lutrin au milieu de l'église un grand morceau d'étoffe de soie rose, tandis que le chœur entonnait un psaume d'une exécution difficile et compliquée, où la basse et le ténor se répondaient. Le prêtre fit un signe aux mariés en leur indiquant le tapis. Un préjugé populaire veut que celui des époux dont le pied se pose le premier sur le tapis devienne le vrai chef de la famille ; et, bien entendu, on en avait tous ces temps rebattu les oreilles de nos fiancés. Cependant, au moment décisif, ni l'un ni l'autre ne se le rappelèrent et ne prêtèrent attention aux remarques qui s'échangeaient à voix haute autour d'eux. « C'est lui qui a posé le pied le premier, disaient les uns. — Non, répliquaient les autres, tous deux l'ont posé en même temps. »

Le prêtre leur posa alors les questions rituelles sur le consentement mutuel des contractants et l'assurance qu'ils n'avaient point fait promesse de mariage à d'autres personnes ; ils y répondirent par des formules non moins rituelles dont le sens leur parut étrange. Une nouvelle partie de l'office commença. Kitty écoutait les prières sans parvenir à les comprendre. Plus la cérémonie avançait, plus son cœur débordait d'une joie triomphante qui empêchait son attention de se fixer.

On pria « pour que le Seigneur accordât aux nouveaux époux la chasteté et la fécondité, pour qu'ils se réjouissent ensemble dans la vue de leurs fils et de leurs filles ». On rappela que « Dieu ayant tiré la première femme d'une côte d'Adam, l'homme laissera son père et sa mère, pour s'attacher à son épouse et ils seront deux dans une même chair » et que « cela était un grand sacrement ». On demanda à Dieu de les bénir comme il avait béni Isaac et Rébecca, Joseph, Moïse et Séphora, de permettre « qu'ils voient tous deux les fils de leurs fils, jusqu'à la troisième et la quatrième génération ».

« Tout cela est parfait, songeait Kitty en écoutant ces implorations, et il n'en saurait être autrement. » Un sourire de félicité illuminait son visage et se communiquait involontairement à tous ceux qui l'observaient.

Quand le prêtre présenta les couronnes et que Stcherbatski, avec ses gants à trois boutons, soutint en tremblant celle de la mariée, on lui conseilla à mi-voix de la poser complètement sur la tête de Kitty.

— Mettez-la-moi, murmura celle-ci en souriant.

Levine se tourna de son côté, et frappé du rayonnement de son visage, il se sentit comme elle, joyeux et rasséréné.

Ils écoutèrent, la joie au cœur, la lecture de l'épître et le roulement de la voix du diacre au dernier verset, si impatiemment attendu par l'assistance[1]. Ils burent avec joie dans la coupe l'eau et le vin tièdes et suivirent avec plus de joie encore le prêtre lorsqu'il leur fit faire le tour du lutrin en tenant leurs mains dans les siennes, cependant que le diacre hurlait le « Réjouis-toi, Isaïe ». Stcherbatski et Tchirikov, soutenant les couronnes, suivaient les mariés et souriaient aussi, tout en trébuchant dans la traîne de Kitty. L'éclair de joie allumé par Kitty semblait faire le tour de l'assistance, Levine était convaincu que le prêtre et le diacre en subissaient comme lui la contagion.

Après leur avoir enlevé les couronnes et dit une dernière prière, le prêtre félicita le jeune couple. Levine regarda Kitty et crut ne l'avoir jamais vue aussi belle, tant son rayonnement intérieur la transformait. Il voulut parler mais se retint, craignant que la cérémonie ne fût pas terminée. Le prêtre le tira d'embarras en lui disant doucement avec un bon sourire :

— Embrassez votre femme, et vous, embrassez votre mari.

Et il leur reprit les cierges. Levine embrassa avec précaution les lèvres souriantes de Kitty, lui offrit son bras et sortit de l'église en se sentant soudain — impression aussi nouvelle qu'étrange — rapproché d'elle. Lorsque leurs regards intimidés se rencontrèrent, il commença à croire que tout cela n'était point un rêve et que, bien réellement, ils ne faisaient plus qu'un.

Le même soir, après le souper, les jeunes mariés partirent pour la campagne[1].

VII

Depuis trois mois, Anna et Vronski voyageaient ensemble ; ils avaient visité Venise, Rome et Naples et venaient d'arriver dans une petite ville d'Italie où ils comptaient séjourner un certain temps.

Un imposant maître d'hôtel, aux cheveux bien pommadés et séparés par une raie qui partait du cou, en habit noir, large plastron de batiste et breloques se balançant sur un ventre rondelet, répondait de haut et les mains dans les poches aux questions que lui adressait un monsieur. Des pas sur le perron l'ayant fait se retourner, il se trouva en face du comte russe qui occupait le plus bel appartement de l'hôtel : retirant aussitôt ses mains de ses poches, il prévint le comte, après un salut respectueux, que le régisseur du *palazzo*, pour lequel on était en négociations, consentait à signer le bail.

— Très bien, dit Vronski. Madame est-elle à la maison ?

— Madame vient de rentrer.

Vronski ôta son chapeau mou à larges bords, essuya son front en sueur et ses cheveux rejetés en arrière pour dissimuler sa calvitie, puis voulut passer outre, tout en jetant un regard rapide sur le monsieur qui paraissait l'observer.

— Monsieur est russe et vous a demandé, dit le maître d'hôtel.

Fâché de ne pouvoir se soustraire aux rencontres, mais heureux quand même de trouver une distraction quelconque, Vronski se retourna et son regard rencontra celui de l'étranger: aussitôt leurs yeux à tous deux s'illuminèrent.

— Golénistchev!

— Vronski!

C'était effectivement Golénistchev, un camarade de Vronski au Corps des pages: il y appartenait au clan libéral et en était sorti avec un grade civil sans aucune intention de prendre du service. Depuis leur sortie de l'École, ils ne s'étaient revus qu'une seule fois. Lors de cette unique rencontre, Vronski avait cru comprendre que Golénistchev, entiché de ses opinions libérales, méprisait la carrière militaire; il l'avait donc traité avec cette froideur hautaine par laquelle il entendait signifier à certaines personnes: « Peu me chaut que vous approuviez ou non ma façon de vivre; néanmoins, si vous désirez maintenir des relations avec moi, j'exige que vous me marquiez des égards. » Ce ton avait d'ailleurs laissé Golénistchev indifférent; mais depuis lors aucun des deux anciens camarades n'avait éprouvé le désir de revoir l'autre. Et cependant ce fut avec un cri de joie qu'ils se reconnurent. Vronski ne se douta sans doute point que cette allégresse inattendue avait pour cause le profond ennui qui le rongeait. Oubliant le passé, il tendit la main à Golénistchev dont les traits, jusqu'alors un peu inquiets, se détendirent.

— Enchanté de te revoir, dit Vronski avec un sourire amical qui découvrit ses belles dents.

— J'ai entendu prononcer le nom de Vronski, mais je n'étais pas sûr que ce fût toi. Très, très heureux…

— Mais entre donc. Que fais-tu ici?

— J'y suis depuis plus d'un an. Je travaille.

— Vraiment? dit Vronski avec intérêt. Entrons donc.

Et désireux de ne pas être compris du maître d'hôtel, il dit par vieille habitude en français, alors qu'ici le russe eût été de mise:

— Tu connais Mme Karénine? Nous voyageons ensemble. J'allais chez elle.

Tout en parlant, il scrutait la physionomie de Goléniѕtchev. Bien que celui-ci fût au courant :

— Ah, je ne savais pas, répondit-il en jouant l'indifférence. Y a-t-il longtemps que tu es ici ?

— Depuis trois jours, dit Vronski qui ne le quittait pas des yeux. « C'est un homme bien élevé qui voit les choses sous leur véritable jour ; on peut le présenter à Anna », décida-t-il en appréciant comme elle devait l'être la façon dont Goléniѕtchev venait de détourner la conversation.

Depuis trois mois qu'il voyageait en compagnie d'Anna, Vronski avait éprouvé à chaque rencontre nouvelle le même sentiment d'hésitation. En général les hommes avaient compris la situation « comme elle devait l'être ». Il eût été — tout comme eux — bien embarrassé de dire ce qu'il entendait par là. Au fond ces personnes ne cherchaient pas à comprendre et se contentaient d'observer cette réserve discrète, exempte d'allusions et de questions, sur laquelle se tiennent les gens bien élevés lorsqu'ils se trouvent en face d'une question délicate et compliquée. Goléniѕtchev était certainement de ceux-là, et lorsqu'il l'eut présenté à Anna, Vronski fut doublement satisfait de l'avoir rencontré, son attitude étant, sans qu'il lui en coûtât le moindre effort, aussi correcte qu'on pouvait le désirer...

Goléniѕtchev ne connaissait pas Anna, dont la beauté et la simplicité le frappèrent. Elle rougit en voyant entrer les deux hommes et cette rougeur plut infiniment au nouveau venu. Il fut surtout charmé de la façon naturelle dont elle acceptait sa situation : en effet, comme si elle eût voulu épargner tout malentendu à cet étranger, elle appela Vronski par son petit nom et déclara dès l'abord qu'ils allaient s'installer dans une maison décorée du nom de *palazzo*. Goléniѕtchev, à qui Karénine n'était pas inconnu, ne put se défendre de donner raison à cette femme jeune, vivante, pleine d'énergie ; il admit, ce qu'Anna ne comprenait guère elle-même, qu'elle pût être gaie et heureuse tout en ayant abandonné son mari, son fils, et perdu sa bonne renommée.

— Ce *palazzo* est dans le guide, dit-il. Il y a là un magnifique Tintoret de sa dernière manière.

— Eh bien, faisons une chose, proposa Vronski s'adressant à Anna : retournons le voir, puisque aussi bien le temps est superbe.

— Très volontiers, je vais mettre mon chapeau. Vous dites qu'il fait chaud ? dit-elle sur le pas de la porte en interrogeant Vronski du regard. Et de nouveau elle rougit.

Vronski comprit qu'Anna, ne sachant pas au juste sur quel pied il voulait être avec Golénistchev, se demandait si elle avait bien eu avec cet inconnu le ton qu'il fallait. Il la regarda longuement, tendrement et dit :

— Non, pas trop chaud.

Anna crut deviner qu'il était satisfait d'elle et, lui répondant par un sourire, sortit de son pas vif et gracieux.

Les deux amis se regardèrent avec un certain embarras, Golénistchev comme un homme qui ne trouve pas de mots pour exprimer son admiration, Vronski comme quelqu'un qui désire un compliment, mais le redoute.

— Ainsi tu t'es fixé ici ? demanda Vronski pour entamer une conversation quelconque. Tu t'occupes toujours des mêmes études ? ajouta-t-il, se rappelant soudain avoir entendu dire que Golénistchev composait un ouvrage.

— Oui, j'écris la seconde partie des « Deux Principes », répondit Golénistchev que cette question combla d'aise... Ou, pour être plus exact, je ne fais encore que mettre en ordre mes documents. Ce sera beaucoup plus vaste que la première partie. On ne veut pas comprendre chez nous que nous sommes les successeurs de Byzance...

Et il se lança dans une longue dissertation. Vronski fut confus de ne rien savoir de cet article, dont l'auteur parlait comme d'une chose bien connue ; puis, à mesure que Golénistchev développait ses idées, il y prit intérêt, bien qu'il remarquât avec peine l'agitation nerveuse qui s'emparait de son ami : en réfutant les arguments de ses adversaires, ses yeux s'animaient, son débit se précipitait, son visage prenait une expression irritée, tourmentée. Vronski se rappela Golénistchev au Corps des pages : c'était alors un garçon chétif, vif, bon enfant et rempli de sentiments élevés, et toujours le premier de sa classe. Pourquoi était-il devenu si irritable ? Pourquoi surtout, lui, un homme du meilleur monde, se mettait-il sur la même ligne que des écrivailleurs de profession, pourquoi leur faisait-il l'honneur de s'emporter contre eux ? Vronski se prenait presque de compassion pour cet infortuné : il crut lire sur ce beau visage mobile les signes précurseurs de la folie.

Goléništchev, plein de son sujet, ne remarqua même pas l'entrée d'Anna. Quand celle-ci, en toilette de promenade et jouant avec son ombrelle, s'arrêta près des causeurs, Vronski fut heureux de s'arracher au regard fixe et fébrile de son interlocuteur pour porter avec amour les yeux sur sa charmante amie, statue vivante de la joie de vivre. Goléništchev eut quelque peine à reprendre possession de lui-même. Mais Anna, qui tous ces temps se sentait bien disposée envers tout le monde, sut vite le distraire par ses façons simples et enjouées. Elle le mit peu à peu sur le chapitre de la peinture, dont il parla en connaisseur. Ils arrivèrent ainsi jusqu'au *palazzo* et le visitèrent.

— Une chose m'enchante particulièrement dans notre nouvelle demeure, dit Anna à Goléništchev comme ils rentraient, c'est qu'Alexis aura un bel atelier. Tu t'installeras dans cette pièce, n'est-ce pas ?

Elle tutoyait Vronski en russe devant Goléništchev, qu'elle considérait déjà comme devant faire partie de leur intimité dans la solitude où ils allaient vivre.

— Est-ce que tu t'occupes de peinture ? demanda celui-ci en se tournant avec vivacité vers Vronski.

— J'en ai beaucoup fait autrefois, et je m'y suis un peu remis maintenant, répondit Vronski en rougissant.

— Il a un véritable talent, s'écria Anna radieuse ; je ne suis pas bon juge, mais c'est l'opinion de connaisseurs sérieux.

VIII

Cette première période de délivrance morale et de retour à la santé fut pour Anna une époque de joie exubérante. L'idée du mal qu'elle avait causé ne parvenait pas à empoisonner son ivresse :

ces souvenirs étaient trop douloureux pour qu'elle y arrêtât sa pensée, et d'ailleurs ne devait-elle pas à l'infortune de son mari un bonheur assez grand pour effacer tout remords ? Les événements qui avaient suivi sa maladie, la réconciliation puis la nouvelle rupture avec Alexis Alexandrovitch, la nouvelle du suicide manqué de Vronski, son apparition inattendue, les préparatifs de divorce, les adieux à son fils, le départ de la maison conjugale, tout cela lui semblait un cauchemar dont son voyage à l'étranger, seule avec Vronski, l'avait délivrée. Elle n'éprouvait plus envers son mari que la répulsion du bon nageur à l'égard du noyé qui s'accroche à lui et dont il se débarrasse pour ne point couler. « Après tout, s'était-elle dit dès le premier moment de la rupture — et ce raisonnement était la seule chose dont elle voulût se souvenir, car il lui donnait un certain calme de conscience — après tout, le tort que j'ai causé à cet homme était inévitable, mais du moins je ne profiterai pas de son malheur. Puisque je le fais souffrir, je souffrirai aussi ; je renonce à tout ce qui m'était le plus cher au monde, à mon fils, à ma réputation. Puisque j'ai péché, je ne veux ni bonheur, ni divorce, j'accepte la honte et la douleur de la séparation. » Anna était sincère en raisonnant de la sorte, mais jusqu'ici elle n'avait connu ni la douleur, ni la honte qu'elle se croyait prête à subir comme une expiation. Vronski et elle avaient trop de tact pour ne point éviter les rencontres — surtout celles des dames russes — qui auraient pu les placer dans une situation fausse ; les quelques personnes avec lesquelles ils étaient entrés en relations avaient feint de comprendre leur position mieux qu'ils ne la comprenaient eux-mêmes. Quant à la séparation d'avec son fils, Anna n'en souffrait pas encore beaucoup : passionnément attachée à sa petite fille, une enfant délicieuse, elle ne pensait que rarement à Serge. Grâce à sa guérison et au changement d'atmosphère, elle se reprenait à vivre avec une ardeur nouvelle et jouissait d'un bonheur vraiment insolent. Vronski lui devenait plus cher de jour en jour ; sa présence était un enchantement continuel. Elle jugeait exquis tous les traits de son caractère ; elle trouvait un cachet de noblesse et de grandeur à chacune de ses paroles, de ses pensées, de ses actions ; son changement de costume lui-même la ravissait comme une gamine amoureuse. Elle s'efforçait en vain de lui trouver quelque défaut, et, justement effrayée de cette admiration excessive, elle se gardait bien de la lui avouer, dans la crainte qu'en soulignant ainsi son propre néant, elle ne l'amenât à se détacher d'elle. En effet l'idée de perdre son amour lui semblait intolérable. Cette terreur, du reste, n'était nullement justifiée par la conduite de Vronski : jamais il ne témoignait le moindre regret d'avoir sacrifié à sa passion une carrière où elle ne doutait point que l'attendît un brillant avenir ; jamais, non plus, il ne s'était montré aussi respectueux, aussi préoccupé de la crainte qu'Anna souffrît de sa position. Cet homme si absolu abdiquait sa volonté devant la sienne et ne cherchait qu'à prévenir ses moindres désirs. Comment n'aurait-elle pas senti le prix de cette abnégation ? Parfois cependant elle éprouvait une certaine lassitude à se trouver l'objet d'attentions aussi constantes.

Quant à Vronski, malgré la réalisation de ses plus chers désirs, il n'était pas pleinement heureux. Éternelle erreur de ceux qui croient trouver le bonheur dans l'accomplissement de tous leurs vœux, il ne possédait que quelques parcelles de cette immense félicité rêvée par lui. Les premiers temps qui suivirent sa démission, il savoura comme il sied le charme de la liberté conquise. Mais cet enchantement fut de courte durée et céda bientôt la place à l'ennui. Il chercha presque à son insu un nouveau but à ses désirs et prit des caprices passagers pour des aspirations sérieuses. Employer seize heures de la journée à l'étranger, hors du cercle de devoirs sociaux qui remplissait sa vie à Pétersbourg, cela n'était certes pas une tâche aisée. Il ne fallait plus penser aux distractions qu'il avait pratiquées dans ses précédents voyages, un souper avec des amis ayant provoqué chez Anna un accès de désespoir plutôt intempestif. Leur situation ne lui permettait guère de nouer des relations avec la colonie russe ou la société indigène. Quant aux curiosités du pays, outre qu'il les connaissait déjà, il n'y attachait pas, en qualité de Russe et d'homme d'esprit, l'importance exagérée que les Anglais accordent à ces sortes de choses. Comme un animal affamé se précipite sur le premier objet qui lui tombe sous la dent, Vronski se jetait donc inconsciemment sur tout ce qui pouvait lui servir de pâture, politique, peinture, livres nouveaux.

Il avait dans sa jeunesse montré des dispositions pour la peinture et, ne sachant que faire de son argent, s'était composé une collection de gravures. Ce fut donc à l'idée de peindre qu'il s'arrêta afin de donner un aliment à son activité. Le goût ne lui manquait pas, et il y joignait un don d'imitation qu'il confondait avec des facultés artistiques. Il se croyait capable d'aborder tous les genres, peinture historique, religieuse, réaliste, mais ne soupçonnait point qu'on puisse uniquement obéir à l'inspiration sans se préoccuper le moins du monde des genres. Au lieu donc d'observer la vie réelle, il ne voyait celle-ci qu'à travers les incarnations de l'art ; il ne pouvait donc produire que des pastiches d'ailleurs agréables et facilement enlevés. Il prisait surtout les œuvres gracieuses et à effet de l'école française et commença dans ce goût un portrait d'Anna en costume italien. Tous ceux qui virent ce portrait en parurent aussi contents que l'auteur lui-même.

IX

Avec ses hauts plafonds à moulures, ses murs couverts de fresques, ses parquets de mosaïque, ses épais rideaux jaunes aux fenêtres, ses grands vases sur les cheminées et les consoles, ses portes sculptées, ses pièces obscures ornées de tableaux, le vieux *palazzo* un peu délabré dans lequel ils vinrent s'établir entretint Vronski dans une agréable illusion : il se crut moins un propriétaire russe, colonel en retraite, qu'un amateur d'art, s'occupant modestement de peinture après avoir sacrifié le monde et son ambition à l'amour d'une femme.

Son nouveau rôle satisfit un certain temps Vronski d'autant plus que Golénistchev le mit en relation avec quelques personnes intéressantes. Sous la direction d'un professeur italien il entreprit des études d'après nature, et s'enflamma d'un si beau zèle pour le moyen âge italien qu'il finit par porter un chapeau et un manteau à la mode de cette époque, ce qui du reste lui allait fort bien.

Un matin que Golénistchev entrait chez lui :

— Eh bien, lui dit-il à brûle-pourpoint, nous ne savons même pas ce qui se passe autour de nous. Voyons, connais-tu un certain Mikhaïlov ?

Et il lui tendit un journal russe qu'il venait de recevoir. On y menait grand bruit autour d'un artiste russe de ce nom établi dans cette même ville, où il venait de mettre la dernière main à une toile déjà célèbre et vendue avant d'être terminée. En termes sévères, l'auteur de l'article blâmait le gouvernement et l'Académie des beaux-arts de laisser sans secours ni encouragements un artiste de cette valeur.

— Je le connais, répondit Golénistchev. Il ne manque pas de mérite, mais ses tendances sont radicalement fausses : il envisage la figure du Christ et la peinture religieuse d'après les idées d'Ivanov, de Strauss, de Renan.

— Quel est le sujet du tableau ? demanda Anna.

— Le Christ devant Pilate. Mikhaïlov fait du Christ un Juif conçu suivant les préceptes les plus absolus de la nouvelle école réaliste.

Et comme c'était là un de ses dadas, Golénistchev l'enfourcha aussitôt :

— Je ne comprends pas qu'ils puissent se tromper si lourdement. Le type du Christ a été bien défini dans l'art par les maîtres anciens. S'ils éprouvent le besoin de représenter un sage ou un révolutionnaire, qu'ils prennent Socrate, Franklin, Charlotte Corday, tous ceux qu'ils voudront, mais pas le Christ. C'est le seul personnage auquel l'art ne devrait pas toucher, et...

— Est-il vrai que ce Mikhaïlov soit dénué de ressources ? demanda Vronski, qui, en vrai mécène russe, croyait de son devoir de venir en aide à l'artiste sans se préoccuper de la valeur du tableau.

— J'en doute, car c'est un portraitiste de grand talent. Avez-vous vu son portrait de Mme Vassiltchikov ?... Après tout il peut se faire qu'il soit gêné, car j'ai entendu dire qu'il ne voulait plus peindre de portraits. Je disais donc que...

— Ne pourrait-on pas lui demander de faire celui d'Anna Arcadiévna ?

— Pourquoi le mien ? dit Anna. Après le tien je n'en veux pas d'autre. Faisons plutôt celui d'Annie (c'est ainsi qu'elle nommait sa fille). La voici justement, ajouta-t-elle en montrant à travers la fenêtre la belle nourrice qui venait de descendre l'enfant au jardin et jetait un regard furtif du côté de Vronski. Cette Italienne, dont Vronski admirait la beauté et le type médiéval et dont il avait peint la tête, était le seul point noir dans la vie d'Anna : craignant d'en être jalouse et n'osant se l'avouer, elle comblait cette femme et son fils de prévenances et d'attentions.

Vronski regarda aussi par la fenêtre, puis, rencontrant les yeux d'Anna, il se tourna vers Golénistchev.

— Tu connais ce Mikhaïlov ?

— Je l'ai rencontré une fois ou deux. C'est un original sans aucune éducation, un de ces nouveaux sauvages comme on en voit souvent maintenant, vous savez, ces libres penseurs qui versent *d'emblée* dans l'athéisme, le matérialisme, la négation de tout. Autrefois, continua Golénistchev sans laisser Anna ni Vronski placer un mot, le libre penseur était un homme élevé dans le respect de la religion, de la loi, de la morale, qui n'en arrivait là qu'après bien des luttes intérieures ; mais nous possédons maintenant un nouveau type, les libres penseurs qui grandissent sans avoir jamais entendu parler des lois morales et religieuses, qui ignorent l'existence de certaines autorités et ne possèdent que le sentiment de la négation, bref, des sauvages. Mikhaïlov est de ceux-là. Fils, je crois, d'un majordome moscovite, il n'a reçu aucune éducation. Après avoir passé par l'École des beaux-arts et acquis une certaine réputation, il a voulu s'instruire, car il n'est pas sot ; pour cela il a eu recours à ce qui lui semblait la source de toute science, j'entends les journaux et les revues. Au temps jadis, si quelqu'un, disons un Français, voulait s'instruire, que faisait-il ? il étudiait les classiques, théologiens, dramaturges, historiens, philosophes ; vous voyez d'ici l'énorme besogne qui l'attendait. Mais chez nous c'est bien plus simple : on se jette sur la littérature subversive et l'on s'assimile très rapidement un extrait de cette science-là. Il y a une vingtaine d'années, cette littérature portait encore des traces de la lutte contre les traditions séculaires et enseignait par là-même l'existence de ces choses-là; tandis que maintenant on ne se donne même plus la peine de combattre le passé, on se contente de nier franchement: tout n'est qu'*évolution*, sélection, lutte pour la vie. Dans mon article...

Depuis quelque temps, Anna échangeait des regards furtifs avec Vronski; elle devinait que celui-ci s'intéressait beaucoup moins au tour d'esprit de Mikhaïlov qu'au rôle de mécène qu'il comptait jouer auprès de lui.

— Savez-vous ce qu'il faut faire? dit-elle, coupant court résolument au verbiage de Golénistchev, allons voir votre peintre.

Golénistchev y consentit volontiers et, l'atelier de l'artiste se trouvant dans un quartier éloigné, ils s'y firent conduire en voiture. Au bout d'une heure ils arrivaient devant une maison neuve et laide. La femme du gardien les ayant prévenus que Mikhaïlov se trouvait pour le moment chez lui à deux pas de là, ils lui envoyèrent leurs cartes avec prière d'être admis à voir son tableau.

X

Mikhaïlov était, comme toujours, au travail quand on lui remit les cartes du comte Vronski et de Golénistchev. Après avoir passé la matinée à peindre dans son atelier, il s'était en rentrant pris de querelle avec sa femme, qui n'avait pas su faire entendre raison à leur logeuse.

— Je t'ai dit vingt fois de ne pas discuter avec elle. Tu es une sotte achevée, mais tu l'es triplement quand tu te lances dans des explications italiennes, déclara-t-il par manière de conclusion.

— Mais aussi pourquoi ne règles-tu pas en temps voulu? Ce n'est pas ma faute à moi. Si j'avais de l'argent...

— Laisse-moi tranquille, au nom du ciel, cria Mikhaïlov, la voix pleine de larmes, et il se retira dans son cabinet de travail, qu'une cloison séparait de la pièce commune, en ferma la porte à clef et se boucha les oreilles. « Elle n'a pas le sens commun! » se dit-il en prenant place à sa table. Et il se remit au travail avec une ardeur toute particulière.

Jamais il ne faisait de meilleure besogne que lorsque l'argent manquait et surtout lorsqu'il se querellait avec sa femme. « Ah ! que le diable m'emporte ! » bougonnait-il en dessinant. Il avait commencé l'esquisse d'un homme en proie à un accès de colère, mais s'en montrait mécontent. « Non décidément, se dit-il, mon premier jet était meilleur... Où l'ai-je fourré ? » Il rentra chez sa femme et, sans lui accorder un regard, demanda à l'aînée de ses filles où était le dessin qu'il leur avait donné. On le retrouva, mais tout sali, couvert de taches de bougies. Il l'emporta tel quel, le posa sur sa table et l'examina à distance en fermant à demi les yeux. Et brusquement il sourit avec un grand geste de satisfaction.

— C'est ça, c'est ça ! s'écria-t-il. Et sautant sur un crayon, il se mit à dessiner fiévreusement. Une des taches de bougie donnait au corps de l'homme en colère une attitude nouvelle.

Tout en la notant, il se rappela les traits énergiques et le menton proéminent de son marchand de cigares ; il les prêta aussitôt à son personnage, et l'esquisse cessa d'être une chose vague, morte, pour devenir vivante, définitive : on pourrait bien y apporter quelques changements de détail, écarter davantage les jambes, modifier la position du bras gauche, rejeter les cheveux en arrière, ces retouches accentueraient simplement la robustesse de la forme humaine que la tache de bougie lui avait fait concevoir. Il en rit de plaisir.

Comme il achevait soigneusement son dessin, on lui apporta les deux cartes.

— J'y vais, j'y vais ! répondit-il.

Puis il passa chez sa femme.

— Voyons, Sacha, ne sois plus fâchée, lui dit-il avec un sourire tendre et timide. Nous avons eu tort tous les deux. J'arrangerai les choses.

Réconcilié avec sa femme, il endossa un paletot olive à col de velours, prit son chapeau et se rendit à l'atelier. L'esquisse était oubliée ; il ne songeait plus qu'à la visite de ces grands personnages russes venus en calèche pour voir son tableau, ce tableau qu'en son for intérieur il estimait unique en son genre. Ce n'est pas qu'il le jugeât supérieur aux Raphaël, mais l'impression qui s'en dégageait lui paraissait absolument nouvelle. Cependant, malgré cette conviction qui datait pour lui du jour où l'œuvre avait été commencée, il attachait une importance extrême au jugement du public, et l'attente de ce jugement l'émouvait jusqu'au fond de l'âme. La plus insignifiante remarque venant à l'appui de sa thèse le plongeait dans des transports de joie. Il attribuait à ses critiques une profondeur de vues qu'il ne possédait pas lui-même et s'attendait à leur voir découvrir dans son tableau des côtés qu'il n'y avait pas encore remarqués.

Tout en avançant à grands pas, il fut frappé, malgré son émoi, par l'apparition d'Anna qui, debout dans la pénombre du portail, causait avec Golénistchev et examinait de loin l'artiste. Celui-ci, sans même en avoir conscience, enfouit aussitôt cette impression dans quelque coin de son cerveau, d'où il l'exhumerait quelque jour comme le menton de son marchand de cigares.

Les récits de Golénistchev avaient mal disposé les visiteurs à l'égard du peintre et son extérieur confirma encore leurs préventions. Avec sa démarche agitée et sa grosse face vulgaire où l'arrogance le disputait à la timidité, ce gaillard trapu en chapeau marron, paletot olive et pantalon étroit démodé, leur déplut souverainement.

— Faites-moi l'honneur d'entrer, dit-il en se donnant un air indifférent, tandis qu'il ouvrait à ses visiteurs la porte de l'atelier.

XI

À PEINE entré, Mikhaïlov jeta un nouveau coup d'œil sur ses hôtes : la tête de Vronski, aux pommettes légèrement saillantes, se grava instantanément dans son imagination, car le sens artistique de cet homme travaillait en dépit de son trouble et amassait sans cesse des matériaux. Ses observations fines et justes s'appuyaient sur d'imperceptibles indices. Celui-ci (Golénistchev) était un Russe fixé en Italie. Mikhaïlov se rappelait non point son nom, ni l'endroit où il l'avait rencontré, ni les paroles qu'ils avaient échangées, mais tout simplement son visage comme tous ceux d'ailleurs qu'il rencontrait ; et il se souvenait de l'avoir déjà classé dans l'immense catégorie des physionomies dénuées de caractère, malgré leur faux air d'originalité. Des cheveux longs et un front très découvert donnaient à cette tête une individualité purement apparente, tandis qu'un semblant d'expression, une agitation puérile se concentraient dans l'étroit espace qui séparait les deux yeux. Quant à Vronski et Anna, Mikhaïlov vit aussitôt en eux des Russes de distinction, qui, sans rien comprendre aux choses de l'art, jouaient, comme tous les Russes riches, à l'amateur et au connaisseur. « Ils ont certainement parcouru tous les musées et, après avoir rendu visite à quelque charlatan d'Allemand, à quelque serin de préraphaélite anglais, ils daignent venir me voir pour compléter leur tournée. » Mikhaïlov savait très bien qu'en visitant les ateliers des artistes contemporains, les dilettantes — à commencer par les plus intelligents d'entre eux — n'ont pour but que de proclamer en connaissance de cause la supériorité de l'art ancien sur l'art moderne. Il s'attendait à tout cela et le lisait dans l'indifférence avec laquelle ses visiteurs causaient entre eux en se promenant dans l'atelier et regardaient à loisir les bustes et les mannequins. Néanmoins, malgré cette prévention et l'intime conviction que les Russes riches et de haute naissance ne sauraient être que des imbéciles et des brutes, il retournait des études, levait les stores et dévoilait son tableau d'une main troublée, car il ne pouvait se dissimuler que Vronski et surtout Anna lui plaisaient.

— S'il vous plaît, dit-il en faisant de sa démarche dégingandée quelques pas en arrière et en désignant son tableau aux spectateurs. C'est le Christ devant Pilate ; Matthieu, chapitre XXVII.

Il sentit ses lèvres trembler d'émotion et recula pour se placer derrière ses hôtes. Pendant les quelques secondes de silence qui suivirent, Mikhaïlov regarda son tableau d'un œil indifférent comme s'il eût été l'un d'entre eux. De ces trois personnes, que l'instant d'avant il méprisait, il attendait maintenant une sentence infaillible. Oubliant sa propre opinion, les mérites incontestables qu'il reconnaissait à son œuvre depuis trois ans, il la voyait du regard froid et critique de ces étrangers et n'y trouvait plus rien de bon. Il considérait au premier plan le visage rechigné de Pilate et la face sereine du Christ, au second plan les soldats du proconsul et le visage de Jean à l'écoute. Chacune de ces figures avait été pour lui une source de tourments et de joies : que d'études, que de retouches pour en approfondir le caractère particulier, pour les mettre en harmonie avec l'impression d'ensemble ! Et toutes maintenant sans exception, aussi bien d'ailleurs que les nuances de ton, de coloris, lui semblaient banales, vulgaires, sans originalité aucune. Le visage du Christ lui-même, point central du tableau, naguère encore l'objet de son enthousiasme, lui paraissait une bonne copie — ou plutôt non, une mauvaise, car voici qu'il y découvrait une masse de défauts — des innombrables Christs du Titien, de Raphaël, de Rubens. Pastiche aussi Pilate, pastiche également les soldats. Décidément tout cela n'était que vieillerie, pauvreté, barbouillage et bric-à-brac. Combien les phrases poliment hypocrites qu'il allait entendre seraient méritées, combien ses visiteurs auraient raison de le plaindre et de se moquer de lui, une fois sortis !

Ce silence, qui ne dura guère qu'une minute, l'angoissa si fort que, pour dissimuler son trouble, il prit le parti d'adresser la parole à Golénistchev.

— Je crois avoir eu l'honneur de vous rencontrer, dit-il, cependant que ses regards inquiets erraient d'Anna à Vronski et qu'il ne perdait rien du jeu de leurs physionomies.

— Mais bien sûr, nous nous sommes rencontrés chez Rossi, le soir où cette demoiselle italienne, la nouvelle Rachel, a déclamé ; vous en souvient-il ? répondit d'un ton léger Golénistchev, en détournant les yeux du tableau sans le moindre regret apparent. Mais comme il vit que Mikhaïlov attendait une appréciation, il ajouta :

— Votre œuvre a beaucoup progressé depuis la dernière fois que je l'ai vue, et maintenant, comme alors, je suis très frappé de votre Pilate. C'est bien le type du brave homme, fonctionnaire jusqu'au fond de l'âme, qui ignore absolument la portée de ses actes. Mais il me semble…

Le visage mobile de Mikhaïlov s'illumina tout entier, ses yeux brillèrent ; il voulut répondre, mais l'émotion l'en empêcha et il feignit un accès de toux. Cette observation de détail, juste, mais plutôt blessante, puisqu'elle négligeait le principal, et de nulle valeur pour lui, puisqu'il tenait en mince estime l'instinct artistique de Golénistchev, le remplissait de joie. Du coup il se prit d'affection pour son critique et passa soudain de l'abattement à l'enthousiasme. Son tableau retrouva pour lui sa vie si complexe et si profonde. Il essaya de confirmer à Golénistchev que c'était bien ainsi qu'il comprenait Pilate, mais de nouveau ses lèvres tremblantes l'empêchèrent de parler. De leur côté Vronski et Anna conversaient à voix basse, comme on le fait aux expositions de peinture, en partie pour ne pas risquer de froisser l'auteur, en partie pour ne pas laisser entendre une de ces remarques absurdes qui vous échappent si facilement lorsqu'on parle d'art. Mikhaïlov crut s'apercevoir que son tableau leur plaisait; il se rapprocha d'eux.

— Quelle admirable expression a ce Christ, dit Anna sur un ton de sincérité. La figure du Sauveur l'attirait en effet plus que toute autre; elle sentait que c'était là le morceau capital et qu'en le louant on ferait plaisir à l'artiste. Elle ajouta: — On sent qu'il a pitié de Pilate.

C'était encore une des mille remarques justes et banales qu'on pouvait faire. Les traits du Christ devaient exprimer la résignation devant la mort, le renoncement à toute parole vaine, la paix surnaturelle, le suprême amour, par conséquent aussi la pitié pour ses ennemis. Pilate devait forcément représenter la vie charnelle par opposition à Jésus, type de la vie spirituelle, et par conséquent avoir l'aspect d'un vulgaire fonctionnaire. Néanmoins le visage de Mikhaïlov s'épanouit.

— Et comme c'est peint! quel air autour de cette figure! on en pourrait faire le tour, dit Golénistchev, voulant sans doute montrer par cette observation qu'il n'approuvait pas le côté réaliste du Christ.

— Oui, il y a là un métier étonnant, dit Vronski. Quel relief dans ces figures de second plan! Voilà ce que j'appelle de la technique, ajouta-t-il à l'intention de Golénistchev auquel il avait récemment avoué son impuissance à acquérir cette technique.

— Oui, oui, c'est étonnant! confirmèrent Anna et Golénistchev.

Mais l'observation de Vronski piqua au vif Mikhaïlov, qui le regarda d'un air mécontent. Il ne comprenait pas bien le sens du mot « technique », mais il avait souvent remarqué, même dans les éloges qu'on lui adressait, qu'on opposait l'habileté technique au mérite intrinsèque de l'œuvre, comme s'il eût été possible de peindre avec talent une mauvaise composition. Il n'ignorait pas qu'il fallait beaucoup de doigté pour dégager, sans nuire à l'impression générale, les voiles, les apparences qui cachent la véritable figure des objets ; mais, selon lui, cela n'entrait pas dans le domaine de la technique. Qu'il soit donné à un enfant, à une cuisinière, de voir ce que lui voyait, ils sauraient faire prendre corps à leur vision, tandis que le praticien le plus faible ne saurait rien peindre mécaniquement sans avoir eu d'abord la vision très nette de son œuvre. D'autre part, il estimait que la technique, puisque technique il y avait, constituait précisément son point faible : dans tous ces ouvrages, certains défauts lui sautaient aux yeux, qui provenaient précisément du manque de prudence avec lequel il avait dégagé les objets des voiles qui les dissimulaient.

— La seule remarque que j'oserai faire, si vous me le permettez... dit Golénistchev.

— Faites-la, de grâce, répondit Mikhaïlov avec un sourire contraint.

— C'est que vous avez peint l'homme-dieu et non le Dieu fait homme. Du reste je sais que telle était votre intention.

— Je ne puis peindre le Christ que tel que je le comprends, dit Mikhaïlov sur un ton sombre.

— Dans ce cas, excusez un point de vue qui m'est particulier ; votre tableau est si remarquable que mon observation ne saurait lui faire du tort... Au reste, votre sujet est spécial. Mais, prenons par exemple Ivanov[1]. Pourquoi a-t-il ramené le Christ aux proportions d'une figure historique ? Mieux eût valu choisir un thème nouveau, moins rebattu.

— Mais si ce thème-là est le plus grand de tous ?

— En cherchant on en trouverait d'autres. L'art, selon moi, ne souffre pas la discussion ; or, devant le tableau d'Ivanov, tout le monde, croyant ou incrédule, se pose cette question : est-ce, oui ou non, un Dieu ? Et l'unité d'impression se trouve ainsi détruite.

— Pourquoi cela ? Il me semble que pour les gens éclairés le doute n'est plus possible.

Goléniştchev n'était pas de son avis et, fort de son idée, il battit le peintre dans une discussion où celui-ci ne sut pas se défendre.

XII

Depuis longtemps Anna et Vronski, agacés par le verbiage savant de leur ami, échangeaient des regards d'ennui ; ils prirent enfin le parti de continuer seuls la visite de l'atelier et s'arrêtèrent devant un petit tableau.

— Quel bijou ! C'eşt charmant, c'eşt délicieux ! s'écrièrent-ils d'une même voix.

« Qu'eşt-ce qui leur plaît tant ? » pensa Mikhaïlov. Durant des mois ce tableau l'avait absorbé tout entier, le jetant nuit et jour dans des alternatives de désespoir et d'enthousiasme ; mais depuis trois ans qu'il l'avait terminé, il n'y songeait plus guère et ne tenait pas à le voir. Un même sort attendait d'ailleurs toutes ses toiles et il n'avait exposé celle-ci qu'à la demande d'un Anglais qui désirait s'en rendre acquéreur.

— Ce n'eşt rien, une ancienne étude, dit-il.

— Mais c'eşt ravissant ! reprit Goléniştchev qui semblait conquis par le charme du tableau.

Deux jeunes garçons pêchaient à l'ombre d'un buisson de saules. L'aîné venait de jeter sa ligne à l'eau et dégageait la flotte prise dans une souche : on le sentait absorbé par cette grave affaire. L'autre, couché dans l'herbe, appuyait sur son bras sa tête blonde ébouriffée en regardant l'eau de ses yeux bleus pensifs : à quoi songeait-il ?

L'enthousiasme soulevé par cette étude ramena un peu Mikhaïlov à sa première émotion ; mais, comme il redoutait les vaines réminiscences du passé, il passa outre à ces éloges flatteurs et voulut conduire ses hôtes vers un troisième tableau. Vronski lui ayant demandé si l'étude était à vendre, cette queştion d'argent lui parut inopportune et il répondit en fronçant les sourcils :

— Elle eşt exposée pour la vente.

Les visiteurs partis, Mikhaïlov s'assit devant son tableau du Chrişt et de Pilate et repassa dans son esprit tout ce qui avait été dit et sous-entendu par eux. Chose étrange, les observations qui lui semblaient avoir tant de poids en leur présence, et quand lui-même se mettait à leur point de vue, perdaient maintenant toute signification. En considérant son œuvre avec son regard d'artiste, il rentra dans la pleine conviction de sa haute valeur et revint par conséquent à la disposition d'esprit qui lui était nécessaire pour continuer son travail.

La jambe du Christ en raccourci n'était pourtant pas au point ; il saisit sa palette et, tout en corrigeant cette jambe, regarda sur l'arrière-plan le personnage de Jean, qu'il considérait comme le dernier mot de la perfection et que les visiteurs n'avaient même pas remarqué. Il essaya d'y toucher aussi, mais pour bien travailler il devait être moins ému et trouver un juste milieu entre la froideur et l'exaltation. Pour le moment l'agitation l'emportait ; il voulut couvrir son tableau, s'arrêta, soulevant la draperie d'une main et sourit avec extase à son saint Jean. Enfin, s'arrachant à grand-peine à sa contemplation, il laissa retomber le rideau et retourna chez lui, fatigué mais heureux.

En rentrant au *palazzo*, Vronski, Anna et Goléniştchev devisèrent avec animation de Mikhaïlov et de ses tableaux. Le mot « talent » revenait souvent dans leurs phrases ; ils entendaient par là non seulement un don inné, presque physique, indépendant de l'esprit et du cœur, mais quelque chose de plus étendu dont le sens vrai leur échappait complètement. Sans donc lui refuser ce don, ils trouvaient que son manque d'éducation ne lui avait pas permis de le développer, défaut commun à tous nos artistes russes. Mais ils ne pouvaient oublier les petits pêcheurs à la ligne.

— Quelle jolie chose dans sa simplicité, dit Vronski. Et dire qu'il n'en comprend pas la valeur ! Ne laissons pas échapper l'occasion.

XIII

Vronski acheta le petit tableau et décida même Mikhaïlov à faire le portrait d'Anna. L'artiste vint au jour indiqué et commença une esquisse qui, dès la cinquième séance, frappa tout le monde et en particulier

Vronski, par sa ressemblance et par un sentiment très fin de la beauté du modèle. « Il faut aimer Anna comme je l'aime, se dit Vronski, pour découvrir sur cette toile le charme immatériel qui la rend si séduisante. » En réalité c'était le portrait qui lui révélait cette note exquise ; mais elle était rendue avec tant de justesse que d'autres avec lui s'imaginèrent la connaître de longue date.

— Je lutte depuis si longtemps sans parvenir à rien, disait Vronski en parlant de son portrait d'Anna, tandis qu'il n'a eu qu'à la regarder pour la bien rendre ; voilà ce que j'appelle avoir de la technique.

— Cela viendra, disait Goléniştchev pour le consoler ; car à ses yeux Vronski avait du talent et son éducation devait lui permettre une haute conception de l'art. Au reste, ce jugement favorable s'appuyait surtout sur le besoin qu'il avait des éloges et de la sympathie de Vronski pour ses propres travaux ; c'était un échange de bons procédés.

Hors de son atelier, Mikhaïlov paraissait un autre homme ; au *palazzo* surtout il se montra respectueux avec affectation et évita toute intimité avec des gens qu'au fond il n'estimait pas. Il appelait Vronski « Votre Excellence », et malgré les invitations réitérées n'accepta jamais à dîner ; on ne le voyait qu'aux heures des séances. Anna lui voua, à cause de son portrait, une grande reconnaissance et lui témoigna plus d'affabilité qu'à bien d'autres ; Vronski le traita avec beaucoup d'égards et parut prendre un vif intérêt à sa manière de peindre ; Goléniştchev ne négligea aucune occasion de lui inculquer des idées saines sur l'art. Peine perdue : Mikhaïlov demeurait sur une froide réserve. Anna sentait cependant qu'il posait volontiers ses regards sur elle, tout en évitant de lui adresser la parole ; aux efforts de Vronski pour le faire parler de sa peinture il opposa un silence obstiné et ne s'en départit pas davantage lorsqu'on soumit à son approbation le tableau de Vronski ; quant aux discours de Goléniştchev, il les écoutait avec ennui et ne daignait point les contredire.

Cette sourde hostilité produisit sur tous trois une pénible impression et ils éprouvèrent un véritable soulagement lorsque, les séances de pose terminées, Mikhaïlov cessa de venir au *palazzo*, laissant en souvenir de lui un admirable portrait. Goléniştchev exprima le premier l'idée que le peintre enviait Vronski.

— Envie, c'eşt sans doute trop dire, car il a du talent; en tout cas, il ne peut pas digérer qu'un homme de qualité, riche, comte par-dessus le marché (toutes choses que ces gens-là déteştent), arrive sans se donner grand-peine à faire aussi bien, sinon mieux que lui, qui a consacré toute sa vie à la peinture. Et puis, n'eşt-ce pas, il y a la queştion d'éducation.

Vronski, tout en prenant la défense du peintre, donnait au fond raison à son ami : dans sa conviction intime il eştimait qu'un homme d'une situation inférieure devait fatalement céder à l'envie.

Les deux portraits d'Anna auraient dû l'éclairer et lui montrer la différence qui exiştait entre Mikhaïlov et lui : il n'en fut rien. Il renonça pourtant au sien, mais tout simplement parce qu'il le trouva superflu et pour s'adonner à loisir à son tableau moyenâgeux, dont il était aussi satisfait que Goléniştchev et Anna : cette toile en effet leur rappelait, beaucoup plus que tous les travaux de Mikhaïlov, les chefs-d'œuvre d'autrefois.

De son côté, Mikhaïlov, malgré l'attrait que le portrait d'Anna avait eu pour lui, fut heureux d'être délivré du verbiage de Goléniştchev et des œuvres de Vronski. On ne pouvait certes pas empêcher celui-ci de se divertir comme bon lui semblait, mais l'artişte souffrait de ce passe-temps d'amateur. Nul ne peut défendre à un homme de se pétrir une poupée de cire et de l'embrasser, mais qu'il n'aille pas la caresser devant un amoureux, il le blesserait à mort ! La peinture de Vronski produisait sur Mikhaïlov un effet analogue : il la trouvait ridicule, insuffisante, pitoyable.

L'engouement de Vronski pour la peinture et le Moyen Âge fut du reşte de courte durée. Il eut assez d'inştinct artiştique pour ne pas achever son tableau, pour reconnaître que les défauts, peu apparents au début, devenaient criants à mesure qu'il avançait. Il était dans le cas de Goléniştchev qui, tout en sentant le vide de son esprit, s'imaginait mûrir ses idées et assembler des matériaux. Mais alors que celui-ci s'irritait, Vronski reştait parfaitement calme : incapable de se duper lui-même et encore moins de s'aigrir, il abandonna simplement la peinture avec sa décision de caractère habituelle, sans chercher la moindre justification à son échec.

Mais la vie sans occupation lui devint vite intolérable dans cette petite ville ; Anna, surprise de son désenchantement, pensa bientôt comme lui ; le *palazzo* leur parut soudain vieux et sale ; les taches des rideaux, les fentes dans les mosaïques, les écaillures des corniches prirent un aspect sordide ; l'éternel Golénistchev, le professeur italien et le voyageur allemand devinrent tous intolérablement ennuyeux. Ils sentirent l'impérieux besoin de changer d'existence et décidèrent de rentrer en Russie. Vronski voulait s'arrêter quelque temps à Pétersbourg pour y conclure un acte de partage avec son frère, et Anna pour y voir son fils. Ils passeraient l'été dans le superbe domaine patrimonial de Vronski.

XIV

Levine était marié depuis près de trois mois. Il était heureux, mais autrement qu'il ne l'avait pensé : certains enchantements imprévus compensaient de nombreuses désillusions. La vie conjugale se révélait très différente de ce qu'il avait rêvé. Semblable à un homme qui, ayant admiré la marche calme et régulière d'un bateau sur un lac, voudrait le diriger lui-même, il sentait la différence qui existe entre la simple contemplation et l'action : il ne suffisait pas de rester assis sans faux mouvements, il fallait encore songer à l'eau sous ses pieds, manœuvrer sans la moindre distraction le gouvernail, soulever d'une main novice les lourdes rames, toutes choses sans doute fort intéressantes, mais en tout cas fort difficiles.

Quand il était encore célibataire, les petites misères de la vie conjugale, querelles, jalousies, mesquines préoccupations, avaient bien souvent provoqué *in petto* ses sarcasmes : jamais rien de semblable ne se produirait dans son ménage, jamais son existence intime ne ressemblerait, même dans ses formes extérieures, à celle des autres. Et voilà que ces mêmes petitesses se reproduisaient toutes et prenaient, quoi qu'il fît, une importance indiscutable. Bien qu'il s'imaginât posséder des idées bien à lui sur le mariage, il avait cru tout bonnement, comme la plupart des hommes, y rencontrer les satisfactions de l'amour sans y admettre aucun détail prosaïque. L'amour devait lui donner le repos après le travail, et sa femme se contenter d'être adorée ; il oubliait complètement qu'elle aussi avait droit à une certaine activité personnelle. Grande fut sa surprise de voir cette exquise, cette poétique Kitty songer dès les premiers jours de leur vie commune au mobilier, à la literie, au linge, au service de la table, au cuisinier. Dès leurs fiançailles le refus péremptoire qu'elle avait opposé à l'offre d'un voyage de noces pour venir s'installer à la campagne avait froissé Levine : savait-elle donc mieux que lui ce qui leur convenait et comment pouvait-elle songer à autre chose qu'à leur amour ? Maintenant encore il ne pouvait se faire à ce souci des détails matériels qui paraissait inhérent à la nature de Kitty. Néanmoins, tout en la taquinant à ce sujet, il prenait plaisir à la voir surveiller la mise en place des nouveaux meubles arrivés de Moscou, donner à leurs deux chambres un arrangement selon son goût, poser des rideaux, réserver telle pièce pour Dolly, telle autre pour les amis, installer sa camériste, commander les repas au vieux cuisinier, entrer en discussion avec Agathe Mikhaïlovna et lui retirer la garde des provisions. Le cuisinier souriait doucement en recevant des ordres fantaisistes, impossibles à exécuter, tandis que la vieille femme de charge secouait la tête d'un air pensif devant les nouvelles mesures décrétées par sa jeune maîtresse. Et celle-ci, moitié riant, moitié pleurant, venait se plaindre à son mari que Macha, sa camériste, ne pouvant perdre l'habitude de l'appeler « Mademoiselle », personne à cause de cela ne voulait la prendre au sérieux. Levine souriait, mais tout en trouvant sa femme charmante, il eût préféré qu'elle ne se mêlât de rien. Il ne devinait pas qu'habituée chez ses parents à restreindre ses fantaisies, elle éprouvait une sorte de vertige en se voyant maîtresse d'acheter des montagnes de bonbons, de commander les entremets qui lui plaisaient, de dépenser son argent à sa guise.

Si elle attendait impatiemment l'arrivée de Dolly, c'était surtout pour lui faire admirer son installation, et commander à l'intention des enfants les desserts que chacun d'eux préférait. Les détails du ménage l'attiraient invinciblement, et, comme en prévision des mauvais jours, elle faisait son nid à l'approche du printemps. Ce zèle pour des bagatelles, très contraire à l'idéal de bonheur rêvé par Levine, fut par certains côtés une désillusion, tandis que cette même activité, dont le but lui échappait mais qu'il ne pouvait voir sans plaisir, lui semblait sous d'autres aspects un enchantement inattendu.

Les querelles furent aussi des surprises. Jamais Levine ne se serait imaginé qu'il pût exister entre sa femme et lui d'autres rapports que ceux de la douceur, du respect, de la tendresse. Cependant ils se disputèrent dès les premiers jours ; Kitty le traita d'égoïste, fondit en larmes, eut des gestes de désespoir.

La première de ces querelles survint à la suite d'une course que Levine fit à la nouvelle ferme : ayant voulu prendre par le plus court, il s'égara et resta absent une demi-heure de plus qu'il n'avait dit. Tout en cheminant il ne songeait qu'à Kitty, s'enflammait à l'idée de son bonheur. Il accourut au salon dans un état d'esprit voisin de l'exaltation qui s'était emparée de lui le jour de sa demande en mariage. Un visage sombre, qu'il ne connaissait pas, l'accueillit ; il voulut embrasser sa femme, elle le repoussa.

— Qu'as-tu ?

— Ah ! cela t'amuse toi…, commença-t-elle, d'un ton froidement amer.

Mais à peine eut-elle ouvert la bouche que l'absurde jalousie qui l'avait tourmentée pendant qu'elle attendait, assise sur le rebord de la fenêtre, éclata en paroles de reproche. Il comprit alors clairement pour la première fois ce qu'il n'avait pas bien saisi après la bénédiction nuptiale, à savoir que la limite qui les séparait était insaisissable, et qu'il ne savait plus où commençait et où finissait sa propre personnalité. Ce fut un douloureux sentiment de scission intérieure. Sur le point de s'offusquer il comprit aussitôt que Kitty ne pouvait lui porter injure en aucune manière, puisqu'elle était une partie de son « moi ». Ainsi parfois il vous arrive de ressentir dans le dos une vive douleur ; vous vous retournez, croyant à un coup et avide d'en tirer vengeance ; mais il vous faut reconnaître qu'il s'agit d'un simple heurt et supporter en silence le mal que vous vous êtes fait à vous-même.

Jamais par la suite Levine ne devait éprouver si nettement cette impression. Il fut quelque temps à retrouver son équilibre. Il voulait démontrer à Kitty son injustice, mais en rejetant les torts sur elle il l'eût irritée davantage. Un sentiment bien naturel lui commandait de se disculper ; un autre, plus violent, de ne point aggraver le désaccord. Rester sous le coup d'une injustice était cruel, la froisser sous prétexte de justification, plus fâcheux encore. Souvent un homme assoupi lutte avec un mal douloureux dont il voudrait se délivrer et constate au réveil que ce mal est au fond de lui-même ; ainsi Levine devait reconnaître que la patience était l'unique remède.

La réconciliation fut prompte. Kitty, sans l'avouer, se sentait dans son tort ; elle se montra plus tendre et leur bonheur s'accrut. Pourtant ces difficultés ne se renouvelèrent que trop souvent, pour des raisons futiles, imprévues, parce que leurs mauvaises humeurs étaient fréquentes et parce qu'ils ignoraient encore l'un et l'autre ce qui, pour l'un et l'autre, avait de l'importance. Ces premiers mois furent difficiles à passer ; le sujet le plus puéril provoquait parfois des mésintelligences dont la cause leur échappait ensuite. Chacun d'eux tiraillait de son côté la chaîne qui les liait, et cette lune de miel dont Levine attendait des merveilles ne leur laissa que des souvenirs affreusement pénibles. Tous deux cherchèrent par la suite à effacer de leur mémoire les mille incidents ridicules et honteux de cette période pendant laquelle ils se trouvèrent si rarement dans un état d'esprit normal. La vie ne devint plus régulière qu'au cours du troisième mois, après un séjour de quelques jours à Moscou.

XV

Ils étaient rentrés chez eux et jouissaient de leur solitude. Levine, installé à son bureau, écrivait ; assise sur le grand divan de cuir qui de temps immémorial meublait le cabinet de travail, Kitty, vêtue d'une robe violette chère à son mari parce qu'elle l'avait portée dans les premiers jours de leur mariage, faisait de la *broderie anglaise.* Tout en écrivant et en réfléchissant,

Levine jouissait de la présence de sa femme ; il n'avait abandonné ni la conduite de son exploitation, ni la mise au point de son ouvrage sur la réforme agronomique ; mais, si naguère, comparées à la tristesse qui assombrissait sa vie, ces occupations lui avaient semblé misérables, combien plus insignifiantes lui apparaissaient-elles dans le rayonnement de son bonheur ! Il sentait son attention détournée vers d'autres objets et envisageait les choses sous un jour différent. L'étude, naguère encore le seul point lumineux de son existence enténébrée, mettait maintenant quelques touches sombres sur le fond par trop éblouissant de sa nouvelle vie. Une révision de son travail lui permit d'en constater la valeur, d'atténuer certaines assertions trop catégoriques, de combler plus d'une lacune. Il y ajouta un chapitre sur les conditions défavorables qui étaient faites en Russie à l'agriculture : à l'en croire, la pauvreté du pays ne tenait pas uniquement au partage inégal de la propriété foncière et à de fausses doctrines économiques, mais surtout à une introduction mal comprise et prématurée de la civilisation européenne ; les chemins de fer, œuvre politique et non économique, provoquaient un excès de centralisation, des besoins de luxe et par conséquent le développement de l'industrie au détriment de l'agriculture, l'extension exagérée du crédit et la spéculation. L'accroissement normal de la richesse d'un pays n'admettait ces signes de civilisation extérieure qu'autant que l'agriculture y avait atteint un degré de développement proportionnel.

Tandis que Lévine écrivait, Kitty songeait à l'attitude étrange qu'avait eue son mari envers le jeune prince Tcharski, lequel lui avait fait une cour un peu trop poussée la veille de leur départ de Moscou. « Il est jaloux, pensait-elle. Quel bêta ! S'il savait que tous les hommes me sont aussi indifférents que Pierre le cuisinier ! » Elle jetait cependant un regard de propriétaire sur la nuque et le cou vigoureux de son mari. « C'est dommage de l'interrompre, mais après tout, tant pis ! Je veux voir son visage ; sentira-t-il que je le regarde ? Je veux qu'il se retourne, je le veux, je le veux… » Et elle ouvrit les yeux tout grands, comme pour donner plus de force à son regard.

— Oui, ils attirent à eux toute la sève et donnent

un faux semblant de richesse, marmonna Levine en posant sa plume, car il sentait les yeux de sa femme fixés sur lui. Il se retourna. Qu'y a-t-il ? demanda-t-il en se levant.

« Il s'est retourné », pensa-t-elle.

— Rien, je voulais te faire retourner, répondit-elle en tâchant de deviner si ce dérangement le contrariait.

— Quelle joie d'être enfin seuls ! Pour moi du moins, dit-il en s'approchant d'elle, radieux de bonheur.

— Et pour moi aussi ! Je me sens si bien ici que je n'irai plus nulle part, surtout pas à Moscou.

— À quoi pensais-tu ?

— Moi ! je pensais… Non, non, retourne à tes travaux, ne te laisse pas distraire, répondit-elle avec une petite moue ; j'ai besoin de couper maintenant tous ces œillets-là, tu vois.

Elle prit ses ciseaux à broder.

— Non, dis-moi à quoi tu songeais, répéta-t-il en s'asseyant près d'elle et en suivant les mouvements de ses petits ciseaux.

— À quoi je pensais ? À Moscou et à ta nuque.

— Comment ai-je fait pour mériter ce bonheur ? Ce n'est pas naturel, c'est trop beau, dit-il en lui baisant la main.

— Mais non, plus c'est beau, plus c'est naturel.

— Tiens, tu t'es fait une natte ? dit-il en lui tournant la tête avec précaution.

— Mais oui, regarde… Non, non, nous nous occupons de choses sérieuses.

Mais les choses sérieuses étaient interrompues, et lorsque Kouzma vint annoncer le thé, ils se séparèrent brusquement comme des coupables.

— Est-on revenu de la ville ? demanda Levine au domestique.

— À l'instant ; on trie les paquets.

— Ne tarde pas, dit Kitty en se retirant. Sans cela, je lis les lettres sans toi. Ensuite nous jouerons à quatre mains.

Resté seul, Levine rangea ses cahiers dans un nouveau portefeuille, cadeau de sa femme, se lava les mains à un lavabo garni d'un élégant nécessaire, autre cadeau de sa femme, et, tout en souriant à ses pensées, il hochait la tête avec un sentiment qui ressemblait à un remords.

Sa vie était devenue trop molle, trop douillette, il en éprouvait quelque honte. « Ces délices de Capoue ne me valent rien, songeait-il. Voilà presque trois mois que je flâne. Pour une fois que je me remets sérieusement au travail, je dois y renoncer. Je néglige même mes occupations ordinaires, je ne surveille plus rien, je ne vais nulle part : tantôt j'ai du regret de la quitter, tantôt je crains qu'elle ne s'ennuie. Et moi qui croyais que jusqu'au mariage l'existence ne comptait pas, qu'elle ne commençait réellement qu'après ! Je n'ai jamais passé trois mois dans une pareille oisiveté. Il faut que cela cesse. Bien entendu, ce n'est pas sa faute à elle et on ne saurait lui faire le moindre reproche. J'aurais dû montrer de la fermeté, défendre mon indépendance d'homme. En continuant de la sorte, je finirais par prendre et par lui faire prendre de mauvaises habitudes… »

Un homme mécontent ne peut guère se défendre de rejeter sur quelqu'un et surtout sur ses proches la cause de ce mécontentement. Levine se prit donc à songer qu'à défaut de sa femme, il pouvait à bon droit accuser la frivole éducation qu'elle avait reçue. « Cet imbécile de Tcharski, elle n'a pas même su le tenir en respect. En dehors de ses petits intérêts de ménage, de sa toilette, de sa *broderie anglaise*, rien ne l'occupe. Aucune sympathie pour mes occupations, pour nos paysans, aucun goût pour la lecture ni même pour la musique, bien qu'elle soit bonne musicienne. Elle ne fait absolument rien et se trouve néanmoins très satisfaite. » En la jugeant ainsi, Levine ne comprenait pas que sa femme se préparait à une période d'activité qui l'obligerait à être tout à la fois femme, mère, maîtresse de maison, nourrice, éducatrice ; il ne devinait pas qu'avertie de cette tâche future par un instinct secret, elle s'accordait ces heures d'insouciance et d'amour, qu'elle apprêtait son nid dans l'allégresse.

XVI

Levine monta au premier où il retrouva, devant un samovar en argent flambant neuf et un service à thé non moins nouveau, sa femme occupée à lire une lettre de Dolly, avec qui elle entretenait une correspondance suivie. Assise non loin d'elle à une petite table, Agathe Mikhaïlovna prenait aussi le thé.

— Vous voyez, notre dame m'a fait asseoir auprès d'elle, dit la vieille femme avec un gentil sourire à l'adresse de Kitty.

Ces mots prouvèrent à Levine la fin d'un drame domestique : malgré le chagrin qu'elle avait causé à la gouvernante en s'emparant des rênes du gouvernement, Kitty, victorieuse, était parvenue à se faire pardonner.

— Tiens, voici une lettre pour toi, dit Kitty en tendant à son mari une missive dépourvue d'orthographe. C'est, je crois, de cette femme, tu sais... de ton frère. Je l'ai ouverte, mais je ne l'ai pas lue... En voici une autre de mes parents et de Dolly : figure-toi que Dolly a mené Gricha et Tania à un bal d'enfants chez les Sarmatski ; Tania était en marquise.

Mais Levine ne l'écoutait pas ; il prit en rougissant la lettre de Marie Nicolaïevna, l'ancienne maîtresse de Nicolas, et la parcourut. Cette femme lui avait déjà écrit une première fois pour le prévenir que Nicolas l'avait chassée sans qu'elle eût rien à se reprocher : elle ajoutait avec une naïveté touchante qu'elle ne demandait aucun secours, bien que réduite à la misère, mais que la pensée de Nicolas Dmitriévitch la tuait, que deviendrait-il, faible et malade comme il était ? elle suppliait son frère de ne pas le perdre de vue. Et voici qu'elle annonçait de plus graves nouvelles. Ayant retrouvé Nicolas Dmitriévitch à Moscou, elle en était partie avec lui pour un chef-lieu où il avait obtenu une place ; là, s'étant querellé avec un de ses chefs, il avait repris le chemin de Moscou, mais, tombé malade en route, il ne se relèverait probablement plus. « Il vous demande constamment, et d'ailleurs nous n'avons plus d'argent. »

— Lis donc ce que Dolly écrit de toi, commença Kitty, mais, remarquant soudain la figure bouleversée de son mari : Qu'as-tu ? qu'est-il arrivé ? s'écria-t-elle.

— Cette femme m'écrit que Nicolas, mon frère, se meurt ; je vais partir.

Kitty changea de visage : Dolly, Tania en marquise, tout était oublié.

— Quand comptes-tu partir ? demanda-t-elle.

— Demain.

— Puis-je t'accompagner ?

— Kitty, quelle idée ! répondit-il sur un ton de reproche.

— Comment quelle idée ? dit-elle froissée de voir sa proposition reçue de si mauvaise grâce. Pourquoi donc ne t'accompagnerais-je pas ? Je ne te gênerai en rien. Je...

— Je pars parce que mon frère se meurt. Qu'as-tu à faire là-bas ?

— Ce que tu y feras toi-même.

« Dans un moment si grave pour moi, elle ne songe qu'à l'ennui de rester seule », se dit Levine, et cette insistance, qu'il jugeait hypocrite, le courrouça.

— C'est impossible, répondit-il sèchement.

Agathe Mikhaïlovna, voyant les choses se gâter, déposa sa tasse et sortit, sans que Kitty le remarquât. Le ton de son mari l'avait blessée : évidemment il n'ajoutait pas foi à ses paroles.

— Je te dis, moi, que si tu pars, je pars aussi, proclama-t-elle avec colère. Je voudrais bien savoir pourquoi ce serait impossible ! Voyons, pourquoi dis-tu cela ?

— Parce que Dieu sait par quelles routes j'arriverai jusqu'à lui, dans quelle auberge je le trouverai. Tu ne ferais que me gêner, dit Levine cherchant à garder son sang-froid.

— Aucunement ; je n'ai besoin de rien. Où tu peux aller, je puis aller aussi...

— Quand ce ne serait qu'à cause de cette femme, avec laquelle tu ne saurais te trouver en contact.

— Eh ! peu m'importe qui je rencontrerai ! Je ne veux rien savoir de toutes ces histoires. Je sais seulement que le frère de mon mari se meurt, que mon mari va le voir, et que je l'accompagne pour...

— Kitty, ne te fâche pas, et songe que dans un cas aussi grave il m'est douloureux de te voir mêler à mon chagrin une véritable faiblesse, la crainte de rester seule. Si tu t'ennuies pendant mon absence, va à Moscou.

— Voilà comme tu es ! Tu me supposes « toujours » des sentiments mesquins, s'écria-t-elle étouffée par des larmes de colère. Il s'agit bien de faiblesse !... Je sens qu'il est de mon devoir de ne pas abandonner mon mari dans un moment pareil, mais toi tu te méprends volontairement sur mon compte, tu tiens à me blesser coûte que coûte.

— Mais c'est de l'esclavage! s'écria en se levant Levine, incapable de contenir plus longtemps son courroux. Mais au même instant il comprit qu'il se fustigeait lui-même.

— Pourquoi n'es-tu pas resté garçon? tu serais libre, Oui, pourquoi t'es-tu marié si tu te repens déjà?

Et elle se sauva au salon.

Quand il vint la rejoindre, elle sanglotait. Il chercha des paroles susceptibles, sinon de la persuader, du moins de la calmer: mais elle ne l'écoutait pas, résistait à tous ses arguments. Alors il se pencha sur elle, prit une de ses mains récalcitrantes, la baisa, baisa ses cheveux et encore sa main; elle se taisait toujours. Mais quand enfin il lui prit la tête entre ses deux mains en lui disant: « Kitty! », elle s'adoucit, pleura, et la réconciliation se fit aussitôt.

On décida de partir ensemble dès le lendemain. Levine se déclara convaincu qu'elle tenait uniquement à se rendre utile, et qu'il n'y avait rien d'inconvenant à la présence de Marie Nicolaïevna auprès de son frère; mais au fond du cœur il s'en voulait et il en voulait à sa femme: chose étrange, lui qui n'avait pu croire au bonheur d'être aimé d'elle, se sentait presque malheureux de l'être trop. Mécontent de sa propre faiblesse, il s'effrayait à l'avance du rapprochement inévitable entre sa femme et la maîtresse de son frère. L'idée de voir sa Kitty en contact avec une fille le remplissait d'horreur et de dégoût.

XVII

L'HÔTEL du chef-lieu où se mourait Nicolas Levine était un de ces nouveaux établissements qui ont la prétention d'offrir à un public peu habitué à ces raffinements la propreté, le confort et l'élégance, mais que ce même public a vite transformés en de sinistres gargotes qui font regretter les malpropres auberges d'autrefois. Tout produisit à Levine une fâcheuse impression: le soldat en uniforme sordide qui servait de suisse et fumait une cigarette dans le vestibule, l'escalier de fonte ajourée sombre et lugubre, le garçon aux allures crânes et à l'habit souillé de taches, la table d'hôte ornée d'un hideux bouquet de fleurs en cire grises de poussière, l'état général de désordre et de malpropreté, et jusqu'à une activité pleine de suffisance qui lui parut tenir du ton à la mode introduit par les chemins de fer. Cet ensemble, bien fait pour rebuter de jeunes mariés, ne cadrait guère avec ce qui les attendait.

Comme il est de règle en pareil cas, les meilleurs appartements se trouvèrent occupés par un inspecteur des chemins de fer, par un avocat de Moscou, par une princesse Astafiev. On leur offrit une chambre malpropre en les assurant que la pièce contiguë serait libre pour le soir. Les prévisions de Levine se réalisaient : au lieu de courir vers son frère, il lui fallait installer sa femme. Il ne cacha point son dépit.

— Va, va vite, dit-elle d'un air contrit dès qu'il l'eut menée à sa chambre.

Il sortit sans mot dire et se heurta près de la porte à Marie Nicolaïevna qui venait d'apprendre son arrivée et n'osait point pénétrer dans la pièce. Elle n'avait pas changé depuis Moscou : la même robe de laine laissait à découvert son cou et ses bras, la même expression de bonhomie se lisait sur sa grosse face niaise et grêlée.

— Eh bien, comment va-t-il ?

— Très mal. Il ne se lève plus et demande toujours après vous. Vous... vous êtes avec votre épouse ?

Levine ne devina pas tout d'abord ce qui la rendait confuse, mais elle s'expliqua aussitôt :

— Je m'en irai à la cuisine. Il sera content, il se souvient de l'avoir vue à l'étranger.

Levine comprit qu'il s'agissait de sa femme et ne sut que répondre.

— Allons, allons, dit-il.

Mais à peine avait-il fait un pas que la porte de sa chambre s'ouvrit et Kitty parut sur le seuil. Levine rougit de contrariété en voyant sa femme les mettre tous deux dans une fausse position ; Marie Nicolaïevna rougit bien plus encore : prête à pleurer, elle se serra contre le mur, enveloppant pour se donner une contenance ses doigts rouges dans son fichu.

Kitty ne pouvait comprendre cette femme, qui lui faisait presque peur ; dans le regard qu'elle lui jeta, Levine lut une expression de curiosité avide ; ce fut d'ailleurs l'affaire d'une seconde.

— Eh bien, comment va-t-il ? demanda-t-elle en s'adressant d'abord à son mari, puis à cette femme.

— Ce n'est vraiment pas ici un endroit où causer, répondit Levine en jetant des regards furibonds sur un monsieur qui arpentait lentement le corridor.

— Eh bien, entrez, dit Kitty à Marie Nicolaïevna qui se remettait peu à peu. Ou plutôt non, allez, allez et faites-moi chercher, ajouta-t-elle en voyant l'air atterré de son mari.

Elle regagna sa chambre et Levine se rendit chez son frère. Il croyait le trouver dans cet état d'illusion propre aux phtisiques, qui l'avait frappé lors de la dernière visite de Nicolas, plus faible et plus maigre aussi avec des indices d'une fin prochaine, mais ayant encore figure humaine. Il pensait bien être ému de pitié pour ce frère chéri et retrouver, plus fortes encore, les terreurs que lui avait naguère inspirées l'idée de la mort. Il s'était préparé à toutes ces choses, mais ce qu'il vit fut très différent de ce qu'il attendait.

Dans une chambrette sordide, sur les murs de laquelle bien des voyageurs avaient dûment craché et qu'une mince cloison séparait mal d'une autre pièce où l'on causait, dans une atmosphère écœurante, il aperçut sur un lit légèrement écarté du mur un corps abrité sous une couverture. Une main énorme comme un râteau, bizarrement rattachée à une sorte de long fuseau, s'allongeait sur cette couverture. La tête, penchée sur l'oreiller, laissait apercevoir des cheveux rares que la sueur collait aux tempes, et un front presque transparent.

« Est-il possible que ce cadavre soit mon frère Nicolas ? » pensa Levine. Mais, quand il fut près du lit, son doute cessa : il lui suffit de jeter un regard sur les yeux qui accueillirent son entrée, sur les lèvres qui s'entrouvrirent à son approche, pour reconnaître l'affreuse vérité.

Nicolas considéra son frère avec des yeux sévères. Ce regard rétablit les rapports entre eux : Constantin y sentit comme un reproche et eut des remords de son bonheur. Il prit la main du mourant ; celui-ci sourit, mais ce sourire imperceptible n'atténua pas la dureté de son regard.

— Tu ne t'attendais pas à me trouver ainsi, parvint-il à prononcer avec peine.

— Oui... non, répondit Levine s'embrouillant. Comment ne m'as-tu pas averti plus tôt, avant mon mariage ? Je t'ai fait rechercher en vain partout.

Il voulait parler pour éviter un silence pénible, mais son frère ne répondait pas et le regardait sans baisser les yeux, comme s'il eût pesé chacune de ses paroles. Levine se sentait mal à l'aise ! Il annonça que sa femme était avec lui et Nicolas en témoigna sa satisfaction, ajoutant toutefois qu'il craignait de lui faire peur. Un silence suivit, puis tout à coup Nicolas se mit à parler et, à l'expression de son visage, Levine crut qu'il allait lui faire une communication importante ; mais Nicolas se plaignit simplement du médecin et regretta de ne pouvoir consulter une célébrité de Moscou. Levine comprit qu'il espérait toujours.

Au bout d'un moment, Levine se leva, prétextant le désir d'amener sa femme, mais en réalité pour se soustraire, ne fût-ce que quelques minutes, à l'angoisse qui l'oppressait.

— C'est bon, je vais faire un peu nettoyer ici, ça ne doit pas sentir bon. Macha, viens mettre de l'ordre, dit le malade avec effort... Et puis tu t'en iras, ajouta-t-il en interrogeant son frère du regard.

Levine sortit sans répondre, mais à peine dans le corridor il se repentit d'avoir promis d'amener sa femme. En songeant à ce qu'il venait d'éprouver, il résolut de lui faire comprendre que cette visite était superflue. « Qu'a-t-elle besoin de souffrir comme moi ! » se dit-il.

— Eh bien ? demanda Kitty, effrayée.

— C'est horrible, horrible. Pourquoi es-tu venue ?

Kitty regarda son mari en silence, puis, le prenant par le bras, elle lui dit timidement :

— Kostia, mène-moi là-bas, ce sera moins dur pour nous deux. Conduis-moi et laisse-moi avec lui. Comprends donc que d'être témoin de ta douleur et de n'en pas voir la cause m'est plus cruel que tout. Peut-être lui serai-je utile et à toi aussi. Je t'en prie, permets-le-moi.

Elle suppliait comme s'il se fût agi du bonheur de

sa vie. Levine, revenu de son émoi et oubliant l'existence de Marie Nicolaïevna, consentit à l'accompagner.

Ce fut d'un pas léger et en montrant à son mari un visage courageux et aimant que Kitty pénétra dans la chambre de Nicolas. Après avoir refermé la porte sans le moindre bruit, elle s'approcha doucement du lit, se plaça de manière que le malade n'eût pas à détourner la tête, prit dans sa jeune main fraîche l'énorme main de son beau-frère, et se mit à lui parler avec ce don, propre aux femmes, de manifester une sympathie qui ne blesse point.

— Nous nous sommes rencontrés à Soden sans nous connaître, dit-elle. Vous ne vous doutiez guère que je deviendrais votre sœur.

— Vous ne m'auriez pas reconnu, n'est-ce pas ? demanda-t-il. Son visage s'était éclairé d'un sourire en la voyant entrer.

— Oh ! que si ! Comme vous avez eu raison de nous appeler ! Il ne se passait pas de jour que Kostia ne se souvînt de vous et ne s'inquiétât d'être sans nouvelles.

L'animation de Nicolas dura peu. Kitty n'avait pas fini de parler que l'expression de reproche sévère du mourant pour celui qui se porte bien reparut sur ses traits.

— Je crains que vous ne soyez pas très bien ici, continua la jeune femme, se dérobant, pour examiner la pièce, au regard fixé sur elle. Il faudra demander une autre chambre et nous rapprocher de lui, dit-elle à son mari.

XVIII

Levine ne pouvant rester calme en présence de son frère, les détails de l'affreuse situation du mourant échappaient à sa vue et à son attention troublées. La saleté, le désordre, la puanteur de la chambre le frappaient sans qu'il crût possible d'y remédier. Il prêtait l'oreille aux gémissements de Nicolas, mais l'idée ne lui venait pas de regarder comment ce dos, ces reins, ces jambes décharnées, tous ces pauvres membres reposaient sous la couverture, de leur faire prendre une position moins douloureuse. La seule pensée de ces détails lui donnait le frisson, et le malade, devinant cette conviction d'impuissance, s'en irritait. Aussi Levine ne faisait-il qu'entrer et sortir sous divers prétextes, malheureux auprès de son frère, plus malheureux encore loin de lui, et incapable de rester seul.

Kitty comprit les choses tout autrement : dès qu'elle fut près du malade, elle le prit en pitié, mais, loin de provoquer comme chez son mari le dégoût ou l'effroi, cette compassion la porta à s'informer de tout ce qui pouvait adoucir ce triste état. Convaincue qu'elle devait apporter quelque soulagement à son beau-frère, elle n'en mit pas en doute la possibilité. Les détails qui répugnaient à son mari furent précisément ceux qui retinrent son attention. Elle fit quérir un médecin, envoya à la pharmacie, occupa sa femme de chambre et Marie Nicolaïevna à balayer, épousseter, laver, leur prêta elle-même la main, haussa l'oreiller du malade, fit apporter et emporter différentes choses. Sans se préoccuper de ceux qu'elle rencontrait sur son chemin, elle allait et venait de sa chambre à celle du malade, apportant draps, serviettes, chemises, taies d'oreillers.

Le garçon, qui servait à la table d'hôte le dîner de messieurs les ingénieurs, répondit plusieurs fois d'assez mauvaise grâce à son appel, mais elle donnait ses ordres avec une si douce autorité qu'il les exécutait quand même. Levine n'approuvait pas ce mouvement : il le jugeait inutile et craignait qu'il n'irritât son frère ; mais celui-ci restait calme bien qu'un peu confus et semblait suivre avec intérêt les gestes de la jeune femme. Lorsque Levine rentra de chez le médecin où Kitty l'avait envoyé, il vit en ouvrant la porte qu'on changeait le linge du malade. L'énorme dos aux épaules proéminentes, les côtes et les vertèbres saillantes se trouvaient découverts, tandis que Marie Nicolaïevna et le garçon s'embrouillaient dans les manches de la chemise et ne parvenaient pas à y faire entrer les longs bras décharnés de Nicolas. Kitty ferma vivement la porte sans regarder du côté de son beau-frère, mais celui-ci poussa un gémissement et elle se hâta d'approcher.

— Faites vite, dit-elle…

— N'approchez pas, murmura avec colère le malade, je m'arrangerai seul.

— Que dites-vous ? demanda Marie Nicolaïevna.

Mais Kitty, qui avait entendu, comprit qu'il avait honte de se montrer à elle dans cet état.

— Je ne regarde pas, dit-elle en l'aidant à introduire son bras dans la manche. Marie Nicolaïevna, passez de l'autre côté du lit et aidez-nous. Et toi, dit-elle à son mari, va vite dans ma chambre, tu trouveras un petit flacon dans la poche de côté de mon nécessaire, prends-le et apporte-le-moi ; pendant ce temps-là nous achèverons de ranger.

Quand Levine revint avec le flacon, le malade était de nouveau couché et tout, autour de lui, avait changé d'aspect. L'air, naguère vicié, exhalait maintenant une bonne odeur de vinaigre aromatisé qu'y avait répandu Kitty en soufflant dans un petit tube. La poussière avait disparu, un tapis s'étendait sous le lit ; sur un guéridon étaient rangés les fioles de médecine, une carafe, le linge nécessaire et la *broderie anglaise* de Kitty ; sur une autre table, près du lit, une bougie, des poudres, un verre d'eau. Le malade, lavé, peigné, étendu dans des draps propres et soutenu par plusieurs oreillers, était revêtu d'une chemise neuve dont le col blanc faisait ressortir l'extraordinaire maigreur de son cou. Une expression d'espérance se lisait dans ses yeux, qui ne quittaient pas Kitty.

Le médecin trouvé au club par Levine n'était pas celui qui avait mécontenté Nicolas. Il ausculta soigneusement le malade, hocha la tête, écrivit une ordonnance, et donna des explications détaillées sur les remèdes à prendre et la diète à observer. Il conseilla des œufs frais presque crus et de l'eau de Seltz avec du lait chaud à une certaine température. Quand il fut parti, le malade dit à son frère quelques mots dont celui-ci ne comprit que les derniers : « ta Katia » ; mais à son regard Levine devina qu'il faisait l'éloge de la jeune femme. Il appela ensuite Katia, comme il la nommait.

— Je me sens déjà beaucoup mieux, dit-il. Si je vous avais eue auprès de moi, il y a longtemps que je serais guéri. Ah ! que je me sens bien !

Il chercha à porter jusqu'à ses lèvres la main de sa belle-sœur, mais, craignant de lui déplaire, il se contenta de la caresser. Kitty serra affectueusement cette main entre les siennes.

— Tournez-moi du côté gauche maintenant et allez tous dormir, murmura-t-il.

Seule Kitty comprit ce qu'il disait, parce qu'elle pensait sans cesse à ce qui pouvait lui être utile.

— Tourne-le sur le côté gauche, c'est celui sur lequel il a coutume de dormir. Tourne-le toi-même, je ne suis pas assez forte et je ne voudrais pas charger le garçon de ce soin. Pouvez-vous le soulever ? demanda-t-elle à Marie Nicolaïevna.

— J'ai peur, répondit celle-ci.

Quelque terrifié qu'il fût de soulever ce corps effrayant sous sa couverture, Levine céda à la volonté de sa femme et, prenant cet air résolu qu'elle lui connaissait bien, passa ses bras autour du malade, en l'invitant à passer les siens autour de son cou ; l'étrange pesanteur de ces membres épuisés le frappa. Tandis qu'à grand-peine il changeait son frère de place, Kitty retourna et battit vivement l'oreiller, et remit de l'ordre dans la chevelure plutôt rare de Nicolas, dont quelques mèches s'étaient de nouveau collées aux tempes.

Nicolas retint une main de son frère dans la sienne et l'attira vers lui. Le cœur manqua à Levine quand il le sentit la porter à ses lèvres pour la baiser. Il le laissa faire cependant, puis, secoué par les sanglots, sortit de la chambre sans pouvoir proférer un mot.

XIX

« Il a révélé aux petits ce qu'il a caché aux sages et aux prudents[1] » pensait Levine en s'entretenant ce soir-là avec sa femme.

Ce n'est pas qu'il se crût un sage en citant ainsi l'Évangile, mais d'une part force lui était de se reconnaître plus intelligent que sa femme et qu'Agathe Mikhaïlovna, et d'autre part il savait pertinemment que, s'il lui arrivait de songer à la mort, cette pensée le prenait tout entier. Ce mystère terrible, de grands esprits l'avaient sondé comme lui de toutes les forces de leur âme ; il avait lu leurs écrits, mais eux non plus n'en savaient pas aussi long sur ce chapitre que sa vieille bonne et sa Katia, comme l'appelait maintenant Levine, suivant avec un plaisir manifeste l'exemple de Nicolas. Ces deux personnes, si dissemblables par ailleurs, offraient sous ce rapport une ressemblance parfaite. Toutes deux connaissaient sans éprouver le moindre doute le sens de la vie et de la mort et, bien que certainement incapables de répondre aux questions qui se posaient à l'esprit de Levine — incapables même de les comprendre — elles devaient s'expliquer de la même façon le problème de la destinée et partager leur croyance à ce sujet avec des millions d'êtres humains. Pour preuve de leur familiarité avec la mort, elles savaient approcher les mourants et ne les craignaient point, tandis que Levine et ceux qui pouvaient, comme lui, longuement discourir sur le thème de la mort, la redoutaient sans savoir pourquoi et ne se sentaient pas capables de secourir un moribond. Seul auprès de son frère, Constantin se fût contenté d'attendre sa fin avec épouvante. Il ne savait même pas où fixer ses regards, de quelle manière marcher, ni quelles paroles prononcer. Parler de choses indifférentes lui semblait blessant ; parler de choses tristes, impossible ; se taire ne valait pas mieux. « Si je le regarde, il va croire que je l'observe ; si je ne le regarde pas, il croira que mes pensées sont ailleurs. Marcher sur la pointe des pieds l'agacera, et je me gêne de marcher librement. »

Kitty au contraire n'avait pas le temps de songer à elle-même ; uniquement occupée de son malade, elle semblait avoir le sens très net de la conduite à tenir, et réussissait parfaitement dans tout ce qu'elle tentait. Elle racontait des détails sur son mariage, sur elle-même, lui souriait, le plaignait, le caressait, lui citait des cas de guérison. Son activité n'était d'ailleurs ni instinctive, ni irréfléchie ; tout comme Agathe Mikhaïlovna elle se préoccupait d'une question plus haute que les soins physiques. En parlant du vieux serviteur qui venait de mourir, Agathe Mikhaïlovna avait dit : « Dieu merci, il a reçu le bon Dieu, les saintes huiles ; Dieu donne à tous une fin pareille ! » De son côté, malgré ses soucis de linge, de potions, de pansements, Kitty trouva moyen dès le premier jour de disposer son beau-frère à recevoir les sacrements.

Rentré dans son appartement à la fin de la soirée, Levine s'assit, la tête basse, ne sachant que faire, incapable de songer à souper, à s'installer, à rien prévoir, hors d'état même de parler à sa femme, tant était grande sa confusion. Kitty au contraire se montrait plus active, plus animée que jamais. Elle fit apporter à souper, défit elle-même les malles, aida à dresser les lits, qu'elle n'oublia pas de saupoudrer de poudre insecticide. Elle avait l'excitation, la rapidité de conception qu'éprouvent certains hommes avant une bataille ou encore à une heure grave et décisive de leur vie, lorsque l'occasion se présente de montrer leur valeur.

Minuit n'avait pas sonné que tout était proprement rangé ; ces deux chambres d'hôtel offraient l'aspect d'un appartement intime ; près du lit de Kitty, sur une table couverte d'un napperon blanc, se dressait son miroir avec ses brosses et ses peignes. Levine trouvait impardonnable de manger, de dormir, même de parler, chacun de ses mouvements lui paraissait inconvenant. Kitty au contraire rangeait ses menus objets sans que son activité eût rien de blessant. Ils ne purent manger cependant et veillèrent tard, ne pouvant se résoudre à se coucher.

— Je suis bien contente de l'avoir décidé à recevoir demain l'extrême-onction, dit Kitty qui, vêtue d'une camisole de nuit, peignait devant son miroir de voyage ses cheveux parfumés. Je n'ai jamais vu administrer, mais maman m'a raconté qu'on disait des prières pour demander la guérison.

— Crois-tu une guérison possible ? demanda Levine en considérant par-derrière la petite tête ronde de Kitty, dont la raie disparaissait dès qu'elle ramenait le peigne en avant.

— J'ai questionné le médecin ; il prétend qu'il ne peut vivre plus de trois jours ; mais qu'en savent-ils ? Je suis contente de l'avoir décidé, dit-elle en lorgnant son mari à travers sa chevelure. Tout peut arriver, ajouta-t-elle avec l'expression de malignité que prenait son visage quand elle parlait des choses saintes.

Jamais, depuis la conversation qu'ils avaient eue étant fiancés, ils ne s'étaient entretenus de questions religieuses, mais Kitty n'en continuait pas moins à prier, à suivre les offices avec la tranquille conviction de remplir un devoir. Malgré l'aveu que son mari s'était cru obligé de lui faire, elle le croyait aussi bon chrétien, peut-être même meilleur qu'elle : sans doute plaisantait-il en s'accusant du contraire, comme lorsqu'il la taquinait sur sa broderie anglaise. « Les honnêtes gens font des reprises sur leurs trous, disait-il, mais toi, tu fais des trous par plaisir. »

— Oui, cette Marie Nicolaïevna n'avait rien su arranger de tout cela, dit Levine. Et… franchement je suis très heureux que tu sois venue… Tu es trop pure pour que…

Il lui prit la main sans oser la baiser (n'était-ce pas une profanation que ce baiser presque en face de la mort ?), mais regardant ses yeux brillants, il la lui serra d'un air contrit.

— Tu aurais trop souffert tout seul, dit-elle, cependant que ses bras, qu'elle levait pour enrouler et attacher ses cheveux sur le sommet de la tête, cachaient ses joues rouges de satisfaction. Cette femme ne sait pas s'y prendre, tandis que moi j'ai appris bien des choses à Soden.

— Y a-t-il donc des malades comme lui là-bas ?

— De plus malades encore.

— Tu ne saurais croire le chagrin que j'éprouve à ne plus le voir tel qu'il était dans sa jeunesse… C'était un si beau garçon ! mais je ne le comprenais pas alors.

— Je te crois ; je sens que nous « aurions été » amis, dit-elle, et elle se retourna, les larmes aux yeux, vers son mari, toute stupéfaite d'avoir parlé au passé.

— Vous l'« auriez été », répondit-il tristement ; c'est un de ces hommes dont on peut dire avec raison qu'ils ne sont pas faits pour ce monde.

— En attendant, n'oublions pas que nous avons bien des journées de fatigue en perspective ; il faut nous coucher, dit Kitty après un regard à sa montre minuscule[1].

XX

LA MORT

Le malade fut administré le lendemain. Pendant la cérémonie, Nicolas pria avec ferveur ; une supplication passionnée se lisait dans ses grands yeux fixés sur l'image sainte qu'on avait placée sur une table à jeu recouverte d'une serviette de couleur. Levine fut effrayé de voir son frère entretenir cette espérance, le déchirement de quitter une vie à laquelle il tenait ne devant être que plus cruel. Il savait d'ailleurs que Nicolas s'était affranchi de la religion non par désir de vivre plus librement mais sous la lente poussée des théories scientifiques modernes ; dû uniquement à des espoirs insensés de guérison que Kitty avait rendus plus vivaces par ses récits de cures miraculeuses, son retour à la foi ne pouvait être que temporaire et intéressé. Sachant tout cela, Levine considérait avec angoisse ce visage transfiguré, cette main émaciée se soulevant à grand-peine jusqu'au front décharné pour faire un signe de croix, ces épaules saillantes et cette poitrine essoufflée qui ne pouvait plus contenir la vie qu'implorait le moribond. Pendant la cérémonie, Levine fit ce qu'il avait fait cent fois, tout incrédule qu'il était : « Guéris cet homme si tu existes, disait-il en s'adressant à Dieu, et tu nous sauveras tous deux. »

Après avoir reçu l'extrême-onction, le malade se sentit beaucoup mieux : pendant toute une heure il ne toussa pas une seule fois ; il assurait, en souriant et en baisant la main de Kitty avec des larmes de reconnaissance, qu'il ne souffrait pas et sentait revenir ses forces et son appétit. Quand on lui apporta sa soupe, il se souleva de lui-même et demanda une côtelette. Bien que le simple aspect du malade démontrât l'impossibilité de la guérison, Levine et Kitty passèrent cette heure dans une agitation qui tenait de la joie et de la crainte.

« Il va mieux ? — Oui, beaucoup mieux. — C'est étonnant. — Pourquoi cela ? — Décidément il va mieux », se chuchotaient-ils en souriant.

L'illusion ne dura pas. Après un sommeil tranquille d'une demi-heure, une quinte de toux réveilla le malade ; aussitôt les espérances s'évanouirent pour tous, à commencer par lui-même. Oubliant ce qu'il avait cru une heure plus tôt, honteux même de se le rappeler, il demanda qu'on lui fît respirer de l'iode. Levine lui tendit un flacon recouvert d'un papier perforé. Pour se faire confirmer les paroles du médecin qui attribuait à l'iode des vertus miraculeuses, Nicolas regarda son frère du même air extatique dont il avait contemplé l'image.

— Kitty n'est pas là ? murmura-t-il de sa voix enrouée lorsque Levine eut, à contrecœur, répété les paroles du médecin. Non ? alors je puis parler… J'ai joué la comédie pour elle, elle est si gentille ! Mais entre nous ce n'est plus nécessaire. Voilà la seule chose en quoi j'ai foi, dit-il en serrant la fiole de ses mains osseuses.

Il se mit à aspirer l'iode avidement.

Vers huit heures du soir, pendant que Levine et sa femme prenaient le thé dans leur chambre, ils virent accourir Marie Nicolaïevna, essoufflée, pâle, les lèvres tremblantes. « Il se meurt, balbutia-t-elle. J'ai peur qu'il ne passe tout de suite. »

Tous deux coururent chez Nicolas et le retrouvèrent assis sur son lit, appuyé sur le coude, la tête baissée et son long dos ployé.

— Qu'éprouves-tu ? demanda à voix basse Levine après un moment de silence.

— Je m'en vais, répondit Nicolas, tirant à grand-peine les mots de sa poitrine, mais les prononçant encore avec une netteté surprenante. Sans relever la tête il tourna les yeux du côté de son frère, dont il ne pouvait apercevoir le visage. — Katia, va-t'en ! murmura-t-il encore.

Levine obligea doucement sa femme à sortir.

— Je m'en vais, répéta le moribond.

— Pourquoi t'imagines-tu cela ? demanda Levine pour dire quelque chose.

— Parce que je m'en vais, répéta Nicolas, comme s'il eût pris ce mot en affection. C'est la fin.

Marie Nicolaïevna s'approcha de lui.

— Couchez-vous, vous serez mieux, dit-elle.

— Bientôt je serai couché tranquillement, mort, bougonna-t-il non sans ironie. Eh bien, couchez-moi si vous voulez.

Levine remit son frère sur le dos, s'assit auprès de lui et, respirant à peine, examina son visage. Le mourant avait les yeux fermés, mais les muscles de son front s'agitaient de temps à autre comme s'il eût profondément réfléchi. Malgré lui Levine chercha en vain à comprendre ce qui pouvait se passer dans l'esprit du moribond ; ce visage sévère et le jeu des muscles au-dessus des sourcils laissaient entendre que son frère entrevoyait des mystères qui lui demeuraient inaccessibles.

— Oui… oui, proféra le mourant avec de longues pauses ; attendez… c'est cela ! dit-il soudain, comme si tout s'était éclairci pour lui. Ô Seigneur !

Il poussa un profond soupir. Marie Nicolaïevna lui tâta les pieds. « Il se refroidit », dit-elle à voix basse.

Le malade resta immobile un temps qui parut infiniment long à Levine, mais il vivait encore et soupirait par instants. Fatigué de la tension de son esprit, Levine ne se sentait plus à l'unisson du mourant et n'arrivait pas à comprendre ce que celui-ci avait voulu dire par : « c'est cela ! » Tout en n'ayant plus la force de penser à la mort, il se demandait ce qu'il allait avoir à faire : fermer les yeux de son frère, l'habiller, commander le cercueil ? Chose étrange, il se sentait froid et indifférent ; le seul sentiment qu'il éprouvât était plutôt de l'envie, Nicolas ayant désormais une certitude à laquelle lui, Constantin, ne pouvait prétendre. Longtemps, il resta près de lui, attendant la fin ; elle ne venait pas. La porte s'ouvrit et Kitty parut ; il se leva pour l'arrêter mais aussitôt le mourant s'agita.

— Ne t'en va pas, dit Nicolas en étendant la main.

Levine prit cette main dans la sienne et fit un geste mécontent à sa femme pour la renvoyer. Il attendit ainsi une demi-heure, une heure, puis une heure encore. Il ne songeait plus qu'à des choses indifférentes : que faisait Kitty ? qui pouvait bien demeurer dans la chambre voisine ? le médecin avait-il une maison à lui ? Puis il eut faim et sommeil. Il dégagea doucement sa main pour toucher les pieds du mourant : ils étaient froids, mais Nicolas respirait toujours. Levine essaya de se lever et de sortir sur la pointe des pieds ; le malade s'agita et répéta : « Ne t'en va pas... »

. . . .

Le jour parut, et la situation restait la même. Levine abandonna, sans le regarder, la main du moribond, rentra dans sa chambre et s'endormit ; à son réveil, au lieu d'apprendre la mort de son frère, on lui dit qu'il avait reprit connaissance, s'était assis dans son lit, avait demandé à manger, qu'il ne parlait plus de la mort mais exprimait l'espoir de guérir, tout en se montrant plus sombre, plus irrité que jamais. Personne ne parvint à le calmer ; il accusait tout le monde de ses souffrances, réclamait un célèbre médecin de Moscou et, à toutes les questions qu'on lui faisait sur son état, répondait qu'il souffrait d'une façon intolérable.

Comme les plaies s'avivaient et qu'il devenait difficile

de les panser, son irritation ne fit qu'augmenter; Kitty elle-même fut impuissante à l'adoucir et Levine s'aperçut qu'elle était à bout de forces, au moral comme au physique, bien qu'elle ne voulût pas en convenir. L'attendrissement causé l'autre nuit par les adieux de Nicolas à la vie avait cédé la place à d'autres sentiments. Tous savaient la fin inévitable, tous voyaient le malade mort à moitié, tous en étaient venus à souhaiter la fin aussi prompte que possible; ils n'en continuaient pas moins à donner des potions, à faire chercher le médecin et des remèdes; mais ils se mentaient à eux-mêmes et cette vile, cette sacrilège dissimulation était plus douloureuse à Levine qu'aux autres parce qu'il aimait Nicolas plus tendrement et que rien n'était plus contraire à sa nature que le manque de sincérité.

Levine, depuis longtemps poursuivi par le désir de réconcilier ses deux frères, fût-ce à l'article de la mort, avait prévenu Serge Ivanovitch; celui-ci répondit et Levine lut la lettre au malade: Serge ne pouvait venir, mais il demandait pardon à son frère en termes touchants. Nicolas garda le silence.

— Que dois-je lui écrire? demanda Levine. J'espère que tu ne lui en veux pas?

— Non, pas du tout, répondit le malade d'un ton contrarié. Écris-lui qu'il m'envoie le docteur.

Trois jours cruels passèrent encore; le mourant restait dans le même état. Tous les habitants de l'hôtel depuis le patron et les garçons jusqu'à Levine et Kitty, sans oublier le médecin et Marie Nicolaïevna, n'avaient plus qu'un désir, sa fin; le malade seul ne l'exprimait pas et continuait à demander le médecin de Moscou, à prendre des remèdes et à parler de rétablissement. Dans les rares minutes où l'opium le plongeait dans un demi-sommeil, il confessait pourtant ce qui pesait à son âme plus encore qu'à celle des autres: «Ah! si cela pouvait finir!»

Ces souffrances, toujours plus intenses, faisaient leur œuvre en le préparant à mourir; chaque mouvement était une douleur; pas un membre de ce pauvre corps qui ne causât une torture. Tout souvenir, toute pensée, toute impression répugnait au malade; la vue de ceux qui l'entouraient, leurs discours, tout lui faisait mal. Chacun le sentait, nul n'osait se mouvoir ou s'exprimer sans contrainte. La vie se concentra pour tous dans le sentiment des souffrances du moribond et dans le désir ardent de l'en voir délivré.

Il touchait à ce moment suprême où la mort devait lui paraître souhaitable comme un dernier bonheur. Toutes les sensations, comme la faim, la fatigue, la soif, qui jadis, après avoir été souffrance ou privation, lui causaient, une fois satisfaites par les fonctions du corps, une certaine jouissance, n'étaient plus que douleur ; en conséquence il ne pouvait aspirer qu'à être débarrassé du principe même de ses maux, de son corps torturé ; mais, comme il ne trouvait point de paroles pour exprimer ce désir, il continuait par habitude à réclamer ce qui le satisfaisait autrefois. « Couchez-moi sur l'autre côté », demandait-il, et, aussitôt couché, il voulait revenir à sa position première. « Donnez-moi du bouillon. Remportez-le. Pourquoi vous taisez-vous ? racontez-moi quelque chose. » Et sitôt qu'on ouvrait la bouche, il reprenait une expression de fatigue, d'indifférence et de dégoût.

Le dixième jour après son arrivée, Kitty tomba malade : elle éprouvait des maux de tête et de cœur et ne put se lever de la matinée. Le médecin déclara que c'était l'effet de la fatigue et des émotions ; il prescrivit le calme et le repos. Elle se leva cependant après le dîner et se rendit, comme de coutume, chez le malade avec son ouvrage. Nicolas lui lança un regard sévère et sourit avec dédain quand elle lui dit qu'elle avait été souffrante. Toute la journée il ne cessa de se moucher et de gémir.

— Comment vous sentez-vous ? lui demanda-t-elle.

— Plus mal, répondit-il ; je souffre.

— Où souffrez-vous ?

— Partout.

— Vous verrez que cela finira aujourd'hui, dit Marie Nicolaïevna à voix basse.

Levine la fit taire, craignant que son frère, dont l'ouïe était devenue très sensible, ne l'entendît. Il se tourna vers le mourant, qui avait bien entendu, mais sur lequel ces mots ne produisirent aucune impression, car son regard demeurait grave et fixe.

— Qu'est-ce qui vous le fait croire ? demanda Levine après avoir emmené Marie Nicolaïevna dans le corridor.

— Il se dépouille.

— Comment cela ?

— Comme ça, dit-elle en tirant sur les plis de sa robe de laine.

Levine avait en effet remarqué que toute la journée le malade avait tiré ses couvertures comme s'il eût voulu s'en dépouiller.

Marie Nicolaïevna avait prédit juste. Vers le soir, le malade n'eut plus la force de soulever les bras, et son regard immobile prit une expression d'attention concentrée qui ne changea pas lorsque Kitty et son frère se penchèrent vers lui afin qu'il pût les voir. Kitty fit venir le prêtre pour dire les prières des agonisants.

Le malade ne donna d'abord aucun signe de vie; mais, vers la fin des prières, il poussa tout à coup un soupir, s'étendit et ouvrit les yeux. Quand il eut achevé ses oraisons, le prêtre posa la croix sur ce front glacé, l'enveloppa lentement dans son étole et, après quelques instants de silence, toucha des doigts l'énorme main exsangue du moribond.

— C'est fini, dit-il enfin, voulant s'éloigner.

Soudain les lèvres collées de Nicolas eurent un léger tressaillement, et du fond de sa poitrine sortirent ces paroles qui résonnèrent nettement dans le silence:

— Pas encore... bientôt.

Au bout d'une minute, le visage s'éclaircit, un sourire se dessina sous la moustache, et les femmes s'empressèrent de commencer la dernière toilette[1].

Devant ce spectacle, toute l'horreur de Levine pour la terrible énigme de la mort se réveilla avec la même intensité que pendant la nuit d'automne où son frère était venu le voir. Plus que jamais il se sentit incapable de sonder ce mystère. Mais cette fois la compagnie de sa femme l'empêcha de tomber dans le désespoir, car, malgré la présence de la mort, il éprouvait le besoin de vivre et d'aimer. L'amour seul le sauvait et devenait d'autant plus fort et plus pur qu'il était menacé.

À peine Levine eut-il vu s'accomplir ce mystère de mort qu'auprès de lui un autre mystère, également insondable, mais d'amour et de vie celui-là, s'accomplit à son tour; le médecin déclara que Kitty était enceinte, ainsi qu'il l'avait supposé dès l'abord.

XXI

Dès l'instant où Alexis Alexandrovitch eut compris, grâce à Betsy et à Stépane Arcadiévitch, que tous, et Anna la première, attendaient de lui qu'il délivrât sa femme de sa présence, il se sentit complètement désorienté : incapable d'une décision personnelle, il remit son sort entre les mains de tiers trop heureux d'avoir à s'en mêler et consentit aveuglément à tout. Il ne revint à la réalité qu'après le départ d'Anna, lorsque l'Anglaise lui fit demander si elle devait prendre ses repas avec lui ou à part : alors, pour la première fois, son triste sort lui apparut dans toute son horreur.

Ce qui l'affligeait le plus, c'était de ne point apercevoir de lien logique entre le passé et le présent. Par passé il n'entendait pas l'heureuse époque où il vivait en bonne harmonie avec sa femme, époque que les souffrances endurées après la trahison lui avaient fait depuis longtemps oublier. Anna le quittant après l'aveu, son malheur n'eût pas été comparable à la situation sans issue dans laquelle il se débattait. Comment en effet l'attendrissement auquel il avait cédé, le pardon si généreusement accordé, l'affection témoignée à une femme coupable et à l'enfant d'un autre lui avaient-ils valu l'abandon, la solitude, les sarcasmes et le mépris général ? Voilà la question qu'il se posait constamment sans y trouver la moindre réponse.

Les deux premiers jours qui suivirent le départ d'Anna, Alexis Alexandrovitch continua ses réceptions, assista aux séances de son comité et dîna chez lui comme d'habitude. Toutes les forces de sa volonté étaient instinctivement tendues vers un seul but : paraître calme et indifférent. Aux questions des domestiques s'informant des mesures à prendre pour l'appartement et les affaires d'Anna, il répondit, au prix d'efforts surhumains, de l'air d'un homme préparé aux événements et qui n'y voit rien d'extraordinaire. Il réussit ainsi à dissimuler quelque temps sa souffrance.

Le troisième jour, Kornéï lui apporta la facture d'un magasin de mode qu'Anna avait oublié de solder.

Comme le commis attendait dans l'antichambre, Karénine le fit introduire.

— Votre Excellence, dit cet homme, voudra bien excuser le dérangement et nous donner l'adresse de Madame, si c'est à elle que nous devons présenter la facture.

Alexis Alexandrovitch parut réfléchir, et se détournant soudain, s'assit à son bureau, la tête entre ses mains. Il demeura longtemps dans cette position, essayant de parler sans y parvenir. Devinant l'angoisse de son maître, Kornéï pria le commis de repasser. Resté seul, Karénine sentit qu'il n'avait plus la force de lutter : il fit dételer sa voiture, ferma sa porte et ne dîna pas à table.

Le dédain, la cruauté qu'il avait cru lire sur le visage du commis, de Kornéï, de toutes les personnes à qui il avait eu affaire durant ces deux journées, lui devenaient insupportables. S'il s'était attiré le mépris de ses semblables par une conduite répréhensible, il aurait pu espérer qu'une conduite meilleure lui rendrait leur estime. Mais comme il n'était que malheureux — d'un malheur honteux, exécrable — les gens se montreraient d'autant plus implacables qu'il souffrirait davantage : ils l'écraseraient, comme les chiens mettent en pièces celui d'entre eux qui, blessé, hurle de douleur. Pour résister à l'hostilité générale, il devait à tout prix cacher ses plaies : hélas, deux jours de lutte l'avaient déjà épuisé ! Et, chose atroce entre toutes, il ne voyait personne à qui confier son martyre. Pas un homme dans tout Pétersbourg qui s'intéressât à lui, qui eût quelque égard, non plus pour le personnage haut placé, mais pour le mari au désespoir.

Alexis Alexandrovitch avait perdu sa mère à l'âge de dix ans ; il ne se souvenait plus de son père ; son frère et lui étaient restés orphelins avec une très modique fortune ; leur oncle Karénine, haut fonctionnaire fort bien vu du défunt empereur, se chargea de leur éducation. Après d'excellentes études au collège et à l'université, Alexis Alexandrovitch débuta brillamment, grâce à cet oncle, dans la carrière administrative, à laquelle il se voua exclusivement. Jamais il ne se lia d'amitié avec personne ; son frère seul lui tenait au cœur ; mais celui-ci, entré dans la diplomatie, résidait à l'étranger, où il mourut peu de temps après le mariage d'Alexis Alexandrovitch.

Karénine, nommé gouverneur d'une province, y fit la connaissance de la tante d'Anna, une dame fort riche, qui manœuvra habilement pour rapprocher de sa nièce ce dignitaire encore jeune. Un beau jour Alexis Alexandrovitch se vit dans l'alternative de choisir entre une demande en mariage ou un changement de résidence. Longtemps il hésita, trouvant autant de raisons contre que pour le mariage ; il ne se fût sans doute point départi de sa maxime favorite « dans le doute abstiens-toi », si un ami de la tante ne lui avait fait entendre que ses assiduités compromettaient la jeune fille et qu'en homme d'honneur il devait se déclarer. Il s'exécuta aussitôt et dès lors reporta sur sa fiancée d'abord, puis sur sa femme, la somme d'affection dont sa nature était capable.

Cet attachement exclut chez lui tout autre besoin d'intimité. Il n'eut toute sa vie que des relations. Il pouvait inviter de nombreux personnages, leur demander un service, une protection pour quelque solliciteur, critiquer librement devant eux les actes du gouvernement, sans jamais prétendre à plus de cordialité. Le seul homme auquel il eût pu confier son chagrin, un ancien camarade d'université avec lequel il s'était lié par la suite, exerçait en province les fonctions de recteur d'académie. Les seules relations familières qu'il eût à Pétersbourg étaient son chef de cabinet et son médecin.

Le premier, Michel Vassiliévitch Slioudine, un galant homme, simple, bon et intelligent, paraissait ressentir pour Karénine une vive sympathie ; mais cinq années de subordination avaient élevé entre son chef et lui une barrière qui arrêtait les confidences. Ce jour-là pourtant, Alexis Alexandrovitch, après avoir signé les papiers que Slioudine lui apportait, le regarda longtemps en silence, tout prêt à s'épancher. Il avait même préparé une phrase : « Vous savez mon malheur », et tenta plusieurs fois de la prononcer ; mais elle mourut sur ses lèvres. Il dut se borner en le congédiant à la formule habituelle : « Vous aurez la bonté de me préparer ce travail. »

Le médecin était également bien disposé à son égard ; Karénine ne l'ignorait point, mais il s'était conclu un pacte tacite entre eux, par lequel tous deux se supposaient surchargés de besogne et contraints d'abréger leurs entretiens.

Quant aux amies, et à la principale d'entre elles, la comtesse Lydie, Alexis Alexandrovitch n'y songeait même pas. Les femmes lui faisaient peur et il n'éprouvait pour elles que de l'aversion.

XXII

Si Karénine avait oublié la comtesse Lydie, celle-ci pensait à lui. Elle arriva précisément à cette heure lugubre où, assis à son bureau, la tête entre ses mains, il se laissait aller au désespoir. Sans se faire annoncer, elle pénétra dans le cabinet de travail.

— *J'ai forcé la consigne*, dit-elle, entrant à pas rapides, essoufflée par l'émotion. Je sais tout, Alexis Alexandrovitch, mon ami !

Et elle lui serra la main entre les siennes, en le regardant de ses beaux yeux pensifs. Karénine se leva d'un air maussade, dégagea sa main et lui avança un siège.

— Veuillez vous asseoir, comtesse, je ne reçois pas parce que je suis souffrant, dit-il les lèvres tremblantes.

— Mon ami, répéta la comtesse sans le quitter des yeux ; ses sourcils froncés dessinèrent un triangle sur son front, et cette grimace enlaidit encore sa figure jaune, naturellement laide.

Alexis Alexandrovitch comprit qu'elle était prête à pleurer de compassion, et l'attendrissement le gagna ; il saisit sa main potelée et la baisa.

— Mon ami, dit-elle d'une voix entrecoupée par l'émotion, vous ne devez pas vous abandonner ainsi à votre douleur ; elle est grande, mais il faut chercher à la calmer.

— Je suis brisé, tué, je ne suis plus un homme, dit Alexis Alexandrovitch, abandonnant la main de la comtesse, sans quitter du regard ses yeux remplis de larmes ; ma situation est d'autant plus affreuse que je ne trouve d'appui ni en moi, ni hors de moi.

— Vous trouverez cet appui, non pas en moi, bien que je vous prie de croire à mon amitié, dit-elle en soupirant, mais en Lui. Notre appui est dans son amour; son joug est léger, continua-t-elle avec ce regard exalté que Karénine lui connaissait bien. Il vous soutiendra, Il viendra à votre aide.

Ces paroles témoignaient d'une exaltation mystique nouvellement introduite à Pétersbourg[1]; elles n'en furent pas moins douces à Alexis Alexandrovitch.

— Je suis faible, anéanti. Je n'ai rien prévu autrefois et ne comprends plus maintenant.

— Mon ami!

— Ce n'est pas la perte que je fais, continua Alexis Alexandrovitch, que je déplore. Oh! non! mais je ne puis me défendre d'un sentiment de honte aux yeux du monde. C'est mal, mais je n'y puis rien.

— Ce n'est pas vous qui avez accompli l'acte de pardon si noble que nous admirons tous, c'est Lui; aussi n'avez-vous pas à en rougir, dit la comtesse en levant les yeux d'un air extatique.

Karénine s'assombrit et, serrant les mains l'une contre l'autre, en fit craquer les jointures.

— Si vous saviez tous les détails! dit-il de sa voix perçante. Les forces de l'homme ont des limites, et j'ai trouvé la limite des miennes, comtesse. Ma journée entière s'est passée en arrangements domestiques découlant (il appuya sur ce mot) de ma situation solitaire. La gouvernante, les domestiques, les comptes, ces misères me consument à petit feu. Hier à dîner... c'est à peine si je me suis contenu. Je ne pouvais pas supporter le regard de mon fils. Il n'osait pas me poser de questions, et moi je n'osais pas le regarder. Il avait peur de moi... Mais ce n'est rien encore.

Karénine voulut parler de la facture qu'on lui avait apportée, mais sa voix trembla et il s'arrêta. Cette facture sur papier bleu, pour un chapeau et des rubans, il n'y pouvait songer sans se prendre en pitié.

— Je comprends, mon ami, je comprends tout, dit la comtesse. L'aide et la consolation, vous ne les trouverez pas en moi; si je suis venue, c'est pour vous offrir mes services, pour tenter de vous délivrer de ces petits soucis misérables... Il faut ici une main de femme... Me laisserez-vous faire?

Alexis Alexandrovitch lui serra la main sans mot dire.

— Nous nous occuperons tous deux de Serge. Je ne m'entends guère aux choses de la vie pratique, mais je m'y mettrai ; je serai votre économe. Ne me remerciez pas, je ne le fais pas de moi-même…

— Comment ne vous serais-je pas reconnaissant ?

— Mais, mon ami, ne cédez pas au sentiment dont vous parliez tout à l'heure, ne rougissez pas de ce qui constitue le plus haut degré de la perfection chrétienne : « celui qui s'abaisse sera élevé ». Ne me remerciez pas, mais bien plutôt Celui qu'il faut prier. En Lui seul nous trouverons la paix, la consolation, le salut et l'amour !

Elle leva les yeux au ciel ; Alexis Alexandrovitch comprit qu'elle priait. Cette phraséologie, qu'il trouvait autrefois déplacée, lui paraissait aujourd'hui naturelle et calmante. Il n'approuvait pas l'exaltation à la mode ; croyant sincère, il ne s'intéressait guère à la religion que du point de vue politique ; et comme les doctrines nouvelles ouvraient la porte à la discussion et à l'analyse, elles devaient lui être antipathiques par principe. Aussi opposait-il d'ordinaire un silence réprobateur aux effusions mystiques de la comtesse. Mais cette fois il la laissa parler avec plaisir, sans la contredire, même intérieurement.

— Je vous ai un gré infini de vos paroles et de vos promesses, dit-il quand elle eut fini de prier.

La comtesse serra encore une fois la main de son ami.

— Maintenant je me mets à l'œuvre, dit-elle, après avoir effacé en souriant les traces de larmes sur son visage. Je vais voir Serge et ne m'adresserai à vous que dans les cas graves.

La comtesse se leva et se rendit auprès de Serge ; là, tout en baignant de ses larmes les joues du petit garçon effrayé, elle lui apprit que son père était un saint et que sa mère était morte.

La comtesse remplit sa promesse et se chargea effectivement des détails du ménage, mais elle n'avait rien exagéré en avouant son manque de sens pratique. Elle donna des ordres si peu raisonnables que Kornéï, le valet de chambre d'Alexis Alexandrovitch, prit sur lui de les révoquer et s'empara peu à peu des rênes du gouvernement. Cet homme eut l'art d'habituer son maître à écouter, pendant sa toilette, les rapports qu'il jugeait bon de lui faire d'un ton calme et circonspect. L'intervention de la comtesse n'en fut pas moins utile : son affection et son estime furent pour Karénine un soutien moral, et, à sa grande consolation, elle parvint presque à le convertir, c'est-à-dire à changer sa tiédeur en une chaude et ferme sympathie pour la doctrine chrétienne, telle qu'on l'enseignait depuis peu à Saint-Pétersbourg[1]. Cette conversion ne fut pas difficile. Comme la comtesse, comme tous ceux qui préconisaient les idées nouvelles, Alexis Alexandrovitch était dénué d'imagination profonde, c'est-à-dire de cette faculté de l'âme grâce à laquelle les mirages de l'imagination même exigent pour se faire accepter une certaine vraisemblance. Il ne voyait rien d'impossible à ce que la mort existât pour les incrédules et non pour lui ; à ce que le péché fût exclu de son âme et son salut assuré dès ce monde, parce qu'il possédait une foi pleine et entière, dont seul il était juge.

La légèreté, l'erreur de ces doctrines le frappaient néanmoins par moments. L'irrésistible sentiment qui, sans la moindre impulsion d'en haut, l'avait entraîné au pardon, lui avait causé une joie bien différente de celle qu'il éprouvait à se redire constamment que le Christ habitait son âme et lui inspirait la signature de tel ou tel papier. Néanmoins, pour illusoire que fût cette grandeur morale, elle lui était indispensable dans son humiliation actuelle : du haut de cette révélation imaginaire, il croyait pouvoir mépriser ceux qui le méprisaient, et il se cramponnait à ses nouvelles convictions comme à une planche de salut.

XXIII

La comtesse Lydie avait été mariée fort jeune ; d'un naturel exalté, elle rencontra dans son mari un grand seigneur bon enfant, très riche et très dissolu. Dès le second mois de leur mariage, son mari la quitta, répondant à ses effusions par des sarcasmes et même par une hostilité que personne ne parvint à s'expliquer, la bonté du comte étant connue et la romanesque Lydie n'offrant aucune prise à la critique. Depuis lors, bien que les époux vécussent séparés, chaque fois qu'ils se rencontraient, le comte accueillait sa femme avec un sourire amer qui demeura toujours une énigme.

La comtesse avait depuis longtemps renoncé à adorer son mari, mais elle s'était toujours éprise de quelqu'un et même de plusieurs personnes à la fois, hommes et femmes généralement, de ceux qui attiraient l'attention d'une manière quelconque. Elle s'éprit de tous les princes, de toutes les princesses qui s'alliaient à la famille impériale ; elle aima successivement un métropolite, un grand vicaire et un simple prêtre ; ensuite un journaliste, trois « frères slaves » et Komissarov ; puis un ministre, un médecin, un missionnaire anglais et enfin Karénine. Ces amours multiples, avec leurs différentes phases de chaleur ou de refroidissement, ne l'empêchaient en rien d'entretenir tant à la cour qu'à la ville les relations les plus compliquées. Mais, du jour où elle prit Karénine sous sa protection particulière et se préoccupa de son bien-être, elle sentit qu'elle n'avait jamais sincèrement aimé que lui. Ses autres amours perdirent toute valeur à ses yeux ; en les comparant à celui qu'elle éprouvait maintenant, elle dut s'avouer que jamais elle ne se serait éprise de Komissarov s'il n'eût sauvé la vie de l'empereur, ni de Ristitch-Koudjitski[1] si la question slave n'eût pas existé ; tandis qu'elle aimait Karénine pour lui-même, pour sa grande âme incomprise, pour son caractère, pour le son de sa voix, son parler lent, son regard fatigué et ses mains blanches et molles, aux veines gonflées. Non seulement elle se réjouissait à l'idée de le voir, mais encore elle cherchait à lire sur le visage de son ami une impression analogue à la sienne. Elle voulait lui plaire autant par sa personne que par sa conversation ; elle ne s'était jamais autant mise en frais de toilette ; elle se surprit plus d'une fois réfléchissant à ce qui aurait pu être s'ils eussent été libres tous deux. Entrait-il, elle rougissait d'émotion ; lui disait-il quelque parole aimable, elle ne pouvait réprimer un sourire ravi.

Depuis quelques jours la comtesse était au comble de l'émoi : elle avait appris le retour d'Anna et de Vronski. Il fallait à tout prix épargner à Alexis Alexandrovitch le supplice de revoir sa femme, éloigner de lui jusqu'à la pensée que cette triste personne respirait dans la même ville que lui et pouvait à chaque instant le rencontrer. Elle fit faire une enquête pour connaître les plans de ces « vilaines gens », comme elle nommait Anna et Vronski. Le jeune aide de camp, ami de Vronski, qu'elle chargea de cette mission avait besoin de la comtesse pour obtenir, grâce à son appui, la concession d'une affaire. Il vint donc lui apprendre qu'après avoir terminé leurs arrangements ils comptaient partir le lendemain. Lydie Ivanovna commençait à se rassurer lorsqu'on lui remit le lendemain matin un billet dont elle reconnut aussitôt l'écriture : c'était celle d'Anna Karénine. L'enveloppe, en papier anglais épais comme de l'écorce, contenait une feuille oblongue et jaune, ornée d'un immense monogramme ; le billet répandait un parfum délicieux.

— Qui a apporté cette lettre ?

— Un commissionnaire d'hôtel.

Longtemps la comtesse resta debout sans avoir le courage de s'asseoir pour lire. Un accès d'asthme l'oppressait. Une fois calmée, elle lut le billet suivant écrit en français :

« Les sentiments chrétiens dont votre âme est remplie, comtesse, me donnent l'audace — impardonnable, je le sens — de m'adresser à vous. Je souffre d'être séparée de mon fils et supplie qu'on veuille bien m'autoriser à le voir une fois avant mon départ. Si je ne m'adresse pas directement à Alexis Alexandrovitch, c'est pour ne pas éveiller chez cet homme généreux de pénibles souvenirs. Connaissant votre amitié pour lui, j'ai pensé que vous me comprendriez. M'enverrez-vous Serge chez moi, préférez-vous que j'y vienne à l'heure que vous m'indiquerez, ou me ferez-vous savoir à quel endroit je pourrai le voir ? Un refus me semble impossible lorsque je songe à la magnanimité de celui à qui il appartient de décider. Vous ne sauriez imaginer ma soif de revoir mon enfant, ni par conséquent comprendre l'étendue de ma reconnaissance pour l'appui que vous voudrez bien me prêter.

ANNA. »

Tout dans cette lettre irrita la comtesse Lydie : son contenu, l'allusion à la magnanimité et surtout le ton d'aisance qu'elle crut y découvrir.

— Dites qu'il n'y a pas de réponse, fit-elle. Et ouvrant aussitôt son buvard, elle écrivit à Karénine qu'elle espérait bien le rencontrer vers une heure au palais : c'était jour de fête, la cour présentait ses vœux à la famille impériale.

« J'ai besoin de vous entretenir d'une affaire grave et triste. Nous conviendrons au palais du lieu où je pourrai vous voir. Le mieux serait chez moi, où je ferai préparer "votre" thé. C'est indispensable... Il nous impose sa croix ; mais Il nous donne aussi la force de la porter », ajouta-t-elle pour le préparer dans une certaine mesure.

La comtesse écrivait deux ou trois billets par jour à Alexis Alexandrovitch. Elle aimait ce moyen de donner à leurs rapports, trop simples à son gré, un cachet d'élégance et de mystère.

XXIV

L'AUDIENCE impériale était terminée. Tout en se retirant, on commentait les nouvelles du jour : récompenses et mutations.

— Que diriez-vous si la comtesse Marie Borissovna était nommée ministre de la guerre et la princesse Vatkovski chef de l'état-major ? disait un petit vieillard grisonnant, en uniforme couvert de broderies, à une grande et belle demoiselle d'honneur qui le questionnait sur les nominations.

— Dans ce cas je dois être promue aide de camp ? dit la jeune fille en souriant.

— Que non ! Vous êtes nommée ministre des cultes avec Karénine comme secrétaire d'État... Bonjour, mon prince, continua le bonhomme en serrant la main à quelqu'un qui s'approchait de lui.

— Vous parliez de Karénine ? demanda le prince.

— Poutiatov et lui ont reçu le grand cordon de Saint-Alexandre-Nevski.

— Je croyais qu'il l'avait déjà.

— Non ! Regardez-le, dit le petit vieillard en indiquant de son tricorne brodé Karénine qui, debout dans l'embrasure d'une porte, s'entretenait avec un des membres influents du Conseil d'État ; il portait l'uniforme de cour avec son nouveau cordon rouge en écharpe. N'est-il pas heureux et content comme un sou neuf ? Et le vieillard s'arrêta pour serrer la main à un superbe et athlétique chambellan qui passait.

— Non, il a vieilli, fit celui-ci.

— C'est l'effet des soucis. Il passe sa vie à écrire des projets. Tenez, en ce moment, il ne lâchera pas son malheureux interlocuteur avant de lui avoir tout exposé point par point.

— Comment, vieilli ? *Il fait des passions.* La comtesse Lydie doit être jalouse de sa femme.

— Je vous en prie, ne dites pas de mal de la comtesse Lydie.

— Y a-t-il du mal à être éprise de Karénine ?

— Mme Karénine est-elle vraiment ici ?

— Pas ici au palais, mais à Pétersbourg. Je l'ai rencontrée hier, rue Morskaïa, *bras dessus bras dessous* avec Alexis Vronski.

— *C'est un homme qui n'a pas*... commença le chambellan, mais il s'arrêta pour faire place et saluer au passage une personne de la famille impériale.

Tandis qu'on ridiculisait ainsi Alexis Alexandrovitch, celui-ci barrait le chemin au conseiller d'État, et, sans lui faire grâce d'un iota, lui exposait tout au long un projet financier.

Presque en même temps qu'il avait été abandonné par sa femme, Alexis Alexandrovitch s'était trouvé, sans qu'il s'en rendît encore bien compte, dans la situation la plus pénible que puisse connaître un fonctionnaire : la marche ascendante de sa carrière avait pris fin. Certes il occupait encore un poste important, il continuait à faire partie d'un grand nombre de comités et de commissions, mais on le rangeait parmi les gens qui ont fait leur temps et dont on n'attend plus rien ; tous ses projets semblaient caducs et périmés. Loin d'en juger ainsi, Karénine croyait discerner avec plus de justesse les erreurs du gouvernement depuis qu'il n'en faisait plus directement partie et pensait de son devoir d'indiquer certaines réformes à introduire. Peu après le départ d'Anna, il écrivit quelques pages sur les nouveaux tribunaux, le premier des mémoires innombrables et parfaitement inutiles qu'il devait composer sur les branches les plus diverses de l'administration. Aveugle à sa disgrâce, il se montrait plus que jamais satisfait de lui-même et de son activité; et comme la sainte Écriture était dorénavant son guide en toutes choses, il se rappelait sans cesse le mot de saint Paul: « Celui qui a une femme songe aux biens terrestres; celui qui n'en a pas ne songe qu'au service du Seigneur. »

Alexis Alexandrovitch ne prêtait aucune attention à l'impatience, pourtant bien visible, du conseiller d'État; il dut cependant s'interrompre au passage du membre de la famille impériale et son interlocuteur en profita pour s'éclipser! Resté seul, Karénine baissa la tête, chercha à rassembler ses idées, et jetant un regard distrait autour de lui, se dirigea vers la porte où il pensait rencontrer la comtesse Lydie.

« Comme ils sont tous forts et bien portants! » songea-t-il en considérant au passage le cou vigoureux du prince serré dans son uniforme, et le robuste chambellan aux favoris parfumés. « Il n'est que trop vrai, tout est mal en ce monde », se dit-il encore après un coup d'œil aux mollets du chambellan. Et tout en cherchant des yeux la comtesse, il adressa à ces beaux messieurs qui parlaient de lui un de ces saluts las et dignes dont il était coutumier.

— Alexis Alexandrovitch, s'écria le petit vieillard dont les yeux brillaient méchamment, je ne vous ai pas encore félicité. Tous mes compliments, ajouta-t-il en désignant le grand cordon.

— Je vous remercie infiniment. Quel temps superbe, n'est-ce pas? répondit Karénine, en insistant, suivant son habitude, sur le mot « superbe ».

Il se doutait bien que ces messieurs se moquaient de lui: mais connaissant leurs sentiments hostiles, il n'attachait à leurs dires aucune importance.

Les épaules jaunes et les beaux yeux pensifs de la comtesse Lydie lui apparurent et l'attirèrent de loin: il se dirigea vers elle avec un sourire qui découvrit ses dents blanches.

La toilette de la comtesse comme toutes celles que depuis quelque temps elle prenait le soin de composer, lui avait causé bien des soucis. Elle poursuivait un but fort différent de celui qu'elle se proposait trente ans plus tôt. Elle ne songeait alors qu'à se parer et n'était jamais trop élégante à son gré, tandis que maintenant elle cherchait à rendre le contraste supportable entre sa personne et sa toilette. Elle y parvenait aux yeux d'Alexis Alexandrovitch, qui la trouvait charmante. La sympathie de cette femme était pour lui l'unique refuge contre l'animosité générale. Aussi au milieu de cette foule hostile se sentait-il attiré vers elle comme une plante vers la lumière.

— Tous mes compliments, dit-elle en portant ses regards sur la décoration.

Retenant un sourire de contentement, Karénine haussa les épaules et ferma les yeux à demi, pour marquer que ces sortes de distinctions ne lui importaient guère. La comtesse savait pertinemment qu'elles lui causaient au contraire une de ses joies les plus vives.

— Que devient notre ange ? demanda-t-elle, faisant allusion à Serge.

— Je ne suis pas très content de lui, répondit Alexis Alexandrovitch, en levant les sourcils et en ouvrant les yeux. Sitnikov, son professeur, ne l'est pas davantage. Comme je vous le disais, il fait preuve d'une certaine froideur pour les questions essentielles qui doivent toucher toute âme humaine, même celle d'un enfant.

Sa carrière mise à part, l'éducation de son fils préoccupait seule pour le moment Alexis Alexandrovitch. Jamais jusque-là les questions d'éducation ne l'avaient intéressé ; mais sentant la nécessité de suivre l'instruction de son fils, il avait consacré un certain temps à étudier des livres d'anthropologie et de pédagogie afin de se former un plan d'études que le meilleur professeur de Pétersbourg fut ensuite chargé de mettre en pratique[1].

— Oui, mais le cœur ? Je trouve à cet enfant le cœur de son père, et avec cela peut-il être mauvais ! dit la comtesse de son ton emphatique.

— Peut-être... Pour moi, je remplis mon devoir, c'est tout ce que je puis faire.

— Vous viendrez chez moi ? dit la comtesse après un moment de silence. Nous avons à causer d'une chose triste pour vous. J'aurais donné tout au monde pour vous épargner certains souvenirs, mais d'autres ne pensent pas de même. « Elle » est ici, à Pétersbourg, et « elle » m'a écrit.

Alexis Alexandrovitch tressaillit, mais son visage prit

aussitôt cette expression d'immobilité cadavérique qui indiquait sa totale impuissance en pareille matière.

— Je m'y attendais, dit-il.

La comtesse l'enveloppa d'un regard exalté et devant cette grandeur d'âme des larmes d'admiration jaillirent de ses yeux.

XXV

Alexis Alexandrovitch attendit quelques instants dans l'élégant boudoir décoré de portraits et de vieilles porcelaines. La comtesse changeait de toilette. Un service à thé chinois était disposé sur un guéridon à côté d'une bouilloire à esprit-de-vin. Karénine accorda un regard distrait aux innombrables cadres qui ornaient la pièce, s'assit près du guéridon et y prit un évangile. Le frôlement d'une robe de soie vint le distraire.

— Enfin, nous allons être un peu tranquilles, dit la comtesse en se glissant avec un sourire ému entre le guéridon et le canapé. Nous pourrons causer en prenant notre thé.

Après un court préambule, elle tendit, le teint cramoisi et l'haleine courte, la lettre d'Anna à Karénine, qui la lut et garda longtemps le silence.

— Je ne me crois pas le droit de lui refuser, dit-il enfin non sans timidité.

— Mon ami, vous ne voyez le mal nulle part.

— Je le vois au contraire partout. Mais serait-il juste de…

Son visage exprimait l'indécision, le désir d'un conseil, d'un appui, d'un guide dans une question aussi épineuse.

— Non, interrompit la comtesse, il y a des limites à tout. Je comprends l'immoralité, dit-elle sans la moindre vraisemblance puisqu'elle n'avait jamais pu discerner ce qui incitait les femmes à enfreindre les lois de la morale ; mais ce que je ne comprends pas, c'est la cruauté, et envers qui ? envers vous ! Comment a-t-elle le front de rester dans la même ville que vous ! On n'est jamais trop vieux pour s'instruire ; j'apprends tous les jours à comprendre votre grandeur et sa bassesse.

— Qui de nous jettera la première pierre ? dit Alexis

Alexandrovitch, satisfait de son rôle. Après avoir tout pardonné, puis-je la priver de ce qui est un besoin de son cœur, son amour pour son enfant ?...

— Est-ce bien de l'amour, mon ami ? Tout cela est-il sincère ? Vous avez pardonné et vous pardonnez encore, je le veux bien, mais avons-nous le droit de troubler l'âme de ce petit ange ? Il croit sa mère morte ; il prie pour elle et demande à Dieu le pardon de ses péchés. Que penserait-il maintenant ?

— Je n'y avais pas songé, dit Alexis Alexandrovitch, frappé par la justesse de ce raisonnement.

La comtesse se couvrit le visage de ses mains et garda un certain temps le silence. Elle priait.

— Si vous voulez mon avis, dit-elle enfin, je ne vous conseille pas d'accorder cette permission. Ne vois-je pas combien vous souffrez, combien votre blessure saigne ? Admettons que vous fassiez abstraction de vous-même, mais où cela vous mènera-t-il ? Vous vous préparez de nouvelles souffrances et un trouble nouveau pour l'enfant ! Si elle était encore capable de sentiments humains, elle serait la première à le comprendre. Non, je n'éprouve aucune hésitation, et je vais, si vous m'y autorisez, lui faire une réponse en ce sens.

Karénine ayant donné son acquiescement, la comtesse écrivit en français la lettre suivante :

« Madame. Votre souvenir peut donner lieu, de la part de votre fils, à des questions auxquelles on ne saurait répondre sans contraindre l'enfant à juger ce qui doit rester sacré pour lui. Vous voudrez donc bien comprendre le refus de votre mari dans un esprit de charité chrétienne. Je prie le Tout-Puissant de vous être miséricordieux.

Comtesse LYDIE. »

Cette lettre atteignit le but secret que la comtesse se cachait à elle-même : elle blessa Anna jusqu'au fond de l'âme.

De son côté Alexis Alexandrovitch rentra chez lui troublé ; il ne put de toute la journée reprendre ses occupations ni retrouver la paix d'un homme qui possède la grâce et se sent élu. La pensée de sa femme, si coupable à son égard et envers laquelle il avait agi comme un saint aux dires de la comtesse, n'aurait pas dû le troubler ; et cependant il n'était pas tranquille. Il ne comprenait rien à ce qu'il lisait, et ne parvenant pas à chasser de son esprit les cruelles réminiscences du passé, il s'accusait de nombreuses fautes : pourquoi, après l'aveu d'Anna, n'avait-il exigé d'elle que le respect des convenances ? pourquoi n'avait-il pas provoqué Vronski en duel ? Et la lettre qu'il avait écrite à sa femme, son inutile pardon, les soins donnés à l'enfant étranger, tout lui revenait à la mémoire et brûlait son cœur de confusion. Il en vint même à trouver déshonorants tous les incidents de leur passé, à commencer par la déclaration plutôt niaise qu'il s'était décidé à lui faire après de longues hésitations.

« Mais en quoi suis-je donc coupable ? » se demandait-il. Cette question en appelait invariablement une autre : comment donc aimaient, comment donc se mariaient les Vronski, les Oblonski, les chambellans aux mollets gras ? Et il évoquait toute une série de ces êtres vigoureux et sûrs d'eux-mêmes, qui avaient toujours captivé son attention. Quelque effort qu'il fît pour chasser de semblables pensées, pour se souvenir que, le but de son existence n'étant pas de ce monde mortel, la paix et la charité devaient seules habiter son âme, il souffrait comme si le salut éternel n'eût été qu'une chimère. Il surmonta pourtant cette tentation et reconquit bientôt la sérénité et l'élévation d'esprit grâce auxquelles il parvenait à oublier les choses dont il voulait perdre le souvenir.

XXVI

Eh bien, Kapitonitch, demanda Serge, rentrant rose et gai de la promenade, la veille de son anniversaire, tandis que le vieux suisse, souriant au petit homme du haut de sa grande taille, le débarrassait de son caftan plissé, le fonctionnaire au bandeau est-il venu ? Papa l'a-t-il reçu ?

— Oui, à peine le chef de cabinet parti, je l'ai annoncé, répondit le suisse en clignant gaiement d'un œil. Laissez-moi vous enlever ça.

— Serge, appela le précepteur serbe arrêté devant la porte qui menait aux appartements, déshabillez-vous vous-même.

Mais Serge, bien qu'il entendît la voix grêle de son précepteur, n'y prêtait aucune attention ; il tenait le suisse par son baudrier et le regardait dans les yeux.

— Papa a-t-il fait ce qu'il demandait ?

Le suisse fit un signe de tête affirmatif.

Ce fonctionnaire enveloppé d'un bandeau intéressait Serge et le suisse ; c'était la septième fois qu'il se présentait et Serge l'avait rencontré un jour dans le vestibule, suppliant le suisse de le faire recevoir et prétendant qu'il ne lui restait qu'à mourir avec ses sept enfants ; depuis lors le sort du pauvre homme préoccupait beaucoup le petit garçon.

— Avait-il l'air content ? demanda-t-il.

— Je crois bien, il est parti presque en sautant !

— A-t-on apporté quelque chose ? s'enquit Serge après un moment de silence.

— Oh ! oui, Monsieur, dit à mi-voix le suisse en hochant la tête ; il y a un paquet de la part de la comtesse.

— Vrai ? Où l'a-t-on mis ?

— Kornéï l'a porté chez monsieur votre papa ; ça doit être une jolie chose.

— De quelle grandeur ? Comme ça ?

— Plus petit, mais c'est beau.

— Un livre ?

— Non, un objet. Allez, allez, Vassili Loukitch vous appelle, dit le suisse en désignant d'un clin d'œil le précepteur Vounitch qui approchait. Et il repoussa doucement la petite main à demi dégantée agrippée à son baudrier.

— Tout de suite, Vassili Loukitch, dit Serge avec ce sourire aimable et gracieux qui désarmait toujours le sévère précepteur.

Serge avait le cœur trop rempli de joie pour ne point partager avec son ami le suisse un bonheur de famille que venait de lui apprendre la nièce de la comtesse Lydie pendant leur promenade au Jardin d'Été. Cette joie lui paraissait encore plus grande depuis qu'il y joignait celle du fonctionnaire et celle du cadeau. Il lui semblait qu'en ce beau jour tout le monde devait être heureux et content.

— Sais-tu ? reprit-il. Papa a reçu le grand cordon de Saint-Alexandre-Nevski.

— Bien entendu que je le sais. On eﬆ déjà venu le féliciter.

— Il doit être content ?

— On eﬆ toujours content d'une faveur de l'empereur. C'eﬆ une preuve qu'on l'a méritée, dit le suisse d'un ton grave.

Serge réfléchit, tout en continuant à considérer le suisse, dont le visage lui était connu dans ses moindres détails, le menton surtout, perdu entre ses favoris gris et que personne n'avait jamais aperçu sauf l'enfant, qui ne voyait jamais son ami que de bas en haut.

— Et ta fille, y a-t-il longtemps qu'elle eﬆ venue ?

La fille du suisse faisait partie du corps de ballet.

— Où trouverait-elle le temps de venir un jour de semaine ? Elles ont leurs leçons comme vous avez les vôtres. Allez vite, Monsieur, on vous attend.

En rentrant dans sa chambre, Serge, au lieu de se mettre à ses devoirs, fit part à son précepteur de ses suppositions sur le cadeau qu'on lui avait apporté : ce devait être une locomotive.

— Qu'en pensez-vous ? demanda-t-il.

Mais Vassili Loukitch ne pensait qu'à la leçon de grammaire qui devait être apprise avant la venue du professeur vers deux heures. L'enfant s'inﬆalla à sa table de travail ; il avait déjà son livre entre les mains quand tout à coup :

— Dites-moi donc, s'écria-t-il, y a-t-il un ordre au-dessus de Saint-Alexandre-Nevski ? Vous savez que papa a reçu le grand cordon de cet ordre.

Le précepteur répondit qu'il y avait celui de Saint-Vladimir.

— Et au-dessus ?

— Au-dessus de tout, celui de Saint-André.

— Et au-dessus ?

— Je ne sais pas.

— Comment, vous ne savez pas non plus ?

Et Serge, le front entre ses mains, se plongea dans des méditations plutôt compliquées. Il s'imaginait que son père allait peut-être recevoir encore les cordons de Saint-Vladimir et de Saint-André et se montrerait en conséquence bien plus indulgent pour la leçon d'aujourd'hui.

Puis il se disait qu'une fois grand, il ferait en sorte de mériter toutes les décorations, même celles qu'on inventerait au-dessus de Saint-André : à peine un nouvel ordre serait-il institué qu'il s'en rendrait digne tout de suite.

Ces réflexions firent passer le temps si vite qu'interrogé à l'heure de la leçon sur les compléments de temps, de lieu et de mode, il ne sut que répondre, au grand chagrin du professeur. Serge en fut peiné : sa leçon, quoi qu'il fît, ne lui entrait pas dans la tête ! En présence du professeur, cela marchait encore, car à force d'écouter et de croire qu'il comprenait, il s'imaginait comprendre ; mais, une fois seul, il se refusait à admettre qu'un mot aussi court et aussi simple que le mot « soudain » pût se ranger parmi les « com-plé-ments de mo-de » !

Désireux de rentrer en grâce, il choisit un moment où son maître cherchait quelque chose dans son livre et lui demanda :

— Michel Ivanytch, quand sera votre fête ?

— Vous feriez mieux de penser à votre travail. Quelle importance un jour de fête a-t-il pour un être raisonnable ? C'est un jour comme un autre, qu'il faut employer à travailler.

Serge regarda avec attention son professeur, examina sa barbe rare, ses lunettes descendues sur son nez, et se perdit dans des réflexions si profondes qu'il n'entendit plus rien du reste de la leçon. Au ton dont la phrase avait été prononcée, il lui paraissait impossible qu'elle fût sincère.

« Mais pourquoi s'entendent-ils tous pour me dire de la même façon les choses les plus ennuyeuses et les plus inutiles ? Pourquoi celui-ci me repousse-t-il et ne m'aime-t-il pas ? » se demandait tristement le petit garçon sans pouvoir trouver de réponse.

XXVII

Après la leçon du professeur vint celle du père : Serge, en l'attendant, jouait avec son canif et poursuivait le cours de ses méditations.

Une de ses occupations favorites consistait à chercher

sa mère pendant ses promenades ; il ne croyait pas à la mort en général et surtout pas à celle de sa mère, malgré les affirmations de la comtesse et de son père. Aussi, les premiers temps qui suivirent le départ d'Anna, pensait-il la reconnaître dans toutes les femmes grandes, brunes, gracieuses et un peu fortes : son cœur se gonflait de tendresse, il suffoquait, les larmes lui venaient aux yeux. Il s'attendait à ce qu'une de ces dames s'approchât de lui, levât son voile ; alors il reverrait son visage, elle lui sourirait, l'embrasserait, il sentirait la douce caresse de sa main, reconnaîtrait son parfum et pleurerait de joie, comme un soir où il s'était roulé à ses pieds parce qu'elle le chatouillait et avait tant ri en mordillant sa main blanche couverte de bagues. Plus tard, la vieille bonne lui ayant appris par hasard que sa mère vivait, son père et la comtesse durent lui expliquer qu'elle était morte pour lui parce qu'elle était devenue méchante. Il n'en crut rien, car il l'aimait, et continua à l'attendre et à la chercher de plus belle. Ce jour-là, au Jardin d'Été, il avait aperçu une dame en voile mauve et son cœur battit bien fort quand il lui vit prendre le même sentier que lui ; puis tout à coup la dame avait disparu. Serge sentait sa tendresse pour sa mère plus vive que jamais ; les yeux brillants, perdu dans son rêve, il regardait droit devant lui en tailladant la table de son canif.

Vassili Loukitch le tira de cette contemplation :

— Voilà papa qui vient !

Serge sauta de sa chaise, courut baiser la main de son père et chercha sur son visage quelques signes de contentement à propos de sa décoration.

— As-tu fait une bonne promenade ? demanda Alexis Alexandrovitch, qui se laissa tomber dans un fauteuil et ouvrit le volume de l'Ancien Testament. Bien qu'il répétât souvent à Serge que tout chrétien devait connaître à fond l'histoire sainte, il avait besoin de consulter le livre pour ses leçons et l'enfant s'en apercevait.

— Oui, papa, je me suis beaucoup amusé, répondit Serge qui, se rasseyant de guingois sur sa chaise, se mit à la balancer, chose défendue. J'ai vu Nadia (une nièce de la comtesse que celle-ci élevait) et elle m'a dit qu'on vous avait donné une nouvelle décoration. Vous devez être bien content, papa ?

— D'abord ne te balance pas ainsi, dit Alexis Alexandrovitch, et ensuite apprends que ce qui doit nous être cher, c'est le travail par lui-même, et non la récompense. Je voudrais te faire comprendre cela. Si tu ne recherches que la récompense, le travail te paraîtra pénible ; mais si tu aimes le travail pour lui-même, tu trouveras en lui ta récompense.

Et Alexis Alexandrovitch se rappela qu'en signant ce jour-là cent dix-huit papiers différents, il n'avait eu pour soutien dans cette ingrate besogne que le sentiment du devoir.

Les yeux de Serge, brillants de tendresse et de joie, se voilèrent devant le regard de son père. Il sentait que celui-ci prenait en lui parlant un ton particulier, comme s'il se fût adressé à un de ces enfants imaginaires que l'on voit dans les livres mais auxquels lui, Serge, ne ressemblait en rien. Pour plaire à son père, il lui fallait donc jouer le rôle d'un de ces petits garçons exemplaires.

— Tu me comprends, j'espère ?

— Oui, papa, répondit Serge, entrant dans son rôle.

La leçon consistait en une récitation de quelques versets de l'Évangile et une répétition des premiers chapitres de l'Ancien Testament. La récitation ne marchait pas mal ; mais tout à coup Serge remarqua que l'os frontal de son père formait presque un angle droit près des tempes ; cette bizarre disposition le frappa tellement qu'il s'embrouilla et, trompé par la répétition d'un mot, reporta la fin d'un verset au début du suivant. Alexis Alexandrovitch en conclut que son fils ne comprenait rien de ce qu'il récitait et cela l'irrita. Il fronça le sourcil et se prit à expliquer des choses qu'il avait souvent répétées, mais que Serge n'arrivait jamais à retenir tout en les trouvant très claires : c'était la même aventure qu'avec « soudain, complément de mode ». L'enfant, effrayé, considérait son père en ne pensant qu'à une chose : faudrait-il lui répéter ses explications, ainsi qu'il l'exigeait parfois ? Cette crainte l'empêchait de comprendre. Mais Alexis Alexandrovitch passa tout droit à l'histoire sainte. Serge raconta assez bien les faits eux-mêmes, mais lorsqu'il lui fallut indiquer ce que préfiguraient certains d'entre eux, il ne sut trop que dire, bien que cette leçon lui eût déjà valu une punition. Le moment le plus critique fut celui où il dut réciter la liste des patriarches antédiluviens : il demeura court, tailladant sa table et se balançant sur sa chaise. Il ne se rappelait plus qu'Énoch : c'était son personnage favori dans l'histoire sainte et il attachait à l'élévation de ce patriarche aux cieux une longue suite d'idées qui l'absorba complètement, tandis qu'il fixait la chaîne de montre de son père et un bouton à moitié déboutonné de son gilet.

Bien qu'on lui parlât souvent de la mort, Serge se refusait à y croire. Il n'admettait pas que les êtres qu'il aimait pussent disparaître et encore moins qu'il dût mourir lui-même. Cette pensée invraisemblable et incompréhensible de la mort lui avait cependant été confirmée par des personnes qui lui inspiraient confiance ; la vieille bonne avouait, un peu contre son gré, que tous les hommes mouraient. Mais alors pourquoi Énoch n'était-il pas mort ? Et pourquoi d'autres que lui ne mériteraient-ils pas de monter vivants au ciel comme lui ? Les méchants, ceux que Serge n'aimait pas, pouvaient bien mourir, mais les autres devaient être dans le cas d'Énoch.

— Eh bien, voyons, ces patriarches ?

— Énoch, Énos…

— Tu les as déjà nommés. C'est mal, Serge, très mal. Si tu ne cherches pas à t'instruire des choses essentielles à un chrétien, qu'est-ce donc qui t'intéressera ? dit le père en se levant. Je ne suis pas content de toi, ton maître ne l'est pas davantage, je me vois donc forcé de te punir.

Serge travaillait mal en effet ; il était pourtant beaucoup mieux doué que certains enfants que son maître lui citait en exemple. S'il ne voulait pas apprendre ce qu'on lui enseignait, c'est qu'il ne le pouvait pas, et cela parce que son âme avait des besoins très différents de ceux que lui imposaient son père et son maître. À neuf ans, ce n'était qu'un enfant, mais il connaissait son âme et la défendait, comme la paupière protège l'œil, contre ceux qui voulaient y pénétrer sans la clef de l'amour. On lui reprochait de ne rien vouloir apprendre alors qu'il brûlait du désir de savoir ; mais il s'instruisait auprès de Kapitonitch, de sa bonne, de Nadia, de Vassili Loukitch.

Serge fut donc puni : il n'obtint pas la permission d'aller chez Nadia ; mais cette punition tourna à son profit. Vassili Loukitch, qui était de bonne humeur, lui apprit à édifier de petits moulins à vent. Il passa la soirée à en construire un et à méditer sur le moyen de s'en servir pour tournoyer dans les airs : fallait-il s'y attacher par le corps ou simplement s'agripper aux ailes ? Il en oublia sa mère, mais la pensée de celle-ci lui revint dans son lit, et il pria à sa façon pour qu'elle cessât de se cacher et lui fît une visite le lendemain, anniversaire de sa naissance.

— Vassili Loukitch, savez-vous ce que j'ai demandé à Dieu par-dessus le marché ?

— De mieux travailler ?

— Non.

— De recevoir des joujoux ?

— Non, vous ne devinerez pas. C'est un secret. Si cela arrive, je vous le dirai... Vous ne savez toujours pas ?

— Non, vous me le direz, dit Vassili Loukitch en souriant, ce qui ne lui arrivait pas souvent. Allons, couchez-vous, j'éteins la bougie.

— Quand il n'y a plus de lumière, je vois bien mieux ce que j'ai demandé dans ma prière. Tiens, j'ai presque dit mon secret ! fit Serge en riant.

Lorsqu'il fut dans l'obscurité, Serge crut entendre sa mère et sentir sa présence : debout près de lui, elle le caressait de son regard chargé de tendresse. Mais bientôt il vit les moulins, un canif, puis tout se brouilla dans sa petite tête et il s'endormit.

XXVIII

VRONSKI et Anna étaient descendus dans un des meilleurs hôtels de Pétersbourg ; Vronski se logea au rez-de-chaussée, tandis qu'Anna, avec l'enfant, la nourrice et sa femme de chambre, s'installait au premier dans un grand appartement composé de quatre pièces.

Dès le jour de son arrivée, Vronski alla voir son frère, chez qui il rencontra sa mère, venue de Moscou pour ses affaires. Sa mère et sa belle-sœur le reçurent comme d'habitude, le questionnèrent sur son voyage, causèrent d'amis communs, mais ne firent aucune allusion à Anna. En lui rendant sa visite le lendemain, son frère fut le premier à parler d'elle. Alexis saisit l'occasion pour lui faire entendre qu'il considérait comme un mariage la liaison qui l'unissait à Mme Karénine : ayant le ferme espoir d'obtenir un divorce qui régulariserait leur situation, il désirait que leur mère et sa belle-sœur comprissent ses intentions.

— Peu m'importe, ajouta-t-il, que le monde approuve ou non ma conduite ; mais si ma famille tient à rester en bons termes avec moi, il est nécessaire qu'elle entretienne des relations convenables avec ma femme.

Toujours très respectueux des opinions de son cadet, le frère aîné préféra laisser à d'autres le soin de résoudre cette question délicate et suivit sans protester Alexis chez Anna. Durant cette visite, Vronski n'eut garde de tutoyer sa maîtresse, mais il laissa entendre que son frère connaissait leur liaison et déclara sans ambages qu'Anna l'accompagnerait à la campagne.

Malgré son expérience du monde, Vronski tombait dans une étrange erreur : lui qui, mieux que personne, devait comprendre que la société leur resterait fermée, il se figura par un bizarre effet d'imagination que l'opinion publique, revenue d'antiques préjugés, avait dû subir l'influence du progrès général (car, sans trop s'en apercevoir, il était devenu partisan du progrès en toutes choses). « Sans doute, pensait-il, il ne faut pas compter sur le monde officiel ; mais nos parents, nos amis se montreront plus compréhensifs. »

Pour pouvoir rester longtemps assis les jambes croisées, il faut être parfaitement sûr de la liberté de ses mouvements. Dans le cas contraire, des crampes auront vite fait de vous prendre et vos jambes chercheront d'instinct à s'allonger. Il en allait de même pour Vronski : convaincu dans son for intérieur que les portes du monde demeureraient closes, il n'en voulait pas moins croire à une transformation dans les mœurs. Il frappa donc aux portes du monde : elles s'ouvrirent pour lui, mais point pour Anna. Comme dans le jeu « du chat et de la souris », les mains levées devant lui s'abaissèrent aussitôt devant sa maîtresse.

Une des premières femmes du monde qu'il rencontra fut sa cousine Betsy.

— Enfin ! s'écria-t-elle joyeusement à sa vue. Et Anna ? Que je suis contente ! Où êtes-vous descendus ? J'imagine aisément la vilaine impression que doit vous laisser Pétersbourg après un voyage comme le vôtre.

Quelle lune de miel vous avez dû passer à Rome! Et le divorce, est-ce arrangé?

Cet enthousiasme tomba dès que Betsy apprit que le divorce n'était pas encore obtenu, et Vronski s'en aperçut.

— Je sais bien qu'on me jettera la pierre, dit-elle, mais je viendrai voir Anna. Vous ne resterez pas longtemps?

Elle vint en effet le jour même, mais elle avait changé de ton: elle sembla faire valoir son courage et la preuve d'amitié qu'elle donnait à Anna. Après avoir causé des nouvelles du jour, elle se leva au bout de dix minutes et dit en partant:

— Vous ne m'avez toujours pas dit à quand le divorce. Mettons que, moi, j'aie jeté mon bonnet par-dessus les moulins, mais les collets montés vous battront froid tant que vous ne serez pas mariés. Et c'est si facile maintenant. *Ça se fait*... Ainsi vous partez vendredi? Je regrette que nous ne puissions nous voir d'ici là.

Le ton de Betsy aurait pu édifier Vronski sur l'accueil qui leur était réservé; il voulut cependant faire encore une tentative dans sa famille. Il ne comptait certes pas sur sa mère qui, entichée d'Anna à leur première rencontre, se montrait maintenant inexorable pour celle qui venait de briser la carrière de son fils; mais il fondait les plus grandes espérances sur sa belle-sœur Varia: celle-ci, croyait-il, ne jetterait pas la pierre à Anna, elle trouverait tout simple, tout naturel de venir la voir et de la recevoir chez elle. Dès le lendemain, l'ayant trouvée seule, il lui fit part de son désir.

— Tu sais, Alexis, combien je t'aime, et combien je te suis dévouée, répondit Varia après l'avoir écouté jusqu'au bout. Si je me tiens à l'écart, c'est que je ne puis être d'aucune utilité à Anna Arcadiévna (elle appuya sur les deux noms). Ne crois pas que je me permette de la juger, j'aurais peut-être agi comme elle à sa place. Je ne veux entrer dans aucun détail, ajouta-t-elle d'un ton timide en voyant s'assombrir le visage de son beau-frère, mais il faut bien appeler les choses par leur nom. Tu veux que j'aille la voir, que je la reçoive chez moi pour la réhabiliter dans la société? En toute franchise, je ne puis le faire. Mes filles grandissent, je suis forcée à cause de mon mari de vivre dans le monde. Supposons que j'aille chez Anna Arcadiévna, je ne puis l'inviter chez moi ou je dois tout au moins m'arranger pour qu'elle ne rencontre pas dans mon salon des personnes autrement disposées que moi. N'est-ce pas de toute façon la blesser ? Je me sens impuissante à la relever...

— Mais je n'admets pas un instant qu'elle soit tombée, et je ne voudrais pas la comparer à des centaines de femmes que vous recevez, interrompit Vronski en se levant, car il comprenait que Varia avait dit son dernier mot.

— Alexis, ne te fâche pas, je t'en prie, ce n'est pas ma faute, dit Varia avec un sourire craintif.

— Je ne t'en veux pas, mais je souffre doublement, dit-il de plus en plus sombre ; je regrette notre amitié brisée ou du moins bien atteinte, car tu dois comprendre qu'après cela...

Il la quitta sur ces mots et, comprenant l'inutilité de nouvelles tentatives, il résolut de se considérer comme dans une ville étrangère et d'éviter toute occasion de froissements nouveaux.

Une des choses qui lui sembla le plus pénible fut d'entendre partout son nom associé à celui d'Alexis Alexandrovitch ; il n'entendait parler que de Karénine, il le rencontrait partout, ou du moins il se le figurait, comme une personne affligée d'un doigt malade croit le heurter à tous les meubles.

D'autre part, l'attitude d'Anna le déroutait : elle se montrait tantôt éprise de lui, tantôt au contraire froide, irritable, énigmatique. Quelque chose évidemment la tourmentait, mais au lieu d'être sensible aux froissements qui faisaient tant souffrir Vronski et qu'avec sa finesse de perception ordinaire elle aurait dû ressentir comme lui, elle paraissait uniquement préoccupée de dissimuler ses soucis.

XXIX

En quittant l'Italie, Anna se proposait avant tout de revoir son fils : à mesure qu'elle approchait de Pétersbourg, sa joie augmentait. Puisqu'ils habiteraient la même ville, l'entrevue lui paraissait toute simple, toute naturelle ; mais, dès son arrivée, elle se rendit compte qu'il en allait autrement.

Comment s'y prendre ? Aller chez son mari ? Elle ne s'en reconnaissait pas le droit et risquait de s'attirer un affront. Écrire à Alexis Alexandrovitch, alors qu'elle ne retrouvait son calme qu'aux moments où elle oubliait l'existence de cet homme ? Guetter les heures de promenade de Serge et se contenter d'une rapide rencontre quand elle avait tant de choses à lui dire, tant de baisers, de caresses à lui donner ? La vieille bonne aurait pu lui venir en aide, mais elle n'habitait plus chez Karénine ; Anna perdit deux jours à la chercher en vain. Le troisième jour, ayant appris les relations de son mari avec la comtesse Lydie, elle se décida à écrire à celle-ci une lettre qui lui coûta beaucoup de peine : elle y faisait appel à la générosité de son mari, sachant qu'ayant une fois assumé ce rôle, il le soutiendrait jusqu'au bout.

Le commissionnaire à qui elle avait confié son message apporta la plus cruelle et la plus inattendue des réponses, à savoir qu'il n'y en aurait point. N'en croyant pas ses oreilles, elle fit venir cet homme et l'entendit, à sa grande humiliation, confirmer avec force détails cette pénible nouvelle. Elle dut pourtant s'avouer que de son point de vue la comtesse avait raison. Sa douleur fut d'autant plus vive qu'elle ne pouvait se confier à qui que ce fût. Vronski ne la comprendrait même pas ; il traiterait la chose comme de peu d'importance, il en parlerait sur un ton si glacial qu'elle le prendrait en haine. Et comme elle ne redoutait rien tant que de le haïr, elle résolut de lui cacher soigneusement ses démarches au sujet de l'enfant.

Elle s'ingénia toute la journée à imaginer d'autres moyens de joindre son fils et résolut enfin d'écrire directement à son mari. Au moment où elle commençait sa lettre, on lui apporta la réponse de la comtesse. Elle n'avait point protesté contre le silence ; mais l'animosité, l'ironie qu'elle lut entre les lignes de ce billet la révoltèrent.

« Quelle froideur, quelle hypocrisie, se dit-elle. Ils veulent me blesser et tourmenter l'enfant ! Je ne les laisserai pas faire ! Elle est pire que moi ; du moins moi je ne mens pas ! »

Aussitôt elle prit le parti d'aller le lendemain, anniversaire de la naissance de Serge, chez son mari, d'y voir l'enfant en achetant au besoin les domestiques et de mettre un terme aux mensonges absurdes dont on l'entourait. Elle courut acheter des joujoux et dressa son plan : elle viendrait le matin de bonne heure avant qu'Alexis Alexandrovitch fût levé ; elle aurait de l'argent tout prêt pour le suisse et le valet de chambre, afin qu'on la laissât monter sans lever son voile, sous prétexte de poser sur le lit de Serge des cadeaux envoyés par son parrain. Quant à ce qu'elle dirait à son fils, elle avait beau y réfléchir, elle ne pouvait rien imaginer.

Le lendemain matin, vers huit heures, Anna se fit conduire en voiture de place à son ancienne demeure. Elle sonna à la porte.

— Va donc voir qui est là, on dirait une dame, dit Kapitonitch à son aide, un jeune garçon qu'Anna ne connaissait pas, en apercevant par la fenêtre une dame voilée arrêtée tout contre la porte. Le suisse était encore en déshabillé du matin : paletot sur le dos et caoutchoucs aux pieds. À peine le garçon lui eut-il ouvert la porte qu'elle tira de son manchon un billet de trois roubles et le lui glissa dans la main.

— Serge... Serge Alexéïtch, murmura-t-elle et elle voulut passer outre.

Mais après un regard au billet, le remplaçant du suisse arrêta la visiteuse à la seconde porte.

— Qui voulez-vous voir ? demanda-t-il.

Elle ne l'entendit pas et ne répondit rien.

Remarquant le trouble de l'inconnue, Kapitonitch en personne sortit de sa loge, la laissa entrer et lui demanda ce qu'elle désirait.

— Je viens de la part du prince Skorodoumov voir Serge Alexéiévitch.

— Il n'est pas encore levé, dit le suisse en l'examinant attentivement.

Anna n'aurait jamais cru que l'aspect de cette maison où elle avait vécu neuf ans la troublerait à ce point. Des souvenirs doux et cruels s'élevèrent dans son âme, et elle oublia un moment pourquoi elle était là.

— Veuillez attendre, dit le suisse en la débarrassant de sa fourrure. Au même instant il la reconnut et lui fit un profond salut. Que Votre Excellence veuille bien entrer, reprit-il.

Elle essaya de parler; mais la voix lui manquant, elle adressa au suisse un regard de supplication et se lança dans l'escalier. Kapitonitch, courbé en deux, et accrochant ses caoutchoucs à chaque marche, grimpa derrière elle, cherchant à la rattraper.

— Le précepteur n'est peut-être pas habillé; je vais le prévenir.

Anna montait toujours l'escalier bien connu, sans comprendre un traître mot de ce que disait le vieillard.

— Par ici, à gauche, insistait cet homme. Excusez le désordre. Il a changé de chambre, que Votre Excellence daigne attendre un instant, je vais regarder...

Il la rejoignit enfin, entrouvrit une grande porte et disparut pour revenir au bout d'un moment. Anna s'était arrêtée.

— Il vient de se réveiller, déclara le suisse.

Et comme il parlait, Anna perçut un bâillement et rien qu'au son de ce bâillement elle reconnut son fils et le vit devant elle.

— Laisse-moi, laisse-moi entrer, balbutia-t-elle en se précipitant dans la pièce.

À droite de la porte, assis sur le lit, un enfant en chemise de nuit achevait de bâiller en s'étirant. Ses lèvres se fermèrent en dessinant un sourire à moitié endormi et il se laissa retomber sur l'oreiller.

— Mon petit Serge, murmura-t-elle en s'approchant tout doucement du lit.

Dans ses effusions de tendresse pour l'absent, Anna revoyait toujours son fils à quatre ans, à l'âge où il avait été le plus gentil. Et voici qu'il ne ressemblait même plus à celui qu'elle avait quitté : il avait grandi et maigri; que son visage lui parut allongé avec ses cheveux courts ! Et quels grands bras ! Il avait bien changé, mais c'était toujours lui, la forme de sa tête, ses lèvres, son cou svelte et ses larges épaules.

— Mon petit Serge, répéta-t-elle à l'oreille de l'enfant.

Il se souleva sur son coude, tourna de droite et de gauche sa tête ébouriffée comme s'il cherchait quelqu'un, ouvrit enfin les yeux. Pendant quelques secondes il regarda d'un œil interrogateur sa mère immobile près de lui, sourit tout à coup de bonheur et, refermant les yeux, se jeta dans ses bras.

— Serge, mon cher petit garçon, balbutia-t-elle

étouffée par les larmes en serrant dans ses bras ce petit corps potelé.

— Maman, murmura-t-il en se laissant glisser entre les mains de sa mère pour que tout son corps en sentît le contact.

Les yeux toujours fermés, il se renversa contre elle. Son visage se frottait contre le cou et la poitrine d'Anna qu'enivrait ce chaud parfum de l'enfant à demi endormi.

— Je savais bien, fit-il en entrouvrant les yeux. C'est mon anniversaire. Je savais bien que tu viendrais. Je vais tout de suite me lever.

Et tout en parlant il s'assoupit de nouveau.

Anna le dévorait des yeux ; elle remarquait les changements survenus en son absence, elle reconnaissait malaisément ces jambes devenues si longues, ces joues amaigries, ces cheveux coupés court qui formaient de petites boucles sur la nuque à cette place où elle l'avait si souvent embrassé. Elle caressait tout cela sans mot dire, car les larmes l'empêchaient de parler.

— Pourquoi pleures-tu, maman ? demanda-t-il, tout à fait réveillé cette fois. Pourquoi pleures-tu ? répéta-t-il prêt à pleurer lui-même.

— C'est de joie, mon petit, il y a si longtemps que je ne t'ai vu !... Allons, c'est fini, dit-elle en se détournant pour dévorer ses larmes. Mais il est temps de t'habiller, reprit-elle après s'être un peu calmée et, sans lâcher les mains de Serge, elle s'assit près du lit sur une chaise où étaient préparés les vêtements de l'enfant... Comment t'habilles-tu sans moi ? Comment...

Elle voulait parler sur un ton simple et gai, mais n'y parvenant pas, elle dut encore se détourner.

— Je ne me lave plus à l'eau froide, papa l'a défendu. Tu n'as pas vu Vassili Loukitch ? il va venir... Tiens, tu es assise sur mes affaires !

Et Serge pouffa de rire. Elle le regarda et sourit.

— Maman chérie ! s'écria-t-il, se jetant de nouveau dans ses bras, comme s'il eût mieux compris en la voyant sourire ce qui lui arrivait. Ôte cela, continua-t-il en lui enlevant son chapeau. Et la voyant tête nue, il se reprit à l'embrasser.

— Qu'as-tu pensé de moi ? As-tu cru que j'étais morte ?

— Jamais je ne l'ai cru.

— Tu ne l'as pas cru, mon chéri !

— Je savais, je savais bien ! dit-il en répétant sa phrase favorite. Et, saisissant la main qui caressait sa chevelure, il en appuya la paume sur sa petite bouche et la couvrit de baisers.

XXX

PENDANT ce temps Vassili Loukitch était fort embarrassé : il venait d'apprendre que la dame dont la visite lui avait paru extraordinaire était la mère de Serge, cette femme qui avait abandonné son mari et qu'il ne connaissait pas, puisqu'il ne faisait partie de la maison que depuis son départ. Devait-il pénétrer dans la chambre ou prévenir Alexis Alexandrovitch ? Réflexion faite, il résolut de remplir strictement son devoir en surveillant le lever de Serge à l'heure habituelle, sans s'inquiéter de la présence d'une tierce personne, fût-elle la mère. Il ouvrit donc la porte, mais s'arrêta sur le seuil : la vue des caresses de la mère et de l'enfant, le son de leur voix, le sens de leurs paroles le firent changer d'avis. Il hocha la tête, poussa un soupir et referma la porte. « J'attendrai encore dix minutes », se dit-il en s'essuyant les yeux.

Une vive émotion agitait les domestiques. Ils savaient tous que Kapitonitch avait laissé entrer leur ancienne maîtresse et qu'elle se trouvait dans la chambre de l'enfant ; ils savaient aussi que leur maître s'y rendait tous les matins peu après huit heures ; ils comprenaient qu'il fallait à tout prix empêcher une rencontre entre les deux époux. Kornéï, le valet de chambre, descendit chez le suisse pour y faire une enquête, et apprenant que Kapitonitch en personne avait escorté jusqu'en haut Anna Arcadiévna, il lui adressa une verte semonce. Le suisse gardait un silence stoïque, mais, lorsque le valet de chambre déclara qu'il méritait d'être chassé, le brave homme sursauta et, s'approchant de Kornéï avec un geste énergique :

— Oui-da, tu ne l'aurais pas laissée entrer, toi ! dit-il. Après avoir servi dix ans et n'avoir entendu que de bonnes paroles, tu lui aurais dit maintenant : ayez la bonté de sortir! Tu es une fine mouche, hein, mon gars. Tu t'entends aussi à faire ton beurre et à chaparder les pelisses de Monsieur.

— Vieille baderne! grommela Kornéï et il se tourna vers la bonne qui entrait en ce moment. Soyez juge, Marie Iéfimovna: il a laissé monter Madame sans crier gare et tout à l'heure Alexis Alexandrovitch va la trouver chez le petit.

— Quelle affaire, quelle affaire! dit la bonne. Mais, Kornéï Vassiliévitch, trouvez donc un moyen de retenir Monsieur pendant que je courrai la prévenir et la faire sortir. Quelle affaire!

Quand la bonne entra chez l'enfant, Serge racontait à sa mère comment Nadia et lui étaient tombés en glissant d'une montagne de glace et avaient fait trois culbutes. Anna écoutait le son de la voix, regardait le visage, le jeu de la physionomie de son fils, palpait son petit bras, mais ne comprenait rien à ce qu'il disait. Il fallait partir! elle ne le sentait que trop bien et ne songeait plus qu'à cette chose affreuse. Elle avait entendu les pas de Vassili Loukitch et sa petite toux discrète, et maintenant elle entendait venir la vieille bonne; mais, incapable de bouger et de parler, elle restait immobile comme une statue.

— C'est vous, notre chère dame, dit la bonne en s'approchant d'Anna et en lui baisant les épaules et les mains. Le bon Dieu a voulu causer une grande joie à notre petit monsieur pour son anniversaire. Mais savez-vous que vous n'êtes pas changée du tout!

— Ah! ma bonne, je croyais que vous n'habitiez plus ici, dit Anna, revenant à elle pour un moment.

— Oui, je vis chez ma fille, mais voyez-vous, notre chère dame, je suis venue souhaiter sa fête au petit.

La vieille femme se prit à pleurer et à baiser de nouveau la main de son ancienne maîtresse.

Serge, les yeux brillants de joie, tenait d'une main sa mère et de l'autre sa bonne, en trépignant de ses petits pieds nus sur le tapis. La tendresse de sa chère bonne pour sa maman le transportait d'aise.

— Maman, elle vient souvent me voir, et quand elle vient…

Il s'arrêta en voyant la bonne chuchoter quelque chose à sa mère et le visage de celle-ci exprimer la frayeur et comme de la honte. Anna s'approcha de son fils.

— Mon chéri, commença-t-elle sans pouvoir prononcer le mot « adieu ». Mais à l'expression de son visage l'enfant comprit. Mon cher, cher petit chien-chien, murmura-t-elle, employant un surnom qu'elle lui donnait lorsqu'il était tout petit. Tu ne m'oublieras pas, dis, tu...

Elle ne put achever. Combien de choses elle regretta plus tard de n'avoir pas su lui dire, et dans ce moment elle était incapable de rien exprimer ! Mais Serge comprit tout : il comprit que sa mère l'aimait et qu'elle était malheureuse, il comprit même ce que la bonne lui avait chuchoté à l'oreille, car il avait entendu les mots : « Toujours après huit heures. »

Il s'agissait évidemment de son père et il devina qu'elle ne devait pas le rencontrer. Mais pourquoi la frayeur et la honte se peignaient-elles sur le visage de sa mère ? Sans être coupable, elle semblait redouter la venue de son père et rougir de quelque chose qu'il ignorait. Il aurait bien voulu l'interroger, mais il n'osa pas, car il la voyait souffrir et elle lui faisait trop de peine. Il se serra contre elle en murmurant :

— Ne t'en va pas encore, il ne viendra pas de si tôt.

Sa mère l'éloigna d'elle un instant pour le regarder et tâcher de comprendre s'il pensait bien ce qu'il disait ; à l'air effrayé de l'enfant elle sentit qu'il parlait réellement de son père et semblait même s'enquérir des sentiments qu'il devait avoir à son égard.

— Serge, mon ami, dit-elle, aime-le. Il est meilleur que moi et je suis coupable envers lui. Quand tu seras grand, tu jugeras.

— Personne n'est meilleur que toi, s'écria l'enfant avec des sanglots désespérés. Et s'accrochant aux épaules de sa mère, il la serra de toute la force de ses petits bras tremblants.

— Mon chéri, mon chéri, balbutia-t-elle en fondant en larmes comme un enfant.

À ce moment Vassili Loukitch entra ; on entendait déjà des pas près de l'autre porte et la bonne effrayée tendit à Anna son chapeau en lui disant tout bas :

— Il vient !

Serge se laissa retomber sur son lit et se prit à sangloter en se couvrant le visage de ses mains; Anna les écarta pour baiser encore ses joues baignées de larmes et sortit d'un pas précipité. Alexis Alexandrovitch venait à sa rencontre; il s'arrêta à sa vue et courba la tête.

Elle venait d'affirmer qu'il était meilleur qu'elle; et pourtant le regard rapide qu'elle jeta sur toute la personne de son mari n'éveilla dans son cœur qu'un sentiment de haine, de mépris et de jalousie par rapport à son fils. Elle baissa rapidement son voile et sortit presque en courant.

Dans sa hâte elle avait laissé dans la voiture les jouets choisis la veille avec tant de tristesse et d'amour; elle les rapporta à l'hôtel.

XXXI

Bien qu'elle l'eût désirée depuis fort longtemps et qu'elle s'y fût préparée à l'avance, Anna ne s'attendait pas aux violentes émotions que lui causa cette entrevue avec son fils. Revenue à l'hôtel, elle fut longtemps à comprendre pourquoi elle était là. « Allons, se dit-elle enfin, tout est fini, et me voici de nouveau seule! » Sans ôter son chapeau, elle se laissa tomber dans un fauteuil près de la cheminée. Et, les yeux fixés sur une pendule de bronze qui reposait sur une console entre les fenêtres, elle s'absorba dans ses réflexions.

La femme de chambre française qu'elle avait ramenée de l'étranger vint prendre ses ordres pour sa toilette; Anna parut surprise et répondit: « Plus tard. » Le garçon qui voulait servir le petit déjeuner reçut la même réponse.

La nourrice italienne entra à son tour, portant l'enfant qu'elle venait d'habiller; à la vue de sa mère, la petite lui sourit, battant l'air de ses menottes potelées, à la façon d'un poisson qui agite ses nageoires, ou les frappant le long des plis empesés de sa robe. Comment Anna aurait-elle pu ne pas répondre à son sourire par un autre, ne pas embrasser ses joues fraîches et ses petits bras dénudés, ne pas la faire sauter sur les genoux, ni lui abandonner le doigt auquel elle s'accrochait avec des cris de joie, la lèvre qu'elle pressait dans sa petite bouche, ce qui était sa manière à elle de donner un baiser ! Mais, tout en se laissant faire, Anna constatait, hélas ! qu'elle n'éprouvait envers cette charmante fillette qu'un sentiment fort éloigné du profond amour dont son cœur débordait pour le premier-né. Toutes les forces d'une tendresse inassouvie s'étaient naguère concentrées sur son fils, l'enfant d'un homme qu'elle n'aimait pourtant pas ; et jamais sa fille, née dans les plus tristes conditions, n'avait reçu la centième partie des soins prodigués par elle à Serge. La petite fille ne représentait d'ailleurs que des espérances, tandis que Serge était presque un homme, qui déjà connaissait le conflit des sentiments, des pensées ; il aimait sa mère, la comprenait, la jugeait peut-être..., pensa-t-elle se rappelant ses paroles et ses regards. Et maintenant elle était séparée de lui, moralement aussi bien que matériellement, et elle ne voyait aucun remède à cette situation !

Après avoir rendu la petite à sa nourrice et les avoir congédiées, Anna ouvrit un médaillon qui renfermait le portrait de Serge à peu près au même âge que sa sœur. Puis elle se leva, ôta son chapeau, et, reprenant sur la table un album de photographies, elle en retira, pour les comparer entre eux, divers portraits de son fils à différents âges. Il n'en restait plus qu'un, le meilleur, où Serge était représenté à cheval sur une chaise, en blouse blanche, la bouche souriante et les sourcils froncés : la ressemblance était parfaite. De ses doigts agiles, plus nerveux que jamais, elle tenta en vain de faire sortir la photographie de son cadre ; n'ayant pas de coupe-papier sous la main, elle poussa la carte à l'aide d'une autre photographie prise au hasard et qui se trouva être un portrait de Vronski fait à Rome, en cheveux longs et chapeau mou. « Le voilà ! » s'écria-t-elle et, en le regardant, elle se rappela qu'il était l'auteur de ses souffrances actuelles. Elle n'avait pas pensé à lui de toute la matinée, mais la vue de ce mâle et noble visage, si cher et si familier, fit monter inopinément un flot d'amour à son cœur.

« Où est-il ? pourquoi me laisse-t-il seule avec mon chagrin ? » se demanda-t-elle avec amertume, oubliant qu'elle lui dissimulait avec soin tout ce qui concernait son fils. Aussitôt elle le fit prier de venir et attendit, le cœur serré, les paroles de tendresse qu'il allait lui prodiguer. Le garçon revint lui dire que le comte avait une visite et qu'il faisait demander si elle pouvait le recevoir avec le prince Iachvine nouvellement arrivé à Saint-Pétersbourg. « Il ne viendra pas seul, et il ne m'a pas vue depuis hier à l'heure du dîner, pensa-t-elle. Je ne pourrai rien lui dire, puisqu'il sera avec Iachvine. » Et une idée cruelle lui traversa l'esprit : « S'il avait cessé de m'aimer ! »

Elle repassa dans sa mémoire les incidents des jours précédents ; elle y trouvait des confirmations de cette pensée terrible : dès leur arrivée à Pétersbourg, il avait exigé qu'elle se logeât à part ; la veille il n'avait pas dîné avec elle, et voici qu'il venait la voir en compagnie, comme s'il eût craint un tête-à-tête.

« Si cela est vrai, il a le devoir de me l'avouer, je dois être prévenue, alors je saurai ce qui me reste à faire », se dit-elle, hors d'état d'imaginer ce qu'elle deviendrait si l'indifférence de Vronski se confirmait.

Cette terreur voisine du désespoir lui donna une certaine surexcitation ; elle sonna sa femme de chambre, passa dans son cabinet de toilette et prit un soin extrême à s'habiller, comme s'il dépendait de sa parure de ramener à elle son amant. La sonnette retentit avant qu'elle ne fût prête.

Quand elle rentra au salon, son regard rencontra d'abord celui de Iachvine ; Vronski, plongé dans l'examen des portraits de Serge qu'elle avait oubliés sur la table, ne montra aucune hâte à lever les yeux sur elle.

— Nous sommes d'anciennes connaissances, nous nous sommes vus l'an dernier aux courses, dit-elle en posant sa petite main dans la main énorme du géant, dont la confusion contrastait si bizarrement avec son rude visage et sa taille gigantesque... Donnez, dit-elle, en reprenant à Vronski par un mouvement rapide les photographies de son fils, tandis que ses yeux brillants lui jetaient un regard significatif... Les courses de cette année ont-elles réussi ? J'ai dû me contenter de voir celles de Rome au Corso. Mais je sais que vous n'aimez pas l'étranger, ajouta-t-elle avec un sourire caressant.

Je vous connais et, bien que nous nous soyons peu rencontrés, je suis au courant de tous vos goûts.

— J'en suis fâché, car ils sont généralement mauvais, répondit Iachvine en mordillant sa moustache gauche.

Après quelques minutes de conversation, Iachvine, voyant Vronski consulter sa montre, demanda à Anna si elle comptait rester longtemps à Pétersbourg ; puis, prenant son képi, il déploya en se levant son immense personne.

— Je ne pense pas, répondit-elle d'un air gêné, en jetant à Vronski un coup d'œil furtif.

— Alors nous ne nous reverrons plus ? dit Iachvine, se tournant vers Vronski. Où dînes-tu ?

— Venez dîner chez moi, dit Anna d'un ton décidé. Mais elle rougit aussitôt, fort peinée de ne pouvoir dissimuler son trouble toutes les fois que sa situation fausse s'affirmait devant un étranger. La cuisine de l'hôtel est plutôt médiocre, mais du moins vous vous verrez ; de tous ses camarades de régiment, vous êtes celui que préfère Alexis.

— Enchanté, répondit Iachvine avec un sourire qui prouva à Vronski qu'Anna avait fait sa conquête.

Il prit congé et sortit. Vronski allait le suivre.

— Tu pars déjà ? s'enquit Anna.

— Je suis déjà en retard. Va toujours, je te rejoins, cria-t-il à son ami.

Anna lui prit la main et, sans le quitter des yeux, chercha ce qu'elle pourrait bien dire pour le retenir.

— Attends, j'ai quelque chose à te demander, fit-elle. Et pressant la main de Vronski contre sa joue : — Je n'ai pas eu tort de l'inviter ?

— Tu as très bien fait, répondit-il en souriant de toutes ses dents. Et il lui baisa la main.

— Alexis, tu n'as pas changé à mon égard ? demanda-t-elle en lui serrant la main entre les siennes. Alexis, je n'en puis plus ici. Quand partons-nous ?

— Bientôt, bientôt. Moi aussi je suis à bout de forces. Et il retira sa main.

— Eh bien, va, va ! dit-elle d'un ton blessé.

Elle s'éloigna précipitamment.

XXXII

Quand Vronski rentra à l'hôtel, Anna n'y était pas. On lui dit que peu après son départ elle était sortie avec une dame, sans dire où elle allait. Cette absence inattendue, prolongée, jointe à l'air agité, au ton dur avec lequel elle lui avait retiré les photographies de son fils devant Iachvine, fit réfléchir Vronski. Résolu à lui demander une explication, il l'attendit au salon. Mais Anna ne rentra pas seule ; elle amena une de ses tantes, une vieille fille, la princesse Oblonski, avec qui elle avait fait des emplettes. Sans prendre garde à l'air inquiet et interrogateur de Vronski, elle se mit à lui énumérer ses achats ; mais il lisait une attention concentrée dans ses yeux brillants qui le regardaient à la dérobée, il reconnaissait dans ses phrases et ses gestes cette grâce fébrile, cette nervosité qui le charmaient tant autrefois et qui maintenant lui faisaient peur.

On allait passer dans la petite salle où le couvert était disposé pour quatre, lorsqu'on annonça Touchkévitch, envoyé par Betsy. La princesse s'excusait auprès d'Anna de ne pouvoir lui faire une visite d'adieu : elle était souffrante et priait son amie de la venir voir entre sept heures et demie et neuf heures. Vronski voulut d'un coup d'œil faire entendre à Anna qu'en lui désignant une heure on avait pris les mesures nécessaires pour qu'elle ne rencontrât personne ; mais Anna parut n'y faire aucune attention.

— Je regrette beaucoup de n'être pas libre précisément entre sept heures et demie et neuf heures, dit-elle avec un imperceptible sourire.

— La princesse le regrettera beaucoup !

— Et moi aussi.

— Vous allez sans doute entendre la Patti ?

— La Patti ? Vous me donnez une idée. J'irais certainement, si je pouvais avoir une loge.

— Je puis vous en procurer une.

— Je vous en aurai un gré infini… Mais ne voulez-vous pas dîner avec nous ?

Vronski haussa légèrement les épaules. Il ne comprenait rien à la manière d'agir d'Anna : pourquoi avait-elle amené cette vieille fille, pourquoi gardait-elle Touchkévitch à dîner, et surtout pourquoi désirait-elle une loge ? Pouvait-elle, dans sa position, se montrer à l'Opéra un jour d'abonnement ? elle y rencontrerait tout Pétersbourg. Au coup d'œil sévère qu'il lui lança elle répondit par un de ces regards mi-joyeux mi-provocants qui restaient pour lui des énigmes. Pendant le dîner Anna, très animée, sembla faire des coquetteries tantôt à l'un, tantôt à l'autre de ses convives ; en sortant de table, Touchkévitch alla chercher le coupon de loge, et Iachvine descendit fumer avec Vronski ; au bout d'un certain temps celui-ci remonta et trouva Anna en toilette décolletée dont la soie claire se rehaussait de velours, tandis qu'une mante de dentelle faisait ressortir l'éclatante beauté de sa tête.

— Vous allez vraiment au théâtre ? lui dit-il en évitant son regard.

— Pourquoi me le demandez-vous de cet air terrifié ? répondit-elle, froissée de ce qu'il ne la regardait point. Je ne vois pas pourquoi je n'irais pas !

Elle semblait ne pas saisir ce qu'il avait voulu dire.

— Évidemment, il n'y a aucune raison pour cela ! reprit-il en fronçant les sourcils.

— C'est bien ce que je prétends, dit-elle, feignant de ne pas comprendre l'ironie de cette réponse.

Et, sans se départir de son calme, elle retournait tranquillement son long gant parfumé.

— Anna, au nom du ciel, qu'est-ce qui vous prend ?... lui dit-il, cherchant à la réveiller, comme l'avait naguère tenté plus d'une fois son mari.

— Je ne comprends pas ce que vous me voulez.

— Vous savez bien que vous ne pouvez pas y aller.

— Pourquoi ? Je n'y vais pas seule : la princesse Barbe est allée changer de toilette, elle m'accompagnera.

Il leva les épaules, découragé.

— Ne savez-vous donc pas..., voulut-il dire.

— Mais je ne veux rien savoir, s'écria-t-elle. Non je ne le veux pas. Je ne me repens en rien de ce que j'ai fait ; non, non et non ; si c'était à recommencer, je recommencerais. Il n'y a qu'une chose qui compte pour vous et moi, c'est de savoir si nous nous aimons. Le reste est sans valeur. Pourquoi vivons-nous ici séparés ? Pourquoi ne puis-je aller où bon me semble ?... Je t'aime et tout m'est égal si tu n'as pas changé à mon égard, ajouta-t-elle en russe, en posant sur lui un de ces regards exaltés qu'il n'arrivait point à comprendre. Pourquoi ne me regardes-tu pas ?

Il leva les yeux, vit sa beauté et la parure qui lui allait si bien ; mais, en ce moment cette beauté, cette élégance étaient précisément ce qui l'irritait.

— Vous savez bien que mes sentiments ne sauraient changer ; mais je vous prie, je vous supplie de n'y point aller ! lui dit-il, toujours en français, l'œil froid, mais d'une voix suppliante.

Elle ne remarqua que le regard et répondit d'un ton brusque :

— Et moi, je vous prie de m'expliquer pourquoi je n'y dois point aller.

— Parce que cela peut vous attirer des...

Il n'osa point achever.

— Je ne comprends pas. Iachvine *n'est pas compromettant*, et la princesse Barbe en vaut bien d'autres. Ah ! la voilà !

XXXIII

Pour la première fois depuis leur liaison Vronski éprouva à l'égard d'Anna un mécontentement voisin de la colère. Ce qui le contrariait surtout, c'était de ne pouvoir s'expliquer à cœur ouvert, de ne pouvoir lui dire qu'en paraissant dans cette toilette à l'Opéra, en compagnie d'une personne tarée comme la princesse, non seulement elle se reconnaissait pour une femme perdue, mais encore elle jetait le gant à l'opinion publique et renonçait pour toujours à rentrer dans le monde.

« Comment ne le comprend-elle pas ? Que se passe-t-il en elle ? » se disait-il. Mais, tandis que baissait son estime pour le caractère d'Anna, son admiration pour la beauté de sa maîtresse allait croissant.

Rentré dans son appartement, il s'assit tout soucieux auprès de Iachvine, lequel, ses longues jambes étendues sur une chaise, dégustait un mélange d'eau de Seltz et de cognac. Vronski imita son exemple.

— Vigoureux, le cheval de Lankovski ? Eh mais, c'est une belle bête que je te conseille d'acheter, dit Iachvine en jetant un coup d'œil sur le visage sombre de son camarade. Il a la croupe fuyante, mais la tête et les pieds admirables : on ne trouverait pas son pareil.

— Alors je vais le prendre, répondit Vronski.

Tout en causant chevaux, la pensée d'Anna ne le quittait pas : il regardait la pendule et prêtait l'oreille à ce qui se passait dans le corridor.

— Anna Arcadiévna fait dire qu'elle est partie pour le théâtre, annonça le valet de chambre.

Iachvine versa encore un petit verre dans l'eau gazeuse, l'avala et se leva en boutonnant son uniforme.

— Eh bien, partons-nous ? demanda-t-il, donnant à entendre par un sourire discret qu'il comprenait la cause de la contrariété de Vronski, mais n'y attachait aucune importance.

— Je n'irai pas, répondit Vronski d'un ton lugubre.

— Moi, j'ai promis, je dois y aller ; au revoir. Si tu te ravises, prends le fauteuil de Krousinski qui est libre, ajouta-t-il en se retirant.

— Non, j'ai une affaire à régler.

« Décidément, se dit Iachvine, en quittant l'hôtel, si l'on a des ennuis avec sa femme, avec une maîtresse c'est encore bien pis ! »

Resté seul, Vronski se prit à marcher de long en large.

« Voyons, quel abonnement est-ce aujourd'hui ? Le quatrième. Mon frère y sera certainement avec sa femme, et sans doute aussi ma mère, c'est-à-dire tout Pétersbourg... Elle entre en ce moment, ôte sa fourrure et la voilà devant tout le monde. Touchkévitch, Iachvine, la princesse Barbe... Eh bien, et moi ? ai-je donc peur ou aurais-je donné à Touchkévitch le droit de la protéger ? Que tout cela est stupide ! Pourquoi me met-elle dans cette sotte position ? » dit-il avec un geste décidé.

Ce mouvement accrocha le guéridon sur lequel reposait le plateau avec le cognac et l'eau de Seltz, et faillit le faire tomber. En voulant le rattraper Vronski renversa complètement le guéridon ; de dépit il lui donna un coup de pied et tira le cordon de la sonnette.

— Si tu veux rester chez moi, dit-il au valet de

chambre qui parut, fais mieux ton service : pourquoi n'es-tu pas venu emporter cela ?

Fort de son innocence, le valet de chambre voulut se justifier, mais un coup d'œil sur son maître lui prouva qu'il valait mieux se taire ; et s'excusant bien vite, il s'agenouilla sur le tapis pour relever, brisés ou intacts, les verres et les carafons.

— Ce n'est pas ton affaire ; appelle un garçon et prépare mon habit.

À huit heures et demie, Vronski entrait à l'Opéra. Le spectacle était commencé. Le vieil « ouvreur » qui lui ôtait sa pelisse le reconnut et lui donna de l'Excellence.

— Pas besoin de numéro, affirma le bonhomme ; en sortant, votre Excellence n'aura qu'à appeler Théodore.

À part cet homme, il n'y avait dans le corridor que deux valets de pied qui tenaient des fourrures et écoutaient à une porte entrouverte ; on entendait l'orchestre accompagnant en *staccato* une voix de femme. La porte s'ouvrit pour livrer passage à un ouvreur et la phrase chantée frappa l'oreille de Vronski. Il ne put entendre la fin, la porte s'étant refermée ; mais, aux applaudissements qui suivirent il comprit que le morceau était terminé. Le bruit durait encore quand il pénétra dans la salle qu'éclairaient brillamment des lustres et des becs de gaz en bronze ; sur la scène, la cantatrice décolletée et couverte de diamants saluait en souriant et se penchait pour ramasser, avec l'aide du ténor qui lui donnait la main, les bouquets qu'on lui jetait maladroitement par-dessus la rampe. Un monsieur, dont une raie impeccable séparait les cheveux pommadés, lui tendait un écrin en allongeant les bras tandis que le public entier, loges et parterre, criait, applaudissait, se levait pour mieux voir. Après avoir aidé à transmettre les offrandes, le chef d'orchestre rajustait sa cravate blanche. Arrivé au milieu du parterre, Vronski s'arrêta et promena machinalement ses regards autour de lui, moins soucieux que jamais de la scène, du bruit et de ce troupeau bigarré de spectateurs entassés dans la salle. C'étaient les mêmes dames dans les loges et les mêmes officiers dans les arrière-loges, les mêmes femmes bariolées, les mêmes uniformes et les mêmes redingotes, la même foule malpropre au paradis ; et dans cette salle comble une quarantaine de personnes, tant dans les loges qu'aux premiers rangs des fauteuils d'orchestre, représentaient seules le « monde ». L'attention de Vronski se porta aussitôt sur ces oasis[1].

Comme l'acte venait de finir, Vronski, avant de se diriger vers la loge de son frère, gagna le premier rang des fauteuils, où Serpoukhovskoï, appuyé contre la rampe qu'il frappait du talon, l'appelait d'un sourire. Il n'avait pas encore vu Anna et ne la cherchait point ; mais à la direction que prenaient les regards il devina l'endroit où elle se trouvait. Redoutant le pis, il tremblait d'apercevoir Karénine ; par un heureux hasard celui-ci ne vint pas au théâtre ce soir-là.

— Comme tu es resté peu militaire ! dit Serpoukhovskoï ; on dirait un diplomate, un artiste...

— Oui, aussitôt revenu, j'ai endossé l'habit, répondit Vronski en tirant lentement sa lorgnette.

— C'est en quoi je t'envie ; quand je rentre en Russie, je t'avoue que je remets ceci à regret, dit Serpoukhovskoï en touchant ses aiguillettes. La liberté avant tout.

Serpoukhovskoï avait depuis longtemps renoncé à pousser Vronski dans la carrière militaire ; mais, comme il l'aimait toujours, il se montra particulièrement aimable envers lui.

— Il est fâcheux que tu aies manqué le premier acte.

Vronski n'écoutait que d'une oreille. Il examinait les baignoires et les loges du balcon. Tout à coup la tête d'Anna apparut dans le champ de sa lorgnette, fière, adorable et souriante parmi ses dentelles, auprès d'une dame à turban et d'un vieillard chauve, clignotant et maussade. Anna occupait la cinquième baignoire, à vingt pas de lui ; assise sur le devant de la loge, elle causait avec Iachvine en se détournant un peu. L'attache de sa nuque avec ses belles et opulentes épaules, le rayonnement contenu de ses yeux et de son visage, tout la lui rappelait telle qu'il l'avait vue jadis au bal de Moscou. Mais les sentiments que lui inspirait sa beauté n'avaient plus rien de mystérieux ; aussi, tout en subissant son charme plus vivement encore, se sentait-il presque froissé de la voir si belle. Bien qu'elle ne regardât point de son côté, il ne douta pas qu'elle ne l'eût aperçu.

Lorsque au bout d'une minute Vronski dirigea de nouveau sa lorgnette vers la loge, il vit la princesse Barbe, très rouge, rire d'un rire contraint et se retourner à chaque instant vers la baignoire voisine; Anna, frappant de son éventail fermé le rebord de velours rouge, regardait au loin avec l'intention évidente de ne pas remarquer ce qui se passait à côté d'elle; quant à Iachvine, son visage exprimait les mêmes impressions que s'il eût perdu au jeu: il mâchonnait nerveusement sa moustache, fronçait le sourcil, jetait des regards de travers sur la loge de gauche.

En reportant sa lorgnette sur les occupants de cette baignoire, Vronski reconnut les Kartassov, qu'Anna et lui avaient naguère fréquentés. Debout, tournant le dos à Anna, Mme Kartassov, une petite femme maigre, mettait une sortie de bal que lui tendait son mari; son visage était pâle, mécontent, elle semblait parler avec animation; le mari, un gros monsieur chauve, faisait de son mieux pour la calmer en se retournant sans cesse du côté d'Anna. Quand la femme eut quitté la loge, le mari s'y attarda, cherchant à rencontrer le regard d'Anna pour la saluer, mais celle-ci se détournait ostensiblement pour s'entretenir avec la tête rasée de Iachvine courbé vers elle. Kartassov sortit sans avoir salué et la loge resta vide.

Sans qu'il eût rien compris à cette petite scène, Vronski se rendit compte qu'Anna venait de subir une avanie: il vit à l'expression de son visage qu'elle rassemblait ses dernières forces pour soutenir son rôle jusqu'au bout. Elle gardait d'ailleurs l'apparence du calme le plus absolu. Ceux qui ne la connaissaient pas, qui ne pouvaient entendre les expressions indignées ou apitoyées de ses anciennes amies sur cette audace à paraître ainsi dans tout l'éclat de sa beauté et de sa parure, ceux-là n'auraient pu soupçonner que cette femme éprouvait les mêmes sentiments de honte qu'un malfaiteur exposé au pilori.

Très vivement troublé, Vronski se rendit dans la loge de son frère avec l'espoir d'y apprendre ce qui s'était passé. Il traversa avec intention le parterre du côté opposé à la loge d'Anna et se heurta en sortant à son ancien colonel, qui causait avec deux personnes. Vronski crut entendre prononcer le nom de Karénine et remarqua l'empressement que mit l'officier à l'appeler à haute voix, en décochant à ses interlocuteurs une œillade significative.

— Ah ! Vronski ! Quand te verrons-nous au régiment ? Que diantre, nous ne pouvons pas te laisser partir sans t'offrir le coup de l'étrier. Tu es à nous jusqu'au bout des ongles.

— Je n'aurai pas le temps cette fois, je le regrette beaucoup, répondit Vronski.

Il escalada en toute hâte l'escalier qui menait aux loges de balcon. La vieille comtesse, sa mère, avec ses petites boucles d'acier, se trouvait dans la loge de son frère. Varia et la jeune princesse Sorokine se promenaient dans le corridor ; en apercevant son beau-frère, Varia reconduisit sa compagne auprès de sa belle-mère et donnant la main à Vronski, aborda aussitôt, avec une émotion qu'il avait rarement remarquée en elle, le sujet qui l'intéressait.

— Je trouve que c'est lâche et vil ; Mme Kartassov n'avait pas le droit d'agir ainsi. Mme Karénine...

— Mais qu'y a-t-il ? je ne sais rien.

— Comment, on ne t'a rien dit ?

— Tu comprends bien que je serai le dernier à savoir quelque chose !

— Y a-t-il une plus méchante créature au monde que cette Mme Kartassov !

— Mais qu'a-t-elle fait ?

— Elle a insulté Mme Karénine, à qui son mari adressait la parole d'une loge à l'autre... Iégor me l'a raconté : elle a fait une scène à son mari et s'est retirée après s'être permis une expression offensante pour Mme Karénine.

— Comte, votre maman vous appelle, dit Mlle Sorokine, entrouvrant la porte de la loge.

— Je t'attends toujours, lui dit sa mère en l'accueillant d'un sourire ironique. On ne te voit plus du tout.

Le fils sentit qu'elle ne pouvait dissimuler sa satisfaction.

— Bonjour, maman, je venais vous présenter mes respects.

— Eh quoi, tu ne vas pas *faire la cour à Mme Karénine* ? reprit-elle quand la jeune fille se fut éloignée. *Elle fait sensation. On oublie la Patti pour elle.*

— Maman, je vous ai déjà priée de ne pas me parler de cela, répondit-il d'un air sombre.

— Je répète ce que tout le monde dit.

Vronski ne répondit rien et, après avoir échangé quelques mots avec la jeune princesse, sortit dans le couloir où il se heurta aussitôt à son frère.

— Ah ! Alexis ! dit celui-ci. Quelle vilenie ! Cette femme n'est qu'une pécore !... Je voulais aller voir Mme Karénine. Allons ensemble.

Vronski ne l'écoutait pas. Il dégringolait l'escalier, sentant qu'il avait un devoir à accomplir, mais lequel ? Furieux de la fausse position dans laquelle Anna les avait mis tous les deux, il éprouvait pourtant une grande pitié pour elle. En se dirigeant du parterre vers la baignoire qu'occupait sa maîtresse, il vit que Strémov, accoudé à la loge, s'entretenait avec Anna.

— Il n'y a plus de ténors, disait-il. *Le moule en est brisé.*

Vronski s'inclina devant Anna et serra la main de Strémov.

— Vous êtes venu tard, il me semble, et vous avez manqué le meilleur morceau, dit Anna à Vronski, d'un air qui lui parut moqueur.

— Je suis un juge médiocre, répondit-il en la fixant d'un regard sévère.

— Vous êtes comme le prince Iachvine, alors, dit-elle en souriant ; il trouve que la Patti chante trop fort... Merci, ajouta-t-elle, en prenant de sa petite main emprisonnée dans un long gant le programme que lui tendait Vronski.

Mais soudain son beau visage tressaillit ; elle se leva et se retira dans le fond de la loge.

Le second acte commençait à peine quand Vronski s'aperçut que la baignoire d'Anna était vide. Malgré les protestations des spectateurs, suspendus aux sons de la cavatine, il se leva, traversa le parterre et rentra à l'hôtel.

Anna aussi était revenue. Vronski la trouva telle qu'elle était au théâtre, assise, le regard fixe, sur le premier fauteuil venu, près du mur. En l'apercevant elle lui accorda, sans bouger, un regard distrait.

— Anna, voulut-il dire...,

— C'est toi qui es cause de tout, s'écria-t-elle en se

levant, avec des larmes de rage et de désespoir dans la voix.

— Je t'ai priée, suppliée de n'y point aller. Je savais que tu te préparais une épreuve peu agréable...

— Peu agréable ! s'écria-t-elle. Tu veux dire : horrible. Dussé-je vivre cent ans, je ne l'oublierais pas. Elle a dit qu'on se déshonorait à être assise près de moi.

— Paroles de sotte ! Mais pourquoi s'exposer à les entendre ?

— Je hais ta tranquillité. Tu n'aurais pas dû me pousser à cela ; si tu m'aimais...

— Anna, que vient faire ici mon amour ?

— Oui, si tu m'aimais comme je t'aime, si tu souffrais comme je souffre... dit-elle en le considérant avec une expression de terreur.

Elle lui fit pitié, et il protesta de son amour, parce qu'il voyait très bien que c'était le seul moyen de la calmer ; mais au fond du cœur il lui en voulait. Elle au contraire buvait avec délice ces serments d'amour dont la banalité écœurait son amant, et peu à peu elle retrouva son calme.

Le lendemain, ils partirent pour la campagne, complètement réconciliés.

SIXIÈME PARTIE

I

Darie Alexandrovna passait l'été à Pokrovskoié chez sa sœur Kitty. Comme sa maison de Iergouchovo tombait en ruine, elle avait accepté la proposition que lui firent les Levine de s'installer chez eux avec ses enfants. Stépane Arcadiévitch approuva fort cet arrangement et témoigna un vif regret de ne pouvoir venir que de loin en loin : ses occupations l'empêchaient de consacrer les beaux jours à sa famille, ce qui eût été pour lui le comble du bonheur. Outre les Oblonski, leurs enfants et la gouvernante, les Levine avaient encore chez eux la vieille princesse, qui croyait nécessaire de surveiller la grossesse de sa fille ; ils avaient aussi Varinka, l'amie de Kitty à Soden, qui tenait sa promesse de la venir voir dès qu'elle serait mariée. Pour sympathiques que lui fussent tous ces gens-là, Levine n'en constatait pas moins que c'étaient tous des parents ou des amis de sa femme. Il se prit à regretter que « l'élément Stcherbatski », comme il disait, écartât un peu trop « l'élément Levine ». Celui-ci n'était représenté que par Serge Ivanovitch, lequel d'ailleurs tenait plus des Koznychev que des Levine.

La vieille maison, si longtemps déserte, n'avait presque plus de chambre inoccupée. Tous les jours, en se mettant à table, la princesse comptait les convives ; pour éviter le fâcheux nombre treize, elle devait bien souvent contraindre un de ses petits-enfants à prendre place à une table à part. De son côté Kitty mettait, en bonne ménagère, tous ses soins à s'approvisionner de poulets, de canards, de dindons pour satisfaire aux appétits de ses invités, grands et petits, que l'air de la campagne rendait exigeants.

La famille était à table, et les enfants projetaient d'aller cueillir des champignons avec la gouvernante et Varinka, lorsque, à la grande surprise de tous les convives, qui professaient pour son esprit et sa science un respect voisin de l'admiration, Serge Ivanovitch se mêla à ce fort prosaïque entretien.

— Permettez-moi de vous accompagner, j'aime beaucoup cette distraction, dit-il en s'adressant à Varinka.

— Avec plaisir, répondit celle-ci en rougissant.

Kitty échangea un regard avec Dolly: cette proposition confirmait une idée qui la préoccupait depuis quelque temps. Craignant qu'on ne s'aperçut de son geste, elle s'empressa d'adresser la parole à sa mère.

Après le dîner, Serge Ivanovitch, sa tasse de café à la main, s'assit au salon sur le rebord d'une fenêtre, continuant avec son frère une conversation commencée à table, tout en surveillant la porte par où devaient sortir les enfants. Levine prit place à côté de lui, tandis que Kitty, debout près de son mari, semblait attendre pour lui dire quelques mots la fin d'un entretien qui ne l'intéressait guère.

— Tu as beaucoup changé depuis ton mariage — et en mieux, disait Serge Ivanovitch avec un sourire à l'adresse de Kitty; tu n'en continues pas moins à défendre avec passion les plus étranges paradoxes.

— Kitty, tu as tort de rester debout, dit Levine en offrant une chaise à sa femme, non sans un regard sévère.

— Évidemment. Mais je dois vous fausser compagnie, dit Serge Ivanovitch en apercevant les enfants qui accouraient à sa rencontre, précédés de Tania au galop, les bas bien tirés, agitant d'une main une corbeille et le chapeau de Koznychev.

Elle fit mine de l'en coiffer, atténuant d'un doux sourire la liberté de son geste, cependant que ses beaux yeux, qui ressemblaient tant à ceux de son père, brillaient d'un vif éclat.

— Varinka vous attend, dit-elle en posant avec précaution le chapeau sur la tête de Serge Ivanovitch, qui l'y avait autorisée d'un sourire.

Varinka, en robe de toile jaune, un fichu blanc sur la tête, apparut sur le pas de la porte.

— Me voilà, me voilà, Barbe Andréievna, dit Serge

Ivanovitch en avalant le fond de sa tasse et en fourrant dans ses poches son mouchoir et son porte-cigarettes.

— Que dites-vous de ma Varinka ? N'eſt-ce pas qu'elle eſt charmante ? dit Kitty à son mari et à sa sœur, de façon à être entendue de Serge Ivanovitch. Et que de noblesse dans sa beauté !... Varinka, cria-t-elle, vous serez dans le bois du moulin ? nous irons vous retrouver.

— Tu oublies toujours ton état, Kitty, dit la vieille princesse en se montrant à la porte du salon. Quelle imprudence de crier si fort !

En entendant l'appel de Kitty et la réprimande de sa mère, Varinka revint sur ses pas. La nervosité de ses geſtes, la rougeur qui couvrait son visage, tout démontrait en elle une animation extraordinaire. Et son amie, qui devinait la cause de cet émoi, ne l'avait appelée que pour lui donner mentalement sa bénédiction.

— Je serai très heureuse si certaine chose arrive, lui chuchota-t-elle à l'oreille en l'embrassant.

— Nous accompagnez-vous ? demanda la jeune fille à Levine pour dissimuler son embarras.

— Jusqu'aux granges seulement.

— Tu as affaire là-bas ? s'informa Kitty.

— Oui, il faut que j'examine les nouvelles charrettes. Et toi, où vas-tu t'inſtaller ?

— Sur la terrasse.

II

Sur cette terrasse où les dames se réunissaient volontiers après le dîner, on s'adonnait ce jour-là à une grave occupation. Outre la confection de langes et de brassières, on y faisait des confitures sans adjonction d'eau, procédé en usage chez les Stcherbatski, mais inconnu d'Agathe Mikhaïlovna. Celle-ci ayant été surprise, en dépit d'inſtructions précises, à ajouter de l'eau aux fraises suivant la recette des Levine, on s'était résolu à faire les framboises en public, afin de démontrer à la vieille entêtée que point n'était besoin d'eau pour obtenir de bonnes confitures.

Agathe Mikhaïlovna, le visage cramoisi, les cheveux en désordre, les manches relevées jusqu'au coude sur ses bras décharnés, tournait, de fort mauvaise humeur, la bassine à confitures au-dessus d'un brasero, tout en faisant des vœux pour que la cuisson s'opérât mal. La princesse, auteur de ces innovations et se sentant maudite en conséquence, feignait l'indifférence et devisait de choses et d'autres avec ses filles, mais n'en surveillait pas moins du coin de l'œil les mouvements de l'économe.

— Quant à moi, j'offre toujours à mes femmes des robes dont je fais l'emplette aux mises en vente de printemps, disait la princesse, engagée dans une intéressante discussion sur les meilleures étrennes à donner aux domestiques… N'est-ce pas le moment d'écumer, ma chère ? demanda-t-elle à Agathe Mikhaïlovna… Non, non, ajouta-t-elle en retenant Kitty prête à se lever, ce n'est pas ton affaire, et tu aurais trop chaud près du feu.

— Laisse-moi faire, dit Dolly. Et s'approchant de la bassine, elle remua avec précaution le sirop bouillonnant à l'aide d'une cuiller, qu'elle débarrassait ensuite de son contenu gluant en la tapotant sur une assiette remplie d'une écume d'un jaune rosâtre, d'où s'écoulait un jus couleur de sang. « Quel régal pour les petits à l'heure du thé ! » songea-t-elle en se rappelant ses joies d'enfant et sa surprise devant l'incompréhension des grandes personnes qui faisaient fi de l'écume, cette partie la plus exquise des confitures !

— Stiva prétend qu'il vaut mieux leur donner de l'argent, reprit-elle en revenant au sujet qui passionnait ces dames ; mais…

— De l'argent ! s'exclamèrent d'une seule voix la princesse et Kitty. Mais non, voyons, c'est l'attention qui les touche…

— Ainsi, moi, par exemple, ajouta la princesse, j'ai fait cadeau l'an dernier à notre Matrone Sémionovna d'une robe genre popeline…

— Oui, je me rappelle, elle la portait le jour de votre fête.

— Un dessin ravissant, simple et de bon goût. J'avais grande envie de m'en commander une semblable. C'est charmant et bon marché, dans le genre de celle que porte Varinka.

— Elles sont à point, il me semble, dit Dolly en vérifiant le sirop à la cuiller.

— Non, il faut qu'elles tombent en nappe, décréta

la princesse. Laissez-les mijoter encore un peu, Agathe Mikhaïlovna.

— Ah ! ces maudites mouches ! grogna la vieille économe… Elles n'en seront pas meilleures pour ça, ajouta-t-elle d'un ton bougon.

— Oh ! qu'il est gentil, ne l'effrayez pas ! s'écria tout à coup Kitty, en désignant un moineau qui était venu se poser sur la balustrade pour y becqueter une queue de framboise.

— Oui, oui, dit la mère, mais ne t'approche pas du brasero.

— *À propos de* Varinka, reprit Kitty en français, car leur entretien se poursuivait en cette langue quand elles ne voulaient pas qu'Agathe Mikhaïlovna les comprît, je dois vous dire, maman, que j'attends aujourd'hui une décision. Vous savez laquelle. Comme je voudrais que cela se fît !

— Voyez la « marieuse », dit Dolly ; quel art, quelle adresse !

— Sérieusement, maman, qu'en pensez-vous ?

— Que te dirai-je ? Il (« il » désignait Serge Ivanovitch) a toujours pu prétendre aux meilleurs partis de la Russie. Eh ! bien qu'il ne soit plus de première jeunesse, je connais encore plus d'une jeune fille qui accepterait volontiers et son cœur et sa main. Quant à elle, c'est évidemment une personne excellente, mais il pourrait, je crois…

— Non, non, impossible de trouver pour l'un et pour l'autre un meilleur parti. D'abord elle est délicieuse, fit Kitty en pliant un doigt.

— Elle lui plaît beaucoup, c'est certain, approuva Dolly.

— Ensuite, il jouit d'une situation qui lui permet d'épouser qui bon lui semble, en dehors de toute considération de rang ou de fortune. Ce qu'il lui faut, c'est une brave et honnête fille, douce, tranquille…

— Oh ! pour cela oui, elle est de tout repos, confirma Dolly.

— Enfin, elle l'aime… Que je serais ravie ! Quand ils vont rentrer de leur promenade, je lirai tout dans leurs yeux. Qu'en penses-tu, Dolly ?

— Ne t'agite donc pas ainsi, cela ne te vaut rien, fit remarquer la princesse.

— Mais je ne m'agite pas, maman. Je crois qu'il va se déclarer dès aujourd'hui.

— Quel bizarre sentiment on éprouve quand un homme vous demande en mariage, c'est comme si une digue se rompait entre vous, dit Dolly avec un sourire pensif; elle songeait à ses fiançailles avec Stépane Arcadiévitch.

— Dites-moi, maman, comment papa vous a-t-il fait sa demande?

— Le plus simplement du monde, répondit la princesse toute rayonnante à ce souvenir.

— Mais encore? Vous l'aimiez sans doute avant qu'on vous ait permis de lui parler.

Kitty était fière de pouvoir maintenant aborder avec sa mère comme avec une égale ces sujets si importants dans la vie d'une femme.

— Bien sûr que je l'aimais; il venait nous voir à la campagne.

— Et comment cela s'est-il décidé?

— Mais comme toujours: par des regards et des sourires. Crois-tu donc que vous ayez inventé quelque chose de nouveau!

— Par des regards et des sourires, répéta Dolly. C'est juste. Comme vous avez bien dit cela, maman!

— Mais en quels termes s'est-il exprimé?

— Et que t'a dit Kostia de si particulier?

— Oh! lui, il a fait sa déclaration avec de la craie!... Ce n'était pas banal. Mais comme cela me paraît lointain!

Un silence suivit, pendant lequel les pensées des trois femmes suivirent le même cours. Kitty se rappela son dernier hiver de jeune fille, sa toquade pour Vronski, et par une association d'idées toute naturelle, la passion contrariée de Varinka.

— J'y pense, reprit-elle, il peut y avoir un obstacle: le premier amour de Varinka. J'avais l'intention de préparer Serge Ivanovitch à cette idée; les hommes sont tellement jaloux de notre passé.

— Pas tous, objecta Dolly. Tu en juges d'après ton mari: je suis sûre que le souvenir de Vronski le tourmente encore!

— C'est vrai, dit Kitty avec un regard pensif.

— Qu'y a-t-il dans ton passé qui puisse l'inquiéter?

demanda la princesse, prompte à la susceptibilité dès que sa surveillance maternelle semblait mise en question. Vronski t'a fait la cour, mais à quelle jeune fille ne la fait-on pas ?

— Il ne s'agit pas de cela, dit Kitty en rougissant.

— Pardon, reprit la mère, ne m'as-tu pas empêchée de m'expliquer avec lui. Tu t'en souviens ?

— Ah ! maman ! fit Kitty d'une voix troublée.

— À l'heure actuelle, on ne peut plus vous tenir en bride… Vos rapports ne pouvaient pas dépasser certaines bornes ; je l'aurais amené à se déclarer… Mais, pour le moment, ma chère, fais-moi le plaisir de ne pas t'agiter. Calme-toi, je t'en conjure.

— Mais je suis très calme, maman.

— Quel bonheur pour Kitty qu'Anna soit alors survenue, fit remarquer Dolly, et quel malheur pour elle !… Oui, reprit-elle, frappée de cette pensée, comme les rôles sont intervertis ! Anna était heureuse alors, tandis que Kitty se croyait à plaindre… Je songe souvent à elle…

— Quelle idée de songer à cette femme sans cœur, à cette abominable créature ! s'écria la princesse qui ne se consolait pas d'avoir Levine pour gendre au lieu de Vronski.

— Laissez donc ce sujet, dit Kitty impatientée. Je n'y pense jamais et je n'y veux point penser… Non, je n'y veux point penser, répéta-t-elle en prêtant l'oreille aux pas bien connus de son mari qui montait l'escalier.

— À quoi ne veux-tu point penser ? demanda Levine, paraissant sur la terrasse.

Personne ne lui répondit et il ne réitéra pas sa question.

— Je regrette de troubler votre intimité, dit-il, enveloppant les trois femmes d'un regard mécontent ; car il sentait qu'elles ne voulaient pas poursuivre leur entretien devant lui. Pendant un instant il se trouva d'accord avec la vieille économe, furieuse de devoir faire des confitures sans eau et en général de subir la domination des Stcherbatski.

Néanmoins il s'approcha en souriant de Kitty.

— Eh bien ? lui demanda-t-il du même ton dont tout le monde posait maintenant cette question à la jeune femme.

— Ça va très bien, répondit Kitty en souriant. Et tes charrettes ?

— Elles supportent trois fois plus de charge que nos simples télègues. Allons-nous à la rencontre des enfants ? J'ai fait atteler.

— Tu ne prétends pas secouer Kitty en char à bancs, j'imagine ? dit la princesse d'un ton de reproche.

— Nous irons au pas, princesse.

Tout en aimant et respectant sa belle-mère, Levine ne pouvait se résoudre à la nommer *maman*, comme font d'ordinaire les gendres : il aurait cru porter atteinte au souvenir de sa mère. Cette nuance froissait la princesse.

— Venez avec nous, maman, proposa Kitty.

— Je ne veux pas voir vos imprudences.

— Alors j'irai à pied, la promenade me fera du bien.

Kitty se leva et prit le bras de son mari.

— Eh bien, Agathe Mikhaïlovna, vos confitures réussissent-elles suivant la nouvelle recette ? demanda Levine en souriant à sa vieille bonne pour la dérider.

— On prétend qu'elles sont bonnes, mais selon moi elles sont trop cuites.

— Au moins ne tourneront-elles pas, Agathe Mikhaïlovna, dit Kitty, devinant l'intention de son mari, et vous savez qu'il n'y a plus de glace dans la glacière. Quant à vos salaisons, maman assure n'en avoir jamais mangé de meilleures, déclara-t-elle en ajustant le fichu dénoué de la vieille femme.

Mais Agathe Mikhaïlovna la regarda d'un air courroucé.

— Inutile de me consoler, Madame. Je n'ai qu'à vous voir avec « lui » pour être contente.

Cette façon familière de désigner son maître toucha Kitty.

— Venez nous montrer les bons endroits pour trouver des champignons, dit-elle.

La vieille hocha la tête en souriant. « On voudrait vous garder rancune qu'on ne le pourrait pas », semblait dire ce sourire.

— Suivez mon conseil, dit la princesse : couvrez chaque pot d'un rond de papier imbibé de rhum, et vous n'aurez pas besoin de glace pour les empêcher de moisir.

III

L'OMBRE de mécontentement qui avait passé sur le visage si mobile de son mari n'avait pas échappé à Kitty. Aussi fut-elle bien aise de se trouver en tête-à-tête avec lui ; et, dès qu'ils eurent pris les devants sur la route poudreuse, toute semée d'épis et de grains, elle s'appuya amoureusement à son bras. Levine avait déjà oublié sa fâcheuse impression d'un moment pour ne plus songer qu'à la grossesse de Kitty. C'était d'ailleurs depuis quelque temps son penser dominant et la présence de sa femme faisait naître en lui un sentiment nouveau, très pur et très doux, exempt de toute sensualité. Sans avoir rien à lui dire, il désirait entendre sa voix, qui avait mué et pris, tout comme son regard, cette nuance de douceur et de sérieux particulière aux personnes qui se donnent corps et âme à une seule et unique occupation.

— Alors, tu ne crains pas de te fatiguer ? Appuie-toi plus fort, lui dit-il.

— Je suis si heureuse d'être seule un moment avec toi. J'aime les miens, mais, à parler franc, je regrette nos soirées d'hiver à nous deux.

— Elles avaient du bon, mais le présent vaut encore mieux, dit Levine en lui serrant le bras.

— Sais-tu de quoi nous parlions quand tu es venu ?

— De confitures.

— Oui, mais aussi de la manière dont se font les demandes en mariage.

— Ah ! bah ! dit Levine qui prêtait moins d'attention aux paroles qu'au son de la voix de Kitty. Comme d'ailleurs ils entraient dans le bois, il surveillait jalousement les aspérités du chemin pour épargner tout faux pas à la jeune femme.

— Et encore, continua celle-ci, de Serge Ivanovitch et de Varinka. As-tu remarqué quelque chose ? Qu'en penses-tu ? demanda-t-elle en le regardant bien en face.

— Je ne sais trop que penser, répondit Levine en souriant. Sur ce point-là je n'ai jamais pu comprendre Serge. Ne t'ai-je déjà pas dit…

— Qu'il a aimé une jeune fille, et que celle-ci est morte ?

— Oui ; j'étais encore enfant et je ne connais cette histoire que par ouï-dire. Cependant ma mémoire se le représente très bien à cette époque : quel charmant garçon c'était ! Depuis lors j'ai souvent observé sa conduite avec les femmes : il se montre aimable, certaines lui plaisent, mais on sent qu'elles n'existent pas pour lui en tant que femmes.

— Soit, mais avec Varinka... Il y a, je crois, quelque chose.

— Peut-être... Mais il faut le connaître. C'est un être à part. Il ne vit que par l'esprit. Il a l'âme trop pure, trop élevée...

— Crois-tu donc que le mariage l'abaisserait ?

— Non, mais il est trop plongé dans la vie spirituelle pour pouvoir admettre la vie réelle. Et Varinka, vois-tu, c'est tout de même la vie réelle.

Levine avait pris l'habitude d'exprimer hardiment sa pensée sans lui donner une forme concrète ; il savait qu'aux heures de parfait accord sa femme le comprenait à demi-mot. Et ce fut précisément le cas.

— Oh ! non, Varinka appartient bien plus à la vie spirituelle qu'à la vie réelle. Ce n'est pas comme moi, et je comprends très bien qu'une femme de mon genre ne puisse pas se faire aimer de lui.

— Mais si, il t'aime beaucoup, et je suis fort heureux que tu aies fait la conquête des miens...

— Oui, il se montre plein de bonté pour moi, mais...

— Mais ce n'est pas la même chose qu'avec ce pauvre Nicolas, acheva Levine. Celui-là t'a tout de suite aimée, et tu lui as rendu la pareille... Pourquoi ne pas l'avouer ?... Je me reproche parfois de ne pas assez songer à lui ; je finirai par l'oublier ! C'était un être exquis... et épouvantable... Mais de quoi parlions-nous ? reprit-il après un silence.

— Alors tu le crois incapable de tomber amoureux ? demanda Kitty, traduisant dans sa langue la pensée de son mari.

— Je ne dis pas cela, répondit Levine en souriant, mais il n'est accessible à aucune faiblesse... Je l'ai toujours envié et à l'heure actuelle je lui porte encore envie, malgré mon bonheur.

— Tu l'envies de ne pouvoir tomber amoureux ?

— Je l'envie parce qu'il vaut mieux que moi, dit Levine après un nouveau sourire. Il ne vit pas pour lui-même, c'est le devoir qui le guide ; aussi a-t-il le droit d'être tranquille et satisfait.

— Et toi ? demanda-t-elle avec un sourire amoureux et narquois.

Interrogée sur la raison de ce sourire, elle n'eût point su l'indiquer formellement. En fait elle ne croyait pas qu'en se proclamant inférieur à Serge Ivanovitch son mari fît preuve de sincérité : il cédait tout bonnement à son amour pour son frère, à la gêne que lui causait son excès de bonheur, à son constant désir de perfectionnement.

— Et toi, répéta-t-elle toujours souriante, pourquoi serais-tu mécontent de toi ?

Heureux de voir qu'elle ne croyait point à son désenchantement, il éprouva un plaisir inconscient à lui faire exprimer les causes de ce scepticisme.

— Je suis heureux, mais je ne suis pas content de moi, dit-il.

— Pourquoi cela, puisque tu es heureux ?

— Comment te faire comprendre ?... Je n'ai rien à souhaiter en ce monde, si ce n'est que tu ne fasses point de faux pas... Ah ! mais non, veux-tu bien ne pas sauter ! s'écria-t-il, interrompant le fil de son discours pour lui reprocher d'avoir enjambé trop brusquement une branche qui barrait le chemin... Mais, reprit-il, quand je me compare à d'autres, à mon frère surtout, je sens que je ne vaux pas grand-chose.

— Pourquoi cela ? demanda-t-elle sans se départir de son sourire. Ne songes-tu pas, toi aussi, à ton prochain ? Tu oublies tes fermes, ton exploitation, ton livre...

— Non, tout cela n'est guère sérieux, et depuis quelque temps je m'y attelle comme à une besogne dont on aspire à se débarrasser. C'est ta faute d'ailleurs, avoua-t-il en lui serrant le bras. Ah ! si je pouvais aimer mon devoir comme je t'aime !

— Mais alors, que penses-tu de papa ? Le juges-tu mauvais parce qu'il se soucie peu du bien général ?

— Que non pas ! Mais moi je ne possède ni sa simplicité, ni sa bonté, ni sa clarté d'esprit. Je ne fais rien et je souffre de ne rien faire. Et cela à cause de toi. Quand il n'y avait ici ni toi ni « cela », fit-il en jetant sur la taille de sa femme un regard dont elle comprit le sens, je m'adonnais de tout cœur à la tâche. Maintenant, je le répète, ce n'est plus qu'une besogne, un faux-semblant.

— Voudrais-tu par hasard changer de sort avec ton frère ? ne plus aimer que ton devoir et le bien général ?

— Certes non. Au reste je suis trop heureux pour raisonner juste... Ainsi, tu crois qu'il va faire sa demande aujourd'hui ? demanda-t-il après un instant de silence.

— Je ne sais trop, mais je le voudrais bien ! Attends une minute.

Elle se pencha pour cueillir une marguerite sur le bord du chemin.

— Tiens, compte : fera, fera pas, lui dit-elle en lui tendant la fleur.

— Fera, fera pas, répéta Levine en arrachant l'un après l'autre les pétales blancs.

Mais Kitty, qui surveillait avec émotion chaque mouvement de ses doigts, le prit par le bras.

— Non, non, tu en as arraché deux d'un coup !

— Eh bien, je ne compterai pas ce petit-là, dit-il en jetant un petit pétale tout rabougri... Mais voici le char à bancs qui nous rejoint.

— Tu n'es pas fatiguée, Kitty ? cria de loin la princesse.

— Pas le moins du monde, maman.

— Tu peux faire, si tu le préfères, le reste de la route en voiture, au pas bien entendu.

Mais, comme on approchait du but, tout le monde termina la promenade à pied.

IV

Avec son fichu blanc tranchant sur ses cheveux noirs, au milieu de cette bande d'enfants dont elle partageait de bon cœur les joyeux ébats, Varinka, tout émue à la pensée qu'un homme qui ne lui déplaisait pas allait sans doute lui demander sa main, paraissait plus attrayante que jamais. En cheminant à ses côtés, Serge Ivanovitch ne pouvait se défendre de l'admirer, de se rappeler tout le bien qu'il avait ouï dire de cette charmante personne : décidément il éprouvait pour elle ce sentiment particulier qu'il n'avait connu qu'une seule fois, jadis, dans sa prime jeunesse. L'impression de joie que lui causait la présence de Varinka allait toujours croissant : comme il avait découvert un bolet monstre dont le chapeau relevait ses bords énormes au-dessus d'un pied très mince, il voulut le déposer dans la corbeille de la jeune fille ; mais, leurs regards s'étant rencontrés, il remarqua sur ses joues la joyeuse rougeur de l'émoi ; alors il se troubla à son tour et lui adressa, sans mot dire, un sourire par trop expressif.

« Si les choses en sont à ce point, songea-t-il, il importe de réfléchir avant de prendre une décision, car je ne veux point céder comme un gamin à l'entraînement du moment. »

— Si vous le permettez, déclara-t-il, je m'en vais maintenant chercher des champignons en toute indépendance, car il me semble que mes trouvailles passent inaperçues.

Quittant donc la lisière, où quelques vieux bouleaux s'élançaient d'une herbe courte et soyeuse, il gagna le couvert, où de sombres coudriers s'entremêlaient aux troncs gris des trembles, aux troncs blancs des bouleaux. Au bout d'une quarantaine de pas, il se déroba aux regards derrière un buisson de fusain en pleine floraison. Il régnait là un silence presque absolu ; seul un essaim de mouches bourdonnait dans les branches ; parfois aussi les voix des enfants parvenaient jusqu'à cette retraite. Soudain le contralto de Varinka qui appelait Gricha retentit non loin de la lisière et Serge Ivanovitch ne put retenir un sourire de joie, aussitôt suivi d'un hochement de tête désapprobateur. Il tira un cigare de sa poche, mais les allumettes se refusaient à prendre sur le tronc du bouleau auprès duquel il avait fait halte, les feuillets nacrés de l'écorce se collant au phosphore. Enfin l'une d'elles s'enflamma, et bientôt une large nappe de fumée odorante s'étendit au-dessus du buisson ; Serge Ivanovitch, qui avait repris sa marche à pas lents, la suivait des yeux tout en faisant son examen de conscience.

« Pourquoi résisterais-je ? songeait-il. Il ne s'agit point d'une passionnette, mais d'une inclination mutuelle, à ce qu'il me semble, et qui n'entraverait ma vie en rien. Ma seule objection sérieuse au mariage est la promesse que je me suis faite, en perdant Marie, de rester fidèle à son souvenir. » Cette objection, Serge Ivanovitch le sentait bien, ne touchait qu'au rôle poétique qu'il jouait aux yeux du monde. « Non, franchement, je n'en vois pas d'autres, et ma raison ne saurait me dicter un meilleur choix. »

Il avait beau fouiller ses souvenirs, il ne se rappelait pas avoir rencontré en aucune jeune fille cette réunion de qualités qui faisaient de Varinka une épouse en tous points digne de son choix. Elle avait le charme, la fraîcheur de la jeunesse, mais sans enfantillage ; si elle l'aimait, ce serait avec discernement, comme il sied à une femme. Elle avait l'usage du monde tout en le détestant, point capital aux yeux de Serge Ivanovitch, qui n'eût pas admis dans sa future compagne des façons vulgaires. Elle était croyante, non pas aveuglément, à la manière de Kitty, mais en toute connaissance de cause. Elle offrait même des avantages jusque dans les plus petites choses : pauvre et sans famille, elle n'imposerait pas, comme Kitty, la présence et l'influence d'une nombreuse parenté ; elle devrait tout à son mari, ce que Serge Ivanovitch avait toujours souhaité. Et ce parangon de vertus l'aimait : pour modeste qu'il fût, il lui fallait bien s'en apercevoir ! La différence d'âge entre eux ne serait pas un obstacle : il appartenait à une race solide, il n'avait pas un cheveu gris et personne ne lui donnait quarante ans ; d'ailleurs Varinka n'avait-elle pas dit une fois qu'un homme de cinquante ans ne passait pour un vieillard qu'en Russie ; en France c'était *la force de l'âge*, un quadragénaire y étant tenu pour *un jeune homme*. Au reste qu'importait l'âge, puisqu'il sentait son cœur aussi jeune que vingt ans plus tôt ? N'était-ce pas une preuve de fraîcheur, cet attendrissement qui le gagna quand, revenu à la lisière, il aperçut entre les vieux bouleaux la silhouette gracieuse de Varinka s'offrant, sa corbeille à la main, aux rayons obliques du soleil, tandis que par-delà la jeune fille un champ d'avoine roulait ses vagues dorées, inondées de lumière, et que dans le lointain bleu la forêt séculaire déployait sa ramure déjà jaunissante ?

Varinka se baissa pour ramasser un champignon, se redressa d'un geste souple et jeta un coup d'œil autour d'elle. Serge Ivanovitch sentit son cœur se serrer joyeusement; résolu à s'expliquer, il jeta son cigare et s'avança vers la jeune fille.

V

« Barbe Andréievna, je m'étais fait dans ma prime jeunesse un idéal de la femme que je serais heureux d'avoir pour compagne. Je ne l'avais encore jamais rencontré. Vous seule réalisez mon rêve. Je vous aime et vous offre mon nom. » Ces paroles sur les lèvres, Serge Ivanovitch regardait Varinka qui, agenouillée dans l'herbe à dix pas de lui, défendait un champignon contre les attaques de Gricha pour le réserver à Macha et aux plus petits.

— Par ici, par ici, il y en a des quantités! criait-elle de sa belle voix de poitrine.

Elle ne se leva pas à l'approche de Serge Ivanovitch; mais tout dans sa personne témoignait sa joie de le revoir.

— En avez-vous trouvé? demanda-t-elle en tournant vers lui son aimable visage souriant sous son fichu.

— Pas un; et vous?

Elle ne répondit pas tout d'abord, car elle était toute aux enfants.

— Tiens, vois-tu celui-ci, près de la branche, dit-elle à Macha en lui montrant une petite russule, qui pointait sous une touffe d'herbe sèche dont un brin avait transpercé son chapeau rose. En voulant la ramasser, l'enfant la brisa en deux.

— Cela me rappelle mes jeunes années, dit alors Varinka qui se leva pour rejoindre Serge Ivanovitch.

Ils firent quelques pas en silence. Varinka, étouffée par l'émotion, se doutait bien de ce qu'il avait sur le cœur. Ils étaient assez loin déjà pour qu'on ne pût les entendre, mais Serge Ivanovitch ne disait toujours mot. Tout à coup, presque involontairement, la jeune fille rompit le silence.

— Alors vous n'en avez pas du tout trouvé? Il est

vrai que sous le couvert il y en a toujours moins qu'à la lisière.

Serge Ivanovitch laissa échapper un soupir ; quelques instants de silence l'eussent mieux préparé à une explication qu'un banal entretien sur les champignons ! Se rappelant la dernière phrase de la jeune fille, il voulut la faire parler de son enfance ; mais à sa grande surprise il s'entendit bientôt lui répondre :

— Les bolets, prétend-on, ne hantent que la lisière ; mais à parler franc, je ne sais pas les distinguer des autres.

Quelques minutes passèrent encore. Ils étaient maintenant complètement seuls. Le cœur de Varinka battait à coups précipités ; elle se sentait rougir et pâlir alternativement. Quitter Mme Stahl pour épouser un homme comme Koznychev, dont elle se croyait presque sûrement amoureuse, lui semblait le comble du bonheur. Et tout allait se décider ! Elle redoutait l'aveu et plus encore le silence.

« Maintenant ou jamais », se dit Serge Ivanovitch, pris de pitié devant le regard troublé, la rougeur et les yeux baissés de Varinka. Il s'avoua même qu'il l'offensait en se taisant. Il se remémora à la hâte ses arguments en faveur du mariage, mais au lieu de la phrase qu'il avait préparée, il laissa tomber inopinément :

— Quelle différence y a-t-il entre un cèpe et un bolet ?

Les lèvres de Varinka tremblèrent en répondant :

— Il n'y en a guère que dans le pied.

Tous deux sentirent que c'en était fait : les mots qui devaient les unir ne seraient pas prononcés, et l'émotion violente qui les agitait se calma peu à peu.

— Le pied du bolet brun fait penser à une barbe noire mal rasée, dit tranquillement Serge Ivanovitch.

— C'est vrai, répondit Varinka avec un sourire.

Puis leur promenade se dirigea involontairement du côté des enfants. Confuse et blessée, Varinka éprouvait pourtant un sentiment de délivrance. Serge Ivanovitch repassait dans son esprit ses raisonnements sur le mariage et finit par les trouver faux : il ne pouvait être infidèle au souvenir de Marie.

— Doucement, voyons, doucement ! cria d'un ton fâché Levine en voyant les enfants se précipiter vers Kitty avec des cris de joie.

Derrière les petits parurent Serge Ivanovitch et Varinka. Kitty n'eut pas besoin de questionner son amie : l'expression calme, un peu honteuse, de leurs physionomies lui fit comprendre que l'espoir dont elle se berçait ne se réaliserait point.

— Eh bien ? s'enquit Levine, sur le chemin du retour.

— Ça ne prend pas, répondit-elle d'un ton et avec un sourire qui lui étaient assez familiers et plaisaient beaucoup à son mari parce qu'ils lui rappelaient et le ton et le sourire du vieux prince.

— Que veux-tu dire ?

— Voilà, expliqua-t-elle en portant à ses lèvres la main de son mari et en l'effleurant d'un semblant de baiser. C'est comme ça qu'on baise la main d'un évêque.

— Et chez qui ça ne prend-il pas ? demanda-t-il en riant.

— Chez tous deux. Maintenant regarde comment il faut faire...

— Attention, voilà les paysans qui viennent.

— Ils n'ont rien vu.

VI

Tandis que les enfants goûtaient, les grandes personnes, réunies sur le balcon, devisaient comme si de rien n'était. Cependant chacun se rendait compte qu'il s'était passé un fait important, encore que négatif. Serge Ivanovitch et Varinka semblaient deux écoliers qui auraient échoué à leurs examens ; Levine et Kitty, plus amoureux que jamais l'un de l'autre, se sentaient confus de leur bonheur, comme d'une allusion indiscrète à la maladresse de ceux qui ne savaient pas être heureux.

— Croyez-moi, disait la princesse, Alexandre ne viendra pas.

On attendait Stépane Arcadiévitch par le train du soir et le prince avait écrit qu'il se joindrait peut-être à lui.

— Et je sais pourquoi, continuait la vieille dame : il

prétend qu'on ne doit pas troubler la liberté de deux jeunes mariés.

— Grâce à ce principe, papa nous abandonne, dit Kitty; et pourquoi nous considère-t-il comme de jeunes mariés, alors que nous sommes déjà d'anciens époux?

— S'il ne vient pas, mes enfants, il faudra que je vous quitte, déclara la princesse, non sans pousser un profond soupir.

— Que dites-vous, maman! s'exclamaient d'une seule voix ses deux filles.

— Songez un peu comme il doit s'ennuyer seul...

Et soudain la voix de la princesse s'altéra. Ses filles échangèrent un regard qui voulait dire: «Maman a l'art de se forger des sujets de tristesse.» Elles ignoraient que leur mère, pour indispensable qu'elle se crût chez Kitty, ne songeait qu'avec une détresse infinie à son mari et à elle-même, depuis le jour où le dernier enfant s'était envolé du nid familial, désormais dépeuplé.

— Que désirez-vous, Agathe Mikhaïlovna? demanda Kitty à la vieille économe qui avait tout à coup surgi devant elle avec des airs mystérieux.

— C'est au sujet du souper, Madame.

— Parfait, dit Dolly; va donner tes ordres, tandis que je m'occuperai de Gricha, qui n'a rien fait de la journée.

— Voilà une pierre dans mon jardin, s'écria Levine en sautant de sa chaise. Ne te tourmente pas, Dolly, j'y vais.

Gricha, déjà au collège, avait des devoirs de vacances, et Darie Alexandrovna jugeait bon de l'aider à faire les plus difficiles, notamment ceux d'arithmétique et de latin, langue qu'elle s'appliquait à apprendre pour être utile à son fils. Levine s'étant offert à la remplacer, elle s'aperçut qu'il procédait autrement que le répétiteur de Moscou et lui déclara, avec beaucoup de tact et non moins de fermeté, qu'il fallait s'en tenir rigoureusement aux indications du manuel. En son for intérieur, Levine pesta contre le mauvais enseignement des professeurs et contre l'insouciance de Stépane Arcadiévitch qui abandonnait à sa femme une tâche à laquelle elle n'entendait rien. Il n'en promit pas moins à sa belle-sœur de suivre le livre pas à pas; mais, cette façon d'enseigner ne l'intéressant plus guère, il lui arrivait souvent d'oublier l'heure de la leçon.

— Non, non, Dolly, ne bouge pas, j'y vais, répéta-t-il. Et sois tranquille, nous suivrons l'ordre du manuel. Seulement, quand Stiva sera là, je l'accompagnerai à la chasse ; alors, adieu les leçons !

Et il s'en alla trouver Gricha.

Cependant Varinka, qui savait se rendre utile même dans une maison aussi bien tenue que celle de Levine, retenait de son côté sa chère Kitty.

— Restez tranquille, je vais commander le souper, dit-elle en rejoignant Agathe Mikhaïlovna.

— On n'aura sans doute pas trouvé de poulets ; il faudra en tuer des nôtres, dit Kitty.

— Nous arrangerons cela avec Agathe Mikhaïlovna.

Et Varinka disparut avec l'économe.

— Quelle charmante jeune fille ! fit remarquer la princesse.

— Charmante, c'est trop peu dire, maman ; délicieuse, incomparable !

— Alors vous attendez Stépane Arcadiévitch ? demanda Serge Ivanovitch, dans l'intention évidente de rompre les chiens. On trouverait difficilement deux beaux-frères plus dissemblables, ajouta-t-il avec un fin sourire : l'un qui est la mobilité même, ne peut vivre qu'en société, comme le poisson dans l'eau ; l'autre, vif lui aussi, fin, sensible, pénétrant, perd contenance dans le monde et s'y débat comme le poisson hors de l'eau !

— Oui, approuva la princesse en se tournant vers Serge Ivanovitch, c'est une tête légère. Et je voulais précisément vous demander de lui faire entendre que, dans son état, Kitty ne peut rester ici. Il parle de faire venir un médecin, mais j'estime que les couches doivent avoir lieu à Moscou.

— Mais maman, il fera tout ce que vous voudrez ! s'écria Kitty, fort confuse d'entendre sa mère adresser des doléances à Serge Ivanovitch.

Mais on perçut soudain un ébrouement de chevaux et le bruit d'une voiture roulant sur le gravier de l'avenue. Dolly s'était à peine levée pour descendre à la rencontre de son mari que déjà, au rez-de-chaussée, Levine sautait par la fenêtre de la pièce où travaillait Gricha, entraînant son élève après lui.

— Voilà Stiva ! cria-t-il sous le balcon. Sois tranquille,

Dolly, nous avons fini ! ajouta-t-il en prenant comme un gamin sa course dans la direction de la voiture.

— *Is, ea, id, ejus, ejus, ejus,* hurlait Gricha en sautillant derrière lui.

— Et quelqu'un avec lui, papa sans doute ! cria de nouveau Levine, arrêté au départ de l'avenue. Kitty, ne prends pas l'escalier raide, fais le tour par l'autre.

Mais Levine se trompait. Le compagnon de Stépane Arcadiévitch était un gros garçon, coiffé d'un béret écossais dont les longs rubans flottaient par-derrière, Vassia Veslovski, petit-cousin des Stcherbatski, avantageusement connu dans le beau monde de Pétersbourg et de Moscou, « bon vivant et chasseur enragé », à en croire Stépane Arcadiévitch qui le présenta en ces termes.

Veslovski ne se montra nullement troublé de la désillusion que causait sa présence : il salua gaiement Levine, lui rappela qu'ils s'étaient rencontrés autrefois et enleva Gricha par-dessus le *pointer* d'Oblonski pour l'installer dans la calèche.

Levine suivit à pied, contrarié de voir arriver à la place du prince, qu'il aimait de plus en plus, ce Vassia Veslovski dont la présence lui semblait parfaitement importune. Cette impression fâcheuse s'accrut quand il vit ce personnage baiser galamment la main de Kitty en présence de toute la maisonnée — grands et petits — accourue sur le perron.

— Nous sommes *cousins*, votre femme et moi, et d'anciennes connaissances, dit le jeune homme en serrant une seconde fois et fort énergiquement la main de Levine.

— Eh bien, y a-t-il du gibier ? s'enquit Stépane Arcadiévitch, interrompant ses embrassades. Nous arrivons, Veslovski et moi, avec des projets meurtriers… Mais non, maman, il n'était pas venu à Moscou depuis lors… Tiens, Tania, voilà pour toi !… Voulez-vous prendre ce paquet dans le fond de la voiture, continua-t-il, parlant à tout le monde à la fois. Comme te voilà rajeunie, Dolly ! dit-il enfin à sa femme en lui baisant la main qu'il retint entre les siennes et caressa d'un geste affectueux.

La bonne humeur de Levine était complètement tombée : il avait pris un air lugubre et trouvait tout le monde répugnant.

« Qui ces mêmes lèvres ont-elles embrassé hier ?

pensait-il. Et de quoi Dolly est-elle si contente puisqu'elle ne croit plus à son amour ? Quelle abomination ! »

Il fut vexé de l'accueil gracieux fait par la princesse à Veslovski ; la politesse de Serge Ivanovitch pour Oblonski lui parut hypocrite, car il savait que son frère le tenait en assez piètre estime ; Varinka lui fit l'effet d'une *sainte nitouche* qui jouait l'innocente tout en ne songeant qu'au mariage. Mais son dépit fut au comble quand il vit Kitty, cédant à l'entraînement général, répondre par un sourire, qui lui parut gros de signification, au sourire béat de cet individu qui considérait sa visite comme un bonheur pour chacun.

Tout le monde pénétra dans la maison, mais Levine profita du brouhaha pour s'esquiver. Comme son changement d'humeur n'avait point échappé à Kitty, elle voulut le retenir, mais il la repoussa, en prétextant que ses affaires l'appelaient au bureau. Jamais ses occupations n'avaient pris à ses yeux autant d'importance que ce jour-là.

VII

LEVINE rentra seulement quand on le vint avertir que le souper était servi. Il rencontra sur le palier Kitty et Agathe Mikhaïlovna qui se concertaient sur les vins à offrir.

— Pourquoi tant de façons ? qu'on serve le vin ordinaire.

— Non, Stiva n'en boit pas... Mais qu'as-tu, Kostia ? attends donc... demanda Kitty en tâchant de le rejoindre.

Mais sans vouloir l'écouter, il continua à grands pas son chemin vers le salon, où il se hâta de prendre part à la conversation.

— Eh bien, allons-nous demain à la chasse ? lui demanda Stépane Arcadiévitch.

— Allons-y, je vous en prie, insista Veslovski en s'asseyant de biais sur une chaise et en ramenant sous lui une de ses jambes.

— Volontiers ; avez-vous déjà chassé cette année ? répondit Levine, les yeux fixés sur la jambe du personnage, en prenant un ton faussement cordial que Kitty lui connaissait bien et qui ne lui allait pas du tout. Les bécassines abondent, je ne sais si nous trouverons aussi des doubles. Seulement il faudra partir de bonne heure ; le pourrez-vous ? Tu n'es pas fatigué, Stiva ?

— Moi, fatigué ? je ne le suis jamais ! Je suis prêt, si tu veux, à ne pas dormir de la nuit. Allons faire un tour.

— C'est cela, ne nous couchons pas ! approuva Veslovski.

— Oh ! nous ne doutons pas que tu en sois capable, comme aussi de troubler le sommeil des autres, dit Dolly sur ce ton d'ironie légère qu'elle avait adopté à l'égard de son mari. Pour moi, qui ne soupe pas, je me retire.

— Attends un peu, Dolly, s'écria Stépane Arcadiévitch, en prenant place auprès d'elle à la grande table où le souper était servi. J'ai tant de choses à te raconter.

— Rien de bien important, sans doute.

— Sais-tu que Veslovski a vu Anna et qu'il compte retourner chez elle en nous quittant ? J'ai aussi l'intention d'y aller. Elle n'habite qu'à soixante-dix verstes d'ici. Veslovski, viens donc par ici.

Veslovski passa du côté des dames et s'assit auprès de Kitty.

— Vraiment, lui demanda Dolly, vous avez été chez Anna Arcadiévna ? Comment va-t-elle ?

L'animation de ce petit groupe n'échappa point à Levine, qui causait à l'autre bout de la table avec la princesse et Varinka ; il crut à un entretien mystérieux : Kitty ne quittait pas des yeux le beau visage de Veslovski en train de pérorer et sa physionomie semblait exprimer un sentiment profond.

— Leur installation est superbe, racontait le jeune homme. Évidemment il ne m'appartient pas de les juger, mais je dois dire que chez eux on se sent vraiment à l'aise.

— Et quelles sont leurs intentions ?

— Passer l'hiver à Moscou, je crois.

— Ce serait charmant de se réunir là-bas ! Quand comptes-tu y retourner ? demanda Oblonski.

— J'y passerai le mois de juillet.

— Et toi, iras-tu ? demanda-t-il à sa femme.

— Certainement. J'en ai depuis longtemps l'intention, Anna est une excellente personne que j'aime et que je plains. J'irai seule, après ton départ, cela vaudra mieux, je ne gênerai personne.

— Parfait. Et toi, Kitty ?

— Moi ? qu'irais-je faire chez elle ? dit Kitty en rougissant et en jetant un coup d'œil du côté de son mari.

— Vous connaissez Anna Arcadiévna ? lui demanda Veslovski. C'est une femme très séduisante.

— Oui, répondit Kitty, dont le visage s'empourpra de plus en plus.

Elle se leva et rejoignit son mari.

— Ainsi tu vas demain à la chasse ? lui demanda-t-elle.

En voyant sa femme rougir, Levine ne fut plus capable de refréner sa jalousie, et la question de Kitty lui sembla une preuve d'intérêt pour ce mirliflore dont elle était évidemment éprise et à qui elle désirait procurer quelques moments agréables. L'absurdité de ce grief ne devait lui apparaître que plus tard.

— Certainement, répondit-il d'une voix contrainte qui lui fit horreur à lui-même.

— Passez plutôt la journée de demain avec nous, Dolly n'a pas encore pu voir son mari.

Levine traduisit ainsi ces mots : « Ne me sépare pas de "lui". Peu m'importe que tu t'en ailles, mais laisse-moi jouir de la présence de ce charmant jeune homme. »

Cependant Veslovski, sans soupçonner la tragédie dont il était la cause innocente, s'était levé de table pour rejoindre sa cousine, qu'il caressait des yeux.

« L'insolent ! songea Levine oppressé, pâle de colère. Comment se permet-il de la regarder ainsi ! »

— À demain la chasse, n'est-ce pas ? demanda Veslovski en s'asseyant de nouveau de guingois et en repliant, selon son habitude, une de ses jambes sous lui.

Emporté par la jalousie, Levine se voyait déjà dans la situation d'un mari trompé qu'une femme et son amant exploitent dans l'intérêt de leurs plaisirs. Il se montra néanmoins aimable avec Veslovski, le fit parler sur ses chasses, lui demanda s'il avait apporté son fusil et ses bottes, et consentit à organiser une partie pour le lendemain.

La princesse vint mettre un terme aux tortures de son gendre en conseillant à Kitty d'aller se coucher ; mais, nouveau supplice pour Levine, en souhaitant le bonsoir à la maîtresse de maison, Veslovski voulut de nouveau lui baiser la main. Kitty rougissante la retira en proférant avec une brusque naïveté qui devait plus tard lui valoir les reproches de sa mère :

— Ce n'est pas reçu chez nous.

Aux yeux de Levine, elle avait commis une faute en permettant à ce freluquet de pareilles familiarités et elle en commettait une plus grande en lui témoignant maladroitement qu'elles lui déplaisaient.

Mis en gaieté par quelques verres de bon vin, Oblonski se sentait d'humeur poétique.

— Quelle idée d'aller au lit par un temps pareil ! Regarde, Kitty, comme c'est beau ! dit-il en désignant la lune qui montait au-dessus des tilleuls. Veslovski, voici l'heure des sérénades... Il a une voix charmante, sais-tu ; nous nous sommes exercés chemin faisant. Et il a apporté deux nouvelles romances qu'il pourrait nous chanter avec Barbe Andréievna.

Quand tout le monde se fut retiré, Veslovski et Stépane Arcadiévitch se promenèrent encore longtemps en exerçant leur voix. Les sons d'une nouvelle romance parvenaient aux oreilles de Levine, qui avait accompagné Kitty jusqu'à sa chambre où, tapi dans un fauteuil, il gardait un silence obstiné. Kitty, l'ayant vainement interrogé sur la cause de sa mauvaise humeur, finit par lui demander si la conduite de Veslovski ne l'avait pas par hasard froissé. Alors il éclata et lui dit tout ; mais, offensé par ses propres paroles, il n'arrivait pas à se maîtriser.

Il se tenait debout devant sa femme, les yeux brillants sous ses sourcils froncés, les mains serrées contre sa poitrine comme s'il eût voulu comprimer sa colère, les pommettes tremblantes, les traits durs et pourtant empreints d'une souffrance qui toucha Kitty.

— Comprends-moi bien, disait-il d'une voix saccadée, je ne suis pas jaloux, c'est un mot infâme... Non, je ne saurais te jalouser, croire que... Je m'exprime mal, mais ce que j'éprouve est atroce... Je ne suis pas jaloux, mais je suis blessé, humilié qu'on ose te regarder ainsi.

— Comment m'a-t-il donc regardée ? demanda Kitty, cherchant de bonne foi à se rappeler dans toutes leurs nuances les incidents de la soirée.

Peut-être tout au fond d'elle-même avait-elle trouvé

un peu familière l'attitude de Veslovski venant la rejoindre d'un bout de la table à l'autre ; mais elle n'osa pas l'avouer à son mari, de crainte d'attiser ses souffrances.

— Une femme dans mon cas peut-elle être attrayante ? reprit-elle.

— Tais-toi ! s'écria Levine en se prenant la tête à deux mains. Ainsi si tu te sentais séduisante, tu pourrais...

— Mais non, Kostia, écoute-moi donc ! dit-elle, désolée de le voir ainsi souffrir. Tu sais que personne n'existe pour moi en dehors de toi ! Veux-tu que je m'enferme loin de tout le monde ?

Après avoir été froissée de cette jalousie qui lui gâtait jusqu'aux distractions les plus innocentes, elle était maintenant prête à renoncer à tout pour le calmer.

— Tâche de comprendre le ridicule de ma situation, continua-t-il dans un murmure de désespoir. Ce garçon est mon hôte, et, à part ses manières dégagées qu'il prend pour le comble du bon ton, je n'ai rien à lui reprocher. Je suis donc contraint de me montrer aimable et...

— Mais, Kostia, tu exagères les choses, interrompit Kitty, fière au fond du cœur de se sentir aussi profondément aimée.

— Et lorsque tu es plus que jamais pour moi l'objet d'un culte, que nous sommes si heureux, ce vaurien aurait le droit... Après tout, j'ai tort de l'injurier ; peu m'importent ses qualités ou ses défauts !... Mais pourquoi notre bonheur serait-il à sa merci ?

— Écoute, Kostia, je crois me rappeler ce qui t'a mis sens dessus dessous.

— Et quoi donc ?

— Je t'ai vu nous observer pendant le souper...

— Mais oui, mais oui, avoua Levine, troublé.

Haletante d'émotion, le visage pâle, bouleversé, elle lui raconta l'entretien mystérieux. Levine garda un instant le silence.

— Kitty, pardonne-moi ! s'écria-t-il enfin en se prenant de nouveau la tête à deux mains. Je suis fou ! Comment ai-je pu me mettre martel en tête pour une pareille niaiserie !

— Tu me fais peine...

— Non, non, je suis fou !... Je te torture... Avec des

idées pareilles, le premier étranger venu peut, sans le vouloir, détruire notre bonheur.

— Sa conduite était répréhensible...

— Non, non, je vais le retenir pour toute la belle saison et l'accabler de prévenances, dit Levine en baisant les mains de sa femme. Tu vas voir; dès demain... Ah! j'oubliais, demain nous allons à la chasse.

VIII

DEUX équipages de chasse, un char à bancs et une télègue attendaient à la porte le lendemain matin, avant que les dames fussent levées. Mignonne avait compris dès l'aube et approuvé par force aboiements et cabrioles les intentions de son maître; assise maintenant près du cocher sur le siège du char à bancs, elle jetait des regards inquiets et désapprobateurs vers la porte où les chasseurs tardaient à se montrer. Le premier qui parut fut Vassia Veslovski, chaussé de bottes neuves qui lui montaient jusqu'au milieu des cuisses, vêtu d'une blouse verte serrée à la taille par une ceinture à cartouches de cuir odorant, coiffé de son calot à rubans, et tenant à la main un fusil anglais tout neuf sans bretelle ni grenadière. Mignonne sauta vers lui pour le saluer et lui demander à sa façon si les autres allaient bientôt venir; mais se croyant incomprise, elle retourna à son poste et s'y figea dans l'attente, la tête penchée et l'oreille aux aguets. Enfin la porte s'ouvrit de nouveau avec fracas, livrant passage à Crac, le *pointer* « blanc et foie » de Stépane Arcadiévitch, bondissant et pirouettant, puis à son maître en personne, le fusil à la main et le cigare aux lèvres. « Tout beau, tout beau, Crac! », criait gaiement Oblonski cherchant à éviter les pattes du chien qui, dans sa joie, s'accrochait à la gibecière. Il portait des bottes molles par-dessus des bandes de toile, un pantalon usé, un paletot court et un chapeau défoncé; en revanche son fusil était du plus récent modèle et, bien que fatigués, son carnier et sa cartouchière défiaient toute critique. Jusqu'à ce jour Veslovski s'était refusé à comprendre que pour un chasseur le dernier mot du chic consistât à se mal vêtir tout en s'équipant à merveille, mais à la vue de Stépane Arcadiévitch rayonnant sous ses guenilles d'une élégance de grand seigneur joyeux et repu, il se jura d'en faire son profit pour une autre fois.

— Eh bien, et notre hôte? demanda-t-il.

— Un jeune marié, n'est-ce pas... dit en souriant Oblonski.

— Et dont la femme est délicieuse...

— Il sera rentré chez elle, car je l'ai vu prêt à partir.

Stépane Arcadiévitch avait deviné juste: Levine était retourné chez Kitty pour lui faire répéter qu'elle lui pardonnait sa sottise de la veille et pour lui enjoindre d'être prudente, de se tenir le plus loin possible des enfants. Kitty dut jurer une fois de plus qu'elle ne lui en voulait pas de s'absenter pendant deux jours; elle promit de lui envoyer le lendemain un bulletin de santé par une estafette. Ce départ ne plaisait guère à la jeune femme, mais elle s'y résigna gaiement en voyant l'entrain de son mari, que ses bottes et sa blouse blanche faisaient paraître plus grand et plus fort que jamais.

— Toutes mes excuses, messieurs! cria Levine accourant vers ses compagnons. A-t-on mis le déjeuner dans la voiture? Pourquoi le bai brun est-il attelé à droite? Après tout, tant pis. Allez coucher, Mignonne... Mets-les avec les bouvards, dit-il au vacher qui le guettait au passage pour le consulter au sujet des veaux... Mille pardons, voilà encore un animal à expédier.

Il sauta de la voiture où il s'était presque installé pour marcher à la rencontre d'un entrepreneur en charpenterie qui s'avançait, son aune à la main.

— Tu aurais tout aussi bien fait de venir me trouver hier au bureau. Eh bien, qu'est-ce qu'il y a?

— Sauf votre permission, on va ajouter un tournant. Trois marches tout au plus. Comme ça on arrivera juste au ras du palier. Et ce sera bien moins raide.

— Pourquoi ne m'as-tu pas écouté? répliqua Levine avec dépit. Je t'avais dit d'établir d'abord des contremarches. Maintenant c'est trop tard; il faut en faire un nouveau.

Dans une aile en construction, l'entrepreneur avait abîmé l'escalier, faute d'avoir exactement calculé la hauteur de la cage. Il voulait maintenant réparer sa bévue en ajoutant trois marches.

— Ça sera beaucoup mieux, je vous assure.

— Mais où crois-tu qu'il se terminera, ton escalier, avec trois marches de plus ?

— Juste au bon endroit, pardine, répliqua le charpentier avec un sourire méprisant. Il partira du bas, comme de juste, expliqua-t-il avec un geste persuasif, il montera en douce et arrivera là-haut en plein à la bonne place.

— Vraiment ! T'imagines-tu que les trois marches ne lui ajouteront pas de la hauteur ? Réfléchis un peu, voyons, et dis-moi où il arrivera.

— Juste au bon endroit, soutenait mordicus l'entrepreneur.

— Juste sous le plafond, mon pauvre ami !

— Non, reprit obstinément le bonhomme, il partira du bas, il montera en douce, et il arrivera en plein au bon endroit.

Levine tira la baguette de son fusil et se mit à dessiner l'escalier dans le sable.

— Y es-tu maintenant ?

— À vos ordres, répondit le charpentier dont le regard s'éclaira : il avait enfin compris ! Va falloir en faire un nouveau.

— C'est ce que je m'épuise à te dire, obéis-moi donc une bonne fois, cria Levine en remontant en voiture... Allons-y !... Tiens bien les chiens, Philippe !

Heureux de se sentir débarrassé de ses soucis domestiques, Levine éprouva une joie si vive qu'il aurait voulu se taire et ne songer qu'aux émotions qui l'attendaient. Trouverait-on du gibier dans le marais de Kolpenskoïé ? Mignonne tiendrait-elle tête à Crac ? Lui-même serait-il à la hauteur devant cet étranger ? Pourvu qu'Oblonski ne fît pas un plus beau tableau que lui !

En proie à des préoccupations analogues, Oblonski n'était guère plus loquace. Seul Vassia Veslovski ne tarissait pas, et Levine, en l'écoutant bavarder, se reprocha ses injustices de la veille. C'était vraiment un bon garçon, auquel on ne pouvait guère reprocher que de considérer ses ongles soignés, son calot écossais et sa tenue élégante comme autant de preuves de son incontestable supériorité ; du reste, simple, gai, bien élevé, prononçant admirablement le français et l'anglais, et qu'avant son mariage Levine eût de toute évidence pris en grande amitié.

Le bricolier de gauche, un cheval du Don, plut extrêmement à Veslovski. « Comme il doit faire bon galoper par la steppe avec une bête pareille ! » allait-il répétant. Il goûtait sans doute à cette chevauchée imaginaire une jouissance poétique et sauvage, encore qu'assez imprécise ; mais sa beauté, son charmant sourire, la grâce de ses gestes, sa naïveté surtout exerçaient un attrait incontestable, auquel Levine résistait d'autant moins qu'il avait à cœur de racheter ses jugements téméraires de la veille.

Ils avaient déjà fait trois verstes quand Vassia s'aperçut de l'absence de son portefeuille et de son étui à cigares ; le portefeuille contenant trois cent soixante-dix roubles, il voulut s'assurer qu'il l'avait oublié sur sa table de nuit.

— Savez-vous quoi, Levine ? dit-il, déjà prêt à sauter de voiture. Laissez-moi monter votre bricolier, et je serai vite de retour.

— Ne vous donnez pas cette peine, mon cocher fera facilement la course, repartit Levine, calculant que Vassia devait peser pour le moins cent kilos !

Le cocher fut dépêché en quête du portefeuille et Levine prit les rênes.

IX

EXPLIQUE-NOUS ton plan de campagne, s'enquit soudain Oblonski.

— Le voici : l'objectif est Gvozdiev à vingt verstes d'ici. De ce côté-ci du village nous trouverons un marais à doubles et de l'autre côté de grands marécages où foisonnent les bécassines et que les doubles ne dédaignent pas non plus. En y arrivant vers le soir, nous pourrons profiter de la chaleur pour chasser ; nous coucherons chez un paysan, et demain nous entreprendrons le grand marais.

— N'y a-t-il rien sur la route ?

— Si fait, il y a deux bons endroits, mais cela nous retarderait. D'ailleurs il fait trop chaud et nous en serions sans doute pour notre peine.

Levine comptait réserver pour son usage particulier

ces chasses voisines de la maison, où d'ailleurs trois fusils n'auraient pu que se gêner; mais rien n'échappait à l'œil exercé d'Oblonski et, passant devant un petit marais, il s'écria :

— Si nous nous arrêtions ?

— Oh ! oui, Levine, faisons halte, supplia Vassia.

Il fallut se résigner. La voiture à peine arrêtée, les chiens s'élancèrent à qui mieux mieux vers le marais.

— Crac, Mignonne, ici !

Les chiens revinrent.

— À trois, nous serions trop à l'étroit, je vais rester ici, dit Levine, espérant qu'ils ne trouveraient pas d'autre gibier que des vanneaux : les chiens en avaient fait lever quelques-uns qui, se balançant dans leur vol, jetaient au-dessus du marais leur plainte désolée.

— Non, non, Levine, venez avec nous, insista Veslovski.

— Mais non, je vous assure, nous nous gênerions. Mignonne ici ! Un chien vous suffira, n'est-ce pas ?

Levine demeura près des voitures, suivant d'un œil d'envie les chasseurs, qui battirent tout le marais pour n'y trouver qu'une poule d'eau et quelques vanneaux, dont l'un fut abattu par Veslovski.

— Vous voyez bien que je ne mentais pas, leur dit Levine quand ils furent de retour. Nous avons tout bonnement perdu du temps.

— Mais non, c'était très amusant, rétorqua Veslovski qui, empêtré par son fusil et son vanneau, remontait gauchement en voiture. Vous avez vu comme je l'ai descendu ? Beau coup, n'est-ce pas ? Arriverons-nous bientôt dans le bon coin ?

Tout à coup les chevaux se cabrèrent, Levine donna de la tête contre le canon d'un fusil et un coup de feu partit. C'est du moins ce qui lui sembla. En réalité Veslovski, voulant désarmer son fusil, avait tiré par erreur sur une détente tout en retenant le chien de l'autre. Par bonheur la charge ne blessa personne et s'enfonça dans le sol. Stépane Arcadiévitch hocha la tête par manière de reproche, mais Levine n'eut pas le courage de gronder Veslovski, dont le désespoir était manifeste et qui pouvait d'ailleurs attribuer les remontrances de son hôte au dépit de s'être fait une bosse au front. À vrai dire, cette consternation céda bientôt la place à un accès de gaieté aussi franche que contagieuse.

En arrivant au second marais qui, plus étendu que le premier, demandait plus de temps à battre, Levine conjura ses invités de passer outre, mais, cédant aux supplications de Veslovski, il les laissa descendre et demeura de nouveau près des voitures.

Crac se jeta dans le marécage, suivi de près par Vassia, et, avant qu'Oblonski ne les eût rejoints, il avait fait lever une bécassine double qui, sur un raté de Veslovski, se remisa dans un pré. Mais cette fois Crac se mit en arrêt et Vassia ne la manqua point. Il revint alors vers les voitures.

— À votre tour, dit-il à Levine ; je surveillerai les chevaux.

Jaloux du coup de fusil, Levine tendit les rênes à Veslovski et s'engagea dans le marais. Mignonne, qui depuis longtemps gémissait sur l'injustice du sort, fila d'un trait vers un îlot négligé par Crac mais que son maître et elle connaissaient de longue date.

— Pourquoi ne l'arrêtes-tu pas ? cria Stépane Arcadiévitch à son beau-frère.

— Sois tranquille, elle ne les fera pas voler, répondit Levine, heureux de la joie de sa chienne et courant après elle.

Plus Mignonne approchait de l'îlot giboyeux, plus sa quête devenait serrée. À peine se laissa-t-elle distraire un instant par un petit oiseau de marais sans conséquence. Elle fit une ou deux fois le tour de l'îlot giboyeux, puis subitement trembla de tout le corps et s'immobilisa.

— Arrive, arrive, Stiva ! cria Levine, qui sentit son cœur battre à coups précipités. Et tout à coup, comme si son ouïe tendue à l'extrême eût perdu le sens de la distance, tous les sons vinrent la frapper avec une intensité désordonnée. Il prenait les pas tout proches d'Oblonski pour le trépignement lointain des chevaux, et pour l'envol d'une bécassine l'éboulement d'une motte de terre sur laquelle il posait le pied. Il percevait encore non loin derrière lui une sorte de clapotis qu'il ne s'expliquait pas très bien.

Il rejoignit Mignonne en marchant prudemment.

— Pille ! cria-t-il.

Une bécassine partit sous les pieds de la chienne ; il la visait déjà lorsque au lourd clapotis vint se mêler la voix de Veslovski poussant des cris bizarres. Levine vit très bien qu'il tirait trop en arrière et manqua son coup ; en se retournant il aperçut le char à bancs et les chevaux à moitié enfoncés dans la boue : afin de mieux assister à la chasse, Vassia leur avait fait quitter la route pour le marais.

— Que le diable l'emporte ! murmura Levine en rebroussant chemin vers l'équipage embourbé. Pourquoi diantre êtes-vous venu jusqu'ici ? demanda-t-il sèchement au jeune homme. Et, hélant le cocher, il se mit en devoir de dégager les chevaux.

Non seulement on lui gâtait son plaisir, on risquait d'abîmer ses chevaux, mais ses compagnons le laissèrent dételer et ramener, avec l'aide du cocher, les pauvres bêtes en lieu sec, sans lui offrir la moindre assistance ; aucun d'eux, il est vrai, ne s'y entendait. En revanche le coupable fit de son mieux pour dégager le char à bancs et dans son zèle arracha même un garde-crotte. Cette bonne volonté toucha Levine qui mit son accès de mauvaise humeur sur le compte de ses préventions de la veille et redoubla aussitôt d'amabilités pour Veslovski. L'alerte passée, il donna l'ordre de déballer le déjeuner.

— *Bon appétit, bonne conscience ! Ce poulet va tomber jusqu'au fond de mes bottes,* dit Vassia rasséréné en dévorant son second poulet. Nos malheurs sont finis, messieurs, tout va nous réussir ; mais, en punition de mes méfaits, je demande à monter sur le siège et à vous servir d'automédon... Non, non, laissez-moi faire, vous allez voir comme je vais vous mener. Je serai très bien sur le siège et j'ai à cœur de réparer ma bévue.

Levine craignait pour ses chevaux, surtout pour le bai brun que Vassia tenait mal en main ; mais il céda bientôt à l'insouciance communicative du brave garçon, qui ne cessa tout le long du chemin de chanter des romances ou de singer un amateur anglais conduisant *four in hand.*

Nos chasseurs atteignirent les marais de Gvozdiev dans les meilleures dispositions du monde.

X

Vassia avait mené trop vite les chevaux : le but de l'expédition se trouvait atteint avant que la grosse chaleur ne fût tombée.

Levine aspira aussitôt à se débarrasser de l'incommode compagnon. Stépane Arcadiévitch semblait partager ce désir, car la rouerie bon enfant qui lui était particulière tempérait sur son visage l'air de préoccupation qui s'empare de tout chasseur au début d'une partie sérieuse.

— L'endroit m'a l'air bon, car j'aperçois des éperviers, dit-il en désignant deux oiseaux de proie qui planaient au-dessus des roseaux. C'est toujours un indice de gibier. Comment allons-nous l'explorer ?

— Un instant, messieurs, répondit Levine qui, d'un air plutôt sombre, rajustait ses bottes et vérifiait les pistons de son fusil. Vous voyez cette touffe de joncs, tout droit devant nous ? demanda-t-il en leur indiquant un point plus foncé qui tranchait sur l'immense prairie humide, fauchée par places. C'est à cet endroit que commence le marais pour incliner vers la droite, non loin de cette bande de chevaux ; on trouve des doubles de ce côté-là. Il contourne ensuite les roseaux et s'étend jusqu'à ce bouquet d'aunes et même jusqu'au moulin que vous apercevez là-bas dans un coude de la rivière ; c'est le meilleur coin, il m'est arrivé d'y tuer jusqu'à dix-sept bécassines. Nous allons, si vous le voulez bien, nous séparer et faire le tour du marais avec le moulin comme point de rendez-vous.

— Eh bien, prenez à droite, dit Stépane Arcadiévitch d'un air indifférent, il y a plus d'espace pour deux, moi je prendrai à gauche.

— C'est ça, appuya Vassia, et nous allons vous battre dans les règles.

Force fut à Levine d'accepter cet arrangement.

À peine lâchés, les chiens se mirent à quêter, éventant du côté du marécage. À l'allure lente et indécise de Mignonne, Levine s'attendait à voir voler une bande de bécassines.

— Veslovski, ne restez pas en arrière, je vous en conjure, murmura-t-il à son compagnon de chasse qui barbotait dans les flaques d'eau.

— Ne vous occupez pas de moi, je ne veux pas vous gêner.

Mais, rendu méfiant par l'alerte de Kolpenskoïé, Levine se rappelait à bon droit l'admonestation que lui avait faite Kitty avant le départ : « Surtout, ne vous canardez pas les uns les autres ! »

Les chiens approchaient de plus en plus de la remise des bécassines, cherchant à prendre connaissance du gibier chacun de son côté. Levine était si ému que le clapotement de son talon retiré de la vase lui parut le cri d'une bécassine ; il saisit aussitôt la crosse de son fusil.

« Pif ! paf ! » Deux détonations retentirent soudain à son oreille. Vassia tirait sur une bande de canards qui passaient au-dessus du marais, mais hors de portée. Levine n'eut pas le temps de se retourner qu'une bécassine s'enlevait, suivie d'une seconde, d'une troisième, de huit autres encore.

Au moment où elle commençait ses crochets, Stépane Arcadiévitch en épaula une, qui tomba comme une motte. Sans se presser, il en suivit une autre qui rasait les joncs. Son second coup était à peine parti que la bécassine tombait ; elle se débattit dans les joncs, laissant voir le dessous blanc de l'aile qui palpitait encore.

Levine fut moins heureux : il tira de trop près sa première bécassine et la manqua ; il voulut la rattraper au moment où elle montait, mais une autre lui étant partie sous les pieds, il se laissa distraire et la rata de nouveau.

Tandis qu'Oblonski et Levine rechargeaient leurs fusils, une dernière bécassine partit et Veslovski, qui entre-temps avait rechargé le sien, tira deux coups de petit plomb dans l'eau. Oblonski releva son gibier avec des yeux brillants de joie.

— Et maintenant séparons-nous, dit-il, et il se dirigea vers la droite, boitant légèrement de la jambe gauche, sifflant son chien et tenant son fusil tout prêt.

Lorsque Levine manquait le premier coup, il perdait facilement son sang-froid et compromettait sa chasse ; c'est ce qui lui arriva ce jour-là. À tout instant les bécassines partaient sous le nez du chien ou sous les pieds des chasseurs ; il aurait donc pu réparer sa maladresse, mais plus il tirait, plus il se couvrait de honte devant Veslovski, qui déchargeait son fusil à tort et à travers sans rien tuer, mais sans perdre pour autant sa gaieté. Levine, qui s'irritait de plus en plus, en vint presque à brûler ses cartouches au petit bonheur. Mignonne, stupéfaite, regardait les chasseurs d'un air de reproche, et sa quête se fit moins régulière. Les coups de feu avaient beau se succéder sans interruption et la fumée envelopper les chasseurs, l'immense carnassière contenait en tout et pour tout trois méchants bécasseaux ; encore Vassia en avait-il tué un à lui seul et un autre de moitié avec Levine.

Cependant, à l'autre bout du marécage, les coups, d'ailleurs peu fréquents, tirés par Oblonski, semblaient avoir porté, car presque chaque fois on l'entendait crier : « Crac, apporte ! » Ce succès irrita encore plus Levine. Les bécassines volaient maintenant en bandes ; d'aucunes même venaient se reposer à leur ancienne place, et le bruit mat que faisaient celles-ci en plaquant leurs ailes sur le sol humide alternait avec les cris que poussaient les autres en plein vol. Des douzaines d'éperviers piaillaient maintenant au-dessus du marais.

Levine et Veslovski avaient déjà battu plus de la moitié du marécage quand ils atteignirent un pré appartenant à plusieurs familles de paysans et divisé en longues bandes qui s'en venaient mourir au bord des roseaux. Comme plusieurs de ces lots n'étaient pas encore fauchés, la prairie n'offrait guère d'intérêt pour la chasse. Levine s'y engagea quand même, car il voulait tenir parole et rejoindre son beau-frère.

Quelques paysans cassaient la croûte près d'une charrette dételée.

— Ohé, les chasseurs, cria l'un deux, venez boire un coup avec nous.

Levine considéra le groupe.

— Venez, n'ayez pas peur, continua le rustaud, un joyeux compère au visage écarlate et barbu, en découvrant ses dents blanches et levant au-dessus de sa tête une bouteille verdâtre qui brilla au soleil.

— *Qu'est-ce qu'ils disent ?* demanda Veslovski.

— Ils nous offrent à boire avec eux ; ils auront sans doute fait le partage de la prairie. J'accepterais bien, ajouta Levine avec l'arrière-pensée de se défaire de Vassia.

— Mais pourquoi veulent-ils nous régaler?

— En signe de réjouissance probablement. Allez-y donc, cela vous amusera.

— *Allons, c'est curieux.*

— Allez, allez, vous trouverez ensuite facilement le chemin du moulin, cria Levine, ravi de voir Veslovski s'éloigner, courbé en deux, tenant son fusil à bout de bras et butant de ses pieds fatigués contre les mottes de terre.

— Viens donc aussi, cria le paysan à Levine, y a du bon pâté!

Levine n'eût certes refusé ni un morceau de pain ni un verre d'eau-de-vie, car il se sentait las et tirait avec peine ses pieds du sol marécageux. Mais il aperçut Mignonne en arrêt et oublia sa fatigue pour la rejoindre. Une bécassine lui partit sous les pieds, et cette fois il ne la manqua pas. La chienne gardait l'arrêt. « Pille! » Un autre oiseau se leva devant le nez du chien. Il tira son second coup, mais décidément la journée était malheureuse: non seulement il rata un des deux oiseaux, mais il ne put retrouver le premier. Ne voulant pas croire qu'il l'avait tué, Mignonne faisait semblant de le chercher.

La malchance, dont il rendait Vassia responsable, s'attachait bel et bien aux pas de Levine: bien qu'ici également il y eût beaucoup de gibier, il faisait raté sur raté.

Les rayons du soleil couchant étaient encore très chauds, ses vêtements trempés lui collaient au corps; sa botte gauche remplie d'eau alourdissait sa marche; la sueur coulait à grosses gouttes sur son visage noir de poudre, il avait la bouche mauvaise, un relent de fumée et de vase le prenait à la gorge, les cris incessants des bécassines l'étourdissaient, son cœur battait à coups précipités, ses mains tremblaient d'émoi, ses pieds harassés butaient dans les mottes, s'enfonçaient dans les trous; néanmoins il ne se rendait pas. Enfin, un raté plus honteux que les autres lui fit jeter sur le sol son fusil et son chapeau.

« Décidément, se dit-il, il faut me prendre en main. » Alors, relevant fusil et chapeau, il appela Mignonne et sortit du marais. Une fois sur la berge, il tira sa botte, la vida, avala quelques lampées d'eau à fort goût de rouille, mouilla ses pistons échauffés et se rafraîchit le visage et les mains. Puis il se dirigea vers la nouvelle remise des bécassines, fermement convaincu d'avoir retrouvé son calme. Pure illusion : il n'avait pas encore visé que déjà son doigt pressait la détente !

Son carnier ne contenait en tout et pour tout que cinq pauvres oiseaux quand il atteignit l'aunaie où devait le rejoindre Stépane Arcadiévitch. Ce fut Crac qui se montra le premier : couvert d'une vase puante et noire, il déboucha d'une souche abattue et s'en vint flairer Mignonne avec des airs de triomphe. Son maître apparut bientôt dans l'ombre des aunes, le visage cramoisi, ruisselant de sueur, le col déboutonné et toujours boitillant.

— Eh bien, fit-il gaiement, vous devez avoir fait belle chasse ? on n'entendait que vous.

— Et toi ? demanda Levine, question à quoi le carnier d'Oblonski, surchargé de quatorze bécassines, donnait une réponse éloquente.

— C'est un vrai marais du bon Dieu ! Veslovski a dû te gêner ; rien n'est plus incommode que de chasser à deux avec un seul chien, déclara Stépane Arcadiévitch par manière de consolation.

XI

Les deux beaux-frères trouvèrent Veslovski déjà installé dans l'isba où Levine avait accoutumé de prendre gîte. Assis sur un banc auquel il se cramponnait des deux mains, il faisait tirer ses bottes couvertes de vase par un soldat, frère de leur hôtesse.

— Je viens d'arriver, leur dit-il en riant de son rire communicatif. *Ils ont été charmants.* Figurez-vous qu'après m'avoir fait boire et manger, ils n'ont rien voulu accepter. Et quel pain ! *Délicieux !* Et quelle eau-de-vie ! Je n'en ai jamais bu de pareille. Et ils me répétaient tout le temps : « Faut pas nous en vouloir, on fait ce qu'on peut ! »

— Mais pourquoi vouliez-vous payer ? grommela le soldat, enfin maître d'une des bottes et du bas noir de fange qui s'y était collé. Ils vous régalaient, n'est-ce pas ? Leur eau-de-vie, ils ne la vendent pas.

La saleté de l'isba, que leurs bottes et les pattes de leurs chiens avaient souillée d'une boue noirâtre, l'odeur de poudre et de marais qui s'y était insinuée, ne rebutèrent pas plus nos chasseurs que l'absence de fourchettes et de couteaux : tous trois soupèrent avec un appétit qu'on ne connaît qu'à la chasse ; puis, après s'être nettoyés, ils allèrent se coucher dans le fenil, où les cochers leur avaient préparé des lits à même le foin.

Bien que la nuit tombât, le sommeil les fuyait ; ils évoquaient à l'envi des souvenirs de chasse. Veslovski trouvait tout pittoresque et charmant : le gîte qui embaumait le foin, les chiens qui reposaient aux pieds de leurs maîtres, le chariot qui se dressait dans un coin et qu'il croyait brisé parce qu'on en avait retiré l'avant-train. Comme il ne tarissait pas d'éloges sur l'hospitalité villageoise, Oblonski crut bon d'opposer à ces plaisirs champêtres les fastes d'une grande chasse à laquelle il avait pris part l'année précédente dans la province de Tver, chez un certain Malthus, enrichi dans les chemins de fer. Il décrivit les immenses marécages gardés, les dog-carts, la tente dressée au bord de l'eau pour le déjeuner.

— Comment de pareils individus ne te sont-ils pas odieux ? dit Levine, se soulevant sur son lit de foin. Je ne nie pas les charmes d'un déjeuner au Château-Lafite, mais est-ce que vraiment ce luxe ne te révolte pas ? Ces gens-là s'enrichissent à la façon des fermiers d'eau-de-vie d'autrefois, et se moquent du mépris public, sachant que leur argent mal acquis les réhabilitera.

— Tout à fait exact ! s'écria Veslovski. Bien entendu, Oblonski accepte leurs invitations par pure *bonhomie*, mais il donne là un fâcheux exemple.

— Vous vous trompez, rétorqua Stépane Arcadiévitch avec un petit ricanement qui n'échappa point à Levine. Si je vais chez lui, c'est que je le crois tout aussi honnête que tel négociant, tel agriculteur qui doivent leur fortune à leur travail et à leur intelligence.

— Qu'appelles-tu travail ? Est-ce de se faire donner une concession et de la rétrocéder ?

— Certainement, en ce sens que, si personne ne

prenait cette peine, nous n'aurions pas de chemins de fer.

— Peux-tu assimiler ce travail à celui d'un homme qui laboure ou d'un savant qui étudie ?

— Non, mais il n'en a pas moins un résultat : des chemins de fer. Mais j'oubliais que tu n'en es pas partisan.

— Ceci est une autre question : je veux bien, si cela peut te faire plaisir, en reconnaître l'utilité. Mais je tiens pour malhonnête toute rémunération qui n'est pas en rapport avec le travail.

— Mais comment déterminer ce rapport ?

— J'entends tout gain acquis par des voies insidieuses et peu correctes, répondit Levine qui se sentit impuissant à tracer une limite précise entre le juste et l'injuste. Par exemple, les gros bénéfices des banques. Ces fortunes rapides sont proprement scandaleuses. *Le roi est mort, vive le roi* : nous n'avons plus de fermes, mais les chemins de fer et les banques y suppléent.

— Tout cela peut être vrai et fort spirituel, répliqua d'un ton posé Stépane Arcadiévitch, évidemment convaincu de la justesse de son point de vue, mais tu n'a pas répondu à ma question… Couché, Crac ! dit-il à son chien, qui se grattait et retournait tout le foin. Pourquoi, par exemple, mes appointements sont-ils plus élevés que ceux de mon chef de bureau, qui connaît les affaires mieux que moi. Est-ce juste ?

— Je n'en sais rien.

— Est-il juste que tu gagnes, disons cinq mille roubles là où, avec plus de travail, le paysan qui nous héberge ce soir en gagne à peine cinquante ? Non, comparés à ceux de ces braves gens, ton gain et le mien sont aussi disproportionnés que celui de Malthus par rapport aux ouvriers de sa ligne. Au fond, vois-tu, il y a une certaine dose d'envie dans la haine qu'inspirent ces millionnaires…

— Vous allez trop loin, interrompit Veslovski ; on ne leur envie pas leurs richesses, mais on ne peut se dissimuler qu'elles ont un côté ténébreux.

— Tu as raison, dit Levine, de taxer d'injustes mes cinq mille roubles de bénéfice ; j'en souffre, mais…

— C'est, ma foi, vrai, approuva Veslovski, d'un ton d'autant plus sincère qu'il songeait sans doute à ces choses pour la première fois de sa vie. Nous passons notre temps à boire, à manger, à chasser, à nous tourner les pouces, tandis que ces pauvres diables peinent d'un bout de l'année à l'autre.

— Oui, tu souffres, mais pas au point de donner ta terre au paysan, objecta non sans malice Stépane Arcadiévitch.

Depuis qu'ils étaient devenus beaux-frères, une hostilité sourde altérait les relations des deux amis : chacun prétendait *in petto* avoir mieux organisé sa vie que l'autre.

— Je ne la donne pas parce que personne ne me la demande, répliqua Levine ; si d'ailleurs je le voulais, je ne le pourrais pas. Et à qui diantre veux-tu que je la donne ?

— Mais, par exemple, à ce brave homme chez qui nous passons la nuit.

— Et de quelle manière veux-tu que je m'y prenne ? faudra-t-il établir un acte de vente ou de donation ?

— Je n'en sais rien ; mais puisque tu as la conviction de commettre une injustice...

— Mais pas du tout. J'estime au contraire qu'ayant une famille j'ai des devoirs envers elle et ne me reconnais pas le droit de me dépouiller.

— Pardon, si tu considères cette inégalité comme une injustice, tu dois agir en conséquence.

— C'est ce que je fais en m'efforçant de ne pas l'accroître.

— Quel paradoxe !

— Oui, cela sent le sophisme ! ajouta Veslovski... Eh, mais, voilà le patron, dit-il à la vue du maître de l'isba qui ouvrait la porte en la faisant crier sur ses gonds. Comment, tu n'es pas encore couché ?

— Il s'agit bien de ça ! Je vous croyais depuis longtemps endormis, mais voilà que je vous entends bavarder. Alors, n'est-ce pas, comme j'ai besoin d'une faux... Ils ne vont pas me mordre, au moins ? ajouta-t-il en posant précautionneusement ses pieds nus l'un devant l'autre.

— Où vas-tu dormir ?

— Nous gardons nos chevaux au pâturage.

— Ah ! la belle nuit ! s'écria Veslovski, en apercevant dans l'encadrement de la porte, à la faible lueur du crépuscule, un coin de la maison et le char à bancs dételé... Mais d'où viennent ces voix de femmes? Elles ne chantent pas mal vraiment.

— Ce sont les filles d'à côté.

— Allons faire un tour... De toute manière, nous ne pourrons pas dormir. Allons, Oblonski.

— Que ne peut-on se promener, tout en restant étendu! Il fait si bon ici, répondit Oblonski en s'étirant.

— Alors, j'irai seul, dit Veslovski qui se leva et se chaussa à la hâte. Au revoir, messieurs. Si je m'amuse, je vous appellerai; vous avez été trop aimables à la chasse pour que je vous oublie.

— Quel brave garçon, n'est-ce pas? dit Oblonski quand Vassia fut sorti et que le patron eut fermé la porte derrière lui.

— Oui, oui, répondit évasivement Levine, qui suivait toujours le fil de sa pensée: il n'arrivait pas à comprendre comment deux hommes sincères et point sots pouvaient l'accuser de sophisme alors qu'il exprimait ses sentiments aussi clairement que possible.

— Oui, mon cher, reprit Oblonski, il faut en prendre son parti et reconnaître, soit que la société actuelle repose sur des fondements légitimes, et alors défendre ses droits, soit qu'on profite de privilèges injustes, et dans ce dernier cas, faire comme moi: en profiter avec plaisir.

— Non, si tu sentais l'iniquité de ces privilèges, tu n'en jouirais pas. Moi du moins, je ne le pourrais pas; j'ai besoin de me sentir en paix avec ma conscience.

— Au fait, pourquoi n'irions-nous pas faire un tour? dit Stépane Arcadiévitch, que cet entretien par trop sérieux commençait sans doute à lasser. Allons-y, puisque aussi bien nous ne dormons pas.

Levine ne répondit rien; il réfléchissait. Ainsi donc on trouvait ses actes en contradiction avec le sentiment qu'il avait de la justice. « Est-il possible, se disait-il, que l'on ne puisse être juste que d'une manière purement négative? »

— Décidément l'odeur du foin m'empêche de dormir, dit Oblonski en se soulevant. Vassia m'a l'air de ne pas s'ennuyer. Entends-tu ces éclats de rire? Allons-y, crois-moi.

— Non, je reste.

— Est-ce aussi par principe ? demanda en riant sous cape Stépane Arcadiévitch, qui cherchait sa casquette à tâtons.

— Non, mais qu'irais-je faire là-bas ?

— Sais-tu, dit Oblonski en se levant, que tu me parais sur une pente dangereuse.

— Pourquoi ?

— Parce que tu prends un mauvais pli avec ta femme. J'ai remarqué l'importance que tu attachais à obtenir son autorisation pour t'absenter pendant quarante-huit heures. Cela peut être charmant à titre d'idylle, mais cela ne saurait durer toute la vie. L'homme doit maintenir son indépendance, il a ses intérêts à lui, conclut Oblonski en ouvrant la porte.

— Lesquels ? ceux de courir après les filles de ferme ?

— Pourquoi pas, si cela l'amuse ? *Cela ne tire pas à conséquence.* Ma femme ne s'en trouvera pas plus mal. Respectons seulement le domicile conjugal ; mais, pour le reste, ne nous laissons pas lier les mains.

— Peut-être, répondit sèchement Levine en se retournant. Demain je pars avec l'aurore et n'éveillerai personne, je vous en préviens.

Veslovski accourait.

— *Messieurs, venez vite !* s'écria-t-il. *Charmante !* C'est moi qui l'ai découverte. Une vraie Gretchen. Nous sommes déjà de bons amis. Je vous assure qu'elle est délicieuse, ajouta-t-il d'un ton qui laissait entendre que cette charmante enfant avait été créée et mise au monde pour qu'il la trouvât à son goût.

Levine fit semblant de sommeiller, tandis qu'Oblonski mettait ses pantoufles et allumait un cigare. Il laissa les deux amis s'éloigner mais resta longtemps sans pouvoir s'endormir ; prêtant l'oreille aux bruits d'alentour, les chevaux mâchonnaient leur foin ; le patron partit avec son fils aîné pour garder les bêtes au pâturage ; le soldat se coucha de l'autre côté du fenil avec son tout jeune neveu ; et comme l'enfant lui demandait à qui en voulaient ces méchants chiens, l'oncle lui raconta que le lendemain les chasseurs s'en iraient au marais pour y faire paf ! paf ! avec leurs fusils ; puis, excédé par les questions du gamin, il le fit taire par des menaces : « Dors, Vassia, dors, ou sans cela gare ! » Bientôt ses ronflements troublèrent seuls le silence, et, par intervalles, le hennissement des chevaux et l'appel des bécassines.

« Eh quoi, se répétait toujours Levine, ne peut-on vraiment être juste que d'une manière négative ? Après tout, je n'y puis rien, ce n'est pas ma faute ! » Et il se prit à songer au lendemain : « Je me lèverai avec le jour et je saurai garder mon sang-froid ; le marais est plein de bécassines, il y a même des doubles. Et je trouverai en rentrant un mot de Kitty... Stiva pourrait bien avoir raison, je suis trop faible avec elle... Mais qu'y faire ? Voilà de nouveau du "négatif". »

Il perçut à travers son sommeil le rire et les gais propos de ses compagnons qui rentraient, et rouvrit un instant les yeux pour les voir éclairés par la lune dans l'entrebâillement de la porte. Oblonski comparait un jeune tendron à une noisette fraîchement écalée, tandis que Veslovski, riant de son rire contagieux, répétait sans doute un mot que lui avait dit l'un des manants : « Tâche plutôt voir à en prendre une à ton goût ! »

— Demain avant l'aube, messieurs ! marmotta Levine et il se rendormit.

XII

Levé à pointe d'aube, Levine essaya en vain de réveiller ses compagnons. Couché sur le ventre et ne laissant voir que le bas qui moulait une de ses jambes, Veslovski ne donna aucun signe de vie ; Oblonski grommela quelques mots de refus ; Mignonne elle-même, blottie en rond au bord du foin, étira paresseusement l'une après l'autre ses pattes de derrière avant de se décider à suivre son maître. Levine se chaussa, prit son fusil, et sortit en se gardant de faire grincer la porte. Les cochers dormaient près des voitures, les chevaux sommeillaient, sauf un qui mâchonnait son avoine en l'étendant du museau sur l'auge. Il faisait à peine jour.

— Qu'est-ce qui te fait lever de si bon matin, notre ami ? lui demanda la maîtresse du logis, une brave femme déjà âgée qui sortait de son isba et l'accosta familière ment comme une vieille connaissance.

— Je vais à la chasse, ma bonne. Par où faut-il que je passe pour gagner le marais ?

— Prends tout droit derrière nos granges, puis à travers les chènevières ; il y a un sentier.

Marchant avec précaution, car elle avait les pieds nus, la vieille l'accompagna jusqu'à l'aire, dont elle lui ouvrit la barrière.

— Tu tomberas comme ça en plein mitan du marais. Nos gars ont mené les bêtes par là hier soir.

Mignonne prit les devants en folâtrant et Levine la suivit d'un pas allègre, tout en scrutant le ciel d'un œil inquiet, car il aurait voulu atteindre le marais avant le lever du soleil. La lune, qui éclairait encore quand il avait quitté le fenil, prenait maintenant des teintes de vif-argent ; l'étoile du matin, qui naguère s'imposait à la vue, pâlissait de plus en plus ; des points, d'abord vagues à l'horizon, offraient des contours plus distincts : c'étaient des tas de blé. Dans le chanvre déjà haut qui répandait un âcre parfum et d'où l'on avait déjà arraché les tiges mâles, la rosée encore invisible mouillait les jambes de Levine et sa blouse jusqu'à la ceinture. Dans le silence limpide du matin, les moindres sons se percevaient nettement, et une abeille qui frôla l'oreille de Levine lui parut siffler comme une balle.

Il en aperçut encore deux ou trois qui, franchissant la clôture du rucher, prenaient leur vol par-dessus les chènevières dans la direction du marais. Déjà celui-ci se devinait aux vapeurs qui s'en exhalaient, nappe blanche où des bouquets de saules et de roseaux formaient des îlots d'un vert sombre. Au débouché du sentier, des hommes et des enfants, enveloppés dans leur caftan, dormaient d'un profond sommeil, après avoir veillé toute la nuit. Près d'eux paissaient trois chevaux entravés, dont l'un faisait résonner ses chaînes. Mignonne marchait maintenant à la botte de son maître, fouillant les alentours du regard et implorant d'être lâchée. Quand, après avoir dépassé les dormeurs, Levine sentit le terrain fléchir sous ses pieds, il vérifia ses amorces et laissa aller sa chienne. À la vue de celle-ci, un des chevaux, un beau poulain brun de trois ans, dressa la queue et s'ébroua. Les autres prirent aussi peur et sortirent de l'eau en dégageant à grand-peine leurs sabots de la vase où ils barbotaient lourdement.

Mignonne s'arrêta ; elle eut pour les chevaux une œillade moqueuse et pour son maître un regard interrogateur. Levine la caressa et l'autorisa par un sifflement à commencer sa quête. Elle partit aussitôt, flairant sur le sol mouvant, parmi d'autres senteurs connues — celles des racines, des plantes, de la rouille — ou inconnues — celle du crottin de cheval — cette odeur du gibier qui la troublait plus que toute autre. Cette odeur imprégnait de place en place la mousse et les bardanes, mais on ne pouvait en déterminer la direction. Pour trouver la piste, il lui fallait prendre le vent. Ne sentant pas les mouvements de ses pattes, marchant au petit galop pour pouvoir en cas de besoin s'arrêter brusquement, elle s'éloigna vers la droite, fuyant la brise qui soufflait de l'orient. Quand elle eut pris le vent, elle aspira l'air à pleines narines, et ralentit aussitôt sa course, sentant qu'elle tenait, non plus une piste, mais le gibier lui-même, et en grande abondance. Mais où exactement ? Elle traçait déjà ses lacets, quand la voix de son maître retentit, l'appelant d'un autre côté : « Mignonne, ici ! » Elle s'arrêta, indécise, comme pour lui faire entendre que mieux valait la laisser agir à sa guise ; mais Levine réitéra son ordre d'une voix courroucée, en lui désignant un monticule où il ne pouvait rien voir. Pour lui faire plaisir, elle grimpa sur le monticule et fit semblant de quêter, mais revint bientôt à l'endroit qui l'attirait. Sûre de son fait, maintenant que son maître ne la gênait plus, sans regarder à ses pieds et butant rageusement contre les mottes, tombant à l'eau mais se redressant aussitôt sur ses pattes vigoureuses et souples, elle se mit à tracer un cercle qui devait lui donner l'explication de l'énigme. L'odeur se faisait toujours plus forte, toujours plus précise ; soudain elle comprit qu'il y en avait « un » là, à cinq pas d'elle, et elle se mit en arrêt, immobile comme une statue. Ses pattes trop courtes l'empêchaient de voir, mais son flair ne la trompait pas. Sa queue tendue ne tremblait que du bout, elle avait la gueule entrouverte et les oreilles dressées ; l'une d'elles s'était retournée pendant son galop. Elle respirait lourdement, mais avec précaution, et tournait son regard plus que sa tête vers son maître, qui arrivait avec des yeux qu'elle jugeait toujours courroucés et en marchant à une allure aussi rapide que le lui permettait le sol mouvant, mais dont elle maudissait la lenteur.

En voyant Mignonne se presser contre le sol, la gueule entrouverte et les pieds de derrière raclant la terre, Levine comprit qu'elle avait éventé des doubles et prit sa course en suppliant le ciel de ne pas lui faire manquer son premier coup. Arrivé tout près d'elle, il découvrit à moins d'un mètre l'oiseau qu'elle n'avait pu que flairer. C'était bien une double, tapie, l'oreille aux aguets, entre deux mottes : elle fit mine un moment d'ouvrir ses ailes, les replia, et frétillant gauchement du croupion, se reblottit dans un coin.

— Pille ! cria Levine en excitant sa chienne du pied.

« Je ne puis pas bouger, se dit Mignonne, je les sens, mais je ne les vois pas, et si je bouge je ne saurai plus où les prendre. »

Mais le maître la poussa du genou, en répétant tout ému :

— Pille, Mignonne, pille !

« Puisqu'il y tient, je vais lui obéir, mais je ne réponds pas de moi », se dit-elle en se lançant éperdue entre les deux mottes, ne flairant plus rien et ne sachant plus ce qu'elle faisait.

À dix pas de l'ancienne place, un oiseau se leva avec le croassement gras et le bruit d'ailes sonore caractéristiques des doubles. Levine tira, l'oiseau s'abattit, frappant la terre humide de sa poitrine blanche. Une autre se leva d'elle-même derrière Levine ; quand celui-ci se retourna, elle était déjà loin, mais le coup de feu l'atteignit : après avoir volé l'espace d'une vingtaine de pas, elle monta en chandelle, dégringola cul par-dessus tête, et vint lourdement se plaquer sur une place sèche.

« Ça va marcher, songea Levine en fourrant dans son carnier les deux oiseaux gras et chauds. N'est-ce pas, ma belle, que ça va marcher ? »

Quand Levine, après avoir rechargé son fusil, reprit sa marche, le soleil, que cachaient encore des nuages, était déjà levé, la lune ne semblait plus qu'un point blanc dans l'espace, toutes les étoiles avaient disparu. Les flaques d'eau, qu'argentait naguère la rosée, reflétaient maintenant de l'or et de l'ambre ; les tons bleus de l'herbe passaient au vert jaunâtre. Les oiseaux de marais s'agitaient dans les buissons brillants de rosée, qui jetaient de longues ombres le long d'un ruisseau. Un épervier, perché sur une meule, se réveilla, tourna la tête de droite et de gauche, jeta autour de lui des regards mécontents, cependant que des corneilles s'envolaient dans la direction des champs. Un des gamins aux pieds nus ramenait les chevaux vers le vieux villageois qui se grattait, après avoir rejeté son caftan. La fumée du fusil blanchissait l'herbe verte comme une traînée de lait.

— Y a aussi des canards par ici, sais-tu, Monsieur, on en a vu hier, cria à Levine un des gamins, qui se mit à le suivre à une distance respectueuse.

Levine éprouva un plaisir particulier à tuer coup sur coup trois bécassines devant cet enfant, dont la joie éclata bruyamment[1].

XIII

La superstition du premier coup ne se trouva pas vaine : Levine rentra entre neuf et dix heures, harassé, affamé, mais enchanté, après avoir parcouru une trentaine de verstes, tué dix-neuf bécassines et un canard, que faute de place dans son carnier, il suspendit à sa ceinture. Ses compagnons, levés depuis longtemps, avaient eu le loisir de mourir de faim en l'attendant, puis de déjeuner.

— Permettez, permettez, je sais qu'il y en a dix-neuf, disait-il en comptant pour la seconde fois ces petites bêtes si brillantes au moment de leur envol, et de si piètre apparence maintenant avec leur petit corps recroquevillé, leur bec penché, leurs plumes couvertes de sang coagulé.

Le compte était exact et le sentiment d'envie que ne cacha point son beau-frère causa un certain plaisir à Levine. Pour comble de bonheur, le messager de Kitty l'attendait avec un billet rassurant.

« Je vais à merveille, écrivait-elle, et si tu ne me crois pas suffisamment gardée, rassure-toi en apprenant que Marie Vlassievna est ici (c'était la sage-femme, un personnage nouveau et fort important dans la famille). Elle me trouve en parfaite santé et restera avec nous jusqu'à ton retour ; ainsi ne te presse pas si la chasse est bonne. »

Grâce à ce billet et à l'heureux tableau de chasse, Levine ne prit point trop à cœur deux incidents moins agréables. Tout d'abord, le cheval de volée, surmené la veille, refusait de manger et paraissait fourbu.

— On l'a mené trop vite hier, Constantin Dmitritch, je vous assure. Songez donc : dix verstes à un train pareil !

La seconde contrariété, qui le fit bien rire après avoir tout d'abord échauffé sa bile, fut de ne plus rien trouver des provisions données par Kitty au départ d'une main plus que généreuse : il y en avait bien pour huit jours ! Levine comptait particulièrement sur certains petits pâtés dont il croyait sentir le fumet sur le chemin du retour. Son premier mot fut pour ordonner à Philippe de les lui servir ; mais il n'en restait plus un seul, et tous les poulets avaient également disparu.

— Parlez-moi de cet appétit ! dit en riant Stépane Arcadiévitch en désignant Vassia. Je ne puis pas me plaindre du mien, mais celui-là est vraiment phénoménal.

— Tout est dans la nature ! répondit Levine en regardant Vassia sans aménité. Eh bien, Philippe, sers-moi le rôti.

— Il n'y en a plus, Monsieur, et on a jeté les os aux chiens.

— On aurait tout de même pu me laisser quelque chose ! s'écria Levine, prêt à pleurer de dépit. Eh bien, puisque c'est comme ça, reprit-il d'une voix tremblante en évitant de regarder Veslovski, vide les bécassines et bourre-les d'orties. Et tâche de me trouver au moins un pot de lait.

Sa faim apaisée, il fut confus d'avoir témoigné son désappointement devant un étranger et rit le premier de la colère qu'avait provoquée sa fringale.

Le même soir, après une dernière chasse où Vassia lui-même se distingua, les trois compagnons reprirent le chemin du logis, où ils arrivèrent la nuit. Le retour fut aussi gai que l'aller ; Veslovski chanta force romances et évoqua avec un plaisir tout particulier le souvenir de ses aventures : la halte auprès des paysans qui l'avaient régalé d'eau-de-vie ; la promenade nocturne avec la fille de ferme en éclatant des noisettes et la réflexion cocasse que lui avait faite un manant en apprenant qu'il n'était point marié : « Eh bien, au lieu de reluquer les femmes des autres, tâche plutôt voir à en prendre une à ton goût ! », phrase qu'il ne pouvait se rappeler sans rire.

— Je suis on ne peut plus content de notre excursion, déclara-t-il. Et vous, Levine ?

— Moi aussi, répondit franchement celui-ci, tout heureux de ne plus éprouver aucune animosité envers le brave garçon.

XIV

Le lendemain vers dix heures, après avoir fait sa ronde, Levine frappait à la porte de Veslovski.

— *Entrez !* cria celui-ci... Excusez-moi, je termine *mes ablutions*, dit-il, confus de son négligé.

— Ne vous gênez pas. Avez-vous bien dormi ? demanda Levine en s'asseyant près de la fenêtre.

— Comme un mort. Fait-il un beau temps de chasse aujourd'hui ?

— Que prenez-vous le matin, du café ou du thé ?

— Ni l'un ni l'autre ; je déjeune à l'anglaise. J'ai honte de mon appétit... Ces dames sont sans doute levées ? Si nous faisions un petit tour ? vous me montreriez vos chevaux.

Après une promenade au jardin, une station à l'écurie et quelques exercices aux barres parallèles, les deux nouveaux amis gagnèrent la salle à manger.

— Nous avons eu une chasse bien amusante, et j'en rapporte une foule d'impressions, dit Veslovski en s'approchant de Kitty installée près du samovar. Quel dommage que les dames soient privées de ce plaisir !

« Il faut bien qu'il dise un mot à la maîtresse de maison », pensa pour se rassurer Levine, qu'agaçaient déjà le sourire et l'air conquérant du jeune homme.

À l'autre bout de la table, la princesse démontrait à Marie Vlassievna et à Stépane Arcadiévitch la nécessité d'installer sa fille à Moscou pour l'époque de sa délivrance, et elle appela son gendre pour lui parler de cette grave question. Rien ne froissait autant Levine que cette attente banale d'un événement aussi sublime que la naissance d'un fils — car ce serait un fils. Il n'admettait pas que cet invraisemblable bonheur, entouré pour lui de tant de mystère, fût discuté comme un fait très ordinaire par ces femmes qui en comptaient l'échéance sur leurs doigts. Leurs entretiens sempiternels sur la meilleure façon d'emmailloter les nouveau-nés le froissaient ; tous ces langes, toutes ces couches, particulièrement chers à Dolly et confectionnés avec des allures mystérieuses, l'horripilaient. Et il détournait les yeux et l'oreille comme naguère lors des préparatifs de la noce.

Incapable de comprendre les sentiments auxquels obéissait son gendre, la princesse taxait d'étourderie cette indifférence apparente ; aussi ne lui laissait-elle pas de repos. Elle venait de charger Stépane Arcadiévitch de chercher un appartement et tenait à ce que Levine donnât son avis.

— Faites ce que bon vous semble, Princesse, je n'y entends rien, rétorqua celui-ci.

— Mais il faut fixer la date de votre retour.

— Je l'ignore ; ce que je sais, c'est que des millions d'enfants naissent hors de Moscou et sans l'aide d'aucun médecin.

— Dans ce cas...

— Kitty fera ce qu'elle voudra.

— Kitty ne doit pas entrer dans ces détails, qui pourraient l'effrayer. Rappelle-toi que Natalie Golitsyne est morte en couches ce printemps faute d'un bon accoucheur.

— Je ferai ce que vous voudrez, répéta Levine d'un air lugubre, et il cessa d'écouter sa belle-mère : son attention était ailleurs.

« Cela ne peut pas continuer ainsi », songeait-il en jetant à la dérobée des regards sombres sur Vassia penché vers Kitty et sur sa femme troublée et rougissante. La pose et le sourire du jeune homme lui parurent inconvenants et, comme l'avant-veille, il tomba soudain des hauteurs de l'extase dans l'abîme du désespoir. Le monde lui devint de nouveau insupportable.

— Faites comme vous voudrez, Princesse, répéta-t-il une fois de plus en multipliant ses œillades.

— Tout n'est pas rose dans la vie conjugale, lui dit en plaisantant Stépane Arcadiévitch, à qui n'échappait point la véritable cause de cette mauvaise humeur. — Comme tu descends tard, Dolly.

— Macha a mal dormi et m'a excédée toute la matinée avec ses caprices.

Tout le monde alla présenter ses hommages à Darie Alexandrovna. Veslovski, faisant preuve de ce sans-gêne qui caractérise les jeunes gens d'aujourd'hui, se leva à peine, lui adressa de loin un bref salut, et reprit en riant la conversation qu'il avait engagée avec Kitty et dont Anna et l'union libre faisaient encore les frais. Ce sujet et le ton adopté par Veslovski déplaisaient d'autant plus à la jeune femme qu'elle n'ignorait pas combien son mari en serait froissé. Néanmoins elle était trop naïve et trop inexpérimentée pour savoir mettre un terme à l'entretien et dissimuler la gêne mêlée de plaisir que lui causaient les attentions de son cousin. Elle savait d'ailleurs que Kostia interpréterait mal chacun de ses gestes, chacune de ses paroles. Et de fait, quand elle demanda à sa sœur des détails sur la conduite de Macha, cette question sembla à Levine une odieuse hypocrisie. Vassia de son côté se prit à considérer Dolly avec indifférence, et parut attendre impatiemment la fin de cet ennuyeux intermède.

— Irons-nous à la chasse aux champignons tantôt? s'enquit Dolly.

— Certainement et je vous accompagnerai, répondit Kitty.

Par politesse, elle aurait bien voulu demander à Vassia s'il leur tiendrait compagnie, mais elle n'osa pas.

— Où vas-tu, Kostia? reprit-elle en voyant son mari sortir d'un pas délibéré.

Le ton abattu sur lequel elle prononça cette phrase confirma les soupçons de Levine.

— Un mécanicien allemand est arrivé pendant mon absence; il faut que je le voie, répondit-il sans la regarder.

À peine fut-il dans son bureau qu'il entendit le pas familier de Kitty descendant l'escalier avec une imprudente vivacité.

— Que veux-tu? Nous sommes occupés, dit-il sèchement.

— Excusez-moi, dit-elle en s'adressant à l'Allemand; j'ai un mot à dire à mon mari.

Le mécanicien voulut sortir, mais Levine l'arrêta.

— Ne vous dérangez pas.

— Je ne voudrais pas manquer le train de trois heures, fit observer cet homme.

Sans lui répondre, Levine sortit avec sa femme dans le corridor.

— Que voulez-vous ? lui demanda-t-il en français sans vouloir remarquer son visage contracté par l'émotion.

— Je… je voulais te dire que cette vie est un supplice, murmura-t-elle.

— Il y a du monde à l'office, ne faites pas de scène, répliqua-t-il avec colère.

— Alors viens par ici.

Elle voulut l'entraîner dans une pièce voisine, mais comme Tania y prenait une leçon d'anglais, elle l'emmena au jardin.

Un jardinier y ratissait les allées ; peu soucieux de l'effet que pouvaient produire sur cet homme leurs visages bouleversés, ils avançaient à pas rapides, en gens qui sentent le besoin de rejeter loin d'eux, une fois pour toutes et par une franche explication, le poids de leur tourment.

— C'est un martyre qu'une existence pareille ! Pourquoi souffrons-nous ainsi ? dit-elle lorsqu'ils eurent atteint un banc solitaire au coin de l'allée de tilleuls.

— Avoue que son attitude avait quelque chose de blessant, d'inconvenant, s'écria Levine en serrant sa poitrine à deux mains, comme l'autre nuit.

— Oui, répondit-elle d'une voix tremblante, mais ne vois-tu pas, Kostia, que je n'y suis pour rien ? J'aurais voulu tout de suite le remettre à sa place, mais ces sortes de gens… Mon Dieu, pourquoi est-il venu ? nous étions si heureux !

Des sanglots étouffèrent sa voix et la secouèrent tout entière.

Quand il les revit peu après passer devant lui avec des visages calmes et joyeux, le jardinier n'arriva pas à comprendre pourquoi ils avaient fui la maison et encore moins quel heureux événement leur était advenu sur ce banc isolé.

XV

Après avoir reconduit Kitty dans son appartement, Levine se rendit chez Dolly et la trouva très excitée, arpentant sa chambre de long en large et grondant la petite Macha qui, debout dans un coin, pleurait à chaudes larmes.

— Tu resteras là toute la journée sans voir une poupée, tu dîneras seule et tu n'auras pas de robe neuve, disait-elle, à bout de châtiments... Cette enfant est insupportable, reprit-elle en apercevant son beau-frère. D'où leur viennent donc ces mauvais instincts ?

— Qu'a-t-elle fait ? demanda Levine d'un ton plutôt indifférent. Désireux de consulter Dolly, il regrettait d'arriver mal à propos.

— Elle est allée avec Gricha cueillir des framboises, et... Non, je rougis de le dire... Combien je regrette miss Elliot, cette gouvernante est une vraie machine, elle ne s'occupe de rien !... *Figurez-vous que la petite...*

Et elle raconta les méfaits de Macha.

— Je ne vois rien là de bien grave, c'est une simple gaminerie, dit Levine pour la tranquilliser.

— Mais qu'as-tu, toi ? tu as l'air ému... Que voulais-tu me dire ? Que fait-on en bas ?

Au ton de Dolly, Levine comprit qu'il pourrait lui parler à cœur ouvert.

— Je n'en sais rien... J'étais dans le jardin avec Kitty... C'est la seconde fois que nous nous querellons depuis l'arrivée de... Stiva.

Dolly le regarda de ses yeux pénétrants.

— La main sur la conscience, n'as-tu pas remarqué... non pas certes dans Kitty, mais dans ce... jeune homme un ton qui puisse être non seulement désagréable, mais intolérable pour un mari ?

— Que te dirai-je ?... Veux-tu bien rester dans le coin, cria-t-elle à Macha qui, ayant cru remarquer un sourire sur les traits de sa mère, faisait mine de se retourner... Selon les idées reçues dans le monde, il se conduit comme tous les jeunes gens. *Il fait la cour à une jeune et jolie femme,* et un mari homme du monde en serait flatté.

— Oui, oui, dit Levine d'un ton lugubre. Mais enfin tu l'as remarqué.

— Non seulement moi, mais Stiva m'a dit après le thé : « *je crois que Veslovski fait un petit brin de cour à Kitty* ».

— Alors me voilà tranquille ; je vais le chasser.

— As-tu perdu l'esprit ? s'écria Dolly effrayée... Tu peux aller retrouver Fanny, dit-elle à Macha... Voyons, Kostia, à quoi penses-tu ? Si tu veux, je parlerai à Stiva. Il l'emmènera ; on peut lui dire que tu attends du monde... Pareil invité ne nous convient guère.

— Non, non, laisse-moi faire.

— Tu ne vas pas te quereller avec lui ?

— Mais non, mais non, cela va beaucoup m'amuser, dit Levine, soudain rasséréné et dont les yeux brillaient... Allons, Dolly, pardonne-lui, elle ne recommencera plus, ajouta-t-il en désignant la petite criminelle, qui, au lieu d'aller retrouver Fanny, restait plantée en face de sa mère, dont elle scrutait le regard du coin de l'œil. La devinant radoucie, elle éclata en sanglots et cacha son visage dans la jupe de Dolly, qui lui posa tendrement sur la tête sa belle main émaciée.

« Qu'y a-t-il de commun entre ce garçon et nous ? » se dit Levine. Et il se mit sur-le-champ en quête de Veslovski. En passant dans le vestibule, il donna l'ordre d'atteler la calèche.

— Un ressort s'est cassé hier, répondit le domestique.

— Alors le tarantass et dare-dare... Où est notre invité ?

— Dans sa chambre.

Vassia avait défait sa valise, rangé ses affaires, trié ses romances ; la jambe posée sur une chaise, il mettait des guêtres pour monter à cheval, lorsque Levine entra. Le visage de celui-ci avait sans doute une expression particulière ou peut-être Veslovski se rendait-il compte que son *petit brin de cour* n'était pas à sa place dans cette famille ; bref il se sentit aussi mal à l'aise que peut l'être un jeune homme du monde.

— Vous montez à cheval en guêtres ?

— Oui, c'est beaucoup plus propre, répondit Veslovski avec un bon sourire, en achevant d'agrafer sa guêtre.

C'était au fond un si bon enfant que Levine éprouva une certaine honte en remarquant une nuance de confusion dans le regard du jeune homme. Ne sachant pas par où commencer, il prit sur la table une baguette qu'ils avaient brisée le matin en essayant de hausser les barres parallèles gonflées par l'humidité, et il se mit à en déchiqueter le bout cassé.

— Je voulais... Il s'arrêta, indécis ; mais se rappelant soudain la scène avec Kitty, il continua, en le regardant dans le blanc des yeux :... je voulais vous dire que j'ai fait atteler.

— Pourquoi ? où allons-nous ? demanda Veslovski stupéfait.

— Pour vous mener à la gare, dit Levine de son ton lugubre.

— Partez-vous ? est-il survenu quelque chose ?

— Il est survenu que j'attends du monde, répondit Levine, en effilochant sa baguette d'un geste de plus en plus nerveux. Ou plutôt non, je n'attends personne, mais je vous prie de partir. Interprétez mon impolitesse comme bon vous semblera.

Vassia se redressa avec dignité : il avait enfin compris.

— Veuillez m'expliquer, fit-il.

— Je n'ai rien à vous expliquer et vous feriez mieux de ne pas me poser de questions, répondit lentement Levine, en s'efforçant d'arrêter le tremblement convulsif de ses pommettes.

Et, comme il en avait fini avec le bout déchiqueté, il prit la baguette par le gros bout, la cassa en deux et rattrapa soigneusement la partie qui tombait.

Les yeux brillants de Levine, sa voix sombre, ses pommettes tremblantes et surtout la tension de ses muscles dont Veslovski avait éprouvé la vigueur le matin même en faisant de la gymnastique, convainquirent celui-ci mieux que des paroles. Il haussa les épaules, sourit dédaigneusement, salua et dit :

— Pourrai-je voir Oblonski ?

Ni le sourire ni le haussement d'épaules ne blessèrent Levine. « Que lui reste-t-il d'autre à faire ? » pensa-t-il. Et tout haut :

— Je vais vous l'envoyer.

— Mais cela n'a pas le sens commun, *c'est du dernier ridicule*, s'écria Stépane Arcadiévitch, lorsqu'il rejoignit

Levine au jardin après avoir appris de Veslovski qu'on le mettait à la porte, quelle mouche t'a piqué ? Eh quoi, parce qu'un jeune homme...

La piqûre d'amour-propre était encore si sensible que Levine blêmissant ne laissa pas achever son beau-frère.

— Ne prends pas la peine de le disculper. Je suis désolé, aussi bien à cause de toi que de lui, mais il se consolera facilement, tandis que pour ma femme et pour moi sa présence devenait intolérable.

— Mais tu lui portes une offense gratuite. *Et puis c'est ridicule.*

— Moi aussi, je me sens offensé et, qui pis est, je souffre, sans l'avoir en rien mérité !

— Jamais je ne t'aurais cru capable d'un acte semblable. *On peut être jaloux, mais à ce point c'est du dernier ridicule !*

Levine lui tourna le dos et continua à marcher de long en large dans l'allée en attendant le départ. Bientôt il entendit un grincement de roues et aperçut à travers les arbres Veslovski qui passait, coiffé de son calot, assis sur du foin et tressautant à la moindre secousse, car le tarantass n'avait pas même de siège[1].

« Qu'y a-t-il encore ? » se demanda Levine, quand il vit le domestique sortir en courant de la maison et arrêter le véhicule : c'était pour y placer le mécanicien qu'on avait oublié, et qui se casa auprès de Veslovski, après l'avoir salué et échangé quelques mots avec lui. Et bientôt tous deux disparurent.

Stépane Arcadiévitch et la princesse furent outrés de la conduite de Levine ; lui-même se sentait coupable et ridicule au suprême degré, mais, en songeant à ce que Kitty et lui avaient souffert, il s'avoua qu'au besoin il eût recommencé.

Cependant, dès le même soir, tout le monde, sauf la princesse butée contre son gendre, avait retrouvé son animation et sa gaieté : on eût dit des enfants après une punition ou des maîtres de maison après une pénible réception officielle. Chacun se sentait soulagé, et, quand la princesse se fut retirée, on parla de l'expulsion de Vassia comme d'un événement éloigné. Dolly, qui tenait de son père le don de l'humour, fit rire Varia aux larmes en lui racontant trois ou quatre fois, et toujours avec de nouvelles amplifications, ses propres émotions. Elle avait, disait-elle, réservé en l'honneur de leur hôte un nœud de rubans tout neuf ; le moment de le produire était venu, elle entrait au salon, lorsque le fracas de la guimbarde l'attira à la fenêtre. Quel spectacle s'offrit à sa vue ? Vassia en personne, avec son calot écossais, ses romances et ses guêtres, ignominieusement assis sur du foin !

— Si du moins tu lui avais fait atteler une voiture ! mais non !... Tout à coup j'entends crier : « Halte ! »... Allons, me dis-je, on s'est ravisé, on l'a pris en pitié... Pas du tout, c'est un gros bonhomme d'Allemand qu'on ajoute à son malheur !... Décidément l'effet de mon nœud était manqué !

XVI

Tout en craignant d'être désagréable aux Levine qui ne désiraient point — ce qu'elle comprenait fort bien — de rapprochement avec Vronski, Darie Alexandrovna tenait à voir Anna pour lui prouver que son affection n'avait pas varié. Afin de sauvegarder son indépendance, elle voulut louer des chevaux au village. Dès que Levine en fut averti, il vint adresser des reproches à sa belle-sœur.

— Pourquoi t'imagines-tu me faire de la peine en allant chez Vronski ? Quand d'ailleurs cela serait, tu m'affligerais plus encore en te servant d'autres chevaux que des miens. Ceux qu'on te louera ne pourront jamais fournir pareille traite.

Darie Alexandrovna finit par se soumettre, et au jour indiqué Levine lui fit préparer quatre chevaux et autant au relais, tous bêtes de somme plutôt que de trait, mais capables de fournir la longue traite en un seul jour.

Cet attelage fut d'ailleurs difficile à constituer, les autres chevaux étant retenus pour le départ de la princesse et de la sage-femme. Tout cela causa à Levine certains dérangements ; mais, outre qu'il remplissait un devoir d'hospitalité, il épargnait ainsi à sa belle-sœur, qu'il savait gênée, la dépense, très lourde pour elle, d'une vingtaine de roubles.

Sur le conseil de son beau-frère, Darie Alexandrovna

se mit en route à pointe d'aube, sous la protection du teneur de livres qu'on avait, pour plus de sécurité, posté sur le siège en guise de valet de pied. Le chemin était bon, la voiture commode ; bercée par l'allure régulière des chevaux, Dolly s'assoupit et ne se réveilla qu'au relais. Là elle prit du thé dans la maison du riche paysan chez qui Levine avait fait halte en allant chez Sviajski. Tandis que le bonhomme lui faisait un vif éloge du comte Vronski, elle engageait avec les brus en entretien qui roula surtout sur la question des enfants. Vers dix heures elle se remit en chemin. Ses devoirs maternels l'absorbaient trop d'ordinaire pour qu'elle eût le loisir de beaucoup réfléchir ; aussi cette course de quatre heures lui fournit-elle une rare occasion de méditer sur sa vie et de l'examiner sur toutes ses faces. Elle songea d'abord à ses enfants, confiés aux soins de la princesse et de Kitty (c'était sur celle-ci qu'elle comptait particulièrement). « Pourvu que Macha ne fasse pas de scènes, que Gricha n'aille pas attraper quelque coup de pied de cheval et que Lili ne se donne pas d'indigestion ! » se dit-elle. Ces petits soucis du moment cédèrent bientôt la place à des préoccupations plus importantes : il lui faudrait dès son retour à Moscou changer d'appartement, rafraîchir les meubles du salon, commander une fourrure à sa fille aînée. Puis vint une question encore plus grave, bien que d'échéance moins prochaine : pourrait-elle continuer convenablement l'éducation des enfants ? « Les filles m'inquiètent peu, songeait-elle, mais les garçons ? Impossible de compter sur Stiva. Si je me suis occupée de Gricha cet été, c'est que, par extraordinaire, ma santé me l'a permis. Mais qu'une grossesse survienne ! » Et elle songea qu'il était injuste de considérer les douleurs de l'enfantement comme le signe de la malédiction qui pèse sur la femme. « C'est si peu de chose, comparé aux misères de la grossesse ! » Et elle se rappela sa dernière épreuve en ce genre et la perte de son enfant. Ce souvenir lui remit en mémoire la réponse que venait de lui faire une des brus du vieux paysan : « As-tu des enfants ? — J'avais une petite fille, mais le bon Dieu m'en a délivrée pendant le Carême. — Tu as beaucoup de chagrin ? — Ma foi, non, c'est un souci de moins ; le vieux ne manque pas de petits-enfants et que voulez-vous qu'on fasse avec un nourrisson sur les bras ? » Cette réponse semblait odieuse ; cependant les traits de cette femme n'exprimaient aucune méchanceté, et Dolly voyait maintenant qu'il y avait dans ses dires une part de vérité.

« En résumé, pensa-t-elle, en se remémorant ses quinze années de mariage, ma jeunesse s'est passée à avoir mal au cœur, à me sentir stupide, dégoûtée de tout, et à paraître hideuse, car si notre jolie Kitty enlaidit pour le moment, combien à chaque grossesse ne dois-je pas être affreuse !... Et puis les couches, les affreuses couches, le déchirement de la dernière minute, les misères de l'allaitement, les nuits d'insomnie, toujours des souffrances, des souffrances atroces !... »

Et Dolly tressaillit au souvenir des crevasses aux seins dont elle souffrait à chaque grossesse.

« Et puis les maladies des enfants, cette continuelle épouvante, les soucis de l'éducation, les mauvais penchants à combattre (elle revit le méfait de Macha dans les framboisiers), le latin et ses difficultés... et pis que tout, la mort ! » Son cœur de mère saignait cruellement encore de la perte de son dernier-né, enlevé par le croup ; elle se rappela sa douleur solitaire devant ce petit front blanc auréolé de cheveux frisés, devant cette petite bouche étonnée et entrouverte, au moment où retombait le couvercle du cercueil, rose avec une croix dorée[1].

« Et pourquoi tout cela ? Pourquoi, tantôt enceinte, tantôt allaitant, toujours exténuée et acariâtre, détestée de mon mari et fastidieuse à tout le monde, aurais-je vécu des jours pleins de tourments ? Pour laisser une famille malheureuse, pauvre, mal élevée ! Qu'aurais-je fait cet été si Kostia et Kitty ne m'avaient pas invitée à venir chez eux ? Mais, quelque affectueux et délicats qu'ils soient, ils ne pourront pas recommencer, car à leur tour ils auront des enfants ; ne sont-ils pas dès maintenant quelque peu gênés ? Papa s'est presque dépouillé pour nous, lui non plus ne pourra pas m'aider.

« Comment arriverai-je à faire des hommes de mes fils ? Il faudra chercher des protections, m'humilier... Si la mort ne me les enlève pas, ce que je puis espérer de plus heureux c'est qu'ils ne tournent pas mal. Et que de souffrances pour en arriver là ! Ma vie est à jamais gâchée. »

Décidément les paroles de la jeune paysanne avaient du vrai dans leur cynisme naïf.

— Approchons-nous, Michel ? demanda-t-elle au teneur de livres pour écarter ces pénibles pensées.

— Paraît qu'y a encore sept verstes depuis le village que vous voyez là.

La calèche traversa un petit pont où des moissonneuses, leurs paquets de liens sur le dos, s'arrêtèrent pour la regarder passer tout en bavardant avec une gaieté bruyante. Et Dolly remarqua que tous ces visages regorgeaient de joie et de santé. « Chacun vit et jouit de l'existence, se dit-elle en se laissant de nouveau bercer par le trot des chevaux, qui repartaient vivement après avoir monté une petite côte ; moi seule, je me fais l'effet d'une prisonnière mise en liberté provisoire. Ma sœur Natalie, Varinka, ces femmes, Anna savent toutes ce que c'est que l'existence, mais moi, je l'ignore... Et pourquoi accuse-t-on Anna ? suis-je meilleure qu'elle ? Moi au moins, j'aime mon mari, pas comme je voudrais sans doute, mais enfin je l'aime, tandis qu'elle détestait le sien. En quoi est-elle coupable ? Elle a voulu vivre, c'est un besoin que Dieu nous a mis au cœur. Si je n'avais pas aimé mon mari, j'eusse peut-être agi comme elle. Je me demande encore si j'ai bien fait de suivre ses conseils au lieu de me séparer de Stiva. Qui sait ? j'aurais pu refaire ma vie, aimer, être aimée. Ma conduite est-elle plus honorable ? je le supporte, parce que j'ai besoin de lui, voilà tout... À cette époque, je pouvais encore plaire, il me restait quelque beauté... »

Elle voulut tirer de son sac un petit miroir de voyage, mais craignit d'être surprise par les deux hommes qui occupaient le siège. Sans avoir besoin de se regarder, elle se dit que son temps n'était pas encore passé : elle se rappela les intentions particulières de Serge Ivanovitch, le dévouement du bon Tourovtsine, qui, par amour pour elle, l'avait aidée à soigner ses enfants pendant leur scarlatine, et jusqu'aux taquineries de Stiva à propos d'un tout jeune homme qui la trouvait plus belle que ses sœurs. Et les romans les plus passionnés, les plus invraisemblables se présentaient à son imagination. « Anna a eu bien raison, et ce n'est pas moi qui lui jetterai la pierre. Elle est heureuse, elle fait le bonheur d'un autre. Alors que me voilà comme hébétée, elle doit être fraîche et brillante, s'intéresser à toutes choses. » Un sourire fripon effleura les lèvres de Dolly, poursuivant en pensée un roman analogue à celui d'Anna, dont elle serait l'héroïne, et le héros un personnage anonyme et collectif; elle se représenta le moment où elle avouait tout à son mari et se prit à rire en songeant à la stupéfaction de Stépane Arcadiévitch[1].

Elle était toute à ces pensées quand la voiture arriva à la croisée du chemin de Vozdvijenskoïé.

XVII

Le cocher arrêta ses chevaux et jeta un coup d'œil sur sa droite vers un groupe de paysans assis dans un champ de seigle près d'un chariot dételé. Après avoir fait mine de sauter à bas du siège, le teneur de livres se ravisa et héla les manants d'un ton et d'un geste impérieux. La brise soulevée par le trot des chevaux tomba soudain et les taons se collèrent en foule sur les pauvres bêtes en nage qui cherchaient rageusement à s'en débarrasser. Le son métallique d'une faux que l'on martelait cessa tout d'un coup. Un des hommes se leva et se dirigea vers la calèche; ses pieds nus avançaient lentement sur le chemin raboteux.

— Eh ben quoi, y a plus moyen? lui cria le teneur de livres. Tu pourrais pas te dépêcher?

L'homme hâta le pas; c'était un vieux; une mince lanière d'écorce retenait ses cheveux crépus, une blouse noircie par la sueur collait à son dos voûté. Arrivé près de la voiture, il s'appuya d'une main au garde-crotte.

— Vozdvijenskoïé, qu'il te faut? chez le comte? Après avoir monté la côte, mon gars, tu prendras à gauche, tu tomberas tout droit dans l'avenue. C'est-y au comte lui-même que vous en avez?

— Sont-ils chez eux, mon brave homme?... demanda Darie Alexandrovna, qui ne sachant trop comment s'enquérir d'Anna même auprès d'un paysan, préféra rester dans le vague.

— Faut croire que oui, répondit le vieux qui se dandinait d'un pied sur l'autre et laissait dans la poussière la marque visible de leurs empreintes. Faut croire que oui, répéta-t-il, désireux d'engager la conversation; il leur est encore arrivé du monde pas plus tard qu'hier, y en avait pourtant assez comme ça... De quoi que tu dis? demanda-t-il à un jeune gars qui lui criait quelque chose... Ah oui! c'est s'ment vrai... T'as raison, j'y pensais plus... Y a pas longtemps qu'y sont passés, ils étaient tous à cheval, ils allaient voir la nouvelle machine. Y doivent être rentrés à c'te heure... Et vous, d'où que vous venez comme ça?

— De loin, répondit le cocher en remontant sur son siège. Alors, on n'en a plus pour longtemps?

— Pisque je te dis que c'est tout près... T'as qu'à monter la côte... commença-t-il en tambourinant sur le garde-crotte.

Le jeune paysan, un gars solide et trapu, s'approcha à son tour.

— Y aurait-il pas du travail par chez vous? Pour ce qui est de rentrer la moisson, on s'y connaît.

— Je n'en sais rien, mon ami.

— Tu prends à gauche, n'est-ce pas, et tu tombes tout de suite dans l'avenue, continuait le bonhomme, qui tenait évidemment à bavarder.

Le cocher toucha ses chevaux; il n'était pas au tournant qu'il s'entendit héler.

— Holà, l'ami, arrête! Hé, ho, arrête! criaient les deux paysans.

Le cocher obéit.

— Les v'là qui rappliquent et dare-dare! reprit le vieux en désignant quatre cavaliers et un char à bancs qui approchaient.

C'étaient Vronski, Anna, Veslovski et un groom à cheval; la princesse Barbe et Sviajski suivaient en voiture. Ils revenaient des champs, où l'on expérimentait de nouvelles moissonneuses.

En voyant la calèche s'arrêter, les cavaliers se mirent au pas. Anna avait pris les devants en compagnie de Veslovski. Elle montait avec aisance un petit cob anglais à queue courte et crinière faite. Sa jolie tête coiffée d'un chapeau haut de forme, d'où s'échappaient les mèches frisées de ses cheveux noirs, ses épaules rondes, sa taille bien prise dans une amazone noire, son assiette tranquille et gracieuse attirèrent aussitôt l'attention, quelque peu scandalisée, de Darie Alexandrovna. Celle-ci en effet attachait à l'équitation, pratiquée par une femme, une idée de coquetterie primesautière peu convenable dans la situation de sa belle-sœur. Ses préventions eurent d'ailleurs tôt fait de s'évanouir, tant la pose, les gestes, la sobre élégance d'Anna décelaient de noblesse et de simplicité.

Vassia Veslovski, les rubans de son calot écossais flottant derrière lui, accompagnait Anna sur un cheval de cavalerie, une bête grise pleine de feu : il portait ses grosses jambes en avant et paraissait fort content de lui-même ; Dolly en le voyant ne put réprimer un sourire. Vronski les suivait sur un pur-sang bai brun, que le galop paraissait avoir excité et qu'il retenait en travaillant de la bride. Son groom, un gamin affublé d'un costume de jockey, fermait la marche. À quelque distance, un char à bancs tout flambant neuf traîné par un grand trotteur noir, portait Sviajski et la princesse.

Quand elle reconnut la petite personne blottie dans un coin de la vieille calèche, le visage d'Anna s'illumina ; elle tressaillit, poussa un cri de joie et mit son cob au galop. Arrivée près de la voiture, elle sauta de cheval sans l'aide de personne et courut au-devant de Dolly.

— C'est bien toi, Dolly ! Je n'osais le croire. Quelle joie immense tu me causes, dit-elle, serrant la voyageuse dans ses bras pour la couvrir de baisers, puis s'écartant pour la mieux considérer. Regarde, Alexis, quel bonheur ! ajouta-t-elle en se retournant vers le comte, qui, lui aussi, avait mis pied à terre.

Vronski s'avança, son haut-de-forme gris à la main.

— Vous ne sauriez croire combien votre visite nous fait plaisir, proféra-t-il en appuyant sur chacun de ses mots, tandis qu'un sourire découvrait ses belles dents.

Sans quitter sa monture, Vassia Veslovski brandit joyeusement en guise de salut son calot au-dessus de sa tête.

Cependant le char à bancs approchait.

— C'est la princesse Barbe, dit Anna, en réponse à un regard interrogateur de Dolly.

— Ah ! répondit celle-ci en laissant voir un certain mécontentement.

La princesse Barbe, une tante de son mari, avait toujours vécu aux crochets de parents riches ; Dolly, qui pour cette raison ne l'estimait guère, fut outrée de la voir maintenant installée chez Vronski, qui ne lui était rien. En remarquant cette désapprobation, Anna se troubla, rougit et faillit trébucher sur son amazone, dont la traîne lui échappa.

Dolly salua la princesse avec froideur ; Sviajski, qu'elle connaissait, s'informa de son ami Levine, l'original, et de sa jeune femme, puis, après avoir jeté un coup d'œil à l'attelage mal assorti et aux garde-crotte rapiécés de la vieille calèche, il offrit aux dames de monter dans le char à bancs.

— Le cheval est très tranquille et la princesse conduit fort bien ; quant à moi, je prendrai place dans ce *véhicule.*

— Oh ! non, interrompit Anna ; restez où vous êtes, je rentrerai avec Dolly.

Jamais Darie Alexandrovna n'avait rien vu d'aussi brillant que ces chevaux, ces costumes, cet équipage ; mais ce qui la frappa encore davantage, ce fut l'espèce de transfiguration qui s'était opérée dans sa chère Anna et dont elle ne se fût peut-être point avisée si elle n'avait réfléchi pendant le trajet aux choses de l'amour. Anna lui parut resplendir de cette beauté fugitive que donne à une femme la certitude d'une passion partagée. L'éclat de ses yeux, le pli de sa lèvre, les fossettes qui se dessinaient nettement sur ses joues et son menton, le sourire qui flottait sur son visage, la grâce nerveuse de ses gestes, le chaud de sa voix et jusqu'au ton amicalement brusque lorsqu'elle permit à Veslovski de monter son cob pour lui apprendre à galoper du pied droit, tout dans sa personne respirait une séduction dont elle se rendait consciente et qui semblait la ravir.

Quand elles furent seules, les deux femmes éprouvèrent un moment de gêne. Anna se sentait mal à l'aise sous le regard inquisiteur de Dolly, qui, de son côté, depuis la remarque de Sviajski, était désolée de se faire voir en si piètre équipage. Cette confusion gagna le cocher et le teneur de livres ; mais, tandis que celui-ci la dissimulait en s'empressant auprès des dames, Philippe, devenu soudain lugubre, ne voulut point s'en laisser imposer par tout ce clinquant. Il n'accorda qu'un sourire ironique au trotteur noir attelé au char à bancs : « une bête comme ça, c'est peut-être bon pour le “promenage”, mais ça ne fournira jamais quarante verstes par la chaleur », décida-t-il à part lui en manière de consolation.

Cependant les moissonneurs avaient quitté leur chariot pour contempler la rencontre.

— Y sont tout de même ben aises de se revoir, fit remarquer le vieux.

— Reluque-moi l'étalon noir, père Gérasime ; c'est une bête comme ça qu'y nous faudrait pour rentrer nos gerbes.

— Et ça, dit un autre en désignant Veslovski qui s'installait sur la selle de dame, c'est-y une femme en culotte ?

— Sûr que non, t'as pas vu comme il a ben sauté dessus.

— Dites donc, les gars, on fait-y la sieste à c't'heure ?

— S'agit ben de pioncer, répondit le vieux après un regard au soleil. V'là qu'il est plus de midi ; prenez vos faux et à l'ouvrage !

XVIII

Des rides où s'insinuait la poussière de la route marquaient le visage de Dolly ; Anna faillit lui dire qu'elle la trouvait maigrie ; mais l'admiration pour sa propre beauté qu'elle lut dans les yeux de sa belle-sœur l'arrêta.

— Tu m'examines ? dit-elle. Tu te demandes comment dans ma position je puis paraître aussi heureuse ? J'avoue que je le suis d'une façon impardonnable. Ce qui s'est passé en moi tient de l'enchantement ; je suis sortie de mes angoisses comme on sort d'un cauchemar. Et quel réveil ! surtout depuis que nous sommes ici !

Elle interrogea Dolly d'un regard timide.

— J'en suis bien heureuse pour toi, répondit celle-ci en souriant mais sur un ton plus froid qu'elle ne l'aurait voulu. Mais pourquoi ne m'as-tu pas écrit ?

— Je n'ai pas osé… Tu oublies ma position…

— Oh ! si tu savais combien…

Elle allait lui avouer ses réflexions de la matinée quand l'idée lui vint que le moment était mal choisi.

— Nous causerons de cela plus tard… Qu'est-ce que cette réunion de bâtiments, on dirait une petite ville ? demanda-t-elle pour changer de conversation, en désignant des toits verts et rouges qui dominaient des haies de lilas et d'acacias.

— Dis-moi ce que tu penses de moi, insista Anna sans répondre à sa question.

— Je pense...

À ce moment Vassia Veslovski, qui « pilait du poivre » sur le cuir chamoisé de la selle de dame, les dépassa rapidement. Il avait réussi à enseigner au cob le galop du pied droit.

— Ça marche, Anna Arcadiévna ! cria-t-il sans que celle-ci daignât lui accorder un regard.

Décidément la calèche n'était point l'endroit rêvé pour les confidences et Dolly résolut d'exprimer sa pensée en peu de mots.

— Je ne pense rien, reprit-elle. Je t'aime, et t'ai toujours aimée ; quand on aime ainsi une personne, on l'aime telle qu'elle est et non telle qu'on la voudrait.

Anna détourna les yeux en les fermant à demi (nouveau tic, que Dolly ne lui connaissait point), comme pour mieux réfléchir au sens de ces paroles. Elle leur donna une interprétation favorable et reportant sur sa belle-sœur un regard mouillé de larmes :

— Si tu as des péchés sur la conscience, dit-elle, ils te seront remis en faveur de ta visite et de ces bonnes paroles.

Dolly lui serra la main.

— Tu ne m'as toujours pas dit ce que renferment ces bâtiments. Comme il y en a, grand Dieu ! fit-elle observer après quelques instants de silence.

— Mais ce sont les dépendances, le haras, les écuries. Voici l'entrée du parc. Alexis aime beaucoup cette terre, qui avait été abandonnée, et, à ma grande surprise, il s'est pris de passion pour la culture. Au reste une nature si bien douée ne saurait toucher à rien sans y exceller. Le voilà devenu un excellent propriétaire, économe, presque avare... Il ne l'est d'ailleurs qu'en agriculture, car par ailleurs il dépense sans compter des milliers de roubles, dit-elle avec le sourire narquois des amoureuses qui ont découvert dans leur amant quelque faiblesse secrète. Vois-tu ce grand bâtiment ? c'est un hôpital, son *dada* du moment, qui va sans doute lui coûter plus de cent mille roubles. Sais-tu ce qui le lui a fait construire ? Un reproche d'avarice de ma part à propos d'une prairie qu'il refusait de céder à bon compte aux gens du village. Je plaisante, il y a d'autres raisons, mais enfin l'hôpital démontrera l'injustice de mon observation. *C'est une petitesse,* si tu veux, mais je ne l'en aime que mieux... Et voici la maison; elle date de son grand-père et rien n'y a été changé extérieurement.

— C'est superbe! s'écria Dolly à la vue d'un édifice à colonnade qui déployait sa façade sur un fond d'arbres séculaires.

— N'est-ce pas? Et d'en haut la vue est splendide.

La calèche roulait sur le gravier de la cour d'honneur, ornée d'un parterre où les jardiniers entouraient une corbeille d'une bordure de pierres poreuses. On s'arrêta sous un péristyle couvert.

— Ces messieurs sont déjà arrivés, dit Anna en voyant emmener des chevaux de selle. Quelle jolie bête, n'est-ce pas? C'est un *cob*, mon favori... Amenez-le-moi et donnez-moi du sucre... Où est le comte? demanda-t-elle à deux valets en livrée sortis pour les recevoir... Ah! les voici, ajouta-t-elle à la vue de Vronski et de Vassia qui venaient à leur rencontre.

— Où logerons-nous la princesse? demanda Vronski en français. Et, sans attendre la réponse d'Anna, il présenta de nouveau ses hommages à Darie Alexandrovna, en lui baisant la main cette fois. Dans la grande chambre à balcon, il me semble?

— Oh! non, c'est trop loin! Dans la chambre d'angle; nous serons plus près l'une de l'autre. Eh bien, allons, dit Anna, après avoir régalé de sucre son favori... *Vous oubliez votre devoir,* ajouta-t-elle à l'adresse de Veslovski.

— *Pardon, j'en ai plein les poches,* répondit celui-ci en fouillant dans la poche de son gilet.

— *Mais vous venez trop tard,* riposta-t-elle tandis qu'elle essuyait sa main que les naseaux du cheval avaient mouillée en prenant le sucre. Puis se tournant vers Dolly: — Tu nous restes quelque temps, j'espère?... Comment, un seul jour! Pas possible!

— J'ai promis... à cause des enfants, répondit Dolly, confuse de la chétive apparence de son sac de voyage et de la poussière dont elle se sentait couverte.

— Non, non, ma chérie, c'est impossible... Enfin, nous en reparlerons. Montons chez toi.

La chambre qui lui fut offerte avec des excuses, parce

que ce n'était pas l'appartement d'honneur, avait un ameublement luxueux qui rappela à Dolly les meilleurs hôtels de l'étranger.

— Combien je suis heureuse de te voir ici, ma chère amie, répéta encore Anna, s'asseyant auprès de sa belle-sœur. Parle-moi de tes enfants ; Stiva n'a fait que passer et ce n'est pas l'homme à s'étendre sur un pareil sujet. Que devient Tania, ma préférée ? Ce doit être une grande fille.

— Oh ! oui, répondit-elle, toute surprise de parler si froidement de ses enfants. Nous sommes chez Levine et très heureux d'y être.

— Si j'avais su que tu ne me méprisais pas, je vous aurais tous priés de venir ici. Stiva est un vieil ami d'Alexis, dit Anna en rougissant.

— Oui, mais nous sommes si bien là-bas, répondit Dolly confuse.

— Le bonheur de te voir me fait déraisonner, dit Anna en l'embrassant une fois de plus. Mais promets-moi d'être franche, de ne me rien cacher de ce que tu penses de moi. Ma vie va s'offrir à toi sans détours. Ne t'imagine pas surtout que je prétende démontrer quoi que ce soit. J'entends tout bonnement vivre… vivre sans faire de mal à personne qu'à moi-même, ce qui m'est bien permis. Mais nous causerons de tout cela à loisir. Je vais changer de robe et t'envoyer la femme de chambre.

XIX

Une fois seule, Darie Alexandrovna examina sa chambre en femme qui connaissait le prix des choses. Jamais elle n'avait vu un luxe comparable à celui qui s'offrait à ses yeux depuis sa rencontre avec Anna. Tout au plus savait-elle par la lecture de romans anglais que pareil confort commençait à se répandre en Europe ; mais en Russie, à la campagne, cela n'existait nulle part. Les papiers peints français, le tapis qui recouvrait toute la pièce, le lit à sommier élastique, le traversin, les taies d'oreillers en soie, la table de toilette en marbre, la pendule de bronze sur la cheminée, la couchette, les guéridons, les rideaux, les portières, tout était neuf et de la dernière élégance.

La femme de chambre pimpante qui vint offrir ses services était vêtue et coiffée à la dernière mode, avec beaucoup plus de recherche que la pauvre princesse. Bien que conquise par la bonne grâce et la complaisance de cette fringante personne, Dolly se sentit confuse de sortir devant elle de son sac une camisole de nuit reprisée qu'elle avait emportée par erreur. À la maison elle étalait avec fierté ces pièces et ces reprises, qui représentaient une notable économie, six camisoles exigeant vingt-quatre aunes de nankin à soixante-cinq kopecks, soit plus de quinze roubles, sans compter la garniture et la façon. Mais ici, devant cette donzelle !

Aussi éprouva-t-elle un grand soulagement en voyant entrer Annouchka, qu'elle connaissait de longue date et qui prit la place de la soubrette, rappelée par sa maîtresse. Annouchka paraissait ravie de l'arrivée de la princesse et fort désireuse de lui confier sa manière de voir sur la situation de sa chère dame et singulièrement sur la grande affection, le parfait dévouement que le comte lui témoignait. Mais Darie Alexandrovna coupait court à toute tentative de bavardage.

— J'ai été élevée avec Anna Arcadiévna, et je l'aime plus que tout au monde. Ce n'est pas à nous à juger. Et elle paraît tant l'aimer…

— Alors, n'est-ce pas, vous me ferez laver cela, si possible, l'interrompit Dolly.

— Certainement, soyez sans crainte. Nous avons deux lingères et tout le linge est lavé à la machine. Le comte s'occupe lui-même des plus petites choses. Un mari comme ça, voyez-vous…

L'entrée d'Anna mit un terme à ces épanchements. Elle avait revêtu une robe de batiste fort simple, mais que Dolly examina attentivement, car elle savait à quel prix s'acquiert cette élégante simplicité.

— Te voilà en pays de connaissance, dit Anna en désignant sa femme de chambre.

À la manière dont ces mots furent prononcés, Dolly comprit que sa belle-sœur, ayant repris possession d'elle-même, se retranchait derrière un ton calme et indifférent.

— Comment va ta petite fille ? lui demanda-t-elle.

— Annie ? Très bien. Veux-tu la voir ? Je vais te la

montrer. Nous avons eu beaucoup d'ennuis avec sa nourrice italienne, une brave femme, mais si bête! Cependant, comme la petite lui est très attachée, il a fallu la garder.

— Mais comment vous y êtes-vous pris pour... commença Dolly, curieuse du nom que portait l'enfant; mais en voyant le visage d'Anna s'assombrir, elle changea le sens de sa question: ... pour la sevrer?

— Ce n'est pas là ce que tu voulais dire, répondit Anna, qui avait saisi la réticence de sa belle-sœur. Tu pensais au nom de l'enfant, n'est-ce pas? Le tourment d'Alexis, c'est qu'elle porte celui de Karénine...

Elle ferma à demi les yeux, ses paupières parurent se coller l'une à l'autre, mais bientôt ses traits se détendirent.

— Nous reparlerons de tout cela; viens que je te la montre. *Elle est très gentille* et commence à ramper.

Le confort de la *nursery*, une grande pièce très haute et bien éclairée, surprit peut-être encore plus Dolly que le luxe des autres pièces. Les petites voitures, la baignoire, les balançoires, le divan en forme de billard où l'enfant pouvait ramper à son aise, tout ici était anglais, solide et coûteux.

L'enfant en chemise, assise dans un fauteuil, aidée par une fille de service russe, qui partageait probablement son repas, mangeait un bouillon dont toute sa petite poitrine était mouillée. Ni la bonne ni la nourrice n'étaient présentes; on percevait dans la pièce voisine des bribes du jargon français qui leur permettait de se comprendre.

Dès qu'elle entendit la voix d'Anna, la bonne anglaise parut et se répandit en excuses, encore qu'on ne lui adressât aucun reproche. C'était une grande femme à beaux atours et boucles blondes, dont la physionomie mauvaise déplut à Dolly. À chaque mot d'Anna elle répétait: *Yes, my lady*.

Quant à l'enfant, une robuste gamine aux cils et aux cheveux noirs, au petit corps rouge, à la peau de poulet, elle fit aussitôt, en dépit du regard sévère dont elle toisa cette inconnue, la conquête de Darie Alexandrovna. Quand on l'eut posée sur le tapis, elle se mit à ramper comme un petit animal: sa robe retroussée par derrière, ses beaux yeux regardant les spectatrices d'un air satisfait, comme pour leur prouver qu'elle était sensible à leur admiration, elle avançait énergiquement en s'aidant de ses mains, de ses pieds et de son train de derrière.

Dolly dut s'avouer qu'aucun de ses enfants n'avait jamais si bien rampé, ni montré si bonne mine.

Mais l'atmosphère de la *nursery* avait quelque chose de déplaisant. Comment Anna pouvait-elle garder une bonne aussi antipathique, aussi peu *respectable* ? Sans doute parce qu'aucune personne convenable n'eût consenti à entrer dans une famille irrégulière. En outre, Dolly crut remarquer qu'Anna était presque une étrangère dans ce milieu : elle ne put trouver un joujou qu'elle voulait donner à l'enfant, et, chose plus bizarre encore, elle ignorait jusqu'au nombre de ses dents.

— Je me sens inutile ici et cela me fait beaucoup de peine, dit Anna comme elles sortaient, en relevant la traîne de sa robe pour ne pas accrocher quelque jouet. Quelle différence avec l'aîné !...

— J'aurais cru au contraire... insinua timidement Dolly.

— Oh ! non. Tu sais que je l'ai revu, mon petit Serge, dit Anna en clignant des yeux comme si elle fixait un point dans le lointain. Mais nous reparlerons de cela plus tard. Je suis comme une créature mourant de faim qui, placée devant un festin, ne saurait par où commencer. Tu es ce festin pour moi : avec qui, sinon avec toi, pourrais-je parler à cœur ouvert ? Aussi *ne te ferai-je grâce de rien*... Mais laisse-moi d'abord te donner une esquisse de la société que tu trouveras ici. En premier lieu la princesse Barbe. Je connais ton opinion sur son compte. Je sais aussi qu'à en croire Stiva, elle ne pense qu'à démontrer sa supériorité sur notre tante Catherine Pavlovna. Mais elle a du bon, je t'assure, et je lui suis très obligée. Elle m'a été d'un grand secours à Pétersbourg, où un *chaperon* m'était indispensable... Tu ne t'imagines pas ce que ma position a de pénible... du moins là-bas, car ici je me sens tout à fait tranquille et heureuse... Mais revenons à nos hôtes. Tu connais Sviajski, le maréchal du district ? C'est un homme très bien, qui paraît avoir besoin d'Alexis, car tu comprends qu'avec sa fortune Alexis peut acquérir une grande influence si nous vivons à la campagne... Ensuite

Touchkévitch, le cavalier servant de Betsy, ou plutôt l'ancien cavalier, car il a reçu son congé. Comme Alexis dit, c'est un homme fort agréable, si on le prend pour ce qu'il veut paraître ; *et puis il est comme il faut*, affirme la princesse Barbe… Enfin Veslovski, que tu connais. Un bon gosse… Il nous a conté sur les Levine une histoire invraisemblable, ajouta-t-elle, un sourire ironique aux lèvres. *Il est très gentil et très naïf…* Je tiens à toute cette société, parce que les hommes ont besoin de distraction et qu'il faut un public à Alexis pour qu'il ne trouve pas le temps de désirer autre chose… Nous avons aussi le régisseur, un Allemand très convenable, qui entend son affaire et dont Alexis fait grand cas ; l'architecte ; le docteur, un jeune homme fort instruit, qui n'est pas précisément nihiliste, mais enfin qui mange avec son couteau… *Bref, une petite cour.*

XX

« Eh bien, la voilà, cette Dolly que vous désiriez tant voir, dit Anna à la princesse Barbe, qui, installée sur la grande terrasse, brodait au métier une garniture de fauteuil pour le comte Alexis Kirillovitch. Elle ne veut rien prendre avant le dîner ; faites-lui cependant servir quelque chose, pendant que je fais chercher Alexis et tous ces messieurs.

La princesse Barbe fit à Dolly un accueil gracieux et légèrement protecteur. Elle lui expliqua aussitôt qu'elle s'était installée chez Anna parce que l'ayant toujours mieux aimée que sa sœur Catherine Pavlovna, elle jugeait de son devoir de lui venir en aide durant cette période transitoire, si pénible, si douloureuse.

— Dès que son mari aura consenti au divorce, je me retirerai dans ma solitude ; mais, actuellement, si pénible que cela soit, je reste et n'imite pas les autres. Tu as eu bien raison de venir, ils font un ménage parfait. C'est à Dieu et non à nous qu'il appartient de les juger. Est-ce que Biriouzovski et Mme Avéniev, Vassiliev et Mme Mamonov, Nikandrov lui-même, Lise Neptounov… Tout le monde a fini par les recevoir… Et puis *c'est un intérieur si joli, si comme il faut. Tout à fait à l'anglaise. On se réunit le matin au breakfast et puis on se sépare.* Chacun fait ce qu'il veut. On dîne à sept heures. Stiva a eu raison de t'envoyer. Le comte est très influent par sa mère et son frère. Et puis il est fort généreux. T'a-t-il parlé de son hôpital? ce sera admirable; tout vient de Paris.

Cette conversation fut interrompue par Anna, qui revint sur la terrasse, suivie de ces messieurs qu'elle avait trouvés dans la salle de billard. Il restait encore deux heures avant le dîner; le temps était superbe, les distractions nombreuses et d'un tout autre genre qu'à Pokrovskoïé.

— *Une partie de lawn-tennis*, proposa Veslovski en souriant de son joli sourire. Voulez-vous être de nouveau ma partenaire, Anna Arcadiévna?

— Il fait trop chaud, objecta Vronski; faisons plutôt un tour dans le parc et promenons Darie Alexandrovna en bateau pour lui montrer le paysage?

— Je n'ai pas de préférence, dit Sviajski.

— Eh bien, conclut Anna, la promenade d'abord, le bateau ensuite; n'est-ce pas, Dolly?

Veslovski et Touchkévitch allèrent préparer le bateau tandis que les deux dames accompagnées, Anna par Sviajski et Dolly par le comte, suivaient les allées du parc.

Décidément Dolly ne se sentait pas dans son assiette. En théorie, loin de jeter la pierre à Anna, elle était prête à l'approuver, et, comme il arrive aux femmes irréprochables que lasse quelquefois l'uniformité de leur vie morale, elle enviait même un peu cette existence coupable, entrevue à distance. Mais une fois en contact avec ce milieu étranger, avec ces élégances raffinées qui lui étaient inconnues, elle éprouva un véritable malaise. D'ailleurs, tout en excusant Anna, qu'elle aimait sincèrement, la présence de celui qui l'avait détournée de ses devoirs la choquait, et le chaperonnage de la princesse Barbe, pardonnant tout parce qu'elle partageait le luxe de sa nièce, lui semblait odieux. Vronski ne lui avait jamais inspiré de sympathie: elle le croyait fier et ne lui voyait, pour justifier son orgueil, d'autre raison que la richesse. Ici, chez lui, il lui imposait encore plus qu'à l'ordinaire et elle éprouvait en cheminant à ses côtés la même confusion que devant la fringante camériste. Elle répugnait à lui faire un compliment banal sur la magnificence de son installation, mais ne trouvant rien de mieux à lui dire, elle lui vanta la grande allure de la maison.

— Oui, répondit le comte, c'est un vieux manoir dans le bon style d'autrefois.

— La cour d'honneur m'a beaucoup plu ; l'ordonnance en est-elle également ancienne ?

— Oh ! non, si vous l'aviez vue au printemps !

Et s'emballant peu à peu il fit remarquer à Dolly les embellissements dont il était l'auteur. On le sentait heureux de pouvoir s'étendre sur un sujet qui lui tenait au cœur. Les éloges de son interlocutrice lui causèrent un visible plaisir.

— Si vous n'êtes pas fatiguée, nous pourrons aller jusqu'à l'hôpital, dit-il en regardant Dolly pour s'assurer que cette proposition ne l'ennuyait pas. Nous accompagnes-tu, Anna ?

— Nous les suivons, n'est-ce pas ? fit celle-ci en se tournant vers Sviajski. *Mais il ne faut pas laisser Touchkévitch et le pauvre Veslovski se morfondre dans le bateau.* Nous enverrons les prévenir... C'est un monument qu'il élève à sa gloire, reprit-elle à l'adresse de Dolly avec le même sourire qu'elle avait déjà eu pour lui parler de cet hôpital.

— Oui, c'est une fondation capitale, approuva Sviajski. Et aussitôt, pour n'avoir pas l'air d'un flatteur, il ajouta : — Je suis pourtant surpris, comte, que vous vous préoccupiez uniquement de la santé du peuple et point du tout de son instruction.

— *C'est devenu si commun, les écoles !* répondit Vronski. Et puis je me suis laissé entraîner. Par ici, si vous le voulez bien, dit-il en indiquant à Dolly une allée latérale.

Les dames ouvrirent leurs ombrelles. Au sortir du parc, on se trouva devant une petite éminence ; une grande bâtisse en briques rouges, d'une architecture plutôt compliquée, la couronnait ; le toit de tôle, que l'on n'avait pas encore eu le temps de peindre, étincelait au soleil. Non loin de là s'en édifiait une autre, encore entourée d'échafaudages ; des maçons, protégés par des tabliers, étendaient sur les briques une couche de mortier qu'ils égalisaient à l'équerre.

— Comme l'ouvrage avance rapidement ! dit Sviajski. La dernière fois que je suis venu, le toit n'était pas encore posé.

— Ce sera terminé pour l'automne, car l'intérieur est presque achevé, dit Anna.

— Que construisez-vous de nouveau ?

— Un logement pour le médecin et une pharmacie, répondit Vronski.

Apercevant un personnage en paletot court qui venait à leur rencontre, il alla le rejoindre en évitant la fosse à chaux. C'était l'architecte, avec lequel il se prit à discuter.

— Qu'y a-t-il ? s'enquit Anna.

— Le fronton n'est toujours pas à la hauteur voulue.

— Il fallait surélever les fondations, je l'avais bien dit.

— En effet, Anna Arcadiévna, c'eût été préférable, approuva l'architecte, mais il n'y faut plus songer maintenant.

Comme Sviajski se montrait surpris des connaissances d'Anna en architecture :

— Mais oui, répliqua-t-elle, cela m'intéresse beaucoup. Le nouveau bâtiment doit s'harmoniser avec l'hôpital. Par malheur on l'a commencé trop tard et sans plan.

Quand Vronski eut fini avec l'architecte, il offrit aux dames de visiter l'hôpital. La corniche extérieure n'avait pas encore reçu ses ornements, on peignait le rez-de-chaussée, mais le premier étage était à peu près terminé. Un large escalier de fonte y menait ; d'immenses fenêtres éclairaient de belles pièces aux murs recouverts de stuc ; on posait les dernières lames des parquets. Les menuisiers, qui les rabotaient, enlevèrent, pour saluer les « messieurs », les cordelettes qui leur retenaient les cheveux.

— C'est ici la salle de réception, expliqua Vronski. Elle n'aura pour tous meubles qu'un pupitre, une table et une armoire.

— Par ici, s'il vous plaît ; n'approchez pas de la fenêtre, dit Anna en touchant celle-ci du doigt. Alexis, ajouta-t-elle, la peinture a déjà séché.

On passa dans le corridor où Vronski expliqua le nouveau système de ventilation. On parcourut toutes les salles, la lingerie, l'économat, on admira les lits à sommiers, les baignoires de marbre, les poêles d'un nouveau modèle, les brouettes perfectionnées et silencieuses. Sviajski appréciait tout en connaisseur. Dolly ne cachait point son étonnement admiratif et posait de nombreuses questions qui paraissaient enchanter Vronski.

— Ce sera, je crois, l'hôpital le mieux installé de la Russie, déclara Sviajski.

— N'aurez-vous point une salle d'accouchement ? s'informa Dolly. C'est si nécessaire dans nos campagnes. J'ai souvent remarqué...

— Non, répliqua Vronski, ce n'est pas ici une maternité, mais un hôpital, où l'on soignera toutes les maladies, sauf les maladies contagieuses... Tenez, regardez, fit-il en désignant à Dolly un fauteuil roulant sur lequel il s'assit, et qu'il mit en marche... Un malade est atteint à la jambe, il ne peut pas marcher, mais il a besoin d'air. Alors on l'installe là-dedans et, en avant, marche !

Dolly s'intéressait à tout et plus encore à Vronski, dont l'animation sincère et naïve faisait sa conquête. Ses préventions tombaient. « C'est un charmant garçon », se répétait-elle en scrutant les jeux de physionomie du jeune homme. Et elle comprit l'amour qu'il inspirait à Anna.

XXI

En sortant de l'hôpital, Anna proposa de montrer à Dolly le haras, où Sviajski voulait voir un étalon.

— La princesse doit être fatiguée et les chevaux ne l'intéressent guère, objecta Vronski. Allez-y ; quant à moi, je ramènerai la princesse à la maison ; et si vous le permettez, nous causerons un peu chemin faisant, ajouta-t-il à l'adresse de Dolly.

— Volontiers, car je ne me connais pas en chevaux, répondit celle-ci, quelque peu surprise.

Un regard qu'elle jeta au comte à la dérobée lui fit soupçonner que celui-ci voulait lui demander un service. Effectivement, quand ils furent rentrés dans le parc et que Vronski eut l'assurance qu'Anna ne pouvait plus ni les voir ni les entendre, il dit en regardant Dolly de ses yeux souriants :

— Vous avez deviné, n'est-ce pas, que je désirais m'entretenir avec vous en particulier. Vous êtes, je le sais, une sincère amie d'Anna.

Il ôta son chapeau pour essuyer son crâne menacé par la calvitie.

Dolly ne lui répondit que par un regard inquiet. Le contraste entre le sourire du comte et l'expression sévère de son visage lui faisait peur. Qu'allait-il lui demander ? De venir s'installer chez eux avec ses enfants ? De former un cercle à Anna quand elle viendrait à Moscou ?... Ou peut-être voulait-il se plaindre de l'attitude d'Anna envers Veslovski ? ou encore excuser sa propre conduite à l'égard de Kitty ? Elle s'attendait au pire... et pas du tout à ce qu'il lui fut donné d'entendre.

— Anna vous aime beaucoup, reprit le comte ; prêtez-moi l'appui de votre influence sur elle.

Dolly interrogea d'un coup d'œil timide le visage énergique du comte sur lequel se jouait par instants un rayon de soleil filtré par les branches des tilleuls. Il marchait maintenant en silence.

— Si de toutes les amies d'Anna, reprit-il au bout d'un moment, vous avez été la seule à venir la voir — je ne compte pas la princesse Barbe — ce n'est pas que vous jugiez notre situation normale, c'est que vous aimez assez Anna pour chercher à lui rendre cette situation supportable. Ai-je raison ? demanda-t-il en scrutant les traits de Dolly.

— Oui, répondit celle-ci en fermant son ombrelle ; mais...

— Personne ne ressent plus cruellement que moi la douloureuse situation d'Anna, interrompit Vronski qui, en s'arrêtant, força Dolly à l'imiter. Et vous l'admettrez aisément si vous me faites l'honneur de croire que je ne manque pas de cœur. Ayant causé cette situation, j'en suis plus affecté que quiconque.

— Certainement, dit Dolly, touchée de la sincérité avec laquelle il venait de faire cet aveu ; mais ne voyez-vous pas les choses trop en noir ? Il se peut que dans le monde...

— Dans le monde, c'est l'enfer ! jeta-t-il d'un ton sombre. Rien ne peut vous donner l'idée des tortures morales qu'elle a subies à Pétersbourg durant les quinze jours que nous avons dû y passer.

— Mais ici ? Tant que ni elle ni vous n'éprouverez le besoin d'une vie mondaine...

— Eh ! que m'importe le monde ! s'écria-t-il.

— Vous vous en passerez facilement tant que vous connaîtrez le bonheur et la tranquillité. À en juger d'après ce qu'elle a eu le temps de me dire, Anna se trouve parfaitement heureuse.

Tout en parlant, Dolly se demanda soudain si la félicité d'Anna était vraiment sans nuages. Vronski ne parut point en douter.

— Oui, oui, dit-il, elle a oublié ses souffrances, elle se sent heureuse parce qu'elle vit dans le présent. Mais moi ?... Je redoute l'avenir... Mais pardon, vous êtes peut-être fatiguée ?

Dolly s'assit sur un banc au coin d'une allée ; il resta debout devant elle.

— Je la sens heureuse, répéta-t-il, et cette insistance confirma les soupçons de Dolly. Cependant la vie que nous menons ne saurait se prolonger. Avons-nous bien ou mal agi, je ne sais, mais le sort en est jeté, nous sommes liés pour la vie, continua-t-il en abandonnant le russe pour le français. Nous avons déjà un gage sacré de notre amour et nous pouvons encore avoir d'autres enfants. Mais notre situation actuelle entraîne mille complications qu'Anna ne peut ni ne veut prévoir, parce que, après avoir tant souffert, elle a besoin de respirer. C'est parfaitement légitime. Mais moi, je suis, hélas, bien forcé de les voir. Légalement ma fille n'est pas ma fille, mais celle de Karénine ! Ce mensonge me révolte ! s'écria-t-il avec un geste énergique en scrutant Dolly du regard.

Comme celle-ci le considérait en silence :

— Qu'il me naisse un fils demain, reprit-il, ce sera toujours un Karénine, et il n'héritera ni de mon nom ni de mes biens. Nous pouvons être heureux tant que nous voudrons, il n'y aura pas de lien légal entre mes enfants et moi : ce seront à jamais des Karénine ! Comprenez-vous que cette pensée me soit odieuse ? Eh bien, j'ai essayé d'en toucher un mot à Anna ; elle ne veut pas m'entendre, cela l'irrite et d'ailleurs je ne peux pas tout lui dire.

« ... Voyons maintenant les choses sous un autre angle. L'amour d'Anna a beau me rendre très heureux, je n'en dois pas moins m'adonner à une occupation quelconque. Or j'ai trouvé ici un but d'activité dont je suis fier et que je trouve supérieur à ceux que poursuivent mes anciens camarades de la cour ou de l'armée. Je ne les envie certes pas. Je travaille, je suis content, c'est la première condition du bonheur ! Oui, j'aime ce genre d'activité ; *ce n'est pas un pis-aller*, bien au contraire...

Il s'embrouillait, Dolly s'en aperçut et sans trop comprendre où il voulait en venir, elle devina que cette digression appartenait aux pensées intimes qu'il n'osait pas dévoiler à Anna. S'étant résolu à prendre Dolly pour confidente, il vidait tout son sac.

— Je voulais dire, continua-t-il, en retrouvant le fil de ses idées, que pour se vouer entièrement à une œuvre, il faut être sûr qu'elle ne périra pas avec nous. Or, je ne puis avoir d'héritier ! Concevez-vous les sentiments d'un homme qui sait que ses enfants et ceux de sa femme qu'il adore ne lui appartiennent pas, qu'ils ont pour père quelqu'un qui les hait et ne voudra jamais les connaître. N'est-ce pas épouvantable ?

Il se tut, en proie à une vive émotion.

— Je vous comprends, dit Darie Alexandrovna. Mais que peut faire Anna ?

— Vous touchez au sujet principal de notre entretien, dit le comte en s'efforçant de reprendre son calme. Tout dépend d'Anna. Même pour soumettre à l'empereur une requête d'adoption, il faut d'abord que le divorce soit prononcé. Anna peut l'obtenir. Votre mari y avait fait consentir M. Karénine et je sais que celui-ci ne s'y refuserait pas, même actuellement, si Anna lui écrivait. Cette condition est évidemment une de ces cruautés pharisaïques dont les êtres sans cœur sont seuls capables, car il n'ignore pas la torture qu'il lui impose. Mais devant d'aussi graves raisons, il importe de *passer par-dessus toutes ces finesses de sentiment : il y va du bonheur et de l'existence d'Anna et de ses enfants.* Je ne parle pas de moi, bien que je souffre beaucoup, beaucoup...

On percevait dans sa voix des notes menaçantes à l'intention d'on ne savait trop qui.

— Et voilà pourquoi, conclut-il, je m'accroche à vous, Princesse, comme à une ancre de salut. Persuadez-la, je vous en supplie, d'écrire à son mari et de demander le divorce.

— Volontiers, dit Dolly sans grande conviction, car elle se rappelait son dernier entretien avec Alexis Alexandrovitch. Oui, bien volontiers, reprit-elle d'un ton plus ferme en songeant à Anna.

— Je compte fermement sur vous, car je n'ai pas le courage d'aborder ce sujet avec Anna.

— Entendu ; mais comment n'y pense-t-elle pas d'elle-même ?

Et soudain elle crut voir une coïncidence entre les préoccupations d'Anna et ce clignement d'yeux qui était devenu chez elle une habitude. « On dirait vraiment, songea Dolly, qu'elle cherche à écarter certaines choses de son champ de vision. »

— Oui, je vous promets de lui parler, répéta Dolly, répondant au regard reconnaissant de Vronski.

Ils reprirent le chemin de la maison.

XXII

Quand Anna revint à son tour, elle chercha à lire dans les yeux de Dolly ce qui s'était passé entre elle et Vronski, mais elle ne lui posa aucune question.

— On va servir le dîner et nous nous sommes à peine vues, dit-elle. Je compte sur ce soir. Maintenant il faut changer de toilette, car nous nous sommes salies pendant notre visite à l'hôpital.

Dolly trouva la remarque plaisante : elle n'avait apporté qu'une robe ! Néanmoins, pour opérer un changement quelconque à sa toilette, elle mit une dentelle dans ses cheveux, changea le nœud et les poignets de son corsage et se fit donner un coup de brosse.

— C'est tout ce que j'ai pu faire, avoua-t-elle à Anna en riant, lorsque celle-ci vint la chercher après avoir revêtu une troisième toilette, tout aussi « simple » que les précédentes.

— Nous sommes très formalistes ici, dit Anna pour excuser son élégance. Alexis est ravi de ton arrivée ; je l'ai rarement vu si content. Il doit s'être épris de toi !... Tu n'es pas fatiguée, j'espère ?

Elles retrouvèrent au salon la princesse Barbe et ces messieurs, en redingote ; l'architecte avait même passé un habit. Vronski présenta à Darie Alexandrovna le médecin et le régisseur.

Un gros maître d'hôtel, dont la face ronde rasée et la cravate blanche empesée luisaient de concert, vint annoncer que « Madame était servie ». Vronski pria Sviajski d'offrir son bras à Anna, tandis qu'il tendait le sien à Dolly, Veslovski s'empressa auprès de la princesse Barbe, devançant Touchkévitch, à qui il ne resta plus qu'à fermer la marche en compagnie du médecin, de l'architecte et du régisseur.

La salle à manger, le service, le menu, les vins dépassaient encore en somptuosité ce que Dolly avait vu au cours de la journée. Certes elle désespérait de jamais introduire pareil luxe dans son modeste intérieur ; néanmoins elle s'intéressait à tous les détails et se demandait qui en avait surveillé l'ordonnance. Les maîtres de maison de bonne compagnie aiment à insinuer que tout se fait chez eux quasi automatiquement ; cette innocente coquetterie pouvait duper certaines gens de sa connaissance — Veslovski, son mari, Sviajski lui-même — mais non pas la ménagère avertie qu'était Darie Alexandrovna. Si les plus petites choses, la bouillie des enfants par exemple, nécessitaient un certain contrôle, un train de vie aussi compliqué exigeait à plus forte raison une pensée directrice. Et cette pensée venait du comte, Dolly le comprit au regard dont il enveloppa la table, au signe de tête qu'il adressa au maître d'hôtel, à la manière dont il lui offrit le choix entre un consommé et un potage froid au poisson. Anna se contentait de jouir, comme les invités, des délices de la table. Elle s'était cependant réservé le soin de diriger la conversation, tâche difficile avec des convives appartenant à des sphères différentes, et dont elle s'acquittait avec son tact habituel ; il sembla même à Dolly qu'elle y prenait un certain plaisir.

À propos de la promenade en barque qu'il avait faite en compagnie de Veslovski, Touchkévitch voulut s'étendre sur les dernières régates du Yacht-Club; mais Anna profita d'une pause pour faire parler l'architecte.

— Nicolas Ivanovitch trouve que le nouveau bâtiment a beaucoup avancé depuis sa dernière visite, dit-elle en désignant Sviajski; je suis surprise moi-même de cette rapidité.

— Les choses vont vite avec Son Altesse, répondit en souriant l'architecte, personnage flegmatique chez qui la déférence s'alliait à la dignité. Mieux vaut avoir affaire à lui qu'à nos autorités du chef-lieu. Là-bas, j'aurais dépensé en rapports toute une rame de papier; ici, en trois phrases nous nous mettons d'accord.

— Tout à fait à l'américaine, n'est-ce pas? insinua Sviajski.

— Oui, on sait construire aux États-Unis.

— Les abus de pouvoir y sont aussi fréquents...

Anna détourna aussitôt l'entretien: il s'agissait maintenant de dérider le régisseur.

— Connais-tu les nouvelles machines à moissonner? demanda-t-elle à Dolly. Nous revenions de voir fonctionner la nôtre quand nous t'avons rencontrée. J'ignorais encore cette invention.

— Et comment fonctionnent-elles? s'enquit Dolly.

— Tout à fait comme des ciseaux. C'est une simple planche avec beaucoup de petits ciseaux. Tiens, regarde.

De ses mains blanches, couvertes de bagues, Anna prit son couteau, sa fourchette, et commença une démonstration que personne ne parut comprendre; elle s'en rendit compte, mais ne la continua pas moins, car elle savait que ses mains étaient belles et sa voix agréable.

— Ce sont plutôt des canifs, dit en badinant Veslovski qui ne la quittait pas des yeux.

Anna esquissa un sourire, mais ne répondit rien.

— N'est-ce pas, Carl Fiodorovitch, que ce sont des ciseaux? demanda-t-elle au régisseur.

— *Ô ja,* répondit l'Allemand. *Es ist ein ganz einfaches Ding.* (Oui, c'est tout à fait simple.)

Et il se mit à expliquer le dispositif de la machine.

— C'est dommage qu'elle ne soit que moissonneuse, fit observer Sviajski. J'en ai vu à l'exposition de Vienne qui sont aussi lieuses. Cela me paraît plus avantageux.

— *Es kommt drauf an... Der Preis vom Draht muss*

ausgerechnet werden... Das lässt sich ausrechnen, Erlaucht. (Cela dépend... Le prix du fil de fer doit entrer en ligne de compte... C'est facile à calculer, Excellence), dit l'Allemand mis en verve en s'adressant à Vronski.

Il allait tirer son crayon et son carnet de sa poche, mais un coup d'œil plutôt froid que lui lança Vronski le fit se souvenir qu'il était à table, et il dit par manière de conclusion :

— *Zu complizirt, macht zu viel « Khlopot ».* (Trop compliqué, cela cause trop de « khlopots » (embarras).

— *Wünscht, man « Dokhods », so hat man auch « Khlopots »* (quand on veut des « dockods » (revenus), on supporte les « khlopots », insinua Vassia Veslovski pour taquiner le régisseur. *J'adore l'allemand,* ajouta-t-il à l'adresse d'Anna.

— Cessez, dit celle-ci d'un air mi-plaisant, mi-sévère... Nous croyions vous trouver dans les champs, Vassili Sémionovitch ? demanda-t-elle au médecin, individu maladif. N'y étiez-vous pas ?

— Si fait, mais je me suis volatilisé, répondit-il d'un ton qui voulait être badin, mais ne parut que lugubre.

— Bref, vous avez pris beaucoup d'exercice ?

— Tout juste.

— Et comment va votre vieille malade ? J'espère que ce n'est pas la fièvre typhoïde ?

— Pas précisément, mais cela ne vaut guère mieux.

— La pauvre !

Après ce sacrifice aux convenances, Anna se retourna vers les gens de son monde.

— À parler franc, Anna Arcadiévna, lui dit en riant Sviajski, ce ne serait pas chose facile que de construire une machine d'après vos explications.

— Croyez-vous ? répliqua-t-elle, en soulignant par un sourire qu'il y avait dans sa démonstration un côté charmant, dont Sviajski s'était bel et bien aperçu.

Ce nouveau trait de coquetterie frappa Dolly.

— En revanche, déclara Touchkévitch, Anna Arcadiévna possède en architecture des connaissances vraiment surprenantes.

— Comment donc ! s'écria Veslovski. Ne l'ai-je pas entendue hier parler de plinthes et de frontons ?

— Que voulez-vous, quand on entend prononcer

ces mots-là tous les jours ! Et vous, savez-vous seulement avec quels matériaux on bâtit une maison ?

Dolly remarqua que, tout en réprouvant le ton folâtre sur lequel lui parlait Veslovski, Anna l'adoptait à son tour.

Au contraire de Levine, Vronski n'attachait aucune importance au bavardage de Vassia ; loin de s'offusquer de ses plaisanteries, il les encourageait.

— Voyons, Veslovski, dites-nous comment on lie les pierres d'un édifice.

— Avec du ciment.

— Bravo, mais qu'est-ce que le ciment ?

— Une sorte de bouillie... c'est-à-dire de mastic, répondit Veslovski, provoquant l'hilarité générale.

À l'exception du médecin, de l'architecte, du régisseur qui gardaient un morne silence, les convives devisèrent avec animation pendant tout le dîner, passant d'un sujet à l'autre, glissant sur celui-ci, insistant sur celui-là, s'attaquant parfois à telle ou telle personne. Une fois même, Darie Alexandrovna, piquée au vif, rougit et s'emporta si bien qu'elle craignit par la suite d'être allée trop loin. À propos des machines agricoles, Sviajski crut bon de signaler que Levine jugeait néfaste leur introduction en Russie, et il s'éleva contre une opinion aussi bizarre.

— Je n'ai pas l'honneur de connaître ce monsieur Levine, dit en souriant Vronski, mais je suppose qu'il n'a jamais vu les machines qu'il critique, ou du moins qu'il n'en a vu que de fabrication russe. Autrement je ne m'explique pas son point de vue.

— C'est un homme à points de vue turcs, dit Veslovski avec un sourire à l'adresse d'Anna.

— Il ne m'appartient pas de défendre ses opinions, déclara Darie Alexandrovna en s'échauffant peu à peu ; mais ce que je puis vous affirmer, c'est que Levine est un garçon fort instruit ; s'il était ici, il saurait vous faire comprendre sa manière de voir.

— Oh ! je l'aime beaucoup et nous sommes d'excellents amis ! proclama Sviajski d'un ton cordial. Mais, excusez-moi, *il est un petit peu toqué.* Il considère, par exemple, le « zemstvo » et les justices de paix comme parfaitement inutiles et se refuse à en faire partie.

— Voilà bien notre insouciance russe ! s'écria Vronski

en se versant un verre d'eau glacée. Nous refusons de comprendre que les droits dont nous jouissons entraînent certains devoirs.

— Je ne connais pas d'homme qui remplisse plus strictement ses devoirs, dit Darie Alexandrovna, irritée par ce ton de supériorité.

— Pour ma part, continua Vronski, piqué au vif à son tour, je suis très reconnaissant à Nicolas Ivanovitch de m'avoir fait élire juge de paix honoraire. Juger quelque pauvre affaire de paysan me paraît un devoir aussi important que les autres. Et si l'on me députe au zemstvo j'en serai très flatté. C'est ma seule façon de m'acquitter envers la société des privilèges dont je jouis en tant que propriétaire foncier. On ne comprend pas assez le rôle que doivent jouer dans l'État les gros propriétaires.

Dolly compara l'opiniâtreté de Vronski à celle de Levine défendant des opinions diamétralement opposées. Elle ne put se défendre de songer que cette belle assurance leur venait à tous deux quand ils étaient à table. Mais, comme elle aimait son beau-frère, elle lui donnait raison *in petto.*

— Ainsi donc, Comte, nous pouvons compter sur vous pour les élections ? dit Sviajski. Il faudra partir un peu tôt, pour arriver dès le 8. Si vous me faisiez l'honneur de descendre chez moi ?

— Pour ma part, dit Anna à Dolly, je suis de l'avis de ton beau-frère... quoique pour des motifs différents, ajouta-t-elle en souriant. Les devoirs publics me semblent se multiplier avec quelque exagération. Depuis six mois que nous sommes ici, Alexis exerce déjà cinq ou six fonctions. *Du train dont cela va,* il n'aura plus une minute à lui. Et là où les fonctions s'accumulent à ce point, je crains fort qu'elles ne deviennent une pure question de forme. Voyons, Nicolas Ivanovitch, combien de charges avez-vous ? Une vingtaine, sans doute.

Sous ce ton de plaisanterie, Dolly démêla une pointe d'irritation. Elle remarqua que pendant cette diatribe les traits de Vronski avaient pris une expression de dureté et que la princesse Barbe en avait impatiemment attendu la fin pour se lancer dans des propos abondants sur des amis pétersbourgeois. Elle se souvint alors que durant leur entretien dans le parc, Vronski s'était étendu assez mal à propos sur son besoin d'activité. Elle soupçonna que les deux amants devaient être en désaccord sur ce point.

Le dîner eut ce caractère de luxe, mais aussi de formalisme et d'impersonnalité propres aux repas de cérémonie. Ce faste ne cadrait guère avec une réunion intime; il indisposa fort Dolly qui en avait perdu l'habitude.

Après quelques instants de repos sur la terrasse, on commença une partie de *lawn-tennis*. Sur le *croquet ground*, soigneusement damé et nivelé, les joueurs, partagés en deux camps, prirent place des deux côtés d'un filet assujetti à des poteaux dorés. Dolly voulut s'essayer à ce jeu, mais elle n'arrivait pas à en comprendre les règles; quand enfin elle les eut bien saisies, elle était à bout de forces et préféra tenir compagnie à la princesse Barbe. Son partenaire, Touchkévitch, renonça également, mais les autres jouèrent encore longtemps. Sviajski et Vronski étaient des joueurs sérieux: très maîtres d'eux-mêmes, ils surveillaient d'un œil vigilant la balle qu'on leur servait, la reprenaient au bon moment et la renvoyaient d'un coup de raquette très sûr. Veslovski au contraire s'échauffait trop; mais ses rires, ses cris, sa gaieté excitaient les autres joueurs. Avec la permission des dames, il avait enlevé sa redingote; son buste bien moulé, son visage cramoisi, ses manches de chemise blanches, ses gestes nerveux se gravaient si bien dans la mémoire que, rentrée dans sa chambre, Dolly devait longtemps les revoir avant de trouver le sommeil.

Pour le moment elle s'ennuyait. La familiarité dont Veslovski continuait de faire preuve envers Anna lui devenait de plus en plus pénible; par ailleurs elle trouvait à toute cette scène une affectation d'enfantillage: de grandes personnes qui s'adonnent entre elles à une distraction d'enfants prêtent fort au ridicule. Néanmoins, pour ne pas troubler la bonne humeur générale — et aussi pour passer le temps — elle se joignit bientôt aux autres joueurs et fit semblant de s'amuser.

Elle avait eu toute la journée l'impression de jouer la comédie avec des acteurs qui lui étaient supérieurs et de nuire à l'ensemble.

Au cours de la partie, elle se résolut à repartir dès le lendemain, bien qu'elle fût venue avec l'intention secrète de rester une couple de jours si elle se sentait à l'aise.

Un désir passionné de revoir ses enfants, de reprendre ce joug qu'elle avait tant maudit le matin même, s'emparait d'elle irrésistiblement.

Rentrée dans sa chambre après le thé et une promenade en bateau, elle passa un peignoir avec délice et s'installa devant la coiffeuse. Elle éprouvait un véritable soulagement à se retrouver seule et aurait préféré ne pas voir Anna.

XXIII

Au moment où elle allait se mettre au lit, Anna entra en déshabillé de nuit.

Plusieurs fois au cours de la journée, sur le point d'aborder une question intime, Anna s'était interrompue : « Plus tard, quand nous serons seules ; j'ai tant de choses à te dire... » Et maintenant assise près de la fenêtre, elle considérait Dolly en silence et fouillait en vain sa mémoire : il lui semblait qu'elles s'étaient déjà tout dit. Enfin, après un profond soupir :

— Que devient Kitty ? demanda-t-elle, le regard contrit. Dis-moi la vérité : m'en veut-elle ?

— Oh ! non, répondit Dolly en souriant.

— Elle me hait, me méprise.

— Non plus ; mais, tu sais, il y a des choses qui ne se pardonnent pas.

— C'est vrai, dit Anna en reportant son regard vers la fenêtre ouverte. Mais franchement je ne suis pas coupable. D'ailleurs qu'appelle-t-on coupable ? Pouvait-il en aller autrement ? Croirais-tu possible de n'être pas la femme de Stiva ?

— Je n'en sais trop rien. Mais, dis-moi, je te prie...

— Tout à l'heure, quand nous en aurons fini avec Kitty. Est-elle heureuse ? Son mari est, paraît-il, un excellent homme.

— C'est trop peu dire : je n'en connais pas de meilleur.

— Pas de meilleur, répéta-t-elle, pensive. Allons, tant mieux !

Dolly sourit :

— Voyons, parle-moi de toi. J'en ai long à te dire. J'ai causé avec...

Elle ne savait comment nommer Vronski : le comte ? Alexis Kirillovitch ? formules bien solennelles !

— Avec Alexis, acheva Anna. Oui, je le sais... Dis-moi tout franc ce que tu penses de moi, de ma vie.

— Comme ça ? de but en blanc ? je ne saurais.

— Mais si, mais si... Seulement, avant de le juger, n'oublie pas que tu nous trouves entourés de monde, alors qu'au printemps nous étions seuls, complètement seuls. Ce serait le bonheur suprême que de vivre ainsi à deux ! Mais je crains qu'il ne prenne l'habitude de s'absenter et alors figure-toi ce que serait pour moi la solitude... Oh ! je sais ce que tu vas dire, ajouta-t-elle en venant s'asseoir auprès de Dolly. Sois sûre que je ne le retiendrai pas de force. Je n'y songe pas. C'est la saison des courses, ses chevaux courent ; soit, qu'il s'amuse !... Mais moi, qu'est-ce que je deviens pendant ce temps-là... Eh bien, reprit-elle en souriant, de quoi avez-vous causé ensemble ?

— D'un sujet que j'aurais abordé avec toi sans qu'il m'en parlât, à savoir la possibilité de rendre ta situation plus... régulière, acheva-t-elle après un moment d'hésitation... Tu connais ma manière de voir à ce sujet, mais enfin mieux vaudrait le mariage.

— C'est-à-dire le divorce ?... Sais-tu que la seule femme qui ait daigné venir me voir à Pétersbourg, Betsy Tverskoï... Tu la connais, *c'est au fond la femme la plus dépravée qui existe :* elle a indignement trompé son mari avec Touchkévitch... Eh bien, Betsy m'a laissé entendre qu'elle ne pourrait pas me voir tant que ma position ne serait pas régularisée... Ne crois pas que j'établisse de comparaison entre vous, c'est une simple réminiscence... Alors, que t'a-t-il dit ?

— Qu'il souffre pour toi et pour lui ; si c'est de l'égoïsme, je n'en sais pas de plus noble. Il voudrait légitimer sa fille, être ton mari, avoir des droits sur toi.

— Quelle femme peut appartenir à son mari plus complètement que je ne lui appartiens ? interrompit-elle d'un ton morne. Je suis son esclave, voyons !

— Et surtout il ne voudrait pas te voir souffrir.

— C'est impossible !... Et puis...

— Et puis, désir bien légitime, donner son nom à vos enfants ?

— Quels enfants? s'enquit Anna en fermant à demi les yeux.

— Mais Annie et ceux que tu pourras avoir encore...

— Oh! il peut être tranquille, je n'en aurai plus...

— Comment peux-tu répondre de cela?

— Parce que je ne veux plus en avoir...

Malgré son émotion, Anna sourit en voyant une expression d'étonnement, de naïve curiosité et d'horreur se peindre sur le visage de Dolly.

— Après ma maladie, crut-elle bon d'expliquer, le médecin m'a dit...

— C'est impossible! s'écria Dolly en ouvrant de grands yeux. Ce qu'elle venait d'apprendre confondait toutes ses idées, et les déductions qu'elle en tira éclairèrent subitement bien des points qui jusqu'alors lui étaient demeurés mystérieux. Elle comprenait maintenant pourquoi certaines familles n'avaient qu'un ou deux enfants. N'avait-elle pas rêvé quelque chose d'analogue pendant son voyage?... Épouvantée de cette réponse trop simple à une question compliquée, elle contemplait Anna avec stupéfaction.

— *N'est-ce pas immoral?* demanda-t-elle après un moment de silence.

— Pourquoi? Je n'ai pas le choix: ou la grossesse avec toutes les souffrances qu'elle entraîne, ou la possibilité d'être un camarade pour mon... disons mari, répondit Anna sur un ton qu'elle s'efforçait de rendre badin.

— Oui, oui, oui, répétait Dolly qui reconnaissait ses propres arguments mais ne leur trouvait plus la même force de conviction que le matin.

Anna parut deviner ses pensées.

— Si le point est discutable en ce qui te concerne, il ne saurait l'être pour moi. Je ne suis sa femme qu'autant qu'il m'aime. Et ce n'est pas avec cela — ses mains blanches esquissèrent un geste autour de sa taille — que j'entretiendrai son amour.

Comme il est de règle dans les moments d'émotion, pensées et souvenirs se pressaient en foule dans l'esprit de Dolly. «Je n'ai pas su retenir Stiva, songeait-elle, mais celle qui me l'a enlevé y a-t-elle réussi? Ni sa jeunesse ni sa beauté n'ont empêché Stiva de la quitter, elle aussi. Anna retiendra-t-elle le comte par les moyens qu'elle emploie ? Pour beaux que soient les bras blancs, la poitrine opulente, le visage animé, les cheveux noirs de ma belle-sœur, pour irréprochables que soient ses toilettes et ses manières, Vronski ne trouvera-t-il pas quand il le voudra — tout comme mon cher et pitoyable mari — une femme encore plus belle, plus élégante, plus séduisante ? »

En guise de réponse, elle poussa un profond soupir. Sentant que Dolly la désapprouvait, Anna eut recours à des arguments qu'elle jugeait irrésistibles.

— Tu dis que c'est immoral. Raisonnons froidement, s'il te plaît. Comment, dans ma situation, puis-je désirer des enfants ? Je ne parle pas des souffrances, je ne les redoute guère. Mais songe donc que mes enfants porteront un nom d'emprunt, qu'ils rougiront de leurs parents, de leur naissance.

— C'est bien pourquoi tu dois demander le divorce.

Anna ne l'écoutait pas. Elle voulait exposer jusqu'au bout une argumentation qui l'avait tant de fois convaincue.

— Ma raison me commande impérieusement de ne point mettre au monde des infortunés.

Elle regarda Dolly, mais, sans attendre sa réponse, elle reprit :

— S'ils n'existent pas, ils ne connaissent pas le malheur ; mais s'ils existent pour souffrir, la responsabilité en retombe sur moi.

C'étaient les mêmes arguments auxquels Dolly avait failli céder le matin ; qu'ils lui paraissaient faibles maintenant ! « Comment peut-on être coupable à l'égard de créatures qui n'existent pas ? Eût-il vraiment mieux valu pour mon bien-aimé Gricha qu'il ne vît jamais le jour ? » Cette idée lui parut si indécente qu'elle secoua la tête pour chasser l'essaim d'absurdités qui l'assaillaient.

— Il me semble pourtant que c'est mal, finit-elle par dire avec une expression de dégoût.

Bien que Dolly n'eût à peu près rien objecté à son argumentation, Anna sentit sa conviction ébranlée.

— Oui, dit-elle, mais songe à la différence qui existe entre nous deux. Pour toi, il s'agit de savoir si tu désires encore avoir des enfants ; pour moi, uniquement s'il m'est permis d'en avoir.

Dolly comprit tout à coup l'abîme qui la séparait d'Anna : il y avait certaines questions sur lesquelles elles ne s'entendraient jamais plus.

XXIV

« Raison de plus pour régulariser ta situation, si c'est possible.

— Oui, *si c'est possible*, répondit Anna sur un ton de tristesse résignée, bien différent de celui qu'elle avait adopté jusqu'alors.

— On me disait que ton mari consentait au divorce ?

— Laissons cela, je t'en supplie.

— Comme tu voudras, répondit Dolly, frappée de l'expression de souffrance qui contractait les traits d'Anna. Mais ne vois-tu pas les choses trop en noir ?

— Nullement, je suis très gaie. *Je fais même des passions :* as-tu remarqué Veslovski ?

— À vrai dire, son ton ne me plaît guère, dit Dolly pour détourner l'entretien.

— Pourquoi ? L'amour-propre d'Alexis en est chatouillé, voilà tout ; quant à moi, je fais de cet enfant ce que je veux, comme toi de Gricha... Non, Dolly, s'écria-t-elle soudain, revenant à leur premier propos, je ne vois pas tout en noir, mais je cherche à ne *rien* voir... Tu ne peux pas me comprendre, tout cela est par trop horrible !

— Il me semble que tu as tort. Tu devrais faire le nécessaire.

— Que puis-je faire ? Rien... À t'entendre, je ne songerais pas à épouser Alexis... Mais comprends donc que je ne songe qu'à cela ! s'écria-t-elle en se levant, le visage en feu, la poitrine agitée. Et elle se mit à marcher de long en large, avec de courts arrêts. — Oui, reprit-elle, il n'y a pas de jour, pas d'heure où cette pensée ne m'assaille, où je ne doive la chasser par peur de perdre l'esprit... Oui, de perdre l'esprit, répéta-t-elle... Et je ne parviens à me calmer qu'avec de la morphine... Mais raisonnons froidement. D'abord « il » ne consentira pas au divorce, parce qu'il est sous l'influence de la comtesse Lydie.

Dolly s'était redressée sur sa chaise et suivait Anna d'un regard où se lisait une douloureuse sympathie.

— Tu pourrais quand même essayer, insinua-t-elle avec douceur.

— Essayer ! C'est-à-dire qu'il faudra m'abaisser à implorer un homme que je hais tout en le sachant généreux, tout en me reconnaissant coupable envers lui ! Soit... Et si je reçois une réponse blessante ?... Mais admettons qu'il consente... Et mon fils, me le rendra-t-on ?

Elle s'était arrêtée tout au bout de la pièce, ses mains s'agrippaient au rideau d'une fenêtre ; elle exprimait de toute évidence une opinion depuis longtemps mûrie.

— Non, continua-t-elle, on ne me le rendra pas. Il grandira chez ce père que j'ai quitté, où on lui apprendra à me mépriser. Conçois-tu que j'aime presque également, et certes plus que moi-même, ces deux êtres qui s'excluent l'un l'autre, Serge et Alexis.

Elle était revenue au milieu de la chambre et pressait sa poitrine à deux mains. Le long peignoir blanc dont elle était revêtue la grandissait encore. Elle se pencha vers la pauvre petite Dolly, qui, affublée d'une coiffe de nuit, tremblante d'émotion sous sa camisole reprisée, faisait auprès d'elle triste figure, et la fixa d'un long regard mouillé de larmes.

— Je n'aime qu'eux au monde et puisqu'il m'est impossible de les réunir, je me soucie peu du reste ! Cela finira d'une façon quelconque, mais je ne puis ni ne veux aborder ce sujet. Ne m'adresse aucun reproche, tu es trop honnête, trop pure pour pouvoir comprendre toutes mes souffrances.

Elle s'assit près de sa belle-sœur et lui prit la main.

— Que dois-tu penser de moi ? Ne me méprise pas, je ne le mérite point. Mais plains-moi, car il n'y a pas de femme plus malheureuse.

Elle se détourna pour pleurer.

Quand Anna l'eut quittée, Dolly fit sa prière et se coucha, toute surprise de ne pouvoir penser à cette femme qu'elle plaignait pourtant de tout son cœur quelques instants plus tôt. Son imagination l'emportait impérieusement vers la maison, les enfants : jamais elle n'avait aussi vivement senti combien ce petit monde lui était cher et précieux ! Et ces souvenirs charmants la confirmèrent dans sa résolution de partir le lendemain.

Cependant Anna, rentrée dans son cabinet de toilette, versait dans un verre d'eau quelques gouttes d'une potion à la morphine, qui lui rendit bientôt tout son calme. Après être demeurée quelques instants immobile dans un fauteuil, elle gagna de fort belle humeur la chambre à coucher.

Vronski la regarda avec attention, cherchant sur son visage à demi fermé quelque indice de la conversation qu'elle avait eue avec Dolly; mais il n'y vit que cette grâce séductrice dont il subissait toujours le charme. Il attendit qu'elle parlât.

— Je suis contente que Dolly t'ait plu, dit-elle simplement.

— Mais je la connais depuis longtemps. C'est, je crois, une excellente femme, bien qu'*excessivement terre à terre.* Je n'en suis pas moins très heureux de sa visite.

Il prit la main d'Anna et l'interrogea d'un regard auquel celle-ci donna un sens bien différent: et pour toute réponse elle lui sourit.

Malgré les instances de ses hôtes, Dolly fit le lendemain ses préparatifs de départ. Vêtu d'un caftan fatigué et coiffé d'un chapeau qui rappelait vaguement ceux des postillons, le cocher Philippe arrêta, d'un air morne mais résolu, sur les carreaux sablés du péristyle, son attelage mal assorti et sa calèche aux garde-crotte rapiécés.

Darie Alexandrovna prit froidement congé de la princesse Barbe et des messieurs; la journée passée en commun ne les avait pas rapprochés. Anna seule était triste: personne, elle le savait, ne viendrait plus réveiller les sentiments que Dolly avait remués dans son âme. Si douloureux qu'ils fussent, ils n'en constituaient pas moins la meilleure partie d'elle-même et bientôt, hélas, la vie qu'elle menait en étoufferait les derniers vestiges[1].

Dolly ne respira librement qu'en pleine campagne; curieuse de connaître les impressions de ses compagnons de voyage, elle allait les interroger, quand Philippe prit de lui-même la parole.

— Pour des richards, c'est des richards. Ça n'empêche pas que mes chevaux n'ont reçu que trois mesures d'avoine. Juste de quoi ne pas crever de faim! Les pauvres bêtes avaient tout bâfré avant le chant des coqs. Aux relais on ne vous compte l'avoine que quarante-cinq kopecks. Chez nous, pour sûr, on n'y regarde pas de si près !

— Oui, c'est pas des gens larges, approuva le teneur de livres.

— Mais les chevaux sont beaux ?

— Oui, y a pas à dire, c'est des belles bêtes. Et on n'a pas mal bouffé non plus... Je sais pas si ça vous fait le même effet, Darie Alexandrovna, ajouta-t-il en tournant vers elle sa belle et honnête figure, mais moi, chez ces gens-là, je me suis pas senti dans mon assiette.

— Moi non plus. Crois-tu que nous arriverons ce soir ?

— On tâchera.

Darie Alexandrovna retrouva ses enfants en bonne santé et plus charmants que jamais. Du coup, son malaise s'évanouit ; elle décrivit avec animation les incidents de son voyage, l'accueil cordial qui lui avait été réservé, vanta le goût, le luxe, les divertissements des Vronski, et ne permit à personne la moindre critique à leur égard.

— Il faut les voir chez eux pour les bien comprendre, déclara-t-elle, et je vous assure qu'ils sont tout à fait touchants.

XXV

Vronski et Anna passèrent à la campagne la fin de l'été et une partie de l'automne, sans faire aucune démarche pour régulariser leur situation. Ils avaient résolu de ne point bouger de Vozdvijenskoïé, mais après le départ de leurs invités, ils sentirent que leur vie devait forcément subir quelque modification.

Rien de ce qui constitue le bonheur ne leur manquait en apparence : ils étaient riches et bien portants, ils avaient un enfant et des occupations. Anna continuait à prendre le plus grand soin de sa personne. Abonnée à plusieurs journaux étrangers, elle faisait venir les romans et les ouvrages sérieux qu'ils prônaient, et les lisait avec l'attention soutenue des solitaires. Aucun des sujets susceptibles de passionner Vronski ne lui restait indifférent : douée d'une excellente mémoire, elle puisa dans des manuels et des revues techniques des connaissances qui surprirent d'abord son amant ; mais, quand elle lui eut montré ses références, il admira son érudition et prit l'habitude de la consulter sur des questions d'agronomie, d'architecture, voire de sport ou d'élevage de chevaux. Elle prenait aussi un vif intérêt à l'agencement de l'hôpital et fit adopter certaines innovations dont elle avait eu l'idée. L'unique but de sa vie était de plaire à Vronski, de le seconder en toutes choses, de lui remplacer ce qu'il avait quitté pour elle. Touché de ce dévouement, le comte l'appréciait à sa juste valeur ; à la longue cependant, l'atmosphère de tendresse jalouse dont Anna l'enveloppait lui devint à charge et il éprouva le besoin d'affirmer son indépendance. Son bonheur eût été complet, croyait-il, n'étaient les scènes pénibles qui marquaient chacun de ses départs pour les courses ou les « assises de paix ». Il trouvait en effet fort à son goût le rôle de grand propriétaire et se découvrait des aptitudes sérieuses pour l'administration de ses biens. Malgré les sommes énormes consacrées à l'édification de l'hôpital, à l'achat de machines, de vaches suisses et de bien d'autres objets, sa fortune allait en augmentant parce qu'il s'en tenait à des méthodes de culture éprouvées et faisait preuve jusque dans les plus petites choses d'un grand esprit de prudence et d'économie. S'agissait-il d'affermer une terre, de vendre son bois, ses blés, sa laine, il défendait ses intérêts dur comme roc. Pour les achats, il écoutait et questionnait sa fine mouche de régisseur allemand, n'acceptant guère que les innovations les plus récentes, et qu'il jugeait de nature à faire sensation autour de lui ; encore ne s'y décidait-il qu'en cas d'excédent de caisse et après avoir âprement discuté le prix de chaque objet. Avec de pareilles méthodes il ne risquait pas de compromettre sa fortune.

La noblesse de la province de Kachine, où étaient situées les terres de Vronski, de Sviajski, de Koznychev, d'Oblonski, et en partie celles de Levine, devait procéder au mois d'octobre à l'élection de ses maréchaux. En raison de certaines circonstances, l'événement attirait l'attention générale, et certaines personnalités, qui jusqu'alors s'étaient toujours abstenues, s'apprêtaient à venir de Moscou, de Pétersbourg, voire de l'étranger.

Un peu avant la réunion, Sviajski, visiteur attitré de Vozdvijenskoié, vint rappeler au comte sa promesse de l'accompagner au chef-lieu. La veille du départ, Vronski, tout préparé à une lutte dont il tenait à sortir vainqueur, annonça d'un ton bref et froid qu'il s'absentait pour quelques jours. À sa grande surprise, Anna prit cette nouvelle avec beaucoup de calme, se contenta de lui demander l'époque exacte de son retour, et ne répondit que par un sourire au regard scrutateur dont il l'enveloppa. Sa méfiance fut aussitôt éveillée : quand Anna se renfermait complètement en elle-même, c'était signe qu'elle était résolue à quelque extrémité. Néanmoins, pour éviter une scène désagréable, il fit semblant de croire — ou peut-être en partie — qu'elle était devenue plus raisonnable.

— J'espère que tu ne t'ennuieras pas, dit-il simplement.

— Oh ! non, j'ai reçu hier un envoi de la librairie Gautier, cela m'occupera.

« C'est un nouveau ton qu'elle adopte, se dit Vronski. Tant mieux, j'en avais assez de l'ancien ! »

Il la quitta sans qu'ils se fussent expliqués à fond, ce qui ne leur était encore jamais arrivé. En dépit d'une vague inquiétude, il espérait que les choses s'arrangeraient. « Elle finira par entendre raison, songeait-il, car enfin je suis prêt à tout lui sacrifier, tout, sauf mon indépendance. »

XXVI

Levine était rentré à Moscou en septembre pour les couches de sa femme et y vivait depuis un mois dans une oisiveté forcée. Serge Ivanovitch qui se passionnait pour les élections de Kachine, lui rappela que ses terres du district de Selezniev lui donnaient voix au chapitre et l'invita à l'accompagner. Bien qu'il eût justement des affaires à régler pour sa sœur, qui habitait l'étranger, Levine hésitait à partir ; mais, voyant qu'il s'ennuyait dans la capitale, Kitty l'en pressa fort et lui commanda en secret un uniforme de délégué de la noblesse ; cette dépense de quatre-vingts roubles leva ses dernières hésitations.

Au bout de six jours de démarches à Kachine, les

affaires de sa sœur n'avaient pas fait un pas. La première, une question de tutelle, ne pouvait être résolue sans l'avis des maréchaux, et ces messieurs ne songeaient qu'aux élections. La seconde, l'encaissement de la redevance[1] de rachat, se heurtait également à des difficultés : personne ne faisait opposition au paiement, c'était déjà un point d'acquis. Après combien de tracas ! Mais, si complaisant qu'il fût, le notaire ne pouvait encore donner un bon sur la Trésorerie, le payeur-général, dont la signature était indispensable, ayant dû s'absenter pour raisons de service. Le temps se passait en conversations avec de fort braves gens, très désireux de rendre service au solliciteur mais impuissants à lui venir en aide. Ces allées et venues sans résultats ressemblaient fort aux efforts inutiles qu'on fait en rêve. C'était la comparaison qui venait à l'esprit de Levine au cours de ses fréquents entretiens avec son homme d'affaires.

« Essayez donc de voir celui-ci ou celui-là », lui disait cet excellent homme pour aussitôt ajouter : « Vous n'arriverez à rien, mais essayez toujours. » Et Levine, suivant son conseil, se rendait chez celui-ci ou chez celui-là, qui le recevaient fort bien et n'avançaient en rien ses affaires. Si encore il se fût agi d'une contrariété parfaitement compréhensible, comme de faire queue aux heures d'affluence devant un guichet de chemin de fer ! Mais non, il se heurtait ici à un obstacle secret, dont la nature lui échappait. N'était-ce pas à perdre la tête ? Par bonheur, le mariage l'avait rendu plus patient et il trouvait dans son ignorance des rouages administratifs une raison suffisante pour supposer que les choses suivaient un cours pleinement normal.

Il appliquait cette même patience à comprendre les manœuvres électorales qui agitaient autour de lui tant d'hommes estimables, et faisait de son mieux pour approfondir ce qu'il avait autrefois traité si légèrement — comme bien d'autres choses dont l'importance ne lui était apparue que depuis son mariage. Serge Ivanovitch ne négligea d'ailleurs rien pour lui expliquer le sens et la portée des nouvelles élections. Snietkov, le maréchal actuel, était un homme de la vieille roche, honnête à sa façon et qui avait dépensé une grosse fortune ; ses idées arriérées ne cadraient plus avec les besoins du moment. Comme maréchal, il disposait de sommes considérables et avait la haute main sur des institutions de première importance telles que les tutelles (Levine en savait quelque chose !), les établissements d'enseignement (lui, un obscurantiste !), le zemstvo (dont il voulait faire un instrument de classe !). Il s'agissait de le remplacer par un homme nouveau, actif, imbu d'idées modernes, capable d'extraire du zemstvo tous les éléments de « self-government » qu'il pouvait fournir. Si on savait s'y prendre, la riche province de Kachine pouvait, une fois de plus, servir d'exemple au reste de la Russie. À la place de Snietkov on mettrait Sviajski ou mieux encore Néviédovski, un ancien professeur très intelligent et ami intime de Serge Ivanovitch.

La session fut ouverte par un discours du gouverneur, lequel engagea MM. les gentilshommes à n'envisager dans leurs choix que le dévouement au bien public : ce serait la meilleure façon de remplir leur devoir et de répondre à la confiance que mettait en eux l'auguste monarque.

Son discours terminé, le gouverneur quitta la salle suivi de MM. les gentilshommes qui l'acclamaient bruyamment et l'accompagnèrent jusqu'au vestiaire. Levine, qui désirait ne perdre aucun détail, arriva juste pour le voir mettre sa pelisse et l'entendre dire au maréchal : « Présentez, je vous en prie, à Marie Ivanovna tous les regrets de ma femme : elle doit faire une visite à l'asile. » Sur ce, MM. les gentilshommes mirent à leur tour leur pelisse et s'en furent à la cathédrale. Là, Levine, levant la main avec ses collègues et répétant comme eux les paroles que prononçait l'archiprêtre, prêta un serment dont la teneur correspondait en tous points aux vœux émis par le gouverneur. Et comme les cérémonies religieuses impressionnaient toujours Levine, il fut touché d'entendre cette foule de vieillards et de jeunes gens proférer avec lui une formule aussi solennelle.

Le lendemain et le surlendemain, on s'occupa du budget et du collège de jeunes filles, questions qui, à en croire Serge Ivanovitch, n'offraient aucun intérêt ; Levine en profita pour faire ses démarches. Le quatrième jour, on vérifia la trésorerie : les commissaires aux comptes la déclarèrent en règle. Le maréchal se leva et remercia, en versant un pleur, MM. les gentilshommes de la confiance qu'ils lui faisaient. Mais l'un de ceux-ci, qui partageait les vues de Serge Ivanovitch, prétendit avoir entendu dire que, par déférence envers le maréchal, les commissaires n'avaient point vérifié la caisse. Un des vérificateurs commit l'imprudence de confirmer cette marque de confiance. Alors un petit monsieur, aussi jeune que fielleux, regretta que l'extrême délicatesse des commissaires enlevât au maréchal la satisfaction bien naturelle de rendre ses comptes. Les commissaires ayant retiré leur déclaration, Serge Ivanovitch démontra longuement qu'on devait proclamer ou que la caisse avait été vérifiée ou qu'elle ne l'avait pas été. Un beau parleur du parti opposé lui répliqua. Puis ce fut le tour de Sviajski, auquel succéda le monsieur fielleux. On discuta fort longtemps pour n'aboutir à rien. Tout cela surprit beaucoup Levine, et plus encore la réponse que lui fit son frère quand il lui demanda si l'on soupçonnait Snietkov de dilapidation :

— Oh ! non, c'est un très honnête homme ! Mais il faut mettre un terme à cette façon patriarcale de diriger les affaires.

Le cinquième jour, on procéda à l'élection des maréchaux de district ; certains d'entre eux l'emportèrent de haute lutte, mais pour le district de Selezniev, Sviajski fut réélu à l'unanimité et offrit le soir même un grand dîner.

XXVII

L'ÉLECTION du maréchal de la province ne devant avoir lieu que le sixième jour, beaucoup de gentilshommes ne firent leur apparition que ce matin-là. Comme d'aucuns arrivaient de Pétersbourg, de Crimée, de l'étranger, bien des vieux amis, qui ne s'étaient pas vus depuis longtemps, se retrouvaient avec plaisir. Les deux salles, la grande comme la petite, étaient bondées d'électeurs. Des regards hostiles, de brusques silences, des chuchotements dans les coins et jusque dans le corridor, tout dénonçait l'existence de deux camps hostiles. Au premier abord Levine inclinait à ranger dans l'un les vieillards, et dans l'autre les jeunes gens :

les premiers, engoncés dans des uniformes civils ou militaires passés de mode, courts de taille, boutonnés jusqu'au cou, serrés aux entournures, bouffant aux épaules, arboraient des épées et des chapeaux à plumages, les seconds au contraire se prélassaient dans des habits larges d'épaules et longs de taille, déboutonnés sur des gilets blancs ; certains portaient la tenue des dignitaires de la cour, d'autres, celle du ministère de la justice, col-let noir orné de feuilles de laurier. Mais en y regardant de plus près, Levine s'aperçut que bien des jeunes soutenaient l'ancien parti, tandis que d'aucuns, parmi les plus âgés, tenaient des conciliabules avec Sviajski.

Dans la petite salle, où était installé le buffet, Levine s'efforçait en vain de comprendre la tactique d'un groupe dont son frère était l'âme. Sviajski, approuvé par Serge Ivanovitch, insistait auprès de Khlioustov, maréchal d'un autre district gagné à leur parti, pour qu'il allât au nom de son district prier Snietkov de poser sa candidature. « Comment diantre, se disait Levine, peut-on faire pareille démarche auprès d'un homme qu'on a l'intention de blackbouler ? »

Stépane Arcadiévitch, en tenue de chambellan, s'approcha du groupe ; il venait de faire un léger déjeuner et s'essuyait la bouche avec son mouchoir de batiste parfumé.

— Nous occupons la position, Serge Ivanovitch, dit-il en arrangeant ses favoris.

Et comme on lui soumettait le cas, il donna raison à Sviajski.

— Un seul district suffit, déclara-t-il ; celui de Sviajski qui appartient trop ouvertement à l'opposition.

Tout le monde comprit, sauf Levine.

— Eh bien, Kostia, continua-t-il en prenant le bras de son beau-frère, tu me parais prendre goût à nos petites histoires.

Levine ne demandait pas mieux que d'y prendre goût ; encore fallait-il qu'il comprît quelque chose ; il entraîna donc Oblonski à l'écart pour lui demander quelques éclaircissements.

— *O sancta simplicitas !* s'écria Stépane Arcadiévitch. Et en peu de mots il lui expliqua l'affaire.

Aux dernières élections, les dix districts de la province ayant posé la candidature de Snietkov, il avait été élu à toutes boules blanches. Cette fois-ci, deux districts voulaient s'abstenir, ce qui pouvait entraîner Snietkov à se désister ; dans ce cas-là l'ancien parti choisirait peut-être un autre candidat plus dangereux. Si au contraire le seul district de Sviajski faisait bande à part, Snietkov n'en prendrait pas ombrage. Certains opposants voteraient même pour lui, afin que, dérouté par cette tactique, l'ancien parti accordât des voix de politesse au candidat de l'opposition lorsque celui-ci se déclarerait.

Levine ne comprit qu'à demi et il aurait continué ses questions, si tout le monde ne s'était mis à parler en même temps et à se diriger vers la grande salle.

— Qu'y a-t-il ? — Qui cela ? — Un pouvoir reconnu faux ? — Mais non, c'est Flérov qu'on ne veut pas admettre. — Pourquoi cela ? — Parce qu'il a fait l'objet d'une enquête. — Mais alors on finira par n'admettre personne. C'est absurde. — Mais non, c'est la loi.

Entraîné par le flot des électeurs, qui craignaient de manquer un aussi curieux spectacle, Levine arriva dans la grande salle où une vive discussion mettait aux prises le maréchal, Sviajski et d'autres personnages importants groupés autour de la table d'honneur sous le portrait du monarque.

XXVIII

Les voisins de Levine l'empêchaient d'entendre : l'un avait la respiration rauque, les bottines de l'autre craquaient. Il distingua pourtant la voix douce du vieux maréchal, la voix criarde du fielleux gentilhomme, et enfin de Sviajski. Tous trois discutaient sur le sens de l'expression « faire l'objet d'une enquête » et sur l'interprétation à donner à un certain article de loi.

La foule s'écarta devant Serge Ivanovitch ; celui-ci déclara aussitôt qu'il fallait se reporter au texte même de la loi. L'article en question précisait qu'en cas de divergence d'opinion on devait aller aux voix. Koznychev le savait fort bien, et, dès que le secrétaire le lui eut soumis, il en fit une lecture commentée. Alors un grand et gros gaillard aux moustaches peintes et au dos légèrement voûté, engoncé dans un uniforme trop étroit dont le collet servait de soutien à sa nuque, frappa du plat de sa bague quelques coups secs sur la table et cria d'une voix de stentor :

— Aux voix, aux voix ! pas de discussion !

Plusieurs personnes ayant voulu s'interposer et parlant toutes à la fois, le monsieur à la bague s'emporta de plus en plus sans qu'on arrivât d'ailleurs à comprendre ce qu'il disait.

Il demandait au fond la même chose que Serge Ivanovitch, mais sur un tel ton d'hostilité envers lui et les gens de son bord que ceux-ci se devaient de relever le gant. Ils ne s'en privèrent pas et le maréchal dut réclamer le silence. — Aux voix, aux voix !... — Tout gentilhomme me comprendra. — Nous versons notre sang pour la patrie... — Le monarque nous honore de sa confiance... — Le maréchal n'a pas d'ordre à nous donner... — Mais il ne s'agit pas de cela... — Permettez, permettez, c'est une infamie... Aux urnes !...

Clameurs violentes, regards courroucés, visages contractés par la haine, Levine ne comprenait pas qu'on pût mettre tant de passion dans une affaire dont l'importance ne lui apparaissait guère mais que Serge Ivanovitch lui expliqua. Le bien public exigeait l'échec du maréchal ; pour obtenir cet échec, la majorité des suffrages était nécessaire ; pour obtenir cette majorité, il fallait accorder le droit de vote à Flérov ; pour lui reconnaître ce droit, il fallait interpréter en un certain sens tel et tel paragraphe de la loi.

— Une seule voix peut déplacer la majorité, conclut Serge Ivanovitch ; mets-toi bien en tête que le souci du bien public exige avant tout de la logique et de l'esprit de suite.

En dépit de cette leçon, l'irritation haineuse à laquelle étaient en proie ces hommes qu'il estimait produisit sur Levine une fâcheuse impression. Sans attendre la fin des débats, il se réfugia dans la petite salle où les garçons du buffet dressaient le couvert. À sa grande surprise, la vue de ces braves gens à la mine placide le calma instantanément. Il crut respirer un air pur et se mit à faire les cent pas en s'amusant au manège d'un vieux serveur à favoris gris qui, indifférent aux brocards de ses jeunes confrères, leur enseignait, d'un air de souverain mépris, le grand art de plier les serviettes. Il allait adresser la parole au bonhomme quand le secrétaire du bureau des tutelles, un petit vieux qui connaissait par cœur les prénoms de tous les gentilshommes de la province, vint le relancer de la part de Serge Ivanovitch.

— Monsieur votre frère vous cherche, Constantin Dmitritch ; c'est le moment de voter.

Levine retourna dans la grande salle, où on lui remit une boule blanche, et suivit son frère jusqu'à la table où Sviajski, l'air important, ironique, et la barbe dans son poing, présidait aux votes. Après avoir donné son suffrage, Serge Ivanovitch s'écarta devant Levine, mais celui-ci, déconcerté, lui demanda à mi-voix, espérant que ses voisins, engagés dans une conversation animée, ne l'entendraient pas :

— Que faut-il que je fasse ?

Par malheur l'entretien cessa brusquement et la malencontreuse question fut perçue de toutes les personnes présentes. D'aucunes sourirent.

— Ce que vous dicteront vos convictions, répondit Serge Ivanovitch en fronçant le sourcil.

Levine rougit, et déposa sa boule dans le compartiment de droite, après avoir fourré sous le drap sa main droite seule ; s'apercevant de cette bévue, il l'aggrava en dissimulant trop tard l'autre main, et complètement désorienté, opéra une retraite précipitée.

— Cent vingt-six voix pour ! Quatre-vingt-dix-huit contre ! proclama le secrétaire.

Et comme on avait encore trouvé dans l'urne un bouton et deux noix, un rire général s'éleva.

Flérov était admis. Le nouveau parti l'emportait, mais l'ancien ne se tenait pas pour battu. Un groupe de gentilshommes entourait Snietkov et le suppliait de se représenter à leurs suffrages. Levine perçut quelques bribes de son remerciement : « Confiance, affection, dévouement à la noblesse, douze ans de loyaux services », ces mots revenaient sans cesse sur ses lèvres. Soudain une crise de larmes, provoquée peut-être par l'affection qu'il portait à MM. les gentilshommes ou plus probablement par l'injustice de leurs procédés à son égard, l'empêcha de continuer. Aussitôt un revirement se produisit en sa faveur et Levine éprouva pour lui une sorte de tendresse.

Comme le maréchal opérait sa retraite, il se heurta près de la porte à Levine.

— Pardon, monsieur, dit-il, mais, l'ayant reconnu, il lui sourit timidement et parut vouloir ajouter quelques mots que son émoi ne lui permit pas de prononcer.

La fuite éperdue de cet homme en pantalon blanc galonné, dont l'uniforme était constellé de décorations, l'expression d'angoisse qu'il lut sur son visage, rappelèrent à Levine les derniers moments d'un animal aux abois. Il en fut d'autant plus frappé qu'étant allé le voir la veille pour son affaire de tutelle, il avait eu l'occasion d'admirer la parfaite dignité de sa vie. Une antique demeure parée de meubles d'autrefois ; de vieux serviteurs, à la mise négligée mais aux manières respectueuses, anciens serfs qui n'avaient point voulu changer de maître ; une grosse et excellente femme en châle et bonnet de dentelle, en train de caresser sa charmante petite fille ; un jeune collégien, déjà beau garçon et dont le premier soin en rentrant avait été de baiser la main du papa ; les propos affectueux et les manières imposantes du maître du logis ; tout cela en avait fort imposé à Levine. Aussi, pris de pitié pour le malheureux vieillard, voulut-il lui redonner du courage :

— J'espère que vous nous restez, lui dit-il.

— J'en doute, répondit le maréchal, en jetant autour de lui un regard troublé. Je suis vieux et fatigué ; que de plus jeunes prennent ma place !

Et il disparut par une petite porte.

La minute solennelle approchait. Les chefs des deux clans supputaient leurs chances. L'incident soulevé par le nouveau parti lui avait fait gagner, outre la voix de Flérov, deux autres voix encore. En effet certains partisans de Snietkov avaient joué à ses adversaires le bon tour d'enivrer deux de leurs tenants et de dérober l'uniforme d'un troisième. Sviajski déjoua cette manœuvre en dépêchant pendant le vote préliminaire quelques-uns de ses hommes, qui équipèrent tant bien que mal le hobereau dépouillé et ramenèrent en fiacre un des ivrognes.

— Je lui ai versé un seau d'eau sur la tête, dit l'un des délégués à Sviajski. Il peut se tenir debout.

— Pourvu qu'il ne tombe pas ! répondit Sviajski en hochant la tête.

— Il n'y a pas de danger. À moins qu'on ne l'entraîne au buffet ! Mais j'ai donné des ordres sévères au tenancier.

XXIX

La salle, longue et étroite, où se trouvait le buffet, était pleine à craquer et l'agitation allait croissant surtout parmi les meneurs qui supputaient à une voix près les chances de leur candidat. Le gros de l'armée se préparait à la lutte en se restaurant ; d'autres fumaient ou discouraient en arpentant la salle.

Levine n'avait pas faim ; il n'était pas fumeur ; il ne voulait pas non plus se joindre à ses amis, parmi lesquels pérorait Vronski, en uniforme d'écuyer de l'empereur ; il l'avait aperçu dès la veille et ne désirait à aucun prix le rencontrer. Il se réfugia près d'une fenêtre, examinant les groupes qui se formaient, prêtant l'oreille à ce qu'on disait autour de lui. Il éprouvait une certaine tristesse à voir tout le monde plein d'entrain, tandis que lui seul, en compagnie d'un très vieil officier de marine édenté et bredouillant, ne prenait intérêt à rien du tout.

— Ah ! l'animal ! Je l'avais pourtant assez chapitré. Mais non, trois ans n'ont pas suffi à monsieur pour faire ses préparatifs ! proféra d'un ton énergique un hobereau à la taille moyenne et quelque peu voûtée, dont les cheveux pommadés retombaient sur le collet de sa tunique brodée, et dont les bottines neuves, achetées sans doute en vue de ce grand jour, craquaient furieusement. Il jeta sur Levine un regard peu amène et se retourna brusquement tandis que le petit bonhomme auquel il s'adressait lui répliquait d'une voix de fistule :

— Oui, vous avez raison, l'affaire n'est pas claire.

Levine vit ensuite venir à lui toute une bande de gentillâtres qui entouraient un gros général et fuyaient de toute évidence les oreilles indiscrètes.

— Il ose prétendre que je lui ai fait dérober sa culotte ! Soyez certains qu'il a dû la vendre pour la boire ! Je me moque pas mal qu'il soit prince. C'est dégoûtant de tenir des propos pareils.

— Permettez, disait-on dans un autre groupe. La loi est formelle : la femme doit être inscrite au registre de la noblesse.

— Je me moque pas mal de la loi. On est gentilhomme ou on ne l'est pas ! Et si je le suis alors on peut m'en croire sur parole, que diantre !

— Que diriez-vous d'un verre de *fine champagne*, Excellence ?

Un autre groupe surveillait de près un personnage criant et gesticulant, qui n'était autre que l'ivrogne rescapé.

— J'ai toujours conseillé à Marie Sémionovna de louer sa terre, elle n'y trouve pas son compte, disait un monsieur à moustaches grises, qui arborait un antique uniforme de colonel d'état-major.

Levine reconnut aussitôt le vieux propriétaire qu'il avait rencontré chez Sviajski ; leurs regards se rencontrèrent.

— Charmé de vous revoir, dit le vieillard en abandonnant son groupe ; si j'ai bonne mémoire, nous avons fait connaissance l'an dernier chez Nicolas Ivanovitch.

— Comment vont vos affaires ?

— De mal en pis, répondit le vieillard d'un ton posé et convaincu, comme s'il n'en pouvait aller autrement. Mais que venez-vous faire si loin de chez vous ? Prendre part à notre *coup d'État* ?

L'air résolu dont il proféra ces mots français compensait les difficultés de sa prononciation.

— La Russie entière paraît s'y être donné rendez-vous, nous avons jusqu'à des chambellans, peut-être des ministres, ajouta-t-il en désignant Oblonski qui se promenait en compagnie d'un général ; sa prestance et son brillant uniforme faisaient sensation.

— À parler franc, répondit Levine, l'importance que peuvent avoir ces élections m'échappe complètement.

— Quelle importance voulez-vous qu'elles aient ? C'est une institution périmée qui ne se prolonge que par la force d'inertie. Voyez tous ces uniformes : il n'y a plus de gentilshommes, monsieur, il n'y a que des fonctionnaires.

— S'il en est ainsi, que venez-vous faire aux sessions ?

— L'habitude, monsieur ; l'habitude et l'intérêt. Car, outre une sorte d'obligation morale, j'ai besoin d'entretenir certaines relations. Mon gendre, voyez-vous, n'est pas riche, il cherche une place, il faut lui donner un coup d'épaule... Mais ce qui m'étonne, c'est de voir ici des personnages comme celui-là, dit-il en désignant le monsieur dont le ton fielleux avait frappé Levine pendant les débats qui précédèrent le vote.

— Ce sont des nobles nouveau style.

— Nouveau style, tant qu'il vous plaira ; mais peut-on appeler nobles des gens qui s'attaquent aux droits de la noblesse ?

— Puisque, selon vous, c'est une institution qui a fait son temps ?...

— D'accord, mais il y a des institutions vieilles qui doivent quand même être respectées. Est-ce que Snietkov... Nous ne valons peut-être pas grand-chose, mais nous n'en avons pas moins duré mille ans. Qu'il vous prenne fantaisie de créer des parterres devant votre maison, vous n'allez pas pour autant abattre l'arbre séculaire qui l'ombrage. Non, pour tortu qu'il soit, vous tracerez vos allées et vos corbeilles de façon à tirer profit du vieux chêne : celui-là ne repousserait pas en un an...

Il avait débité cette tirade avec une certaine circonspection ; et, pour détourner l'entretien :

— Eh bien, et vos affaires ? demanda-t-il à Levine.

— Ça ne va guère bien : du cinq pour cent tout au plus.

— Et vous ne comptez pas vos peines, qui vaudraient bien aussi une rémunération. Quand j'étais au service, je touchais trois mille roubles de solde. Maintenant que je fais de l'agriculture, je travaille bien davantage, sans toucher un sou. Et je m'estime content quand je tire, comme vous, cinq pour cent de ma terre.

— Pourquoi vous obstinez-vous ?

— L'habitude, monsieur, l'habitude !... Bien mieux, continua-t-il en s'accoudant à l'appui de la fenêtre, car il semblait prendre goût à l'entretien, bien mieux, j'ai beau savoir que mon fils n'a aucune disposition pour la culture — il n'aime que la science, voyez-vous — je viens encore de planter un verger.

— C'est vrai, dit Levine, on dirait que nous sentons un devoir à remplir envers la terre, car pour ma part je ne me fais plus d'illusions sur le rendement de mon travail.

— J'ai pour voisin un homme de négoce. L'autre jour il est venu me faire visite et quand je lui eus tout montré, savez-vous ce qu'il m'a dit ? « Mes compliments, Stépane Vassiliévitch, vous menez bien votre barque ; mais moi, à votre place, je jetterais bas ces tilleuls-là, en pleine sève comme de juste. Vous en avez bien là un millier, et chacun vous donnerait de quoi faire deux bonnes poutres d'isba ; on en demande beaucoup au jour d'aujourd'hui. »

— « Et du prix que j'en tirerais, j'achèterais pour pas grand-chose du bétail, ou bien une pièce de terre que je louerais très cher aux paysans », acheva en souriant Levine, qui connaissait de longue date ce genre de raisonnement. Et il se ferait une fortune là où nous serons trop heureux de garder notre terre intacte et de pouvoir la léguer à nos enfants.

— Vous êtes marié, m'a-t-on dit ?

— Oui, répondit Levine avec une orgueilleuse satisfaction… N'est-il pas surprenant que nous restions ainsi attachés à la terre, comme les Vestales au feu sacré ?

Le vieillard sourit sous ses moustaches blanches.

— D'aucuns, comme notre ami Nicolas Ivanovitch ou comme le comte Vronski, qui vient de se fixer sur ses terres, prétendent faire de l'industrie agricole ; mais jusqu'ici ça n'a servi qu'à manger son capital.

— Mais pourquoi ne faisons-nous pas comme votre marchand ? reprit Levine qui tenait à son idée. Pourquoi n'abattons-nous pas nos arbres ?

— À cause de notre manie d'entretenir le feu sacré, comme vous dites. Et puis, que voulez-vous, vendre des arbres n'est pas le fait de gentilshommes. Nous avons un instinct de caste qui dirige nos actions. Les paysans ont aussi le leur : les meilleurs d'entre eux s'entêtent à louer le plus de terre possible, et qu'elle soit bonne ou mauvaise, ils la cultivent quand même, bien souvent à perte.

— Tout à fait comme nous ! dit Levine. Je suis fort heureux d'avoir renoué connaissance avec vous, ajouta-t-il en voyant approcher Sviajski.

— Je n'avais pas revu Monsieur depuis notre rencontre chez vous l'année dernière, dit le vieillard en se tournant vers le nouveau venu. Nous venons de causer à cœur ouvert.

— Et de médire du nouvel ordre de choses ? insinua Sviajski en souriant.

— Si vous voulez.

— Il faut bien se soulager le cœur, n'est-ce pas ?

XXX

Sviajski prit Levine par le bras et l'entraîna vers leur groupe. Il devint impossible d'éviter Vronski qui, planté entre Serge Ivanovitch et Stépane Arcadiévitch, les regardait venir.

— Enchanté, dit-il en tendant la main à Levine... Nous nous sommes, je crois, rencontrés chez... la princesse Stcherbatski.

— Oui, je me rappelle parfaitement notre rencontre, répondit Levine, qui devint pourpre et se tourna vers son frère.

Vronski esquissa un sourire et adressa la parole à Sviajski sans témoigner aucun désir de poursuivre son entretien avec Levine ; mais celui-ci, confus de son impolitesse, cherchait un moyen de la réparer.

— Où en êtes-vous ? demanda-t-il en reportant ses regards vers Vronski et Sviajski.

— Tout dépend maintenant de Snietkov, répondit celui-ci.

— Va-t-il se représenter ?

- Il a l'air d'hésiter, dit Vronski.

— S'il refuse, qui se présentera à sa place ?

— Tous ceux qui voudront, dit Sviajski.

— Vous, par exemple ?

— Jamais de la vie, s'exclama Nicolas Ivanovitch qui se troubla et jeta un regard inquiet sur le voisin de Serge Ivanovitch, en qui Levine reconnut le monsieur au ton fielleux.

— Alors, ce sera Néviédovski, continua Levine tout en sentant qu'il s'aventurait sur un terrain dangereux.

— En aucun cas ! répondit le monsieur désagréable qui se trouva être Néviédovski en personne, et auquel Sviajski se hâta de présenter Levine.

— Cela commence à te passionner ? intervint Stépane Arcadiévitch en lançant une œillade à Vronski. C'est un genre de courses ; on devrait installer un pari mutuel.

— Oui, c'est passionnant comme toute lutte, approuva Vronski, le sourcil froncé et les pommettes contractées.

— Quel esprit pratique que ce Sviajski.

— Certainement, répondit Levine d'un ton évasif.

Un silence suivit, pendant lequel Vronski accorda à Levine un regard distrait ; en voyant que celui-ci tenait fixés sur lui ses yeux sombres, il lui demanda, pour dire quelque chose :

— Comment se fait-il qu'habitant toujours la campagne, vous ne soyez pas juge de paix ?

— Parce que les justices de paix me semblent une institution absurde, laissa tomber Levine d'un ton cassant et lugubre.

— J'aurais cru le contraire, riposta Vronski sans se départir de son calme.

— À quoi peuvent-elles bien servir ? l'interrompit Levine. Je n'ai eu qu'un procès en huit ans, encore l'a-t-on jugé en dépit du bon sens. Le juge de paix habitant à quarante verstes de chez moi, je dois me faire représenter, et pour un différend de deux roubles, j'aurai quinze roubles de frais.

Et il se mit à raconter l'histoire d'un meunier poursuivi pour calomnie à la requête d'un paysan, qui lui avait volé un sac de farine et se l'était vu reprocher par lui.

Tout en débitant ces fadaises, Levine sentait lui-même ce qu'elles avaient de niais et d'inopportun.

— Quel original ! dit Oblonski avec son sourire le plus onctueux. Mais si nous allions voir ce qui se passe ? Il me semble qu'on vote.

— Je ne te comprends pas, dit Serge Ivanovitch quand ils furent seuls. J'ai rarement vu un manque aussi complet de tact politique. Défaut bien russe, hélas !... Snietkov est notre adversaire, tu fais l'aimable avec lui. Le comte Vronski est notre allié, tu le traites de haut... À vrai dire, je ne tiens guère à me rapprocher de lui, je viens même de refuser son invitation à dîner ; mais enfin pourquoi se le mettre à dos ?... Puis tu poses à Néviédovski des questions indiscrètes...

— Tout cela m'ennuie et n'a d'ailleurs aucune importance, rétorqua Levine de plus en plus lugubre.

— C'est possible ; mais quand tu t'y mets, tu gâtes tout.

Levine ne répondit rien et tous deux gagnèrent la grande salle.

Bien qu'il sentît une manœuvre dans l'air, le vieux maréchal s'était finalement laissé faire une douce violence. Un grand silence se fit, et le secrétaire proclama à haute et intelligible voix que le capitaine aux gardes Michel Stépanovitch Snietkov posait sa candidature à la charge de maréchal de la noblesse pour la province de Kachine. Les maréchaux de district quittèrent leurs tables respectives pour s'installer, avec les urnes, à la table d'honneur.

— À droite ! murmura Stépane Arcadiévitch à l'oreille de son beau-frère quand ils approchèrent de la table. Mais Levine, qui avait oublié les explications compliquées de Serge Ivanovitch, crut à une erreur d'Oblonski : Snietkov n'était-il pas l'adversaire ? Devant l'urne même, il fit passer la boule de sa main droite dans sa main gauche et vota si ostensiblement à gauche qu'un électeur qui l'observait fronça le sourcil : ce monsieur pratiquait l'art de deviner les votes et sa pénétration faisait fi d'une manœuvre aussi apparente.

On entendit bientôt le bruit des boules que l'on comptait et le secrétaire proclama les résultats du scrutin : Snietkov était élu à une forte majorité. Tout le monde se précipita vers la porte pour l'ouvrir au maréchal et le féliciter.

— Alors c'est fini ? demanda Levine à son frère.

— Cela commence au contraire, répondit pour Koznychev le narquois Sviajski. Le vice-maréchal peut obtenir un nombre de voix supérieur.

Cette finesse avait échappé à Levine ; elle le jeta dans une sorte de mélancolie ; se croyant inutile, il retourna dans la petite salle, où la vue des garçons lui rendit de nouveau sa sérénité. Le vieux serveur s'étant mis à ses ordres, il lui commanda des croquettes aux haricots et le fit jaser sur ses maîtres du temps passé. Puis, comme décidément la grande salle lui inspirait de la répulsion, il monta dans les tribunes, qu'il trouva pleines de dames en grande toilette. Penchées sur la balustrade, elles prêtaient l'oreille à ce qui se disait dans la salle. De pimpants avocats, des officiers, des professeurs du collège les entouraient. On ne parlait que des élections ; d'aucuns faisaient ressortir l'intérêt des débats, d'autres soulignaient l'extrême fatigue du maréchal, et Levine entendit une dame dire à un avocat :

— Que je suis contente d'avoir entendu Koznychev ! Pour un discours pareil on peut retarder son dîner. Quelle belle voix et comme elle porte ! Au tribunal vous n'avez que Maïdel qui sache parler ; encore n'est-il guère éloquent.

Levine finit par trouver une place libre ; il s'appuya à la balustrade et regarda où l'on en était.

Messieurs les gentilshommes étaient tous groupés par district ; au milieu de la salle un personnage en uniforme proclamait d'une voix de fausset :

— Le capitaine en second Eugène Ivanovitch Apoukhtine accepte-t-il la candidature à la charge de vice-maréchal ?

Après quelques instants de profond silence, une petite voix de vieillard chevrota :

— Il refuse.

— Le conseiller aulique Pierre Pétrovitch Bohl accepte-t-il la candidature ?

— Il refuse, glapit une jeune voix criarde.

Cela dura une bonne heure. Après avoir en vain cherché à comprendre, Levine, pris d'un mortel ennui et revoyant en pensée tous ces visages lourds de haine, résolut de rentrer chez lui. À l'entrée de la tribune, il se heurta à un collégien aux yeux cernés qui faisait les cent pas d'un air mélancolique. Et sur l'escalier, il rencontra une dame qui en grimpait les marches sur les talons et qu'accompagnait un sémillant substitut.

— Je vous avais bien dit que nous arriverions à temps, dit le substitut tandis que Levine s'effaçait devant sa compagne.

Il atteignait le vestibule et tirait de sa poche de gilet son numéro de vestiaire, quand le secrétaire le rattrapa.

— S'il vous plaît, Constantin Dmitriévitch, on vote.

En dépit de ses récentes dénégations, Néviédovski avait accepté la candidature.

Le secrétaire frappa à la porte de la grande salle qui était fermée ; elle s'ouvrit, livrant passage à deux hobereaux cramoisis.

— Je n'en pouvais plus ! dit l'un d'eux.

Le vieux maréchal accourut : son visage bouleversé faisait peine à voir.

— Je t'avais défendu de laisser sortir qui que ce fût ! cria-t-il au suisse.

— Mais pas de laisser entrer, Excellence !

— Seigneur, mon Dieu ! soupira le maréchal en regagnant la table d'honneur, tête basse et jambe traînante.

Comme l'escomptaient ses partisans, Néviédovski, ayant obtenu un nombre de voix supérieur à celui de Snietkov, fut proclamé maréchal, ce qui réjouit les uns, chagrina les autres et plongea son prédécesseur dans un désespoir qu'il ne songeait point à dissimuler. Quand le nouvel élu quitta la salle, une foule enthousiaste accompagna sa sortie des mêmes acclamations qu'elle avait prodiguées cinq jours plus tôt au gouverneur et quelques heures auparavant à Snietkov[1].

XXXI

VRONSKI offrit un grand dîner au nouvel élu et au parti qui triomphait avec lui.

En venant assister à la session, le comte avait voulu affirmer son indépendance à l'égard d'Anna, être agréable à Sviajski qui lui avait rendu maints services lors des élections au zemstvo, et par-dessus tout remplir les devoirs qu'il s'imposait au titre de grand propriétaire. Il ne soupçonnait guère l'intérêt passionné qu'il prendrait à l'affaire et le succès avec lequel il jouerait son rôle Il avait conquis d'emblée la sympathie générale et voyait fort bien qu'on comptait déjà avec lui. Cette influence subite était due à son nom et à sa fortune ; à la belle maison qu'il occupait en ville et que lui cédait son vieil ami Chirkov, un homme de finances qui avait fondé à Kachine une banque fort prospère ; à l'excellent cuisinier qu'il avait amené avec lui de la campagne ; à son intimité avec le gouverneur, un de ses anciens camarades et protégés ; mais plus encore à ses façons simples et charmantes, qui lui gagnaient tous les cœurs en dépit de la réputation de fierté qu'on lui faisait. Bref, à part cet enragé qu'avait cru bon d'épouser Kitty Stcherbatski et qui venait de lui débiter *à propos de bottes* une kyrielle de sottises, tous ceux qui l'avaient approché durant la session semblaient disposés à lui rendre hommage et à lui attribuer le succès de Néviédovski. Il éprouvait un certain orgueil à se dire que dans trois ans, s'il était marié et si la fantaisie l'en prenait, il ferait triompher sa propre candidature, tout comme jadis, après avoir applaudi aux succès de son jockey, il s'était résolu à courir lui-même.

Pour le moment on célébrait le triomphe du jockey. Vronski présidait la table ; il avait placé à sa droite le gouverneur, un jeune général attaché à la personne de Sa Majesté, que courtisaient fort MM. les gentilshommes ; mais pour le comte ce n'était que son vieux camarade Maslov — Katka, comme on le surnommait au Corps des pages — un obligé de longue date qu'il s'efforçait de *mettre à l'aise.* Il avait à sa gauche Néviédovski, imperturbable et narquois, envers qui il se montrait plein d'égards.

Le dîner se passa à merveille. Stépane Arcadiévitch, heureux de la satisfaction générale, s'amusait franchement. Sviajski faisait bonne mine à mauvais jeu : il porta un toast à son heureux rival, autour duquel, à l'entendre, tous les honnêtes gens devaient se grouper, la noblesse ne pouvant mettre à sa tête un meilleur défenseur des principes dont elle se réclamerait dorénavant. Puis, faisant allusion aux pleurnicheries de Snietkov, il conseilla plaisamment à « Son Excellence » de recourir, pour la vérification de la trésorerie, à des procédés plus probants que les larmes. Une autre mauvaise langue raconta que Snietkov, comptant célébrer par un bal sa réélection, avait fait venir des valets en culotte courte, qui demeuraient maintenant sans emploi, à moins que « Son Excellence » ne voulût offrir un bal à sa place.

En donnant de l'Excellence à Néviédovski, tout le monde éprouvait le même plaisir qu'à saluer une jeune mariée du titre de *madame.* Le nouveau maréchal prenait des airs indifférents, tout en se tenant à quatre pour ne point faire éclater un enthousiasme fort peu en harmonie avec les dispositions « libérales » qu'affectait l'assistance.

Plusieurs dépêches ayant été envoyées à qui de droit, Oblonski crut bon d'en expédier une à Dolly, « pour leur faire plaisir à tous », confia-t-il à ses voisins. « Néviédovski élu majorité vingt voix. Félicitations. Transmets », disait cette dépêche, que la pauvre Dolly reçut en soupirant ; encore un rouble jeté à l'eau ! C'était une des faiblesses de son mari de *faire jouer le télégraphe* après un bon dîner.

Celui-ci ne laissait vraiment rien à désirer : chère exquise, vins des meilleurs crus étrangers, convives triés sur le volet par Sviajski, propos spirituels et de bonne compagnie, toasts humoristiques en l'honneur du nouveau maréchal, du gouverneur, du directeur de la banque et de « notre aimable amphitryon », jamais Vronski ne se fût attendu à trouver pareil ton en province. Il ne cachait pas sa satisfaction.

Vers la fin du repas la gaieté redoubla, et le gouverneur pria Vronski d'assister à un concert que sa femme organisait au profit de « nos frères slaves » : elle désirait vivement faire la connaissance du comte.

— On dansera après, et tu verras notre « beauté » locale : elle en vaut la peine.

— *Not in my line,* répondit en souriant Vronski qui affectionnait cette expression ; il promit pourtant de venir.

Les cigares s'allumaient et l'on allait se lever de table quand le valet de chambre s'approcha de Vronski, portant une lettre sur un plateau :

— De Vozdvijenskoié, par exprès, déclara-t-il d'un ton important.

— C'est étonnant comme il ressemble au substitut Sventitski, dit en français un des convives en désignant le valet de chambre, tandis que Vronski, soudain renfrogné, décachetait la lettre.

Il avait promis de rentrer le vendredi ; or, les élections s'étant prolongées, il se trouvait encore absent le samedi. Il avait écrit la veille pour expliquer son retard, mais, les deux lettres s'étant croisées, celle d'Anna devait être pleine de reproches. Le contenu en fut plus pénible encore qu'il ne s'y attendait : « Annie est gravement malade, le médecin redoute une inflammation. Je perds la tête toute seule. La princesse Barbe n'est qu'un embarras. Je t'ai attendu en vain avant-hier, puis hier ; en désespoir de cause je t'envoie un messager pour savoir ce que tu deviens. Je serais venue moi-même si je n'avais craint de t'être désagréable. Donne une réponse quelconque afin que je sache à quoi m'en tenir ! »

L'enfant était gravement malade et elle avait voulu venir elle-même ! Leur fille souffrait et elle prenait envers lui ce ton d'hostilité !

Le contraste entre l'innocente gaieté des élections et la tragique passion qui le rappelait impérieusement à elle frappa douloureusement Vronski. Pourtant il partit la nuit même par le premier train.

XXXII

Les scènes qu'Anna lui faisait à chacune de ses absences ne pouvaient que rebuter son amant. Elle s'en rendait compte et s'était bien promis, à l'heure du départ pour les élections, de supporter stoïquement la séparation. Mais le regard froid et impérieux avec lequel il lui annonça sa décision la blessa, et il n'était pas encore parti qu'elle ne se possédait déjà plus.

Elle commenta dans la solitude ce regard par lequel il lui signifiait son indépendance et l'interpréta, comme toujours, dans un sens humiliant pour elle. « Certes, il a le droit de s'absenter quand bon lui semble... et même de m'abandonner tout à fait. Tous les droits d'ailleurs ne les a-t-il pas, tandis que je n'en ai aucun ?... C'est peu généreux à lui de me le montrer... Mais comment me l'a-t-il fait sentir ? Par un regard dur ?... C'est un tort bien vague. Cependant il ne me regardait pas ainsi jadis, et cela prouve qu'il se refroidit à mon égard... »

Bien que convaincue de ce refroidissement, elle ne croyait pouvoir y porter remède qu'en offrant à Vronski un amour toujours plus ardent et des charmes toujours renouvelés. Par ailleurs des occupations multipliées pendant la journée et des doses fréquentes de morphine pendant la nuit pouvaient seules assoupir l'effrayante pensée qu'un jour peut-être son amant cesserait de l'aimer : alors qu'adviendrait-il d'elle ? À force de réfléchir à ces choses, elle finit par comprendre qu'il lui restait encore un moyen de salut : le mariage, et elle décida de céder aux premiers arguments en faveur du divorce que ferait valoir auprès d'elle ou Stiva ou Vronski.

Cinq jours se passèrent dans ces transes ; elle trompait son chagrin par des promenades, des bavardages avec la princesse, des visites à l'hôpital, des lectures sans fin. Mais le sixième jour, en voyant le cocher revenir seul de la station, elle sentit ses forces faiblir. Sur ces entrefaites, sa petite fille tomba malade, mais trop légèrement pour que l'inquiétude parvînt à la distraire ; du reste, malgré qu'elle en eût, elle ne pouvait feindre pour cette enfant des sentiments qu'elle n'éprouvait point. Le soir venu, ses terreurs redoublèrent ; s'imaginant qu'un malheur était arrivé à Vronski, elle voulut le rejoindre, mais se ravisa et lui fit tenir par exprès un billet incohérent qu'elle n'eut pas le courage de relire. Le lendemain matin l'arrivée du mot de Vronski lui fit regretter ce mouvement d'humeur : comment supporterait-elle la sévérité du regard dont il l'accablerait en apprenant qu'Annie n'avait pas été sérieusement malade ? Malgré tout, son retour lui procurerait une grande joie : il aurait beau trouver sa chaîne pesante, il n'en serait pas moins là, elle ne le perdrait pas de vue.

Assise sous la lampe, elle lisait le dernier livre de Taine, écoutant au-dehors les rafales du vent et tendant l'oreille au moindre bruit. Après s'être trompée plusieurs fois, elle perçut distinctement la voix du cocher et le roulement de la voiture sous le péristyle. La princesse Barbe, qui faisait une patience, l'entendit également. Anna se leva ; elle n'osait descendre comme elle l'avait fait deux fois déjà, et rouge, confuse, inquiète de l'accueil qu'elle recevrait, elle s'arrêta. Toutes ses susceptibilités s'étaient évanouies ; elle ne redoutait plus que le mécontentement de Vronski et, se souvenant soudain que l'enfant allait beaucoup mieux depuis la veille, elle lui en voulait de s'être rétablie au moment même où elle expédiait sa lettre. Mais en songeant qu'elle allait « le » revoir, en chair et en os, toute autre pensée disparut, et lorsque le son de sa voix parvint jusqu'à elle, la joie l'emporta : elle courut au-devant de son amant.

— Comment va Annie ? demanda-t-il avec inquiétude du bas de l'escalier, tandis qu'un domestique le débarrassait de ses bottes fourrées.

— Mieux.

— Et toi ? demanda-t-il en secouant les flocons de neige qui s'étaient insinués sous sa pelisse.

Elle lui prit une main dans les siennes et l'attira vers elle sans le quitter des yeux.

— J'en suis bien aise, dit-il, en n'accordant qu'un regard distrait à une toilette qu'il savait avoir été mise pour lui.

Ces attentions lui plaisaient, mais elles lui plaisaient depuis trop longtemps ; et son visage prit cette expression d'immobile sévérité que redoutait tant Anna.

— J'en suis bien aise. Mais toi, comment vas-tu ? insista-t-il en lui baisant la main, après s'être essuyé la barbe.

« Tant pis, se dit Anna, pourvu qu'il soit ici ! Quand je suis là, il est bien forcé de m'aimer. »

La soirée se passa gaiement en présence de la princesse, qui se plaignit qu'Anna ait pris de la morphine.

— Je n'y puis rien, mes pensées m'empêchaient de dormir. Quand il est là, je n'en prends presque jamais.

Vronski raconta les incidents de l'élection et par des questions habiles Anna sut l'amener à parler de ses succès ; à son tour elle passa en revue les petits événements domestiques, ceux du moins qu'elle savait de nature à lui plaire.

Lorsqu'ils se retrouvèrent seuls, Anna, croyant l'avoir repris tout entier, voulut effacer l'impression désagréable qu'avait produite sa lettre.

— Avoue, lui dit-elle, que tu as été mécontent de mon billet et que tu n'y as pas ajouté foi.

— Oui, répondit-il, et, malgré la tendresse qu'il lui témoignait, elle comprit qu'il ne pardonnait pas. Ta lettre était si bizarre : Annie t'inquiétait et cependant tu voulais venir toi-même.

— L'un et l'autre étaient vrais.

— Je n'en doute pas.

— Si, tu en doutes ; je vois que tu es fâché.

— Pas du tout, mais ce qui me contrarie, c'est que tu ne veuilles pas admettre des devoirs...

— Quels devoirs ? celui d'aller au concert ?

— N'en parlons plus.

— Pourquoi ne plus en parler ?

— Je veux dire qu'il peut se rencontrer des devoirs impérieux... Ainsi il faudra bientôt que j'aille à Moscou pour affaires... Voyons, Anna, pourquoi t'irriter ainsi quand tu sais que je ne puis vivre sans toi ?

— S'il en est ainsi, dit Anna, changeant subitement de ton, si tu arrives un jour pour repartir le lendemain, si tu es fatigué de cette vie...

— Anna, ne sois pas cruelle. Tu sais que je suis prêt à te sacrifier tout...

Elle ne l'écoutait point.

— Quand tu iras à Moscou, je t'accompagnerai... Je ne reste pas seule ici. Vivons ensemble ou séparons-nous.

— Je ne demande qu'à vivre avec toi, mais pour cela il faut...

— Le divorce ? soit. Je lui écrirai. Je ne puis continuer à vivre ainsi... Mais je te suivrai à Moscou.

— Tu dis cela d'un air de menace ; c'est pourtant tout ce que je souhaite, dit Vronski en souriant. Mais son regard restait glacial et mauvais, comme celui d'un homme exaspéré par la persécution.

Elle comprit le sens de ce regard et jamais l'impression qu'elle en ressentit ne devait s'effacer de son souvenir.

Anna écrivit à son mari pour lui demander le divorce et, vers la fin de novembre, après s'être séparée de la princesse Barbe, que ses affaires rappelaient à Pétersbourg, elle vint s'installer à Moscou avec Vronski.

SEPTIÈME PARTIE

I

Les Levine étaient à Moscou depuis plus de deux mois et le terme fixé par les autorités compétentes pour la délivrance de Kitty se trouvait dépassé sans que rien fît prévoir un dénouement prochain. Tout le monde dans son entourage commençait à se préoccuper : le médecin, la sage-femme, la princesse, Dolly, Levine surtout, qui voyait approcher avec terreur le moment fatal. Kitty gardait au contraire tout son calme. Cet enfant qu'elle attendait existait déjà pour elle ; il manifestait même son indépendance en la faisant parfois souffrir, mais cette douleur étrange et inconnue n'amenait qu'un sourire sur ses lèvres ; elle sentait naître en elle un amour nouveau. Et comme jamais elle ne s'était vue plus gâtée, plus choyée de tous les siens, pourquoi aurait-elle hâté de ses vœux la fin d'une situation qu'on savait lui rendre si douce ?

Il y avait cependant une ombre au tableau : elle trouvait son mari inquiet, ombrageux, oisif, agité sans but ; était-ce l'homme dont elle avait admiré à la campagne l'activité pratique, la dignité tranquille, la cordiale hospitalité ? Ce brusque changement lui inspirait une sorte de commisération, que nul d'ailleurs n'éprouvait autour d'elle. Sa jalousie mise en éveil la forçait à reconnaître que dans le monde la belle prestance de son mari, sa politesse quelque peu surannée, sa physionomie expressive surtout n'étaient pas sans produire un certain effet. Cependant, comme elle avait l'habitude de lire dans l'âme de Levine, elle le devinait désorienté, et lui reprochait *in petto* de ne point savoir s'accommoder de la vie d'une grande ville, tout en s'avouant que Moscou lui offrait peu de ressources. Quelles occupations pouvait-il s'y créer ? Il n'aimait ni les cartes, ni les clubs, ni la compagnie des viveurs comme Oblonski, ce dont elle rendait grâce au ciel, car elle savait maintenant que ces gens-là prenaient plaisir à s'enivrer et à fréquenter des lieux auxquels elle ne pouvait songer sans effroi. Le monde ? pour s'y plaire il aurait dû rechercher la société des femmes, et cette perspective ne souriait guère à Kitty. La famille ? ne devait-il pas trouver bien monotones ces éternels papotages entre sœurs, ces « Aline-Nadine », comme les appelait pittoresquement le vieux prince ? Son livre ? Levine avait songé à le terminer et commencé des recherches dans les bibliothèques publiques, mais il avoua à Kitty qu'il se déflorait à lui-même l'intérêt de son travail quand il en parlait et que d'ailleurs plus il avait de loisirs, moins il trouvait le temps de s'occuper sérieusement !

Les conditions particulières de leur vie à Moscou eurent en revanche un résultat inattendu, celui de faire cesser leurs querelles ; la crainte que tous les deux avaient éprouvée de voir renaître des scènes de jalousie se trouva vaine, même à la suite d'un incident imprévu, la rencontre de Vronski.

L'état de Kitty ne lui permettait aucune sortie ; elle déféra pourtant au désir de sa marraine, la vieille princesse Marie Borissovna, qui l'avait toujours beaucoup aimée, et se laissa conduire chez elle par son père. Ce fut là qu'elle retrouva, sous des habits civils, l'homme qui jadis lui avait été si cher. Elle sentit tout d'abord son cœur battre à l'étouffer et son visage devenir pourpre, mais cette émotion ne dura qu'une seconde. Le vieux prince se hâta d'adresser la parole à Vronski ; la conversation à peine engagée, Kitty aurait déjà pu la soutenir sans que son sourire ou l'intonation de sa voix eussent prêté aux critiques de son mari, dont elle subissait l'invisible surveillance. Elle échangea quelques mots avec Vronski, sourit même, pour montrer qu'elle comprenait la plaisanterie, lorsqu'il appela l'assemblée de Kachine « notre parlement », puis ne s'occupa plus de lui que pour répondre à son salut lorsqu'il prit congé.

Le vieux prince ne fit, en sortant, aucune remarque sur cette rencontre ; mais à la tendresse particulière qu'il lui témoigna au cours de leur promenade habituelle, Kitty comprit qu'il était content d'elle et lui fut reconnaissante de son silence. Elle aussi était satisfaite — et fort surprise — d'avoir pu refouler ses souvenirs au point de revoir Vronski presque avec indifférence.

— J'ai regretté ton absence, dit-elle à son mari en lui racontant cette entrevue, ou du moins j'aurais voulu que tu pusses me voir par le trou de la serrure, car devant toi je n'aurais peut-être pas conservé mon sang-froid. Vois comme je rougis maintenant... Beaucoup plus que tantôt, je t'assure.

Levine, d'abord plus rouge qu'elle et l'écoutant d'un air sombre, se calma devant le regard sincère de sa femme et lui posa même quelques questions qui permirent à Kitty de justifier son attitude. Complètement rasséréné, Levine déclara qu'à l'avenir il ne se conduirait plus aussi sottement qu'aux élections et ferait preuve envers Vronski d'une parfaite amabilité.

— C'est si pénible, avoua-t-il, de craindre la vue d'un homme et de le considérer presque comme un ennemi !

II

« N'OUBLIE pas de faire une visite aux Bohl, rappela Kitty à son mari, lorsque avant de sortir il entra dans sa chambre vers onze heures du matin. Je sais que tu dînes au club avec papa, mais que fais-tu d'ici là ?

— Je vais tout simplement chez Katavassov.

— Pourquoi de si bonne heure ?

— Il m'a promis de me présenter à Métrov, un grand savant de Pétersbourg avec qui je voudrais causer de mon livre.

— Ah ! oui, je me rappelle, tu nous as fait un vif éloge d'un de ses articles. Et après ?

— Peut-être passerai-je au tribunal pour l'affaire de ma sœur.

— Tu n'iras pas au concert ?

— Que veux-tu que j'y aille faire tout seul ?

— Mais si, mais si, vas-y. On donne ces deux œuvres nouvelles que tu désirais entendre. Si je le pouvais, je t'accompagnerais.

— En tout cas, je viendrai prendre de tes nouvelles avant le dîner, dit-il avec un regard à la pendule.

— Mets ta redingote pour pouvoir passer chez les Bohl.

— Est-ce bien nécessaire ?

— Certainement, le comte nous a fait visite le premier. Cinq minutes de conversation sur la pluie et le beau temps ne sont vraiment pas une grande corvée.

— C'est que, vois-tu, j'ai complètement perdu l'habitude des visites. Quelle drôle de coutume, vraiment ! Vous arrivez chez les gens sans crier gare, vous n'avez rien à leur dire, vous les dérangez tout en vous faisant du mauvais sang, et... bonsoir, messieurs, dames !

Kitty se mit à rire.

— Tu faisais bien des visites quand tu étais garçon ?

— C'est vrai, mais ma confusion était la même. Ma parole d'honneur, plutôt que faire cette visite, j'aimerais mieux jeûner pendant deux jours. Tu es sûre que ça ne les blessera pas ?

— Mais bien sûr, bien sûr, affirma Kitty, très amusée. Allons, au revoir, ajouta-t-elle en lui prenant la main. Et n'oublie pas ta visite.

Il allait sortir après avoir baisé la main de sa femme, quand celle-ci l'arrêta.

— Kostia, sais-tu qu'il ne me reste plus que cinquante roubles ?

— Eh bien, je vais passer à la banque ; combien te faut-il ?

— Attends, dit-elle en voyant le visage de son mari se rembrunir ; et elle le retint par le bras. Cette question me préoccupe. Je ne crois pas faire de dépenses inutiles ; et cependant l'argent disparaît par trop vite ; quelque chose doit clocher dans notre façon de vivre.

— Nullement, répondit Levine, le regard en dessous et avec une petite toux qu'elle savait être un signe de contrariété. En effet s'il ne trouvait pas leurs dépenses exagérées, il regrettait qu'elle lui rappelât un désagrément auquel il ne voulait point songer. J'ai écrit à Sokolov de vendre le blé et de toucher d'avance le loyer du moulin. L'argent ne manquera pas.

— Je crains vraiment que nous ne dépensions trop.

— Mais non, mais non. Au revoir, ma chérie.

— Je regrette parfois d'avoir écouté maman. Je vous fatigue tous et nous dépensons un argent fou... Pourquoi ne sommes-nous pas restés à la campagne ?

— Mais non, mais non, je ne regrette rien de ce que j'ai fait depuis notre mariage...

— Vraiment ? dit-elle en le regardant bien en face.

Il n'avait dit cette phrase que pour rassurer Kitty, mais ému par ce regard franc et limpide, il la répéta de tout son cœur... « J'oublie tout quand je la vois », songea-t-il. Et, se rappelant l'heureux événement qu'ils attendaient :

— Comment te sens-tu ? demanda-t-il en lui prenant les deux mains. Est-ce pour bientôt ?

— Je me suis si souvent trompée dans mes calculs que je ne veux plus y penser.

— Tu n'as pas peur ?

— Pas le moins du monde, répondit-elle avec un sourire hautain.

— S'il t'arrive quelque chose, fais-moi demander chez Katavassov.

— Mais non, mais non, ne t'inquiète pas. Je t'attends avant le dîner. D'ici là nous ferons un tour avec papa et nous entrerons chez Dolly... À propos sais-tu que sa position n'est plus tenable ? La malheureuse est criblée de dettes et n'a pas un sou devant elle. Nous en avons causé hier avec maman et Arsène (le mari de sa sœur Natalie) et nous avons décidé que vous chapitreriez sérieusement Stiva, car papa n'en voudra rien faire.

— Crois-tu qu'il nous écoutera ?

— Parle toujours à Arsène.

— Soit, je passerai chez eux et peut-être alors irai-je au concert avec Natalie. Allons, à bientôt.

Dans le vestibule, Kouzma, le vieux domestique de Levine qui remplissait en ville les fonctions de majordome, arrêta son maître.

— On a referré hier Jolicœur (le timonier de gauche) mais il continue à boiter ; que faut-il faire ? demanda-t-il.

Levine avait amené des chevaux de la campagne, mais s'était bientôt aperçu qu'ils lui revenaient plus cher que des chevaux de remise et qu'en outre il fallait souvent recourir à un loueur.

— Fais venir le vétérinaire, il a peut-être une froissure.

— Et pour Catherine Alexandrovna ? insista Kouzma.

Les premiers temps de son séjour à Moscou, Levine n'arrivait pas à comprendre que, pour faire une visite à dix minutes de chez soi, il fût nécessaire d'atteler deux vigoureux chevaux à une lourde voiture, de les laisser se morfondre quatre heures durant dans la neige et de payer cinq roubles ce médiocre plaisir. Maintenant au contraire cela lui paraissait tout naturel.

— Prends deux chevaux chez le loueur.

— Bien, Monsieur.

Ayant ainsi tranché d'un mot une difficulté qui à la campagne lui eût demandé de longues réflexions, Levine sortit, héla un fiacre et se fit conduire rue Saint-Nicétas, ne pensant plus qu'au plaisir de parler de ses travaux avec un célèbre sociologue.

Levine avait vite pris son parti de ses dépenses indispensables dont l'absurdité frappe de stupeur tout provincial qui vient s'établir à Moscou. Il lui arriva ce qui arrive aux ivrognes pour qui, prétend un vieux dicton, « il n'y a que la première bouteille qui coûte ». Quand il lui fallut changer son premier billet de cent roubles pour affubler le suisse et le valet de chambre des livrées qu'à l'encontre de sa belle-mère et de sa femme il jugeait parfaitement inutiles, il songea que ces oripeaux représentaient les gages de deux ouvriers à l'année, besognant de l'aurore à la tombée de la nuit depuis la semaine de Pâques jusqu'au carnaval, soit bien près de trois cents jours — et il trouva la pilule dure à avaler. Elle lui parut moins amère dès le second billet, avec lequel il régla une note de vingt-huit roubles, coût d'un festin de famille, non sans calculer qu'à ce prix-là on pouvait avoir une centaine de boisseaux d'avoine que plusieurs hommes avaient dû faucher, lier, battre, vanner, tamiser et mettre en sacs à la sueur de leur front. Les billets suivants s'envolèrent d'eux-mêmes : Levine ne se demanda même plus si le plaisir acheté par son argent était proportionné au mal qu'il donnait à gagner ; il oublia, en cédant son avoine à cinquante kopecks au-dessous du cours, ses principes bien arrêtés sur le devoir de vendre ses céréales au plus haut prix possible ; il ne songea même plus à se dire que le train qu'il menait l'endetterait promptement. Avoir de l'argent à la banque pour subvenir aux besoins journaliers du ménage fut dorénavant son seul objectif. Jusqu'ici il s'était tiré d'affaire, mais la nouvelle demande de Kitty l'aurait certainement incité à d'amères réflexions, n'eût été sa hâte de répondre à l'appel de Katavassov.

III

Levine s'était beaucoup rapproché de son ancien camarade d'université, qu'il n'avait point revu depuis son mariage. Katavassov avait du monde une conception très nette et très simple, que Levine attribuait à la pauvreté de sa nature ; il imputait de son côté l'incohérence d'idées de Levine à un manque de discipline dans l'esprit. En raison sans doute de ces qualités opposées — clarté un peu sèche chez l'un, richesse indisciplinée chez l'autre — ils prenaient plaisir à se voir et à discuter longuement. Katavassov décida Levine à lui lire quelques chapitres de son ouvrage et les ayant trouvés intéressants, il en parla à Métrov, un savant éminent, de passage à Moscou, dont Levine appréciait beaucoup les travaux. La veille au soir, au cours d'une conférence, il avait prévenu son ami que Métrov désirait faire sa connaissance : un rendez-vous avait été pris pour le lendemain matin, à onze heures, chez Katavassov.

— Décidément, mon cher, vous devenez exact, dit celui-ci en accueillant Levine dans son petit salon. Tous mes compliments… Que dites-vous des Monténégrins ? Des soldats de race, n'est-ce pas ?

— Il y a du nouveau ? s'enquit Levine.

Katavassov lui résuma les dernières nouvelles et, le faisant passer dans son cabinet de travail, il le présenta à un personnage de taille moyenne mais de belle apparence. C'était Métrov. La politique extérieure fit les premiers frais de la conversation. Métrov cita quelques paroles significatives prononcées par l'empereur et qu'il tenait de source certaine, ce à quoi Katavassov opposa des paroles d'un sens diamétralement opposé et de source également certaine ; Levine demeura libre de choisir entre les deux versions.

— Mon ami, dit alors Katavassov, met la dernière main à un ouvrage sur l'économie rurale. Ce n'est pas ma partie, mais en tant que naturaliste, l'idée fondamentale de ce travail me plaît beaucoup. Il tient compte du milieu dans lequel l'homme vit et se développe, il ne l'envisage pas en dehors des lois zoologiques, il l'étudie dans ses rapports avec la nature.

— C'est fort intéressant, fit Métrov.

— Mon but était simplement d'écrire un livre d'agronomie, dit Levine en rougissant; mais, malgré moi, en étudiant l'instrument principal, l'ouvrier, je suis arrivé à des conclusions fort imprévues.

Et Levine développa ses idées avec une certaine prudence, car, tout en sachant Métrov adversaire des doctrines économiques classiques, il ignorait le degré de sympathie que lui accorderait ce savant au visage intelligent mais fermé.

— En quoi, selon vous, l'ouvrier russe diffère-t-il des autres? s'enquit Métrov. Est-ce au point de vue que vous qualifiez de zoologique, ou bien à celui des conditions matérielles dans lesquelles il se trouve?

Cette façon de poser la question prouvait à Levine une différence d'idées absolue; il continua néanmoins à exposer sa thèse, à savoir que le peuple russe envisage la question agraire d'une manière bien différente des autres peuples, et cela pour la raison primordiale qu'il se sent d'instinct prédestiné à coloniser d'immenses espaces encore incultes.

— Il n'est jamais si facile de se tromper qu'en prétendant assigner telle ou telle mission à un peuple, objecta Métrov; et la situation de l'ouvrier dépendra toujours de ses rapports avec la terre et le capital.

Et sans donner à Levine le temps de répliquer, il lui expliqua en quoi ses propres opinions différaient de celles qui avaient cours. Levine n'y comprit rien et ne chercha même pas à comprendre. En dépit de son fameux article, Métrov, comme tous les économistes, n'étudiait la situation du peuple russe que par rapport à la rente, au salaire et au capital, tout en convenant que dans les provinces de l'Est — qui constituent la plus grande partie du pays — la rente était nulle, que pour les neuf dixièmes d'une population de quatre-vingts millions d'âmes le salaire consistait à ne pas mourir de faim, et qu'enfin le capital n'était représenté que par des outils primitifs. Métrov ne différait des autres tenants de l'école que par une théorie nouvelle sur le salaire, qu'il démontra longuement.

Après avoir essayé de l'interrompre pour exposer

son propre point de vue, qui, croyait-il, rendrait inutile toute discussion ultérieure, Levine finit par comprendre que leurs théories ne pouvaient pas se concilier. Il laissa donc parler Métrov, flatté au fond de voir un aussi savant homme le prendre pour confident et lui marquer tant de déférence. Il ignorait que l'éminent professeur, ayant épuisé ce sujet avec son entourage habituel, exposait volontiers au premier venu ses conceptions qui d'ailleurs ne s'imposaient pas encore à son esprit avec une évidence irréfutable.

— Nous allons nous mettre en retard, fit enfin remarquer Katavassov après un regard à sa montre. Il y a aujourd'hui une séance extraordinaire à la Société des Amis de la Science russe à l'occasion du cinquantenaire de Svintitch, ajouta-t-il à l'adresse de Levine; j'ai promis de lire une communication sur ses travaux zoologiques. Venez avec nous, ce sera intéressant.

— Oui, venez, dit Métrov; et, après la séance, faites-moi le plaisir de passer chez moi pour me lire votre ouvrage; je l'écouterai avec plaisir.

— C'est une ébauche indigne d'être produite, mais je vous accompagnerai volontiers à la séance.

— Vous savez que j'ai signé le mémorandum, dit Katavassov, qui passait son habit dans la pièce à côté.

Il faisait allusion à une affaire qui passionnait cet hiver-là les Moscovites. À une séance du conseil de l'Université trois vieux professeurs n'ayant pas accepté la manière de voir de leurs jeunes collègues, ceux-ci l'exposèrent en un mémorandum dont le contenu parut à d'aucuns fort juste et à d'autres tout simplement abominable. Les professeurs se divisèrent en deux camps, dont l'un taxait de lâcheté la façon d'agir des conservateurs et l'autre traitait de gaminerie l'acte des opposants.

Bien qu'il n'appartînt pas à l'Université, Levine avait déjà entendu parler plusieurs fois de cet incident, à propos duquel il s'était même fait une opinion. Il put donc prendre part à l'entretien de ces messieurs, qui roula exclusivement sur ce grave sujet jusqu'à leur arrivée devant les anciens bâtiments de l'université.

La séance était déjà commencée. Six personnes, auxquelles se joignirent Katavassov et Métrov, avaient pris place devant une table couverte d'un tapis, et l'une d'elles faisait une lecture, le nez dans un manuscrit. Levine s'assit auprès d'un étudiant et lui demanda à voix basse ce que l'on lisait.

— La biographie, répondit l'autre d'un ton bourru. Levine écouta machinalement la biographie et apprit diverses particularités intéressantes sur la vie de l'illustre savant. Quand l'orateur eut fini, le président le remercia et déclama une pièce de vers envoyée par le poète Ment, auquel il adressa quelques mots de remerciement. Puis Katavassov lut d'une voix puissante une notice sur les travaux de Svintitch. Levine, voyant l'heure avancer, comprit qu'il n'aurait pas le temps de lire avant le concert son ouvrage à Métrov. Du reste l'inutilité d'un rapprochement avec cet économiste lui apparaissait de plus en plus évidente : s'ils étaient destinés l'un et l'autre à travailler avec fruit, ce ne pouvait être qu'en poursuivant leurs études chacun de son côté. À la fin de la séance il alla donc trouver Métrov, qui le présenta au président. La conversation étant tombée sur la politique, Métrov et Levine répétèrent les phrases qu'ils avaient échangées chez Katavassov, avec cette différence que Levine émit une ou deux opinions nouvelles qui venaient de lui passer par la tête. Puis, comme le fameux différend entre professeurs revenait de nouveau sur le tapis, Levine, que cette question ennuyait, présenta ses excuses à Métrov et, s'esquivant aussitôt, se fit conduire chez Lvov.

IV

Lvov, le mari de Natalie, avait toujours vécu soit dans les deux capitales, soit à l'étranger où l'appelaient des fonctions diplomatiques. Il avait depuis quelques mois abandonné la carrière, non pas certes qu'il y eût éprouvé des ennuis, car c'était l'homme le plus souple du monde, mais tout simplement pour surveiller de plus près l'éducation de ses deux fils. Il s'était fixé à Moscou où il exerçait une charge de cour.

En dépit d'une différence d'âge assez marquée, et malgré des opinions et des habitudes très dissemblables,

les deux beaux-frères s'étaient liés au cours de l'hiver d'une sincère amitié.

Commodément installé dans un fauteuil, Lvov, en veston d'intérieur et bottines de chamois, lisait à l'aide d'un pince-nez à verres bleus, tout en fumant un cigare à demi consumé que sa belle main tenait à distance respectueuse de son livre posé devant lui sur un pupitre bas. Son fin visage, d'une expression encore jeune, auquel une chevelure frisée et argentée donnait un air aristocratique, s'éclaira d'un sourire en voyant entrer Levine, qui ne s'était pas fait annoncer.

— J'allais envoyer prendre des nouvelles de Kitty; comment va-t-elle? Mettez-vous là, vous y serez mieux, dit-il avec un léger accent français en avançant un fauteuil à bascule. Avez-vous lu la dernière circulaire du *Journal de Saint-Pétersbourg*? Je la trouve fort bien.

Levine raconta les bruits qu'il tenait de Katavassov et, après avoir épuisé la question politique, il narra son entretien avec Métrov et la séance de l'université.

— Combien je vous envie vos relations avec le monde savant, dit Lvov, qui avait pris plaisir à l'écouter. Je ne pourrais, il est vrai, en profiter comme vous, faute de temps et, je dois l'avouer, faute d'instruction suffisante.

— Laissez-moi douter de ce dernier point, répondit en souriant Levine, qui trouvait toujours très touchante la modestie de son beau-frère, parce qu'il la savait très sincère.

— Vous ne sauriez croire à quel point je le constate, maintenant que je m'occupe de l'éducation de mes fils: non seulement il s'agit de me rafraîchir la mémoire, mais il me faut refaire mes études... J'estime en effet qu'auprès des enfants les maîtres ne suffisent pas, il faut encore une sorte de surveillant général, dont le rôle équivaut à celui que joue votre régisseur auprès de vos ouvriers... Et je vois qu'on fait apprendre à Micha des choses par trop difficiles, déclara-t-il en désignant la grammaire de Bouslaïev qui reposait sur le pupitre. Pourriez-vous, par exemple, m'expliquer ce passage?...

Levine objecta que c'étaient là des matières que l'on devait apprendre sans chercher à les approfondir. Lvov ne se laissa pas convaincre.

— Vous devez me juger ridicule, fit-il.

— Bien au contraire, vous me servez d'exemple pour l'avenir[1].

— Oh ! l'exemple n'a rien de remarquable.

— Si fait, car je n'ai jamais vu d'enfants mieux élevés que les vôtres.

Lvov ne dissimula pas un sourire de satisfaction.

— Je désire seulement qu'ils vaillent mieux que moi. Leur instruction a été fort négligée pendant notre séjour à l'étranger et vous ne sauriez croire à quelles difficultés nous nous heurtons.

— Ils sont trop bien doués pour ne pas rattraper bientôt le temps perdu. En revanche leur éducation ne laisse vraiment rien à désirer.

— Si vous saviez la peine qu'elle me donne ! À peine un mauvais penchant dompté, un autre se manifeste. Comme je vous l'ai déjà dit, sans le secours de la religion aucun père ne pourrait venir à bout de sa tâche.

La belle Natalie Alexandrovna, en toilette de promenade, interrompit cet entretien, dont le sujet la passionnait beaucoup moins que Levine.

— Je ne vous savais pas ici, dit-elle à son beau-frère. Comment va Kitty ? Elle vous a dit que je dîne avec elle ?... À propos, Arsène, tu vas prendre la voiture...

Lvov devait aller à la gare, au-devant d'une certaine personnalité, Natalie, au concert et à une séance publique du Comité des Slaves du Sud. Après une longue discussion, on décida que Levine accompagnerait sa belle-sœur et dépêcherait la voiture à Arsène, qui viendrait reprendre sa femme pour la conduire chez Kitty ou, s'il était retenu trop longtemps, laisserait ce soin à Levine mais leur renverrait en tout cas la voiture. Cette question réglée, Lvov dit à sa femme :

— Levine me gâte : il prétend que nos enfants sont parfaits, alors que je vois en eux tant de défauts.

— Tu passes toujours d'un extrême à l'autre ; la perfection est une utopie. Mais papa a bien raison : autrefois les parents habitaient le premier étage et les enfants ne quittaient pas l'entresol ; aujourd'hui les enfants ont conquis le premier et relégué les parents au grenier. Les parents n'ont plus le droit de vivre que pour leurs enfants.

— Qu'importe, si cela vous fait tant plaisir ! dit

Lvov en lui prenant la main et en souriant de son beau sourire. Si on ne te connaissait pas, on croirait entendre parler une belle-mère.

— Non, l'excès en tout est un défaut, conclut Natalie ; et elle remit soigneusement à la place voulue le coupe-papier de son mari.

— Eh bien, approchez, enfants modèles, dit Lvov à deux jeunes et jolis garçons qui se montrèrent sur le pas de la porte.

Après avoir salué leur oncle, les enfants s'approchèrent du papa, dans l'intention évidente de lui poser quelques questions. Levine aurait bien voulu prendre part à l'entretien, mais Natalie s'interposa et sur ces entrefaites apparut en uniforme de cour Makhotine, le collègue de Lvov, qui devait l'accompagner à la gare. Ce furent aussitôt des palabres sans fin sur l'Herzégovine, la princesse Korzinski, le conseil municipal et la mort subite de Mme Apraxine.

Levine ne se rappela que dans l'antichambre la commission dont on l'avait chargé.

— À propos, dit-il à Lvov, qui le reconduisait, Kitty m'a prié de m'entendre avec vous au sujet d'Oblonski.

— Oui, je sais, *maman* veut que nous, *les beaux-frères*, nous lui fassions la morale, répondit Lvov en rougissant ; mais en quoi cela me regarde-t-il ?

— Eh bien, je m'en charge, mais partons, intervint Natalie qui, drapée dans sa rotonde de renard blanc, attendait avec quelque impatience la fin de l'entretien.

V

On donnait ce jour-là deux œuvres nouvelles : une « fantaisie sur le roi Lear de la steppe » et un quatuor dédié à la mémoire de Bach. Levine désirait vivement se former une opinion sur ces œuvres composées dans un esprit nouveau et, pour ne subir l'influence de personne, il alla s'adosser à une colonne, après avoir installé sa belle-sœur, bien résolu à écouter consciencieusement. Il évita de se laisser distraire par les gestes du chef d'orchestre en cravate blanche, par les chapeaux des dames dont les brides leur bouchaient hermétiquement les oreilles, par la vue de toutes ces physionomies oisives, venues au concert pour tout autre chose que la musique. Il évita surtout les dilettantes beaux parleurs et, les yeux fixés dans l'espace, il s'absorba dans une profonde attention. Mais, plus il écoutait la fantaisie, plus il sentait l'impossibilité de s'en former une idée nette et précise : sans cesse la phrase musicale, au moment de se développer, se fondait en une autre phrase ou s'évanouissait, suivant le caprice du compositeur, en laissant pour unique impression celle d'une pénible recherche d'instrumentation. Les meilleurs passages venaient mal à propos, et la gaieté, la tristesse, le désespoir, la tendresse, le triomphe, se succédaient avec l'incohérence des impressions d'un fou, pour disparaître de même.

Quand le morceau se termina brusquement, Levine fut surpris de la fatigue que cette tension d'esprit lui avait bien inutilement causée ; il se fit l'effet d'un sourd qui regardait danser, et, en écoutant les applaudissements enthousiastes de l'auditoire, il voulut comparer ses impressions à celles des connaisseurs. On se levait de tous côtés, des groupes se formaient, et Levine put joindre Pestsov qui conversait avec l'un des plus fameux amateurs.

— C'est étonnant ! clamait Pestsov de sa grosse voix. Ah ! bonjour, Constantin Dmitritch... Le passage le plus riche en couleur, le plus sculptural, dirais-je, est celui où l'on devine l'approche de Cordelia, où la femme, *das ewig Weibliche* (l'éternel féminin) entre en lutte avec la fatalité. N'est-il pas vrai ?

— Permettez, que vient faire ici Cordelia ? osa demander Levine, perdant de vue qu'il s'agissait du roi Lear.

— Cordelia apparaît, voyez plutôt, riposta Pestsov en frappant des doigts sur un programme satiné qu'il passa à Levine.

Alors seulement celui-ci se rappela le titre de la fantaisie et se hâta de lire les vers de Shakespeare imprimés dans une traduction russe sur le revers du programme.

— On ne peut suivre sans cela, insista Pestsov qui, abandonné par le dilettante, se retourna en désespoir de cause vers le piètre interlocuteur qu'était pour lui Levine.

Une discussion s'engagea entre ces messieurs sur les mérites et les défauts de la musique wagnérienne. Levine prétendait que Wagner et ses imitateurs avaient tort d'empiéter sur le domaine d'un autre art ; la poésie ne réussissait pas davantage à dépeindre les traits d'un visage, ce qui est le fait de la peinture. À l'appui de ses dires, Levine cita le cas récent d'un sculpteur qui avait groupé autour de la statue d'un poète les prétendues ombres de ses inspirations.

— Ces figures ressemblent si peu à des ombres qu'elles sont contraintes de s'appuyer à un escalier, conclut-il, satisfait de sa phrase. Mais à peine l'eut-il prononcée qu'il crut vaguement se souvenir de l'avoir déjà dite à quelqu'un, peut-être même à Pestsov lui-même. Il perdit aussitôt contenance.

Pestsov estimait au contraire que l'art est « un » : pour qu'il atteigne la grandeur suprême, il faut que ses diverses manifestations soient réunies en un seul faisceau.

Le quatuor fut perdu pour Levine : planté à côté de lui, Pestsov ne cessa de bavarder ; la simplicité affectée de ce morceau lui rappelait la fausse naïveté des peintres préraphaélites.

Aussitôt après le concert, Levine rejoignit sa belle-sœur. En sortant, après avoir rencontré diverses personnes de sa connaissance et échangé avec elles maints propos sur la politique, la musique ou des amis communs, il aperçut le comte Bohl, et la visite qu'il devait faire lui revint à l'esprit.

— Allez-y bien vite, dit Natalie, à qui il confia ses remords. Peut-être la comtesse ne reçoit-elle pas. Vous viendrez ensuite me rejoindre à la séance du comité.

VI

« La comtesse ne reçoit peut-être pas ? s'enquit Levine en pénétrant dans le vestibule des Bohl.

— Si fait, veuillez entrer, répondit le suisse en le débarrassant résolument de sa pelisse.

« Quel ennui ! pensa Levine. Que vais-je lui dire ? Et que suis-je venu faire ici ? »

Il poussa un soupir, retira un de ses gants, répara le désordre de sa coiffure et s'engagea dans le premier salon. Il y rencontra la comtesse qui donnait d'un air sévère des ordres à un domestique. Elle sourit à la vue du visiteur et le pria d'entrer dans un boudoir, où ses deux filles s'entretenaient avec un colonel que connaissait Levine. Après les civilités d'usage, celui-ci s'assit près du canapé son chapeau sur le genou.

— Comment va votre femme ? Vous venez du concert ? Nous n'avons pu y aller : maman devait assister au *requiem*.

— Oui… Quelle mort soudaine !

La comtesse parut, s'assit sur le canapé, s'informa à son tour de la santé de Kitty et de la réussite du concert. Levine de son côté regretta une fois de plus la mort subite de Mme Apraxine.

— Au reste elle a toujours eu une bien petite santé.

— Avez-vous été hier à l'Opéra ?

— Oui.

— La Lucca était superbe.

— Certainement.

Et comme peu lui importait l'opinion de ces gens, il débita sur le talent de la cantatrice des banalités que la comtesse faisait mine d'écouter. Quand il crut en avoir assez dit, le colonel, silencieux jusqu'alors, s'étendit à son tour sur l'opéra, sur le nouvel éclairage et sur la *folle journée* que donneraient bientôt les Tiourine. Puis il se leva bruyamment et prit congé, Levine voulut en faire autant, mais un regard étonné de la comtesse le cloua sur place : le moment n'était pas venu. Il se rassit, tourmenté de la sotte figure qu'il faisait et de plus en plus incapable de trouver un sujet de conversation.

— Irez-vous à la séance du comité ? demanda la comtesse. On dit qu'elle sera intéressante.

— Oui, j'ai promis à ma *belle-sœur* d'aller l'y chercher.

Nouveau silence, pendant lequel les trois dames échangèrent un regard.

« Cette fois, il doit être temps de partir », pensa Levine et il se leva de nouveau. Les dames ne le retinrent plus, lui serrèrent la main et le chargèrent de *mille choses* pour sa femme.

En lui remettant sa pelisse, le suisse lui demanda son adresse et l'inscrivit gravement dans un superbe registre relié.

« Au fond je m'en moque, mais, bon Dieu, qu'on a l'air bête, et que tout cela est donc ridicule ! » songeait Levine en se rendant à la séance.

Il arriva suffisamment à temps pour entendre la lecture d'un exposé que le nombreux auditoire trouva fort remarquable. Toute la bonne société semblait s'être donné rendez-vous en ce lieu. Levine y retrouva Sviajski, qui le conjura de ne pas manquer le soir même une conférence des plus intéressantes à la Société agronomique, Oblonski, qui revenait des courses, bien d'autres amis encore avec lesquels il lui fallut échanger maintes considérations sur la séance elle-même, sur une pièce dont on venait de donner la première, sur un procès qui passionnait les esprits, et à propos duquel son attention fatiguée lui fit commettre une bévue qu'il regretta beaucoup par la suite. Un étranger s'étant rendu coupable d'un délit en Russie, un simple arrêté d'expulsion paraissait à tout le monde un châtiment trop doux.

— Oui, dit Levine, c'est vouloir punir un brochet en le jetant à l'eau.

Il se rappela trop tard que cette pensée, qu'il donnait comme sienne, lui avait été confiée la veille par un ami. Ce monsieur l'avait d'ailleurs lue dans un feuilleton dont l'auteur l'avait à son tour empruntée au fabuliste Krylov.

Après avoir ramené chez lui sa belle-sœur et trouvé Kitty en parfaite santé, il se fit conduire au club. Il y arriva au moment où tout le monde, membres et invités, se réunissait.

VII

LEVINE n'avait pas remis les pieds au club depuis le temps où, ses études terminées, il habitait Moscou et fréquentait le monde. Ses souvenirs à demi effacés se réveillèrent devant le grand perron, au fond de la vaste cour semi-circulaire, lorsqu'il vit le suisse à baudrier lui ouvrir sans bruit la porte d'entrée, et l'inviter à se défaire de sa pelisse et de ses caoutchoucs avant de monter au premier. Et quand, précédé d'un coup de sonnette mystérieux, il fut arrivé au haut du bel escalier et qu'il aperçut la statue qui ornait le palier, tandis qu'un second suisse blanchi sous le harnois l'attendait posément à la porte des salles, il éprouva de nouveau l'impression de bien-être décent que lui avait toujours laissée cette maison si correctement tenue.

— Votre chapeau, s'il vous plaît, dit le suisse à Levine qui avait oublié de laisser le sien au vestiaire, ainsi que le voulait le règlement.

Cet homme connaissait non seulement Levine mais toute sa parenté ; il le lui rappela aussitôt.

— Voilà longtemps que nous n'avons eu le plaisir de vous voir. Le prince vous a inscrit hier. Stépane Arcadiévitch n'est pas encore arrivé.

Après avoir traversé l'antichambre aux paravents et la petite pièce où se tenait le marchand de fruits, Levine, devançant un vieux monsieur qui marchait à petits pas, pénétra dans la salle à manger, dont il trouva les tables presque entièrement occupées. Parmi les convives il reconnut des figures de connaissance : le vieux prince, Sviajski, Stcherbatski, Néviédovski, Serge Ivanovitch, Vronski.

— Te voilà enfin, lui dit son beau-père en lui tendant la main par-dessus l'épaule. Comment va Kitty ? ajouta-t-il en introduisant un coin de sa serviette dans une boutonnière de son gilet.

— Elle va bien et dîne avec ses deux sœurs.

— Ah ! ah ! elles font « Aline-Nadine ». Allons, tant mieux. Eh bien, mon garçon, va vite te mettre à cette table là-bas, ici tout est pris, dit le prince en prenant avec précaution une assiette de soupe au foie de lotte que lui offrait un serveur.

— Par ici, Levine ! cria une voix joviale à quelques pas de là. C'était Tourovtsine, assis près d'un jeune officier, en face de deux chaises réservées. Après une journée si chargée, la vue de ce bon vivant pour qui il avait toujours eu un faible et qui lui rappelait le soir de ses fiançailles, fut particulièrement agréable à Levine.

— Prenez place, lui dit Tourovtsine, après l'avoir présenté à son voisin, un Pétersbourgeois aux yeux rieurs et à la taille très droite, qui répondait au nom de Gaguine. Il ne manque plus qu'Oblonski. Mais justement le voici.

— Tu viens d'arriver, n'est-ce pas ? demanda Oblonski. Eh bien, allons prendre un verre d'eau-de-vie.

Levine se laissa entraîner devant une grande table chargée de flacons et d'une vingtaine de hors-d'œuvre ; il y avait là de quoi satisfaire les goûts les plus divers ; cependant Stépane Arcadiévitch remarqua aussitôt l'absence d'une certaine friandise qu'un domestique en livrée s'empressa de lui procurer.

Dès le potage, Gaguine ayant fait servir du champagne, Levine en commanda une seconde bouteille. Il mangea et but avec plaisir, et prit part avec un plaisir non moins évident aux conversations plutôt légères de ses commensaux. Gaguine raconta la dernière anecdote pétersbourgeoise, aussi grossière que stupide, ce qui n'empêcha pas Levine d'en rire de si bon cœur qu'on se retourna aux tables voisines.

— Tout à fait dans le genre de « c'est justement ce que je ne puis souffrir », déclara Stépane Arcadiévitch. La connais-tu ? Encore une bouteille, garçon !

— De la part de Pierre Ilitch Vinovski, annonça un vieux serveur en déposant devant Levine et son beau-frère deux flûtes d'un champagne pétillant.

Stépane Arcadiévitch leva la sienne dans la direction d'un monsieur roux, chauve et moustachu, auquel il adressa un petit signe de tête amical.

— Qui est-ce ? demanda Levine.

— Un charmant garçon. Tu ne te souviens pas de l'avoir rencontré chez moi ?

Levine imita le geste de son beau-frère et celui-ci put alors placer son historiette, non moins scabreuse que celle de Gaguine. Quand Levine en eut aussi raconté une, que l'on voulut bien trouver plaisante, on parla chevaux, courses et l'on cita le trotteur de Vronski, Velouté, qui venait de gagner un prix.

— Et voici l'heureux propriétaire en personne, dit Stépane Arcadiévitch, se renversant en arrière sur sa chaise pour tendre la main à Vronski, qu'accompagnait un colonel de la garde d'une stature gigantesque.

Vronski, qui paraissait lui aussi d'excellente humeur, s'accouda à la chaise d'Oblonski, lui murmura quelques mots à l'oreille et tendit avec un sourire aimable la main à Levine.

— Enchanté de vous revoir, dit-il. Je vous ai cherché dans toute la ville après les élections ; vous aviez disparu.

— C'est vrai, je me suis esquivé le jour même... Nous parlions de votre trotteur ; tous mes compliments.

— N'élevez-vous pas aussi des chevaux de course ?

— Moi non ; mais mon père avait une écurie et par tradition, je m'y connais.

— Où as-tu dîné ? demanda Oblonski.

— À la seconde table, derrière les colonnes.

— On l'a accablé de félicitations, dit le grand colonel. C'est joli, un second prix impérial. Ah ! si je pouvais avoir la même chance au jeu !... Mais je perds un temps précieux...

Et il se dirigea vers la chambre « infernale ».

— C'est Iachvine, répondit Vronski à une question de Tourovtsine. Il s'attabla près d'eux, accepta une flûte de champagne, en commanda une nouvelle bouteille. Sous l'influence du vin et de l'atmosphère sociable du club, Levine entama avec lui une cordiale discussion sur les mérites respectifs des différentes races bovines ; heureux de ne plus éprouver de haine contre son ancien rival, il fit même une allusion à la rencontre qui avait eu lieu chez la princesse Marie Borissovna.

— Marie Borissovna ? s'écria Stépane Arcadiévitch. Elle est tout bonnement délicieuse ! Et il conta sur la vieille dame une anecdote qui mit de nouveau tout le monde en gaieté. Le rire de Vronski parut à Levine de si bon aloi qu'il se sentit définitivement réconcilié avec lui.

— Eh bien, messieurs, dit Oblonski en se levant, le sourire aux lèvres, si nous avons fini, sortons.

VIII

LEVINE quitta la salle à manger avec un singulier sentiment de légèreté dans les mouvements. Comme Gaguine l'entraînait vers la salle de billard, il se heurta dans le salon à son beau-père.

— Que dis-tu de ce temple de l'oisiveté ? demanda le vieux prince en le prenant sous le bras. Viens faire un tour.

— Je ne demande pas mieux, car cela m'intéresse.

— Moi aussi, mais autrement que toi. Quand tu vois des bonshommes comme ceux-ci, dit-il en désignant un vieux monsieur voûté, à la lèvre tremblante, qui avançait péniblement, chaussé de bottes molles sans semelles, tu crois volontiers qu'ils sont nés gâteux et cela te fait sourire ; tandis que moi je les regarde en me disant qu'un de ces jours je traînerai la patte comme eux. Tu connais le prince Tchétchenski ? demanda-t-il d'un ton qui laissait prévoir une plaisante historiette.

— Ma foi, non.

— Comment, tu ne connais pas notre fameux joueur de billard ? Enfin peu importe... Il y a de ça trois ans, il crânait encore, et il traitait les autres de vieux ramollis. Or, un beau jour, Vassili, notre suisse... Tu te le rappelles ? Non ? mais si, voyons, un gros, qui a toujours le mot pour rire... Un jour donc le prince lui demanda en arrivant : « Qui vais-je trouver là-haut, Vassili ? — Celui-ci et celui-là. — Et des ramollis, y en a-t-il déjà ? — Vous êtes le troisième, mon prince », lui répond l'autre du tac au tac. Et voilà !

Tout en devisant et en saluant leurs amis au passage, les deux hommes traversèrent le grand salon, où des parties s'engageaient entre habitués ; le « salon aux canapés », rendez-vous des joueurs d'échecs, où Serge Ivanovitch conversait avec un inconnu ; la salle de billard où, dans un coin près du divan, Gaguine avait rassemblé quelques joueurs autour d'une bouteille de champagne. Ils jetèrent un coup d'œil à la « chambre infernale » : Iachvine, entouré de pontes, y était déjà installé. Ils entrèrent avec précaution dans la salle de lecture : une pièce sombre qu'éclairaient faiblement des lampes à abat-jour verts ; un jeune homme maussade y feuilletait des revues auprès d'un général chauve, le nez enfoncé dans un bouquin. Ils pénétrèrent enfin dans une pièce que le prince avait surnommée le « salon des gens d'esprit », et y trouvèrent trois messieurs discourant sur la politique.

— On vous attend, mon prince, vint annoncer un de ses partenaires, qui le cherchait de tous côtés.

Resté seul, Levine écouta encore les trois messieurs; puis, se rappelant toutes les conversations du même genre entendues depuis le matin, il éprouva un ennui si profond qu'il se sauva pour chercher Tourovtsine et Oblonski, avec lesquels du moins on ne s'ennuyait pas.

Il les retrouva dans la salle de billard, Tourovtsine dans le groupe des buveurs, Oblonski arrêté près de la porte en compagnie de Vronski.

— Ce n'est pas qu'elle s'ennuie, mais cette indécision l'énerve, entendit Levine qui voulait passer outre mais se vit saisir par le bras.

— Ne t'en va pas, Levine, lui cria Stépane Arcadiévitch, les yeux humides comme il les avait toujours après boire ou aux heures d'attendrissement et, ce soir-là, c'était l'un et l'autre... C'est, je crois, mon meilleur ami, continua-t-il en se tournant vers Vronski, et comme toi aussi tu m'es pour le moins aussi cher et aussi proche, je voudrais vous voir amis; vous êtes dignes de l'être.

— Après cela, il ne nous reste qu'à nous embrasser, répondit plaisamment Vronski, en offrant à Levine une main que celui-ci serra avec cordialité.

— Enchanté, enchanté, déclara-t-il.

— Garçon, du champagne! cria Oblonski.

— Je le suis également, reprit Vronski.

Cependant, malgré cette mutuelle satisfaction, ils ne trouvèrent rien à se dire.

— Tu sais qu'il ne connaît pas Anna, fit remarquer Oblonski, et je veux de ce pas le lui présenter.

— Elle en sera ravie, répondit Vronski. Je partirais bien dès maintenant, mais Iachvine m'inquiète, il faut que je le surveille.

— Il est en train de perdre?

— Comme toujours. Et il n'y a que moi qui puisse lui faire entendre raison.

— Alors que diriez-vous d'une partie de billard en attendant? Tu es des nôtres, Levine? Parfait... Une pyramide! cria-t-il au marqueur.

— Il y a beau jeu qu'elle vous attend, répondit le personnage, qui employait ses loisirs à faire rouler la rouge.

— Eh bien, marchons.

La partie terminée, Vronski et Levine s'installèrent

à la table de Gaguine et, sur le conseil d'Oblonski, Levine misa sur les as. Une foule d'amis assiégeait sans cesse Vronski qui s'en allait de temps à autre relancer Iachvine. Heureux de sa réconciliation définitive avec son ancien rival, Levine éprouvait une sensation grandissante de détente physique et morale.

Quand la partie eut pris fin, Stépane Arcadiévitch le prit par le bras.

— Alors, tu m'accompagnes chez Anna ? Il y a longtemps que je lui promets de t'amener. Tu n'avais rien en vue pour ce soir ?

— Rien de particulier. J'avais promis à Sviajski d'assister à une séance de la Société agronomique, mais cela n'a pas d'importance. Allons-y, si tu le désires.

— Parfait... Informe-toi si ma voiture est là, ordonna Stépane Arcadiévitch à un valet.

Après s'être acquitté des quarante roubles qu'il avait perdus aux cartes, Levine régla ses dépenses à un vieux maître d'hôtel, appuyé contre le linteau de la porte, qui en savait, Dieu sait pourquoi, le total par cœur, et, les bras ballants, gagna la sortie à travers l'enfilade des salons.

IX

« La voiture du prince Oblonski ! cria le suisse d'une voix tonnante.

La voiture avança, les deux beaux-frères y montèrent, et bientôt les secousses de l'équipage, les cris d'un cocher de fiacre, l'enseigne rouge d'un cabaret aperçue à travers la portière, dissipèrent cette atmosphère de béatitude qui avait enveloppé Levine dès son entrée au club. Brusquement rendu à la réalité, il se demanda s'il avait raison d'aller chez Anna. Que dirait Kitty ? Mais, comme s'il eût deviné ce qui se passait dans son esprit, Oblonski coupa court à ses méditations...

— Comme je suis heureux de te la faire connaître ! Sais-tu que Dolly le désire depuis longtemps ? Lvov aussi va chez elle. Bien qu'elle soit ma sœur, je puis dire que c'est une femme supérieure. Malheureusement sa situation est plus triste que jamais.

— Pourquoi cela ?

— Nous négocions un divorce, son mari y consent, mais il surgit des difficultés à cause de l'enfant et depuis trois mois l'affaire n'avance pas. Dès que le divorce aura été prononcé, elle épousera Vronski... Entre nous soit dit, quelle sottise que cette cérémonie désuète, à quoi personne n'attache plus d'importance et qui n'en est pas moins nécessaire au bonheur des gens !... Et quand tout sera terminé, sa position deviendra aussi régulière que la tienne ou la mienne.

— En quoi consistent ces difficultés ?

— Ce serait trop long à te raconter. Quoi qu'il en soit, la voilà depuis trois mois à Moscou, où elle est connue de tout le monde, et elle n'y voit pas d'autres femmes que Dolly, parce qu'elle ne veut pas qu'on lui fasse visite par charité. Croirais-tu que cette sotte de princesse Barbe lui a fait entendre qu'elle la quittait par convenance ? Une autre qu'Anna se trouverait perdue, mais tu vas voir comme elle s'est au contraire organisé une vie digne et bien remplie... À gauche, en face de l'église, cria par la portière Oblonski au cocher. Mon Dieu, qu'il fait chaud ! bougonna-t-il en rejetant sa fourrure en arrière, malgré douze degrés de froid.

— Mais elle a une fille, qui doit lui prendre beaucoup de temps.

— Décidément, tu ne veux voir dans la femme qu'*une couveuse !*... Oui, elle s'occupe de sa fille, elle l'élève même très bien, mais elle ne fait pas parade de cette enfant. Ses principales occupations sont d'ordre intellectuel : elle écrit. Je te vois sourire et tu as tort ; ce qu'elle écrit est destiné à la jeunesse, elle n'en parle à personne, sinon à moi qui ai montré le manuscrit à Varkouïev... tu sais, l'éditeur. Comme il écrit lui-même, il s'y connaît. Eh bien, à son avis, c'est une chose remarquable... Ne t'imagine pas au moins qu'elle pose pour le bas-bleu. Anna est avant tout une femme de cœur. Elle s'est chargée d'une petite Anglaise et de sa famille.

— Par philanthropie, sans doute ?

— Non, par simple bonté d'âme. Tu vois partout des ridicules. Cette famille est celle d'un entraîneur, très habile dans son métier, que Vronski a employé ; le malheureux, perdu de boisson, atteint du *delirium tremens*, a abandonné femme et enfants. Anna s'est intéressée à ces pauvres gens, mais pas seulement pour leur donner de l'argent, car elle enseigne le russe aux garçons afin de les faire entrer au collège, et elle garde la fille chez elle. D'ailleurs tu vas voir...

La voiture entra dans la cour et se rangea à côté d'un traîneau. La porte s'ouvrit sur un bruyant coup de sonnette de Stépane Arcadiévitch, qui, sans demander si on recevait, se débarrassa de sa fourrure dans le vestibule. Levine, de plus en plus inquiet sur l'opportunité de sa démarche, imita pourtant cet exemple. Il se trouva très rouge en se regardant dans le miroir, mais, sûr de ne pas être ivre, il monta l'escalier à la suite d'Oblonski. Un domestique les accueillit au premier étage et, questionné familièrement par Stépane Arcadiévitch, répondit que Madame était dans son boudoir en compagnie de M. Varkouïev.

Ils traversèrent une petite salle à manger en boiserie et entrèrent dans une pièce faiblement éclairée par une lampe à grand abat-jour sombre, tandis qu'un réflecteur répandait une lumière très douce sur l'image d'une femme aux épaules opulentes, aux cheveux noirs frisés, au sourire pensif, au regard troublant. C'était le portrait d'Anna fait par Mikhaïlov en Italie. Levine demeura fasciné : était-il possible qu'une aussi belle créature existât en chair et en os ?

— Je suis charmée... dit une voix à ses oreilles. C'était Anna qui, dissimulée par un treillage de plantes grimpantes, se levait pour accueillir ses visiteurs. Et dans la demi-obscurité de la pièce, Levine reconnut l'original du portrait, d'une beauté toujours souveraine encore que moins brillante et qui gagnait en charme ce qu'elle perdait en éclat.

X

Anna s'avança vers lui et ne dissimula pas le plaisir que lui causait sa visite. Avec cette aisance, cette simplicité particulières aux femmes du meilleur monde et que Levine sut aussitôt apprécier, elle lui tendit une petite main énergique, le présenta à Varkouïev et lui désigna comme sa pupille la jeune enfant assise avec son ouvrage près de la table.

— Je suis charmée, tout à fait charmée, répéta-t-elle, et prononcées par elle ces paroles banales prenaient un sens particulier, car il y a longtemps que je vous connais et vous estime, grâce à Stiva et à votre femme. Je n'ai vu celle-ci qu'une ou deux fois, mais elle m'a laissé une impression charmante : c'est une fleur, une fleur exquise. Et j'apprends qu'elle sera bientôt mère ?

Elle parlait sans embarras ni hâte, regardant tour à tour son frère et Levine, qui, devinant qu'il lui plaisait, se sentit bientôt aussi à l'aise que s'il l'avait connue depuis l'enfance.

Oblonski demanda si l'on pouvait fumer.

— C'est pour cela qu'Ivan Pétrovitch et moi nous nous sommes réfugiés dans le cabinet d'Alexis, répondit Anna en tendant à Levine un porte-cigarettes d'écaille, après y avoir pris un *pajito.*

— Comment vas-tu aujourd'hui ? demanda son frère.

— Pas mal, un peu nerveuse, comme toujours.

— N'est-ce pas qu'il est beau ? dit Stépane Arcadiévitch, remarquant l'admiration de Levine pour le portrait.

— Je n'en ai pas vu de plus parfait.

— Ni de plus ressemblant, ajouta Varkouïev.

Le visage d'Anna brilla d'un éclat tout particulier lorsque, pour comparer le portrait à l'original, Levine la regarda attentivement ; celui-ci rougit et pour cacher son trouble, voulut demander quand elle avait vu Dolly ; mais Anna prit la parole.

— Nous causions avec Ivan Pétrovitch des derniers tableaux de Vastchenkov. Les avez-vous vus ?

— Oui, répondit Levine.

— Mais pardon, je vous ai, je crois, interrompu.

Levine posa sa question.

— Dolly, je l'ai vue hier, très montée contre le maître de latin de Gricha, qu'elle accuse d'injustice.

— Oui, reprit Levine, revenant au sujet qu'elle avait abordé, j'ai vu les tableaux de Vastchenkov et je dois avouer qu'ils ne m'ont pas beaucoup plu.

La conversation s'engagea sur les nouvelles écoles de peinture. Anna causait avec esprit, mais sans aucune prétention, s'effaçant volontiers pour faire briller les autres, si bien qu'au lieu de se torturer comme il l'avait fait toute la journée, Levine trouva agréable et facile soit de parler, soit d'écouter. À propos des illustrations qu'un peintre français venait de faire de la Bible, Varkouïev s'éleva contre le réalisme exagéré de cet artiste. Levine objecta que ce réalisme était une réaction salutaire, jamais la convention dans l'art n'ayant été poussée aussi loin qu'en France.

— Ne plus mentir devient pour les Français de la poésie, dit-il, et il se sentit heureux de voir Anna rire en l'approuvant. Aucune de ses saillies ne lui avait fait tant plaisir.

— Je ris, déclara-t-elle, comme à la vue d'un portrait très fidèle. Votre boutade caractérise à merveille tout l'art français d'aujourd'hui, la littérature aussi bien que la peinture. Prenez, par exemple, Zola, Daudet... Il en va peut-être toujours ainsi : on commence par créer des types conventionnels mais une fois toutes les *combinaisons* épuisées, on se décide à tâter du naturel.

— Très juste ! dit Varkouïev.

— Ainsi vous venez du club ? dit Anna en se penchant vers son frère pour lui parler à voix basse.

« Oui, voilà une femme », pensa Levine, absorbé dans la contemplation de cette physionomie mobile qu'il vit tour à tour exprimer la curiosité, la colère et l'orgueil. L'émotion d'Anna fut d'ailleurs de courte durée ; elle ferma les yeux à demi comme pour recueillir ses souvenirs, et se tournant vers la petite Anglaise :

— *Please order the tea in the drawing-room* (Faites servir le thé dans le salon), ordonna-t-elle.

L'enfant se leva et sortit.

— A-t-elle bien passé son examen ? s'enquit Stépane Arcadiévitch.

— Parfaitement ; elle a beaucoup de moyens et un charmant caractère.

— Tu finiras par la préférer à ta propre fille.

— Voila bien un jugement d'homme. Peut-on comparer ces deux affections ? J'aime ma fille d'une façon et celle-ci d'une autre.

— Ah ! déclara Varkouïev, si Anna Arcadiévna voulait dépenser au profit d'enfants russes la centième partie de l'activité qu'elle consacre à cette petite Anglaise, quels services son énergie ne rendrait-elle pas ! Je ne cesse de le lui dire.

— Que voulez-vous, cela ne se commande pas.

Quand nous habitions la campagne, le comte Alexis Kirillovitch (en prononçant ce nom, elle jeta un coup d'œil timide à Levine, qui lui répondit par un regard de respect et d'approbation) m'a fort encouragée à visiter les écoles ; j'ai essayé, mais je n'ai jamais pu m'y intéresser. Vous parlez d'énergie ? Elle a pour base l'amour et l'amour ne se donne pas à volonté. Pourquoi me suis-je intéressée à cette petite Anglaise ? je serais bien en peine de vous le dire.

Elle eut encore pour Levine un regard et un sourire ; sourire et regard soulignaient qu'elle ne parlait qu'à son intention, sûre d'avance qu'ils se comprenaient mutuellement.

— Vous avez tout à fait raison, dit Levine. On ne met jamais son cœur dans ces institutions philanthropiques, et c'est pourquoi elles donnent de si piètres résultats.

— Oui, dit Anna après un moment de silence, *je n'ai pas le cœur assez large* pour aimer tout un ouvroir de vilaines petites filles. Pourtant combien de femmes ont affermi de la sorte leur *position sociale !* Mais moi je ne le puis pas... non, pas même maintenant, où j'aurais tant besoin d'occupation, ajouta-t-elle d'un air triste à l'intention de Levine, bien qu'elle fît mine de parler à son frère. Puis, fronçant le sourcil comme pour se reprocher cette demi-confidence, elle changea de conversation. Vous passez pour un mauvais citoyen, dit-elle à Levine, mais j'ai toujours pris votre défense.

— De quelle façon ?

— Cela dépendait des attaques... Mais le thé nous attend...

Elle se leva et prit sur la table un cahier relié en maroquin.

— Donnez-le-moi, Anna Arcadiévna, dit Varkouïev, en montrant le cahier. Il vaut la peine d'être imprimé

— Non, cela n'est pas encore au point.

— Je lui en ai parlé, dit Stépane Arcadiévitch en désignant Levine.

— Tu as eu tort. Mes écrits ressemblent à ces petits ouvrages faits par des prisonniers, que me vendait jadis Lise Mertsalov... Une amie qui s'occupait d'œuvres de bienfaisance, expliqua-t-elle à Levine... Ces infortunés font, eux aussi, des chefs-d'œuvre de patience.

Ce trait de caractère frappa Levine, déjà séduit par

cette femme remarquable ; à l'esprit, à la grâce, à la beauté venait s'ajouter la franchise : elle ne cherchait point à dissimuler l'amertume de sa situation. Un soupir lui échappa, son visage prit une expression grave, comme pétrifiée, en complète opposition avec la félicité rayonnante qu'avait si bien rendue Mikhaïlov, et qui pourtant l'embellissait encore. Tandis qu'elle prenait le bras de son frère, Levine jeta un dernier coup d'œil au merveilleux portrait et se surprit à éprouver pour l'original un vif sentiment de tendresse et de pitié.

Anna laissa Levine et Varkouïev passer au salon et demeura en arrière pour causer avec Stiva. « De quoi peut-elle bien lui parler ? se demanda Levine. De son divorce ? De Vronski ? De moi peut-être ? » Il était si ému qu'il entendit à peine Varkouïev lui prôner les mérites du livre pour enfants écrit par la jeune femme.

La conversation reprit autour de la table ; les sujets intéressants ne tarissaient pas, et tous les quatre semblaient déborder d'idées ; grâce à l'attention dont faisait preuve Anna, aux fines remarques qu'elle laissait tomber, tout ce qui se disait prenait pour Levine un intérêt spécial. Il pensait sans cesse à cette femme, admirait son intelligence, la culture de son esprit, son tact, son naturel, cherchait à pénétrer ses sentiments et jusqu'aux replis de sa vie intime. Naguère si prompt à la juger, il l'excusait maintenant, et la pensée que Vronski pouvait ne pas la comprendre lui serrait le cœur. Il était plus de onze heures lorsque Stépane Arcadiévitch se leva pour partir ; Varkouïev les avait déjà quittés ; Levine se leva aussi, mais à regret : il croyait n'être là que depuis un moment.

— Adieu, lui dit Anna en retenant la main qu'il lui tendait et en plongeant son regard dans le sien. Je suis contente *que la glace soit rompue.*

Et, lâchant sa main, elle ajouta avec un clignement d'yeux :

— Dites à votre femme que je l'aime comme autrefois, et que, si elle ne peut me pardonner ma situation, je souhaite que jamais elle ne vienne à la comprendre. Pour pardonner il faut avoir passé par toutes les souffrances que j'ai endurées ; que Dieu l'en préserve !

— Je le lui dirai, soyez-en sûre, répondit Levine en rougissant.

XI

« PAUVRE et charmante femme ! », pensa Levine en se retrouvant à l'air glacé de la nuit.

— Que t'avais-je dit ? lui demanda Stépane Arcadiévitch en le voyant conquis.

— Oui, répondit Levine d'un air pensif, c'est une femme tout à fait remarquable. La séduction qu'elle exerce ne tient pas seulement à son esprit : on sent qu'elle a du cœur. Elle me fait peine !

— Dieu merci, tout va bientôt s'arranger, j'espère. Mais à l'avenir, méfie-toi des jugements téméraires, dit Oblonski en ouvrant la portière de sa voiture. Au revoir, nous allons de côtés différents.

Tout le long du chemin, Levine se remémora les moindres phrases d'Anna, les nuances les plus subtiles de sa physionomie. Il l'estimait et la plaignait de plus en plus.

En ouvrant la porte, Kouzma apprit à son maître que Catherine Alexandrovna se portait bien et que ses sœurs venaient à peine de la quitter. Il lui remit en même temps deux lettres, que Levine parcourut aussitôt. L'une était de Sokolov, son régisseur, qui ne trouvait d'acheteur pour le blé qu'au prix dérisoire de cinq roubles cinquante et ne voyait pour le moment aucune rentrée possible ; l'autre, de sa sœur qui lui reprochait de négliger son affaire de tutelle.

« Eh bien, nous vendrons à cinq roubles cinquante, puisqu'on ne donne pas davantage, se dit-il, tranchant d'un cœur léger la première question. Quant à ma sœur, elle a raison de me gronder, mais le temps passe si rapidement que je n'ai pas trouvé le moyen d'aller au tribunal aujourd'hui et j'en avais pourtant l'intention. »

Il se jura d'y aller le lendemain et, se dirigeant vers la chambre de sa femme, jeta sur sa journée un coup d'œil rétrospectif. Qu'avait-il fait, sinon causer, causer et toujours causer ? Aucun des sujets abordés ne l'eût occupé à la campagne, ils ne prenaient d'importance qu'ici ; aucun non plus ne lui laissait de mauvais souvenirs, à part la fâcheuse phrase sur le brochet... Et n'y avait-il pas aussi quelque chose de répréhensible dans son attendrissement sur Anna?

Il trouva Kitty triste et rêveuse. Le dîner des trois sœurs avait été fort gai, mais comme Levine tardait à rentrer, la soirée leur avait finalement paru longue.

— Qu'es-tu devenu? lui demanda-t-elle, remarquant un éclat suspect dans ses yeux, mais se gardant bien de le dire pour ne pas arrêter ses effusions. Bien au contraire, elle l'écouta, le sourire aux lèvres.

— J'ai rencontré Vronski au club et j'en suis bien aise. Il n'y aura dorénavant plus de gêne entre nous, bien que mon intention ne soit pas de rechercher sa société. Tout en disant ces mots, il rougit, se rappelant soudain que « pour ne pas rechercher sa société » il était allé chez Anna en sortant du club. Nous flétrissons l'ivrognerie des gens du peuple, mais il me semble que les gens du monde boivent bien davantage et ne se bornent pas à se griser les jours de fête...

Kitty s'intéressait beaucoup moins à l'ivrognerie comparée qu'à la rougeur subite de son mari; aussi reprit-elle ses questions.

— Qu'as-tu fait après le dîner?

— Stiva m'a tourmenté pour l'accompagner chez Anna Arcadiévna, répondit-il en rougissant de plus en plus, car cette fois l'inconvenance de cette visite lui paraissait indubitable.

Les yeux de Kitty lancèrent des éclairs, mais elle se contint et dit simplement :

— Ah!

— Tu n'es pas fâchée? Stiva me l'a demandé avec beaucoup d'insistance et je savais que Dolly le désirait également.

— Oh! non, répondit-elle avec un regard qui ne prédisait rien de bon.

— C'est une charmante femme, qu'il faut beaucoup plaindre, reprit Levine, et, après avoir raconté la vie que menait Anna, il transmit ses souvenirs à Kitty.

— Oui, elle est à plaindre, dit seulement Kitty quand il eut terminé. De qui as-tu reçu une lettre?

Il le lui dit et trompé par ce calme apparent, il passa dans le cabinet de toilette. Quand il rentra, Kitty n'avait pas bougé. En le voyant approcher, elle éclata en sanglots.

— Qu'y a-t-il ? demanda-t-il, bien qu'il sût fort bien de quoi il retournait.

— Tu t'es épris de cette affreuse femme, elle t'a déjà ensorcelé, je l'ai vu à tes yeux... Qu'en résultera-t-il ? Tu as été au club, tu as trop bu, où pouvais-tu aller de là, sinon chez une femme comme elle ?... Non, cela ne saurait durer ainsi, demain nous repartons.

Levine eut fort à faire pour apaiser sa femme. Il n'y parvint qu'en promettant de ne plus retourner chez Anna, dont la pernicieuse influence, jointe à un excès de champagne, avait troublé sa raison. Ce qu'il confessa avec le plus de sincérité fut que cette vie oisive passée à boire, manger et bavarder, le rendait tout bonnement stupide. Ils causèrent fort avant dans la nuit et ne parvinrent à s'endormir que vers trois heures du matin, suffisamment réconciliés pour pouvoir trouver le sommeil.

XII

Ses visiteurs partis, Anna se mit à arpenter la pièce de long en large. Depuis un certain temps, ses rapports avec les hommes s'imprégnaient d'une coquetterie presque involontaire ; elle avait fait son possible pour tourner la tête à Levine et voyait bien que ce but était atteint, du moins dans la mesure compatible avec l'honnêteté d'un jeune marié. Le jeune homme lui avait plu et, malgré certains contrastes extérieurs, son tact de femme lui avait permis de découvrir ce rapport secret entre Levine et Vronski grâce auquel Kitty s'était éprise des deux hommes. Et cependant, dès qu'il eut pris congé, elle l'oublia. Une seule et même pensée la poursuivait.

« Pourquoi, puisque j'exerce une attraction si sensible sur un homme marié, amoureux de sa femme, n'en ai-je plus sur "lui" ? Pourquoi devient-il si froid ?... Froid n'est pas le mot exact, car il m'aime encore, je le sais... Mais quelque chose nous divise. Pourquoi n'est-il pas encore rentré ? Il m'a fait dire par Stiva qu'il tenait à surveiller Iachvine : Iachvine est-il un enfant ? Il ne ment pourtant pas, mais il profite de l'occasion pour me faire voir qu'il entend garder son indépendance ; je ne le conteste pas, mais qu'a-t-il besoin de l'affirmer ainsi ? Ne peut-il donc comprendre l'horreur de la vie que je mène ? Peut-on appeler vivre cette longue expectative d'un dénouement qui recule de jour en jour ? Toujours aucune réponse ! Et Stiva hésite à faire une nouvelle démarche auprès d'Alexis Alexandrovitch. Je ne saurais pourtant lui écrire une seconde fois. Que puis-je faire, que puis-je entreprendre en attendant ? Rien, sinon ronger mon frein, me forger des distractions. Et qu'est-ce que ces Anglais, ces lectures, ce livre, sinon autant de tentatives pour m'étourdir, comme la morphine que je prends la nuit ! Il devrait pourtant me plaindre ! »

Des larmes de pitié sur son propre sort lui jaillirent des yeux. Mais soudain retentit le coup de sonnette saccadé de Vronski ; aussitôt Anna, s'essuyant les yeux, feignit le plus grand calme et s'assit près de la lampe, un livre à la main : elle tenait à témoigner son mécontentement, non à laisser voir sa douleur. Vronski ne devait pas se permettre de la plaindre. Elle provoquait ainsi la lutte qu'elle lui reprochait de vouloir engager.

— Tu ne t'es pas ennuyée ? demanda-t-il d'un ton dégagé. Quelle terrible passion que le jeu !

— Oh ! non, c'est une chose dont je me suis depuis longtemps déshabituée. J'ai reçu la visite de Stiva et de Levine.

— Je le savais ; Levine te plaît-il ? demanda-t-il en s'asseyant près d'elle.

— Beaucoup ; ils viennent de partir. Et que devient Iachvine ?

— Il avait gagné dix-sept mille roubles et j'étais parvenu à l'emmener, lorsqu'il m'a échappé ; en ce moment il reperd tout.

— Alors pourquoi le surveiller ? dit Anna en levant brusquement la tête. Après avoir dit à Stiva que tu restais pour emmener Iachvine, tu as fini par l'abandonner.

Leurs regards, empreints d'une animosité glaciale, se croisèrent.

— D'abord, je n'ai chargé Stiva d'aucune commission, puis je n'ai pas l'habitude de mentir, et enfin j'ai fait ce qu'il me convenait de faire, déclara-t-il maussadement… Anna, Anna, pourquoi ces récriminations ? ajouta-t-il après un moment de silence, tendant sa main ouverte vers elle dans l'espoir qu'elle y mettrait la sienne. Un mauvais esprit l'empêcha de répondre à cet appel à la tendresse.

— Certainement tu as fait comme tu l'entendais; c'est ton droit, personne ne le nie, pourquoi appuyer là-dessus? dit-elle, tandis que Vronski retirait sa main d'un air plus résolu encore, et qu'elle considérait ce visage dont l'expression butée l'irritait. C'est pour toi une question d'entêtement, oui, d'entêtement, répéta-t-elle tout heureuse de cette découverte: tu veux à tout prix savoir qui de nous deux l'emportera. Il s'agit pourtant de bien autre chose. Si tu savais combien, lorsque je te vois ainsi hostile — oui c'est le mot, hostile — je me sens sur le bord d'un abîme, combien j'ai peur, peur de moi-même!

Et se prenant de nouveau en pitié, elle détourna la tête afin de lui cacher ses sanglots.

— Mais à quel propos tout cela? dit Vronski effrayé de ce désespoir et se penchant vers Anna pour lui baiser la main. Peux-tu me reprocher de chercher des distractions au-dehors? Est-ce que je ne fuis pas la société des femmes?

— Il ne manquerait plus que cela!

— Voyons, dis-moi ce qu'il faut que je fasse pour te tranquilliser, je suis prêt à tout pour t'épargner la moindre douleur, dit-il, tout ému de la voir si malheureuse.

— Ce n'est rien... la solitude, les nerfs... N'en parlons plus... Raconte-moi ce qui s'est passé aux courses, tu ne m'en as encore rien dit, fit-elle cherchant à dissimuler son triomphe.

Vronski demanda à souper et, tout en mangeant, lui raconta les incidents des courses; mais au son de sa voix, à son regard de plus en plus froid, Anna comprit que son opiniâtreté reprenait le dessus et qu'il ne lui pardonnait pas de l'avoir un moment fait plier. En se rappelant les mots qui lui avaient donné la victoire: «J'ai peur de moi-même, je me sens sur le bord d'un abîme», elle comprit que c'était une arme dangereuse, dont il ne fallait plus se servir. Il s'élevait en eux comme un esprit de lutte; elle le sentait mais n'était pas maîtresse, non plus que Vronski, de le dominer.

XIII

Trois mois auparavant, Levine n'aurait pas cru possible de s'endormir paisiblement après une journée comme celle qu'il venait de passer; mais on s'habitue à tout, surtout quand on voit les autres faire de même. Il dormait donc tranquille, sans souci de ses dépenses exagérées, de sa « soûlerie » (pour appeler les choses par leur nom) au club, de son absurde rapprochement avec un homme dont Kitty avait été amoureuse, de sa visite plus absurde encore à une personne qui, après tout, n'était qu'une femme perdue et qui lui avait aussitôt tourné la tête, au grand chagrin de sa chère Kitty. Vers cinq heures, le bruit d'une porte qu'on ouvrait le réveilla en sursaut; Kitty n'était plus auprès de lui, mais il perçut ses pas dans le cabinet de toilette, où vacillait une lumière.

— Qu'y a-t-il? Qu'y a-t-il? marmotta-t-il encore à moitié endormi.

— Ce n'est rien, dit Kitty, qui apparut un bougeoir à la main et lui sourit d'un sourire particulièrement tendre et significatif. Je me sens un peu souffrante.

— Quoi! cela commence? s'écria-t-il effrayé, cherchant ses vêtements pour s'habiller au plus vite. Il faut envoyer chercher la sage-femme.

— Non, non, je t'assure, ce n'est rien, c'est déjà passé, dit-elle en le retenant.

Elle éteignit la bougie et se recoucha. Pour suspectes que lui parussent sa respiration oppressée et sa réponse palpitante d'émotion, Levine était si fatigué qu'il se rendormit aussitôt; plus tard seulement il imagina les pensées qui durent agiter cette chère âme, alors qu'étendue immobile à son côté, elle attendait patiemment le moment le plus solennel qui puisse marquer la vie d'une femme. Vers sept heures, Kitty, partagée entre la crainte de l'éveiller et le désir de lui parler, finit par lui toucher l'épaule.

— Kostia, n'aie pas peur, ce n'est rien, mais je crois qu'il vaut mieux chercher Élisabeth Pétrovna.

Elle avait rallumé la bougie et repris le tricotage qui l'occupait depuis plusieurs jours.

— Ne t'effraie pas, je t'en supplie ; je n'ai pas peur du tout, continua-t-elle en voyant l'air terrifié de son mari, et elle lui prit la main pour la porter à son cœur et à ses lèvres.

Levine sauta à bas du lit, sans quitter sa femme des yeux, enfila sa robe de chambre et s'arrêta soudain, impuissant à s'arracher à cette contemplation. Brillant d'une alerte résolution sous le bonnet d'où s'échappaient des mèches soyeuses, ce cher visage, dont il croyait connaître la moindre expression, lui apparaissait sous un jour tout nouveau. Cette âme candide et transparente se dévoilait presque jusque dans son tréfonds. Et il rougit de honte en se rappelant la scène de la veille.

Kitty aussi le regardait, toute souriante. Mais tout à coup ses paupières palpitèrent : elle dressa la tête et attirant à elle son mari, elle se serra contre sa poitrine, comme sous l'étreinte d'une vive douleur. À la vue de cette souffrance muette, le premier mouvement de Levine fut encore de s'en croire coupable ; mais le regard chargé de tendresse de Kitty le rassura : loin de l'accuser, elle semblait l'aimer davantage. « À qui la faute sinon à moi ? » se demanda-t-il, cherchant en vain, pour l'en punir, l'auteur de ce tourment, qu'elle endurait d'ailleurs avec la fierté du triomphe. Il sentit qu'elle atteignait à une hauteur de sentiments qu'il ne pouvait comprendre.

— J'ai déjà envoyé chez maman, dit-elle. Et toi, va vite chercher Élisabeth Pétrovna… Kostia !… Non, c'est passé.

Elle le quitta pour sonner sa femme de chambre.

— Eh bien, va vite. Je me sens mieux et voici Pacha qui vient.

À sa grande surprise, il la vit reprendre son ouvrage. Comme il sortait par une porte, Pacha entrait par l'autre ; il entendit Kitty lui passer ses instructions, tout en l'aidant à déplacer le lit.

Il s'habilla à la hâte et, tandis qu'on attelait, car à cette heure matinale, il risquait de ne point trouver de fiacre, il s'aventura sur la pointe des pieds dans la chambre à coucher : deux servantes s'y affairaient, attentives aux ordres de Kitty, qui marchait de long en large et tricotait nerveusement.

— Je vais chez le médecin ; j'ai fait prévenir la sage-femme et j'y passerai moi-même. Ne faut-il rien de plus ? Ah ! oui, Dolly.

Elle le regardait sans l'écouter.

— Oui, c'est cela, va vite, lui dit-elle avec un geste de congé.

Comme il traversait le salon, il crut percevoir une plainte, aussitôt contenue. Il ne comprit pas tout d'abord, mais bientôt :

— C'est elle qui gémit, murmura-t-il. Et, se prenant la tête à deux mains, il se sauva en courant.

« Seigneur, ayez pitié de nous, pardonnez-nous, aidez-nous ! » Ces mots qui lui vinrent soudain aux lèvres, il se mit à les répéter du fond du cœur. Et lui, l'incrédule, ne connaissant plus ni scepticisme, ni doute, il invoqua Celui qui tenait en son pouvoir et son âme et son amour.

Le cheval n'était pas encore attelé ; pour ne pas perdre de temps et distraire son attention il partit à pied, après avoir donné à Kouzma l'ordre de le suivre. Au coin de la rue il aperçut un petit traîneau qui amenait au trot d'un maigre cheval Élisabeth Pétrovna, enveloppée d'un châle et d'une rotonde de velours.

« Dieu merci ! » murmura-t-il en reconnaissant le visage blond de la jeune femme, qui lui parut plus grave que jamais. Et, sans faire arrêter le traîneau, il rebroussa chemin en courant à côté.

— Pas plus de deux heures, dites-vous ? Bien. Vous trouverez certainement Pierre Dmitriévitch chez lui. Inutile de le presser. N'oubliez pas de prendre de l'opium à la pharmacie.

— Alors vous croyez que tout se passera bien ? Que Dieu vous aide !

Et, voyant arriver Kouzma, il monta en traîneau et se fit conduire chez le médecin.

XIV

Le médecin dormait encore et un domestique, absorbé par le nettoyage de ses lampes, déclara que « son maître s'étant couché tard avait défendu de le réveiller, mais qu'il se lèverait bientôt ». Le souci que cet homme prenait des verres de lampe et sa profonde indifférence à l'égard des événements extérieurs indignèrent d'abord Levine ; mais, à la réflexion, il se dit qu'après tout personne n'était obligé de connaître les sentiments qui l'agitaient. Pour percer cette muraille de froideur, il lui faudrait agir avec une calme résolution. « Ne point me hâter et ne rien omettre, telle doit être ma règle de conduite », décida-t-il, heureux de sentir toute son attention, toutes ses forces physiques absorbées par la tâche qui s'imposait à lui.

Après avoir échafaudé divers plans, il s'arrêta au suivant : Kouzma porterait un billet à un autre médecin ; quant à lui, il passerait à la pharmacie et reviendrait chez Pierre Dmitriévitch ; si celui-ci n'était pas encore debout, il achèterait la bienveillance de son domestique ou, en cas de refus, envahirait de force la chambre à coucher.

À la pharmacie, un cocher attendait des poudres, qu'un aide-pharmacien enrobait dans des capsules avec la même indifférence que le domestique de l'esculape nettoyant ses verres de lampe. Bien entendu, ce chétif personnage refusa de délivrer de l'opium à Levine qui, s'armant de patience, nomma le médecin et la sage-femme qui l'envoyaient et expliqua l'usage qu'il comptait faire de ce médicament. Sur avis favorable du patron retranché derrière une cloison et dont il avait pris conseil en langue allemande, l'aide-pharmacien s'empara d'un bocal, versa à l'aide d'un entonnoir quelques gouttes de son contenu dans une fiole, qu'il étiqueta, et cacheta, en dépit des objurgations de Levine ; il allait même l'envelopper quand son client exaspéré la lui arracha des mains et prit la fuite.

Le médecin dormait toujours et son domestique étendait maintenant les tapis. Résolu à garder son sang-froid, Levine tira alors de son portefeuille un billet de dix roubles et, le glissant dans la main de l'inflexible serviteur, lui assura en pesant ses mots que Pierre Dmitriévitch ne se formaliserait certainement pas, ayant promis de venir à toute heure du jour ou de la nuit. Combien ce Pierre Dmitriévitch, si insignifiant d'ordinaire, devenait, aux yeux de Levine, un personnage important !

Convaincu par ces arguments, le domestique ouvrit le salon d'attente, et bientôt Levine entendit dans la pièce voisine le toussotement du médecin suivi d'un bruit d'ablutions. Au bout de trois minutes, n'y tenant plus, il entrouvrit la porte de communication.

— Excusez-moi, Pierre Dmitriévitch, murmura-t-il d'une voix suppliante, recevez-moi comme vous êtes ; elle souffre depuis plus de deux heures.

— Je viens, je viens, répondit le médecin d'un ton narquois.

— Deux mots seulement, je vous en supplie !

— Un petit instant.

Il fallut encore au médecin deux minutes pour se chausser, deux autres pour s'habiller et se peigner.

« Ces gens-là n'ont pas de cœur, songeait Levine. Peut-on se peigner quand il s'agit d'un cas de vie ou de mort ! »

Il allait réitérer ses supplications lorsque le médecin apparut, dûment costumé.

— Bonjour, dit-il le plus posément du monde, comme s'il eût voulu narguer Levine. Qu'y a-t-il ?

Levine commença aussitôt un long récit, chargé d'une foule de détails inutiles, en s'interrompant à chaque instant pour supplier le médecin de partir.

— Rien ne presse. Vous n'y entendez rien. Je viendrai, puisque je l'ai promis, mais, croyez-moi, ma présence sera sans doute superflue. En attendant, prenons toujours une tasse de café.

Levine n'en croyait pas ses oreilles : se moquait-on de lui ? Le visage du praticien n'annonçait nullement cette intention.

— Je vous comprends, reprit Pierre Dmitriévitch en souriant, mais, que voulez-vous, nous autres maris faisons triste figure dans ces cas-là. Le mari d'une de mes clientes se sauve d'habitude à l'écurie.

— Mais pensez-vous que cela se passe bien ?

— J'ai tout lieu de le croire.

— Vous allez venir, n'est-ce pas ? insista Levine, en foudroyant du regard le domestique qui apportait le café.

— Dans une petite heure.

— Au nom du ciel, Docteur !

— Eh bien, laissez-moi prendre mon café et je suis à vous.

Un silence suivit.

— Les Turcs m'ont tout l'air de recevoir une frottée,

reprit le médecin, la bouche pleine. Avez-vous lu le dernier communiqué ?

Levine n'y tint plus.

— Je me sauve, déclara-t-il en sautant de sa chaise. Jurez-moi de venir dans un quart d'heure.

— Accordez-moi une demi-heure.

— Parole d'honneur ?

En rentrant chez lui, Levine se heurta à sa belle-mère qui arrivait. Elle l'embrassa, les larmes aux yeux et les mains tremblantes. Tous deux se dirigèrent vers la chambre à coucher.

— Eh bien, ma bonne ? demanda la princesse en prenant le bras de la sage-femme, qui venait à leur rencontre, le visage rayonnant, bien que préoccupé.

— Tout va bien, mais elle ferait mieux de se coucher. Faites-lui entendre raison.

Depuis qu'en s'éveillant il avait compris la situation, Levine, résolu à soutenir le courage de sa femme, s'était promis de ne penser à rien, de renfermer ses impressions et de contenir son cœur à deux mains pendant cinq heures — durée habituelle de l'épreuve, s'il fallait en croire les compétences. Mais quand au bout d'une heure il retrouva Kitty dans le même état, la crainte de ne pouvoir résister au spectacle de cette torture s'empara de lui, et il multiplia ses invocations au Ciel afin de ne pas défaillir.

Une autre heure s'écoula, une troisième, une quatrième, enfin la dernière qu'il s'était assignée pour terme. Et il patientait toujours, parce qu'il ne pouvait faire autrement, convaincu à chaque minute qu'il avait atteint les dernières limites de la patience et que son cœur allait éclater ; mais bien d'autres heures passaient et sa terreur grandissait sans cesse. Peu à peu les conditions habituelles de la vie disparurent, la notion de temps cessa d'exister. Certaines minutes — celles où sa femme l'appelait à elle, où il tenait dans les siennes cette main moite qui tantôt se cramponnait à lui, tantôt au contraire le repoussait rageusement — lui semblaient des heures. Certaines heures au contraire s'envolaient comme des minutes, et quand la sage-femme lui demanda d'allumer une bougie derrière le paravent, il fut tout interdit en voyant la nuit arrivée. Prévenu qu'il était dix heures du matin et non cinq heures du soir, il n'en aurait pas été autrement surpris. Qu'avait-il fait au cours de cette journée? il eût été bien embarrassé de le dire. Il revoyait Kitty agitée et plaintive, puis calme, souriante, cherchant à le rassurer; la princesse, rouge d'émotion, ses boucles grises défrisées, dévorant ses larmes; Dolly; le médecin fumant de grosses cigarettes; la sage-femme et son visage sérieux mais rassurant; le vieux prince arpentant le grand salon d'un air sombre. Mais les entrées et les sorties se confondaient dans sa pensée: la princesse et le docteur se trouvaient avec lui dans la chambre à coucher, puis dans son bureau, où une table servie faisait son apparition; et tout à coup la princesse se muait en Dolly. Il se rappela qu'on l'avait chargé de diverses commissions. Tantôt il déménageait un divan et une table, besogne dont il s'acquittait avec conscience, la croyant utile à Kitty, alors qu'en réalité il préparait son propre lit. Tantôt on l'envoyait demander quelque chose au médecin, et celui-ci lui répondait et l'entretenait des fâcheux désordres du conseil municipal. Puis il se transportait chez sa belle-mère pour décrocher dans sa chambre une image sainte au revêtement d'argent doré; il s'y prenait si maladroitement qu'il brisait la veilleuse; la vieille camériste le consolait de cet accident et lui prodiguait des encouragements au sujet de Kitty; il rapportait enfin l'icône et la plaçait précautionneusement au chevet de la gisante, derrière les oreillers. Mais quand et comment tout cela était-il arrivé? Mystère. Pourquoi la princesse lui prenait-elle la main d'un air de compassion? Pourquoi Dolly cherchait-elle à le faire manger avec force raisonnements? Pourquoi le médecin lui-même lui offrait-il une potion calmante en le regardant avec gravité?

Une seule chose lui apparaissait évidente: l'événement actuel était du même ordre que l'agonie de son frère Nicolas l'année précédente, dans cette misérable auberge de province. Le chagrin cédait la place à la joie; mais dans la grisaille habituelle de l'existence, joie et chagrin ouvraient des perspectives sur l'au-delà. Et cette contemplation emportait son âme sur des sommets vertigineux où sa raison se refusait à le suivre.

« Seigneur, pardonnez-moi, Seigneur, venez à mon aide », répétait-il sans cesse, heureux d'avoir retrouvé, en dépit d'un long éloignement des choses saintes, la même naïve confiance en Dieu qu'aux jours de son enfance.

Pendant ces longues heures, Levine connut alternativement deux états d'esprit fort opposés. Avec Dolly, avec le prince, avec le médecin qui fumait cigarette sur cigarette et les éteignait sur le bord d'un cendrier trop plein, il agitait des choses indifférentes, telles que la politique, la cuisine ou la maladie de Marie Pétrovna, et oubliait pour un instant ce qui se passait dans la chambre voisine. Aussitôt dans cette pièce, son cœur se déchirait et son âme élevait vers Dieu une prière incessante. Et chaque fois qu'un gémissement venait l'arracher au bienfaisant oubli, l'angoisse d'une culpabilité imaginaire l'étreignait comme à la première minute : pris du besoin de se justifier, il courait alors vers sa femme, se rappelait en chemin qu'il n'y pouvait rien, mais s'obstinait à vouloir lui venir en aide. La vue de la patiente lui faisait sentir toute son impuissance : il ne lui restait qu'à multiplier ses « Seigneur, ayez pitié ! »

Plus le temps avançait, plus le contraste entre ces deux états devenait douloureux. Excédé par les appels de Kitty, Levine en était venu à récriminer contre la malheureuse ; mais, dès qu'il apercevait son visage souriant et soumis, dès qu'il l'entendait lui dire : « Que de tourments je te cause, mon pauvre ami ! » — c'était à Dieu même qu'il s'en prenait pour implorer aussitôt son pardon et sa miséricorde.

XV

Les bougies achevaient de brûler dans leurs bobèches. Levine traversait une période d'oubli : assis près du médecin, auquel Dolly venait d'offrir de prendre quelque repos, il contemplait la cendre de sa cigarette, tout en l'écoutant se plaindre d'un charlatan de magnétiseur. Tout à coup un cri qui n'avait rien d'humain retentit. Pétrifié d'épouvante, Levine interrogea du regard le médecin, qui tendit l'oreille et sourit d'un air d'approbation. Levine en était venu à ne plus s'étonner de rien. « Cela doit être ainsi », se dit-il. Cependant, pour s'expliquer ce cri, il alla sur la pointe des pieds reprendre sa place au chevet de la malade. Évidemment quelque chose de nouveau se passait, qu'il ne pouvait ni ne voulait comprendre mais que trahissait le visage pâle et grave d'Élisabeth Pétrovna: les mâchoires de cette femme tremblotaient, elle ne quittait pas des yeux la face tuméfiée de Kitty, où s'était collée une mèche de cheveux. La pauvre enfant saisit de ses mains moites les mains glacées de son mari et les pressa contre ses joues fiévreuses.

— Reste, reste, je n'ai pas peur, dit-elle d'une voix saccadée... Maman, ôtez-moi mes boucles d'oreilles, elles me gênent... Tu n'as pas peur?... Ce sera bientôt fini, n'est-ce pas, Élisabeth Pétrovna?

Elle allait sourire, mais soudain son visage se défigura et, repoussant son mari:

— Va-t'en, va-t'en! Je souffre trop... je vais mourir!

Et l'effroyable hurlement se répéta. Levine se prit la tête à deux mains et se sauva, sans vouloir écouter Dolly qui lui criait:

— Ce n'est rien, tout va bien!

Il savait maintenant que tout était perdu. Réfugié dans la pièce voisine, le front contre le chambranle de la porte, il écoutait ces clameurs monstrueuses poussées par cette chose informe qui naguère était Kitty. Il ne songeait à l'enfant que pour en avoir horreur. Il ne demandait même plus à Dieu de lui conserver sa femme, mais de mettre un terme à d'aussi atroces souffrances.

— Docteur, qu'est-ce que cela signifie? dit-il en saisissant le bras du médecin qui entrait.

— C'est la fin, répondit celui-ci d'un ton sérieux. Levine crut qu'il avait voulu dire: la mort. Fou de douleur il se précipita dans la chambre à coucher, où le premier visage qu'il aperçut fut celui de la sage-femme, toujours plus renfrognée. Quant à Kitty, il ne la reconnut pas dans cette forme hurlante et contorsionnée. Sentant son cœur prêt à se rompre, il appuya la tête contre le bois du lit. Et soudain, au moment où les cris semblaient atteindre le comble de l'horreur, ils cessèrent brusquement. Levine n'en croyait pas ses oreilles, mais il lui fallut bien se rendre à l'évidence le silence s'était fait, il ne percevait plus que des souffles saccadés, des chuchotements, des allées et venues discrètes, et la voix de sa femme murmurant avec une indicible expression de bonheur: «C'est fini!» Il leva la tête; elle le regardait, les mains affaissées sur la couverture, cherchant à lui sourire, belle d'une beauté languissante et souveraine.

Abandonnant aussitôt la sphère mystérieuse et terrible où il s'était agité durant vingt-deux heures, Levine reprit pied dans le monde réel, un monde réel resplendissant d'une telle lumière de joie qu'il ne put la supporter. Les cordes trop tendues se rompirent; il fondit en larmes, et des sanglots, qu'il était loin de prévoir, lui coupèrent la parole.

À genoux près du lit, il appuyait ses lèvres sur la main de Kitty, qui lui répondait par une légère pression de doigts. Cependant, entre les mains exercées de la sage-femme s'agitait, pareille à la lueur vacillante d'une petite lampe, la faible flamme de vie de cet être qui une seconde auparavant n'existait pas mais qui bientôt ferait aussi valoir ses droits au bonheur et engendrerait à son tour d'autres êtres semblables à lui-même.

— Il vit, il vit, ne craignez rien, et c'est un garçon, entendit Levine, tandis que d'une main tremblante Élisabeth Pétrovna frictionnait le dos du nouveau-né.

— Maman, c'est bien vrai? demanda Kitty.

La princesse ne répondit que par des sanglots.

Comme pour ôter le moindre doute à la mère, un son, bien différent de toutes ces voix contenues, s'éleva au milieu du silence: c'était un cri hardi, insolent, téméraire, poussé par ce nouvel être qui venait de surgir Dieu sait d'où[1].

Quelques instants plus tôt, on aurait pu facilement faire croire à Levine que Kitty était morte, qu'il l'avait suivie dans la tombe, que leurs enfants étaient des anges, qu'ils se trouvaient en présence de Dieu. Maintenant que la réalité l'avait repris, il dut faire un prodigieux effort pour admettre que sa femme vivait, qu'elle allait bien, que ce petit être vagissant était son fils. Il éprouvait un immense bonheur à savoir Kitty sauvée; mais pourquoi cet enfant? qui était-il? d'où venait-il? Cette idée lui parut difficile à accepter; il ne s'y fit que lentement.

XVI

Vers dix heures, le vieux prince, Serge Ivanovitch et Stépane Arcadiévitch se trouvaient réunis chez Levine pour y prendre des nouvelles de l'accouchée. Levine se croyait séparé de la veille par un intervalle de cent ans : il écoutait les autres parler et faisait effort pour descendre jusqu'à eux des hauteurs auxquelles il planait ; tout en s'entretenant de choses indifférentes, il pensait à la santé de sa femme, à ce fils dont l'existence lui semblait toujours une énigme. Le rôle de la femme dans la vie, dont il n'avait guère compris l'importance que depuis son mariage, dépassait maintenant toutes ses prévisions. Tandis que ses visiteurs discouraient sur un dîner qui avait eu lieu la veille au club, il se disait : « Que fait-elle ? à quoi songe-t-elle ? s'est-elle endormie ? et mon fils Dmitri, crie-t-il toujours ? » Au beau milieu d'une phrase, il sauta de son siège pour aller voir ce qui se passait chez Kitty.

— Fais-moi savoir si je puis entrer, dit le prince.

— Tout de suite, répondit Levine sans s'arrêter.

Elle ne dormait pas ; coiffée d'un bonnet à rubans bleus et bien arrangée dans son lit, les mains posées sur la couverture, elle causait à voix basse avec sa mère, formant déjà des plans pour le prochain baptême. Son regard, déjà brillant, s'enflamma davantage à l'approche de son mari. Son visage reflétait ce calme souverain qu'on lit sur la face des morts : signe ici de bienvenue et non d'adieu à la vie. Elle lui prit la main et lui demanda s'il avait un peu dormi. L'émotion de Levine fut si vive qu'il détourna la tête.

— Figure-toi, Kostia, que j'ai sommeillé, et que je me sens très bien.

L'expression de son visage changea brusquement : l'enfant vagissait.

— Donnez-le-moi, Élisabeth Pétrovna, que je le montre à son père.

— Nous allons nous montrer dès que nous aurons fait notre toilette, répondit la sage-femme en déposant au pied du lit une forme étrange, rougeâtre et tremblotante, qu'elle se mit à démailloter, à poudrer, à remmailloter en la faisant tourner à l'aide d'un seul doigt.

Levine considéra le petit avec de vains efforts pour se découvrir des sentiments paternels. Mais quand apparurent ces petits bras, ces petits pieds couleur de safran et qu'il les vit se replier comme des ressorts sous les doigts de la sage-femme qui les enveloppait dans des langes, il fut pris de pitié et esquissa un geste pour la retenir.

— Soyez tranquille, dit celle-ci en riant, je ne lui ferai pas de mal.

Quand elle eut arrangé son poupon comme elle l'entendait, Élisabeth Pétrovna le fit sauter d'un bras sur l'autre et, toute fière de son travail, s'écarta pour que Levine pût admirer son fils dans toute sa beauté.

— Donnez-le-moi, dit Kitty, qui n'avait cessé de suivre du coin de l'œil les mouvements de la sage-femme et qui fit mine de se soulever.

— Voulez-vous bien rester tranquille, Catherine Alexandrovna. Je m'en vais vous le passer. Attendez que nous nous fassions voir à papa.

Et d'un seul bras (l'autre main soutenait seulement la nuque branlante) elle leva vers Levine cet être bizarre et rougeaud qui cachait sa tête dans un coin de langes. À vrai dire, on distinguait un nez, des yeux bridés et des lèvres barbotantes.

— C'est un enfant superbe, déclara la sage-femme.

Levine soupira. Cet enfant superbe ne lui inspirait que pitié et dégoût. Il s'était attendu à tout autre chose.

Tandis qu'Élisabeth Pétrovna déposait le petit dans les bras de sa mère, Levine se détourna, mais le rire de Kitty lui fit tourner la tête : l'enfant avait pris le sein.

— C'est assez, dit la sage-femme au bout d'un instant. Mais Kitty ne voulut pas lâcher son fils qui s'endormit près d'elle.

— Regarde-le maintenant, dit-elle en tournant l'enfant vers son père, au moment où le petit visage prenait une expression plus vieillotte encore pour éternuer.

Levine se sentit prêt à pleurer d'attendrissement ; il embrassa sa femme et quitta la chambre.

Combien les sentiments que lui inspirait ce petit être différaient de ceux qu'il avait prévus ! Au lieu de la joie escomptée il n'éprouvait qu'une pitié angoissante :

il y avait dorénavant dans sa vie un nouveau coin vulnérable. Et la crainte de voir souffrir cette pauvre créature sans défense l'empêcha de remarquer le mouvement de fierté niaise qui lui avait échappé en l'entendant éternuer.

XVII

Les affaires de Stépane Arcadiévitch traversaient une phase critique : il avait dépensé les deux tiers de l'argent rapporté par la vente du bois, et l'acheteur, qui lui avait escompté à dix pour cent une partie du dernier tiers, ne voulait plus rien avancer, d'autant plus que Darie Alexandrovna, affirmant pour la première fois ses droits sur sa fortune personnelle, refusait de donner sa signature. Les frais du ménage et quelques dettes criardes absorbaient tout le traitement.

La situation devenait fâcheuse, mais Stépane Arcadiévitch ne l'attribuait qu'à la modicité de son traitement. La place qu'il croyait bonne cinq ou six ans plus tôt ne valait décidément plus rien. Petrov, qui dirigeait une banque, touchait douze mille roubles ; Mitine, qui en avait fondé une autre, cinquante mille. « Décidément, se dit Oblonski, je m'endors et l'on m'oublie. » Il se mit donc en quête de quelque fonction bien rétribuée et vers la fin de l'hiver il crut l'avoir trouvée : après avoir engagé l'attaque à Moscou à l'aide de ses oncles, de ses tantes et de ses amis, il se décida à faire au printemps le voyage de Pétersbourg pour enlever l'affaire. C'était un de ces emplois comme on en rencontre maintenant, qui rapportent suivant le cas de mille à cinquante mille roubles et valent encore mieux que les bonnes petites places à pots-de-vin de naguère. Elles exigent, il est vrai, des aptitudes si variées, une activité si extraordinaire que, faute de trouver des hommes assez richement doués pour les remplir, on se contente d'y mettre des hommes « honnêtes ». Honnête, Stépane Arcadiévitch l'était dans toute la force du terme, tel qu'on l'entend à Moscou, où l'honnêteté consiste autant à fronder le gouvernement qu'à ne point frustrer son prochain. Et comme il hantait précisément les milieux où ce mot avait été lancé, il estimait être mieux fondé que personne à occuper cet emploi. Il pouvait le cumuler avec ses fonctions actuelles, et y gagner une augmentation de revenus de sept à dix mille roubles. Mais tout dépendait du bon vouloir de deux ministres, d'une dame et de deux Israélites, qu'il se proposait de solliciter en personne après avoir fait sonder le terrain par ses protecteurs. Il profiterait de l'occasion pour obtenir de Karénine une réponse définitive au sujet du divorce d'Anna. Il extorqua donc cinquante roubles à Dolly et partit pour Saint-Pétersbourg.

Reçu par Karénine, il dut subir l'exposé d'un plan de réforme des finances russes avant de pouvoir aborder les sujets qui l'amenaient.

— C'est fort juste, dit-il, lorsque Alexis Alexandrovitch, arrêtant sa lecture, ôta le pince-nez sans lequel il ne pouvait plus lire pour interroger son beau-frère du regard ; c'est fort juste dans le détail, mais le principe dirigeant de notre époque n'est-il pas en définitive la liberté ?

— Le principe nouveau que j'expose embrasse également celui de la liberté, répliqua Alexis Alexandrovitch en appuyant sur le mot « embrasse » et en remettant son pince-nez pour indiquer dans son élégant manuscrit à grandes marges un passage concluant ; car si je réclame le système protectionniste, ce n'est pas pour l'avantage du petit nombre, mais pour le bien de tous, des basses classes comme des classes élevées… C'est précisément là ce qu'« ils » ne veulent pas comprendre, ajouta-t-il en regardant Oblonski par-dessus son pince-nez, absorbés qu'ils sont par leurs intérêts personnels et si aisément satisfaits de phrases creuses.

Stépane Arcadiévitch savait que Karénine était au bout de ses démonstrations lorsqu'il interpellait ceux qui repoussaient ses projets et causaient ainsi le malheur de la Russie : aussi ne chercha-t-il plus à sauver le principe de la liberté. De fait, Alexis Alexandrovitch se tut bientôt et se prit à feuilleter son manuscrit d'un air pensif.

— À propos, put dire alors Oblonski, oserai-je te prier de toucher à l'occasion un mot pour moi à Pomorski ? Je voudrais être nommé membre de la commission des agences réunies du Crédit mutuel et des chemins de fer du Midi.

Stépane Arcadiévitch avait appris par cœur le titre plutôt compliqué de l'emploi auquel il aspirait ; il le débita donc sans la moindre hésitation. Alexis Alexandrovitch n'en demanda pas moins des détails : les buts que poursuivait cette commission ne viendraient-ils point à la traverse de ses plans de réforme ? Le fonctionnement en était si compliqué et les projets de Karénine si vastes qu'on ne pouvait à première vue s'en rendre compte.

— Évidemment, dit-il en laissant tomber son lorgnon, il me sera facile de lui en toucher un mot ; mais je ne vois pas bien pourquoi tu désires cette place.

— Le traitement est d'environ neuf mille roubles, et mes moyens…

— Neuf mille roubles ! répéta Karénine, soudain renfrogné : la future activité de son beau-frère heurtait l'idée dominante de ses projets, qui préconisaient l'économie avant tout. Ces appointements exagérés prouvent, comme je l'ai fait ressortir dans un mémoire, la défectuosité de notre *assiette* économique.

— Un directeur de banque touche bien dix mille roubles et un ingénieur jusqu'à vingt mille ; ce ne sont pas des sinécures !

— Selon moi, un traitement n'étant pas autre chose que le prix d'une marchandise doit être soumis à la loi d'offre et de demande. Or, si je vois deux ingénieurs également capables, sortis de la même école, recevoir l'un quarante mille roubles, tandis que l'autre se contente de deux mille ; si d'autre part je vois un hussard ou un juriste, qui ne possède aucune connaissance spéciale, devenir directeur d'une banque avec des appointements phénoménaux, je conclus qu'il y a là un vice économique d'une désastreuse influence sur le service de l'État. J'estime…

— Soit, mais il s'agit d'une nouvelle institution, d'une utilité incontestable, et que l'on tient à voir dirigée par des gens « honnêtes », interrompit Stépane Arcadiévitch, appuyant sur le dernier mot.

— C'est un mérite négatif, répondit Alexis Alexandrovitch, insensible à la signification moscovite de ce terme.

— Fais-moi néanmoins le plaisir d'en parler à Pomorski.

— Volontiers, mais en l'occurrence Bolgarinov doit être plus influent.

— Bolgarinov est complètement d'accord, déclara Stépane Arcadiévitch, qui ne put se défendre de rougir au souvenir de la visite qu'il avait dû faire le matin même à ce personnage.

Éprouvait-il quelque regret de rompre une tradition ancestrale en abandonnant le service de l'État pour se consacrer à une entreprise très utile, très « honnête », mais enfin particulière ? Ressentait-il l'affront de devoir lui, prince Oblonski, descendant de Rurik, attendre deux heures durant le bon plaisir d'un « youpin » ? Toujours est-il que, pris d'un soudain malaise moral, il avait voulu le surmonter en faisant les cent pas d'un air crâne, en plaisantant avec les autres solliciteurs, en cherchant un calembour qui convînt à la situation. Mais, comme il n'arrivait pas à mettre son bon mot sur pied, il perdait de plus en plus contenance. Enfin Bolgarinov, évidemment ravi de son triomphe, l'avait reçu avec une politesse raffinée tout en ne lui laissant guère d'espoir sur le succès de sa démarche.

Aussitôt dehors, Stépane Arcadiévitch s'était efforcé d'oublier cette avanie dont il lui fallait maintenant rougir.

XVIII

« Il me reste encore une chose à te demander, reprit Oblonski en chassant ce mauvais souvenir. Tu devines laquelle, Anna...

À ce nom une lassitude mortelle glaça les traits tantôt si animés d'Alexis Alexandrovitch.

— Que voulez-vous encore de moi ? dit-il en se retournant sur son fauteuil et en fermant son pince-nez.

— Une décision quelconque, Alexis Alexandrovitch ; ce n'est pas... — il allait dire : au mari trompé, mais craignant de tout gâter, il remplaça avec assez peu d'à-propos ces mots par : à l'homme d'État — que je m'adresse, mais au chrétien, à l'homme de cœur. Aie pitié d'elle.

— De quelle façon ? demanda doucement Karénine.

— Elle te ferait peine si tu la voyais. Crois-moi, je

l'ai observée pendant tout l'hiver, sa situation est tout bonnement terrible.

— Je croyais, dit Karénine d'une voix soudain perçante, qu'Anna Arcadiévna avait obtenu tout ce qu'elle souhaitait.

— Ne récriminons pas, Alexis Alexandrovitch ; le passé est le passé. Ce qu'elle attend maintenant, c'est le divorce.

— J'avais cru comprendre qu'au cas où je garderais mon fils, Anna Arcadiévna refuserait le divorce. J'ai donc fait une réponse en ce sens et je considère cette question comme jugée, dit-il sur un mode de plus en plus aigu.

— Ne nous échauffons pas, de grâce, dit Stépane Arcadiévitch, touchant le genou de son beau-frère ; récapitulons plutôt. Au moment de votre séparation, avec une générosité inouïe, tu lui laissais ton fils et tu acceptais le divorce. Ce beau geste l'a profondément touchée... Si, si, tu peux m'en croire... Elle s'est alors sentie trop coupable envers toi pour accepter ; mais, la suite des événements lui a prouvé qu'elle s'était créé une situation intolérable.

— La situation d'Anna Arcadiévna ne m'intéresse en rien, dit Karénine en levant les sourcils.

— Permets-moi de ne pas le croire, objecta doucement Oblonski. Elle a mérité de souffrir, me diras-tu ? Elle ne le nie pas, elle estime même n'avoir pas le droit de t'adresser aucune prière. Mais nous tous qui l'aimons te supplions de la prendre en pitié. À qui ses souffrances profitent-elles ?

— En vérité, ne dirait-on pas que vous m'accusez ?

— Mais non, mais non, reprit Stépane Arcadiévitch, touchant cette fois le bras de son beau-frère comme s'il eût espéré l'adoucir par ses gestes. Je veux simplement te faire comprendre que tu ne perdras rien à ce que sa position s'éclaircisse. Laisse-moi arranger la chose, tu n'auras pas à t'en occuper. Tu l'avais promis d'ailleurs...

— Mon consentement a été donné autrefois, mais entre-temps la question de l'enfant est intervenue et j'espérais qu'Anna Arcadiévna aurait la générosité...

Karénine s'arrêta ; il avait pâli, ses lèvres tremblantes prononçaient les mots avec difficulté.

— Elle ne demande plus l'enfant, elle s'adresse à ton

bon cœur, elle te supplie de lui accorder le moyen de sortir de l'impasse où elle se trouve acculée. Le divorce devient pour elle une question de vie ou de mort. Elle se serait peut-être soumise, elle n'aurait pas bougé de la campagne, si elle n'avait eu foi en ta parole. Forte de ta promesse, elle t'a écrit, elle est venue habiter Moscou, où depuis six mois elle vit dans la fièvre de l'attente où chaque rencontre est pour elle comme un coup de couteau. Sa situation est celle d'un condamné à mort qui aurait depuis des mois la corde au cou, et ne saurait s'il doit attendre sa grâce ou le coup final. Aie pitié d'elle, je me charge de tout arranger. *Vos scrupules*...

— Il ne s'agit pas de cela, interrompit Karénine, mais peut-être ai-je promis plus que je n'étais en droit de tenir.

— Tu reprends ta parole alors?

— Je demande seulement le temps de réfléchir: pouvais-je donner pareille promesse?

— Que dis-tu là, Alexis Alexandrovitch? s'écria Oblonski en sautant de son siège. Elle est aussi malheureuse qu'une femme peut l'être. Tu ne saurais refuser...

— Pouvais-je donner pareille promesse? *Vous professez d'être un libre penseur*, mais moi qui suis croyant, je ne saurais dans une question aussi grave enfreindre les prescriptions de la doctrine chrétienne.

— Mais toutes les sociétés chrétiennes, et notre Église elle-même admettent le divorce...

— Dans certains cas, mais pas dans celui-ci.

— Je ne te reconnais plus, Alexis Alexandrovitch, dit Oblonski après un moment de silence. Est-ce toi qui naguère, t'inspirant précisément de la pure doctrine chrétienne, faisais notre admiration à tous en accordant un pardon magnanime? Est-ce toi qui disais: « Après le manteau il faut encore donner la robe »?

— Je vous serais obligé de... de couper court à cet entretien, glapit tout à coup Alexis Alexandrovitch, qui s'était dressé de toute sa taille, blême et la mâchoire tremblante.

— Pardonne-moi de t'avoir fait de la peine, murmura Stépane Arcadiévitch avec un sourire confus; mais il fallait bien remplir la mission dont j'étais chargé.

Il tendit la main à son beau-frère, qui la prit et déclara après un instant de réflexion :

— Il faut que je cherche ma voie. Vous aurez après-demain ma réponse définitive.

XIX

STÉPANE ARCADIÉVITCH allait sortir, lorsque Kornéi annonça :

— Serge Alexéiévitch.

— Qui est-ce ? demanda Oblonski. Ah ! oui, le petit Serge, fit-il en se ravisant ; et moi qui m'attendais à quelque directeur de ministère !

« Sa mère m'a prié de le voir », songea-t-il. Et il se rappela l'air craintif et désolé dont elle lui avait dit : « Tu le verras, tu pourras savoir ce qu'il fait, qui prend soin de lui... Et même si c'est possible... » Il avait deviné son ardent désir d'obtenir la garde de l'enfant. Après la conversation qu'il venait d'avoir, il comprenait hélas ! que la question ne pouvait même pas être soulevée. Il n'en fut pas moins content de revoir son neveu, bien que Karénine l'eût aussitôt prévenu qu'on ne parlait pas de sa mère à l'enfant et prié en conséquence de ne faire devant lui aucune allusion à cette personne.

— Il a été gravement malade après leur dernière entrevue ; nous avons craint un moment pour sa vie ; un traitement judicieux, suivi de bains de mer en été, l'a heureusement rétabli ; sur le conseil du médecin, je l'ai mis au collège : l'entourage de camarades de son âge exerce sur lui une influence salutaire ; il travaille bien et se porte à merveille.

— Mais c'est un vrai petit homme, je comprends qu'on lui donne du « Serge Alexéiévitch », s'écria Oblonski en voyant entrer un beau garçon robuste, vêtu d'une veste bleue et d'un pantalon long, qui courut sans aucune timidité vers son père. Serge salua son oncle comme un étranger, puis, le reconnaissant, il rougit, prit un air courroucé et se détourna d'un air gêné, presque offensé, et tendit ses notes à Karénine.

— Ce n'est pas mal du tout, dit celui-ci ; tu peux aller jouer.

— Il a grandi, maigri et perdu son air enfantin ; il me plaît, dit Stépane Arcadiévitch. Te souviens-tu de moi ?

L'enfant leva les yeux sur son père, puis sur son oncle.

— Oui, *mon oncle*, répondit-il en baissant de nouveau le regard.

Stépane Arcadiévitch l'appela à lui et le prenant par le bras :

— Eh bien, que devenons-nous ? lui demanda-t-il pour le faire parler et ne sachant trop comment s'y prendre.

L'enfant rougit et ne répondit rien. Il cherchait à dégager son bras de l'étreinte de son oncle et, dès que celui-ci l'eut lâché, il se sauva avec l'impétuosité d'un oiseau mis en liberté.

Depuis un an que Serge avait revu sa mère, ses souvenirs s'étaient peu à peu effacés et, sous l'influence de la vie de collège, il les repoussait comme indignes d'un homme. Il savait que ses parents étaient brouillés, que son sort était lié à celui de son père et tâchait de se faire à cette idée. La vue de son oncle, qui ressemblait beaucoup à sa maman, le troubla : quelques mots parvenus jusqu'à lui dans l'antichambre et surtout les traits tendus de ces deux hommes lui firent comprendre qu'ils s'étaient entretenus de sa mère. Et, pour ne point avoir à juger l'homme dont il dépendait, pour ne point retomber dans des rêveries qu'il avait appris à mépriser, il jugea bon de fuir le regard de cet oncle qui venait importunément lui rappeler ce qu'il se donnait pour tâche d'oublier.

Mais lorsque, en quittant le cabinet de Karénine, Stépane Arcadiévitch le trouva jouant sur l'escalier et l'interrogea sur ses jeux, Serge, que ne gênait plus la présence de son père, se montra plus communicatif.

— Pour le moment nous jouons au chemin de fer. Deux d'entre nous prennent place sur un banc : ce sont les passagers. Un troisième monte dessus ; tous les autres s'y attellent et le tirent au galop à travers les salles. Ce n'est pas facile de faire le conducteur.

— Le conducteur ? C'est celui qui est debout, n'est-ce pas ? demanda Oblonski en souriant.

— Oui, il faut bien se tenir et faire attention à ne pas

tomber, surtout quand ceux qui tirent s'arrêtent brusquement.

— Oui, c'est toute une affaire, dit Stépane Arcadiévitch en considérant avec tristesse ces yeux si brillants, qui n'avaient plus tout à fait la candeur de l'enfance et ressemblaient tant à ceux d'Anna.

Oublieux de la promesse qu'il avait faite à Karénine, il ne put se défendre de demander :

— Te rappelles-tu ta mère ?

— Non, répondit l'enfant qui rougit et se buta de nouveau. Stépane Arcadiévitch ne tira plus de lui une seule parole.

Quand, une demi-heure plus tard, le précepteur trouva Serge sur l'escalier, il ne put démêler s'il pleurait ou s'il boudait.

— Vous avez dû vous faire mal en tombant. J'avais bien raison de dire que c'était un jeu dangereux. Il faudra que j'en parle au directeur.

— Si je m'étais fait mal, personne ne s'en douterait, vous pouvez m'en croire.

— Qu'avez-vous donc ?

— Rien, laissez-moi !... Qu'est-ce que ça peut bien lui faire que je me souvienne ou non ? Et pourquoi me souviendrai-je ?... Laissez-moi tranquille ! répéta-t-il défiant cette fois le monde entier.

XX

COMME toujours, Stépane Arcadiévitch employa fort bien son temps dans la capitale, où l'appelait, outre le souci de ses affaires, le besoin de se rafraîchir. À l'en croire, l'air de Moscou sentait le renfermé : en dépit de ses omnibus et de ses *cafés chantants*, cette pauvre ville restait une espèce de marécage dans lequel on s'embourbait moralement. Au bout de quelques mois Oblonski prenait à cœur les reproches de sa femme, la santé et l'éducation de ses enfants, les menus détails du service, et — qui l'eût cru ? — ses dettes elles-mêmes l'inquiétaient.

Aussitôt qu'il mettait le pied à Pétersbourg et se retrouvait dans le monde des vivants — à Moscou on végétait — ses préoccupations fondaient comme cire au feu. On y entendait si différemment les devoirs envers la famille ! Le prince Tchétchenski ne venait-il pas de lui raconter qu'ayant deux ménages il trouvait avantageux d'introduire l'aîné de ses fils légitimes dans sa famille de cœur, afin de le déniaiser. Aurait-on compris cela à Moscou ? Ici on ne s'embarrassait pas des enfants à la façon de Lvov : on les mettait en pension, on ne renversait pas les rôles en leur donnant une place exagérée dans la famille, on comprenait que tout homme bien élevé a le droit et le devoir de vivre d'abord pour lui-même. Et puis, à l'encontre de Moscou où le service de l'État n'offrait ni intérêt ni avenir, à quelle brillante carrière ne pouvait-on pas prétendre dans une ville où l'ami Briantsev était déjà quelqu'un ? Il suffisait pour cela d'une heureuse rencontre, d'un service rendu, d'un bon mot ou d'un jeu de physionomie bien placés. Enfin — et cela surtout levait les scrupules d'Oblonski — comme on se souciait peu de la question d'argent ! La veille encore, Bartnianski, qui vivait sur un pied de cinquante mille roubles, lui avait dit à ce propos un mot bien édifiant. Comme ils allaient se mettre à table :

— Tu serais bien aimable, avait insinué Stépane Arcadiévitch, de parler en ma faveur à Mordvinski. Je suis candidat à la place de membre…

— Peu importe le titre, de toute façon, je l'oublierai. Mais quelle idée de te commettre avec ces youpins ?

— J'ai besoin d'argent, déclara tout franc Oblonski, jugeant inutile de biaiser avec un ami. Je n'ai plus le sou.

— Tu n'en vis pas moins ?

— Oui, mais avec des dettes.

— En as-tu beaucoup ? demanda Bartnianski avec sympathie.

— Oh ! oui, environ vingt mille roubles.

— Heureux mortel ! s'écria l'autre en éclatant de rire. J'ai quinze cent mille roubles de dettes, pas un sou à la clef, et, comme tu vois, je ne m'en porte pas plus mal.

Cet exemple était confirmé par beaucoup d'autres : ruiné, obéré de trois cent mille roubles, Jivakhov menait encore grand train ; depuis longtemps aux abois, le comte Krivtsov entretenait pourtant deux maîtresses ; après avoir mangé cinq millions, Pétrovski dirigeait une entreprise financière aux appointements de vingt mille roubles.

Et comme ce Pétersbourg rajeunissait les gens ! À Moscou, Stépane Arcadiévitch considérait avec mélancolie ses cheveux grisonnants, s'endormait après ses repas, s'étirait, montait difficilement les escaliers, s'ennuyait en compagnie des jeunes femmes, ne dansait plus aux bals. À Pétersbourg il se croyait de dix ans plus léger. Il y éprouvait la même sensation que son oncle, le prince Pierre, à l'étranger.

— Nous ne savons pas vivre ici, lui dit ce jeune homme de soixante ans, qui rentrait de Paris. Crois-moi si tu veux, à Bade, où j'ai passé l'été, la vue d'une jolie femme me donnait des idées, un bon dîner légèrement arrosé me remettait d'aplomb. Quinze jours de Russie, avec ma noble épouse, au fond de la campagne encore, et je n'étais plus qu'un vieillard ! Adieu, les jeunes beautés ! Je ne quittais plus ma robe de chambre et pour peu j'allais faire mon salut !... Heureusement que Paris m'a remonté.

Le lendemain de son entrevue avec Karénine, Stépane Arcadiévitch alla voir Betsy Tverskoï, avec laquelle il entretenait des relations plutôt bizarres. Il lui faisait une cour pour rire en lui débitant de ces propos fort lestes dont il la savait friande. Ce jour-là, sous l'influence de l'air pétersbourgeois, il se laissa entraîner trop loin et fut heureux de voir la princesse Miagki interrompre un tête-à-tête qui commençait à lui peser, car il n'avait pas le moindre goût pour Betsy.

— Ah ! vous voilà ! dit la princesse en l'apercevant. Et que devient votre sœur ?... Ça vous étonne que je m'informe d'elle ? C'est que, voyez-vous, depuis que tout le monde lui jette la pierre, à commencer par des femmes qui font cent fois pis qu'elle, je l'absous complètement. Comment Vronski ne m'a-t-il pas avertie de leur passage à Pétersbourg ? Je serais allée la voir et je l'aurais menée partout. Faites-lui toutes mes amitiés et, en attendant, parlez-moi d'elle.

— Sa position est fort pénible..., commença Stépane Arcadiévitch, obéissant naïvement à l'invite de la bonne dame ; mais celle-ci enfourcha aussitôt son dada.

— Elle a fait ce que font toutes les femmes, sauf moi, et elle a eu la loyauté d'agir ouvertement. Je l'approuve encore bien davantage d'avoir planté là cet imbécile — je vous demande pardon — votre beau-frère, qu'on voulait faire passer pour un aigle. J'étais seule à protester ; mais depuis qu'il s'est lié avec Landau et Lydie Ivanovna tout le monde partage mon avis : ça me gêne, mais pour une fois, impossible de faire bande à part.

— Vous allez peut-être m'expliquer une énigme ; hier, à propos du divorce, mon beau-frère m'a dit qu'il ne pouvait me donner de réponse avant d'avoir réfléchi, et ce matin je reçois un mot de la comtesse Lydie m'invitant à passer la soirée chez elle.

— C'est bien cela, s'écria la princesse enchantée ; ils vont consulter Landau.

— Landau ? Qui est-ce ?

— Comment, vous ne connaissez pas *le fameux Jules Landau, le clairvoyant ?* Voilà ce qu'on gagne à vivre en province ! C'est aussi un toqué, mais le sort de votre sœur est entre ses mains. Landau était *commis* de boutique à Paris ; il vint un jour consulter un médecin, s'endormit dans le salon d'attente et pendant son sommeil donna aux assistants les conseils les plus surprenants. La femme de Iouri Mélédinski l'appela auprès de son mari malade ; selon moi, il ne lui a fait aucun bien, mais tous deux se sont toqués du Landau et l'ont amené en Russie. Ici, tout le monde s'est jeté sur lui ; il a guéri la princesse Bezzoubov qui, par reconnaissance, l'a adopté.

— Vous dites ?

— Je dis : adopté. Il ne s'appelle plus Landau, mais comte Bezzoubov. Mais peu importe. Eh bien, cette folle de Lydie, que j'aime beaucoup d'ailleurs, s'est coiffée du Landau ; rien de ce qu'elle et Karénine entreprennent ne se décide sans l'avoir consulté. Voilà pourquoi, je vous le répète, le sort de votre sœur repose entre les mains de Landau, comte Bezzoubov.

XXI

Après un excellent dîner chez Bartnianski, suivi de nombreux verres de cognac, Stépane Arcadiévitch se rendit avec quelque peu de retard chez la comtesse Lydie.

— Qui est là ? Le Français ? demanda-t-il au suisse en remarquant auprès du pardessus bien connu de Karénine un bizarre manteau à agrafes.

— Alexis Alexandrovitch Karénine et le comte Bezzoubov, répondit sévèrement le suisse.

« La princesse Miagki a deviné juste, se dit Oblonski en montant l'escalier. C'est une femme à cultiver, elle a une grande influence ; un mot d'elle à Pomorski et mon affaire est dans le sac ! »

Bien qu'il fît encore grand jour, les stores du petit salon étaient déjà baissés et les lampes allumées. Assis auprès d'un guéridon, la comtesse et Karénine s'entretenaient à voix basse, tandis qu'un homme sec, petit, très pâle, avec de beaux yeux brillants, une tournure féminine, des jambes grêles et de longs cheveux retombant sur le collet de sa redingote, se tenait à l'autre bout de la pièce, examinant les portraits suspendus au mur. Après avoir présenté ses hommages à la comtesse et salué son beau-frère, Oblonski se retourna involontairement vers ce singulier personnage.

— Monsieur Landau, dit la comtesse doucement et avec une précaution qui frappa Stépane Arcadiévitch.

Landau s'approcha aussitôt, sourit, posa sa main inerte et moite dans celle d'Oblonski, auquel la comtesse le présenta, et reprit son poste près des portraits. Lydie Ivanovna et Karénine échangèrent un regard significatif.

— Je suis très heureux de vous voir, et particulièrement aujourd'hui, dit la comtesse à Oblonski en lui désignant un siège près de son beau-frère. Je vous l'ai présenté sous le nom de Landau, continua-t-elle après un regard au Français, mais vous savez sans doute qu'il s'appelle comte Bezzoubov. Il n'aime pas ce titre.

— Oui, j'ai entendu dire qu'il avait complètement guéri la comtesse Bezzoubov.

— Oui, elle est venue me voir aujourd'hui et fait peine à voir, dit la comtesse en s'adressant à Karénine ; cette séparation lui porte un coup affreux.

— Le départ est donc décidé ? demanda Karénine.

— Oui, il va à Paris, il a entendu une voix, répondit Lydie Ivanovna en regardant Oblonski.

— Une voix, vraiment ! répéta celui-ci, sentant qu'il fallait user d'une grande prudence dans une société où se passaient des mystères dont il n'avait point la clef.

Après quelques instants de silence, la comtesse jugea le moment venu d'aborder les affaires sérieuses et dit à Oblonski avec un sourire subtil :

— Je vous connais depuis longtemps. *Les amis de nos amis sont nos amis.* Mais pour être vraiment amis, il faut se rendre compte de ce qui se passe dans l'âme de ceux qu'on aime, et je crains que vous n'en soyez pas là avec Alexis Alexandrovitch. Vous comprenez ce que je veux dire ? demanda-t-elle en levant ses beaux yeux rêveurs vers Stépane Arcadiévitch.

— Je comprends en partie que la position d'Alexis Alexandrovitch... répondit Oblonski, qui, ne voyant guère où elle voulait en venir, préféra rester dans les généralités.

— Oh ! je ne parle pas des changements extérieurs, dit gravement la comtesse, suivant d'une œillade amoureuse Karénine qui s'était levé pour rejoindre Landau. C'est son cœur qui est changé et je crains fort que vous n'ayez pas suffisamment réfléchi à la portée de cette transformation.

— Je puis me la figurer en traits généraux ; nous avons toujours été en excellents termes, et maintenant encore... commença Oblonski, qui crut bon de donner à son regard une nuance de tendresse. Il savait que Lydie Ivanovna comptait deux ministres parmi ses amis et se demandait auprès duquel elle pourrait le plus efficacement le servir.

— Cette transformation ne porte nulle atteinte à son amour du prochain ; au contraire, elle l'élève, elle l'épure. Mais je crains que vous ne me compreniez pas... Une tasse de thé ? proposa-t-elle en désignant un domestique porteur d'un plateau.

— Pas tout à fait, Comtesse. Évidemment, son malheur...

— Son malheur est devenu son bonheur, puisque son cœur s'est éveillé à Lui, dit la comtesse dont le regard devenait de plus en plus langoureux.

« Je crois qu'on pourra la prier de parler à tous les deux », songea Oblonski. Et tout haut : Certainement, Comtesse, approuva-t-il ; mais c'est là une de ces questions intimes qu'on n'ose guère aborder.

— Au contraire, nous devons nous entraider.

— Sans doute, mais il existe parfois de telles divergences d'opinions... fit Oblonski avec son sourire onctueux.

— Il ne peut y avoir de divergences quand il s'agit de la sainte vérité.

— Sans doute, sans doute, répéta Oblonski qui, voyant la religion entrer en jeu, préféra se dérober.

Entre-temps Karénine s'était rapproché.

— Je crois qu'il va s'endormir, annonça-t-il à voix basse.

Stépane Arcadiévitch se retourna : Landau s'était assis près de la fenêtre, le bras appuyé sur un fauteuil et la tête baissée ; il la releva en voyant les regards tournés vers lui et sourit d'un air enfantin.

— Ne faites pas attention à lui, dit Lydie Ivanovna en avançant un siège à Karénine. J'ai remarqué...

À ce moment un domestique vint lui apporter un billet qu'elle parcourut à la hâte et auquel elle fit réponse avec une rapidité extraordinaire, après s'être excusée auprès de ses invités.

— J'ai remarqué, poursuivit-elle, que les Moscovites, les hommes surtout, étaient les gens les plus indifférents du monde en matière de religion.

— J'aurais cru le contraire, Comtesse, à en juger par leur réputation.

— Mais vous-même, dit Alexis Alexandrovitch, vous me semblez appartenir à la catégorie des indifférents.

— Est-il possible de l'être ! s'écria Lydie Ivanovna.

— Je suis plutôt dans l'attente, répondit Oblonski avec son sourire le plus conciliant. Mon heure n'est pas encore venue.

Karénine et la comtesse se regardèrent.

— Nous ne pouvons jamais connaître notre heure,

ni savoir si nous sommes prêts ou non, déclara gravement Alexis Alexandrovitch. La grâce n'obéit pas à des considérations humaines. Elle néglige parfois ceux qui la recherchent pour descendre sur ceux qui ne sont point préparés à la recevoir : témoin Saül.

— Il ne s'endort pas encore, dit la comtesse qui suivait des yeux les mouvements du Français.

Landau se leva et s'approcha du groupe.

— Vous me permettez d'écouter ? demanda-t-il.

— Mais bien sûr, je ne voulais pas vous gêner, prenez place, dit la comtesse tendrement.

— L'essentiel est de ne pas fermer les yeux à la lumière, continua Alexis Alexandrovitch.

— Et si vous connaissiez le bonheur que l'on éprouve à sentir Sa présence constante dans nos âmes ! déclara Lydie Ivanovna avec un sourire extatique.

— On peut malheureusement être incapable de s'élever à de semblables hauteurs, objecta Stéphane Arcadiévitch, non sans hypocrisie. Comment indisposer une personne dont un seul mot à Pomorski pouvait lui obtenir la place qu'il convoitait !

— Vous voulez dire que le péché ne nous le permet pas ? Mais c'est une idée fausse. Le péché n'existe plus pour celui qui croit... *Pardon*, fit-elle en voyant le domestique lui apporter un second billet, qu'elle parcourut. Répondez que je serai demain chez la grande-duchesse... Non, pour le croyant le péché n'existe plus, répéta-t-elle.

— Oui, mais la foi sans les œuvres n'est-elle pas sans vertu ? dit Stépane Arcadiévitch se rappelant cette phrase de son catéchisme et ne défendant plus son indépendance que par un sourire.

— Le voilà, ce fameux passage de saint Jacques qui a fait tant de mal ! s'écria Karénine en regardant la comtesse, comme pour lui rappeler de fréquentes discussions sur ce sujet. Que d'âmes la fausse interprétation qu'on en donne n'aura-t-elle pas éloignées de la foi ! Or le texte dit exactement le contraire.

— Ce sont nos moines qui prétendent se sauver par les œuvres, les jeûnes, les mortifications, dit la comtesse d'un air de souverain mépris. Mais cela n'est écrit nulle part. Croyez-moi, on fait son salut beaucoup plus simplement, ajouta-t-elle en accordant à Oblonski un de ces regards dont elle encourageait les premiers pas à la cour des jeunes demoiselles d'honneur.

Karénine l'approuva du regard.

— Le Christ nous a sauvés en mourant pour nous; il n'y a que la foi qui sauve, déclara-t-il.

— *Vous comprenez l'anglais?* demanda Lydie Ivanovna, et, sur un signe affirmatif, elle se dirigea vers une étagère.

— Je vais vous lire *Safe and happy* ou bien *Under the wing*, dit-elle en interrogeant Karénine du regard. C'est très court, ajouta-t-elle en venant se rasseoir. Vous verrez comment on acquiert la foi et le bonheur surnaturel qui remplit l'âme croyante: ne connaissant plus la solitude, l'homme ne saurait plus être malheureux.

Elle allait commencer sa lecture, mais le domestique vint de nouveau la déranger.

— Mme Borozdine? Demain à deux heures... À propos, reprit-elle en poussant un soupir et en marquant d'un doigt la page qu'elle voulait lire. Voulez-vous savoir comment opère la foi véritable? Vous connaissez Marie Sanine? vous savez son malheur? Elle a perdu son fils unique. Eh bien, depuis qu'elle a trouvé sa voie, son désespoir s'est changé en consolation: elle remercie Dieu de la mort de son enfant. Tel est le bonheur que donne la foi.

— Évidemment, c'est très... murmura Stépane Arcadiévitch heureux de pouvoir se taire pendant la lecture. « Décidément, se dit-il, je ferais mieux de ne rien demander aujourd'hui et de filer au plus vite; autrement, je pourrais bien me casser le nez! »

— Cela vous ennuiera, dit la comtesse à Landau, car vous ne savez pas l'anglais, mais je n'en ai pas pour longtemps.

— Oh! je comprendrai, répondit l'autre, toujours souriant.

Karénine et la comtesse échangèrent un regard attendri et la lecture commença.

XXII

Les étranges propos qu'il venait d'entendre avaient plongé Stépane Arcadiévitch dans la stupéfaction. Certes, la complexité de la vie pétersbourgeoise offrait avec la monotonie moscovite un contraste qu'il prisait fort, mais vraiment ce milieu insolite déroutait par trop ses habitudes. Tout en écoutant la comtesse et en sentant les yeux — naïfs ou fripons ? il n'en savait trop rien — de Landau fixés sur lui, il éprouvait une certaine lourdeur de tête. Les pensées les plus diverses se pressaient dans son cerveau.

« Marie Sanine est heureuse d'avoir perdu son fils... Ah ! si je pouvais fumer !... Pour être sauvé il suffit de croire ; les moines n'y entendent rien, mais la comtesse le sait... Pourquoi ai-je si mal à la tête ? Est-ce à cause du cognac ou de l'étrangeté de tout cela ? Je n'ai encore rien commis d'incongru, mais décidément je préfère ne rien solliciter aujourd'hui. On prétend que ces gens-là vous obligent à réciter des prières, ce serait par trop ridicule. Quelles inepties lit-elle là ? il faut reconnaître qu'elle prononce bien l'anglais. Landau-Bezzoubov ; pourquoi Bezzoubov ?... »

Ici Stépane Arcadiévitch se reconnut dans la mâchoire un mouvement qui allait tourner au bâillement ; il eut beau se secouer, tirer sur ses favoris, le sommeil le gagnait irrésistiblement. Peut-être même allait-il faire entendre un ronflement quand soudain il tressaillit d'un air coupable. « Il dort ! » venait de dire la comtesse. Par bonheur, ces paroles se rapportaient à Landau qui s'était assoupi de son côté. Mais alors que le sommeil d'Oblonski eût sans doute offensé et Lydie Ivanovna et Karénine, — était-ce bien sûr dans un monde si anormal ? — celui de Landau les réjouit fort, surtout la comtesse.

— *Mon ami*, dit-elle, appelant ainsi Karénine dans l'enthousiasme du moment et redressant avec prudence les plis de sa robe de soie, *donnez-lui la main : vous voyez ?*... Chut, je ne reçois personne, marmotta-t-elle au domestique qui faisait une troisième apparition.

Le Français dormait ou feignait de dormir, la tête appuyée au dossier de son fauteuil, tandis qu'appuyée sur le genou, sa main moite esquissait le geste d'attraper quelque chose. Alexis Alexandrovitch s'approcha de lui, non sans avoir accroché le guéridon en dépit de ses précautions, et mit sa main dans la sienne. Stépane Arcadiévitch s'était aussi levé : ouvrant de grands yeux pour se convaincre qu'il ne dormait plus, il regardait tantôt l'un tantôt l'autre et sentait ses idées s'embrouiller de plus en plus.

— *Que la personne qui est arrivée la dernière, celle qui demande, qu'elle sorte... qu'elle sorte !* murmura le Français sans ouvrir les yeux.

— *Vous m'excuserez, mais vous voyez... Revenez vers dix heures, encore mieux demain.*

— *Qu'elle sorte !* répéta le Français avec impatience.

— *C'est moi, n'est-ce pas ?* demanda Oblonski. Et sans demander son reste, il sortit sur la pointe des pieds et se sauva dans la rue, comme s'il eût fui une maison pestiférée[1]. Pour reprendre son équilibre, il s'efforça de plaisanter avec le cocher du fiacre qui l'emmenait au théâtre français. Il arriva pour le dernier acte et se retrouva dans son élément ainsi qu'au restaurant où quelques flûtes de champagne le ragaillardirent, sans dissiper entièrement son malaise.

En rentrant chez son oncle Pierre, il trouva un billet de Betsy, l'engageant à venir reprendre le lendemain l'entretien interrompu, ce qui lui fit faire la grimace. Un bruit de pas lourds comme de gens qui portaient un fardeau, l'attira sur l'escalier, où il aperçut son oncle si rajeuni par son voyage à l'étranger qu'on le ramenait complètement ivre. Bien qu'il pût à peine se tenir debout, le bonhomme s'accrocha à son neveu et le suivit jusque dans sa chambre, où il s'endormit sur une chaise, après avoir vainement tenté de lui raconter ses prouesses.

En revanche, Oblonski n'arrivait pas à trouver le sommeil : contre son habitude, il se sentait fort déprimé et ne pouvait se souvenir sans honte des événements de la journée, en particulier de la soirée chez la comtesse.

Le lendemain, Karénine l'avisa qu'il refusait catégoriquement le divorce. Oblonski comprit que cette décision lui avait été inspirée par le Français au cours de son sommeil vrai ou feint.

XXIII

Il ne se prend de décisions dans les familles qu'en cas d'entente parfaite ou de complet désaccord. Quand les rapports entre époux flottent entre ces deux extrêmes, aucun d'eux n'ose rien entreprendre et l'on en a vu demeurer de ce fait des années entières en des lieux qui pourtant semblaient également fastidieux à l'un et à l'autre.

Vronski et Anna en étaient là : les arbres des boulevards avaient eu le temps de se couvrir de feuilles et les feuilles de se ternir, que malgré la chaleur et la poussière ils restaient encore à Moscou dont le séjour leur était odieux à tous deux. Une mésintelligence latente les séparait que toute tentative d'explication aggravait singulièrement. Anna trouvait son amant refroidi ; Vronski en voulait à sa maîtresse de rendre encore plus pénible par ses récriminations la situation fausse dans laquelle il s'était mis à cause d'elle. Tout en dissimulant soigneusement ces véritables causes de leur irritation, chacun d'eux en tenait l'autre pour responsable et profitait de la première occasion pour le lui faire sentir.

Connaissant à fond Vronski, ses goûts, ses pensées, ses désirs, ses particularités physiques et morales, Anna le jugeait fait pour l'amour et rien que pour l'amour. Si donc il s'était refroidi à son égard, c'est qu'il aimait ailleurs, et dans son aveugle jalousie elle s'en prenait à toutes les femmes. Tantôt elle redoutait les liaisons grossières, accessibles à ce célibataire ; tantôt elle se méfiait des femmes du monde ; tantôt même elle maudissait la jeune fille pour qui peut-être il l'abandonnerait un beau jour. Cette dernière forme de jalousie était de beaucoup la plus douloureuse, ayant été éveillée par une confidence d'Alexis : un jour d'abandon il avait fort blâmé sa mère qui s'était mis en tête de lui faire épouser Mlle Sorokine.

Tout en le jalousant, elle accumulait sur la tête de Vronski les griefs les plus divers : la solitude dans laquelle elle vivait, les hésitations d'Alexis Alexandrovitch, la séparation sans doute éternelle d'avec son fils, leur séjour prolongé à Moscou ; s'il l'aimait vraiment, ne pourrait-il pas se passer de société et se cloîtrer avec elle à la campagne ? Survenait-il entre eux quelque rare moment de tendresse, Anna n'en éprouvait aucun apaisement, car elle découvrait dans les caresses de cet amant trop calme, trop maître de lui, une nuance nouvelle qui la blessait.

Le jour baissait. Vronski assistait à un dîner de garçons et Anna s'était réfugiée pour l'attendre dans le cabinet de travail, où le bruit de la rue l'incommodait moins que dans le reste de l'appartement. Elle marchait de long en large et repassait dans sa mémoire les détails d'une scène pénible qui les avait dressés la veille l'un contre l'autre. En remontant aux causes de ce dissentiment, elle fut surprise de les trouver si futiles. À propos d'Hannah, la petite Anglaise qu'elle protégeait, Vronski avait tourné en ridicule les lycées de filles, prétendant que les sciences physiques seraient d'une médiocre utilité à cette enfant. Croyant voir là une pierre jetée dans son jardin, elle avait riposté du tac au tac :

— Je ne m'attendais certes pas à votre sympathie, mais je croyais avoir le droit de compter sur votre délicatesse.

Piqué au vif, Vronski avait rougi et, après une ou deux répliques dont elle ne se souvenait plus, s'était permis de dire pour achever de la froisser :

— J'avoue ne rien comprendre à votre engouement pour cette gamine, je n'y vois qu'affectation.

Le reproche était dur et injuste : il s'attaquait aux laborieux efforts d'Anna pour se créer une occupation qui l'aidât à supporter son isolement. Elle éclata.

— Il est bien malheureux que les sentiments grossiers et matériels vous soient seuls accessibles, avait-elle reparti en quittant la pièce.

Le soir, dans la chambre à coucher, ils n'avaient fait aucune allusion à cette scène tout en sentant fort bien qu'ils ne l'oubliaient pas.

Une journée entière passée dans la solitude avait fait réfléchir Anna : avide de se réconcilier avec son amant, elle était prête à pardonner, voire à s'accuser elle-même.

« C'est ma faute ; mon absurde jalousie me rend par trop irritable. Il faut partir pour la campagne ; j'y retrouverai mon calme… Je sais bien qu'en m'accusant d'affecter de la tendresse pour une étrangère, il me reproche de ne pas aimer ma fille. Mais que sait-il de l'amour qu'un enfant peut inspirer ? Se doute-t-il de ce que je lui ai sacrifié en renonçant à Serge ?... Pourquoi ce désir constant de me blesser ? N'est-ce pas une preuve qu'il en aime une autre ?... »

En cherchant à s'apaiser elle était revenue au lugubre point de départ. « Eh quoi, se dit-elle affolée, ne puis-je vraiment pas me reconnaître coupable ? Voyons, il est droit et honnête, il m'aime. Je l'aime également et mon divorce n'est plus qu'une question de jours. Que me faut-il de plus ? De la tranquillité, de la confiance... Oui, dès qu'il rentrera, je m'avouerai coupable tout en ne l'étant pas... Et nous partirons au plus tôt. »

Et, pour chasser ses idées noires, elle donna l'ordre d'apporter les malles.

Vronski rentra à dix heures.

XXIV

« Votre dîner s'est-il bien passé ? demanda-t-elle en l'accueillant d'un air contrit.

— Comme de coutume, répondit-il en remarquant aussitôt cette saute d'humeur, dont il se réjouit d'autant plus que lui-même était fort gai. Que vois-je, on emballe ? Voilà qui est gentil.

— Oui, la promenade que j'ai faite tantôt m'a donné le désir de retourner à la campagne. Rien ne te retient plus ici, n'est-ce pas ?

— Je ne demande qu'à partir. Fais servir le thé pendant que je change de vêtement. Je reviens à l'instant.

L'air de supériorité qu'il affectait parut blessant à Anna. « Voilà qui est gentil. » N'est-ce pas de ce ton qu'on excuse les caprices d'un enfant gâté ? Le besoin de lutter se réveilla aussitôt : pourquoi se ferait-elle humble devant cette arrogance ? Elle se contint cependant et, quand il revint, elle lui exposa ses plans de départ au moyen de phrases apprises d'avance.

— Je crois que c'est une inspiration, conclut-elle. Au moins couperai-je court à cette éternelle attente. À quoi bon espérer ? Je veux devenir indifférente à la question du divorce. N'est-ce pas ton avis ?

— Certainement, répondit-il, quelque peu inquiet de l'agitation d'Anna.

— Raconte-moi à ton tour ce qui s'est passé à votre dîner, dit-elle après un moment de silence.

— Le dîner était fort bon, répondit Vronski et il lui nomma les convives. Nous avons eu ensuite des régates, mais comme on trouve toujours à Moscou le moyen de se rendre *ridicule*, on nous a exhibé la maîtresse de natation de la reine de Suède.

— Comment, elle a nagé devant vous ? demanda Anna se rembrunissant.

— Oui, en costume rouge. C'est une vieille femme hideuse. Eh bien, quand partons-nous ?

— Peut-on imaginer rien de plus sot ! Y a-t-il quelque chose de spécial dans sa façon de nager ? demanda-t-elle, poursuivant son idée.

— Pas du tout ; c'était ridicule, te dis-je. Alors tu as fixé le départ ?

Anna secoua la tête comme pour en chasser une obsession.

— Le plus tôt sera le mieux ; nous ne pourrons pas être prêts pour demain ; mais après-demain.

— Entendu... C'est-à-dire non. Après-demain dimanche, je serai obligé d'aller chez *maman*.

À peine avait-il prononcé ce mot qu'il se troubla en sentant peser sur lui un regard soupçonneux. Son trouble augmenta la méfiance d'Anna : elle oublia la maîtresse de natation pour ne plus s'inquiéter que de Mlle Sorokine qui passait l'été chez la vieille comtesse aux environs de Moscou. Et elle s'écarta de lui en rougissant.

— Ne peux-tu y aller demain ?

— C'est impossible : ni la procuration, ni l'argent qu'elle doit me remettre ne pourront être préparés pour demain.

— Alors nous ne partirons pas du tout.

— Pourquoi cela ?

— Lundi ou jamais.

— Mais voyons, cela n'a pas le sens commun ! s'écria Vronski.

— Pour toi, parce que dans ton égoïsme tu ne veux pas comprendre ce que je souffre. Un seul être me retenait ici : Hannah, et tu as trouvé moyen de m'accuser d'hypocrisie à son égard. Selon toi, je n'aime pas ma fille, et j'affecte pour cette petite Anglaise des sentiments qui n'ont rien de naturel. Je voudrais bien savoir ce qu'il pourrait y avoir de naturel dans la vie que je mène!

Elle s'aperçut avec terreur qu'elle oubliait ses bonnes résolutions. Mais, tout en comprenant qu'elle se perdait, elle ne résista pas à la tentation de lui prouver ses torts.

— Je n'ai pas dit cela, rétorqua-t-il, mais simplement que cette tendresse subite me déplaisait.

— Ce n'est pas vrai, et pour quelqu'un qui se vante de sa droiture...

— Je n'ai ni l'habitude de me vanter, ni celle de mentir, dit-il doucement, réprimant la colère qui grondait en lui. Et je regrette fort que tu ne respectes pas...

— Le respect a été inventé pour dissimuler l'absence d'amour. Si tu ne m'aimes plus, il serait plus loyal de me l'avouer.

— Cela devient intolérable! s'exclama Vronski, qui se leva brusquement et vint se planter devant elle. Ma patience a des bornes, pourquoi la mettre à l'épreuve? prononça-t-il lentement, comme s'il contenait d'autres paroles plus amères prêtes à lui échapper.

— Que voulez-vous dire par là? s'écria-t-elle, épouvantée du regard dont il la foudroyait et de l'expression de haine qui ravageait son visage.

— Je veux dire que... Mais non, c'est à moi à vous demander ce que vous prétendez de moi.

— Que puis-je prétendre, sauf de n'être pas abandonnée comme vous avez l'intention de le faire? Au reste la question est secondaire. Je veux être aimée et, si vous ne m'aimez plus, tout est fini.

Elle se dirigea vers la porte.

— Attends, attends! dit Vronski, en la retenant par le bras, mais les sourcils toujours barrés d'un pli sinistre. De quoi s'agit-il entre nous? Je demande à ne partir que dans trois jours et tu réponds à cela que je mens et que je suis un malhonnête homme.

— Oui et je le répète; un homme qui me reproche les sacrifices qu'il m'a faits (c'était une allusion à d'anciens griefs) est plus que malhonnête; il n'a tout simplement pas de cœur.

— Ma patience est à bout! s'écria Vronski en lui lâchant le bras.

« Il me hait, c'est certain », pensa-t-elle, et, sans se retourner, elle sortit de la pièce à pas chancelants. « Il en aime une autre, c'est plus que certain encore », se dit-elle en rentrant dans sa chambre. Et elle se répéta mentalement ses paroles de tout à l'heure : « Je veux être aimée, et s'il ne m'aime plus, tout est fini... Oui, il faut en finir, mais comment ? » se demanda-t-elle en s'affaissant dans un fauteuil devant son miroir.

Les pensées les plus diverses l'assaillirent. Où se réfugier ? chez sa tante qui l'avait élevée, chez Dolly ou encore à l'étranger ? Que faisait-il dans son cabinet ? Cette rupture serait-elle définitive ? Que diraient Alexis Alexandrovitch et ses anciennes amies de Pétersbourg ? Une idée vague sourdait en son esprit sans qu'elle arrivât à la formuler. Elle se rappela un mot dit par elle à son mari après ses couches : « Pourquoi ne suis-je pas morte ! » Aussitôt ces paroles réveillèrent le sentiment qu'elles avaient exprimé jadis. « Mourir, oui, c'est la seule manière d'en sortir. Ma honte, le déshonneur d'Alexis Alexandrovitch, celui de Serge, tout s'efface avec ma mort. Une fois morte, il regrettera sa conduite, il me pleurera, il m'aimera. » Un sourire d'attendrissement sur elle-même effleura ses lèvres tandis qu'elle ôtait et remettait machinalement ses bagues.

Des pas qui approchaient — les siens ! — la tirèrent de ses méditations, sans qu'elle fît mine d'y prendre garde. Il lui prit la main et dit doucement :

— Anna, je suis prêt à tout, partons après-demain.

Et, comme elle ne répondait rien :

— Eh bien ? insista-t-il.

— Fais comme tu veux... — Incapable de se maîtriser plus longtemps, elle fondit en larmes. — Quitte-moi, quitte-moi ! murmura-t-elle à travers ses sanglots. Je m'en irai dès demain. Et même je ferai plus... Que suis-je ? une femme perdue, une pierre à ton cou. Je ne veux pas te tourmenter davantage. Tu ne m'aimes plus, tu en aimes une autre, je te débarrasserai de moi.

Vronski la supplia de se calmer, affirma que sa jalousie était sans fondement, jura qu'il l'aimait plus que jamais.

— Anna, pourquoi nous torturer ainsi ? lui demanda-t-il en lui baisant les mains. Anna crut remarquer des larmes dans ses yeux et dans sa voix. Passant aussitôt de la plus sombre jalousie à la passion la plus ardente, elle couvrit de baisers la tête, le cou et les mains de son amant.

XXV

La réconciliation était complète. Anna ne savait trop encore s'ils partiraient le lundi ou le mardi, chacun d'eux ayant voulu céder à l'autre sur ce point ; mais peu lui importait maintenant, et dès le lendemain matin elle activa ses apprêts. Elle retira divers objets d'une malle lorsque Vronski entra ; il avait fait toilette plus tôt que de coutume.

— Je vais de ce pas chez *maman :* je lui dirai de m'envoyer l'argent par l'entremise de Iégorov ; comme cela, nous pourrons partir dès demain.

L'allusion à cette visite troubla les bonnes dispositions d'Anna. « Ainsi donc, se dit-elle, il était possible d'arranger les choses comme je le voulais ! »

— Non, répliqua-t-elle, ne change rien à ton programme, car je ne serai pas prête moi-même. Va déjeuner, je te rejoins aussitôt mon rangement fini, ajouta-t-elle en empilant toutes sortes de chiffons sur les bras d'Annouchka.

Quand elle rentra dans la salle à manger, Vronski mangeait un bifteck. Elle s'assit à côté de lui pour prendre son café.

— Cet appartement m'est odieux, déclara-t-elle. Quoi de plus abominable que les *chambres garnies ?* Ces pendules, ces rideaux, ces papiers peints surtout me sont devenus un véritable cauchemar, et la campagne m'apparaît comme la Terre promise. Tu n'y envoies pas les chevaux dès maintenant ?

— Non, ils nous suivront. As-tu l'intention de sortir aujourd'hui ?

— Je passerai peut-être chez Mrs Wilson, pour lui porter une robe... Alors, entendu pour demain ? demanda-t-elle gaiement. Mais elle changea soudain de visage.

À ce moment, le valet de chambre étant venu demander le reçu d'une dépêche, Vronski lui répondit sèchement qu'il le trouverait sur son bureau. Et pour détourner l'attention d'Anna, il s'empressa de lui répondre :

— Certainement, tout sera terminé demain.

Mais Anna avait déjà changé de visage.

— De qui la dépêche ? demanda-t-elle sans l'entendre.

— De Stiva, répondit-il sans empressement.

— Pourquoi ne me l'as-tu pas montrée ? Quel secret peut-il y avoir entre mon frère et toi ?

Vronski ordonna au valet de chambre d'apporter la dépêche.

— Je ne voulais pas te la faire voir, parce que Stiva a la manie du télégraphe. Quel besoin avait-il de me prévenir par fil que rien n'était encore décidé !

— Au sujet du divorce ?

— Oui, il prétend ne pas pouvoir obtenir de réponse définitive. Tiens, lis toi-même.

Anna prit la dépêche d'une main tremblante. La fin en était ainsi conçue : « Peu d'espoir mais je ferai le possible et l'impossible. »

— Ne t'ai-je pas dit hier que cela m'était indifférent ? fit-elle en rougissant. Il était donc bien inutile de me rien cacher. « Sans doute en use-t-il ainsi pour sa correspondance avec les femmes », pensa-t-elle.

— À propos, Iachvine viendra peut-être ce matin avec Voïtov ; figure-toi qu'il a gagné près de soixante mille roubles à Pievtsov, qui sera bien embarrassé de les lui payer.

Cette façon détournée de lui faire comprendre qu'elle s'engageait de nouveau sur un terrain dangereux l'irrita encore davantage.

— Pardon, insista-t-elle, pourquoi as-tu cru bon de me cacher cette nouvelle ? Je te répète que cette question m'est devenue indifférente et je souhaiterais qu'elle t'intéressât aussi peu que moi.

— Si elle m'intéresse, c'est que j'aime les situations claires.

— Qu'importent les formes quand l'amour existe ! s'écria-t-elle, de plus en plus choquée par ce ton de froide supériorité. Que vas-tu faire du divorce ?

« Toujours l'amour », pensa Vronski en se renfrognant.

— Tu sais bien que si je le désire, c'est à cause de toi et de nos futurs enfants.

— Il n'y aura plus d'enfants.

— Tant pis, je le regrette.

— Tu ne penses qu'aux enfants et pas à moi, fit-elle oubliant qu'il venait de dire : « à cause de toi et de tes enfants ».

Ce désir d'avoir des enfants était depuis longtemps entre eux un sujet de discorde : il la blessait comme une preuve d'indifférence envers sa beauté.

— Au contraire, c'est surtout à toi que je pense, répondit-il les sourcils contractés comme par une névralgie ; je suis convaincu que ton irritabilité tient principalement à la fausseté de ta position.

« Il cesse de feindre et la haine qu'il me porte apparaît tout entière », songea-t-elle sans prêter attention à ses paroles : il lui semblait voir un juge féroce la condamner par les yeux de Vronski.

— Non, ma position ne saurait être la cause de ce qu'il te plaît d'appeler mon irritabilité, dit-elle. Elle me paraît parfaitement claire : ne suis-je pas absolument en ton pouvoir ?

— Je regrette que tu ne veuilles pas me comprendre, l'interrompit-il brusquement, car il tenait à lui faire saisir une bonne fois le fond de sa pensée. C'est ta position fausse qui t'incite à te méfier de moi.

— Oh ! quant à cela, tu peux être tranquille, répliqua-t-elle en se détournant.

Elle avala quelques gorgées de café : le bruit de ses lèvres et le geste de sa main qui tenait la tasse le petit doigt levé agaçaient évidemment Vronski ; elle s'en aperçut en lui jetant un regard à la dérobée.

— Peu m'importent l'opinion de ta mère et les projets de mariage qu'elle forme pour toi, dit-elle en reposant sa tasse d'une main qui tremblait.

— Il ne s'agit pas de cela.

— Si fait, et tu peux m'en croire, une femme sans cœur, fût-elle ta mère, ne saurait m'intéresser.

— Anna, je te prie de respecter ma mère.

— Une femme qui ne comprend pas où réside le bonheur de son fils, qui l'incite à un attentat contre l'honneur, cette femme-là n'a pas de cœur.

— Encore une fois je te prie de ne pas parler de ma mère sur ce ton, dit-il en élevant la voix.

Il lui décocha un regard sévère qu'elle supporta hardiment. Elle considérait ces lèvres et ces mains qui lui avaient la veille, après la réconciliation, dispensé tant de caresses. « Caresses banales, songea-t-elle, qu'il a prodiguées et prodiguera encore à bien d'autres femmes ! »

— Tu n'aimes pas ta mère, dit-elle enfin, les yeux lourds de haine ; ce ne sont que des phrases.

— Dans ce cas, il faut...

— Il faut prendre un parti, et quant à moi, je sais ce qu'il me reste à faire.

Elle allait se retirer quand Iachvine entra. Elle s'arrêta pour lui souhaiter le bonjour. Pourquoi, à un tournant si grave de son existence, dissimulait-elle devant un étranger qui tôt ou tard apprendrait tout ? C'est ce qu'elle n'aurait pu expliquer ; mais elle se rassit et, refoulant l'orage qui grondait en son cœur, elle se mit à parler à Iachvine de choses indifférentes.

— Vous a-t-on payé ? lui demanda-t-elle.

— En partie seulement, et je dois me mettre en route mercredi sans faute, répondit-il en risquant une œillade du côté de Vronski : sans doute soupçonnait-il que son entrée avait interrompu une scène. Et vous, quand partez-vous ?

— Après-demain, je pense, dit Vronski.

— Vous avez enfin pris une décision ?

— Oui et définitive, répondit Anna dont le regard dur repoussait d'avance toute tentative de rapprochement. N'avez-vous pas pitié de ce pauvre Pievtsov ?

— Pitié ? C'est une question que je ne me suis jamais posée, Anna Arcadiévna. Je porte ma fortune sur moi, dit-il en montrant sa poche ; mais riche en ce moment, je puis ce soir sortir sans le sou du club. Celui qui joue avec moi me gagnerait volontiers jusqu'à ma chemise. C'est cette lutte qui fait le plaisir.

— Mais si vous étiez marié, qu'en dirait votre femme ? s'enquit Anna en souriant.

— Aussi bien ne me suis-je jamais marié et n'en ai-je jamais eu l'intention, répondit Iachvine que cette supposition amusa fort.

— Tu oublies Helsingfors, insinua Vronski, en risquant un coup d'œil vers Anna dont le sourire s'éteignit aussitôt : « Non, mon ami, il n'y a rien de changé », semblaient dire ses traits rigides.

— N'avez-vous jamais été amoureux ? demanda-t-elle à Iachvine.

— Oh ! Seigneur, combien de fois ! Mais, alors que

d'autres s'arrangent en jouant pour ne pas manquer leur *rendez-vous,* moi j'ai toujours fait en sorte de ne pas manquer ma partie.

— Je ne parle pas de ce genre d'amour, c'est le vrai que j'ai en vue.

Elle voulait l'interroger sur Helsingfors, mais se refusa à répéter un mot qu'avait prononcé Vronski.

Sur ces entrefaites Voïtov se présenta pour acheter un étalon ; Anna se retira.

Avant de sortir, Vronski passa chez elle. Elle fit d'abord mine d'être absorbée par une recherche, mais honteuse de cette dissimulation elle arrêta sur lui un regard toujours glacial.

— Que vous faut-il ? demanda-t-elle en français.

— Le certificat d'origine de « Gambetta », que je viens de vendre, répondit-il d'un ton qui voulait clairement dire : « Je n'ai pas de temps à perdre en explications oiseuses ».

« Je n'ai rien à me reprocher, pensait-il ; si elle veut se punir, *tant pis pour elle.* » Cependant, comme il quittait la chambre, il lui sembla qu'elle l'appelait et se sentit soudain pris de pitié.

— Qu'y a-t-il, Anna ? demanda-t-il.

— Rien, répondit-elle froidement.

« Allons, décidément, *tant pis !* » se dit-il encore, subitement refroidi.

En passant devant une glace, il aperçut un visage si défait que l'idée lui vint de consoler la malheureuse, mais trop tard, il était déjà loin. Il passa toute la journée dehors, et lorsqu'il rentra, la femme de chambre lui apprit qu'Anna Arcadiévna avait la migraine et priait qu'on ne la dérangeât point.

XXVI

JAMAIS encore, en cas de dissentiment, une journée ne s'était écoulée sans amener de réconciliation. Cette fois-ci la querelle ressemblait fort à une rupture. Pour l'accabler d'un regard aussi glacial, pour s'éloigner comme son amant l'avait fait, malgré l'état de désespoir auquel il l'avait vue réduite, c'est qu'il la haïssait, qu'il en aimait une autre. Les mots cruels sortis de la bouche de Vronski revenaient tous à la mémoire d'Anna et s'aggravaient, dans son imagination, de propos grossiers dont il était incapable et que pourtant elle lui imputait à grief.

« Je ne vous retiens pas, lui faisait-elle dire, vous pouvez partir. Puisque vous ne teniez pas au divorce, c'est que vous comptiez retourner chez votre mari. S'il vous faut de l'argent, vous n'avez qu'à le dire : combien voulez-vous ? »

« Mais hier encore, il me jurait qu'il n'aimait que moi ! »… se disait-elle, le moment d'après. C'est un homme honnête et sincère. Ne me suis-je pas désespérée inutilement déjà bien des fois ? »

À part une visite de deux heures à Mrs Wilson, elle passa toute la journée en alternatives de doute et d'espérance : fallait-il partir tout de suite ou tenter encore de le revoir ? Lasse de l'attendre toute la journée, elle finit par entrer dans sa chambre, en recommandant à Annouchka de la dire souffrante. « S'il vient malgré tout, décida-t-elle, c'est qu'il m'aime encore ; sinon, c'est fini et je sais ce qu'il me reste à faire ! »

Elle entendit le roulement de la calèche sur le pavé quand Vronski rentra, son coup de sonnette, son colloque avec la femme de chambre ; puis ses pas s'éloignèrent, il rentra dans son cabinet, et Anna comprit que le sort en était jeté. La mort lui apparut alors comme l'unique moyen de punir Vronski, de reconquérir son amour, de triompher dans la lutte que le malin esprit qui s'était logé dans son cœur menait avec cet homme. Le départ, le divorce devenaient choses indifférentes ; l'essentiel était le châtiment.

Elle prit sa fiole d'opium et versa sa dose accoutumée dans un verre… « En avalant le tout, songea-t-elle, il serait bien facile d'en finir. » Couchée, les yeux ouverts, elle considérait, à la lueur vacillante de la bougie, les moulures de la corniche et l'ombre qu'y projetait le paravent, et s'abandonnait à cette rêverie lugubre. Que penserait-il quand elle aurait disparu ? Quels remords seraient les siens ! « Comment ai-je pu lui parler durement, la quitter sans une parole d'affection ? Et voici qu'elle n'est plus, qu'elle nous a pour toujours abandonnés !… » Tout à coup, l'ombre du paravent sembla chanceler gagner tout le plafond, d'autres ombres coururent à sa rencontre, reculèrent pour se précipiter avec une impétuosité nouvelle et tout se confondit dans une obscurité complète. « La mort » se dit-elle, et une terreur si profonde s'empara de tout son être qu'elle resta quelque temps à rassembler ses idées sans savoir où elle se trouvait ; après de vains efforts elle put enfin d'une main tremblante allumer une bougie à la place de celle qui venait de s'éteindre. Des larmes de joie lui inondèrent le visage lorsqu'elle comprit qu'elle vivait encore. « Non, non, tout plutôt que la mort ! Je l'aime, il m'aime aussi, nous avons déjà connu des scènes pareilles et tout s'est arrangé. » Et, pour échapper à ses frayeurs, elle se sauva dans le cabinet de Vronski.

Il y dormait d'un paisible sommeil. Elle s'approcha de lui, leva son bougeoir et le contempla longuement en pleurant d'attendrissement. Mais elle se garda bien de le réveiller : il l'aurait regardée de son air glacial, sûr de son fait, et son premier mouvement à elle eût été de lui démontrer la gravité de ses torts. Elle rentra donc dans sa chambre, prit une seconde dose d'opium et s'endormit d'un sommeil pesant, qui ne lui ôta pas le sentiment de ses souffrances.

Vers le matin, le cauchemar affreux qui l'avait plus d'une fois oppressée avant sa liaison avec Vronski l'angoissa de nouveau : un petit bonhomme à la barbe ébouriffée tapotait sur du fer en prononçant des bouts de phrases françaises incompréhensibles. Et comme toujours, ce qui la terrifiait le plus c'était de voir cet homme accomplir sa besogne *au-dessus d'elle* sans avoir l'air de la remarquer.

Aussitôt levée, les événements de la veille lui revinrent confusément à l'esprit. « Que s'est-il passé de si désespéré ? pensa-t-elle. Une querelle ? ce n'est pas la première. J'ai prétexté une migraine et il n'y a pas pris garde. Demain nous partons : il faut le voir, lui parler et hâter le départ. »

Elle se dirigea vers le cabinet de Vronski ; mais, en traversant le salon, le bruit d'une voiture qui s'arrêtait à la porte la fit regarder par la fenêtre. C'était un coupé : une jeune fille en chapeau mauve, penchée à la portière, donnait des ordres à un valet de pied ; celui-ci sonna, on parla dans le vestibule, puis quelqu'un monta et Anna entendit Vronski descendre l'escalier à la hâte. Elle le vit sortir tête nue, s'approcher de la voiture, prendre un paquet des mains de la jeune fille et lui parler en souriant. Le coupé s'éloigna et Vronski remonta vivement.

Cette petite scène dissipa soudain la torpeur d'Anna et les impressions de la veille lui déchirèrent le cœur plus douloureusement que jamais : comment avait-elle pu s'abaisser au point de rester, après une pareille scène, tout un jour sous le même toit que cet homme ? Elle entra dans le cabinet pour lui annoncer la résolution qu'elle avait prise.

— La princesse Sorokine et sa fille m'ont apporté l'argent et les papiers de ma mère que je n'avais pu obtenir hier, dit tranquillement Vronski, sans vouloir remarquer la physionomie tragique d'Anna. Comment te sens-tu ce matin ?

Debout au milieu de la chambre, elle le regardait fixement tandis qu'il continuait à lire une lettre, le front plissé, après avoir jeté les yeux sur elle. Sans mot dire, Anna tourna lentement sur elle-même et se dirigea vers la porte ; il ne fit rien pour la retenir, le bruit du papier froissé résonnait seul dans le silence.

— À propos, s'écria-t-il enfin au moment où elle atteignait le seuil, c'est bien décidément demain que nous partons ?

— Vous, mais pas moi, répondit-elle en se retournant vers lui.

— Anna, pareille vie devient impossible.

— Vous, mais non pas moi, répéta-t-elle.

— Cela n'est plus tolérable.

— Vous… vous en repentirez, dit-elle et elle sortit.

Effrayé du ton désespéré dont elle avait prononcé ces derniers mots, Vronski sauta de son siège, voulut courir après elle, mais se ravisa soudain. Cette menace, qu'il jugeait inconvenante, l'exaspérait. « J'ai essayé de tous les moyens, murmura-t-il en serrant les dents, il ne me reste que l'indifférence. » Et il se prépara à sortir : il lui fallait encore faire quelques courses et soumettre une procuration à la signature de sa mère.

Anna l'entendit quitter son bureau, traverser la salle à manger, s'arrêter dans l'antichambre, non point pour venir à elle, mais pour donner ordre de mener l'étalon chez Voïtov. Elle entendit avancer la calèche, ouvrir la porte d'entrée; quelqu'un remonta précipitamment l'escalier; elle courut à la fenêtre et vit Vronski prendre des mains de son valet de chambre une paire de gants oubliée, puis toucher le dos du cocher, lui dire quelques mots et, sans lever les yeux vers la fenêtre, se renverser dans sa pose habituelle au fond de la calèche, croiser une jambe sur l'autre tout en mettant un de ses gants, et disparaître enfin au tournant de la rue.

XXVII

« Il est parti, tout est fini! » se dit-elle, debout à la fenêtre. Soudain l'angoisse où l'avaient plongée durant la nuit l'extinction de la bougie et les affres du cauchemar l'envahit de nouveau tout entière. « Non, ce n'est pas possible! » s'écria-t-elle. Traversant toute la pièce, elle donna un violent coup de sonnette; mais, dominée par la terreur, elle ne put attendre la venue du domestique et courut à sa rencontre.

— Informez-vous de l'endroit où le comte s'est fait conduire, lui dit-elle.

— Aux écuries, répondit le valet; la calèche va rentrer et sera tout de suite à la disposition de Madame.

— C'est bon, je vais écrire un mot et vous prierez Michel de le porter sur-le-champ aux écuries.

Elle s'assit et écrivit:

« J'ai eu tort; mais au nom du Ciel reviens, nous nous expliquerons; j'ai peur. »

Elle cacheta, remit le billet au valet de chambre et, dans sa crainte de rester seule, gagna la *nursery*.

« Je ne le reconnais plus; où sont ses yeux bleus et son joli sourire timide? » pensa-t-elle en apercevant, au lieu de Serge que dans sa confusion elle s'attendait à voir, une petite fille potelée aux joues roses, aux cheveux noirs frisés. Assise près d'une table, l'enfant tapait à tort et à travers avec un bouchon de carafe; ses yeux, d'un noir de cassis, fixaient sur sa mère un regard stupide. L'Anglaise s'étant informée de la santé d'Anna, celle-ci l'assura qu'elle se portait fort bien et la prévint qu'on partait le lendemain pour la campagne. Puis elle s'assit près de la petite et lui prit le bouchon des mains pour le faire tourner ; mais le mouvement des sourcils et le rire sonore de l'enfant rappelaient si vivement Vronski qu'Anna n'y put tenir : elle se leva brusquement et se sauva. « Est-il vraiment possible que tout soit fini ? Non, il reviendra, se dit-elle ; mais comment m'expliquera-t-il son animation, son sourire en lui parlant ? Eh, je croirai tout ce qu'il me dira... Sinon, je ne vois qu'un remède et je n'en veux pas ! » Elle jeta un coup d'œil à la pendule : douze minutes s'étaient écoulées. « Il a reçu ma lettre et va revenir dans dix minutes... Et s'il ne revenait pas ? C'est impossible. Il ne doit pas me trouver avec des yeux rouges, je vais me baigner la figure... Mais voyons, me suis-je coiffée aujourd'hui ? Oui, fit-elle en portant les mains à sa tête, mais quand donc ? je ne m'en souviens plus. » Elle s'approcha d'une glace pour se convaincre qu'elle s'était bien coiffée sans en avoir eu conscience, et recula en apercevant un visage boursouflé et des yeux étrangement brillants qui la considéraient avec épouvante. « Qui est-ce ? se demanda-t-elle... Mais c'est moi », comprit-elle soudain. Et, comme elle s'examinait en détail, elle crut sentir sur son épaule les récents baisers de son amant ; elle frissonna et porta une de ses mains à ses lèvres. « Deviendrais-je folle ? » se demanda-t-elle avec effroi, et elle se sauva dans sa chambre où Annouchka mettait de l'ordre.

— Annouchka... commença-t-elle sans pouvoir continuer, en s'arrêtant devant cette brave fille, qui parut la comprendre.

— Vous vouliez faire visite à Darie Alexandrovna, dit-elle.

— C'est vrai, je vais y aller.

« Un quart d'heure pour aller, un quart d'heure pour revenir, il va être ici d'un moment à l'autre ! » Elle regarda sa montre. « Mais comment a-t-il pu me quitter ainsi ! Comment peut-il vivre sans s'être réconcilié avec moi ! » Elle s'approcha de la fenêtre, scruta la rue : toujours personne. Craignant d'avoir fait une erreur de calcul, elle se remit à compter les minutes depuis son départ.

Au moment où elle voulait consulter la pendule du salon, un équipage s'arrêta devant la porte ; par la fenêtre elle reconnut la calèche ; mais personne ne montait l'escalier. Comme elle entendait des voix dans le vestibule, elle descendit et aperçut son messager, Michel, un garçon réjoui et bien portant.

— Monsieur le comte était déjà parti pour la gare de Nijni, dit le valet de chambre.

— Que me veux-tu ? Qu'y a-t-il encore ?... dit-elle à Michel qui voulait lui rendre son billet. « Ah ! oui, c'est vrai, songea-t-elle, il ne l'a pas reçu. » Eh bien, porte tout de suite cette lettre au comte à la campagne chez sa mère et rapporte aussitôt la réponse.

« Et moi, que vais-je devenir en attendant ?... La folie me guette... Allons toujours chez Dolly... Ah ! il me reste encore la ressource de télégraphier. »

Et elle écrivit la dépêche suivante, qu'elle fit aussitôt expédier :

« J'ai absolument besoin de vous parler, revenez vite. »

Elle vint ensuite s'habiller et, déjà prête à sortir, s'arrêta devant la placide Annouchka dont les petits yeux gris témoignaient une vive compassion.

— Annouchka, ma chère, que devenir ? murmura-t-elle en se laissant choir sur un fauteuil.

— Pourquoi vous tourmentez-vous, Anna Arcadiévna ? Ces choses-là arrivent. Faites un tour de promenade, cela vous distraira.

— Oui, je vais sortir ; si en mon absence on apportait une dépêche, tu l'enverras chez Darie Alexandrovna, dit-elle en cherchant à se maîtriser. Ou plutôt non, je vais bientôt revenir.

« Je dois m'abstenir de toute réflexion, m'occuper, sortir, quitter cette maison surtout », songea-t-elle en écoutant terrifiée les battements précipités de son cœur.

Elle se hâta de sortir et de monter en calèche.

— Où doit-on mener Madame ? demanda Pierre, le valet de pied.

— Rue de l'Apparition, chez les Oblonski.

XXVIII

Le temps était clair ; une pluie fine tombée dans la matinée faisait encore étinceler au soleil de mai les toits des maisons, les dalles des trottoirs, les pavés des chaussées, les roues des voitures, les cuirs et les fleurons des harnais. Il était trois heures, le moment le plus animé de la journée.

Doucement bercée par la calèche qu'entraînaient rapidement deux trotteurs gris, Anna jugea différemment sa situation en repassant au grand air et dans le fracas continuel des roues les événements des derniers jours. L'idée de la mort l'effraya moins, mais ne lui parut plus aussi inévitable. Et elle se reprocha vivement l'humiliation à laquelle elle s'était abaissée. « Pourquoi m'être accusée, avoir imploré son pardon ? Ne puis-je donc vivre sans lui ? » Et, laissant cette question sans réponse, elle se mit à lire machinalement les enseignes. « Bureau et magasins. Dentiste. Oui, je vais me confesser à Dolly ; elle n'aime pas Vronski, ce sera dur de tout lui dire, mais je le ferai ; elle m'aime, je suivrai son conseil ; je ne me laisserai pas traiter comme une enfant. Philippov : kalatches. On dit qu'il en expédie la pâte à Pétersbourg. L'eau de Moscou est meilleure, les réservoirs de Mytistchy. » Et elle se souvint d'avoir autrefois passé dans cette localité en se rendant avec sa tante en pèlerinage à la Trinité-Saint-Serge. « On y allait en voiture dans ce temps-là ; était-ce vraiment moi avec des mains rouges ? Que de choses qui me paraissaient des rêves irréalisables me semblent aujourd'hui misérables, et des siècles ne sauraient me ramener à l'innocence d'alors ! Qui m'eût dit l'abaissement dans lequel je tomberais ? Mon billet l'aura fait triompher ; mais je rabattrai son orgueil... Mon Dieu, que cette peinture sent mauvais ! pourquoi éprouve-t-on toujours le besoin de bâtir et de peindre ?... Modes et parures. »

Un passant la salua, c'était le mari d'Annouchka. « Nos parasites, comme dit Vronski. Pourquoi les nôtres ?... Ah ! si l'on pouvait arracher le passé avec ses racines ! C'est impossible, hélas ! mais tout au moins peut-on feindre d'oublier... » Et se rappelant tout à coup son passé avec Alexis Alexandrovitch, elle constata qu'elle en avait aisément perdu le souvenir. « Dolly me donnera tort, puisque c'est le second que je quitte. Ai-je la prétention d'avoir raison ! » Et elle sentit les larmes la gagner... « De quoi ces deux jeunes filles peuvent-elles bien parler en souriant ? d'amour ? elles n'en connaissent ni la tristesse ni l'ignominie... Le boulevard et des enfants ; trois petits garçons qui jouent aux chevaux... Serge, mon petit Serge, je vais tout perdre sans pour cela te regagner !... Oui, s'il ne revient pas, tout eſt bien perdu. Peut-être aura-t-il manqué le train et le retrouverai-je à la maison ? Allons, voilà que je veux encore m'humilier... Non, je vais dire tout de suite à Dolly : je suis malheureuse, je souffre, je l'ai mérité, mais viens-moi en aide !... Oh ! ces chevaux, cette calèche qui lui appartiennent, je me fais horreur de m'en servir ! Bientôt je ne les reverrai plus ! »

Tout en se torturant ainsi, elle arriva chez Dolly et monta l'escalier.

— Y a-t-il du monde ? demanda-t-elle dans l'antichambre.

— Catherine Alexandrovna Levine, répondit le domeſtique.

« Kitty, cette Kitty dont Vronski était amoureux, se dit Anna, qu'il regrette de ne pas avoir épousée, tandis qu'il maudit le jour où il m'a rencontrée. »

Dolly donnait des conseils à sa sœur sur la meilleure manière d'allaiter quand on lui annonça Anna ; elle vint seule la recevoir.

— Tu n'es pas encore partie ? Je voulais précisément passer chez toi, j'ai reçu ce matin une lettre de Stiva.

— Et nous, une dépêche, répondit Anna en tâchant d'apercevoir Kitty.

— Il m'écrit qu'il ne comprend rien aux caprices d'Alexis Alexandrovitch, mais qu'il ne partira pas sans avoir obtenu une réponse définitive.

— Tu as du monde, il me semble ? Peux-tu me montrer la lettre de Stiva ?

— Oui, j'ai Kitty, répondit Dolly, confuse. Elle eſt dans la chambre des enfants ; tu sais qu'elle relève de maladie ?

— Je le sais. Peux-tu me montrer la lettre ?

— Certainement, je vais te la chercher... Alexis Alexandrovitch ne refuse pas ; Stiva a bon espoir, dit Dolly s'arrêtant sur le seuil.

— Je n'espère et je ne désire rien.

« Kitty croirait-elle s'abaisser en me rencontrant ? pensa Anna reſtée seule. Elle a peut-être raison, mais il ne lui appartient pas, à elle qui a été éprise de Vronski, de me faire la leçon. Je sais bien qu'une femme honnête ne peut me recevoir. J'ai tout sacrifié à cet homme et voilà ma récompense ! Ah ! que je le hais... Et pourquoi suis-je venue ici ? Je m'y sens plus mal encore que chez moi. » Elle entendit les voix des deux sœurs dans la pièce voisine. « Et comment puis-je parler à Dolly maintenant ? Vais-je réjouir Kitty du spectacle de mon malheur, avoir l'air de quémander ses bonnes grâces ? Non, et d'ailleurs Dolly elle-même ne me comprendrait pas. Mieux vaut me taire. Mais j'aimerais bien voir Kitty pour lui prouver que je méprise tout le monde et que tout m'est devenu indifférent. »

Dolly rentra avec la lettre ; Anna la parcourut et la lui rendit.

— Je savais cela, dit-elle, et ne m'en soucie plus.

— Pourquoi ? J'ai bon espoir, objecta Dolly en examinant Anna avec attention ; jamais elle ne l'avait vue d'aussi bizarre humeur. Quel jour pars-tu ?

Anna ne répondit rien : les yeux à demi fermés, elle regardait droit devant elle.

— Kitty a-t-elle peur de moi ? demanda-t-elle au bout d'un moment en jetant un coup d'œil du côté de la porte.

— Quelle idée !... Elle nourrit et ne s'en tire pas encore très bien ; je lui donnais des conseils... Elle est enchantée au contraire et va venir tout de suite, répondit Dolly qui se sentait gênée de faire un mensonge. Tiens, la voici.

En apprenant l'arrivée d'Anna, Kitty n'avait d'abord pas voulu paraître, mais Dolly était parvenue à la raisonner. Elle fit donc effort sur elle-même et s'approcha en rougissant d'Anna pour lui tendre la main.

— Je suis charmée, proféra-t-elle d'une voix émue. L'hostilité et l'indulgence luttaient encore dans son cœur, mais à la vue du beau visage sympathique d'Anna, ses préventions contre cette « méchante femme » tombèrent.

— J'aurais trouvé naturel votre refus de me voir, dit Anna, je suis faite à tout. Vous avez été malade, me dit-on. En effet je vous trouve changée.

Kitty attribua le ton sec d'Anna à la gêne que causait à cette femme, jadis si au-dessus d'elle, la fausseté de sa position.

Elles s'entretinrent de la maladie de Kitty, de son enfant, de Stiva, mais l'esprit d'Anna était absent.

— Je suis venue te faire mes adieux, dit-elle à Dolly en se levant.

— Quand partez-vous ?

Sans lui répondre, Anna se tourna vers Kitty avec un sourire.

— Je suis bien aise de vous avoir revue. J'ai tant entendu parler de vous, même par votre mari. Vous savez qu'il est venu me voir ? Il m'a beaucoup plu, ajouta-t-elle dans une intention mauvaise. Où est-il ?

— À la campagne, répondit Kitty en rougissant.

— Faites-lui mes amitiés, n'y manquez pas.

— Je n'y manquerai pas, répéta naïvement Kitty avec un regard de compassion.

— Adieu, Dolly ! dit Anna.

Elle l'embrassa, serra la main de Kitty et se retira précipitamment.

— Elle est toujours aussi séduisante, fit remarquer Kitty à sa sœur quand celle-ci rentra après avoir reconduit Anna jusqu'à la porte. Comme elle est belle ! Mais il y a en elle quelque chose qui m'inspire une immense pitié.

— Je ne la trouve pas aujourd'hui dans son état normal. J'ai cru qu'elle allait fondre en larmes dans l'antichambre.

XXIX

REMONTÉE dans sa calèche, Anna se sentit plus malheureuse que jamais : son entrevue avec Kitty réveillait douloureusement en elle le sentiment de sa déchéance.

— Madame rentre à la maison ? demanda Pierre.

— Oui, répondit-elle sans trop savoir ce qu'elle disait.

« Elles m'ont regardée comme un être bizarre, effrayant, incompréhensible !... Que peuvent se dire ces gens-là ? pensa-t-elle en voyant deux passants s'entretenir avec animation. Ont-ils la prétention de se communiquer ce qu'ils éprouvent ? Moi qui voulais me confesser à Dolly! J'ai eu raison de me taire; mon malheur l'aurait réjouie au fond, bien qu'elle n'en eût rien laissé paraître: elle trouverait juste de me voir expier ces plaisirs qu'elle m'a enviés. Et Kitty eût été plus contente encore. Je lis dans son cœur: elle me hait, parce que j'ai été plus aimable avec son mari qu'il n'eût fallu. Elle me jalouse, elle me déteste, elle me méprise: à ses yeux je suis une femme perdue. Ah! si j'avais été ce qu'elle pense, avec quelle facilité j'aurais tourné la tête à son mari! La pensée m'en est venue, j'en conviens... Voilà un homme enchanté de sa personne, se dit-elle à l'aspect d'un gros monsieur au teint fleuri dont la voiture croisa la sienne et qui, la prenant pour une autre, découvrit en la saluant un crâne aussi luisant que son haut-de-forme... Il croit me connaître. Personne ne me connaît, pas même moi. Je ne connais que mes *appétits,* comme disent les Français. Ces gamins convoitent de mauvaises glaces, de cela ils sont bien sûrs, décida-t-elle à la vue de deux enfants arrêtés devant un marchand qui déposait à terre un seau à glaces et s'essuyait la figure au coin d'un torchon. Tous, nous sommes avides de friandises et, faute de bonbons, on se contente de mauvaises glaces, comme Kitty qui, ne pouvant épouser Vronski, s'est rabattue sur Levine. Elle m'envie, elle me déteste. Nous nous détestons tous les uns les autres. Je la hais, elle me hait. Ainsi va le monde. Tioutkine, *coiffeur. Je me fais coiffer par* Tioutkine. Je le ferai rire avec cette bêtise, pensa-t-elle pour se rappeler aussitôt qu'elle n'avait plus personne à faire rire. On sonne les vêpres; comme ce marchand fait ses signes de croix avec circonspection! a-t-il peur de laisser tomber quelque chose? Pourquoi ces églises, ces cloches, ces mensonges? pour dissimuler que nous nous haïssons tous, comme ces cochers de fiacre qui s'injurient. Iachvine a raison de dire: "Il en veut à ma chemise, moi à la sienne."

Entraînée par ces réflexions, elle oublia un moment sa douleur et fut surprise quand la calèche s'arrêta. La vue du suisse la fit souvenir et de son billet et de sa dépêche.

— Y a-t-il une réponse? demanda-t-elle.

— Je vais m'en informer, dit le suisse, et il revint un moment après avec une enveloppe de télégramme.

Anna l'ouvrit et lut : « Je ne puis rentrer avant dix heures. Vronski. »

— Et le messager ?

— Il n'est pas encore de retour.

Un besoin vague de vengeance s'éleva dans l'âme d'Anna et elle monta l'escalier en courant. « Puisqu'il en est ainsi, je sais ce qu'il me reste à faire. J'irai moi-même le trouver avant de partir pour toujours. Je lui dirai son fait. Jamais je n'ai haï personne autant que cet homme ! » Et apercevant un chapeau de Vronski dans l'antichambre, elle frissonna d'horreur. Elle ne réfléchissait pas que la dépêche était une réponse à la sienne et non au message que Vronski ne pouvait pas encore avoir reçu. Elle se le représentait causant gaiement avec sa mère et Mlle Sorokine, jouissant de loin des souffrances qu'il lui infligeait... « Oui, il faut partir bien vite », se dit-elle sans trop savoir encore où elle devait aller. Elle avait hâte de fuir ces terribles pensées qui l'envahissaient dans cette maison où tout, choses et gens, lui était odieux et dont les murs l'écrasaient de leur terrible poids.

« Je vais aller à la gare, décida-t-elle, et si je ne le rencontre pas, je pousserai jusqu'à la campagne et je le prendrai sur le fait. » Elle consulta dans son journal l'horaire des trains : il y en avait un à huit heures deux minutes. « J'arriverai à temps. »

Elle fit atteler des chevaux frais à la calèche et disposa dans un petit sac de voyage les objets indispensables à une absence de quelques jours ; résolue à ne pas rentrer, elle roulait dans sa tête mille projets confus ; l'un d'eux consistait, après la scène qui se passerait à la gare ou chez la comtesse, à continuer sa route par le chemin de fer de Nijni pour s'arrêter dans la première ville venue.

Le dîner était servi, mais l'odeur même de la nourriture lui faisant horreur, elle regagna tout droit la calèche. La maison projetait déjà son ombre à travers toute la rue, mais le soleil chauffait encore ; la soirée s'annonçait belle et claire. Annouchka qui portait sa valise, Pierre qui mit celle-ci dans la voiture, le cocher qui paraissait mécontent, tous l'agaçaient, l'irritaient.

— Je n'ai pas besoin de toi, Pierre.

— Mais qui prendra le billet, Madame ?

— Eh bien, viens si tu veux, peu m'importe, répondit-elle, contrariée.

Pierre sauta sur le siège, prit une pose avantageuse et donna ordre au cocher de conduire Madame à la gare de Nijni.

XXX

VOILÀ mes idées qui s'éclaircissent! se dit Anna lorsqu'elle se retrouva en calèche, roulant sur le pavé inégal. À quoi songeais-je en dernier lieu? Au *coiffeur* Tioutkine? Non... Ah! j'y suis: aux réflexions de Iachvine sur la lutte pour la vie et sur la haine qui seule unit les hommes. Où courez-vous comme ça? Vous ne vous échapperez pas à vous-mêmes, et le chien que vous emmenez n'y fera rien!» pensa-t-elle, interpellant à part soi une joyeuse société, installée dans une voiture à quatre chevaux, qui s'en allait de toute évidence faire une partie de campagne. Et, suivant le regard de Pierre qui se retournait sur le siège, elle aperçut un ouvrier ivre emmené par un sergent de ville. «Ceci ferait mieux l'affaire. Nous en avons aussi essayé, du plaisir, le comte Vronski et moi, mais n'avons point trouvé le bonheur auquel nous aspirions!» Pour la première fois, Anna dirigea sur ses relations avec Vronski cette lumière crue qui lui faisait entrevoir le fond de toutes choses. «Qu'a-t-il cherché en moi? Les satisfactions de la vanité plutôt que celles de l'amour.» Et les paroles du comte, l'expression de chien soumis que prenait son visage aux premiers temps de leur liaison lui revenaient en mémoire pour confirmer cette pensée. «Oui, tout en lui indiquait l'orgueil du triomphe. Il m'aimait certes, mais il était surtout fier de m'avoir conquise. Et maintenant qu'il m'a pris tout ce qu'il pouvait me prendre, je lui fais honte, je lui pèse, il n'a plus souci que d'observer les formes. Il s'est trahi hier: s'il désire m'épouser, c'est pour brûler ses vaisseaux. Il m'aime peut-être encore, mais comment? *The zest is gone*... En voilà un qui fait le faraud... (cette parenthèse s'adressait à un rougeaud de commis perché sur un cheval de manège...) Non, je ne lui plais plus comme autrefois. Au fond du cœur, il sera bien content d'être délivré de ma présence... »

Cela n'était point une supposition gratuite, mais une vérité, dont la lueur vive qui lui découvrait les secrets de la vie et des rapports entre les hommes lui faisait crûment apparaître l'évidence.

« Tandis que mon amour devient de plus en plus égoïstement passionné, le sien s'éteint peu à peu ; c'est pourquoi nous ne nous entendons plus. Et il n'y a pas de remède à cette situation. Il m'est tout, je veux qu'il se donne à moi tout entier, mais lui ne cherche qu'à me fuir. Jusqu'au moment de notre liaison nous allions l'un au-devant de l'autre, maintenant c'est en sens inverse que nous marchons. Il m'accuse d'être ridiculement jalouse ; je me suis fait aussi ce reproche, mais bien à tort : la vérité, c'est que mon amour ne se sent plus satisfait. Mais... »

Cette découverte troubla tellement Anna qu'elle changea de place dans la calèche, remuant involontairement les lèvres comme si elle allait parler.

« Si je pouvais, je chercherais à lui être une amie raisonnable, et non une maîtresse passionnée dont l'ardeur lui répugne et qui de son côté souffre de sa froideur. Mais je ne puis ni ne veux me transformer. Il ne me trompe pas, j'en suis certaine, il ne songe pas plus aujourd'hui à Mlle Sorokine que naguère à Kitty. Mais que m'importe ? S'il ne m'aime plus, s'il ne se montre bon et tendre envers moi que par devoir, ce sera l'enfer ; je préfère encore sa haine. Nous en sommes là ; il y a longtemps qu'il ne m'aime plus, et là où finit l'amour, commence le dégoût... Qu'est-ce que ce quartier inconnu ? des rues qui montent sans fin et des maisons, toujours des maisons, habitées par une foule de gens qui tous se haïssent les uns les autres... Voyons, que pourrait-il m'arriver qui me donnerait encore du bonheur ? Supposons qu'Alexis Alexandrovitch consente au divorce, qu'il me rende Serge, que j'épouse Vronski... »

En songeant à Karénine, Anna le vit surgir devant elle avec son regard éteint, ses mains blanches veinées de bleu, ses phalanges qui craquaient, ses intonations particulières, et le souvenir de leurs rapports, jadis qualifiés de tendres, la fit tressaillir d'horreur.

« Admettons que je sois mariée : Kitty me regardera-t-elle avec moins de condescendance ? Serge ne se demandera-t-il pas pourquoi j'ai deux maris ? Pourra-t-il s'établir entre Vronski et moi des relations qui ne me mettent point à la torture ? Non, se répondit-elle sans hésiter, la scission entre nous eśt trop profonde ; je fais son malheur, il fait le mien, nous n'y changerons plus rien !... Pourquoi cette mendiante avec son enfant s'imagine-t-elle inspirer la pitié ? Ne sommes-nous pas tous jetés sur cette terre pour nous haïr et nous tourmenter les uns les autres ?... Tiens, des collégiens qui s'amusent... Mon petit Serge ! Lui aussi, j'ai cru l'aimer ; mon affection pour lui m'attendrissait moi-même. J'ai pourtant vécu sans lui, j'ai troqué l'amour que je lui portais contre une autre passion, et tant que celle-ci a été satisfaite, je ne me suis pas plainte de l'échange... »

Ce qu'elle appelait « cette autre passion » lui apparut sous des couleurs hideuses. Cependant elle goûtait un plaisir amer à fouiller ainsi ses sentiments et ceux d'autrui. « Nous en sommes tous là, et moi, et Pierre, et le cocher Théodore, et ce marchand qui passe et tous les gens qui habitent les rives fortunées de la Volga que ces affiches nous convient à visiter », se dit-elle au moment où la voiture s'arrêtait devant la façade basse de la gare de Nijni. Une nuée de porteurs se précipita à sa rencontre.

— C'est pour Obiralovka que je dois prendre le billet, n'est-ce pas, Madame ?

Elle eut peine à comprendre cette question, tant ses pensées étaient ailleurs ; elle avait complètement oublié ce qu'elle venait faire là.

— Oui, répondit-elle enfin, en lui tendant son porte-monnaie. Et elle descendit de voiture, son petit sac rouge à la main.

Tandis qu'elle fendait la foule pour gagner la salle des premières, les détails de sa situation lui revinrent en mémoire ainsi que les divers partis qui s'offraient à elle. De nouveau elle flotta entre l'espoir et le découragement, de nouveau ses plaies se rouvrirent et son cœur battit à se rompre. Assise en attendant le train sur un immense canapé, elle jetait des regards d'aversion sur les allants et venants qui tous lui étaient odieux. Tantôt elle se représentait le moment où elle arriverait à Obiralovka, le billet qu'elle écrirait à Vronski, ce qu'elle lui dirait dès son entrée dans le salon de la vieille comtesse, où peut-être en ce moment il se plaignait des amertumes de sa vie sans vouloir comprendre ses souffrances à elle, Anna. Tantôt elle songeait qu'elle aurait pu encore connaître d'heureux jours : combien il était dur d'aimer et de haïr tout à la fois ! combien surtout son pauvre cœur battait à se rompre !...

XXXI

Un coup de cloche retentit ; quelques jeunes fats, grotesques mais soucieux de l'impression qu'ils produisaient, se hâtèrent vers les quais ; Pierre, engoncé dans sa livrée et ses bottes, traversa toute la salle d'un air stupide et se mit en devoir d'escorter Anna jusqu'au wagon. Les bruyants personnages firent silence en la voyant passer, et l'un d'eux murmura à l'oreille de son voisin quelques mots sans doute graveleux. Anna escalada le marchepied et s'installa dans un compartiment vide ; le sac qu'elle posa auprès d'elle rebondit sur la banquette élastique dont l'étoffe défraîchie avait dû jadis être blanche. Avec un sourire idiot, Pierre souleva, en guise d'adieu, son chapeau galonné et s'éloigna. Un effronté conducteur ferma bruyamment la portière. Une dame difforme, affublée d'une tournure et qu'Anna déshabilla en imagination pour s'épouvanter de sa laideur, courait le long du quai suivie d'une petite fille qui riait avec affectation.

— Catherine Andréievna a tout par-devers elle, ma tante, cria la petite.

« Cette enfant est déjà grimacière et prétentieuse », se dit Anna ; et pour ne voir personne elle alla s'asseoir tout au bout de la banquette. Un petit bonhomme sale et difforme, coiffé d'une casquette d'où s'échappaient des cheveux ébouriffés, passa le long de la voie, se penchant sans cesse sur les roues. « Cette vilaine figure ne m'est pas inconnue », se dit Anna. Tout à coup elle se rappela son cauchemar et, frissonnant d'épouvante, recula jusqu'à l'autre porte que le conducteur ouvrait pour laisser monter un monsieur et une dame.

— Vous voulez descendre ? demanda cet homme.

Anna ne répondit rien et personne ne put remarquer sous son voile la terreur qui la glaçait. Elle regagna son coin ; le couple prit place à l'autre bout, examinant avec une curiosité discrète les détails de sa toilette. Ces deux êtres lui inspirèrent aussitôt une profonde répulsion. Désireux de lier conversation, le mari lui demanda la permission d'allumer une cigarette ; l'ayant obtenue, il raconta force niaiseries à sa femme ; en fait, il n'avait pas plus envie de parler que de fumer, mais voulait à tout prix attirer l'attention de sa voisine. Anna vit clairement qu'ils étaient las l'un de l'autre, qu'ils se détestaient cordialement. Pouvait-on ne pas prendre en haine de pareils grotesques ?

La rumeur, le transfert des bagages, les cris, les rires qui succédèrent au second coup de cloche donnèrent à Anna l'envie de se boucher les oreilles : qu'est-ce qui pouvait bien faire rire ? Enfin ce fut le troisième coup de cloche, puis le coup de sifflet du chef de gare, auquel répondit celui de la locomotive ; le train s'ébranla, et le monsieur fit un signe de croix. « Je serais curieuse de savoir quelle signification il attribue à ce geste », se demanda Anna en lui jetant un regard mauvais, qu'elle reporta aussitôt, par-dessus la tête de la dame, sur les personnes qui étaient venues accompagner des voyageurs et qui paraissaient maintenant reculer avec le quai. Le wagon avançait lentement, cahotant à intervalles réguliers sur les jointures des rails ; il dépassa le quai, un mur, un disque, une file d'autres wagons ; le mouvement s'accéléra, le couchant empourpra la portière, la brise se joua dans les stores. Bercée par la marche du train, Anna oublia ses visions, respira l'air frais et reprit le cours de ses réflexions.

« À quoi pensais-je ? à ce que ma vie, de quelque manière que je me la représente, ne peut être que douleur ; nous sommes tous voués à la souffrance, nous le savons et cherchons à nous le dissimuler d'une manière ou d'une autre. Mais lorsque la vérité nous crève les yeux, que nous restera-t-il à faire ? »

— La raison a été donnée à l'homme pour se soustraire à ses ennuis, dit la dame en français, toute fière d'avoir trouvé cette phrase.

Ces paroles parurent faire écho aux pensées d'Anna.

« Se soustraire à ses ennuis », répéta-t-elle mentalement. Un coup d'œil jeté sur ce monsieur haut en couleur et sur sa maigre moitié lui fit comprendre que celle-ci devait se considérer comme une créature incomprise : son mari, qui sans doute la trompait, n'avait garde de combattre cette opinion. Anna devinait tous les détails de leur histoire, plongeait dans les replis les plus secrets de leurs cœurs ; mais cela manquait d'intérêt et elle continua à réfléchir.

« Eh bien, moi aussi, j'ai de graves ennuis, et puisque la raison l'exige, mon devoir est de m'y soustraire. Pourquoi ne pas éteindre la lumière quand il n'y a plus rien à voir, quand le spectacle devient odieux ?... Mais pourquoi ce conducteur court-il le long du marchepied ? quel besoin ces jeunes gens, dans le compartiment à côté, éprouvent-ils de crier et de rire ? Tout n'est que mal et injustice, mensonge et duperie !... »

En descendant du train, Anna, évitant comme des pestiférés les autres voyageurs, s'attarda sur le quai pour se demander ce qu'elle allait faire. Tout lui paraissait maintenant d'une exécution difficile ; au contact de cette foule bruyante, elle rassemblait mal ses idées. Des porteurs lui offraient leurs services ; les jeunes freluquets lui décochaient des œillades en parlant à voix haute et en faisant sonner leurs talons. Se rappelant soudain la résolution qu'elle avait prise de continuer sa route si elle ne trouvait pas de réponse à la gare, elle demanda à un employé s'il n'avait point vu par hasard un cocher qui portait une lettre au comte Vronski.

Vronski ? On est venu tout à l'heure de chez eux chercher la princesse Sorokine et sa fille. Comment est-il de sa personne, ce cocher ?

Au même moment, Anna vit s'avancer vers elle son envoyé, le cocher Michel : tout rouge, tout joyeux, son beau caftan bleu barré d'une chaîne de montre, il semblait fier d'avoir rempli sa mission. Il remit à Anna un billet qu'elle décacheta, l'angoisse au cœur.

« Je regrette beaucoup, écrivait Vronski d'une main négligente, que votre billet ne m'ait pas trouvé à Moscou. Je rentrerai à dix heures. »

« C'est cela, je m'y attendais ! » se dit-elle avec un sourire sardonique.

— Merci, tu peux t'en retourner, ordonna-t-elle à

Michel d'une voix à peine perceptible, car les palpitations de son cœur l'empêchaient de respirer. « Non, je ne te permettrai plus de me faire ainsi souffrir ! » décida-t-elle. Ce n'était point à elle que s'adressait cette menace, mais à la cause même de sa torture.

Elle se mit à longer le quai. Deux femmes de chambre qui faisaient les cent pas se retournèrent pour examiner sa toilette. « Ce sont des vraies », dit tout haut l'une d'elles en désignant les dentelles d'Anna. Les jeunes mirliflores la dévisagèrent de nouveau et échangèrent d'une voix affectée des propos bruyants. Le chef de gare lui demanda si elle reprenait le train. Un petit marchand de kvass ne la quittait pas des yeux. « Où fuir, mon Dieu ? » se disait-elle en marchant toujours. Presque au bout du quai, des dames et des enfants causaient en riant avec un monsieur à lunettes qu'ils étaient venus chercher ; à l'approche d'Anna le groupe se tut pour la regarder. Elle hâta le pas et s'arrêta près de l'escalier qui de la pompe descendait aux rails. Un convoi de marchandises approchait, ébranlant le quai ; elle se crut de nouveau dans le train en marche.

Tout à coup elle se souvint de l'homme écrasé le jour de sa première rencontre avec Vronski, et elle comprit ce qu'il lui restait à faire. D'un pas rapide et léger elle descendit les marches et, postée près de la voie, elle scruta les œuvres basses du train qui la frôlait, les chaînes, les essieux, les grandes roues de fonte, cherchant à mesurer de l'œil la distance qui séparait les roues de devant de celles de derrière.

« Là, se dit-elle en fixant dans ce trou noir les traverses recouvertes de sable et de poussière, là, au beau milieu ; il sera puni et je serai délivrée de tous et de moi-même. »

Son petit sac rouge, qu'elle eut quelque peine à détacher de son bras, lui fit manquer le moment de se jeter sous le premier wagon : force lui fut d'attendre le second. Un sentiment semblable à celui qu'elle éprouvait jadis avant de faire un plongeon dans la rivière s'empara d'elle, et elle fit le signe de la croix. Ce geste familier réveilla dans son âme une foule de souvenirs d'enfance et de jeunesse ; les minutes heureuses de sa vie scintillèrent un instant à travers les ténèbres qui l'enveloppaient. Cependant elle ne quittait pas des yeux le wagon, et lorsque le milieu entre les deux roues apparut, elle rejeta son sac, rentra sa tête dans les épaules et, les mains en avant, se jeta sur les genoux sous le wagon, comme prête à se relever. Elle eut le temps d'avoir peur. « Où suis-je ? Que fais-je ? Pourquoi ? » pensa-t-elle, faisant effort pour se rejeter en arrière. Mais une masse énorme, inflexible, la frappa à la tête et l'entraîna par le dos. « Seigneur, pardonnez-moi ! » murmura-t-elle, sentant l'inutilité de la lutte. Un petit homme, marmottant dans sa barbe, tapotait le fer au-dessus d'elle. Et la lumière qui pour l'infortunée avait éclairé le livre de la vie, avec ses tourments, ses trahisons et ses douleurs, brilla soudain d'un plus vif éclat, illumina les pages demeurées jusqu'alors dans l'ombre, puis crépita, vacilla, et s'éteignit pour toujours[1].

HUITIÈME PARTIE

I

Près de deux mois s'étaient écoulés. En dépit des fortes chaleurs Serge Ivanovitch n'avait pas encore quitté Moscou, où le retenait un événement d'importance : la publication de son « Essai sur les bases et les formes gouvernementales en Europe et en Russie », fruit d'un labeur de six années. Il avait lu à un cercle choisi quelques fragments de cet ouvrage, fait paraître dans des revues l'introduction et plusieurs chapitres ; mais, bien que son travail n'eût plus l'attrait de la nouveauté, Serge Ivanovitch s'attendait à ce qu'il fît sensation.

Tout en affectant de l'indifférence et sans vouloir même s'informer de la vente auprès des libraires, Koznychev attendait avec une impatience fiévreuse les premières marques de l'énorme impression que son livre ne manquerait pas de produire tant dans la société que parmi les savants. Mais des semaines se passèrent sans qu'aucune émotion vînt agiter le monde littéraire ; quelques amis, hommes de science, lui firent des compliments de politesse, mais la société proprement dite était préoccupée de questions trop différentes pour accorder la moindre attention à un ouvrage de ce genre. Quant à la presse, elle garda pendant près de deux mois le silence : seul le *Hanneton du Nord*, dans un feuilleton consacré au chanteur Drabanti qui avait perdu sa voix, cita en passant le livre de Koznychev comme un ouvrage dont chacun faisait des gorges chaudes.

Enfin, dans le courant du troisième mois, une revue sérieuse publia un compte rendu portant la signature d'un jeune homme maladif et peu instruit, affligé d'un caractère timide, mais doué d'une plume fort alerte. Serge Ivanovitch, qui l'avait rencontré chez l'éditeur

Goloubtsov, faisait piètre cas du personnage; il accorda néanmoins à sa prose tout le respect voulu, mais en éprouva une vive mortification. Le critique donnait du livre une interprétation fort inexacte; mais, par des citations habilement choisies et de nombreux points d'interrogation, il laissait entendre à qui ne l'avait pas lu — c'est-à-dire à la grosse majorité du public — que cet ouvrage était un pur tissu de phrases pompeuses et incohérentes. Ces flèches étaient d'ailleurs lancées avec un brio que Serge Ivanovitch ne put se défendre d'admirer: lui-même n'eût pas fait mieux. Par acquit de conscience, il vérifia la justesse des remarques de son critique, mais préféra en attribuer le fiel à une vengeance personnelle: il évoqua aussitôt les plus petits détails de leur rencontre et finit par se souvenir d'avoir en effet relevé une erreur trop grossière de son jeune confrère.

Ce fut ensuite le silence absolu. Au mécompte de voir passer inaperçue une œuvre chère et qui lui avait demandé six années de travail, se joignait pour Serge Ivanovitch une sorte de découragement causé par l'oisiveté. Il ne restait plus guère à cet homme cultivé, spirituel, bien portant, avide d'activité que l'unique exutoire des salons, des paroles, des comités: mais à l'encontre de son frère durant ses séjours à Moscou, ce citadin averti n'avait garde d'accorder au bavardage le meilleur de son temps.

Par bonheur pour lui, juste à ce moment critique, toutes les questions à l'ordre du jour — sectes dissidentes, amitiés américaines, disette de Samara, exposition, spiritisme — cédaient brusquement la place à une autre, celle des Balkans, qui jusqu'alors couvait sous la cendre et dont il avait été de longue date un des animateurs.

On ne parlait autour de lui que de la guerre de Serbie et la foule des oisifs ne songeait plus qu'aux « frères slaves »: tout, depuis les bals, les concerts, les festins, jusqu'aux allumettes, à la bière et aux parures féminines témoignait abondamment de cette sympathie. Bien des choses, dans cette vogue, déplaisaient à Serge Ivanovitch: pour beaucoup de gens ce n'était qu'une mode passagère, pour d'aucuns même un moyen de se pousser ou de s'enrichir. Pour faire pièce à leurs confrères, les journaux publiaient des nouvelles plus tendancieuses les unes que les autres, et nul ne criait aussi fort que les ratés de tout acabit : généraux sans armées, ministres sans portefeuille, journalistes sans journaux, chefs de parti sans partisans. Néanmoins, tout en regrettant ces côtés puérils de la question, force lui était de reconnaître qu'elle provoquait dans toutes les classes de la société un enthousiasme indubitable. Les souffrances et l'héroïsme des Serbes et des Monténégrins, nos frères de race et de religion, avaient fait naître le désir unanime de leur venir en aide et non plus seulement par des discours. Cette manifestation de l'opinion publique comblait de joie Serge Ivanovitch. « Enfin, disait-il, le sentiment national s'est produit au grand jour. » Et plus il observait ce mouvement, plus il lui découvrait des proportions grandioses, destinées à marquer dans l'histoire de la Russie. Il oublia donc son livre et ses déceptions pour se consacrer corps et âme à cette grande œuvre. Elle l'absorba tellement qu'il ne put s'accorder qu'au mois de juillet quinze jours de vacances : il avait besoin de repos et désirait en même temps assister dans le sein des campagnes aux premiers signes de ce réveil national, auquel toutes les grandes villes de l'Empire croyaient fermement[1]. Katavassov profita de l'occasion pour tenir la promesse qu'il avait faite à Levine de venir le voir.

II

Au moment où les deux amis, descendus de voiture devant la gare de Koursk, se préoccupaient de leurs bagages confiés à un domestique qui venait derrière, quatre fiacres amenaient des volontaires. Des dames, munies de bouquets, accueillirent les héros du jour et, suivies d'une grande foule, les accompagnèrent dans l'intérieur de la gare. L'une d'elles, qui connaissait Serge Ivanovitch, lui demanda en français si lui aussi faisait escorte.

— Non, Princesse, je pars pour la campagne, chez mon frère ; j'ai besoin de repos. Mais vous, ajouta-t-il en esquissant un sourire, vous êtes toujours fidèle au poste ?

— Il le faut bien. Est-il vrai, dites-moi, que nous en ayons déjà expédié huit cents ? Malvinski prétend le contraire.

— Si nous comptons ceux qui ne sont pas partis directement de Moscou, nous en avons expédié déjà plus de mille.

— Je le disais bien, s'écria la dame enchantée. Et les dons ? n'est-ce pas qu'ils ont atteint plus d'un million ?

— Davantage, Princesse.

— Avez-vous lu les dépêches aujourd'hui ? Encore une défaite des Turcs.

— Oui, répondit Serge Ivanovitch, je les ai lues.

À en croire ces dépêches, les Turcs, battus durant trois jours sur tout le front, avaient pris la fuite ; on attendait pour le lendemain une bataille décisive.

— À propos, reprit la princesse, j'ai un service à vous demander. Ne pourriez-vous pas appuyer la demande d'un excellent jeune homme qui se voit opposer je ne sais quelles difficultés ? Je le connais, il m'a été recommandé par la comtesse Lydie.

Après s'être enquis des détails, Serge Ivanovitch passa dans la salle d'attente des premières, pour y écrire un billet à qui de droit.

— Savez-vous qui part aujourd'hui ? lui demanda la princesse quand il l'eut retrouvée dans la foule pour lui remettre le billet. Le comte Vronski, le fameux... dit-elle d'un air de triomphe avec un sourire significatif.

— J'avais entendu dire qu'il s'était engagé, mais je ne savais pas qu'il partait aujourd'hui.

— Je viens de le voir ; sa mère est seule à l'accompagner. Entre nous, c'est ce qu'il avait de mieux à faire.

— Évidemment.

Cependant la foule les entraînait vers le buffet où un monsieur, le verre en main, portait un toast aux volontaires. « Vous partez défendre notre foi, nos frères, l'humanité, disait-il en haussant de plus en plus le ton. Notre mère Moscou vous bénit. *Jivio !* conclut-il d'une voix tonnante et pleurnicharde.

— *Jivio !* répéta la foule sans cesse accrue et dont un remous faillit renverser la princesse.

— Eh bien, Princesse, qu'en dites-vous ? cria soudain la voix de Stépane Arcadiévitch, qui, la mine épanouie, se frayait un chemin dans la mêlée. Voilà ce qui s'appelle parler, cela partait du cœur. Bravo... Ah! vous êtes ici, Serge Ivanovitch. Vous devriez leur dire quelques paroles d'approbation, vous vous y entendez si bien, ajouta-t-il avec un sourire charmeur, bien que circonspect.

Et déjà il faisait mine de pousser en avant Serge Ivanovitch.

— Non, dit celui-ci ; mon train m'attend.

— Vous partez ? où allez-vous ?

— Chez mon frère.

— Alors vous verrez ma femme. Je viens de lui écrire, mais vous arriverez avant ma lettre : ayez l'obligeance de lui dire que vous m'avez rencontré et que tout est *all right*, elle comprendra... Ou plutôt dites-lui que je suis nommé membre de la Commission des agences réunies... Peu importe, elle comprendra. Excusez, Princesse, ce sont, voyez-vous, *les petites misères de la vie humaine*, ajouta-t-il en se tournant vers la dame... À propos, savez-vous que la princesse Miagki, pas Lise, mais Bibiche, envoie mille fusils et douze infirmières.

— Je l'ai entendu dire, répondit froidement Koznychev.

— Quel dommage que vous partiez ! Nous donnons demain un dîner d'adieu à deux volontaires. Dimer-Bartnianski de Pétersbourg, et notre Gricha Veslovski qui, à peine marié, part déjà. C'est beau, n'est-ce pas, Princesse ?

En guise de réponse, la dame échangea un regard avec Koznychev. Sans remarquer ce geste d'impatience, Stépane Arcadiévitch continuait à bavarder, les yeux tantôt fixés sur le chapeau à plumes de la princesse, tantôt errant autour de lui, comme s'il cherchait quelque chose. Enfin, apercevant une quêteuse, il lui fit signe et déposa un billet de cinq roubles dans le tronc qu'elle lui tendait.

— C'est plus fort que moi, déclara-t-il ; tant que j'ai de l'argent dans ma poche, je ne puis pas voir une quêteuse sans lui donner quelque chose... Mais parlons un peu des nouvelles d'aujourd'hui. Quels gaillards que ces Monténégrins !... Pas possible ! s'écria-t-il, quand la princesse lui eut appris que Vronski faisait partie du convoi.

Une teinte de tristesse se peignit sur son visage, mais quand, au bout de quelques instants, il pénétra en redressant ses favoris dans la pièce réservée où attendait le comte, il ne songeait plus aux larmes qu'il avait versées sur le corps inanimé de sa sœur et ne voyait en Vronski qu'un héros et un vieil ami.

— Il faut lui rendre justice, dit la princesse lorsque Oblonski se fut éloigné : malgré tous ses défauts, c'est une nature bien russe, bien slave. Je crains cependant que le comte n'ait aucun plaisir à le voir. Quoi qu'on dise, le sort de cet infortuné me touche ; tâchez donc de causer avec lui pendant le voyage.

— Oui, si j'en trouve l'occasion.

— Il ne m'a jamais plu, mais ce qu'il fait maintenant rachète bien des torts. Vous savez qu'il emmène un escadron à ses frais.

— Je l'ai entendu dire.

La cloche retentit, tout le monde se précipita vers les portes.

— Le voici, dit la princesse, en désignant Vronski, vêtu d'un long paletot et coiffé d'un chapeau noir à larges bords. Le regard fixe, il donnait le bras à sa mère et prêtait une oreille distraite aux propos animés d'Oblonski. Cependant, sur un mot de celui-ci, il se tourna du côté où se trouvaient la princesse et Koznychev et souleva son chapeau sans mot dire. Son visage vieilli et ravagé par la douleur semblait pétrifié. Aussitôt sur le quai, il monta en wagon, après avoir cédé le pas à sa mère et s'enferma dans son compartiment.

L'hymne national chanté en chœur fut suivi d'interminables hourras et du *jivio* serbe. Un très jeune volontaire, la taille haute, mais la poitrine rentrée, répondait au public avec ostentation, en brandissant son bonnet de feutre et un bouquet au-dessus de sa tête. Derrière lui apparaissaient deux officiers, ainsi qu'un homme âgé et barbu qui agitait une casquette crasseuse.

III

APRÈS avoir pris congé de la princesse, Koznychev monta, en compagnie de Katavassov, qui venait de le rejoindre, dans un wagon archicomble et le train se mit en marche.

À la première station, celle de Tsaritsyne, un groupe de jeunes gens accueillit les volontaires par le chant du « Gloire à notre tsar ». Ovations et remerciements se renouvelèrent. Le type des volontaires était trop familier à Serge Ivanovitch pour qu'il témoignât la moindre curiosité ; Katavassov au contraire, à qui ses études n'avaient point permis d'observer ce milieu, posait à son compagnon force questions sur leur compte. Serge Ivanovitch lui conseilla de les étudier dans leur wagon, et à la station suivante Katavassov suivit cet avis.

Il trouva les quatre héros assis dans le coin d'un wagon de seconde classe, causant bruyamment et se sachant l'objet de l'attention générale ; sous l'influence de trop nombreuses libations le grand jeune homme voûté parlait plus haut que les autres et racontait une histoire ; assis en face de lui, un officier d'âge mûr, portant la vareuse de la garde, de coupe autrichienne, l'écoutait en souriant et l'interrompait de temps à autre. Le troisième volontaire, en uniforme d'artilleur, était assis auprès d'eux sur une cantine et le quatrième dormait.

Katavassov engagea la conversation avec le beau parleur : à peine âgé de vingt-deux ans, ce jeune négociant moscovite avait déjà mangé une fortune considérable et croyait maintenant accomplir un exploit sans pareil ; efféminé, maladif et hâbleur, il déplut franchement à Katavassov, aussi bien d'ailleurs que son interlocuteur, l'officier en retraite. Celui-ci avait tâté de tous les métiers, servi dans les chemins de fer, régi des propriétés, fondé même une usine ; il parlait de toutes choses sur un ton de suffisance, en employant à tort et à travers des termes savants.

L'artilleur au contraire faisait bonne impression : c'était un garçon timide et tranquille ; ébloui sans doute par la science de l'officier aux gardes et l'héroïsme du négociant, il se tenait sur la réserve. Katavassov lui ayant demandé à quels mobiles il obéissait en partant :

— Mais je fais comme tout le monde, répondit-il modestement. Les pauvres Serbes ont tant besoin de secours.

— Oui, et des artilleurs comme vous leur seront surtout très utiles.

— Oh ! j'ai si peu servi dans l'artillerie ; il est possible qu'on me donne un poste dans l'infanterie ou dans la cavalerie.

— Pourquoi cela, puisque ce sont les artilleurs qui font le plus défaut? objecta Katavassov, attribuant au volontaire un grade en rapport avec son âge.

— Oh! j'ai si peu servi, répéta l'autre, je ne suis qu'élève officier.

Et il se mit à raconter pour quelles raisons il avait échoué à ses examens.

À la station suivante, les volontaires descendirent pour se rafraîchir et Katavassov, fort peu édifié par ce qu'il avait vu et entendu, se tourna vers un vieillard en uniforme militaire qui avait écouté l'entretien en silence

— Il me semble qu'on expédie là-bas des gens de tout poil, dit-il pour lui faire exprimer son opinion en laissant deviner la sienne.

Ayant fait deux campagnes, le vieil officier ne pouvait prendre au sérieux des héros dont la valeur militaire se puisait principalement dans leurs gourdes de voyage. Il faillit raconter que, dans la petite ville où il demeurait, un soldat en congé illimité, ivrogne, voleur et perpétuel chômeur, s'était engagé comme volontaire. Mais, sachant par expérience que devant la surexcitation actuelle des esprits on n'exprimait point sans quelque danger des opinions indépendantes, il se borna à répondre en souriant des yeux et en interrogeant, lui aussi, Katavassov du regard:

— Que voulez-vous, il faut des hommes!

Tous deux s'entretinrent alors du fameux bulletin de victoire, sans toutefois qu'ils osassent se poser mutuellement la question qui les troublait *in petto*: puisque les Turcs, battus sur tout le front, avaient pris la fuite, contre qui donc devait-on livrer le lendemain une bataille décisive?

Lorsque Katavassov reprit sa place auprès de Serge Ivanovitch, il n'eut pas le courage de son opinion et se déclara fort satisfait de ses observations.

Au premier chef-lieu où le train s'arrêta, on retrouva les chœurs, les vivats, les bouquets, les quêteuses, les toasts au buffet, mais avec une nuance d'enthousiasme moindre.

IV

PENDANT cet arrêt, Serge Ivanovitch se promena sur le quai et passa devant le compartiment de Vronski, dont les stores étaient baissés. Au second tour, il aperçut la vieille comtesse près de la portière ; elle l'appela.

— Vous voyez, dit-elle, je l'accompagne jusqu'à Koursk.

— On me l'a dit, répondit Koznychev, en jetant un regard à l'intérieur du wagon, et remarquant l'absence de Vronski, il ajouta : — Votre fils fait là une belle action.

— Hé, que vouliez-vous qu'il fît après son malheur !

— Quel affreux événement !

— Mon Dieu, par où n'ai-je point passé ! Mais venez donc vous asseoir auprès de moi... Si vous saviez ce que j'ai souffert ! Pendant six semaines, il n'a pas ouvert la bouche, et mes supplications seules le décidaient à manger. Il n'y avait pas moyen de le laisser seul un instant, nous craignions qu'il n'attentât à ses jours ; nous habitions le rez-de-chaussée et avions eu soin de lui enlever tous les objets dangereux, mais peut-on jamais tout prévoir ?... Vous savez qu'il s'est déjà tiré un coup de pistolet pour elle, ajouta la vieille comtesse dont le visage se rembrunit à ce souvenir... Cette femme est morte comme elle avait vécu : bassement, misérablement.

— Ce n'est pas à nous de la juger, comtesse, répondit Serge Ivanovitch avec un soupir, mais je conçois que vous ayez souffert.

— Ne m'en parlez pas. Je passais l'été dans ma terre et mon fils était venu me voir, lorsqu'on lui a apporté un billet auquel il a donné immédiatement réponse. Personne ne se doutait qu'elle fût à la gare. Le soir, je venais de passer dans ma chambre quand Mary, ma femme de chambre, m'apprit qu'une dame s'était jetée sous un train. Mon sang ne fit qu'un tour. J'ai aussitôt compris et mon premier mot a été : qu'on n'en parle pas au comte ! Mais son cocher, qui était à la gare au moment du malheur, l'avait déjà averti. J'ai couru chez mon fils : il était comme fou ; il est parti sans prononcer une parole. Je ne sais ce qui s'est passé là-bas, mais quand on l'a ramené, il ressemblait à un mort, je ne l'aurais pas reconnu. *Prostration complète*, a déclaré le docteur. Puis ce furent des crises de fureur... Dans quel temps affreux nous vivons !... Vous avez beau dire, c'était une méchante femme. Comprenez-vous une passion de ce genre ? Qu'a-t-elle voulu prouver par sa mort ? Elle s'est perdue elle-même et elle a gâché l'existence de deux hommes d'un rare mérite, son mari et mon malheureux fils !

— Qu'a fait le mari ?

— Il a repris la petite. Au premier moment, Alexis a consenti à tout ; maintenant il se repent amèrement d'avoir abandonné sa fille à un étranger, mais il ne saurait reprendre sa parole. Karénine est venu à l'enterrement, mais nous avons réussi à éviter une rencontre entre Alexis et lui. Pour le mari, cette mort était au fond une délivrance ; mais mon pauvre fils, qui avait tout sacrifié à cette femme, sa carrière, sa position et moi-même, était-il permis de lui porter un coup pareil ! Elle n'a pas eu la moindre pitié de lui... Non, quoi que vous en disiez, c'est la fin d'une créature sans religion. Que Dieu me pardonne, mais en songeant au mal qu'elle a fait à mon fils, je ne puis que maudire sa mémoire.

— Comment va-t-il maintenant ?

— Cette guerre nous a sauvés. Je suis vieille et je ne comprends goutte à la politique, mais je vois là le doigt de Dieu. En tant que mère, cela m'épouvante, et puis on dit que *ce n'est pas très bien vu à Pétersbourg* ; je n'en remercie pas moins le Ciel. C'était la seule chose capable de le remonter. Son ami Iachvine ayant tout perdu au jeu s'est résolu à partir pour la Serbie et l'a fort engagé à le suivre. Alexis s'est laissé convaincre et les préparatifs de départ l'ont distrait. Causez avec lui, je vous en prie, il est si triste ; et pour comble d'ennui, il a une rage de dents. Mais il sera très heureux de vous voir ; il se promène sur l'autre quai.

Serge Ivanovitch assura qu'il serait, lui aussi, enchanté de parler au comte et descendit sur le quai opposé.

V

PARMI les ballots entassés qui jetaient sur le sol une ombre oblique, Vronski marchait comme un fauve dans sa cage, se retournant brusquement tous les vingt pas. Le chapeau rabattu sur les yeux, les mains enfoncées dans les poches de son long pardessus, il passa devant Serge Ivanovitch sans avoir l'air de le reconnaître ; mais celui-ci était au-dessus de toute susceptibilité : Vronski remplissait selon lui une grande mission, il devait être soutenu et encouragé.

Koznychev s'approcha donc ; le comte s'arrêta, le dévisagea et l'ayant enfin reconnu, lui serra cordialement la main.

— Vous préfériez peut-être ne pas me voir ? dit Serge Ivanovitch. Excusez mon insistance, je tenais à vous offrir mes services.

— Vous êtes certainement la personne que je vois avec le moins d'ennui, répondit Vronski. Pardonnez-moi, mais vous comprendrez que la vie me pèse.

— Je le conçois ; cependant une lettre pour Ristitch ou Milan vous serait peut-être de quelque utilité ? continua Serge Ivanovitch, frappé de la profonde souffrance qu'exprimait le visage de Vronski.

— Oh ! non, répondit celui-ci, faisant effort pour comprendre… Voulez-vous que nous marchions un peu ? on étouffe dans ces wagons !… Une lettre ? non, merci. En a-t-on besoin pour se faire tuer ?… À moins qu'elle ne soit à l'adresse des Turcs !… ajouta-t-il, souriant du bout des lèvres, tandis que son regard gardait la même expression de douleur amère.

— Cependant une lettre vous faciliterait des relations que vous ne pourrez éviter. Au reste, faites comme vous l'entendez, mais je voulais vous dire combien j'ai été heureux d'apprendre votre décision : vous relèverez dans l'opinion publique ces volontaires si attaqués.

— Mon seul mérite, repartit Vronski, est de ne pas tenir à la vie. Il me reste encore assez d'énergie pour enfoncer un carré ou me faire tuer sur place, et je suis heureux de sacrifier à une juste cause une existence qui m'est devenue odieuse, à charge.

Son mal de dents, qui l'empêchait de donner à ses phrases l'expression voulue, lui arracha un geste d'impatience.

— Vous allez renaître à une vie nouvelle, permettez-moi de vous le prédire, dit Serge Ivanovitch, qui se sentait ému. Sauver des frères opprimés est une cause pour laquelle il est aussi digne de vivre que de mourir. Que Dieu accorde plein succès à votre entreprise et qu'il rende à votre âme la paix dont elle a tant besoin !

— En tant qu'instrument je puis encore servir à quelque chose, mais comme homme je ne suis plus qu'une ruine, laissa lentement tomber Vronski en serrant la main que lui tendait Koznychev.

Il se tut, vaincu par la douleur lancinante qui le gênait pour parler, et son regard tomba machinalement sur la roue d'un tender qui avançait en glissant doucement sur les rails. À cette vue, sa souffrance physique cessa subitement, refoulée par la torture du cruel souvenir qu'éveillait en lui la rencontre d'un homme qu'il n'avait pas revu depuis son malheur. « Elle » lui apparut tout d'un coup ou du moins ce qui restait d'elle, lorsque, entrant comme un fou dans la baraque où on l'avait transportée, il aperçut son corps ensanglanté, étalé sans pudeur aux yeux de tous ; la tête intacte, avec ses lourdes nattes et ses boucles légères autour des tempes, était rejetée en arrière ; une expression étrange s'était figée sur son beau visage, aux yeux encore béants d'horreur, et les lèvres entrouvertes et pitoyables semblaient prêtes à proférer encore leur terrible menace, à lui prédire comme pendant la fatale querelle « qu'il se repentirait ».

Il s'efforça de chasser cette image, de « la » revoir telle qu'elle lui était apparue pour la première fois — dans une gare également — belle d'une beauté mystérieuse, avide d'aimer et d'être aimée. Vaine tentative : leurs minutes heureuses étaient à jamais empoisonnées, et le visage qui surgissait devant lui reflétait uniquement les spasmes de la colère ou le funèbre triomphe de la vengeance assouvie à ses propres dépens. Un sanglot contracta ses traits ; pour se remettre, il fit deux tours le long des ballots et, revenant à Serge Ivanovitch, il lui demanda d'une voix enfin maîtresse d'elle-même :

— Vous n'avez pas de nouvelles fraîches ? Voilà les

Turcs battus pour la troisième fois, mais on attend pour demain une bataille décisive.

Ils s'entretinrent encore du manifeste de Milan qui venait de se proclamer roi et des immenses conséquences que cet acte pourrait avoir. Puis, comme la cloche donnait le signal du départ, ils remontèrent chacun dans leur wagon.

VI

NE sachant trop quand il lui serait possible de partir, Serge Ivanovitch n'avait pas voulu télégraphier à son frère d'envoyer des chevaux à la gare. Quand, noirs de poussière, Katavassov et lui, juchés sur un méchant tapecul, arrivèrent vers midi à Pokrovskoié, Levine était absent ; mais, du balcon où elle était assise entre son père et sa sœur, Kitty reconnut son beau-frère et courut à sa rencontre.

— Vous devriez rougir de ne pas nous avoir prévenus, dit-elle en lui tendant son front.

— Mais non, mais non, répondit Serge Ivanovitch, nous voici à bon port sans vous avoir dérangés... Excusez-moi, je suis trop malpropre, je n'ose pas vous toucher... D'ailleurs je désespérais de me faire libre. Le courant m'entraîne, moi, ajouta-t-il en souriant, tandis que vous continuez à filer le parfait bonheur dans votre oasis... Et voici notre ami Katavassov qui s'est enfin décidé à venir vous voir.

— Ne me prenez pas pour un nègre, dit en riant le professeur, dont les dents blanches brillaient dans un visage empoussiéré ; quand je serai lavé, vous verrez que j'ai figure humaine.

Il tendit la main à Kitty.

— Kostia va être bien content, dit celle-ci. Il est à la ferme, mais ne tardera pas à rentrer.

— Ah ! ah ! l'oasis !... En ville, voyez-vous, nous ne songeons plus qu'à la guerre de Serbie ! Je suis curieux de connaître l'opinion de mon ami à ce sujet : il ne doit pas évidemment penser comme tout le monde.

— Mais je crois que si, répliqua Kitty confuse, en scrutant son beau-frère du regard. Je vais le faire chercher... Nous avons papa pour le moment, qui revient de l'étranger.

Et la jeune femme, profitant de la liberté de mouvements dont elle avait été si longtemps privée, se hâta de mener ses hôtes, l'un dans le cabinet de travail, l'autre dans l'ancienne chambre de Dolly, pour y faire leur toilette, de commander un déjeuner à leur intention, d'envoyer quérir son mari et de courir auprès de son père, resté sur le balcon.

— C'est Serge Ivanovitch qui nous amène le professeur Katavassov.

— Oh ! par cette chaleur que ce sera lourd !

— Mais non, papa, il est très aimable et Kostia l'aime beaucoup, rétorqua Kitty avec un sourire persuasif, et quasi suppliant, car les traits du prince prenaient déjà une expression railleuse.

— C'est bon, c'est bon, je n'ai rien dit.

Kitty se tourna vers sa sœur.

— Va les entretenir, veux-tu, chérie ? Stiva se porte bien, ils l'ont vu à la gare. Il faut que je coure auprès du petit : comme un fait exprès, je ne l'ai pas nourri depuis ce matin, il doit s'impatienter...

Le lien qui unissait la mère et l'enfant restait encore si intime que le seul afflux du lait à ses seins lui faisait comprendre que son fils avait faim. Elle sortit en hâte, persuadée que Mitia criait sans avoir encore perçu ses cris ; mais bientôt ceux-ci se firent entendre avec une vigueur de plus en plus impatiente. Elle pressa le pas.

— Y a-t-il longtemps qu'il crie ? demanda-t-elle à la bonne en se dégrafant. Mais dépêchez-vous donc de me le donner, vous arrangerez son bonnet plus tard.

L'enfant s'exaspérait.

— Mais non, mais non, notre dame, il faut l'habiller convenablement, dit Agathe Mikhaïlovna qui ne quittait guère le petit. Ta-ta-ta, chantonna-t-elle, sans faire attention à la nervosité de la maman.

Enfin la bonne porta le poupon à sa mère ; Agathe Mikhaïlovna la suivit, le visage rayonnant.

— Il m'a reconnue, Catherine Alexandrovna ; aussi vrai que Dieu existe, il m'a reconnue, déclara-t-elle en criant plus fort que Mitia.

Kitty ne l'écoutait guère : son impatience croissait avec celle du nourrisson. Enfin, après un dernier cri désespéré de Mitia qui, dans sa hâte de téter, ne savait plus par où s'y prendre, la mère et l'enfant, calmés tous deux, respirèrent.

— Le malheureux est tout en nage, murmura Kitty, palpant le petit corps, et considérant ces joues qui se gonflaient en mesure, ces menottes rougeaudes qui s'agitaient, ces yeux qui sous le bonnet lui lançaient des regards qu'elle jugeait fripons... Vous dites qu'il vous reconnaît, Agathe Mikhaïlovna ? Je n'en crois rien. Si c'était vrai, il me reconnaîtrait bien aussi.

Cependant elle sourit et ce sourire voulait dire qu'au fond de son âme elle savait très bien — en dépit de cette dénégation — que Mitia comprenait des tas de choses ignorées du reste du monde et qu'il lui avait même révélées. Pour Agathe Mikhaïlovna, pour sa bonne, pour son grand-père, pour son père même, Mitia était une petite créature humaine, à laquelle il ne fallait que des soins physiques ; pour sa mère, c'était un être doué de facultés morales, et elle en aurait eu long à raconter sur leurs rapports de cœur.

— Vous verrez quand il se réveillera. Je n'ai qu'à lui faire les marionnettes et à lui chanter : Ta-ta-ta-ta ; aussitôt son visage s'éclaircit.

— Eh bien, nous verrons tantôt, mais pour le moment laissez-le s'endormir.

VII

Tandis qu'Agathe Mikhaïlovna s'éloignait sur la pointe des pieds, la bonne baissa le store ; puis, armée d'une branche de bouleau, elle chassa un taon qui se débattait contre la vitre et les mouches cachées sous le rideau de mousseline du berceau ; enfin elle s'assit près de sa maîtresse, brandissant toujours son chasse-mouches.

— Quelle chaleur ! Ce qu'il fait chaud ! dit-elle. Si seulement le bon Dieu pouvait nous envoyer un peu de pluie !

— Oui, oui, chut, chut... murmura Kitty, en se balançant légèrement et en serrant contre son cœur le bras potelé que Mitia, les yeux mi-clos, remuait encore faiblement et qu'elle eût si volontiers baisé, n'était la crainte de réveiller le petit. Enfin le bras s'immobilisa et, tout en continuant à téter, le petit soulevait de plus en plus rarement ses longs cils recourbés pour fixer sur sa mère ses yeux moites que le demi-jour faisait paraître noirs. La bonne somnolait. Au-dessus de sa tête, Kitty entendait les éclats de voix du vieux prince et le rire sonore de Katavassov.

« Allons, se dit-elle, ils se sont mis en train sans moi ! Quel dommage que Kostia ne soit pas là. Il se sera encore attardé auprès des abeilles. Cela m'ennuie qu'il aille si souvent au rucher, mais il faut reconnaître que cela le distrait : il est bien plus gai qu'au printemps. Comme il se tourmentait, grand Dieu ! ses airs lugubres me faisaient peur. Quel drôle de corps ! » murmura-t-elle en souriant.

Levine souffrait de ne pas croire. Kitty ne l'ignorait point et bien qu'assurée qu'il n'y a pas de salut pour l'incrédule, le scepticisme de celui dont l'âme lui était si chère ne lui arrachait qu'un sourire.

« Pourquoi lit-il tous ces livres de philosophie où il ne trouve rien ? Puisqu'il désire la foi, pourquoi ne l'a-t-il pas ? Il réfléchit trop, et s'il s'absorbe dans des méditations solitaires, c'est que nous ne sommes pas à sa hauteur. La visite de Katavassov lui fera plaisir, il aime à discuter avec lui... » Et aussitôt les pensées de la jeune femme se reportèrent sur l'installation de ses hôtes : fallait-il les séparer ou leur donner une chambre commune ? Une crainte soudaine la fit tressaillir au point de déranger Mitia qui lui lança un regard courroucé : « La blanchisseuse n'a pas rapporté le linge... Pourvu qu'Agathe Mikhaïlovna n'aille pas donner à Serge Ivanovitch des draps qui aient déjà servi !... » Et le rouge lui monta au front.

« Il faudra m'en assurer moi-même », décida-t-elle, et remontant le cours de ses pensées : « Oui, Kostia est incrédule... Eh bien, songea-t-elle, je l'aime mieux ainsi que s'il ressemblait à Mme Stahl ou à la personne que je voulais être durant ma cure à Soden. Jamais il ne sera hypocrite. »

Un récent trait de bonté de son mari lui revint vivement à la mémoire. Quinze jours auparavant, Stépane Arcadiévitch avait écrit une lettre de repentir à sa femme, la suppliant de lui sauver l'honneur en vendant Iergouchovco pour payer ses dettes ; après avoir maudit son mari et songé au divorce, Dolly le prit finalement en pitié et se disposait à faire droit à sa demande. C'est alors que Levine vint trouver Kitty et lui proposa — d'un air confus et avec force circonlocutions dont le souvenir amenait sur les lèvres de la jeune femme un sourire d'attendrissement — un moyen, auquel elle n'avait point songé, de venir en aide à Dolly sans la blesser : c'était de lui céder la part qui leur revenait de cette propriété.

« Peut-on être incrédule avec ce cœur d'or, cette crainte d'affliger même un enfant ! Il ne pense jamais qu'aux autres. Serge Ivanovitch trouve tout naturel de le considérer comme son régisseur ; sa sœur, de même. Dolly et ses enfants n'ont d'autre appui que lui. Et tous ces paysans qui viennent sans cesse le consulter, il croit de son devoir de leur sacrifier ses loisirs… Oui, ce que tu pourras faire de mieux sera de ressembler à ton père », conclut-elle en touchant de ses lèvres la joue de son fils avant de le remettre aux mains de sa bonne.

VIII

Depuis le moment où, auprès de son frère mourant, Levine avait entrevu le problème de la vie et de la mort à la lumière des convictions nouvelles, comme il les nommait, qui de vingt à trente-quatre ans avaient remplacé les croyances de son enfance, la vie lui était apparue plus terrible encore que la mort. D'où venait-elle ? que signifiait-elle ? pourquoi nous était-elle donnée ? L'organisme et sa destruction, l'indestructibilité de la matière, la loi de la conservation de l'énergie, l'évolution, ces mots et les conceptions qu'ils expriment étaient sans doute intéressants du point de vue intellectuel, mais quelle utilité pouvaient-ils présenter dans le courant de l'existence ? Et Levine, semblable à un homme qui, par un rude hiver, aurait échangé une chaude fourrure contre un vêtement de mousseline, sentait non par le raisonnement mais par tout son être qu'il était quasi nu et destiné à périr misérablement.

Dès lors, sans presque en avoir conscience et sans rien changer à sa vie extérieure, Levine ne cessa d'éprouver la terreur de son ignorance. Il avait en outre le sentiment confus que, loin de les dissiper, ses prétendues convictions ne pouvaient qu'épaissir ces ténèbres.

Le mariage, les joies et les devoirs qu'il entraîne, étouffèrent pour un instant ces pensées ; mais tandis qu'après les couches de sa femme il vivait à Moscou dans le désœuvrement, elles lui revinrent avec une persistance croissante. « Si je n'accepte pas, se disait-il, les explications que m'offre le christianisme sur le problème de mon existence, où en trouverai-je d'autres ? » Il avait beau scruter ses convictions scientifiques, il ne trouvait pas plus de réponse à cette question que s'il eût fouillé, en quête de nourriture, une boutique de jouets ou un magasin d'armurier.

Involontairement, inconsciemment, il cherchait dans ses lectures, dans ses conversations et jusque dans les personnes qui l'entouraient un rapport quelconque avec le problème qui le préoccupait. Il y avait un point qui le tourmentait particulièrement : pourquoi les hommes de son âge et de son monde qui, comme lui, avaient pour la plupart remplacé la foi par la science, semblaient-ils n'éprouver de ce fait aucune souffrance morale ? N'étaient-ils pas sincères ? ou comprenaient-ils mieux que lui les réponses que la science offre à ces questions troublantes ? Et il se prenait à étudier et ces hommes et les livres qui pouvaient contenir les solutions tant désirées.

Il découvrit cependant qu'il s'était imaginé à tort avec ses camarades d'université que la religion avait fait son temps : les personnes qu'il aimait le mieux, le vieux prince, Lvov, Serge Ivanovitch, Kitty, conservaient la foi de leur enfance, cette foi que lui-même avait jadis partagée ; les femmes en général croyaient et quatre-vingt-dix-neuf pour cent de ces gens du peuple à qui allait d'abord et avant tout son estime. À force de lectures il se convainquit que les gens dont il partageait les opinions ne donnaient à celles-ci aucun sens particulier : loin d'expliquer les questions qu'il jugeait primordiales, il les écartaient pour s'évertuer à en résoudre d'autres qui le laissaient, lui, fort indifférent, telles que l'évolution des êtres, l'explication mécanique de l'âme, etc.

En outre, pendant les couches de sa femme un fait étrange s'était passé : lui, l'incrédule, avait prié et prié avec une foi sincère ! Il n'arrivait pas à concilier cet état d'âme avec ses dispositions d'esprit habituelles. La vérité lui était-elle alors apparue ? Il en doutait fort, car dès qu'il l'analysait froidement, cet élan vers Dieu retombait en poussière. S'était-il donc trompé ? Il eût profané en l'admettant un souvenir bien cher... Cette lutte intérieure lui pesait douloureusement et il cherchait de toutes les forces de son être à y mettre fin.

IX

Sans cesse harcelé par ces pensées, il lisait et méditait mais le but poursuivi s'éloignait de plus en plus.

S'étant convaincu que les matérialistes ne lui fourniraient aucune réponse, il avait relu pendant les derniers temps de son séjour à Moscou et depuis son retour à la campagne Platon et Spinoza, Kant et Schelling, Hegel et Schopenhauer. Ces philosophes lui donnaient satisfaction tant qu'ils se contentaient de réfuter les doctrines matérialistes et lui-même trouvait alors contre celles-ci des arguments nouveaux ; mais abordait-il — soit par la lecture de leurs œuvres, soit par les raisonnements qu'elles lui inspiraient — la solution du fameux problème, il lui arrivait chaque fois la même aventure. Des termes imprécis, tels que « esprit, volonté, liberté, substance » présentaient un certain sens à son intelligence tant qu'il voulait bien se laisser prendre au subtil piège verbal qui lui était tendu ; mais revenait-il après une incursion dans la vie réelle à cet édifice qu'il avait cru solide, celui-ci croulait comme un château de cartes et force lui était de reconnaître qu'on l'avait échafaudé au moyen d'une perpétuelle transposition des mêmes vocables sans recourir à ce « quelque chose » qui, dans la pratique de la vie, importe plus que la raison.

Schopenhauer lui donna deux ou trois jours de calme par la substitution qu'il fit en lui-même du mot « amour » à ce que ce philosophe appelle « volonté » ; mais, quand il l'examina du point de vue pratique, ce nouveau système s'effondra comme les autres et ne lui parut plus qu'un piètre vêtement de mousseline.

Serge Ivanovitch lui ayant recommandé les écrits théologiques de Khomiakov, il entreprit la lecture du second volume. Bien que rebuté tout d'abord par le style polémique et affecté de cet auteur, sa théorie de l'Église ne laissa pas de le frapper. À en croire Khomiakov, la connaissance des vérités divines, refusée à l'homme seul, est accordée à un ensemble de personnes communiant dans le même amour, c'est-à-dire à l'Église. Cette théorie ranima Levine : d'abord l'Église, institution vivante de caractère universel, ayant Dieu à sa tête et par conséquent sainte et infaillible, mais accepter ses enseignements sur Dieu, la création, la chute, la rédemption, lui semblait bien plus facile que de commencer d'emblée par Dieu, cet être lointain et mystérieux, puis de passer à la création, etc. Par malheur il lut ensuite coup sur coup deux histoires ecclésiastiques dues l'une à un écrivain catholique, l'autre à un écrivain orthodoxe, et quand il se fut convaincu que les deux églises, toutes deux infaillibles dans leur essence, se répudiaient mutuellement, la doctrine théologique de Khomiakov ne résista pas plus à l'examen que les systèmes philosophiques.

Durant tout ce printemps, il ne fut plus lui-même et connut des minutes tragiques.

« Je ne puis vivre sans savoir ce que je suis et à quelles fins j'ai été mis au monde, se disait-il. Et puisque je ne saurais atteindre à cette connaissance, il me devient impossible de vivre. »

« Dans l'infini du temps, de la matière, de l'espace, une bulle-organisme se forme, se maintient un moment, puis crève… Cette bulle, c'est moi ! »

Ce sophisme douloureux était l'unique, le suprême résultat du raisonnement humain pendant des siècles ; c'était la croyance finale qu'on retrouvait à la base de presque toutes les branches de l'activité scientifique ; c'était la conviction régnante, et sans doute parce qu'elle lui paraissait la plus claire, Levine s'en était involontairement pénétré. Mais cette conclusion lui paraissait plus qu'un sophisme ; il y voyait l'œuvre cruellement dérisoire d'une force ennemie à laquelle il importait de se soustraire. Le moyen de s'affranchir était au pouvoir de chacun... Et la tentation du suicide hanta si fréquemment cet homme bien portant, cet heureux père de famille qu'il éloignait de sa main tout lacet et n'osait plus sortir avec son fusil.

Cependant, loin de se pendre ou de se brûler la cervelle, il continua tout bonnement à vivre.

X

Ainsi donc Levine désespérait de résoudre dans le domaine de la spéculation le problème de son existence; en revanche il n'avait jamais agi dans la vie pratique avec tant de décision et de fermeté.

Revenu à la campagne dans les premiers jours de juin, les soins de son exploitation, la gérance des biens de son frère et de sa sœur, les devoirs familiaux, les relations avec ses voisins et ses paysans, l'élevage des abeilles enfin, pour lequel il se prit d'une belle passion, ne lui laissèrent guère de répit.

Le cours qu'avaient pris ses pensées, la multitude de ses occupations, l'insuccès de ses précédentes expériences sur ce terrain ne lui permettaient point de justifier son activité par le souci du bien général; il croyait tout simplement remplir son devoir.

Jadis — et cela presque dès l'enfance — l'idée de faire une action utile aux gens de son village, à la Russie, à l'humanité lui causait une grande joie, mais l'action en elle-même ne réalisait jamais ses espérances et il doutait bientôt de la valeur de ses entreprises. Maintenant au contraire, il se mettait à l'œuvre sans aucune joie préalable, mais il acquérait bientôt la conviction que cette œuvre était nécessaire et qu'elle donnait des résultats de plus en plus satisfaisants. Inconsciemment il s'enfonçait toujours plus profondément dans la terre comme une charrue qu'on ne peut retourner que son œuvre faite.

Au lieu de discuter certaines conditions de l'existence, il les acceptait comme aussi indispensables que la nourriture journalière. Mener la même vie que ses ancêtres, donner à ses enfants la même éducation que la sienne, leur transmettre un patrimoine intact et mériter d'eux la

même reconnaissance qu'il témoignait à la mémoire de son aïeul, il voyait là un devoir aussi indiscutable que celui de payer ses dettes. Il fallait donc que le domaine prospérât et pour cela qu'au lieu de l'affermer il le fît valoir lui-même, fumant la terre, élevant le bétail, plan
tant des arbres. Il croyait devoir aide et protection — comme à des enfants qu'on lui aurait confiés — à son frère, à sa sœur, aux nombreux paysans qui avaient pris l'habitude de le consulter. Sa femme et son fils, Dolly et ses enfants avaient aussi droit à ses soins et à son temps. Tout cela remplissait surabondamment cette existence, dont il ne comprenait pas le sens quand il y réfléchissait.

Et non seulement son devoir lui apparaissait bien défini, mais il n'avait aucun doute sur la manière de l'accomplir dans chaque cas particulier. Ainsi il n'hésitait pas à louer ses ouvriers le meilleur marché possible, sans toutefois se les asservir par des avances au-dessous du prix normal. Si les paysans manquaient de fourrage, il jugeait licite de leur vendre de la paille, quelque pitié qu'on eût d'eux ; par contre les revenus qu'on tirait des cabarets lui paraissant immoraux, ces établissements devaient être supprimés. Il punissait sévèrement les vols de bois, mais se refusait — malgré les protestations des gardes contre ce manque de fermeté — à confisquer le bétail du paysan pris en flagrant délit de pâturage sur ses prairies. Il prêtait de l'argent à un pauvre diable pour le tirer des griffes d'un usurier, mais n'accordait aux paysans ni délai ni remise sur leur redevance. Il n'aurait point pardonné à son régisseur d'avoir négligé de faucher le moindre bout de prairie, mais il ne tou
chait pas à quatre-vingts hectares où l'on avait fait des plantations. Il opérait à son corps défendant une rete
nue sur les gages d'un ouvrier contraint, à cause de la mort de son père, d'abandonner le travail en pleine moisson, mais il entretenait et nourrissait les vieux serviteurs hors d'âge... Si, rentrant chez lui, il trouvait des paysans qui l'attendaient depuis trois heures, il n'éprouvait aucun scrupule à courir d'abord embrasser sa femme indisposée, mais venaient-ils le relancer au rucher, il leur sacrifiait aussitôt le plaisir passionnant de mettre en place un essaim.

Loin d'approfondir ce code personnel, il redoutait les discussions et jusqu'aux réflexions qui auraient entraîné des doutes et troublé la vue claire et nette de son devoir. Quand il se contentait de vivre, il trouvait dans sa conscience un tribunal infaillible qui rectifiait aussitôt ses erreurs de jugement.

Ainsi donc, impuissant à sonder le mystère de l'existence et hanté de ce fait par l'idée du suicide, Levine ne s'en frayait pas moins d'une main et d'un pas fermes un chemin bien à lui dans la vie.

XI

Le jour de l'arrivée de Serge Ivanovitch à Pokrovskoié avait été gros d'émotion pour Levine.

On était au moment le plus occupé de l'année, à celui qui exige des cultivateurs un effort de travail, un esprit de sacrifice inconnus aux autres professions et qu'on n'apprécie pas comme il convient parce qu'ils se renouvellent tous les ans et n'offrent que des résultats fort simples. Moissonner, rentrer les blés, faucher le regain, donner un second labour, battre le grain, ensemencer, ces travaux-là n'étonnent personne ; mais, pour pouvoir les accomplir durant les trois ou quatre semaines accordées par la nature, il faut que du petit au grand chacun se mette à l'œuvre, qu'on se contente de pain, d'oignons et de kvass, qu'on ne dorme que deux ou trois heures, la nuit étant employée au transport des gerbes et au battage du blé. Et pareil phénomène se reproduit tous les ans dans la Russie entière.

Comme il avait passé la plus grande partie de sa vie à la campagne en connexion étroite avec les gens du peuple, Levine partageait toujours l'agitation qui s'emparait d'eux à cette époque.

Ce jour-là il s'en était allé de bon matin en voiture voir semer le seigle et mettre l'avoine en meules ; revenu à l'heure du petit déjeuner, qu'il prit en compagnie de sa femme et de sa belle-sœur, il repartit à pied pour la ferme où l'on devait mettre en marche une nouvelle machine à battre.

Et toute la journée, tandis qu'il devisait soit avec le régisseur ou les paysans, soit avec sa femme, sa belle-sœur, ses neveux ou son beau-père, la même question le poursuivait : « Qui suis-je ? où suis-je ? et à quelles fins y suis-je ? »

Il séjourna quelque temps dans la grange qui venait d'être recouverte ; le lattis de coudrier fixé aux chevrons de tremble exhalait une bonne odeur de sève ; dans cet endroit frais où tourbillonnait une poussière âcre, les ouvriers s'empressaient autour de la batteuse, tandis que des hirondelles criardes se glissaient sous le ravalement du toit et venaient en secouant leurs ailes se poser dans le cadre du portail grand ouvert ; on apercevait, par-delà l'herbe de l'aire, luisant sous le soleil de feu, des tas de paille, fraîche sortie du grenier. Levine contemplait ce spectacle tout en s'abandonnant à des pensers lugubres.

« Pourquoi tout cela ? Pourquoi suis-je là à les surveiller, et eux, pourquoi font-ils preuve de zèle devant moi ? qu'a donc à se démener ma vieille amie Matrone, songeait-il en considérant une grande femme maigre qui, pour mieux pousser le grain avec son râteau, appuyait lourdement sur le sol raboteux ses pieds nus et hâlés. Je l'ai jadis guérie d'une brûlure, lors de cet incendie où une poutre était tombée sur elle. Oui, je l'ai guérie, mais demain ou dans dix ans il faudra quand même la porter en terre, tout comme cette jeune faraude en robe rouge qui trie d'un geste si souple la paille et la balle, tout comme ce pauvre vieux cheval pie qui, le ventre ballonné et le souffle court, a tant de peine à faire fonctionner le manège ; tout comme Fiodor l'engreneur avec sa barbe frisée souillée de balle et sa blouse trouée à l'épaule, que je vois là en train de délier les gerbes et de rajuster la courroie du volant : il commande avec beaucoup d'autorité aux femmes, mais bientôt que restera-t-il de lui ? Rien ; pas plus que de moi d'ailleurs, et c'est là le plus triste. Pourquoi, pourquoi ? »

Tout en méditant de la sorte, il n'en consultait pas moins sa montre afin de fixer la tâche des ouvriers d'après le nombre de gerbes que l'on battrait durant la première heure. Comme celle-ci se terminait, il constata qu'on attaquait seulement la troisième meule. Il s'approcha de l'engreneur, et, haussant la voix pour dominer le bruit de la machine :

— Tu engrènes trop à la fois, Fiodor, dit-il. Ça forme bourre et vous n'avancez pas. Égalise davantage…

Fiodor, le visage noir d'une sueur poussiéreuse, cria quelques mots de réponse, mais ne parut pas comprendre l'observation de Levine, qui, l'écartant du tambour, se mit à engrener lui-même.

L'heure du dîner étant bientôt venue, Levine sortit avec l'engreneur et, s'arrêtant près d'un meulon de seigle en grains préparé pour les semences, il engagea la conversation avec cet homme. Fiodor habitait le village éloigné où Levine avait naguère fait un essai d'exploitation en commun sur une terre affermée maintenant à un certain Kirillov. Levine désirait la louer pour l'année suivante à un autre paysan, brave homme fort à son aise qui avait nom Platon. Il questionna Fiodor à ce sujet.

— Le prix est trop élevé, Constantin Dmitriévitch; Platon ne se tirera pas d'affaire, répondit l'ouvrier en retirant les balles qui s'étaient collées sur sa poitrine en sueur.

— Mais comment fait donc Kirillov?

— Kirillov? répéta l'engreneur d'un ton de souverain mépris. Voyez-vous, Constantin Dmitriévitch, celui-là, il s'entend à écorcher les pauvres bougres. Tandis que le père Platon, il sous-louera la terre à crédit, et il est encore bien capable de ne pas réclamer le fermage.

— Pourquoi cela?

— Tous les gens ne se ressemblent pas, Constantin Dmitriévitch. Y en a qui ne vivent que pour leur panse et d'autres qui songent à Dieu et à leur âme.

— Qu'entends-tu par là? cria presque Levine.

— Mais vivre pour Dieu, observer sa loi. Tous les gens ne sont pas pareils. Ainsi vous, par exemple, vous ne feriez pas non plus de tort au pauvre monde.

— Oui, oui. au revoir, balbutia Levine, haletant d'émotion. Et, se retournant pour prendre sa canne, il se dirigea à grands pas vers la maison. « Vivre pour son âme, pour Dieu. » Ces paroles du paysan avaient trouvé un écho dans son cœur; et des pensées confuses, mais qu'il sentait fécondes, s'échappaient de quelque recoin de son être pour l'éblouir d'une clarté nouvelle

XII

Levine marchait à grands pas sur la route, et sans trop comprendre encore les pensées confuses qui s'agitaient en lui, il cédait à un état d'âme tout nouveau. Les paroles de l'engreneur avaient produit l'effet d'une étincelle électrique, et l'essaim d'idées vagues et sans lien qui n'avait cessé de l'assiéger s'était comme condensé pour remplir son cœur d'une inexplicable joie.

« Ne pas vivre pour soi, mais pour Dieu. Pour quel Dieu ? N'est-il pas insensé de prétendre, comme il vient de le faire, que nous ne devons pas vivre pour nous, c'est-à-dire pour ce que nous comprenons, ce qui nous plaît et nous attire, mais pour ce Dieu que personne ne comprend et ne saurait définir ?... Et pourtant ces paroles insensées, je les ai comprises, je n'ai pas douté de leur justesse, je ne les ai trouvées ni fausses ni obscures... je leur ai donné le même sens que ce paysan et je n'ai peut-être jamais rien compris aussi clairement. Et toute ma vie il en a été ainsi, et il en va de même pour tout le monde.

« Et moi qui cherchais un miracle pour me convaincre ! Le voilà, le miracle, le seul qui soit possible, et que je n'avais pas remarqué, tandis qu'il m'enserre de toutes parts !

« Quand Fiodor prétend que Kirillov vit pour sa panse, je comprends ce qu'il veut dire : c'est parfaitement raisonnable, les êtres de raison ne sauraient vivre autrement. Mais il affirme ensuite qu'il faut vivre, non pas pour sa panse, mais pour Dieu... Et je comprends du premier coup ! Moi et des millions d'hommes, dans le passé et dans le présent, aussi bien les pauvres d'esprit que les doctes qui ont scruté ces choses et fait entendre à ce propos leurs voix confuses, nous sommes d'accord sur un point : qu'il faut vivre pour le bien. La seule connaissance claire, indubitable, absolue que nous ayons est celle-là ; et ce n'est pas par le raisonnement que nous y parvenons, car la raison l'exclut, parce qu'elle n'a ni cause ni effet. Le bien, s'il avait une cause, cesserait d'être le bien, tout comme s'il avait un effet, en l'espèce une récompense... Ceci, je le sais et nous le savons tous. Peut-il être de plus grand miracle ?...

« Aurais-je vraiment trouvé la solution de mes doutes ? Vais-je cesser de souffrir ? »

Ainsi raisonnait Levine, insensible à la fatigue et à la chaleur ; suffoqué par l'émotion et n'osant croire à l'apaisement qui se faisait dans son âme, il s'éloigna du grand chemin pour s'enfoncer dans le bois. Là, découvrant son front baigné de sueur, il s'étendit, appuyé sur le coude, dans l'herbe grasse et poursuivit le cours de ses réflexions.

« Voyons, il faut me recueillir, tâcher de comprendre ce qui se passe en moi, se dit-il en suivant les mouvements d'un scarabée verdâtre qui grimpait le long d'une tige de renouée et qu'une feuille d'herbe-aux-goutteux arrêta dans sa marche. Qu'ai-je découvert pour être si heureux ? se demanda-t-il en écartant la feuille et en offrant une autre tige à la course du scarabée. Oui, qu'ai-je donc découvert ?... Mais rien. J'ai simplement eu la vision très claire des choses que je connaissais de longue date. J'ai reconnu cette force qui autrefois m'a donné la vie et me la donne encore aujourd'hui. Je me sens délivré de l'erreur... Je vois mon maître !...

« J'ai cru naguère qu'il s'opérait dans mon corps comme dans celui de cet insecte, comme dans cette plante, dont il dédaigne la tige pour s'envoler, une évolution de la matière, conformément à certaines lois physiques, chimiques et physiologiques ; évolution, lutte incessante, qui s'étendait à tout, aux arbres, aux nuages, aux nébuleuses... Mais d'où partait et où aboutissait cette évolution ? Une évolution, une lutte à l'infini, était-ce possible ?... Et je m'étonnais, malgré de suprêmes efforts, de rien trouver dans cette voie qui me dévoilât le sens de la vie, de mes impulsions, de mes aspirations... Maintenant je sais que ce sens consiste à vivre pour Dieu et pour son âme. Si clair qu'il m'apparaisse, ce sens n'en demeure pas moins mystérieux. Et il en va de même pour tout ce qui existe. C'est l'orgueil qui me perdait, décida-t-il en se couchant sur le ventre et en nouant machinalement des brins d'herbe. Orgueil, sottise, ruse et scélératesse de l'esprit... Scélératesse... oui, voilà le vrai mot. »

Et il se remémora le cours que suivaient depuis deux

ans ses pensées, du jour où l'idée de la mort l'avait frappé à la vue de son frère agonisant. Pour la première fois il avait alors clairement compris que, n'ayant devant lui d'autre perspective que la souffrance, la mort et l'oubli éternel, il devait ou se faire sauter la cervelle ou s'expliquer le problème de l'existence de façon à ne pas y voir la cruelle ironie de quelque génie malfaisant. Cependant, sans parvenir à se rien expliquer, il avait continué à vivre, à penser, à sentir, il avait même connu, grâce à son mariage, des joies nouvelles qui le rendaient heureux quand il ne creusait pas ses pensées troublantes. Que prouvait cette inconséquence ? qu'il vivait bien, tout en pensant mal. Sans le savoir, il avait été soutenu par ces vérités spirituelles, sucées avec le lait, que son esprit affectait d'ignorer. Maintenant il comprenait que seules elles lui avaient permis de vivre.

« Que serais-je devenu si je n'avais point su qu'il fallait vivre pour Dieu et non pour la satisfaction de mes besoins ? J'aurais menti, volé, assassiné… Aucune des joies que la vie me donne n'aurait existé pour moi. »

Son imagination ne lui permettait même pas de concevoir à quel degré de bestialité il fût descendu s'il avait ignoré les véritables raisons de vivre.

« J'étais en quête d'une solution que la raison ne peut donner, le problème n'étant pas de son domaine. La vie seule était en mesure de me fournir une réponse, et cela grâce à ma connaissance du bien et du mal. Et cette connaissance, je ne l'ai pas acquise, je n'aurais su où la prendre, elle m'a été "donnée" comme tout le reste. Le raisonnement m'aurait-il jamais démontré que je dois aimer mon prochain au lieu de l'étrangler ? Si, lorsqu'on me l'a enseigné dans mon enfance, je l'ai aisément cru, c'est que je le savais déjà. L'enseignement de la raison, c'est la lutte pour l'existence, partant la loi qui exige que tout obstacle à l'accomplissement de mes désirs soit écrasé. La déduction est logique. Mais la raison ne peut me prescrire d'aimer mon prochain, car ce précepte n'est pas raisonnable. »

XIII

LEVINE se souvint d'une scène récente entre Dolly et ses enfants. Ceux-ci, livrés un jour à eux-mêmes, s'étaient divertis à faire cuire des framboises dans une tasse au-dessus d'une bougie et à se verser des jets de lait dans la bouche. Leur mère les prit sur le fait, leur reprocha devant leur oncle de détruire ce que les grandes personnes avaient tant de peine à se procurer, chercha à leur faire comprendre que si les tasses venaient à manquer, ils ne sauraient comment prendre leur thé et que, s'ils gaspillaient le lait, ils souffriraient de la faim. Levine fut fort surpris du scepticisme avec lequel les enfants écoutèrent leur mère : ses raisonnements ne les touchaient point, ils ne regrettaient que le jeu interrompu. C'est qu'ils ignoraient la valeur des biens dont ils jouissaient et ne comprenaient pas qu'ils détruisaient en quelque sorte leur subsistance.

« Tout cela est bel et bon, disaient-ils, mais on nous rabâche toujours la même chose, tandis que nous cherchons du nouveau. Quel intérêt y a-t-il à boire du lait dans des tasses ? C'est bien plus amusant de se le verser dans la bouche les uns aux autres et de réserver les tasses pour la cuisson des framboises. Voilà du nouveau. »

« N'est-ce pas ainsi, songeait Levine, que nous agissons, que j'ai agi pour ma part, en voulant pénétrer par le raisonnement les secrets de la nature et le problème de la vie humaine ? N'est-ce pas ce que font tous les philosophes quand, au moyen de théories bizarres, ils prétendent révéler aux hommes des vérités que ceux-ci connaissaient depuis longtemps et sans lesquelles ils ne sauraient point vivre ? Ne s'aperçoit-on pas, en pénétrant chacune de ces théories, que son auteur connaît aussi bien que ce brave Fiodor — mais pas mieux que lui — le vrai sens de la vie humaine et qu'il tend seulement à démontrer par des voies équivoques des vérités universellement reconnues ?

« Qu'on laisse les enfants se procurer leur subsistance, au lieu de faire des gamineries, ils mourront de faim !... Qu'on nous laisse, nous autres, livrés à nos raisonnements, à nos passions, sans la connaissance de notre Créateur, sans le sentiment du bien et du mal moral... et l'on ne pourra rien édifier de solide. Si nous sommes avides de détruire c'est parce que, pareils aux enfants, nous sommes rassasiés... spirituellement. Où ai-je pris cette heureuse connaissance, qui seule procure la paix à mon âme et que je possède en commun avec Fiodor?... Moi chrétien, élevé dans la foi, comblé des bienfaits du christianisme, vivant de ces bienfaits sans en avoir conscience, je cherche, comme ces mêmes enfants, à détruire l'essence de ma vie... Mais aux heures graves de mon existence je me retourne vers Lui, tout comme les enfants vers leur mère quand ils ont faim et froid; et pas plus qu'eux quand ils se voient reprocher leurs espiègleries, je ne m'aperçois que l'on n'attache aucune importance à mes vaines tentatives de révolte.

« Non, la raison ne m'a rien appris; ce que je sais m'a été donné, révélé par le cœur, par la foi dans l'enseignement capital de l'Église.

« L'Église? répéta Levine en se retournant et en considérant dans le lointain le troupeau qui descendait vers la rivière. Puis-je vraiment croire à tout ce qu'elle enseigne? » se demanda-t-il pour s'éprouver et découvrir un point qui troublât sa quiétude. Et il se rappela les dogmes qui lui avaient toujours paru étranges: « La création? Mais comment m'expliqué-je l'existence?... Le diable et le péché? Mais quelle explication puis-je trouver du mal?... La rédemption?... Mais que sais-je, que puis-je savoir hors ce qui m'a été enseigné, comme a tout le monde? »

Aucun de ces dogmes ne lui sembla porter atteinte à la destination de l'homme ici-bas, à savoir la foi en Dieu et au bien. Chacun d'eux sous-entendait le dévouement à la vérité et le renoncement à l'égoïsme. Chacun d'eux concourait au miracle suprême et perpétuel: celui qui consiste à permettre à des millions d'êtres humains, jeunes et vieux, sages et simples, rois et mendiants, à Lvov comme à Kitty, à Fiodor comme à lui-même, de comprendre les mêmes vérités pour en composer cette vie de l'âme qui seule rend l'existence supportable.

Couché sur le dos, il contemplait maintenant le ciel sans nuages. « Je sais bien, songeait-il, que c'est l'immensité de l'espace et non une voûte bleue qui s'étend au-dessus de moi. Mais mon œil ne peut percevoir que la voûte arrondie et voit plus juste qu'en cherchant par-delà.»

Levine laissait maintenant flotter sa pensée pour écouter les voix mystérieuses qui menaient grand bruit dans son âme.

«Est-ce vraiment la foi? se dit-il, n'osant croire à son bonheur. Mon Dieu, je vous remercie!»

Des sanglots le secouaient, des larmes de reconnaissance coulaient le long de ses joues.

XIV

Une petite voiture apparut au loin, Levine reconnut sa télègue, son cheval Noiraud, son cocher Ivan qui parlait au berger; il perçut bientôt le son des roues et le hennissement du cheval; mais plongé dans ses méditations, il ne songea pas à se demander ce qu'on lui voulait. Il ne reprit le sens de la réalité qu'en entendant le cocher lui crier:

— Madame m'envoie, Serge Ivanovitch vient d'arriver et encore un autre monsieur.

Levine monta en voiture et prit les rênes. Longtemps, comme après un rêve, il ne put revenir à lui. Les yeux fixés tantôt sur Ivan assis à ses côtés, tantôt sur la robuste bête au cou et au poitrail blancs d'écume, il pensait à son frère, à sa femme, que sa longue absence avait peut-être inquiétée, à cet hôte inconnu qu'on lui amenait, et se demandait si ses relations avec le prochain n'allaient pas subir une modification.

«Je ne veux plus de froideur avec mon frère, plus de querelles avec Kitty, plus d'impatience avec les domestiques; je vais me montrer cordial et prévenant envers mon nouvel hôte, quel qu'il soit.»

Et retenant son cheval trop enclin à courir, il chercha une bonne parole à adresser au brave Ivan qui, ne sachant que faire de ses mains oisives, pressait contre sa poitrine sa blouse que le vent soulevait. Il voulait lui dire qu'il avait trop serré la sous-ventrière, mais cela ressemblait fort à un reproche; il avait beau se creuser la tête, il ne trouvait pas d'autre sujet de conversation.

— Veuillez prendre à gauche, il y a une souche a éviter, dit soudain Ivan, en touchant les rênes.

— Fais-moi le plaisir de me laisser tranquille et de ne pas me donner de leçon ! répondit Levine, agacé comme il l'était chaque fois qu'on se mêlait de ses affaires. Il éprouva aussitôt un vif chagrin en constatant que, contrairement à son attente, son nouvel état d'âme n'influait en rien sur son caractère.

À un quart de verste de la maison, il aperçut Gricha et Tania qui couraient au-devant de lui.

— Tonton Kostia, maman nous suit, et grand-papa, et Serge Ivanovitch et encore quelqu'un, s'écrièrent-ils en grimpant dans la télègue.

— Qui est ce quelqu'un ?

— Un monsieur affreux, qui fait de grands gestes avec les bras, comme ça, dit Tania, imitant Katavassov.

— Est-il vieux ou jeune ? demanda en riant Levine. La mimique de Tania éveillait en lui des souvenirs confus. « Pourvu que ce ne soit pas un fâcheux ! » pensa-t-il.

À un tournant du chemin, il reconnut Katavassov, coiffé d'un chapeau de paille et faisant avec les bras des moulinets que Tania avait fort bien imités.

Les derniers temps de son séjour à Moscou, Levine avait beaucoup discuté philosophie avec Katavassov, dont c'était un des thèmes favoris, bien qu'il n'eût en la matière que les vagues notions des « scientistes ». Levine se rappela aussitôt une de ces discussions, dans laquelle son ami avait eu le dessus en apparence, et il se promit de ne plus exprimer légèrement ses pensées…

Il descendit de voiture, souhaita la bienvenue à ses hôtes et s'informa de Kitty.

— Elle s'est installée dans le bois avec Mitia, répondit Dolly ; il faisait trop chaud dans la maison.

Cette nouvelle contraria Levine : le bois lui paraissait un endroit dangereux et il avait maintes fois déconseillé à Kitty de s'y promener avec l'enfant.

— Elle ne sait où se fourrer avec son poupon, dit le prince en souriant ; je lui ai conseillé d'essayer de la cave à glace.

— Elle nous rejoindra au rucher, elle croyait que tu y étais, ajouta Dolly ; c'est le but de notre promenade.

— Que fais-tu de bon? demanda Serge Ivanovitch à son frère, en le retenant.

— Rien de particulier : je cultive mes terres et voilà tout. Tu nous restes quelque temps, j'espère : il y a une éternité que nous t'attendons.

— Une quinzaine. J'ai fort à faire à Moscou.

Les regards des deux frères se croisèrent et Levine se sentit mal à l'aise. Pourtant il n'avait jamais si ardemment souhaité des rapports simples et cordiaux avec son frère. Il baissa les yeux et désirant éviter tout sujet épineux, comme la question des Balkans à laquelle Serge venait de faire une allusion voilée, il lui demanda au bout d'un moment des nouvelles de son livre.

Cette question, dûment méditée, amena un sourire sur les lèvres de Serge Ivanovitch.

— Personne n'y songe, moi moins que tout autre... Vous verrez, Darie Alexandrovna, que nous aurons de la pluie, dit-il en montrant du bout de son ombrelle des nuages blancs qui apparaissaient au-dessus des trembles.

Il suffit de ces mots banals pour que se rétablît sur-le-champ entre les deux frères cette froideur presque hostile que Levine aurait tant voulu voir se dissiper. Abandonnant Serge, il s'approcha de Katavassov.

— Quelle bonne idée vous avez eue de venir, lui dit-il.

— J'en avais le désir depuis longtemps. Nous allons bavarder à loisir. Avez-vous lu Spencer?

— Pas jusqu'au bout. D'ailleurs, maintenant il m'est inutile.

— Comment cela? Vous m'étonnez.

— Je veux dire qu'il ne m'aidera pas plus que les autres à résoudre les questions qui m'intéressent. En ce moment, je...

L'expression de gaieté sûre d'elle-même qu'exprimait le visage de Katavassov le frappa ; et ne voulant point gâter son état d'âme par une discussion stérile, il s'arrêta.

— Nous en reparlerons... Pour le rucher, reprit-il en s'adressant à toute la compagnie, voilà le sentier qu'il faut prendre.

On arriva dans une clairière, sur un côté de laquelle des queues-de-renard en fleur formaient comme une haie rutilante où des renoncules entremêlaient leur feuillage sombre. Levine installa ses invités à l'ombre de jeunes trembles, sur des sièges rustiques préparés à l'intention des visiteurs peu soucieux d'approcher de trop près les abeilles, et lui-même prit le chemin de l'enclos pour en rapporter du miel, du pain et des concombres. Il marchait le plus doucement possible, prêtant l'oreille aux bourdonnements de plus en plus fréquents ; à la porte de la cabane il lui fallut même se débarrasser avec précaution d'une abeille qui s'était prise dans sa barbe. Après avoir détaché un masque en fil de fer suspendu dans l'entrée, il s'en couvrit la tête et, les mains cachées dans ses poches, il pénétra dans l'enclos où les ruches, rangées par ordre, les plus récentes le long de la palissade, et fixées à des pieux par des liens de tille, avaient pour lui chacune une histoire. Devant l'ouverture des ruches tourbillonnaient des colonnes d'abeilles et de faux bourdons, tandis que les ouvrières volaient vers la forêt, attirées par les tilleuls en fleur, ou en revenaient chargées de butin. Et tout l'essaim, ouvrières alertes, mâles oisifs, gardiennes alarmées prêtes à se ruer sur le ravisseur de leur bien, faisait entendre les sons les plus divers qui se confondaient en un perpétuel bourdonnement. Le vieux gardien occupé à raboter de l'autre côté de la palissade n'entendit pas venir Levine. Celui-ci se garda bien de l'appeler : il était heureux de pouvoir se recueillir un moment. La vie réelle reprenait ses droits, s'attaquait à la noblesse de ses pensées : il avait déjà trouvé le moyen de s'emporter contre Ivan, de se montrer froid envers son frère, de dire des choses inutiles à Katavassov !

« Mon bonheur, se demandait-il, n'aurait-il été qu'une impression fugitive, qui se dissipera sans laisser de traces ? »

Mais, en descendant en lui-même, il retrouva ses impressions intactes. À n'en plus douter, un événement important s'était accompli dans son âme. La vie réelle n'avait fait que répandre un nuage sur ce calme intérieur : ces légers incidents n'ébranlaient pas plus les forces spirituelles nouvellement éveillées que les abeilles, en l'obligeant à se défendre, ne portaient atteinte à ses forces physiques.

XV

SAIS-TU, Kostia, avec qui Serge Ivanovitch vient de voyager ? dit Dolly après avoir donné à chacun de ses enfants sa part de concombres et de miel. Avec Vronski. Il se rend en Serbie.

— Et pas seul, s'il vous plaît ! Il y mène à ses frais tout un escadron, ajouta Katavassov.

— À la bonne heure ! dit Levine. Mais est-ce que vous expédiez toujours des volontaires ? demanda-t-il en levant les yeux vers son frère.

Serge Ivanovitch ne répondit rien : son attention était retenue par une abeille qui s'était prise dans du miel au fond de sa tasse et qu'il dégageait précautionneusement à l'aide d'un couteau épointé.

— Comment, si nous en expédions ! s'écria Katavassov, mordant à belles dents dans un concombre. Si vous aviez vu ce qui se passait hier à la gare !

— Voyons, Serge Ivanovitch, expliquez-moi une bonne fois où vont tous ces héros et contre qui ils guerroient ! demanda le prince, reprenant de toute évidence un entretien interrompu par la rencontre de Levine.

— Contre les Turcs, répondit posément Koznychev en posant du bout de son couteau sur une feuille de tremble l'abeille enfin délivrée, mais toute noire de miel.

— Mais qui donc a déclaré la guerre aux Turcs ? seraient-ce Ivan Ivanovitch Ragozov, la comtesse Lydie et Mme Stahl ?

— Personne ne leur a déclaré la guerre ; mais, émus des souffrances de nos frères, nous cherchons à leur venir en aide.

— Tu ne réponds pas à la question du prince, dit Levine en prenant le parti de son beau-père. Il s'étonne que, sans y être autorisés par le gouvernement, des particuliers osent prendre part à une guerre.

— Regarde, Kostia, encore une abeille, je t'assure qu'elles vont nous cribler de piqûres, s'écria soudain Dolly en chassant une grosse mouche.

— Ce n'est pas une abeille, mais une guêpe.

— Pourquoi des particuliers n'auraient-ils pas ce droit ? Expliquez-nous votre théorie, demanda Katavassov, désireux de faire parler Levine.

— Ma théorie, la voici : la guerre est une chose si bestiale, si monstrueuse qu'aucun chrétien, qu'aucun homme même n'a le droit de prendre sur lui la responsabilité de la déclarer ; cette tâche incombe aux gouvernements, qui d'ailleurs mènent fatalement à la guerre. C'est là une question d'État, une de ces questions dans laquelle les citoyens abdiquent toute volonté personnelle : le bon sens, à défaut de la science, suffirait à le démontrer.

Serge Ivanovitch et Katavassov avaient des réponses toutes prêtes.

— C'est ce qui vous trompe, mon cher, dit d'abord ce dernier, lorsqu'un gouvernement n'obtempère pas à la volonté des citoyens, il appartient à ceux-ci de l'imposer.

Serge Ivanovitch ne parut pas goûter cette objection.

— Tu ne poses pas la question comme il faut, dit-il en fronçant le sourcil. Il ne s'agit pas ici d'une déclaration de guerre, mais d'une démonstration de sympathie humaine, chrétienne. On assassine nos frères, frères de race et de religion, on massacre des femmes, des enfants, des vieillards ; cela révolte le sentiment d'humanité du peuple russe, il vole au secours de ces infortunés. Suppose que tu voies dans la rue un ivrogne battre une femme ou un enfant : t'informeras-tu, avant de leur porter secours, si l'on a déclaré la guerre à cet individu ?

— Non, mais je ne le tuerais pas non plus.

— Tu irais jusque-là.

— Je n'en sais rien, peut-être tuerais-je dans l'entraînement du moment ; mais je ne saurais m'emballer pour la défense des Slaves.

— Tout le monde ne pense pas de même, repartit Serge mécontent. Le peuple conserve très vif le souvenir des frères orthodoxes qui gémissent sous le joug des infidèles. Et le peuple a fait entendre sa voix.

— C'est possible, répondit Levine évasivement ; en tout cas, je n'aperçois rien de semblable autour de moi, et bien que je fasse partie du peuple, je n'éprouve non plus rien de pareil.

— J'en dirais autant pour ma part, fit le prince. Ce

sont les journaux qui m'ont révélé, pendant mon séjour à l'étranger, et avant les horreurs de Bulgarie, l'amour subit qu'éprouve, paraît-il, la Russie entière pour ses frères slaves ; jamais je ne m'en étais douté, car ces gens-là ne m'ont jamais inspiré la moindre tendresse. À dire vrai, je me suis d'abord inquiété de mon indifférence et je l'ai attribuée aux eaux de Carlsbad. Mais depuis mon retour, je constate que nous sommes encore quelques-uns à faire passer la Russie avant les frères slaves. Témoin Constantin.

— Quand la Russie entière se prononce, objecta Serge Ivanovitch, les opinions personnelles n'ont aucune importance.

— Excusez-moi, le peuple ignore tout de la question.

— Mais si, papa, interrompit Dolly, se mêlant à l'entretien. Rappelez-vous, dimanche à l'église... Voudrais-tu nous donner un essuie-mains, dit-elle au vieux gardien qui souriait aux enfants... Il n'est vraiment pas possible que tous ces gens...

— À l'église ? Que s'est-il passé de si extraordinaire ? Les prêtres ont ordre de lire au peuple un papier auquel personne ne comprend mot. Si les paysans soupirent pendant la lecture, c'est qu'ils se croient au sermon, et s'ils donnent leurs kopecks, c'est qu'on les a prévenus qu'on allait faire une quête pour une œuvre pie.

— Le peuple ne saurait ignorer sa destinée ; il en a l'intuition, et dans des moments comme ceux-ci, il le témoigne, déclara Serge Ivanovitch fixant avec assurance les yeux sur le vieux garde.

Debout au milieu de ses maîtres, une jatte de miel à la main, le beau vieillard, barbe grise et chevelure d'argent, les regardait du haut de sa taille, d'un air affable et tranquille, sans rien comprendre à leur conversation et sans manifester le moindre désir de la comprendre. Néanmoins, se croyant interpellé par Serge Ivanovitch, il jugea bon de hocher la tête et de dire :

— Ça, c'est pour sûr.

— Interrogez-le, tenez, dit Levine, vous verrez où il en est. As-tu entendu parler de la guerre, Mikhaïlytch ? demanda-t-il au bonhomme. Tu sais ce qu'on vous a lu dimanche à l'église ? Faut-il nous battre pour les chrétiens, qu'en penses-tu ?

— Penser ? c'est pas notre affaire. Notre empereur

Alexandre Nicolaïévitch sait mieux que nous ce qu'il doit faire... Faut-il apporter encore du pain à votre petit gars ? demanda-t-il à Dolly en lui montrant Gricha qui dévorait une croûte.

— Quel besoin avons-nous de l'interroger, dit Serge Ivanovitch, quand nous voyons des hommes par centaines abandonner tout pour servir une juste cause ? Il en vient de tous les coins de la Russie ; les uns sacrifient leurs derniers sous, les autres s'engagent, et tous savent clairement à quel motif ils obéissent. Me diras-tu que cela ne signifie rien ?

— Selon moi, rétorqua Levine en s'échauffant, cela signifie que sur quatre-vingts millions d'hommes, il se trouvera toujours non pas seulement des centaines comme maintenant, mais des milliers et des dizaines de milliers de cerveaux brûlés, de dévoyés, pour se jeter dans la première aventure venue, qu'il s'agisse de suivre Pougatchev ou d'aller en Serbie, à Khiva, où l'on voudra.

— Comment, tu traites de dévoyés les meilleurs représentants de la nation ? s'écria Serge Ivanovitch, indigné. Et les dons qui affluent de toutes parts ? N'est-ce pas une façon pour le peuple de signifier sa volonté ?

— C'est si vague, le mot « peuple » ! Il est possible que les secrétaires cantonaux, les instituteurs et un sur mille parmi les paysans comprennent de quoi il retourne ; mais le reste des quatre-vingts millions fait comme Mikhaïlytch : non seulement ils ne témoignent pas leur volonté, mais ils n'ont pas la plus légère notion de ce qu'ils pourraient avoir à témoigner. Quel droit avons-nous, dans ces conditions, d'invoquer la volonté du peuple ?

XVI

Serge Ivanovitch, habile en dialectique, transporta aussitôt la question sur un autre terrain.

— Il est évident que ne possédant pas le suffrage universel — lequel d'ailleurs ne prouve rien — nous ne saurions connaître par voie arithmétique l'opinion de la nation ; mais il y a d'autres moyens d'appréciation. Je ne dis rien de ces courants souterrains qui agitent les eaux jusqu'alors stagnantes de l'océan populaire et que tout homme non prévenu discerne aisément ; mais considère la société dans un sens plus restreint, vois combien sur ce terrain les partis les plus hostiles se fondent en un seul. Il n'y a plus de divergence d'opinions, toutes les feuilles publiques s'expriment de même, tous cèdent à la force élémentaire qui les entraîne dans une même direction.

— Que les journaux crient tous la même chose, c'est vrai, dit le prince ; on dirait les grenouilles avant l'orage ! Ce sont sans doute leurs cris qui empêchent d'entendre la moindre voix.

— Je ne sais vraiment ce que les journaux ont de commun avec les grenouilles. Je ne prends d'ailleurs point leur défense et parle de l'unanimité d'opinion dans les milieux éclairés, répliqua Serge Ivanovitch, en s'adressant à son frère.

Levine voulut répondre, mais le prince le prévint.

— Cette unanimité a sans doute sa raison d'être. Voilà, par exemple, mon cher gendre Stépane Arcadiévitch que l'on nomme membre de je ne sais quelle commission... Une pure sinécure — ce n'est un secret pour personne, Dolly — et huit mille roubles d'appointements ! Demandez donc à cet homme de bonne foi ce qu'il pense de la place en question : il vous démontrera, soyez-en sûrs, que la société ne saurait s'en passer.

— Ah ! oui, j'allais oublier ; il m'a demandé de prévenir Darie Alexandrovna que sa nomination est chose faite, notifia Serge Ivanovitch d'un ton mécontent, car il jugeait malséante l'intervention du vieux prince.

— Eh bien, continua celui-ci, les journaux en font autant : comme la guerre doit doubler leur vente, il est tout naturel qu'ils mettent en avant l'instinct national, les frères slaves et toute la boutique...

— Vous êtes injuste, mon prince, rétorqua Serge Ivanovitch, laissez-moi vous le dire, en dépit du peu de sympathie que j'éprouve pour certains journaux.

— Alphonse Karr était dans le vrai lorsque, avant la guerre franco-allemande, il proposait aux partisans de la guerre de constituer l'avant-garde et d'essuyer le premier feu.

— Quelle triste figure feraient là nos journalistes ! dit avec un gros rire Katavassov, qui se représentait certains de ses amis enrôlés parmi cette légion d'élite.

— Mais leur fuite gênerait les autres, insinua Dolly.

— Rien n'empêcherait, insista le prince, de les ramener au feu à coups de fouet ou de mitraille...

— Excusez-moi, mon prince, dit Serge Ivanovitch, mais la plaisanterie est d'un goût douteux.

— Je ne vois là aucune plaisanterie... voulut dire Levine, mais son frère l'interrompit.

— Les membres d'une société ont tous un devoir à remplir, déclara-t-il, et les hommes qui réfléchissent accomplissent le leur en donnant une expression à l'opinion publique. L'unanimité de cette opinion est un symptôme heureux qu'il faut inscrire à l'actif de la presse. Il y a vingt ans, tout le monde se serait tu; aujourd'hui, le peuple russe, prêt à se sacrifier, à se lever tout entier pour sauver ses frères, fait entendre sa voix unanime; c'est un grand pas d'accompli, une preuve de force.

— Pardon, insinua timidement Levine, il n'est pas seulement question de se sacrifier, mais de tuer des Turcs. Le peuple est prêt à bien des sacrifices, quand il s'agit de son âme, mais non pas à accomplir une œuvre de mort, ajouta-t-il, rattachant involontairement cet entretien aux pensées qui l'agitaient.

— Qu'appelez-vous son âme? Pour un naturaliste, c'est un terme bien imprécis. Qu'est-ce que l'âme? demanda Katavassov en souriant.

— Vous le savez bien.

— Parole d'honneur, je n'en ai pas la moindre idée! insista le professeur en riant aux éclats.

— « Je suis venu apporter non la paix, mais le glaive », a dit le Christ, objecta de son côté Serge Ivanovitch, citant comme la chose la plus simple du monde, comme une vérité évidente, le passage de l'Évangile[1] qui avait toujours le plus troublé Levine.

— Ça, c'est pour sûr, dit encore une fois le vieux gardien, répondant à un regard jeté sur lui par hasard.

— Vous voilà battu, mon cher, et bien battu! s'écria joyeusement Katavassov.

Levine rougit, non pas de se sentir battu, mais d'avoir encore cédé au besoin de discuter.

« Je perds mon temps, se dit-il. Comment, étant nu, puis-je vaincre des gens que protège une armure sans défaut? »

Il ne lui paraissait guère possible de convaincre son frère et Katavassov, encore moins de se laisser convaincre par eux. Ce qu'ils prônaient n'était pas autre chose que cet orgueil de l'esprit qui avait failli le perdre. Comment admettre qu'une poignée d'hommes, son frère parmi eux s'arrogeât le droit de représenter avec les journaux la volonté de la nation, alors que cette volonté exprimait soi-disant la vengeance et l'assassinat et que toute leur certitude s'appuyait sur les récits suspects de quelques centaines de beaux parleurs en quête d'aventures ? Le peuple, au sein duquel il vivait, dont il avait conscience de faire partie, ne lui offrait aucune confirmation de ces assertions. Il n'en trouvait pas davantage en lui-même : tout comme le peuple, il ignorait en quoi consistait le bien public, mais savait pertinemment qu'on ne l'atteint que par la stricte observation de cette loi morale inscrite au cœur de tout homme ; par conséquent, il ne pouvait préconiser la guerre, quelque but généreux qu'elle se proposât. Il partageait la façon de voir de Mikhaïlytch, qui était celle de tout le peuple et qu'exprimait si bien la tradition relative à l'appel aux Varègues : « Régnez et gouvernez ; à nous les pénibles labeurs et les lourds sacrifices, mais à vous le souci des décisions. » Pouvait-on sérieusement prétendre avec Serge Ivanovitch que le peuple eût renoncé à un droit chèrement acquis ?

Et puis, si l'opinion publique passait pour infaillible, pourquoi la guerre et la Commune ne seraient-elles aussi légitimes que l'agitation en faveur des Slaves ?

Levine aurait voulu exprimer toutes ces pensées, mais il voyait bien que la discussion irritait son frère et qu'elle n'aboutirait à rien. Il préféra donc se taire et attira, au bout d'un moment, l'attention de ses invités sur un gros nuage qui ne présageait rien de bon.

XVII

Le prince et Serge Ivanovitch se firent reconduire en télègue, tandis que le reste de la société hâtait le pas ; mais le ciel se couvrait de plus en plus, les nuages bas et d'un noir de suie, chassés par le vent, semblaient courir avec une telle rapidité qu'à deux cents pas de la maison l'averse devint imminente.

Les enfants avaient pris les devants, poussant des cris de frayeur amusée ; Dolly, gênée par ses jupes, les suivait en courant, les hommes, retenant avec peine leurs chapeaux, faisaient de grandes enjambées. Au moment où l'on atteignait le perron, la première grosse goutte vint se briser sur une gouttière. Tout le monde, devisant gaiement, se précipita dans l'antichambre.

— Où est Catherine Alexandrovna ? demanda Levine à Agathe Mikhaïlovna qui se préparait à sortir chargée de châles et de couvertures.

— Nous pensions qu'elle était avec vous.

— Et Mitia ?

— Dans le petit bois probablement avec sa bonne.

Levine s'empara du paquet et se mit à courir.

Dans ce court espace de temps, le ciel s'était obscurci comme pendant une éclipse, et le vent, soufflant avec violence, faisait voler les fleurs des tilleuls, dénudait les branches des bouleaux, ployait les brins d'herbe, les plantes, les arbustes, les buissons d'acacia et la cime des grands arbres. Les filles qui travaillaient au jardin couraient avec force piaillements se mettre à l'abri. La nappe blanche de l'averse couvrait déjà une bonne moitié des champs, tout le grand bois et menaçait le petit. Le nuage avait crevé en une pluie fine qui imprégnait l'air d'humidité.

Luttant vigoureusement contre la tempête qui s'obstinait à vouloir lui arracher les châles, Levine, penché en avant, atteignait déjà le petit bois et croyait apercevoir des formes blanches derrière un chêne familier, lorsque soudain une lumière éclatante enflamma le sol devant lui, tandis qu'au-dessus de sa tête la voûte céleste sembla s'effondrer. Dès qu'il put ouvrir ses yeux éblouis, il s'aperçut avec terreur que l'épais rideau formé par l'averse le séparait maintenant du bois et que la cime du gros chêne avait changé de place. « La foudre l'aura frappé ! » eut-il le temps de se dire ; et aussitôt il entendit le bruit de l'arbre s'écroulant avec fracas.

« Mon Dieu, mon Dieu, pourvu qu'ils n'aient pas été touchés ! » murmura-t-il, glacé de frayeur ; et bien qu'il sentît aussitôt l'absurdité de cette prière tardive, il la répéta néanmoins, sentant d'instinct qu'il ne pouvait rien faire de mieux. Il se dirigea vers l'endroit où Kitty se tenait d'habitude ; il ne l'y trouva pas mais l'entendit appeler à l'autre bout du bois. Il courut de ce côté, aussi vite que le lui permettaient ses chaussures remplies d'eau qui pataugeaient dans les flaques ; et comme le ciel se rassérénait, il la découvrit sous un tilleul penchée ainsi que la bonne sur une petite voiture protégée par un parasol vert. Bien que la pluie eût cessé, elles demeuraient immobiles dans la position qu'elles avaient prise dès le début de l'orage afin de protéger de leur mieux l'enfant. Toutes deux avaient reçu l'averse, mais si la jupe de la bonne était encore sèche, la robe de Kitty, entièrement trempée, lui collait au corps, et son chapeau avait perdu toute forme. La jeune femme tourna vers son mari un visage cramoisi, ruisselant, éclairé d'un sourire timide.

— Vivants ! Que Dieu soit loué ! Mais peut-on commettre une pareille imprudence ! cria Levine hors de lui.

— Je t'assure qu'il n'y a pas de ma faute ; nous allions partir lorsque Mitia a fait des siennes ; il a bien fallu le changer ; et tout aussitôt…

Mais la vue de son fils qui, sans avoir reçu une goutte d'eau, dormait le plus paisiblement du monde, calma Levine.

— Allons, tout va bien ; je ne sais plus ce que je dis, avoua-t-il.

On fit un paquet des langes mouillés, et on se dirigea vers la maison. Un peu honteux d'avoir grondé Kitty, Levine lui serrait doucement la main, en cachette de la bonne qui portait l'enfant.

XVIII

MALGRÉ la déception qu'il avait ressentie en constatant que sa régénération morale n'apportait à son caractère aucune modification appréciable, Levine n'en éprouva pas moins toute la journée, au cours d'entretiens où il n'avait garde de se livrer, une plénitude de cœur qui le combla de joie.

Après dîner, l'humidité et l'orage toujours menaçant ne permirent point une nouvelle promenade. On n'en passa pas moins la soirée fort gaiement, sans plus se livrer à d'odieuses discussions. Katavassov fit la conquête des dames par la tournure originale de son esprit qui séduisait toujours de prime abord. Mis en verve par Serge Ivanovitch, il les amusa en leur racontant ses très curieuses observations sur les différences de mœurs et même de physionomie entre les mouches mâles et les mouches femelles. Koznychev se montra également fort gai et, l'heure du thé venue, il développa, à la prière de son frère, ses vues sur la question slave avec autant de finesse que de simplicité.

Le bain de Mitia contraignit à regret Kitty à se retirer ; quelques minutes plus tard, on vint prévenir Levine qu'elle le demandait. Inquiet, celui-ci se leva aussitôt, malgré l'intérêt qu'il prenait à la théorie de Serge sur l'influence que l'émancipation de quarante millions de Slaves aurait sur l'avenir de la Russie, sur la nouvelle ère historique qui allait s'ouvrir.

Que pouvait-on lui vouloir ? on ne le réclamait jamais auprès de l'enfant qu'en cas d'urgence. Mais son inquiétude, aussi bien que la curiosité éveillée en lui par les discours de son frère, disparurent dès qu'il se retrouva seul un moment. Que lui importaient toutes ces considérations sur le rôle de l'élément slave dans l'histoire universelle ! Son bonheur intime lui était revenu subitement sans qu'il eût besoin cette fois de le ranimer par la réflexion : le sentiment était devenu plus puissant que la pensée.

En traversant la terrasse, il vit poindre deux étoiles au firmament. « Oui, se dit-il, je me rappelle avoir pensé qu'il y avait une vérité dans l'illusion de cette voûte que je contemplais, mais quelle était la pensée que je n'osais regarder en face ? Peu importe ! Il ne peut y avoir d'objection valable : quelle qu'elle soit, en la creusant tout s'éclaircira ! »

Comme il pénétrait dans la chambre de l'enfant, il se la rappela soudain : « Si la principale preuve de l'existence de Dieu est la révélation intérieure qu'il donne à chacun de nous du bien et du mal, pourquoi cette révélation serait-elle limitée à l'église chrétienne ? Quels rapports ont avec cette révélation les Bouddhistes ou les Musulmans, qui eux aussi connaissent et pratiquent le bien ? »

Il croyait avoir une réponse toute prête, mais n'arrivait pas à la formuler.

À l'approche de son mari, Kitty se tourna vers lui en souriant. Les manches retroussées, elle se tenait penchée sur la baignoire, soutenant d'une main la tête de l'enfant tandis que de l'autre elle pressait d'un geste rythmique une grosse éponge au-dessus du petit corps potelé qui barbotait dans l'eau.

— Viens vite, Agathe Mikhaïlovna avait raison : il nous reconnaît.

On mit aussitôt Mitia à l'épreuve : la cuisinière, convoquée à cet effet, s'étant penchée sur lui, il se renfrogna, secoua la tête ; mais quand sa mère remplaça l'étrangère, il sourit, saisit l'éponge à deux mains et fit entendre des sons de joie qui plongèrent dans le ravissement Kitty, la bonne et jusqu'à Levine.

La bonne souleva l'enfant sur la paume de sa main, l'essuya, le langea et, comme il poussait un cri perçant, le tendit à sa mère.

— Je suis bien aise de voir que tu commences à l'aimer, dit Kitty lorsque l'enfant eut pris le sein et qu'elle se fut tranquillement installée à sa place habituelle. Je souffrais de t'entendre dire que tu ne ressentais rien pour lui.

— Je me serai mal exprimé. Je voulais seulement dire qu'il m'a causé une déception.

— Comment cela ?

— Je m'attendais à ce qu'il me révélât un sentiment nouveau et tout au contraire c'est de la pitié et du dégoût qu'il m'a d'abord inspirés…

Tout en remettant ses bagues qu'elle avait enlevées pour baigner Mitia, Kitty l'écoutait avec une attention concentrée.

— Oui, de la pitié, de la frayeur aussi… Ce n'est qu'aujourd'hui, pendant l'orage, que j'ai compris combien je l'aimais[1].

Kitty sourit de joie.

— Tu as eu bien peur ? Moi aussi ; mais j'ai plus peur encore maintenant que je me rends compte du danger que nous avons couru. J'irai revoir le chêne… Après tout j'ai passé une fort bonne journée, Katavassov est très amusant. Et quand tu le veux, tu te montres charmant avec Serge Ivanovitch… Allons, va les retrouver : après le bain, on étouffe ici.

XIX

Dès qu'il eut quitté sa femme, Levine se sentit repris par la pensée qui l'inquiétait. Au lieu de rentrer au salon, il s'accouda à la balustrade de la terrasse.

La nuit tombait, et le ciel, pur au midi, restait orageux du côté opposé. Tout en écoutant les gouttes de pluie tomber en cadence du feuillage des tilleuls, Levine contemplait un triangle d'étoiles traversé par la Voie lactée. De temps à autre un éclair éblouissant, suivi d'un sourd grondement, faisait disparaître à ses yeux ce décor familier; mais aussitôt les étoiles reparaissaient comme si une main exercée les eût rajustées au firmament.

« Voyons, qu'est-ce qui me trouble ? » se demanda-t-il, sentant sourdre en son âme une réponse à ses doutes

« Oui, la révélation au monde de la loi du bien est la preuve évidente, irrécusable, de l'existence de Dieu. Cette loi, je la reconnais au fond de mon cœur, m'unissant ainsi bon gré mal gré à tous ceux qui la reconnaissent comme moi, et cette réunion d'êtres humains partageant la même croyance s'appelle l'Église. Mais les Juifs, les Musulmans, les Bouddhistes, les Confucianistes ? se dit-il, revenant toujours au point dangereux. Ces millions d'hommes seraient-ils privés du plus grand des bienfaits, de celui qui seul donne un sens à la vie ?... Mais voyons, reprit-il après quelques instants de réflexion, quelle question ai-je le front de me poser ? Celle des rapports des diverses croyances de l'humanité entière avec la Divinité ? C'est la révélation de Dieu à l'univers avec ses astres et ses nébuleuses que je prétends sonder ! Et c'est au moment où m'est révélé un savoir certain mais inaccessible à la raison que je m'obstine à vouloir faire intervenir la logique !

« Je sais que les étoiles ne marchent pas, poursuivit-il en remarquant le changement survenu dans la position d'une planète qui montait au-dessus d'un bouleau. Néanmoins, ne pouvant m'imaginer la rotation de la terre en voyant les étoiles changer de place, j'ai raison de dire qu'elles marchent. Les astronomes auraient-ils rien compris, rien calculé s'ils avaient pris en considération les mouvements si variés, si compliqués de la terre ?

Les surprenantes conclusions auxquelles ils sont arrivés sur les distances, les poids, les mouvements et les révolutions des corps célestes n'ont-elles pas pour point de départ les mouvements apparents des astres autour de la terre immobile, ces mêmes mouvements dont je suis témoin comme des millions d'hommes l'ont été et le seront pendant des siècles, et qui peuvent toujours être vérifiés ? Et, de même que les conclusions des astronomes seraient vaines et inexactes si elles ne découlaient pas de leurs observations du ciel apparent, relativement à un seul méridien et à un seul horizon, de même toutes mes déductions métaphysiques seraient privées de sens si je ne les fondais pas sur cette connaissance du bien inhérente au cœur de tous les hommes, dont j'ai eu personnellement la révélation par le christianisme et que je pourrais toujours vérifier dans mon âme. Les rapports des autres croyances avec Dieu resteront pour moi insondables, et je n'ai pas le droit de les scruter. »

— Comment, tu es encore là ! dit tout à coup la voix de Kitty qui regagnait le salon. Tu n'as rien qui te préoccupe ? insista-t-elle en tâchant de scruter le visage de son mari à la clarté des étoiles. Un éclair qui sillonna l'horizon le lui montra calme et heureux.

« Elle me comprend, songea Levine en la voyant sourire ; elle sait à quoi je pense ; faut-il le lui dire ? Oui. »

Au moment où il allait parler, Kitty l'interrompit.

— Je t'en prie, Kostia, dit-elle, va jeter un coup d'œil dans la chambre de Serge Ivanovitch. Tout y est-il en ordre ? Lui a-t-on donné un nouveau lavabo ? Je suis gênée d'y aller.

— Fort bien, j'y vais, répondit Levine en l'embrassant.

« Non, mieux vaut se taire, décida-t-il tandis que la jeune femme rentrait au salon. Ce secret n'a d'importance que pour moi seul et aucune parole ne saurait l'expliquer. Ce sentiment nouveau ne m'a ni changé, ni ébloui, ni rendu heureux comme je le pensais : de même que pour l'amour paternel, il n'y a eu ni surprise ni ravissement. Dois-je lui donner le nom de foi ? je n'en sais rien ; je sais seulement qu'il s'est glissé dans mon âme par la souffrance et qu'il s'y est fermement implanté.

« Je continuerai sans doute à m'impatienter contre mon cocher Ivan, à discuter inutilement, à exprimer mal à propos mes idées ; je sentirai toujours une barrière entre le sanctuaire de mon âme et l'âme des autres, même celle de ma femme ; je rendrai toujours Kitty responsable de mes terreurs pour m'en repentir aussitôt ; je continuerai à prier, sans pouvoir m'expliquer pourquoi je prie. Qu'importe ! Ma vie intérieure ne sera plus à la merci des événements, chaque minute de mon existence aura un sens incontestable, qu'il sera en mon pouvoir d'imprimer à chacune de mes actions : celui du bien ! »

DOSSIER

VIE DE TOLSTOÏ

1828 *28 août (9 sept.).* Naissance à Iasnaïa Poliana, gouvernement de Toula, du comte Léon (Lev) Nicolaïevitch Tolstoï. Son père est le comte Nicolas Ilitch, sa mère Marie Nicolaïevna, née princesse Volkonsaïa.

1830 Mort de la mère de Tolstoï.

1837 Mort subite du père de Tolstoï. Les jeunes enfants Tolstoï sont confiés successivement à la tutelle des deux sœurs de leur père. En 1841, ils s'installent à Kazan chez la seconde.

1844 Tolstoï entre à l'université de Kazan, Faculté des Langues orientales.

1845 Il passe à la Faculté de droit.

1847 Il quitte l'Université sans achever ses études et rentre à Iasnaïa Poliana. Ce domaine, qui faisait partie de la dot de sa mère, lui revient après le partage de la succession avec sa sœur et ses frères. Tolstoï commence à tenir son journal intime.

1848 Premier voyage à Saint-Pétersbourg.

1851 Tolstoï part pour le Caucase dont les Russes consolident la conquête. Il y partage la vie des officiers d'artillerie. Il y commence, en été, la première partie de son autobiographie romancée : *Enfance.*

1852 *Enfance* paraît dans la revue radicale *Le Contemporain* dont les principaux animateurs sont le poète Nekrassov et le fouriériste Tchernychevski. Tolstoï commence *Le Roman d'un propriétaire russe* qui demeura inachevé ; il continue à travailler à son autobiographie et écrit des récits caucasiens.

1853 *Le Contemporain* publie un de ses récits : *L'Incursion.*

1853-1855 Nicolas Ier engage la guerre d'Orient en lançant des troupes sur les principautés danubiennes.

1854 Tolstoï se fait muter à l'armée du Danube. Promu sous-lieutenant, il est affecté, sur sa demande, à l'armée de Crimée et assiste au siège de Sébastopol. *Le Contemporain* publie *Adolescence.*

1855 *Les Récits de Sébastopol* paraissent dans *Le Contemporain* et font sensation. Pour la première fois en Russie, la guerre y est représentée sans auréole, dans son absurdité et sa cruauté.

1856 Tolstoï prend sa retraite et s'installe à Iasnaïa Poliana. Il publie sous le titre : *La Matinée d'un propriétaire*, un fragment de roman commencé. Il offre la liberté à ses paysans mais ceux-ci la refusent, craignant un piège.

1857 Il fait un premier voyage de plusieurs mois à l'étranger, visite l'Allemagne, la France, la Suisse et l'Italie du Nord, écrit *Lucerne* et formule de vives critiques : il accuse l'Occident d'être matérialiste, indifférent à l'art et impitoyable à l'être humain.

1858 Publication de *Trois Morts*, nouvelle.

1859 Début de l'activité pédagogique de Tolstoï. À l'école qu'il a fondée à Iasnaïa Poliana, il instruit lui-même les enfants de ses paysans.

1860-1861 Second voyage à l'étranger. Pendant neuf mois Tolstoï visite l'Allemagne, la France, l'Italie, Londres et Bruxelles en étudiant partout les méthodes pédagogiques. Il rejette tous les systèmes d'éducation européens qu'il juge fondés sur la contrainte, et bâtit le sien : égalité, liberté, accord avec la nature.

1861 Tolstoï se trouve à l'étranger au moment où, par le manifeste du 19 février, Alexandre II abolit le servage. La réforme déçoit les paysans, obligés de racheter leur lot, et fait beaucoup de mécontents. Un corps de médiateurs de paix bénévoles est créé, en vue d'appliquer la réforme avec le moins de heurts possible. Tolstoï assume les fonctions de médiateur, mais les propriétaires fonciers se plaignent de lui : ils prétendent qu'il favorise les paysans et qu'il finira par provoquer leur soulèvement.

1862 Il résigne ses fonctions de médiateur de paix. Pendant tout ce temps il poursuit son travail à l'école paysanne et fonde une revue pédagogique : *Iasnaïa Poliana.* Son activité paraît dangereuse aux autorités. Il est soumis à une surveillance policière. La police perquisitionne pendant deux jours à Iasnaïa Poliana, sans rien trouver de compromettant. En septembre, il épouse Sophie Andréïevna Bers, âgée de vingt ans, fille d'un médecin de Moscou.

1863 Dans les années qui suivent, il s'adonne assidûment à l'agriculture, cherche à faire prospérer son domaine, l'arrondit, acquiert d'autres terres, s'occupe d'élevage. Il publie une de ses plus belles nouvelles : *Les Cosaques*, où il affirme la supériorité des êtres primitifs. *Polikouchka*, récit d'une tragédie paysanne, paraît cette même année où Tolstoï écrit la première version de *Kholstomier* (*L'Histoire d'un cheval*), histoire d'un cheval dont la vie noble et naturelle est opposée à celle de ses propriétaires successifs.

1863-1868 Années de travail sur *La Guerre et la Paix*, épopée des guerres napoléoniennes vues du côté russe. Tolstoï fait alterner la représentation de personnages d'une vérité psychologique et physique étonnante avec sa philosophie de l'histoire : il oppose à l'impuissance et à la vaine présomption des grands personnages tel Napoléon, la sagesse du peuple incarnée par Platon Karataïev qui se soumet aux événements.

1865-1868 *La Guerre et la Paix*, sous le titre : *1805*, paraît dans la revue conservatrice *Le Messager russe* (Tolstoï s'est séparé des libéraux et des radicaux du *Contemporain*).

1866 Tolstoï assure la défense du soldat Chibounine, jugé dans un domaine voisin par le tribunal militaire pour avoir frappé un officier. Cependant Chibounine est condamné à être fusillé.

1866 *La Guerre et la Paix* paraît en volume.

1873-1877 Tolstoï travaille à *Anna Karénine*, vaste fresque de la noblesse de son temps. Le thème moral et psychologique de l'adultère s'enrichit du récit des scrupules moraux, religieux et sociaux de Levine, principal héros du roman, ainsi nommé par l'auteur d'après son propre nom, Lev.

1875-1877 *Anna Karénine* paraît dans *Le Messager russe* et en 1878, en volume.

1880-1882 Tolstoï traverse une violente crise morale et religieuse. Il s'élève contre l'iniquité de structures sociales, l'égoïsme des possédants, la misère de la paysannerie ; il proteste contre l'arbitraire de l'autocratie et l'oppression exercée par les classes dirigeantes ; il condamne l'Église établie, ses connivences avec les grands de ce monde et le formalisme de la religion officielle ; il fait enfin le procès de l'art, qui, au lieu de servir le peuple, fait appel à la sensualité des oisifs. Ces idées sont exposées dans *Confession* (1880-1882), *L'Église et l'État* (1881), *Quelle est ma foi?* (1880-1884), *Que faire?* (1884-1886).

1881 *1er (13) mars.* Alexandre II est tué par les révolutionnaires terroristes. Tolstoï adresse à Alexandre III une lettre lui demandant la grâce des meurtriers.

1881-1886 Tolstoï publie une série de récits et de contes moralisateurs écrits pour le peuple, dans la langue du peuple, pittoresque et savoureuse.

1882 Soucieux de l'instruction de leurs enfants, les Tolstoï s'installent à Moscou. Les années suivantes, ils ne retourneront à Iasnaïa Poliana qu'en été. L'écrivain prend part au recensement de la population ; il voit de près, pour la première fois, la misère des grandes villes et il en est bouleversé. Plus que jamais son idéal est le retour à la vie agricole patriarcale. Il est officiellement placé sous la surveillance de la police.

1886 *La mort d'Ivan Ilitch*, nouvelle qui montre l'horreur de la mort après une existence vide. *La Puissance des Ténèbres*, sombre drame de la cruauté et de l'abrutissement de la paysannerie arriérée, et son choc avec les nouvelles forces industrielles et capitalistes que l'auteur condamne aussi durement. *Les Fruits de l'Instruction*, comédie (retravaillée en 1889), satire de la bêtise et de l'ignorance d'une société riche et oisive adonnée au spiritisme. Les gens de maison et les paysans, pleins de bon sens, profitent de la crédulité de leurs maîtres.

1887-1889 *La Sonate à Kreutzer*, nouvelle : condamnation du mariage et de l'amour charnel.

1889-1890 *Le Diable*, nouvelle : un homme marié se suicide pour échapper à la tentation.

1891 Tolstoï déclare publiquement renoncer à ses droits d'auteur pour ses œuvres écrites après 1881.

1891-1893 Traité moral et religieux : *Le Royaume de Dieu est en nous*. Exposé de la doctrine tolstoïenne de non-résistance.

1891, 1893, 1898 En ces années, les gouvernements du Centre sont frappés par de terribles famines consécutives aux mauvaises récoltes. Tolstoï participe à l'action d'aide aux paysans et publie à cet effet une série d'articles. Il écrit à Alexandre III, puis à Nicolas II (qui lui a succédé en 1894) pour protester contre les mesures répressives appliquées par le régime tsariste.

1897 *Qu'est-ce que l'art ?* Traité théorique condamnant les artifices des arts et des lettres.

1898 *Le Père Serge.* Cette nouvelle, qui renferme l'essence de sa philosophie, ne sera publiée qu'en 1911.

1899 Le roman *Résurrection* paraît dans la revue très répandue

Niva. Problème du renouveau moral individuel et violente critique de la société et des institutions, en particulier de l'Église et de la justice.

1900 *Résurrection* paraît en volume, avec de nombreuses coupures. *Le Cadavre vivant*, drame qui expose la pourriture de la famille bourgeoise.

1901 Tolstoï est excommunié par le Saint-Synode.

1901-1902 Après une grave maladie, Tolstoï se rend en Crimée pour y passer sa convalescence ; il y fréquente Tchékhov et Gorki.

1903 *À propos de Shakespeare et du drame*, traité critique condamnant violemment l'auteur du *Roi Lear*, le théâtre et en général toute littérature. *Hadji Mourat*, nouvelle : épisode de la résistance des montagnards du Caucase à leurs conquérants russes. Les êtres simples en face des civilisés.

1905 *Octobre*. La première révolution russe éclate, bientôt cruellement réprimée. Ennemi de l'autocratie et apôtre du renouveau total des hommes et des institutions, Tolstoï ne s'en élève pas moins contre la révolution : il n'accepte ni la violence de ses moyens, ni ses préférences pour le prolétariat industriel. Il préconise le partage des terres entre les paysans, mais ne veut pas que leur soient accordées les libertés politiques « pervertissantes ». Il travaille à ses *Souvenirs*.

1908 *Je ne puis me taire !* Révolté par la terrible réaction qui sévit, Tolstoï jette ce cri de véhémente protestation contre les condamnations massives à la peine capitale. Au cours de ces dernières années, il n'a cessé de déplorer l'« abomination » de son propre mode d'existence. Il éprouve le besoin de mettre en harmonie ses idées et sa vie.

1910 *28 octobre (10 novembre)*. Il quitte secrètement Iasnaïa Poliana pour une destination inconnue. Il tombe malade à la petite station ferroviaire d'Astapovo, gouvernement de Riazan. Il meurt le 7 (20) novembre. Ses funérailles civiles se déroulent à Iasnaïa Poliana le 9 (22) novembre.

NOTICE

Anna Karénine se situe au cœur du drame de la vie de Tolstoï, au moment le plus aigu de la lutte intérieure qui se poursuit en lui depuis toujours (pour nous, depuis qu'il a pris la plume), entre l'artiste et le moraliste, entre le poète et le prophète, entre l'homme de la terre apte à goûter toutes les joies de la vie avec la plus grande intensité et l'ascète qui tend vers un dépouillement de plus en plus total, jusqu'à la fuite finale et la mort dans la petite gare d'Astapovo.

Ces deux forces opposées cohabitent en lui et dominent tour à tour, se relayant mutuellement : il est tantôt livré à l'une, tantôt livré à l'autre, ne trouvant l'équilibre que dans l'action physique : la chasse, les travaux des champs qui en l'épuisant font taire momentanément ces deux voix angoissées. Ainsi, pendant qu'il écrit *Anna Karénine*, il est profondément divisé : d'un côté, il souhaite achever l'œuvre au plus vite, faire place nette pour les problèmes urgents qui l'assaillent, essentiellement le problème religieux : qui est Dieu ? Et peut-il croire en Lui ? Mais de l'autre l'artiste est poussé par une force *presque* incompréhensible à parachever l'œuvre, à la rendre aussi parfaite que possible. Les sentiments qu'il a vis-à-vis de son travail sont contradictoires : tantôt il le chérit, tantôt il l'exècre.

La crise la plus spectaculaire éclate à peu près au moment où il a écrit la moitié du roman. Écrivain de réputation mondiale, apparemment comblé de tous les biens, il remet en cause son œuvre et sa vie, est pris d'une sorte de vertige devant l'éternelle question : à quoi bon ? songe au suicide.

Il termine cependant le roman... non sans peine. D'ailleurs, *Anna Karénine* n'est pas vraiment achevé, pas plus que *La Guerre et la Paix* ou *Résurrection*, l'œuvre reste ouverte, la suite logique en étant la *Confession*, publiée en 1878.

Mais c'est la fin de la période où les impulsions contraires se maintiennent en lui dans un relatif équilibre. Au cours de l'hiver 1879-1880, Tolstoï condamne l'art solennellement. Les tendances pédagogiques, moralisatrices, vont prendre le dessus, le prédicateur interviendra de plus en plus souvent. *Résurrection* qui contient encore d'admirables passages, est troué ici et là par la présence insolite de blocs de prédication, de revendication de justice qui montrent bien le mépris royal dans lequel Tolstoï tient les canons de l'art.

Tolstoï vient de mettre le point final à l'épilogue de *La Guerre et la Paix*, non point inventé, mais « arraché de ses entrailles » et déjà, en tâtonnant de tous côtés, car c'est là sa manière, il cherche de nouvelles sources d'inspiration. Il relit les Bylines ou contes russes pour son livre de lecture enfantine. Il songe au genre dramatique et se plonge dans Shakespeare, Goethe, Pouchkine, Gogol, Molière. Le voilà qui se passionne pour la figure de Pierre le Grand, et il souhaite d'écrire une pièce sur le premier empereur russe. Mais d'autres velléités le sollicitent, comme nous le montre cette note du journal de la comtesse Tolstoï, datée du 24 février 1870 :

« Hier soir, il m'a dit qu'il avait entrevu un type de femme mariée, de la haute société, mais qui se serait perdue. Il m'a expliqué que le problème pour lui était de la peindre uniquement digne de pitié et non coupable, et que, dès que ce type s'était présenté à lui, tous les personnages et les types d'hommes qu'il avait envisagés auparavant avaient trouvé leur place et s'étaient groupés autour de cette femme. “ Maintenant, tout s'est éclairé ”, m'a-t-il dit. »

C'est la première allusion à Anna Karénine, mais il faudra attendre trois ans avant que s'anime pour lui non seulement cette femme « digne de pitié », mais toute la société qui l'entoure.

Il y a son *Alphabet*, recueil d'exercices pédagogiques et de récits destinés aux enfants des campagnes pour lesquels il travaille son style comme jamais, soucieux de n'employer, pour le peuple, que la langue du peuple qu'il admire, avec ses dictons, ses tournures elliptiques, imagées, savoureuses.

Puis l'été, comme toujours, l'arrache aux livres.

« Grâce à Dieu, cet été, je suis bête à manger du foin, écrit-il à son ami Fet. Je travaille, je scie du bois, je bêche, je fauche, et ne pense ni à l'horrible littérature ni aux littérateurs. »

L'horrible littérature le reprend en automne. La pièce sur Pierre le Grand est devenue roman et Tolstoï, avec cette soumission au réel qui caractérise tous les grands écrivains russes (il disait qu'il ne pouvait comprendre un personnage s'il ne savait pas comment il boutonnait son caftan), accumule notes, documents sur cette époque.

Un travail intérieur opiniâtre s'effectue en lui ; des rêves insensés, impossibles, le désir d'accomplir quelque chose qui soit au-dessus de ses forces le soulèvent. Le lendemain, il se demande s'il est encore capable d'écrire quoi que ce soit. Puis son désœuvrement lui fait honte et il se lance dans une nouvelle direction.

En décembre, il commence à apprendre le grec avec un séminariste, fait des progrès stupéfiants en quelques mois, en sait bientôt plus que son professeur, lit Xénophon, se jette dans Platon et dans Homère, y passe ses nuits et fait part à son entourage de ses découvertes. La perfection grecque le fait rêver d'une œuvre sans défaut où il n'y aurait rien de superflu. Peut-être pourrait-il la situer aux débuts de l'histoire russe ? Et il relit les « Vies des saints » où il trouve « la véritable poésie russe ».

Mais sa santé est atteinte, il a des rhumatismes, il tousse, il est pris d'étranges dégoûts, la vie lui est à charge... Il va consulter un médecin qui lui conseille une cure de *koumis*, ce lait de jument que les femmes des Bachkirs nomades mettent à fermenter dans des outres de cuir et qui passait pour avoir de grandes vertus fortifiantes. Tolstoï va passer une partie de l'été 1871 dans la steppe de Samara, y vit sous la tente, chasse le canard sauvage et bavarde avec les Bachkirs, ces « Scythes lactophages » auxquels il trouve « une odeur d'Hérodote ». Cette vie lui plaît tellement qu'il achète de grandes étendues de terre non loin de Samara. Il y reviendra jusqu'en 1878, parfois accompagné de toute sa famille et adjoindra un haras à son domaine. Car, s'il ne s'intéresse plus guère à l'administration de ses terres, Tolstoï est encore le grand propriétaire qui jouit de ses biens sans trop de scrupules.

En janvier 1872, une jeune femme, Anna Pirogova, abandonnée par son amant Bibikov, voisin et ami des Tolstoï, alla se jeter sous un train de marchandises à la gare de Iassenki, non loin de Iasnaïa Poliana. Tolstoï qui tant de fois déjà, à Sébastopol, puis plus tard, au chevet de son frère Nicolas, a interrogé le visage de la mort ne peut se retenir, cette fois encore, de s'approcher du mystère qui pèse si lourdement sur lui. Il va assister à l'autopsie du corps déchiqueté dans un des bâtiments de la petite gare. L'impression est terrible.

La première édition de son *Alphabet* auquel il a travaillé toute l'année lui apporte des déceptions, les critiques le trouvant vraiment trop peu conformiste. Mais Tolstoï ne se détourne pas pour autant de la pédagogie : il rouvre l'école de Iasnaïa Poliana, fermée depuis des années et forme une équipe d'instituteurs selon ses méthodes.

Le roman sur Pierre le Grand n'avance pas. Il se perd dans le dédale de ses notes, s'indigne contre le « faux point de vue héroïque » des historiens de cette époque, peine sur son travail, ce « labour profond » du champ qu'il est « obligé » d'ensemencer. Il remanie le début de son récit vingt et une fois sans en être jamais satisfait. *La Guerre et la Paix*, relu à ce moment, lui inspire un sentiment de honte et de remords « ... comme devant une orgie à laquelle on a pris part... » Il faudrait tout récrire maintenant, sur ce « fond de tableau » (c'est nous qui soulignons). Et soudain, le 18 ou 19 mars 1873, il commence *Anna Karénine*. Tolstoï raconte lui-même, dans une lettre au critique Strakhov, de quelle façon il fut amené à entreprendre cette œuvre. Comme il cherchait une lecture pour son fils Serge, sa femme lui avait apporté les *Récits de Bielkine* : « J'ai pris ce tome de Pouchkine et, comme toujours (je crois que c'est la septième fois !), je l'ai relu en entier, sans avoir la force de m'en arracher. Il m'a semblé le lire avec des yeux nouveaux. Bien plus, cet ouvrage a en quelque sorte dissipé tous mes doutes. Je crois que jamais Pouchkine, jamais rien ne m'a inspiré un tel enthousiasme. Le *Coup de pistolet*, les *Nuits d'Égypte*, la *Fille du capitaine !* Et le fragment : *Les invités s'étaient réunis dans la villa !* Malgré moi, sans intention, sans même savoir ce qu'il en résulterait, j'ai imaginé des personnages et des événements, puis, bien entendu, j'ai modifié et, soudain, tout s'est enchaîné si heureusement, si étroitement qu'il en est sorti un roman, vivant, passionné, achevé. J'en suis très content et il sera prêt dans quinze jours, si Dieu le permet. Il n'a rien de commun avec tout ce avec quoi je me débats depuis un an. »

Mais Tolstoï vit bientôt qu'il s'avançait beaucoup en annonçant que son roman serait terminé en quinze jours et la lettre ne fut pas envoyée. Dans une autre lettre, écrite un peu plus tard à Strakhov, il répète que l'idée de ce roman, « le premier de sa vie », lui est venue « malgré lui, grâce au divin Pouchkine ». La vivacité de l'entrée en matière de Pouchkine, sans le moindre préambule, dans le fragment : *Les invités s'étaient réunis dans la villa*, lui a donné l'impulsion décisive qui l'a jeté à sa table de travail.

Il écrit d'abord dans la joie. Après les doutes de ces dernières années, il sent qu'il est de nouveau à sa place, qu'il tend vers un but, qu'il obéit à une injonction supérieure. Mais ensuite commence la longue et pénible gestation de l'œuvre, sans cesse interrompue, qui durera de 1873 à 1877.

Pendant l'été 1873, Tolstoï retourne faire sa cure de *koumis* dans la steppe de Samara. La région est menacée par la famine et Tolstoï, après une enquête personnelle autour de son domaine, fait publier dans les journaux un appel aux gens de bonne volonté. Les dons ainsi rassemblés s'élèvent à environ deux millions de roubles, à des centaines de tonnes de pain.

De retour à Iasnaïa Poliana, il prépare une réédition de son *Alphabet* en plusieurs fascicules, où seront séparés les exercices pédagogiques et les *Quatre livres de lecture*. Sous cette forme, l'ouvrage aura beaucoup de succès.

Sa renommée de grand écrivain est bien établie. Le peintre Kramskoï vient faire son premier portrait officiel pour la Galerie Tretiakov. Il y est assis, en blouse paysanne, le visage incliné, pensif, le regard à la fois attentif et lointain, « ressemblant à faire peur », dit la comtesse Tolstoï.

« Je ne finirai pas le roman avant l'automne », avait-il écrit à Strakhov avant de partir pour Samara. En septembre, entre deux parties de chasse avec son ami Obolenski, il lui écrit de nouveau : « Je ne pense pas terminer avant l'hiver. J'ai besoin d'une lumière intérieure, qui toujours me fait défaut en automne. »

Il travaille beaucoup pendant les mois qui suivent et, au début de l'année 1874, la comtesse Tolstoï commence à recopier le manuscrit que, selon son habitude de toujours, Tolstoï rature sans fin. En février, la première partie du roman est terminée et il va la porter à son éditeur à Moscou.

En même temps, il fait des démarches auprès du ministre de l'Instruction publique pour faire accepter son programme d'études dans les écoles des campagnes. Et, de retour chez lui, il se plonge dans la composition d'une grammaire. En mai, son roman est arrêté. Il lui déplaît profondément. Il prépare une « profession de foi pédagogique » (ce sera son article sur l'instruction du peuple, qui l'occupera toute l'année et qui aura beaucoup de retentissement). Il veut même arrêter l'impression d'*Anna Karénine*. Mais Strakhov, lors d'un séjour à Iasnaïa Poliana, est enthousiasmé par le début du roman et le persuade d'y revenir. Il y travaille en juillet, puis l'abandonne de nouveau. « C'est odieux, abject. » Strakhov, de loin, l'exhorte de plus belle. « Quoi que vous écriviez, ce qui me frappe chez vous, c'est une extraordinaire fraîcheur, une originalité absolue. Comme si, d'une période de la littérature, je sautais brusquement dans une autre. »

L'hiver passe ainsi. Tolstoï travaille à son livre par à-coups, quitte soudain sa maison pour chasser le loup et, quand il revient, se plonge dans la pédagogie : la rédaction d'une grammaire, d'une arithmétique, la formation d'instituteurs selon ses vues, l'enseignement direct aussi : « Il faut sauver ces Pouchkine, ces Lomonossov qui se noient et qui fourmillent dans chaque école. » « Il m'est impossible de m'arracher à des êtres vivants pour m'occuper de créatures imaginaires. »

Enfin, en décembre 1874, il a promis son roman au *Messager russe*, où il commencera à paraître en feuilleton à partir du mois de janvier. Bon gré, mal gré, il lui faut continuer.

La parution des premiers chapitres d'*Anna Karénine* éveille tout de suite un grand intérêt et Tolstoï en est étonné. Il pensait que sa réputation tomberait après ce livre. Il est d'ailleurs de plus en plus indifférent au succès, mais, en même temps, il sait défendre avec force la singularité de sa pensée, celle de son style. Car les lecteurs ne sont pas unanimes. Le réalisme de certaines scènes : l'auscultation de Kitty, le chapitre célèbre qui suit la séduction d'Anna semblent très audacieux et même cyniques pour l'époque. « Ce réalisme est ma seule arme, répond Tolstoï... Ce chapitre est un de ceux sur lesquels repose tout le roman. S'il est faux, alors tout est faux. »

Avant l'été, les deux premières parties et le début de la troisième partie d'*Anna Karénine* sortent dans le *Messager russe*, accueillies avec un enthousiasme sans cesse grandissant, et les amis trouvent à Levine (le nom Levine vient de Lev, le propre prénom de Tolstoï) une grande ressemblance avec l'écrivain. On compare celui-ci aux plus grands, à Pouchkine, à Gogol.

Mais Tolstoï n'est plus sensible aux louanges. Une sorte de torpeur semble l'habiter. Le sourd travail intérieur qui a commencé dans les années 70 se poursuit en lui. Où réside le bien ? Quel est le sens de cette vie si elle se termine par la mort ? Cette mort l'environne de tous côtés. Depuis deux ans, il a perdu déjà deux enfants, une nièce qu'il chérissait, sa tante Ergolskaïa qui lui a tenu lieu de mère. Enfin, la naissance prématurée d'une petite fille qui ne vit que quelques heures met les jours de sa femme en danger : « Terreur, effroi, mort, gaieté des enfants, nourriture, agitation du docteur, imposture, mort, effroi... » Et le mot religion revient de plus en plus souvent sous sa plume. Il envie la sérénité des croyants. Vivre sans la foi est un horrible tourment... mais il ne peut pas croire.

Quand il se ressaisit, son œuvre lui semble solide. Les fondations sont en place. Ah ! si quelqu'un pouvait terminer pour lui cette *Anna Karénine* exécrée ! Il a hâte maintenant de s'en débarrasser pour faire place au problème philosophique et religieux, de plus en plus pressant. Déjà, il commence son enquête, lit, questionne...

La fin de l'hiver, le printemps sont les moments de l'année où il travaille le mieux. Il faut avancer. En 1876, le *Messager russe* publie la fin de la troisième partie, la quatrième et la cinquième partie d'*Anna Karénine*. Le succès est prodigieux, insensé. « Vous nourrissez des affamés, lui écrit Strakhov, des gens qui mouraient de faim depuis longtemps. » Cette société se sent observée par un regard pénétrant, impitoyable, et jugée.

En 1877 paraissent la sixième et la septième partie du roman. À partir du mois de mars, il travaille à la huitième partie ou épilogue et annonce que le livre est pratiquement terminé. Fait remarquable, qui montre bien l'aisance de Tolstoï et la profonde imbrication de son œuvre et de la vie, cet épilogue est inventé au moment de la guerre russo-turque de 1877 qui inquiétait beaucoup Tolstoï, c'est-à-dire à la faveur d'événements survenus alors que les sept huitièmes de l'œuvre étaient déjà publiés ! Mais Katkov, le directeur de la revue, refuse de publier tel quel le passage où Levine s'étonne de l'engouement subit d'une société oisive pour les « frères slaves ». Tolstoï essaya par deux fois de remanier son texte, puis finalement le reprit et le fit éditer à part. Dans le numéro de juin du *Messager russe*, une note de la rédaction *raconta* la fin d'*Anna Karénine*. Le roman fut publié en édition séparée en janvier 1878.

L'épilogue d'*Anna Karénine* révèle la gravité de la crise que traverse Tolstoï. Les tourments de Levine en quête d'une foi sont ses propres tourments : la vie, sans but, sans justification, lui paraît soudain absurde, toute activité inutile et cet écrivain au sommet de sa gloire, en pleine force, entouré d'une famille apparemment heureuse, d'un immense public, ne voit plus devant lui que le néant. Il est hanté par l'idée du suicide, devenue pour lui une « idée séduisante ». Il ne chasse plus qu'avec son chien, sans fusil, et fait même cacher toutes les cordes de la maison, de peur de ne pouvoir résister à l'envie de se pendre, le soir, à la poutre qui sépare les deux armoires de sa chambre. Cette crise terrible durera des mois. Il ne la surmontera qu'aux environs de l'année 1880, époque de sa « seconde naissance ».

Le grand tournant est amorcé, la quête religieuse commence. Tolstoï se force à pratiquer, va consulter le staretz Ambroise à l'ermitage d'Optina Poustyne. Ses succès d'écrivain, sa famille, si nombreuse maintenant, sa fortune lui pèsent. Il aspire à un dénuement de plus en plus grand.

Paradoxalement, c'est dans la période la plus troublée de sa vie que Tolstoï écrit son œuvre la plus harmonieuse, la mieux composée, la plus parfaite sur le plan de cet art qu'il va bientôt condamner et considérer comme une source de corruption.

Pendant qu'il l'écrivait, il répétait que ce livre ne plairait pas, qu'il était « trop simple, trop insignifiant ». Il voulait sans doute dire par là que la matière de l'ouvrage était purement romanesque, non philosophique. Anna Karénine est tout entier situé dans la vie terrestre, dans les perceptions claires. C'est ce qui fait sa grâce et son unité.

Le roman tolstoïen est toujours amplifié par des préoccupations morales et religieuses, inséparables de sa vision. Elles sont présentes ici aussi, mais elles se fondent avec souplesse dans le récit. La double intrigue, voulue dès le début, qui lui permet d'étudier le mariage de deux points de vue différents (les premiers brouillons étaient intitulés *Deux Mariages*, *Deux Couples*), laisse beaucoup de jeu à l'écrivain, créant tout un monde et lui évitant les détours d'une démonstration. Le parallèle entre la liaison condamnable d'Anna et de Vronski, au milieu d'une société corrompue, et la vie familiale quasi exemplaire de Levine et de Kitty à la campagne, parle par lui-même sans qu'il soit nécessaire de souligner la thèse.

Mais le destin d'Anna est décrit avec tant de liberté, de sensibilité, qu'elle se présente à nous comme sortant de la plénitude de la vie elle-même, sans que nous puissions porter sur elle de jugement de valeur. Nous ne sentons qu'indirectement, en dernière extrémité la réprobation qui pèse sur elle. C'est comme si Tolstoï l'artiste avait trahi Tolstoï le moraliste, au moment précis où les exigences éthiques, religieuses, le pressent avec le plus de force. C'est comme s'il avait cédé, malgré lui, à son génie poétique.

Le domaine de Levine, avec l'harmonie qu'il s'efforce d'y établir, dans une vie aussi proche que possible de la nature, des besoins réels des hommes, est la dernière halte sereine dans l'œuvre de Tolstoï, pénétrée comme toute la pensée russe du sentiment apocalyptique, de la conviction de l'imminence d'une catastrophe. Les œuvres ultérieures, les grandes nouvelles (*La mort d'Ivan Ilitch*, *Le Père Serge*, *La Sonate à Kreutzer*, *Maître et Serviteur*) et *Résurrection* sont plus tragiques, plus sombres. Tolstoï se rapproche de plus en plus de cet absolu vers lequel il tend depuis toujours.

Sylvie Luneau.

PLAN ET VARIANTE[1]

*Tolstoï, toujours anxieux d'établir un rapport aussi étroit que possible entre sa pensée et son langage (soucieux non d'élégance, mais de précision, de vérité), revoyait inlassablement ses textes. Les variantes d'*Anna Karénine *occupent dans l'édition du Jubilé un volume de six cents pages.*

Nous donnons ici le plan numéro deux, très différent de la version définitive (Alabine est devenu Oblonski, Ordyntsev Levine, Oudachev Vronski) et les passages essentiels de la variante trois, la première qui survole tout le récit, sans inclure encore le roman Levine-Kitty. Les personnages y sont assez éloignés de ceux que nous connaissons, avec un certain cachet d'orientalisme. Anna Karénine s'appelle alors Tatiana Serguéievna Stavrovitch, son mari s'appelle Michel Mikhaïlovitch, Vronski s'appelle Balachev ou Gaguine. Nous trouvons déjà dans cette esquisse un tableau assez poussé des courses et cette analyse aiguë de la haute société, proustienne avant la lettre, propre à Tolstoï.

PLAN N° 2

1. Querelle entre Oblonski et sa femme. Levine la demande, Anna rétablit la paix. Le bal. Départ pour Pétersbourg.
2. Soirée à Pétersbourg, explication. Scène avec son mari. Les médecins l'envoient à l'étranger. Attirance de la campagne.
3. C'est accompli. Les foins. Rencontre dans la voiture Offense (?) du mari. Les courses. Explication avec le mari.
4. Alexis Alexandrovitch part pour divorcer. Dîner chez Oblonski. Les nihilistes à Pétersbourg. L'accouchement, le pardon.

1. Traduits par Sylvie Luneau.

5. Mariage de Kitty et de Levine. Le sort de Vronski et d'Anna se décide.

6. Marié à la campagne. La chasse. Visite de Dolly. La vie d'Anna avec Vronski. Markiévitch, récit sur l'existence à Pétersbourg.

7. À Moscou, les couches de Kitty. La vie d'Anna. Scène au sujet des nihilistes. Retour à Pétersbourg, entrevue avec son mari et son fils et mort de l'enfant.

(7). La loge, l'éclat d'Anna, l'affront. Il lui fait une scène. Mort de l'enfant. Il n'y a plus de raison de vivre. Installation d'Oblonski et de sa femme et des Levine à Pétersbourg.

(8). (Entrevue avec son mari et son fils. À la villa. Jalousie envers Kitty. La mère. La mort.)

8. Les Levine et les Alabine à Moscou. Vronski arrive chez sa mère. Il va chez Levine, Anna (ses tourments) (la mort de l'enfant). Tortures de la jalousie. La mère La mort.

(1. Chez Oudachev. 2. Querelle, jalousie. 3. Chez les Oudachev. Ce n'est que de la sensiblerie. Il faut partir pour Pétersbourg.)

Quatrième partie

1. Alexis Alexandrovitch au ministère, dans le monde. Il voit sa femme au Jardin d'Hiver. Le petit garçon, la sœur.

2. (Affront dans le) Jardin d'Hiver, succès. L'affront : calèche ou loge, succès d'Anna. Oudachev lui fait une scène.

3. Ordyntsev vient à Pétersbourg pour son vieux père paralysé. Le bonheur se heurte à la sottise. Ils ne redoutent plus une rencontre avec les Oudachev. (Anna. Le Club. Oudachev joue.) LES DEUX MARIS renoncent.

4. Alabine à Pétersbourg. Oudachev joue avec Grabe, revient à la maison. Les nihilistes. Scène.

5. Sa mère, Anna se tourmente ; il part s'expliquer avec sa mère. Tentation au sujet de Grabe.

6. Anna revoit son mari et son fils, elle est jalouse.

7. (La mort). Elle se prépare à quitter la maison pour aller se tuer.

8. Les Ordyntsev, Alabine et Alexis Alexandrovitch sont mis au courant.

9. Épilogue.

VARIANTE N° 3

I

La jeune maîtresse de maison venait à peine de monter l'escalier, tout essoufflée, et n'avait pas encore eu le temps d'ôter sa pelisse de zibeline et de dire au maître d'hôtel de servir le thé dans le grand salon que déjà la porte s'ouvrait pour laisser entrer un général et sa jeune femme et qu'on entendait un autre landau s'arrêter devant le perron. La maîtresse de maison se borna à adresser un sourire à ses hôtes (elle venait de les voir à l'Opéra et les avait invités) et, dégageant hâtivement de sa petite main gantée une dentelle retenue par une agrafe de sa pelisse, elle disparut derrière une lourde portière.

— Je vais tout de suite arracher mon mari à ses gravures et vous l'envoyer, lança-t-elle derrière la portière, et elle courut dans son cabinet de toilette pour rectifier sa coiffure, se remettre un peu de poudre de riz et se frictionner avec du vinaigre aromatisé.

Le général aux épaulettes étincelantes d'or et sa femme en grand décolleté se rajustaient devant deux miroirs encadrés de fleurs. Deux valets silencieux suivaient chacun de leurs gestes, en attendant le moment d'ouvrir la porte de la galerie. Derrière le général entra un diplomate myope, au visage fatigué, et tandis qu'ils bavardaient en traversant la galerie, la maîtresse de maison, qui avait cette fois extrait son mari de son cabinet, venait dans un bruit de jupes à la rencontre de ses invités, sur le tapis épais du grand salon. La société se réunit dans la douce lumière étudiée de la pièce.

— Je vous en prie, ne parlons pas de Viardot. J'en ai par-dessus la tête. Kitty m'a promis de venir. J'espère qu'elle tiendra parole. Asseyez-vous ici près de moi, prince. Il y a si longtemps que je ne vous ai entendu épancher votre bile.

— Oh ! j'y ai renoncé depuis longtemps. Je suis vidé.

— Vous auriez pu au moins en garder une réserve pour vos amis.

— Elle a un côté très plastique, disait-on dans un autre coin.

— Je n'aime pas ce mot.

— Puis-je vous offrir une tasse de thé ?

Sur le tapis moelleux on contourne les fauteuils et on s'approche de la maîtresse de maison pour prendre une tasse de thé. Cette dernière, son petit doigt rose en l'air, tourne le robinet du samovar en argent et fait passer les tasses de Chine transparentes.

— Bonjour, princesse, dit une faible voix derrière le dos d'une des assistantes. C'est le maître de maison qui a quitté son cabinet.

Qu'avez-vous pensé de l'opéra, c'était *la Traviata*, je crois ? Ah ! non, *Don Juan*.

— Vous m'avez fait peur, comment peut-on surprendre les gens ainsi ! Bonjour.

Elle pose sa tasse pour lui tendre une main fine aux doigts effilés et roses.

— Ne me parlez pas de l'opéra, de grâce, vous n'y comprenez rien.

Le maître de maison salue les autres invités et s'assied à un coin de table éloigné de sa femme. La conversation ne tarit pas. On parle de Stavrovitch et de sa femme et, bien entendu, on en dit du mal, autrement ce ne serait point le sujet d'un entretien gai et spirituel.

— Quelqu'un a dit, fit un aide de camp, qu'un peuple avait toujours le gouvernement qu'il méritait ; il me semble que les femmes elles aussi ont toujours le mari qu'elles méritent. Notre ami commun Michel Mikhaïlovitch Stavrovitch est un mari que mérite sa jolie femme.

— Oh ! En voilà une théorie ! Pourquoi donc ne serait-ce pas le mari qui aurait la femme qu'il...

— Je ne dis pas le contraire. Mais Mme Stavrovitch est trop belle pour avoir un mari capable d'apprécier...

— De plus, il a une mauvaise santé.

— Ce que je ne comprends pas, reprit une dame, c'est qu'on reçoive Mme Stavrovitch partout. Elle n'a rien, ni nom, ni *tenue*, qui vaille qu'on lui pardonne.

— Et il y a quelque chose à lui pardonner. Ou il y aura.

— Mais avant que la société ne résolve cette question, il est d'usage que le mari accorde ou non son pardon, or il semble ne pas même voir qu'il y a quelque chose à pardonner.

— On la reçoit parce qu'elle est le sel de notre société sans levain.

— Elle tournera mal et j'ai franchement pitié d'elle.

Quelqu'un prononça cette phrase si banale :

— Elle a mal tourné.

— Mais lui, il est tout ce qu'il y a de plus charmant. Ce calme, cette douceur, cette naïveté. Cette amabilité envers les amis de sa femme...

— Chère Sophie. Une dame montra une jeune personne qui ne portait pas de boucles d'oreilles.

— Cette amabilité envers les amis de sa femme, répéta la dame, il doit être très bon. Mais si mon mari et vous tous, messieurs, ne m'aviez pas dit que c'était un homme capable (capable, c'est en quelque sorte un mot cabalistique chez les hommes), j'aurais dit tout simplement qu'il était sot.

— Bonjour, Léonide Dmitritch, dit la maîtresse de maison en faisant un signe de tête derrière son samovar, et elle se hâta d'ajouter à haute voix avec une intention marquée : — Eh bien, votre sœur Mme Stavrovitch viendra-t-elle ?

La conversation qui roulait sur les Stavrovitch se tut en présence du frère.

— D'où venez-vous, Léonide Dmitritch ? Des Bouffes, je parie ?

— Vous savez que ce n'est pas convenable mais il n'y a rien à faire, je m'ennuie à l'Opéra tandis que là-bas je m'amuse. Et je reste jusqu'à la fin. Aujourd'hui...

— Ah ! non, ne me racontez pas...

Mais la maîtresse de maison ne put s'empêcher de sourire, en réponse au sourire gai et cordial du beau visage de Léonide Dmitritch.

— Je sais que c'est de mauvais goût. Je n'y puis rien...

Et Léonide Dmitritch, redressant sa large poitrine recouverte d'une tunique d'officier de marine, alla rejoindre l'hôte et s'installa à côté de lui après avoir engagé aussitôt un nouvel entretien.

— Et votre femme ? demanda la maîtresse de maison.

— C'est toujours pareil. Elle s'affaire à la nursery ou dans la salle d'étude.

Un instant après, les Stavrovitch entrèrent à leur tour. Tatiana Serguéievna portait une robe jaune garnie de dentelles noires et une guirlande dans ses cheveux. C'était la plus décolletée.

Il y avait à la fois quelque chose de provocant, d'impertinent dans son costume et sa démarche rapide, et quelque chose de simple et de doux dans son beau visage au teint frais et aux grands yeux noirs. Elle avait les lèvres et le sourire de son frère.

— Enfin, vous voilà, dit la maîtresse de maison, où étiez-vous ?

— Nous avons passé à la maison, j'avais un mot à écrire à Balachev. Il va venir.

« Il ne manquait plus que cela », songea la maîtresse de maison.

— Michel Mikhaïlovitch, voulez-vous du thé ?

Le visage de Michel Mikhaïlovitch, blanc, rasé, bouffi et ridé, se plissa dans un sourire qui aurait été hypocrite s'il n'avait été aussi bienveillant et marmotta quelques mots que la maîtresse de maison ne comprit pas. À tout hasard, elle lui tendit une tasse de thé. Il déplia soigneusement la petite serviette et, après avoir remis en place sa cravate blanche et ôté un de ses gants, commença à humer son thé en reniflant. Le liquide était brûlant, aussi releva-t-il la tête pour se mêler à la conversation. On était en train de dire qu'il y avait malgré tout des motifs ravissants dans Offenbach. Michel Mikhaïlovitch se prépara longuement à placer son mot, laissa passer le moment et, pour finir, dit que selon lui Offenbach entretenait avec la musique les mêmes rapports que *Monsieur Jabot* avec la peinture, mais il le dit si inopportunément que personne ne l'entendit. Il se tut, le visage fendu dans un bon sourire, et se remit à boire son thé.

Pendant ce temps, sa femme, son bras nu appuyé sur le velours de son fauteuil et si penchée que son épaule sortait de sa robe, avait une conversation enjouée à voix haute avec le diplomate. Ils échangèrent des propos qu'il ne fût venu à l'idée de personne d'effleurer dans un salon.

— Nous disions tout à l'heure, dit le diplomate, qu'une femme a toujours le mari qu'elle mérite. Est-ce votre avis ?

– Qu'est-ce que cela veut dire, répliqua-t-elle, le mari qu'elle mérite ? Que peut-on mériter quand on est une jeune fille ? Nous sommes toutes les mêmes, nous brûlons toutes de nous marier sans oser l'avouer, nous tombons toutes amoureuses du premier homme qui se trouve sur notre chemin et nous constatons toutes que nous ne pouvons pas l'épouser.

— Et après cette erreur, nous nous croyons obligées d'épouser l'homme dont nous ne sommes pas éprises, lui souffla le diplomate.

— Exactement.

Elle éclata de rire gaiement, en se penchant vers la table et, ôtant son gant, prit sa tasse.

— Mais après ?

— Après ? après... dit-elle rêveusement. Il la regardait en souriant et plusieurs personnes tournèrent les yeux vers elle. Je vous dirai cela dans dix ans.

— N'oubliez pas, je vous en prie.

— Non, je n'oublierai pas, tenez, je vous en donne ma parole Elle lui tendit sa main libre et aussitôt après s'adressa au général Quand donc viendrez-vous dîner chez nous ? Et, baissant la tête, elle mordit son collier de perles noires et commença à le faire glisser entre ses dents en jetant des regards en dessous.

À minuit, Balachev entra. Sa silhouette trapue et vigoureuse attirait toujours l'attention, qu'il le voulût ou non. Après avoir salué la maîtresse de maison, il parcourut la pièce des yeux sans se cacher et, après avoir trouvé ce qu'il cherchait, s'attarda à bavarder juste le temps qu'il fallait, et rejoignit Mme Stavrovitch. Un instant avant, elle s'était levée, en laissant retomber son collier et s'était dirigée vers une table dans un coin où se trouvaient des albums. Lorsqu'il se tenait à côté d'elle, ils étaient presque de la même taille. Elle fine et délicate, lui noir et fruste. Suivant une étrange coutume familiale, tous les Balachev portaient, comme les cochers, un anneau d'argent à l'oreille gauche et tous ils étaient chauves. Aussi Ivan Balachev, malgré ses vingt-cinq ans, était-il déjà chauve, mais des cheveux noirs bouclaient sur sa nuque, et sa barbe, quoique fraîchement rasée, bleuissait ses joues et son menton. Avec la parfaite aisance d'un homme du monde, il s'approcha d'elle, s'assit, s'accouda à la table aux albums et commença à lui parler sans quitter des yeux son visage enflammé. La maîtresse de maison était trop rompue aux usages pour ne pas chercher à cacher l'inconvenance de cet aparté. De temps à autre elle s'approchait de la table, d'autres la suivaient et le tête-à-tête passa inaperçu. On pouvait disparaître une heure sans choquer. C'était la raison pour laquelle tant de gens, qui se croyaient délicats dans son salon, s'étonnaient de se retrouver paysans aussitôt le seuil franchi.

Ainsi, jusqu'au moment où les invités se levèrent pour partir, Tatiana et Balachev restèrent seuls. Michel Mikhaïlovitch ne jeta pas une seule fois les yeux de leur côté. Il parlait de sa mission, qui le préoccupait beaucoup et, lorsqu'il prit congé avant les autres, il se contenta de dire à sa femme :

— Je te renverrai la voiture, mon amie.

Tatiana tressaillit, voulut dire quelque chose :

— Mi... mais Michel Mikhaïlovitch gagnait déjà la porte. Il savait que le malheur était en fait déjà consommé.

À partir de ce jour, Tatiana Serguéievna ne reçut plus une seule invitation aux bals et aux soirées du grand monde.

. . . .

III

Ivan Balachev dîna au mess de son régiment plus tôt que d'habitude. Assis dans sa vareuse déboutonnée qui découvrait un gilet blanc, les deux coudes sur la table, il lisait un roman français posé sur son assiette en attendant le repas commandé.

— Que Cord vienne me voir tout de suite, dit-il au garçon.

Lorsqu'on lui apporta son potage dans une petite soupière d'argent, il le versa dans son assiette. Il achevait sa soupe au moment où un jeune officier et un civil entraient dans la salle a manger

Balachev leur jeta un coup d'œil et se détourna, comme s'il ne les avait pas vus.

— Alors, tu prends des forces en vue de l'épreuve ? lui dit l'officier en s'asseyant à côté de lui.

— Comme tu vois.

— Vous n'avez pas peur d'engraisser ? lui dit le gros civil bouffi, en s'asseyant à côté du jeune officier.

— Quoi ? lui dit Balachev avec courroux.

— Vous n'avez pas peur d'engraisser ?

— Garçon, apporte-moi mon xérès ! dit Vronski sans répondre.

Le civil demanda au jeune officier s'il désirait boire et, le regardant avec tendresse, le pria de choisir.

Des pas fermes se firent entendre dans l'entrée. Un jeune capitaine, grand et bel homme, entra et vint frapper sur l'épaule de Balachev.

– Tu as très bien fait *(un mot illisible)*. Je parie pour toi avec Golitsyne.

L'arrivant montra la même froideur que Balachev au civil et au jeune officier. Mais Balachev sourit gaiement au capitaine.

— Qu'est-ce que tu as fait hier ? lui demanda-t-il.

— J'ai perdu. Une bagatelle.

— Allons-nous-en, j'ai fini, dit Balachev.

Et, se levant, ils se dirigèrent vers la porte. Le capitaine dit tout haut, sans se gêner :

— Je ne peux plus voir cette vermine. Et le gamin me fait pitié. Oui. Je n'ai plus d'appétit pour rien. Même pas pour du champagne.

Il n'y avait encore personne dans la salle de billard ; ils s'assirent l'un à côté de l'autre. Le capitaine renvoya le marqueur.

L'Anglais Cord arriva. Quand Balachev lui demanda comment se comportait son cheval *Tiny*, il répondit que l'animal était en train et mangeait son fourrage ainsi qu'il convenait à un honnête cheval.

— Je viendrai quand il faudra le conduire, dit Balachev et il s'en retourna chez lui pour revêtir un costume propre et ajusté pour la course. Le capitaine l'accompagna et s'allongea sur le lit, les pieds en l'air, tandis que Balachev s'habillait. Le camarade qui habitait avec Vronski, Nesvitzki, dormait. Il avait festoyé toute la nuit. Il se réveilla.

— Ton frère est venu, dit-il à Balachev. Il m'a réveillé, le diable l'emporte, et il a dit qu'il reviendrait. Qui est celui-là ? Grabe ? Écoute, Grabe. Qu'est-ce qu'il faut boire après une cuite ? J'ai un goût si amer dans la bouche que...

— De la vodka, il n'y a rien de mieux. Terechtchenko, de la vodka et des concombres pour ton maître !

Balachev apparut vêtu d'un caleçon qu'il remontait.

— Tu crois que c'est une plaisanterie. Non, ici il faut que ce soit serré et ajusté, c'est tout différent ; voilà, ça va. Il leva les jambes. Apporte-moi mes bottes neuves.

Il était presque vêtu lorsque son frère arriva, chauve, trapu et bouclé comme lui, avec le même anneau d'argent dans l'oreille.

— J'ai à te parler.

— Je sais, dit Ivan Balachev, qui rougit subitement.

— Si ce sont des secrets, nous allons sortir.

— Non, il n'y a pas de secrets. S'il veut, je parlerai devant eux.

— Je ne veux pas parce que je sais tout ce que tu vas dire et c'est parfaitement inutile.

— Du reste, nous le savons tous, dit derrière la cloison de séparation Nesvitzki qui sortait, enveloppé dans une couverture rouge.

— Ce qu'on pense LÀ-BAS m'est parfaitement indifférent. Et tu sais mieux que moi que dans ce genre d'affaires tout homme qui n'est pas un ver de terre n'écoute personne. C'est tout. Et, je t'en conjure, n'en parle pas, surtout là-bas.

Tous savaient de quoi il s'agissait : celui à qui était attaché le frère aîné de Balachev était mécontent de ce que Balachev compromît Stavrovitch.

— Tout ce que je dis, répliqua le frère aîné, c'est que cette incertitude est malsaine. Pars à Tachkent, à l'étranger, avec qui tu veux, mais ne...

— C'est exactement comme si je montais sur un cheval pour lui faire faire le tour de la piste et que tu m'expliques comment m'y prendre. Je le sens mieux que toi.

— Et ne t'en mêle pas, il ira jusqu'au bout, s'écria Nesvitzki. Dites, qui vient boire avec moi ? Prends de la vodka, Grabe. C'est dégoûtant. Bois. Ensuite nous irons voir comme il se laisse distancer et nous boirons pour nous consoler.

— Allons, au revoir, il est temps, dit Ivan Balachev, après un coup d'œil à un Bréguet démodé qui lui venait de son père, et il boutonna sa jaquette.

— N'oublie pas de te faire couper les cheveux !

— Bon.

Ivan Balachev rabattit sa casquette sur sa calvitie et sortit en faisant des mouvements pour s'assouplir les jambes.

Il passa à l'écurie, caressa *Tiny* ; elle poussa un profond soupir lors de l'entrée de son maître dans la stalle, lui jeta de son œil large un regard oblique et, détachant son sabot gauche arrière, déporta tout son arrière train de côté. « Ce sabot, pensa Ivan Balachev, quelle souplesse ! » Il se rapprocha encore, rejeta une touffe de la crinière qui retombait à droite et flatta de la main l'encolure étroite et luisante et la croupe sous le caparaçon.

— *All right*, répéta Cord qui avait un air morose.

Ivan Balachev sauta dans sa voiture et se rendit chez Tatiana Serguéievna.

Elle était souffrante et triste. Pour la première fois sa grossesse se faisait sentir.

IV

Il courut à la villa et, évitant la porte d'entrée, traversa le jardin. Du jardin, en marchant avec précaution sur le sable de l'allée, il se faufila par la porte de la terrasse. Il savait que son mari était absent et il voulait la surprendre.

La veille, il lui avait dit qu'il ne passerait pas pour ne pas se laisser distraire car il ne pouvait penser qu'aux courses. Mais il n'avait pu y tenir et, une minute avant les courses où il savait qu'il la verrait dans la foule, il avait couru chez elle. Il s'appuyait sur toute la plante du pied, pour ne pas faire tinter ses éperons en grimpant les degrés en pente douce de la terrasse. Il s'attendait à la trouver à l'intérieur de la maison, mais tandis qu'il portait ses regards autour de lui pour s'assurer que personne ne le voyait, il l'aperçut. Elle était assise dans un angle de la terrasse au milieu des fleurs, près de la balustrade, dans une tunique de soie lilas plissée rejetée sur les épaules, et elle était coiffée avec soin. Elle appuyait son front sur un arrosoir oublié sur la balustrade. Il la rejoignit à pas de loup. Elle ouvrit les yeux, poussa un cri et se couvrit la tête de son fichu de façon à lui dérober son visage. Mais il vit et comprit que sous le fichu il y avait des larmes.

— Ah ! qu'as-tu fait... Pourquoi ?... Ah !... et elle fondit en larmes.

— Qu'as-tu ? Que t'arrive-t-il ?

— Je suis enceinte, tu m'as fait peur. Je... suis enceinte.

Il jeta les yeux autour de lui, rougit de honte de ce mouvement et voulut lui ôter son fichu.

Elle le maintenait en se faisant un écran de ses mains. Au bout de l'avenue brillaient ses yeux humides de larmes, mais tendres, souriants, éperdus de bonheur.

Il glissa sa tête dans l'avenue. Elle pressa son visage contre le sien et l'embrassa.

— Tania, j'avais promis de ne plus t'en parler, mais c'est impossible. Il faut que cela finisse. Quitte ton mari. Il est au courant et maintenant cela m'est indifférent ; mais tu te prépares des tourments.

— Moi ? Il ne sait rien et ne comprend rien. Il est sot et méchant. S'il comprenait quoi que ce soit, est-ce qu'il m'aurait laissée ?

Elle parlait précipitamment en laissant tomber la fin de ses mots. Ivan Balachev l'écoutait avec un visage triste comme si cette humeur lui était depuis longtemps journalière et comme s'il savait qu'elle était insurmontable. « Si seulement il était sot et méchant, songeait-il, mais il est intelligent et bon. »

— C'est bien, n'en parlons plus.

Mais elle poursuivait.

— Que veux-tu donc que je fasse, que puis-je faire ? Devenir ta *maîtresse*, me déshonorer, le déshonorer et te conduire à ta perte. Et pourquoi ? Laisse, tout ira bien. Est-ce que cela peut se réparer ? J'ai menti, je mentirai encore. Je suis une femme perdue. Je mourrai en couches, je le sais, je mourrai. Mais je ne t'en parlerai plus. Je commence dès aujourd'hui. Ce sont des bêtises. Soudain, elle s'arrêta, comme si elle prêtait l'oreille ou se rappelait quelque chose. Oui, oui, il est temps de partir. Tiens, voilà pour te porter bonheur. Elle lui embrassa les deux yeux. Seulement ne me regarde pas, regarde la piste et les obstacles, n'irrite pas Tania, sois calme. Je parierai trois fois pour toi. Va.

Elle lui tendit la main et se retira. Il poussa un soupir et regagna sa voiture. Il avait à peine quitté le quartier des villas qu'il ne pensait déjà plus à elle. Les courses, les tribunes, le drapeau, les calèches qui approchaient, les chevaux qu'on menait sur la piste, tout cela se présenta à lui et il oublia tout, hormis ce qui l'attendait.

V

Le temps s'était tout à fait éclairci pour les courses ; le soleil brillait et une dernière nuée disparaissait au nord.

Balachev traversa hâtivement une foule de gens connus en saluant mal à propos ; il entendait qu'on le désignait comme l'un des concurrents et le meilleur espoir de la course d'obstacles. Il se dirigea vers sa Tania, que menait un palefrenier et à côté de qui se tenait Cord et il conversait tout en avançant. En chemin, il se heurta à son principal adversaire, *Nelson*, de Golitsyne. Deux lads en casquette rouge le conduisaient, tout sellé. Balachev remarqua malgré lui son dos, sa croupe, ses jambes, ses sabots. « Tout l'espoir pendant la course sera de l'emporter sur ce cheval », songea Balachev et il courut vers le sien.

Juste avant qu'il ne la rejoignît, on avait arrêté Tania. Un civil très droit, avec des moustaches blanches, examinait la jument. À côté de lui se tenait un petit homme maigre et sec qui boitait. Le petit boiteux dit, juste au moment même où Balachev approchait :

— Rien à dire, le cheval est sec et en forme, mais ce n'est pas lui qui arrivera.

— Pourquoi ?

— Il s'ennuie. Il est dans de mauvaises dispositions.

Ils se turent. Le personnage aux cheveux blancs et au grand chapeau se tourna vers Balachev.

— Compliments, mon cher, c'est une jolie bête, je parierai pour toi.

— La bête est bonne, mais le cavalier ? dit Balachev en souriant.

Le civil enveloppa du regard la petite silhouette ramassée de Balachev et son visage gai et énergique eut un sourire approbateur.

La foule s'agita, les gendarmes s'affairèrent. On courut vers les tribunes.

— C'est le grand-duc, l'Empereur est arrivé, entendit-on.

Balachev se précipita vers les tribunes. Près du pesage se pres saient une vingtaine d'officiers. Trois d'entre eux, Golitsyne, Milioutine et Z*** étaient des amis de Balachev, du même cercle pétersbourgeois. Et l'un d'eux, le petit et malingre Milioutine aux yeux doux et à la vue faible, outre qu'il lui inspirait en général de l'antipathie, était son rival le plus dangereux : excellent cava lier, très léger, il montait un pur-sang qui avait remporté deux prix en Italie et avait été amené récemment en Russie.

Les autres, peu connus dans la société de Pétersbourg, étaient des cavaliers de la garde, des fantassins, des hussards, des uhlans et un cosaque. Il y avait là des jeunes gens encore imberbes, des adolescents, un hussard encore tout enfant, avec un joli visage harmonieux et puéril qui s'efforçait en vain de prendre un air sévère et surtout d'attirer l'attention. Balachev, selon son habitude, salua très simplement ceux qu'il connaissait, Milioutine compris, en leur serrant énergiquement la main et en les regardant bien en face. Milioutine, comme toujours, était affecté et riait avec assurance en montrant ses longues dents.

— À quoi bon se peser ? dit quelqu'un. De toute façon il faudra bien que chacun porte ce qu'il contient.

— Pour la gloire, messieurs. Inscrivez : quatre pouds, cinq livres ; et le lad Grenadier, déjà d'un certain âge, descendit de la balance.

— Trois pouds huit livres, quatre pouds une livre. Écrivez tout de suite. Trois pouds deux livres, dit Milioutine.

— C'est impossible. Il faut vérifier...

Balachev pesait cinq pouds.

— Ah ! je ne pensais pas que vous étiez si lourd.

— Oui, cela ne diminue pas.

— Allons, messieurs, activons. L'Empereur arrive.

Sur la prairie, où ici et là des colporteurs *(un mot illisible)*, se dispersaient des silhouettes courant vers leurs chevaux. Balachev se dirigea vers *Tiny*. Cord lui donna ses dernières instructions.

— Surtout, ne regardez pas les autres, ne pensez pas à eux. Ne cherchez pas à les dépasser. Avant l'obstacle, ne retenez pas et ne poussez pas. Laissez-la choisir elle-même la façon de l'aborder. Le plus difficile pour vous, ce sont les fossés, ne la laissez pas sauter trop loin.

Balachev glissa son doigt sous la sangle. La jument dressa les oreilles et lui lança un regard de côté.

— *All right*, dit l'Anglais en souriant.

Balachev était un peu pâle, dans la mesure où il pouvait l'être avec son teint basané.

— En selle !

Balachev se retourna. Les uns s'assuraient sur leur selle, les autres mettaient le pied à l'étrier, d'autres s'évertuaient autour de leur cheval qui refusait de se laisser monter. Balachev glissa son pied dans l'étrier et se souleva d'un mouvement souple. Le cuir neuf de la selle grinça, la jument leva la jambe arrière et tira sur ses rênes. Au même instant, les rênes se glissèrent dans sa main gantée. Cord lâcha prise et l'animal partit d'un pas allongé. Dès que Balachev se fut rapproché de la piste et de la cloche, tandis que deux cavaliers le dépassaient, la jument tira sur les rênes et leva le cou ; elle s'échauffait et, malgré les caresses, refusait de se calmer, tirant tantôt d'un côté, tantôt de l'autre et essayant de prendre son cavalier en défaut. Milioutine les dépassa au galop sur son étalon bai et l'arrêta net près de la cloche du départ. Tania jeta la jambe gauche de côté, fit deux bonds et, irritée, adopta un trot saccadé qui secouait son cavalier.

Élans *(un mot illisible)*, retours en arrière, accalmie, son de cloche ; Balachev lâcha sa jument juste au moment du signal. Un officier de cosaques monté sur un petit cheval gris le dépassa sans bruit au galop ; Milioutine fila derrière comme un trait, au mouvement légèrement saccadé de son cheval qui frappait lourdement le sol de ses sabots arrière.

Tania tira sur ses rênes et se rapprocha de la croupe du cheval de Milioutine. Le premier obstacle était une barrière. Milioutine menait : sans presque changer d'allure, il franchit la barrière et poursuivit sa marche. Balachev et l'officier de cosaques sautèrent ensemble. Tania prit son élan mais sauta trop près et heurta la barrière d'un de ses sabots de derrière. Balachev rendit du jeu aux rênes, attentif au rythme de sa course, dans le cas où elle se serait blessée. Elle ne fit que presser l'allure. Balachev de la retenir à nouveau. La seconde épreuve était la rivière. Un des officiers tomba dedans. Balachev tenait la gauche, sans exciter sa jument mais il sentit une indécision dans la tête et les oreilles de l'animal ; il la pressa à peine de ses bottes et fit un claquement de la langue. « Non, je n'ai pas peur », sembla dire la bête qui s'élança dans l'eau. Elle sauta deux fois. La troisième fois, elle commença à s'agiter, fit deux bonds désordonnés dans l'eau, mais au dernier lança une telle ruade qu'il était visible qu'elle se jouait en retirant ses sabots de la boue et en grimpant sur la berge sèche. Milioutine était derrière. Mais il ne tomba pas. Balachev entendit approcher le galop régulier de son étalon. Il se retourna ; la tête sèche de l'étalon, noircie par la sueur, le léger reniflement de ses naseaux rouges et transparents se rapprochaient de la croupe de sa jument et Milioutine avait un sourire crispé.

Il fut pénible à Balachev de voir Milioutine et son sourire ; il ne retint plus Tania. Elle commençait seulement à transpirer aux épaules. Il l'excita même, oubliant les exhortations de Cord. « Ah ! il faut en rajouter, sembla dire Tania ; je peux encore beaucoup. » Ses efforts se firent encore plus réguliers, aisés et silencieux et elle prit de l'avance sur Milioutine. Devant eux se trouvait l'obstacle le plus périlleux : un mur qui dissimulait un fossé. Au niveau de cet obstacle s'était rassemblé un groupe nombreux. La plus grande partie des amis de Balachev, M. O***, ses camarades Gr*** et N*** et quelques dames. Balachev en était déjà à ce moment de la course où l'on cesse de penser à soi-même et à son cheval séparément, où l'on ne sent plus les mouvements de l'animal sinon comme les siens propres et où par conséquent on n'en doute plus. On veut franchir ce remblai et on le franchit. Il ne se souvenait ni des principes ni des conseils de Cord et d'ailleurs il n'en avait pas besoin. Il sentait pour la jument, avait conscience de chacun de ses mouvements et savait qu'il franchirait cet obstacle aussi aisément qu'il s'était mis en selle. Il y avait un attroupement à côté de l'obstacle ; Gr... qui dépassait tout le monde de la tête, se tenait au milieu de la foule et contemplait son ami Balachev. Il l'avait toujours admiré et avait toujours pris plaisir à le voir après les moucherons qui l'entouraient. En ce moment, il l'admirait plus que jamais.

De ses yeux perçants il vit de loin son visage, sa silhouette et sa jument, se confondit avec lui par les yeux de l'amitié et, comme Balachev lui-même, fut certain qu'il franchirait le malicieux obstacle. Mais un artilleur a beau savoir qu'il va *(un mot illisible)* tirer un coup de canon, il n'en tremble pas moins lors de la détonation : de même, en ce moment, c'était le cœur défaillant qu'il regardait avec tous les assistants approcher la tête oscillante de la jument attentive à l'obstacle suivant, et la large silhouette de Balachev penchée en avant, son visage blême et sérieux, ses yeux brillants fixés droit devant lui qui n'apparurent qu'une seconde.

« Il marche bien — Attends — Silence, messieurs ! » Tania semblait avoir pris les mesures de l'endroit. Elle se souleva en l'air dans un bond d'une exactitude mathématique. Les visages s'épanouirent instantanément, tous avaient compris qu'elle était de l'autre côté ; sa tête dressée, son poitrail, sa croupe soulevée, une, deux fois passèrent dans un éclair et ses jambes arrière n'avaient pas eu le temps de toucher le sol que déjà celles de devant se redressaient et que la jument et le cavalier, instruit d'avance de tous les mouvements de Tania et ne faisant qu'un avec sa selle, galopaient plus loin. « Bien, bravo, Balachev ! » firent les spectateurs, mais déjà ils regardaient Milioutine qui abordait l'obstacle Un sourire joyeux effleura les lèvres de Balachev, mais il ne se retourna pas. Immédiatement après venait un petit obstacle : un fossé de deux toises rempli d'eau. Non loin de là se tenait une dame en robe lilas, une autre en gris et deux messieurs. Balachev n'eut pas besoin de reconnaître la dame : depuis le début de la course il savait qu'elle était là-bas, de l'autre côté, il avait physiquement conscience de se rapprocher d'elle. Si Tatiana Serguéievna était venue se placer auprès de cet obstacle avec sa belle-sœur et B. D***, c'était parce qu'elle ne pouvait rester calme dans la tribune et parce qu'elle ne pouvait se placer à côté du grand obstacle. Cette épreuve l'effrayait, l'inquiétait. Bien que montant elle-même elle ne pouvait, en tant que femme, comprendre comment il était possible de le franchir. Mais elle s'était installée plus loin, pour contempler de sa place l'endroit terrifiant. Elle avait eu un rêve et ce rêve lui annonçait un malheur. Lorsqu'il parvint au remblai (à travers ses jumelles, elle l'avait depuis longtemps reconnu en avant des autres), elle saisit la main de sa belle-sœur qu'elle tournait et pétrissait dans ses doigts nerveux. Un instant après, elle abaissa ses lorgnettes et voulut se précipiter (?) puis reprit ses jumelles — mais tandis qu'elle le cherchait au bout de la lunette il était déjà de leur côté. « Balachev va gagner, il n'y a pas de doute. — Ne dites pas cela, Milioutine marche très bien. C'est lui qui va l'emporter. Il a beaucoup de chances pour lui. — Non, celui-ci est meilleur. — Ah ! il est encore tombé. » Pendant que se tenaient ces propos, Balachev approchait ; on aperçut son visage et leurs yeux se rencontrèrent. Balachev ne pensait pas au fossé et, de fait, ce n'était pas nécessaire. Il se contenta de presser sa jument. Elle bondit, un peu trop tôt. Pour éviter le fossé, il lui eût fallu sauter non pas deux mais trois toises, mais cela n'avait pas d'importance pour elle, elle le savait et lui aussi. Ils ne pensaient l'un et l'autre qu'à gagner du terrain. Soudain, à l'instant précis où il sautait, Balachev sentit que la croupe de la bête au lieu de le soutenir se dérobait gauchement (une des jambes de derrière avait accroché la berge et avait glissé en retournant une motte de gazon). Mais cela n'avait duré que l'espace d'un clin d'œil. Comme si elle était fâchée de ce contretemps et voulait le dédaigner, la jument fit passer toute sa force dans l'autre jambe arrière et se jeta en avant, sûre de l'élasticité de cette jambe gauche arrière. La jambe se trouvait-elle de biais, la jument avait-elle trop compté sur sa force, portait-elle à faux ? toujours est-il qu'elle ne put soutenir l'effort : le poitrail de la bête se souleva, son arrière-train s'écroula et monture et cavalier s'abattirent en arrière juste au bord du fossé. L'instant d'après, Balachev dégagea sa jambe, sauta à terre et, pâle, la mâchoire tremblante, tira sur les rênes de la jument ; elle se débattit, se redressa, chancela et retomba. Milioutine, dont on vit les dents blanches, bondit par-dessus le fossé et disparut. L'officier de cosaques le franchit vivement, puis ce fut le tour d'un troisième. Balachev se prit la tête entre les mains. « Ha-a-ah ! », cria-t-il et, dans sa rage, il frappa du talon le flanc de la jument. Elle s'agita et tourna la tête de son côté. Déjà des gens accouraient, parmi eux était Cord. Tatiana Serguéievna s'approcha elle aussi.

— Vous êtes blessé ?

Il ne répondit pas. Cord dit que la jument avait l'épine dorsale brisée. On l'emporta, on palpa aussi Balachev. Il fronça les sourcils lorsqu'on lui toucha le côté. Il dit à Tatiana Serguéievna :

— Je n'ai rien, merci, et il s'éloigna.

Mais elle vit que le docteur le soutenait et qu'on le prenait sous le bras pour le faire asseoir dans la voiture d'ambulance.

VI

Tatiana Serguéievna n'avait pas été la seule à fermer les yeux à la vue des cavaliers qui approchaient de l'obstacle. L'Empereur avait fermé les yeux chaque fois qu'un officier s'était apprêté à sauter. Et lorsqu'on apprit que sur dix-sept concurrents, douze étaient tombés et s'étaient blessés, l'Empereur partit, mécontent, et dit qu'il ne voulait plus de courses semblables et qu'il ne permettrait plus à l'avenir qu'on se rompît le cou. Cette opinion s'était déjà répandue confusément dans la foule mais maintenant on la formulait à haute voix.

Michel Mikhaïlovitch était tout de même venu aux courses, non tellement pour suivre le conseil du docteur que pour dissiper les doutes qui le torturaient et auxquels il n'osait ajouter foi sans pouvoir s'en empêcher. Il avait résolu de parler à sa femme une dernière fois et à sa sœur, la pieuse Kitty qui l'aimait et le plaignait tant mais qui devait cependant comprendre que le moment de la pitié était passé et que les doutes étaient pires que la souffrance, si toutefois il était quelque chose au monde qui fût pire que cette souffrance qu'il redoutait. À la villa, bien entendu, il n'avait trouvé personne. Michel Mikhaïlovitch congédia le cocher de fiacre et décida d'aller à pied, pour obéir au docteur. Les mains derrière le dos, tenant son parapluie, il se mit en marche, tête basse, en s'arrachant avec peine à ses pensées pour se rappeler au carrefour la direction qu'il fallait emprunter. Lorsqu'il arriva au champ de courses, on emmenait déjà les chevaux en sueur et les calèches quittaient les lieux. Tous étaient mécontents, certains impressionnés. Milioutine le vainqueur sauta gaiement dans son landau pour se rendre chez sa mère. À la sortie Michel Mikhaïlovitch se heurta à Golitsyne et à sa sœur.

— Bravo, Michel Mikhaïlovitch. Comment, tu es venu à pied ? Mais qu'avez-vous ? Vous devez être fatigué.

De fait, après ce mouvement inusité *(illisible)* il était comme fou et dans un tel état d'excitation nerveuse qu'il se sentait à la fois complètement abattu et plein d'une résolution inébranlable.

— Où est Tania ?

La jeune femme rougit et Golitsyne se mit à parler avec des gens qui se trouvaient là de la chute de Balachev. Michel Mikhaïlovitch, comme chaque fois qu'on prononçait le nom de Balachev, entendait tout ce qu'on disait de lui et en même temps parlait à la sœur de Golitsyne. Elle était allée avec N*** à côté du fossé. Elle avait voulu rentrer seule. La jeune femme mentait : elle avait aperçu dans ses jumelles Tatiana Serguéievna qui rejoignait sa calèche après la chute de Balachev et elle savait aussi sûrement que si elle l'avait vue qu'elle était partie le retrouver. Michel Mikhaïlovitch interpréta cela de la même façon lorsqu'il apprit que Balachev s'était fracturé la hanche. Il demanda avec qui elle était partie. Avec N***. Ne voulait-il pas prendre place dans la voiture de madame Golitsyne ? On le reconduirait.

— Non, merci. Je vais marcher un peu.

Nanti de cette dose officielle de renseignements, il décida d'obtenir des renseignements précis sur l'endroit où était sa femme. Trouver N***, le questionner, interroger le cocher. Pourquoi il le faisait, il l'ignorait. Il savait que cela n'aboutirait à rien et il sentait le caractère humiliant de ce rôle de mari cherchant sa femme disparue. « Elle est partie comme un cheval ou un chien », songea-t-il. Mais il prit cette résolution froidement, sans envisager rien d'autre et se mit en route. Il tomba aussitôt sur N***.

— Ah ! Michel Mikhaïlovitch !

— Avez-vous vu ma femme ?

— Oui, nous étions ensemble lorsque Balachev est tombé et que tout cela est arrivé. C'est affreux. Peut-on être assez stupide !

— Et après ?

— Je crois qu'elle est rentrée chez elle. Je comprends que pour Mme Stavrovitch, et d'ailleurs pour toute femme nerveuse... Je suis un homme et pourtant j'ai des nerfs. Nous voilà revenus au temps des gladiateurs. Il ne manque plus que le cirque et les lions.

Cette phrase avait été dite par quelqu'un et tous la répétaient, enchantés. Michel Mikhaïlovitch n'insista pas et retourna chez lui. Sa femme n'était pas là, Kitty était seule et son visage cachait quelque chose sous un enjouement forcé.

Michel Mikhaïlovitch s'approcha de la table, s'assit, s'accouda, en repoussant une tasse que Kitty attrapa au vol, cacha son visage dans ses mains et commença à soupirer, mais s'arrêta. Il découvrit son visage.

— Kitty, dis-moi, en est-il réellement ainsi ?

— Michel, je pense que je ne dois ni te comprendre ni te répondre. Si je pouvais donner ma vie pour toi, tu sais que je le ferais ; mais ne me pose aucune question. Si tu as besoin de moi, donne-moi tes ordres.

— Oui, j'ai besoin que tu me sortes du doute. Il la regarda et comprit son expression au mot DOUTE. Il n'y a pas de doute, veux-tu dire. Cependant, j'ai besoin que tu me sortes du doute. Je ne peux vivre ainsi. Je suis un enfant puni injustement et malheureux. J'ai envie de sangloter, je voudrais qu'on me plaigne. Qu'on m'indique ce que je dois faire. Est-ce vrai ? Est-il possible ? Et que faut-il que je fasse ?

— Je ne sais rien et ne puis rien te dire. Je sais que tu es malheureux et que je...

— Malheureux ? De quelle manière ?

— Je l'ignore, mais je le vois et je cherche un remède.

À ce moment, on entendit un bruit de roues écrasant le gravier fin et un des chevaux de l'équipage qui s'arrêtait s'ébroua juste sous la fenêtre. Elle entra rapidement, droite, le teint vif, avec, plus que jamais, cette lueur diabolique dans les yeux, cette lueur qui disait que, malgré le sentiment caché dans son âme, elle rejetait son crime et que rien ne l'arrêterait. Elle comprit en un clin d'œil qu'on parlait d'elle. L'hostilité brilla dans son regard ; en elle, malgré sa bonté, pas la moindre étincelle de compassion pour ces deux êtres excellents (elle le savait) et malheureux par sa faute.

— Toi aussi, tu es ici ? Quand es-tu arrivé ? Je ne t'attendais pas Je suis allée aux courses, puis de frayeur je me suis sauvée au moment de ces chutes.

— Où es-tu allée ?

— Chez... chez Lise, dit-elle, visiblement, satisfaite de sa faculté de mentir, elle n'avait pu venir, elle est malade ; je lui ai tout raconté.

Et, comme heureuse et fière de cette faculté de mentir (inconnue jusqu'alors), elle ajouta, provocante :

— On m'a dit qu'Ivan Pétrovitch Balachev s'était blessé grièvement. Je cours me changer. Tu restes pour la nuit ?

— Je ne sais pas, il faut que je me lève très tôt demain.

Lorsqu'elle fut sortie, Kitty lui dit :

— Michel, je ne peux rien te dire. Laisse-moi réfléchir et je t'écrirai demain.

Il ne l'écoutait pas.

— Oui, oui, demain.

Sa sœur comprit.

— Tu désires lui parler ?

— Oui.

Il regardait fixement le samovar et songeait précisément à ce qu'il allait lui dire. Elle rentra, vêtue d'une blouse, calme, à son aise dans cette maison. La belle-sœur sortit. Elle prit peur :

— Où vas-tu ?

Mais Kitty avait franchi la porte.

— Je reviens tout de suite.

Elle s'attaqua au thé avec appétit, mangea beaucoup. Le démon revenait !

— Anna, dit Michel Mikhaïlovitch, crois-tu... crois-tu que nous puissions continuer ainsi ?

— Pourquoi ? Elle sortit son petit morceau de sucre de son thé. Parce que tu es à Pétersbourg et moi ici ? Viens ici, prends un congé.

Elle le regarda avec des yeux souriants et moqueurs.

— Tania, tu n'as rien à me dire de particulier ?

— Moi ? dit-elle avec un étonnement naïf, et elle prit un air songeur comme si elle cherchait à se rappeler ce qu'elle pouvait bien avoir à lui dire. Rien, sinon que je regrette que tu sois seul.

Elle s'approcha et le baisa sur le front. Elle avait toujours ce visage diabolique, rayonnant, heureux, serein, expression qui, visiblement, n'avait ses racines ni dans l'âme ni dans l'esprit.

— Alors c'est parfait, dit-il ; malgré lui, sans savoir lui-même comment, il était subjugué par sa candeur. Ils parlèrent des nouvelles, de questions d'argent.

Une seule fois, comme il lui tendait sa tasse, en disant : « Encore un peu, je te prie », elle rougit brusquement, sans raison, si violemment que les larmes lui vinrent aux yeux et qu'elle baissa la tête. Kitty arriva et la soirée se passa comme à l'ordinaire.

Elle l'accompagna sur le perron et lorsqu'il s'assit dans sa calèche dans la clarté lunaire de la nuit blanche, elle lui dit de sa voix basse :

— Quel dommage que tu t'en ailles ! Elle courut vers la voiture et lui jeta un plaid sur les jambes. Mais lorsque la calèche se fut éloignée, il sentit qu'elle souffrait affreusement, seule au bas du perron.

Le lendemain. Michel Mikhaïlovitch reçut une lettre de Kitty. Elle écrivait :

« J'ai prié et demandé les lumières d'En Haut. Je sais que c'est un devoir de dire la vérité. Oui, Tatiana t'est infidèle, et je l'ai appris malgré moi. Toute la ville le sait. Que dois-tu faire ? Je l'ignore. Je sais seulement que la doctrine du Christ te montrera le chemin.

« Ta Kitty »

À partir de ce jour, Michel Mikhaïlovitch ne vit plus sa femme. Il quitta peu après Pétersbourg.

. . . .

XI

Michel Mikhaïlovitch arpentait le vestibule : « Chut ! » fit-il à l'adresse des domestiques qui faisaient du bruit. Ivan Pétrovitch s'était étendu dans le bureau pour se reposer après trois nuits sans sommeil. Le sentiment d'apaisement n'était soutenu en Michel Mikhaïlovitch que par la diligence chrétienne. Il partit au ministère : là-bas aussi, loin de sa maison, il était tourmenté. Personne ne pouvait comprendre son secret. Qui pis était, on le comprenait, mais à contresens. Il souffrait lorsqu'il n'était pas chez lui, ce n'était que sous son propre toit qu'il retrouvait le calme. Il méprisait les jugements des domestiques. Mais il en allait autrement d'Ivan Balachev et de Tatiana.

— Voyons, est-ce que cela va durer éternellement ? disait Balachev. Je ne peux plus le supporter.

— Pourquoi ? Cela lui fait plaisir ? Au reste, agis comme il te convient.

— Pour agir, il me faut le divorce.

— Mais comment lui dirai-je cela ? Je lui dirai : « Michel, tu ne peux vivre ainsi ! » Il pâlit. — Pardonne-moi, sois généreux. Accorde-moi le divorce. — Oui, oui, mais comment ? — Je t'enverrai un avocat. — Ah ! bon, parfait.

Les détails de la procédure du divorce, l'humiliation qu'ils lui imposaient l'épouvantaient. Mais le sentiment chrétien, c'était cette joue qu'il fallait tendre. Il la tendit. Un an plus tard, Michel Mikhaïlovitch vivait et travaillait comme par le passé ; mais il avait perdu toute importance.

. . . .

NOTES*

P. 1.

1. *Deutéronome*, XXXII, 36. Voir aussi *Épître aux Romains*, XII, 19 et *Épître aux Hébreux,* X, 30. J'emprunte à la traduction du chanoine Crampon tous les passages de la Bible cités par Tolstoï (N. d. T.).

P. 11.

1. « Si les critiques à courte vue croient que j'ai voulu me borner à décrire ce qui me plaisait, la façon dont Oblonski prenait ses repas... ils se trompent. » (Lettre à Strakhov, 26 avril 1876). Voir la préface pour les variantes.

P. 20.

1. C'étaient alors les attributs obligés de toute salle de conseil dans les administrations publiques russes ; le miroir de justice *(zertsalo)* consistait en un prisme de verre triangulaire, surmonté d'une aigle et sur les trois faces duquel étaient collés trois oukazes de Pierre le Grand relatifs à la procédure et aux droits des citoyens (N. d. T.).

P. 23.

1. Les *zemstvo*, institués par la loi de 1864, correspondaient à peu près à nos conseils généraux et à nos conseils d'arrondissement (N. d. T.).
2. Les mots étrangers (français, anglais, allemands) auxquels a recours l'auteur sont imprimés ici en italique (N. d. T.).

P. 26.

1. Pour les Stcherbatski d'*Anna Karénine* comme pour les Rostov de *la Guerre et la Paix*, Tolstoï s'est inspiré de la famille du docteur Bers, son beau-père. « Il (Tolstoï) n'était pas comme les autres et ne ressemblait pas aux visiteurs habituels. Nous n'étions pas obligés de le recevoir au salon. Il était en quelque sorte partout à

---

* Les notes suivies de l'indication N. d. T. sont de Henri Mongault, les autres sont de Sylvie Luneau.

la fois. Il témoignait intérêt et sympathie aux jeunes comme aux vieux, et même à nos domestiques. » (Tatiana Kouzminski, née Bers : *Ma vie chez moi et à Iasnaïa Poliana.*)

« Un moyen puissant d'atteindre au véritable bonheur, c'est, sans aucune loi, de tisser autour de soi dans toutes les directions, comme une araignée, une toile faite d'amour et d'attraper tout ce qui vient se prendre dedans : une vieille, un enfant, une femme, un commissaire de police. » *(Journal de Jeunesse.)*

P. 27.

1. Tolstoï perdit sa mère lorsqu'il avait deux ans.

2. Après avoir songé quelque temps à Lise, l'aînée des filles Bers, Tolstoï épousa la seconde, Sophie.

P. 33.

1. Tolstoï qui fit toujours beaucoup d'exercices physiques, pratiquait entre autres le patinage. Une photographie datée de 1898 le montre en train de patiner (il avait alors 70 ans).

P. 49.

1. « *Je suis ravi quand j'ai pu vaincre le désir de ma chair ; mais si je n'y réussis pas, j'ai au moins le plaisir pour moi.* »

P. 61.

1. Dans les traditions populaires, le *domovoï* désigne l'esprit du logis ; c'est une sorte de dieu lare, d'ordinaire favorable. (N. d. T.).

P. 89.

1. « J'ai connu Léon Tolstoï homme du monde, je l'ai rencontré dans des bals et je me souviens de la réflexion qu'il me fit un jour :« Voyez combien de poésie il y a dans une toilette de bal, que d'élégance, que d'idée, que de charme, ne fût-ce que dans ces fleurs piquées sur la robe. » (Prince D. Obolenski, *Souvenirs.*)

P. 104.

1. Tolstoï emprunte ici le nom de la propriété de sa sœur, dans la province de Toula. Mais les descriptions du domaine de Levine sont inspirées par Iasnaïa Poliana, où il s'installa après son mariage.

P. 107.

1. C'est le nom de la vieille bonne de la famille Tolstoï. Voici ce que dit d'elle Tatiana Kouzminski, *op. cit.* :

« Tandis que nous longions un grand pavillon blanc où se

trouvaient les logements des domestiques et la buanderie, une vieille femme sèche, de haute taille et qui se tenait droite vint à notre rencontre. C'était Agathe Mikhaïlovna, ou Gacha, la femme de chambre de la vieille comtesse Tolstoï, grand-mère de Léon Nicolaïevitch.

« ... Cette Gacha est décrite dans *Enfance* et *Adolescence.* J'appris à connaître par la suite cette originale vieille... Elle aimait beaucoup les animaux, surtout les chiens ; elle englobait même dans cette affection les souris et les insectes. Elle défendait que l'on chassât les cafards de son réduit et nourrissait des souris. Elle recueillait tous les petits chiens de chasse de Léon Nicolaïevitch et les élevait avec une sollicitude inlassable. J'aurai souvent encore l'occasion de parler d'elle. »

P. 115.

1. « Sonia (femme de Tolstoï) vint à moi à Moscou pour le mariage de Lise. Nos maris nous accompagnèrent à la gare de Toula. Me rappelant ce qu'avait dit un jour Léon Nicolaïevitch de la tenue de voyage d'une femme, je m'étais, pour m'amuser, conformée point par point à son programme et m'étais munie d'un roman de Thackeray. Il avait dit :« En voyage une femme comme il faut doit porter un costume tailleur noir ou de couleur sombre, un chapeau assorti, des gants et avoir un roman français ou anglais. » (T. Kouzminski, *op. cit.*)

P. 134.

1. Cette scène fut jugée indécente lors de la parution du roman.

P. 152.

1. Tolstoï, retiré sur ses terres, avait rompu avec le monde et les sphères officielles des capitales. C'était la campagne qu'il appelait *le beau monde.*« La médisance le peinait souvent. Il disait :« La conversation s'anime toujours lorsqu'on critique quelqu'un. » (T. Kouzminski, *op. cit.*)

P. 154.

1. Le mot est de Mme Déshoulières (N. d. T.).

P. 169.

1. Cette scène, de même que celle de l'auscultation, fut trouvée très audacieuse à l'époque et scandalisa certaines gens.« On vous taxe de cynisme... mais ceux qui ont un peu plus d'esprit sont enthousiasmés. » (Strakhov, lettre du 21 mars 1875.)

P. 188.

1. Tolstoï avait horreur de la vie de citadin. « Il m'est insupportable d'être dans une ville, et tu dis que j'aime battre le pavé. Je voudrais seulement que tu éprouves fût-ce le dixième de mon amour de la campagne et de ma haine de l'oisiveté frivole de la ville. » (Lettre à sa femme, 27 septembre 1866.)

P. 198.

1. *Anna Karénine* qui paraissait en feuilleton dans le *Messager russe* fut accueillie et commentée avec passion par le public. On en trouve de nombreux échos dans les lettres du critique Strakhov, un des meilleurs amis de Tolstoï. « Revenons à votre roman. L'émotion ne se calme pas... Les commentaires sont si variés qu'on ne saurait tous les passer en revue... Continuez, Léon Nicolaïevitch. Vous ne pouvez savoir l'impression que vous produisez... On a beaucoup moins parlé de *la Guerre et la Paix* que d'*Anna Karénine.* » (Strakhov, lettres à Tolstoï des 21 mars et 5 mai 1875.)

P. 266.

1. Pour le personnage de Kitty, Tolstoï s'est inspiré de sa femme, la comtesse Sophie, mais certainement aussi de sa jeune belle-sœur, Tatiana Bers, plus tard Kouzminski, qui vécut toute sa vie dans des rapports très intimes avec leur ménage et venait passer ses étés à Iasnaïa Poliana.

P. 272.

1. L'homme des champs qu'est Levine devrait pourtant connaître cette devinette populaire, dont il existe de nombreuses variantes. Voici celle à laquelle fait allusion Koznychev :

Trois sœurs ce sont;
Première dit :
« Courons, courons ! »
Seconde dit :
« Restons, restons ! »
Troisième dit :
« Plions, plions ! »

Les trois sœurs sont respectivement : la rivière, la rive et l'herbe des prés (N. d. T.).

P. 280.

1. « Ensemble nous fauchions, vannions, faisions de la gymnastique, rivalisions à la course et parfois jouions à saute-mouton, aux quilles, etc. Bien loin d'être aussi fort que lui, car il soulevait

jusqu'à cinq pouds (environ deux cents livres) d'une seule main, je pouvais aisément participer à un concours de vitesse mais je le distançais rarement, parce que je riais toujours à ce moment-là. Cette disposition d'esprit accompagnait toujours nos exercices. Lorsque nous passions près d'un endroit où l'on fauchait, il s'approchait et demandait sa faux à celui qui semblait le plus fatigué. Bien entendu, je suivais son exemple. À cette occasion il me demandait toujours pourquoi, malgré une musculature bien développée, nous étions incapables de faucher toute une semaine d'affilée, alors que le paysan dormait en outre sur la terre humide et ne se nourrissait que de pain. « Essayez un peu d'en faire autant », me disait-il en guise de conclusion. En quittant le pré, il arrachait d'une meule une poignée de foin et la respirait avec délices. » (*Souvenirs* de S. Bers, beau-frère de Tolstoï.)

P. 295.

1. Dans l'Église d'Orient, le sacrement de l'eucharistie est administré aux enfants presque en même temps que celui du baptême (N. d. T.).

P. 310.

1. Nous voyons s'esquisser ici l'évolution intellectuelle qui amènera Tolstoï à la fin de sa vie à nier la culture, l'art et à renier ses propres œuvres.

P. 357.

1. « Dès son enfance, il éprouva de l'amour pour le peuple. J'étais étonnée de la tendresse avec laquelle il prenait soin de ses petits élèves. Il leur portait un grand intérêt. Un jour il me parla d'une vieille femme… du village. Elle était paralysée des jambes depuis dix ans et restait couchée dans son isba étroite et sale… J'allai la voir, lui apportant ce que je pouvais… Mais lorsque je sortais à l'air libre, je m'apercevais que ma robe sentait l'oignon, le gros pain, le fumier et autres parfums… Quand je m'en plaignais à Léon Nicolaïevitch, il me répondait en riant :

— Ah ! comme c'est bien ! Vas-y souvent, je t'en prie ! » (T. Kouzminski, *op. cit.*)

On accueillait à Iasnaïa Poliana les pèlerins, les vagabonds. C'était une tradition qui remontait à la grand-mère de Tolstoï. À la fin de sa vie, Tolstoï occupait une chambre qui donnait sur une terrasse où l'on accédait librement du jardin et n'importe quel passant pouvait lui demander aide ou conseil. Les solliciteurs étaient fort nombreux…

Il avait également une prédilection pour les ivrognes.

— J'aime énormément les ivrognes, disait-il. Ils sont pleins de bonhomie, de sincérité.

P. 378.

1. « Je suis très occupé par *Anna Karénine.* Le premier livre (Tolstoï entendait par là les seize derniers chapitres envoyés au *Messager russe* au début de l'année 1876) est sec et, je crois, mauvais, mais aujourd'hui je renvoie les épreuves corrigées du deuxième livre et cela, je sais que c'est bon. » (Lettre à Strakhov du 15 février 1876)

P. 394.

1. « Votre prince étranger à lui tout seul a fait fureur ici et ces deux pages contiennent la matière de toute une nouvelle. » (Lettre de Strakhov, avril 1876.)

P. 400.

1. Tolstoï faisait souvent des rêves fort imagés et colorés qui l'impressionnaient et parfois le poursuivaient pendant une journée entière. Il en décrit souvent dans sa correspondance avec ses intimes. Gorki raconte qu'un jour, Tolstoï lui ayant demandé s'il rêvait, l'auteur de *la Mère* lui avait raconté un songe qui se résumait à ceci : une steppe blanche couverte de neige, un chemin jaune sur lequel marchent lentement deux bottes de feutre gris... vides.

« Ça, c'est effrayant, dit Tolstoï. Vous avez réellement rêvé cela vous ne l'avez pas inventé. Il y a là quelque chose qui sent le livre... Vous ne buvez pas... Alors comment faites-vous pour avoir de tels rêves ?

— Je ne sais pas.

— Nous ne savons rien sur nous-mêmes.

Le soir pendant la promenade, il m'a pris le bras en me disant :

— Elles marchent les bottes, et c'est effrayant, hein ? Elles sont absolument vides... Tap, tap, tap... et la neige qui crisse ! Oui c'est très bien ! N'empêche que vous êtes très livresque, très ! Ne vous fâchez pas, seulement c'est mauvais et cela vous causera des ennuis. »

P. 415.

1. Tolstoï fit en 1861 un voyage en Europe au cours duquel il s'enquit des méthodes pédagogiques des autres pays.

P. 422.

1. Ces deux maisons de vins et spiritueux, les plus importantes de Moscou, ont subsisté jusqu'à la Révolution (N. d. T.).

P. 424.

1. Tolstoï chassait souvent. Un jour, il fut renversé et blessé par une ourse. Une autre fois, à l'époque où il écrivait *la Guerre et la Paix,* il tomba de cheval, se fractura et se démit le bras droit. Mal

soigné par les docteurs de Toula, il se rendit à Moscou où on dut lui recasser le bras pour le remettre en place.

« Cela m'ennuyait de perdre l'usage de mon bras un peu pour moi, mais surtout à cause de toi… » (Lettre à sa femme du 29 novembre 1864.)

P. 425.

1. « On reçoit les gens d'après leur mise, on les reconduit d'après leur esprit » (N. d. T.).

P. 430.

1. « Léon Nicolaïevitch était contre l'instruction supérieure des femmes… Il disait que la véritable femme, telle qu'il la comprenait, était mère et épouse.

… Un jour il dit :

— Guillaume a dit : « Il faut à la femme : *Kirche, Küche, Kinder* (l'église, la cuisine, les enfants). Moi j'ajoute : « Guillaume a confié à la femme ce qui était le plus important dans la vie, que reste-t-il donc à l'homme ? » (T. Kouzminski, *op. cit.*)

P. 436.

1. « Les jours où nous ne chassions pas, nous faisions de la musique. Léon Nicolaïevitch fut à une époque passionné de musique… Il jouait deux, trois heures par jour Schumann, Chopin, Mozart, Mendelssohn. » (T. Kouzminski, *op. cit.*)

« Léon Nicolaïevitch se mettait souvent au piano avant de travailler… En outre, il accompagnait toujours ma plus jeune sœur dont il aimait beaucoup la voix. J'ai remarqué que les émotions que faisait naître en lui la musique s'accompagnaient d'une légère pâleur et d'une grimace à peine perceptible exprimant une sorte d'effroi. Il ne se passait presque pas de jour sans que ma sœur chantât et sans qu'il se mît au piano. Parfois nous chantions en chœur et c'était toujours lui qui nous accompagnait. » (*Souvenirs* de S. Bers, beau-frère de Tolstoï.)

P. 439.

1. Cette scène est autobiographique. Ce fut de cette façon que Tolstoï demanda sa femme en mariage, dans la propriété du grand-père de celle-ci, non loin de Iasnaïa Poliana

P. 449.

1. Nous trouvons encore des allusions à cet incident et aux remords de Tolstoï-Levine au sujet de son impureté dans les journaux intimes de Tolstoï et de sa femme de l'année 1910 (année de la mort de Tolstoï).

P. 451.

1. La perspective Nevski, la plus grande avenue de Pétersbourg.

P. 460.

1. « J'ai eu une conversation avec le poète Kouskov... que je voulais vous rapporter depuis longtemps. Il dit qu'avant *Anna Karénine* il n'y a pas eu de roman russe, qu'ici pour la première fois tous les personnages agissent en Russes. Vronski, par exemple, est prêt à tout sauf au pardon. » (Lettre de Strakhov, novembre 1876.)

« Dans tout, dans presque tout ce que j'ai écrit, j'ai été dirigé par la nécessité de rassembler mes idées enchaînées l'une à l'autre pour m'exprimer moi-même ; mais chaque idée exprimée séparément par des mots perd sa signification... L'enchaînement lui-même se fait, il me semble, non par la pensée mais par un autre processus ; révéler directement par des mots le principe de cet enchaînement est impossible, nous pouvons seulement, indirectement... par des mots, décrire des formes d'activité, des situations... Une des démonstrations les plus évidentes en a été pour moi le suicide de Vronski... Ce chapitre, je l'avais déjà écrit depuis longtemps. J'ai voulu le mettre au net et, de façon tout à fait imprévue, sans me laisser l'ombre d'un doute, Vronski s'est suicidé. Maintenant, pour le développement ultérieur du récit, il se trouve que c'était organiquement indispensable. » (Lettre à Strakhov, 26 avril 1876.)

P. 475.

1. MATTHIEU, V, 40-41. La citation n'est d'ailleurs pas tout à fait exacte (N. d. T.).

P. 486.

1. GOGOL, *le Mariage,* II, 21 (N. d. T.).

P. 501.

« Que la femme craigne et respecte son mari. » (N. d. T.)

P. 502.

1. Citons au passage quelques critiques de l'époque :

« ... Vous avez fait quelques erreurs dans la description du mariage. Il est vrai que cela a peu d'importance... mais la fiancée doit arriver après le fiancé, après le rite des couronnes ils doivent baiser les images, etc. Malgré tout, c'est la première fois que la description d'un mariage avec toute son atmosphère et sa couleur paraît dans notre littérature. Je vais vous faire la critique de votre roman. Le principal défaut en est la froideur des descriptions, la froideur de ton du récit. Ce qu'on appelle proprement le ton ne se trouve pas chez vous, mais tout le long du récit je sens la froideur. Et puis… la description des scènes puissantes est un peu sèche. Malgré vous, il vous vient sur la langue quelques mots d'explication ou de commentaire, alors que vous coupez court… » (Lettre de Strakhov, avril 1876.)

C'était là une réponse à une lettre de Tolstoï qui contenait ceci : « Montrez-moi que vous êtes véritablement mon ami : ou ne me parlez pas de mon roman ou dites-moi tout ce qui s'y trouve de mauvais. S'il est vrai, comme je le soupçonne, que je faiblis, je vous en prie, dites-le moi… »

P. 518.

1. Il s'agit de la fameuse *Apparition du Christ au peuple*, le monument le plus important de la peinture russe, peint de 1833 à 1855 par Alexandre Ivanov (1806-1858) et conservé au musée Roumiantsev de Moscou (N. d. T.).

P. 539.

1. MATTHIEU, XI, 25 (N. d. T.).

P. 542.

1. À ce stade de la publication de son roman, Tolstoï écrivait à sa tante Alexandra : « Mon *Anna* m'écœure au dernier degré. Je la traite comme une pupille qui laisse voir son mauvais caractère ; mais ne m'en dites pas de mal ou, du moins, avec ménagement ; je l'ai tout de même légitimée. » (Mars 1876.)

Tolstoï avait une grande affection pour la fille de son grand-oncle, la comtesse Alexandra Tolstoï, demoiselle d'honneur à la cour, avec laquelle il entretint une correspondance pendant près d'un demi-siècle. Tolstoï disait de cette correspondance que c'était la meilleure de ses biographies.

P. 548.

1. Deux des frères de Tolstoï moururent tuberculeux. Lui-même craignit un moment d'être atteint de cette maladie. Son frère Nicolas mourut à Hyères en 1860. Tolstoï était auprès de lui.

« La mort n'agit jamais sur moi très douloureusement (je l'ai senti lors de la disparition de mon frère bien-aimé). Si la perte d'un être cher ne vous rapproche pas de votre propre mort, ne vous ôte pas vos illusions sur la vie, ne vous détourne pas de la chérir et d'en attendre du bien, cette perte doit être intolérable ; tandis que si l'on se familiarise avec l'idée de sa propre fin, ce n'est plus douloureux mais grave et beau. » (Lettre de mars 1874 à Alexandra Tolstoï.)

« Il me semble qu'avec les derniers chapitres vous êtes entré en pleine possession de vos forces. Quelle originalité !... La confession, la mort, la visite au peintre... tous ces sujets si ordinaires... vous les traitez *pour la première fois*...

« Dans bien longtemps, les lecteurs se souviendront encore de l'époque où ils attendaient avec tant d'impatience les fascicules du *Messager russe.* » (Lettres de Strakhov, avril-mai 1876.)

P. 553.

1. La haute société petersbourgeoise était alors férue du prédicateur anglais Redstock, qui n'enseignait qu'une vague religiosité mystique. C'est à ce moment que Tolstoï fait allusion lorsqu'il parle du cercle où évolue Lydie Ivanovna.

P. 555.

1. Voir la note précédente.

P. 556.

1. Komissarov détourna, en frappant sur le bras de l'assassin, le coup de pistolet que le nihiliste Karakozov tira en 1866 sur Alexandre II. — Ristitch était le premier ministre du roi Milan de Serbie (N. d. T.).

P. 561.

1. À l'époque où il rédigeait ce passage, Tolstoï avait écrit à Strakhov, en lui demandant de lui envoyer les livres que devait lire Karénine « en abordant l'éducation de son fils qui lui reste sur les bras » (18 mai 1876).

P. 591.

1. « En ce qui concerne *Anna Karénine* ici l'enthousiasme est général... Les pédagogues d'avant-garde eux-mêmes disent que le personnage du petit Serge contient d'importantes indications pour une théorie de l'éducation. » (Lettre de Strakhov, janvier 1877.)

« Il y a des lignes qui m'ont fait frissonner... tant leur vérité et leur profondeur m'ont frappé. Mais la description du grand théâtre est inexacte ; vous avez mélangé là le théâtre Michel et le théâtre Alexandra. » (Lettre de Strakhov, janvier 1877.)

« ...Je suis allé au théâtre. Je suis arrivé pour la fin du deuxième acte. Quand je viens de la campagne cela me semble toujours bizarre, recherché et faux ; mais, une fois apprivoisé, on y prend plaisir de nouveau.

« Ce jour-là... j'étais de très bonne humeur... et je suis allé à l'Opéra où j'ai trouvé beaucoup d'agrément et à la musique et à la vue des différents spectateurs et spectatrices qui pour moi sont tous des types.

« Il n'y avait cette fois au théâtre que le public du dimanche, aussi la moitié de l'intérêt de l'observation était-il absent pour moi. » (Lettres de Tolstoï à sa femme, novembre-décembre 1864.)

P. 642.

1. « On a fait des remarques caustiques sur la chasse, les chiens, les doubles. Ce sont là sujets terre à terre aux regards de la rhétorique contemporaine... Malgré tout cela, votre roman occupe tout le monde... C'est un succès fou, incroyable. Il n'y a que Pouchkine et Gogol qu'on ait lus ainsi. » (Lettre de Strakhov, février 1877.)

L'intérêt suscité par *Anna Karénine*, qui paraissait dans le *Messager russe* avec des retards dont s'impatientait le public, était en effet immense. Chacun s'ingéniait à imaginer la suite du récit. On raconte que les dames de la société moscovite envoyaient leurs valets de chambre à l'imprimerie où se composait le roman, pour extorquer aux typographes le contenu des chapitres ultérieurs.

Cependant, Tourguenev écrivait :

« Tolstoï a... un talent hors pair mais dans *Anna Karénine* il *a fait fausse route* comme on dit ici ; c'est l'influence de Moscou, de la noblesse slavophile, des vieilles filles pieuses, de son propre isolement et de l'absence de véritable liberté artistique. » (Lettre à Souvorine.)

Dans une lettre au poète Polonski, il dit également : « *Anna Karénine* me déplaît, quoiqu'on y trouve des pages réellement magnifiques (les courses, les foins, la chasse). Mais tout cela sent l'aigre, Moscou, l'encens, la vieille fille, le slavophilisme, la caste nobiliaire, etc. »

Un des critiques regrette que les personnages d'*Anna Karénine* soient artificiels et ne trouvent pas de représentants dans la vie courante.

Quant a Skabitenevski, l'historien de la littérature, il dit que tout le roman est « pénétré du parfum idyllique des langes d'un nouveau-né ».

Tolstoï avait reçu 20 000 roubles pour *Anna Karénine.* On n'avait encore jamais donné un prix aussi élevé pour un roman.

P. 651.

1. « Aucune des parties d'*Anna Karénine* n'a eu autant de succès que celle-ci. Vos admirateurs sont ravis... de l'expulsion de Veslovski. Mais Ausiéenko et Bourenine ont (dans leurs articles) pris la chose au tragique... Ils ont senti qu'en chassant Veslovski,

Levine les offensait eux aussi. Ausiéenko est une énigme pour moi : voilà un homme marié... et qui plus est coureur... qui écrit des romans... et son article révèle qu'il n'a même pas idée de ce qu'est la jalousie... Vraiment, ce sont là des gens en papier, comme dit Dostoïevski. » (Lettre de Strakhov, février 1877.)

P. 654.

1. Tolstoï perdit plusieurs enfants. En 1873, le petit Pétia, âgé d'un an et demi, fut emporté par le croup. « Cette année, il nous est arrivé un malheur. Nous avons perdu notre plus jeune fils, le sixième... De toutes les pertes que nous pouvions éprouver, c'est la plus légère... mais c'est tout de même douloureux, surtout pour ma femme. »

À propos de la mort d'un de ses autres fils, Vassia, emporté en deux jours par la scarlatine en février 1895, Tolstoï écrit : « Cette disparition m'est pénible, mais je ne la ressens pas de loin aussi vivement que Sonia, premièrement parce que j'ai une autre "vie" spirituelle, deuxièmement parce que son chagrin m'empêche de ressentir personnellement cette perte et parce que je vois que quelque chose de grand s'accomplit en elle : j'ai pitié d'elle et son état m'émeut. Dans l'ensemble, je puis dire que je suis dans une bonne période. » (Lettres de mars 1874 et mars 1895 à Alexandra Tolstoï.)

P. 656.

1. « Il y a des sages qui vous reprochent d'être immoral. Sreznievski (philologue célèbre)... a soutenu avec indignation que le seul être pur de votre roman était Dolly mais que maintenant vous l'aviez, elle aussi, couverte de boue. » (Lettre de Strakhov, 10 mars 1877.)

P. 688.

1. Strakhov à propos de la visite de Dolly chez Anna et Vronski : « Mon Dieu ! Mais pourquoi personne n'a-t-il encore jamais écrit cela ? C'est la vérité, la plus simple, la vérité éternelle. »

P. 692.

1. Payée par les paysans ou plutôt par le gouvernement qui en faisait l'avance aux propriétaires en échange des terres cédées par ceux-ci lors de l'abolition du servage (N. d. T.).

P. 708.

1. « On vous a bien arrangé à propos de la scène des élections. » (Lettre de Strakhov, mars 1877.)

P. 726.

1. Dans les premières années qui suivirent son mariage, Tolstoï voulut appliquer ses théories pédagogiques à ses enfants : absence de contrainte, exercices physiques, etc. Mais le nombre de ses enfants augmentant et ses travaux littéraires l'accaparant de plus en plus, on revint à Iasnaïa Poliana au système des gouvernantes et précepteurs étrangers et Tolstoï se résigna à envoyer ses enfants au lycée.

« Les idées de Léon Nicolaïevitch sur l'éducation différaient parfois des vues de Sonia... Il ne voulait pour tout vêtement que des chemises de toile grossière pour Serge ; pour Tania, des blouses de flanelle grise disgracieuses. Il était contre les jouets. » (T. Kouzminski, *op. cit.*)

P. 758.

1. « Ce n'est qu'hier que j'ai lu les chapitres de mars d'*Anna Karénine*, incomparable Léon Nicolaïevitch, je les ai lus... avec la même avidité, en pleurant, en sautant de ma chaise à tout instant... L'accouchement... est une de ces choses simples et immortelles après lesquelles on se demande malgré soi comment il se fait que personne ne l'ait traitée jusqu'à présent... Non seulement vous prenez de nouveaux sujets, mais vous les épuisez... Après vous, il est impossible de décrire un accouchement... Vous et vos romans, vous êtes depuis longtemps la meilleure part de ma vie. » (Lettre de Strakhov, avril 1877.)

P. 779.

1. Landau a sans doute pour modèle le spirite Hume que Tolstoï avait rencontré chez le prince Troubetskoï. Alexandra Tolstoï parle aussi à ce propos d'un autre personnage. « Hier soir nous avons lu chez l'impératrice l'avant-dernière partie d'*Anna Karénine* et tous se sont émerveillés que vous ayez si bien campé le type des adeptes et des admiratrices de Redstock (voir note 1, p. 553). Mais l'apparition du voyant Archer a soulevé l'hilarité générale, car tout cet hiver j'ai été la victime de ce fou qui m'a poursuivi de ses lettres. » (Lettre du 22 mai 1877.)

P. 810.

1. « Je vous en supplie, donnez-nous vite la suite et la fin d'*Anna Karénine.* Le bruit a couru ici qu'Anna se jetait sous un train. Je ne veux pas le croire. Vous êtes incapable d'une pareille vulgarité. » (Lettre d'Alexandra Tolstoï, 28 mars 1876.)

« La dernière partie d'*Anna Karénine* a produit ici une impression particulièrement forte, une véritable explosion. Dostoïevski agite les bras et dit que vous êtes un dieu de l'art.» (Lettre de Strakhov, 18 mai 1877.)

«*Anna Karénine* est une perfection en tant qu'œuvre d'art; elle est venue juste au bon moment et rien dans la littérature européenne de notre époque ne peut lui être comparé. Par l'idée qui le guide, ce livre présente des caractères qui n'appartiennent qu'à nous, à notre peuple, très précisément ceux qui constituent notre originalité en face du monde européen.» (Dostoïevski, *Œuvres*, t. II, p. 236.)

«Parmi les reproches qu'on vous fait, un seul a du sens. Tous ont remarqué que vous refusiez de vous appesantir sur la mort d'Anna... Je ne comprends pas encore le sentiment qui vous a guidé. Peut-être que j'arriverai à saisir, mais aidez-moi. La dernière rédaction de la scène de la mort est si sèche que c'en est effrayant. Il me semble, d'ailleurs, qu'il vous est difficile d'en présenter une autre aux lecteurs quand tous les traits de celle-ci jusqu'au dernier sont déjà gravés dans leur mémoire. Je vous envoie les deux versions mises au net...» (Lettre de Strakhov, 8 septembre 1877.)

«Dans la presse on commente chaque nouvelle parution d'*Anna Karénine* avec autant d'ardeur qu'une nouvelle bataille ou qu'un discours de Bismarck. Et on en dit autant de bêtises. On vous reproche d'être subjectif, aristocrate, de mal écrire.

«Un critique s'étonne que vous vous étendiez tout le long de votre roman sur un certain Levine, quand il ne faudrait parler que de la seule Anna Karénine. Dans les *Annales de la Patrie* on remarque que Levine qui au début reconnaît ses devoirs envers le peuple, s'accommode ensuite tranquillement de sa situation d'exploiteur.

«J'ai été enchanté que vous brûliez l'article de Markov et l'autre... Ce n'est pas ce que font Tourguenev, Dostoïevski, qui lisent chaque ligne les concernant et même interviennent pour se défendre.» (Lettres de Strakhov, avril-mai-septembre 1877.)

Tolstoï en effet fut assez rapidement indifférent à la critique et, à la fin de sa vie, il brûlait sans les lire les articles qui avaient trait à son œuvre et à sa pensée.

P. 813.

1. Tolstoï fit éditer à part la huitième partie d'*Anna Karénine.* Katkov, jugeant son attitude en face de la question serbe trop subversive, avait refusé de l'imprimer dans le *Messager russe* et avait fait paraître à la place une note de la rédaction qui RACONTAIT les derniers chapitres du roman.

Voir Variante n° 191, p. 970.

«J'ai toujours beaucoup admiré la façon dont vous agissiez

vis-à-vis de votre célébrité et de vos œuvres. Vous n'avez jamais fait un pas ni pour diffuser ni pour dissimuler quoi que ce soit. Les choses ont suivi leur cours et vous êtes resté calme et devant les louanges et devant les attaques... quand le *Messager russe* a refusé d'imprimer la fin d'*Anna Karénine*, vous n'avez pas dit un mot. » (Lettre de Strakhov, novembre 1897.)

P. 850.

1. MATTHIEU, x, 34 (N. d. T.).

P. 855.

1. « Léon Nicolaïevitch était tendre avec ses enfants, surtout avec la petite Tania. Mais il évitait le nouveau-né et disait :

« — Je n'aime pas tenir dans mes mains un oiseau vivant, cela me donne une sorte de frisson ; j'ai la même appréhension quand je prends dans mes bras un petit enfant. » (T. Kouzminski, *op. cit.*)

« Le sixième, Pierre, est un géant. Je sais qu'il a de grandes réserves physiques. Mais y a-t-il autre chose en lui qui nécessite des réserves ? Je n'en sais rien. C'est pourquoi je n'aime pas les enfants avant deux, trois ans : je ne les comprends pas. Vous ai-je fait part d'une remarque bizarre ? Il y a deux sortes d'hommes : ceux qui chassent et ceux qui ne chassent pas. Ceux qui ne chassent pas aiment les petits enfants, les bébés, et peuvent les prendre dans leurs bras ; les chasseurs éprouvent un sentiment de terreur, de dégoût et de pitié devant les bébés. Je ne connais pas d'exception à cette règle. » (Lettre à Alexandra Tolstoï, automne 1872.)

Préface de Louis Pauwels VII

ANNA KARÉNINE

Première partie 3
Deuxième partie 134
Troisième partie 267
Quatrième partie 392
Cinquième partie 479
Sixième partie 596
Septième partie 715
Huitième partie 811

DOSSIER

Vie de Tolstoï 861
Notice 866
Plan et variante 874
Notes 895

DU MÊME AUTEUR

Dans la même collection

LA GUERRE ET LA PAIX, tomes I et II. *Préface de Zoé Oldenbourg. Traduction de Boris de Schlœzer.*

LA SONATE À KREUTZER, précédé de LE BONHEUR CONJUGAL et suivi de LE DIABLE. *Préface de Jean Freustié. Traduction de Sylvie Luneau et Boris de Schlœzer.*

ENFANCE, ADOLESCENCE, JEUNESSE. *Préface de Michel Aucouturier. Traduction de Sylvie Luneau.*

LES COSAQUES. *Préface de Pierre Gascar. Traduction de Pierre Pascal.*

RÉSURRECTION. *Préface de Georges Nivat. Traduction d'Edouard Beaux.*

LA MORT D'IVAN ILITCH précédé de TROIS MORTS et suivi de MAÎTRE ET SERVITEUR. *Traduction nouvelle et édition de Françoise Flamant.*

Impression Bussière Camedan Imprimeries
à Saint-Amand (Cher),
le 24 février 2004.
Dépôt légal : février 2004.
1er dépôt légal dans la collection : avril 1994.
Numéro d'imprimeur : 040922/1.
ISBN 2-07-039252-X./Imprimé en France.

285